O ENGENHOSO FIDALGO

# Dom Quixote

DE LA MANCHA

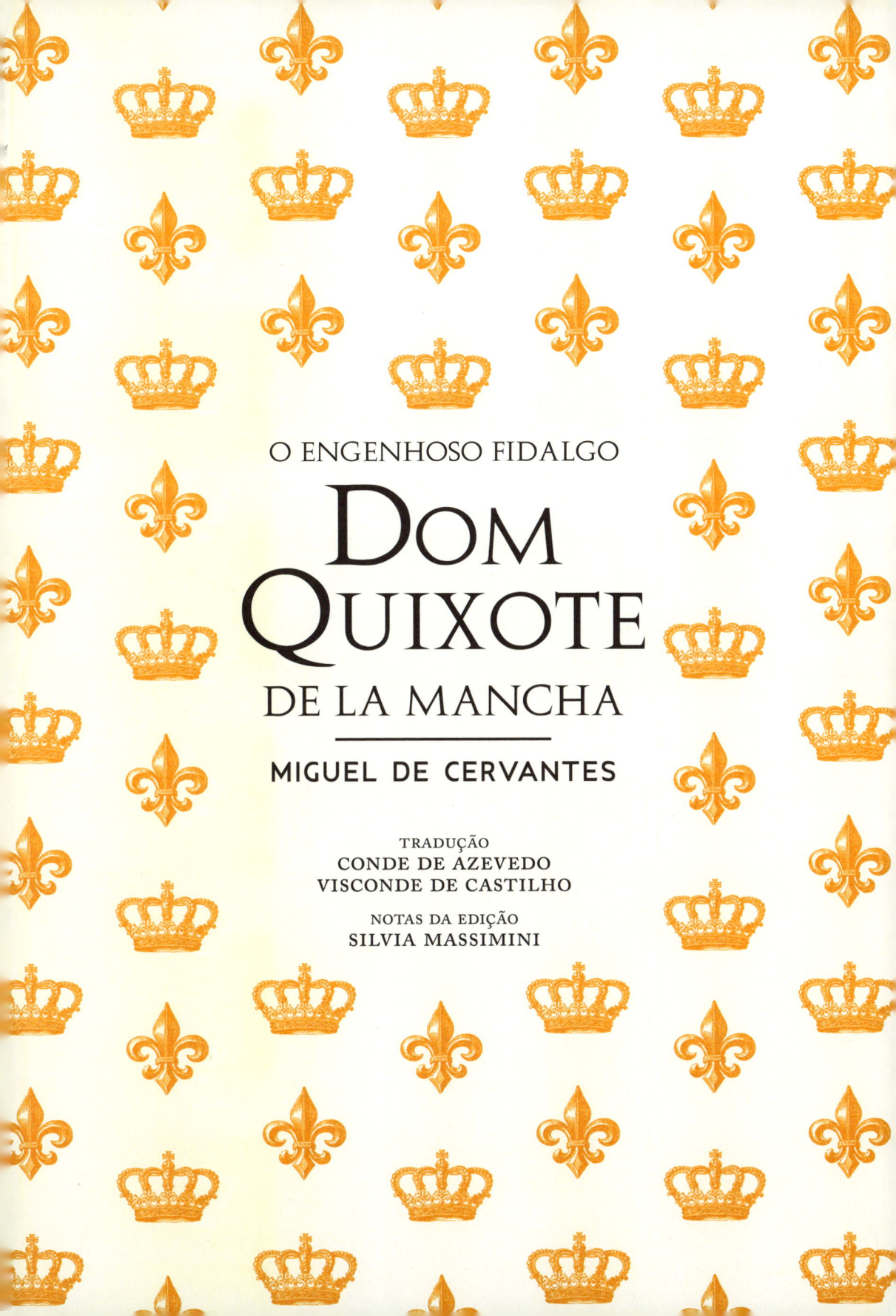

O ENGENHOSO FIDALGO

# Dom Quixote
## de la Mancha

MIGUEL DE CERVANTES

TRADUÇÃO
**CONDE DE AZEVEDO**
**VISCONDE DE CASTILHO**

NOTAS DA EDIÇÃO
**SILVIA MASSIMINI**

# SUMÁRIO

PREFÁCIO 11

O ENGENHOSO FIDALGO DOM QUIXOTE DE LA MANCHA
VOLUME I

DEDICATÓRIA 19
PRÓLOGO 21
VERSOS PRELIMINARES 31

### PRIMEIRA PARTE

CAPÍTULO I 57
CAPÍTULO II 65
CAPÍTULO III 73
CAPÍTULO IV 81
CAPÍTULO V 89
CAPÍTULO VI 95
CAPÍTULO VII 105
CAPÍTULO VIII 111

### SEGUNDA PARTE

CAPÍTULO IX 121
CAPÍTULO X 127
CAPÍTULO XI 133
CAPÍTULO XII 141
CAPÍTULO XIII 147
CAPÍTULO XIV 157

## TERCEIRA PARTE

CAPÍTULO XV  169
CAPÍTULO XVI  177
CAPÍTULO XVII  185
CAPÍTULO XVIII  195
CAPÍTULO XIX  205
CAPÍTULO XX  213
CAPÍTULO XXI  227
CAPÍTULO XXII  239
CAPÍTULO XXIII  251
CAPÍTULO XXIV  265
CAPÍTULO XXV  275
CAPÍTULO XXVI  293
CAPÍTULO XXVII  301

## QUARTA PARTE

CAPÍTULO XXVIII  319
CAPÍTULO XXIX  333
CAPÍTULO XXX  345
CAPÍTULO XXXI  357
CAPÍTULO XXXII  367
CAPÍTULO XXXIII  375
CAPÍTULO XXXIV  393
CAPÍTULO XXXV  411
CAPÍTULO XXXVI  421
CAPÍTULO XXXVII  433
CAPÍTULO XXXVIII  445
CAPÍTULO XXXIX  451
CAPÍTULO XL  461
CAPÍTULO XLI  473
CAPÍTULO XLII  493
CAPÍTULO XLIII  501
CAPÍTULO XLIV  511
CAPÍTULO XLV  519
CAPÍTULO XLVI  527
CAPÍTULO XLVII  535

| | |
|---|---|
| CAPÍTULO XLVIII | 545 |
| CAPÍTULO XLIX | 553 |
| CAPÍTULO L | 561 |
| CAPÍTULO LI | 567 |
| CAPÍTULO LII | 573 |

## O ENGENHOSO FIDALGO DOM QUIXOTE DE LA MANCHA
## VOLUME II

| | |
|---|---|
| PRÓLOGO AO LEITOR | 589 |
| DEDICATÓRIA | 593 |
| CAPÍTULO I | 595 |
| CAPÍTULO II | 607 |
| CAPÍTULO III | 613 |
| CAPÍTULO IV | 621 |
| CAPÍTULO V | 627 |
| CAPÍTULO VI | 633 |
| CAPÍTULO VII | 639 |
| CAPÍTULO VIII | 647 |
| CAPÍTULO IX | 655 |
| CAPÍTULO X | 659 |
| CAPÍTULO XI | 669 |
| CAPÍTULO XII | 675 |
| CAPÍTULO XIII | 683 |
| CAPÍTULO XIV | 689 |
| CAPÍTULO XV | 699 |
| CAPÍTULO XVI | 701 |
| CAPÍTULO XVII | 711 |
| CAPÍTULO XVIII | 721 |
| CAPÍTULO XIX | 731 |
| CAPÍTULO XX | 739 |
| CAPÍTULO XXI | 749 |
| CAPÍTULO XXII | 755 |
| CAPÍTULO XXIII | 763 |
| CAPÍTULO XXIV | 773 |
| CAPÍTULO XXV | 779 |
| CAPÍTULO XXVI | 789 |
| CAPÍTULO XXVII | 799 |

| | |
|---|---|
| CAPÍTULO XXVIII | 807 |
| CAPÍTULO XXIX | 813 |
| CAPÍTULO XXX | 819 |
| CAPÍTULO XXXI | 825 |
| CAPÍTULO XXXII | 833 |
| CAPÍTULO XXXIII | 845 |
| CAPÍTULO XXXIV | 853 |
| CAPÍTULO XXXV | 861 |
| CAPÍTULO XXXVI | 869 |
| CAPÍTULO XXXVII | 875 |
| CAPÍTULO XXXVIII | 879 |
| CAPÍTULO XXXIX | 885 |
| CAPÍTULO XL | 889 |
| CAPÍTULO XLI | 895 |
| CAPÍTULO XLII | 905 |
| CAPÍTULO XLIII | 911 |
| CAPÍTULO XLIV | 917 |
| CAPÍTULO XLV | 927 |
| CAPÍTULO XLVI | 935 |
| CAPÍTULO XLVII | 941 |
| CAPÍTULO XLVIII | 951 |
| CAPÍTULO XLIX | 959 |
| CAPÍTULO L | 971 |
| CAPÍTULO LI | 981 |
| CAPÍTULO LII | 989 |
| CAPÍTULP LIII | 997 |
| CAPÍTULO LIV | 1003 |
| CAPÍTULO LV | 1011 |
| CAPÍTULO LVI | 1019 |
| CAPÍTULO LVII | 1025 |
| CAPÍTULO LVIII | 1031 |
| CAPÍTULO LIX | 1043 |
| CAPÍTULO LX | 1051 |
| CAPÍTULO LXI | 1063 |
| CAPÍTITULO LXII | 1067 |
| CAPÍTULO LXIII | 1079 |
| CAPÍTULO LXIV | 1089 |
| CAPÍTULO LXV | 1093 |

| | |
|---|---|
| CAPÍTULO LXVI | 1099 |
| CAPÍTULO LXVII | 1105 |
| CAPÍTULO LXVIII | 1111 |
| CAPÍTULO LXIX | 1117 |
| CAPÍTULO LXX | 1123 |
| CAPÍTULO LXXI | 1131 |
| CAPÍTULO LXXII | 1137 |
| CAPÍTULO LXXIII | 1143 |
| CAPÍTULO LXXIV | 1149 |

## APÊNDICE

| | |
|---|---|
| LEITOR E LEITURAS DE DOM QUIXOTE NO BRASIL | 1159 |
| DOM QUIXOTE: A LIBERDADE COMO BEM BÁSICO DO CIDADÃO | 1167 |

# PREFÁCIO

## DOM QUIXOTE E A MODERNIDADE: A IMPORTÂNCIA DA OBRA DE MIGUEL DE CERVANTES

Célia Navarro Flores[*]

EM TOM DE BRINCADEIRA, costumo dizer a meus alunos que a literatura ocidental se divide em dois períodos: a.C. e d.C., isto é, antes de Cervantes e depois de Cervantes. De fato, o escritor espanhol é um marco na história da literatura e o romance que o leitor tem em mãos é considerado uma das maiores obras da literatura universal. Mas, afinal, o que há de tão especial nesse livro escrito há quatrocentos anos?

Cervantes, de maneira genial, introduz em sua obra vários procedimentos inovadores e modernos, que inspirarão grandes escritores posteriores a ele, principalmente a partir do século XIX. Citemos alguns desses procedimentos: a literatura que discute a própria literatura, a incitação ao leitor, a incidência de diversos pontos de vista sobre um mesmo objeto, o diálogo com outra obra literária, o jogo com diversos narradores, a intromissão do tradutor, entre outros. Vejamos mais detalhadamente alguns desses procedimentos.

A discussão literária já começa no prólogo, quando Cervantes afirma que escreveu o *Quixote* com a finalidade de combater os perniciosos livros de cavalaria, que eram, na época, o gênero literário em prosa mais

---

[*] Doutora em Letras pela Universidade de São Paulo. Atualmente é professora adjunta da Universidade Federal de Sergipe. Tem experiência na área de Letras, com ênfase em Literatura Espanhola, atuando principalmente nos seguintes temas: iconografia de Dom Quixote, recepção do Quixote no Brasil e relações entre Literatura Espanhola e Literatura Brasileira.

conhecido — uma verdadeira mania nacional. Neles, predominava a fantasia, os personagens eram nobres (reis, rainhas, cavaleiros), que se moviam em uma geografia imaginária, povoada por seres fantásticos (monstros, gigantes, magos) e regida pela magia. Dom Quixote enlouquece de tanto ler esse tipo de literatura e já não consegue discernir entre realidade e ficção. A crítica à literatura cavaleiresca comparece em diversos momentos da obra. Cito o episódio do escrutínio da biblioteca de Alonso Quijana, no qual o padre e o barbeiro selecionam os livros causadores da loucura do fidalgo, que irão à fogueira — óbvia alusão à Inquisição católica, que queimava as obras literárias consideradas hereges. No *Quixote*, os livros condenados são os que contêm mais elementos fantásticos.

Ainda nesse episódio, encontramos outro procedimento extremamente inovador: a inserção do próprio autor em sua obra. Em determinado momento, o barbeiro tem um livro em mãos, *Galateia*, do próprio Miguel de Cervantes. O padre salva a obra das chamas e afirma: "muitos anos há que esse Miguel de Cervantes é meu amigo". Ao estabelecer um vínculo fictício de amizade entre um personagem de ficção e uma pessoa real, no caso o próprio autor, Cervantes rompe as fronteiras entre ficção e realidade.

Nos livros de cavalaria, o leitor já sabia de antemão que o cavaleiro salvaria a princesa e que o mal seria derrotado. A posição do leitor era, portanto, confortável e passiva. No *Quixote*, por sua vez, o narrador se dirige ao leitor, incitando-o a participar da história. Cito um exemplo: após Dom Quixote relatar os fatos inacreditáveis vistos na gruta de Montesinos, o tradutor diz que o narrador anotou, na margem do manuscrito da obra, que não acreditava na história que Dom Quixote havia contado, que talvez aquele episódio fosse apócrifo e incita o leitor a decidir sobre a veracidade do relato: "Tu, leitor, como és prudente, julga o que te parecer", ou seja, nós deixamos de ser leitores passivos e passamos a ativos na interpretação dos fatos. Observemos como esse procedimento também é utilizado, na literatura brasileira, por Machado de Assis e Carlos Drummond de Andrade. Em seu *Memórias póstumas*, o narrador dialoga com seu leitor todo o tempo. Nele encontramos expressões como "leitor amigo", "leitora devota" e outras. Por sua vez, Drummond, em seu poema "Explicação", diz: "Se meu verso não deu certo, foi seu ouvido que entortou / Eu não disse ao senhor que não sou senão poeta?".

Outro procedimento cervantino — intimamente relacionado com a incitação ao leitor — é a diversidade dos pontos de vista que incidem sobre um mesmo objeto ou, como chamam os cervantistas, o "perspectivismo". Exemplifico: no famoso episódio dos moinhos de vento, os moinhos são interpretados por Dom Quixote como gigantes e, para Sancho, eles são apenas moinhos. Dulcineia, para Dom Quixote, é uma linda princesa; Sancho, por sua vez, sugere que ela é uma prostituta, pois, no episódio em que Dom Quixote revela que Dulcineia é Aldonça Lorenzo (no texto original), Sancho utiliza várias expressões que colocam em dúvida a honestidade de Aldonça. Vários personagens, inclusive os narradores, opinam sobre Dulcineia, de maneira que nós, leitores, chegamos ao final da obra sem saber exatamente quem é Dulcineia, cabendo a nós aderir a um ponto de vista ou outro. Na literatura brasileira, exemplifico novamente com Machado de Assis, que em sua obra *Dom Casmurro* adota um procedimento um pouco diferente, porém com semelhante efeito, uma vez que nesse livro, em nenhum momento, o narrador machadiano nos assegura se Capitu traiu Bentinho ou não, imputando ao leitor a decisão sobre a veracidade dos fatos narrados.

Um procedimento extremamente moderno — e, diríamos, genial — é o diálogo que o *Quixote* estabelece com outras obras, principalmente com o *Quixote* apócrifo. Cervantes escreve o primeiro volume do *Quixote* em 1605. Em 1614, um escritor, sob o pseudônimo Alonso Fernández de Avellaneda, publica uma continuação do *Quixote*, no prólogo da qual ataca frontalmente Cervantes. Profundamente irritado com ofensas e por Avellaneda ter-se apropriado de seus personagens, Cervantes, em 1615, publica seu segundo volume, em cujo prólogo responde às ofensas e dirige farpas ao seu inimigo. Magistralmente, Cervantes insere o *Quixote* de Avellaneda em seu *Quixote*. No capítulo LXXII do segundo volume, Dom Quixote e Sancho estão em uma pousada, quando chega Dom Álvaro Tarfe, personagem da obra de Avellaneda. O Cavaleiro da Triste Figura exige que Dom Álvaro assine um documento declarando que ele é o verdadeiro Dom Quixote e que seu escudeiro é o verdadeiro Sancho Pança. Ao final do livro, o narrador nos informa que Dom Quixote morrerá para que ninguém escreva uma continuação de sua história.

Uma grande obra é que aquela que continua sendo lida e interpretada de diferentes maneiras ao longo de sua existência. É o que ocorre com o livro de Cervantes. No século XVII, os contemporâneos de Cervantes entendiam a obra por seu viés cômico e popular. O *Quixote* era considerado um livro de entretenimento, para rir. No século XVIII, alguns críticos já apontam o caráter "sério" da obra; porém, é no século XIX que a interpretação da obra dá uma guinada. Os românticos, especialmente os alemães, descobrem sua riqueza e profundidade, enfatizando seu caráter transcendental e universal. Os personagens cervantinos Dom Quixote e Sancho Pança representam a alma humana. O cavaleiro é nosso lado mais elevado, nobre e sonhador, e o escudeiro é nossa parte mais terrena, mais pé no chão.

Já no século XVII, o livro foi traduzido e publicado em outros países da Europa. Seus personagens tornaram-se bastante populares, pois o segundo volume nem havia ainda sido publicado e se tem notícia de pessoas fantasiadas de Dom Quixote e Sancho nas festas mascaradas na Espanha. Ao longo de seus quatrocentos anos, a obra foi reproduzida e adaptada para as mais diferentes mídias: cinema, teatro, televisão, pintura, escultura, história em quadrinhos e outras. Ela serviu de inspiração a grandes escritores em todo o mundo.

No Brasil, já citei o *Dom Casmurro* de Machado de Assis, mas também em seu *Quincas Borba* há uma cena que nos remete à obra cervantina: quando Rubião está à beira da morte, enlouquecido, ele põe na cabeça uma coroa invisível que, segundo o narrador, "não era ao menos [...] uma bacia", uma clara alusão ao bacielmo, a bacia de barbeiro que Dom Quixote dizia ser o famoso elmo de Mambrino. Lembremos que a loucura é um tema bastante recorrente na obra de Machado: além do louco sublime Quincas Borba, temos o quixotesco louco Dr. Simão Bacamarte, protagonista de *O alienista*.

Citei anteriormente o poema "Explicação" de Drummond e cito agora a série de 21 poemas que o poeta mineiro escreveu para os desenhos realizados por Portinari para ilustrar o *Quixote*. Os poemas e desenhos compuseram um álbum intitulado *Dom Quixote, de Cervantes, Portinari, Drummond*, nos anos 1970. Os poemas foram publicados também em seu livro *As impurezas do branco,* sob o título "Dom Quixote e Sancho, de Portinari". Creio que essa série de poemas é um dos maiores tributos que um autor brasileiro rendeu a Cervantes. Nela, pode-se observar a sensibilidade de nosso poeta, que traduz a obra cervantina em belas imagens poéticas: Sancho e Dom Quixote são "o grosso caldo junto ao vinho fino" e Dulcineia é apenas um eco: "a beleza maior que o eco prolonga / de Dulcineiaeiaeiaeaieiaeia".

Também dos anos 1970 é o *Romance d'A Pedra do Reino e o príncipe do sangue do vai-e-volta*, de Ariano Suassuna, outro escritor brasileiro que se inspirou fortemente em Cervantes. Inclusive, em depoimentos, o autor pernambucano afirma que sua obra se pauta por duas vertentes: uma é Dante, poeta renascentista italiano, e outra, Cervantes. Vários dos procedimentos cervantinos comparecem nesse livro: a personagem quixotesca, o humor, a discussão sobre literatura, a junção do sublime e do grotesco, do popular e do erudito, entre outros. O protagonista Pedro Dinis Ferreira-Quaderna é um pícaro megalomaníaco, que tem um projeto de vida verdadeiramente quixotesco. Sua intenção é escrever a "obra do Gênio da Raça", uma epopeia que abarque toda a literatura universal; ser o "Imperador do Reino do Quinto Império", o qual abrangeria todos os países do terceiro mundo; e ser o sumo sacerdote da religião Católico-sertaneja. Um dos recursos cervantinos que mais chamam a atenção nesse livro de Suassuna é a discussão literária. Enquanto Dom Quixote encarna um personagem de um livro de cavalaria, Quaderna incorpora o autor. Ele está escrevendo um livro de cavalaria e, em determinados momentos, especialmente no capítulo XXXI, ele discute com seus preceptores Samuel e Clemente qual seria o melhor gênero literário para escrever sua história de cavalaria.

Outros personagens da literatura brasileira com nítidos contornos quixotescos são Policarpo Quaresma, protagonista de *Triste fim de Policarpo Quaresma*, de Lima Barreto, e Capitão Vitorino, de *Fogo morto*, obra escrita por José Lins do Rego. O primeiro, possuidor de uma imensa biblioteca, aficionado pela literatura brasileira, tem um projeto quixotesco de restaurar o tupi como língua nacional. Por sua vez, a relação do segundo com Dom Quixote já é dada pelo próprio narrador de *Fogo morto*, que diz: "Mas ninguém o leva a sério. Riem dele. É o bobo do lugar. Um Dom Quixote do sertão".

Também poetas da literatura de cordel prestaram tributos a Cervantes, não apenas ao *Quixote* mas também às suas *Novelas exemplares*; dentre eles citamos: os irmãos Klévisson e Arievaldo Viana, J. Borges, Stelio Torquato e outros. As duas adaptações para o cordel, em edições de luxo, realizadas em 2005, em comemoração aos quatrocentos anos da primeira parte do livro de Cervantes — uma de Klévisson Viana e outra J. Borges —, são uma demonstração de que Cervantes também tem seu lugar na literatura popular, afinal a obra foi considerada popular em sua época.

Para terminar, faço minhas as palavras do escritor alemão Friedrich von Schelling: "Os antigos celebraram Homero como o mais feliz inventor; os modernos, com razão, celebram Cervantes".

O ENGENHOSO FIDALGO

# Dom Quixote

DE LA MANCHA

*Volume* I

# DEDICATÓRIA

## AO DUQUE DE BÉJAR[1]

MARQUÊS DE GIBRALEÃO, CONDE DE BENALCÁZAR Y BANHARES,
VISCONDE DE PUEBLA DE ALCOCER, SENHOR DAS VILAS
DE CAPILHA, CURIEL E BURGUILHOS

EM FÉ DO BOM ACOLHIMENTO e honra que faz Vossa Excelência a toda sorte de livros, como príncipe tão inclinado a favorecer as boas artes, maiormente as que por sua nobreza não se abatem ao serviço e produtos do vulgo, tenho determinado de trazer à luz ao *Engenhoso fidalgo Dom Quixote de la Mancha*, ao abrigo do claríssimo nome de Vossa Excelência, a quem, com o acatamento que devo a tanta grandeza, suplico que o receba agradavelmente em sua proteção, para que à sua sombra, conquanto despido daquele precioso ornamento de elegância e erudição de que costumam andar vestidas as obras que se compõem nas casas dos homens que sabem, ouse surgir seguramente no juízo de alguns que, não se contendo nos limites de sua ignorância, costumem condenar com mais rigor e menos justiça os trabalhos alheios;

---

[1] *Duque de Béjar*: trata-se de Dom Alonso López de Zúñiga e Sotomayor (de 1601 até sua morte em 1619), que foi bastante elogiado pelos poetas da época (inclusive por Góngora, que lhe dedicou as *Soledades*). Em 1604, residia em Valladolid com a corte, e Cervantes pôde ter acesso a ele e solicitar-lhe ajuda e apoio. Esta dedicatória, substancialmente copiada de outra de Fernando de Herrera, não saiu da pluma de Cervantes, e sim da do editor, Francisco de Robles.

(Para a composição das notas, foram consultadas várias edições do *Quixote*. A maioria delas procede da edição virtual do Centro Virtual Cervantes [disponível em: http://cvc.cervantes.es/literatura/clasicos/quijote/edicion/], que conta com comentários de inúmeros estudiosos cervantinos, e da edição comemorativa do quarto centenário da Real Academia Española, com edição e notas do crítico Francisco Rico. As notas que se referem a vocabulário foram confeccionadas com base nos dicionários Houaiss e Caldas Aulete.)

que, pondo os olhos a prudência de Vossa Excelência em meu bom desejo, fio em que não desdenhará a cortesia de tão humilde serviço.

MIGUEL DE CERVANTES SAAVEDRA

# PRÓLOGO
✥

DESOCUPADO LEITOR, não preciso prestar aqui um juramento para que creias que com toda a minha vontade quisera que este livro, como filho do entendimento, fosse o mais formoso, o mais galhardo e discreto[1] que se pudesse imaginar, porém não esteve na minha mão contravir à ordem da natureza, na qual cada coisa gera outra que lhe seja semelhante; que podia portanto o meu engenho, estéril e mal cultivado, produzir neste mundo senão a história de um filho magro, seco e enrugado, caprichoso e cheio de pensamentos vários, e nunca imaginados por alguma outra pessoa? Bem como quem foi gerado em um cárcere,[2] onde toda a incomodidade tem seu assento e onde todo triste ruído faz a sua habitação? O descanso, o lugar aprazível, a amenidade dos campos, a serenidade dos céus, o murmurar das fontes e a tranquilidade do espírito entram sempre em grande parte quando as musas estéreis se mostram fecundas e oferecem ao mundo partos que o enchem de admiração e de contentamento. Acontece muitas vezes ter um pai um filho feio e extremamente desengraçado, mas o amor paternal lhe põe uma venda nos olhos para que não veja as próprias deficiências; antes as julga como discrições e lindezas, e está sempre a contá-las aos seus amigos, como agudezas e donaires.[3] Porém eu, que, ainda que pareça pai, não sou contudo senão padrasto[4] de Dom Quixote, não quero deixar-me ir com a corrente do uso, nem pedir-te, quase com as lágrimas nos olhos, como por

---

[1] No sentido de inteligente, sensato e agudo (e não na acepção hoje mais comum de "reservado, circunspecto"); *discreto* e *discrição* são palavras-chave para descrever um modelo de comportamento muito apreciado nos séculos XVI e XVII.

[2] Não se sabe a qual das prisões sofridas por Cervantes (Castro do Rio, 1592, e Sevilha, 1597, 1602?) ele se refere com essa frase, que foi interpretada também em termos simbólicos, como "mera metáfora" da vida ou da alma do autor. No prólogo das *Novelas exemplares*, por exemplo, Cervantes distingue o ato de conceber do ato de escrever.

[3] Graça no manejo do corpo, no andar, etc.; distinção, galhardia, garbo.

[4] Pois a história de Dom Quixote se finge real e narrada nos "anais da Mancha", por Cide Hamete Benengeli ou por outros autores.

aí fazem muitos, que tu, leitor caríssimo, me perdoes ou desculpes as faltas que encontrares e descobrires neste meu filho; e porque não és seu parente nem seu amigo, e tens a tua alma no teu corpo, e a tua liberdade de julgar muito à larga e a teu gosto, e estás em tua casa, onde és senhor dela como el-rei das suas alcavalas,[5] e sabes o que comumente se diz, "que debaixo do meu manto o rei mato". Isso tudo te isenta de todo o respeito e obrigação e podes do mesmo modo dizer desta história tudo quanto te lembrar sem teres medo de que te caluniem pelo mal nem te premiem pelo bem que dela disseres.

O que eu somente muito desejava era dar-ta lisa e despida, sem os ornatos de prólogo nem do inumerável catálogo dos costumados sonetos, epigramas e elogios que no princípio dos livros por aí é uso pôr-se. Não tenho pois remédio senão te dizer que, apesar de me haver custado algum trabalho a composição desta história, foi contudo o maior de todos fazer esta prefação, que vais agora lendo. Muitas vezes peguei na pena para escrevê-la, e muitas a tornei a largar por não saber o que escreveria; e estando em uma das ditas vezes suspenso, com o papel diante de mim, a pena engastada na orelha, o cotovelo sobre a banca e a mão debaixo do queixo, pensando no que diria, entrou por acaso um meu amigo,[6] homem bem entendido, e espirituoso, o qual, vendo-me tão imaginativo, me perguntou a causa, e eu, não lha encobrindo, lhe disse que estava pensando no prólogo que havia de fazer para a história de Dom Quixote, e que me via tão atrapalhado e aflito com esse empenho que nem queria fazer tal prólogo nem dar à luz as façanhas de um tão nobre cavaleiro. Porque como quereis vós que me não encha de confusão o antigo legislador, chamado Vulgo, quando ele vir que ao cabo de tantos anos, como há que durmo no silêncio do esquecimento, me saio agora, tendo já tão grande carga de anos às costas,[7] com uma legenda seca como as palhas, falta de invenção, minguada de estilo, pobre de conceitos e alheia a toda a erudição e doutrina, sem notas às margens nem comentários no fim do livro, como vejo que estão por aí

---

[5] Tributos indiretos sobre o gasto, ou seja, sobre os bens móveis ou imóveis vendidos ou permutados, cuja cobrança era arrendada a particulares.

[6] A introdução do amigo vai permitir a Cervantes expor suas ideias com técnica dramática: o amigo se converte em narrador secundário e porta-voz da ruptura em relação aos padrões literários estabelecidos na época.

[7] Cervantes tinha, quando escreveu o primeiro volume do *Quixote*, 58 anos.

muitos outros livros (ainda que sejam fabulosos e profanos) tão cheios de sentenças de Aristóteles, de Platão e de toda a caterva[8] de filósofos que levam a admiração ao ânimo dos leitores e fazem que estes julguem os autores dos tais livros como homens lidos, eruditos e eloquentes? Pois que, quando citam a Divina Escritura, se dirá que são uns Santos Tomases e outros doutores da Igreja, guardando nisso um decoro tão engenhoso que em uma linha pintam um namorado distraído e em outra fazem um sermãozinho tão cristão que é mesmo um regalo lê-lo ou ouvi-lo.[9] De tudo isso há de carecer o meu livro, porque nem tenho que notar nele à margem,[10] nem que comentar no fim, e ainda menos sei os autores que sigo nele para pô-los em um catálogo pelas letras do alfabeto, como se usa, começando em Aristóteles e acabando em Xenofonte, em Zóilo ou em Zêuxis,[11] ainda que foi maldizente um desses e pintor o outro. Também há de o meu livro carecer de sonetos no princípio, pelo menos de sonetos cujos autores sejam duques, marqueses, condes, bispos, damas ou poetas celebérrimos, bem que, se eu os pedisse a dois ou três amigos meus que entendem da matéria, sei que mos dariam tais que não os igualassem os daqueles que têm mais nome na nossa Espanha. Enfim, meu bom e querido amigo, continuei eu, tenho assentado comigo em que o Senhor Dom Quixote continue a jazer sepultado nos arquivos da Mancha até que o céu lhe depare pessoa competente que o adorne de todas estas coisas que lhe faltam, porque eu me sinto incapaz de remediá-las em razão das minhas poucas letras e natural insuficiência, e, ainda de mais a mais, porque sou muito preguiçoso e custa-me muito andar procurando autores que me digam aquilo que eu muito bem me sei dizer sem eles. Daqui nasce o embaraço e suspensão em que me achastes submerso: bastante causa me parece ser esta que tendes ouvido para produzir em mim os efeitos que presenciais.

---

[8] Grupo de pessoas, animais ou coisas; grupo de vadios, desordeiros, pessoas de mau comportamento.

[9] A leitura pública era, na época, um dos modos fundamentais para a difusão da literatura.

[10] Nos livros antigos, frequentemente se imprimiam à margem referências ao autor e obra citados, sumários de certos parágrafos, comentários do tradutor, etc.

[11] Zóilo, que se atreveu a escrever contra Homero buscando sua própria fama, tornou-se sinônimo de crítico teimoso e detrator; Zêuxis, pintor grego. *A Arcádia* (1598, 1599, 1602, 1603), de Lope de Vega, apresenta uma longa exposição dos nomes poéticos e históricos, disposta em ordem alfabética e extraída de difundidos repertórios renascentistas; coisa similar ocorre no *Isidro* (1599, 1602, 1603) e em *O peregrino em sua pátria*.

Quando o meu amigo acabou de ouvir tudo o que eu lhe disse, deu uma grande palmada na testa e, em seguida, depois de uma longa e estrondosa gargalhada, me respondeu:

— Por Deus, meu amigo, que ainda agora acabo de sair de um engano em que tenho estado desde todo o muito tempo em que vos hei conhecido, no qual sempre vos julguei homem discreto e prudente em todas as vossas ações. Agora, porém, conheço o erro em que caí e o quanto estais longe de serdes o que eu pensava, que me parece ser maior a distância do que é do céu à terra. Como?! Pois é possível que coisas de tão insignificante importância e tão fáceis de remediar possam ter força de confundir e suspender um engenho[12] tão maduro como o vosso, e tão afeito a romper e passar triunfantemente por cima de outras dificuldades muito maiores? À fé que isso não vem de falta de habilidade, mas sim de sobejo de preguiça e penúria de reflexão. Quereis convencer-vos da verdade que vos digo? Estai atento ao que vou dizer-vos, e em um abrir e fechar de olhos achareis desfeitas e destruídas todas as vossas dificuldades, e remediadas todas as faltas que vos assustam e acobardam para deixardes de apresentar à luz do mundo a história do vosso famoso Dom Quixote, espelho e brilho de toda a cavalaria andante.

Aqui lhe atalhei eu com a seguinte pergunta:

— Dizei-me: qual é o modo por que pensais que hei de encher o vazio do meu temor e trazer a lúcida claridade ao escuro caos da minha confusão?

A isso me replicou ele:

— O reparo que fazeis sobre os tais sonetos, epigramas e elogios que faltam para o princípio do vosso livro, e que sejam de personagens graves e de título, se pode remediar, uma vez que vós mesmos queirais ter o trabalho de compô-los, e depois batizá-los, pondo-lhes o nome da pessoa que for mais do vosso agrado, podendo mesmo atribuí-los ao Preste João das Índias ou ao Imperador de Trapisonda,[13] dos quais eu por notícias certas sei que foram famosos poetas; mas, ainda quando isto seja patranha[14] e não o tenham sido, e apareçam porventura alguns

---

[12] Capacidade de criar, produzir com arte, habilidade; criatividade, talento.

[13] Personagens lendários, com presença frequente na literatura cavaleiresca. Trapisonda é Trebizonda, cidade situada na costa meridional do mar Negro e capital de uma das quatro partes em que se dividiu o império grego por volta de 1220; as outras três eram: Constantinopla, Tessalônica e Niceia.

[14] História mentirosa; engano, falsidade.

pedantes palradores,[15] que vos mordam por detrás e murmurem desta peta,[16] não se vos dê dez-réis de mel coado desses falatórios, porque, ainda quando averiguem a vossa velhacaria a respeito da paternidade dos tais versos, nem por isso vos hão de cortar a mão com que os escrevestes.

"Quanto ao negócio de citar nas margens do livro os nomes dos autores dos quais vos aproveitastes para inserirdes na vossa história os seus ditos e sentenças, não tendes mais que vos arranjar de maneira que venham a ponto algumas dessas sentenças, as quais vós saibais de memória, ou pelo menos que vos dê o procurá-las muito pouco trabalho, como será, tratando por exemplo de liberdade e escravidão, citar a seguinte:

*Non bene pro toto libertas venditur auro.*[17]

"E logo à margem citar Horácio, ou quem foi que o disse. Se tratardes do poder da morte, acudi logo com:

*Pallida mors aequo pulsat pede pauperum tabernas, regumque turre*s.[18]

"Se da amizade e amor que Deus manda ter para com os inimigos, entrai-vos logo sem demora pela Escritura Divina, o que podeis fazer com um pouco de curiosidade e dizer depois as palavras pelo menos do próprio Deus: *Ego autem dico vobis: diligite inimicos vestros.*[19] Se tratardes de maus pensamentos, vinde com o Evangelho, quando este diz: *De corde exeunt cogitationes malae*;[20] se da instabilidade dos amigos, aí está Catão que vos dará o seu dístico:

---

[15] Faladores, tagarelas.
[16] Mentira, fraude.
[17] "Não há ouro para pagar suficientemente a venda da liberdade"; os versos não são de Horácio, e sim de uma versão medieval de uma fábula de Esopo.
[18] Horácio, *Carminun*, I, ode 4. "Que a morte amarela vá igualmente à choça do pobre desvalido e ao alcácer do rei potente."
[19] São Mateus V, 44. "E eu vos digo: amai aos vossos inimigos."
[20] São Mateus XV, 19. "Do coração procedem os maus pensamentos."

*Donec eris felix, multo numerabis amicos,*
*Tempora si fuerint nubila, solus eris.*[21]

"Com estes latins e com outros que tais, ter-vos-ão sequer por gramático, que já o sê-lo não é pouco honroso, e às vezes também proveitoso nos tempos de agora.

"Pelo que toca a fazer anotações ou comentários no fim do livro, podeis fazê-lo com segurança da maneira seguinte: se nomeardes no vosso livro algum gigante, não vos esqueçais de que este seja o gigante Golias, e somente com esse nome, que vos custará muito pouco a escrever, tendes já um grande comentário a fazer, porque podeis dizer, pouco mais ou menos, isto: 'O gigante Golias, ou Goliat, foi um filisteu, a quem o pastor Davi matou com uma grande pedrada que lhe deu no vale de Terebinto, segundo se conta no Livro dos Reis',[22] no capítulo onde achardes que esta história se acha escrita.

"Em seguida a essa anotação, para mostrar-vos homem erudito em letras humanas e ao mesmo tempo um bom cosmógrafo, fazei de modo que no livro se comemore o rio Tejo, e vireis logo com um magnífico comentário, dizendo: 'O rio Tejo foi assim chamado em memória de um antigo rei das Espanhas; tem o seu nascimento em tal lugar e vai morrer no mar oceano, beijando os muros da famosa cidade de Lisboa, e é opinião de muita gente que traz areias de ouro', etc. Se tratardes de ladrões, dar-vos-ei a história de Caco,[23] a qual eu sei de cor; se de mulheres namoradeiras, aí está o bispo de Mondonedo que vos emprestará Lâmia, Laís e Flora, cujo comentário vos granjeará grande crédito;[24] se de mulheres cruéis, Ovídio porá Medeia[25] à vossa disposição; se de feiticeiras e encantadoras, lá tendes Calipso em Homero, e Circe em

---

[21] São versos de Ovídio (*Tristia*, I, IX), convertidos em lugar-comum: "Enquanto tiveres sorte, contarás com muitos amigos, mas se os tempos se nublarem, estarás sozinho". A atribuição a Catão pode ser intencionalmente falsa, pois a ele se imputaram muitas sentenças de tipo moral.

[22] 1 Reis XVII, 12-54, na divisão antiga da Vulgata, que na moderna corresponde ao mesmo capítulo e versículos de 1 Samuel.

[23] Caco, filho de Vulcano, roubou os bois de Hércules enquanto este dormia; a história é contada na *Eneida*, VIII.

[24] Com efeito, em uma de suas *Epístolas familiares*, mencionam-se as três mulheres citadas. A alusão de Cervantes é irônica, tanto pela forma em que é feita como pelos muitos enganos e fraudes que contêm os livros de frei Antônio de Guevara, bispo de Mondonedo.

[25] Medeia matou os filhos quando soube que seu esposo Jasão ia se casar com outra mulher. A história é contada nas *Metamorfoses* de Ovídio, VII.

Virgílio;²⁶ se de capitães valorosos, Júlio César se vos dá a si próprio nos seus *Comentários*, e Plutarco vos dará mil Alexandres.²⁷ Se vos meterdes em negócios de amores, com duas onças que saibais da língua toscana topareis em Leão Hebreu,²⁸ que vos encherá as medidas, e, se não quereis viajar por terras estranhas, em vossa casa achareis Fonseca e seu *Amor de Deus*,²⁹ no qual se cifra tudo quanto vós e qualquer dos mais engenhosos escritores possa acertar a dizer em tal matéria. Em conclusão, nada mais há senão que vós procureis meter no livro estes nomes ou tocar nele estas histórias que vos apontei, e depois deixai ao meu cuidado pôr as notas marginais, e as anotações e comentários finais, e vos dou a minha palavra de honra de vos atestar as margens de notas, e de encher ao fim do livro uma resma de papel toda cheia de comentários.

"Vamos agora à citação dos autores que por aí costumam trazer os outros livros, mas que falta no vosso. O remédio dessa míngua é muito fácil, porque nada mais tendes a fazer do que pegar em um catálogo, que contenha todos os autores conhecidos por ordem alfabética,³⁰ como há pouco dissestes. Depois pegareis esse mesmo catálogo e o inserireis no vosso livro, porque, apesar de ficar a mentira totalmente calva por não terdes necessidade de incomodar a tanta gente, isso pouco importa; e porventura encontrareis leitores tão bons e tão ingênuos que acreditem na verdade do vosso catálogo e se persuadam de que a vossa história, tão simples e tão singela, todavia precisava muito daquelas imensas citações, e, quando não sirva isto de outra coisa, servirá contudo por certo de dar ao vosso livro uma grande autoridade. Além de que ninguém quererá dar-se ao trabalho de averiguar, se todos aqueles autores foram consultados e seguidos por vós ou não foram, porque daí não tira proveito algum. E, de mais a mais, se me não iludo, esse vosso livro não carece de alguma dessas coisas que dizeis lhe faltar, pois todo ele é uma invectiva

---

²⁶ Personagens da *Odisseia* de Homero. A ninfa Calipso se apaixonou por Ulisses e o prendeu por sete anos; Circe converteu em porcos a tripulação do herói; este último relato também aparece na *Eneida*, VII.

²⁷ *De bello gallico* e *De bello civile*, do próprio Júlio César.

²⁸ Judá Abravanel, mais conhecido como Leão Hebreu, é o autor dos *Diálogos de amor*, que foi um dos mais importantes tratados da erótica renascentista.

²⁹ Alude ao *Tratado do amor de Deus* (1592), do frei agostiniano Cristóbal de Fonseca.

³⁰ Eram abundantes os livros que traziam uma lista de autores ou temas tratados, mas é comum pensar que Cervantes alude concretamente a *A Arcádia*, de Lope de Vega, cuja *exposição dos nomes poéticos* é em grande medida extraída do *Dictionarium* de Charles Estienne.

contra os livros de cavalarias, dos quais nunca se lembrou Aristóteles nem vieram à ideia de Cícero, e mesmo São Basílio guardou profundo silêncio a respeito deles;[31] o livro que escreveis há de conter disparates fabulosos, com os quais nada têm que ver as pontualidades da verdade nem as observações da astrologia; nem lhe servem de coisa alguma as medidas geométricas nem a confutação dos argumentos usados pela retórica; nem tem necessidade de fazer sermões aos leitores misturando o humano com o divino, mistura esta que não deve sair de algum cristão entendimento. No vosso livro, o que muito convém é uma feliz imitação dos bons modelos, a qual, quanto mais perfeita for, tanto melhor será o que se escrever. E, pois que a vossa escritura tem por único fim desfazer a autoridade que por esse mundo e entre o vulgo ganharam os livros de cavalarias, não careceis de andar mendigando sentenças de filósofos, conselhos da Divina Escritura, fábulas de poetas, orações de retóricos e milagres de santos; o de que precisais é procurar que a vossa história se apresente em público escrita em estilo significativo, com palavras honestas e bem colocadas, sonoras e festivas em grande abastança, pintando em tudo quanto for possível a vossa intenção, fazendo entender os vossos conceitos sem torná-los intrincados nem obscuros. Procurai também que, quando ler o vosso livro, o melancólico se alegre e solte uma risada, que o risonho quase endoideça de prazer,[32] o simples se não enfade, o discreto se admire da vossa intenção, o grave não a despreze nem o prudente deixe de gabá-la. Finalmente, tende sempre posta a mira em derrubar a mal fundada máquina desses cavaleirescos livros aborrecidos de muita gente, e louvados e queridos de muita mais; se conseguirdes fazer quanto vos digo, não tereis feito pouco."

Com grande silêncio estive eu escutando o que o meu amigo me dizia, e com tal força se imprimiram em mim as suas razões que sem mais discussão alguma as aprovei por boas, e delas mesmas quis compor este prólogo; aqui verás, leitor suave, a descrição do meu amigo, a minha boa ventura de encontrar um tal conselheiro em tempo de tão apertada necessidade, e a tua consolação em poderes ler a história tão sincera e tão

---

[31] São citados três autores muito frequentes na teoria literária da época: Aristóteles por sua *Poética*, Cícero por seus tratados retóricos e Basílio pela epístola *Ad adolescentes*, utilizada nas polêmicas renascentistas sobre o valor dos escritores clássicos.

[32] A leitura do *Quixote* como livro de sátiras que provocam o riso, expressa aqui por Cervantes, foi a que predominou nos séculos XVII e XVIII.

verdadeira do famoso Dom Quixote de la Mancha, do qual a opinião mais geral dos habitantes do campo de Montiel[33] é haver sido o mais casto enamorado e o mais valente cavaleiro que desde muitos anos a esta parte apareceu por aqueles sítios. Não quero encarecer-te o serviço que te presto em dar-te a conhecer tão honrado e notável cavaleiro; mas sempre quero que me agradeças o conhecimento que virás a ter do grande Sancho Pança, seu escudeiro, no qual, segundo o meu parecer, te dou enfeixadas todas as graças escudeirais que pela caterva dos livros ocos de cavalaria se encontram espalhadas e dispersas. E, com isto, Deus te dê saúde, e não se esqueça de mim.

*Vale.*[34]

---

[33] Comarca de La Mancha, entre Ciudad Real e Albacete, onde se inicia a ação.

[34] "Que estejas bem", fórmula latina de despedida. Como se observará, enquanto a maior parte do prólogo está baseada na crítica das práticas e ideais da literatura mais estimada nos primeiros anos do século XVII, só no final Cervantes declara que sua obra é uma crítica aos livros de cavalaria.

# VERSOS PRELIMINARES

## AO LIVRO DE DOM QUIXOTE DE LA MANCHA
## URGANDA, A DESCONHECIDA[1]

*Si de llegarte a los bue-*,[2]
*libro, fueres con letu-,*
*no te dirá el boquirru-*
*que no pones bien los de-*
*mas si el pan no se te cue-*
*por ir a manos de idio-,*
*verás de manos a bo-,*
*aun no dar una el cla-,*
*si bien se comeu las ma-*
*por mostrar que sou curio-.*

*Y pues la experiencia ense-*
*que el que a buen árbol se arri-*
*buena sombra le cobi-,*
*en Béjar tu buena estre-*
*un árbol real te ofre-*
*que da príncipes por fru-,*
*en el cual floreció un du-*
*que es nuevo Alejandro Ma-:*

---

[1] Urganda, a Desconhecida, era a maga protetora do cavaleiro Amadis de Gaula. A encantadora Urganda, diz Clemencín, "foi singularmente amiga de Amadis. O motivo de chamar-se desconhecida se explica no capítulo XI do livro de Amadis, em que o gigante Gandalac, que havia educado Galaor e o levava a armar-se cavaleiro, disse-lhe, falando de Urganda, que se chamava 'desconhecida' pelas muitas vezes que se transformava em 'desconhecida'".

[2] Os versos de pé quebrado (ou seja, em cada verso se suprime a sílaba seguinte à última acentuada) eram próprios da poesia cômica.

*llega a su sombra; que a osa-*
*favorece la fortu-.*

*De un noble hidalgo manche-*
*contarás las aventu-,*
*a quien ociosas letu-*
*transtornaron la cabe-:*
*damas, armas, caballe-,*
*le provocaron de mo-,*
*que, cual Orlando Furio-,*
*templado a lo enamora-,*
*alcanzó a fuerza de bra-*
*a Dulcinea del Tobo-.*

*No indiscretos hierogli-*
*estampes en el escu-;*
*que cuando es todo figu-,*
*con ruines puntos se envi-.*
*Si en lá dirección te humi-,*
*no dirá mofante algo-:*
*"¡Qué don Alvaro de Lu-,*
*qué Aníbal el de Carta-,*
*qué Rey Francisco en Espa-*
*se queja de la fortu-!"*

*Pues al cielo no le plu-*
*que salieses tan ladi-*
*como el negro Juan Lati-,*
*hablar latines rehu-.*
*No me despuntes de agu-,*
*ni me alegues con filó-;*
*porque, torciendo la bo-,*
*dirá el que entiende la le-,*
*no um palmo de las ore-:*
*"¿Para qué conmigo flo-?"*

*No te metas en dibu-,*
*ni en saber vidas aje-;*

*que en lo que no va ni vie-,*
*pasar de largo es cordu-.*
*Que suelen en caperu-*
*darles a los que grace-;*
*mas tu quémate las ce-*
*sólo en cobrar buena fa-,*
*que el que imprime neceda-*
*dalas a censo perpe-.*

*Advierte que es desati-,*
*siendo de vidrio el teja-,*
*tomar piedras en las ma-*
*para tirar al veci-.*
*Deja que el hombre de jui-*
*en las obras que compo-*
*se vaya con pies de plo-;*
*que el que saca a luz pape-*
*para entretener donce-*
*escribe a tontas y a lo-.*

TRADUÇÃO:

Se de chegar-te aos [bons],
livro, fosses com leitu[ra],
não te dirá o boquirro[to]
que não pões bem os de[dos].
Mas se o pão não se te co[ze]
por ir a mãos de idio[tas]
verás de mãos a bo[ca],
ainda não dar uma no cra[vo]
se bem se comem as mã[os]
por mostrar que são curio[sas].

E pois a experiência ensi[na]
que o que a boa árvore se arri[ma]
boa sombra o aco[lhe],
em Béjar tua boa estre[la]
uma árvore real te ofere[ce]

que dá príncipes por fru[to],³
na qual floresceu um du[que]
que é novo Alexandre Mag[no]:
chega a sua sombra; que a ousa[dos]
favorece a Fortu[na].

De um nobre fidalgo manche[go]
contarás as aventu[ras],
a quem ociosas leitu[ras]
transtornaram a cabe[ça]:
damas, armas, cavalei[ros]
o provocaram de mo[do]
que, qual Orlando Furio[so]⁴
dosado ao namora[do],
alcançou à força de bra[ço]
a Dulcineia del Tobo[so].

Não indiscretos hierógli[fos]
estampes no escu[do];⁵
que quando é tudo figu[ra],
com ruins pontos se apos[ta].
Se na direção⁶ te humi[lhas],
não dirá trocista algum:
"Que Dom Álvaro de Lu[na],
que Aníbal, o de Carta[go],
que Rei Francisco na Espa[nha]
se queixa da Fortu[na]!"⁷

---

³ "Árvore real" e com "príncipes por frutos", porque os duques de Béjar, de sobrenome Zúñiga, tinham em sua árvore genealógica os reis de Navarra.

⁴ Alusão ao poema cavaleiresco *Orlando furioso* (1516-32), de Ludovico Ariosto, cujo começo: "Le donne i cavalier, l'arme, gli amori", Cervantes parece traduzir.

⁵ A opinião mais comum é que o escudo seja o de Bernardo del Carpio (com dezenove "torres de vento") que Lope de Vega imprimiu em vários livros seus para fingir uma ascendência ilustre.

⁶ Dedicatória.

⁷ Dando a entender que as queixas em questão ficariam bem na boca de um grande personagem (como Dom Álvaro de Luna ao ser degolado, Aníbal quando se suicidou ou Francisco I da França durante sua prisão em Madri), mas não comovem na boca de quem as profere.

Pois aos céus não aprou[ve]
que saísses tão ladi[no],
como o negro João Lati[no],⁸
falar latim se recu[sa].
Não me espetes com agu[lha],
nem me alegues com filóso[fo];
porque, torcendo a bo[ca],
dirá o que entende a le[tra],
não um palmo das ore[lhas]:
"Para que comigo flore[ar]?"

Não te metas em dese[nhos]
nem em saber vidas alhei[as];
que ao que não vai nem [vem]
passar ao largo é cordu[ra].
que costumam em caperu[ça]⁹
dá-los aos que grace[jam];
mas queima-te as pesta[nas]
só em cobrar boa fa[ma];
que o que imprime toli[ces]
dá-as a censo perpé[tuo].¹⁰

Adverte que é desati[no],
sendo de vidro o telha[do],
apanhar pedras na [mão]
para atirar ao vizi[nho].
Deixa que o homem de juí[zo]
nas obras que com[põe]
se vá com pés de chum[bo];
que o que tira à luz pa[péis]
para entreter donze[las]
escreve às tontas e às lou[cas].

---

⁸ João Latino foi um escravo negro que chegou a ser catedrático e alcançou fama como poeta em latim.

⁹ "Dar em caperuça": frustrar os objetivos de alguém.

¹⁰ O censo perpétuo era uma espécie de hipoteca especialmente difícil de amortizar.

# AMADIS DE GAULA[11]
# A DOM QUIXOTE DE LA MANCHA

SONETO

*Tú que imitaste la llorosa vida*
*que tuve, ausente y desdeñado, sobre*
*el gran ribazo de la Peña Pobre,*
*de alegre a penitencia reducida.*

*Tú, a quién los ojos dieron la bebida*
*de abundante licor, aunque salobre,*
*y alzándote la plata, estaño y cobre,*
*te dió la tierra en tierra la comida,*

*Vive seguro de que eternamente,*
*en tanto, al menos, que en la cuarta esfera*
*sus caballos aguije el rubio Apolo,*

*Tendrás claro renombre de valiente;*
*tu patria será en todas la primera;*
*tu sábio autor, al mundo único y solo.*

---

[11] Amadis de Gaula, protagonista do livro de cavalaria mais famoso (composto provavelmente no século XIV, mas cuja imensa fortuna se baseia na recompilação de Garcí Rodríguez de Montalvo, publicada pela primeira vez em torno de 1495), é evocado aqui especialmente no episódio em que se retira à ilha da Penha Pobre "consumindo seus dias em lágrimas e em contínuas dores" (I, XLVIII), em penitência depois imitada por Dom Quixote (I, XXV).

TRADUÇÃO:

Tu, que imitaste a chorosa vida
que levei ausente e desdenhado sobre
o grande penhasco da Penha Pobre,
de alegre a penitência reduzida.

Tu, a quem os olhos deram a bebida
de abundante licor, embora salobra,
e erguendo-te de prata, estanho e cobre,
te deu a terra em terra a comida,

Vive seguro de que eternamente,
em tanto, ao menos, que na quarta esfera
seus cavalos excite o ruivo Apolo,

Terás claro renome de valente;
tua pátria será dentre todas a primeira;
teu sábio autor, ao mundo único e só.

# DOM BELIANIS DE GRÉCIA[12]
# A DOM QUIXOTE DE LA MANCHA

SONETO

*Rompí, corté, abollé, y dije y hice*
*más que en el orbe cabalero andante;*
*fui diestro, fui valiente, fui arrogante;*
*mil agravios vengué, cien mil deshice.*

*Hazañas di a la Fama que eternice;*
*fue comedido y regalado amante;*
*fue enano para mi todo gigante*
*y al duelo en cualquier punto satisfice.*

*Tuve a mis pies postrada la Fortuna,*
*y traje del copete mi cordura*
*a la calva Ocasión del estricote.*

*Mas, aunque sobre el cuerno de la luna*
*siempre se vio encumbrada mi ventura,*
*tus proezas envidio, ¡oh gran Quijote!*

---

[12] Protagonista de um livro de cavalaria, em quatro partes (1547-1579), de autoria de Jerônimo Fernández.

TRADUÇÃO:

Rompi, cortei, amolguei, disse e fiz
mais que no orbe cavaleiro andante;
fui destro, valente, arrogante;
mil agravos vinguei, cem mil desfiz.

Façanhas dei à Fama que eternize;
comedido e regalado amante;
foi anão para mim todo gigante
e ao duelo em qualquer ponto satisfiz.

Tive a meus pés prostrada a Fortuna,
e trouxe do copete minha cordura
à calva Ocasião do estricote.[13]

Mas, ainda sobre os cornos da lua,
sempre se viu no cume minha ventura,
tuas proezas invejo, ó grão Quixote!

---

[13] Calva Ocasião, como é costume pintá-la, é uma referência ao "copete", corte de cabelo usado pelos cavaleiros do século XVII, para alargar a proporção do rosto. O teatro espanhol desse século oferece algumas alusões sobre essa moda masculina. Do estricote: dos maus-tratos.

## A SENHORA ORIANA[14]
## A DULCINEIA DEL TOBOSO

SONETO

*¡Oh, quién tuviera, hermosa Dulcinea,*
*por más comodidad y más reposo,*
*a Miraflores puesto en el Toboso,*
*y trocara sus Londres con tu aldea!*

*¡Oh, quién de tus deseos y librea*
*alma y cuerpo adornara, y del famoso*
*caballero que hiciste venturoso*
*mirara alguna desigual pelea!*

*¡Oh, quién tan castamente se escapara*
*del señor Amadís como tú hiciste*
*del comedido hidalgo Don Quijote!*

*Que así envidiada fuera, y no envidiara,*
*y fuera alegre el tiempo que fue triste.*
*y gozara los gustos sin escote.*

---

[14] Oriana, filha do rei Lisuarte da Bretanha, é a dama a quem serve e desposa Amadis de Gaula.

TRADUÇÃO:

Oh, quem tivera, formosa Dulcineia,
por mais comodidade e mais repouso,
a Miraflores[15] posto em El Toboso,
e trocara seus Londres com tua aldeia!

Oh, quem de teus desejos e libré[16]
alma e corpo adornara e do famoso
cavaleiro que fizeste venturoso
mirara alguma desigual peleja!

Oh, quem tão castamente se escapara
do Senhor Amadis, como fizeste
do comedido fidalgo Dom Quixote!

Que, assim, invejada fora e não invejara,
e fora alegre o tempo que foi triste,
e gozara os prazeres sem limite.

---

[15] O castelo de Miraflores ficava a duas léguas de Londres e era pequeno, mas "a mais deliciosa morada que em toda aquela terra havia..." (*Amadis de Gaula*, II, LIII).

[16] Fardamento provido de galões e botões distintivos usado pelos criados de casas nobres e senhoriais.

# GANDALIM,
## ESCUDEIRO DE AMADIS DE GAULA,
### A SANCHO PANÇA,
### ESCUDEIRO DE DOM QUIXOTE

SONETO

*Salve, varón famoso, a quien Fortuna,*
*cuando en el trato escuderil te puso,*
*tan blanda y cuerdamente lo dispuso,*
*que lo pasaste sin desgracia alguna.*

*Ya la azada o la hoz poco repugna*
*al andante ejercicio; ya está en uso*
*la llaneza escudera, con que acuso*
*al soberbio que intenta hollar la luna.*

*Envidio a tu jumento y a tu nombre,*
*y a tus alforjas igualmente envidio,*
*que mostraron tu cuerda providencia.*

*Salve otra vez, ¡oh Sancho! tan buen hombre,*
*que a solo tú nuestro español Ovidio*
*con buzcorona te hace reverencia.*

TRADUÇÃO

Salve, varão famoso, a quem Fortuna
quando no trato escudeiril te pôs,
tão pacata e brandamente o dispôs,
que o passaste sem desgraça alguma.

Já a enxada ou a foice pouco repugna
ao andante exercício; já está em uso
a lhaneza[17] escudeira, com que acuso
ao soberbo que intenta pisar a lua.

Invejo teu jumento e teu nome,
e a teus alforjes igualmente invejo,
que mostraram tua pacata providência.

Salve outra vez, ó Sancho! Tão bom homem,
que a ti só nosso espanhol Ovídio[18]
com um cascudo te faz reverência.

---

[17] Qualidade do que é lhano, afável; candura, singeleza.
[18] Não está claro por que Gandalim trata o autor da obra de "nosso espanhol Ovídio": talvez por narrar a metamorfose de Sancho, de lavrador em escudeiro.

# DEL DONOSO,
# POETA ENTREVERADO,[19]
# A SANCHO PANÇA E ROCINANTE

### A SANCHO PANÇA

*Soy Sancho Panza, escude-*
*del manchego Don Quijo-;*
*puse pies en polvoro-,*
*por vivir a lo discre-;*
*que el tácito Villadie-*
*toda su razón de esta-*
*cifró en una retira-,*
*según siente Celesti-,*
*libro, en mi opinión, divi-,*
*si encubriera más lo huma-.*

### A ROCINANTE

*Soy Rocinante el famo-,*
*biznieto del gran Babie-;*
*por pecados de flaque-*
*fui a poder de un Don Quijo-,*
*parejas corrí a lo flo-;*
*mas por uña de caba-*
*no se me escapó ceba-;*
*que esto saqué a Lazari-*
*cuando, para hurtar el vi-*
*al ciego, le di la pa-.*

---

[19] "Que escreve poemas em que mescla várias coisas." Supôs-se que haja aqui uma referência a Gabriel Lobo Lasso de la Vega, que pode ter colaborado nos poemas preliminares.

TRADUÇÃO

Sou Sancho Pança, escudei[ro]
do manchego Dom Quixo[te],
pus pés em polvoro[sa]
para viver ao discre[to];
que o tácito Vila-Dio[go][20]
toda sua razão de Esta[do]
cifrou numa retira[da],
segundo sente Celesti[na],[21]
livro, a meu ver, divi[no],
se encobrisse mais o huma[no].

Sou Rocinante, o famo[so],
bisneto do grande Babie[ca];[22]
por pecados de fraque[za]
fui a poder dum Dom Quixo[te];
parelhas corri ao frou[xo];
mas por unha de cava[lo][23]
não me escapou ceva[da];
que isto tirei a Lazari[lho][24]
quando, para furtar o vi[nho]
ao cego, lhe dei a pa[lha].

---

[20] Vila-Diogo é um personagem folclórico na expressão "tomar as calças de Vila-Diogo", ou seja, fugir apressadamente.
[21] *A tragicomédia de Calisto e Melibeia*, obra de Fernando de Rojas; Cervantes, ao afirmar que esse livro seria divino se encobrisse mais o humano, refere-se ao cru realismo da obra.
[22] Babieca é o cavalo do Cid Campeador.
[23] Escapar depressa.
[24] Alusão a uma das passagens mais conhecidas do livro *Lazarilho de Tormes*: o cego segura uma vasilha de vinho, e Lazarilho a bebe sem que seu amo perceba.

# ORLANDO FURIOSO
# A DOM QUIXOTE DE LA MANCHA

### SONETO

*Si no eres par, tampoco le has tenido;*
*que par pudieras ser entre mil pares,*
*ni puede haberle donde tú te hallares,*
*invicto vencedor, jamás vencido.*

*Orlando soy, Quijote, que perdido*
*por Angélica, vi remotos mares,*
*ofreciendo a la Fama en sus altares*
*aquel valor que respetó el olvido.*

*No puedo ser tu igual; que este decoro*
*se debe a tus proezas y a tu fama,*
*puesto que, como yo, perdeste el seso.*

*Mas serlo has mio, si al soberbio Moro*
*y Cita fiero domas, que hoy nos llama*
*iguales en amor con mal suceso.*

TRADUÇÃO:

Se não és par,[25] tampouco o tiveste;
que par puderas ser entre mil pares,
nem pode havê-lo onde tu te achares,
invicto vencedor, jamais vencido.

Orlando sou, Quixote, que perdido
por Angélica,[26] vi remotos mares,
oferecendo à Fama em seus altares
aquele valor que respeitou o olvido.

Não posso ser teu igual, que este decoro
se deve a tuas proezas e à tua fama,
posto que, como eu, perdeste o siso.

Mas sê-lo-ás meu, se ao soberbo mouro
e cita fero[27] domas, que hoje nos chama
iguais em amor com mau sucesso.

---

[25] Orlando era um dos Doze Pares de França, os cavaleiros que formavam o séquito de Carlos Magno, "a quem chamaram *pares* por ser todos iguais".

[26] Orlando enlouqueceu por Angélica, princesa do Catai, que preferiu como amante Medoro.

[27] Cita feroz. Citas são os antigos habitantes da Cítia, região que na Antiguidade abrangia parte do sudeste da Europa e do sudoeste da Ásia, desde o norte do mar Negro até o mar de Aral, ao sul da Sarmácia. São exemplos de valentia na tradição literária.

# O CAVALEIRO DO FEBO[28]
# A DOM QUIXOTE DE LA MANCHA

### SONETO

*A vuestra espada no igualó la mía,*
*Febo español, curioso cortesano,*
*ni a la alta gloria de valor mi mano,*
*que rayo fue do nace y muere el día.*

*Impérios desprecié: la monarquía*
*que me ofreció el Oriente rojo en vano*
*dejé, por ver el rostro soberano*
*de Claridiana, aurora hermosa mía.*

*Améla por milagro único y raro,*
*y, ausente en su desgracia, el propio infierno*
*temió mi brazo, que domó su rabia.*

*Mas vos, godo Quijote, ilustre y claro,*
*por Dulcinea sois al mundo eterno,*
*y ella por vos, famosa, honesta y sabia.*

---

[28] Personagem principal do *Espelho de príncipes e cavaleiros* (Zaragoza, 1555), de Diego Ortúñez de Calahorra, e de várias continuações.

TRADUÇÃO:

A vossa espada não igualou a minha,
Febo espanhol, curioso cortesão,
nem à alta glória de valor minha mão,
que raio foi donde nasce e morre o dia.

Impérios desprezei: a monarquia
que me ofereceu o Oriente vermelho em vão
deixei, para ver o rosto soberano
de Claridiana,[29] aurora bela minha.

Amei-a por milagre único e raro,
e, ausente em sua desgraça, o próprio inferno
temeu meu braço que domou sua raiva.

Mas vós, godo[30] Quixote, ilustre e claro,
por Dulcineia sois ao mundo eterno,
e ela por vós, famosa, honesta e sábia.

---

[29] Pelo amor de Claridiana, o Cavaleiro do Febo renunciou à mão de Lindabrides e ao império da Tartária.

[30] "Nobre", pois a mais alta nobreza alardeava "provir dos godos".

# DE SOLISDÃO[31]
# A DOM QUIXOTE DE LA MANCHA

SONETO

*Maguer, señor Quijote, que sandeces*
*vos tengan el cerbelo derrumbado,*
*nunca seréis de alguno reprochado*
*por home de obras viles y soeces.*

*Serán vuesas fazañas los joeces,*
*pues tuertos desfaciendo habéis andado,*
*siendo vegadas mil apaleado*
*por follones cautivos y raheces.*

*Y si la vuesa linda Dulcinea*
*desaguisado contra vos comete,*
*ni a vuesas cuitas muestra buen talante,*

*En tal desmán, vueso conorte sea*
*que Sancho Panza fue mal alcagüete,*
*necio él, dura ella, y vos no amante.*

---

[31] Ignora-se se Solisdão é um herói cavaleiresco não identificado, um nome inventado, um anagrama ou pseudônimo ou ainda uma mera errata (talvez por Solimão, personagem do *Amadis*).

TRADUÇÃO

Embora, Senhor Quixote, as sandices
vos tenham transtornado o cérebro,
nunca sereis por alguém repreendido
por homem de obras vis e soezes.

Serão vossas façanhas os juízes,
pois andastes desfazendo erros,
sendo surrado vezes mil
por vagabundos cativos e desprezíveis.

E se a vossa linda Dulcineia
desaguisado contra vós comete,
nem a vossas penas mostra bom talante,

Nesse desmando, vosso consolo seja
que Sancho Pança foi mau alcoviteiro,
néscio ele, dura ela, e vós não amante.

## DIÁLOGO[32] ENTRE BABIECA E ROCINANTE

### SONETO

B. *¿Como estáis, Rocinante, tan delgado?*
R. *Porque nunca se come, y se trabaja.*
B. *Pues ¿qué es de la cevada y de la paja?*
R. *No me deja mi amo ni un bocado.*

B. *Andá, señor, que estáis muy mal criado,*
*Pues vuestra lengua de asno al amo ultraja.*
R. *Asno se es de la cuna a la mortaja,*
*¿Queréislo ver? Miraldo enamorado.*

B. *¿Es necedad amar? R. No es gran prudencia.*
B. *Metafísico estáis. R. Es que no como.*
B. *Quejaos del escudero. R. No es bastante.*

*¿Cómo me he de quejar en mi dolencia*
*Si el amo y escudero o mayordomo*
*Son tan rocines como Rocinante?*

---

[32] A conversa entre dois animais (como na novela exemplar *O colóquio dos cães*), e inclusive entre dois cavalos que criticam seus amos, não carecia de tradição na poesia satírica da época: sobretudo no romance de Góngora "Murmuravam os rocins/ à porta do Palácio...", e no de Quevedo "Três mulas de três doutores".

TRADUÇÃO:

B. Como estás, Rocinante, tão delgado?
R. Porque nunca se come, e se trabalha.
B. Onde a tua cevada e a tua palha?
R. Meu amo não me deixa nem um bocado.

B. Vai, senhor, que tagarela,
Teu amo ultrajando frente a mim.
R. E tu, que asno serás até o fim,
Se de amor caíste na esparrela?

B. É burrice amar? R. Acho imprudente.
B. Andas filósofo. R. Ando com fome.
B. Mágoa do escudeiro. R. Não será bastante.

   E vou eu queixar-me a toda gente
   Se o amo e escudeiro ou o mordomo
   São tão rocins como eu Rocinante?

PRIMEIRA PARTE
DO ENGENHOSO FIDALGO

# Dom Quixote
## DE LA MANCHA[1]

---

[1] O *Quixote* de 1605, ou seja, o volume intitulado *O engenhoso fidalgo Dom Quixote de la Mancha*, inicialmente foi publicado dividido em quatro partes (I: capítulos 1-8; II: capítulos 9-14; III: capítulos 15-27; IV: capítulos 28-52); quando Cervantes publicou a continuação, em 1615, apresentou-a como *Segunda parte do engenhoso cavaleiro Dom Quixote de la Mancha* e prescindiu de qualquer segmentação análoga à de 1605, de maneira que o conjunto de *O engenhoso fidalgo* se converteu retrospectivamente em *primeira parte*, ficando revogada a divisão que em 1605 levava esse rótulo e a quatripartição original. As edições posteriores buscaram modos de sanar a incongruência.

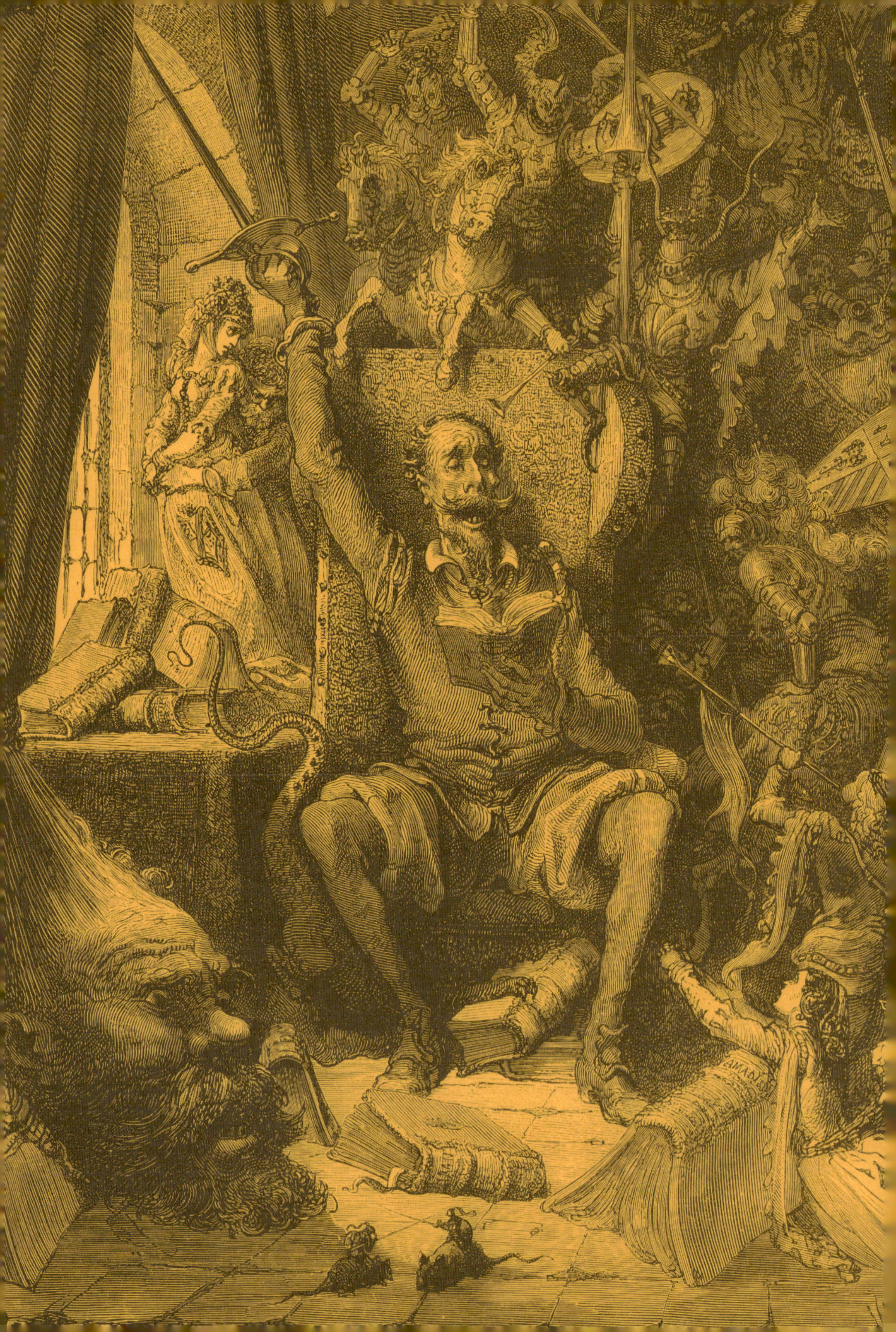

# Capítulo I

## QUE TRATA DA CONDIÇÃO E EXERCÍCIO[2] DO FAMOSO FIDALGO DOM QUIXOTE DE LA MANCHA

NUM LUGAR DE LA MANCHA,[3] de cujo nome não quero lembrar-me, vivia, não há muito, um fidalgo, dos de lança em cabido,[4] adarga antiga, rocim fraco e galgo corredor.[5] Passadio,[6] olha seu tanto mais de vaca do que de carneiro, as mais das ceias restos da carne picados com sua cebola e vinagre, aos sábados outros sobejos ainda somenos, lentilhas às sextas-feiras, algum pombito de crescença aos domingos, consumiam três quartos do seu haver.[7] O remanescente, levavam-no saio de *velarte*, calças de veludo para as festas, com seus pantufos do

---

[2] "Condição" se refere tanto às circunstâncias sociais como à índole pessoal; e "exercício", ao modo como o protagonista exercita ou põe em prática umas e outra.

[3] Não com o valor de "sítio ou paragem", mas como "localidade" e em especial "pequena população rural".

[4] Lança que ficava pendurada em um cabido (móvel ou estante com ganchos usada para guardar hastes e lanças).

[5] Escudo de couro dobrado, de forma oval, com uma braçadeira estreita para a mão e outra, larga, para o braço; rocim fraco: o fidalgo que não possuísse ao menos um cavalo — mesmo que fosse um pangaré — para servir ao rei quando fosse solicitado perdia sua condição; o galgo é mencionado especialmente como cão de caça. Note-se que a adarga, assim como a lança, são armas antigas: são vestígios de uma época passada, no quadro contemporâneo da ação.

[6] Comida habitual.

[7] A olha ou "cozido", de carne, toucinho, verduras e legumes, era o prato principal da alimentação diária (no almoço e no jantar). Em uma boa olha, havia menos *vaca que carneiro* (a vaca era um terço mais barata que o carneiro). Como as sextas-feiras eram dias de jejum e abstinência de carne, deve-se supor que as lentilhas seriam preparadas apenas com alho, cebola e alguma erva... Do "pombito de crescença" se infere que Dom Quixote possuía um pombal, privilégio tradicionalmente reservado a fidalgos. O personagem se apresenta como um típico expoente dos fidalgos rurais com poucos meios de fortuna (abaixo, portanto, da classe dos *caballeros*, fidalgos ricos e com direito a usar o *dom*).

mesmo; e para os dias de semana o seu *vellorí* do mais fino.[8] Tinha em casa uma ama que passava dos quarenta, uma sobrinha que não chegava aos vinte e um moço da pousada e de porta afora,[9] tanto para o trato do rocim como para o da fazenda. Orçava na idade o nosso fidalgo pelos cinquenta anos.[10] Era rijo de compleição,[11] seco de carnes, enxuto de rosto, madrugador e amigo da caça. Querem dizer que tinha o sobrenome de Quijada ou Quesada, que nisto discrepam algum tanto os autores que tratam da matéria; ainda que por conjeturas verossímeis se deixa entender que se chamava Quijana.[12] Isto, porém, pouco faz para a nossa história; basta que, no que tivermos de contar, não nos desviemos da verdade nem um til.

É pois de saber que esse fidalgo, nos intervalos que tinha de ócio (que eram os mais do ano), se dava a ler livros de cavalarias, com tanta afeição e gosto que se esqueceu quase de todo do exercício da caça e até da administração dos seus bens; e a tanto chegou a sua curiosidade e desatino nesse ponto que vendeu muitos trechos de terra de semeadura para comprar livros de cavalarias que ler, com o que juntou em casa quantos pôde apanhar daquele gênero. Dentre todos eles, nenhuns lhe pareciam tão bem como os compostos pelo famoso Feliciano de Silva,[13] porque a clareza da sua prosa e aquelas intrincadas razões suas lhe pareciam de pérolas, e mais ainda quando chegava a ler aqueles requebros

---

[8] Antigo vestuário largo e curto, geralmente feito de tecido grosseiro, já antiquado nos anos 1600; *velarte*: pano negro ou azul, de boa qualidade; *vellorí*: pano fino de cor parda ou cinzenta. Dentro da obrigada modéstia, Dom Quixote se veste com um esmero e um asseio muito estudados, pois a conservação de seu nível depende em boa parte de sua aparência.

[9] Moço de porta afora: ou seja, "um moço para tudo" (também para preparar e acompanhar o cavaleiro quando sai de casa).

[10] Em uma sociedade cuja expectativa de vida beirava os trinta anos, Dom Quixote era considerado um ancião.

[11] Era opinião comum que a compleição ou constituição física era determinada pelo equilíbrio relativo das quatro qualidades elementares (seco, úmido, frio e quente), que, junto aos quatro humores constitutivos do corpo (sangue, fleuma, bílis amarela ou cólera, e bílis negra ou melancolia), condicionavam o temperamento ou maneira de ser. A caracterização tradicional do indivíduo *colérico* coincidia fundamentalmente com os dados físicos de Dom Quixote. Por sua vez, a versão da teoria dos humores proposta no *Exame de engenhos* (1575), de Juan Huarte de San Juan, atribuía ao colérico e melancólico certos traços de inventividade e singularidade com paralelos em nosso engenhoso fidalgo.

[12] Desde o início, Dom Quixote se apresenta como pessoa que existiu realmente, cuja fama é anterior ao livro de Cervantes e cuja história vai sendo reconstruída a partir de distintos testemunhos que nem sempre coincidem entre si.

[13] Autor da *Segunda comédia de Calixto* e de vários livros de cavalaria, entre os quais *Lisuarte de Grécia*, *Amadis de Grécia*, *Florisel de Niqueia* e *Rogel de Grécia*.

e cartas de desafio, onde em muitas partes achava escrito: "A razão da sem-razão que à minha razão se faz, de tal maneira a minha razão enfraquece, que com razão me queixo da vossa formosura". E também quando lia: "...os altos céus que de vossa divindade divinamente com as estrelas vos fortificam, e vos fazem merecedora do merecimento que merece a vossa grandeza".[14]

Com essas razões perdia o pobre cavaleiro o juízo, e desvelava-se por entendê-las e desentranhar-lhes o sentido, que nem o próprio Aristóteles o lograria, ainda que só para isso ressuscitasse. Não se entendia lá muito bem com as feridas que Dom Belianis dava e recebia, por imaginar que, por grandes facultativos que o tivessem curado, não deixaria de ter o rosto e todo o corpo cheio de cicatrizes e costuras. Porém, louvava no autor aquele acabar o seu livro com a promessa daquela inacabável aventura, e muitas vezes lhe veio desejo de pegar na pena e finalizar ele a coisa ao pé da letra, como ali se promete; e sem dúvida alguma o fizera, e até o sacara à luz, se outros maiores e contínuos pensamentos não lho estorvassem. Teve muitas vezes testilhas[15] com o cura do seu lugar (que era homem douto, graduado em Sigüenza[16]) sobre qual tinha sido melhor cavaleiro: se Palmeirim de Inglaterra ou Amadis de Gaula; Mestre Nicolau, barbeiro do mesmo povo, dizia que nenhum chegava ao Cavaleiro do Febo; e que, se algum se lhe podia comparar, era Dom Galaor, irmão do Amadis de Gaula, o qual era para tudo, e não cavaleiro melindroso nem tão chorão como seu irmão, e que em pontos de valentia não lhe ficava atrás.

Em suma, tanto naquelas leituras se enfrascou que passava as noites de claro em claro e os dias de escuro em escuro, e assim, do pouco dormir e do muito ler, se lhe secou o cérebro, de maneira que chegou a perder o juízo.[17] Encheu-se-lhe a fantasia de tudo que achava nos livros, tanto de encantamentos como pendências, batalhas, desafios, feridas, requebros, amores, tormentas e disparates impossíveis; e assentou-se-lhe de tal

---

[14] Este trecho é um exemplo das degenerações da linguagem cavaleiresca.

[15] Divergência acalorada; luta, briga, disputa.

[16] Sigüenza e Osuna eram universidades menores, citadas frequentemente nos clássicos espanhóis. Aqui, Sigüenza é citada ironicamente.

[17] A medicina de raiz galênica considerava o pouco dormir um dos motivos da diminuição da umidade do cérebro e, por causa disso, a imaginação aumentaria e seria fácil cair "em mania, que é uma destemperança quente e seca do cérebro" (Huarte de San Juan). Por isso, Dom Quixote bebia "um grande jarro de água fria e ficava saudável e sossegado".

modo na imaginação ser verdade toda aquela máquina de sonhadas invenções que lia que para ele não havia história mais certa no mundo. Dizia ele que Cid Rui Díaz fora mui bom cavaleiro, porém que não tinha que ver com o Cavaleiro da Ardente Espada,[18] que de um só revés tinha partido pelo meio dois feros e descomunais gigantes. Melhor estava com Bernardo del Carpio,[19] porque em Roncesvalles havia morto a Roldão, o Encantado,[20] valendo-se da indústria de Hércules, quando afogou entre os braços Anteu,[21] filho da Terra. Dizia muito bem do gigante Morgante,[22] porque, apesar de ser daquela geração dos gigantes, que todos são soberbos e descomedidos, só ele era afável e bem criado. Porém sobre todos estava bem com Reinaldo de Montalvão,[23] especialmente quando o via sair do seu castelo e roubar quantos topava, e quando em além de[24] se apossou daquele ídolo de Mafoma,[25] que era de ouro maciço, segundo refere a sua história. Para poder pregar um bom par de pontapés no traidor Galalão,[26] dera ele a ama, e de crescenças a sobrinha.

Afinal, rematado já de todo o juízo, deu no mais estranho pensamento em que já caiu louco algum do mundo, e foi parecer-lhe conveniente e necessário, assim para aumento de sua honra própria como para proveito da república, fazer-se cavaleiro andante e ir-se por todo o mundo, com as suas armas e cavalo, à cata de aventuras, e exercitar-se

---

[18] Deve-se levar em consideração que a imagem do Cid difundida na época de Cervantes tinha menos elementos históricos que lendários, e muitos eram tão fantásticos como as façanhas de Amadis da Grécia, o Cavaleiro da Ardente Espada (porque levava sempre uma espada vermelha estampada no peito).

[19] Personagem fabuloso que na épica medieval enfrentava Roldão.

[20] Em algumas lendas medievais, Roldão é o *encantado*, pois só podia ser morto atingido numa parte específica do corpo.

[21] Hércules venceu o gigante Anteu abraçando-o sem que ele pudesse pisar a Terra, mãe do gigante e quem lhe proporcionava a força.

[22] Personagem central de um célebre poema (*c.* 1465) de Luigi Pulci, Morgante é um dos três gigantes que Roldão enfrenta, matando os outros dois, "soberbos e maliciosos" (*Amadis de Gaula*, IV), como desde o Antigo Testamento costumavam ser retratados os de sua raça, "semente" ou "estirpe", enquanto Morgante, cortês e bem-educado, foi batizado por Roldão e convertido em companheiro do herói.

[23] Um dos Doze Pares de França, que das gestas francesas passou ao romanceiro espanhol e aos poemas italianos de Boiardo e outros, adaptados no *Espelho de cavalarias*, onde aparece se dedicando a "roubar os pagãos da Espanha" e em que são narradas suas aventuras no ultramar.

[24] Além do mar, em terra de mouros.

[25] Maomé.

[26] Em romances e outros textos castelhanos, chama-se "Galalão" a Ganelão, o traidor da *Canção de Roldão*, culpado pela derrota dos francos em Roncesvalles.

em tudo em que tinha lido que se exercitavam os da andante cavalaria, desfazendo todo o gênero de agravos e pondo-se em ocasiões e perigos donde, levando-os a cabo, cobrasse perpétuo nome e fama. Já o coitado se imaginava coroado pelo valor do seu braço, pelo menos com o império de Trapisonda; e assim, com esses pensamentos de tanto gosto, levado do enlevo que neles trazia, se deu pressa a pôr por obra o que desejava. E a primeira coisa que fez foi limpar umas armas que tinham sido dos seus bisavós e que, desgastadas de ferrugem, jaziam para um canto esquecidas havia séculos. Limpou-as e consertou-as o melhor que pôde; porém viu que tinham uma grande falta, que era não terem celada de encaixe, senão só morrião simples;[27] a isto porém remediou a sua habilidade: arranjou com papelões uma espécie de meia celada, que encaixava com o morrião, representando celada inteira. Verdade é que, para experimentar se lhe saíra forte e poderia com uma cutilada,[28] sacou da espada e lhe atirou duas, e com a primeira para logo desfez o que lhe tinha levado uma semana a arranjar; não deixou de parecer-lhe mal a facilidade com que dera cabo dela e, para forrar-se a outra que tal, tornou a corrigi-la, metendo-lhe por dentro umas barras de ferro, por modo que se deu por satisfeito com a sua fortaleza; e, sem querer aventurar-se a mais experiências, a despachou e teve por celada de encaixe das mais finas.

Foi-se logo a ver o seu rocim; e dado tivesse mais quartos[29] que um real, e mais tachas que o próprio cavalo de Gonela,[30] que *tantum pellis et ossa fuit*,[31] pareceu-lhe que nem o Bucéfalo de Alexandre nem o Babieca do Cid tinham que ver com ele. Quatro dias levou a cismar que nome lhe poria; porque (segundo ele a si próprio se dizia) não era razão que um cavalo de tão famoso cavaleiro, e ele mesmo de si tão bom, ficasse sem nome aparatoso; barafustava[32] por lhe dar um que declarasse o que

---

[27] Casco semiesférico que cobria toda a cabeça, a nuca e, por ter uma viseira, também a cara, próprio de cavaleiros; era de encaixe quando, mediante uma peça grande e circular, se encaixava diretamente sobre a couraça, sem necessidade de gola; morrião: casco próprio de arcabuzeiros, e nesse caso *simples*, ou seja, liso e com uma mera borda, sem os adornos habituais.

[28] Golpe desferido com cutelo, espada ou outro instrumento cortante.

[29] Moeda de ínfimo valor, e também nome de enfermidade na pata dos cavalos.

[30] Gonela foi um bufão da corte dos duques de Ferrara.

[31] "Era só pele e ossos", segundo um epigrama de Teófilo Folengo, inspirado em uma sugestão de Plauto (*Aululária*, III, VI).

[32] Esforçar-se para algo; diligenciar.

fora antes de pertencer a cavaleiro andante; pois era coisa muito de razão que, mudando o seu senhor de estado, mudasse ele também de nome e o cobrasse famoso e de estrondo, como convinha à nova ordem e ao exercício que já professava;[33] e assim, depois de escrever, riscar e trocar muitos nomes, juntou, desfez e refez na própria lembrança outros, até que acertou em apelidá-lo "Rocinante", nome, em seu conceito, alto, sonoro e significativo do que havia sido quando não passava de rocim, antes do que ao presente era, como quem dissesse que era o primeiro de todos os rocins do mundo.

Posto a seu cavalo nome tão a contento, quis também arranjar outro para si; nisso gastou mais oito dias; e ao cabo disparou em chamar-se Dom Quixote;[34] do que, segundo dito fica, tomaram ocasião alguns autores desta verdadeira história para assentarem que se devia chamar Quijada, e não Quesada, como outros quiseram dizer. Recordando-se, porém, de que o valoroso Amadis, não contente com chamar-se Amadis sem mais nada, acrescentou o nome com o do seu reino e pátria, para torná-la famosa, e se nomeou Amadis de Gaula,[35] assim quis também ele, como bom cavaleiro, acrescentar ao seu nome o da sua terra e chamar-se "Dom Quixote de la Mancha", com o que, a seu parecer, declarava muito ao vivo sua linhagem e pátria, a quem dava honra com tomar dela o sobrenome. Assim, limpas as suas armas, feita do morrião celada, posto o nome ao rocim e confirmando-se a si próprio, julgou-se inteirado de que nada mais lhe faltava, senão buscar uma dama de quem se enamorar; que andante cavaleiro sem amores era árvore sem folhas nem frutos, e corpo sem alma. Dizia ele entre si: "Demos que, por mal dos meus pecados, ou por minha boa sorte, me encontro por aí com algum gigante como de ordinário acontece aos cavaleiros andantes, e o derribo de um golpe, ou o parto em dois, ou finalmente o venço e rendo; não será bem ter a quem mandá-lo apresentar, para que ele entre e se lance de joelhos aos pés da minha preciosa senhora e lhe diga com voz humilde e rendida: Eu, senhora, sou o gigante Caraculiambro, senhor

---

[33] A cavalaria era a ordem militar por excelência e exigia professar ou fazer profissão nela mediante certos votos análogos aos religiosos.

[34] Os fidalgos não tinham direito ao tratamento de *dom*, cuja utilização era bastante frequente nos livros de cavalaria (embora não nos títulos) e própria da classe social dos cavaleiros na época de Dom Quixote. Na armadura, o quixote era a peça (não usada por nosso fidalgo) que protegia a coxa; por outro lado, o nome evoca um dos principais heróis da tradição artúrica, "Lancelote".

[35] Gaula era um reino imaginário situado "na pequena Bretanha".

da ilha Malindrânia,[36] a quem venceu em singular[37] batalha o jamais dignamente louvado cavaleiro Dom Quixote de la Mancha, o qual me ordenou que me apresentasse perante Vossa Mercê, para que a vossa grandeza disponha de mim como for servida?". Como se alegrou o nosso bom cavaleiro de ter engenhado esse discurso, e especialmente quando atinou com quem pudesse chamar a sua dama! Foi o caso, conforme se crê, que, num lugar perto do seu, havia certa moça lavradora de muito bom parecer, de quem ele em tempos andara enamorado, ainda que, segundo se entende, ela nunca o soube nem de tal desconfiou. Chamava-se Aldonça[38] Lourenço; a esta é que a ele pareceu bem dar o título de senhora dos seus pensamentos; e, buscando-lhe nome que não desdissesse muito do que tinha ela, e ao mesmo tempo desse seus ares de princesa e grã-senhora, veio a chamá-la "Dulcineia del Toboso", por ser El Toboso[39] a aldeia de sua naturalidade; nome este, em seu entender, musical, peregrino e significativo, como todos os mais que a si e às suas coisas já havia posto.[40]

---

[36] Nomes sugeridos, pelo que parece, por malandrim, malvado, e caraculo, "cara grande".

[37] De um só cavaleiro contra outro (não de vários contra vários), no sentido técnico com que se usava o adjetivo nos combates cavaleirescos.

[38] Aldonça era considerado um nome muito comum na época.

[39] Vila manchega, assim chamada por suas pedras muito porosas e leves, ou "tobas". Famosa também por suas grandes vasilhas de barro cozido.

[40] A terminação de Dulcineia recorda Melibeia, a protagonista da *Celestina*, e outras figuras literárias.

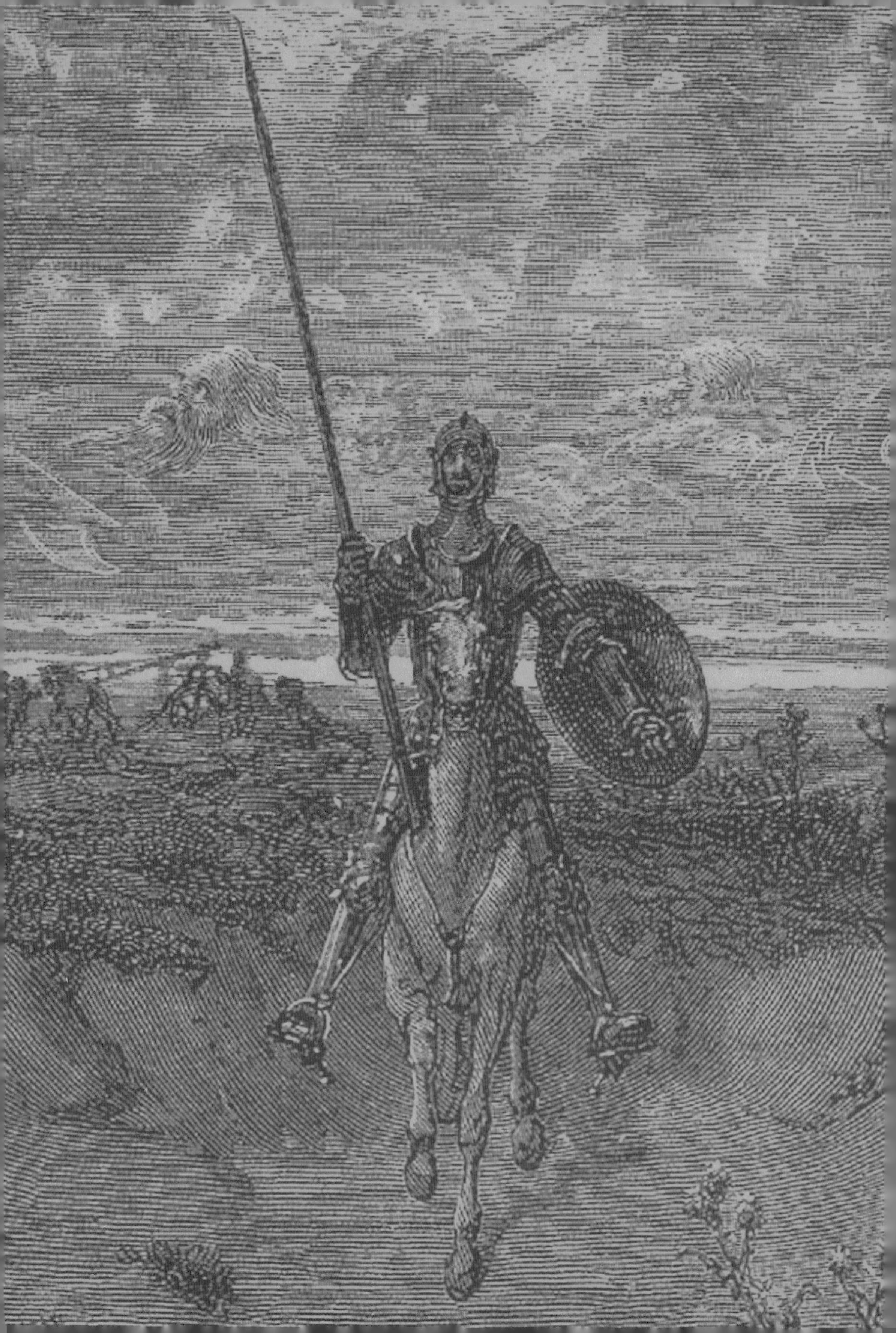

## Capítulo II

## QUE TRATA DA PRIMEIRA SAÍDA QUE DE SUA TERRA FEZ O ENGENHOSO DOM QUIXOTE

CONCLUÍDOS, POIS, todos esses arranjos, não quis retardar mais o pôr em efeito o seu pensamento, estimulando-o a lembrança da falta que estava já fazendo ao mundo a sua tardança, segundo eram os agravos que pensava desfazer, sem-razões que endireitar, injustiças que reprimir, abusos que melhorar e dívidas que satisfazer. E assim, sem a ninguém dar parte de sua intenção e sem que ninguém o visse, uma manhã antes do dia, que era um dos encalmados de julho, apercebeu-se de todas as suas armas, montou-se no Rocinante, posta a sua celada feita à pressa, embraçou a sua adarga, empunhou a lança e pela porta furtada de um pátio se lançou ao campo, com grandíssimo contentamento e alvoroço, de ver com que felicidade dava princípio ao seu bom desejo. Mas, apenas se viu no campo, quando o assaltou um terrível pensamento, e tal que por pouco o não fez desistir da começada empresa: lembrou-lhe não ter sido ainda armado cavaleiro e que, segundo a lei da cavalaria, não podia nem devia tomar armas com algum cavaleiro; e ainda que as tomara, havia de levá-las brancas,[1] como cavaleiro donzel,[2] sem empresa no escudo enquanto por seu esforço não a ganhasse. Esses pensamentos não deixaram de lhe abalar os propósitos; mas, podendo nele mais a loucura do que outra qualquer razão, assentou em que se faria armar

---

[1] Lisas, sem empresa pintada, que só se punha quando o cavaleiro se fazia merecedor dela por alguma proeza. A empresa pintada servia para que o cavaleiro fosse conhecido e para dar-lhe nome: Dom Quixote será primeiro "o da Triste Figura", depois "o dos Leões".

[2] Na Idade Média, jovem nobre que ainda não estava armado cavaleiro; pajem.

cavaleiro por algum que topasse, à imitação de muitos que também assim o fizeram, segundo ele tinha lido nos livros do seu uso. E, quanto a armas brancas, limparia as suas por modo, logo que para isso tivesse lugar, que nem um arminho lhes ganhasse; com isso serenou e seguiu jornada por onde o cavalo apetecia, por acreditar que nisso consistia a melhor venida para as aventuras.

Indo, pois, caminhando o nosso flamante aventureiro, conversava consigo mesmo e dizia: "Quem duvida de que lá para o futuro, quando sair à luz a verdadeira história dos meus famosos feitos, o sábio[3] que escrevê-los há de pôr, quando chegar à narração desta minha primeira aventura tão de madrugada, as seguintes frases: 'Apenas tinha o rubicundo Apolo estendido pela face da ampla e espaçosa terra as doiradas melanias dos seus formosos cabelos, e apenas os pequenos e pintados passarinhos, com as suas farpadas línguas, tinham saudado, com doce e melíflua harmonia, a vinda da rosada Aurora, que, deixando a branda cama do zeloso marido, pelas portas e varandas do horizonte manchego aos mortais se mostrava, quando o famoso cavaleiro Dom Quixote de la Mancha, deixando as ociosas penas,[4] se montou no seu famoso cavalo Rocinante e começou a caminhar pelo antigo e conhecido campo de Montiel'?"

E era verdade que por esse mesmo campo é que ele ia. E continuou dizendo: "Ditosa idade e século ditoso aquele em que hão de sair à luz as minhas famigeradas façanhas dignas de gravar-se em bronze, esculpir-se em mármores e pintar-se em painéis para lembrança de todas as idades! Ó tu, sábio encantador, quem quer que sejas, a quem há de tocar ser o cronista desta história, peço-te que te não esqueças do meu bom Rocinante, meu eterno companheiro em todos os caminhos e carreiras". E logo passava a dizer, como se verdadeiramente estivesse enamorado: "Ó Princesa Dulcineia, senhora deste cativo coração, muito agravo me fizestes em despedir-me e vedar-me com tão cruel rigor que aparecesse na vossa presença. Apraza-vos, senhora, lembrar-vos deste coração tão rendidamente vosso, que tantas mágoas padece por amor de vós".

---

[3] Os livros de cavalarias com frequência eram atribuídos a um sábio ("mago") que acompanha o protagonista; um pouco mais adiante será chamado "sábio encantador". Dom Quixote, que se vê como herói de livro, dita ao sábio sua história.

[4] Colchão de penas.

E com esses ia tecendo outros disparates, todos pelo teor dos que havia aprendido nos seus livros, imitando, conforme podia, o próprio falar deles. E com isso caminhava tão vagaroso, e o sol caía tão rijo, que de todo lhe derretera os miolos se alguns tivera.

Caminhou quase todo o dia sem lhe acontecer coisa merecedora de ser contada; com o que ele se amofinava, pois era todo o seu empenho topar logo, logo onde provar o valor do seu forte braço. Dizem alguns autores que a sua primeira aventura foi a de Porto Lápice; outros, que foi a dos moinhos de vento;[5] mas o que eu pude averiguar, e o que achei escrito nos anais da Mancha, é que ele andou todo aquele dia e, ao anoitecer, ele com o seu rocim se achava estafado e morto de fome; e que, olhando para todas as partes, a ver se lhe descobriria algum castelo ou alguma barraca de pastores onde se recolher e remediar sua muita necessidade, viu não longe do caminho uma estalagem, que foi como aparecer-lhe uma estrela que o encaminhava, se não ao alcáçar,[6] pelo menos aos portais da sua redenção. Deu-se pressa em caminhar e chegou a tempo, que já a noite ia se cerrando. Achavam-se acaso à porta duas mulheres moças, dessas que chamam "de vida fácil",[7] as quais se iam a Sevilha com uns arrieiros,[8] que nessa noite acertaram de pousar na estalagem; e, como ao nosso aventureiro tudo quanto pensava, via ou imaginava lhe parecia real, e conforme ao que tinha lido, logo que viu a locanda se lhe representou ser um castelo com suas quatro torres, e coruchéus[9] feitos de luzente prata, sem lhe faltar sua ponte levadiça e cava profunda, e mais acessórios que em semelhantes castelos se debuxam.[10] Foi-se chegando à pousada ou castelo, pelo que se lhe representava, e à pequena distância colheu as rédeas a Rocinante, esperando que algum anão surgiria entre as ameias a dar sinal de trombeta por ser chegado cavaleiro ao castelo. Vendo porém que tardava

---

[5] Porto Lápice: porto de montanha e vila de La Mancha ao noroeste da atual província de Ciudad Real. As duas aventuras, a do biscainho e a dos moinhos, pertencem à segunda saída (I, VIII); aqui são citadas na ordem inversa a como aparecem no livro, e se omite o encontro com João Haldudo (I, IV).

[6] Fortaleza, castelo, palácio fortificado, de origem moura, geralmente residência de governador, alcaide, casteleiro ou mesmo de rei.

[7] Eram prostitutas.

[8] Guia de cavalgaduras ou de animais de carga, encarregado também de alugá-los; tropeiro.

[9] Arremate pontiagudo que encima as partes elevadas de uma edificação, geralmente uma torre ou campanário.

[10] Desenhar os contornos gerais de; esboçar, rascunhar.

e que Rocinante mostrava pressa em chegar à estrebaria, achegou-se à porta da estalagem e avistou as duas divertidas moças que ali estavam, que a ele lhe pareceram duas formosas donzelas ou duas graciosas damas, que diante das portas do castelo se espaireciam. Sucedeu acaso que um porqueiro, que andava recolhendo de uns restolhos a sua manada de porcos (que este, sem faltar à cortesia, é que é o nome deles[11]), tocou uma buzina a recolher. No mesmo instante se figurou a Dom Quixote o que desejava, a saber: que lá estava algum anão dando sinal da sua vinda. E assim, com estranho contentamento, chegou à estalagem e às damas. Elas, vendo acercar-se um homem daquele feitio, e com lança e adarga, cheias de susto já iam se acolhendo à estalagem, quando Dom Quixote, conhecendo o medo que as tomara, levantando a viseira de papelão e descobrindo o semblante seco e empoeirado, com o tom mais ameno e voz mais repousada lhes disse:

— Não fujam Vossas Mercês nem temam desaguisado[12] algum, porquanto a ordem de cavalaria que professo a ninguém permite que ofendamos, quanto mais a tão altas donzelas, como se está vendo que ambas sois.

Miravam-no as moças e andavam-lhe com os olhos procurando o rosto, que a desastrada viseira em parte lhe encobria; mas como se ouviram chamar donzelas, coisa tão alheia ao seu modo de vida, não puderam conter o riso; e foi tanto que Dom Quixote chegou a envergonhar-se e dizer-lhes:

— Comedimento é azul sobre o ouro da formosura; e, demais, o rir sem causa grave denuncia sandice.[13] Não vos digo isto para que vos estomagueis,[14] que a minha vontade outra não é senão vos servir.

A linguagem, que as tais fidalgas não entendiam,[15] e o desajeitado do nosso cavaleiro ainda acrescentavam nelas as risadas, e estas nele a zanga; e diante passara, se a ponto não saísse o estalajadeiro, sujeito que por muito gordo era muito pacífico de gênio. Este, vendo aquela

---

[11] Popularmente, é costume e forma de cortesia pedir perdão ao ouvinte quando se pronuncia alguma palavra tabu.

[12] Desavença entre indivíduos; briga, contenda, rixa.

[13] Disparate, tolice.

[14] Tornar-se indignado, ofendido; agastar-se, irritar-se.

[15] A diversidade de linguagem dos personagens é uma das fontes de mal-entendidos do *Quixote*, que hoje é considerado o primeiro romance "polifônico" moderno.

despropositada figura, com arranjos tão disparatados como eram os aparelhos, as armas, lança, adarga e corselete, esteve para fazer coro com as donzelas nas mostras de hilaridade. Mas, reparando melhor naquela quantia de petrechos, teve mão em si, assentou em lhe falar comedidamente e disse-lhe desta maneira:

— Se Vossa Mercê, senhor cavaleiro, busca pousada,[16] excetuando o leito (porque nesta estalagem nenhum há), tudo mais achará nela de sobejo.[17]

Vendo Dom Quixote a humildade do alcaide da fortaleza, que tal lhe pareceram o estalajadeiro e a estalagem, falou:

— Para mim, senhor castelão, qualquer coisa basta porque:

> Minhas pompas são as armas,
> Meu descanso o pelejar, etc.[18]

Figurou-se ao locandeiro que o nome de "castelão" seria troca de "castelhano"; ainda que ele fosse andaluz, e dos das praias de Sanlúcar,[19] que em tunantes[20] não lhe ficam atrás e são mais ladrões que o próprio Caco, e burlões como estudante ou pajem; e respondeu:

— Segundo isso (como também lá reza a trova),

> Colchões lhe serão as penhas,
> E o dormir sempre velar,

e sendo assim, pode muito bem apear-se, com a certeza de achar nesta choça ocasião e ocasiões para não dormir em todo um ano, quanto mais uma noite.

---

[16] As estalagens consistiam normalmente em um pátio em cujos extremos se situavam a quadra e a cozinha, e para o qual se abria um certo número de quartos. Muitas vezes ofereciam pouco mais que um teto para homens e cavalos, de maneira que os viajantes com posses levavam consigo todos os víveres e apetrechos necessários para pernoitar.

[17] Em abundância.

[18] Primeiros dois versos de um romance velho, então muito conhecido e glosado; a resposta do estalajadeiro parafraseia os dois versos seguintes: "minha cama as duras penas, meu dormir sempre velar".

[19] Na época de Cervantes, ponto de reunião de pícaros, malfeitores e fugitivos da justiça.

[20] Que ou quem anda à tuna, vadiando (diz-se especialmente de estudante); vagabundo, embusteiro.

E, dito isso, foi segurar no estribo a Dom Quixote, o qual se apeou com muita dificuldade e trabalho, como homem que em todo o dia nem migalha tinha provado.

Disse logo ao hospedeiro que tivesse muito cuidado com aquele cavalo, porque era a melhor peça de quantas consumiam pão neste mundo. Reparou nele o estalajadeiro e nem por isso lhe pareceu tão bom como Dom Quixote lhe dizia, e nem metade; acomodou-o na cavalariça e voltou a saber o que o seu hóspede mandava; achou-o já às boas com as "donzelas", que o estavam desarmando. Do peito de armas e couraça bem o tinham elas desquitado; mas o que nunca puderam foi desencaixar-lhe a gola nem lhe tirar a composta celada, que trazia atada, com umas fitas verdes, com tão cegos nós que só cortando-as; no que ele de modo nenhum consentiu. E assim passou a noite com a celada posta, que era a mais extravagante e graciosa[21] figura que se podia imaginar. Enquanto o estiveram desarmando, ele, que imaginava serem damas e senhoras, das principais do castelo, aquelas duas safadas firmas, com muito donaire[22] lhes repetia:

— Nunca fora cavaleiro
de damas tão bem servido,
como ao vir de sua aldeia
Dom Quixote o esclarecido:

donzelas tratavam dele;
princesas, do seu rocim.[23]

Ou Rocinante, que este é o nome do meu cavalo, senhoras minhas, e Dom Quixote de la Mancha o meu. Não quisera eu descobrir-me até que as façanhas, obradas em vosso serviço e prol, por si me proclamassem; mas a necessidade de acomodar ao lance presente este romance antigo de Lançarote ocasionou que viésseis a saber o meu nome antes do tempo;

---

[21] No sentido de cômica, engraçada. A palavra muitas vezes será usada com essa acepção ao longo do texto.

[22] Graça no manejo do corpo, no andar; garbo.

[23] Versos iniciais do romance de Lancelote, recitados com algumas variantes para adequá-los à ocasião: *Dom Quixote = Lancelote*; *sua aldeia = Bretanha*; *princesas = donzelas*. "Nunca fora cavaleiro / De damas tão bem servido, / Como ao vir da Bretanha / Lancelote o esclarecido: // Mulheres tratavam dele; / Donzelas, do seu rocim".

dia porém virá em que Vossas Senhorias me intimem suas ordens e eu lhas cumpra, mostrando com o valor do meu braço o meu grande desejo de servir-vos.

As moças, que não andavam correntes em semelhantes retóricas, não respondiam palavra; unicamente lhe perguntaram se queria comer alguma coisa.

— Da melhor vontade, e seja o que for — respondeu Dom Quixote —, porque, segundo entendo, bom prol me faria.

Quis logo a mofina[24] que fosse aquele dia uma sexta-feira, não havendo na locanda senão umas postas de um pescado que em Castela se chama "abadejo" e em Andaluzia "bacallao"; noutras partes "curadillo" e noutras "truchuela".[25] Perguntaram-lhe se porventura comeria Sua Mercê truchuela, atendendo a não haver por então outro peixe para comer.

— Muitas truchuelas — respondeu Dom Quixote —, que são diminutivos, somarão uma truta; tanto me vale que me deem oito reais pegados, como em miúdos. E quem sabe se as tais truchuelas não serão como a vitela, que é melhor do que a vaca, como o cabrito é mais saboroso que o bode? Seja porém o que for, venha logo, que o trabalho e peso das armas não se pode levar sem o governo das tripas.

Puseram-lhe a mesa à porta da estalagem para estar mais à fresca, e trouxe-lhe o hospedeiro uma porção do mal remolhado e pior cozido bacalhau, e um pão tão negro e de tão má cara como as armas de Dom Quixote. Pratinho para boa risota era vê-lo comer; porque, como tinha posta a celada e a viseira alçada, não podia meter nada para a boca por suas próprias mãos; e por isso uma daquelas senhoras o ajudava em tal serviço. Agora o dar-lhe de beber é que não foi possível, nem jamais o seria, se o estalajadeiro não furara os nós de uma cana e, metendo-lhe na boca uma das extremidades dela, não lhe vazasse pela outra o vinho. Com tudo aquilo se conformava o sofrido fidalgo, só por não se lhe cortarem os atilhos[26] da celada. Nisso estavam, quando à estalagem chegou um capador de porcos e deu sinal de si correndo a sua gaita de canas

---

[24] Circunstância adversa; situação dolorosa; desdita, infortúnio.

[25] Truchuela é interpretado equivocadamente por Dom Quixote como diminutivo de trucha; abadejo e trucha são também designações de prostitutas: velha e barata a primeira, de qualidade e jovem a segunda.

[26] Tira de pano, fita, barbante, palha ou coisa semelhante, que sirva para atar ou ligar; amarrilho, cordão.

quatro ou cinco vezes; com o que se acabou de capacitar Dom Quixote de que estava em algum famoso castelo, e o serviam com música, e que o abadejo eram trutas, o pão candial,[27] as duas mulherinhas damas, e o estalajadeiro castelão do castelo; e com isso dava por bem empregada a sua determinação e saída. O que porém sobretudo o desassossegava era não se ver ainda armado cavaleiro, por lhe parecer que antes disso não lhe era dado entrar legitimamente em aventura alguma.

---

[27] Diz-se de variedade de trigo rijo, do grupo *durum*, com espiga barbada e grãos claros, de que se produz farinha muito alva; candil.

## Capítulo III
### NO QUAL SE CONTA A GRACIOSA MANEIRA QUE TEVE DOM QUIXOTE EM ARMAR-SE CAVALEIRO[1]

RALADO COM ESSE PENSAMENTO, apressou Dom Quixote a sua parca ceia, e ao cabo dela chamou a sós o estalajadeiro e, fechando-se com ele na cavalariça, se ajoelhou diante dele, dizendo-lhe:

— Nunca donde estou me levantarei, valoroso cavaleiro, enquanto vossa cortesia não me outorgar um dom que lhe peço, o qual redundará em vosso louvor e proveito do gênero humano.

O estalajadeiro, que viu o hóspede aos seus pés e ouviu semelhantes razões, estava enleado a olhar para ele, sem atinar no que fizesse ou lhe respondesse, e teimava com ele que se levantasse. Não havia como convencê-lo, enquanto por fim não lhe disse que lhe outorgava o que pedia.

— Não esperava eu menos da vossa grande magnificência, senhor meu — respondeu Dom Quixote —; e assim vos digo que a mercê que vos hei pedido, e que a vossa liberalidade me afiança, é que amanhã mesmo me hajais de armar cavaleiro. Esta noite na capela deste vosso castelo velarei as armas,[2] e amanhã, como digo, se cumprirá o que tanto desejo, para poder, como se deve, ir por todas as quatro partes do mundo buscar aventuras em proveito dos necessitados, como incumbe à cavalaria e aos cavaleiros andantes, qual eu sou, por inclinação de minha índole.

---

[1] Todo o capítulo é uma paródia do rito de investidura, que teve grande importância na época medieval e está muito presente nos livros de cavalarias.

[2] O aspirante a cavaleiro, na noite anterior a ser armado, devia permanecer orando junto às suas armas depositadas sobre o altar.

O estalajadeiro, que era, como já se disse, folgazão e já tinha suas desconfianças da falta de juízo do hóspede, acabou de reconhecê-lo quando tal lhe ouviu; e, para levar a noite de risota, determinou fazer-lhe a vontade; pelo que lhe disse que andava mui acertado no que desejava, e que tal deliberação era própria de senhor tão principal como ele lhe parecia ser, e como sua galharda presença o inculcava; e que também ele que lhe falava, quando ainda mancebo, se dera àquele honroso exercício, andando por diversas partes do mundo à busca de suas aventuras, sem lhe escapar recanto nos Arrabaldes de Málaga, Ilhas de Riarã, Compasso de Sevilha, Mercados de Segóvia, Oliveira de Valência, Praça de Granada, Praia de Sanlúcar, Potro de Córdova, Estalagens de Toledo,[3] e outras diversas partes, onde tinha provado a ligeireza dos pés, a sutileza das mãos, fazendo muitos desmandos, requestando[4] a muitas viúvas, enxovalhando algumas donzelas, enganando menores e, finalmente, dando-se a conhecer por quantos auditórios e tribunais há por quase toda a Espanha. Por derradeiro, tinha vindo recolher-se àquele seu castelo, onde vivia dos seus teres e dos alheios, recebendo nele a todos os cavaleiros andantes, de qualquer qualidade e condição que fossem, só pela muita afeição que lhes tinha e para que repartissem com ele os seus haveres, a troco dos seus bons desejos. Disse-lhe, também, que naquele seu castelo não havia capela em que pudesse velar as armas, porque a tinham demolido para a reconstrução; porém, que ele sabia poderem-se as armas velar onde quer que fosse, em caso de necessidade; e que naquela noite as velaria num pátio do castelo e pela manhã, prazendo a Nosso Senhor, se fariam as devidas cerimônias, de maneira que ficasse armado cavaleiro, e tão cavaleiro como os mais cavaleiros do mundo.

Perguntou-lhe se trazia dinheiros. Respondeu-lhe Dom Quixote que não tinha prata porque nunca tinha lido nas histórias dos cavaleiros andantes que algum deles estivesse. A isto disse o estalajadeiro que se enganava: que, posto nas histórias não se achasse tal menção, por terem entendido os autores delas não ser necessário especificar uma coisa tão clara e indispensável, como eram o dinheiro e camisas lavadas, nem por isso se havia de acreditar que não trouxessem tal;

---

[3] São os bairros da escória na Espanha de finais do século XVI; alguns voltam a aparecer em outras obras de Cervantes.

[4] Dizer palavras amáveis (a uma mulher), com o fim de obter seu amor; galantear, cortejar.

e assim tivesse por certo e averiguado que todos os cavaleiros andantes, de que tantos livros andam cheios e rasos, levavam bem petrechadas as bolsas para o que desse e viesse, e que igualmente levavam camisas e uma caixinha pequena cheia de unguentos, para se guarecerem das feridas que apanhassem, porque nem sempre se lhes depararia quem os curasse nos campos e desertos onde combatessem e donde saíssem escalavrados;[5] a não ser que tivessem por si algum sábio encantador que para logo os socorresse, trazendo-lhes pelo ar nalguma nuvem alguma donzela ou anão, com redoma de água de tal virtude que, em provando dela uma só gota, sarassem logo de qualquer lanho ou chaga, como se nada fora. Que os passados cavaleiros sempre tiveram por bom acerto que os seus escudeiros fossem prevenidos de dinheiro e outras coisas necessárias, como *hilas*[6] e unguentos. E, quando acontecia não terem escudeiros (o que era raríssimo), eles próprios em pessoa levavam tudo aquilo ao disfarce nuns alforjes muito leves, que quase não se viam sobre o cavalo, figurando ser coisa de mais tomo; porque, a não ser por semelhante motivo, isso de levar alforjes não era muito admitido entre os cavaleiros andantes. Por isso lhe dava de conselho, ainda que por enquanto bem lho pudera ordenar como a afilhado, que brevemente o seria, que daí em diante não tornasse a caminhar assim, espúrio de dinheiros e mais adminículos necessários; e, quando menos o pensasse, lá veria quanto seriam aproveitosos.

Prometeu Dom Quixote executar com toda a pontualidade o bom conselho. Deu-se logo ordem a serem veladas as armas num pátio grande pegado com a estalagem; e, juntando todas as suas, Dom Quixote as empilhou para cima de uma pia ao pé de um poço. Embraçando a sua adarga, empunhou a lança e com gentil donaire começou a passear diante da pia, quando já de todo se acabava de cerrar a noite.

Contou o estalajadeiro a todos que na estalagem estavam a mania do seu hóspede, a vela das armas e a cerimônia que se preparava para lhas vestir. Admirados de tão estranho desatino, foram-se todos espreitar de longe e viram o homem andar umas vezes com sossegada compostura passeando, outras parar arrimado à sua lança, de olhos fitos nas armas. Apesar de ser noite bem fechada, tão clara era a lua que podia competir

---

[5] Esfolados, arranhados.
[6] Espécie de gaze ou algodão, usada como curativo.

com o próprio astro que lhe emprestava a luz; por maneira que tudo quanto o novel cavaleiro fazia era de todos desfrutado. Lembrou-se nesse comenos[7] um dos arrieiros que na pousada se achavam de ir dar de beber às suas cavalgaduras, para o que lhe foi necessário tirar de cima da pia as armas de Dom Quixote. Este, vendo-o acercar-se, lhe disse em alta voz:

— Ó tu, quem quer que sejas, atrevido cavaleiro, que vens tocar nas armas do mais valoroso andante que jamais cingiu espada, olha o que fazes e não lhes toques, se não queres deixar a vida em paga do teu atrevimento!

Não curou dessas bravatas o arrieiro (e antes curara delas, que fora curar-se em saúde);[8] lançou mão daquelas trapalhadas e arremessou-as para longe. Vendo aquilo Dom Quixote, levantou os olhos aos céus e, posto o pensamento (como se deixa entender) em sua Senhora Dulcineia, disse:

— Assisti-me, senhora minha, na primeira afronta que a este vosso avassalado peito se apresenta: não me faltem neste primeiro transe o vosso favor e amparo.

E, dizendo essas e outras semelhantes razões, largando a adarga, alçou a lança às mãos ambas e com ela descarregou tamanho golpe na cabeça do arrieiro o que o derrubou no chão tão maltratado que, a pregar-lhe segundo, não houvera que chamar cirurgião para curá-lo. Feito o quê, apanhou e repôs no seu lugar as suas armas e tornou ao passeio com a mesma serenidade do princípio. Dali a pouco, sem se saber o que era passado (porque o arrieiro estava ainda sem acordo), chegou outro com igual intenção de dar água aos seus machos, e tanto como buliu nas armas para desempachar a pia, Dom Quixote, sem dizer palavra e sem pedir auxílio a ninguém, largou outra vez a adarga e alçou de novo a lança e, sem fazê-la em pedaços, escangalhou em mais de três a cabeça desse segundo arrieiro, porque lha abriu em quatro. Ao ruído, acudiu toda a gente e o próprio estalajadeiro. Vendo isso Dom Quixote, embraçou a sua adarga e, metendo a mão à espada, disse:

---

[7] Ocasião, oportunidade, instante.

[8] Curar-se em saúde é utilizado com o duplo sentido de "preservar-se da enfermidade antes que sobrevenha" e "pôr-se a salvo".

— Ó senhora da formosura, esforço e vigor do meu debilitado coração, lance é este para pordes os olhos da vossa grandeza neste cativo cavaleiro, que a tamanha aventura é chegado!

Com isso recobrou, a seu parecer, tanto ânimo que nem que o acometessem todos os arrieiros do mundo fizera pé atrás. Os companheiros dos feridos, vendo-os naquele estado, começaram de longe a chover pedras sobre Dom Quixote, o qual, o melhor que podia, se ia delas anteparando com a sua adarga, e não ousava apartar-se da pia, para não desamparar as suas armas. Vozeava o estalajadeiro para que deixassem o homem, porque já lhes tinha dito que era doido e por doido se livraria, ainda que os matasse a todos. Mais alto, porém, bradava Dom Quixote, chamando-lhes aleivosos[9] e traidores, e acrescentava que o senhor do castelo era um covarde e malnascido cavaleiro, por consentir que assim se tratassem cavaleiros andantes; e que, a ter já recebido a ordem de cavalaria, ele o ensinara.

— De vós outros, canzoada[10] baixa e soez, nenhum caso faço. Atirai-me, chegai, vinde e ofendei-me enquanto puderdes, que vereis o pago que levais da sandice e demasia.

Dizia aquilo com tanto brio e denodo[11] que infundiu pavor nos que o acometiam, e, tanto por isso como pelas persuasões do locandeiro, deixaram de apedrejá-lo, e ele deu azo[12] para levarem os feridos, e continuou na vela das armas com a mesma quietação e sossego que em princípio.

Não pareceram bem ao dono da casa os brincos do hóspede, e determinou abreviar e dar-lhe a negregada ordem de cavalaria sem perda de tempo, antes que mais alguma desgraça sucedesse. E assim, aproximando-se-lhe, se desculpou da insolência que aquela gente baixa com ele havia usado sem ele saber de tal, mas que bem castigados ficavam do seu atrevimento. Repetiu-lhe o que já lhe tinha dito, que naquele castelo não havia capela e, para o poucochito que faltava, bem podia isso se dispensar; que o essencial para ficar armado cavaleiro consistia no pescoção e na espadeirada,[13] segundo ele sabia pelo cerimonial da

---

[9] Fraudulento, falso, enganoso.
[10] Agrupamento ou matilha de cães; súcia de gente ordinária, vil.
[11] Ousadia, bravura diante do perigo; intrepidez, coragem.
[12] Oportunidade.
[13] Pescoção era o golpe que se dava com a mão aberta ou com a espada sobre a nuca do que ia ser armado cavaleiro; a espadeirada se dava com a espada sobre cada um dos ombros do noviço. O fato de que apenas com isso bastava para ser armado cavaleiro em caso de urgência está documentado historicamente.

ordem, e que isto até no meio de um campo se podia fazer; que, pelo que tocava ao velar as armas, já o tinha cumprido, sendo bastante duas horas de vela, e tendo ele estado nisso mais de quatro. Tudo lhe acreditou Dom Quixote, e respondeu que estava ali pronto para lhe obedecer e que finalizasse com a maior brevidade que pudesse, porque, se tornasse a ser acometido, depois de armado cavaleiro, não deixaria pessoa viva no castelo, exceto as que o senhor castelão lhe mandasse, que a essas, por seu respeito, perdoaria.

Avisado e medroso, o castelão trouxe logo um livro, em que assentava a palha e cevada que dava aos arrieiros, e com um coto de vela de sebo que um mancebo lhe trouxe aceso, e com as duas sobreditas donzelas, voltou para o pé de Dom Quixote, mandou-o pôr-se de joelhos e, lendo no seu manual (em tom de quem recitava alguma oração devota), no meio da leitura levantou a mão e lhe descarregou no cachaço um bom pescoção, e logo depois com a sua mesma espada uma gentil pranchada, sempre rosnando entre os dentes, como quem rezava. Feito isso, mandou a uma das donzelas que lhe cingisse a espada, o que ela fez com muito desembaraço e discrição; e não era necessária pouca para não rebentar de riso em cada circunstância da cerimônia; porém as proezas que já tinham visto do novo cavaleiro lhes davam mate à hilaridade. Ao cingir-lhe a espada, disse-lhe a boa senhora:

— Deus faça a Vossa Mercê muito bom cavaleiro e lhe dê ventura em lides.

Perguntou-lhe Dom Quixote como se chamava, para ele saber dali avante a quem ficava devedor pela mercê recebida, porque era sua tenção repartir com ela da honra que viesse a alcançar pelo valor do seu braço. Respondeu ela com muita humildade que se chamava a Tolosa, e que era filha de um remendão[14] natural de Toledo, que vivia nas lojitas de Sancho Bienaya, e onde quer que ela estivesse o serviria como a seu senhor. Dom Quixote lhe replicou que, por amor dele, lhe fizesse mercê daí em diante de se tratar por "dom" e chamar-se Dona Tolosa, o que ela lhe prometeu. A outra calçou-lhe a espora, e com esta se passou quase o mesmo colóquio. Perguntou-lhe ele o nome; ao que ela lhe respondeu que se chamava a Moleira, e que era filha de um honrado moleiro de

---

[14] Que ou aquele que faz remendos; diz-se de sapateiro que conserta sapatos.

Antequera. A esta também Dom Quixote pediu que usasse "dom" e se chamasse Dona Moleira, oferecendo-lhe novos serviços e mercês.

Feitas, pois, a galope as até ali nunca vistas cerimônias, já tardava a Dom Quixote a hora de se ver encavalgado e sair farejando aventuras. Aparelhando sem mais detença o seu Rocinante, montou-se nele e, abraçando o seu hospedeiro, lhe disse coisas tão arrevesadas em agradecimento a havê-lo armado cavaleiro que não há quem acerte referi-las. O estalajadeiro, para vê-lo já fora da estalagem, respondeu às suas palavras com outras não menos retóricas, porém muito mais breves; e, sem lhe pedir a paga da pousada, o deixou ir em boa hora.

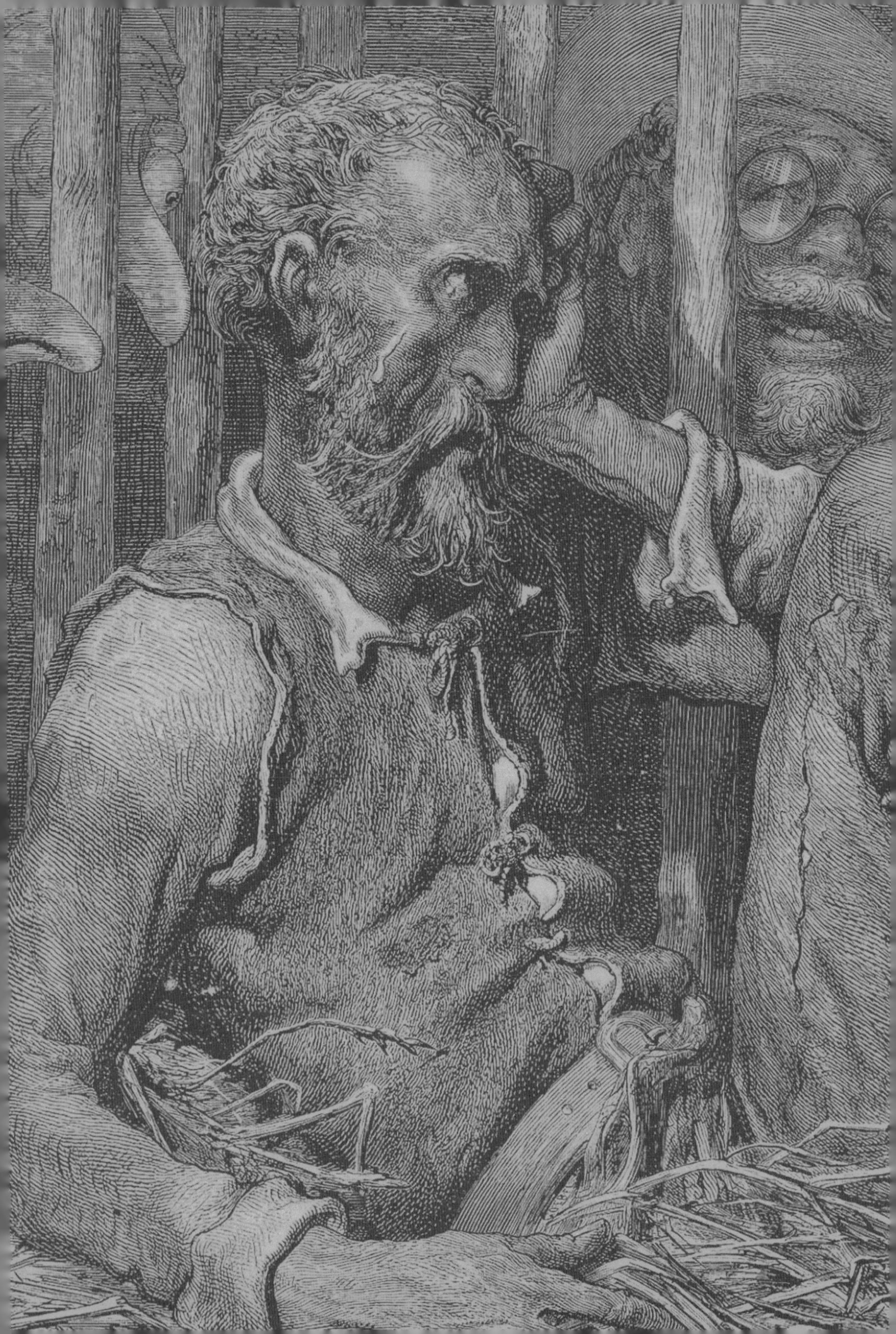

## Capítulo IV
### DO QUE SUCEDEU AO NOSSO CAVALEIRO QUANDO SAIU DA ESTALAGEM

A DA ALVA SERIA,[1] quando Dom Quixote saiu da estalagem, tão contente e bizarro, e com tanto alvoroço por se ver armado cavaleiro, que a alegria lhe rebentava até pelas cilhas do cavalo. Mas, recordando-se do conselho do hospedeiro acerca das prevenções tão necessárias que devia levar consigo, especialmente no artigo dinheiro e camisas, determinou voltar a casa para se prover de tudo aquilo e de um escudeiro, deitando logo o sentido à pessoa de um lavrador seu vizinho, que era pobre e com filhos, mas de molde para o ofício de escudeiro de cavalaria.[2] Com esse pensamento, dirigiu o Rocinante para a sua aldeia. O animal, como se adivinhara a vontade do dono, começou a caminhar com tamanha ânsia que nem quase assentava os pés no chão.

Pouco tinham andado quando ao cavaleiro se figurou que, à mão direita do caminho, e de dentro de um bosque, saíam umas vozes delicadas, como de pessoa que se lastimava; e, apenas as ouviu, disse:

— Graças rendo ao céu pela mercê que me faz, pois tão depressa me põe diante de ocasião de eu cumprir o que devo à minha profissão e realizar os meus bons desejos. Essas vozes solta-as, sem dúvida, algum

---

[1] A hora da alva, enlaçando-se com a última linha do capítulo anterior à narração que começa neste.

[2] Sancho não cumpre nenhuma das condições para ser escudeiro de um cavaleiro andante: não é fidalgo, é pobre e excessivamente velho para receber ensinamentos. No entanto, Dom Quixote o instruirá várias vezes sobre suas obrigações como escudeiro e o aconselhará (no capítulo XLII do segundo volume) sobre assuntos de governo, próprios da nobreza.

necessitado ou alguma necessitada, que está carecendo do meu favor e ajuda.

E, torcendo as rédeas, encaminhou o Rocinante para donde vinham os gritos. Aos primeiros passos que deu no bosque, viu uma égua presa a uma azinheira e atado a outra um rapazito nu da cinta para cima, e de seus quinze anos; era o que se lastimava, e não sem causa, porque o estava com uma correia açoitando um lavrador de estatura alentada, acompanhando cada açoite com uma repreensão e conselho, dizendo:

— Boca fechada e olho vivo!

Ao que o rapaz respondia:

— Não tornarei mais, meu amo, pelas chagas de Cristo, prometo não tornar! Prometo daqui em diante tomar mais sentido no gado!

Vendo Dom Quixote aquilo, exclamou furioso:

— Descortês cavaleiro, mal parece haverdes-vos com quem vos não pode resistir; subi ao vosso cavalo e tomai a lança — que arrumada à azinheira estava de fato uma —; eu vos farei conhecer que isso que estais praticando é de covarde.

O lavrador, que viu iminente aquela figura carregada de armas, brandindo-lhe a lança ao rosto, deu-se por morto e com reverentes palavras lhe respondeu:

— Senhor cavaleiro, esse rapaz que estou castigando é meu criado; serve-me de guardar um bando de ovelhas, que trago por estes contornos; mas é tão descuidado que de dia a dia me falta uma; e, por eu castigar o seu descuido ou velhacaria, diz que o faço por forreta,[3] para não lhe pagar por inteiro a soldada; por Deus, e em minha consciência, que mente.

— Mente[4] na minha presença, vilão ruim?! — disse Dom Quixote. — Voto ao sol que nos alumia que estou vai não vai para atravessar-vos com esta lança. Pagai-lhe logo sem mais réplica; quando não, por Deus que nos governa, como neste próprio instante dou cabo de vós. Desatai-o de uma vez.

O lavrador abaixou a cabeça e sem dizer mais palavra desatou o ovelheiro. Perguntou-lhe Dom Quixote quanto seu amo lhe devia;

---

[3] Pessoa sovina, avarenta.

[4] Dizer a alguém que mentia era uma ofensa tão grave que Dom Quixote se sente ultrajado apenas de ouvir uma acusação nesse sentido.

respondeu ele que nove meses, à razão de sete reales[5] cada mês. Fez Dom Quixote a conta, e viu que somava sessenta e três reales, e disse ao lavrador que lhos contasse logo, logo, se não queria pagar com a vida. Respondeu o camponês, aterrado em tão estreito lance, que já lhe havia jurado — e não tinha ainda jurado coisa alguma, que não eram tantos, porque havia para abater três pares de sapatos que lhe havia mercado e mais um real de duas sangrias[6] que lhe tinham dado estando enfermo.

— Tudo isso está muito bem — respondeu Dom Quixote —; mas os sapatos e as sangrias fiquem em desconto dos açoites que sem culpa lhe destes; porquanto, se ele rompeu o couro dos sapatos que vós pagastes, vós rompestes-lhe o do seu corpo; e se o barbeiro lhe tirou sangue, estando doente, também vós lho tirastes estando ele são; portanto nesse particular não há mais que ver, estamos com as contas justas.

— Pior é, senhor cavaleiro, que não tenho aqui dinheiro comigo; acompanha-me tu a casa, André, que eu lá te pagarei de contado.[7]

— Eu ir com ele — disse o rapaz — outra vez? Mau pesar viesse por mim! Não, senhor; nem pensar em tal. Se se tornasse a ver comigo a sós, esfolava-me que nem um São Bartolomeu.[8]

— Tal não fará — respondeu Dom Quixote —: basta que eu mande para ele me catar respeito. Jure-mo ele pela lei da cavalaria que recebi, deixá-lo-ei ir livre e dou-te o pagamento por seguro.

— Veja Vossa Mercê, senhor, o que diz — replicou o rapazito —: que esse meu amo não é cavaleiro nem recebeu ordem nenhuma de cavalarias; é João Haldudo,[9] o rico, vizinho de Quintanar.

— Pouco importa isso — obtemperou Dom Quixote —; que em Haldudos também pode haver cavaleiros; e demais, cada um é filho das suas obras.

— Isso é verdade — acudiu André —; mas esse meu amo, de que obras há de ser filho, pois me nega a paga do meu suor e trabalhos?

---

[5] No original: *setenta e três reales*. Trata-se de um erro de Dom Quixote ou de Cervantes? Ou de impressão?

[6] A sangria era um procedimento curativo que consistia em fazer uma incisão na veia para tirar o excesso de sangue (ou seja, o humor) considerado como a causa da enfermidade; junto com a purga, era um dos métodos mais utilizados na medicina oficial da época.

[7] De contado: à vista.

[8] O apóstolo São Bartolomeu morreu esfolado e era representado com a musculatura saindo pela pele do braço; sua festa, em 24 de agosto, ao fim da colheita, fez dele um santo muito popular.

[9] O termo *haldudo*, em espanhol arcaico, poderia significar também hipócrita, falso.

— Não nego tal, irmão André — respondeu o lavrador —; dá-me o gosto de vir comigo que eu juro por quantas castas de cavalaria haja no mundo que lhe pagarei, como tenho dito, um Real sobre o outro, e em moedinha defumada.[10]

— Dos defumados vos dispenso eu — disse Dom Quixote —; dai-lhe os reais, sejam como forem, e sou contente; e olhai lá se o cumpris, segundo jurastes; quando não, pelo mesmo juramento vos rejuro eu que voltarei a buscar-vos e castigar-vos, e que de força vos hei de achar, ainda que vos escondais mais fundo que uma lagartixa; e se quereis saber quem isto vos intima, para ficardes mais deveras obrigado a cumprir, sabeis que sou o valoroso Dom Quixote de la Mancha, o desfazedor de agravos e sem-razões. Ficai-vos com Deus, e não esqueçais o prometido e jurado, sob pena do que já vos disse.

Com o quê, meteu esporas ao Rocinante e em breve espaço se apartou deles. Seguiu-o com os olhos o lavrador e, quando o viu já fora do bosque, e do alcance, voltou-se para o seu criado André e lhe disse:

— Vinde cá, meu filho, que vos quero pagar o que vos devo, como aquele desfazedor de agravos me ordenou.

— Juro — respondeu André — que muito bem fará Vossa Mercê em cumprir o mandamento daquele bom cavaleiro, que mil anos viva, que, segundo é valoroso e bom juiz, vive Roque,[11] como se não me paga, voltará e há de executar o que disse!

— Também eu o juro — disse o lavrador —; mas, pelo muito que te quero, vou primeiro acrescentar a dívida, para ficar sendo maior a paga.

E travando-lhe do braço, o tornou a atar na azinheira, onde lhe deu tantos açoites que o deixou por morto.

— Chamai agora, senhor André, pelo desfazedor de agravos — dizia o lavrador —; e vereis como não desfaz este, ainda que, segundo entendo, por enquanto ele não está acabado de fazer, porque me estão vindo ondas de te esfolar vivo, como tu receavas.

Mas afinal desatou-o e lhe deu licença para ir buscar o seu juiz, que lhe executasse a sentença que dera. Partiu André algum tanto trombudo; prometendo que se ia à busca do valoroso Dom Quixote de la Mancha, para lhe contar ponto por ponto o que era passado e dizendo que o amo

---

[10] Dada com boa vontade.
[11] Forma eufemística de juramento, no lugar de "vive Deus!".

dessa vez havia de lhe pagar setenas.[12] Assim mesmo porém foi-se a chorar e o amo se ficou a rir. Ora aqui está como desfez aquele agravo o valoroso Dom Quixote, o qual, contentíssimo do sucedido, por lhe parecer que dera alto e felicíssimo começo às suas cavalarias, ia todo cheio de si, caminhando para a sua aldeia e dizendo a meia-voz:

— Bem te podes aclamar ditosa sobre quantas hoje existem na terra, ó das belas belíssima Dulcineia del Toboso! Pois te coube em sorte haveres sujeitado e rendido ao teu querer tão valente e nomeado cavaleiro, qual é e será Dom Quixote de la Mancha, o qual, segundo sabe todo o mundo, ontem recebeu a ordem da cavalaria e já hoje desfez a maior violência e o pior agravo que a sem-razão formou e a crueldade cometeu! Sim, hoje tirou das mãos o tagante[13] àquele desapiedado inimigo, que tanto sem causa estava açoitando um melindroso infante.

Nisso chegou a um caminho em cruz e para logo lhe vieram à lembrança as encruzilhadas em que os cavaleiros andantes se detinham a pensar por onde tomariam. Para imitá-los, se conservou quieto por algum tempo e, depois de ter muito bem cogitado, deixou o caminho à escolha do Rocinante, o qual seguiu o seu primeiro intuito, que foi correr para a cavalariça. Como houve andado obra de duas milhas descobriu Dom Quixote um grande tropel de gente, que eram, como depois se veio a saber, uns mercadores de Toledo, que se iam a Múrcia[14] à compra de seda. Seis eram eles, e vinham com seus guarda-sóis, com mais quatro criados a cavalo e três moços de mulas a pé. Apenas Dom Quixote avistou todo aquele gentio, teve logo para si ser coisa de aventura nova; e, para imitar em tudo que lhe parecia possível os passos que lera, entendeu vir de molde para o caso uma coisa que lhe veio à ideia; e assim, com gentil portamento e denodo, firmando-se bem nos estribos, apertou a lança, conchegou a adarga ao peito e, posto no meio do caminho, se deteve à espera de que chegassem aqueles cavaleiros andantes, que já por tais os julgava. Quando chegaram à distância de se poderem ver e ouvir, alçou a voz e com gesto arrogante disse:

---

[12] Antigamente, as setenas eram uma multa que obrigava a pagar sete vezes o valor do dano causado.

[13] Açoite.

[14] Múrcia era a produtora principal de telas de seda, cujo uso na Espanha se considerava excessivo.

— Todo o mundo se detenha, se todo o mundo não confessa que não há no mundo donzela mais formosa que a imperatriz da Mancha, a sem-par Dulcineia del Toboso.

Estacaram os mercadores, ouvindo aquelas vozes, e mais, vendo a estranha figura que as proferia; e por uma e outra causa logo entenderam estarem metidos com um orate;[15] mas quiseram ver mais devagar em que pararia aquela intimação. Um deles, que era seu tanto brincalhão e discreto que farte, respondeu:

— Senhor cavaleiro, nós outros não conhecemos quem seja essa boa senhora que dizeis; deixai-no-la ver que, a ser ela de tanta formosura como encarecestes, de boa vontade e sem recompensa alguma confessaremos a verdade que exigis de nós.

— Se a vísseis — replicou Dom Quixote —, que avaria fora confessardes evidência tão notória? O que importa é que sem vê-la o acrediteis, confesseis, afirmeis, jureis e defendais; quando não, entrareis comigo em batalha, gente descomunal e soberba; que, ou venhais um de cada vez, como pede a ordem de cavalaria, ou todos de rondão,[16] como é costume nos da vossa ralé; aqui vos aguardo, confiado na razão que por mim tenho.

— Senhor cavaleiro — respondeu o mercador —, suplico a Vossa Mercê, em nome de todos estes príncipes que presentes somos, que, para não encarregarmos as consciências, confessando uma coisa que nunca vimos nem ouvimos, e mais, sendo tanto em menoscabo[17] de todas as imperatrizes e rainhas da Alcarria e Estremadura, que seja Vossa Mercê servido de nos mostrar algum retrato dessa senhora, ainda que não seja maior do que um grão de trigo; é pelo dedo que se conhece o gigante, e só com isso ficaremos satisfeitos e seguros, e Vossa Mercê obedecido e contente. E até creio que já vamos estando tanto em favor dela que, ainda que o seu retrato nos mostre ser torta de um olho, e do outro destilar vermelhão e enxofre, apesar disso, por comprazermos Vossa Mercê, diremos em seu abono quanto se quiser.

— Não destila, canalha infame, isso que dizeis — respondeu Dom Quixote aceso em cólera —; destila âmbar e algália[18] entre algodões,

---

[15] Indivíduo louco, sem juízo.
[16] De roldão — lançamento com força, para longe; precipitação, arremesso.
[17] Diminuição da importância, depreciação, desdém.
[18] Almíscar.

e não é torta nem corcovada, senão mais direita que um fuso de Guadarrama.[19] Vós outros ides pagar a grande blasfêmia que proferistes contra tamanha beldade, como é a minha senhora!

E nisso arremeteu logo com a lança em riste contra o que lhe falara; e com tanta fúria que, se a boa sorte não permitira que no meio do caminho esbarrasse e caísse o Rocinante, mal passaria o atrevido mercador. Com o estender-se do cavalo, foi Dom Quixote rodando um bom pedaço pelo campo, sem lograr levantar-se, por mais que fizesse, tanto era o empacho da lança, adarga, esporas e celada, e o peso da armadura velha. Enquanto barafustava para se erguer sem conseguir, dizia:

— Não fujais, gente covarde, gente infame! Reparai que, se estou aqui estendido, não é por culpa minha, senão do meu cavalo.

Um moço de mulas, dos que ali vinham, e que não devia ser dos mais bem-intencionados, ouvindo do pobre estirado tantas arrogâncias, não o pôde levar à paciência sem lhe apresentar o troco pelas costelas; e, chegando-se a ele, tomou a lança, desfê-la em pedaços e com um dos troços dela começou a dar ao nosso Dom Quixote pancadaria tão basta que, a despeito e pesar de suas armas, o moeu como bagaço. Bradavam-lhe os amos que não lhe desse tanto, e o deixasse. Mas o moço, que estava já fora de si, não quis acomodar-se antes de desafogar de todo a sua ira; e, agarrando nos mais troços da lança, acabou de desfazê-los sobre o miserável caído, que, debaixo daquele temporal de pancadaria, não deixava de vociferar ameaças contra céu e terra, e os que lhe pareciam malandrins.

Cansou-se o moço e os mercadores seguiram sua jornada, levando para toda ela matéria de comentários à custa do pobre acabrunhado. Este, depois que se viu só, tornou a fazer diligências para se erguer; mas se, quando são e bom, não o tinha podido, como o poderia agora, moído e quase desfeito? E ainda se tinha por ditoso, imaginando que enfim era desgraça própria de cavaleiros andantes, e toda a atribuía a faltas do seu cavalo. Em suma, nem mover-se podia, de derreado que estava de todo o corpo.

---

[19] A madeira de Guadarrama era usada na corte como matéria-prima para os utensílios domésticos.

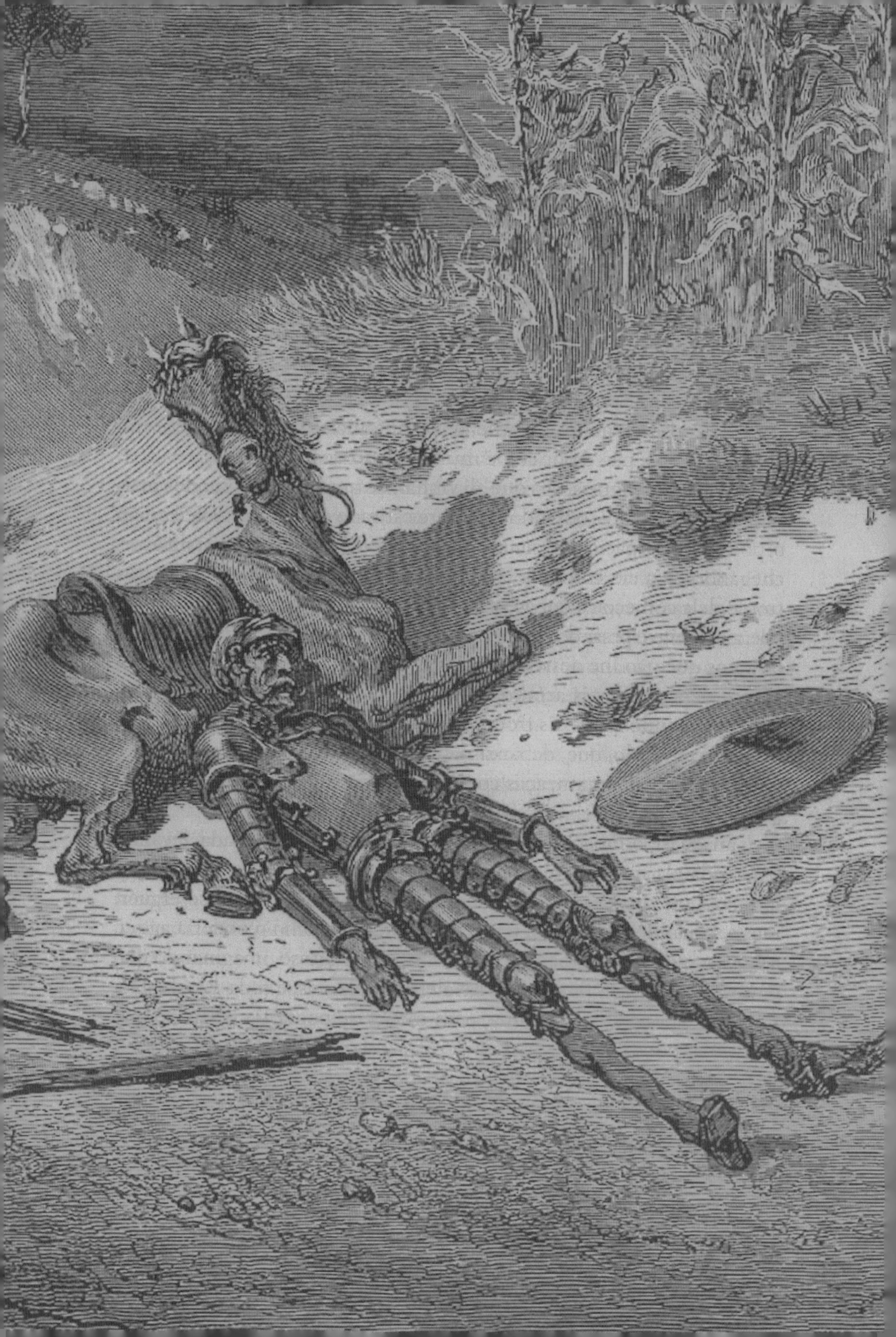

# Capítulo V
## EM QUE PROSSEGUE A NARRATIVA DA DESGRAÇA DO NOSSO CAVALEIRO

VENDO-SE NAQUELE ESTADO, lembrou-se de recorrer ao seu ordinário remédio, que era pensar em algum passo dos seus livros;[1] e trouxe-lhe a sua loucura à lembrança o caso de Valdovinos e do Marquês de Mântua,[2] quando Carloto o deixou ferido no monte, história sabida das crianças, não ignorada dos moços, celebrada e até crida dos velhos, e nem por isso mais verdadeira que os milagres de Mafoma. Esta, pois, lhe pareceu que vinha de molde para a conjuntura presente; e assim, com mostras de grande sentimento, começou a rebolcar-se pela terra e a dizer, com debilitado alento, o mesmo que, segundo se refere, dizia o ferido cavaleiro do bosque:

> — Onde estás, senhora minha,
> que não te dói o meu mal?
> Ou não nos sabes, senhora,
> ou és falsa e desleal.[3]

---

[1] "Algum episódio de seus livros" (a mesma frase, com sentido diferente, se encontra em I, IV); mas, como nos livros de cavalarias não há nenhuma derrota tão infamante, lhe vem à memória o romance do Marquês de Mântua, como sucede no anônimo *Entremez dos romances*, no qual Bartolo, o protagonista, apaleado com sua própria lança, recorda esse mesmo romance. Cervantes está fazendo, pois, entre o capítulo anterior e este, a paródia de uma paródia.

[2] O romance do Marquês de Mântua conta a derrota em combate de Valdovinos, seu sobrinho, nas mãos de Carloto, filho de Carlos Magno. Era usado nas escolas como livro de leitura.

[3] Os versos não procedem diretamente do romance antigo, mas de uma adaptação que aparece na *Flor de vários romances novos*, de Pedro de Moncayo (1591); os versos terceiro e quarto não aparecem no romance velho original.

E desta maneira foi enfiando o romance, até aqueles versos que dizem:

> O nobre Marquês de Mântua,
> meu tio e senhor carnal!

Quis o acaso que, quando chegou a esse verso, acertou de passar por ali um lavrador do seu mesmo lugar e vizinho seu, que vinha de levar uma carga de trigo ao moinho, o qual, vendo aquele homem ali estendido, se achegou dele e lhe perguntou quem era, e que mal sentia, que tão tristemente se queixava. Dom Quixote julgou sem dúvida ser aquele o Marquês de Mântua, seu tio, e assim a resposta que deu foi prosseguir o seu romance, em que lhe dava conta do seu desastre e dos amores do filho do imperador com sua esposa, tudo pontualmente como no romance vem contado.[4]

Estava o lavrador pasmado de ouvir todos aqueles disparates e, tirando-lhe a viseira, que já estava espedaçada das bordoadas, limpou-lhe o rosto da poeira que o cobria. Apenas concluiu a limpeza, reconheceu-o e lhe disse:

— Senhor Quijana — que assim se devia chamar quando estava em seu juízo, e não tinha passado de fidalgo sossegado a cavaleiro andante —, quem pôs Vossa Mercê nessa lástima?

Dom Quixote teimava com o seu romance a todas as perguntas. Vendo isso, o bom homem lhe tirou, o melhor que pôde, o peito e o espaldar, para examinar se tinha alguma ferida; porém não viu sangue nem sinal algum. Procurou levantá-lo do chão e, com trabalho grande, o pôs para cima do seu jumento, por lhe parecer cavalaria mais sossegada. Recolheu as armas e até os troços da lança e amarrou tudo às costas de Rocinante; tomou-o pela rédea, ao asno pelo cabresto e marchou para o seu povo, cismando bastante nas tontarias que Dom Quixote dizia. Não menos pensativo ia este, que, de puro moído e quebrantado, não se podia suster sobre o burrico, e de quando em quando dava uns suspiros que chegavam ao céu; tanto que obrigou o lavrador a perguntar-lhe de novo o que sentia. Parecia que o Demônio não lhe trazia à memória

---

[4] Neste capítulo, Dom Quixote acredita ser um herói do romanceiro, e não um personagem de livro de cavalarias. A mesma alucinação sofre o lavrador que protagoniza o anônimo *Entremez dos romances*, de data incerta, mas que, se for anterior à composição do *Quixote*, deve ser contado como uma de suas principais fontes de inspiração.

senão os contos acomodáveis aos seus sucessos, porque, deslembrando-se então de Valdovinos, se recordou do mouro Abindarrais, quando o alcaide de Antequera, Rodrigo de Narváez, o prendeu, e preso o levou à sua alcaidaria.[5] E assim, quando o lavrador lhe tornou a perguntar como estava e o que sentia, lhe respondeu as mesmas palavras e razões que o abencerrage[6] cativo respondia a Rodrigo de Narváez, do mesmo modo que ele tinha lido a história na *Diana* de Jorge de Montemayor[7] onde ela vem descrita; aproveitando-se dela tão a propósito que o lavrador ia se dando ao Diabo de ouvir tamanha barafunda de sandices; por onde acabou de conhecer que o vizinho estava doido e apressava-se em chegar ao povo para se forrar ao enfado que Dom Quixote lhe dava com a sua comprida arenga. Rematou-a ele nestas palavras:

— Saiba Vossa Mercê, Senhor Dom Rodrigo de Narváez, que esta formosa xarifa que digo é agora a linda Dulcineia del Toboso, por quem eu tenho feito, faço e hei de fazer as mais famosas façanhas de cavalaria que jamais se viram, veem ou hão de ver no mundo.

A isso respondeu o lavrador:

— Pecados meus! Olhe Vossa Mercê, senhor, que eu não sou Dom Rodrigo de Narváez nem o Marquês de Mântua; sou Pedro Alonso, seu vizinho; nem Vossa Mercê é Valdovinos nem Abindarrais, mas um honrado fidalgo, o Senhor Quijana.

— Quem eu sou, sei eu — respondeu Dom Quixote —, e sei que posso ser não só os que já disse, senão todos os doze pares de França, e até todos os nove da fama,[8] pois a todas as façanhas que eles juntos fizeram e cada um por si se avantajarão as minhas.

Com essas e outras semelhantes práticas, chegaram ao lugar quando já anoitecia; porém o lavrador aguardou que fosse mais escuro, para que

---

[5] Alcaidaria é a fortaleza governada por um alcaide. Trata-se de uma história narrada na novela *O abencerrage e a formosa Jarifa*: o protagonista, Rodrigo de Narváez, alcaide de Antequera entre 1410 e 1424, aprisiona o mouro Abindarrais, que combina de casar em segredo com Jarifa, mas no final o liberta.

[6] Relativo à linhagem moura dos abencerrages (que dominou Granada e se tornou famosa por sua rivalidade com os zegris) ou indivíduo dessa estirpe.

[7] A novela *O abencerrage e a formosa Jarifa* foi incluída na *Diana* de Jorge de Montemayor a partir da edição de 1561.

[8] Nove homens que podiam servir de exemplo para os cavaleiros; eram três judeus — Josué, Davi e Judas Macabeu —, três pagãos — Alexandre, Heitor e Júlio César — e três cristãos — Artur, Carlos Magno e Godofredo de Bulhões. Contam-se suas vidas na *Crônica chamada do triunfo dos nove mais apreciados varões da Fama*, traduzida por Antonio Rodríguez Portugal (Lisboa, Galharde, 1530) e várias vezes reimpressa no século XVI.

não vissem ao moído fidalgo tão mau cavaleiro. Quando lhe pareceu que já era tempo, entrou no povoado e em casa de Dom Quixote. Acharam-na toda em rebuliço, estando lá o cura e o barbeiro do lugar, que eram grandes amigos de Dom Quixote, aos quais a ama estava dizendo em altas vozes:

— Que lhe parece a Vossa Mercê, Senhor Licenciado Pedro Pérez — que assim se chamava o cura —, a desgraça de meu amo? Há já três dias que não aparecem nem ele, nem o rocim, nem a adarga, nem a lança, nem as armas. Desgraçada de mim, que já vou desconfiando e há de ser certo, tão certo como nasci para morrer, que esses malditos livros de cavalarias que ele tem, e que anda a ler tão continuado, lhe viraram o juízo; e agora me recordo de ter-lhe ouvido muitas vezes, falando entre si, que se havia de fazer cavaleiro andante e ir buscar aventuras por esses mundos. Satanás e Barrabás que levem consigo toda essa livraria, que assim deitaram a perder o mais sutil entendimento que havia em toda a Mancha!

A sobrinha dizia o mesmo, e ainda passava adiante:

— Saiba, Senhor Mestre Nicolau — era o nome do barbeiro —, que muitas vezes sucedeu o senhor meu tio estar lendo esses desalmados livros de desventuras, dois dias com duas noites a fio, até que por fim arrojava o livro, metia a mão à espada e andava às cutiladas com as paredes; e, quando estava estafado, dizia que tinha matado quatro gigantes como quatro torres; e o suor que lhe escorria do cansaço dizia que era sangue das feridas que recebera na batalha; e emborcava logo um grande jarro de água fria, e ficava são e sossegado, dizendo que aquela água era uma preciosíssima bebida que lhe tinha trazido o sábio Esquife,[9] grande encantador e amigo seu. Mas quem tem a culpa toda sou eu, que não avisei com tempo a Vossas Mercês dos disparates do senhor meu tio, para acudirem com remédio antes de as coisas chegarem ao que chegaram e queimarem todos esses excomungados alfarrábios, que tem muitos que bem merecem ser abrasados como se fossem de hereges.

— Isso também eu digo — acudiu o cura —, e à fé que não há de passar de amanhã sem que deles se faça auto de fé e sejam condenados

---

[9] Deformação de Alquife, o encantador esposo de Urganda, a Desconhecida, que aparece no ciclo dos Amadises e é também o suposto autor do *Amadis de Grécia*; "esquife" na gíria dos pícaros equivale a "rufião", mas o nome também pode remontar ao italiano *schifo* ("asco").

ao fogo, para não tornarem a dar ocasião, a quem os lê, de fazer o que o meu bom amigo terá feito.

Tudo aquilo estavam ouvindo da parte de fora o lavrador e Dom Quixote; com o que o lavrador acabou de entender a enfermidade do vizinho e começou a dizer em altas vozes:

— Abram Vossas Mercês ao Senhor Valdovinos e ao Senhor Marquês de Mântua, que vem malferido, e ao senhor mouro Abindarrais, que traz cativo o valoroso Rodrigo de Narváez, alcaide de Antequera.

A essas vozes acorreram todos; e, como conheceram, uns o amigo, as outras o tio e o amo, que ainda não se tinha apeado do jumento por não poder, se lançaram a ele aos abraços. Ele disse:

— Parem todos que venho malferido por culpa do meu cavalo, levem-me para a cama e chamem, podendo ser, a sábia Urganda, que me procure as feridas e as cure.

— Olhai, má hora! — disse nesse ponto a ama. — Se não me dizia bem o coração de que pé coxeava meu amo! Suba Vossa Mercê em boa hora, que mesmo sem a tal Urganda nós cá o curaremos como soubermos. Malditos sejam outra vez, e cem vezes, esses livros das cavalarias, que tal o puseram a Vossa Mercê.

Levaram-no logo à cama e, procurando-lhe as feridas, nenhuma lhe acharam. Disse ele, então, que todo o seu mal era moedeira, por ter dado uma grande queda com o seu cavalo Rocinante, combatendo-se com dez gigantes, os mais desaforados e atrevidos que quantos consta que no mundo haja.

— Bom, bom — disse o cura —, entram gigantes na dança! Pelo sinal da santa cruz juro que amanhã hão de ser queimados, antes que chegue a noite.

Fizeram a Dom Quixote mil perguntas, sem que ele respondesse a nenhuma, senão que lhe dessem de comer e o deixassem dormir, que era o que mais lhe importava. Assim se fez. O cura então inquiriu muito detidamente o lavrador sobre o modo como encontrara Dom Quixote. Contou-lhe ele tudo, miudeando-lhe os disparates que ouvira quando dera com ele e quando o trazia. Tudo isso aumentou no licenciado o desejo de fazer o que de fato executou no dia seguinte, que foi chamar o seu amigo barbeiro Mestre Nicolau, com o qual voltou à casa de Dom Quixote.

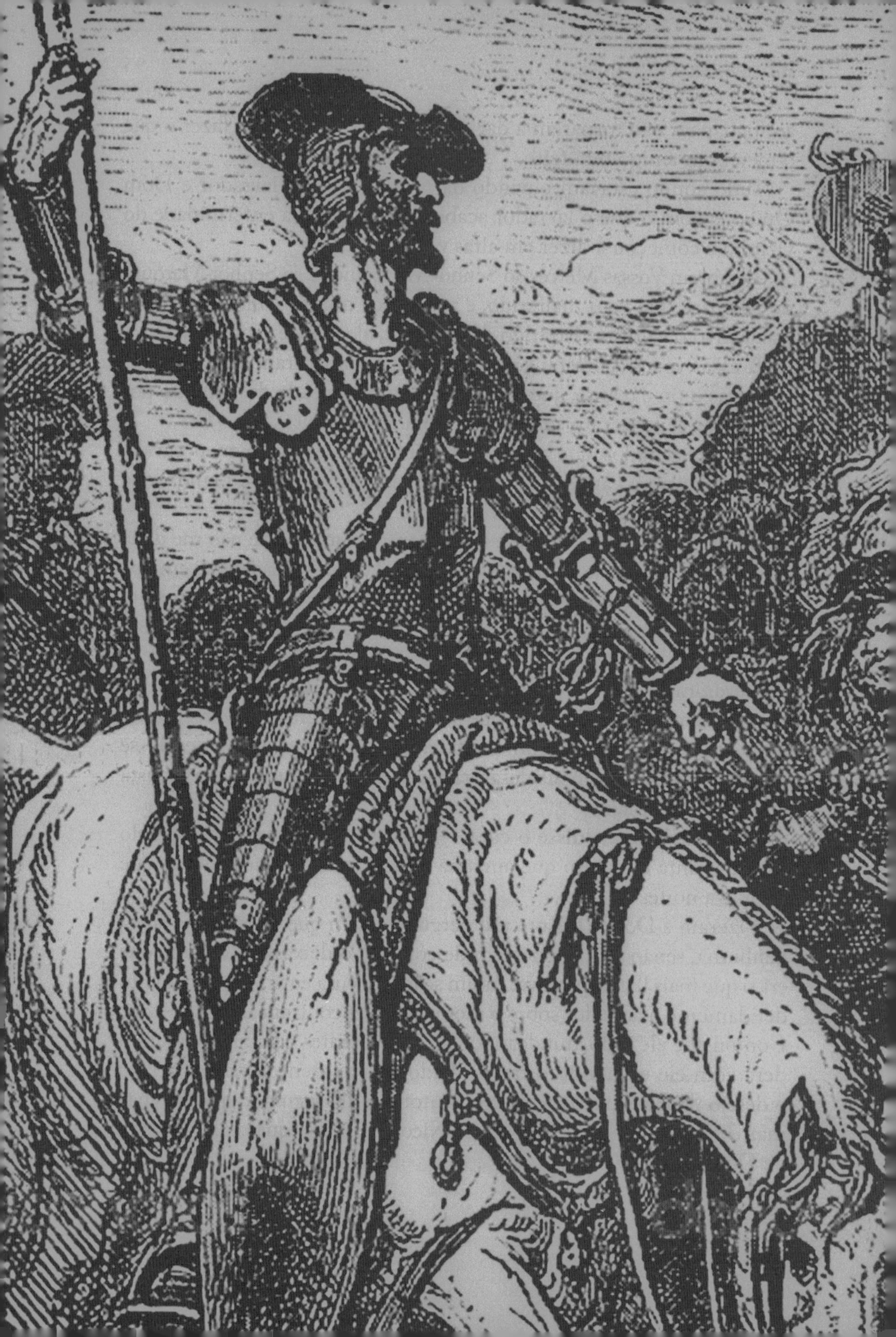

# Capítulo VI

## DO CURIOSO E GRANDE EXPURGO QUE O CURA E O BARBEIRO FIZERAM NA LIVRARIA DO NOSSO ENGENHOSO FIDALGO

O QUAL AINDA DORMIA.[1] Pediu à sobrinha a chave do quarto em que estavam os livros ocasionadores do prejuízo; e ela a deu de muito boa vontade. Entraram todos, e com eles a ama; e acharam mais de cem grossos e grandes volumes, bem encadernados,[2] e outros pequenos. A ama, assim que deu com os olhos neles, saiu muito à pressa do aposento e voltou logo com uma tigela de água benta e um hissope[3] e disse:

— Tome Vossa Mercê, senhor licenciado, regue esta casa toda com água benta, não ande por aí algum encantador, dos muitos que moram por estes livros, e nos encante a nós, em troca do que lhes queremos fazer a eles desterrando-os do mundo.

Riu-se da simplicidade da ama o licenciado e disse para o barbeiro que lhe fosse dando os livros um a um, para ver de que tratavam, pois poderia ser que alguns não merecessem castigo de fogo.

— Nada, nada — disse a sobrinha —; não se deve perdoar nenhum; todos concorreram para o mal. O melhor será atirá-los todos juntos

---

[1] Também o começo deste capítulo deve ser lido como se não houvesse epígrafe, e assim terá sentido lógico e gramatical. Esse é um dos indícios de que as epígrafes dos capítulos foram inseridas quando o texto já estava escrito.

[2] Para a época, uma biblioteca de cem in-fólios e outros muitos de tamanho menor era considerável. O apreço do fidalgo por eles e o dinheiro gasto se manifesta quando o narrador diz que estão "muito bem encadernados", não protegidos apenas com as habituais capas de pergaminho. Do escrutínio da biblioteca do fidalgo que aqui começa podem ser vistas certas preferências literárias de Cervantes.

[3] Utensílio usado para aspergir água-benta, composto de um cabo e de uma bola de metal oca, com orifícios, na outra extremidade.

pelas janelas ao pátio, empilhá-los em meda[4] e atear-lhes fogo; senão, carregaremos com eles para o quintal e ali se fará a fogueira, e o fumo não incomodará.

Outro tanto disse a ama, tal era a gana com que ambas estavam aos pobres alfarrábios; mas o cura é que não esteve pelos autos, sem primeiro ler os títulos. O que Mestre Nicolau primeiro lhe pôs nas mãos foram os quatro de Amadis de Gaula. E disse o cura:

— Parece coisa de mistérios esta porque, segundo tenho ouvido dizer, este livro foi o primeiro de cavalarias que em Espanha se imprimiu, e dele procederam todos os mais; por isso entendo que, por dogmatizador de tão má seita, sem remissão devemos condená-lo ao fogo.

— Não, senhor — disse o barbeiro —; também eu tenho ouvido dizer que é o melhor de quantos livros neste gênero se têm composto; e por isso, por ser único em sua arte, se lhe deve perdoar.

— Verdade é — disse o cura —; por essa razão deixemo-lo viver por enquanto. Vejamos esse outro que está ao pé dele.

— É — disse o barbeiro — *As sergas* (ou "façanhas") *de Esplandião*, filho legítimo de Amadis de Gaula.

— Pois é verdade — disse o cura — que não há de valer ao filho a bondade do pai. Tomai, senhora ama, abri essa janela e atirai-o ao pátio; dai princípio ao monte para a fogueira que se há de fazer.

Ao que a ama obedeceu toda alegre, e lá se foi o bom do *Esplandião* voando para o pátio, esperando com toda a paciência as chamas que o ameaçavam.

— Adiante — disse o cura.

— Este que segue — disse o barbeiro — é *Amadis de Grécia*, e todos os deste lado, segundo julgo, são da mesma raça de *Amadis*.

— Pois ao pátio com todos eles — disse o cura —, que só por queimar a Rainha Pintiquinestra,[5] e o pastor Darinel[6] e as suas églogas, e as endiabradas e confusas razões do autor, queimara juntamente o pai que me gerou, se andasse em figura de cavaleiro andante.

---

[4] Amontoado de feixes de trigo, palha, etc., arrumados uns sobre os outros, em forma cônica, e apoiados em uma vara vertical encimada por uma proteção de palha que desvia a chuva.

[5] Duas rainhas com o nome de Pintiquinestra aparecem nos livros de cavalarias: uma em *Amadis* e outra em *Lisuarte de Grécia*.

[6] Darinel, pastor da segunda parte de *Amadis de Grécia* que pronunciava longos discursos, umas vezes a sós, outras com suas pastoras, às aves e às flores.

— Também assim o entendo — replicou o barbeiro.

— Também eu — acrescentou a sobrinha.

— Pois venham, e pátio com eles — acudiu a ama.

Deram-lhos, que eram muitos, e ela, para não descer a escada, baldeou-os da janela abaixo.

— Quem é agora esse tonel? — perguntou o cura.

— Este é — respondeu o mestre — *Dom Olivante de Laura*.[7]

— O autor desse livro — disse o cura — foi o que também compôs o *Jardim de flores*;[8] e em verdade que não sei determinar qual das duas obras é mais verdadeira ou, por melhor dizer, menos mentirosa. O que sei é que esta há de ir já ao pátio por disparatada e arrogante.

— Este que segue é *Florismarte de Hircânia*[9] — disse o barbeiro.

— Oh! Temos aí o Senhor Florismarte? — replicou o cura. — Pois à fé que há de ir já ao pátio, apesar do seu estranho nascimento e sonhadas aventuras; não merece outra coisa pela dureza e secura do estilo. Ao pátio com ele, e mais com este, senhora ama.

— Belo! — falou ela, que executava as ordens com grande alegria.

— Este é o *Cavaleiro Platir*[10] — disse o barbeiro.

— Antigo livro é esse — disse o cura —, e não acho nele coisa por onde mereça perdão. Acompanhe os demais sem réplica.

E assim se fez. Abriu-se outro e viram o título: *Cavaleiro da Cruz*.[11]

— Por ter nome tão santo, lá se poderia perdoar a este livro a sua ignorância; mas também se costuma dizer que "por trás da cruz está o Diabo". Vá para o fogo.

Tomando o barbeiro outro livro, disse:

Este é *Espelho de cavalarias*.[12]

---

[7] Obra de Antônio Torquemada, editada em Barcelona, em 1564.

[8] Impressão salmantina do ano de 1570.

[9] Obra de Melchor Ortega, cavaleiro de Ubeda, publicada em Valladolid, em 1556. Para dar uma ideia de seu caráter disparatado, basta dizer que seu autor, protagonista, combate contra um exército de mais de um milhão de homens.

[10] Crônica do mui valente e esforçado cavaleiro Platir, filho do Imperador Primaleão, anônima, editada em Valladolid, em 1533.

[11] Consta de duas partes: a primeira é a Crônica de Lepolemo, chamado Cavaleiro da Cruz, filho do imperador da Alemanha, composta em árabe por Xarton e trasladada ao castelhano por Alonso de Salazar, Valência, 1521; a segunda foi editada em Toledo, em 1526.

[12] *Espelho de cavalarias* é uma obra em três partes: a primeira trata de Dom Roldão e Dom Reinaldo e foi impressa em Sevilha, em 1533; a segunda, impressa em 1536, trata dos amores de Roldão com Angélica, a Formosa; a terceira, publicada também em Sevilha, em 1550, trata dos feitos do Infante Dom Roserim e do fim que teve com a Princesa Florimena.

— Já conheço a Sua Mercê — disse o cura. — Aí anda o Senhor Reinaldo de Montalbán com os seus amigos e companheiros, mais ladrões que Caco, e os doze pares com o verídico historiador Turpim.[13] A falar a verdade, estou em condená-los pelo menos a desterro perpétuo, por terem parte na invenção do famoso Mateus Boiardo,[14] donde também teceu a sua teia o cristão poeta Ludovico Ariosto. Este, se por aqui o apanho a falar-me língua que não seja a sua, não lhe hei de guardar respeito algum; falando porém no seu próprio idioma, colocá-lo-ei sobre a cabeça.[15]

— Em italiano tenho-o eu — disse o barbeiro —, mas não o entendo.

— Nem era preciso que o entendêsseis — respondeu o cura —; de boa vontade perdoáramos ao senhor capitão que se tivesse deixado de trazê-lo à Espanha,[16] pois lhe tirou muito de sua valia original; e o mesmo sucederá a todos quantos quiserem traduzir para os seus idiomas livros de versos, que, por muito cuidado que nisso ponham, e por mais habilidade que mostrem, nunca hão de igualar ao que eles valem no original. O que eu digo é que este livro, e todos os mais que se acharem tratando destas coisas de França, se lancem e guardem num poço seco, até que mais repousadamente se veja o que se há de fazer deles, excetuando um *Bernardo del Carpio*[17] que por aí anda e outro chamado *Roncesvalles*,[18] que esses, em me chegando às mãos, vão direto para as da ama, e delas para o fogo, sem remissão.

Tudo o barbeiro confirmou, e teve por coisa muito acertada, por entender que o padre, por tão bom cristão que era e tão amigo da verdade, não faltaria a ela por quanto houvesse no mundo. Abrindo outro livro, viu que era *Palmeirim de Oliva*,[19] e ao pé dele estava outro,

---

[13] João Turpim, arcebispo de Reims, é o suposto autor de uma história de Carlos Magno, repleta de erros. Cervantes o cita aqui ironicamente, ao considerá-lo bom historiador.

[14] Mateus Boiardo, Conde de Escandiano, é o autor do poema cavaleiresco *Orlando enamorado*, continuado depois por Ariosto em seu *Orlando furioso*.

[15] "Colocar sobre a cabeça": sinal de consideração e de respeito, que se fazia com os documentos e diplomas dos reis ou dos papas nas solenidades.

[16] Alude à tradução do *Orlando* feita por Jerônimo de Urrea, bastante fraca e descuidada, com muitas supressões.

[17] História das façanhas e feitos do invencível cavaleiro Bernardo del Carpio, de Agostinho Alonso, Toledo, 1585.

[18] O que realmente ocorreu na famosa Batalha de Roncesvalles, com a morte dos doze pares de França, por Francisco Garrido de Villena, Valência, 1555.

[19] Livro do famoso cavaleiro Palmeirim de Oliva, Salamanca, 1511.

que se chamava *Palmeirim de Inglaterra*.[20] Assim que os viu, disse o licenciado:

— De semelhante "oliva", ou oliveira, façam-se logo achas e se queimem, que nem cinzas delas fiquem, e essa "palma" de Inglaterra se guarde e conserve como coisa única, e se faça para ela outro cofre, como o que achou Alexandre nos despojos de Dario, que o destinou para nele se guardarem as obras do poeta Homero.[21] Este livro, senhor compadre, tem autoridade por duas coisas: primeiro, porque é de si muito bom; segundo, por ter sido seu autor um discreto rei de Portugal. Todas as aventuras do Castelo de Miraguarda são boníssimas e de grande artifício; as razões, cortesãs e claras, conformes sempre ao decoro de quem fala; tudo com muita propriedade e entendimento. Digo pois, salvo o vosso bom juízo, Mestre Nicolau, que este e *Amadis de Gaula* fiquem salvos da queima; e todos os restantes, sem mais pesquisas nem reparos, pereçam.

— Alto, senhor compadre — replicou o barbeiro —, que este que tenho aqui é o afamado *Dom Belianis*.[22]

— Pois esse — respondeu o cura —, com a segunda, terceira e quarta parte, tem necessidade de um pouco de ruibarbo para purgar a sua demasiada cólera; e é preciso tirar-lhe tudo aquilo do Castelo da Fama e outras impertinências de mais fundamento, para o que se lhes concede termo ultramarino;[23] e, segundo se emendarem, assim se usará com eles de misericórdia ou justiça; e daqui até lá tende-os vós em vossa casa, compadre, mas não deixeis ninguém ler.

— Estou contente — respondeu o barbeiro.

E sem querer cansar-se mais em ler livros de cavalarias, mandou à ama que tomasse todos os grandes e rumasse com eles para o pátio. Não o disse a nenhuma tonta nem surda, que mais vontade tinha ela própria de vê-los queimados que de botar ao tear uma teia, por grande e fina que fosse; e, abraçando uns oito de uma vez, os lançou pela janela fora. Como eram muitos, caiu um aos pés do barbeiro. Este teve

---

[20] Livro do mui esforçado cavaleiro Palmeirim de Inglaterra, Toledo, 1547.

[21] Alusão à caixa de ouro e pedras preciosas achada entre os despojos do Rei Dario por Alexandre, o Grande, e destinada a guardar as obras de Homero, segundo a tradição contada por Plutarco e Plínio.

[22] Livro primeiro do valoroso e invencível Príncipe Dom Belianis de Grécia.

[23] Significa "prazo dilatado"; em sua origem, é uma frase forense.

apetite de ver o que seria, e viu que dizia: *História do famoso Cavaleiro Tirante, o Branco*.[24]

— Valha-nos Deus! — disse o cura em alta voz. — Pois temos aqui *Tirante, o Branco*? Dai-mo cá, senhor compadre, que faço de conta que nele achei um tesouro de contentamento e mina para passatempos. Aqui está Dom Quirieleisão de Montalbán, valoroso cavaleiro, e seu irmão Tomás de Montalbán, e o cavaleiro Fonseca, e a batalha que o valoroso Tirante fez com o alão e as agudezas da donzela Prazer-da--Minha-Vida, com os amores e embustes da viúva Repousada. É a senhora imperatriz enamorada de Hipólito, seu escudeiro. A verdade vos digo, senhor compadre, que em razão de estilo não há no mundo livro melhor. Aqui comem e dormem os cavaleiros, morrem nas suas camas e antes de morrer fazem testamento, com outras coisas mais que faltam nos livros desse gênero. Com tudo isso vos digo que quem o fez merecia (pois não praticou tantos destemperos por indústria) ser metido nas galés por toda a vida. Levai-o para casa e lá vereis se não é certo o que vos digo.[25]

— Assim será — respondeu o barbeiro —; mas que se há de fazer desses livrecos que ainda aqui estão?

---

[24] Publicado na forma original em Valência, em 1490, e em Barcelona, em 1497. A tradução anônima castelhana é de Valladolid, de 1511. Foi publicado em Barcelona novamente em 1947-9. Seus autores são Johanot Mastorell e Martí Johan de Galba.

[25] Sobre essa passagem, que passa por ser uma das mais obscuras do *Quixote*, cremos oportuno lembrar a opinião de M. de Riquer, na sua segunda edição, de 1955, p. 72 e 73: "Acrescentaremos uma teoria mais às muitas que se fizeram para explicá-la. De imediato fica evidente que Cervantes faz um leal panegírico do livro de cavalaria catalão, cuja posição ante a realidade representa um passo anterior ao da obra cervantina. Por outro lado, o autor do *Tirant lo Blanch* não morreu em galeras nem esteve nunca nelas como forçado, o que desautoriza a teoria de que é preciso ler a passagem subentendendo uma negação: 'que quem o fez não merecia'. Está demonstrado, ademais, que 'por indústria' significa 'de propósito'. A respeito da frase 'ser metido nas galés' (no original: '*echar a galeras*'), é extremamente interessante o seguinte trecho do *Quixote* de Avellaneda: 'Não faltava mais para que, sabendo-o a justiça, me castigara; pois, sem dúvida, me prenderiam, a provar-se-me tal delito, tão a galeras como às Trezentas de João de Mena' (cap. 25). Nessa frase há um evidente jogo de palavras e '*echar a galeras*' tem seu sentido literal, ou seja, o de condenar a remar em galeras como forçado, e '*echar a galeras*' no sentido de imprimir uma obra (ou seja, colocá-la na galera, base sobre a qual se põem as linhas compostas de um livro). Aplicando esse segundo sentido à presente passagem do *Quixote*, nos dá a seguinte interpretação, perfeitamente admissível: 'Já que o autor deste livro não escreveu tantas necedades com propósito deliberado, a não ser o de divertir e satisfazer, merecia que o *Tirant lo Blanch* se imprimisse de novo e se fizesse dele uma tiragem que demorasse muito a esgotar-se'". O que vem apoiado pelo fato de que no tempo de Cervantes já era rara a hoje raríssima edição do *Tirant lo Blanch*, em castelhano, de Valladolid, 1511.

— Esses — disse o cura — não hão de ser de cavalarias, mas sim de poesia.

E, abrindo um, viu que era a *Diana*[26] de Jorge de Montemayor, e disse, crendo que todos os mais eram do mesmo gênero:

— Estes não merecem ser queimados como todos os mais, porque não fazem nem farão os danos que os de cavalaria têm feito; são obras de entretenimento, sem prejuízo de terceiro.

— Ai, senhor! — disse a sobrinha. — Bem pode Vossa Mercê mandar queimá-los como os outros, porque não admiraria que, depois de curado o senhor meu tio da mania dos cavaleiros, lendo agora estes se lhe metesse na cabeça fazer-se pastor e andar-se pelos bosques e prados, cantando e tangendo; e pior fora ainda o perigo de se fazer poeta, que, segundo dizem, é enfermidade incurável e pegadiça.

— É certo o que diz essa donzela — observou o cura —, e bom será tirarmos diante do nosso amigo esse tropeço e azo. Começamos pela *Diana* de Montemayor. Esta sou do parecer que não se queime, bastando tirar-se-lhe tudo que trata da sábia Felícia, e da água encantada, e quase todos os versos maiores, e fique-lhe muito em paz a prosa e a honra de ser primeiro em semelhantes livros.

— Este que segue — disse o barbeiro — é a *Diana* chamada *segunda do salmantino*;[27] estoutro tem o mesmo nome e o autor é Gil Polo.

— Pois a do salmantino — respondeu o cura — acompanhe e acrescente ao número dos condenados ao pátio; e a de Gil Polo guarde-se como se fora do mesmo Apolo; e passe adiante, senhor compadre; aviemo-nos, que se vai fazendo tarde.

— Esta obra é — disse o barbeiro, abrindo outra — *Os dez livros de fortuna de amor*, compostos por Antônio de Lofraso, poeta sardo.[28]

— Pelas ordens que recebi — disse o cura — desde que Apolo foi Apolo, as musas musas e os poetas poetas, tão gracioso nem tão disparatado livro como esse jamais se compôs. Pelo seu andamento, é o melhor e o mais fênix de quantos têm saído à luz do mundo. Quem nunca o leu pode fazer de conta que nunca leu coisa de gosto. Passai-mo para cá

---

[26] Novela pastoril publicada em Valência, em 1559.

[27] Assim chamada por ser do médico salmantino Alonso Pérez. É continuação da de Jorge de Montemayor. Foi publicada em Alcalá, em 1564.

[28] É ironia citá-lo aqui, já que se trata de um poeta de escasso valor, como se pode confirmar pelo que diz Cervantes em *Viagem do Parnaso*.

depressa, compadre, que mais estimo tê-lo achado que se me dessem uma sotaina de raja de Florença.²⁹

Pô-lo de parte com grande gosto e o barbeiro prosseguiu:

— Estes agora são: *O pastor da Ibéria*, *Ninfas de Henares* e *Desengano de zelos*.³⁰

— Pois é entregá-los sem mais ao braço secular da ama — disse o padre —, e não se me pergunte o porquê; seria não acabar nunca.

— Este é o *Pastor de Fílida*.³¹

— Este não é pastor — disse o cura —, senão cortesão muito discreto; guarde-se como joia preciosa.

— Este grande que vem agora — disse o mestre — intitula-se *Tesouro de várias poesias*.³²

— Se não fossem tantas — disse o cura —, mais estimadas seriam. É mister que esse livro se descarte de algumas baixezas que tem à mistura com as suas grandiosidades; e guarde-se, porque o autor é meu amigo, e em atenção a outras obras que fez mais heroicas e alevantadas.³³

— Este é — prosseguiu o barbeiro — o *Cancioneiro* de López de Maldonado.³⁴

— Também o autor desse livro — replicou o cura — é grande amigo meu, e os seus versos, recitados por ele, admiram a quem os ouve, e tal é a suavidade da voz com que os canta que encanta. Nas églogas é algum tanto extenso, mas o bom nunca é demasiado. Guarde-se com os escolhidos. Porém que livro é esse que está ao pé dele?

— *A Galateia*³⁵ de Miguel de Cervantes — disse o barbeiro.

— Muitos anos há que esse Miguel de Cervantes é meu amigo; e sei que é mais versado em desdita que em versos. O seu livro alguma coisa tem de boa invenção; alguma coisa promete, mas nada conclui; é necessário esperar pela segunda parte que ele já nos anunciou. Talvez

---

[29] Tecido luxuoso e caro, usado somente pelas pessoas muito importantes.

[30] *O pastor da Ibéria*, de Bernardo de la Vega, Sevilha, 1591; *Primeira parte das ninfas e pastores de Henares*, de Bernardo González de Bobadilla, Alcalá, 1587; *Desengano de zelos*, de Bartolomeu López de Enciso, Madri, 1586.

[31] De Luís Gálvez de Montalvo, Madri, 1582.

[32] De Frei Pedro de Padilla (natural de Linares), Madri, 1580.

[33] Cervantes se refere às suas *Églogas pastoris*, ao seu *Romanceiro*, ao seu *Jardim espiritual*, às *Grandezas e excelências da Virgem Nossa Senhora*.

[34] Publicado em Madri, em 1586.

[35] Primeira parte da *Galateia*, publicada em Alcalá, em 1585.

com a emenda alcance em cheio a misericórdia que se lhe nega; daqui até lá tende-mo fechado em casa, senhor compadre.

— Com muito gosto — respondeu o barbeiro —; e aqui vêm mais três de cambulhada: *A Araucana* de Dom Alonso de Ercilla, *A Austríada* de João Rufo, jurado de Córdova, e *O Monserrate* de Cristóvão de Virués, poeta valenciano.[36]

— Todos esses três livros — disse o cura — são os melhores que em verso heroico de língua castelhana se têm escrito e podem competir com os mais famosos de Itália; guardem-se como as mais ricas prendas de poesia que possui Espanha.

Cansou-se o cura de ver mais livros; e assim, à carga cerrada, quis que todos os mais se queimassem; mas o barbeiro já tinha um aberto; chamava-se *As lágrimas de Angélica*.[37]

— Chorara-as eu ouvindo esse nome — disse o cura —, se tal livro houvera mandado queimar, porque o seu autor foi um dos famosos poetas do mundo, não só de Espanha; e foi felicíssimo na tradução de algumas fábulas de Ovídio.

---

[36] *A Araucana* foi impressa em Madri, em 1569; *A Austríada*, em 1584; *O Monserrate*, em 1588.
[37] De Dom Luís Barahona de Souto, Granada, 1586.

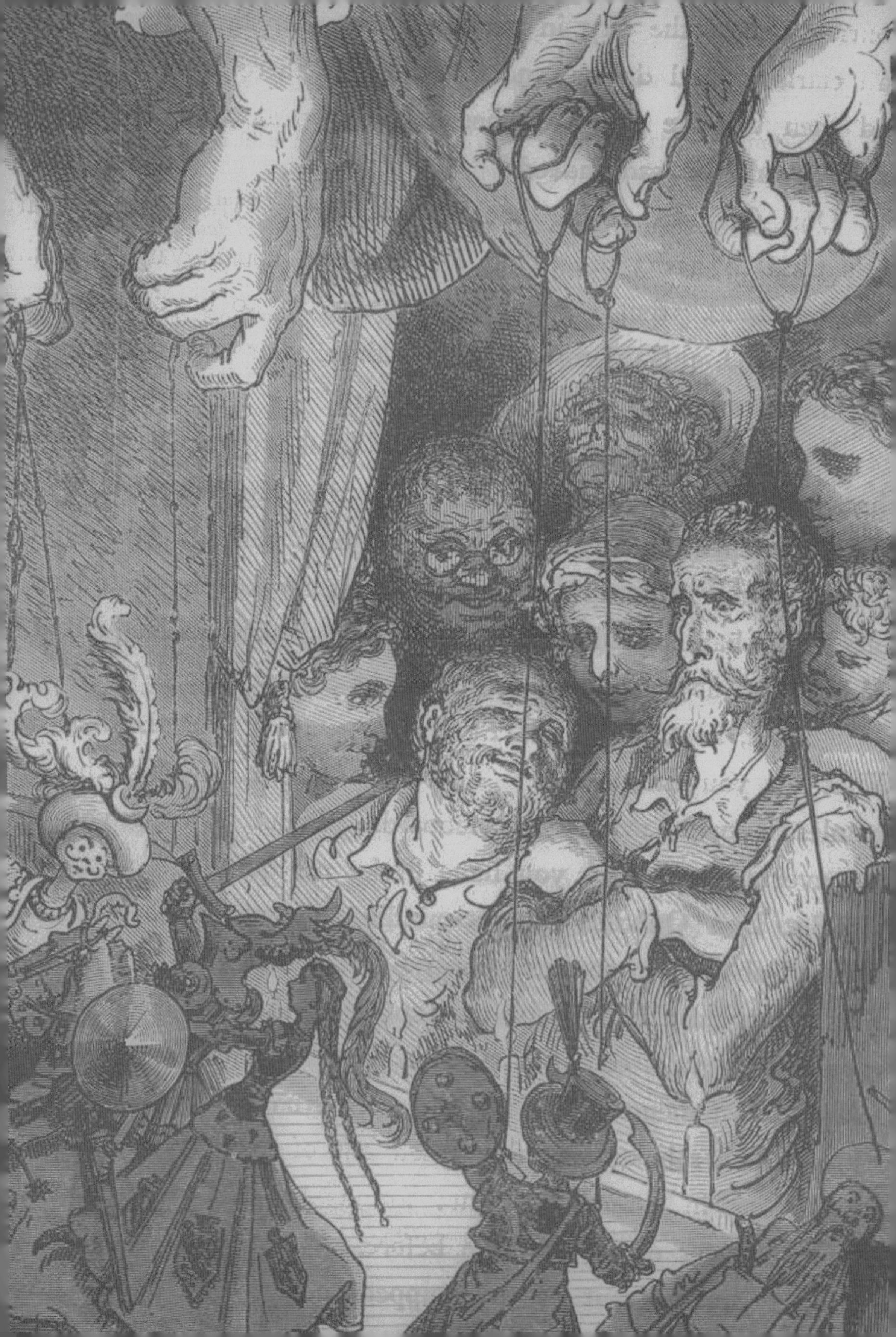

## Capítulo VII
### DA SEGUNDA SAÍDA DO NOSSO BOM CAVALEIRO DOM QUIXOTE DE LA MANCHA[1]

NAQUILO SE ESTAVA, quando principiou a dar brados Dom Quixote, dizendo:

— Aqui, aqui, valorosos cavaleiros! Aqui é mister mostrar a possança dos vossos valorosos braços, que os cortesãos levam a melhoria no torneio!

Para acudir àqueles gritos, não se passou adiante com o exame dos livros que ainda faltavam; e assim se crê que não deixariam de ir ao lume, sem serem vistos nem ouvidos, *A caroleia* e *Leão de Espanha*,[2] com os feitos do imperador, compostos por Dom Luís de Ávila,[3] que sem dúvida deviam estar entre os remanescentes; e talvez, se o cura os visse, não padecessem tão rigorosa sentença.

Quando chegaram a Dom Quixote, já ele estava levantado da cama e prosseguia nas vozes e desatinos, dando cutiladas e reveses para todas as partes, estando tão acordado como se nunca tivera dormido. Arcaram com ele e à força o deitaram no leito; e, depois que serenou um tanto mais, tornando-se a falar com o cura, lhe disse:

---

[1] Supôs-se que a narração da primeira saída de Dom Quixote, nos seis primeiros capítulos, constituísse uma versão primitiva do *Quixote* em forma de novela curta. Com este capítulo começa a narração da segunda saída, que se prolongará até o final do primeiro volume do *Quixote*.

[2] Poema épico de Jerônimo Sempere (Valência, 1560), no qual se inscreve um episódio sobre a batalha de Lepanto; *Leão de Espanha*: de Pedro da Vecilla Castellanos (Salamanca, 1586), relata a história da cidade de Leão.

[3] Não se conhece nenhum livro com esse título: Luis de Ávila escreveu, em prosa, *Comentários da guerra de Alemanha, empresa de Carlos V*, impressos em Veneza (1548) e reeditados em Amberes e Salamanca; pensa-se também que pode ser lapso de Cervantes, que teria substituído *Zapata* por *Ávila*: nesse caso se trataria do poema *Carlo famoso* (1566) de Luís Zapata.

— Senhor Arcebispo Turpim, não há dúvida que é grande pesar, para os que nos chamamos doze pares, deixarmos sem mais nem menos levar a vitória deste torneio os cavaleiros cortesãos, tendo nós outros, os aventureiros, ganhado o prêmio três dias antes.

— Cale Vossa Mercê a boca, senhor compadre — disse o cura —, que Deus há de ser servido de que a sorte se mude, e o que hoje se perde amanhã se ganhe. Por agora o que importa é tratar da saúde, que, segundo me parece, deve estar muitíssimo cansado, a não ser que esteja até malferido.

— Ferido não — interrompeu Dom Quixote —, porém moído e quebrantado sem dúvida que estou, porque aquele filho da mãe de Dom Roldão me moeu à bordoada com o tronco de uma azinheira; e tudo por inveja: por ver que eu só à minha banda contrapeso todas as suas valentias. Mas Reinaldo de Montalbán[4] não me torne eu a chamar, se em me levantando deste leito não mo pagar, a despeito de todos os seus encantamentos; e por agora tragam-me de jantar, que sei que é o mais preciso, e o vingar-me fica a meu cuidado.

Assim se fez. Deram-lhe de comer e recaiu no sono, deixando todos admirados de tamanho desorientamento.

Naquela noite, incendiou e destruiu a ama quantos livros havia no pátio e em toda a casa; e alguns arderiam que merecessem ser guardados em perpétuos arquivos. Mas não o quis assim a mofina e a pressa do seletor; cumpriu-se o rifão[5] que diz que às vezes paga o justo pelo pecador.

Um dos remédios que o barbeiro e o cura por então idearam foi que se condenasse e emparedasse a sala dos livros, para que ao levantar-se o amigo não pudesse dar com ela (tirada a causa, talvez cessasse o efeito). Dir-lhe-iam que um encantador os tinha levado com o aposento e tudo, e assim se executou com a maior presteza. A dois dias passados, ergueu-se Dom Quixote, e o que primeiro fez foi ir-se ver os seus livros e, como não achava o quarto em que os tinha deixado, corria de uma parte para outra a procurá-lo. Chegava onde costumava estar a porta e

---

[4] Alude-se ao combate entre Orlando e Reinaldo no *Orlando enamorado* de Boiardo; a inimizade entre os dois Pares, que aparece também em algum romance do grupo carolíngio, deve-se à rivalidade pelos amores de Angélica.

[5] Adágio vulgar, em que geralmente se empregam palavras grosseiras ou chulas; dito breve ou sentença popular de cunho moral, geralmente em verso, e aplicável a determinada circunstância da vida; provérbio.

tenteava-a às apalpadelas, e volvia e revolvia os olhos por todos os lados, sem proferir palavra. Porém, depois de um grande intervalo, perguntou à ama a que parte ficava o aposento dos seus livros. A ama, que já estava bem precavida do que havia de responder, lhe disse:

— Que aposento ou que história busca Vossa Mercê? Já não há aposento nem livros nesta casa, carregou com tudo o próprio diabo.

— Não era diabo — acudiu a sobrinha —, era um encantador que veio numa nuvem, numa noite depois daquele dia em que Vossa Mercê se abalou daqui e, apeando-se de uma serpe em que vinha encavalgado, entrou no aposento. Não sei o que fez lá dentro; ao cabo de um breve momento, saiu voando pelo telhado, deixando a casa cheia de fumarada e, quando tornamos em nós e fomos ver o que tinha feito, não vimos nem livros, nem aposento algum. Só nos lembra muito bem a mim e à ama que, ao tempo de partir-se, aquele malvado velho proferiu em altas vozes que, por inimizade secreta que tinha com o dono daquela livraria e estância, deixava feito o dano que depois se veria. Disse também que se chamava o sábio Munhatão.

— Frestão é que havia de dizer — acudiu Dom Quixote.

— Não sei — interrompeu a ama — se era Frestão ou Fritão;[6] só sei que o nome acaba em "tão".

— Isso mesmo — disse Dom Quixote —, é esse um sábio encantador grande inimigo meu e que me tem ojeriza porque sabe por suas artes e letras que, pelo andar dos tempos, tenho de pelejar em singular batalha com um cavaleiro a quem ele favorece, e o hei de vencer sem que ele mo possa estorvar; por isso procura fazer-me quantas sensaborias[7] pode, e eu digo-lhe que mal poderá ele evitar o que do céu nos está determinado.

— Disso ninguém duvida — disse a sobrinha —, mas quem mete, senhor tio, a Vossa Mercê nessas pendências? Não será o melhor estar-se manso e pacífico em sua casa, em vez de se ir pelo mundo procurar pão de trastrigo, sem se lembrar de que muitos vão buscar lã e vêm tosquiados?

— Ai, sobrinha, sobrinha! — respondeu Dom Quixote. — Como andas fora da conta! Primeiro que a mim me tosquiem, terei peladas e arrancadas as barbas a quantos imaginarem tocar-me na ponta de um só cabelo.

---

[6] "Fristão", o sábio encantador e suposto autor de *Dom Belianis*; a ama deforma o nome com seu ponto de vista de cozinheira da casa.

[7] Circunstância ou incidente desagradável, que causa aborrecimentos; contratempo.

Não quiseram as duas replicar-lhe mais nada, vendo que o agastamento lhe queria ir a mais.

O caso é que teve o nosso herói de passar em casa quinze dias mui quedo, sem dar mostras de querer recair nos seus primeiros devaneios; quinze dias em que passou graciosíssimos contos com os seus dois compadres, o cura e o barbeiro. Era sempre a sua teima, que de nada precisava tanto o mundo como de cavaleiros andantes; e oxalá essa cavalaria andante cá ressuscitara! O cura algumas vezes o contradizia e outras ia com ele, porque, sem essa velhacaria, como se haviam de entender?

Nesse meio-tempo, solicitou Dom Quixote a um lavrador seu vizinho, homem de bem (se tal título se pode dar a um pobre) e de pouco sal na moleira;[8] tanto em suma lhe disse, tanto lhe martelou que o pobre rústico se determinou em sair com ele, servindo-lhe de escudeiro. Dizia-lhe entre outras coisas Dom Quixote que se dispusesse a acompanhá-lo de boa vontade, porque bem podia dar o acaso que do pé para a mão ganhasse alguma ilha, e o deixasse por governador dela. Com essas promessas e outras quejandas,[9] Sancho Pança, que assim se chamava o lavrador, deixou mulher e filhos e se assoldadou por escudeiro do fidalgo.[10]

Deu logo ordem Dom Quixote a buscar dinheiros; e, vendendo umas coisas, empenhando outras e malbaratando-as todas, juntou uma quantia razoável. Apetrechou-se com uma rodela,[11] que pediu emprestada a um amigo; e, consertando a sua celada o melhor que pôde, notificou ao seu escudeiro Sancho o dia e a hora em que tencionava porem-se a caminho, para que ele se arranjasse do que lhe fosse mais preciso; sobretudo lhe recomendou que levasse alforjes. Respondeu ele que os levaria e que

---

[8] De muito pouco juízo; moleira: a parte superior da cabeça. Ironicamente, Cervantes apresenta o escudeiro de Dom Quixote como muito diferente dos escudeiros das ficções cavaleirescas.

[9] Que ou o que é da mesma natureza, do mesmo jaez; semelhante.

[10] Na Idade Média, o escudeiro era "o jovem fidalgo, filho de cavaleiro, à espera de ser armado cavaleiro", e que durante sua aprendizagem servia ao cavaleiro, levando a lança e o escudo deste. Nos tempos de Cervantes, se chamava de escudeiro o criado que acompanhava regularmente um senhor. Em Sancho Pança desemboca uma longa tradição, literária e popular, segundo a qual a figura do simplório camponês era associada com uma inata sabedoria; e, na literatura cavaleiresca, a imagem do escudeiro era um contraponto cômico à figura do herói.

[11] Escudo pequeno, redondo, de madeira, que se sujeitava ao braço esquerdo; na época de Dom Quixote se empregava, junto com a espada, para combater a pé, "à romana". Não se sabe o que foi feito da adarga que Dom Quixote levava em sua primeira saída.

também pensava em levar um asno que tinha muito bom, porque não estava acostumado a andar muito a pé. Naquilo do asno é que Dom Quixote não deixou de refletir o seu tanto, cismando se se lembraria de algum cavaleiro andante que tivesse trazido escudeiro montado em asno; mas nenhum lhe veio à memória. Apesar disso, decidiu que podia levar o burro, com o propósito de lhe arranjar cavalgadura de maior foro apenas se lhe deparasse ocasião, que seria tirar o cavalo ao primeiro cavaleiro descortês que topasse. Preveniu-se de camisas e das mais coisas que pôde, conforme o conselho que o estalajadeiro lhe dera. Feito e cumprido tudo, sem se despedir Pança dos filhos e mulher nem Dom Quixote da ama e da sobrinha, saíram uma noite do lugar sem vê-los alma viva, e tão de levada se foram que ao amanhecer já se iam seguros de que os não encontrariam, por mais que os procurassem.

Ia Sancho Pança sobre o seu jumento como um patriarca, com os seus alforjes e a sua borracha,[12] e com muita ânsia de se ver já governador da ilha que o amo havia lhe prometido. Acertou Dom Quixote de seguir a mesma direção que tomara na primeira jornada, que foi pelo campo de Montiel, por onde caminhava mais satisfeito que da primeira vez, por ser ainda de manhã e dar-lhes de escape o sol, o que sempre importunava menos. Disse então Sancho Pança a seu amo:

— Olhe Vossa Mercê, senhor cavaleiro andante, não se esqueça do que prometeu a respeito da ilha, que lá o governá-la bem, por grande que seja, fica por minha conta.

— Hás de saber, amigo Sancho Pança — disse Dom Quixote —, que foi costume muito usado dos antigos cavaleiros andantes fazer governadores os seus escudeiros das ilhas ou reinos que ganhavam; e eu tenho assentado em que, por minha parte, não se dê quebra a esta usança de agradecido, antes nela me desejo avantajar; porque os outros, algumas vezes e as mais delas, estavam à espera de que os seus escudeiros chegassem a velhos, e já depois de fartos de servir e de levar maus dias e piores noites é que lhes davam algum título de conde ou pelo menos de marquês de algum vale ou província de pouco mais ou menos; e tu, se viveres, e mais eu, bem poderá ser que antes de seis dias andados eu ganhe um reino com outros seus dependentes que venham mesmo

---

[12] Odre bojudo e de gargalo estreito, com bocal geralmente de madeira, usada para transportar líquidos.

ao pintar para eu te coroar a ti por seu rei. E não te admires do que te digo, pois coisas e casos acontecem aos tais cavaleiros, por modos tão nunca vistos e pensados que facilmente eu te poderia dar até mais do que te prometo.

— Desse modo — respondeu Sancho Pança —, se eu fosse rei por algum milagre dos que Vossa Mercê diz, pelo menos Joana Gutiérrez,[13] meu conchego, chegaria a ser rainha, e os meus filhos infantes.

— Quem o duvida? — respondeu Dom Quixote.

— Duvido eu — replicou Sancho Pança —, porque tenho para mim que, ainda que Deus chovera reinos sobre a terra, nenhum assentaria bem na Maria Gutiérrez. Saiba, senhor meu, que ela para rainha não vale dois maravedis; lá condessa muito melhor acertara, e assim mesmo com a ajuda de Deus.

— A Nosso Senhor encomenda tu, meu Sancho, o negócio, que ele lhe dará o que mais lhe acerte; mas não apouques tanto os teus espíritos que venhas a contentar-me com menos que ser adiantado.

— Esteja descansado, senhor meu — respondeu Sancho —, tenho ânimo, tenho, e mais servindo a um amo tão principal como é Vossa Mercê, que me há de saber dar tudo que me esteja bem e me couber nas forças.

---

[13] Note-se que o nome de Joana Gutiérrez é substituído mais à frente por Maria Gutiérrez e, mais tarde, no capítulo V do segundo volume, pelo de Teresa Pança, e se diz que seu sobrenome paterno era Cascajo.

## Capítulo VIII

### DO BOM SUCESSO QUE TEVE O VALOROSO DOM QUIXOTE NA ESPANTOSA E JAMAIS IMAGINADA AVENTURA DOS MOINHOS DE VENTO,[1] COM OUTROS SUCESSOS DIGNOS DE FELIZ RECORDAÇÃO

QUANDO NISTO IAM, descobriram trinta ou quarenta moinhos de vento que havia naquele campo. Assim que Dom Quixote os viu, disse para o escudeiro:

— A aventura vai encaminhando os nossos negócios melhor do que o soubemos desejar; porque vês ali, amigo Sancho Pança, onde se descobrem trinta ou mais desaforados gigantes, com quem penso fazer batalha e tirar-lhes a todos a vida, e com cujos despojos começaremos a enriquecer; que esta é boa guerra e bom serviço faz a Deus quem tira tão má raça da face da terra.

— Quais gigantes? — disse Sancho Pança.

— Aqueles que ali vês — respondeu o amo —, de braços tão compridos que alguns os têm de quase duas léguas.

— Olhe bem Vossa Mercê — disse o escudeiro —, que aquilo não são gigantes, são moinhos de vento; e o que parecem braços não são senão as velas, que tocadas do vento fazem trabalhar as mós.

— Bem se vê — respondeu Dom Quixote — que não andas corrente nisto das aventuras; são gigantes, são; e, se tens medo, tira-te daí e põe-te em oração enquanto eu vou entrar com eles em fera e desigual batalha.

Dizendo isso, meteu esporas ao cavalo Rocinante, sem atender aos gritos do escudeiro, que lhe repetia serem sem dúvida alguma moinhos

---

[1] Os moinhos de vento eram conhecidos havia muito tempo na Espanha, mas o tipo que Dom Quixote viu provavelmente era uma relativa novidade, e há quem diga que foram introduzidos em 1575, procedentes dos Países Baixos.

de vento, e não gigantes, os que ia acometer. Mas tão cego ia ele em que eram gigantes que nem ouvia a voz de Sancho nem reconhecia, com o estar já muito perto, o que era; antes ia dizendo a brado:

— Não fujais, covardes e vis criaturas; é um só cavaleiro o que vos investe.

Levantou-se nesse comenos um pouco de vento, e começaram as velas a mover-se; vendo isso Dom Quixote, disse:

— Ainda que movais mais braços do que os do gigante Briareu,[2] haveis de me pagar.

E, dizendo isso, encomendando-se de todo o coração à sua Senhora Dulcineia, pedindo-lhe que em tamanho transe o socorresse, bem coberto da sua rodela, com a lança em riste, arremeteu a todo galope do Rocinante e se aviou contra o primeiro moinho que estava diante e, dando-lhe uma lançada na vela, o vento a volveu com tanta fúria que fez a lança em pedaços, levando desastradamente cavalo e cavaleiro, que foi rodando miseravelmente pelo campo afora. Acudiu Sancho Pança a socorrê-lo, a todo o correr do seu asno; e, quando chegou ao amo, reconheceu que não se podia menear, tal fora o trambolhão que dera com o cavalo.

— Valha-me Deus! — exclamou Sancho. — Não lhe disse eu a Vossa Mercê que reparasse no que fazia, que não eram senão moinhos de vento e que só o podia desconhecer quem dentro da cabeça tivesse outros?

— Cala a boca, amigo Sancho — respondeu Dom Quixote —; as coisas da guerra são de todas as mais sujeitas a contínuas mudanças; o que eu mais creio, e deve ser verdade, é que aquele sábio Frestão, que me roubou o aposento e os livros, transformou esses gigantes em moinhos, para me falsear a glória de vencê-los, tamanha é a inimizade que me tem; mas, ao cabo das contas, pouco lhe hão de valer as suas más artes contra a bondade da minha espada.

— Valha-o Deus, que o pode! — respondeu Pança.

E, ajudando-o a se levantar, o tornou a subir no Rocinante, que estava também meio desazado.[3] Conversando no passado sucesso, seguiram

---

[2] Irmão dos Titãs, filho de Urano e da Terra, que se opôs a Júpiter; segundo a mitologia, possuía cem braços e cinquenta cabeças com bocas que lançavam chamas: a ideia de ameaça horrível se torna assim presente.

[3] Sem cabimento; descabido, impróprio, inoportuno.

caminho para Porto Lápice,[4] porque por ali, dizia Dom Quixote, não era possível que não se achassem muitas e diversas aventuras, por ser sítio de grande passagem. Que pesar o ver-se então sem lança (como ele dizia ao escudeiro)! Mas dizia-lhe também logo:

— Recordo-me ter lido que outro cavaleiro espanhol, por nome Diego Pérez de Vargas, tendo-se-lhe numa batalha quebrado a espada, arrancou de uma azinheira um pesado galho e só com ele fez tais coisas naquele dia, e a tantos mouros machucou, que lhe ficou de apelido "o Machuca"; e assim ele e os seus descendentes ficaram conhecidos desde aquele dia como Vargas e Machuca.[5] Refiro-te isso porque à primeira azinheira ou carvalho que se me depare, tenciono sacar-lhe outro pau tão bom como aquele e fazer com ele tais façanhas que te julgues bem-afortunado por teres chegado a presenciá-las e poderes ser testemunha de coisas tão convizinhas do impossível.

— Por Deus, Senhor Dom Quixote — disse Sancho —, creio em tudo o que Vossa Mercê me diz; mas olhe se se endireita um poucochinho, que parece ir descaindo para a banda; há de ser do trambolhão que apanhou.

— E é verdade — respondeu Dom Quixote —; e, se não me queixo da dor, é porque aos cavaleiros andantes não é dado lastimarem-se de feridas, ainda que por elas lhes saiam as tripas.

— Sendo assim, já estou calado — respondeu Sancho —, mas sabe Deus se eu não achava melhor que Vossa Mercê se queixara quando lhe doesse alguma coisa. De mim sei eu que, em me doendo seja o que for, hei de por força berrar, se é que a tal regra, de não dar mostras de sentir, não chega também aos escudeiros da cavalaria andante.

Não deixou de se rir Dom Quixote da simpleza do seu pajem; e declarou-lhe que podia queixar-se quantas vezes quisesse, com vontade ou sem ela, que até aquela data nunca lera proibição disso nos livros de cavalaria. Advertiu-lhe Sancho que reparasse em que eram horas de comer. Respondeu-lhe o amo que por enquanto não lhe era necessário; que comesse ele, se bem lhe parecia. Com essa licença, ajeitou-se Pança o melhor que pôde sobre o seu jumento e, tirando dos alforjes o que neles tinha metido, ia caminhando e comendo atrás do amo com todo o seu

---

[4] Passagem entre duas colinas no caminho real de La Mancha a Andaluzia, também chamado Vendas de Porto Lápice.
[5] O relatado ocorreu no cerco de Jerez (1223), nos tempos de Fernando III.

descanso; e de quando em quando empinava a borracha com tanto gosto que faria inveja ao mais refestelado bodegueiro de Málaga. E, enquanto ia assim amiudando os tragos, não se lembrava de nenhuma promessa que o amo lhe tivesse feito; nem tinha por trabalho, antes por vida mui regalada, o andar buscando as aventuras, por perigosas que fossem.

    Em suma, aquela noite passaram-na entre umas árvores; de uma delas arrancou Dom Quixote um dos galhos secos, que lhe podia pouco mais ou menos suprir a lança, e nele pôs o ferro da que se lhe tinha quebrado. Em toda a noite não pregou olho, pensando na sua Senhora Dulcineia, para se conformar com o que tinha lido nos seus livros, quando os cavaleiros passavam sem dormir muitas noites nas florestas e despovoados, enlevados na lembrança de suas amadas. Já Sancho Pança não a passou do mesmo modo; como levava a barriga cheia, e não de água de chicória, levou-a toda de um sono e, se o amo não o chamara, não bastariam para acordá-lo os raios do sol que lhe vieram dar na cara nem as cantorias das aves, que em grande número saudavam com alvoroço a vinda do novo dia. Ao erguer-se, deu mais um beijo na borracha e achou-a um tanto mais chata que na noite de antes; com o que se lhe apertou o coração, pensando que não levavam caminho de se remediar tão depressa aquela falta. Não quis Dom Quixote desjejuar porque, segundo já dissemos, lhe deu em sustentar-se de saborosas memórias. Prosseguiram no seu começado caminho de Porto Lápice e pela volta das três do dia deram vista dele.

    — Aqui — disse Dom Quixote — podemos, Sancho Pança amigo, meter os braços até os cotovelos no que chamam aventuras; mas adverte que, ainda que me vejas nos maiores perigo do mundo, não hás de meter mão à espada para me defender, salvo se vires que os que me agravam são canalha e gente baixa, que nesse caso podes ajudar-me; porém, se forem cavaleiros, de modo nenhum te é lícito, nem concedido nas leis da cavalaria, que me socorras enquanto não fores armado cavaleiro.

    — Decerto — respondeu Sancho — que nessa parte há de Vossa Mercê ser pontualmente obedecido, e mais, que eu sou de meu natural pacífico e inimigo de intrometer-me em arruídos e pendências. É verdade que, no que tocar em defender cá a pessoa, não hei de fazer muito caso dessas leis, porque as divinas e humanas permitem defender-se cada um de quem lhe queira mal.

    — Não digo menos disso — respondeu Dom Quixote —, porém no ajudar-me contra cavaleiros hás de ter mãos nos teus ímpetos naturais.

— Afirmo-lhe que assim o farei — respondeu Sancho —; esse preceito hei de guardar como os dias santos e os domingos.

Estando nessas práticas, viram vir pelo caminho dois frades da ordem de São Bento, cavalgando sobre dois dromedários, que não eram menores as mulas em que vinham. Traziam seus óculos de estrada[6] e seus guarda-sóis. Atrás seguiam um coche e quatro ou cinco homens a cavalo, que o acompanhavam, e dois moços de mulas a pé. Vinha no coche, como depois se veio a saber, uma senhora biscainha[7] que ia a Sevilha, onde estava seu marido, que passava às Índias com um mui honroso cargo. Não vinham os frades com ela, ainda que percorriam o mesmo caminho; mas, apenas os divisou Dom Quixote, disse para o escudeiro:

— Ou me engano, ou essa tem de ser a mais afamada aventura que nunca se viu, porque aqueles vultos negros, que ali aparecem, devem ser alguns encantadores, que levam naquele coche alguma princesa raptada; e é forçoso que, a todo o poder que eu possa, desfaça essa violência.

— Pior será essa que a dos moinhos de vento — disse Sancho —; repare, meu amo, que são frades de São Bento, e o coche deve ser de alguma gente de passagem; veja, veja bem o que faz, não seja o Diabo que o engane.

— Já te disse, Sancho — respondeu Dom Quixote —, que sabes pouco das maranhas que muitas vezes se dão nas aventuras. O que eu digo é verdade e agora o verás.

Dizendo isso, adiantou-se e pôs-se no meio do caminho por onde vinham os frades; e, chegando a uma distância que a ele lhe pareceu que o poderiam ouvir, disse em alta voz:

— Gente endiabrada e descomunal, deixai logo no mesmo instante as altas princesas que nesse coche levais furtadas; quando não, aparelhai-vos para receber depressa a morte, por justo castigo das vossas malfeitorias.

Detiveram os frades as rédeas, admirados tanto da figura como dos ditos de Dom Quixote, e responderam:

— Senhor cavaleiro, nós não somos nem endiabrados nem descomunais; somos dois religiosos beneditinos que vamos nessa jornada; e não sabemos se nesse coche vem ou não à força alguma princesa violentada.

---

[6] óculos de estrada: máscaras com cristais, para resguardar os olhos e o rosto da poeira.
[7] Indivíduo natural ou habitante de Biscaia, região e província espanhola, no País Basco; biscaio.

— Falas mansas cá para mim não pegam — disse Dom Quixote —, que já vos conheço, fementida[8] canalha.

E, sem aguardar mais resposta, picou o Rocinante e de lança baixa arremeteu contra o primeiro frade com tanta fúria e denodo que, se o frade se não deixasse cair da mula, ele o faria ir a terra contra vontade, e até malferido, se não morto. O segundo religioso, que viu o que se tinha feito ao companheiro, meteu pernas à sua acastelada mula e desatou a correr por aquele campo, mais ligeiro que o próprio vento.

Sancho Pança, que viu por terra o frade, apeou-se do burro com a maior pressa, arremeteu a ele e começou-lhe a tirar os hábitos. Acudiram dois moços dos frades e perguntaram-lhe por que o despia. Respondeu-lhes Sancho Pança que a fatiota pertencia a ele legitimamente, como despojos da batalha que seu amo Dom Quixote havia ganhado. Os moços, que não entendiam de xácaras,[9] nem percebiam aquilo de despojos e batalhas, vendo já afastado dali Dom Quixote em conversação com as damas do coche, investiram contra Sancho e deram com ele em terra, arrancaram-lhe as barbas, moeram-no a coices e o deixaram estendido como morto. O frade caído não se demorou um instante; todo temeroso e acovardado, ergueu-se, montou e, logo que se viu a cavalo, picou atrás do companheiro, que a bom pedaço dali estava, esperando para ver no que daria aquele ataque. Não quiseram esperar mais pelo desfecho e seguiram o seu caminho, fazendo mais cruzes que se levassem o Diabo atrás de si.

Estava Dom Quixote, como já se disse, falando com a senhora do coche, dizendo-lhe:

— A vossa formosura, senhora minha, pode fazer da vossa pessoa o que mais lhe apeteça, porque já a soberba de vossos roubadores jaz derribada em terra por este meu forte braço; e, para que não vos raleis de não saber o nome do vosso libertador, chamo-me Dom Quixote de la Mancha, cavaleiro andante, e cativo da sem-par em formosura Dona Dulcineia del Toboso; e, em paga do benefício que de mim haveis recebido, nada mais quero senão que volteis a Toboso,[10] e que da minha parte vos apresenteis a ela e lhe digais o que fiz para vos libertar.

---

[8] Desleal.

[9] Canção narrativa de versos sentimentais; no passado, popular na península Ibérica.

[10] Ao impor à senhora do coche que se apresente a Dulcineia, Dom Quixote segue o exemplo de heróis cavaleirescos como Amadis, que encarregou os cavaleiros e donzelas que ele tinha salvado do poder do gigante Madarque que fossem apresentar-se à rainha Brisena.

Tudo que Dom Quixote dizia estava-o escutando um escudeiro dos que acompanhavam o coche, e que era biscainho, o qual, vendo que o cavaleiro não queria deixar ir o coche para diante, mais teimava que havia de desandar logo para El Toboso, fez frente a Dom Quixote e, agarrando-lhe a lança, lhe disse em mau castelhano e pior biscainho o que pouco mais ou menos vinha a parar nisto:

— Anda, cavaleiro, que mal andas; pelo Deus que me criou, que, se não deixas o coche, morres tão certo como ser eu biscainho.

Entendeu-o muito bem Dom Quixote, e com muito sossego lhe respondeu:

— Se foras cavaleiro, assim como não o és, já eu teria castigado a tua sandice e atrevimento, criatura reles.

Ao que respondeu o biscainho lá pelo seu dialeto:

— Não sou cavaleiro eu? Juro a Deus que mentes, tão certo como ser eu cristão; se arrojas lança ou arrancas espada, cedo verás quem leva o gato à água; biscainho por terra, fidalgo por mar, fidalgo com os diabos; e, se o negares, mentiste.

— Agora o veremos, como dizia Agrajes![11] — respondeu Dom Quixote.

E, atirando a lança ao chão, desembainhou a espada, embraçou a rodela e arremeteu ao biscainho, de estômago feito para lhe arrancar a vida. O biscainho, que assim o viu sobrevir-lhe, ainda que se quisesse apear da mula, que, por ser das de aluguer, não era das boas nem havia que fiar nela, o mais que pôde foi sacar da espada; e foi-lhe dita achar-se junto ao coche, donde pôde tomar uma almofada que lhe serviu de escudo; e logo se foram um para o outro como dois mortais inimigos. A demais gente bem quisera pô-los em paz, mas não pôde, porque dizia o biscainho nas suas descosidas razões que, se não o deixassem acabar a batalha, ele próprio mataria a sua ama e a quantos lho estorvassem. A senhora do coche, pasmada e temerosa do que via, disse ao cocheiro que se desviasse algum tanto dali e se pôs de longe a observar a pavorosa contenda. No decurso dela, deu o biscainho uma grande cutilada em Dom Quixote, acima de um ombro por sobre a rodela, de tal modo que, não fora a defesa, o abrira até a cintura. Dom Quixote, que sentiu o peso daquele desaforado golpe, deu um grande berro, dizendo:

---

[11] Fórmula proverbial de ameaça; contudo, Agrajes, personagem do *Amadis*, não utiliza nunca essa expressão no texto conservado.

— Ó senhora da minha alma, Dulcineia, flor da formosura, socorrei este vosso cavaleiro, que, para satisfazer a vossa muita bondade, se acha em tão rigoroso transe.

O dizer isso, apertar a espada, cobrir-se bem com a rodela e arremeter ao biscainho foi tudo um, indo determinado de aventurar tudo num só golpe.

O biscainho, vendo-o vir assim contra ele, bem entendeu por aquele denodo a coragem do inimigo e decidiu fazer o mesmo que ele; pelo que se deteve a esperá-lo bem coberto com a almofada, sem poder rodear a mula, nem a uma nem a outra parte, porque a alimária,[12] já de puro cansaço, e não afeita a semelhantes brinquedos, não podia dar um passo.

Vinha, pois, como dito é, Dom Quixote contra o acautelado biscainho, com a espada em alto, determinado a abri-lo em dois; e o biscainho o aguardava de igual intenção, com a espada erguida e escudado com a sua almofada. Todos os circunstantes estavam temerosos e transidos à espera do que se poderia seguir de golpes tamanhos, com que de parte a parte se ameaçavam. A senhora do coche e as suas criadas faziam mil votos e promessas a todas as imagens e igrejas de Espanha, para que Deus livrasse ao seu escudeiro e a elas daquele tão grande perigo. O pior de tudo é que, nesse ponto exatamente, interrompe o autor da história essa batalha,[13] dando por desculpa não ter achado mais notícia dessa façanha de Dom Quixote, além das já referidas. Verdade é que o segundo autor desta obra não quis crer que tão curiosa história estivesse enterrada no esquecimento, nem que houvessem sido tão pouco curiosos os engenhos da Mancha, que não tivessem em seus arquivos ou escritórios alguns papéis que desse famoso cavaleiro tratassem; e assim, com esta persuasão, não perdeu a esperança de vir a achar o final desta aprazível narrativa, o qual por favor do céu se lhe deparou como adiante se contará.

---

[12] Qualquer animal, especialmente quadrúpede.
[13] O recurso de deter a narrativa em um ponto de particular interesse, alegando falta de documentação ou outro impedimento, tinha precedentes literários e folclóricos, incluindo os livros de cavalarias.

SEGUNDA PARTE
DO ENGENHOSO FIDALGO

# Dom Quixote

DE LA MANCHA

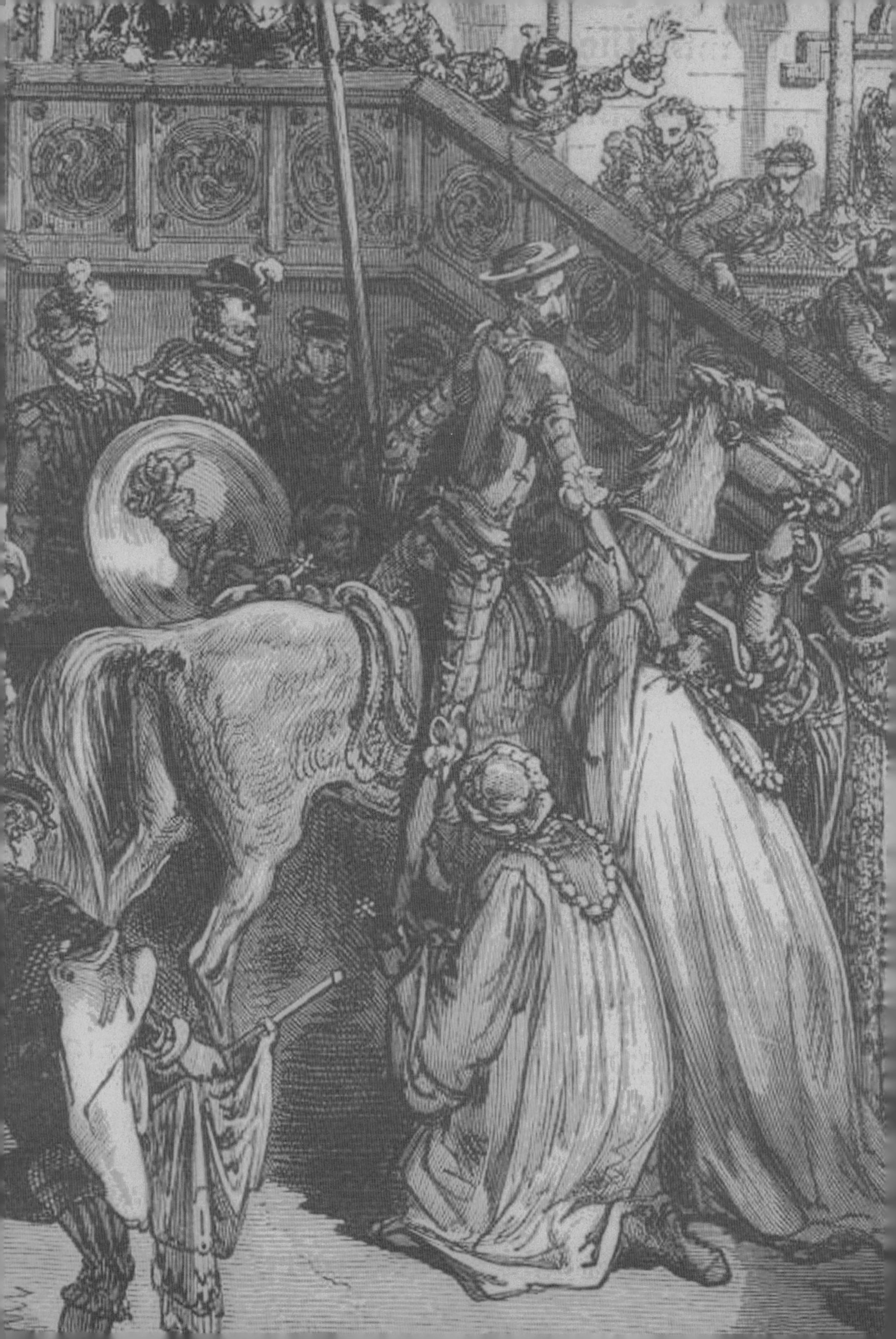

## Capítulo IX

### EM QUE SE CONCLUI A ESTUPENDA BATALHA QUE O GALHARDO BISCAINHO E O VALENTE MANCHEGO TIVERAM

DEIXAMOS NA PRIMEIRA PARTE[1] o valente biscainho e o famoso Dom Quixote com as espadas altas e nuas, ameaçando descarregar dois furibundos fendentes,[2] e tais que, se em cheio acertassem, pelo menos os rachariam de alto a baixo como duas romãs. Naquele ponto tão duvidoso parou, ficando-nos truncada tão saborida[3] história, sem nos dar notícia o autor donde se poderia achar o que nela faltava.

Causou-me isso grande pena, porque o gosto de ter lido aquele pouco se me devolvia em desgosto, pensando no mau caminho que se oferecia para se achar o muito que em meu entender faltava ainda a tão saboroso conto. Parecia-me coisa impossível e fora de todo bom costume que a tão bom cavaleiro tivesse faltado algum sábio que tomasse a cargo o escrever as suas nunca vistas façanhas; coisa que não minguou a nenhum dos cavaleiros andantes,

> Dos que as gentes dizem
> Que vão às suas aventuras,[4]

---

[1] O *Quixote* de 1605, embora com numeração seguida de capítulos, aparece dividido em quatro partes de muito desigual extensão, como discutido na nota 1 do primeiro capítulo. As razões dessa distribuição foram muito discutidas, atribuindo-se algumas vezes a propósitos literários e outras a uma reelaboração do original primitivo.

[2] Um dos lances da esgrima — golpe dado de cima para baixo.

[3] Saborosa, agradável.

[4] Os versos estão relacionados aos que Álvar Gómez de Ciudad Real acrescenta em sua tradução do *Triunfo de amor*, de Petrarca.

pois cada um deles tinha um ou dois sábios que pareciam talhados para isso mesmo, os quais não somente escreviam os seus feitos como pintavam até os seus mínimos pensamentos e ninharias, por mais ocultos que fossem. Como havia de ser tão desditado um cavaleiro tão excelente, que a ele lhe faltasse o que sobrou a Platir[5] e outros tais? Assim, não podia inclinar-me a crer que tão galharda história tivesse ficado manca, e já atirava a culpa à malignidade do tempo devorador e consumidor de todas as coisas, que ou tinha aquilo oculto ou o desbaratara e perdera.

Por outra parte me parecia que, pois entre os seus livros se tinham achado alguns tão modernos como *Desengano de zelos*, e *Ninfas e pastores de Henares*,[6] também a sua história devia ser moderna e, se não estivesse escrita, estaria na memória da gente da sua aldeia e das aldeias circunvizinhas. Essas fantasias me traziam confuso e desejoso de saber real e verdadeiramente toda a vida e milagres do nosso famigerado espanhol Dom Quixote de la Mancha, luz e espelho da cavalaria manchega e o primeiro que, em nossa idade e nestes tão calamitosos tempos, se pôs ao trabalho e exercício das andantes armas, e ao de desfazer agravos, socorrer viúvas, amparar donzelas, daquelas que andavam de açoite em punho, montadas em seus palafréns,[7] e com toda a sua virgindade à sua conta, de monte em monte e de vale em vale, que, a não ser forçá-las alguns valdevinos[8] ou algum vilão de machada e capelinha,[9] ou algum descomunal gigante, donzela houve nos passados tempos que, ao cabo de oitenta anos, sem ter dormido uma só vez debaixo de telha, se foi tão inteira à sepultura como a mãe a parira. Digo pois que, por esses e outros muitos respeitos, é merecedor o nosso galhardo Dom Quixote de contínuos e memoráveis louvores; a mim não se devem eles negar pelo trabalho e diligência que pus em buscar o fim desta agradável história, ainda que sei bem que, se o céu, o acaso e a fortuna me não ajudassem, o mundo ficaria falto do passatempo e gosto que poderá

---

[5] Protagonista da *Crônica do cavaleiro Platir* que estava na biblioteca de Dom Quixote.

[6] As duas obras, citadas no capítulo do expurgo da biblioteca, são de 1586 e 1587 respectivamente, mas o livro mais *moderno* que se cita no primeiro volume é *O pastor de Ibéria*, de 1591. Esse dado, entre outros, foi utilizado para estabelecer as datas da primeira elaboração do *Quixote*.

[7] Cavalo elegante e bem adestrado, especialmente destinado às senhoras.

[8] Indivíduo sem ocupação, que não trabalha; vadio.

[9] Capuz usado pela gente vulgar e de baixa categoria.

ter por quase duas horas[10] a pessoa que atentamente a ler. O modo da achada foi o seguinte:

Estando eu um dia no Alcaná de Toledo,[11] apareceu ali um mancebo a vender uns alfarrábios[12] e papéis velhos a um mercador de sedas. Como eu sou amigo de ler até os papéis esfarrapados das ruas, levado de inclinação natural, tomei um daqueles cartapácios[13] e pela escrita reconheci ser árabe, posto não o soubesse decifrar. Espalhei os olhos à procura de algum mourisco alfamiado,[14] que mo deletreasse. Depressa me apareceu intérprete, pois, se de melhor e mais antiga língua[15] eu o necessitasse, facilmente por ali se me depararia. Enfim atinei com um que, ouvindo o que eu desejava, pegando no livro o abriu pelo meio e, lendo nele um pouco, começou a rir. Perguntei-lhe de que se ria, e respondeu que de uma coisa que ali vinha escrita na margem como anotação. Pedi-lhe que ma decifrasse e ele, sem interromper o riso, continuou:

— O que se lê aqui nesta margem, ao pé da letra, é o seguinte: "Esta Dulcineia del Toboso, tantas vezes mencionada na presente crônica, dizem que para a salga dos porcos era a primeira mão de toda a Mancha".

Quando eu ouvi falar de Dulcineia del Toboso, fiquei atônito e suspenso, porque logo se me representou que no alfarrábio se conteria a história de Dom Quixote. Nesse pressuposto, roguei-lhe que me lesse o princípio do livro em linguagem cristã, o que ele fez, traduzindo de repente o título arábico em castelhano deste modo: *História de Dom Quixote de la Mancha*, escrita por Cide Hamete Benengeli, historiador arábico.[16] Muita prudência me foi mister para dissimular o contentamento

---

[10] "Sem as quase duas horas de entretenimento que poderão se encontrar no livro, se for lido com cuidado"; Observou-se que é impossível ler o primeiro volume do *Quixote* em duas horas, e por isso grande parte da crítica considera que a passagem se atém ao tópico da captação de benevolência, revestida pela modéstia do autor e pelo pedido de atenção do leitor.

[11] É a rua dos mercadores.

[12] Livro antigo ou velho, de pouca ou nenhuma importância.

[13] Calhamaço, conjunto de folhas manuscritas e papéis avulsos, encadernados em forma de livro.

[14] Que fala castelhano e o escreve em caracteres arábicos.

[15] A hebraica.

[16] No título do manuscrito encontrado não se apontam todos os qualificativos referidos a Dom Quixote, tanto o de *engenhoso* como o de *fidalgo* ou cavaleiro: seriam, portanto, acréscimos do editor (Cervantes), que se converteria assim no primeiro leitor-intérprete. A figura, o nome e a função do autor fictício, Cide Hamete Benengeli, e do tradutor mourisco trouxeram vários problemas à crítica. Apresentar-se como simples tradutor de uma obra escrita por outro é recurso frequente nos livros de cavalarias. "Cide" significa "senhor"; "Hamete", nome de Hamid; "Benengeli" se pensou que poderia significar filho de cervo, cervatilho, relacionado, por conseguinte, com Cervantes; mas logo se viu que equivale a *Benegeli*, da cor de berinjela (toledano). Assim diz o próprio Bacharel Carrasco, segundo Sancho Pança, no capítulo II do segundo volume.

que me tomou quando semelhante título me chegou aos ouvidos; e, antes que o rapaz apresentasse o livro ao homem das sedas, lhe comprei toda a papelada e os alfarrábios por uns reles cobres que, se ele fora mais previsto e soubesse a grande melgueira[17] que me trazia ali, bem podia ter feito comigo veniaga[18] para mais de seis reales. Retirei-me logo com o mourisco para o claustro da igreja maior e lhe pedi que me trocasse em língua castelhana todos aqueles alfarrábios que tratavam de Dom Quixote, sem omitir nem acrescentar nada, oferecendo-lhe a paga que ele quisesse. Contentou-se com duas arrobas de passas e duas fangas[19] de trigo, e prometeu traduzi-los bem e fielmente com muita brevidade. Mas eu, para facilitar mais o negócio e não largar da mão tão bom achado, o trouxe para minha casa, onde em pouco mais de mês e meio traduziu tudo exatamente como aqui se refere.

Estava no primeiro cartapácio debuxada mui ao natural a batalha de Dom Quixote com o biscainho, na mesma postura em que os descreve a história, de espadas altas, um coberto da sua rodela, o outro da almofada, e a mula do biscainho tão ao vivo que à distância de tiro de besta se conhecia ser de aluguer. Tinha o biscainho por baixo uma inscrição que dizia: "Dom Sancho de Azpeitia",[20] que sem dúvida devia ser o seu nome, e aos pés do Rocinante estava outra que dizia: "Dom Quixote". Vinha o Rocinante maravilhosamente pintado, tão delgado e comprido, tão descarnado e fraco, com arcabouço tão ressaído e tão desenganado hético,[21] que bem mostrava lhe era apropriado quanto o nome de "Rocinante". Ao pé dele estava Sancho Pança com o burro pelo cabresto, com outro letreiro, que dizia: "Sancho Zancas", o que havia de ser, pelo que a pintura mostrava, por ter a barriga bojuda, a estatura baixa e as ancas largas, do que lhe viria o nome de "Pança" e "Zancas", que por ambas essas alcunhas o designa algumas vezes a história. Algumas outras miudezas se poderiam notar, mas são todas de pouca importância e não fazem ao caso para a verdade da narrativa, que no ser verdadeira é que cifra a sua bondade.

---

[17] Algo que proporciona bons lucros sem exigir muito esforço ou mesmo nenhum trabalho; Pechincha.

[18] Trato mercantil; comércio, negócio, tráfico.

[19] Antiga medida para secos, equivalente a quatro alqueires.

[20] Atual Azpeitia (Guipúzcoa).

[21] Que sofre de héctica (estado febril prolongado em que ocorrem grandes oscilações de temperatura, acompanhadas de emagrecimento e caquexia, levando ao depauperamento progressivo do organismo).

Se daqui se pode pôr alguma dúvida por parte da veracidade, será só o ter sido o autor arábico, por ser mui próprio dos daquela nação serem mentirosos,²² ainda que, por outra parte, em razão de serem tão nossos inimigos, antes se pode entender que mais seriam apoucados que sobejos nos louvores de um cavaleiro batizado. A mim assim me parece, pois, podendo deixar correr à larga a pena no encarecer os merecimentos de tão bom fidalgo, parece que de propósito os remete ao escuro; coisa malfeita e pensada de maneira ainda pior, por deverem ser os historiadores muito pontuais, verdadeiros e nada apaixonados de modo que nem interesse, nem temor, nem ódio, nem afeição os desviem do caminho direito da verdade, que é a filha legítima de quem historia, êmula do tempo, depósito dos feitos, testemunha do passado, exemplo e conselho do presente e ensino do futuro. Nesta sei eu que se achará tudo que porventura se deseje na mais aprazível; e se alguma coisa boa lhe falecer, para mim tenho que foi culpa do galgo²³ do autor, antes que por míngua da matéria. Enfim, a sua segunda parte, prosseguindo na tradução, começava desta maneira:

Postas e levantadas em alto as cortadoras espadas dos dois valorosos e enfuriados combatentes, não parecia senão que estavam ameaçando céu, terra e abismo; tal era o seu denodo e aspecto! O primeiro que descarregou o golpe foi o colérico biscainho; e com tal força e fúria o descarregou que, a não se voltar nos ares o ferro, bastara aquela cutilada para dar fim à sua rigorosa contenda e a todas as aventuras do nosso cavaleiro. Mas a boa sorte, que para maiores coisas o guardava, torceu a espada do inimigo, por modo que, posto lhe acertasse no ombro esquerdo, não lhe fez outro dano senão desarmá-lo daquela banda, levando-lhe de caminho grande parte da celada, com a metade da orelha, que tudo aquilo veio a terra com espantosa ruína, deixando-o muito maltratado.

Valha-me Deus! Quem haverá aí que bem possa contar agora a raiva que entrou no coração do nosso manchego, vendo-se posto naquela miséria? Bastará dizer que se aprumou de novo nos estribos; e, apertando mais a espada nas mãos, com tamanho ímpeto a descarregou sobre o biscainho, acertando-a em cheio na almofada e cabeça, que,

---

²² Cervantes mantém a ambiguidade sobre a verdade do que se relata, já que pouco antes (e depois, no capítulo XVI) trata Cide Hamete por "historiador muito curioso e muito pontual em todas as coisas". A falsidade e o engano de mouros, turcos e muçulmanos eram proverbiais.

²³ Era insulto que se aplicava reciprocamente cristãos e muçulmanos.

não lhe valendo tão seguro reparo, foi como se lhe caíra em cima uma montanha; começou logo a deitar sangue pelo nariz, pela boca e pelos ouvidos, e a dar mostras de cair da mula abaixo; e sem falta cairia, a não se abraçar ao pescoço do animal. Mas, apesar de tudo, desentralhou os pés dos estribos, soltou os braços, e a mula, espantada com o tremendo golpe, deu a correr pelo campo; e a poucos corcovos pregou com o seu dono em terra.

Contemplava Dom Quixote tudo com muito sossego; e, logo que o viu caído, saltou do seu cavalo e com muita ligeireza se chegou a ele; e, metendo-lhe aos olhos a ponta da espada, lhe disse que se rendesse ou lhe cortaria a cabeça. Estava o biscainho tão fora de si que não podia responder palavra; e mal passaria à vista da cegueira de Dom Quixote se as damas do coche, que até então tinham com grande desacordo presenciado a pendência, não corressem para onde ele estava, pedindo-lhe com as maiores instâncias que lhes fizesse a infinita mercê de perdoar a morte àquele seu escudeiro; ao que Dom Quixote respondeu com o maior entono e gravidade:

— À fé, formosas senhoras, que sou mui contente de fazer o que me pedis; mas há de ser com uma condição, a saber, que este cavaleiro me há de prometer que irá ao lugar de El Toboso e se há de apresentar da minha parte à sem-par Dona Dulcineia, para que faça dele o que for mais de sua vontade.

As medrosas e desconsoladas senhoras, sem entrar em explicações do que Dom Quixote exigia e sem perguntar quem vinha a ser Dona Dulcineia, lhe prometeram que o escudeiro executaria quanto de sua parte lhe fosse mandado.

— Pois, fiado nessa promessa, não lhe farei mais prejuízo, ainda que bem o tenha merecido.

## Capítulo X

## DOS GRACIOSOS ARRAZOADOS QUE PASSARAM ENTRE DOM QUIXOTE E SEU ESCUDEIRO SANCHO PANÇA[1]

JÁ ENTÃO SE HAVIA LEVANTADO Sancho Pança, algum tanto maltratado pelos moços dos frades, e tinha assistido atento à batalha de seu amo Dom Quixote, rogando no coração a Deus que lhe concedesse a vitória, e com ela o ganho de alguma ilha e que o fizesse governador, segundo o prometido. Vendo pois concluída já a pendência e que seu amo tornava a encavalgar-se no Rocinante, chegou-se a pegar-lhe no estribo e, antes que ele subisse, se pôs de joelhos diante dele, pegou-lhe a mão, beijou-a e disse-lhe:

— Seja Vossa Mercê servido, meu Senhor Dom Quixote da minha alma, de me dar o governo da ilha que nesta rigorosa pendência ganhou, que, por grande que ela seja, sinto-me com forças de saber governá-la, tal e tão bem como qualquer que tenha governado ilhas deste mundo.

— Adverti, Sancho amigo — respondeu Dom Quixote —, que esta aventura, e outras semelhantes a esta, não são aventuras de ilhas, senão só encruzilhadas, em que não se ganha outra coisa senão cabeça quebrada ou orelha de menos. Tende paciência; não vos hão de faltar aventuras, em que não somente eu vos possa fazer governador mas alguma coisa mais.

---

[1] O título do capítulo não corresponde àquilo que se vai narrar: o episódio do biscainho já terminou e com os *iangueses* (ou "galegos") Dom Quixote se encontrará só no capítulo XV. Esse possível descuido de Cervantes provocou muitas especulações. Para Francisco Rico, sem dúvida a anomalia tem a ver com as mudanças que Cervantes fez de última hora em seu original. Na primeira edição e nas seguintes, é assim o título deste capítulo: "De como se pôs de acordo Dom Quixote com o biscainho e o perigo em que se viu com uma turba de iangueses".

Agradeceu-lhe muito Sancho; e, beijando-lhe outra vez a mão e a orla da cota de armas, o ajudou a subir para o Rocinante. Escarranchou-se no seu asno e começou a apajear o fidalgo que, a passo largo, sem se despedir das do coche nem lhes dizer mais nada, se meteu por um bosque perto dali. Seguia-o Sancho a todo trote do burro; mas tão levado na carreira ia Rocinante que, vendo-se ir ficando para trás, não teve remédio senão gritar ao amo que esperasse por ele. Assim o fez Dom Quixote, colhendo as rédeas a Rocinante, até que se acercasse o seu cansado escudeiro, que, apenas chegou, lhe disse:

— Parece-me, senhor, que seria acertado refugiarmo-nos em alguma igreja, porque, à vista do estado em que pusestes aquele inimigo, não admirará que, chegando a coisa ao conhecimento da Santa Irmandade,[2] nos mandem prender; e à fé que, se o fazem, não sairemos da cadeia sem primeiro nos suar o topete.

— Cala-te aí — respondeu Dom Quixote —; onde viste ou leste jamais que algum cavaleiro andante fosse posto em juízo, por mais homicídios que fizesse?

— De homicídios nada entendo — respondeu Sancho — nem me intrometi em nenhum em dias de vida; o que sei é que a Santa Irmandade tem lá suas contas que ajustar com os que pelejam em campo; no mais não me meto.

— Não tenhas cuidado, amigo — respondeu Dom Quixote —; das mãos dos caldeus te livraria eu,[3] quanto mais da Irmandade. Mas dize-me, por vida tua: viste nunca mais valoroso cavaleiro que eu em todo o mundo descoberto? Lê-se em histórias algum que tenha ou haja tido mais brio em acometer, mais alento no perseverar, mais destreza no ferir e mais arte em dar com o inimigo em terra?

— Valha a verdade — respondeu Sancho —, eu nunca li histórias, porque não sei ler nem escrever; mas o que me atrevo a apostar é que mais atrevido amo do que é Vossa Mercê nunca eu servi em dias de minha vida; e queira Deus que esses atrevimentos não se venham a pagar

---

[2] Corpo armado, regularizado pelos Reis Católicos (1476), que tinha jurisdição policial e condenatória, sem apelação a tribunal, sobre os ocorridos delitivos cometidos em descampado, sobretudo pelo banditismo; seus membros — os *quadrilheiros* — não tinham boa fama, tanto pela arbitrariedade de seu comportamento e, às vezes, venalidade, como por sua tendência a desvencilhar-se de assuntos difíceis e não ser capazes de proporcionar segurança aos viajantes.

[3] Trata-se de uma alusão bíblica, que pode remeter a várias passagens de Jeremias (XXXII, 28; XLIII, 3; L, 8, etc.); caldeus é, algumas vezes, sinônimo de "magos", "encantadores".

onde já disse. O que a Vossa Mercê peço é que se cure dessa orelha, que se lhe vai esvaindo em sangue; eu aqui trago nos alforjes fios e um pouco de unguento branco.

— Bem escusado fora tudo isso — respondeu Dom Quixote —, se eu tivesse me lembrado de preparar uma redoma de bálsamo de Ferrabrás,[4] que uma só gota dele nos pouparia mais tempo e curativos.

— Que redoma e que bálsamo vem a ser esse? — disse Sancho.

— É um bálsamo — respondeu Dom Quixote — de que eu tenho a receita na memória, com o qual ninguém pode ter medo da morte nem se morre de ferida alguma; e assim, quando eu o tiver feito e to entregar, não tens mais nada que fazer: em vendo que nalguma batalha me partem o corpo ao meio, como muitas vezes acontece, a parte do corpo que tiver caído no chão tomá-la-ás com muito jeito e com muita sutileza e, antes que o sangue se gele, a porás sobre a outra metade que tiver ficado na sela, por modo que acerte bem à justa; e dar-me-ás a beber apenas dois tragos do dito bálsamo, e ver-me-ás ficar mais são que um perro.

— Sendo isso verdadeiro — disse Pança —, já daqui dispenso o governo da prometida ilha, e nada mais quero em paga dos meus muitos e bons serviços, senão que Vossa Mercê me dê a receita dessa milagrosa bebida, que tenho para mim que se poderá vender a olhos fechados cada onça[5] dela por mais de quatro vinténs. Não preciso mais para passar o resto da vida honradamente e com todo o descanso. O que falta saber é se não será muito custoso arranjá-la.

— Com menos de três reales se podem fazer três azumbres[6] — respondeu Dom Quixote.

— Valha-me Deus! — replicou Sancho. — Por que tarda Vossa Mercê em fazer isso e em ensinar-me a receita?

---

[4] Bálsamo que serviu para ungir Jesus antes de enterrá-lo. Em um poema épico francês, o bálsamo fazia parte do butim adquirido pelo rei mouro Balão e seu filho, o gigante Ferrabrás ("o de ferozes braços"), quando saquearam Roma. Ali, Oliveiros se cura de suas feridas mortais bebendo um gole do unguento. A lenda está ligada ao ciclo de livros de cavalarias sobre Carlos Magno e os Doze Pares. Dom Quixote preparará e beberá esse bálsamo, com efeitos muito curiosos, no capítulo XVII. Também se emprega o bálsamo de Ferrabrás em *Dom Belianis de Grécia*.

[5] Antiga unidade de medida de peso, com valores que variam entre 24 e 33 gramas.

[6] Medida de capacidade para líquidos, equivalente a dois litros e dezesseis mililitros (quatro quartilhos).

— Cala-te, amigo — respondeu o cavaleiro —, que maiores segredos tenciono eu ensinar-te e fazer-te mercês ainda maiores; e por agora curemo-nos, porque a orelha está me doendo mais do que eu quisera.

Tirou Sancho dos alforjes os fios e o unguento; mas, quando Dom Quixote reparou no estrago da celada, pensou endoidecer; e, posta a mão na espada e levantando os olhos ao céu, disse:

— Faço juramento ao Criador de todas as coisas e aos quatro Santos Evangelhos, onde mais por extenso eles estejam escritos, de fazer a vida que fez o grande Marquês de Mântua, quando jurou de vingar a morte de seu sobrinho Valdovinos, que foi de não comer pão em toalha, nem com sua mulher folgar,[7] e outras coisas, que ainda que me não lembram, as dou aqui por expressadas, enquanto não tomar inteira vingança de quem tal descortesia me fez.

Ouvindo aquilo, Sancho lhe respondeu:

— Advirta Vossa Mercê, Senhor Dom Quixote, que, se o cavaleiro cumpriu o que lhe foi ordenado, de ir-se apresentar à minha Senhora Dulcineia del Toboso, já terá cumprido com o que devia e não merece mais castigo, se não cometer novo delito.

— Falaste e recordaste mui bem — respondeu Dom Quixote —, e portanto anulo o juramento na parte que toca a tomar dele nova vingança; mas reitero e confirmo o voto de levar a vida que já disse, até que tire a algum cavaleiro outra celada tal e tão boa como esta era; e não cuides tu, Sancho, que faço isto assim a lume de palhas, pois não me faltam bons exemplos a quem imite neste particular, que outro tanto ao pé da letra se passou sobre o elmo de Mambrino,[8] que tão caro custou a Sacripante.[9]

— Dê Vossa Mercê ao Diabo tais juramentos, senhor meu — replicou Sancho —, que redundam em grave dano para a saúde e prejuízo para

---

[7] Nova referência ao romance do Marquês de Mântua; nele consta o verso "de não comer pão em toalha", isto é "não comer bem servido, com cerimônia, como penitência". O verso "nem com sua mulher folgar" se encontra apenas em alguns romances do Cid. Cervantes pode tê-lo trazido aqui por confundir ambos os romances ou como troça dita pelo casto Dom Quixote.

[8] Rei mouro cujo elmo conseguiu Reinaldo de Montalbán (*Orlando enamorado*, I, IV); Dardinel morre na tentativa de recuperá-lo (*Orlando furioso*, XVIII). A ideia do elmo maravilhoso desenvolverá um papel importantíssimo a partir do capítulo XXI.

[9] Dom Quixote substitui Dardinel por Sacripante, que pelejou com Reinaldo por seu cavalo e pelos amores de Angélica no *Orlando furioso*, II; a confusão pode ter sido produzida por uma equiparação entre Angélica e Dulcineia; ou também porque Sacripante é um nome mais digno de um inimigo vencido que o suave e cavalheiresco de Dardinel de Almonte.

a consciência. Quando não, que me diga: se por acaso em muitos dias não encontrarmos homem armado com celada, que havemos de fazer? Há-se de cumprir o juramento a despeito de tantas desconveniências e incomodidades, como são o dormir vestido e sempre fora de povoado, e outras mil penitências, como continha o voto daquele doido velho Marquês de Mântua, que Vossa Mercê agora pretende imitar? Olhe Vossa Mercê bem, que por todos estes caminhos não andam homens armados, senão só arrieiros e carreiros, que não só não trazem celadas como talvez nunca em dias de vida tenham ouvido falar delas.

— Enganas-te nisso — disse Dom Quixote —; nem duas horas se nos hão de passar por estas encruzilhadas sem vermos mais homens armados que os que foram sobre Albraca para a conquista de Angélica, a Formosa.[10]

— Basta, seja assim — disse Sancho —; e a Deus praza que nos suceda bem e que chegue já o tempo de se ganhar essa ilha que tão cara me custa, e embora eu morra logo.

— Já te disse, Sancho, que não te dê isso cuidado algum; quando falte ilha, aí estão o reino de Dinamarca ou o de Sobradisa,[11] que te servirão como o anel em dedo; e mais deves tu folgar com esses, por serem em terra firme. Mas deixemos isso para quando for tempo; e vê se trazes aí nos alforjes coisa que se coma, para irmos logo em busca de algum castelo, em que nos alojemos esta noite e onde faça o bálsamo que te disse, porque te juro que a orelha me vai já doendo, que não posso parar.

— O que nos alforjes trago — respondeu Sancho — é uma cebola, um pedaço de queijo e não sei quantas fatias de pão; mas isto não são manjares próprios para tão valente cavaleiro como é Vossa Mercê.

— Como pensas mal! — respondeu Dom Quixote. — Faço-te saber, Sancho, que é timbre dos cavaleiros andantes não comerem um mês a fio, ou comerem só do que se acha mais à mão; o que tu saberias, se tiveras lido tantas histórias como eu; li muitíssimas, e em nenhuma achei terem cavaleiros andantes comido nem migalha, salvo por casualidade,

---

[10] Refere-se ao episódio contado no *Orlando enamorado*, I, quando vários exércitos cristãos e mouros, atraídos pela beleza de Angélica, puseram cerco ao castelo que se levantava sobre a penha Albraca, onde a mantinha presa seu pai, Galfrão, rei do Catai. Apenas o exército comandado por Agricane era formado por dois milhões e duzentos mil cavaleiros armados.

[11] Nome de um reino imaginário, do qual é rei Galaor, irmão de Amadis. A primeira edição escreve Soliadisa, errata que por azar é o nome de uma princesa mencionada no *Clamades e Clarmonda* (1562).

ou em alguns suntuosos banquetes que lhes davam; e os mais dias os passavam com o cheiro das flores. E posto se deva entender que não podiam passar sem comer e satisfazer a outras necessidades corporais, porque realmente eram gente como nós somos, deve-se entender também que, andando o mais de sua vida pelas florestas e despovoados, e sem cozinheiro, a sua comida mais usual seriam alimentos rústicos, tais como esses que aí me trazes. Portanto, amigo Sancho, não te mortifiques com o que a mim me dá gosto, nem queiras fazer mundo novo, nem tirar a cavalaria andante dos seus eixos.

— Desculpe-me Vossa Mercê — lhe disse Sancho —; como eu não sei ler nem escrever, segundo já lhe disse, não sei nem ando visto nas regras da profissão cavaleiresca; e daqui em diante eu proverei os alforjes de toda a casta de frutas secas, para Vossa Mercê, que é cavaleiro; e para mim, que não sou, petrechá-los-ei de outras coisas que voam, e de mais substâncias.

— Eu não te digo, Sancho — replicou Dom Quixote —, que seja forçoso aos cavaleiros andantes não comer outra coisa senão essas frutas secas que dizes; afirmo só que o seu passadio mais ordinário devia ser composto delas e de algumas ervas que achavam pelo campo, que eles conheciam e que eu também conheço.

— Bom é — respondeu Sancho — conhecer essas ervas, que, segundo eu vou examinando, algum dia será necessário usar desse conhecimento.

Nisto, desenfardelando o que tinha dito que trazia, comeram ambos juntos em boa paz. Desejosos de buscar onde pernoitassem, acabaram à pressa a sua pobre e seca refeição, montaram imediatamente a cavalo e se deram pressa para chegar a povoado antes de anoitecer; mas junto a umas choças de cabreiros pôs-se-lhes o sol, e perderam a esperança de realizar o seu desejo; pelo que determinaram passar ali a noite. A Sancho pesou-lhe ter de dormir fora de povoação; mas para o amo foi regalo o ter de levar aquelas horas ao ar livre por lhe parecer que, sempre que assim lhe sucedia, fazia um ato possessivo, que facilitava a prova da sua cavalaria.

## Capítulo XI
### DO QUE A DOM QUIXOTE SUCEDEU COM UNS CABREIROS

COM BOA SOMBRA FOI PELOS CABREIROS recebido o nosso cavaleiro. Sancho acomodou, o melhor que pôde, Rocinante e o jumento e deixou-se ir atrás do cheiro que despendiam de si certos tassalhos de cabra, que estavam numa caldeira a ferver ao lume. Ainda que o seu gosto seria logo ali sem mais detença ver se estavam prontos para se trasladarem da vasilha ao estômago, absteve-se de fazê-lo, porque os cabreiros os tiraram da lareira e, estendendo na terra uns velos de ovelha, aparelharam azafamados[1] a sua mesa rústica e convidaram os dois com mostras de muito boa vontade para o que ali havia. Seis sentaram-se à roda das peles, que eram quantos se contavam na malhada, depois de haverem com grosseiras cerimônias rogado a Dom Quixote que se sentasse numa gamela que lhe puseram com o fundo para cima. Sentou-se Dom Quixote, ficando Sancho de pé para ir lhe servindo o copo, que era feito de chifre. O amo, reparando-lhe na postura, disse-lhe:

— Para que vejas, Sancho, o bem que encerra a andante cavalaria, e quão a pique[2] estão os que em qualquer ministério dela se exercitam, de virem em pouco tempo a ser nobilitados e estimados do mundo, quero que te sentes aqui ao meu lado e em companhia desta boa gente, e que estejas tal como eu, que sou teu amo e natural senhor, que comas no meu prato e bebas por onde eu beber, porque da cavalaria se pode dizer o mesmo que se diz do amor: todas as condições iguala.

---

[1] Atarefados.
[2] Arriscados.

— Viva muitos anos — respondeu Sancho —, mas sou por dizer a Vossa Mercê que, tendo eu bem de comer, tão bem e melhor o comeria em pé e sozinho como sentado à ilharga de um imperador; e até, se hei de dizer toda a verdade, muito melhor me sabe comer no meu caminho, sem cerimônias nem respeitos, ainda que não seja senão pão e cebola, que os perus de outras mesas com a obrigação de mastigar devagar, beber pouco, limpar-se a miúdo, não espirrar nem tossir quando me for preciso, nem fazer outras coisas que a solidão e liberdade trazem consigo. E portanto, senhor meu, essas honras que Vossa Mercê quer me dar, por eu ser ministro e aderente da cavalaria andante, como escudeiro que sou de Vossa Mercê, troque-as noutras coisas que me sejam mais cômodas e de melhor proveito; que essas agradeço-lhas, mas dispenso-as desde já até o fim do mundo.

— Apesar disso hás de te sentar, porque quem mais se humilha mais se exalta.

E, puxando-lhe pelo braço, o obrigou a sentar-se-lhe a par.

Não entendiam os cabreiros aquele palavreado de escudeiros e cavaleiros andantes, e não faziam senão comer e calar e olhar para os hóspedes, que, com muito garbo e gana, iam embutindo para baixo tassalhos como punhos. Acabado o serviço da carne, estenderam sobre as peles cruas grande quantidade de bolotas aveladas e meio queijo mais duro que se fosse de argamassa. Não estava entretanto ocioso o copo; andava em roda tão a miúdo (já cheio, já vazio como alcatruz de nora)[3] que depressa se despejou uma quartola,[4] de duas que presentes eram. Depois que Dom Quixote se deu por bem repleto, tomou um punhado das bolotas e, considerando-as atentamente, soltou a voz dizendo:

— Ditosa idade e afortunados séculos aqueles a que os antigos puseram o nome de dourados,[5] não porque nesses tempos o ouro, que nesta idade do ferro tanto se estima, se alcançasse sem fadiga alguma, mas sim porque então se ignoravam as palavras "teu" e "meu"! Tudo era

---

[3] Engenho para tirar água de poços ou cisternas, composto de uma roda que faz girar a corda a que estão presos alcatruzes (cada um dos vasos presos à roda da nora).

[4] Pequeno barril achatado usado para transportar bebidas.

[5] O elogio da Idade de Ouro, época mítica na qual, segundo os poetas, a terra oferecia espontaneamente seus frutos e os homens viviam felizes, era um tópico da literatura clássica herdado pelo Renascimento sobre o modelo de Ovídio (*Metamorfoses*, I) e Virgílio (*Geórgicas*, I). A idealização da Idade de Ouro, vinculada à literatura pastoril, se desenvolveu na Espanha entre os séculos XV e XVII, momento em que se intensificou a vida urbana. Dom Quixote projeta sobre o mito da época dourada suas utopias cavaleirescas.

comum naquela santa idade; a ninguém era necessário, para alcançar o seu ordinário sustento, mais trabalho que levantar a mão e apanhá-lo das robustas azinheiras, que liberalmente estavam oferecendo o seu doce e sazonado fruto. As claras nascentes e correntes rios ofereciam a todos, com magnífica abundância, as saborosas e transparentes águas. Nas abertas das penhas e no côncavo dos troncos formavam as suas repúblicas as solícitas e discretas abelhas, oferecendo a todos, sem interesse algum, a abundosa colheita do seu dulcíssimo trabalho. Os valentes sombreiros despegavam de si, sem mais artifícios que a sua natural cortesia, as suas amplas e leves cortiças, com que se começaram a cobrir casas sobre rústicas estacas, sustentadas só para reparo contra as inclemências do céu. Tudo então era paz, tudo amizade, tudo concórdia. Ainda não se tinha atrevido a pesada relha do curvo arado a abrir e visitar as entranhas piedosas da nossa primeira mãe, que ela, sem a obrigarem, oferecia por todas as partes do seu fértil e espaçoso seio o que pudesse fartar, sustentar e deleitar aos filhos que então a possuíam. Então, sim, que andavam as símplices e formosas pastorinhas de vale em vale e de outeiro em outeiro, com singelas tranças ou com os cabelos soltos,[6] sem mais vestidos que os necessários para encobrir honestamente o que a honestidade quer e quis sempre que se encobrisse. Não eram seus adornos como os que ao presente se usam, exagerados com a púrpura de Tiro, e com a por tantos modos martirizada seda; eram folhagens de verde bardana[7] e hera entretecidas; com o que talvez andavam tão garridas[8] e enfeitadas como agora andam as nossas damas de corte com as raras e peregrinas invenções que a indústria ociosa lhes tem ensinado. Então expressavam-se os conceitos amorosos da alma simples, tão singelamente como os dava ela, sem se procurarem artificiosos rodeios de fraseado para encarecê-los. Com a verdade e lhaneza não se tinham ainda misturado a fraude, o engano e a malícia. A justiça continha-se nos seus limites próprios, sem que ousassem turbá-la nem ofendê-la o favor e interesse, que tanto hoje a enxovalham, perturbam e perseguem. Ainda não se tinha metido em cabeça a juiz o julgar por arbítrio, porque ainda não havia nem julgadores nem pessoas para ser julgadas. As donzelas e

---

[6] Donzelas, mulheres jovens, que levavam a cabeça descoberta, à diferença das casadas e das *donas*, que usavam toucas.

[7] Planta de folhas grandes e aveludadas com flores em forma de bola rodeadas de espinhos.

[8] Elegantes, graciosas.

a honestidade andavam, como já disse, por toda parte desguardadas e seguras, sem medo de que a alheia desenvoltura e atrevimentos lascivos as desacatassem; se se perdiam era por seu gosto e própria vontade. E agora, nestes nossos detestáveis séculos, nenhuma está segura, ainda que a encerre e esconda outro labirinto de Creta, porque lá mesmo, pelas fendas ou pelo ar, com o zelo do maldito cuidado lhes entra o amoroso contágio e as faz dar com todo o seu recato à costa. Para segurança delas, com o andar dos tempos e crescendo mais a malícia, se instituiu a ordem dos cavaleiros andantes, defensora das donzelas, amparadora das viúvas e socorredora dos órfãos e necessitados. Dessa ordem sou eu, irmãos cabreiros, a quem agradeço o bom agasalho e trato que me dais a mim e ao meu escudeiro; pois, ainda que por lei natural todos os viventes estão obrigados a favorecer aos cavaleiros andantes, contudo sei que vós outros, ignorando essa obrigação, me acolhestes e obsequiastes; e razão é que eu vos agradeça quanto posso a vossa boa vontade.

Toda essa larga arenga[9] (que se pudera muito bem dispensar) improvisou-a o nosso cavaleiro, em razão de lhe ter vindo à lembrança, a propósito das bolotas que lhe deram, a idade de ouro; por isso lhe pareceu fazer todo aquele inútil arrazoado aos cabreiros, que, sem lhe responderem palavra, apatetados e suspensos, o estiveram escutando. Sancho também não falava, e ia comendo bolotas e visitando muito a miúdo a segunda quartola, que tinham pendurada num carvalho para ter o vinho mais fresco.

Mais durou a parlanda[10] de Dom Quixote do que a ceia. Depois dela, disse um dos cabreiros:

— Para com mais verdade poder Vossa Mercê dizer, senhor cavaleiro andante, que o agasalhamos de boa mente, queremos regalá-lo dando-lhe a ouvir um companheiro nosso que está para chegar. Isso é que é pastor entendido e enamorado; até sabe ler e escrever, e toca arrabil[11] que não há mais que desejar.

Mal acabava o cabreiro, quando se ouviu com efeito um arrabil, e pouco depois se viu entrar o arrabileiro, que era um moço dos seus vinte e dois anos, de aprazível presença. Perguntaram-lhe os companheiros se

---

[9] Discurso cansativo.

[10] Falatório, palavreado.

[11] Instrumento de arco, de origem árabe, com duas a cinco cordas.

tinha ceado; e, respondendo ele que sim, tornou-lhe o que havia feito os oferecimentos:

— Visto isso, Antônio, poderás dar-nos gosto cantando um pouco, para que este senhor hóspede veja que também cá pelos montes e matas há quem saiba de música. Já lhe dissemos das tuas boas habilidades; desejamos que tu agora lhas mostres e nos não deixes mentirosos. Por vida tua te rogo que te assentes e cantes o romance dos teus amores, como to compôs o beneficiado[12] teu tio e que muito bem pareceu no povo.

— De boa vontade — respondeu o moço.

E, sem fazer-se mais rogado, assentou-se num tronco de azinheira; e, temperando o arrabil, dali a pouco começou a cantar com muita boa graça desta maneira:

*Antônio*

Sei, Olaia,[13] que me adoras,
sem nunca mo teres dito,
nem coos olhos, línguas mudas,
que entendem os amorios.

Sei-o sim, porque és discreta;
por isso em tal me confirmo:
todo o amor alcança paga,
salvo se é desconhecido.

Verdade é que tenho, Olaia,
em ti descoberto indícios
de teres a alma de bronze,
e o peito de gelo frio.

Mas, através das repulsas
e honestíssimos desvios,

---

[12] Clérigo de ordens maiores ou menores que desfruta de uma renda por exercer alguma função na igreja ou em alguma capela particular.
[13] Eulália.

talvez se enxergue da esp'rança
um vislumbre fugitivo.

O meu amor se abalança
a esperar, sem ter podido
nem minguar por enjeitado,
nem crescer por escolhido.

Se amores têm cortesia,
da que tu mostras colijo
que o fim das minhas esp'ranças
há de ser qual imagino.

E, se o bem servir consegue
tornar um peito benigno,
já tenho em que funde a crença
de obter os bens a que aspiro;

Porque, se nisso reparas,
às vezes me terás visto
vestido à segunda-feira
com as galas do domingo.

As louçainhas e amores
seguem o mesmo caminho;
e eu sempre quis aos teus olhos
apresentar-me polido.

Por teu respeito não bailo;
as músicas não te cito,
que a desoras, e acordando
o galo, terás ouvido.

Não te encareço os louvores
com que os teus dotes sublimo,
que, se bem que verdadeiros,
me fazem de outras malquisto.

Teresa do Berrocal
já, louvando-te eu, me há dito:
— Há quem pense adorar anjos,
estando a adorar bugiosa;[14]

Milagre dos arrebiques[15]
mais dos cabelos postiços,
hipócritas formosuras,
que enganam até Cupido.

Desmenti-a; ela enfadou-se;
pôs-se por ela seu primo;
desafiou-me, e bem sabes
qual saiu do desafio.

Nem por demais te cortejo,
nem para mal te cobiço:
a melhor fim se endereçam
minhas atenções contigo.

Na Igreja há prisões de seda
para os casais bem unidos;
mete o pescoço na canga,
que eu sigo o mesmo caminho.

Quando não, desde aqui juro,
pelo santo mais bendito,
não sairei destas serras
senão para capuchinho.

Com isso deu o cabreiro remate ao seu cantar; e, ainda que Dom Quixote lhe pediu que cantasse mais alguma coisa, opôs-se Pança, que estava mais para dormir que para ouvir cantorias; e assim disse ao amo:
— Bem pode Vossa Mercê arranjar-se logo, e já onde tem de ficar esta noite, que o trabalho, em que esses bons homens levam o dia todo, não consente noitadas de cantarola.

---

[14] Macaca.
[15] Cosmético avermelhado para pintar o rosto; ornamento ou enfeite ridículo ou exagerado.

— Bem percebo, Sancho — respondeu Dom Quixote —, as visitas à quartola pedem mais paga de cama que de músicas.

— A todos sabe ela bem, louvado seja Deus! — respondeu Sancho.

— Não digo menos — replicou Dom Quixote —, mas acomoda-te lá tu onde quiseres, que os da minha profissão melhor parecem velando que dormindo. Mas, apesar de tudo, bom seria, Sancho, que me tornasses a curar esta orelha, que está me doendo mais do que era preciso.

Fez Sancho o que se lhe mandava. Um dos cabreiros, vendo a ferida, lhe disse que não se preocupasse, que ele lhe poria um remédio com que em breve sararia; e, tomando algumas pontas de rosmaninho, que por ali era muito basto, as mastigou, misturou-as com um pouco de sal e, aplicando-as à orelha, a ligou muito bem, certificando-lhe que não havia precisão de mais nenhum curativo; e o caso é que assim sucedeu.

## Capítulo XII
### DO QUE REFERIU UM CABREIRO AOS QUE ESTAVAM COM DOM QUIXOTE

QUANDO ESTAVAM NISSO, chegou outro moço dos que lhes traziam da aldeia os provimentos e disse:

— Sabeis o que vai no lugar, companheiros?

— Como havemos de sabê-lo? — respondeu um deles.

— Pois sabei — prosseguiu o moço — que morreu esta manhã aquele famoso pastor estudante chamado Crisóstomo; e rosnam que morreu de amores por aquela endiabrada moça Marcela,[1] a filha de Guilherme, o rico, a que anda em traje de pastora por esses andurriais.[2]

— Por Marcela?! — disse um.

— Por essa mesma — respondeu o cabreiro —, e o interessante é que determinou no testamento que o enterrassem no campo, como se fora algum mouro, e que seja ao pé da penha, onde está a fonte do carvalho, porque, segundo é fama, e dizem que ele mesmo o declarou, ali é que ele a viu pela primeira vez, e também mandou outras coisas de tal feito que os padres do lugar dizem não se poderem cumprir, nem é bem que cumpram, porque parecem de gentios. A tudo responde aquele seu grande amigo Ambrósio, o estudante, que também assim como ele se vestiu de pastor, que se há de cumprir tudo sem faltar nada, como o determinou Crisóstomo. Anda com isso o povo todo alvorotado; mas,

---

[1] A história de Crisóstomo e Marcela é a primeira das várias recriações, presentes no *Quixote*, dos motivos básicos da novela pastoril, com sua visão idílica da vida e do amor entre os camponeses.

[2] Lugar afastado, geralmente ermo e de difícil acesso.

pelo que se diz, sempre afinal se há de fazer como Ambrósio e todos os pastores seus amigos querem, e amanhã o hão de enterrar com grande pompa onde já disse. Para mim tenho que há de ser coisa mui de ver; pelo menos eu não hei de lá faltar, ainda que soubesse não tornar amanhã ao povo.

— O mesmo faremos nós todos — responderam em uníssono os cabreiros — e deitaremos sortes, a ver quem há de ficar guardando as cabradas todas juntas.

— Dizes bem, Pedro — disse um deles —, mas não é preciso isso; ofereço-me eu a ficar por todos, e não o atribuas a virtude nem a menos curiosidade minha: é porque não posso andar com o graveto que noutro dia meti neste pé.

— Mesmo assim, agradecemos-to — disse Pedro.

Pediu Dom Quixote ao mesmo Pedro que lhe declarasse que morto era aquele e que pastora a tal de que se falava.

Respondeu Pedro que o que sabia era só que o morto era um fidalgo rico, morador num lugar naquelas serras, o qual tinha sido estudante muitos anos em Salamanca e ao cabo deles se recolhera ao seu povo, com fama de mui sábio e lido. Principalmente dizia que sabia a ciência das estrelas e do que fazem lá pelo céu o sol e a lua, porque pontualmente declarava as *crises* do sol e da lua.

— "Eclipse" se chama, e não "cris", o escurecerem-se esses dois luminares maiores — disse Dom Quixote.

Pedro, sem fazer caso de ninharias, prosseguiu o seu conto:

— Até adivinhava se o ano havia de ser sáfaro ou *estil*.

— "Estéril" quereis dizer, amigo — acudiu Dom Quixote.

— "Estéril" ou "estil", tudo vem a dar na mesma — respondeu Pedro —, e digo que por aquelas coisas que ele entendia se fizeram seu pai e seus amigos, que nele se fiavam, muito ricos, porque executavam os seus conselhos, dizendo-lhes: "Este ano semeai cevada e não trigo; neste podeis semear grãos-de-bico e não cevada; o que vem será de óleo de linhaça, e nos três seguintes não haverá nem gota".

— Ciência é essa que se chama "astrologia" — disse Dom Quixote.

— Como se chama não sei — replicou Pedro —; o que sei é que tudo isso sabia ele, e muito mais ainda. Finalmente, não passaram muitos meses depois de vir de Salamanca sem o verem um dia aparecer vestido de pastor com o seu cajado e pelico, sem a roupeta que dantes envergava como estudante.³ Outro, chamado Ambrósio, seu grande amigo, também juntamente se vestiu de pastor, assim como dantes havia sido seu companheiro dos estudos. Já me ia esquecendo dizer que o defunto, o Crisóstomo, foi grande homem em compor coplas; tanto assim que era ele que fazia os vilancicos para a noite de Natal e os autos para a festa de Corpus Christi,⁴ que os representavam os rapazes do nosso povo, e todos diziam que não havia mais que desejar. Admirados ficaram os do lugar, vendo tão a súbitas vestidos de pastores os dois estudantes; e não podiam adivinhar a causa de tão estranha mudança. Já a esse tempo se era finado o pai do nosso Crisóstomo, deixando-lhe um poderio de fazenda, tanto em móveis como em bens de raiz, e quantidade não pequena de gado miúdo e grosso, e dinheiro que farte; de tudo isso ficou o moço senhor absoluto; e em verdade o merecia ele, que era muito bom companheiro, caritativo e amigo dos bons, e tinha uma cara de abençoado. Depois é que se veio a alcançar que a mudança do traje nenhuma outra razão tinha tido senão o andar-se por estes despovoados atrás daquela pastora Marcela, que o nosso pegureiro já nomeou e da qual se tinha enamorado o pobre defunto do Crisóstomo. E agora vos quero dizer, porque é bem que o saibais, quem é essa cachopa;⁵ coisa semelhante nunca talvez em dias de vida a ouvísseis nem ouvireis, ainda que vivais mais anos que sarna.

— Dizei "Sara"⁶ — replicou Dom Quixote, não podendo sofrer ao cabreiro a troca de palavras.

— A sarna vive por desespero — disse Pedro —; se me haveis de andar remordendo a cada passo as palavras, nem num ano concluiremos.

— Perdoai, amigo — respondeu Dom Quixote —, mas tão diferentes coisas são "sarna" e "Sara" que por isso vos fui à mão; mas vós respondestes muito bem, porque mais vive no mundo a sarna do que viveu Sara. E prossegui a vossa história, que não vos tornarei a atalhar em coisa alguma.

---

³ Os estudantes vestiam uma sotaina de pano negro que lhes chegava até os pés.

⁴ Dia de Corpus Christi, no qual se representavam autos, peças teatrais de um só ato e de tema religioso; os vilancicos eram cantados na missa do Galo e podiam ser acompanhados de uma representação dramática.

⁵ Menina, rapariga, moça da província.

⁶ Sara ou Sarai, mulher de Abraão; a tradição diz que viveu 127 anos. A frase "mais velho que Sara" era proverbial; mas também o era a dificuldade de curar a sarna, enfermidade parasitária muito duradoura. A correção de Dom Quixote é, portanto, improcedente, e serve para sublinhar mais a diferença de registro entre a fala do povo e a do cavaleiro.

— Digo, pois, senhor meu da minha alma — continuou o cabreiro —, que houve em nossa aldeia um lavrador ainda mais rico do que o pai de Crisóstomo, e que se chamava Guilherme, e a quem Deus, ainda por cima das muitas e grandes riquezas, concedeu uma filha, que logo ao nascedouro ficou sem a mãe, que fora a mais honrada mulher que houve por todos estes arredores. Parece-me que ainda a estou vendo, com aquela cara, que de uma banda tinha o sol e da outra a lua; e, além de tudo o mais, grande arranjadeira e ao mesmo tempo muito amiguinha dos pobres; pelo que entendo que a estas horas deve estar a sua alma a gozar-se com Deus no outro mundo. Com pesar da morte de tão boa mulher, morreu o marido Guilherme, deixando a filha Marcela, pequena e rica, em poder de um tio sacerdote, beneficiado no nosso lugar. Cresceu a menina tanto em formosura que nos fazia lembrar da de sua mãe, que também nisso se extremara; e já se futurava que a herdeira a excederia. E assim sucedeu que aos catorze ou quinze anos ninguém a via que não desse graças a Deus de ter criado tamanha lindeza. Quase todos ficavam enamorados e perdidos por ela. Guardava-a seu tio com muito recato e recolhimento; mas, apesar disso, a fama da sua muita beleza se estendeu de maneira que, assim por ela como por suas muitas riquezas, não somente pelos do nosso povo, senão até pelos de muitas léguas além, e pelos melhores dentre eles era rogado, solicitado e importunado o tio para dá-la em casamento. Ele, porém, que era bom cristão às direitas, ainda que desejasse casá-la cedo, não queria efetuá-lo sem consentimento dela, vendo-a na idade de acertar na escolha. Ele por si nenhum caso fazia dos interesses que poderia dar-lhe o administrar os haveres da sobrinha enquanto solteira; e à fé que assim se dizia muitas vezes em louvor do bom sacerdote nos serões da aldeia, que há de saber, senhor andante, que nos lugarejos pequenos de tudo se murmura; e fazei de conta, como eu, que muitíssimo bom devia de ser o clérigo, que assim obrigava os fregueses a dizer bem dele em terrinhas como estas.

— Isso é verdade — disse Dom Quixote —, e prossegui a narrativa, que vai muito bem; e vós, bom Pedro, a fazeis com muita graça.

— Não me falte a de Nosso Senhor, que é o que mais importa. Pelo que toca ao sucesso, haveis de saber que, ainda que o tio propusesse à sobrinha e lhe disesse as qualidades de cada um dos muitos que por mulher a pediam, para ela escolher a seu gosto, nunca ela lhe respondeu senão que por então não queria casar-se, e que, por ser ainda tão nova, não se sentia com forças para a carga do matrimônio. Ouvindo essas desculpas que dava, ao parecer tão atendíveis, já o tio deixava de importuná-la e ia esperando que fosse entrando mais em idade para bem escolher companhia do seu gosto; porque dizia ele, e dizia muito bem, que os pais não deviam dar estado aos filhos contra vontade. Mas eis que um dia, quando ninguém de tal se precatava, aparece feita pastora a mimosa Marcela; e, sem vênia[7] do tio nem aprovação de pessoa alguma do lugar, deu em ir-se ao campo com as mais guardadoras de gado, pastoreando também o seu. Tanto como saiu ela a público daquela maneira e se viu a descoberto a sua formosura, não vos posso dizer à justa quantos ricos mancebos, fidalgos e lavradores tomaram o traje de Crisóstomo e a andam requebrando por esses campos. Um deles, como já se disse, foi o nosso defunto, de quem diziam que não lhe queria, senão que a adorava. E não se cuide que, por ela ter se posto naquela liberdade e vida tão solta, e de tão pouco ou de nenhum recolhimento, dava indícios, nem por sombras, de coisa que desdissesse a sua honestidade e recato; antes é tanta a vigilância com que olha por sua honra que, de quantos a servem e solicitam, nenhum ainda se gabou, nem com verdade se poderá jamais gabar, de haver dela obtido alguma pequena esperança de lograr os seus desejos. Não é que fuja ou se esquive da companhia e convivência dos pastores, senão que os trata cortês e amigavelmente; mas em qualquer deles chegando a descobrir-lhe a sua intenção, ainda que seja tão justa e santa como a do matrimônio, afugenta-o que nem trabuco. Com esses procederes, faz mais dano nesta terra do que se por ela entrara a peste, porque a sua afabilidade e formosura atraem os corações dos que tratam com ela a que se lhe rendam e a amem; e o seu desdém e desengano os conduzem a termos de desesperação; e assim não sabem que lhe dizer, senão chamá-la a vozes "cruel" e "desagradecida", com outros títulos semelhantes a esses, que bem manifestam qual seja a sua condição. Se aqui estivésseis algum dia, ouviríeis ressoar estas serras e estes vales com os lamentos dos desprezados que a seguem. Não está muito longe daqui um sítio, onde há quase duas dúzias de faias altas e nenhuma que deixe de ter gravado na casca o nome de Marcela, e em algumas uma coroa gravada por cima do nome, como se expressamente assim declarara o amante, que Marcela a merece e a alcança de toda a formosura humana. Aqui suspira um pastor; ali se queixa outro; acolá se ouvem amorosas

---

[7] Permissão.

canções; para outra parte desesperadas endechas.[8] Tal há que passa todas as horas da noite sentado ao pé de alguma azinheira ou penha; e ali, sem pregar os chorosos olhos, embevecido e transportado em seus pensamentos, o acha de manhã o sol. E tal há também que, sem dar vaga nem trégua aos seus suspiros, no meio do ardor da mais enfadosa sesta do verão, estendido sobre a ardente areia, envia suas queixas ao piedoso céu. Destes e daqueles, e daqueles e destes, livre e desenfadadamente vai triunfando a formosa Marcela. Todos nós outros, que a conhecemos, estamos à espera de ver em que virá a parar sua altivez e quem será o ditoso que domine ao cabo condição tão rigorosa e se goze de lindeza tão perfeita. Por ser tudo que deixo contado verdade tão averiguada, entendo que também o é o que o nosso zagal ouviu que se dizia da causa da morte de Crisóstomo. E assim vos aconselho, senhor, não deixeis de assistir amanhã ao enterro, que há de ser muito para ver, porque os amigos de Crisóstomo são muitos, e daqui ao lugar onde ele mandou que o enterrassem não dista meia légua.

— Não hei de descuidar — disse Dom Quixote —, e agradeço-vos o gosto que me haveis dado com a narração de tão saboroso conto.

— E ainda eu não sei a metade dos casos sucedidos aos amantes de Marcela — replicou o cabreiro —, mas não era impossível encontrarmos amanhã pelo caminho algum pastor que no-los dissesse. E por agora bem será que vos vades dormir debaixo de telha, porque o sereno vos poderia fazer mal à ferida, posto que o meu remédio é tal que não tendes muito de que vos arrecear.

Sancho Pança, que já dava ao Diabo o tão estirado falar do cabreiro, fez por sua parte diligência para que o amo fosse pernoitar na choça de Pedro. Assim o fez Dom Quixote; e o mais da noite o levou em memórias de sua Senhora Dulcineia, à imitação dos namorados de Marcela. Sancho Pança lá se acomodou entre Rocinante e o seu jumento, e dormiu, não como amante desfavorecido, senão como homem moído a coices.

---

[8] Composição poética sobre assunto melancólico, formada de estâncias de quatro versos de cinco sílabas; romancilho.

## Capítulo XIII

### EM QUE SE DÁ FIM AO CONTO DA PASTORA MARCELA, COM OUTROS SUCESSOS

MAL O DIA COMEÇAVA a aparecer nas varandas do oriente, quando dos seis cabreiros cinco se levantaram e foram despertar Dom Quixote, e perguntar-lhe se estava ainda resolvido a ir ver o famoso enterro de Crisóstomo, que, sendo assim, eles lhes fariam companhia. Dom Quixote, que outra coisa não desejava, levantou-se e ordenou a Sancho que aparelhasse o Rocinante e albardasse o burro com presteza, o que ele fez; e assim se puseram logo todos a caminho. Não tinham andado um quarto de légua quando, ao atravessarem uma senda, viram vir para eles obra de seis pastores vestidos com pelicos negros, e as cabeças coroadas com grinaldas de ciprestes e amargoso eloendro; e empunhava cada um sua vara grossa, vindo no mesmo rancho dois fidalgos a cavalo, para jornada muito bem vestidos, e com três moços, que a pé os acompanhavam. Logo que chegaram uns aos outros, saudaram-se cortesmente de parte a parte e, perguntando-se mutuamente para onde iam, souberam que todos eles iam para o lugar do enterro; e assim deram em caminhar de parceria.

Um dos de cavalo disse para o companheiro:

— Parece-me, Senhor Vivaldo, que havemos de dar por bem empregada a demora que tivermos em ver esse famoso enterro, que bem famoso não pode ele deixar de ser, segundo as estranhezas que esses pastores nos têm contado, tanto do morto como da pastora sua homicida.

— Assim acho eu também — respondeu Vivaldo —; não só um dia gastara eu, senão até quatro, pelo interesse de presenciar essa novidade.

Perguntou-lhes Dom Quixote o que era que tinham ouvido de Marcela e Crisóstomo. Respondeu-lhe um dos caminhantes que de madrugada tinham-se encontrado com aqueles pastores e, por os terem visto em roupas de tanto desconsolo, lhes tinham perguntado a razão por que iam daquela maneira. Contara-lha um deles, encarecendo-lhes a estranha condição e formosura de uma pastora chamada Marcela, os amores de muitos que a requestavam e a morte daquele Crisóstomo, a cujo saimento iam. Finalmente confirmou sem discrepância o mesmo que já o Pedro havia contado a Dom Quixote.

Dessa prática passou-se a outra, perguntando o que se chamava Vivaldo ao nosso fidalgo por que motivo andava armado daquela maneira, por terra tão pacífica.

— O exercício que professo[1] — respondeu Dom Quixote — não me deixa jornadear de outra maneira. O bom passadio, o regalo e o descanso inventaram-se para os cortesãos mimosos; mas o trabalho, o desassossego e as armas fizeram-se para aqueles que o mundo chama cavaleiros andantes, dos quais eu, ainda que indigno, sou um, e o mínimo de todos.

Apenas tal lhe ouviram, ficaram-no desde logo tendo por desconsertado do juízo; e para examiná-lo melhor e reconhecer que gênero de desvario era o seu, tornou Vivaldo a perguntar-lhe o que vinham a ser cavaleiros andantes.

— Nunca leram Vossas Mercês — respondeu Dom Quixote — os anais e histórias de Inglaterra que tratam das famosas façanhas do Rei Artur,[2] a quem geralmente em nosso romance castelhano chamamos o Rei Artus e de quem é tradição, antiga e comum em todo aquele reino da Grã-Bretanha, que não morreu, mas sim que por arte de encantamento se converteu em corvo e que, andando os tempos, há de outra vez reinar, recobrando o seu reino e cetro, sendo por esta razão que ninguém é capaz de provar que desde então até hoje inglês nenhum tenha matado corvo?[3] Pois bem; em tempo daquele bom rei foi instituída aquela

---

[1] O exercício é o das armas; a profissão, a de cavaleiro andante, que jurou e pela qual fez votos: por isso, mais adiante, poderá comparar sua profissão com a dos religiosos.

[2] O conhecido rei da Bretanha e seus companheiros estão na origem de uma tradição literária — a chamada "matéria de Bretanha" — estendida por toda a Europa e também na península ibérica, tanto na literatura escrita como na oral.

[3] A lenda de que o rei Artur não morreu, mas foi conduzido à misteriosa ilha de Avalon ou Avalach, era muito difundida.

famosa ordem dos cavaleiros da Távola Redonda,[4] e ocorreram, como pontualmente ali se conta, os amores de Dom Lançarote do Lago com a Rainha Ginevra, sendo neles medianeira e sabedora aquela tão honrada Dona Quintanhona,[5] donde procedeu aquele tão sabido romance, e tão decantado em nossa Espanha, de:

> Nunca fora cavaleiro
> De damas tão bem servido,
> Como fora Lançarote
> De Bretanha arribadiço

com toda aquela série, tão doce e suave, das suas amorosas e fortes façanhas. Pois desde então se foi de mão em mão dilatando aquela ordem de cavalaria, por muitas e diversas partes do mundo. Nela foram famosos, e conhecidos por seus feitos, o valente Amadis de Gaula, com todos os seus filhos e netos até a quinta geração; o valoroso Felismarte de Hircânia; o nunca assaz louvado Tirante, o Branco; e quase já em nossos dias vimos, ouvimos e tratamos ao invencível e generoso cavaleiro Dom Belianis de Grécia.[6] Ora aqui está, meus senhores, o que é ser cavaleiro andante; e o que referido tenho é a ordem da sua cavalaria, na qual, como também já disse, eu, ainda que pecador, fiz profissão; e o mesmo que professaram os cavaleiros mencionados professo eu também; por isso ando por estas solidões e descampados buscando as aventuras, com ânimo deliberado de oferecer o meu braço e a minha pessoa à mais perigosa que a sorte me deparar, em ajuda dos fracos e necessitados.

Por tudo isso, acabaram os ouvintes de se inteirar da falta de juízo de Dom Quixote e da espécie de loucura que o dominava; do que os tomou a mesma admiração que a todos os que pela primeira vez a presenciavam. Vivaldo, que era sujeito mui discreto e de gênio alegre, para

---

[4] Ordem cuja fundação se atribui a Artur, assim chamada porque seus cavaleiros se assentavam a uma mesa redonda, com o objetivo de que não houvesse preferências.

[5] A história dos amores adúlteros da rainha Ginevra, esposa de Artur, e Lancelote do Lago era contada na Espanha desde tempos imemoriais; no entanto, o que desencadeia a alusão é o romance de Lancelote, que havia sido adaptado no capítulo II e se recita a seguir. Apenas no romance aparece a figura da dona Quintanhona; evidentemente, o "honrada", aplicado a uma alcagueta, é cômico.

[6] No *Belianis* fala-se da tomada de Granada (1492) e da incorporação do reino de Navarra (1512) como de acontecimentos passados.

suavizar o fastio do pouco espaço que diziam que lhes restava ainda para andar até a serra da sepultura, quis dar-lhe ocasião para que levasse por diante os seus desatinos e disse-lhe:

— Parece-me, senhor cavaleiro, que a profissão de Vossa Mercê é das mais apertadas que há no mundo; e persuado-me de que nem a dos frades cartuxos é tão rigorosa.

— Tão rigorosa talvez que o seja — respondeu o nosso Dom Quixote —, porém tão necessária, duvido muito; porque, se se há de dizer toda a verdade, não faz menos o soldado que executa o que lhe manda o capitão do que o próprio capitão que lho ordena. Venho a dizer que os religiosos, com toda a paz e sossego, pedem ao céu o bem da terra; e nós, os soldados e cavaleiros, executamos o que eles só requerem, porque a defendemos com o valor do nosso braço e ao fio da nossa espada, não debaixo de teto, mas em campo descoberto, oferecidos em alvo aos insofridos raios do sol do verão e aos arrepiados gelos do inverno. Desse modo, somos ministros de Deus na terra e braço pelo qual se executa no mundo a sua justiça. E como as coisas da guerra, e as concernentes a elas, não se podem pôr em execução senão suando, cansando e trabalhando excessivamente, segue-se que os que a professam têm sem dúvida maior trabalho que os outros, que em sossegada paz estão pedindo a Deus que favoreça aos que podem pouco. Não quero eu dizer, nem pelo pensamento me passa, que é tão bom estado o de cavaleiro andante como o de religioso na sua clausura; só quero inferir que isto que eu padeço é sem comparação mais trabalhoso e aperreado, mais faminto e sedento, miserável, roto e bichoso, pois é certíssimo que os cavaleiros andantes passados contavam muitas aventuras ruins no decurso de sua vida, e, se alguns chegavam a ser imperadores, pelo esforço do seu braço, à fé que bastante suor e sangue lhes custou: e se àqueles, que a tais graus subiram, houvessem faltado encantadores e sábios para os ajudar, bem defraudados teriam ficado de suas esperanças.

— Desse parecer também eu sou — disse o caminhante —, mas há uma coisa, entre outras muitas, que me destoa da boa razão nos cavaleiros andantes; e é que, vendo-se em ocasião de cometerem uma grande e perigosa aventura, em que a vida lhes vai num fio, nunca nesses apurados lances se lembram de encomendar-se a Deus, como qualquer outro cristão; a quem se encomendam é às suas damas, com tanta ânsia e devoção como se o Deus fossem elas; o que para mim cheira o seu tanto a coisas de pagão.

— Senhor meu — disse Dom Quixote —, isso é que por maneira nenhuma pode deixar de ser assim; e mal iria ao cavaleiro andante que outra coisa fizesse. Isso é já uso autorizado, e posse velha na cavalaria andantesca, a saber, que, se o cavaleiro andante, ao acometer algum grande feito de armas, tivesse a sua senhora diante, poria nela os olhos branda e amorosamente, como pedindo-lhe que o favorecesse no duvidoso transe em que ia se empenhar; e, ainda que ninguém o ouvisse, estaria obrigado a proferir palavras entre dentes, com as quais de todo o coração se lhe encomendasse; do que vemos inumeráveis exemplos nas histórias. Não se há de entender por isso que hão de deixar de encomendar-se a Deus, que tempo e lugar lhes ficam para o fazerem no decurso do conflito.

— Seja assim — respondeu o outro —, mas ainda me fica um escrúpulo. Muitas vezes tenho lido que se travam ditos entre dois andantes cavaleiros, que de palavra em palavra se lhes chega a acender a cólera, voltam os cavalos, tomam o campo e, para logo, sem mais nem menos, a todo o poder deles, tornam a encontrar-se e no meio da corrida se encomendam às suas damas. O que do recontro costuma resultar é que um cai pelas ancas do cavalo, passado de parte com a lança do outro; e ao outro sucede também que, a não se agarrar às crinas do seu cavalo, não pudera deixar de vir também à terra. Não sei como o morto poderia ter azo para se recomendar a Deus no decurso de tão acelerado feito. Melhor fora que as palavras, que na carreira gastou em se encomendar à sua cortejada, as empregasse no que estava obrigado como cristão. E, ademais, eu tenho para mim que nem todos os cavaleiros andantes hão de ter damas a quem se encomendem, porque nem todos serão enamorados.

— Nisso é que vai o erro — respondeu Dom Quixote —; digo que não pode existir cavaleiro andante sem dama, porque tão próprio e natural assenta nos que o são serem enamorados como no céu ter estrelas; e onde com efeito se viu história de cavaleiro andante sem amores?[7] Se não os tivesse, não fora tido por legítimo cavaleiro, senão por bastardo, e que entrou na fortaleza da dita cavalaria não pela porta, mas por alguma fresta como ladrão.

— Apesar de tudo — replicou o caminheiro —, parece-me, se bem me lembra, ter lido que Dom Galaor, irmão do valoroso Amadis de

---

[7] Os estatutos da Ordem da Banda estabeleciam que nenhum cavaleiro pertencente a ela ficasse sem servir a uma dama.

Gaula, nunca teve dama em particular a quem pudesse encomendar-se; e nem por isso foi tido em menos conta, e foi muito valente e famoso cavaleiro.

Ao que respondeu o nosso Dom Quixote:

— Senhor meu, uma andorinha só não faz verão; quanto mais, que eu sei que esse cavaleiro estava secretamente enamorado e, ademais, aquilo de querer bem a todas quantas lhe parecia bem era gênio seu, e não lhe podia resistir. Mas, afinal de contas, averiguado está já que tinha só uma a quem fizera senhora ao seu alvedrio, e a quem se encomendava a miúdo e muito secretamente, porque timbrava de sisudo cavaleiro.

— Visto isso, sendo essencial que todo cavaleiro há de ser por força enamorado — disse o outro —, também Vossa Mercê o é por ser da profissão; e a não ser que Vossa Mercê capriche em ser tão de segredo como Dom Galaor, com o maior empenho lhe rogo, em nome de toda a companhia e no meu próprio, que nos diga o nome, pátria, qualidade e formosura da sua dama; ditosa se julgaria ela de que o mundo todo soubera que é amada e servida por um tal cavaleiro como Vossa Mercê parece.

Aqui soltou Dom Quixote um grande suspiro e disse:

— Não poderei afirmar se a minha doce inimiga[8] gosta ou não de que o mundo saiba que eu a sirvo. Só posso dizer, em resposta ao que tão respeitosamente se me pede, que o seu nome é Dulcineia, sua pátria El Toboso, em lugar da Mancha; a sua qualidade há de ser, pelo menos, princesa, pois é rainha e senhora minha; sua formosura, sobre-humana, pois nela se realizam os impossíveis e quiméricos atributos de formosura que os poetas dão às suas damas;[9] seus cabelos são ouro; a sua testa, campos elísios; suas sobrancelhas, arcos celestes; seus olhos, sóis; suas faces, rosas; seus lábios, corais; pérolas, os seus dentes; alabastro, o seu colo; mármore, o seu peito; marfim, as suas mãos; sua brancura, neve; e as partes que à vista humana traz encobertas a honestidade são tais, segundo eu conjeturo, que só a discreta consideração pode encarecê-las, sem poder compará-las.

---

[8] Considerar a amada como inimiga é típico do amor cortês e da poesia de cancioneiro; "da doce minha inimiga" é um verso que pertence a um vilancico recitado inteiro no capítulo XXXVIII do segundo volume.

[9] Dom Quixote, na descrição de Dulcineia, seguirá a ordem que a retórica mandava para o retrato, começando desde a parte superior de sua pessoa, e empregará todos os tópicos literários que foram armazenados na linguagem poética desde Petrarca até o início do Barroco.

— Estimaríamos saber a sua linhagem, prosápia[10] e nobreza — replicou Vivaldo.

Ao que Dom Quixote respondeu:

— Não é dos antigos Cúrcios, Gaios e Cipiões romanos; nem dos modernos Colonas e Ursinos; nem dos Moncadas e Requesenes, da Catalunha; nem dos Rebelhas e Vilanovas de Valência; Palafoxes, Nuzas, Rocabertis, Corelhas, Lunas, Alagões, Urreas, Fozes e Guerras, de Aragão; Cerdas, Manriques, Mendonças e Gusmões, de Castela; Alencastres, Palhas e Meneses, de Portugal; porém descende dos de El Toboso de La Mancha, linhagem tal que, se bem que moderna, pode dar generosa raiz às mais ilustres famílias dos vindouros séculos. E não me repliquem a isto, a não ser com as condições que pôs Cervino ao pé do troféu das armas de Orlando, que dizia:

> Ninguém as mova
> que entrar não possa com Roldão em prova.[11]

— Se bem que o meu sangue é dos ínclitos Cachopins de Laredo[12] — respondeu o caminhante —, não me atreverei a confrontá-lo com o de El Toboso de La Mancha, ainda que, para dizer toda a verdade, semelhante apelido ainda até hoje não tenha chegado aos meus ouvidos.

— Apelido semelhante a este, bem o podereis dizer — replicou o cavaleiro Dom Quixote. Com grande atenção iam escutando todos os mais o diálogo dos dois; e até os mesmos cabreiros e pastores conheceram a excessiva falta de juízo de Dom Quixote. Somente Sancho é que pensava ser verdade tudo que o amo dizia, sabendo aliás quem ele era e tendo-o conhecido de nascença; em que punha alguma dúvida era crer naquilo da linda Dulcineia del Toboso, porque nunca tal nome nem tal princesa lhe havia chegado à notícia, com ser El Toboso tão à beira da terra dele.

---

[10] Linhagem, progênie; elegância ostensiva; palavreado enfático.

[11] Cervino, filho do rei da Escócia e irmão da rainha Ginevra, encontra no *Orlando furioso*, XXIV, o arnês de Roldão e, para que ninguém se arme com ele, grava alguns versos no tronco que o sustentava: "Armatura d'Orlando paladino" (XXIV), e prosseguia: "*Nessun a muoval che star non possa con Orlando a prova*", que são os mesmos que Dom Quixote traduz, mantendo inclusive a aliteração e a assonância interna. Os versos se repetem no capítulo LXVI do segundo volume.

[12] Linhagem montanhesa existente e real; o bromador Vivaldo, que compreendeu a loucura de Dom Quixote, se ampara na linhagem para fazer valer comicamente sua fidalguia diante de nosso cavaleiro: sublinha o ridículo do tobosino e inclusive, dado o contexto em que se situa, a pouca importância que as linhagens têm para ele.

Nestas práticas iam quando viram que na quebrada de dois montes altos vinham uns vinte pastores, todos com pelicos de lã preta e coroados de grinaldas, que, pelo que depois se reconheceu, eram umas de teixo, outras de cipreste. Entre seis deles traziam umas andas[13] cobertas de muita diversidade de flores e ramos. Vendo aquilo, um dos cabreiros disse:

— Os que ali vêm são os que trazem o corpo de Crisóstomo; e ao pé daquela montanha é o lugar onde ele ordenou que o sepultassem.

Deram-se portanto pressa em chegar; e foi a tempo, que já os que vinham tinham posto as andas em terra e quatro deles estavam cavando a sepultura ao lado de uma penha.

Receberam-se uns aos outros cortesmente; e logo Dom Quixote e os que vinham com ele se puseram a considerar as andas e nelas descobriram, amantilhado com flores, um defunto vestido de pastor, de idade, ao parecer, de trinta anos, que, apesar da morte, mostrava que em vida havia sido de rosto formoso e disposição galharda. À roda de si tinha nas mesmas andas alguns livros e papéis, uns abertos e outros fechados; e tanto os que aquilo contemplavam como os que abriam a cova, e todos os mais que ali estavam, guardavam um maravilhoso silêncio; até que um dos que trouxeram o morto disse para outro:

— Repara bem, Ambrósio, se será aqui o lugar que disse Crisóstomo, pois quereis que tão pontualmente se cumpra o que determinou.

— É este mesmo — respondeu Ambrósio —, que muitas vezes aqui me contou o meu desditoso amigo a história da sua desgraça. Aqui me disse ele que viu pela primeira vez aquela inimiga mortal da raça humana; e foi também aqui que pela primeira lhe declarou seu pensamento tão honesto como enamorado; e aqui, finalmente, foi a última vez que Marcela acabou de desenganá-lo com seu desdém, de modo que terminou a tragédia da sua vida miserável. Por isso aqui foi, em memória de tantas desditas, que ele determinou o depositassem nas entranhas do eterno esquecimento.

Voltando-se para Dom Quixote e para os assistentes, prosseguiu, dizendo:

---

[13] Cada uma das peças de madeira sobre as quais se colocava o esquife; espécie de leito portátil, sustentado por peças de madeira, que podia ser carregado por homens ou animais de carga; andor.

— Este corpo, senhores, que estais vendo com olhos piedosos, foi depositário de uma alma em que o céu encerrou infinita parte das suas riquezas. Este é o corpo de Crisóstomo, que foi único em engenho, único em cortesia, extremo em gentileza, fênix na amizade, magnífico sem senão, grave sem presunção, alegre sem baixeza e, finalmente, primeiro em tudo que é ser bom e sem segundo em tudo que é ser desafortunado. Quis bem, foi aborrecido; adorou, foi desprezado; rogou a uma fera, importunou a um mármore, correu atrás do vento, deu brados à solidão, serviu ao desagradecimento e alcançou por prêmio ser despojo da morte no meio da carreira da sua vida, à qual deu fim uma pastora, a quem ele procurava eternizar para que vivesse na memória das gentes; o que bem poderiam mostrar esses papéis que estais vendo, se ele não me tivesse recomendado que os entregasse ao fogo logo que o seu corpo tivesse sido dado à terra.

— Maior rigor e crueldade usareis vós com eles — disse Vivaldo — que o seu mesmo dono, pois não é justo nem acertado que se cumpra a vontade de quem ordena o que é tão fora de todo o discorrer assisado;[14] e errado andaria Augusto César, se consentisse em que se executasse o que o divino mantuano tinha recomendado no seu testamento.[15] Portanto, Senhor Ambrósio, já que dais o corpo do vosso amigo à terra, não queirais dar também os seus escritos ao esquecimento. Ele ordenou, como agravado, o que não é bem que vós cumprais por indiscrição. Fazei antes, dando a vida a estes papéis, que fiquem para todo sempre lembrando a crueldade de Marcela, para exemplo aos que vierem, que se apartem e fujam de cair em semelhantes despenhadeiros. Eu e quantos aqui somos já sabemos a história deste vosso enamorado e atribulado amigo, assim como sabemos a vossa lealdade, a ocasião da sua morte e a sua última vontade. De toda esta lamentável história se pode concluir quanta não foi a crueza de Marcela, o amor da sua vítima, o extremo do vosso bem-querer e o fim a que vão dar os que à rédea solta correm pela senda que o amor desvairado lhes abre diante dos olhos. Ontem à noite soubemos a catástrofe de Crisóstomo, e que neste lugar havia de ser enterrado; e assim, por curiosidade e lástima, deixamos o caminho

---

[14] Sensato.
[15] Segundo a tradição, Virgílio — *o divino mantuano* — deu a ordem de que se queimasse sua *Eneida* por ser imperfeita; a vontade do poeta foi desobedecida por Augusto, que dispôs a publicação do poema.

em que íamos e assentamos em vir ver por nossos olhos o que tanto nos tinha consternado quando o ouvimos; e, em paga desta paixão e do desejo que em nós outros nasceu de remediarmos o que pudéssemos, te rogamos, ó discreto Ambrósio (ao menos eu to suplico da minha parte), que, deixando de abrasar esses papéis, me consintas levar alguns deles.

Sem esperar resposta do pastor, estendeu a mão e tomou alguns dos que mais perto lhe estavam. Vendo aquilo, Ambrósio disse:

— Por cortesia, senhor meu, consentirei que fiqueis com os que tomastes; mas cuidardes que hão de deixar de arder os que restam é pensamento vão.

Vivaldo, que desejava ver o que os papéis rezavam, abriu logo um deles e viu que tinha por título: *Canção desesperada*. Ouviu-o Ambrósio e disse:

— Esse é o último papel que o sem-ventura escreveu; e para que vejais, senhor, o extremo em que o tinham as suas desgraças, lede-o de modo que sejais ouvido; bem vos dará tempo a demora de se abrir a sepultura.

— Da melhor vontade o farei — respondeu Vivaldo. E, como todos os circunstantes tinham o mesmo desejo, puseram-se-lhe em derredor, e ele, lendo em voz clara, viu que falava assim:

## Capítulo XIV

### ONDE SE PÕEM OS VERSOS DESESPERADOS DO PASTOR DEFUNTO, COM OUTROS IMPREVISTOS SUCESSOS

#### Canção de Crisóstomo

Pois desejas, cruel, que se publique
de boca em boca, e vá de gente em gente,
do teu rigor a nunca vista força;
farei que o mesmo inferno comunique
a este peito aflito um som veemente,
e à minha voz o usual estilo torça.
E a par do meu desejo, que se esforça
a contar minha dor e tuas façanhas,
da voz terrível brotará o acento;
e nele envoltos por maior tormento
pedaços destas míseras entranhas.
Escuta, pois, e presta atento ouvido,
não a aprazíveis sons, sim ao ruído,
que desde o abismo do meu triste peito,
obrigado de indômito delírio,
sai para meu martírio e teu despeito.

O rugir do leão; do lobo fero
o ulular temeroso; o silvo horrendo
da escamosa serpente; o formidável
som de algum negro monstro; o grasno austero
da gralha, ave de agouro; o mar fervendo
em luta co'um tufão incontrastável

de já vencido touro o inamansável
bramido; os ais da lúgubre rolinha
na viuvez; o consternado canto
do invejado mocho[1] a par co'o pranto
do inferno todo, soem na dor minha,
e saia com esta alma exasperada
uma explosão de música aterrada,
de confusão para os sentidos todos;
pois a pena cruel que em mim padeço
pede co'o seu excesso estranhos modos.

De confusão tamanha ecos sentidos
pelas praias do Tejo não ressoem;
nem do Bétis nos ledos olivedos;
por ali meus queixumes esparzidos
por cavernas e penhas não ecoem
para o mundo os terríveis meus segredos;
vão por escuros vales, por degredos
de ermas praias a humano trato alheias,
ou por onde jamais se enxergue dia,
ou pela seca Líbia, onde se cria
venenosa ralé de pragas feias;
que inda que nesses páramos sem termo
ninguém me escute os ais do peito enfermo,
nem ouça o teu rigor tão sem segundo,
por privilégio de meus curtos fados
serão levados aos confins do mundo.

São veneno os desdéns; uma suspeita,
ou verdadeira ou falsa, desespera;
e os zelos matam com rigor mais forte.
ausência larga à morte nos sujeita;
contra um temer olvido não se espera
remédio no esperar ditosa sorte.
No fundo disso tudo há certa a morte;

---

[1] A coruja é ave de sinistro e fúnebre presságio, como já apontavam Ovídio e Plínio; acreditava-se que as aves de falcoaria tinham inveja de seus grandes olhos, que viam na noite, e tentavam arrancá-los.

mas eu (milagre nunca visto!) vivo
zeloso, ausente, desdenhado, e certo
das suspeitas a que anda o peito aberto,
e do olvido em que o fogo em dobro avivo.
E entre tanto tormento, ao meu desejo
nem uma luz de alívio ao longe vejo,
nem já sequer fingi-la em mim procuro;
antes, para requinte de querela,
estar sem ela eternamente juro.

Pode-se juntamente, porventura,
esperar e temer? E onde os temores
têm mais razão que a esp'rança, há de esperar-se?
Debalde os olhos furto à sina escura;
pelas feridas d'alma os seus negrores
não cessam um momento de mostrar-se.
Quem pode à desconfiança recusar-se,
quando tão claramente se estão vendo
os desdéns e os motivos de suspeita?
Ai, verdades em fábulas desfeitas!
Ai, câmbio infausto, lastimoso horrendo!
Ó do reino de amor feros tiranos
zelos! Dai-me um punhal; desdéns insanos,
um baraço! Um baraço! Ai, sorte crua,
celebras tua última vitória;
não há memória atroz igual à tua.

Eu enfim morro e, por que nunca espere
que a morte me ressarça o mal da vida,
persistirei na minha fantasia.
Direi que anda acertado quem prefere
a tudo o bem-querer, que a mais rendida
alma é a que de mais livre se gloria.
Direi que a minha algoz não acho ímpia
senão que de alma, qual de corpo, é bela,
que eu tenho a culpa, eu só, de sua fereza;
que os males que nos causa com certeza
não se opõem ao tão justo império dela.

Com esta crença e um rigoroso laço,
da morte acelerando o extremo passo,
a que me hão seus desprezos condenado.
Darei pendente ao vento corpo e alma
sem louro ou palma de outro e melhor fado.

Com tantas sem-razões, puseste clara
a causa por que odeio e enjeito a vida
e pelas próprias mãos a lanço fora.
De tudo hoje razão se te depara:
profunda e peçonhenta era a ferida;
de não mais sofrê-la me eximo agora,
se por dita conheces nesta hora
que o claro céu dos olhos teus formosos
não é razão que eu turbe, evita o pranto;
tudo que por ti dei não vale tanto
que mo pagues com olhos lacrimosos.
Antes a rir na ocasião funesta
mostra que este meu fim é tua festa.
Louco é quem aclarar-to assim se atreve
sabendo ser-te a ânsia mais querida
que a negra vida me termine em breve.

Vinde, sedes de Tântalo; penedo
de Sísifo; ave atroz que róis a Tício;
vem, roda de Egeu com giro eterno;[2]
vinde a mim, vinde a mim; não é já cedo,
tartáreo horror do mais cruel suplício,
urnas de ímpias irmãs, cansado inferno.
Quantos sofrem tormento mais interno,
vejam que igual cá dentro me trabalha;
e se a suicida exéquias[3] são devidas,

---

[2] Todos esses personagens, que aparecem agrupados no livro IV das *Metamorfoses* de Ovídio, se caracterizam por padecer intermináveis suplícios: Tântalo sofria de sede e fome insaciáveis porque, cada vez que tentava comer ou beber, a água e a fruta se afastavam de sua boca; Sísifo estava condenado a empurrar uma rocha para o alto de uma colina e, quando chegava lá em cima, a rocha caía; Tício, preso a um penhasco, tinha o fígado devorado por um abutre constantemente; Egeu estava preso a uma roda ardente que girava sem parar.

[3] Cerimônias ou honras fúnebres.

cantem-nas em voz baixa, e bem sentidas,
ao morto, a quem faltou até mortalha.
E o porteiro infernal dos três semblantes
co'os outros monstros mil extravagantes,
soltem-me o *de profundis*, pois entendo
ser esta a pompa única devida
do amante suicida ao caso horrendo.

Canção desesperada, não te queixes
quando a chorar na solidão me deixes;
se a glória dela no meu mal consiste,
e o perdimento meu lhe traz ventura,
já minha sepultura é menos triste.

Bem pareceu aos ouvintes a canção de Crisóstomo, ainda que o leitor disse que a achava dissonante do que tinha ouvido do recato e bondade de Marcela, porque nos versos o autor se queixava de zelos, suspeitas e de ausência, tudo em menoscabo do bom crédito e fama de Marcela.[4] Ao que Ambrósio respondeu como quem era sabedor dos mais escondidos pensamentos do amigo:

— Senhor, para satisfação dessa dúvida haveis de saber que, ao tempo em que o infeliz isto escreveu, estava ausente de Marcela, de quem se tinha apartado por vontade, a ver se a ausência usaria com ele o que tem por costume; e porque ao namorado ausente não há coisa que não o desassossegue, nem temor que não lhe chegue, assim a Crisóstomo o ralavam os zelos imaginados e as suspeitas, como se foram verdades. E com isso já fica ileso o crédito que a fama pregoa da bondade de Marcela, a quem nem a mesma inveja pode pôr pecha alguma, à exceção de ser cruel, um pouco arrogante e muito desdenhosa.

— É verdade — respondeu Vivaldo.

E querendo ler outro papel dos que havia salvado do fogo, veio atalhá-lo uma visão maravilhosa (que tal se representava), a qual apareceu ali inopinadamente. Por cima da penha, a cujo sopé se cavava a sepultura, apareceu a pastora Marcela, tão formosa que até a sua fama escurecia. Os que inda a não tinham visto encaravam-na com admiração

---

[4] Embora escrita antes do *Quixote*, a *canção* é interpretada como um novo relato da história de Crisóstomo e Marcela, de um ponto de vista poético e subjetivo, que poderá, portanto, não estar sujeito à verdade objetiva, e sim justificar a morte do enamorado.

e silêncio: e os que já estavam acostumados a vê-la não ficavam menos atônitos que os outros. Ambrósio, assim que a avistou, disse num ímpeto de indignação:

— Vens experimentar, fero basilisco destes montes, se com a tua presença verterão ainda sangue as feridas[5] deste miserável, a quem a tua crueldade tirou a vida? Ou vens vangloriar-te, contemplando as cruéis façanhas da tua índole? Ou desejas observar dessa altura, como Nero o incêndio de Roma, os efeitos da tua barbaridade? Ou pisar arrogante este desastrado cadáver, como a ingrata filha fez ao de seu pai Tarquino?[6] Dize já a que vens ou o que é que mais te agrada, que, por eu saber que os pensamentos de Crisóstomo nunca em vida deixaram de te obedecer, farei que, ainda depois da sua morte, por ele te obedeçam os que se chamaram e foram seus amigos.

— Não venho, Ambrósio, a nada disso que dizes — respondeu Marcela —; venho só a defender-me e mostrar quão fora de razão andam todos os que me culpam do que penam e da morte de Crisóstomo. Por isso, rogo a quantos aqui sois que me atendais, que não será necessário muito tempo nem muitas palavras para persuadir de tão clara verdade os assisados. Fez-me o céu formosa, segundo vós outros encareceis; e tanto que não está em vossa mão o resistirdes-me e, pelo amor que me mostrais, dizeis, e até supondes, que esteja eu obrigada a corresponder-vos. Com o natural entendimento que Deus me deu, conheço que toda formosura é amável; mas não entendo que em razão de ser amada seja obrigada a amar, podendo até dar-se que seja feio o enamorado da formosura. Ora, sendo o feio aborrecível, fica muito impróprio o dizer-se: "Quero-te por formosa; e tu, ainda que eu não o seja, deves também amar-me". Mas, ainda supondo que as formosuras sejam de parte iguais, nem por isso hão de correr iguais os desejos, porque nem todas as formosuras cativam; algumas alegram a vista sem render as vontades. Se todas as belezas enamorassem e rendessem, seria um andarem as vontades confusas e desencaminhadas, sem saber em que haviam de parar, porque, sendo infinitos os objetos formosos, infinitos

---

[5] A crença popular diz que o cadáver de um homem assassinado sangra por suas feridas em presença de seu assassino.

[6] Túlia, que ordenou matar seu pai para que seu esposo pudesse reinar, era na realidade a mulher de Tarquino, e não a filha; a confusão já se encontra no romance "Túlia, filha de Tarquino, que em Roma rei residia".

haviam de ser os desejos; e, segundo eu tenho ouvido dizer, o verdadeiro amor não se divide e deve ser voluntário, e não forçado. Sendo assim, como julgo que é, por que exigis que renda a minha vontade por força, obrigada só por dizerdes que me quereis bem? Dizei-me: se, assim como o céu me fez formosa, me fizera feia, seria justo queixar-me eu de vós por não me amardes? E, ademais, deveis considerar que eu não escolhi a formosura que tenho; que, tal qual é, o céu ma deu gratuitamente, sem eu pedi-la nem escolhê-la; assim como a víbora não há de ser culpada da peçonha que tem, posto matar com ela, em razão de lhe ter sido dada pela natureza, tampouco mereço eu ser repreendida por ser formosa, que a formosura na mulher honesta é como o fogo apartado ou como a espada aguda, que nem ele queima nem ela corta a quem se não lhe aproxima. A honra e as virtudes são adornos da alma, sem os quais o corpo não deve parecer formoso, ainda que o seja. Pois se a honestidade é uma das virtudes que o corpo e a alma mais adornam e aformoseiam, por que há de perdê-la a que é amada por formosa, para corresponder à intenção de quem, só por seu gosto, com todas as suas forças e indústrias, aspira a que a perca? Eu nasci livre; e para poder viver livre escolhi as soledades dos campos; as árvores desta montanha são a minha companhia; as claras águas destes arroios, meus espelhos; com as árvores e as águas comunico meus pensamentos e formosura. Sou fogo, mas apartado; espada, mas posta longe. Aos que tenho namorado com a vista, tenho-os com as palavras desenganado; e se os desejos se mantêm com as esperanças, não tendo eu dado nenhuma a Crisóstomo, bem se pode dizer que o matou a sua teima, e não a minha crueldade; e se me objeta que eram honestos os seus pensamentos e que por isso estava obrigada a corresponder-lhes, digo que quando, neste mesmo lugar onde agora se cava a sua sepultura, me descobriu a bondade dos seus intentos, eu lhe respondi e declarei que os meus eram viver em perpétua soledade e que só a terra gozasse o fruto do meu recolhimento e os despojos da minha formosura; e se ele, com todo esse desengano, quis porfiar[7] contra a esperança e navegar contra o vento, que muito que se afogasse no meio do gólfão do seu desatino!? Se eu o entretivera, seria falsa; se o contentara, desmentiria a melhor intenção e propósito. Desenganado, teimou, desesperou sem ser aborrecido. Vede agora se é

---

[7] Discutir acaloradamente; altercar, contender.

razão que da sua culpa me lance a mim a pena. Queixe-se o enganado, desespere-se aquele a quem faltaram esperanças que tanto lhe prometiam. O que eu chamar, confie-se; o que eu admitir, ufane-se; porém não me chame cruel nem homicida aquele a quem eu não prometo, nem engano, nem chamo, nem admito. O céu por ora não tem querido que eu ame por destino; e o pensar que hei de amar por eleição é escusado. Que este desengano geral sirva a cada um dos que me solicitam para seu particular proveito; e fique-se entendido daqui por diante que, se alguém morrer por mim, não morre de zeloso nem desditado, porque quem a ninguém quer a ninguém deve dar ciúmes; desenganos não se devem tomar por desdéns. O que me chama fera e basilisco deixe-me como coisa prejudicial e ruim; o que me chama ingrata não me sirva; quem me julga desconhecida que me não conheça; quem, desumana, que me não siga. Esta fera, este basilisco, esta ingrata, esta cruel e esta desconhecida nem há de buscá-los, nem servir, nem conhecer, nem seguir de modo algum. Se a Crisóstomo o matou a sua impaciência e arrojado desejo, por que se me há de culpar o meu honesto proceder e recato? Se eu conservo a minha pureza na companhia das árvores, por que hão de querer que eu a perca na companhia dos homens? Tenho riquezas próprias, como sabeis, e não cobiço as alheias; tenho livre condição e não gosto de sujeitar-me; não quero nem tenho ódio a pessoa alguma; não engano a este nem solicito àquele; não me divirto com um nem com outro me entretenho. A conversação honesta das zagalas[8] desta aldeia e o trato das minhas cabras me entretêm; os meus desejos têm por limites estas montanhas; e, se para fora se estendem, é para contemplarem a formosura do céu. São estes os passos contados, por onde a alma caminha para sua morada primeira.[9]

E, isto dito, sem querer ouvir resposta alguma, voltou as costas e se meteu pelo mais cerrado de um monte que lhe ficava perto, deixando todos admirados, tanto da sua discrição como da sua lindeza.

Alguns dos feridos com as setas dos seus belos olhos pareceram querer segui-la, sem detê-los formal desengano que tinham ouvido. Visto aquilo por Dom Quixote, entendendo que para ali acertava bem

---

[8] Pastoras.

[9] A explicação de Marcela é uma defesa da liberdade de escolha por parte da mulher. A mulher decidida e independente é um dos personagens favoritos de Cervantes e aparece repetidamente no *Quixote*.

a sua cavalaria, socorrendo as donzelas necessitadas; posta a mão no punho da espada, em voz alta e inteligível disse:

— Nenhuma pessoa, de qualquer estado e condição que seja, se atreva a seguir a gentil Marcela, sob pena de cair na fúria da minha indignação. Já ela mostrou, com razões claras, a pouca ou nenhuma culpa que teve na morte de Crisóstomo e quão alheia vive de condescender com os desejos de nenhum dos seus arrojados; e por isso é justo que, em vez de ser seguida e perseguida, seja honrada e estimada de todos os bons do mundo, pois mostra que em todo ele é só ela quem vive com tenção tão honesta.

Fosse pelas ameaças de Dom Quixote, fosse porque Ambrósio lhes disse que concluíssem o que deviam ao seu amigo, nenhum dos pastores se apartou nem moveu dali, até que, ultimado o sepulcro e queimados os papéis de Crisóstomo, puseram o corpo na terra, não sem muitas lágrimas dos circunstantes. Taparam a sepultura com uma tosca lousa, à espera de que se terminasse uma campa, que Ambrósio disse que tencionava fazer com um epitáfio que havia de dizer assim:

> Aqui jaz de um amador
> o pobre corpo gelado;
> foi ele um pastor de gado,
> perdido por desamor.
>
> Morreu às mãos do rigor
> de uma esquiva e linda ingrata,
> com quem seu reino dilata
> o tirano deus Amor.

Espargiram logo por cima da sepultura muitas flores e ramos e dando todos os pêsames ao amigo, se despediram dele. O mesmo fizeram Vivaldo e o seu companheiro, e Dom Quixote despediu-se dos seus hospedeiros e dos caminhantes, os quais lhe rogaram fosse com eles a Sevilha, por ser lugar tão azado[10] para aventuras que em cada rua e a cada esquina se oferecem mais que em qualquer outra parte. Agradeceu-lhes o cavaleiro a recomendação e o ânimo que naquilo mostravam de lhe dar gosto; e disse que por então não queria nem devia ir a Sevilha, enquanto

---

[10] Que é conveniente; oportuno, propício.

não tivesse limpado aquelas serras de roubadores malandrins, de que era fama andarem todas inçadas.[11] Vendo-lhe a boa determinação, não quiseram os caminhantes importuná-lo mais; antes, despedindo-se de novo, o deixaram e prosseguiram seu caminho, em que lhes não faltou assunto para conversação, tanto na história de Marcela e Crisóstomo como nos tresvarios de Dom Quixote. O cavaleiro determinou ir ter com a pastora Marcela e oferecer-lhe tudo quanto podia para servi-la; mas não lhe aconteceu como fantasiava, segundo se contará no decurso desta verídica história, terminando aqui a segunda parte.[12]

---

[11] Povoadas com numerosos indivíduos de sua espécie.
[12] Das quatro em que se divide o primeiro volume.

TERCEIRA PARTE
DO ENGENHOSO FIDALGO

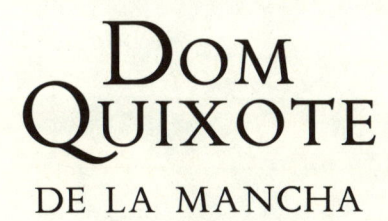

# Dom Quixote

DE LA MANCHA

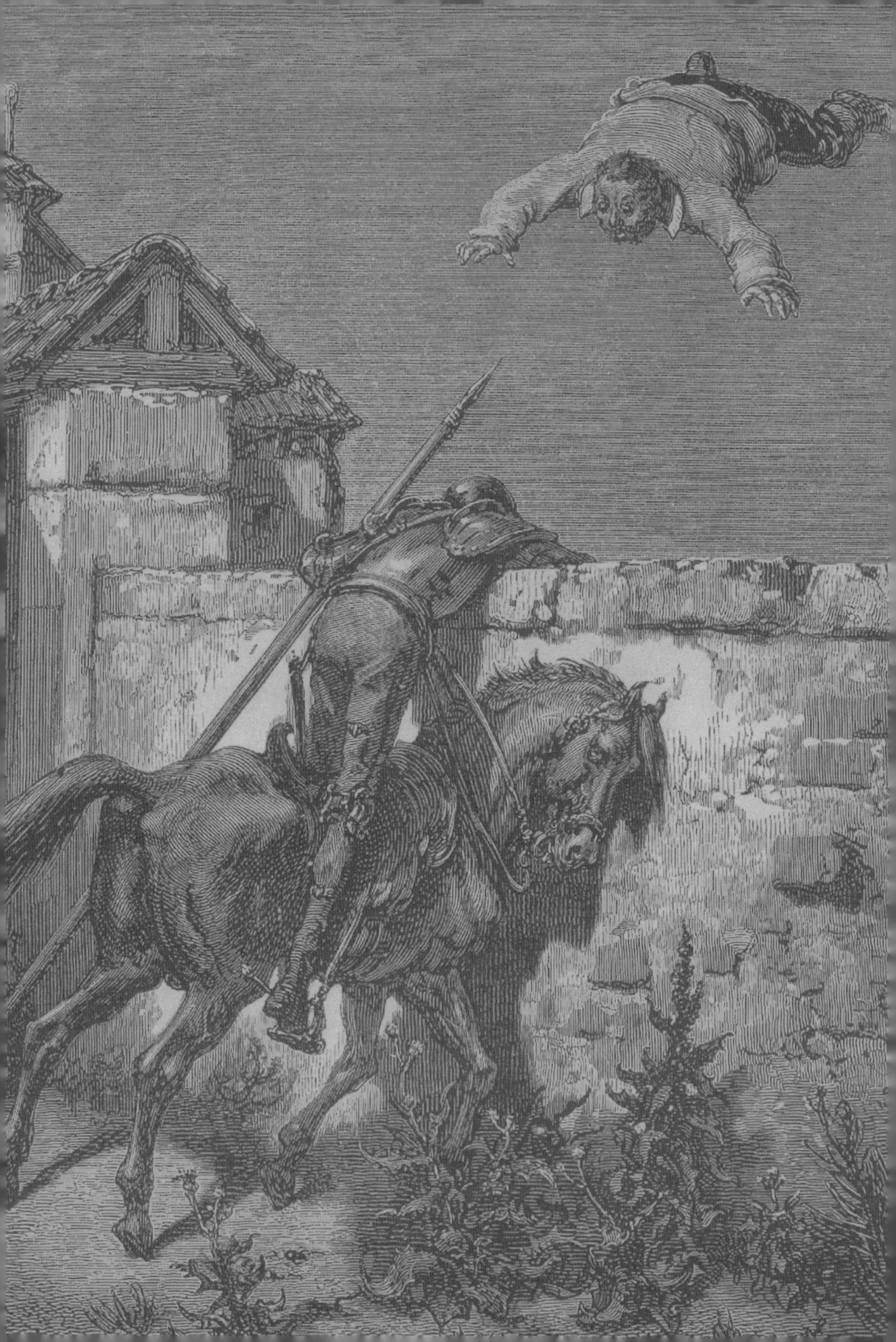

## Capítulo XV
## EM QUE SE CONTA A DESGRAÇADA AVENTURA COM QUE SE DEPAROU DOM QUIXOTE AO TOPAR COM UNS DESALMADOS IANGUESES[1]

CONTA O SÁBIO CIDE HAMETE BENENGELI que, assim que Dom Quixote se despediu dos seus hospedeiros e de todos os que se acharam ao enterro do pastor Crisóstomo, ele e o seu escudeiro se entranharam no mesmo bosque onde tinham visto desaparecer a pastora Marcela; e, havendo andado por ele passante de duas horas a procurá-la por todos os sítios sem poderem dar com ela, chegaram a um prado cheio de viçosa erva, por onde corria um arroio fresco e deleitoso; tanto que incitou e obrigou a passarem ali a hora da sesta, que já principiava de apertar. Apearam-se; e, deixando o jumento e Rocinante à vontade pastar da muita verdura que por ali crescia, foram-se aos alforjes e, sem cerimônia alguma, em boa paz e sociedade, amo e servo comeram do que neles acharam.

Não tratara Sancho de pear[2] o Rocinante, em razão de conhecê-lo por tão manso e pouco rinchão,[3] que todas as éguas da devesa[4] de Córdoba não o fariam desmandar-se. Ordenou pois a sorte, e o Diabo (que nem sempre dorme), que andasse então por aquele vale pascendo

---

[1] Naturais de Yanguas, nome de dois povoados: um da atual província de Soria, mas da diocese de Calahorra, e outro perto de Segóvia. Com este capítulo se abre a terceira parte do *Quixote* de 1605, frequentemente entendida como passagem do amor pastoril à sua paródia burlesca.

[2] Prender com peia (corda, peça).

[3] Que rincha ou relincha.

[4] Era uma enorme pradaria às margens do Guadalquivir, pertencente ao rei, onde se criavam os famosos cavalos cordobeses.

uma manada de poldras galicianas[5] de uns arrieiros iangueses, os quais têm por costume tomar com suas récovas[6] a sombra no verão em sítios mimosos de erva e água; e aquele onde acertou de estar Dom Quixote era um desses. Sucedeu que o Rocinante apeteceu refocilar-se[7] com as senhoras éguas; e, saindo, apenas as farejou, do seu natural passo e costume, sem pedir licença ao dono, deu o seu trotezinho algum tanto picadete e foi declarar a elas a sua necessidade. Elas, porém, que pelas mostras deviam ter mais vontade de pastar que de outra coisa, receberam-no com as ferraduras e à dentada, de modo que em breves audiências lhe rebentaram as cilhas e o deixaram sem sela e em pelo. O que porém mais deveu magoá-lo foi que, vendo os arrieiros que se lhes iam forçar as éguas, acudiram com arrochos; e tanta lambada lhe deram que o estenderam no chão numa lástima.

Já nesse comenos Dom Quixote e Sancho, que tinham visto a surra de Rocinante, chegavam esbaforidos; e disse Dom Quixote para Sancho:

— Pelo que vejo, amigo Sancho, esses não são cavaleiros; são gente soez[8] e baixa. Digo-te porque desta feita podes ajudar-me a tomar devida vingança do agravo que diante dos nossos olhos se há feito a Rocinante.

— Que diabo de vingança havemos de tomar — respondeu Sancho — se eles são mais de vinte, e nós só dois, e bem pode ser que só um e meio?

— Eu valho por cem — respondeu Dom Quixote.

E, metendo logo mão à espada, arremeteu aos iangueses, e o mesmo fez Sancho Pança, influído do exemplo do amo. Logo no primeiro rompante deu Dom Quixote uma cutilada num que lhe abriu um saio de couro que trazia vestido e boa parte do ombro.

Os iangueses, que se viram investidos de dois homens sós, sendo eles tantos, ornaram-se aos bordões e, cercando os dois, começaram a os malhar com grande afinco e veemência. A verdade é que, logo à segunda lambada, deram com Sancho embaixo, e o mesmo aconteceu a Dom Quixote, sem lhe valer sua destreza e bom ânimo; e quis a sua sorte que viesse a cair aos pés de Rocinante, que ainda não se tinha

---

[5] Égua nova. As galicianas eram as melhores que se criavam nas Astúrias.
[6] Tropa de bestas de carga.
[7] Refestelar-se.
[8] Que não tem bom caráter; baixo, vil, ordinário; grosseiro, ignorante.

erguido; por onde se vê a fúria com que maçam bordões postos em mãos rústicas e enraivecidas. Vendo pois os iangueses a má obra que tinham feito, tornaram a carregar a récova e seguiram jornada, deixando os dois aventureiros em pouco bom estado e de estômago ainda pior.

O primeiro que deu sinal de si foi Sancho Pança, que, vendo perto o amo, lhe disse com tom de enfermo e lastimado:

— Senhor Dom Quixote! Ah, Senhor Dom Quixote!...

— Que tens, Sancho mano? — respondeu Dom Quixote com o mesmo tom afeminado e dorido de Sancho.

— Queria, se pudesse ser — respondeu este —, que Vossa Mercê me desse dois goles daquela bebida do feio Brás, se a tem aí à mão; talvez seja tão boa para os ossos quebrados como para as feridas.

— Pois se eu aqui a tivesse, pobre de mim! Que mais nos era preciso? — respondeu Dom Quixote. — Mas eu te juro, Sancho, palavra de cavaleiro andante, que, antes de passarem dois dias, se a fortuna não ordenar o contrário, ou a hei de ter em meu poder, ou ruins mãos serão as minhas.

— E em quantos dias lhe parece a Vossa Mercê que poderemos mover os pés? — replicou Sancho Pança.

— De mim sei eu dizer — respondeu o moído cavaleiro Dom Quixote — que não saberei acertar agora esse cômputo de dias. Mas a culpa de tudo isso é minha, que meti mão à espada contra homens que não eram armados cavaleiros como eu; pelo que entendo que, em pena de ter infringido as leis da cavalaria, o deus das batalhas permitiu que se me desse este castigo. Por isso, irmão Sancho, deves ter sempre bem presente o que te vou dizer, por interessar muito à saúde de nós ambos: em vendo que semelhante canalha nos faz algum agravo, não esperes até eu pôr mão à espada contra eles, porque não o farei de sorte alguma; mas desembainha tu logo a tua e regala-te de castigá-los. Se em ajuda e defesa deles acudirem cavaleiros, então eu saberei te defender e ofendê-los com todo o meu poder, que já tens visto por mil sinais e experiências até onde chega o valor deste meu forte braço.

Tal ficara de arrogante o pobre fidalgo depois da vitória sobre o valente biscainho! Mas a Sancho é que não pareceu tão bem o conselho do amo para que deixasse de lhe replicar, dizendo:

— Senhor, eu sou homem pacífico, manso e sossegado, e sei disfarçar qualquer injúria, porque tenho mulher e filhos que manter e criar; e portanto fique a Vossa Mercê também de advertência, pois mando

não pode ser, que de modo nenhum meterei mão à espada, nem contra vilão nem contra cavaleiro; e que daqui em diante Deus perdoe quantos agravos se me têm feito e se me hão de fazer, embora mos tenha feito, faça ou haja de fazer pessoa alta ou baixa, rico ou pobre, fidalgo ou mecânico, sem excetuar nenhum estado nem condição.

Ouvindo o amo aquilo, respondeu:

— Quisera ter forças para poder falar com algum descanso e que a dor que tenho nestas costelas se me aplacasse, para te eu dar a entender, Pança, o erro em que estás. Vem cá, pecador; se o vento da fortuna, tão contrário até aqui, vira de rumo para nos favorecer, enchendo-nos as velas do desejo, para que seguramente e sem contraste algum aportemos em algumas das ilhas que já te prometi, que seria de ti se, ganhando-a, eu te fizesse senhor dela? Pois hás de tu mesmo impossibilitar-me de realizá-lo por não seres armado cavaleiro nem quereres sê-lo, nem teres valor nem tenção de vingar as tuas injúrias e defender os teus domínios?! Porque hás de saber que nos reinos e províncias recém-conquistadas nunca os ânimos dos seus naturais estão sossegados, nem tão favoráveis ao novo senhor, a ponto de não se temer alguma novidade para se alterarem de novo as coisas e voltar, como dizem, a tentar a sorte; e assim é mister que o novo possessor tenha entendimento para saber governar e valor para ofender e defender-se em qualquer contingência.

— Nisso que agora nos aconteceu — tornou Sancho — quisera eu ter tido esse entendimento e esse valor que Vossa Mercê diz; mas eu lhe juro, à fé de pobre homem, que mais estou eu para emplastros que para arrazoados. Olhe Vossa Mercê se se pode levantar e ajudaremos ao Rocinante a pôr-se em pé, ainda que bem pouco o merece, por ter sido o causador desse barulho. Nunca tal esperei de Rocinante; tinha-o por pessoa casta e tão pacífica de si como eu próprio. Enfim, bem dizem lá que é preciso muito tempo para se acabar de conhecer os indivíduos e que não há coisa segura nesta vida. Quem havia de dizer que atrás daquelas tão grandes cutiladas, como as que Vossa Mercê deu naquele desgraçado cavaleiro andante, nos havia de vir pela posta, e no alcance, este temporal tamanho de pauladas que nos desabou nos espinhaços?

— Ainda o teu, Sancho — replicou Dom Quixote —, deve estar acostumado a borrascas destas; porém o meu, criado entre esguiões e holandas[9] finas, claro está que há de sentir mais a dor desta desgraça;

---

[9] Tipos de tecido muito finos, de algodão ou linho.

e, se não fosse por imaginar (que digo? Imaginar!), por saber, que todos esses descômodos andam muito anexos ao exercício das armas, aqui me deixara morrer de pura vergonha.

Respondeu o escudeiro:

— Senhor meu, já que estas desgraças são fruto da cavalaria, diga-me Vossa Mercê se costuma haver muitas sáfaras[10] delas ou se têm suas estações fora das quais não se apanham; porque a mim me parece que, depois de duas colheitas assim, já nos podemos dar por dispensados da terceira, se Deus com sua infinita misericórdia não nos socorre.

— Sabe, amigo Sancho — respondeu Dom Quixote —, que a vida dos cavaleiros andantes está sujeita a mil perigos e desventuras, assim como, nem mais nem menos, estão eles também sempre em contingências muito próximas de subir a reis e imperadores, como a experiência o tem mostrado em diversos e muitos cavaleiros, de cujas histórias eu tenho inteira notícia.[11] Pudera contar-te agora, se a dor me desse vaga, de alguns que, só pelo valor do seu braço, têm subido aos altos estados que te disse; e esses mesmos se viram, antes e depois, em diversas calamidades e misérias; porque o valoroso Amadis de Gaula caiu em poder do seu mortal inimigo Arcalau, o encantador, a respeito do qual se tem por averiguado que, tendo-o preso e atado numa coluna de um pátio, lhe deu para cima de duzentos açoites com as rédeas do seu cavalo; e até há um autor secreto de não pequeno crédito que diz que, tendo o Cavaleiro do Febo topado em certo alçapão que se lhe abriu debaixo dos pés em certo castelo, ao cair se achou numa profunda cova subterrânea atado de pés e mãos; e ali lhe deram um desses clisteres que chamam de água de neve e areia, que o deixou nas últimas; e, se não fora socorrido naquela grande tribulação por um grande sábio seu amigo, muito mal iria ao pobre cavaleiro. Portanto, Sancho, por onde tanta gente boa tem passado, bem posso passar eu também. Maiores foram os impropérios por eles curtidos que estes nossos agora. Hás de saber, Sancho, que as feridas que afrontam não são as que se fazem com os instrumentos que se acham à mão; o que se contém na lei dos duelos escrito por estes próprios termos: que se o sapateiro dá noutrem com a

---

[10] Que não produz; inculta, agreste, improdutiva.
[11] O fato é frequente nos livros de cavalarias: Hipólito, escudeiro de Tirante, o Branco, depois de receber a ordem de cavalaria, chegou a ser imperador de Constantinopla (*Tirante, o Branco*, CDLXXXIII).

fôrma que na mão tem, posto que ela seja realmente de pau, nem por isso se dirá que levou paulada aquele em quem deu. Digo isso para que não cuides que, se bem saímos desta pendência moídos, ficamos por isso afrontados; porque as armas que traziam aqueles homens, e com que nos machucaram, não eram outras senão os seus bordões; e nenhum deles (se bem me lembro) continha estoque,[12] espada nem punhal.

— A mim não me deram vagar — respondeu Sancho — para reparar nisso, porque apenas meti mão à minha *tizona*[13] quando logo me benzeram os lombos com os paus, por modo que se me foi o lume dos olhos e a força dos pés, pregando comigo onde agora jazo; e pouco me importa saber se foram afronta ou não as bordoadas; o que me importa são as dores delas, que hão de ficar tão impressas na memória como no espinhaço.

— Com tudo isso, sabe, irmão Pança — replicou Dom Quixote —, que não há lembrança que se não gaste com o tempo, nem dor que por morte não desapareça.

— E pois, que desgraça pode haver maior — replicou Pança — que a que só o tempo cura e só a morte acaba? Se este nosso contratempo fora daqueles que se curam com um par de emplastros, ainda não fora tão mau, mas vejo que nem todos os emplastros de um hospital hão de bastar para nos pôr sequer a bom caminho.

— Deixa-te disso e faze das fraquezas forças, Sancho — respondeu Dom Quixote —, que assim farei eu também; e vejamos como está o Rocinante, que, ao que me parece, o coitado não apanhou menor quinhão que nós outros.

— Não admira — respondeu Sancho —; por isso é também andante; o que a mim me espanta é que o meu jumento escapasse com as costas inteiras donde nós outros trouxemos quebradas as costelas.

— Nas desgraças — respondeu Dom Quixote — sempre a ventura deixa uma porta aberta para remédio; e digo assim porque esta bestiaga[14] nos poderá agora suprir a falta de Rocinante, levando-me daqui para algum castelo, onde seja curado das feridas; e nem por isso haverei por desonra tal cavalgadura, porque me lembro de ter lido que aquele bom

---

[12] Espada reta e pontiaguda, com folha triangular ou quadrangular e fio não cortante (somente a ponta causa ferimentos).
[13] "Minha espada", alusão irônica à espada do Cid.
[14] Besta ("animal") pouco valorizada.

velho de Sileno, aio e pedagogo do alegre deus da folgança, quando entrou na cidade das cem portas,[15] ia muito a seu gosto escarranchado num formosíssimo asno.

— Iria escarranchado como Vossa Mercê diz — respondeu Sancho —, porém é muito diferente ir escarranchado de ir atravessado como uma sacada de trapos velhos.

Ao que Dom Quixote respondeu:

— As feridas que nas batalhas se recebem antes dão honra do que a tiram; e assim, Pança amigo, não me repliques mais; e, segundo já te disse, levanta-te como puderes e põe-me do modo que melhor te parecer em cima do teu jumento. Vamo-nos daqui antes que a noite chegue e nos apanhe neste despovoado.

— Pois eu não ouvi dizer a Vossa Mercê — disse Pança — que era muito próprio de cavaleiros andantes o dormir nos andurriais e desertos o mais do ano, e que eles o reputavam por grande ventura?

— Isso é — disse Dom Quixote — quando de outro modo não se pode ou quando estão enamorados; e é tão verdade isso que tem havido cavaleiro que esteve sobre uma penha ao sol, à sombra e às inclemências do tempo, por dois anos, sem que o soubesse sua senhora; e um deles foi Amadis, quando, chamando-se Beltenebros,[16] se alojou na Penha Pobre não sei se oito anos ou oito meses (da conta é que não estou bem certo); basta que esteve ali fazendo penitência por não sei que desgosto que lhe deu a Senhora Oriana. Mas deixemos já isto, Sancho, e conclui antes que suceda ao jumento alguma outra desgraça como a de Rocinante.

— Essa fora do Diabo — disse Sancho.

E, despedindo trinta ais, sessenta suspiros e cento e vinte "más horas" e "tarrenegos" contra quem ali o trouxera, lá se foi levantando, derreado e curvo como arco turquesco, sem poder acabar de endireitar-se; e com todo esse trabalho aparelhou o seu asno, que também tinha andado seu tanto distraído com a demasiada liberdade daquele dia. Depois levantou a Rocinante, o qual, se tivera língua com que se queixar, à fé que nem Sancho nem seu amo seriam capazes de lhe tapar a boca. Em

---

[15] Sileno foi camareiro e mestre de Baco, deus do riso. Nasceu em Tebas da Beócia, cidade que Cervantes confunde com Tebas do Egito, a "cidade das cem portas".

[16] Beltenebros é o nome que o ermitão da Penha Pobre deu a Amadis de Gaula, por sua tristeza e melancolia. O episódio é contado no capítulo II do *Amadis de Gaula*, sem esclarecer a duração da penitência. Dom Quixote imitará a ação de Amadis no capítulo XXV.

conclusão: Sancho acomodou o fidalgo sobre o asno e, prendendo-lhe o Rocinante pela arreata[17] e levando o asno pelo cabresto, se dirigiu por onde pouco mais ou menos lhe pareceu que devia ir a estrada real. E a sorte, que as suas coisas ia encaminhando de bem a melhor, ainda não tinha andado uma pequena légua quando lhes deparou o caminho; nele descobriram uma estalagem que, a pesar seu e a contento de Dom Quixote, devia ser um castelo. Sancho porfiava que era estalagem, e seu amo que não, mas sim castelo; e tanto durou a teima que, antes de se acabar, lhes deu tempo de chegarem lá. Entrou Sancho, sem mais averiguação, com toda a sua récua.[18]

---

[17] Correia ou corda com que se levam ou se prendem as bestas.
[18] Récova, grupo de cavalgaduras.

## Capítulo XVI
### DO QUE SUCEDEU AO ENGENHOSO FIDALGO NA ESTALAGEM QUE ELE IMAGINAVA SER CASTELO

O ESTALAJADEIRO, que viu Dom Quixote atravessado no asno, perguntou a Sancho que mal trazia. Respondeu-lhe este que nada era, que tinha dado uma queda dum penedo abaixo e que trazia algum tanto amolgadas[1] as costelas. Tinha o estalajadeiro por mulher uma não da condição costumada nas de semelhante trato, porque naturalmente era caritativa e se condoía das calamidades do próximo. Acudiu esta logo a tratar de Dom Quixote e fez com que uma sua filha donzela, rapariga e de bem bom parecer, a ajudasse a tratar do hóspede. Servia também na estalagem uma moça asturiana, larga de cara, de cangote curto,[2] nariz rombo, torta de um olho e do outro pouco sã. Verdade é que a galhardia do corpo lhe descontava as outras faltas; não tinha sete palmos dos pés à cabeça; e os ombros, que algum tanto lhe carregavam, a faziam olhar para o chão mais do que quisera. Essa gentil moça pois ajudou a donzela, e entre ambas engenharam uma cama suficientemente má para Dom Quixote, num sótão, que dava visíveis mostras de ter noutro tempo servido de palheiro muitos anos, no qual se alojava também um arrieiro, que tinha a sua cama feita um pouco adiante da do nosso Dom Quixote, e ainda que fosse das enxergas[3] e mantas dos machos, levava ainda assim muita vantagem à do cavaleiro, que só se compunha

---

[1] Amassada, machucada, deformada. Parece claro que Sancho está aqui mentindo com o propósito de defender a reputação de seu amo.

[2] Lugar-comum na época para descrever os asturianos.

[3] Colchão grosseiro, rústico, geralmente de palha.

de quatro tábuas mal acepilhadas[4] sobre dois bancos desiguais e dum colchão que em delgado mais parecia colcha, recheada de godilhões[5] que, se não mostrassem por alguns buracos serem de lã, ao toque e pela dureza pareciam calhaus,[6] dois lençóis como de couro de adarga, e um cobertor cujos fios se podiam contar sem escapar um único.

Nesta amaldiçoada cama se deitou Dom Quixote, e logo a estalajadeira e sua filha o emplastraram de alto a baixo, alumiando-lhes Maritornes (que assim se chamava a asturiana); e, vendo a estalajadeira o corpo de Dom Quixote tão pisado em muitas partes, disse que mais pareciam aquilo pancadas, que só queda.

— Não foram pancadas — acudiu Sancho —, é que o penedo tinha muitos bicos, e cada um deles lhe fez sua pisadura — e emendou logo: — Olhe, senhora, se faz isso de modo que sobejem algumas estopas, que não faltará quem delas precise, que também a mim me doem um pouco os lombos.

— Pelo que vejo — disse a estalajadeira —, também vós caístes?

— Não caí — respondeu Sancho —, mas do susto que tive de ver cair a meu amo de tal modo me dói o corpo que é como se me tivessem dado mil bordoadas.

— Podia muito bem ser isso — disse a donzela —, que a mim muitas vezes me tem acontecido sonhar que caía duma torre abaixo e não acabava nunca de chegar ao chão; e, quando despertava, achava-me tão moída e quebrantada como se tivera caído deveras.

— Assim mesmo é que é, senhora — respondeu Sancho Pança —; também eu, sem sonhar nada, e estando mais acordado do que estou agora, acho-me com pouco menos pisaduras que meu amo, o Senhor Dom Quixote.

— Como se chama este cavaleiro? — perguntou a asturiana Maritornes.

— Dom Quixote de la Mancha — respondeu Sancho —; é cavaleiro de aventuras, e dos melhores e mais fortes que de longo tempo para cá se têm visto neste mundo.

— Que vem a ser cavaleiro de aventuras? — replicou a serva.

---

[4] Mal arrumadas.

[5] Nó, porção endurecida de fios empastados que se encontra nos tecidos ou nos enchimentos de colchões, travesseiros, etc.

[6] Pedaço, fragmento de rocha dura.

— Tão novata sois no mundo que o ignorais? — respondeu Sancho. — Pois sabei, irmã, que cavaleiro de aventuras vem a ser um sujeito que em duas palhetadas se vê desancado e imperador. Hoje está a mais desdita criatura do mundo e a mais necessitada, e amanhã terá duas ou três coroas reais para dar ao seu escudeiro.

— Então como é que vós, pertencendo a tão bom senhor — perguntou a estalajadeira —, não tendes, ao que parece, pelo menos algum condado?

— Ainda é cedo — respondeu Sancho —, porque não há senão um mês[7] que andamos buscando as aventuras e por enquanto ainda não topamos com alguma que o fosse em bem; muitas vezes se busca uma coisa e se acha outra. Verdade é que, se o meu amo, o Senhor Dom Quixote, sarar dessa queda e dessas feridas, e eu não ficar estropiado, não troco as minhas esperanças pelo melhor título de Espanha.

Todas essas práticas estava Dom Quixote escutando muito atento; e, sentando-se na cama conforme pôde, pegando na mão da estalajadeira, lhe disse:

— Crede, formosa senhora, que vos podeis chamar feliz por terdes albergado neste vosso castelo a minha pessoa, que é tal que, se eu não a louvo, é pelo que se costuma dizer que o louvor em boca própria é vitupério;[8] porém o meu escudeiro vos dirá quem sou. Só vos digo que hei de conservar eternamente na memória o serviço que me haveis feito para agradecê-lo enquanto a vida me durar; e prouvera aos céus que o amor não me tivesse tão rendido e sujeito às suas leis, e aos olhos daquela formosa ingrata, que digo pela boca pequena que os dessa formosa senhora se tornariam senhores do meu alvedrio.

Confusas estavam a bodegueira, a filha e a boa da Maritornes, ouvindo os ditos do cavaleiro andante, que elas entendiam como se fossem em grego, ainda que bem percebiam endereçarem-se todos a oferecimentos e requebros; e, por não acostumadas com semelhante linguagem, olhavam para ele e admiravam-se, parecendo-lhes não ser homem como os outros; e, agradecendo-lhe em estilo tabernático, o deixaram. A asturiana Maritornes tratou de Sancho, que o não precisava menos que o amo.

---

[7] Note-se que Sancho mente ao dizer que faz um mês, pois não se passaram mais de três dias que saíram de sua aldeia; Dom Quixote, por sua parte, ouve e cala.

[8] Palavra, atitude ou gesto que tem o poder de ofender a dignidade ou a honra de alguém; afronta, insulto.

Tinha o arrieiro conchavado com ela que naquela noite se haviam de refocilar juntos, dando-lhe ela a sua palavra de que, em estando sossegados os hóspedes e os amos adormecidos, iria ter com ele e satisfazer-lhe o gosto enquanto mandasse. Conta-se dessa moça que nunca promessas daquela casta as deixava por cumprir, ainda que as desse num monte e sem testemunhas, pois timbrava muito de fidalga,[9] e não tinha por afronta estar naquele serviço de moça de locanda, porque dizia ela que desgraças e maus sucessos a haviam reduzido a tal estado.

O duro, estreito, apoucado e fingido leito de Dom Quixote ficava logo à entrada daquele estrelado[10] estábulo; e ao pé tinha Sancho arranjado a sua jazida, que só constava duma esteira de junco e duma manta, que mais parecia de estopa tosada que de lã. A esses dois leitos seguia-se o do arrieiro, engenhado, como dito fica, das enxergas e mais composturas dos dois melhores machos que trazia, os quais ao todo eram doze, luzidios, anafados e famosos, porque era um dos arrieiros ricos de Arévalo, segundo diz o autor desta história, que dele faz particular menção por tê-lo mui bem conhecido; e até querem dizer que era algum tanto seu parente; além do que Cide Hamete Benengeli foi historiador muito curioso e muito pontual em todas as coisas e bem se vê que sim, pois nas que ficam referidas, com serem mínimas e rasteiras, não quis deixá-las no escuro; de que poderão tomar exemplo os historiadores graves, que nos contam as ações tão acanhada e sucintamente que mal se lhes toma o gosto, deixando no tinteiro por descuido, malícia ou ignorância o mais substancial. Bem haja mil vezes o autor de *Tablante de Ricamonte*[11] e o do outro livro, onde se contam os feitos do Conde de Tomilhas;[12] e com que pontualidade se descreve tudo! Digo, pois, que, tanto como o arrieiro visitou a sua récova e lhe deu a segunda ração, se estendeu nas enxergas e ficou à espera da sua pontualíssima Maritornes.

---

[9] Os asturianos alardeavam descender dos godos, sem nenhuma mescla de raças. Astúrias era, junto com a Montanha, Vizcaia e Galícia, terras da fidalguia espanhola.

[10] Por "estrelado estábulo" deve-se entender que através do teto do caramanchão era possível contemplar as estrelas.

[11] Trata-se da *Crônica dos nobres cavaleiros Tablante de Ricamonte e Jofre, filho de Donasão, tirada das crônicas e grandes façanhas dos cavaleiros da Távola Redonda*; nessa novela se conta como o soberbo cavaleiro Tablante manda açoitar duas vezes por dia o conde Dom Milião, o qual havia derrotado, quando este último convalescia de uma enfermidade: essa circunstância é a que Cervantes recorda neste momento.

[12] Personagem secundário da *História de Enrique, fi de Oliva*; Tomilhas é o caluniador que desonra com suas palavras a mãe de Enrique.

Já estava Sancho emplastrado e deitado; e, ainda que procurasse dormir, não lho consentia a dor nas costelas; e Dom Quixote, com o dolorido das suas, tinha os olhos abertos que nem lebre. Toda a estalagem estava em silêncio, não havendo em toda ela outra luz senão a de uma lanterna pendurada ao meio do portal.

Essa maravilhosa quietação, e os pensamentos que o nosso cavaleiro sempre trazia dos sucessos que a cada passo se contam nos livros ocasionadores de sua desgraça, trouxe-lhe à imaginação uma das estranhas loucuras que bem se podem figurar, e foi julgar-se ele chegado a um famoso castelo (que, segundo já dissemos, castelos eram em seu entender todas as estalagens em que pernoitava), e que a filha do estalajadeiro era a filha do castelão, a qual, vencida da sua gentileza, se havia dele enamorado, prometendo-lhe que naquela noite, às escondidas dos pais, havia de vir passar com ele um bom pedaço; e, tendo por firme e verdadeira toda essa quimera por ele próprio fabricada, entrou a afligir-se e a pensar no perigoso transe em que a sua honestidade ia se ver; propondo porém em seu coração não cometer falsidade à sua Senhora Dulcineia del Toboso, ainda que diante se lhe pusesse a Rainha Ginevra com a sua camareira Quintanhona.

Pensando pois nesses disparates, chegou o tempo e a hora (que para ele foi minguada) de vir a asturiana, a qual, em camisa e descalça, com os cabelos metidos numa coifa[13] de algodão, a passo atento e sutil, entrou à procura do arrieiro no aposento onde os três jaziam. Mal era chegada à porta quando Dom Quixote a sentiu; e, sentando-se na cama, apesar dos emplastros, e com dores nas costelas, estendeu os braços para receber a sua formosa donzela, a asturiana, que toda encolhida e calada ia com as mãos adiante procurando o seu querido. Topou ela com os braços de Dom Quixote, o qual lhe travou rijamente da mão e, puxando-a para si, sem que ela ousasse proferir palavra, a fez sentar-se sobre a cama. Apalpou-lhe logo a camisa; e, ainda que ela fosse de serapilheira,[14] a ele lhe pareceu de delgado e finíssimo bragal.[15] Trazia a moça nos pulsos umas contas de vidro, que a ele se representavam preciosas pérolas orientais. Os cabelos, que algum tanto atiravam para crinas, pareciam-lhe fios de

---

[13] Touca.

[14] Tecido grosseiro de juta, linho cru ou outra fibra vegetal, usado na confecção de sacos e fardos.

[15] Conjunto de roupa branca do enxoval de uma casa.

luzentíssimo ouro da Arábia, cujo esplendor ao do próprio sol escurecia; e o bafo, que sem dúvida alguma cheirava a alguns restos de carne da véspera, representou-se-lhe um hálito suave e aromático. Finalmente, na fantasia a ideou tal qual como tinha lido em seus livros acerca da outra princesa, que veio ver o malferido cavaleiro, vencida por seus amores, com todos os adornos que se aqui declaram. Tamanha era a cegueira do pobre fidalgo que nem o tato, nem o cheiro, nem outras coisas que em si trazia a boa donzela o desenganavam, apesar de serem tais que fariam vomitar a quem quer que não fosse arrieiro; antes lhe parecia que tinha nos braços a deusa da formosura. Estreitando-a neles, com voz amorosa e baixa lhe disse:

— Quisera achar-me em termos, formosa e alta senhora, de poder pagar tamanha mercê como esta que me haveis feito com a vista da vossa grande formosura. Porém a fortuna, que não se cansa de perseguir aos bons, quis prostrar-me neste leito, onde me acho tão moído e quebrantado que, por maior vontade que eu tivesse de vos satisfazer, de modo nenhum o poderia. A essa impossibilidade acresce outra maior; e é a fé que tenho prometido guardar à sem igual Dulcineia del Toboso, única senhora dos meus mais ocultos pensamentos. A não se me pôr isto diante, não seria eu cavaleiro tão sandeu[16] que deixasse fugir a venturosa ocasião que a vossa grande bondade me faculta.

Maritornes estava aflitíssima e tressuando de ver-se tão apertada por Dom Quixote e, sem perceber nem atender ao que ele dizia, procurava, sem dizer chus nem bus, desenlear-se da prisão. O bom do arrieiro, que estava bem desperto com os seus danados desejos, desde o instante em que a moça entrou pela porta a sentiu e esteve atentamente escutando tudo o que Dom Quixote dizia; e, cioso de que a asturiana o tivesse traído com outro, foi-se achegando mais à cama de Dom Quixote e esteve muito quedo à espera de ver em que parariam aqueles palavreados que ele não podia entender; porém, como viu que a moça forcejava para se ver solta e Dom Quixote trabalhava para retê-la, pareceu-lhe mal a história, levantou o braço ao alto e desfechou tão terrível murro nos estreitos queixos do enamorado cavaleiro que lhe deixou a boca toda a escorrer em sangue; e, não contente com isso, saltou-lhe sobre as costelas e com os pés lhas palmilhou à sua vontade, e mais que a trote.

---

[16] Indivíduo que age como um tolo; idiota, pateta.

O leito, que era um pouco fraco e de fundamentos mal seguros, não podendo sofrer o contrapeso do arrieiro, deu consigo em terra. Àquele ruído despertou o estalajadeiro e logo imaginou que haviam de ser pendências de Maritornes, porque, tendo bradado por ela, não lhe respondia. Com essa suspeita ergueu-se e, acendendo uma candeia, se foi para onde tinha sentido a balbúrdia. A moça, vendo que o amo vinha e que não era homem para graças, toda medrosa e alvorotada fugiu para a cama de Sancho Pança, que estava afinal adormecido, e ali se encolheu novelando-se toda. O estalajadeiro entrou dizendo:

— Onde estás, puta? Isto são por força coisas tuas.

Despertou Sancho; e, sentindo aquele vulto quase em cima de si, pensou estar com um pesadelo[17] e começou a atirar punhadas para uma e outra banda, apanhando não sei quantas a Maritornes. Ela, com a dor, embaraçando-se pouco de decências, retribuiu a Sancho com tantas que sem vontade lhe espantaram de todo o sono. Vendo-se tratado daquele feitio e sem saber por quem, levantou-se como pôde, abraçou-se com a rapariga e entre os dois se travou a mais renhida e engraçada escaramuça do mundo. O arrieiro, reconhecendo à luz da candeia do bodegão[18] como a sua dama andava, largou Dom Quixote para acudir por ela. Outro tanto fez o dono da casa, mas com propósito diferente, porque o seu foi de castigar a moça, por crer sem dúvida que ela só era a ocasionadora de todo aquele concerto; e assim como se costuma dizer: o gato ao rato, o rato à corda, a corda ao pau, o arrieiro dava em Sancho, Sancho na moça, a moça em Sancho, o estalajadeiro na moça; e todos com tamanha azáfama que nem fôlego tomavam. O bonito foi quando a candeia se apagou. Na escuridão batiam tão sem dó todos para o monte que onde quer que acertavam a mão não deixavam coisa sã.

Jazia acaso na estalagem naquela noite um quadrilheiro,[19] dos que chamam da Santa Irmandade velha de Toledo, o qual, ouvindo o desconforme barulho da peleja, agarrou a sua meia vara e a caixa de lata dos seus títulos[20] e entrou às escuras no aposento, bradando:

---

[17] Considerava-se que os pesadelos se produziam por uma alteração da bílis ou humor melancólico, que causava opressão no peito e no estômago. A crença popular personificava o pesadelo em uma velha que oprime o corpo daquele que a sofre.

[18] Proprietário ou empregado de bodega; taberneiro.

[19] Oficial inferior de diligências que secundava o alcaide, fazendo as prisões.

[20] Sinais de identificação do quadrilheiro da Santa Irmandade, consistentes de uma vara curta (meia vara) e de um cilindro de metal (caixa de lata) onde levava a documentação comprovando seu cargo e autoridade (títulos).

— Parem da parte da Justiça! Parem da parte da Santa Irmandade!

O primeiro com quem topou foi o esmurrado de Dom Quixote, que estava no seu leito derribado, de boca para o ar e sem sentidos; e, lançando-lhe às apalpadelas a mão às barbas, não cessava de clamar:

— Acudam à Justiça!

Vendo porém que o vulto se não se mexia, supôs que estava morto e que os demais que estavam na casa deviam ser os matadores. Com essa suspeita reforçou a voz, dizendo:

— Feche-se a porta da estalagem. Sentido que não saia vivalma, que mataram aqui um homem.

Este brado sobressaltou a todos, e cada um deixou a desavença instantaneamente. Retirou-se o estalajadeiro para o seu quarto, o arrieiro para as suas enxergas e a moça para o seu rancho. Só os mal-aventurados Dom Quixote e Sancho é que não se puderam mover donde jaziam. Largou então o quadrilheiro a barba de Dom Quixote e saiu a buscar luz, para ver e prender os delinquentes, mas não a achou, porque o estalajadeiro de propósito havia apagado a lâmpada quando se retirou para o seu cubículo, e foi-lhe forçoso recorrer à chaminé, onde, com muito trabalho e tempo, o quadrilheiro acendeu outra luz.

## Capítulo XVII

### EM QUE PROSSEGUEM OS INUMERÁVEIS TRABALHOS QUE O BRAVO DOM QUIXOTE E SEU ESCUDEIRO SANCHO PANÇA PASSARAM NA ESTALAGEM, QUE O FIDALGO POR SEU MAL CUIDARA SER CASTELO

A ESTE TEMPO JÁ TINHA Dom Quixote tornado a si do letargo¹ e, com o mesmo tom de voz com que na véspera chamara pelo escudeiro quando estava estendido no vale dos bordões² começou a chamar por ele, dizendo:

— Sancho amigo, dormes? Dormes, amigo Sancho?

— Qual dormir, pobre de mim! — respondeu este, farto de quizília³ e desgosto. — Parece que todos os diabos deram comigo esta noite.

— E bem podes crer — respondeu Dom Quixote —, porque ou eu leio de cor, ou este castelo é encantado; porque saberás... Mas isto que agora quero te dizer hás de me jurar não repetir a ninguém, enquanto eu for vivo.

— Juro — respondeu Sancho.

— Exigi-o, porque sou inimigo de que se tire a honra a alguém.

— Pois digo-lhe que sim; juro — replicou Sancho — que não o direi enquanto Vossa Mercê viver; praza a Deus que o possa revelar já amanhã.

— Tanto mal te faço eu, Sancho, que me desejas tão depressa acabado?

---

¹ Estado de profunda e prolongada inconsciência, semelhante ao sono profundo, de que a pessoa pode ser despertada, mas ao qual retorna logo a seguir.

² A frase evoca um célebre romance: "pelo vale dos bordões/ o bom Cid passado havia", quando "ia procurando o mouro Audalha"; o Audalha do romance anuncia o mouro encantado do qual em seguida se fala.

³ Aversão espontânea, irracional, gratuita por alguém ou algo; antipatia, inimizade.

— Não é por isso — respondeu Sancho —, é porque sou pouco amigo de guardar as coisas muito tempo; tenho medo de que me apodreçam.

— Seja pelo que for — volveu Dom Quixote —, fio na tua amizade e cortesia; e assim hás de saber que me aconteceu esta noite uma das mais estranhas aventuras que posso te encarecer; em resumo, saibas que há pouco veio ter comigo a filha do senhor deste castelo, que é a mais airosa e linda donzela de quantas em quase todo o mundo se podem achar. Que te poderei dizer do adorno de sua pessoa! Do seu galhardo entendimento! E de outras excelências secretas que deixarei em silêncio, para não quebrar a fé que devo inteira à minha Senhora Dulcineia del Toboso! Só te quero dizer que foi invejoso o céu de tamanho bem como o que a ventura tinha me posto nas mãos; ou talvez (e isto é o mais certo) este castelo seja encantado, como te digo: ao tempo que eu estava com ela em dulcíssimos e amorosíssimos colóquios, veio, sem eu ver nem saber de onde, a mão de algum descomunal gigante e presenteou-me nas queixadas um tal murro que as deixou todas em sangue, e depois me moeu de tal sorte que estou pior que ontem, quando os arrieiros, por excessos de Rocinante, nos fizeram o agravo que tu sabes; pelo que eu conjeturo que o tesouro da formosura desta donzela deve estar sob a guarda de algum encantado mouro,[4] e não há de ser para mim.

— Nem para mim tampouco — respondeu Sancho —, porque mais de quatrocentos mouros caíram sobre mim, e de tal modo me moeram que a tosa dos bordões em comparação foi pão com mel. Mas diga-me, senhor: como chama boa e rara esta aventura, tendo ficado dela como nós ficamos? Ainda para Vossa Mercê foi meio mal, pois teve consigo a incomparável formosura que diz; porém eu, que apanhei os maiores cachações que espero receber em toda a minha vida!... Mal haja eu, e a mãe que me engendrou, que nem sou cavaleiro andante nem o hei de ser nunca, e sempre a pior parte destas andanças é para mim.

— Visto isso, também tu estás sovado? — respondeu Dom Quixote.

— Não lhe disse já que sim? Pesar da minha raça! — disse Sancho.

— Não tenhas pena, amigo — disse Dom Quixote —, vou fazer o bálsamo precioso, com que sararemos num abrir e fechar de olhos.

---

[4] No folclore espanhol, os tesouros escondidos costumam ser guardados por mouros encantados ou duendes vestidos à mourisca e destinam-se a ser entregues àqueles que cumpram determinadas condições.

Acabou nesse meio-tempo de acender a luz o quadrilheiro e entrou para ver o seu suposto defunto. Sancho, vendo-o entrar em camisa, lenço amarrado na cabeça, candeia na mão e de muito má catadura, disse para o amo:

— Senhor, será esse porventura o mouro encantado que venha outra vez desancar-nos, por lhe ter ainda ficado alguma coisa no tinteiro?[5]

— Não pode ser o mouro — respondeu Dom Quixote —, porque os encantados não se deixam ver por ninguém.

— Se não se deixam ver, deixam-se sentir — disse Sancho —; senão, que o diga o meu costado.

— Também o meu o poderia fazer — respondeu Dom Quixote —, mas não é indício suficiente isto para se crer que o que se está vendo seja o encantado mouro.

Chegou o quadrilheiro; e achando-os a palestrar tão mão por mão, ficou suspenso. Verdade é que ainda Dom Quixote estava de costas, sem se poder mover de moído e de emplastrado. Acercou-se o quadrilheiro e disse-lhe:

— Então como vai isso, bom homem?

— Se eu fosse vós — respondeu Dom Quixote —, havia de falar mais bem-criado. É moda cá na terra tratarem-se assim os cavaleiros andantes, pedaço de madraço?[6]

O quadrilheiro, que se viu tratar tão mal por uma figura que tão pouco inculcava, não o pôde levar à paciência; e levantando a candeia com todo o seu azeite, pregou com ela na cabeça a Dom Quixote; de sorte que lha deixou muito bem escalavrada; e, como tudo ficou outra vez às escuras, saiu imediatamente.

Disse o escudeiro então:

— Sem dúvida, senhor meu, é esse o mouro encantado; o tesouro tem-no ele guardado para outrem; para nós são só as murraças e as candiladas.

— Assim é — respondeu Dom Quixote —, e não há que fazer caso dessas coisas de encantamentos nem há por que tomar raivas nem enfados com elas, que, por serem invisíveis e fantásticas, não nos deixam ver de quem nos vingar, por mais que o procuremos. Levanta-te, Sancho, se

---

[5] "Por ter se esquecido de alguma coisa."
[6] Aquele que não se empenha em suas atividades, que é dado ao ócio; mandrião, preguiçoso, vadio.

podes; chama o alcaide desta fortaleza e faz que me tragam um pouco de azeite, vinho, sal e rosmaninho para o salutífero bálsamo, que em verdade está me parecendo que bem necessário me é agora, porque me corre muito sangue da ferida que me fez o fantasma.

Levantou-se Sancho com grande dor dos ossos e foi às escuras para onde o estalajadeiro ficava; e, encontrando-se com o quadrilheiro, que estava de orelha alerta, a ver se pescava que demônio viria a ser o seu inimigo, lhe disse:

— Senhor, quem quer que sejais, fazei-nos favor de nos dar um pouco de rosmaninho, azeite, sal e vinho, que é preciso para curar um dos melhores cavaleiros andantes que há no mundo e que jaz naquela cama malferido por mão do mouro encantado que se acha aqui.

Quando o quadrilheiro tal ouviu, teve-o por homem falto de siso; e, porque já começava a amanhecer, abriu a porta da taberna e, chamando pelo dono da pousada, lhe disse o que aquele bom homem queria. Arranjou-lhe tudo o estalajadeiro e Sancho o levou a Dom Quixote, que estava de mãos na cabeça queixando-se da dor da candilada, que todavia não lhe tinha feito senão dois galos algum tanto crescidos; e o que ele cuidava ser sangue era unicamente suor, que lhe escorria pela aflição da passada tormenta.

Em suma, Dom Quixote recebeu os ingredientes e deles misturados fez uma composição cozendo-os por um espaço bom, até que entendeu acharem-se na conta. Pediu algum vidro para deitar a mistela;[7] e, não o havendo na estalagem, lançou-a numa almotolia[8] de folha, que servia para azeite e de que o hospedeiro lhe fez presente. Sobre a almotolia rosnou o fidalgo mais de oitenta padre-nossos e outras tantas ave-marias, salve-rainhas e credos; e a cada palavra ia uma cruz a modo de bênção. A tudo aquilo assistiam Sancho, o estalajadeiro e o quadrilheiro; o arrieiro, esse já andava trastejando no serviço dos seus machos. Feito isso, quis Dom Quixote experimentar a virtude que ele imaginava no seu bálsamo precioso; e pôs-se a beber o sobejo que tinha ficado da almotolia; daquilo ainda havia na panela, em que se fizera o cozimento, quase meia canada.[9] Tanto como acabou de bebê-la começou a vomitar,

---

[7] Comida ou bebida malfeita, ruim, geralmente com vários ingredientes misturados; gororoba, mixórdia.

[8] Pequeno vaso de folha, de forma cônica e gargalo estreito, usado sobretudo para azeite e outros líquidos oleosos.

[9] Antiga medida de líquidos que equivalia a quatro quartilhos.

de maneira que nada do que tinha no estômago lhe ficou dentro; e, com as ânsias e aflições do lançar, veio-lhe um suor copiosíssimo, que o obrigou a pedir que o embrulhassem e o deixassem só. Assim lho fizeram, e adormeceu para mais de três horas, ao cabo das quais despertou e se sentiu aliviadíssimo do corpo, e a tal ponto melhor do seu quebrantamento que se julgou são; pelo que ficou inteiramente convencido de que havia atinado com o bálsamo de Ferrabrás e podia dali em diante meter-se em quaisquer rixas, pendências e batalhas sem medo nenhum, por mais perigosas que fossem.

Sancho Pança, que também teve por milagrosa a melhoria do amo, pediu-lhe que lhe desse a ele o que sobrava da panela, que não era pequena quantidade. Concedeu-lha Dom Quixote; e ele, pegando-lha com as mãos ambas, com toda a fé e boa vontade, arrumou-a ao peito e emborcou tanto quase como o fidalgo. O caso é que o estômago do pobre Sancho não seria tão melindroso como o do cavaleiro; e assim, antes que vomitasse, tantas ânsias e vascas[10] lhe deram, tantos suores e desmaios, que pensou deveras ter-lhe chegado a última hora. Vendo-se tão aflito, amaldiçoou o bálsamo e o ladrão que lho tinha dado. Vendo-o assim Dom Quixote, disse-lhe:

— Eu creio, Sancho, que todo esse mal te vem de não teres sido armado cavaleiro, porque tenho para mim que esse remédio não há de aproveitar os que não o são.

— Se Vossa Mercê sabia disso — replicou Sancho —, mal haja eu e toda a minha parentela! Para que consentiu que eu o provasse?

A esse tempo entrou a bebida a fazer o seu efeito e começou o escudeiro a desaguar-se por ambos os canais com tanta pressa que a esteira de junco, em que de novo se tinha deitado, e a manta nunca mais serviriam. Suava e tressuava com tais paroxismos e acidentes que não só ele mas todos pensaram ser aquela a sua hora. Durou-lhe a tormenta quase duas horas, acabadas as quais não ficou como seu amo, mas tão moído e quebrantado que mal se podia ter.

Dom Quixote, que, segundo se disse, se sentia aliviado e são, quis imediatamente partir a buscar aventuras, por lhe parecer que todo o tempo que ali se demorava era roubado ao mundo e aos necessitados do seu amparo; e mais, com a confiança que lhe dava agora o seu bálsamo.

---

[10] Convulsão forte.

Forçado por esse desejo, aparelhou ele mesmo o Rocinante, albardou o jumento do escudeiro e ajudou-o a vestir-se e montar.

Pôs-se a cavalo e, chegando a um canto da estalagem, apoderou-se dum chuço[11] que ali estava para lhe servir de lança.

Olhavam para ele todos quantos se achavam na estalagem, que passavam de vinte pessoas; considerava-o não menos a filha do estalajadeiro, e ele também não tirava dela os olhos; de quando em quando arrojava um suspiro, que parecia ser arrancado do fundo das entranhas, supondo todos que seria da dor que sentia nas costas; pelo menos assim pensavam aqueles que o tinham visto emplastrar a noite dantes.

Logo que estiveram a cavalo, posto Dom Quixote à porta da estalagem, chamou pelo dono da casa e com voz repousada e grave lhe disse:

— Muitas e mui grandes, senhor alcaide, são as mercês que neste vosso castelo hei recebido; e declaro-me em grande obrigação de agradecido para todos os dias de minha vida. Se vos posso pagar vingando-vos de algum soberbo que vos tenha feito agravo, sabei que o meu ofício outro não é senão valer aos que pouco podem, vingar os que recebem tortos e castigar aleivosias. Fazei exame de consciência; e, se achais alguma coisa deste jaez que me encomendar, não tendes mais que as dizer, que eu vos prometo, pela ordem de cavaleiro que recebi, satisfazer-vos e pagar-vos a vosso contento.

A isso respondeu com igual sossego o estalajadeiro:

— Senhor cavaleiro, eu não tenho necessidade que Vossa Mercê me vingue de nenhum agravo, porque eu bem sei tomar por mim mesmo a desforra que me parece quando alguém mos faz; o que me é preciso só é que Vossa Mercê me pague o gasto que esta noite fez na estalagem, tanto da palha e cevada das duas bestas como da ceia e camas.

— Então isto é estalagem? — replicou Dom Quixote.

— E muito honrada — respondeu o estalajadeiro.

— Pois senhor, tinha vivido enganado até aqui — respondeu Dom Quixote —, julgando isto castelo, e não dos piores; mas sendo que não é castelo, mas estalagem, o que por agora se poderá fazer é dispensardes a paga, pois eu por mim não posso descumprir a ordem dos cavaleiros andantes, dos quais sei ao certo (sem que até ao dia de hoje tenha havido exemplo em contrário) que jamais pagaram pousada nem coisa

---

[11] Vara armada de ferro pontiagudo.

alguma em estalagem onde estivessem, porque todo o bom acolhimento que se lhes faz, ou possa fazer, de direito e foro se lhes deve, a troco do incomportável trabalho que padecem buscando as aventuras de noite e de dia, de inverno e verão, a pé e a cavalo, com sede e fome, com frio e calor, sujeitos a todas as inclemências do céu e a todos os descômodos da terra.

— Lá nessas coisas não me intrometo eu — respondeu o estalajadeiro —; pague o que me deve e deixemo-nos de contos, mais de cavalarias; o que só me importa é receber o que me pertence.

— O que vós sois — respondeu Dom Quixote — é um sandeu e desastrado hospedeiro.

E, metendo pernas ao Rocinante, terçando a lança, saiu da estalagem sem lho estorvar ninguém; e, sem reparar se o escudeiro o seguia ou não, adiantou-se um bom espaço. O estalajadeiro, que o viu ir-se embora sem lhe pagar, tornou-se pelo pagamento a Sancho Pança, que lhe respondeu que, visto o seu senhor não querer pagar, também ele não pagaria, porque, sendo ele, como era, escudeiro de cavaleiro andante, a mesma regra e razão lhe assistia a ele que a seu amo, que era não pagar coisa alguma em pousadas e tabernas. Com aquilo é que se agastou muito o estalajadeiro e o ameaçou que, se lhe não pagasse logo para ali de boa vontade, ele o faria pagar de modo que lhe pesasse. Ao que Sancho respondeu que, pela lei da cavalaria recebida por seu amo, não pagaria nem um cornado,[12] ainda que o matassem, porque não estava para perder por tão pouco a boa e antiga usança dos cavaleiros andantes, nem queria que dele se queixassem os escudeiros dos tais que para diante viessem ao mundo, increpando-lhe a quebra de tão justo foral.

Quis a má sorte do pobre Sancho que entre a gente que estava na estalagem se achassem quatro tosadores de Segóvia, três fabricantes de agulhas de Potro de Córdoba e dois vizinhos da feira de Sevilha: gente alegre, bem-intencionada, maliciosa e brincalhona, os quais, como senhoreados do mesmo espírito, se chegaram a Sancho e, apeando-o do jumento, um deles entrou a buscar a manta da cama do hóspede, e, estatelando-o sobre ela, levantaram os olhos e viram que o teto era algum tanto baixo mais do que lhes era preciso para o que tencionavam; pelo que determinaram sair para o pátio, que tinha por teto o céu;

---

[12] Moeda de pouco valor.

e ali, posto Sancho no meio da manta, começaram a atirá-lo ao alto e a divertir-se com ele como com um cão por festa de entrudo.[13]

Os gritos que dava o mísero manteado foram tantos que chegaram aos ouvidos do amo, o qual, detendo-se a escutá-los, supôs que alguma grande aventura lhe vinha, até que reconheceu claramente ser o seu escudeiro quem gritava; e voltando as rédeas, arrancando a custo um galope, tornou para a estalagem. Achando-a fechada, rodeou-a à procura de alguma entrada. Mal era chegado às paredes do pátio, que pouco altas eram, quando viu o desalmado divertimento que ao seu escudeiro se estava fazendo. Viu-o subir e descer pelos ares com tanta graça e presteza que para mim tenho que desataria a rir, se a raiva lho consentira. Fez quanto pôde para subir do cavalo ao espigão do muro; mas tão moído e quebrado estava que nem se apear pôde; e assim, de cima do cavalo, começou a vomitar tantos doestos[14] e impropérios aos que lhe manteavam o Sancho que não é possível acertar a escrevê-los; mas nem por isso eles interrompiam as risadas e a obra, nem o voador Sancho cessava as suas queixas, mescladas ora com ameaças, ora com súplicas; mas tudo era por demais; nem lhe aproveitou enquanto de puro cansado não o deixaram. Trouxeram-lhe o burro; e, subindo-o para cima dele, o embrulharam com o gabão. À compassiva da Maritornes, vendo-o tão estafado, pareceu-lhe ser bem socorrê-lo com uma caneca de água, e trouxe-lha do poço por ser mais fresca. Recebeu Sancho e, levando-a à boca, deteve-se aos gritos que o amo lhe dava, dizendo:

— Filho Sancho, não bebas água, filho, não bebas, olha que morres; aqui está o santíssimo bálsamo; vês — e mostrava-lhe a almotolia —, com duas gotas que bebas disto, pões-te bom sem falta nenhuma.

A esses brados volveu Sancho a vista de revés e disse com outros ainda maiores:

— Já porventura se esqueceu Vossa Mercê de que não sou cavaleiro? Ou quer que me acabem de sair as entranhas que me ficaram desta noite? Guarde o seu remédio com todos os diabos, e deixe-me cá.

O acabar de dizer isso e o começar a beber foi tudo um; mas, como ao primeiro trago conheceu que era água, não quis passar adiante e

---

[13] Os três dias que precedem a entrada da Quaresma. Nesses dias se realizava uma festa popular, em que os brincantes lançavam uns nos outros farinha, baldes de água, limões de cheiro, luvas cheias de areia etc. Uma das diversões era mantear cães nesses dias.

[14] Acusação desonrosa que se lança a outrem; descompostura, injúria, insulto.

rogou a Maritornes que lhe trouxesse antes vinho, o que ela lhe fez de muito boa vontade e pagou-o da sua algibeira, porque bem se dizia a seu respeito que, ainda que andava naquele trato, tinha umas sombras e longes de cristã. Assim que Sancho bebeu, bateu calcanhares ao seu asno e, pela porta da estalagem, aberta de par em par, saiu dela muito contente de não ter pago nada e ter levado a sua avante, ainda que foi à custa dos seus costumados fiadores, que eram os lombos. Verdade é que o estalajadeiro lhe ficou com os alforjes em desconto do que se lhe devia; mas Sancho, pela perturbação que levava, não deu pela falta. Quis o estalajadeiro trancar bem a porta assim que o viu fora, mas não lho consentiram os manteadores, que eram tal gente que, ainda que Dom Quixote fosse realmente dos cavaleiros andantes da Távola Redonda, tanto caso fariam dele como de dois arditas.[15]

---

[15] Moeda castelhana de pouco valor, já fora de uso quando da publicação do *Quixote*.

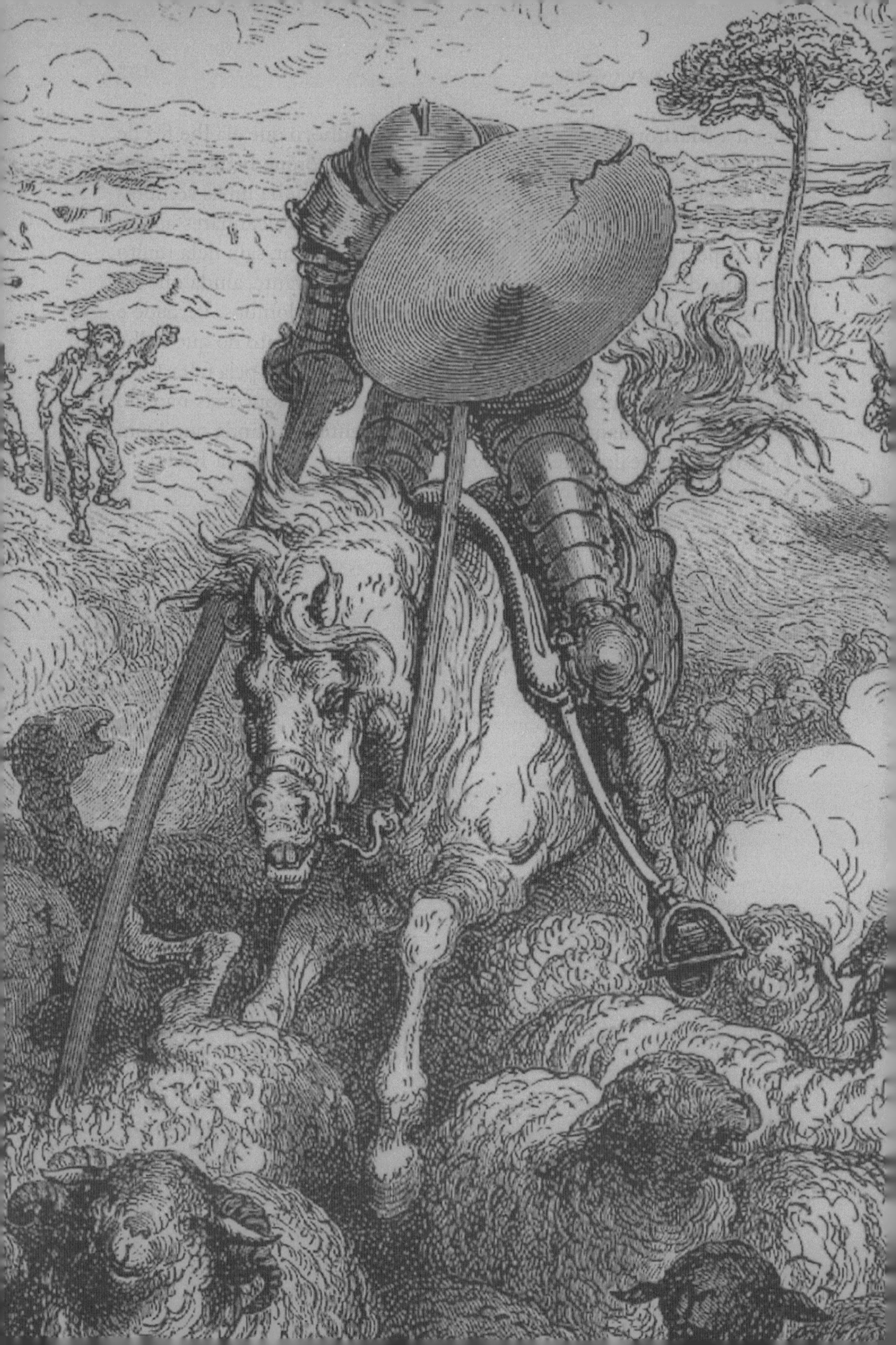

## Capítulo XVIII

### ONDE SE CONTAM AS RAZÕES QUE PASSOU SANCHO PANÇA COM O SEU SENHOR DOM QUIXOTE, COM OUTRAS AVENTURAS DIGNAS DE SEREM CONTADAS

CHEGOU SANCHO MURCHO e desmaiado ao pé do amo; tanto que nem podia fazer andar o burro. Quando Dom Quixote assim o viu, disse-lhe:

— Agora, bom Sancho, é que eu acabo de crer que aquele castelo ou estalagem é encantado sem dúvida, porque aqueles que tão atrozmente se divertiram contigo, o que poderiam ser senão fantasmas e gente do outro mundo? E nisto me certifico, por ver que, estando pelo espigão do muro do quintal a presenciar os atos da tua triste tragédia, não pude, por mais que fiz, subir-me acima, nem sequer me apear do Rocinante; decerto porque me tinha encantado; porque te juro, à fé de quem sou, que, se pudera subir ou apear-me, eu te houvera vingado de maneira que aqueles foles de vento, aqueles malandrinos, ficassem se lembrando da brincadeira para sempre, ainda que nisso soubera descumprir as leis da cavalaria, que, segundo já muitas vezes me ouviste, não consentem a cavaleiro pôr mão em quem não o seja, salvo sendo em defesa da sua própria vida e pessoa, em caso de urgente e grande necessidade.

— Também eu me vingava se pudesse — disse o outro —, quer fosse armado cavaleiro, quer não; mas não pude, ainda que tenho para mim que os que se divertiram à minha custa não eram fantasmas nem homens encantados, como Vossa Mercê diz: eram homens de carne e osso como nós; e todos (segundo lhes ouvi enquanto me estavam volteando) tinham os seus nomes; um chamava-se Pedro Martínez, outro Tenório Hernández; e o estalajadeiro ouvi que se chamava João

Palomeque,[1] o Canhoto; e por isso, senhor meu, o Vossa Mercê não ter podido saltar o muro nem se apear do cavalo, por outra causa foi que não por encantamentos. O que eu tiro a limpo de tudo isso é que essas aventuras que andamos buscando afinal de contas nos hão de meter em tantas desventuras que não saberemos qual é a nossa mão direita. O que seria melhor e mais acertado, segundo o meu fraco entender, seria tornarmo-nos para o nosso lugar, agora que é tempo das ceifas, e de cuidar da fazenda, deixando-nos de andar de Ceca em Meca e de Herodes para Pilatos, como dizem.

— Quão pouco sabes, Sancho — respondeu Dom Quixote —, dos achaques da cavalaria! Cala e tem paciência, que lá virá dia em que vejas por teus olhos que honrosa coisa é andar neste exercício! Senão, dize-me: que maior contentamento pode haver neste mundo, ou que satisfação pode comparar-se à de vencer uma batalha e triunfar sobre o inimigo? Sem dúvida que nada chega a isso.

— Assim deve ser — respondeu Sancho —, visto que eu por mim não sei; só sei que, depois que somos cavaleiros andantes, ou, por melhor dizer, depois que Vossa Mercê o é (que eu, à minha parte, não há por que me entre em tão honroso rol), nunca venceremos batalha alguma, salvo a do biscainho, e ainda dessa saiu Vossa Mercê com meia orelha e meia celada de menos; de então para cá tudo tem sido bordoada, murros e mais murros; e eu, ainda por cima de tudo, manteado, e por pessoas encantadas, de quem não me posso vingar para saber até onde chega o gosto de vencer inimigos, como Vossa Mercê diz.

— Essa é que é a minha pena e a que tu deves também sentir, Sancho — respondeu Dom Quixote —; porém daqui em diante eu procurarei haver às mãos alguma espada feita com tal mestria que, ao que a tiver consigo, não se possa fazer nenhum gênero de encantamento. Até não era impossível que a ventura me deparasse a de Amadis,[2] quando se chamava "o Cavaleiro da Ardente Espada"; foi a melhor que teve cavaleiro algum do mundo, porque, além de ter a virtude referida, cortava como uma navalha e não havia armadura, por forte e encantada que fosse, que lhe resistisse.

---

[1] Aqui, pela primeira vez, se dá o nome do estalajadeiro, dono da pousada que exerce um papel tão importante no desenvolvimento de todo o primeiro volume do *Quixote*.

[2] Trata-se de Amadis da Grécia, bisneto de Amadis de Gaula, que levava estampada no peito uma espada vermelha. Dom Quixote parece confundi-lo com Amadis de Gaula, o da "verde espada".

— Eu sou tão venturoso — disse Sancho — que, ainda que isso fosse, e Vossa Mercê viesse a achar espada semelhante, só viria a servir e aproveitar aos armados cavaleiros, assim como o bálsamo; e os escudeiros, que os papem os lobos.

— Não tenhas medo, Sancho — disse Dom Quixote —, melhor se haverá Deus contigo.

Nesses colóquios estavam Dom Quixote e o escudeiro quando o fidalgo reparou que pelo caminho se adiantava para ali uma grande poeirada. Voltou-se então para Sancho e disse-lhe:

— É este o dia, Sancho, em que se há de ver o bem que a minha sorte me tinha reservado: é o dia, repito, em que se há de mostrar mais que nunca o valor do meu braço e em que hei de fazer obras que fiquem registradas no livro da Fama por todos os vindouros séculos. Vês aquela poeirada que ali se ergue, Sancho? Pois é levantada por um copiosíssimo exército de diversos e inumeráveis povos que por ali vêm marchando.

— Por essas contas — disse Sancho — dois devem eles ser, porque desta parte contrária também sobe outra poeirada semelhante.

Voltou-se para ali Dom Quixote e viu que era verdade; e, alegrando-se sobremodo, assentou que eram, sem dúvida alguma, dois exércitos que vinham a travar-se e combater no meio daquela espaçosa planície, porque não se passava hora que não tivesse a fantasia cheia daquelas batalhas, encantamentos, sucessos, desatinos, amores e desafios que nos livros de cavalaria se relatam. Quanto dizia, pensava ou fazia ia sempre bater em coisas dessas. A poeirada que havia visto, levantavam-na dois grandes rebanhos de ovelhas e carneiros que por aquele mesmo caminho vinham de diferentes partes: os quais, em razão do pó, não se deixaram perceber enquanto não se avizinhavam. Com tamanho afinco afirmava Dom Quixote que eram exércitos que Sancho chegou a acreditar e a dizer:

— Pois senhor, que havemos então de fazer?

— Que havemos de fazer! — disse Dom Quixote. — Havemos de favorecer e ajudar aos necessitados e desvalidos. Hás de saber, Sancho, que esse, que vem pela nossa frente, o capitaneia o grande Imperador Alifanfarrão, senhor da grande Trapobana;[3] e estoutro, que marcha

---

[3] Nome de ressonâncias ao mesmo tempo heroicas e cômicas forjado por Cervantes; com ele se inicia a denominação dos chefes, a descrição de suas armas e a enumeração dos países. Trapobana ou Taprobana era o nome que se dava à ilha do Ceilão ou, às vezes, à de Sumatra; no entanto, aqui se emprega para indicar um lugar muito distante, quase fabuloso.

por trás das minhas costas, é o do seu inimigo el-rei dos garamantes Pentapolim do Arremangado Braço, porque sempre entra nas batalhas com o braço direito nu.[4]

— E por que se querem tão mal esses dois senhores? — perguntou Sancho.

— Querem-se mal — respondeu Dom Quixote — porque esse Alifanfarrão é um pagão furibundo e está enamorado da filha de Pentapolim, que é uma formosíssima e ainda por cima muito agraciada senhora, e cristã. Seu pai não quer dá-la ao rei pagão, sem ele primeiro renegar a lei do seu falso profeta Mafoma e se converter à sua.

— Voto por estas barbas[5] — disse Sancho — que faz muito bem o Pentapolim, e hei de ajudá-lo enquanto puder.

— Nisso farás o que deves, Sancho — disse o fidalgo —, porque para entrar em batalhas semelhantes não se requer ter sido armado cavaleiro.

— Até aí bem percebo eu — respondeu Sancho —; mas onde poremos nós este asno, para termos a certeza de o acharmos depois da refrega? Porque o entrar nela com semelhante cavalgadura creio que ainda até agora se não viu.

— É certo — disse Dom Quixote —; o que melhormente podes fazer dele é deixá-lo às suas aventuras, quer se perca, quer não; porque tantos hão de ser os cavalos com que havemos de ficar depois da vitória que até o Rocinante corre seu risco de eu trocá-lo por outro. Mas fica atento e repara, que te quero dar conta dos cavaleiros principais que vêm nesses dois exércitos; e para que melhor os notes, retiremo-nos para aquela alturinha que ali se levanta, donde devem se descobrir os exércitos ambos.

Fizeram-no assim, colocando-se numa lomba donde se avistaram bem os dois rebanhos, que a Dom Quixote se representavam exércitos. As nuvens de pó que levantavam lhe tinham turvado e cegado a vista. Apesar de tudo, porém, vendo na imaginação o que não lhe mostravam os olhos, nem existia, em voz alta começou a dizer:

— Aquele cavaleiro que ali vês, de armas amarelas, que traz no escudo um leão coroado rendido aos pés de uma donzela, é o valoroso

---

[4] Os garamantes, que viviam no extremo sul do que se conhecia por Líbia, representaram durante muito tempo os habitantes meridionais mais extremos da terra conhecida; Arremangado Braço: "com o braço livre para manejar a espada sem que a armadura o atrapalhe".

[5] "Voto pelo mais apreciado", fórmula de juramento que já se encontra no *Cantar de meu Cid*; arrancar a barba de alguém era uma das maiores ofensas que se podia fazer.

Laurcalco, senhor da Ponte de Prata. O outro, das armas com flores de ouro, que traz no escudo três coroas de prata em campo azul, é o temido Micocolembo, grão-duque da Quirócia. O outro, de membros agigantados, que à sua mão direita vem, é o nunca amedrontado Brandabarbarão de Boliche, senhor das três Arábias, que vem armado com aquela pele de serpente e tem por escudo uma porta, que (segundo é fama) é uma das do templo derrubado por Sansão, quando se vingou dos seus inimigos, matando-se. Mas vira agora os olhos para a outra parte e verás adiante, e na frente destoutro exército, ao sempre vencedor e nunca vencido Timonel de Carcassona, príncipe de Nova Biscaia, que vem armado com armas esquarteladas de azul, verde, branco e amarelo e traz no escudo um gato de ouro em campo aleonado, com uma letra que diz "miau", que é o princípio do nome da sua dama, que (segundo se diz) é a sem-par Miaulina, filha do Duque Alfenhique do Algarve. O outro, que oprime e assoberba os lombos daquela possante égua e traz as armas brancas de neve, é um cavaleiro novel, de nacionalidade francesa, chamado Pierre Papim,[6] senhor das baronias de Utrique. O outro, que bate com os ferrados talões os ilhais daquela pintada e ligeira zebra e traz o escudo veirado de azul, é o poderoso duque de Nérbia, Espartafile do Bosque. Traz por empresa no escudo um espargal, com uma letra em castelhano, que diz assim: "*Rastrea mi suerte*".

E assim foi Dom Quixote por diante, nomeando muitos cavaleiros de um e de outro campo, como a ele se antolhavam dando a todos as suas armas, cores, empresas e letras, que improvisava levado das imaginativas da sua loucura nunca vista; e sem se deter prosseguiu, dizendo:

— Esse esquadrão formam-no gentes de diversas nações. Aqui estão os que bebem as doces águas do famoso Xanto;[7] os montanheses que pisam os campos massílicos;[8] os que joeiram o finíssimo e miúdo ouro da Arábia Feliz; os que gozam das famosas e frescas ribeiras do claro Termodonte; os que sangram por muitas e diversas vias o rico Pactolo;[9] os númidas, incertos no cumprir a palavra; os persas, afamados em arcos e flechas; os partos; os medos, que pelejam fugindo; os árabes, de

---

[6] Personagem proverbial, relacionado com o baralho e o jogo.
[7] Rio de Troia.
[8] Campos de Massila, região do norte da África, perto de Atlas.
[9] Rio que atravessava o país das Amazonas (Capadócia); Pactolo: rio da Lídia, em cujas areias se encontrava ouro.

vivendas mutáveis; os citas, tão cruéis como alvos; os etíopes de lábios furados; e outras infinitas nações, cujos rostos estou vendo e conhecendo, ainda que dos nomes não me lembre. Nestoutro esquadrão vêm os que bebem as correntes cristalinas do olivífero Bétis; os que lavam o rosto nas águas do sempre rico e dourado Tejo; os que desfrutam as proveitosas águas do divino Genil; os que pisam os tartésios campos de pastos abundantes; os que folgam nos elísios prados de Xerez,[10] os manchegos, ricos e coroados de louras espigas; os de ferro vestidos, restos antigos do sangue godo; os que se banham no Pisuerga, famoso pela mansidão da corrente; os que apascentam os seus gados nas extensas devesas do tortuoso Guadiana, celebrado pelo seu escondido curso; os que tremem com o frio dos selváticos Pireneus e com as brancas neves do alteroso Apenino; finalmente, quantos se contêm na Europa toda.

Valha-me Deus! E quantas mais províncias não disse! Quantas nações não nomeou, dando a cada uma, e com maravilhosa presteza, os atributos que lhe pertenciam, todo absorto e repassado do que tinha lido nos seus livros mentirosos! Embasbacado estava Sancho Pança com tanto palavrório sem dar um pio; de quando em quando voltava a cabeça para ver se avistava os cavaleiros e gigantes que o amo nomeava; e, como não descobria nem meio, lhe disse:

— Senhor meu, leve o Diabo tudo isso, que não vejo por todo esse descampado homem, nem gigante, nem cavaleiro nenhum dos que menciona. Eu ao menos não percebo tal. Talvez seja tudo encantamento como os avejões[11] desta noite.

— Como! Pois não ouves o rinchar dos cavalos? O toque dos clarins e o trovejar dos tambores?

— O que eu ouço — respondeu Sancho — são muitos balidos de carneiros e ovelhas; mais nada.

E era verdade, porque os dois rebanhos já vinham muito perto.

— O medo que tens — disse Dom Quixote — é que faz, Sancho, que nem vejas nem ouças às direitas, porque um dos efeitos do medo é turvar os sentidos e fazer que pareçam as coisas outras do que são. Se tão medroso és, retira-te para onde quiseres e deixa-me só, que basto eu para dar a vitória à parcialidade a quem ajude.

---

[10] Para alcançar os campos elísios era preciso atravessar o Letes, que se identificava com o Guadalete, rio de Jerez de la Frontera (Xerez).

[11] Espectro mal-assombrado; fantasma, assombração.

E, falando assim, cravou as esporas em Rocinante; e, posta a lança em riste, baixou da lomba como um raio.

Dava-lhe vozes Sancho, dizendo:

— *Volte para trás*, Senhor Dom Quixote, que voto a Deus que isso contra o que vai investir são carneiros e ovelhas. *Volte para trás*. Mal haja o pai que me gerou. Forte loucura! Repare bem, que não há gigante, nem cavaleiro, nem gatos, nem escudos partidos nem inteiros, nem veiros azuis, nem endiabrados. Que faz? Pecados meus!

Nem com tudo aquilo se refreava Dom Quixote, antes em altas vozes ia clamando:

— Eia, cavaleiros, que seguis e militais debaixo das bandeiras do valoroso Imperador Pentapolim do Arremangado Braço, segui-me todos, vereis quão facilmente lhe dou vingança do seu inimigo Alifanfarrão de Trapobana.

Com essas palavras se entranhou pelo tropel das ovelhas e começou a alancear nelas, tão denodado como se desse em verdadeiros inimigos mortais. Bradavam-lhe os pastores que tivesse mão; porém, vendo que era tempo perdido, descingiram suas fundas e começaram a cumprimentar-lhe as orelhas com pedradas como punhos. Dom Quixote, sem fazer caso das pedras, campeava para todas as partes, dizendo:

— Onde estás, soberbo Alifanfarrão? Vem para mim, que sou um só cavaleiro e desejo a sós por sós provar as tuas forças e tirar-te a vida em castigo das penas que dás ao valoroso Pentapolim Garamante.

Nisso lhe acertaram uma pedra do riacho, que lhe afundou duas costelas. Vendo-se tão maltratado, deu por sem dúvida que estava morto ou muito gravemente ferido e, lembrando-se do seu bálsamo, puxou a almotolia, pô-la à boca e principiou a engolir; mas, antes de ter esvaziado quanto lhe pareceu suficiente, veio outra amêndoa tão certeira contra a mão e a almotolia que a amolgou toda, levando juntamente a Dom Quixote três ou quatro dentes e queixais, e pisando-lhe fortemente dois dedos da mão. Tal foi o primeiro golpe e o segundo que ao pobre cavaleiro forçado foi deixar-se cair do cavalo. Chegaram-se a ele os pastores e, supondo terem-no matado, recolheram o gado a toda a pressa, levaram as reses mortas, que passavam de sete, e sem mais averiguações se lançaram a fugir.

Todo aquele tempo o levou Sancho na lomba, a observar as loucuras que seu amo fazia e a arrancar as barbas, e a amaldiçoar a honra e o instante em que a desgraça lho tinha feito conhecer. Vendo-o caído e os pastores já desaparecidos, desceu da lomba, chegou-se a ele e achou-o naquela lástima, mas ainda em si; e disse-lhe:

— Não lhe pregava eu, Senhor Dom Quixote, que se tornasse atrás e que os que ia acometer não eram exércitos, senão carneiradas?

— Aí tens tu como aquele ladrão do sábio meu inimigo faz aparecer e desaparecer as coisas — disse Dom Quixote —; podes crer, Sancho, que aos tais é fácil figurarem-nos tudo que lhes lembra; e esse maligno que me persegue, invejoso da glória que viu que me adviria dessa batalha, transformou os esquadrões dos inimigos em rebanhos de ovelhas. Quando não, por vida minha, faze uma coisa, Sancho, para te desenganares da verdade: monta no teu asno, segue-os de longe e verás como, em se afastando um pouco daqui, tornam ao seu primeiro ser, deixam de ser carneiros e se fazem homens, tão feitos e perfeitos como eu tos pintei. Mas não vás por ora, que tenho precisão de que me ajudes; primeiro chega-te cá e vê bem quantos queixais e dentes me faltam; parece-me que são todos.

Chegou-se-lhe tão perto o Sancho que lhe metia quase os olhos pela boca, e foi a tempo que já o bálsamo tinha produzido o seu efeito no estômago de Dom Quixote. Nesse momento, pois, desfechou sobre as barbas do compassivo escudeiro, que nem tiro de escopeta, tudo que havia dentro.

— Nossa Senhora! — exclamou Sancho. — Que é isso? Sem dúvida este pecante está ferido mortalmente: vomita sangue.

Reparando porém um pouco mais, conheceu pela cor, sabor e cheiro que sangue não era, mas sim o bálsamo da almotolia que ele o vira engolir. Tamanho foi o seu nojo que, revolvendo-se-lhe o interior, vomitou as tripas mesmo por cima do amo; ficaram ambos como umas pérolas. Correu Sancho ao seu burro, para tirar dos alforjes com que se limpar a si e curar ao patrão; não os achou. Esteve a pique de perder o juízo; disse outra vez mal à sua vida e resolveu de si para si deixar tal cargo e tornar-se para a terra, ainda que perdesse a soldada já merecida e as esperanças da prometida ilha.

Levantou-se nesse comenos Dom Quixote e, com a mão esquerda na boca, para não lhe acabarem de sair os dentes, colheu com a direita as rédeas de Rocinante, o qual não tinha ainda arredado pé (tanta era a sua lealdade e boa condição), e foi-se para onde o escudeiro estava de peito sobre o asno, com a mão na face, como se excessivamente pensativo. Vendo-o assim, e tão triste, disse-lhe:

— Sabe, Sancho, que só quem faz mais que outrem é que é mais que outrem. Todas essas inclemências que nos acontecem sinais são de que breve se nos há de o tempo abonançar, e as coisas correr-nos melhor, porque não é possível que nem o mal nem o bem sejam perduráveis; por isso, tendo o mal aturado já tanto, já o bem nos deve estar chegando; pelo tanto, não tens por que te anojar pelas desgraças que a mim me sucedem, porque não tens nelas quinhão.

— Não tenho quinhão? — soltou Sancho. — Então o que ontem mantearam não era o filho de meu pai? E os alforjes, que me faltam agora, com tudo o que eu tinha dentro deles, eram do vizinho não?

— Perdeste os alforjes, Sancho? — disse Dom Quixote.

— Não sei; não os acho — respondeu ele.

— Desse modo, não há que se coma hoje! — replicou Dom Quixote.

— Não haveria decerto — tornou Sancho — se faltassem por estes prados as ervas que Vossa Mercê conhece, segundo diz, das quais se costumam valer para remédio em semelhantes faltas os tão mal-aventurados cavaleiros andantes como Vossa Mercê.

— Mesmo assim — respondeu Dom Quixote —, mais quisera eu agora um pão de quarta, e até uma bola de suborralho, com duas cabeças de sardinhas de espicha,[12] que todas quantas ervas descreve Dioscorides, nem que fosse o ilustrado pelo Doutor Laguna.[13] Seja como for, monta, bom Sancho, no teu jumento e vem atrás de mim que Deus, que por tudo olha, não nos há de faltar, e mais andando nós tanto em serviço dele como andamos, ele, que nem falta aos mosquitos do ar, nem aos bichinhos da terra, nem aos filhos das rãs nos charcos, e é tão piedoso que faz nascer o sol sobre os bons e os maus, e chove sobre os injustos e os justos.

— Mais talhado estava Vossa Mercê — disse Sancho — para pregador que para cavaleiro andante.

— De tudo sabiam e devem saber os cavaleiros andantes — disse Dom Quixote —, pois cavaleiro andante houve, nos passados séculos, que se detinha a fazer um sermão ou prática no meio dum acampamento real como se fora graduado pela Universidade de Paris, donde se infere que nem a lança dana à pena nem a pena à lança.

---

[12] Enfiada de peixes miúdos, camarões, etc.
[13] Refere-se ao livro *Acerca da matéria médica*, de Pedacius Dioscorides Anazarbeo, traduzido e ilustrado pelo doutor Andrés Laguna (com comentários e imagens).

— Ora bem; seja assim como Vossa Mercê diz — respondeu Sancho —, mas vamo-nos já daqui e procuremos onde se há de ficar esta noite. Permita Deus que seja em parte onde não haja mantas, nem manteadores, nem mouros encantados, que, se os houver, dou ao Diabo a cartada.

— Pede-o tu a Deus, filho — disse Dom Quixote —, e vamos para onde tu quiseres, que desta vez quero deixar à tua escolha o albergar-nos. Mas chega cá a mão e apalpa-me com o dedo, vê bem quantos dentes e queixais me faltam deste lado direito na parte de cima; ali é que me dói.

Meteu Sancho os dedos e, estando a apalpar, lhe disse:

— Quantos queixais costumava Vossa Mercê ter deste lado?

— Quatro — respondeu Dom Quixote —, afora o de siso; todos inteiros e muito sãos.

— Olhe Vossa Mercê bem o que diz, senhor — respondeu Sancho.

— Digo quatro, se não eram cinco — respondeu Dom Quixote —, porque em toda a minha vida nunca me tiraram dente da boca, nem me caiu nenhum, nem me apodreceu.

— Pois nesta parte de baixo — tornou Sancho — não tem Vossa Mercê senão dois queixais e meio; e da parte de cima nem meio nem nenhum; está tudo raso como a palma da mão.

— Desventurado de mim! — disse Dom Quixote, ouvindo as tristes novas que o seu escudeiro lhe dava. — Antes quisera que me tivessem deitado abaixo um braço (uma vez que não fosse o da espada); porque te digo, Sancho, que boca sem queixais é como moinho sem mós; e muito mais se há de estimar um dente que um diamante. Mas a tudo isso andamos sujeitos os que professamos a apertada ordem da cavalaria. Monta, amigo, e vai guiando, que eu te sigo na andadura que te parecer.

Assim o fez Sancho, e se encaminhou para onde entendeu que poderia achar acolhida sem sair da estrada real, que por ali ia muito trilhada.

E, caminhando devagarinho porque as dores dos queixos de Dom Quixote não o deixavam sossegar nem se apressar, quis Sancho i-lo entretendo e divertindo com dizer alguma coisa; e, entre as que lhe disse, foi o que agora se referirá no seguinte capítulo.[14]

---

[14] É a primeira vez que se menciona a divisão em capítulos. Até aqui se falava unicamente de partes.

## Capítulo XIX

### DAS DISCRETAS RAZÕES QUE SANCHO PASSAVA COM SEU AMO E DA AVENTURA QUE LHE SUCEDEU COM UM DEFUNTO, E OUTROS ACONTECIMENTOS FAMOSOS

— O QUE ESTÁ ME PARECENDO, senhor meu, é que as desventuras, que nesses dias me têm sucedido, têm sido, sem nenhuma dúvida, todas castigo do pecado cometido por Vossa Mercê contra a ordem da sua cavalaria, por não ter desempenhado o juramento que fez de "não comer pão com toalha nem co'a rainha folgar", com o mais que a trova reza, e que Vossa Mercê jurou cumprir até que não tirasse para si o elmete de Malandrino, ou como se chama o tal mouro (que o nome não me lembra muito bem).

— Tens muita razão, Sancho — disse Dom Quixote —, mas, para te dizer a verdade, tinha-me esquecido; e podes também ter por certo que, pela culpa de tu não mo teres lembrado a tempo, é que te sucedeu a ti aquilo da manta; porém eu farei a emenda, que para tudo há modos de composição na ordem da cavalaria.

— Pois eu jurei porventura alguma coisa? — respondeu Sancho.

— Embora não jurasses — tornou Dom Quixote —, entendo que de participantes não estás livre; e, pelo sim pelo não, bom será provermo-nos de remédio.

— Se assim é — disse Sancho —, olhe, Vossa Mercê não se esqueça também disto como do juramento, que talvez aos fantasmas lhes tornasse a gana de se divertirem comigo, e até com Vossa Mercê, se o virem tão sem emenda.

Nessas e noutras práticas os tomou a noite no meio do caminho, sem terem nem descobrirem onde pernoitar; o que nisso nada tinha de bom é que iam mortos à fome, pois com o sumiço dos alforjes se lhes tinha ido embora despensa e matalotagem;[1] e, para complemento de tamanha desgraça, sucedeu-lhes uma coisa que, sem ser de propósito, bem o parecia; e foi que a noite se fechou assaz escura. Iam não obstante caminhando, que, visto ser aquela a estrada real, por boa razão a uma ou duas léguas se encontraria nela alguma estalagem. Indo pois dessa maneira, a noite escura, o escudeiro esfaimado e o amo com boa vontade de comer, viram que, pelo caminho mesmo que levavam, se dirigia para eles grande multidão de luzes, que não pareciam senão estrelas errantes. Pasmou Sancho quando as avistou, e Dom Quixote não deixou de estranhá-las. Sofreou um pelo cabresto ao asno e o outro pelas rédeas ao rocim, e ficaram parados à espera do que surgiria. Viram que as luzes se lhes iam aproximando e, quanto mais se aproximavam, maiores pareciam. Àquela vista Sancho pôs-se a tremer como um azougado,[2] e ao próprio Dom Quixote se arrepiaram os cabelos. Este, porém, animando-se um tanto, disse:

— Essa é que sem dúvida, Sancho, deve ser grandíssima e perigosíssima aventura, e será necessário mostrar eu nela todo o meu valor e esforço.

— Malfadado de mim! — respondeu Sancho —; se acaso essa aventura for de fantasmas, segundo me vai parecendo, onde haverá costelas que lhes bastem?

— Por mais fantasmas que venham — respondeu Dom Quixote —, não consentirei que te ponham mão nem num pelinho do fato. Se da outra vez zombaram de ti, foi porque não pude saltar as paredes do pátio; mas agora estamos em terreno raso, onde posso à vontade esgrimir a espada.

— E se o encantam e o tolhem, como da outra vez fizeram — disse Sancho —, de que valerá estar ou não em terreno raso?

— Apesar disso tudo — replicou Dom Quixote —, peço-te, Sancho, que tenhas ânimo; verás o meu.

— Hei de ter, se Deus quiser — respondeu Sancho.

E, apartando-se ambos para a orla do caminho, tornaram a olhar atentamente o que poderia ser aquilo e as luzes que lá vinham. Dentro em pouco descobriram muitos encamisados.[3] Aquela fantasmagoria

---

[1] Provisão de comida que se leva para uma viagem.

[2] O que sofre envenenamento por inalação de mercúrio (azougue).

[3] Os soldados, nos ataques noturnos, colocavam as camisas em cima das couraças para ver-se no escuro e diferenciar-se dos inimigos. Aqui, as camisas, como se explicará depois, eram apenas sobrepelizes, "vestes brancas curtas que o clérigo põe sobre a sotaina".

pavorosa de todo o ponto deu mate ao ânimo de Sancho, que entrou a bater os dentes como em frio de quartã;[4] mais ainda cresceu nele o bater dos dentes quando distintamente se viu o que era, porque descobriram uns vinte encamisados, todos a cavalo, com suas tochas acesas nas mãos; após eles uma liteira coberta de luto,[5] seguida de outros seis a cavalo, enlutados até os pés das mulas, que bem se via que o eram, e não cavalos, pelo sossego com que andavam. Iam os encamisados sussurrando em voz baixa e lastimosa. Tão estranha vista, e tão a desoras e num despovoado, era bastante para pôr medo no coração de Sancho e até no de seu amo. Assim sucedeu a Dom Quixote, o qual, a despeito de todas as suas valentias, já tinha virado de avesso todo o esforço de Sancho; mas ao amo, pelo contrário, naquele ponto se representou ao vivo na imaginação ser aquela uma das aventuras dos seus livros.

Figurou-se-lhe que a liteira eram andas, em que devia vir algum malferido ou morto cavaleiro, cuja vingança lhe estava só a ele reservada; e, sem fazer mais discurso, enristou a sua chuça, firmou-se bem na sela e com gentil brio e garbo se atravessou no meio do caminho, por onde os encamisados forçosamente haviam de passar; e, quando os viu ao pé, levantou a voz e disse:

— Parai, cavaleiros, quem quer que sejais, e dai-me conta de quem sois, de onde vindes, aonde ides e que levais nas andas, que, segundo as mostras, ou vós outros haveis feito, ou vos hão feito a vós algum desaguisado, e convém e é mister que eu o saiba, ou para vos castigar do mal que perpetrastes, ou para vos vingar da sem-razão que vos fizeram a vós.

— Vamos com pressa — respondeu um dos encamisados —, que fica ainda longe a estalagem, e não podemos nos dilatar a dar tantas respostas como nos pedis.

E, picando a mula, passou para diante. Sentiu-se grandemente Dom Quixote dessa resposta e, travando-lhe do freio, disse-lhe:

— Detende-vos e sede mais bem-criado, e dai-me conta do que eu vos perguntei, quando não, tendes de vos haver todos comigo em batalha.

---

[4] Febre terçã, calafrios que se produzem nas enfermidades que se combinam com febres periódicas.

[5] Liteira: veículo sem rodas, que se podia levar tanto pelas mãos como atado a duas mulas com um aparelho especial. Era empregado para substituir a carruagem quando não se ia seguir o caminho real, e podia levar um jogo de rodas adaptável para quando o caminho permitisse; coberta de luto: coberta com panos negros.

Era a mula espantadiça; e, ao tomarem-lhe o freio, de tal maneira se sobressaltou que, levantando-se nos dois pés traseiros, despejou pelas ancas o dono para o chão. Um moço, que ia a pé, vendo caído o encamisado, começou a injuriar Dom Quixote, o qual, já encolerizado e sem mais esperas, enristando a sua chuça, arremeteu a um dos enlutados, e deu com ele em terra malferido; voltando-se para os demais, era para ver como os acometia e desbaratava, que não parecia senão que naquele momento haviam nascido asas a Rocinante, segundo campeava ligeiro e orgulhoso. Eram todos os encamisados gente timorata[6] e sem armas; e assim, com facilidade, num instante deixaram a refrega e começaram a correr por aquele campo com as tochas acesas, que não pareciam senão mascarados a revolver em noite de festa e regozijo. Os enlutados, revoltos e envoltos nas suas lobas e opas[7] compridas, mal podiam se mover; pelo que, muito a seu salvo, Dom Quixote os foi a todos apaleando e os fez deixar o sítio a seu malgrado, por se lhes representar não ser aquilo homem, senão o próprio Diabo do inferno, que lhes saía a tirar-lhes o defunto que ia na liteira.

Estava Sancho a ver tudo, maravilhado do desembaraço e atrevimento do fidalgo; e dizia entre si: "Sem dúvida que esse meu amo é tão valente e esforçado como ele diz". Estava por terra uma tocha a arder junto ao primeiro que a mula derrubara. Dom Quixote, que o pôde ver àquela claridade, chegou-se a ele e, apontando-lhe ao rosto a chuça, lhe intimou que se rendesse, senão o mataria; ao que o derrubado respondeu:

— Rendido demais estou eu, pois não posso me mover; tenho uma perna quebrada. Suplico a Vossa Mercê, se é cavaleiro cristão, que não me mate, pois grande sacrilégio seria isso, sendo eu, como sou, licenciado, e tendo as primeiras ordens,[8] como tenho.

— Pois quem diabo o trouxe aqui — instou Dom Quixote —, sendo homem da Igreja?

— Quem, senhor? — replicou o caído. — A minha desdita.

---

[6] Que tem temor; que tem medo de errar; medroso, tímido.

[7] Loba: veste antiga, que se arrastava pelo chão; opa: tipo de veste ou capa com aberturas em lugar das mangas, geralmente usada por membros de irmandades em cerimônias religiosas.

[8] Ordens menores, que permitem exercer determinados ministérios ou gozar de benefícios eclesiásticos, mas não celebrar missa nem exercer a cura de almas. O direito canônico condenava com pena de excomunhão aquele que maltratava um eclesiástico.

— Pois outra maior vos ameaça — disse Dom Quixote —, se não me satisfazeis a tudo que ao princípio vos perguntei.

— Com facilidade será Vossa Mercê satisfeito — respondeu o licenciado —, e portanto saberá Vossa Mercê que, ainda que primeiro lhe disse que era licenciado, não sou senão bacharel[9] e chamo-me Alonso López; sou natural de Alcobendas; venho da cidade de Baeça com outros onze sacerdotes, que são os que fugiram com as tochas; vamos à cidade de Segóvia acompanhando um morto que vai naquela liteira, que é um cavaleiro que faleceu em Baeça, onde foi depositado; e agora, como lhe digo, levamos os seus ossos ao seu sepulcro, que está em Segóvia, que é a sua naturalidade.

— E quem o matou? — perguntou Dom Quixote.

— Matou-o Deus por meio dumas febres pestilenciais que lhe deram — respondeu o bacharel.

— Dessa maneira — disse Dom Quixote — livrou-me Nosso Senhor do trabalho que eu tomaria de vingar-lhe a morte, se outrem qualquer o tivera matado; mas, sendo quem foi o matador, não há senão calar e encolher os ombros, que é o mesmo que eu havia de fazer se ele me matara a mim; e quero que saiba Vossa Reverência que eu sou um cavaleiro da Mancha chamado Dom Quixote; e é o meu ofício e exercício andar pelo mundo endireitando tortos e desfazendo agravos.

— Não sei como pode ser isso de endireitar tortos — disse o bacharel —, pois bem direito era eu e vós agora é que me entortastes, deixando-me uma perna quebrada, que nunca mais em dias de vida me tornará a ser direita; e o agravo que a mim me desfizestes foi deixardes-me agravado de maneira que hei de ficar agravado para sempre; e desventura grande há sido para mim encontrar-me convosco nesse buscar de aventuras.

— Nem todas as coisas — respondeu Dom Quixote — sucedem do mesmo modo; a desgraça foi, Senhor Bacharel Alonso López, o virdes, como viestes, de noite, vestidos com aquelas sobrepelizes,[10] com as tochas acesas, rezando, cobertos de luto, que parecíeis tal qual coisas más e do outro mundo; por isso é que não pude deixar de cumprir a minha obrigação acometendo-vos, e à fé que vos acometeria ainda que

---

[9] Era o grau universitário mais baixo, seguido pelos de licenciado, mestre e doutor. Era frequente que os bacharéis se fizessem passar por licenciados, ou fossem chamados assim.

[10] Espécie de mantelete branco, com ou sem mangas, que os clérigos usam sobre a batina.

soubera serdes os próprios satanases do inferno, que por tais vos julguei e tive sempre.

— Já que assim o quis a minha desgraça — disse o bacharel —, suplico a Vossa Mercê, senhor cavaleiro andante, que tão má andança me há dado, me ajude a sair de baixo desta mula, que me tem presa esta perna entre o estribo e a sela.

— Até amanhã ficaria eu a palestrar! — redarguiu Dom Quixote. — Por que não me comunicastes vosso sofrimento antes?

Nisso entrou logo a bradar por Sancho que viesse; mas Sancho é que não fez caso de acudir, porque andava ocupado em aliviar uma azêmola carregada de vitualhas,[11] que os bons dos padres traziam. Engenhou Sancho do seu gabão uma espécie de saco; e, recolhendo nele tudo o que pôde e lhe coube dentro, o carregou para cima do seu jumento e para logo acudiu aos brados do amo e ajudou a livrar o senhor bacharel da opressão da mula; pô-lo para cima dela e lhe deu a sua tocha, e Dom Quixote lhe disse que seguisse na direção dos companheiros e que da parte dele lhes pedisse perdão do agravo, que não tinha estado em sua mão deixar de lhes fazer.

A isso acrescentou ainda Sancho:

— Se por acaso quiserem saber esses senhores quem há sido o valoroso que tais os pôs, Vossa Mercê lhes dirá que foi o Senhor Dom Quixote de la Mancha, por outro nome o "Cavaleiro da Triste Figura".

Com isto se foi o bacharel; e Dom Quixote perguntou a Sancho por que motivo lhe ocorrera chamar-lhe "Cavaleiro da Triste Figura", naquela ocasião precisamente.

— Eu lhe digo — respondeu Sancho —; é porque o estive considerando um pouco à luz da tocha que vai na mão do mal andante cavaleiro e deveras reconheci em Vossa Mercê, de pouco para cá, a pior figura que já vi; do que deve ter sido causa ou o cansaço deste combate, ou talvez a falta dos dentes queixais.

— Não é isso — respondeu Dom Quixote —; é que ao sábio a cujo cargo deve estar o escrever a história das minhas façanhas haverá parecido bem que eu tome algum nome apelativo, como o tomavam os cavaleiros passados, que um se chamava "da Ardente Espada", outro "do Unicórnio", aquele "o das Donzelas", este "o da Ave Fênix", outro

---

[11] Besta de carga; *vitualhas*: gênero alimentício, comestível.

"o Cavaleiro do Grifo", estoutro "o da Morte"; e por esses nomes e insígnias eram conhecidos por toda a redondeza da Terra;[12] e, assim, considera que o sobredito te haverá posto na língua e na ideia que me chamasses agora "Cavaleiro da Triste Figura", como tenciono ficar-me nomeando de hoje avante; e, para que melhor me acerte o nome, determino mandar pintar no meu escudo, quando para isso houver oportunidade, uma figura muito triste.

— Não é preciso gastar tempo nem dinheiro para se fazer essa figura — disse Pança —; o mais acertado é que Vossa Mercê descubra a sua própria cara aos que o olharem, que, sem mais nem mais, e sem outro retrato nem escudo, todos o chamarão logo "o da Triste Figura"; e olhe que lhe digo a pura verdade, porque certifico a Vossa Mercê, senhor meu (embora tome por gracejo), que tão má cara está sendo a sua com a fome e a falta dos queixais que muito bem se poderá dispensar, como já lhe disse, a tal pintura triste.

Riu-se Dom Quixote com o chiste do seu escudeiro; contudo decidiu chamar-se por aquele nome, logo que pudesse conseguir que pintassem o seu escudo ou rodela, como fantasiava. Disse-lhe depois:

— Entendo eu, Sancho, que fiquei excomungado por haver posto as mãos em coisa sagrada, *juxta illud; si quis suadente diabolo*,[13] etc., ainda que estou bem certo de que não foram as mãos que eu lhe pus, mas sim esta lancita; quanto mais que não pensei que ofendia a sacerdote nem a coisa da Igreja, a quem respeito e adoro, como católico e fiel cristão que sou, senão a fantasmas e coisas do outro mundo; e, quando isso assim fosse, em memória tenho o que sucedeu ao Cid Rui Dias, quando quebrou diante do papa a cadeira do embaixador daquele reino; pelo que o mesmo papa o excomungou, e naquele dia andou o bom Rodrigo de Bivar como muito honrado e valente cavaleiro.

Tendo partido o bacharel, como dito fica, sem responder mais palavra, deu na vontade a Dom Quixote ir ver se o corpo que vinha na liteira era ossada ou não, mas não lho consentiu Sancho, dizendo:

---

[12] O da Ardente Espada era Amadis de Grécia; o do Unicórnio, Dom Belianis ou, no *Orlando*, Rugero; o das Donzelas, o príncipe Florandino de Macedônia no *Cavaleiro da Cruz*; o da Ave Fênix, Florarlão de Trácia no *Florisel de Niqueia*, ou Marfisa disfarçada de homem no *Orlando furioso*; o do Grifo, um personagem de *Filesbião de Candária*; o da Morte, outra vez Amadis de Grécia, em *Dom Florisel*. Salvo no primeiro caso, todos recebem seu nome apelativo em razão da insígnia, figura que levam pintada em suas armas.

[13] Palavras do concílio de Trento, que excomunga quem comete violência contra algum clérigo.

— Senhor, saiu-se Vossa Mercê desta aventura o mais a salvo de todas quantas eu tenho visto; essa gente, ainda que vencida e desbaratada, bem poderia ser que, afinal, reparasse em que a tinha derrotado uma só pessoa e, corridos e envergonhados disso, voltassem a refazer-se e buscar-nos, e nos dessem que fazer. O jumento prestes está, a montanha à mão; e a fome aperta; não há mais que fazer senão nos retirarmos muito airosos e, como dizem, o morto à cova, e o vivo à fogaça.

E, tocando o jumento, pediu ao amo que o acompanhasse. Este, achando razão a Sancho, sem mais resposta lhe foi no encalço. A poucos passos por entre dois oiteiros, deram num espaçoso e encoberto vale, em que se apearam. Sancho aliviou o jumento e, estendidos no ervaçal viçoso, com o tempero da fome que traziam, almoçaram, jantaram, merendaram e cearam, tudo junto, satisfazendo os estômagos com várias carnes frias, que os senhores clérigos do defunto (que poucas vezes se deixam passar mal) traziam de prevenção às costas da azêmola. Mas aqui lhes sucedeu outra desgraça, que a Sancho pareceu a pior de todas; e foi não terem vinho que beber e até nem água para chegar à boca; e, perseguidos da sede, vendo Sancho que o prado estava coberto de erva miúda e viçosa, disse o que se ouvirá no seguinte capítulo.

# Capítulo XX
## DA NUNCA VISTA NEM OUVIDA AVENTURA QUE COM TÃO POUCO PERIGO FOI ACABADA POR FAMOSO CAVALEIRO NO MUNDO, COMO A QUE CONCLUIU O VALOROSO DOM QUIXOTE DE LA MANCHA

— NÃO É POSSÍVEL, senhor meu, que estas ervas deixem de nos estar mostrando haver por aqui perto fonte ou arroio que lhes alimenta o viço. Será logo razão passarmos um pouco adiante e acharemos com que mitigar esta desesperada sede que nos mortifica, e sem dúvida é pior de sofrer do que a própria fome.

Tomou por bom o conselho Dom Quixote; e, tomando pela rédea a Rocinante e Sancho ao seu asno pelo cabresto, depois de lhe ter posto em cima os sobejos da ceia, começaram a caminhar pelo prado acima às apalpadelas, porque o escuro da noite não deixava enxergar coisa alguma. Ainda porém não tinham andado duzentos passos, quando aos ouvidos lhes chegou um grande ruído de água como que a despenhar-se de alguma levantada penedia.[1] Alegrou-os muitíssimo aquele estrondo; e, parando a escutar de que parte vinha, ouviram naquele fora de horas outro estrépito, que aguarentou o contentamento da água, especialmente a Sancho, que de seu natural era medroso e pusilânime. Ouviram uns golpes a compasso com um certo retinir como de ferros e cadeias, que, juntos ao furioso estrondo da água que lhes fazia acompanhamento, poriam pavor a quem quer que não fora Dom Quixote. Era a noite, como já disse, escura; e eles acertaram de se achar entre umas árvores altas, cujas folhas, movidas dum vento brando, faziam um temeroso,

---

[1] Local cheio de penedos (rochedos).

ainda que frouxo, ruído; por modo que a solidão, o lugar, o escuro, o cair da água, com o sussurro das folhas, tudo infundia terror e espanto, mormente reparando-se em que nem os golpes cessavam, nem o vento adormecia, nem a manhã chegava; acrescentando-se a tudo isso o não saberem em que lugar se achavam. Porém Dom Quixote, acompanhado do seu intrépido coração, saltou sobre Rocinante e, embraçando a rodela, terçou[2] a chuça e disse:

— Sancho amigo, hás de saber que eu nasci, por determinação do céu, nesta idade de ferro para nela ressuscitar a de ouro, ou dourada, como se costuma dizer. Sou eu aquele para quem estão guardados os perigos, as grandes façanhas e os valorosos feitos. Sou, torno a dizer, quem há de ressuscitar os da Távola Redonda, os doze pares de França e os nove da fama; o que há de pôr em esquecimento os Platires, os Tablantes, Olivantes e Tirantes, os Febos e Belianises, com toda a caterva dos formosos cavaleiros dos passados tempos, fazendo neste em que me acho tais grandiosidades, estranhezas e feitos de armas que escureçam os que eles fizeram mais brilhantes. Bem estás vendo, escudeiro fiel e de lei, as trevas desta noite, o seu estranho silêncio e o soturno e confuso estrondo destas árvores, o temeroso ruído daquela água, em cuja busca vimos, que parece que se despenha desde os altos montes da lua,[3] e aquele incessante martelar que nos fere e importuna os ouvidos, as quais coisas todas juntas, e cada uma só por si, são bastantes para infundir medo, temor e espanto ao peito do próprio Marte, quanto mais a quem não está acostumado a semelhantes estranhezas e aventuras. Pois tudo isso que eu te pinto são incentivos e despertadores do meu ânimo, que já está fazendo que o coração me rebente no peito, com a ânsia que tem de acometer esta aventura, por temerosíssima que se mostre. Aperta pois as cilhas ao Rocinante, fica-te com Deus e espera-me aqui até três dias, não mais. Se neles eu não voltar, podes tu tornar-te para a nossa aldeia; e de lá, para me obsequiares e fazeres uma obra boa, irás a Toboso, onde dirás à minha incomparável Senhora Dulcineia que o seu cativo cavaleiro morreu, por tentar coisas que o pudessem fazer digno de chamar-se dela.

Sancho, ouvindo essas palavras do amo, desatou a chorar com a maior ternura do mundo e a dizer-lhe:

---

[2] Pôs a chuça cruzada sobre o peito.
[3] Deve-se entender que se refere ao Nilo, que nascia nos "montes da lua" para precipitar-se depois em duas ruidosas cataratas.

— Senhor, não sei por que Vossa Mercê quer meter-se nessa aventura tão medonha. Agora é noite, aqui ninguém nos vê; bem podemos desandar o caminho e desviar-nos do perigo, muito embora não bebamos em três dias. Como não há quem nos veja, também não há de haver quem nos ponha mácula de covardes; quanto mais, que eu ouvi muitas vezes pregar o cura do nosso povo, que Vossa Mercê muito bem conhece, que quem busca o perigo no perigo morre; e por isso não é bom tentar a Deus acometendo tão desaforado feito, donde não se pode escapar, a não ser por algum milagre. Bem bastam os que o céu já lhe tem feito, em o livrar de ser manteado como eu fui e em tirá-lo vencedor, livre e salvo dentre tantos inimigos como os que ao defunto acompanhavam. Quando nada disso abrande nem mova esse duro coração, mova-o o pensar e o crer que, assim que Vossa Mercê se houver apartado daqui, já eu de medo entregarei a alma a quem a quiser. Eu saí da minha terra e deixei filhos e mulher para vir ao serviço de Vossa Mercê, com a fé de vir a ser mais, e não menos; porém, como a cobiça rompe o saco, a mim já me tem estragado as minhas esperanças, pois quando mais vivas as tinha de alcançar aquela negra e malfadada ilha, que tantas vezes Vossa Mercê tem me prometido, vejo que em paga e troca quer me deixar agora em sítio tão apartado do trato humano. Por Deus, senhor meu, que não me faça semelhante desaguisado; e, se de todo em todo Vossa Mercê não desiste de arcar com esse feito, ao menos deixe-o para amanhã; isto daqui à alva, pela ciência que aprendi quando era pastor, não podem já ir três horas, porque a boca da buzina está por cima da cabeça, e faz meia-noite na linha do braço esquerdo.[4]

— Como podes tu, Sancho — disse Dom Quixote —, ver onde está essa linha, ou onde está essa boca, ou essa nuca de que falas, se tamanho é o escuro que nem estrelinha se descobre em todo o céu?

— Assim é — disse Sancho —, mas ao medo sobejam olhos; vê as coisas debaixo da terra, quanto mais as do céu lá por cima; mas basta o bom discurso para se entender que daqui ao dia já falta pouco.

— Falte o que faltar — respondeu Dom Quixote —, nem se há de dizer por mim agora, nem nunca, que lágrimas e rogos me apartaram de fazer o que devia na qualidade de cavaleiro; pelo que te rogo, Sancho, que te cales, que Deus, que me pôs no coração acometer agora essa tão

---

[4] A "buzina" é a Ursa Menor: a Estrela Polar era a embocadura, e as estrelas extremas, a "boca".

nunca vista e tão pavorosa aventura, lá terá cuidado de olhar por meu salvamento e de consolar a tua tristeza. O que hás de fazer é apertar as cilhas a Rocinante e ficar-te aqui, que eu depressa voltarei vivo ou morto.

Vendo pois Sancho a resolução última do amo e quão pouco aproveitaram com ele as suas lágrimas, conselhos e rogos, determinou valer-se da sua indústria e fazê-lo esperar até o dia, se pudesse; e assim, enquanto apertava as cilhas ao cavalo, sorrateiramente e sem ser sentido prendeu com o cabresto do seu asno as patas de Rocinante, por modo que Dom Quixote, quando quis partir, não o pôde, porque o cavalo não podia se mover senão aos saltos. Vendo Sancho Pança o bom êxito da sua maranha, disse:

— Veja, senhor, como o céu, comovido das minhas lágrimas e orações, determinou não poder mover-se o Rocinante; se quer ateimar a esporeá-lo, será ofender a Fortuna e escoicinhar, como dizem, contra o aguilhão.[5]

Desesperava-se com isso Dom Quixote; e, por mais que metesse as pernas à cavalgadura, menos a fazia andar; e, sem acabar de perceber o estorvo da peia,[6] teve por bem sossegar e esperar ou que amanhecesse ou que o bruto desempatasse, crendo sem dúvida que de alguma outra causa provinha o empacho, e não da habilidade do escudeiro; e falou-lhe assim:

— Como é inegável que o Rocinante não se pode menear, contente sou de esperar até que ria a alva, ainda que chore eu todo o tempo que ela tardar.

— Não tem que chorar — respondeu Sancho —; eu cá estou para entreter Vossa Mercê, contando-lhe casos até o amanhecer; salvo se acha melhor apear-se e estender-se a dormir um pouco sobre a verde erva, à moda dos cavaleiros andantes, para se achar mais refeito quando chegar o dia e o instante de acometer essa aventura tão sem igual que o espera.

— Qual apear, nem qual dormir! — disse Dom Quixote. — Sou eu desses cavaleiros que tomam descanso nos perigos? Dorme tu, que para dormir nasceste, ou faze o que melhor te parecer, que eu hei de fazer o que vir que melhor condiz com a minha pretensão.

---

[5] Vara com ponta de ferro afiada, usada para tanger bois.
[6] Corda ou peça de ferro que prende os pés dos animais.

— Não se enfade Vossa Mercê — respondeu Sancho —; não foi para isso que eu falei.

E, chegando-se para ele, pôs uma das mãos no arção dianteiro e a outra no outro; por modo que ficou abraçado com a coxa esquerda do amo, sem se afoitar a apartar-se dele um dedo; tal era o medo que tinha aos golpes que ainda teimavam em se alterar. Disse-lhe Dom Quixote que referisse algum conto para entretê-lo, como tinha prometido; ao que Sancho respondeu que de boa vontade o fizera, se o medo do que estava ouvindo lho consentisse.

— Mas enfim — disse ele —, seja como for, farei diligência para contar uma história, que, se atino com ela e não me forem à mão, é a rainha das histórias. Dê-me Vossa Mercê toda a atenção, que já principio. Era uma vez... o que era; se for bem, para todos seja; se mal, para quem o buscar.[7] E advirta Vossa Mercê, senhor meu, que o modo com que os antigos começavam os seus contos não era assim coisa ao acaso, pois foi uma sentença de Catão Zonzorino,[8] romano, o qual disse: "E o mal para quem for buscá-lo", o que vem para aqui como anel ao dedo, para que Vossa Mercê esteja acomodado e não vá procurar o mal a parte nenhuma, senão que nos voltemos por outro caminho, pois ninguém nos obriga a seguirmos este, donde tantos medos nos assaltam.

— Segue o teu conto, Sancho — disse Dom Quixote —, e do caminho que temos de seguir deixa a mim o cuidado.

— Digo pois — prosseguiu Sancho — que num lugar da Estremadura havia um pastor cabreiro, quero dizer: um pastor que guardava cabras, e esse pastor (ou cabreiro, como digo no meu conto) se chamava Lope Ruiz, e esse Lope Ruiz andava enamorado duma pastora que se chamava Torralva; essa pastora chamada Torralva era filha de outro pastor rico; e esse pastor rico...

— Se continuas a contar por esse modo, Sancho — disse Dom Quixote —, repetindo duas vezes o que vais dizendo, teremos conto para dois dias; conta seguido, e como homem de juízo; ou, quando não, é melhor que te cales.

---

[7] Ladainha com que se começam a recitar os contos populares, no tempo de Cervantes.

[8] Catão, o Censor, ou Zonzorino, como o chama Juan de Mena em *Labirinto de fortuna*, contaminando seu nome com "zonzo", tonto. Mas Sancho se refere diretamente ao folheto, muito editado nos séculos XVI e XVII, *Castigos e exemplos de Catão*, em que todos os conselhos são dirigidos ao filho explicando como deve comportar-se, e que foi utilizado para ensinar a ler e dar conselhos morais básicos às crianças.

— Como eu o conto — respondeu Sancho — é que eu sempre ouvi contar os contos na minha terra; de outro modo não sei, nem Vossa Mercê me deve pedir que arme agora usos novos.

— Dize como quiseres — respondeu Dom Quixote —; visto que a sorte quer que não possa deixar de ouvir-te, prossegue.

— Assim, senhor meu da minha alma — continuou Sancho —, esse pastor, como já disse, andava enamorado de Torralva, que era a tal pastora cachopa roliça, despachadona, e tirando seu tanto para a machoa, porque até bigodes tinha; parece-me que ainda a estou vendo.

— Visto isso conheceste-la? — disse Dom Quixote.

— Eu não, senhor — respondeu Sancho —, mas quem me contou este conto disse-me que era tão certo e verdadeiro que, se eu o contasse a alguém, podia afirmar-lhe e jurar-lhe que eu próprio tinha visto aquilo com estes que a terra há de comer. E vamos adiante. Como atrás de tempos tempos vêm, o Diabo, que não dorme nunca e está sempre atrás da porta para se intrometer em tudo, fez de modo que o amor que o pastor tinha a ela se derrancasse em cenreira⁹ e má vontade; e foram causa (segundo as más línguas) uns certos ciumezinhos que ela lhe deu, e tais que já passavam dos limites e chegavam ao defeso.¹⁰ Foi tanto daí em diante o aborrecimento do pastor que, para nunca mais enxergá-la, quis se ausentar da terra e ir-se para onde nunca mais a visse com os dois olhos que tinha na cara. A Torralva, vendo-se desprezada por Lope, logo lhe quis bem, e muito mais que em todo o tempo atrás.

— Natural condição de mulheres — disse Dom Quixote — desdenhar a quem lhes quer e amar a quem as aborrece. Adiante, Sancho, adiante.

— Sucedeu — disse Sancho — que o pastor pôs por obra o determinado; e, tocando diante de si as suas cabras, encaminhou-se pelos campos da Estremadura direto a Portugal. A Torralva, que o soube, partiu atrás dele, seguindo-o a pé e descalça a distância, com o seu bordãozinho na mão e uns alforjes ao pescoço, levando neles, segundo é fama, dois pedaços, um de espelho, outro de pente, e um boiãozinho de não sei que unturas para o rosto, mas levasse o que levasse, que nesses debuxos é que eu não quero me meter; só digo que, pelo que dizem,

---

⁹ Qualidade de birrento; obstinação, teimosia.
¹⁰ Que não é permitido; interditado, proibido.

o pastor chegou com o seu rebanho à beira do rio Guadiana, que naquela ocasião ia crescido e quase por fora da madre. No sítio onde ele chegou não havia barca nem barco, nem quem o passasse a ele nem ao seu gado para outra parte com o que muito se ralou por ver que a Torralva já vinha muito perto e, se o apanhasse, não pouca freima[11] lhe daria com os seus rogos e lágrimas; mas tanto mirou e remirou que viu um pescador, que tinha ao pé de si um saveiro, mas tão pequeno que nele só podiam caber uma pessoa e uma cabra. Com tudo isso lhe falou e conchavou com ele que o levaria, e as suas trezentas cabras. Saltou o pescador para o barco e levou uma cabra; voltou, e levou outra; tornou a voltar, e tornou a passar outra. Tome Vossa Mercê bem sentido na conta das cabras que o pescador vai passando porque, se se lhe perde uma de memória, acaba-se o conto e não será possível adiantar-se nem mais palavra dele. Continuo, pois, e digo que o desembarcadouro da outra parte estava todo enlodaçado e resvaladio; e em razão disso o pescador despendia muito tempo com as idas e vindas; apesar de tudo, voltou por outra cabra, e outra, e outra.

— Bem; faze de conta que já passou todas — disse Dom Quixote —; não andes para lá e para cá dessa maneira, que num ano não acabarias de passá-las.

— Quantas são as que já passaram? — disse Sancho.

— Eu que diabo sei? — respondeu Dom Quixote.

— Aí está por que eu lhe disse que tomasse sentido na conta — acudiu Sancho —; pois juro-lhe que está a história acabada; não se pode passar para adiante.

— Como pode isso ser? — respondeu Dom Quixote. — Tão essencial é para a história saber à justa as cabras que têm passado que, se se errar uma, já o conto não pode continuar?

— Não, senhor; por feitio nenhum — respondeu Sancho —; quando eu perguntei a Vossa Mercê que me dissesse quantas cabras tinham passado e Vossa Mercê me respondeu que não sabia, naquele mesmo instante se me varreu a mim da memória o mais que tinha ainda por dizer; pois à fé que faltava o melhor e o mais saboroso.

— Visto isso — disse Dom Quixote —, está já deveras acabada a história?

— Tão acabada como minha mãe — disse Sancho.

---

[11] Sentimento de inquietação; apreensão.

— Em verdade te digo — respondeu Dom Quixote — que hás aí contado uma das mais originais histórias, anedotas ou contos que alguém no mundo poderia inventar. Modo tal de contar e concluir nunca o vi nem espero ver em toda a minha vida. Mas também que outra coisa poderia vir do teu bestunto?[12] Enfim: não me admiro; esses golpes, que não cessam, natural é que te hajam turbado o entendimento.

— Tudo pode ser — respondeu Sancho —, mas o que eu sei é que a respeito do meu conto não há mais que dizer; acabou-se ali, onde começou o erro da contagem das cabras.

— Acabado seja ele onde quiseres, e em boa hora; e vejamos se poderá já mover-se o Rocinante.

Tornou a meter-lhe as pernas, e ele tornou a saltar, mas sem adiantar passo; tão bem peado estava!

Mas, quer fosse pela friagem da manhã, que já começava, quer por ter Sancho ceado alguma coisa laxante, quer fosse enfim coisa natural (que é o que mais depressa se deve crer), veio-lhe a vontade de fazer o que mais ninguém poderia em seu lugar; mas tamanho era o medo que dele tinha se apossado que não se atrevia a apartar-se uma unha negra do amo. Cuidar que não havia de fazer o que tão apertadamente lhe era necessário também não era possível. O que fez, para de algum modo conciliar tudo, foi soltar a mão direita, que tinha segura ao arção traseiro, e com ela, à sorrelfa[13] e sem rumor, soltou a laçada corredia com que os calções se aguentavam e, soltando-a, caíram-lhe eles logo aos pés, que lhe ficaram presos como em grilhões; depois levantou a camisa o melhor que pôde e pôs ao vento o pousadouro (que não era pequeno). Feito aquilo, que ele entendeu ser o essencial para sair do terrível aperto, sobreveio-lhe logo segunda e pior angústia, que foi o parecer-lhe que não podia aliviar-se sem fazer estrondo; e entrou a rilhar os dentes e encolher os ombros, tomando a si o fôlego quanto lhe era possível; mas, com todas essas precauções, tal foi a sua desgraça que ao fim e ao cabo não deixou de lhe escapar um pouco de ruído, bem diferente daquele que tanto receava. Ouviu-o Dom Quixote e disse:

— Que rumor é esse, Sancho?

---

[12] O conto é uma das variantes do tradicional "de nunca acabar", e com essa finalidade – a de não acabar – o havia começado Sancho, para que Dom Quixote não se afastasse dele.

[13] Dissimulação silenciosa para enganar ou iludir; sonsice, socapa.

— Não sei, senhor — respondeu ele —; alguma novidade deve ser, que as venturas e desventuras nunca principiam por pouco.

Tornou outra vez a tentar fortuna e, com tão boa sorte, sem mais ruído nem alboroto que da primeira vez, se achou aliviado da carga que tanto o havia apoquentado. Mas, como Dom Quixote não era menos fino de olfato que de ouvido e Sancho estava tão cosido com ele, as exalações subiam quase em linha reta, e o cavaleiro não pôde escusar--se de lhe chegarem ao nariz. Assim que as percebeu, acudiu com dois dedos ao nariz, apertando-o, e em tom algum tanto fanhoso disse:

— Parece-me, Sancho, que estás realmente com muito medo.

— Oh! Se estou! — respondeu Sancho. — Mas como é que Vossa Mercê percebeu isso agora mais que antes?

— É porque estás agora cheirando mais do que nunca, e não a coisa boa — respondeu Dom Quixote.

— Bem poderá ser — disse Sancho —, mas a culpa não é minha, é de Vossa Mercê, que me traz fora de horas por estes lugares descostumados.

— Arreda-te de mim três ou quatro passos, amigo — disse Dom Quixote, sem tirar ainda os dedos do nariz —; daqui em diante tem mais cautela contigo e com o que deves à minha pessoa; a demasiada conversação em que eu te admito é que é a causa de tamanha descortesia.

— Quero apostar — retrucou Sancho — que está Vossa Mercê cuidando que eu fiz desta humanidade alguma coisa que não devera...

— Pior é mexer-lhe, amigo Sancho — respondeu Dom Quixote.

Nesses e noutros semelhantes colóquios passaram o resto da noite amo e moço; mas, vendo Sancho que vinha amanhecendo, soltou com a maior sutileza as mãos a Rocinante e atacou os calções. Quando Rocinante se viu livre, ainda que de seu natural nada tivesse de brioso, parece que se reanimou e começou a escavar com as patas; de curvetas[14] (com sua licença) não há por que falemos; a tanto não chegava ele. Vendo o cavaleiro que o bruto já se movia, tomou-o por bom sinal, como se nisso lhe significara que pusesse peito à temerosa aventura. Acabou nesse comenos de se descobrir a alva, deixando ver distintamente as coisas; e reconheceu Dom Quixote achar-se entre umas árvores altas, que eram castanheiras, que fazem sombra muito escura. Notou que o

---

[14] Fazer curvetas é "levantar-se o cavalo sobre as patas traseiras"; Rocinante só sabe dar golpes com as patas dianteiras, como se recorda pelo episódio das éguas dos iangueses no capítulo XV. O sentido está claro, e por isso se pede perdão.

golpear não descontinuava, mas, sem se perceber a causa e sem se deter, fez sentir as esporas a Rocinante; e, tornando a despedir-se de Sancho, mandou que o esperasse ali três dias quando muito, como já outra vez lhe recomendara; e, se ao cabo deles não tivesse voltado, desse por certo que Deus havia sido servido de lhe fazer acabar a vida naquela perigosa aventura. Tornou-lhe a repetir o recado e a embaixada que havia de levar da sua parte à sua Senhora Dulcineia; e que, pelo que tocava à paga do seu serviço, não tivesse pena, porque ele tinha deixado feito o seu testamento antes de sair da aldeia, no qual se acharia gratificado de tudo que tocava ao seu salário, na proporção do tempo que o tivesse servido; porém, se Deus o tirava daquele perigo são, salvo e escorreito, podia ter por mais que certa a prometida ilha.

De novo desatou Sancho a chorar, ouvindo outra vez aqueles piedosos ditos do seu bom senhor, e resolveu não o deixar até a conclusão e remate último da empresa.

Dessas lágrimas, e da determinação tão honrada de Sancho Pança, deduz o autor desta história que devia ele ser homem bem-nascido e pelo menos cristão-velho.[15] Aquele sentimento de Sancho não deixou de enternecer o amo, não tanto porém que descobrisse fraqueza alguma; antes, disfarçando o melhor que pôde, começou a caminhar para a parte donde lhe parecia vir o som da água e das pancadas. Seguia-o Sancho a pé, levando, como tinha por costume, pelo cabresto o seu jumento, companheiro constante de suas fortunas, adversas ou prósperas. Tendo andado um bom pedaço por entre aqueles castanheiros e mais árvores sombrias, acertaram num pradozinho ao sopé dumas altas penhas, donde se despenhava uma abundante catarata de água. Achegadas aos penedos estavam umas casas malfeitas, que menos pareciam casas que ruínas; repararam em que dali de dentro é que procedia o ruído daquele estrondoso golpear, que ainda ia por diante. Com o estrépito da água e das pancadas espantou-se Rocinante. Dom Quixote, aquietando-o, se foi pouco a pouco chegando às casas, encomendando-se de todo o coração à sua dama, suplicando-lhe que naquela temerosa jornada e empresa o favorecesse, e de caminho recomendava-se também a Deus, para que não o desamparasse. Não se lhe tirava do lado Sancho, estendendo quanto podia o pescoço e os olhos por entre as pernas de Rocinante,

---

[15] Aquele que não tem entre seus ascendentes nenhum judeu ou mouro.

a ver se perceberia enfim o que tão amedrontado o trazia. Cem passos mais teriam andado quando, ao transporem uma quina da rocha, apareceu patente a causa que se procurava, e que era única possível para aquele horríssono ruído que tanto os espantara e que tão suspensos e medrosos os tivera por toda a noite. A causa única, leitor meu (se não levas a mal que to declare), eram seis maços de pisão[16] que alternavam os golpes com todo aquele estampido. Logo que Dom Quixote viu o que era, emudeceu e ficou-se de todo pasmado. Voltou-se para ele Sancho e viu-o de cabeça derrubada para os peitos, com mostras de envergonhadíssimo. Olhou também Dom Quixote para Sancho, e viu que estava de bochechas entufadas e a boca cheia de riso, com evidentes sinais de estar por um triz a arrebentar-lhe a gargalhada. Não pôde tanto com o bom do cavaleiro a sua melancolia, que à vista da cara de Sancho se pudesse conter que também não risse. Sancho, vendo que o próprio amo lhe abria o exemplo, rompeu a presa de maneira que teve de apertar as ilhargas com as mãos ambas, para não rebentar a rir. Quatro vezes serenou, e outras tantas voltou à mesma explosão de hilaridade com a mesma força que a princípio. Já de tanta galhofa se ia dando ao Diabo Dom Quixote, mormente quando lhe ouviu dizer de chança:[17]

— "Hás de saber, Sancho amigo, que eu nasci por determinação do céu nesta idade de ferro para ressuscitar nela a de ouro ou dourada. Eu sou aquele para quem estão guardados os perigos, as grandes façanhas, os valorosos feitos."

E por aqui foi enfiando todas as razões que do amo ouvira, quando começaram aqueles golpes medonhos.

Vendo pois Dom Quixote que o seu escudeiro fazia mofa dele, correu-se, e em tanta maneira se agastou, que alçou a chuça e lhe assentou duas bordoadas tais que, se assim como ele as recebeu nas costas, as apanhasse pela cabeça, livrariam o amo de lhe pagar as soldadas, salvo se fosse aos seus herdeiros. Sancho, conhecendo o mal que as suas graças lhe iam saindo, e receando que o ensino passasse a mais, com muita humildade lhe disse:

---

[16] Instrumento empregado na elaboração de telas ou couros. Consiste de grossos troncos de madeira, recobertos de couro, que golpeiam as telas ou as peles para limpá-las de graxa; sobre o tecido se joga argila em pó ou em pasta. Os troncos se movem pela força da água represada de algum rio; se o rio não for caudaloso, se faz cair a água sobre a turbina.

[17] Dito zombeteiro ou mordaz; troça, gracejo; vaidade, soberba.

— Tenha mão Vossa Mercê, senhor meu, que tudo isto em mim é graça.

— Pois se é graça em ti, em mim é que não o é — respondeu Dom Quixote —; vinde cá, senhor dizedor, parece-vos a vós que, se assim como nos saíram maços de pisão nos surdisse realmente uma aventura perigosa, não tinha eu já mostrado o ânimo preciso para empreendê-la e levar a cabo? Estou obrigado, porventura, sendo, como sou, cavaleiro, a conhecer e diferençar os sons e saber quais são os de maço de pisoeiro e quais não? Ademais, bem podia ser, e assim era realmente, que eu nunca em dias de vida tal houvesse presenciado, como vós, que sois um rústico e um vilão ruim nascido e criado entre eles.[18] Ora suponde vós que esses seis maços se transformam em seis gigantes; abarbem-nos comigo, a um e um ou todos de rondão; e, quando eu vo-los não apresentar a todos de pernas ao ar, dou-vos licença que façais de mim quanta chacota quiserdes.

— Basta já, senhor meu — replicou Sancho —, confesso que passei de risonho; mas diga-me Vossa Mercê, agora que fizemos as pazes, assim Deus o tire para o futuro de todas as aventuras tão são e salvo como desta o livrou: não foi coisa de rir, e não é para se contar, o grande medo que tivemos? Pelo menos o que eu tive, que de Vossa Mercê já eu sei que não o conhece, nem sabe o que venha a ser temor nem espanto.

— Não nego — respondeu Dom Quixote — que o sucesso não fosse merecedor de riso; mas digno de contar-se é que não é, porque nem todas as pessoas são tão discretas que saibam pôr as coisas em seu lugar.

— Vossa Mercê pelo menos — respondeu Sancho — soube pôr no seu lugar a chuça, apontando-me à cabeça e dando-me nas costas, graças a Deus e ao cuidado que eu pus em revirar-me a jeito. Mas vá lá, que tudo afinal há de ser pelo melhor, que sempre ouvi dizer: "Quem bem ama bem castiga"; e mais, que os senhores principais, em dizendo palavra má a um criado, logo em desconto lhe dão umas calças; o que eu não sei bem é o que lhe costumam dar depois de terem lhe dado bordoadas, se não é que depois das bordoadas os cavaleiros andantes dão ilhas ou reinos em terra firme.

---

[18] O vilão (habitante de vila) podia conhecer um trabalho manual; o fidalgo era proibido de exercê-los: essa é a distinção de classes que Dom Quixote quer deixar bem estabelecida. Ele não conhece os ofícios mecânicos, nem de vista nem de ouvido.

— Tal poderia correr o dado — disse Dom Quixote — se isso que dizes ser verdade; e perdoa o passado, pois és discreto e sabes que os primeiros movimentos não estão na mão do homem. Fica porém daqui para diante advertido duma coisa, para que te abstenhas e coíbas no falar demasiado comigo: que em todos quantos livros de cavalarias tenho lido, e que são inumeráveis, nunca achei escudeiro que palrasse tanto com seu senhor como tu com o teu; e em verdade que o tenho por grande falta da tua e da minha parte; da tua, porque nisso mostras respeitar-me pouco; e da minha, porque não me deixo respeitar como devera. Gandalim, por exemplo, escudeiro de Amadis de Gaula, foi Conde da Ilha Firme; e dele se lê que sempre que falava ao seu senhor o fazia de gorra na mão, inclinada a cabeça e o corpo curvado *more turquesco*.[19] Pois que diremos de Gasabal, escudeiro de Dom Galaor? Que foi tão calado que, para se nos declarar a excelência do seu maravilhoso silêncio, só uma vez se profere o seu nome naquela tão grande como verdadeira história. De tudo que te digo hás de inferir, Sancho, que é necessário fazer-se diferença de amo a moço, de senhor a criado e de cavaleiro a escudeiro; portanto de hoje avante devemo-nos tratar mais respeitosamente, sem nunca nos confundirmos um com o outro, porque, de qualquer modo que eu me enfade convosco, quebrado afinal há de ser sempre o cântaro. As mercês e benefícios que vos hei prometido a seu tempo chegarão; e, se não chegarem, o vosso salário pelo menos nunca o haveis de perder, como já vos disse.

— Bem está quanto Vossa Mercê me diz — respondeu Sancho —; porém gostaria eu de saber (se por acaso não chegasse o tempo das mercês, e se houvessem de contar os salários) quanto ganhava um escudeiro de cavaleiro andante naqueles tempos; e como eram os ajustes: se por meses, se por dias, como serventes de pedreiros.

— Não creio eu — respondeu Dom Quixote — que jamais os tais escudeiros servissem por soldada justa; serviam confiados nas mercês; e se eu agora te falei a ti em salário, e no que a esse respeito deixei no meu testamento cerrado lá em casa, foi pelas incertezas do futuro; por ora ainda não sei como corre nestes calamitosos tempos a cavalaria, e não queria, por tão pequenas coisas, condenar a minha alma para o outro mundo; porque te faço saber, Sancho, que neste em que vivemos não há estado mais perigoso que o dos aventureiros.

---

[19] De acordo com o costume turco, com reverência profunda.

— Essa é a verdade — respondeu Sancho —, pois só o estrondo duns maços de pisão bastou para alborotar e desassossegar o coração de tão valoroso cavaleiro andante como Vossa Mercê é; mas pode ficar descansado, que daqui em diante não torno a abrir a boca para burlar sobre as coisas de Vossa Mercê, salvo sendo para honrá-lo como a meu amo e senhor natural que é.

— Dessa maneira — respondeu Dom Quixote —, viverás longo tempo sobre a superfície da terra, porque abaixo dos pais se hão de os amos respeitar como se o foram.

## Capítulo XXI

### QUE TRATA DA ALTA AVENTURA E PRECIOSA GANÂNCIA DO ELMO DE MAMBRINO, COM OUTRAS COISAS SUCEDIDAS AO NOSSO INVENCÍVEL CAVALEIRO

NISSO COMEÇOU A CHOVER um pouco, e quisera Sancho que se recolhessem no moinho do pisão; mas tamanho teiró[1] lhe havia tomado Dom Quixote em razão do desencantamento passado que por modo nenhum lá quis entrar; e, torcendo o caminho para a mão direita, deram noutro como o da véspera. Dali a pouco descobriu Dom Quixote um homem a cavalo, que trazia na cabeça coisa que relampagueava como se fora de ouro; apenas o viu, voltou-se para Sancho e lhe disse:

— Parece, Sancho, que não há rifão que não seja verdadeiro, porque todos eles são sentenças tiradas da própria experiência, mãe das ciências todas, e especialmente aquele que diz: "Uma porta se fecha, outra se abre". Digo isso porque, se na noite passada se nos fechou a porta da aventura que buscávamos, enganando-nos com os pisões, agora se nos abre outra de par em par para melhor e mais certa aventura. Se eu não acertar a entrada por ela, toda a culpa será minha, sem eu poder atribuí--la nem a pisões nem ao escuro da noite. Isso digo porque, se me não engano, aí vem caminhando para nós um homem que traz na cabeça o elmo de Mambrino,[2] sobre o qual me ouviste o juramento que sabes.

— Olhe Vossa Mercê bem o que diz, e melhor o que faz — respondeu Sancho. — Deus nos livrara de que fossem estes agora outros pisões, que nos acabassem de apisoar e amofinar-nos o entendimento.

---

[1] Sentimento ou demonstração de aversão ou antipatia; má vontade; teima, implicância, birra.
[2] Elmo encantado que Reinaldo de Montalbán tomou do mouro Mambrino.

— Valha-te o Diabo, homem! — replicou Dom Quixote. — Em que se parece um elmo com um maço de pisoeiro?

— Não sei — respondeu Sancho —, mas afirmo-lhe que, se pudesse agora falar tanto como era o meu costume, talvez desse tais razões que Vossa Mercê veria que se enganava no que diz.

— Como me enganar no que digo, traiçoeiro escrupulizador! — exclamou Dom Quixote. — Dize-me: não vês aquele cavaleiro que para nós vem sobre um cavalo ruço rodado,[3] trazendo na cabeça um elmo de ouro?

— O que eu vejo — respondeu Sancho — não é senão um homem escarranchado num asno pardo, cor do meu, e que traz na cabeça uma coisa que reluz.

— Pois essa "coisa que reluz" é que é o elmo de Mambrino — respondeu Dom Quixote. — Arreda-te para um lado e deixa-me só com ele; vais ver como eu, sem proferir palavra, por não esperdiçar tempo, concluo esta aventura e me aposso do elmo que tanto desejava.

— O apartar-me eu por minha conta fica — replicou Sancho —, mas queira Deus, torno a dizer, que desse mato saia orégano, em lugar de pisões.

— Já vos hei recomendado, irmão — disse Dom Quixote —, que nem por pensamento me torneis a amentar isso dos pisões, que voto...[4] (e não digo mais) apisoar-vos a alma.

Calou-se Sancho com medo de que o amo cumprisse logo o voto que era tão redondo e sem pegas como uma bola.

Era o caso que o elmo, cavalo e cavaleiro que Dom Quixote via, nisto se cifravam: de dois lugares que havia naquele contorno, um era tão pequeno que não tinha nem botica nem barbeiro; o outro, que lhe ficava próximo, esse sim; e por isso o barbeiro do maior era também afreguesado no outro. Deu o caso que um enfermo desse lugar menor necessitou de ser sangrado, e outro da barba feita. Para esses dois serviços é que o barbeiro vinha e trazia a sua bacia de latão.[5] Como no caminho

---

[3] De cor parda clara com manchas negras ou escuras. Ruço era o pelo normal dos burros e por isso se denominará assim correntemente a cavalgadura de Sancho, sobretudo no segundo volume da obra.

[4] O voto de Dom Quixote é "voto a Deus," mas o autor, pusilânime, o transcreveu parcialmente ("*e não digo mais*"); em seguida se diz que "o havia deixado redondo como uma bola", ou seja, completo.

[5] A bacia de barbeiro tinha forma semiesférica, com uma borda na qual se abria um encaixe semicircular para que entrasse nele o pescoço de quem molhava a barba na água com sabão. Era usada, também, para recolher sangue quando os barbeiros faziam sangrias. A figura de Dom Quixote com a bacia como elmo é uma das mais frequentes em sua iconografia.

lhe começou a chover, receoso ele de que lhe estragasse o chapéu, que naturalmente seria novo, pôs-lhe por cima a bacia que, por estar areada havia pouco tempo, resplandecia a meia légua de distância. Vinha montado num asno pardo, como Sancho dissera, e esse é que ao fidalgo se figurou cavalo ruço rodado; o mestre, cavaleiro; e a bacia, elmo de ouro. Tinha isso de si: quantas coisas via, logo pelo ar as acomodava às suas desvairadas cavalarias e descaminhados sonhos. Quando viu que vinha já perto o pobre cavaleiro, sem mais tirte nem guarte[6] partiu sobre ele a toda a velocidade do Rocinante, e com a chuça enristada, decidido a passá-lo de banda a banda. Quase ao alcançá-lo, mas sem abrandar a fúria da carreira, lhe disse:

— Defende-te, cativa criatura, ou entrega-me à boamente o que por boa razão me pertence.

O barbeiro, que tão descuidoso e pacífico viu crescer contra si aquele fantasma, não teve remédio para se livrar da lançada senão deixar-se cair do burro abaixo. Mal tocara o chão, levantou-se mais leve que um gamo e começou a correr por aquela planície, que nem um furacão o alcançaria. Com a bacia, que na carreira lhe caíra, se deu Dom Quixote por satisfeito; e disse que o campônio andara discreto no imitar o castor, que, em se vendo acossado dos caçadores, corta com os dentes aquilo que o instinto natural lhe diz ser a causa de o perseguirem.[7] Mandou que Sancho levantasse do chão o elmo; o qual, tomando-o nas mãos, disse:

— Por Deus que a bacia é boa; e sou capaz de jurar que custou um bom dinheiro.

E entregando-a a seu amo, este a colocou na cabeça, rodando-a de um lado e doutro, à procura do encaixe; e, como não o encontrasse, disse:

— Sem dúvida que o pagão para quem se fez por medida esta famosa celada tinha uma grandíssima cabeça; mas o pior é que lhe falta metade.

Quando Sancho o ouviu chamar a bacia de celada, não pôde suster o riso, mas reprimiu-o logo, lembrando-se das iras do patrão.

— De que te ris, Sancho? — disse Dom Quixote.

---

[6] De repente.
[7] Responde a uma tradição antiga que supunha a autocastração do animal para salvar a vida, quando o perseguem para conseguir o castóreo, substância aromática, muito apreciada na época. Por essa razão, o castor se converteu em um emblema.

— Rio-me — respondeu ele — de considerar na grande cabeça que tinha aquele pagão dono desse elmete, que não parece senão uma bacia de barbeiro escrita e escarrada.

— Sabes o que se me está figurando, Sancho? É que este famoso elmo encantado por algum estranho acidente caiu em poder de quem não soube conhecer nem estimar a sua valia e, sem saber o que fazia, reparando em que era de ouro puríssimo, fundiu a outra metade para seu proveito e desta fez isto, que se parece com bacia de barbeiro, como tu dizes. Porém, seja o que for, que para mim, que a conheço, esta transfiguração nada faz ao caso; eu a repararei no primeiro lugar em que haja ferreiro, e de modo que não lhe leve vantagem, nem sequer lhe chegue, a que foi forjada pelo deus das ferrarias para o deus das batalhas, e daqui até lá trá-la-ei como puder, que melhor é alguma coisa que nada; ao menos sempre será suficiente para me defender de alguma pedrada.

— Poderá ser — disse Sancho —, se não for a pedrada atirada de funda, como as atiravam na peleja dos dois exércitos, quando a Vossa Mercê lhe benzeram os queixais e lhe escangalharam a almotolia em que vinha aquela bendita bebida que me fez vomitar as forçuras.

— Não me fez grande pena o tê-la perdido — disse Dom Quixote —; bem sabes, Sancho, que eu tenho a receita de memória.

— Eu também — respondeu Sancho —, mas, se tornar a fazê-la, nunca mais em minha vida a provarei, juro; nem tenciono tornar a necessitar dela, porque voto guardar-me com todos os meus cinco sentidos de ser ferido ou de ferir quem quer que seja. Lá de ser outra vez manteado, não digo nada, que desgraças dessas mal se podem prever e, tendo elas de vir, não há mais que fazer senão encolher os ombros, tomar a si o fôlego, fechar os olhos e deixar-se um homem ir por onde a sorte e a manta o quiserem atirar.

— Mau cristão és tu — replicou Dom Quixote —, que nunca te esqueces da injúria que uma vez te fizeram; pois sabes que não é de peitos nobres e generosos fazer caso de ninharias. Ficou-te coxo algum pé? Quebrada alguma costela, ou a cabeça aberta, para te ficar tão gravado na memória aquele brinco? Porque, apuradas bem as contas, brinco foi e mero passatempo; se eu não o entendera assim já lá tinha tornado e feito para tua satisfação mais dano do que os gregos fizeram em Troia pelo rapto de Helena, a qual, se existira neste nosso tempo, ou a minha Dulcineia fora naquela antiguidade, podia estar certa de que não tivera tanta fama de formosa como tem.

E aqui soltou um suspiro que chegou às nuvens. Respondeu Sancho:

— Pois passe por brinco, visto que a vingança não pode ser a valer; porém, eu é que sei a casta de que não foram os brincos e as veras, e também sei que nunca me hão de passar da lembrança, nem das costas. Porém, deixando isso de parte, diga-me Vossa Mercê o que havemos de fazer deste cavalo ruço rodado, que se parece com um burro pardo, que nos ficou para aí desamparado pelo tal Martinho que Vossa Mercê derrubou; segundo ele pôs pés em polvorosa e tomou a carreira às de Vila-Diogo,[8] não leva jeito de nos tornar mais a aparecer; e, pelas minhas barbas, o ruço é bem bom!

— Não costumo eu — disse Dom Quixote — despojar aos que venço, nem é usança na cavalaria tirar cavalos e deixar os cavaleiros a pé, salvo se tiver o vencedor perdido na pendência o seu próprio; só nesse caso é que lhe é lícito tomar o do vencido, como tendo sido ganhado em boa guerra. Assim, Sancho, deixa o cavalo, ou jumento, ou o que quiseres que seja, que o dono, em nos vendo longe daqui, voltará a procurá-lo.

— Sabe Deus — replicou Sancho — se eu não o levava de boa vontade, ou pelo menos em troca deste meu, que me parece menos bom. Realmente que bem apertadas são as leis da cavalaria, pois não dão licença para se trocar um asno por outro; mas queria saber se poderia sequer trocar os aparelhos.

— Nisso não estou muito certo — respondeu Dom Quixote —, mas em caso de dúvida, e enquanto não tenho melhores informações, digo-te que os troques, se estes são para ti de extrema necessidade.

— Tão extrema é ela — acudiu logo Sancho — que, se fossem para mim mesmo em pessoa, não me seriam mais precisos.

E para logo, autorizado com tal licença, fez *mutatio caparum*,[9] e pôs o seu jumento às mil maravilhas, deixando-o a valer três ou cinco vezes mais. Concluído esse arranjo, almoçaram dos restos do real que também na azêmola se lhe depararam, beberam da água do arroio dos pisões sem voltar a cara para eles, tal era o aborrecimento em que os tinham pelo medo que lhes haviam causado!

---

[8] Em uma décima jocosa, diz-se o seguinte: "Vila-Diogo era um soldado / Que a São Pedro, em ocasião / De estar em dura prisão, / Nunca lhe faltou ao lado. / Veio o espírito alado, / E, cheio de vivo fogo, / Disse a São Pedro: Sai logo; Toma as calças; não perguntes. / E, em vez de pôr as suas, / Tomou as de Vila-Diogo".

[9] Alude-se à cerimônia de mudança de capas vermelhas forradas de pele por outras roxas, de seda, próprias dos cardeais e membros da cúria romana na Páscoa de Ressurreição.

E dando mate à cólera, e até à melancolia, montaram e, sem tomarem caminho determinado, por ser muito de cavaleiros andantes o não seguirem via certa, se deixaram ir por onde ao Rocinante se antolhou; após ele iam levadas à toa a vontade do amo e a do asno, que sempre em boa união o acompanhava por onde quer que fosse. Com tudo isso tornaram à estrada real e por ela seguiram à ventura, sem nenhum outro roteiro.

Como assim iam caminhando, disse Sancho para o amo:

— Quer Vossa Mercê, senhor meu, conceder-me vênia para que meta mão num tudo-nada de palestra com Vossa Mercê? Depois que me pôs aquele custoso mandamento do silêncio, já me têm apodrecido mais de quatro coisas no estômago; e uma, que eu agora tenho na ponta da língua, não queria eu perdê-la.

— Dize-a embora — disse Dom Quixote —, e sê breve no discorrer, que para os ditos agradarem requer-se que por difusos não aborreçam.

— Digo, pois, senhor — respondeu Sancho —, que dia há que ando considerando quão pouco se ganha em andar buscando estas aventuras que Vossa Mercê espera por estes desertos e encruzilhadas, onde, ainda que se vençam e concluam em bem as mais perigosas, não há quem presencie ou alcance delas notícias; e portanto hão de forçosamente ficar em perpétuo silêncio, com prejuízo do desejo de Vossa Mercê e do que elas merecem. Parece-me, portanto, que mais acertado fora (salvo o mais avisado parecer de Vossa Mercê) irmo-nos a servir algum imperador, ou a outro príncipe grande, que tenha alguma guerra em que Vossa Mercê melhor possa mostrar o seu valor, as suas grandes forças e claro entendimento. Reconhecendo todas essas excelências, o tal senhor a quem servimos por força nos há de remunerar, a cada qual segundo os seus merecimentos, não faltando lá por certo quem ponha em escrito as façanhas de Vossa Mercê, para perpétua memória. Das minhas nada digo, pois não hão de sair dos limites escudeiráticos, ainda que sei dizer que, se se usa na cavalaria escrever façanhas de escudeiros, não me parece que as minhas hajam de ficar entre borrões esquecidos.

— Não dizes mal, Sancho — respondeu Dom Quixote —, mas, antes de se chegar a esse extremo, é mister andar pelo mundo buscando as aventuras como escola prática, para que, saindo com alguns feitos em limpo, se cobre nome e fama tal que, quando depois se chegar à corte de algum grande monarca, já o cavaleiro seja conhecido por suas obras, e que, ao vê-lo entrar pelas portas da cidade, os rapazes da rua o rodeiem e acompanhem, vozeando entre vivas: "Este é o Cavaleiro do Sol", ou "da Serpente",[10] ou de outra qualquer insígnia, sob a qual houver realizado grandes façanhas. "Este é", dirão, "o que venceu em singular batalha o gigante Brocabruno da Grande Força; o que desencantou o grande Mameluco da Pérsia do largo encantamento em que tinha permanecido quase novecentos anos"; e assim de mão em mão irão pregoando os seus feitos; e logo, com o alvoroto dos rapazes da rua e de todo o outro gentio, sairá às janelas do seu real palácio o rei daquele reino; e, assim que vir o cavaleiro, conhecendo-o pelas armas, ou pela empresa do escudo, forçosamente há de dizer: "Eia! Sus! Saiam meus cavaleiros, quantos em minha corte são, a receber a flor da cavalaria que ali vem"; à qual ordem sairão todos, e ele descerá meia escada e o abraçará estreitissimamente, dar-lhe-á a paz, beijando-o no rosto, e logo o levará pela mão ao aposento da senhora rainha, onde o cavaleiro a achará com a infanta sua filha, que há de ser uma das mais formosas e completas donzelas que em grande parte do mundo descoberto com grande custo se puderam encontrar. Sucederá logo após tudo isso pôr ela os olhos no cavaleiro, e ele nela os seus, e cada um parecerá ao outro coisa mais divina que humana; e, sem saberem como nem como não, hão de ficar presos na insolúvel rede amorosa, e com grande opressão de suas almas, por não saberem como se hão de falar e descobrir as suas ânsias e sentimentos. Dali o levarão sem dúvida a algum quarto do paço, custosamente adereçado, onde, despindo-lhe as armas, lhe trarão uma capa rica de púrpura[11] com que se cubra; e, se armado tão bem parece, melhor há de ainda parecer assim vestido. À noite ceará com o rei, a rainha e a infanta, sem nunca tirar os olhos dela, mirando-a a furto dos circunstantes; e outro tanto fará ela, e com igual disfarce, porque, segundo já disse, é muito discreta donzela. Levantadas as mesas, entrará a súbitas pela porta da sala um feio e pequeno anão, com uma formosa dama, que entre dois gigantes vem atrás do anão com certo problema engenhado por antiquíssimo sábio, que aquele que for capaz de deslindar será tido como melhor cavaleiro do mundo.

---

[10] Cavaleiro do Sol: pode tratar-se do Cavaleiro do Febo ou de Frisol, personagem secundário do *Palmeirim de Oliva*; da Serpente: provavelmente se refere a Belcar, do *Palmeirim de Inglaterra*, ou a Esplandião.

[11] O manto se punha nos cavaleiros quando baixavam as armas; era uma veste de respeito ou cerimônia. A "capa rica de púrpura" era uma tela de seda ou linho fino, com desenhos de fio de ouro.

"Mandará logo o rei que todos os presentes provem naquilo a sua habilidade; e nenhum atinará, salvo o hóspede, com grandes aumentos para a sua fama; do que ficará contentíssima a infanta, e se estimará feliz de ter posto a sua eleição amorosa em sujeito de tão altos méritos. Para tudo correr ao pintar, esse rei ou príncipe (ou o que quer que seja) traz uma guerra mui renhida com outro rei tão poderoso como ele. O cavaleiro hóspede lhe pede, ao cabo de alguns dias de estada na corte, licença para ir servi-lo naquela dita guerra; dar-lha-á o rei de muito bom grado, e o cavaleiro lhe beijará cortesmente as mãos pela mercê que lhe concede; e nessa noite se despedirá de sua senhora a infanta, pelas grades de um jardim para onde deita o aposento de dormir dela, grades por onde já outras muitas vezes lhe tinha falado, sendo medianeira de tudo uma donzela, em quem a infanta muito confia. Ele suspirará, ela desmaiará, a donzela trará água, lamentar-se-á muito, vendo que já está a amanhecer e não quisera que o descobrissem, para não se empanar a honra da sua dama. Finalmente a infanta tornará em si e dará as suas brancas mãos por entre as grades ao cavaleiro, o qual as beijará mil e mil vezes, e as banhará de lágrimas. Ficará conchavado entre os dois o modo como se hão de um ao outro comunicar os seus bons ou maus sucedimentos; e a princesa lhe pedirá que se demore o menos que puder. Ele lho prometerá com muitos juramentos; torna-lhe a beijar as mãos e despede-se com tanto sentimento que por pouco lhe não foge a vida. Vai dali para o quarto, deita-se sobre o leito, não pode dormir com a dor da partida, levanta-se antes da madrugada, vai-se despedir do rei, da rainha e da infanta. Despedido já dos dois primeiros personagens, dizem-lhe que a senhora infanta está maldisposta e que não pode receber visitas. Pensa o cavaleiro ser com pena da sua partida; rasga-se-lhe o coração; e por um triz não dá indício manifesto do seu pesar. Está diante a donzela medianeira, observa tudo e vai contá-lo à sua ama; esta recebe-a com lágrimas e diz-lhe que uma das maiores penas que lhe assistem é não saber quem o seu cavaleiro seja, e se é, ou não, de linhagem real. A donzela dá-lhe por certo que não pode caber tanta cortesia, gentileza e denodo, como tem o seu cavaleiro, senão em pessoa real. Com isso se conforta a coitada e procura consolar-se, por não dar aos pais algumas ruins suspeitas; e, passados dois dias, aparece em público. Já o cavaleiro é partido; está pelejando na guerra; vence ao inimigo de el-rei, ganha muitas cidades, triunfa de muitas batalhas, volta à corte, vê a sua dama por onde costumava, obtém dela anuência para que a peça por mulher em paga dos serviços que fez; el-rei, que não sabe quem ele é, não lha quer dar; porém, apesar disso, ou roubada ou de qualquer maneira que seja, a infanta casa com ele. O pai chega a estimá-lo por grande ventura, porque se descobre que o tal cavaleiro é filho de um valoroso rei de não sei que reino (porque assento que não virá no mapa). Morre o pai, a infanta herda e, em duas palavras, o cavaleiro sai rei. Aqui principia logo por conceder mercês ao seu escudeiro, e a todos que o ajudaram a subir a tão alto estado; ao seu escudeiro casa-o com uma aia da infanta, que sem falta deve ser a mesma que lhe serviu de terceira nos amores, a qual é filha de um duque de primeira nobreza."[12]

— Isso é o que eu peço, senhor meu — disse Sancho —, é tudo um joguinho liso e direito; com tudo isso conto, e tudo há de sair ao pé da letra como Vossa Mercê o talha, e mais chamando-se o "Cavaleiro da Triste Figura".

— Não lhe ponhas dúvida, Sancho — replicou Dom Quixote —, porque, do mesmo modo e pelos mesmos passos com que te encadeei esses sucessos, sobem e têm subido cavaleiros a ser reis e imperadores. O que só falta agora é saber que monarca dos cristãos ou dos pagãos andará em guerra e terá filha de tão extremada formosura; mas não faltará tempo para se pensar nisso, porque, já te disse, antes que se chegue à corte, é necessário ter cobrado ânimo por outras partes. Também falta ainda outra coisa: suposto se ache rei com guerra e com filha formosa, e concedendo que eu tenha adquirido fama incrível por todo o mundo, não sei bem como se poderia achar para a minha pessoa ascendência real, ou pelo menos de primo segundo de imperador, porque o tal rei não há de querer dar-me por mulher a filha sem previamente saber isso bem ao certo, por mais que lho mereçam os meus feitos. Estou receando que, por essa falta, venha a perder o que tão bem tinha já merecido o meu forte pulso. Verdade é que eu sou filho de algo de solar conhecido, de posse e propriedade, e dos da tarifa de quinhentos soldos;[13] e bem poderia ser que o sábio que escrevesse a minha história

---

[12] Dom Quixote faz um resumo perfeito da trama e de todas as situações típicas de um livro de cavalarias.

[13] "De fidalguia comprovada"; conhecia-se seu "solar", lugar de origem da família e sua linhagem, não por compra ou por favor; o fidalgo, em caso de injúria, tinha direito, segundo as leis derivadas do Foro de Julgamento, a uma compensação de quinhentos soldos. Ser fidalgo de posse e propriedade significava possuir uma sentença firme das autoridades que davam fé da fidalguia, o que supõe que a linhagem de Dom Quixote tenha sido questionada.

deslindasse de tal maneira a minha parentela e descendência que me achasse quinto ou sexto neto de rei; porque te faço saber, Sancho, que há duas espécies de linhagem: há a linhagem dos que derivam a sua descendência de príncipes e monarcas, mas a quem pouco a pouco o tempo foi desgastando até acabar tudo em bico, à laia de pirâmide; outra linhagem é a que principiou por gente baixa e foi trepando até chegar a grandes senhores. Toda a diferença está em que uns foram e não são, e outros são, e não eram. Ora eu poderia ser desses que, bem averiguada a coisa, se provasse haverem tido nome grande e famoso; com isso deve se contentar o rei que estiver destinado para meu sogro; e, se isso não se der, tanto me há de querer a infanta que, apesar do pai, e ainda que saiba perfeitamente que sou filho dum aguadeiro,[14] me há de admitir por seu senhor e esposo; aliás é o caso de raptá-la e levá-la para onde for minha vontade, porque o tempo, ou a morte, há de acabar com a oposição paterna.

— Para aí vem muito ao pedir — disse Sancho — o que alguns desalmados dizem: "Não peças por favor o que podes haver por força"; ainda que mais assisado é estoutro rifão: "Mais consegue salteador do que honrado rogador". Digo isso porque, se o senhor rei, sogro de Vossa Mercê, não se quiser resolver a entregar-lhe a infanta, minha senhora, não há senão, como Vossa Mercê diz, roubá-la e pô-la em seguro; o mau será se, enquanto as pazes não se fazem, e não se goza pacificamente do reino, o pobre escudeiro poderá estar a dente[15] nessa coisa das mercês; salvo se a donzela terceira, que há de ser mulher dele, sair, também com a infanta, e ele a acompanhar nesses dias ruins, até que o céu lhes ponha ponto, porque bem poderá, creio eu, o seu senhor dar-lha desde logo por legítima esposa.

— Lá isso é como quem o tem já fechado na mão — disse Dom Quixote.

— Pois, sendo assim — disse Sancho —, não há senão pôr tudo nas mãos de Deus e deixar correr a sorte pelo seu caminho direito.

— Faça Deus o que eu desejo, e tu, Sancho, necessitas — disse Dom Quixote —, e ruim seja quem em ruim conta se tem.

---

[14] Vendedor, fornecedor ou transportador de água.
[15] Sem ter comido.

— Seja por Deus — respondeu Sancho —, que eu cristão-velho sou, e para ser conde isso me basta.

— E até sobeja — disse Dom Quixote —, e ainda que o não foras, que importara isso para o caso? Sendo eu rei, bem te posso dar nobreza sem que tu a compres nem me sirvas em nada; porque eu a fazer-te conde, tu ficas logo cavaleiro; e digam o que disserem: à fé que te hão de tratar por senhoria, gostem ou não gostem.

— Ora! E que não saberia eu autorizar o *litamen*! — disse Sancho.

— "Dictamen" deves dizer, e não "litamen" — emendou o amo.

— Seja assim — continuou Sancho —; eu os obrigaria a não me andarem fora do rego; afirmo-lhe que fui há já tempos andador duma irmandade; e tão bem me assentava a vestimenta de andador que todos diziam que bem-apessoado era eu até para servir de irmão maior da mesma irmandade. Que será quando me puserem uma capa de arminhos pelas costas ou eu me vestir de ouro e pérolas à moda de conde estrangeiro! Tenho para mim que de cem léguas hão de vir curiosos para me ver.

— Decerto que hás de parecer muito bem — disse Dom Quixote —; mas será preciso que rapes as barbas a miúdo, que, segundo as trazes ouriçadas e revoltas, não as rapando à navalha de dois em dois dias pelo menos, à distância de tiro de escopeta será conhecido pela pinta.

— Bom remédio — disse Sancho — é tomar um barbeiro e tê-lo em casa assoldadado, e até, se preciso for, farei que ande atrás de mim como cavalariço de grande.

— Donde sabes tu — perguntou Dom Quixote — que os grandes levem atrás de si cavalariços?

— Eu lhe digo — respondeu Sancho —, um dos anos passados estive coisa dum mês na corte, e ali vi que, passando um senhor muito pequeno, que diziam ser muito grande, atrás dele o ia seguindo um homem a cavalo em quantas voltas dava, como se fora sua cauda. Perguntei como era que aquele homem nunca se unia ao outro e lhe andava sempre no alcance; responderam-me que era o seu cavalariço, e que os grandes tinham por uso levarem atrás de si aqueles estafermos. Desde então o fiquei sabendo, nunca mais e esqueci.

— Com razão — disse Dom Quixote —, e, visto isso, podes também tu acompanhar-te do teu barbeiro, que as modas não se inventaram todas ao mesmo tempo nem vieram ao mundo de cambulhada; e, portanto, bem podes ser tu o primeiro conde que leve após si o seu barbeiro; e depois, de maior suposição é o escanhoar um homem que aparelhar uma besta.

— Isso do barbeiro deixe-o por minha conta — disse Sancho —; à de Vossa Mercê fique o vir a ser rei e fazer-me a mim conde.

— Assim se fará — respondeu Dom Quixote.

E, levantando os olhos, viu o que no seguinte capítulo se dirá.

# Capítulo XXII

## DA LIBERDADE QUE DOM QUIXOTE DEU A MUITOS DESDITADOS QUE IAM LEVADOS CONTRA SUA VONTADE AONDE ELES POR SI NÃO QUERERIAM IR

CONTA CIDE HAMETE BENENGELI, autor arábico e manchego desta gravíssima, altissonante, mínima, suave e imaginada história, que, depois daquelas razões que houve entre o famoso Dom Quixote de la Mancha e Sancho Pança, seu escudeiro, de que no precedente capítulo XXI se deu conta, alçou Dom Quixote os olhos e viu que pelo seu caminho vinham uns doze homens a pé, engranzados como contas numa grande cadeia de ferro pelos pescoços, e todos algemados.[1] Vinham igualmente com eles dois homens a cavalo e outros dois a pé; os cavaleiros com escopetas de roda,[2] e os peões com dardos e espadas. Assim que Sancho Pança os viu, disse:

— Essa é cadeia de galeotes,[3] gente forçada da parte de el-rei, para ir servir nas galés.

— Como "gente forçada"? — perguntou Dom Quixote. — É possível que el-rei force a alguma gente?

— Não digo isso — respondeu Sancho —; digo que é gente que, por delitos que fez, vai condenada a servir o rei nas galés por força.

— Em conclusão — replicou Dom Quixote —, como quer que seja, essa gente, ainda que a levem, vai à força, e não por sua vontade.

— É verdade — disse Sancho.

---

[1] O traslado de presos algemados da forma descrita se fazia com aqueles considerados especialmente perigosos.

[2] Escopetas que se disparam quando se roça o pedernal sobre uma roda de aço que gira rapidamente ao se apertar o gatilho; substituíram o arcabuz de mecha.

[3] Condenados a remar nos barcos da Armada Real.

— Pois sendo assim — disse o amo —, aqui está onde acerta à própria o cumprimento do meu ofício; desfazer violências e dar socorro e auxílio a miseráveis.

— Advirta Vossa Mercê — disse Sancho — que a Justiça, que é el-rei em pessoa, não faz violência nem agravo a gente semelhante, senão que os castiga dos seus delitos.

Nisso chegou a cadeia dos galeotes, e Dom Quixote com muito corteses falas pediu aos que os iam guardando que o informassem e lhe dissessem a causa, ou causas, por que levavam aquela gente daquele modo. Um dos guardas a cavalo respondeu que eram galeotes (gente pertencente a Sua Majestade) que iam para as galés; e que não havia que dizer, nem ele que perguntar.

— Apesar disso — replicou Dom Quixote —, queria saber de cada um deles em particular a causa da sua desgraça.

A esses ditos juntou mais outros tais e tão descomedidos para resolvê-los a declararem-lhe o que desejava que o outro guarda montado lhe disse:

— Ainda que levamos aqui o registro e a fé das sentenças de cada um desses desgraçados, não temos tempo que perder a apresentar papéis e fazer leituras. Chegue Vossa Mercê a eles e interrogue-os se quer; que eles, se for sua vontade, lho dirão; pois é gente que põe gosto em fazer e assoalhar velhacarias.

Com essa licença, que Dom Quixote por si tomaria, ainda que não lha dessem, chegou-se à leva e perguntou ao primeiro por que mau pecado ia ali daquela maneira tão desastrada. Respondeu ele que por enamorado.

— Só por isso e mais nada? — replicou Dom Quixote. — Se por coisas de namoro se vai para as galés, há muito tempo que eu as pudera andar remando.

— Não são namoros como Vossa Mercê cuida — disse o forçado —; o meu namoro foi com uma canastra de roupa-branca, que a abracei comigo tão fortemente que, se a Justiça não ma tira por força, ainda agora por vontade minha não a tinha largado. Fui apanhado em flagrante, escusaram-se tratos e, concluída a causa, assentaram-me nas costas um cento de estouros, e por crescenças três anos de gurapas, e acabou-se a obra.

— Que vêm a ser "gurapas"? — perguntou Dom Quixote.

— "Gurapas" são galés — respondeu o forçado, que era um rapaz duns vinte e quatro anos e disse ser natural de Piedrahita.

Igual pergunta fez Dom Quixote ao segundo. Este não respondeu palavra, segundo ia cheio de paixão e melancolia, mas respondeu por ele o primeiro, e disse:

— Esse vai por canário;[4] venho a dizer que por músico e cantor.

— Como é isso? — disse admirado Dom Quixote. — Pois também por ser músico e cantor se vai para as galés?

— Sim, senhor — respondeu o galeote —; nem há pior coisa do que é um homem cantar nas ânsias.

— Antes sempre ouvi — disse Dom Quixote — que "quem canta seus males espanta".

— Cá é às avessas — disse o forçado —, que quem uma vez canta toda a vida chora.

— Não entendo — disse Dom Quixote.

Mas um dos guardas lhe disse:

— Senhor cavaleiro, "cantar nas ânsias" se chama entre essa gente *non sancta* confessar nos tratos o crime que se fez. A esse pecador meteram-no a tormentos e confessou ser ladrão de bestas; pelo ter confessado, o condenaram a seis anos de galés, além de duzentos açoites que já leva nos lombos. Vai sempre pensativo e triste, porque os outros ladrões, uns, que ainda por lá ficam, e os outros, que vão aqui, o enxovalham e mofam dele, porque caiu em confessar e não teve ânimo para dizer niques; porque dizem eles que tantas letras tem um "não" como um "sim". Que fortuna para um delinquente ter na língua à sua escolha a vida e a morte, em vez de as ter à mercê de testemunhas e provas! E, para mim, tenho que não vão errados.

— Assim também o entendo — respondeu Dom Quixote.

Passando ao terceiro, fez-lhe a mesma pergunta que aos dois precedentes. O terceiro, depressa e com muito desembaraço disse:

— Eu vou por cinco anos para as senhoras gurapas por me haverem faltado dez ducados.

— Vinte darei eu de muito boa vontade — disse Dom Quixote — para vos livrar desse trabalho.

— Faz-me isso lembrar — replicou o forçado — um homem que tem a algibeira quente e está estalando de fome, por não ter onde compre o

---

[4] Réu que confessa quando é torturado; era malvisto pelos demais presos. Os três termos (canário, músico e cantor) são sinônimos.

que lhe faz míngua. Digo isso porque, se a tempo eu tivesse tido esses vinte ducados que Vossa Mercê agora me oferece, tivera untado com eles a pena do escrivão e ativado o procurador de maneira que hoje me veria no meio da Plaza de Zocodover⁵ de Toledo e não nesta estrada atrelado como galgo; mas Deus é grande; paciência, e basta.

Passou Dom Quixote ao quarto, que era um sujeito de aspecto venerando, com uma barba de neve que lhe chegava abaixo dos peitos, o qual, perguntado sobre a causa por que ali ia, começou a chorar e não respondeu palavra; mas o quinto lhe serviu de língua e disse:

— Esse honrado homem vai por quatro anos às galés, depois de ter passeado pelas costumeiras,⁶ vestido em pompa, com colchetes e a cavalo.

— Vem a dizer na rua, segundo entendo — disse Sancho Pança —, que saiu à vergonha do mundo.

— Assim é — respondeu o acorrentado —, e o seu crime foi ter sido corretor de orelha,⁷ e ainda do corpo todo; quero dizer que esse cavalheiro vai por alcaiote,⁸ e também por ter seus laivos de feiticeiro.

— Se não fossem esses laivos — disse Dom Quixote —, lá só por ser alcaiote decente não merecia ir remar nas galés, antes fora mais próprio para governá-las e ser general delas porque o ofício de terceiro de amores não é coisa tão de pouco mais ou menos; é um modo de vida de pessoas discretas e, numa república bem-ordenada, muito necessário; não o deveriam ter senão indivíduos muito bem-nascidos, e até devia haver para eles vedor e examinador,⁹ como há para os demais ofícios, com número certo e conhecido, como corretores de praça. Dessa maneira se atalhariam muitos males, que hoje resultam de andar esse ofício e exercício entre gente idiota e de pouco entendimento, como são umas mulherinhas de pouco mais ou menos, pajenzinhos e truões de poucos anos e pouquíssima experiência que, nas ocasiões mais importantes, e sendo necessário dar alguma traça de maior tomo, dão em seco e não sabem qual é a sua mão direita. Adiante quisera eu passar, dando as

---

⁵ Trata-se de um pleonasmo, já que *zoco*, em árabe, significa "praça". A Plaza de Toledo era frequentada por meliantes.

⁶ As ruas onde se costumavam açoitar os delinquentes.

⁷ Intermediário em operações comerciais e, em sentido metafórico, rufião, cafetão, alcaguete.

⁸ Alcoviteiro.

⁹ Vedor: encarregado do registro das pessoas de um ofício, da inspeção de seu comportamento e do exame para promoção de grau; examinador: inspetor de qualquer função administrativa.

razões por que se devera fazer eleição dos que na república deveriam exercer tão necessário ofício; mas não é aqui lugar próprio. Algum dia o direi a quem possa providenciar; por agora só digo que a pena que essas honradas cãs e venerável semblante me têm causado por vos ver metido em tamanhos trabalhos por alcaiote tirou-me o apenso de feiticeiro, ainda que sei muito bem não haver no mundo feitiços que possam mover e forçar as vontades, como cuidam alguns palermas; o alvedrio da pessoa é livre, e não há erva nem encanto que o obrigue.[10] O que algumas mulherinhas tolas e alguns velhacos embusteiros costumam fazer são certas mistelas e venenos, com que tornam os homens doidos, dando a entender que são específicos para bem-querer, sendo, como digo, coisa impossível forçar a vontade de alguém.

— Tudo isso é assim — disse o bom do velho —; verdade, senhor meu, culpa de feitiços não a tive; de alcaiote sim, e não o posso negar; porém nunca pensei que nisso fazia mal; o meu empenho era que toda a gente folgasse e vivesse em paz e quietação, sem pendências nem penas. Porém, de nada me serviram esses bons desejos, para deixar de me ir donde não espero mais voltar, segundo me carregam os anos e um mal de urinas que levo, que não me dá instante de descanso.

Aqui tornou ao seu pranto do princípio. Teve Sancho tanta compaixão do triste que tirou do peito uns cobrezitos e lhos deu de esmola.

Passou adiante Dom Quixote e perguntou a outro o seu delito. Este respondeu com muito mais presença de espírito que o precedente:

— Eu vou aqui por me ter divertido demais com duas primas minhas coirmãs, e com mais duas irmãs que não me eram nada; finalmente, tanto me diverti com todas que do divertimento resultou aumentar-se a parentela tão intrincadamente que não há aí sumista[11] que a deslinde. Provou-se-me tudo, faltaram-me proteções, dinheiros não os tinha, vi--me a pique de me estragarem o gasnete; sentenciaram-me a galés por seis anos; sujeitei-me; foi castigo do que fiz. Rapaz sou; não peço senão que a vida me dure; com ela tudo se alcança. Se Vossa Mercê, senhor cavaleiro, leva aí alguma coisa com que socorrer a estes pobretes, Deus lho pagará no céu, e nós outros teremos cá na terra cuidado de rogar

---

[10] Os encantamentos amorosos eram feitos, na literatura e na vida, com ervas e com rezas; o recurso a eles era motivo frequente sobretudo nas novelas pastoris, como na *Diana* de Jorge de Montemayor.

[11] Escritor de suma, de doutrina moral, de epítome.

a Nosso Senhor nas nossas orações pela vida e saúde de Vossa Mercê, que seja tão dilatada e feliz como a sua boa presença merece.

Esse ia em traje de estudante, e disse um dos guardas que era grande falador e ladino de mão-cheia.

Atrás desses vinha um homem de muito bom parecer, de idade de trinta anos, e que metia um olho pelo outro. O modo por que vinha preso diferia algum tanto dos outros, porque trazia uma cadeia ao pé tão comprida que lhe subia pelo corpo todo, e ao pescoço duas argolas; uma em que se prendia a cadeia, e a outra das que chamam "guarda amigo", ou "pé de amigo",[12] da qual desciam dois ferros que chegavam até a cintura, a que se prendiam duas algemas em que iam presas as mãos com um grosso cadeado, de modo que nem com as mãos podia chegar à boca, nem podia abaixar a cabeça até chegar a elas. Perguntou Dom Quixote como ia aquele homem com tantas prisões mais que os outros. Respondeu-lhe o guarda que mais delitos tinha aquele só, que todos os da leva juntos, e que tão atrevido e velhaco era que, ainda que o levassem daquela maneira, não iam seguros dele e temiam, ainda assim, que lhes fugisse.

— Que delitos pode ele ter — disse Dom Quixote — se o condenaram só às galés?

— Vai por dez anos — replicou o guarda —, que é como morte civil.[13] Não há mais que se encareça: esse bom homem é o famoso Ginés de Pasamonte; por outro nome lhe chamam: o Ginesilho de Parapilha.[14]

— Senhor comissário — disse então o forçado —, não leve isso de afogadilho,[15] e não percamos agora tempo a destrinçar nomes e sobrenomes; o que eu me chamo é Ginés, e não Ginesilho. Pasamonte é a minha alcunha, e não Parapilha, como você disse; e cada um que olhe por si, e não fará pouco.

---

[12] Aço ou corda que prende uma das patas traseiras de um animal cavalar ou muar, impedindo-o de movimentar-se e de escoicear.

[13] Era a pena que levava adjunta a perda de todos os direitos. Além disso, dez anos de galeras equivaliam praticamente a uma pena de morte.

[14] Viu-se nesse personagem uma recordação do escritor aragonês Jerónimo de Pasamonte, autor de uma autobiografia, cuja trajetória vital se cruzou algumas vezes com a de Cervantes e a quem se quis identificar com o autor do *Quixote* apócrifo. Ginés voltará a aparecer mais adiante, nos acréscimos da segunda edição, assim como no segundo volume, adaptando outras personalidades e disfarces. "Parapilha" pode ser um italianismo (*parapiglia*: rixa) ou um composto de "parar" e "pilhar", em seu significado de gíria: aludiria a algo assim como "jogador que leva vantagem ou ardiloso"; Passamonte, por outra parte, é também o nome de um gigante, irmão de Morgante, o qual Orlando mata no *Morgante maggiore*, de Pulci.

[15] Com pressa, precipitação.

— Não fale tão de ronca, senhor ladrão de marca maior — replicou o comissário, se não quer que o faça calar contra vontade.

— Parece — respondeu o forçado — que um homem vai por onde Deus quer; mas não importa, alguém algum dia há de saber se me chamo Ginesilho de Parapilha ou não.

— Pois não te chamam assim, embusteiro? — disse o guarda.

— Chamam, sim — respondeu Ginés —, mas eu farei que não me chamem; juro por estas;[16] por enquanto é falar só entre dentes. Senhor cavaleiro, se tem alguma coisa que nos dar, dê-o já e vá-se com Deus, que já aborrece com tanto querer saber vidas alheias. Se quer saber a minha, sou Ginés de Pasamonte; a minha vida está escrita por estes cinco dedos.

— É verdade — disse o comissário —, a sua história escreveu-a ele próprio; é obra a que nada falta. O livro lá lhe ficou pela cadeia empenhado em duzentos reales.

— Tenho toda a tenção — acudiu Ginés — de desempenhá-lo, por duzentos ducados que fosse.

— Pois tão bom é o livro? — disse Dom Quixote.

— Tão bom é — respondeu Ginés — que há de enterrar *Lazarilho de Tormes*,[17] e quantos se têm escrito ou se possam escrever naquele gênero.[18] O que sei dizer a você é que diz verdades tão curiosas e aprazíveis que não pode haver mentiras que lhe cheguem.

— E como se intitula o livro? — perguntou Dom Quixote.

— *A vida de Ginés de Pasamonte* — respondeu ele em pessoa.

— E está acabado? — perguntou Dom Quixote.

— Como pode estar acabado — disse ele —, se ainda a vida não me acabou? O que está escrito é desde o meu nascimento até o instante em que desta última vez me encaixaram nas galés.

— Visto isso, já lá estiveste mais duma vez — disse Dom Quixote.

— Para servir a Deus e a el-rei já lá estive quatro anos, e já sei a que sabe a bolacha e mais o vergalho — respondeu Ginés —; pouco se me dá tornar a elas; assim terei vagar para concluir o meu livro, que

---

[16] "Por estas barbas."

[17] *Lazarilho de Tormes* é o primeiro romance picaresco.

[18] O tal gênero é o romance pseudoautobiográfico da tradição picaresca, que se inicia por volta de 1554 com o *Lazarilho de Tormes* e cujo representante mais difundido foi o *Guzmán de Alfarache* (1599-1604), de Mateo Alemán, no qual quem conta a vida também é um galeote, como Ginés.

ainda me faltam muitas coisas que dizer, e nas galés de Espanha há sossego de sobra. Verdade é que o que me falta escrever já não é muito e tenho-o de cor.

— Esperto me pareces tu — disse Dom Quixote.

— E desditado também —, acrescentou Ginés —; não admira, as desventuras vêm sempre na cola do talento.

— Na cola dos velhacos — emendou o comissário.

— Já lhe disse, senhor comissário — respondeu Ginés —, que ande devagarinho, que aqueles senhores não lhe deram essa vara para maltratar os pobrezinhos que aqui vamos; deram-lhe para nos guiar e ir-nos pôr onde Sua Majestade manda, senão por vida de... Basta, não é impossível que algum dia depois da barrela[19] saiam as nódoas do que passou na estalagem. Cada um que tape a sua boca, viva bem e fale melhor; e toca a andar, que de chalaça[20] já basta.

Levantou a vara ao alto o comissário para dar a Pasamonte o troco das suas picuinhas; mas Dom Quixote se lhe pôs diante e lhe pediu que não espancasse o homem, pois quem levava as mãos tão presas não admirava tivesse na língua alguma soltura; e dirigindo-se a todos os da leva, disse:

— De tudo que me haveis dito, caríssimos irmãos, tenho tirado a limpo o seguinte: que, se bem vos castigaram por vossas culpas, as penas que ides padecer nem por isso vos dão muito gosto, e que ides para elas muito a vosso pesar e contra a vontade, e que bem poderia ser que o pouco ânimo daquele nos tratos, a falta de dinheiro neste, os poucos padrinhos daqueloutro, e finalmente que o juízo torto do magistrado fossem causa da vossa perdição, e de não se ter feito a justiça que vos era devida. Tudo isso se me representa agora no ânimo, de maneira que me está dizendo, persuadindo e até forçando que mostre em favor de vós outros aquilo para que o céu me arrojou ao mundo e me fez nele professar a ordem de cavalaria que professo, e o voto que nela fiz de favorecer os necessitados e os oprimidos pelos maiores que eles. Mas como sei que uma das condições da prudência é que o que se pode conseguir a bem se não leve a mal, quero rogar a esses senhores guardas e comissários que façam favor de vos desacorrentar e deixar-vos ir em

---

[19] Caldo coado de cinzas vegetais ou de soda, usado para clarear roupa; coada, lixívia.
[20] Dito ou feito espirituoso, zombeteiro; escárnio, gracejo, motejo.

paz; não faltarão outros que sirvam a el-rei com maior razão; porque dura coisa me parece o fazerem-se escravos indivíduos que Deus e a natureza fizeram livres; quanto mais, senhores guardas — acrescentou Dom Quixote —, que esses pobres nada fizeram contra vós outros; cada qual lá se avenha com o seu pecado. Lá em cima está Deus, que não se descuida de castigar o mau e premiar o bom; e não é bem que os homens honrados se façam verdugos dos seus semelhantes, e ademais sem proveito. Digo isto com tamanha mansidão e sossego para vos poder agradecer, caso me cumprais o pedido; e quando à boamente não o façais, esta lança e esta espada com o valor do meu braço farão que por força o executeis.

— Graciosa pilhéria é essa — respondeu o comissário —, e vem muito a tempo. Forçados de el-rei quer que os soltemos, como se para tal houvéssemos autoridade, ou ele a tivesse para no-la intimar! Vá-se Vossa Mercê, senhor, nas boas horas; siga o seu caminho e endireite essa bacia que leva à cabeça, e não queira tirar castanhas com a pata do gato.

— Gato e rato e velhaco sois vós, patife — respondeu Dom Quixote.

E, dito e feito, arremeteu com ele tão às súbitas que, sem lhe dar azo de se pôr em defesa, deu com ele em terra malferido duma lançada; e dita foi, que era aquele o da escopeta. Os demais guardas ficaram atônitos e suspensos da novidade; mas, recobrando logo o acordo, meteram mãos às espadas os de cavalo e os peões aos seus dardos e arremeteram a Dom Quixote, que todo sossegado os aguardava. Mal passara sem dúvida o fidalgo se os forçados, vendo a ocasião que lhes vinha para alcançarem a soltura, não a aproveitassem forcejando por quebrar a cadeia em que vinham acorrentados. Tamanha foi a revolta que os guardas, já para terem mãos nos galeotes, que estavam se soltando, já para se haverem com Dom Quixote, que acometia a eles, não puderam fazer coisa que proveitosa lhes fosse. Sancho à sua parte ajudou Ginés de Pasamonte a soltar-se; e este foi o primeiro que saltou a campo livre e desembaraçado; e indo-se sobre o comissário estendido, lhe tirou a espada e a escopeta e, com esta, apontando ora a um, ora a outro, sem nunca disparar, conseguiu que nem um só guarda se detivesse em todo o campo, porque foram fugindo, tanto da escopeta de Pasamonte como das muitas pedradas que os já soltos galeotes lhes atiravam. Mas desse sucesso grande foi a tristeza que de Sancho se apossou, por se lhe representar que os fugidos haviam de passar notícia do caso à Santa Irmandade, a qual de sino tangido sairia na pista dos delinquentes; e assim o representou ao amo, rogando-lhe que partissem logo dali e se emboscassem na serra próxima.

— Tudo isso é muito bom — disse Dom Quixote, mas eu é que sei o que mais convém fazer agora.

E chamando a todos os galeotes que andavam levantados e haviam despojado ao comissário até o deixarem nu, se puseram todos à roda a saber o que lhes mandava.

— De gente bem-nascida é próprio — lhes disse o cavaleiro — agradecer os benefícios recebidos; e um dos pecados que mais ofendem o Altíssimo é a ingratidão. Isto digo, senhores meus, porque já haveis visto com manifesta experiência o que de mim recebestes; em paga, é minha vontade que, carregando essa cadeia[21] que dos vossos pescoços tirei, vos ponhais para logo a caminho e vades à cidade de El Toboso, e ali vos apresenteis perante a Senhora Dulcineia e lhe digais que o seu cavaleiro, o da Triste Figura, lhe manda muito saudar, e lhe conteis ponto por ponto toda esta minha famosa aventura, com que vos restituí à desejada liberdade. Feito isso, podeis vós ir para onde vos aprouver, e boa fortuna vos desejo.

Respondeu por todos Ginés de Pasamonte, e disse:

— O que Vossa Mercê nos manda, senhor e libertador de todos nós, é impossível de toda a impossibilidade cumprirmo-lo, porque não podemos ir juntos por essas estradas, senão sós e separados cada um *per si*, procurando meter-se nas entranhas da terra para não dar com ele a Santa Irmandade, que sem dúvida alguma há de sair à nossa busca. O que Vossa Mercê pode melhor fazer, e é justo que faça, é comutar esse serviço e tributo à Senhora Dulcineia del Toboso em alguma quantidade de ave-marias e credos, que nós outros rezaremos por tenção de Vossa Mercê. Coisa é esta que se poderá cumprir de noite e de dia, fugindo ou repousando, em paz ou em guerra; porém pensar em nos tornarmos agora para as cebolas do Egito,[22] quero dizer, tomar a nossa cadeia e marchar para El Toboso, o mesmo é que pensar que é noite agora que ainda não são dez da manhã. Pedir-nos a nós outros isso é o mesmo que esperar peras de olmeiros.

— Pelo Deus que me criou! — exclamou Dom Quixote já posto em cólera. — Dom filho da puta, Dom Ginesilho de Paropilho, ou como

---

[21] Era costume que o liberado de cativeiro levasse consigo a cadeia para oferecê-la a alguma igreja de sua devoção.

[22] Ou seja, voltar para a vida fácil e regalada, o que aqui significa a vida desvirtuada.

quer que vos chamais, que haveis de ir agora vós só com o rabo entre as pernas, com toda a cadeia às costas.

Pasamonte, que nada tinha de sofrido e já estava caído na conta de que Dom Quixote não tinha o juízo todo, pois tal disparate havia cometido como era o de querer dar-lhes liberdade, vendo-se maltratado, e daquela maneira, deu de olho aos companheiros e, retirando-se à parte, começaram a chover tantas pedradas sobre Dom Quixote que poucas lhe eram as mãos para se cobrir com a rodela; e o pobre Rocinante já fazia tanto caso da espora como se fora de bronze. Sancho, por trás do seu asno, com esse antemural lá se ia defendendo da chuva de pedras que não cessava de lhe cair em cima. Não se pôde anteparar tão bem Dom Quixote que lhe não acertassem não sei quantos seixos no corpo, e com tanta sustância que pregaram com ele em terra. Apenas caiu, veio sobre ele o estudante, tirou-lhe da cabeça a bacia e bateu-lhe com ela três ou quatro baciadas nas costas e outras tantas no chão, com o que a fez quase em pedaços. Tiraram-lhe um roupão que trazia por cima das armas e até as meias-calças lhe queriam tirar, se as grevas[23] não lho estorvassem. Ao Sancho tiraram o gabão, deixando-o desmantelado,[24] e, repartindo entre si todos os despojos da batalha, foi cada um para o seu lado com mais cuidado de escapar à temível Irmandade que de apresentar-se com a cadeia à Senhora Dulcineia del Toboso.

Ficaram sós o jumento e Rocinante, Sancho e Dom Quixote; o jumento, cabisbaixo e pensativo, sacudindo de quando em quando as orelhas, por cuidar que ainda não teria acabado o temporal das seixadas, que ainda lhe zuniam aos ouvidos; Rocinante, estendido junto do amo, pois também o derrubara outra pedrada; Sancho, desenroupado e temeroso da Santa Irmandade; e Dom Quixote, raladíssimo, por se ver com semelhante paga daqueles mesmos a quem tamanho benefício tinha feito.

---

[23] Polainas de aço que protegiam a parte inferior da perna, desde o joelho até o tornozelo.
[24] Em trajes menores.

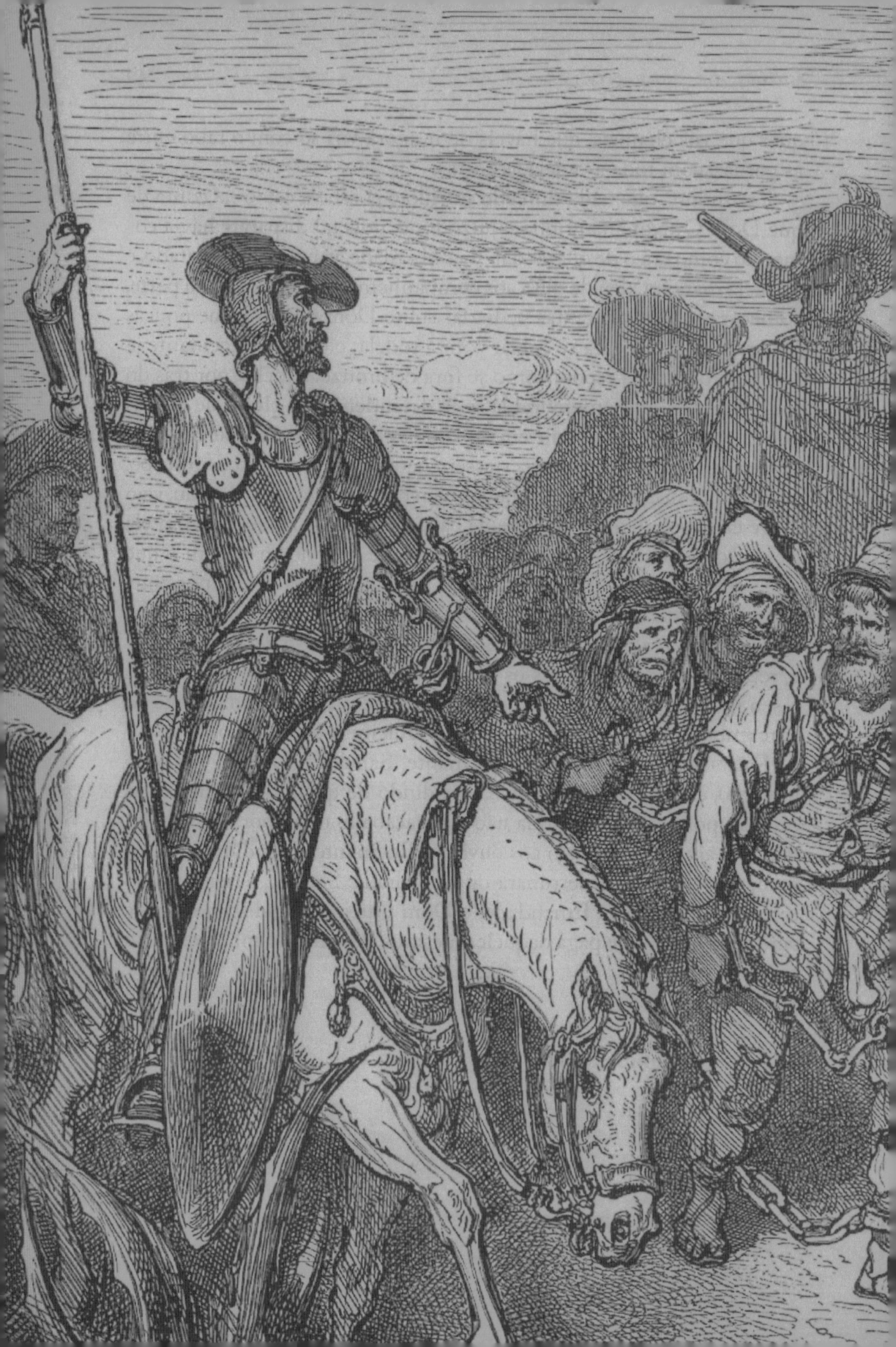

## Capítulo XXIII

### DO QUE ACONTECEU AO FAMOSO DOM QUIXOTE NA SERRA MORENA,[1] QUE FOI UMA DAS MAIS RARAS AVENTURAS QUE NESTA VERDADEIRA HISTÓRIA SE CONTAM

VENDO-SE DOM QUIXOTE tão mal, disse para o escudeiro:

— Sempre, Sancho, ouvi dizer que fazer bem a vilões é deitar água no mar. Se eu tivesse estado pelo que me disseste, evitava-se o presente desgosto; mas o que está feito, feito está; já agora paciência; ficar-me-á de emenda para o futuro.

— Tanto se há de Vossa Mercê emendar com esta como é verdade ser eu turco; mas, como diz que, se tivesse estado pelo que eu lhe preguei, se houvera forrado a este contratempo, creia-me agora e evitará outro maior, porque lhe digo que para a Santa Irmandade escusadas são cavalarias. Quantos cavaleiros andantes há valem para ela tanto como dois maravedis; e saiba que já até a modo que sinto zunir-me às orelhas as setas[2] dos suplícios em que lá metem a gente.

— És covarde por natureza, Sancho meu — disse Dom Quixote —, mas, para que não me chames teimoso nem digas que nunca faço o que me aconselhas, desta vez quero comprazer-te, apartando-me da fúria que tanto receias; mas com uma condição: que jamais enquanto eu vivo for, nem depois da minha morte, confessarás, a quem quer que seja, que me retirei e fugi deste perigo por medo, pois só o fiz para condescender contigo; que, se outra coisa disseres, serás um mentiroso,

---

[1] Cordilheira que serve de limite entre La Mancha e Andaluzia. A mudança de paisagem e a situação fronteiriça marcam uma delimitação no caráter da narração no que se refere a personagens e aventuras.

[2] A Santa Irmandade tinha poder condenatório para os delitos graves; a pena de morte se executava por asseteamento.

e desde agora para então, e desde então para agora, te desminto, e digo que mentes e mentirás todas as vezes que o proferires ou o pensares; e não me repliques mais, que só em cuidar que me esquivo a algum perigo, especialmente deste que parece que leva um é-não-é de sombra de medonho, estou já quase para não arredar pé e para ficar sozinho à espera não só da Santa Irmandade que dizes e receias, mas de todos os irmãos das doze tribos de Israel, e de todos os sete Macabeus, e de Cástor e Pólux³ e, ainda por cima, de todos os irmãos e irmandades que no mundo haja.

— Senhor meu — respondeu Sancho —, retirar-se não é fugir; nem no esperar vai prova de sisudeza quando a coisa é mais perigosa que bem figurada. Próprio dos sábios é o pouparem-se de hoje para amanhã; e saiba Vossa Mercê que um ignorante e rústico pode mesmo assim acertar uma vez por outra com o que chamam regras de bem governar. Portanto não lhe pese de haver tomado o meu conselho; monte no Rocinante, se pode, ou eu o ajudarei, e siga-me, que me diz uma voz cá dentro que mais úteis nos podem ser nesta ocasião os pés que as mãos.

Montou Dom Quixote sem mais réplica, e, indo adiante Sancho no seu asno, se meteram à Serra Morena, que era já próxima dali, levando Sancho o fito em atravessá-la toda, para irem sair ao Viso ou Almodóvar do Campo e esconderem-se alguns dias por aquelas brenhas, para não serem descobertos, se a Irmandade lhes viesse no alcance. Animou-se nesse propósito, por ter visto que na refrega dos presos se tinham salvado as vitualhas que sobre o asno vinham, o que ele capitulou de milagre, à vista das tomadias e procuras que os forçados tinham feito.⁴

---

³ A menção da Santa Irmandade traz, por associação, recordações de irmãos famosos: os irmãos das doze tribos de Israel são os doze filhos de Jacó; os Macabeus aparecem nos livros que levam seu nome na Bíblia Vulgata; Cástor e Pólux, gêmeos filhos de Leda, conhecidos como os Dioscuros, se transformaram na constelação de Gêminis.

⁴ Na edição *princeps*, as cerca de cinquenta linhas a seguir (desde "Nessa noite..." até "a mercê que lhe fazia"), em que se conta como Ginés de Passamonte roubou o asno de Sancho, não existem. A interpolação é decididamente cervantina, mas também é certo que não foi inserida no lugar oportuno, pois ainda no capítulo XXV Sancho aparece "com seu jumento", e só no final desse mesmo capítulo se menciona na edição *princeps* "a falta do ruço". Uma interpolação posterior, situada no capítulo XXX, conta de que modo Sancho recobrou o asno, o qual, no entanto, não volta a figurar na narração até o capítulo XLII. Na edição *princeps*, portanto, se alude à perda do asno e se apresenta Sancho sem ele entre os capítulos XXV e XXIX, mas não se relata quando nem como o ruço desapareceu, e depois, no capítulo XLII, o escudeiro volta a andar sobre o jumento sem que se tenha narrado de que modo e em que momento o recobrou. Na segunda edição, por outro lado, o desaparecimento do asno ocorre antes de que Sancho o tenha sofrido efetivamente. A explicação dessas anomalias provavelmente se deve ao fato de que

Nessa noite deitaram até o meio da Serra Morena, onde a Sancho pareceu conveniente que pernoitassem, e até alguns dias mais, pelo menos todos os que durasse a matalotagem que levava; pelo que se acomodaram para dormir entre duas penhas no meio de uma grande espessura de sobreiros. Porém, a sorte fatal, que, segundo o cuido dos que se não alumiam de verdadeira fé, tudo encaminha, risca e dispõe a seu talante, ordenou que Ginés de Pasamonte, o afamado falsário e ladrão, que da cadeia se tinha escapado pela doidice de Dom Quixote, acossado do medo da Santa Irmandade (e com razão), se lembrou de homiziar-se também naquelas serranias; e levaram-no o seu destino e o seu medo para a mesma parte em que Dom Quixote e Sancho tinham esperado se esconder, a tempo e horas que ainda os pôde conhecer. Deixou-os pegar no sono; e, como os malvados são sempre desagradecidos e a necessidade persuade a fazer o que se não deve, e um recurso à mão se não há de enjeitar fiando nas incertezas do futuro, Ginés, que não era nem agradecido nem bem-intencionado, resolveu furtar o asno a Sancho Pança, não fazendo caso de Rocinante, em razão de ser prenda tão fraca para empenhada como para vendida.

Dormindo pois Sancho, furtou-lhe a alimária e antes que amanhecesse já estava bem longe de poderem achá-lo.

---

Cervantes nunca chegou a submeter o *Quixote* a uma revisão detalhada que verificasse as abundantes modificações que introduziu tanto enquanto escrevia a obra como de última hora, ao entregá-la à imprensa, mudando de lugar alguns capítulos, intercalando novos materiais e omitindo outros. Em algum momento desse processo, deve ter tido de optar por suprimir o roubo do asno, mas sem chegar depois a eliminar inteiramente as referências ao episódio. Quando o livro foi publicado e se observou a incongruência (que Lope de Vega, entre outros, comentou com sarcasmo), o próprio Cervantes escreveu algumas passagens que deram conta do desaparecimento e reaparição do asno, para acrescentá-los ele mesmo, apressadamente, num exemplar da *princeps* (menos plausível é que encarregasse Juan de la Cuesta, o impressor, ou Francisco de Robles, o livreiro que atuava como editor, de os acrescentar no contexto adequado; e ainda menos provável é que um dos dois conservasse o autógrafo da obra e buscasse nele os trechos da versão primitiva que, com alguns retoques seus, e não de Cervantes, melhor pudessem servir para remediar o descuido). Em todo caso, é certo que quem fez os remendos, seja o próprio Cervantes, como tudo indica, seja outro, interpolou o fragmento relativo ao roubo antes do lugar em que cumpriria corretamente sua função. A terceira impressão (1608) de Juan de la Cuesta (como também a edição de Bruxelas, 1607) contém outras pequenas alterações, não necessariamente alheias ao autor, que pretendem anular as inconsequências provocadas por todas essas mudanças, mas várias passagens necessitariam de revisão. No segundo volume, por sua vez, Cervantes recria e explica em termos jocosos "quem foi o ladrão que furtou o ruço de Sancho" e atribui vagamente as anomalias ao "descuido do impressor".

Saiu a aurora alegrando a terra e entristecendo Sancho por achar de menos o seu ruço. Vendo-se sem ele, começou a fazer o mais triste e dolorido pranto do mundo; e tanto que Dom Quixote despertou com o alarido e percebeu por entre ele estas palavras:

— Ó filho das minhas entranhas, nascido na minha mesma casa, entretenimento de meus filhos, regalo de minha mulher, inveja dos meus vizinhos, alívio dos meus trabalhos e finalmente meio mantenedor de minha pessoa, porque, com vinte e seis maravedis que me ganhavas cada dia, segurava eu metade das minhas despesas!

Dom Quixote, que viu o pranto e lhe soube a causa, consolou Sancho com as melhores razões que pôde e lhe pediu que tivesse paciência, prometendo-lhe uma ordem escrita para que lhe dessem em sua casa três, de cinco que lá tinha deixado.

Respirou Sancho com a promessa, limpou as lágrimas, moderou os soluços e agradeceu a Dom Quixote a mercê que lhe fazia. Do amo, assim que entrou por aquelas montanhas, alegrou-se-lhe o coração, parecendo-lhe aqueles lugares acomodados para as aventuras que buscava. Vinham-lhe à memória os maravilhosos acontecimentos que em soledades e asperezas semelhantes haviam ocorrido a cavaleiros andantes. Nessas coisas ia pensando tão embevecido e alheado nelas que nenhuma outra lhe lembrava, nem Sancho levava outro cuidado (logo que lhe pareceu ser seguro o sítio por onde caminhavam) senão o de satisfazer o estômago com os restos que do despojo clerical lhe tinham ficado, e em que o ladrão não atentara; e assim ia atrás do amo carregado com tudo que o ruço havia de levar e de que ele se ia aliviando com passá-lo de cima das costas para dentro do ventre. Enquanto naquilo ia, não pensava noutras aventuras.

Nisso levantou os olhos e viu que o seu fidalgo estava parado, procurando, com a ponta da chuça, levantar não sei que volume que por terra jazia; pelo que se deu pressa em chegar a ele para ajudá-lo, se preciso fosse. Chegando, viu-o já a levantar com a chuça um coxim e uma maleta unida a ele, meio podres, ou podres e inteiramente desfeitos; mas tanto pesavam que foi mister a força de Sancho para erguê-los. Mandou-lhe o amo que visse o que encerrava a maleta; com muita presteza assim o fez Sancho; e, ainda que vinha fechada com uma cadeia e seu cadeado, pelos buracos da fazenda podre viu o que dentro havia, que eram quatro camisas de holanda muito fina e outras roupas de linho não menos apuradas que limpas, e num lencinho achou uma boa maquia[5] de escudos de ouro. Assim como os bispou,[6] disse:

— Bendito seja o céu, que enfim nos depara uma aventura de proveito.

Continuando a buscar, achou um livrinho de lembranças ricamente arranjado. Pediu-lho Dom Quixote e mandou-lhe que o dinheiro o guardasse ele para si. Beijou-lhe as mãos Sancho pela generosidade e, deslaçando a maleta, pregou com todo o seu conteúdo para o bendito alforje. Dom Quixote, que em tudo esteve reparando, disse:

— Parece-me, Sancho (nem outra coisa é possível), que algum caminhante extraviado passaria por esta terra e, assaltado de malfeitores, fora talvez por eles morto, que por isso trariam a enterrar nesta tão escondida parte.

— Não pode tal ser — disse Sancho —; se fossem ladrões não lhe teriam deixado este dinheiro.

— Dizes bem — obtemperou Dom Quixote —; então não adivinho o que isto fosse. Mas espera: vamos ver se neste livrinho de lembranças virá alguma coisa escrita para nos orientarmos no enigma.

Abriu-o; e a primeira coisa que se lhe deparou escrita como em borrão, ainda que de muito boa letra, foi um soneto. Pôs-se a lê-lo para que também Sancho o ouvisse; dizia assim:

> Ou não cabe no amor entendimento,
> ou passa de cruel; e a minha pena
> não iguala à razão que me condena
> ao gênero mais duro de tormento.
>
> Porém, se Amor é deus, conhecimento
> de tudo tem, e condição amena.
> Qual pois o poder bárbaro que ordena
> a dor atroz que adoro, e em vão lamento?
>
> Sê-lo-eis vós, Fílis? Inda desacerto;
> um mal tamanho em tanto bem não cabe,
> nem de um céu pode vir tanta ruína.

---

[5] Porção de qualquer coisa; quantidade de dinheiro.
[6] Ver ou perceber, especialmente de longe; entrever, vislumbrar.

> Sinto, e sei que o meu fim já tenho perto,
> porque mal cuja causa se não sabe
> é milagre que acerte a medicina.

— Por essa trova — disse Sancho — não se pode saber nada, salvo se por essa pontinha do fio, que aí vem, se desembrulhar o novelo.

— Que "fio" percebes tu aqui? — disse Dom Quixote.

— Parece-me — disse Sancho — que Vossa Mercê falou aí de "fio".

— "Fílis" é que eu disse, e não "fio" — respondeu Dom Quixote —, e Fílis deve ser por força a dama de quem se queixa o autor deste soneto; e menos mau poeta ele é ou pouco entendo eu da arte.

— Visto isso, também Vossa Mercê entende de trovas — disse Sancho.

— E mais do que te parece — respondeu Dom Quixote —; vê-lo--ás quando levares à minha Senhora Dulcineia del Toboso uma carta minha escrita em verso do princípio até ao fim, porque hás de saber, Sancho, que todos ou quase todos os cavaleiros andantes dos passados tempos eram grandes trovadores e grandes músicos,[7] que ambas essas habilidades ou graças infusas, por melhor dizer, andam anexas aos namorados andantes, se bem que as coplas dos cavaleiros antigos tinham mais de estro[8] que de apuro.

— Leia para diante Vossa Mercê, que talvez dê com alguma coisa que satisfaça.

Voltou Dom Quixote a folha, e disse:

— Isto agora é prosa, e parece carta.

— Carta mandadeira,[9] senhor? — perguntou Sancho.

— Pelo princípio não parece senão de amores — respondeu Dom Quixote.

---

[7] São os compositores dos poemas e de sua melodia; músicos, os intérpretes, de categoria social inferior, que acompanham o canto ou substituem nele o trovador; podem coincidir com certas classes de jograis. Em algumas ocasiões, o trovador pode interpretar sua composição, e o caso não é raro nos livros de cavalarias: de Amadis se conta que entoava as cantigas que ele mesmo compunha.

[8] Entusiasmo artístico, riqueza de criação, gênio criador.

[9] A carta missiva ou familiar é a que é escrita para ser enviada dando notícia de algo, à diferença dos documentos oficiais ou mercantis, que também se chamavam *cartas* (precatória, credencial, de liberdade, de venda, etc.). Dom Quixote diferencia também a carta familiar da de amores, e implicitamente entre ambas e a epístola em verso, tão frequente na poesia renascentista.

— Pois leia Vossa Mercê alto — disse Sancho —, que eu morro-me por essas coisas de amores.

— Com todo o gosto — disse Dom Quixote.

E, lendo-a alto como Sancho lhe pedia, viu que dizia desta maneira:

A tua falsa promessa e a minha certa desventura me levam a sítios donde antes chegarão aos teus ouvidos novas da minha morte, do que as razões das minhas queixas. Deixaste-me, ó ingrata, por quem tem mais; porém, não vale mais do que eu; mas, se a virtude fora riqueza que se estimasse, não invejara eu ditas alheias nem chorara desditas próprias. O que levantou a tua formosura hão-no derribado as tuas obras. Por ela entendi que eras anjo, e por elas conheço que és mulher. Fica-te em paz, causadora da minha guerra, e o céu permita que os enganos do teu esposo te fiquem sempre encobertos, para que tu não fiques para sempre arrependida do que fizeste, e eu não tome vingança do que não desejo.

Concluída a leitura da carta, disse Dom Quixote:

— Esta carta ainda menos nos dá a conhecer do que nos deram os versos, e só sim que quem a escreveu era algum amante desprezado.

E, folheando quase todo o livrinho, achou outros versos e cartas de que pôde ler parte, e parte não; mas em geral eram tudo queixas, lamentos, desconfianças, gostos e desgostos, favores e desdéns, os favores festejados e os desdéns carpidos. Enquanto Dom Quixote revolvia o canhenho,[10] revolvia Sancho a maleta, sem deixar recantinho em toda ela, nem no coxim, que não esquadrinhasse, nem costura que não descosesse, nem nó de lá que não carpeasse, para não lhe escapar nada por falta de diligência e cuidado; tal sofreguidão tinha nele despertado a melgueira dos escudos, que passavam de cem; e, ainda que não achou mais, já com isso deu por bem empregados os boléus[11] da manta, os vômitos do bálsamo, as bênçãos das estacas, as punhadas do arrieiro, o desaparecimento dos alforjes, o roubo do gabão e toda a fome, sede e cansaço que passara no serviço de seu bom senhor, entendendo que estava pago e repago, com a mercê de lhe entregar a rica veniaga.[12]

---

[10] Caderno de notas, de apontamentos.
[11] Queda ou encontrão estrondoso, porém sem causar sérios danos físicos; trambolhão, baque.
[12] Artigo de venda, mercadoria.

Com grande desejo ficou o Cavaleiro da Triste Figura de saber quem seria o dono da maleta, conjeturando pelo soneto e carta, pelo dinheiro em ouro e pelas boas camisas, que poderia tudo pertencer a algum namorado de grande conta, a quem desdéns e maus-tratos da sua dama teriam conduzido a algum termo desesperado. Mas como por aquele sítio inabitável e escabroso não aparecia vivalma com quem se pudesse informar, não tratou de mais que de seguir adiante, sem levar outro caminho senão o que agradava a Rocinante, que era aquele por onde ele melhor podia andar. Ia sempre com as fantasias infalíveis de que por aqueles matos não lhe poderia faltar alguma estranha aventura.

Indo pois com aquela ideia, viu que por cima de um pequeno teso, que diante dos olhos se lhe oferecia, ia saltando um homem de penha em penha, e de mata em mata, com estranha ligeireza. Figurou-se-lhe que ia nu, a barba negra e espessa, cabelos bastos e revoltos, pés descalços e as pernas sem cobertura alguma, senão só uns calções, ao que parecia, de veludo, de cor ruiva, mas tão esfarrapados que por muitas partes mostravam as carnes. Trazia a cabeça descoberta; e, ainda que passou com a ligeireza que já se disse, todas essas minudências viu e notou o Cavaleiro da Triste Figura. Quis segui-lo, mas não pôde, porque não era para a fraqueza de Rocinante correr por aquelas fragosidades, mormente sendo ele de seu natural mui tardo e fleumático. Logo imaginou Dom Quixote ser aquele o dono do coxim e da maleta; e assentou consigo buscá-lo, ainda que tivesse de andar um ano por aquelas montanhas até alcançá-lo.

Assim, mandou que Sancho atalhasse por uma parte da montanha enquanto ele iria pela outra, pois poderia ser que assim topassem com aquele homem, que tão apressado se lhes tinha furtado à vista.

— Isso é que eu não posso fazer — respondeu Sancho —, porque em me apartando de Vossa Mercê entra logo comigo o medo, com toda a casta de sobressaltos e visões; e fique-lhe isto daqui em diante de lembrança, para nunca me apartar de si nem uma polegada.

— Assim será — disse o da Triste Figura —; muito estimo que te queiras valer do meu ânimo, que nunca te há de faltar, ainda que a ti te falte a alma do corpo. Vem atrás de mim a pouco e pouco, ou como puderes, e faze dos olhos lanternas; rodearemos toda esta pequena serra e porventura toparemos com o indivíduo que avistamos, o qual, sem falta nenhuma, não é outro senão o dono do nosso achado.

— Muito melhor seria não o buscar — disse Sancho —, porque, se o acharmos, e der o caso que seja ele o dono do dinheiro, claro está que tenho de lho restituir; e assim o melhor será desistirmos dessa inútil diligência e ficá-lo eu possuindo de boa-fé, até que por alguma outra via menos curiosa, e sem essas diligências, se nos depare o verdadeiro senhor; e poderá ser isso quando eu já o tiver gasto; e el-rei me torna livre.

— Enganas-te, Sancho — respondeu Dom Quixote —; já que entramos em suspeita, e quase certeza, de quem é o dono, estamos obrigados a procurá-lo e a restituir; e, ainda que o não buscássemos, a veemente suspeita que temos de que ele o seja já nos põe em tamanha culpa como se realmente o fosse. Portanto, Sancho amigo, não te pese o rastrearmo-lo; maior pena do que essa tua fora a minha, se não o acháramos.

E assim picou o Rocinante, seguindo-o Sancho a pé, e carregado, graças ao Ginesilho de Passamonte. Havendo rodeado parte da montanha, acharam num regato, caída, morta e meio comida dos cães e picada dos corvos, uma mula encilhada e enfreada, o que tudo os confirmou ainda mais nas suspeitas de que o fugitivo era o dono da mula e do coxim. Estando a olhar para ela, ouviram uns assobios, como de pastor de gado, e inesperadamente avistaram à esquerda uma boa quantidade de cabras e, atrás delas, pelo alto do monte, o cabreiro que as guardava, que era um homem ancião. Bradou-lhe Dom Quixote, rogando-lhe que descesse donde estava. Respondeu ele a gritos, perguntando quem os havia trazido àquele lugar, poucas vezes pisado, senão por de pés de cabras, ou de lobos ou de outras feras, que por ali não faltavam. Respondeu-lhe Sancho que descesse, que de tudo se lhe daria conta. Desceu o cabreiro; e, chegando onde Dom Quixote estava, disse:

— Aposto que está reparando na mula de aluguer morta ali naquele barranco; seis meses há que ela para ali jaz. Digam-me: toparam por aí com o dono dela?

— Ninguém encontramos — respondeu Dom Quixote —, senão com um coxim e uma maleta que achamos não longe daqui.

— Também eu a achei — respondeu o cabreiro —, mas nunca me atrevi a erguê-la nem a chegar-lhe muito ao pé, receando que não fosse alguma entrega e que me tomassem por ladrão, que o Diabo é muito fino, e debaixo dos pés se levanta a um homem coisa em que tropece e caia, sem saber como nem como não.

— Isso mesmo é o que eu digo — respondeu Sancho —, que também eu a achei e não quis chegar a ela mais perto que um tiro de pedra;[13] deixei-a ficar como estava; não quero rabos de palha nem cão com guizo.[14]

— Dizei-me cá, bom homem — disse Dom Quixote —, sabeis vós quem será o dono destas prendas?

— O que só posso dizer — respondeu o cabreiro — é que haverá agora uns seis meses, pouco mais ou menos, que chegou a uma malhada de pastores, tanto como três léguas daqui, um mancebo de gentil presença e bom traje, montado nessa mula que para aí está morta e com o mesmo coxim que me dizeis ter achado e em que não pusestes mão. Perguntou-nos qual era desta serrania a parte mais brava e escondida. Dissemos-lhe que era esta onde agora estamos; e é verdade, porque, se entrardes meia légua mais para dentro, bem pode ser que nunca mais deslindeis saída. Admirado estou eu de terdes podido chegar até aqui, porque para este lugar não há caminho nem atalho. Ora, como tal ouviu o mancebo, voltou as rédeas e se dirigiu para o lugar que lhe assinalamos, deixando-nos a todos contentes da sua bela presença e admirados da sua pergunta, e da pressa com que o vimos caminhar em direitura às brenhas.[15] Desde então nunca mais lhe pusemos a vista em cima. Alguns dias depois saiu ao caminho de um dos nossos pastores e, sem lhe dizer palavra, saltou nele com muitas punhadas e pontapés, e passou logo a uma jumentinha que lhe levava o fardel e lhe tirou quanto pão e queijo achou; e, concluído aquilo, com estranha ligeireza tornou a sumir na serra. A essa notícia, alguns cabreiros de nós outros nos pusemos a procurá-lo quase dois dias pelo mais cerrado do monte, até que afinal demos com ele metido no oco de um alentado sobreiro. Surgiu-nos dali e veio para nós com muita mansidão, com o fato já roto e o rosto desfigurado e queimado do sol, tanto que mal se podia conhecer pelo mesmo. Só os vestidos, ainda que esfarrapados, mas conforme a notícia que dele tínhamos, é que nos deram a entender que era o mesmo que buscávamos. Saudou-nos cortesmente e em poucos e bons termos nos disse que não nos maravilhássemos de vê-lo andar daquela sorte, porque assim lhe convinha para cumprir certa penitência, que por seus muitos pecados lhe havia sido imposta. Pedimos-lhe que nos dissesse quem era,

---

[13] Quando alguém encontra no campo algo que não sabe o que é ou produz temor, antes de se aproximar lhe atira uma pedra para ver como reage ou que barulho faz.

[14] Coisas com complicações.

[15] Mata brava, cerrada; matagal, selva.

mas não foi possível resolvermo-lo a tal. Pedimos-lhe também que em precisando de sustento, pois não podia viver sem ele, nos dissesse onde o acharíamos, porque com muito amor e cuidado lho iríamos levar; e que, se também isso não fosse do seu gosto, pelo menos saísse a pedi-lo aos pastores, em vez de lho tirar por força. Agradeceu o nosso oferecimento, pediu perdão do passado e prometeu daí em diante obtê-lo pelo amor de Deus, sem incomodar a pessoa alguma. Pelo que tocava à sua habitação, disse que não tinha outra senão aquela que se lhe deparava onde quer que a noite o colhia; e, acabando de falar, desatou num choro tão sentido que só se fôramos de pedra os que lho ouvimos poderíamos deixar de acompanhá-lo, por nos lembrar de como o víramos da primeira vez tão outro de agora, porque já lhes tenho dito que era um moço mui gentil e agraciado, e em seu falar, cortês e concertado, mostrava ser bem-nascido e pessoa mui de corte, que, ainda que fossemos uns rústicos os que o ouvíamos, tanto avultava o seu donaire que até a rústicos se dava a conhecer. Estando no melhor da sua prática, parou e emudeceu, cravou os olhos no chão por um bom tempo, em que todos estivemos quietos e suspensos, esperando em que pararia aquele arroubamento que tanto nos lastimava, porque pelo que lhe víamos fazer de abrir os olhos, tê-los fitos no chão e sem pestanejar um grande pedaço, e outras vezes cerrá-los, mordendo os lábios e arqueando os sobrolhos, facilmente percebemos que algum acesso de loucura o havia tomado. Depressa nos mostrou que nos não enganávamos, porque se levantou furioso do chão onde tinha se deitado e arremeteu com o primeiro que achou à mão, com tal denodo e raiva que, se lhe não acudíramos, o matara a murros e dentadas; e tudo aquilo fazia dizendo ao mesmo tempo: "Ah! Fementido Fernando! Aqui, aqui me hás de pagar as injustiças que me fizeste; estas mãos hão de te arrancar o coração, receptáculo de quantas maldades há, e especialmente de traição e enganos". E a essas juntava outras razões todas encaminhadas a dizer mal daquele tal Fernando, e a pô-lo por traidor e fementido. Deixamo-lo não pouco pesarosos, e ele, sem dar mais palavra, se partiu de entre nós e se emboscou a carreira por estes matos e brenhas, por modo que não houve podermos segui-lo. Daqui entendemos que a mania tinha intervalos, e que alguém chamado Fernando lhe fizera provavelmente alguma tamanha malfeitoria como se via pelo desfecho em que dera. De então para cá se reconheceu que assim era, pelas vezes (que muitas têm sido) que ele tem saído ao caminho, umas a pedir aos pastores que lhe deem do que levam para comer e outras a tirar-lho à força, porque, quando está com o ataque da loucura, ainda que os pastores lho ofereçam de bom grado, não o admite, e há de por força tomar-lho a mal; e, quando está com siso, pede-o por amor de Deus, cortês e comedidamente, e dá muitos agradecimentos, e bem regados de lágrimas. E em verdade vos digo, senhores meus — prosseguiu o cabreiro —, que ontem concertamos, eu e outros quatro pegureiros,[16] os meus dois criados e dois amigos meus, de o buscarmos até darmos com ele e, depois de achado, levarmo-lo (por vontade ou por força) à vila de Almodóvar, que fica a oito léguas daqui, e lá se curará, se é que o seu mal tem cura, ou saberemos quem é, quando estiver em seu juízo, e se tem parentes a quem dar parte da sua desgraça. Aqui está, senhores, o que sei dizer-vos para satisfazer a vossa curiosidade; e entendei que o dono das prendas que achastes é o mesmo que vistes passar tão ligeiro e descomposto (porque Dom Quixote já lhe tinha dito como era que aquele homem se levava aos saltos pela serra).

Admirado ficou o cavaleiro com a relação do pastor; e aumentou-se nele o desejo de saber quem era o desditado louco, e assentou no que já lhe ocorrera, que era buscá-lo por toda a montanha, sem deixar recanto nem cova por explorar. Melhor porém o fez a sorte do que ele esperava, porque naquele mesmo instante apareceu por uma quebrada da serra o fugitivo mancebo, que vinha falando entre si coisas que não podiam ser entendidas de perto, quanto mais de longe. O seu traje era o que já se há descrito. Só quando se acercou um pouco mais, percebeu Dom Quixote que um colete dilacerado que trazia era de âmbar; por onde acabou de entender que pessoa de tais hábitos não devia ser de qualidade ínfima.

Chegando a eles o mancebo, saudou-os com uma voz desentoada e rouca, porém com muita cortesia. Dom Quixote correspondeu-lhe à saudação com iguais termos e, apeando-se do Rocinante, com gentil porte e bom ar, se lançou a abraçá-lo, e o reteve por um bom espaço estreitamente entre os braços, como se fora conhecido seu já de bons tempos. O outro, a quem poderemos chamar o "Roto da Má Figura" (como a Dom Quixote o da "Triste"), depois de se ter deixado abraçar, o apartou um pouco de si e, postas as mãos sobre os ombros de Dom Quixote,

---

[16] Aquele que guarda o gado; pastor.

o esteve encarando como quem procurava reconhecê-lo, não menos admirado talvez de ver a figura, o portamento e as armas do cavaleiro do que Dom Quixote estava de o ver. Em suma: o primeiro que depois do abraço rompeu o silêncio foi o Roto, o qual disse o que adiante se vai saber.

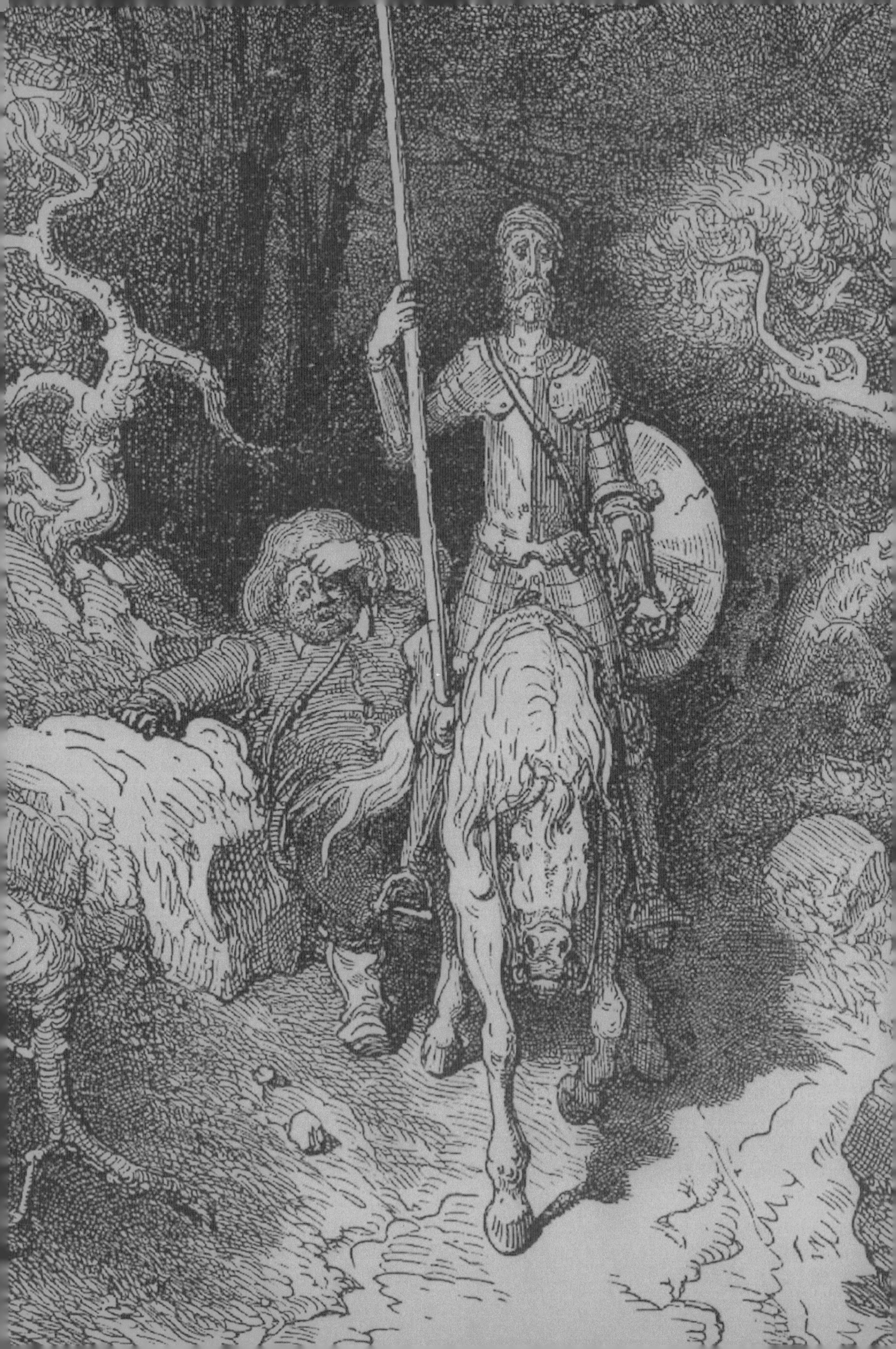

## Capítulo XXIV
### EM QUE PROSSEGUE A AVENTURA DA SERRA MORENA

DIZ A HISTÓRIA que era grandíssima a atenção com que Dom Quixote escutava o desgraçado "Cavaleiro da Serra", o qual prosseguiu dizendo:

— Decerto, senhor, que, sejais vós quem sejais, que eu por mim não vos conheço, agradeço-vos as mostras de cortesia com que me haveis tratado e bem quisera eu achar-me em termos de corresponder por obras a boa vontade que me haveis mostrado neste bom acolhimento; mas não quer a minha sorte dar-me para retribuir os favores que recebo senão bons desejos.

— Os meus — disse Dom Quixote — não são senão de servir-vos, tanto que já estava resolvido a não sair destas serras enquanto não vos achasse e soubesse de vós, se para a dor que mostrais no vosso estranho viver não se poderia dar algum alívio; e (se fosse necessário buscá-lo) buscá-lo-ia com toda a possível diligência; e, quando a vossa desventura fosse daquelas que nem consolação admitem, tencionava ajudar-vos a chorá-la e suavizá-la o melhor que pudesse, que sempre é alívio nas desgraças termos quem se nos doa delas. Agora, se estas minhas benévolas intenções vos merecem por cortesia algum agradecimento, suplico-vos, senhor, pela muita bondade que em vós descubro, e vos conjuro por aquilo que nesta vida mais tendes amado ou amais, que me digais quem sois e a causa que vos trouxe a viver e a acabar nestas soledades como animal bruto, pois morais entre eles tão alheado de vós mesmo, como se vê no vosso traje e no todo da vossa pessoa; e juro — acrescentou Dom Quixote — pela ordem de cavalaria que recebi, apesar de indigno e pecador, e pela profissão de cavaleiro andante que, se nisto, senhor meu, me comprazeis, juro, digo, servir-vos com as veras a que me obriga o ser eu quem sou, ou remediando a vossa desgraça, se é remediável, ou aliás ajudando-vos a chorá-la, como já vos prometi.

O "Cavaleiro do Bosque", ouvindo falar assim o da Triste Figura, não fazia senão mirá-lo, remirá-lo e torná-lo a mirar de cima a baixo; e, depois de mirá-lo quanto quis, disse-lhe:

— Se têm coisa de comer que me deem, deem-ma por amor de Deus, que, depois de ter comido, eu farei quanto se me ordenar por agradecido a tão bons desejos como aqui se me tem mostrado.

Para logo tiraram, Sancho, do costal, e o cabreiro, do surrão, com que se fartar a fome do Roto, comendo este o que lhe deram como pessoa estonteada, e tanto à pressa que os bocados não esperavam uns pelos outros, pois antes os engolia que tragava; e, enquanto comia, nem ele nem os que o observavam proferiam palavra. Acabada a comida, fez sinal para que o seguissem e os levou a um verde pradozinho, que à volta de uma penha ficava muito perto dali. Estendeu-se no chão por cima da erva, no que os mais o imitaram, sem que ninguém abrisse a boca. O Roto, depois de posto a seu cômodo, começou assim:

— Se quereis, senhores, que vos diga em resumo as minhas imensas desventuras, haveis de me prometer primeiro não me interromper com pergunta alguma, nem outra qualquer coisa, o fio da minha triste história, porque, no mesmo instante em que mo quebreis, corto logo o que estiver contando.

Essa recomendação do esfarrapado trouxe à lembrança de Dom Quixote o conto do seu escudeiro, quando ele não atinou com o número das cabras que tinham passado o rio, com o que a história deu em seco.

Tornemo-nos ao esfarrapado, que prosseguiu dizendo:

— Essa prevenção vos faço porque desejo saltar depressa pela narrativa das minhas desgraças, que o recordá-las não serve senão para se lhes juntarem outras. Quanto menos me perguntardes, mais depressa acabarei eu de referi-las; contudo não deixarei no escuro coisa alguma de importância, para não frustrar o vosso empenho.

Prometeu-lho Dom Quixote em nome de todos; com esta segurança começou assim:

— O meu nome é Cardênio;[1] minha terra, uma das melhores cidades desta Andaluzia; minha linhagem, nobre; meus pais, ricos; e a minha

---

[1] Na antroponímia literária, esse nome não corresponde a um cavaleiro selvagem, e sim à tópica pastoril. Sugere-se uma alusão à nobre família andaluza dos Cárdenas.

desventura tanta que muito a devem ter chorado os meus progenitores e sentido toda a minha parentela, por não poderem aliviá-la com toda a sua riqueza. Para desditas que do céu vêm talhadas pouco aproveitam de ordinário os remédios do mundo. Vivia nesta mesma terra uma criatura celeste, em quem se reunia tudo que eu mais pudera ambicionar; tal é a formosura de Lucinda, donzela não menos nobre e rica do que eu, porém mais do que eu venturosa e menos constante do que o devera ser para com os meus honrados pensamentos. Amei-a, qui-la e adorei-a desde a minha idade mais tenra; e ela igualmente a mim, com aquela candura e bom ânimo que bem assentavam em idade tão verde. Sabiam nossos pais as nossas inclinações e não as levavam a mal, que bem viam que, ainda que elas passassem a mais, não poderiam ter outro intuito e desfecho senão o casamento, coisa mui bem cabida onde o sangue e os haveres de parte a parte se irmanavam. Com os anos foi-nos entre ambos crescendo o amor. Pareceu ao pai de Lucinda ser cautela de boa prudência negar-me a frequência de sua casa, imitando nisso pouco mais ou menos os pais daquela Tisbe[2] tão decantada dos poetas. Com esses resguardos mais se ateou em nós o fogo dos desejos, porque, se às línguas nos puseram embargos, não nos puderam pôr à correspondência escrita. A pena é ainda mais livre que a fala para bem expressar mistérios do coração; muitas vezes a presença do objeto amado perturba e deixa a determinação mais decidida, e a voz mais resoluta. Ai, céus! Que de bilhetes não lhe escrevi! Que mimosas e honestas respostas não tive! Quantas canções não compus e quantos namorados versos, em que a alma exprimia os seus sentimentos, pintava o aceso dos seus desejos, atiçava as suas memórias e ia cevando cada vez mais a própria vontade! Chegando ao último apuro e não podendo já coibir em mim a impaciência de vê-la, resolvi pôr por obra e acabar de vez o que me pareceu mais próprio para chegar ao desejado e merecido prêmio; o tudo era pedi-la decididamente ao pai por legítima esposa; e assim o fiz. Respondeu-me ele que me agradecia a boa vontade que eu mostrava de honrar a sua casa, escolhendo nela uma joia para meu lustre; que porém, sendo meu pai vivo, a ele tocava apresentar aquela proposta, porque, a não ser muito por sua vontade e a seu gosto, não era Lucinda

---

[2] Alusão à fábula de Píramo e Tisbe, separados por uma parede. A fábula é contada em Ovídio, *Metamorfoses*, IV, e muito recriada na poesia do Século de Ouro.

mulher para se tomar ou dar-se a furto. Agradeci-lhe a resolução, que me pareceu muito arrazoada e que a meu pai quadraria, assim que lha declarasse. Ato contínuo, passei a abrir-me com meu pai. Ao entrar no seu aposento, encontrei-o com uma carta aberta na mão; antes que lhe eu dissesse palavra, entregou-ma e me disse: "Por essa carta verás, Cardênio, a vontade com que está o Duque Ricardo de te fazer mercê". Esse Duque Ricardo, como já vós outros, senhores, deveis saber, é um grande de Espanha que tem o melhor dos seus domínios nesta Andaluzia.[3] Li a carta, que tão encarecida vinha, que a mim mesmo me pareceu mal deixar meu pai de cumprir o que nela se pedia, que vinha a ser o mandar-me logo para onde ele estava, pois me queria para companheiro, e não criado, de seu filho morgado,[4] e que ele tomava à sua conta o pôr-me em estado correspondente à estimação em que me tinha. Li a carta e emudeci; e muito mais quando de meu pai ouvi estas palavras: "Daqui a dois dias partirás, Cardênio, a fazer a vontade ao duque; e dá graças a Deus, que assim começa a abrir-te caminho por onde alcances o que eu sei que mereces". Chegou o prazo da minha partida; falei uma noite com Lucinda; disse-lhe tudo que era passado e o mesmo fiz ao pai dela, suplicando-lhe demorasse por alguns dias o dar estado à filha, até que eu fosse saber o que o Duque Ricardo me queria; prometeu--mo ele, e ela da sua parte mo confirmou também com mil juramentos e mil delíquios.[5] Cheguei enfim aonde vivia o duque; fui por ele tão bem recebido e tratado que desde logo começou a inveja a fazer o seu costume. Tinham-ma os criados antigos, por lhes parecer que as mostras que o duque dava de me fazer mercê haviam de redundar em prejuízo deles. Quem mais folgou com a minha entrada em casa foi um filho segundo do duque, chamado Fernando, moço galhardo, gentil-homem, liberal e enamorado, o qual dentro em pouco tanto quis que eu a ele me afeiçoasse que a todos dava em que falar; e ainda que o morgado me queria bem e me fazia mercê, não chegava, mesmo assim, ao extremo com que Dom Fernando me queria e tratava. É o caso que, não havendo entre amigos segredos que não se comuniquem (e a privança que eu

---

[3] Grau máximo na escala nobiliária espanhola, integrada por uma minoria de privilegiados possuidores de imensos domínios senhoriais. Identificou-se Ricardo com o Duque de Osuna.

[4] Filho mais velho, beneficiado por morgado ou morgadio (certos bens que deveriam ser transmitidos ao primogênito sem que este pudesse vendê-los).

[5] Perda de sentidos; desfalecimento, desmaio; estado de fraqueza ou torpor; abatimento.

com Dom Fernando tinha já era verdadeira intimidade), todos os seus pensamentos me declarava ele, especialmente ocasião de enamorado, que o trazia em grande desassossego. Queria ele a uma lavradora, vassala do pai, mas filha de gente muito rica e tão formosa, recatada, discreta e honesta que ninguém dentre os que a conheciam diria ao certo em qual dessas qualidades se avantajasse. Estes dotes da formosa lavradora a tal ponto levaram os desejos de Dom Fernando que se determinou, para alcançá-la e conquistar-lhe a inteireza, a dar-lhe palavra[6] de casar com ela, porque de outra maneira fora impossível possuí-la.

Eu, obrigado da amizade que lhe professava, forcejei por dissuadi-lo de tal propósito com as melhores razões que soube e com os mais frisantes exemplos que pude. Vendo que nada aproveitava, determinei declarar o caso ao duque seu pai; mas Dom Fernando, como astuto e discreto, temeu-se disso mesmo, por entender que era obrigação minha, na qualidade de criado fiel, não encobrir ao meu senhor o duque coisa em que tanto ia a sua honra; e assim, por me arredar de tal ideia e enganar-me, me disse que não achava melhor remédio para perder a lembrança da formosura que tão sujeito o trazia que o ausentar-se dela por alguns meses. Desejava (me disse ele) que partíssemos ambos para casa de meu pai, participando ele ao duque ser para ir ver e enfeirar[7] uns cavalos muito bons que havia na nossa terra, que é onde se criam os melhores do mundo. Apenas tal lhe ouvi dizer quando, movido da afeição que lhe tinha, lhe aprovei a ideia; e menos boa que ela fora, lha aprovara eu como uma das mais acertadas que se podiam imaginar, conhecendo quão boa ocasião se me oferecia para tornar a ver a minha Lucinda. Aprovei pois muito a sua lembrança, e esforcei-o no seu propósito, dizendo-lhe que o pusesse por obra com a possível brevidade, porque realmente a ausência fazia sempre o seu ofício até nos ânimos mais firmes. Quando ele me veio dizer isso, já tinha gozado da lavradora com o título de esposo, segundo depois se soube, e aguardava oportunidade para se descobrir mais a seu salvo, por temer ao presente os excessos em que o pai poderia romper sabendo do seu disparate.

---

[6] Até o Concílio de Trento, uma mera promessa de matrimônio enquanto os noivos se davam as mãos era considerada tão válida como sacramento quanto aquele contraído com a correspondente cerimônia religiosa. Os enganos produzidos por essa situação foram fonte inesgotável para o teatro e a novela dos séculos XVI e XVII.

[7] Estabelecer negócios comerciais na feira.

Sucedeu o que é de costume; nos moços o amor quase nunca o é; é sim um apetite, que, por se não endereçar senão ao deleite, apenas o obtém, logo diminui e acaba. São estes uns limites postos pela própria natureza aos falsos amores; os verdadeiros seguem outra regra; estes duram sempre. Venho nisto a dizer que, tanto que Fernando teve a posse da lavradora, aplacaram-se-lhe os desejos e se lhe resfriaram os excessos. Ao princípio fingia querer-se ausentar para não lhes sucumbir; agora procurava deveras ir-se, por enfastiado. Concedeu-lhe o duque licença, dando-me ordem de acompanhá-lo. Dirigimo-nos à minha cidade; recebeu-o meu pai como a quem era; eu vi logo Lucinda, reviveram (se bem que nunca tinham estado mortos nem adormentados) os meus desejos, dos quais, por desgraça minha, dei conta a Dom Fernando, por me parecer que nada devia encobrir a quem tanto afeto me mostrava. Exaltei-lhe a formosura, a graça e a discrição de Lucinda; de tal maneira que, por esses meus elogios, nasceram nele apetites de conhecer donzela tão extremada. Satisfiz-lhos eu por desgraça minha, mostrando-lha uma noite à luz de um velador, por uma janela por onde nos costumávamos falar os dois. Viu-a em saio,[8] e tal impressão lhe fez que todas as formosuras por ele presenciadas até aquela hora se lhe apagaram da lembrança. Emudeceu, perdeu o tino, ficou absorto e tão enamorado, em suma, como ides ver no seguimento da minha desastrada narrativa; e, para lhe incender mais a cobiça, que a mim me ocultava e que só segredava com o céu, quis a desgraça que ele achasse um dia um bilhete dela a mim, instando-me para que a pedisse eu a seu pai por esposa, em termos tão discretos, honestos e enamorados que, apenas o leu, me disse que só em Lucinda se encerravam todos os requintes de formosura e de entendimento que por todas as outras mulheres só andavam repartidos. Verdade é (devo agora confessá-lo) que, ainda que eu bem via com quanta justiça Lucinda era exaltada por Fernando, não gostava cá por dentro de lhe ouvir aqueles elogios. Comecei a temer-me e, não sem causa, a desconfiar dele. Não se passava momento que ele não trouxesse Lucinda à prática, ainda que viesse trazida pelos cabelos; o que em mim despertava já uma espécie de ciúmes, não porque eu tivesse desconfiança alguma da bondade e boa-fé da dama; porém, com tudo isso, as seguranças que ela me dava para serenar os meus temores já não eram o bastante. Procurava sempre

---

[8] Túnica solta, sobre a qual se colocava outra roupa.

Dom Fernando ler os escritos que eu lhe enviava, assim como as respostas dela, dando por motivo o muito que lhe agradava a discrição dos dois. Ora aconteceu que, tendo-me Lucinda pedido uma vez um livro de cavalarias para ler, por muito afeiçoada que era a semelhante leitura (era o *Amadis de Gaula*)...

Ainda bem não estava nomeado o livro quando Dom Quixote disse:
— Se Vossa Mercê me declarasse logo no princípio da sua história que Sua Mercê a Senhora Lucinda era afeiçoada a livros de cavalarias, não eram precisos mais encarecimentos para me dar a entender a alteza dos seus espíritos, porque não os tivera ela tão excelentes como vós, senhor, a haveis pintado, se se não recreasse com uma leitura tão deliciosa. Portanto, para mim já não é mister despender mais recomendações de formosura, valor e entendimento; só por esta sua afeição já a reconheço pela mais formosa e mais discreta mulher de todo o mundo. Quisera eu, senhor, que, junto com o *Amadis de Gaula*, Vossa Mercê lhe tivesse mandado também o bom *Dom Rugel da Grécia*, porque sei o muito que a Senhora Lucinda havia de gostar de Daraida e Garaia, e das discrições do pastor Darinel,[9] e daqueles admiráveis versos das suas bucólicas, cantadas e representadas por ele com todo o donaire, discrição e desenvoltura. Porém ainda virá talvez tempo de se emendar essa falta, e não tardará ele mais que o necessário para Vossa Mercê me fazer o favor de vir comigo à minha aldeia, que lá lhe poderei dar mais de trezentos livros, que são o regalo da minha alma e o meu entretenimento de toda a vida, ainda que me está parecendo que já não tenho nem meio, graças à malícia de maus e invejosos encantadores. Perdoe-me Vossa Mercê ter infringido a promessa de não interrompermos a sua prática, porque, em ouvindo coisas de cavalarias e cavaleiros andantes, não está na minha mão abster-me de falar também; é como se pedissem aos raios do sol que não aquentassem e aos da lua que não umedecessem. Portanto perdoe-me e siga por diante, que é isso o que mais importa.

Enquanto Dom Quixote dizia tudo isso, fora descaindo para o peito a cabeça de Cardênio, dando mostras de profundamente pensativo. Por duas vezes lhe repetiu Dom Quixote que prosseguisse a sua história,

---

[9] Trata-se da terceira parte da *Crônica de Dom Florisel de Niqueia*, de Feliciano de Silva; Daraida e Garaia são os príncipes Agesilau e Arlanges disfarçados de mulher. Anuncia-se assim o disfarce e ao mesmo tempo se ironiza sobre a lição moral que essas donzelas podem dar a Lucinda.

sem que ele erguesse a cabeça ou proferisse palavra. Passado um bom espaço, levantou-se e disse:

— Não me pode sair do pensamento, nem haverá quem de tal me desmagine ou me dê a entender outra coisa, e só um bruto poderá crer o contrário, senão que aquele grande velhaco do Mestre Elisabat estava amancebado com a Rainha Madásima.[10]

— Tal não há; voto a Deus — interrompeu com muita cólera Dom Quixote, já com os seus costumados gestos de ameaça —, isso é uma chapada malícia, ou velhacaria, por melhor dizer. A Rainha Madásima foi dama muito principal; e não se há de acreditar que tão alta princesa houvesse de amancebar-se com um médico charlatão; e quem o contrário entender mente como um grande velhaco; e eu lho provarei, a pé ou a cavalo, armado ou desarmado, de noite ou de dia, ou como for mais do seu gosto.

Estava-o encarando Cardênio muito atentamente, havendo-lhe já começado um dos seus ataques de loucura; não estava para continuar a história, tampouco Dom Quixote lha ouvira, segundo o tinha escandalizado o falso testemunho levantado à Rainha Madásima. Estranho caso! Saiu logo a defendê-la, como se ela fora sua verdadeira e natural senhora; tal o tinham posto os seus excomungados livros. Digo pois que, estando o Cardênio já alienado, e ouvindo-se tratar de embusteiro e de velhaco, com outros doestos semelhantes, pareceu-lhe mal a zombaria, levantou uma pedra, que achou a jeito, e deu com ela pelos peitos a Dom Quixote com tanta força que o virou de costas. Sancho Pança, vendo o amo tão malparado, arremeteu ao doido de punho fechado; o Roto recebeu-o de modo que o estendeu logo em terra com a primeira punhada; saltou-lhe para cima e lhe amolgou sofrivelmente as costelas. O cabreiro que quis defendê-lo não correu perigo menor; e Cardênio, vendo-os a todos três estendidos e moídos, deixou-os e se foi com airoso sossego embrenhar na montanha. Levantou-se Sancho e, com a raiva com que estava de ver-se tão sovado sem razão, acudiu a vingar-se do cabreiro, dizendo-lhe que ele é que tinha a culpa por não tê-los avisado de que o homem tinha ataques de fúria, pois, se o soubessem, teriam

---

[10] São personagens do *Amadis de Gaula*. No livro aparecem três *Madásimas*, mas nenhuma é rainha nem teve relação alguma com o mestre Elisabat, camareiro e acompanhante de Amadis, sacerdote e "mestre" em todas as artes, que curou várias vezes as feridas do cavaleiro andante, inclusive as mais graves. É claro que as palavras de Cardênio são ditas para ofender, indiretamente, Dom Quixote.

estado de sobreaviso para se resguardarem. Respondeu o cabreiro que já lho tinha dito e, se ele não o tinha ouvido, não era culpa sua. Replicou Sancho Pança; o cabreiro treplicou, e chegaram, dize tu, direi eu, a agarrarem-se às barbas um do outro e socarem-se a ponto que, se Dom Quixote, levantando-se, não os apartara e pusera em paz, se fariam pedaços de parte a parte. Dizia Sancho na luta com o cabreiro:

— Deixe-me Vossa Mercê, Senhor Cavaleiro da Triste Figura, que neste, que é vilão como eu e não está armado cavaleiro, posso eu muito a meu salvo satisfazer-me do agravo que me fez, pelejando com ele à unha como homem honrado.

— Assim é — dizia Dom Quixote —, mas eu é que sei que ele nenhuma culpa tem do sucedido.

Com isso os aquietou; e Dom Quixote tornou a perguntar ao rústico se seria possível achar Cardênio, porque estava com grandíssimo desejo de saber dele o fim da sua história. Disse-lhe o cabreiro o que já lhe tinha dito: que não sabia ao certo onde se homiziava; porém, se o procurasse muito bem por aqueles contornos, não deixaria de encontrá-lo, com juízo ou sem ele.

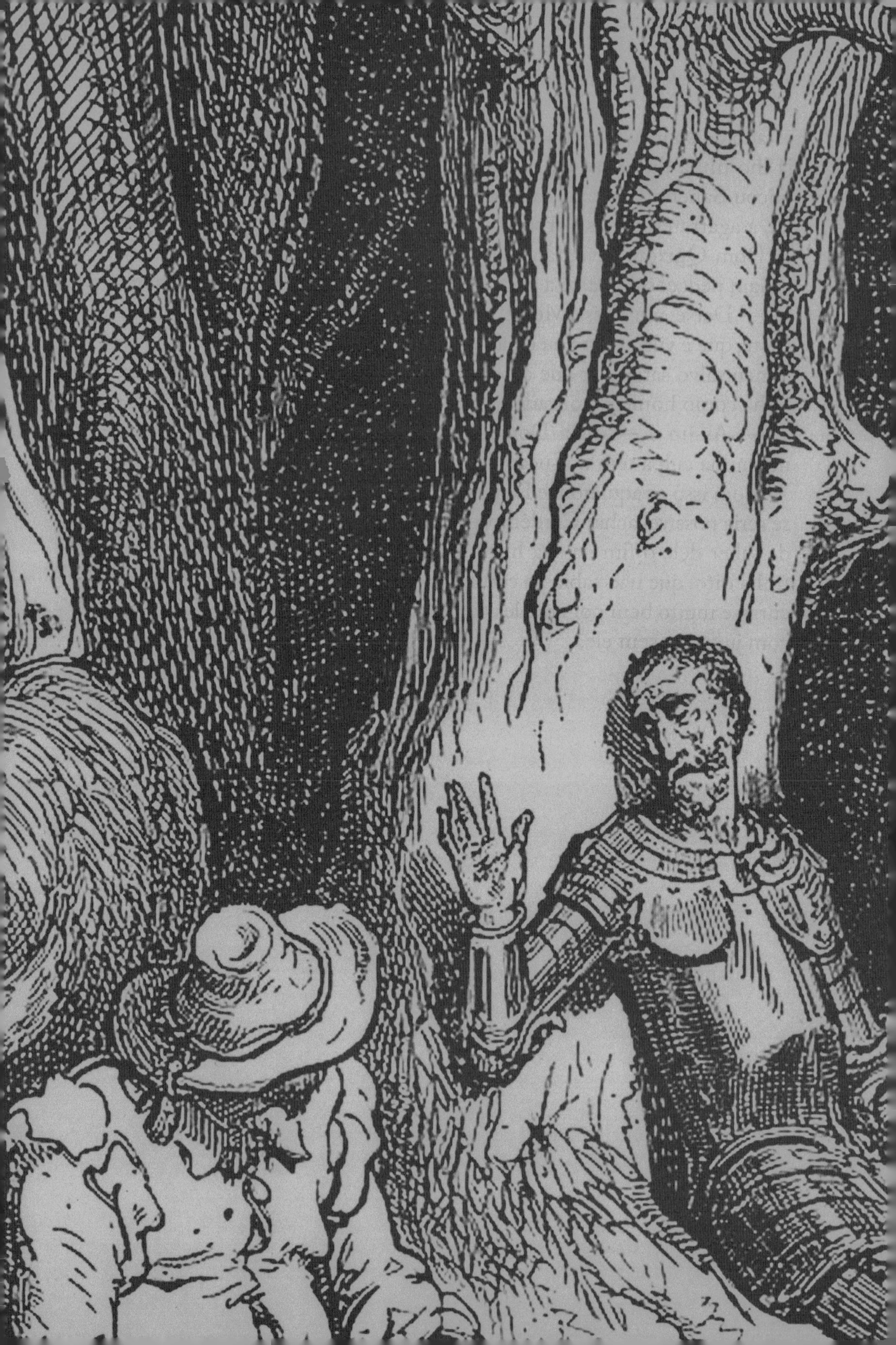

## Capítulo XXV

### QUE TRATA DAS ESTRANHAS COISAS QUE NA SERRA MORENA SUCEDERAM AO VALENTE CAVALEIRO DE LA MANCHA E DA IMITAÇÃO QUE FEZ DA PENITÊNCIA DE BELTENEBROS[1]

DESPEDIU-SE DOM QUIXOTE do cabreiro e, tornando a montar em Rocinante, mandou que Sancho o acompanhasse, o que ele fez em seu jumento,[2] de muito má vontade. Pouco a pouco iam já entrando mais pelo áspero da montanha; e Sancho ia morto de vontade de palrar com o amo, mas desejava que principiasse ele a conversação, para não contravir ao preceito recebido; porém, cansado já de tão aturado silêncio, disse:

— Senhor Dom Quixote, deite-me Vossa Mercê a sua bênção e dê-me licença de me tornar já para minha casa, para minha mulher e meus filhos, com quem ao menos poderei falar à vontade e departir tudo o que eu quiser, porque isso de querer Vossa Mercê que eu ande em sua companhia por estas solidões de dia e de noite sem lhe falar em me apetecendo é o mesmo que me enterrar em vida. Se ao menos a sorte permitisse que os animais falassem hoje em dia, como no tempo de Guisopete,[3] fora meio mal, porque então me entreteria com o meu jumento, se ainda o tivera,

---

[1] *Beltenebros* ("o belo tenebroso", em provençal) é o nome que Amadis assume quando, recusado por Oriana, que o acha desleal, se retira à ilha da Penha Pobre para fazer penitência. Dom Quixote decide atuar como no livro, meditando sob as árvores e compondo canções. A isso se acrescenta a imitação de Orlando, recusado por Angélica, talvez guiado pelo exemplo de Cardênio, nu e saltando pelo monte: Dom Quixote ficará só de camisa e fará cabriolas.

[2] Menciona-se neste capítulo o ruço de Sancho como se não houvesse sido roubado. Para essa incongruência e outra mais abaixo ("me entreteria com o meu jumento"), veja a nota 4 do capítulo anterior.

[3] Refere-se a Esopo através da coleção de fábulas do grego e outros autores, precedida de uma vida do primeiro, conhecido como Isopete; a pronúncia "Guisopete" era normal na fala rural.

quanto me desse na vontade, e com isso disfarçaria a minha desgraça. Em verdade que é desabrida coisa, e mal se pode levar à paciência andar buscando aventuras toda a vida e não achar senão coices, manteações, pedradas e murros, e ainda por cima um ponto na boca, sem se ousar dizer o que um homem tem no coração, como se fora mudo!...

— Bem te percebo, Sancho — respondeu Dom Quixote —, estás morrendo por que eu te levante o interdito que te pus na língua; dá-o por levantado e dize o que quiseres, com a condição de que não há de durar a licença senão enquanto andarmos por estas serras.

— Seja assim — disse Sancho —; fale eu agora, que depois Deus sabe o que será. — E começando imediatamente a gozar do salvo-conduto, disse: — Que lhe aproveitaria a Vossa Mercê pôr-se tanto em campo pela tal Rainha Magimasa, ou como se chama? Ou que lhe importava que o abade dormisse com ela ou não? Se Vossa Mercê deixara passar isso, que não era da sua alçada, estou certo de que o louco iria seguindo a sua história, e ter-se-iam dispensado a pedrada e os pontapés, e ainda por cima mais de meia dúzia de amolgadelas nas minhas costas.

— À fé, Sancho — respondeu Dom Quixote —, que, se tu souberas, como eu sei, quão honrada e principal senhora é a Rainha Madásima, havias de dizer que muito sofrido fui eu que não esborrachei a boca donde tamanhas blasfêmias saíram. Onde se viu jamais impropério tamanho como é dizer, e até pensar, que uma rainha viva esteja mal encaminhada com um cirurgião? A verdade do caso é que o tal Mestre Elisabat, de quem o doido falou, foi varão prudentíssimo e de ótimo conselho, e serviu de aio e médico à rainha; mas pensar que fosse ela amiga sua é disparate merecedor do maior castigo; e, para veres como Cardênio não sabia o que disse, hás de te recordar de que no momento em que o disse já estava desvairado.

— Isso também eu digo — atalhou Sancho —, e portanto das palavras de um louco ninguém devia fazer caso, porque, se a boa fortuna não ajudara Vossa Mercê e lhe deixasse ir a pedra à cabeça como lhe foi ao peito, ficávamos frescos, por termos tomado no ar a palha pela tal minha senhora que Deus confunda; nem o próprio Cardênio por louco se livrara.

— Contra ajuizados e contra loucos — disse Dom Quixote — está obrigado qualquer cavaleiro andante a acudir pela honra das mulheres, quem quer que elas sejam, quanto mais pelas rainhas de tão alta hierarquia e veneração como foi a Rainha Madásima, a quem eu tributo especial afeição por suas boas prendas, porque, além de ter sido formosa, foi também mui prudente e mui sofrida em suas adversidades, que as teve em grande número; e os conselhos e companhia do Mestre Elisabat de muito proveito lhe foram para poder levar os seus trabalhos com prudência e sofrimento, e, foi disso que o vulgo ignorante mal--intencionado tomou ocasião para dizer e imaginar ser ela sua manceba; e mentem, repito, e outras duzentas vezes mentirão todos os que tal pensarem e proferirem.

— Eu cá não o profiro nem o penso — respondeu Sancho —, os outros lá se avenham; e, se maus caldos mexerem, tais os bebam. Se foram amancebados ou não, contas são essas que já dariam a Deus; não sei nada, das minhas vinhas venho. Que me importam vidas alheias? Quem compra e mente na bolsa o sente; quanto mais que nu vim ao mundo e nu me vejo; nem perco nem ganho. E também que o fossem, que me faz isso a mim? Há muitos que pensam encontrar toicinhos e não há nem estacas; mas quem pode ter mão em línguas de praguentos, se nem Cristo se livrou delas?

— Valha-me Deus! — disse Dom Quixote. — Que de tolices vais enfiando, Sancho! Que tem que ver o nosso caso com os adágios que estás arreatando? Por vida tua, homem, que te cales; daqui em diante ocupa-te em esporear o teu asno, quando o tiveres, e não te metas no que não te importa, e entende, com todos os teus cinco sentidos, que tudo quanto eu fiz, faço ou houver de fazer é muito posto em razão e mui conforme as regras de cavalaria, que as sei eu melhor que todos os cavaleiros do mundo.

— Ora, senhor meu — respondeu Sancho —, é porventura boa regra de cavalaria andarmos nós outros perdidos por estas montanhas, sem caminho nem carreira, à cata de um maníaco, o qual, depois de achado, talvez lhe dê na tonta acabar o que já principiou, não do seu conto, senão da cabeça de Vossa Mercê e das minhas costelas, desfazendo-as inteiramente?

— Torno-te a dizer que te cales, Sancho — disse Dom Quixote —, porque deves saber que não é só o desejo de atinar com o doido que me traz por estas partes, mas também o que eu tenho de perfazer nelas uma façanha, com que hei de ganhar perpétua fama, em todo o mundo conhecido; e tal será que hei de com ela pôr o *non plus ultra* a tudo quanto pode tornar perfeito e famoso um andante cavaleiro.

— E essa tal façanha será de grande perigo? — perguntou Sancho Pança.

— Não — respondeu o da Triste Figura —, ainda que de tal maneira poderia correr o dado, que nos saísse azar em lugar de encontro; tudo depende da tua diligência.

— Da minha diligência? — replicou Sancho.

— Sim — disse Dom Quixote —, porque, se voltares depressa donde te quero agora enviar, depressa acabará a minha pena e terá princípio a minha glorificação; e como não há razão que te dilate por mais tempo suspenso, à espera do fim a que se encaminham as minhas razões, quero, Sancho, que saibas que o famoso Amadis de Gaula foi um dos mais perfeitos cavaleiros andantes. Não disse bem "foi um"; foi o único, o primeiro, o mais cabal e o senhor de todos quantos em seu tempo no mundo houve. Não venha cá Dom Belianis, ou outro qualquer, dizer que se lhe igualou, fosse no que fosse; porque se enganam; juro em boa verdade. E é assim, sem dúvida nenhuma; e, quando não, que me respondam: quando um pintor, quer sair famoso em sua arte, não procura imitar os originais dos melhores pintores de que há notícia? Essa mesma regra se observa em todos os mais ofícios ou exercícios de monta com que se adornam as repúblicas. Assim o há de fazer, e faz, quem aspira a alcançar nomeada de prudente e sofrido, imitando Ulisses, em cuja pessoa e trabalhos nos pinta Homero um retrato vivo de prudência e sofrimento, como também nos mostrou Virgílio na pessoa de Eneias o valor de um filho piedoso e a sagacidade de um valente e entendido capitão, não os pintando ou descrevendo como eles foram, mas sim como deviam ser, para deixar exemplos de suas virtudes aos homens da posteridade.[4] Desse mesmo modo Amadis foi o norte, o luzeiro e o sol dos valentes e namorados cavaleiros, a quem devemos imitar todos os que debaixo da bandeira do amor e da cavalaria militamos. Sendo pois isto assim, como é, acho eu, Sancho amigo, que o cavaleiro andante que melhor imitá-lo mais perto estará de alcançar a perfeição da cavalaria. Uma das coisas em que esse cavaleiro melhor mostrou a sua prudência, valor, valentia, sofrimento, firmeza e amor foi quando se retirou,

---

[4] Cervantes oferece aqui uma ótima síntese da teoria clássica e renascentista das artes: o escritor deve imitar a realidade, mas aperfeiçoando-a e melhorando-a, mostrando as coisas como "deviam ser"; e para chegar a essa imitação idealizada deve por sua vez imitar os artistas que se sobressaíram ao praticá-la.

desprezado pela Senhora Oriana, a fazer penitência na Penha Pobre, trocando o seu nome pelo de Beltenebros, nome por certo significativo e próprio para a vida que ele voluntariamente havia escolhido. Ora mais fácil me é imitá-lo nisso que no fender gigantes, descabeçar serpentes, matar dragões, desbaratar exércitos, fracassar armadas e desfazer encantamentos; e, como estes lugares são tão azados para semelhantes efeitos, não se deve perder a boa ocasião, que ao presente com tanta comodidade me oferece suas guedelhas.[5]

— Mas, enfim — disse Sancho —, que é o que Vossa Mercê pretende fazer em tão remotas brenhas?

— Não te disse já, Sancho — respondeu Dom Quixote —, que pretendo imitar Amadis desempenhando-me aqui do papel de desesperado, de sandeu e de furioso, para imitar juntamente o valoroso Dom Roldão, quando viu numa fonte os sinais de ter Angélica, a Formosa, cometido vileza com Medoro,[6] e de consternado se tornou louco, arrancou as árvores, enturvou as águas das claras fontes, matou pastores, destruiu gados, abrasou choças, derrubou casas, arrastou éguas e fez outras cem mil insolências dignas de eterno renome e escritura? E, posto que eu não penso imitar Roldão, Orlando, ou Rotolando (que todos esses três nomes tinha ele), parte por parte em todas as loucuras que fez, disse e pensou, imitá-lo-ei o melhor que puder nas que me parecerem mais essenciais, e talvez também que me contentasse com imitar só Amadis, que, sem fazer loucuras prejudiciais, senão só de choros e sentimentos, alcançou tanta fama como os que maior a conseguiram.

— A mim me parece — disse Sancho — que os cavaleiros que isso fizeram seriam primeiro provocados e alguma causa teriam para comerem esses destemperos e penitências; porém Vossa Mercê que razão tem para enlouquecer? Que dama o desprezou? Ou que sinais achou para suspeitar que a Senhora Dulcineia del Toboso fizesse algumas tolices com mouro ou com cristão?

— Aí bate o ponto — respondeu Dom Quixote —, aí é que está o fino do meu caso; ensandecer um cavaleiro andante com causa não é

---

[5] Madeixas. A Ocasião costumava ser representada com uma única madeixa, único lugar pelo qual se podia agarrá-la.

[6] No *Orlando furioso* conta-se que Orlando, seguindo as marcas que Angélica deixou nas árvores, entra em uma gruta em que há uma fonte. Ali, escrito em caracteres arábicos por Medoro, Orlando lê: "A bela Angélica muitas vezes descansou nua entre meus braços". Então começa a fúria do herói, manifestada pela destruição dos elementos que configuram a poesia arcádica.

para admirar nem agradecer: o merecimento está em destemperar sem motivo e dar a entender à minha dama que se em seco faço tanto, em molhado o que não faria? Quanto mais, que razão não me falta com larga ausência que tenho feito da sempre senhora minha Dulcineia del Toboso! Bem ouviste dizer aquele pastor de marras, o Ambrósio: "Quem está ausente, não há mal que não tenha e que não tema". Portanto, Sancho amigo, não gastes tempo em me aconselhar que deixe tão rara, tão feliz e tão nunca vista imitação. Louco sou e louco hei de ser até que me tornes com a resposta de uma carta que por ti quero enviar à minha Senhora Dulcineia; e, se ela vier tal como lho merece a minha lealdade, acabar-se-ão a minha sandice e a minha penitência; e, se for ao contrário, confirmar-me-ei louco deveras e assim não sentirei nada. Portanto, de qualquer maneira que ela responda, sairei do trabalhoso passo em que me houveres deixado, gozando ajuizado do bem que me trouxeres ou, se me trouxeres mal, deixando por louco de senti-lo. Mas dize-me cá, Sancho, trazes bem guardado o elmo de Mambrino? Que eu bem vi que o levantaste do chão quando aquele desagradecido quis espedaçá-lo, mas não pôde, prova clara da fineza da sua têmpera.

A isso respondeu Sancho:

— Vive Deus, Senhor Cavaleiro da Triste Figura! Coisas diz Vossa Mercê que eu não posso levar à paciência; e por elas chego a imaginar que tudo o que me tem dito de cavalarias, de alcançar reinos e impérios, de dar ilhas e fazer outras mercês e grandezas, como é de uso de cavaleiros andantes, deve ser tudo coisas de vento e mentira, e tudo pastranha, ou patranha, ou como melhor se chama. Quem ouvir Vossa Mercê dizer que uma bacia de barbeiro é o elmo de Mambrino, sem sair de semelhante despropósito por mais de quatro dias, que há de cuidar senão que a pessoa que tal diz e afirma tem o miolo furado? A bacia cá a levo eu no costal toda amolgada; e levo-a para arranjar em minha casa e fazer com ela a barba, se Deus me fizer tanta mercê que me torne ainda a ver com a minha mulher e filhos.

— Olha, Sancho, pelo mesmo que tu me juraste há pouco te rejuro eu — disse Dom Quixote — que tens o mais curto entendimento que nunca teve, nem tem, escudeiro do mundo. Pois é possível que, andando comigo há tanto tempo, ainda não tenhas reconhecido que todas as coisas dos cavaleiros andantes parecem quimeras, tolices e desatinos, e são ao contrário realidades? E donde vem esse desconcerto? Vem de andar sempre entre nós outros uma caterva de encantadores, que todas as nossas coisas invertem e as transformam segundo o seu gosto e a vontade que têm de nos favorecer ou destruir-nos. Ora aí está como isso, que a ti te parece bacia de barbeiro, é para mim elmo de Mambrino, e a outros se figurará outra coisa; e foi rara providência do sábio que me favorece fazer que pareça bacia o que real e verdadeiramente é elmo de Mambrino; e a causa vem a ser: porque, sendo ele traste de tanto apreço, todo o mundo, se o conhecesse, me perseguiria para mo tirar; como porém entendem que não passa de bacia de barbeiro, não fazem caso de se matar por ele, como bem o mostrou por sua parte o que diligenciou quebrá-lo e o deixou no chão em vez de levá-lo; conhecera-o ele e veríamos se o deixava assim. Guarda-o, guarda-o, amigo, que por enquanto não me faz míngua, antes estou para largar todas estas armas e ficar nu como quando nasci, se é que não me der na vontade imitar mais Roldão do que Amadis, no tocante à penitência.

Com esta conversação chegaram ao pé de um alto monte, que entre outros que o rodeavam se erguia solitário, como se fora ali uma esguia rocha talhada por mão. Corria-lhe pela base um manso arroio, e por todas as partes à volta se lhe alastrava um prado tão verde e viçoso que era alegria dos olhos. Havia por ali muitas árvores montesinas e algumas plantas e flores que tornavam o lugar sobremodo aprazível. Foi esse o sítio que para a sua penitência elegeu o Cavaleiro da Triste Figura. Apenas o avistou, rompeu em altas exclamações, dizendo como fora de si:

— Este é o lugar, ó céus, que eu escolho para chorar a desventura em que vós mesmos me haveis posto! Este é o sítio em que o tributo dos meus olhos há de aumentar as águas daquele arroio, e meus contínuos e profundos suspiros estremecerão sem descanso as folhas destas árvores selváticas, em testemunho da pena que o meu coração perseguido padece. Ó vós outros, quem quer que sejais, rústicos deuses, que nesta desconversável paragem habitais, ouvi as queixas de tão desditoso amante, a quem uma longa ausência e uns fantasiados zelos hão trazido a lamentar-se nestas asperezas, e a queixar-se da dura condição daquela ingrata e bela, fim e remate de toda a humana formosura! Ó vós outras, napeias e dríades,[7] que usais habitar no mais cerrado dos montes: que os ligeiros e lascivos sátiros de quem sois amadas, posto que em vão, não

---

[7] Ninfas das colinas e ninfas dos bosques; fazem parte, com os sátiros (metade homens, metade bodes), do cortejo de Pã e aparecem com frequência nas églogas e fábulas mitológicas dos poetas do Renascimento.

perturbem jamais o vosso doce sossego; ajudai-me a deplorar a minha desventura, ou pelo menos não vos canseis de ma ouvir! Ó Dulcineia del Toboso, dia da minha noite, glória da minha pena, norte dos meus caminhos, estrela da minha ventura (assim o céu ta depare favorável em tudo que lhe pedires!), considera, te peço, o lugar e o estado a que a tua ausência me conduziu e correspondas propícia ao que deves à minha fé! Ó solitárias árvores, que de hoje em diante ficareis acompanhando a minha solidão, dai mostras com o movimento das vossas ramarias de que vos não anoja a minha presença! Ó tu, escudeiro meu, agradável companheiro em meus sucessos prósperos e adversos, toma bem na memória o que vou fazer à tua vista, para que pontualmente o repitas à causadora única de tudo isto!

Dizendo assim, apeou-se do Rocinante, tirou-lhe de repente o freio e as cilhas e, dando-lhe uma palmada nas ancas, lhe disse:

— Liberdade te dá o que sem ela fica, ó cavalo tão estimado por tuas obras como mísero por teu fado! Vai-te por onde quiseres, que na frente levas escrito que não te igualou em ligeireza o Hipogrifo de Astolfo nem o famigerado Frontino, que tão caro saiu a Bradamante.[8]

Vendo aquilo, Sancho disse:

— Bem haja quem nos tirou agora o trabalho de desalbardar o ruço, que à fé que não faltariam palmadinhas que lhe dar, nem coisas que dizer em seu louvor. Se ele aqui estivera, não havia eu de consentir que ninguém o desalbardasse, nem para tal haveria razão, pois com ele não tinham que ver as gerais de enamorado nem de desesperado, pois nem uma nem outra coisa estava seu amo, que era eu quando Deus queria. Agora, Senhor Cavaleiro da Triste Figura, se a minha partida e a loucura de Vossa Mercê são coisas deveras assentadas, bom será tornar-se a aparelhar o Rocinante para me suprir a falta do ruço, porque assim se encurtará a demora da minha ida e tornada, que a pé não sei quando voltarei, porque eu por mim sou fraco andarilho.

— Como quiseres, Sancho — disse Dom Quixote —, não me parece mal a tua lembrança; daqui a três dias partirás, pois quero que neste

---

[8] O hipogrifo é um cavalo alado, cruzamento de égua e grifo, que aparece no *Orlando furioso*; pertenceu, entre outros, a Astolfo, que o deixou em liberdade depois de ter conseguido com ele recuperar o juízo perdido de Orlando. Frontino foi o cavalo dado por Bradamante a seu amigo Rugero, que empreendeu com ele uma série de aventuras que o mantiveram longo tempo afastado de sua dama.

meio-tempo vejas o que por ela faço e digo, para lho repetires como testemunha.

— Que mais tenho eu que ver do que já vi? — disse Sancho.

— Sim; bem inteirado estás — disse Dom Quixote. — Agora só me falta rasgar o fato, espalhar por aí as armas e dar cabriolas e cabeçadas por estas penhas, com outras coisas deste jaez que te hão de admirar.

— Pelo amor de Deus — disse Sancho —, olhe Vossa Mercê como dá essas cabeçadas, que em tal penha poderia acertar, e em tal parte, que logo à primeira se acabasse toda essa máquina de penitência; seria eu de parecer que, visto Vossa Mercê entender serem as cabeçadas necessárias para o caso, e não se poder fazer sem elas essa obra, se contentasse, por ser tudo fingido e coisa de remedilho e comédia, se contentasse, digo, em dar as cabeças na água ou em alguma outra coisa fofa, por exemplo em algodão; o mais deixe-o por minha conta, que eu direi à minha senhora que Vossa Mercê as dava na quina de um penhasco mais agudo que um diamante.

— Agradeço-te a boa intenção, amigo Sancho — respondeu Dom Quixote —, mas quero que saibas que tudo isto que eu faço não são comédias, mas realidades mui reais, porque o mais fora contravir às ordens de cavalaria, que nos proíbem toda a casta de mentira sob pena de relapsos; o fazer uma coisa por outra o mesmo é que mentir; portanto as minhas cabeçadas hão de ser verdadeiras, firmes e valiosas, sem nada de sofístico nem de fantástico; e necessário será que me deixes alguns fios para me curar, já que a desgraça quis que nos faltasse o bálsamo, que não foi pequena perda.

— Pior foi a do asno — respondeu Sancho —, pois com ele se foram os fios e tudo mais que trazia. Peço-lhe a Vossa Mercê que nunca mais se torne a lembrar daquela maldita bebida, que só de ouvir falar nela se me revolve a alma, quanto mais o estômago. Mais lhe rogo que faça de conta que são já passados os três dias que me aprazou para eu ver as suas loucuras; já as dou por vistas, revistas e passadas em julgado, e hei de contar delas maravilhas à minha senhora. Escreva a carta e despache-me logo, pois estou com grande ânsia de vir breve tirá-lo deste purgatório em que o deixo.

— Purgatório o chamas tu, Sancho? — disse Dom Quixote. — Inferno lhe puderas tu chamar mais apropriadamente, ou coisa ainda pior, se há.

— No inferno *nulla est retencio*,⁹ segundo tenho ouvido dizer — replicou Sancho.

— Não entendo o que vens a dizer com a tua "retenci"— disse Dom Quixote.

— "Retencio" é — respondeu Sancho — que quem está no inferno nunca mais de lá sai, nem pode; em Vossa Mercê poderá ser às avessas, ou mau caminheiro serei eu, a não levar esporas com que esperte o Rocinante. Ponha-me eu a meu salvo em Toboso e na presença da minha Senhora Dulcineia que eu lhe direi tais coisas das necedades e loucuras (que tanto monta uma coisa como outra) que Vossa Mercê tem feito e fica fazendo, que a porei mais macia que uma luva, ainda que a ache mais dura que um sobreiro.¹⁰ Com a sua resposta, que há de ser doce como um mel, voltarei por ares e ventos que nem bruxo e tirarei Vossa Mercê deste purgatório, que, se não é inferno, bem o parece, visto haver esperança de saída, a qual, como já disse, não a têm os que estão no inferno; tenho que Vossa Mercê não dirá agora o contrário.

— É verdade — disse o da Triste Figura —, mas como faremos para escrever a carta?

— A carta e mais a cédula dos três burrinhos — acrescentou Sancho.

— Tudo será mencionado — disse o cavaleiro. — Que bom não seria se, à falta de papel, a pudéramos escrever, como os antigos o faziam, em folhas de árvores ou numas tabelas enceradas! Mas tão dificultoso seria achar-se agora isso como papel. Mas agora me lembrei: onde se pode otimamente escrever a carta é no livrinho de memórias que foi de Cardênio, e tu terás cuidado de mandar copiá-la para papel, com boa letra, no primeiro lugar que encontres onde haja mestres de meninos de escola; ou, quando não, qualquer sacristão ta copiará; lá de escrivão Deus nos livre, esses amigos fazem letra processada,¹¹ que nem Satanás a decifra.

— E como há de ser a assinatura? — disse Sancho.

— As cartas de Amadis nunca foram assinadas — respondeu Dom Quixote.

---

⁹ *Quia in inferno nulla est redemptio*. Frase do ofício de defuntos, mal repetida por Sancho. "Não há redenção no inferno."

¹⁰ Árvore de até quinze metros, nativa da Europa e do Norte da África, com folhas coriáceas e frutos comestíveis; carvalho.

¹¹ Escritura processual, tipo de escritura cursiva que os escrivães empregavam para os processos e escrituras, com caracteres muito estirados e ligados, para ocupar espaço; é de leitura muito difícil.

— Está bem — replicou Sancho —; mas a ordem para os três burricos por força que há de ser assinada e, se essa assinatura se copia, dirão que é falsa e ficaremos sem burrinhos.

— Essa ordem no mesmo livrinho a assinarei, que, em minha sobrinha a vendo, nenhum reparo porá em cumpri-la; e, pelo que respeita à carta de amores, porás em vez de assinatura: "Vosso até a morte, o Cavaleiro da Triste Figura". E o ir a coisa escrita por mão de outrem pouco importa, porque, se bem me lembro, a Dulcineia não sabe escrever nem ler, em toda a sua vida nunca viu letra nem carta minha, porque os meus amores e os dela têm sido sempre platônicos, sem se atreverem a mais que um olhar honesto; e ainda isso tão de longe em longe que me atreverei a jurar-te com verdade que em doze anos (que tantos há que eu a quero mais que a luz destes olhos que a terra há de comer) não a tenho visto quatro vezes; e até poderá ser que dessas quatro vezes nem uma só ela em tal reparasse; tamanho é o recato e encerro com que seu pai Lourenço Corchuelo e sua mãe Aldonça Nogales a criaram.

— Tenha lá mão — disse Sancho —, pois a filha de Lourenço Corchuelo é que é a Senhora Dulcineia del Toboso, chamada por outro nome Aldonça Lourenço?

— Essa é — disse Dom Quixote —, é essa a que merece ser senhora de todo o Universo.

— Bem a conheço — disse Sancho —; o que sei dizer é que atira tão longe uma barra[12] como o mais alentado pastor daquele povo. Vive Deus, que é um raparigão de truz, direita e desempenada, e de cabelinho na venta, e que pode tirar as barbas de vergonha a qualquer cavaleiro andante ou por andar que a tiver por sua dama. Filha da mãe! Que rija dos nós! Que vozeirão! O que posso dizer é que se pôs um dia no alto da torre da aldeia a bradar por uns moços da casa, que andavam longe numa courela[13] do pai; e, ainda que estavam a mais de meia légua, ouviram-na como se a torre estivesse ali ao pé; e o melhor que tem é que não tem nada de nicas,[14] porque é muito levantada, com todos caçoa e de tudo faz galhofa. Agora é que eu digo, Senhor Cavaleiro da Triste Figura,

---

[12] Jogo rural que consiste em lançar um espeto com pontas afiadas, às vezes o mais distante possível, outras em um lugar determinado, com estilos diversos.

[13] Terreno longo e estreito, geralmente destinado a cultivo; antiga medida agrária correspondente a cem braças de comprimento por dez braças de largura.

[14] Melindre exagerado.

que não só pode e deve fazer Vossa Mercê desatinos por ela, senão que terá carradas de razão de se desesperar até se enforcar, pois não há ninguém que em o sabendo não diga que fez muito bem, ainda que o leve o Diabo. Tomara-me já em caminho só por vê-la, que não a vejo há já muitos dias, e deve a estas horas estar muito demudada, porque o andar sempre ao ar e ao sol estraga muito o carão das mulheres. Uma verdade lhe confesso eu, Senhor Dom Quixote, e é que tinha vivido até aqui numa grande ignorância, porque entendia e era capaz de jurar que a Senhora Dulcineia devia ser alguma princesa, de quem Vossa Mercê estava enamorado, ou alguma pessoa tão de costa acima que merecesse os ricos presentes que Vossa Mercê lhe tem enviado, tais como o do biscainho, o dos forçados das galés e outros, que muitos devem ser, segundo a quantia das vitórias que Vossa Mercê terá ganhado e ganhar, no tempo em que eu não era ainda seu escudeiro. Mas agora, considerando bem, que proveito dará à Senhora Aldonça Lourenço (quero dizer, à Senhora Dulcineia del Toboso) o irem-se lançar de joelhos diante dela os vencidos que Vossa Mercê lhe envia e há de enviar? Porque poderia suceder que, na ocasião de eles chegarem lá, estivesse ela tasquinhando[15] linho ou malhando na eira,[16] e eles se envergonhassem de vê-la, e ela se risse e aborrecesse do presente.

— Já te tenho dito, e por muitas vezes, Sancho — disse Dom Quixote —, que és um grande falador; e, ainda que de bestunto ronceiro,[17] muitas vezes demonstras sutileza; contudo, para te convencer de quão rombo és tu, e eu discreto, quero que me ouças um breve conto. Certa viúva formosa, moça, livre e rica, e ainda por cima desenfadada, se enamorou de um rapaz tosquiado, roliço e de boa presença. O irmão mais velho dela, descobrindo aquela inclinação, disse-lhe um dia a modo de advertência fraternal: "Maravilhado estou, senhora, e com bastante razão, de que mulher tão principal, tão formosa e tão abastada como Vossa Mercê se haja enamorado de um homem tão soez, tão baixo e tão idiota como é Fulano, sendo esta casa frequentada por tantos padres-mestres, apresentados e teólogos, por onde Vossa Mercê poderia fazer melhor escolha,

---

[15] Limpar (o linho) usando a espadela

[16] Local de terra batida, cimentado ou lajeado, próprio para debulhar, trilhar, secar e limpar cereais e legumes.

[17] Capacidade mental limitada, inteligência curta; *ronceiro*: indolente, pachorrento, preguiçoso.

como em bandeja de peras, e dizer: este serve-me; aquele não presta". Ao que ela respondeu com grande chiste e despejo: "Vossa Mercê, senhor meu, está mui enganado e pensa muito à antiga, se cuida que elegi mal Fulano, por lhe parecer idiota, porque para o que eu o quero tanta filosofia sabe como Aristóteles, e até mais". Assim, Sancho, para o que eu quero Dulcineia del Toboso tanto vale ela como a mais alta princesa do mundo. Olha que nem todos os poetas que louvam damas debaixo de um nome que eles arbitrariamente lhes põem as têm na realidade. Pensas tu que as Amarílis, as Fílis, as Sílvias, as Dianas, as Galateias[18] e outras queijandas de que andam cheios os livros, os romances, as lojas de barbeiros e os teatros das comédias foram realmente damas de carne e osso e pertenceram àqueles que as celebram e celebraram? Decerto que não. As mais belas inventaram-nas eles para assunto dos seus versos e para que os tenham por enamorados, e homens de valia para o serem. Segundo isso, baste-me também a mim pensar e crer que a boa da Aldonça Lourenço é formosa e honesta. Lá a sua linhagem importa pouco; não hão de ir tirar-lhe as inquirições para dar-lhe algum hábito; para mim faço de conta que é a mais alta princesa do mundo. Porque hás de saber, Sancho, se não o sabes, que há duas coisas só que mais que todas as outras incitam a amar: são a formosura e a boa fama; e ambas estas coisas são em Dulcineia extremadas, porque em lindeza nenhuma a iguala e em boa nomeada poucas lhe chegam; e, para acabar com isto, imagino eu que tudo que te digo é assim, sem um til de mais nem de menos; pinto-a na fantasia como a desejo assim nas graças como no respeito; nem Helena lhe deita águas às mãos, nem Lucrécia,[19] nem outra qualquer das famigeradas mulheres das idades pretéritas, grega, bárbara ou latina; digam o que quiserem; se por isto me repreenderem os ignorantes, não me condenarão os justiceiros.

— Confesso que em tudo tem Vossa Mercê razão — disse Sancho — e que eu sou um asno. O que eu não sei é por que hei de falar em "asno"; não se deve lembrar baraço[20] em casa de enforcado. Mas venha a carta, e adeus, que me mudo.

---

[18] Nomes bucólicos e tópicos da literatura pastoril espanhola.
[19] Helena de Troia e Lucrécia, violada por Sexto Tarquino, são figuras emblemáticas, respectivamente, de beleza e castidade, em defesa de sua honra.
[20] Corda ou laço usado para enforcar réus.

Puxou Dom Quixote o livro de lembranças e, retirando-se para um canto, com muito sossego começou a escrever a carta. Acabada ela, chamou Sancho e lhe disse que lha queria ler para ele entregá-la à memória, para ficar esse remédio, caso no caminho a perdesse, porque da sua desdita tudo se podia recear.

A isso respondeu Sancho:

— Escreva-a Vossa Mercê duas ou três vezes aí no livro e dê-mo, que eu o levarei bem guardado; porque pensar que eu possa tomar isso de cor é disparate; sou tão falto de memória que às vezes me chega a esquecer como me chamo. Mas diga-a sempre, que estimo muito ouvi-la; há de ser que nem de letra redonda:

— Ora escuta: reza assim — disse Dom Quixote.

### Carta de Dom Quixote a Dulcineia del Toboso

Soberana e alta senhora:

O ferido do gume da ausência[21] e o chagado nas teias do coração, dulcíssima Dulcineia del Toboso, te envia saudar, que a ele me falta.[22] Se a tua formosura me despreza, se o teu valor não me vale e se os teus desdéns se apuram com a minha firmeza, não obstante ser eu muito sofrido, mal poderei com estes pesares que, além de muito graves, já vão durando em demasia. O meu bom escudeiro Sancho te dará inteira relação, ó minha bela ingrata, amada inimiga minha, do modo como eu fico por teu respeito. Se te parecer acudir-me, teu sou; e, se não, faze o que mais te aprouver, pois com acabar a minha vida terei satisfeito à tua crueldade e ao meu desejo.

Teu até a morte,

O Cavaleiro da Triste Figura

— Por vida de meu pai — disse Sancho acabada a leitura da carta —, que essa é a mais sublime coisa que já ouvi. Aí diz Vossa Mercê tudo quanto quer; e como encaixa bem para assinatura aquilo do "Cavaleiro da Triste Figura"! Digo a verdade que Vossa Mercê é o próprio Diabo em carne e osso; não há nada que não saiba.

---

[21] Oriana escreve uma carta a Amadis dizendo: "Eu sou a donzela ferida de ponta de espada pelo coração"; a metáfora, que substitui a arma física pela moral, é, estilisticamente, muito efetiva.

[22] Fórmula muito usada na literatura cavaleiresca e pastoril.

— Tudo é necessário para o ofício que exerço — disse Dom Quixote.

— Ora pois — disse Sancho —, ponha Vossa Mercê agora nessa outra página adiante a ordem dos três burricos, e assine-se com muita clareza, para a conhecerem logo que a virem.

— Aí vai — disse Dom Quixote.

Depois de escrita, releu-a, e dizia assim:

> Por esta primeira de burrinhos mandará Vossa Mercê, senhora sobrinha, dar a Sancho Pança, meu escudeiro, três dos cinco que deixei em casa, e que estão a cargo de Vossa Mercê, os quais três burrinhos os mande entregar e pagar por outros tantos aqui recebidos de contado, que com esta e com sua carta de pago serão bem dados.
>
> Feita nas entranhas da Serra Morena aos vinte e dois de agosto deste ano.[23]

— Está muito boa — disse Sancho —, assine-a Vossa Mercê.

— Não é preciso assiná-la — disse Dom Quixote —, basta pôr-lhe a rubrica, que vale o mesmo que assinatura; e para três anos, e trezentos que fossem, é quanto basta.

— Fio-me em Vossa Mercê — respondeu Sancho —; deixe-me ir aparelhar Rocinante e prepare-se para me deitar sua bênção, que eu abalo já sem ver as sandices que Vossa Mercê quer fazer; eu lá direi que vi fazer tantas que não havia mais que pedir para fartar.

— Pelo menos quero, Sancho, porque assim é necessário — disse Dom Quixote —, que me vejas nu em pelo, e fazer uma dúzia ou duas de disparates; não me levarão nem meia hora; tendo-os tu presenciado pelos teus olhos, já podes jurar sem carrego de consciência todos os mais que te parecer acrescentar.

— Pelo amor de Deus, senhor meu — disse Sancho —, não me obrigue a ver a Vossa Mercê nu em pelo; isso era para mim uma grande aflição e até me fazia chorar sem querer, e tenho esta cabeça em tal estado do pranto que à noite fiz pelo ruço que não estou para novos choros. Se tem tanto empenho em que eu lhe assista a algumas loucuras, faça-as vestido e à pressa, e as primeiras que lembrar. Quanto mais que para mim nada disso era mister; o meu maior empenho é apressar jornada e não demorar a volta, que há de ser com as notícias que Vossa Mercê

---

[23] Imitação humorística de uma letra de câmbio.

deseja e merece; e, quando não, prepare-se a Senhora Dulcineia, que, se não responder como deve, faço juramento de alma que lhe hei de sacar do bucho resposta apropositada a poder de pontapés e bofetões. Pois como se há de aturar que um cavaleiro andante tão famoso como Vossa Mercê se mude em doido sem quê nem para quê, por amor de uma... Não me obrigue a dizer senhora; quando não, juro que desproposito, dê por onde der; bom sou eu para essas; ainda não me conhece; pois olhe que, se me conhecesse, veria que não estou para graças.

— Sabes o que me está parecendo, Sancho? — disse Dom Quixote. — É que não estás mais assisado do que eu.

— Tão doido não estou — respondeu Sancho —, mas mais enraivecido, sim. Mas, deixando-nos agora disto, o que Vossa Mercê há de comer enquanto não volto? Há de sair aos caminhos como Cardênio para rapinar aos pastores?

— Não te dê isso cuidado — respondeu Dom Quixote —, porque, ainda que eu tivesse para aí ucharias,[24] não comera outra coisa senão as ervas e frutos que me oferecem este prado e estas árvores; nisso está a maior substância do meu caso: não comer e praticar outras inclemências.

— Sabe Vossa Mercê o que eu estou receando? — disse Sancho. — É não atinar à volta com o sítio em que o deixo agora, por ser tão escondido.

— Repara bem nos sinais, que eu procurarei não me apartar destes contornos — respondeu Dom Quixote —; ademais, tomarei cuidado de trepar por estes cabeços mais altos, para ver se te avisto quando voltares. Mas o melhor será, para não te perderes e para dares comigo, cortares algumas giestas[25] das muitas que por aqui há, e as vás deitando de onde em onde até saíres a raso; assim já tens marcas para atinares comigo; é uma imitação do fio de Teseu no labirinto.[26]

— Farei isso — respondeu Sancho.

E, cortando algumas giestas, pediu a bênção ao amo e, sem muitas lágrimas de parte a parte, se despediu dele; e, montando no Rocinante, que Dom Quixote muito lhe recomendou, dizendo-lhe que olhasse

---

[24] Compartimento onde se guardam os mantimentos; despensa.

[25] Arbusto de até um metro da família das leguminosas, com vagens marrons, nativo da Europa ao oeste da Ásia, cultivado por suas propriedades medicinais e pela tintura amarela extraída das flores.

[26] Teseu saiu do famoso labirinto com o fio de Ariadne. Na edição *princeps* está "Perseu", certamente por engano.

por ele como por si mesmo, se encaminhou para o plano, espalhando de distância em distância os ramos de giesta, segundo a advertência do amo. E assim se foi, se bem que até o fim nunca Dom Quixote deixou de importuná-lo para que lhe visse fazer ao menos duas loucuras. Não tinha porém andado ainda cem passos quando se voltou e disse:

— Razão tinha Vossa Mercê em dizer que, para eu poder jurar, sem encargo de consciência, que o tinha visto fazer loucuras, seria bem ter--lhe presenciado ao menos uma, suposto que uma, e bem grande, já eu lhe vi, que foi esta de se me ficar por aí sozinho.

— Não te dizia eu? — disse Dom Quixote. — Espera, Sancho, que num credo[27] as farei.

E, despindo com toda a pressa os calções, ficou em carnes, com roupas menores, e logo, sem mais nem menos, deu duas cabriolas no ar e dois tombos de cabeça a baixo, descobrindo coisas que, para não as ver outra vez, voltou Sancho a rédea a Rocinante e se deu por habilitadíssimo para poder jurar que o Fidalgo ficava doido confirmado. Deixemo-lo seguir o seu caminho até a volta, que pouco tardou.

---

[27] Num momento.

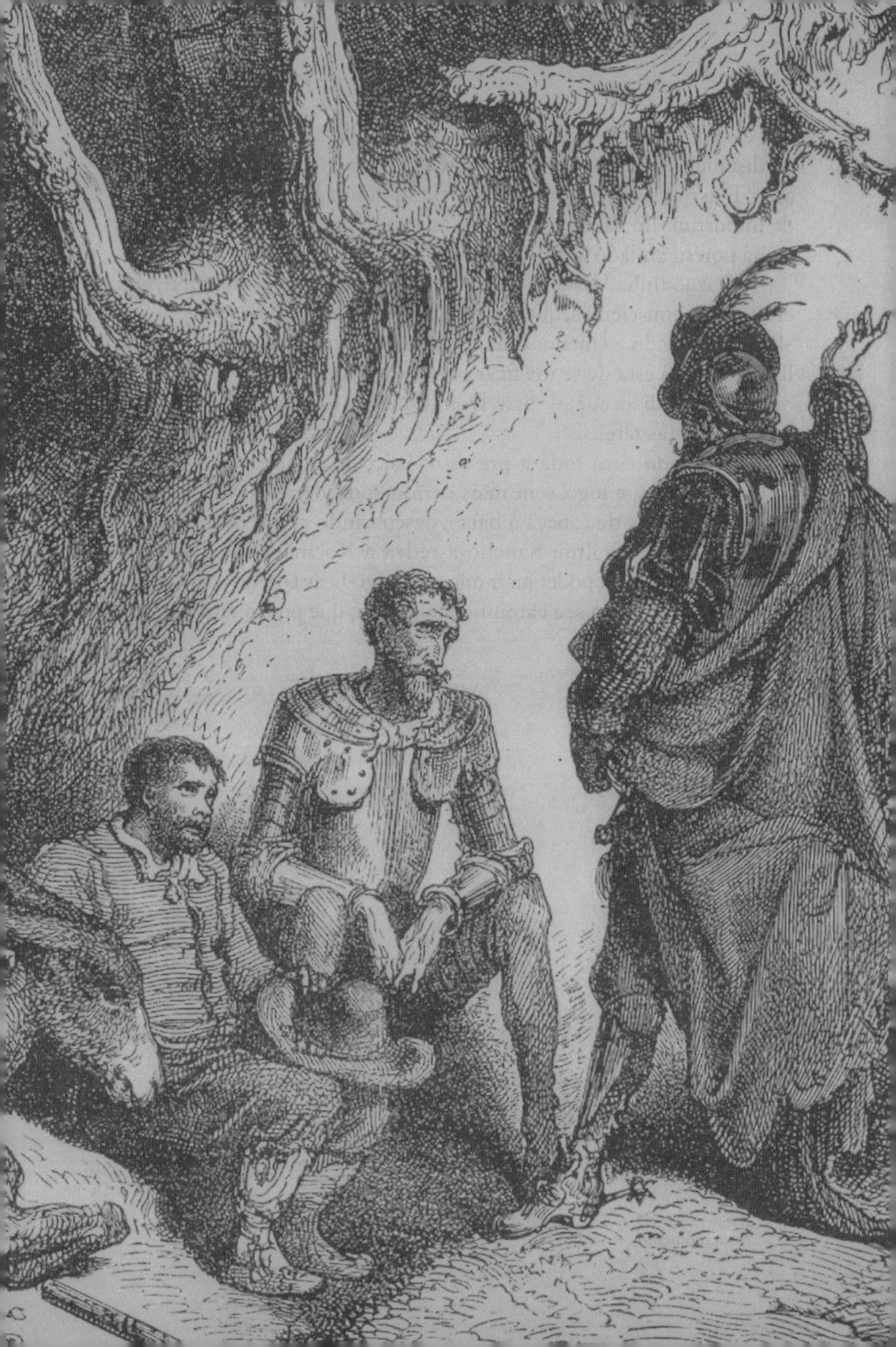

## Capítulo XXVI
### ONDE PROSSEGUEM AS FINEZAS QUE DE ENAMORADO FEZ DOM QUIXOTE NA SERRA MORENA

VOLTANDO A CONTAR O QUE FEZ o da Triste Figura depois que se viu só, diz a história que Dom Quixote, assim que acabou de dar as cambalhotas nu da cinta para baixo e da cinta para cima vestido e reparou em que Sancho tinha se abalado sem querer esperar para ver mais sandices, subiu à ponta duma alta penha e ali tornou a discorrer sobre o que já outras muitas vezes havia cismado, sem nunca ter podido assentar em coisa certa; a saber, que seria melhor e mais cabido: imitar Roldão nas loucuras desaforadas que fez ou Amadis nas melancolias.[1] Discursando entre si, dizia: "Se Roldão foi tão valente e tão bom cavaleiro como todos dizem, que admira? Se ele por último era encantado, e ninguém podia matá-lo, salvo metendo-lhe um alfinete grosso pela sola do pé, para o que já trazia à cautela sapatos com sete solas de ferro,[2] se bem que essas artimanhas não lhe valeram com Bernardo del Carpio, que lhas entendeu e o afogou entre os braços em Roncesvalles. Mas, deixando nele de parte o que pertence à valentia, venhamos ao ponto de perder o juízo, pois é certo que o perdeu pelos sinais que na fonte achou, e pelas novas que lhe deu o pastor, de ter Angélica dormido mais de duas sestas com Medoro, um mourinho de cabelo encarapinhado e pajem de Agramante;[3] e, se ele acreditou ser aquilo verdade, e que a

---

[1] Tanto Amadis como Orlando ficam loucos de amor e fazem, seguindo a tradição, penitência de amor. Entre a loucura por excesso de cólera, que corresponde a Cardênio, e a que se produz por aumento de melancolia, Dom Quixote escolhe como modelo de comportamento a segunda.

[2] O episódio procede Ariosto, mas era Ferragut que levava sete solas de ferro em cima do umbigo, único ponto em que podia ser ferido.

[3] Medoro não foi pajem de Agramante – chefe dos príncipes mouros no *Orlando furioso* –, mas de Dardinel de Almonte.

sua dama lhe tinha feito agravo, não fez nada de mais em endoidecer; mas eu como é que nas loucuras posso imitá-lo se para elas não tenho iguais motivos? Porque a minha Dulcineia del Toboso atrevo-me a jurar que nunca em dias de sua vida viu mouro algum em seu traje natural e que se conserva ainda hoje como a mãe a deu à luz; pelo que lhe faria agravo manifesto se, imaginando o contrário a seu respeito, me tornasse louco daquele gênero de loucura de Roldão, o Furioso. Por outra parte, vejo que Amadis de Gaula, sem perder o juízo nem fazer loucuras, alcançou tamanha fama de enamorado como os que maior a tiveram, porque o que fez (conforme na sua história se refere) não foi mais do que por ver-se desdenhado da sua Senhora Oriana, que o proibia de aparecer na sua presença enquanto ela não quisesse, por isso retirou-se à Penha Pobre em companhia dum ermitão e ali se fartou de chorar, até que o céu lhe acudiu no meio da sua maior tristeza e desamparo. Ora, se isso é verdade, como é, para que quero eu ter agora o trabalho de despir-me de todo ou fazer ofensa a estas árvores, que nenhum mal me fizeram? Nem tenho razão para enturvar a água clara destes arroios que me hão de dar de beber quando tiver sede. Viva a memória de Amadis! E imite-o Dom Quixote de la Mancha em tudo que puder. Deste se dirá o que de outro se disse: que, se não perfez grandes coisas para acometê-las, morreu; e, se eu não sou despedido nem desdenhado da minha Dulcineia, basta-me, como já está dito, o estar-me ausente dela. Eia pois! Mãos à obra! Acudi-me à lembrança, coisas de Amadis, e ensinai-me por onde devo começar a imitá-lo; já sei que rezar foi o que ele mais praticou; mas que farei do rosário, se não o tenho?"

Nisso, ocorreu-lhe como o faria e rasgou uma grande tira das fraldas da camisa, que estavam penduradas, e deu-lhe onze nós, e um maior que os outros; isso lhe serviu de rosário durante o tempo em que ali esteve, no qual rezou um milhão de ave-marias. O que muito o desassossegava era não achar por ali outro ermitão que o confessasse e o consolasse, e assim se entretinha passeando pelo pradozinho, gravando pelas cortiças do arvoredo e escrevendo na areia muitos versos, todos apropriados à sua tristeza, e alguns em honra e louvor de Dulcineia; mas os que se puderam achar inteiros e que se pudessem ler depois que ali o encontraram não foram senão estes, que em seguimento vão copiados:

Árvores, ervas e plantas
que neste lugar estais,
tão altas, verdes e tantas,
se co'o meu mal não folgais,
ouvi minhas queixas santas.
Tal dor não vos alvorote,
embora de terror cheia,
pois, por pagar-vos o escote,[4]
aqui chorou Dom Quixote
ausências de Dulcineia
del Toboso.

É aqui o lugar onde
o adorador mais leal
da sua amada se esconde;
chegou a tamanho mal
sem saber como ou por onde.
Trá-lo Amor ao estricote,[5]
pela sua má raleia;
e até encher um pipote[6]
aqui chorou Dom Quixote
ausências de Dulcineia
del Toboso.

Procurando as aventuras
entre as desabridas penhas,
maldizendo entranhas duras,
que entre fragas e entre brenhas
acha o triste desventuras.
Deu-lhe Amor com seu chicote
da mais áspera correia;
tal lhe foi o esfuziote,[7]
que aqui chorou Dom Quixote
ausências de Dulcineia
del Toboso.

---

[4] Parte que cada um deve pagar de uma despesa comum.
[5] Sem sossego.
[6] Pequena pipa; barril.
[7] Invectiva, repreensão.

Fez rir muito aos que tais versos ouviram o rabo-leva "del Toboso" posto ao nome de Dulcineia, porque imaginou Dom Quixote que, se nomeando Dulcineia não dissesse também "del Toboso", deixaria a copla ininteligível, e essa foi realmente a razão que ele para isso teve, segundo depois confessou. Muito mais trovas escreveu; porém, como já se disse, não se puderam tirar a limpo, nem inteiras, senão só essas três coplas. Nisso, em suspirar, em chamar pelos faunos e silvanos daqueles bosques, pelas ninfas dos rios, pela dolorosa e úmida Eco,[8] que o escutassem, lhe respondessem e o consolassem, se entretinha, e em procurar algumas ervas com que se sustentar enquanto não vinha Sancho, que, se em vez de três dias tardasse três semanas, a tal desfiguração chegaria o Cavaleiro da Triste Figura que nem a sua própria mãe por mais que escancarasse os olhos o reconheceria.

Será bom deixarmo-lo por agora emaranhado em seus suspiros e versos para contarmos o que a Sancho Pança aconteceu na sua embaixada. Foi o seguinte: saindo à estrada real, pôs-se à cata do caminho para El Toboso. No dia seguinte chegou à estalagem em que lhe sucedera a desgraça da manta. Bispá-la e imaginar-se outra vez pelos ares aos boléus foi tudo um. Não quis entrar, posto serem horas de poder e dever fazer, por serem as de jantar, e trazer desejo de provar coisa quente, pois muitos dias havia que só comia frios.

Essa necessidade o obrigou a aproximar-se da taverna, indeciso contudo se entraria ou não. Estando naquilo, saíram de lá dois indivíduos, que logo o conheceram, e disse um para o outro:

— Diga-me, senhor licenciado, aquele de cavalo não é Sancho Pança, que disse a ama do nosso aventureiro ter saído por escudeiro com o seu senhor?

— É decerto — disse o licenciado —, e aquele é o cavalo do nosso Dom Quixote.

Pudera não o conhecerem, se os dois eram nem mais nem menos o cura e o barbeiro do próprio lugar, os que fizeram o expurgo e o auto de fé da livraria! Estes, assim que de todo se certificaram de ser Sancho Pança e Rocinante, desejosos de saber de Dom Quixote, se foram a ele, e o cura o chamou pelo seu nome, dizendo-lhe:

---

[8] A ninfa Eco foi desdenhada por Narciso, por quem estava apaixonada. Em algumas versões da fábula, quando Narciso morre na água, a ninfa se desfaz em lágrimas para fundir-se com o rio, restando dela só a voz (Ovídio, *Metamorfoses*, III).

— Amigo Sancho Pança, onde fica o vosso amo?

Conheceu-os imediatamente Sancho, mas determinou encobrir-lhes o lugar onde o amo ficava e de que modo; e assim lhes respondeu que o seu amo ficava ocupado em certa parte e com certa coisa de muito interesse, que ele nem pelos dois olhos da cara descobriria.

— Deixai-vos disso, Sancho Pança — disse o barbeiro —; se não nos dizeis onde ficou, cuidaremos, como já vamos cuidando, que o matastes e roubastes; e tanto mais que vindes montado no seu cavalo; ou nos haveis de apresentar o dono do rocim ou com a Justiça vos haveis de entender.

— Para mim — respondeu Sancho — vêm erradas as ameaças, que eu não sou homem que roube nem mate a ninguém; a cada um que o mate a sua má estrela ou Nosso Senhor que o criou. Meu amo ficou a fazer penitência no meio desta montanha, muito por sua vontade.

E logo correntemente e sem detença lhes contou como o deixara, as aventuras que lhe haviam sucedido e como levava a carta à Senhora Dulcineia del Toboso, que era a filha de Lourenço Corchuelo, de quem o amo estava enamorado até os fígados. Admirados ficaram os dois do que de Sancho Pança ouviram; e, ainda que já soubessem da loucura de Dom Quixote e do gênero dela, sempre que dela ouviam se maravilhavam como de coisa nova. Pediram a Sancho que lhes mostrasse a carta que levava para a Senhora Dulcineia del Toboso. Respondeu ele que ia escrita num livro de lembranças e que era ordem de seu amo que a mandasse trasladar em papel no primeiro lugar aonde chegasse. Ao que volveu o cura que lha mostrasse e ele mesmo a trasladaria com muito boa letra. Meteu Sancho Pança a mão no bolso à procura do livrinho, mas não o achou nem poderia achá-lo, ainda que o buscasse até agora, porque tinha ficado em poder de Dom Quixote, que tinha se esquecido de lho entregar, como ele também se não lembrara de lho pedir.

Quando Sancho se inteirou de que não achava o livro, entrou-se a fazer amarelo como um defunto, e, tornando a apalpar todo o corpo muito à pressa, tornou a averiguar que não achava tal; e, sem mais nem mais, se foi com ambas as mãos às barbas e depenou metade delas; e logo à pressa, e sem intervalo, deu no rosto e nariz meia dúzia de punhadas, que foi o mesmo que abrir uma cascata de sangueira. Vendo aquilo o cura e o barbeiro, perguntaram-lhe que desgraça tamanha lhe acontecera para se pôr naquele miserável estado.

— Que desgraça me sucedeu? — respondeu Sancho. — Sucedeu-me que perdi, do pé para a mão, num instante, três burrinhos que era cada um como um castelo.

— Como foi isso? — exclamou o barbeiro.

— Perdi o livro de lembranças — respondeu Sancho — em que vinha a carta para Dulcineia, e uma cédula assinada por meu amo, em que mandava que a sobrinha me desse três burricos, de quatro ou cinco que estavam em casa.

E com isso lhes contou a perda do ruço. Consolou-o o cura e lhe disse que, achando o fidalgo, ele lhe faria renovar a ordem; que tornasse a fazer a lembrança em papel, como era uso e costume, porque as que se faziam em livros de lembranças nunca se aceitavam nem cumpriam. Com isso se confortou Sancho e disse que pouca freima lhe dava a perda da carta para Dulcineia, porque a sabia quase de memória, pelo que se poderia copiar onde e quando se quisesse.

— Vá lá, Sancho, dizei-a — acudiu o barbeiro; — a cópia depois se fará.

Esteve por um pouco Sancho Pança a coçar a cabeça para puxar à lembrança a carta; ora se punha sobre um pé, ora sobre outro, ora olhava para o chão, ora para o céu, e depois de ter roído metade da polpa de um dedo, estando suspensos os ouvintes, disse após estiradíssima demora:

— Valha-me Deus, senhor licenciado; se me lembro de algum ponto da carta, o Diabo que o leve já. Só me lembro de que no princípio dizia: "Alta e *soterrana* senhora".

— Não havia de ser "soterrana"— disse o barbeiro —, havia de dizer "sobre-humana" ou "soberana" senhora.

— Tal qual — disse Sancho. — Depois, se bem me lembra — prosseguia — ... se bem me lembra: "O chagado e falto do sono, e o ferido, beija a Vossa Mercê as mãos, ingrata e mui desconhecida formosa"; e não sei que dizia de saúde e de enfermidade, que lhe enviava; e por aqui escorrendo,⁹ até que acabava em: "Vosso até a morte, o Cavaleiro da Triste Figura".

Não gostaram pouco os dois de verem a boa memória que tinha Sancho Pança e louvaram-lha muito, e pediram-lhe que repetisse a carta mais duas vezes, para que eles igualmente de memória a tomassem, para a seu tempo se copiar. Mais três vezes a repetiu Sancho, e outras tantas tornou a enfiar outros três mil disparates. Da carta passou a relatar igualmente as coisas do amo; mas nem palavra que se referisse

---

⁹ Discorrendo, com pronunciação rústica, mas também jogo de palavras com o valor próprio de "escorrer": deslizar, resvalar.

ao manteamento acontecido naquela estalagem em que se recusava a entrar. Disse também que o seu senhor, em ele lhe levando, como lhe havia de levar, boa resposta da sua Senhora Dulcineia del Toboso, se havia de pôr a caminho à procura de como se faria imperador, ou pelo menos monarca, que assim se tinha combinado entre ambos e era coisa muito fácil, atendendo ao valor da sua pessoa e força do seu braço; e, chegando isso, o havia de casar a ele, que já a esse tempo seria viúvo com toda a certeza, e lhe havia de dar por mulher uma donzela da imperatriz, herdeira de um rico e grande Estado de terra firme sem ilhas nem ilhos, que já disso não queria nada. Tamanha era a serenidade com que Sancho engranzava[10] tudo aquilo, limpando de quando em quando o nariz, e com tão pouco juízo, que os dois não cessavam de se admirar, considerando quão veemente fora o ataque de loucura de Dom Quixote, pois tinha arrastado também consigo o juízo desse pobre homem. Não se quiseram cansar a tirá-lo do erro em que estava, por lhes parecer que, não indo nisso perigo para a consciência, melhor era deixarem-no lá na sua, e para eles também mais divertido ir-lhe desfrutando as tontarias. Disseram-lhe, pois, que rogasse a Deus pela saúde do fidalgo, pois era em realidade coisa muito fácil chegar pelo decurso do tempo a ser imperador, ou pelo menos arcebispo, ou outra dignidade equivalente. Ao que Sancho respondeu:

— Senhores, se as coisas corressem por modo que a meu amo se perdesse a vontade de ser imperador, e antes quisesse a dignidade de arcebispo, desejava eu agora saber que é o que costumam dar os arcebispos andantes aos seus escudeiros.

— Costumam-lhes dar — respondeu o cura — algum benefício simples, ou de cura de almas, ou alguma sacristania de renda rendada,[11] afora o pé de altar, que se costuma avaliar no dobro.

— Para isso há de ser preciso — replicou Sancho — que o escudeiro não seja casado e que saiba pelo menos ajudar à missa. Sendo assim, mal de mim, que sou casado e não sei a primeira letra do á-bê-cê! Que será de mim, se ao meu amo der na veneta ser arcebispo e não imperador, como é uso e costume dos cavaleiros andantes?

---

[10] Concatenar (ideias, pensamentos, etc.) como elos de cadeia.
[11] Renda fixa ou soldo que provém das rendas da igreja ou capela sobre a qual tem o benefício, e além disso o que se recebe por missas ou outras cerimônias religiosas.

— Não vos mortifiqueis, amigo Sancho — disse o barbeiro —, que nós rogaremos ao vosso amo, e lhe aconselharemos, chegando até a pôr-lhe em caso de consciência que seja imperador e não arcebispo, porque até lhe é mais fácil, em razão de ser ele mais esforçado que estudante.

— Assim me tem parecido a mim — respondeu Sancho —, mas não posso dizer, sem mentir, que para tudo tem habilidade. O que eu por minha parte hei de fazer é rogar a Nosso Senhor que o incline para a parte em que ele se aproveite mais a si, e a mim me faça melhores mercês.

— Falais como discreto — disse o cura — e obrareis como bom cristão; mas o que ao presente se deve fazer é diligenciar pôr vosso amo fora daquela escusada penitência em que nos dissestes que o deixastes; e para combinarmos o que se há de pôr em obra, e também para comermos, que já são horas, bom será que entremos na estalagem.

Respondeu Sancho que entrassem, que ele esperaria ali fora e depois lhes diria a causa por que não entrava nem lhe convinha entrar lá; mas que lhes pedia que lhe mandassem vir para ali alguma coisa quente e também cevada para o Rocinante. Entraram eles e o deixaram. Dali a pouco trouxe-lhe de comer o barbeiro. Depois, tendo os dois ajustado bem o modo como haviam de conseguir o que desejavam, acudiu ao cura um pensamento muito conforme ao gosto de Dom Quixote e ao que eles queriam. Disse ao barbeiro que a sua ideia era que ele se vestiria em traje de donzela andante, e o barbeiro o melhor que pudesse em hábito de seu escudeiro; e assim iriam aonde Dom Quixote estava, fingindo ser ela uma donzela afligida e necessitada, e lhe pediria um dom que ele não lhe poderia recusar, como valoroso cavaleiro andante que era; e que o dom que tencionava pedir-lhe era que viesse com ela aonde o levasse, a reparar-lhe um agravo que um descortês cavaleiro lhe havia feito; e igualmente lhe suplicasse que lhe não mandasse tirar a máscara, nem lhe perguntasse nada dos seus particulares, antes de tê-la vingado daquele mau cavaleiro; que tivesse por sem dúvida que Dom Quixote estaria por tudo quanto nesses termos a donzela lhe pedisse, e desse modo o tirariam dali e o levariam ao seu lugar, e lá se veria que remédio se poderia dar à sua estranha loucura.

## Capítulo XXVII
### DE COMO SAÍRAM COM A SUA INTENÇÃO O CURA E O BARBEIRO, COM OUTRAS COISAS DIGNAS DE SER CONTADAS NESTA GRANDE HISTÓRIA

NÃO PARECEU MAL ao barbeiro a maranha do cura; e tanto que para logo a puseram em obra. Pediram à estalajadeira uma saia e umas toucas, deixando-lhe em penhor uma sotaina nova do cura. O barbeiro fez umas grandes barbas de um rabo de boi ruço ou ruivo, em que o taberneiro costumava espetar o pente. Perguntou-lhes a estalajadeira para que eram aquelas coisas. O cura contou-lhe em poucas palavras a loucura de Dom Quixote, e como era conveniente aquele disfarce para arrancá-lo da montanha onde então estava. O estalajadeiro e a estalajadeira entenderam logo ser o doido o seu hospedado, o do bálsamo, e o amo do manteado escudeiro, e contaram ao cura tudo que com ele haviam passado sem omitirem o que Sancho tanto calava. Em suma, a estalajadeira entrajou o cura de modo que não havia mais que pedir. Pôs-lhe uma saia de pano cheia de faixas de veludo preto largas de palmo, todas anavalhadas, e umas roupinhas de veludo verde, com seus vivos de cetim branco; roupinhas e saia que deviam remontar-se ao tempo do Rei Wamba.[1] Não consentiu o cura em que o toucassem, mas pôs na cabeça um barretinho de linho estofado, que trazia para dormir de noite, e apertou-o na testa com uma fita de tafetá preto, e com outra fita prendeu por cima do rosto uma máscara feita à pressa, com que cobriu muito bem as barbas e o semblante. Encaixou na cabeça o chapéu, de abas tão largas que lhe podia servir de guarda-sol,

---
[1] Em tempos muito remotos.

e, pondo aos ombros o seu ferragoulo,[2] sentou-se na sua mula à moda das mulheres, o barbeiro montou igualmente na sua, com a sua barba, que lhe chegava à cintura, entre ruiva e branca, por ser, como se disse, da cauda de um boi barroso.

Despediram-se de todos e da boa Maritornes, que prometeu rezar um rosário, ainda que pecadora, para que Deus lhes desse boa fortuna em tão trabalhoso e tão cristão negócio, como era o que empreendiam. Mas apenas da estalagem saiu o cura, quando se sentiu entrado dum escrúpulo; não lhe pareceu bem o ter-se posto daquela maneira, por ser coisa indecente para um sacerdote aquele traje, embora muito apropriado à ocasião.[3] Assim o disse ao barbeiro, rogando-lhe que trocassem entre si o disfarce, pois era melhor que o mestre representasse a donzela necessitada, e que ele, o padre, lhe serviria de escudeiro, pois desse modo se profanava menos a sua dignidade; e, se não estava por si isso, decidiu não passar adiante ainda que o Diabo levasse Dom Quixote. Nesse ponto chegou Sancho, que, vendo os dois naquela mascarada, não pôde conter o riso. Com efeito o barbeiro conveio na lembrança do cura e, enquanto se trocavam de parte a parte os hábitos, foi-lhe o cura ensinando o papel que haviam de representar e as palavras que se haviam de dizer a Dom Quixote para obrigá-lo a vir com eles, e deixar o covil que tinha escolhido para a sua escusada penitência. Respondeu o barbeiro que aceitava a lição e pontualmente a poria em obra. Dispensou vestir-se antes de chegarem perto donde Dom Quixote estava e dobrou o fato. O cura experimentou como lhe assentava a barba, e seguiram caminho, conduzidos por Sancho Pança, que os foi entretendo a contar-lhes o que lhes tinha acontecido na serra com o encontro do louco, mas sem boquejar, já se sabe, no achado da maleta e do que nela havia; apesar de lerdo, o sujeitinho não deixava de ser fino.

Ao seguinte dia chegaram aonde Sancho havia deixado postos os sinais das giestas; apenas os reconheceu, disse aos companheiros ser por ali a entrada e que bem podiam já se vestir, supondo ser isso necessário para a liberdade do amo, porque eles lhe haviam já dito que o irem assim e vestirem-se daquele modo era importantíssimo para livrarem Dom Quixote da má vida a que se tinha posto, e que lhe recomendavam todo o cuidado

---

[2] As aldeãs usavam chapéu quando viajavam; o ferragoulo era uma capa sem capuz, que utilizavam justamente por estar de chapéu.

[3] O Concílio de Trento havia proibido que os sacerdotes vestissem roupas que não correspondessem à sua condição.

de não lhe dizer quem eles eram nem que os conhecia; e que, se ele lhe perguntasse, como decerto havia de perguntar, se tinha entregado a carta a Dulcineia, dissesse que sim e que, por não saber ler, ela lhe respondera vocalmente, dizendo-lhe que lhe mandava, sob pena de lhe descair da graça, que viesse logo ter com ela, para coisa que muito lhe importava, porque com isso, e com o mais que eles tencionavam dizer-lhe, tinham toda a esperança de trazê-lo a melhor modo de vida, convencendo-o a pôr-se logo em via para ir se fazer imperador ou monarca; e lá de ser arcebispo nada temesse. Tudo aquilo ouviu Sancho muito atento e foi registrando pontualmente na memória, agradecendo-lhes a tenção de aconselhar ao fidalgo que fosse imperador e não arcebispo, pois estava persuadidíssimo de que para fazerem mercês aos seus escudeiros mais podiam imperadores que arcebispos andantes. Disse-lhes também que seria bom ir ele adiante para lhe dar primeiro a resposta da sua senhora, o que só por si bastaria para ele dali se desencovilar, sem eles terem para isso mais trabalho. Acataram o conselho de Sancho e decidiram ficar à sua espera, até que ele voltasse com a notícia de ter encontrado o fidalgo.

Entranhou-se o escudeiro por aquelas quebradas da serra deixando-os ambos numa delas, por onde manava um pequeno e manso regato, sombreado fresca e agradavelmente de outras penhas e árvores, que por ali abundavam. Era aquele um dos calmosos dias de agosto, que por essas partes costumavam ser as zinas do verão; a hora, às três da tarde; tudo concorria para tornar o sítio mais aprazível e convidativo para nele esperarem, como de fato fizeram. Estando assim ambos remansados e à sombra, chegou-lhes aos ouvidos uma voz que, desacompanhada de instrumento algum, soava doce e regaladamente, do que não pouco se admiraram, por lhes parecer que não era aquele lugar onde se esperar quem tão bem cantasse, porque deixar dizer que pelos bosques e campos se achavam pastores de vozes peregrinas mais são isso encarecimentos[4] de poetas que verdades. A mais subiu ainda a maravilha, quando repararam serem versos o que ouviam cantar, não de estilo de pegureiros rústicos, mas de cortesãos discretos; no que os foi confirmando cada vez mais o teor das letras, que diziam assim:[5]

---

[4] Fantasias, valorações desmesuradas.
[5] Para denominar esse tipo de composição que, pelo que sabemos, Cervantes emprega pela primeira vez na literatura espanhola — aqui e na novela exemplar *A ilustre fregona* —, especializou-se o nome de *ovillejo*.

Quem menoscaba meus bens?
    Desdéns.
Quem mais ceva meus queixumes?
    Ciúmes.
Quem me apura a paciência?
    A ausência.
De meu fado na inclemência,
nenhum remédio se alcança,
pois me dão morte: esperança,
desdéns, ciúmes e ausência.

Quem me causa tanta dor?
    Amor.
Quem as glórias me arruína?
    Mofina.
Quem às dores me há votado?
    O fado.
Receio me é pois fundado
morrer deste mal tirano,
pois conspiram em meu dano
o amor, a mofina e o fado.

Quem pode emendar-me a sorte?
    A morte.
E bem de amor quem alcança?
    Mudança.
E seus males quem os cura?
    Loucura.
Então, em vão se procura
remédio algum a tais chagas,
sendo-lhe únicas triagas[6]
morte, mudança, loucura.

A hora, a conjuntura, a soledade, a voz e a perícia do cantor causaram maravilhas e contentamento nos dois ouvintes, que ficaram imóveis,

---

[6] O que se emprega para remediar dificuldades; recurso, panaceia.

aguardando continuação; como porém o silêncio se prolongasse, determinaram sair à procura de tão esmerado músico. Iam já efetuá-lo, quando a mesma voz os tornou a deter com este

## SONETO

Santa amizade, que habitar imitas
neste baixo, fingido e térreo assento,
mas que tens por morada o firmamento
co'as essências angélicas benditas.

De lá, por dó das térreas desditas,
sonhos nos dás de alegre fingimento,
imitações do céu por um momento,
fugaz consolo às regiões proscritas.

Volta, volta dos céus, pura amizade,
ou proíbe que a amável aparência
te usurpe a desleal perversidade.

Confundida co'a nobre e infame essência,
breve reverte o mundo à prisca[7] idade;
volve o caos, é morta a Providência.

Acabou-se a cantilena num suspiro do íntimo, ficando ainda os dois atentos à espera de mais. Vendo, porém, que a música tinha se desfeito em soluços e ais lastimados, desejaram saber quem seria aquele triste, tão eminente na toada como dolorido no gemer. Não andaram muito quando, ao voltar da ponta duma penha, viram um homem exatamente do mesmo talhe e figura como Sancho Pança lhes havia pintado quando lhes referiu a narrativa de Cardênio. Quando o homem os viu, em vez de mostrar sobressalto, conservou-se como estava, de cabeça pendida para o peito, com ar meditabundo sem levantar para eles os olhos, mais que no primeiro momento, quando inesperadamente ali chegaram. O cura, que era bem falante e já tinha notícia daquela desgraça, porque

---

[7] Que pertence a tempos idos; antiga.

pelos sinais facilmente o reconhecera, achegou-se para ele e com poucas palavras muito discretas lhe rogou que se deixasse daquela tão miserável existência, para que não a viesse ali a perder, que seria essa de todas as desditas a maior. Estava naquela conjuntura Cardênio em aberta de perfeito juízo, livre daquele furioso acidente, que tão repetidas vezes o alheava de si; e assim, vendo os dois em trajes tão desacostumados dos que por aquelas solidões se deparavam, não deixou de admirar-se algum tanto, e mais, quando ouviu que lhe tinham falado do seu caso como de coisa sabida; os ditos do cura assim lho tinham dado a entender; pelo que respondeu deste modo:

— Bem vejo eu, senhores, quem quer que sejais, que o céu, que tem cuidado de acudir os bons, e muitas vezes até os maus, me envia, sem eu merecê-lo, a estes lugares tão longes e apartados do trato comum da gente, algumas pessoas que, pondo-me diante dos olhos com vivas e variadas razões quão sem ela ando em levar a vida que levo, têm procurado passar-me deste sítio para algum outro melhor. Porém, como não sabem o que eu sei, que, tirando-me deste mal, hei de cair em algum maior, talvez me devem ter por homem de fraco discurso e até, o que pior seria, por de nenhum juízo; e não fora maravilha que assim fosse, porque a mim mesmo se me entreluz que a imaginação das minhas desgraças é tão forte e pode tanto para a minha perdição que, sem eu poder coibi-la, venho a ficar como pedra, falto de todo o bom sentido e conhecimento. Dessa verdade mais me capacito, quando algumas pessoas me dizem e mostram sinais de coisas que fiz enquanto me senhoreou aquele acesso. Então nada mais sei que me arrepender sem fruto e maldizer escusadamente a minha desgraça, e por desculpa das minhas loucuras contar a causa delas a quantos ma querem ouvir. Os cordatos à vista da causa não poderão estranhar os efeitos; e, se não me derem remédio, pelo menos hão de desculpar-me. O aborrecimento das minhas desenvolturas converte-se logo em lástima da minha miséria. Se é que vós, senhores, vindes com as mesmas tenções com que outros já têm vindo, antes de passardes adiante nas vossas discretas persuasões vos rogo que ouçais a relação infinda das minhas desventuras. Talvez, depois de me ouvirdes, vos dispenseis do trabalho que tomaríeis, procurando consolar o que não admite consolações.

Os dois, que nada mais desejavam que lhe ouvir da própria boca a verdadeira explicação de tamanha infelicidade, instaram com ele para que lha expusesse, prontificando-se a não fazer senão o que ele quisesse, para seu remédio, ou alívio pelo menos. Com isso começou o triste cavaleiro a sua lastimável história, quase pelas mesmas palavras e passos contados como a havia relatado a Dom Quixote e ao cabreiro poucos dias atrás, quando a propósito do Mestre Elisabat, e pela pontualidade de Dom Quixote em guardar o decoro da cavalaria, o conto ficou truncado, como em seu lugar se disse. Dessa vez porém permitiu a boa sorte que o intervalo da loucura fosse mais prolongado e desse ensanchas para se concluir a história. Chegando pois ao passo do bilhete achado por Dom Fernando, entre o livro de Amadis de Gaula, disse Cardênio que o tinha bem de cor e que rezava assim:

## LUCINDA A CARDÊNIO

Cada dia descubro em vós valias novas, que me obrigam a mais vos estimar. Assim, se me quiserdes tirar desta dívida sem prejudicar-me na honra,[8] muito bem o podereis fazer. Meu pai, que vos conhece, quer-vos bem; sem forçar a minha vontade, há de cumprir a que vós por boa justiça igualmente deveis ter, sendo verdade que me estimais como dizeis, e eu devo acreditar.

— Por esse bilhete me determinei a pedir Lucinda por esposa como já vos contei; e foi também por ele que Lucinda ficou tida no conceito de Dom Fernando por uma das mais discretas e ajuizadas mulheres do seu tempo; e foi, por derradeiro, essa carta a que lhe acendeu o desejo de me perder antes que o meu se realizasse. Contei eu a Dom Fernando o reparo do pai de Lucinda, a saber: que havia de ser meu pai quem para mim a pedisse; o que eu a ele não ousava dizer-lhe com receio de que mo recusasse, não porque não estivesse convencido da nobreza, bondade, virtude e formosura de Lucinda, em suma, de que tinha méritos bastantes para enobrecer qualquer outra linhagem de Espanha, mas sim porque tinha para mim que o seu desejo era que eu não me casasse tão depressa, antes de ver o que o Duque Ricardo faria da minha pessoa. Em conclusão, disse-lhe que não me aventurava a fazer semelhante súplica a meu pai, tanto por aquele inconveniente como por outros

---

[8] Expressão própria de escritos legais; "executar em bens" para responder a uma dívida era embargá-los e colocá-los à disposição da justiça, que podia mandar arrematá-los.

muitos que me acovardavam, sem bem saber quais eram. Parecia-me que os desejos meus nunca haveriam de chegar a efetuar-se. A tudo isso me respondeu Dom Fernando que tomava a si o falar a meu pai e resolvê-lo a entender-se com Dona Lucinda! Ó Mário ambicioso! Ó Catilina cruel! Ó facinoroso Sila, ó Galalão embusteiro! Ó Velido traidor! Ó Julião vingativo! Ó Judas cobiçoso![9] Ó traidor, cruel, vingativo e embusteiro! Que mal te havia feito este triste, que tão sincero te descobriu os segredos e contentamento da sua alma? Que ofensas te fiz? Que palavras te disse ou conselhos te dei, que não fossem inteiramente encaminhados a acrescentar ao teu decoro e proveito? Mas de que me queixo, desgraçado de mim, pois é coisa infalível que, em as estrelas nos influindo o infortúnio, como são mandatos de cima, despenhados com furor e violência, não há força na terra que os detenha nem indústria humana que os possa precaver? Quem havia de imaginar que Dom Fernando, cavaleiro ilustre, discreto, obrigado de meus serviços, com posses para alcançar o que os seus apetites amorosos lhe pedissem, onde quer que pusesse a mira, havia de se empenhar, como se costuma dizer, em me furtar a mim uma só ovelha[10] que eu nem ainda possuía? Mas deixemo-nos destas considerações escusadas, que já nada aproveitam, e atemos o quebrado fio da minha história.

"Parecendo a Dom Fernando que a minha presença lhe era inconveniente para a execução do seu desígnio mau e pérfido, determinou enviar-me ao seu irmão mais velho, com o pretexto de lhe pedir uns dinheiros para pagar seis cavalos, que no mesmo dia de propósito havia comprado, só com o fim de me afastar para melhor se lhe lograr o seu danado intento. Comprou-os no dia mesmo em que se oferecera para falar a meu pai e quis que eu viesse pelo dinheiro. Podia eu prevenir essa traição? Podia eu sequer imaginá-la? Por certo que não. Antes com grandíssimo gosto me ofereci a partir logo, contente da boa compra concluída. Naquela noite falei com Lucinda e lhe disse o que ficava combinado com Dom Fernando, e que tivesse firme esperança no efeito

---

[9] Alusão a vários personagens históricos: Mário, Catilina e Sila são personagens da história romana; Galalão, o par que traiu Roldão; Velido Dolfos, o assassino do rei Sancho; e o último é o conde Dom Julião, pai da Cava; Judas, como é sabido, procede do Evangelho. Embora lhes sejam dados diferentes qualificativos, todos são figuras emblemáticas da traição. A disposição — pagãos, cristãos, judeus — corresponde ao mesmo esquema que organiza os Nove da Fama.

[10] Alude-se à parábola com que Natan reprova o adultério e homicídio praticado por Davi. 2 Samuel XII, 3.

dos nossos legítimos desejos. Ela, tão crente como eu na sinceridade de Dom Fernando, disse-me que procurasse tornar-me depressa, pois tinha fé que para logo seriam os nossos votos preenchidos, apenas meu pai falasse com o dela. Acabando de dizer isso, arrasaram-se-lhe os olhos de água, não sei por quê, e pôs-se-lhe na garganta um nó que não lhe deixava proferir palavra, posto que eu bem via que muitas outras quisera pronunciar. Fiquei admirado daquele acidente que nunca ainda lhe vira, pois, sempre que a fortuna e a minha diligência nos proporcionavam falarmo-nos, era tudo entre nós regozijo e contentamento, sem a mínima mistura de lágrimas, suspiros, zelos, suspeitas ou temores; era tudo engrandecer eu a minha ventura, por ma ter o céu dado por senhora. Exagerava a sua beleza; maravilhava-me do seu valor e entendimento; pagava-me ela na mesma moeda, elogiando em mim o que na sua qualidade de namorada se lhe figurava digno de elogio. Com isso nos contávamos de parte a parte mil ninharias e acontecimentos dos nossos vizinhos e conhecidos; e o mais a que se atrevia a minha desenvoltura era tomar-lhe quase à força uma das suas belas e brancas mãos e chegá-la à boca, segundo no-lo consentia a estreiteza duma grade baixa[11] que nos separava. Naquela véspera porém da minha partida ela chorou, gemeu, suspirou e foi-se, deixando-me cheio de confusão e sobressalto, espantado de ter visto tão novas e tão tristes mostras de dor e sentimento em Lucinda; mas eu, para não aniquilar as minhas esperanças, atribuí tudo à força do amor que ela me tinha e à dor que a ausência costuma causar nos que se querem bem. Enfim, parti-me triste e pensativo, com a alma cheia de imaginações e suspeitas, sem saber o que suspeitava ou imaginava; claros indícios que me prognosticavam já o triste sucesso e desventura que aguardavam.

"Cheguei ao lugar aonde era enviado, dei as cartas ao irmão de Dom Fernando, fui bem recebido, mas bem despachado não, porque me deu ordem de esperar oito dias, com grande desgosto meu, recomendando-me que o duque seu pai não me avistasse, porque a quantia que o irmão pedia era a ocultas dele. Tudo armadilhas do falso Dom Fernando, pois o irmão tinha dinheiro de sobejo para poder imediatamente aviar-me. Aquela ordem e recomendação puseram-me em balanços de desobedecer, por me parecer impossível que me durasse tantos dias a vida

---

[11] Depressão de terreno; o fundo de um vale; lugar baixo.

ausente de Lucinda, e mais tendo-a deixado com a tristeza que já contei. Entretanto obedeci como servo fiel, sabendo bem ser à custa da saúde. Ao quarto dia chegou a procurar-me um homem com uma carta que, pela letra do sobrescrito, de repente conheci vir de Lucinda. Abri-a sobressaltado, entendendo que não podia deixar de ser coisa grande a que a obrigava a escrever-me, estando ausente, porque presente poucas vezes o fazia. Antes de lê-la, perguntei ao portador quem lha entregara e que tempo gastara no caminho. Respondeu-me que, passando casualmente por uma rua da cidade, à hora do meio-dia, uma senhora muito formosa o chamara duma janela, com os olhos cheios de lágrimas, dizendo-lhe a toda a pressa: 'Irmão, se sois cristão, como pareceis, pelo amor de Deus vos peço que leveis logo, logo, esta carta ao lugar e à pessoa que aí vai no sobrescrito, e que é bem conhecida; nisso fareis um grande serviço a Nosso Senhor e, para mais comodamente o poderdes fazer, tomai o que vai neste lenço'. 'E dizendo isso me atirou da janela abaixo um lenço, onde vinham atados cem reales e este anel de ouro, junto com esta carta. Sem me esperar resposta, fugiu logo da janela, mas tendo-me primeiro visto apanhar a carta e o lenço. Respondi-lhe, por sinais, que lhe obedeceria. Por isso, vendo-me tão bem pago do trabalho que ia fazer e conhecendo, pelo sobrescrito, que o recado era para vós, porque eu muito bem vos conheço, senhor, e ainda por cima obrigado das lágrimas daquela formosa senhora, não quis fiar-me de outra pessoa e vim eu próprio fazer-lhe a entrega; e em dezesseis horas, que tantas há que recebi o recado, palmilhei o caminho que sabeis, que é de dezoito léguas.'[12] Enquanto o agradecido e novo correio me relatava isso tudo, estava eu sobressaltado da novidade e tremendo-me as pernas, que mal me podia ter em pé. Abri a carta, e li o seguinte:

A palavra que Dom Fernando vos deu de que falaria a vosso pai para ele falar ao meu, cumpriu-a muito mais a seu gosto do que em proveito vosso. Sabei, senhor, que ele me pediu por esposa para si; e meu pai, seduzido da vantagem que em seu entender vos leva Dom Fernando, tão deveras lhe conveio na rogativa que em dois dias se há de celebrar o desposório tão secretamente e a sós que as únicas testemunhas serão o céu e algumas pessoas da casa. Imaginai como estarei; vede se não me

---

[12] Essa é a distância entre a ducal Osuna e Córdoba.

deveis acudir; e, se vos amo ou não, o êxito de tudo vo-lo dará a conhecer. Praza a Deus que esta carta vos seja entregue antes de eu sê-lo a quem tão mal sabe guardar a fé prometida.

"Foi essa a substância da carta, que me fez pôr logo a caminho, sem esperar por mais respostas nem dinheiros, que bem claramente via já que não era a compra dos cavalos, senão só a ânsia de preencher o seu gosto o que obrigara Dom Fernando a enviar-me a seu irmão. O despeito que se me acendeu contra o falso amigo e o temor de perder o tesouro granjeado à custa de tantos anos de desejos e serviços deram-me asas, pois foi quase voando que ao dia seguinte cheguei ao meu lugar, à hora justamente mais própria para falar com Lucinda. Entrei furtivamente, deixando a mula em casa do bom homem que me levara a mensagem, e tão a propósito cheguei que logo vi Lucinda posta às grades testemunhas dos nossos amores. Conheceu-me ela tão de repente como eu a ela; mas quão diversos um e outro! Quem há no mundo que possa se gabar de ter penetrado o confuso pensamento e mudável condição duma mulher? Ninguém, decerto. Assim que Lucinda me viu, disse-me: 'Cardênio, achas-me vestida de noiva, já estão me esperando na sala Dom Fernando, o tredo,[13] meu pai, o ambicioso, e outras testemunhas que mais depressa o hão de ser da minha morte que de semelhante enlace. Não te perturbes, querido, mas procura achar-te presente a este sacrifício; se eu não puder impedi-lo com as minhas razões, uma adaga levo oculta, que triunfará das violências mais resolutas, dando fim à minha vida, e evidenciará a firmeza que te guardei e conservo até o fim'. Respondi-lhe confuso e à pressa, por temer que me faltasse o tempo para lhe responder: 'Senhora, façam tuas obras sair verdadeiras essas palavras; se levas adaga para teu crédito, espada levo eu também para com ela te defender ou para me arrancar a vida, se a sorte contra mim se declarar'. Creio que ela não chegou a ouvir-me tudo, porque senti que a chamavam à pressa, pois o noivo estava esperando. Com isso se fechou a noite da minha tristeza, tramontou o sol da minha felicidade, perdi o lume dos olhos e do entendimento. Não acertava para entrar em casa dela, nem me mover podia. Considerando porém quanto a minha presença era necessária para o que no caso poderia suceder, animei-me

---

[13] Que trai a confiança de outrem; traidor, traiçoeiro.

o mais que pude e penetrei. Como conhecia bem todas as entradas e saídas, com o alvoroto que lá por dentro ia, ninguém reparou em mim e tive modo de me colocar no vão duma janela da mesma sala, cortinada de tapeçarias, por entre as quais podia, sem ser visto, descobrir quanto se passasse. Quem poderia agora dizer os sobressaltos deste coração enquanto ali me conservei? Os pensamentos que me ocorreram? As considerações que fiz, que foram tantas e tais que nem se podem referir nem é bem que se refiram? Basta que saibais que o noivo entrou na sala sem mais compostura que o seu traje do costume. Vinha-lhe por padrinho um primo coirmão de Lucinda, e em toda a sala não havia pessoa de fora, senão os criados da casa. Dentro em pouco saiu duma câmara Lucinda, acompanhada da mãe e de duas donzelas suas, tão bem adereçada e composta como à sua qualidade e formosura competia, sendo ela o extremo da gala e bizarria cortesã. O meu enlevo não me deixou notar o que trazia vestido; só pude ver que as cores eram encarnado e branco, reluzindo a pedraria e joias do toucado e de todo o vestuário, e realçando por cima de tudo a beleza singular de seus louros cabelos; tais brilhavam eles sem competência com as pedras preciosas e com as luzes de quatro tochas que na sala estavam, que ainda se lhes avantajavam. Ah!, memória mortal, perturbadora do meu descanso! Para que serve estares me lembrando agora da incomparável lindeza daquela adorada inimiga? Não será melhor que me representes, ó memória cruel, o que ela então fez, para que, incitado de tão manifesto agravo, procure, já que não pode ser a vingança, ao menos o morrer? Não vos canseis, senhores, de me ouvir estas digressões, pois não é a minha pena das que podem e devem contar-se sucintamente: cada circunstância dela me parece digna dum largo discurso."

A isso lhe respondeu o cura que não só se não cansavam de ouvi-lo, senão que muito sabor achavam naquelas mesmas minudências, por serem tais que não mereciam ser deixadas em silêncio sendo tão dignas de atenção como o principal da narrativa.

— Digo pois — prosseguiu Cardênio — que, estando todos na sala, entrou o cura da freguesia e, tomando os dois pela mão, para fazer o que em tal ato se requer, ao dizer: "Quereis, Senhora Lucinda, ao Senhor Dom Fernando, aqui presente, para vosso legítimo esposo, como manda a Santa Madre Igreja?", eu lancei a cabeça e o pescoço para fora das cortinas e com atentíssimos ouvidos e alma perturbada me pus a escutar o que Lucinda responderia. Uma palavra dela ia ser a sentença da minha vida ou morte. Oh! Quem se atrevera então a bradar: "Ah! Lucinda, Lucinda! Olha o que fazes; considera o que deves; olha que és minha e não podes ser de outro; repara que em dizendo 'sim' mataste--me de repente. Ah!, traidor Dom Fernando, ladrão da minha glória, meu as-sassino! Que queres? Que pretendes? Considera que não podes cristãmente chegar a cabo dos teus desejos, porque Lucinda é minha esposa e sou seu marido". Ah! Louco de mim! Agora que estou ausente e longe do perigo é que digo o que devia fazer e não fiz; agora, depois de deixar roubar a minha cara prenda, é que maldigo o ladrão, de quem me pudera ter vingado, se para isso tivesse coração, como o tenho para me queixar. Enfim, já que então fui covarde e néscio, não é muito que morra agora corrido, arrependido e louco.

"Estava o cura esperando a resposta de Lucinda, que se deteve um bom espaço em dá-la; e, quando eu pensei que arrancava a adaga para seu crédito ou soltava a língua para proferir alguma verdade ou desengano, que em meu proveito redundasse, ouço-lhe dizer com voz desmaiada e fraca: 'Sim; quero'. O mesmo disse Dom Fernando; e, dando-lhe o anel, ficaram ligados em laço indissolúvel. Chegou o desposado a abraçar a sua esposa; e ela, pondo a mão sobre o coração, caiu desmaiada nos braços da mãe. Resta agora dizer qual eu fiquei, vendo com aquele 'sim' desfeitas as minhas esperanças, falseadas as palavras e promessas de Lucinda, impossibilitado de cobrar em algum tempo o bem que naquele instante havia perdido; fiquei sem conselho, desamparado, em meu entender, de todo favor celeste, feito inimigo da terra que me sustentava, negando-me o ar alento para meus suspiros e a água humor para meus olhos; somente o fogo se acrescentou, de maneira que tudo ardia de raiva e de ciúmes. Alvorotaram-se todos com o delíquio de Lucinda; e, desapertando-lhe a mãe o seio, para lhe dar ar, nele se descobriu um papel fechado, que Dom Fernando tomou logo e se pôs a ler à luz duma das tochas. Acabada a leitura, sentou-se numa cadeira, com a mão na face, com mostras de homem muito pensativo, sem acudir aos remédios que à sua esposa se faziam para que se recobrasse do desmaio.

Eu, vendo alvorotada toda a gente de casa, aventurei-me a sair, quer fosse visto quer não, determinado, no caso de me verem, a fazer um desatino tal que todos chegassem a entender a minha justa indignação no castigo do falso Dom Fernando, e também da inconstância da trai-dora. Porém a minha sorte, que para maiores males, se os há, me devia reservar, ordenou que naquele ponto me sobrasse o entendimento, que de então para cá tem me faltado; e assim, sem querer tomar vingança dos meus maiores inimigos (que, por estar tão fora de acordo, fácil me fora tomá-la), quis executar em mim a pena que eles mereciam, e porventura que com maior rigor do que com eles usara se então os matasse. A morte que se recebe repentina depressa acaba as penas; mas a que se dilata com tormentos está matando, sem acabar a existência. Enfim, saí da casa e tornei-me à do homem onde tinha deixado a mula. Mandei-a aparelhar, montei-a sem me despedir e saí da cidade sem ousar, como outro Lot,[14] olhar para trás. Quando me vi no campo, sozinho, encoberto pelo escuro da noite e convidado pelo seu silêncio a queixar-me, sem respeito ou medo de ser escutado nem conhecido, soltei a voz em tantas maldições a Lucinda e Dom Fernando como se com elas satisfizesse o agravo que me haviam feito. Dei-lhe apodos de cruel, ingrata, falsa e desagradecida e sobretudo de ambiciosa, pois a riqueza do meu inimigo lhe tinha fechado os olhos, para se me roubar e entregar-se àquele com quem mais liberal e franca a fortuna se havia mostrado. No meio das torrentes daquelas maldições e vitupérios, desculpava-a ainda assim, dizendo que não era muito que uma donzela sempre recolhida em casa de seus pais, acostumada a obedecer-lhes, tivesse querido condescender com o seu gosto, pois lhe davam por esposo um cavaleiro tão principal, tão rico e tão gentil-homem que, se não quisesse recebê-lo, se deveria pensar dela ou que não tinha juízo ou que tinha noutra parte cativo o coração; o que tudo redundaria em menoscabo da sua fama. Disso saltava logo para outra ideia, dizendo: que, ainda que ela tivera dito, para se ressalvar, ser eu já seu esposo, os seus não lhe achariam a eleição tão má que não merecesse desculpa, pois antes de se apresentar Dom Fernando não poderiam eles próprios desejar racionalmente melhor esposo do que eu para sua filha, que assim bem pudera ela, antes de vir à extremidade de entregar a sua mão, dizer que já era minha, porque em lance tal não seria eu quem lhe desmentisse essa invenção. Por derradeiro concluí que pouco amor, pouco juízo, muita ambição e desejo de grandeza a tinham feito se esquecer das palavras com que me enganara para as minhas esperanças e honestos desejos.

---

[14] Os anjos mandaram Lot sair de Sodoma enquanto esta era destruída e lhe ordenaram que não virasse a cabeça para olhá-la (Gênesis XIX, 17).

"Nessas lamentações e incertezas caminhei o resto da noite e achei--me ao amanhecer às abas desta serra, por onde me adiantei mais três dias por descaminhos sempre a mais, até que cheguei a uns prados, não sei para que lado destas montanhas, onde perguntei a uns guardadores para onde era o mais bravio destas serras. Disseram-me que para esta banda. Para ela me dirigi logo, com tenção feita de não acabar noutra parte a minha vida metido por estas asperezas. A mula em que eu vinha caiu de cansaço e de fome ou, o que mais creio, para se apartar de tão inútil carga como eu lhe era. Fiquei a pé, sucumbido à natureza, consumido de fome, sem ter nem me ocorrer procurar quem me socorresse. Assim permaneci não sei quanto tempo estendido por terra. Ao cabo levantei-me sem fome e achei junto a mim alguns cabreiros, que foram sem dúvida os que me remediaram na minha miséria. Deles é que eu ouvi o estado em que deram comigo, a dizer tantos disparates, que bem mostrava trazer o juízo a monte. De então para cá sinto eu próprio em mim que nem sempre regulo certo, senão que ando tão desmedrado e somenos que faço mil despropósitos, rasgo o fato, vozeio por estas soledades, amaldiçoo a minha sorte e repito em vão o nome sempre adorado da minha inimiga, sem me lembrar então mais que fazer por acabar a vida naquela vozeria. Quando torno em mim, acho-me tão cansado e moído que mal me posso mover.

"A minha morada mais sabida é o oco dum sobreiro, suficiente agasalho deste corpo miserável. Os vaqueiros e cabreiros que andam por estas serranias me sustentam por caridade, pondo-me a comida pelos caminhos e pelas penhas por onde entendem que poderei acaso transitar e dar com ela. Falta-me, é verdade, o juízo para conhecê-la; mas a necessidade natural me diz ser mantimento e me aviva desejo de apetecê-lo e vontade para tomá-lo. Outras vezes, segundo eles me contam, quando me tomam com juízo, salto-lhes ao caminho e os roubo à força, ainda que eles mo queiram dar de boa vontade, que já para isso mo traziam do lugar às malhadas. Dessa maneira vou passando os restos da miserável existência até que o céu a conduza ao descanso último, ou que o dê à minha memória, para que a ela não me tornem a formosura e traição de Lucinda e o agravo de Dom Fernando. Se Deus tal me concede sem me tirar a vida, eu aplicarei o pensamento a discursos de mais proveito. A não ser assim, não há senão rogar à Providência que tenha dó da minha alma, que eu em mim não sinto valor nem força para tirar o corpo desta estreiteza em que por meu gosto o quis pôr.

"Aqui está, ó senhores meus, a amarga história da minha desgraça. Dizei-me agora se a achais tal que se possa recordar com menos sentimento que o meu; não vos canseis em aconselhar-me o que a razão vos mostrar por bom para meu remédio, porque tanto há de aproveitar comigo como aproveita o curativo receitado por um médico de fama ao enfermo que recuse recebê-lo.

"Não quero saúde sem Lucinda; e ela, como gosta de ser de outro, sendo ou devendo ser minha, deixem-me gostar a mim de ser da desventura, podendo ser da felicidade. Ela quis com a sua mudança tornar estável a minha perdição; eu quererei com procurar perder-me satisfazer a sua vontade. Aprenderão os vindouros que a mim só faltou o que a todos os desditados sobra: a eles costuma ser consolação a certeza de não poderem alcançá-la; e em mim é causa de novos sentimentos e males, porque até penso que nem com a morte se me hão de acabar."

Aqui terminou Cardênio a sua estiraçada fala; história tão amorosa como desastrada; e, ao tempo em que já o cura estava se preparando para lhe propor algumas palavras de conforto, veio-lhe ao ouvido uma voz que o atalhou, a qual dizia o que se contará na quarta parte desta narração, porque neste ponto terminou a terceira o sábio e atento historiador Cide Hamete Benengeli.

QUARTA PARTE
DO ENGENHOSO FIDALGO

# Dom
# Quixote

DE LA MANCHA

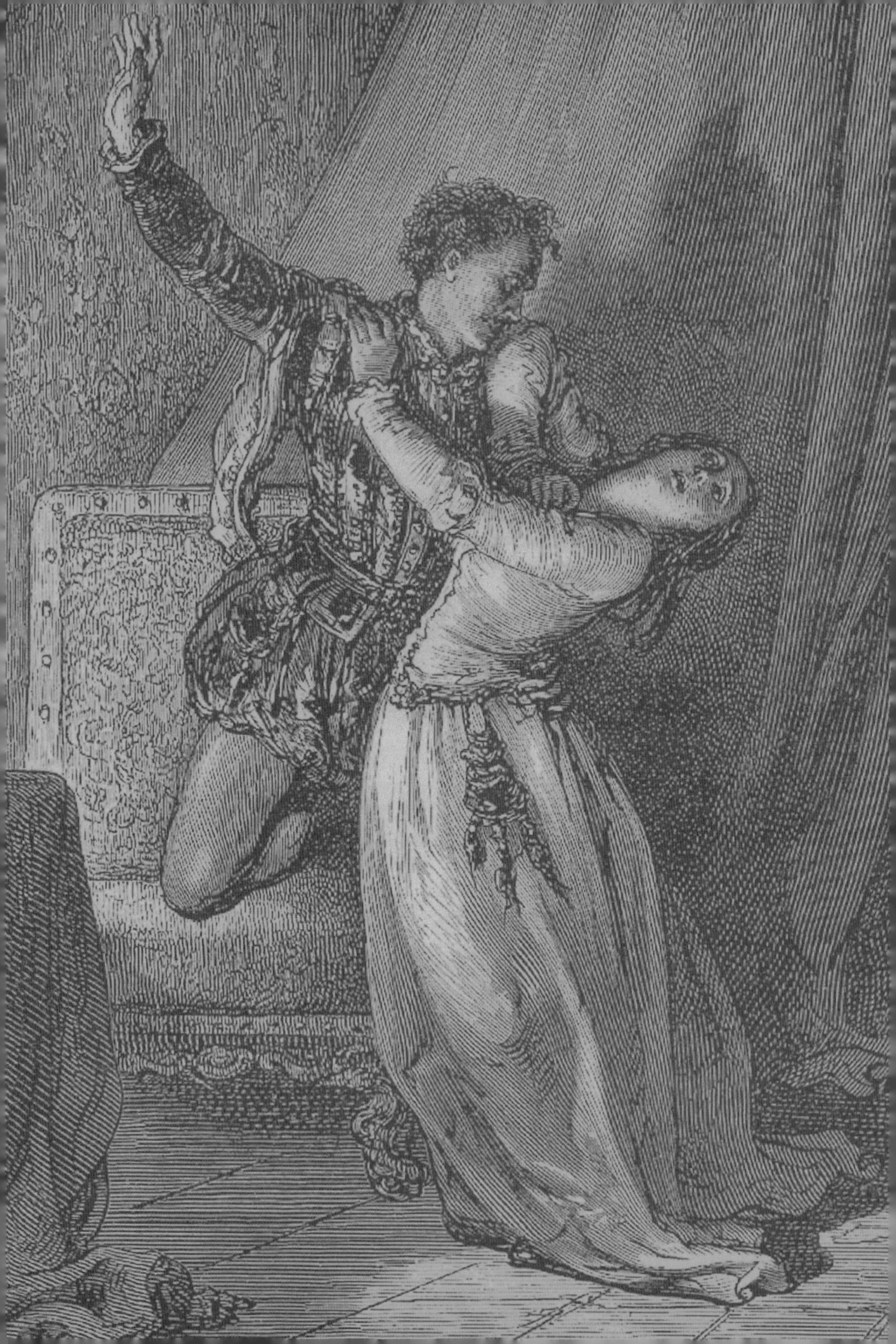

## Capítulo XXVIII

### QUE TRATA DA NOVA E AGRADÁVEL AVENTURA SUCEDIDA NA MESMA SERRA AO CURA E AO BARBEIRO

DITOSOS E FELICÍSSIMOS TEMPOS em que ao mundo veio o tão audaz cavaleiro Dom Quixote de la Mancha pela sua mui honrada determinação de restituir ao mundo a já quase esquecida ordem da cavalaria andante! Saboreamos nós agora, nesta idade tão falta de passatempos alegres, a doçura de estarmos lendo a sua verdadeira história e os contos que nela se travam como episódios; estes em boa parte não são menos agradáveis, artificiosos e verdadeiros que a história mesma.[1] Conta ela, prosseguindo o seu rastelado, torcido e aspeado fio, que, assim que o cura começava a preparar-se para consolar Cardênio, o atalhou uma voz que lhe chegou aos ouvidos e que em tons magoados se lastimava assim:

— Ai, Deus! Será possível ter eu já achado lugar em que sepulte a ocultas este corpo, que tão sobreposse vou arrastando? Espero que sim, se não me mente a soledade que estas serras me afiançam. Ai, desditosa! Quão mais agradável companhia não farão estas penhas e moitas ao meu sentimento, pois me proporcionarão comunicar estas queixas com o céu, e não a criaturas humanas! Na terra já não há com

---

[1] Cervantes justifica a intercalação de relatos porque, embora se afastem da trama principal, se integram na história total articulando-se em um só fio narrativo, como se diz na frase seguinte. Era ideia amplamente aceita na época "que a variação faz a natureza". De acordo com tal critério, o primeiro volume do *Quixote* intercala na história do protagonista os "contos e episódios" de Marcela e Crisóstomo, Cardênio e Doroteia, etc., buscando sempre a alternância de temas e de modalidades literárias (pastoril, sentimental, de aventuras), do mesmo modo que procura a variedade nas aventuras de Dom Quixote e Sancho.

quem se possa tomar conselho nas incertezas, alívio nos queixumes ou remédio na desgraça.

Tudo isso ouviram distintamente o cura e os mais que ali estavam; e por lhes parecer que perto dali estava a pessoa que tais queixas proferia, se levantaram para ir ter com ela. Não tinham dado vinte passos quando de trás de um penhasco viram sentado ao pé de um freixo um mancebo entrajado à lavradora, ao qual, por estar com a cabeça baixa, a lavar os pés num regatinho que por ali corria, não puderam imediatamente divisar o rosto. Aproximaram-se-lhe tão calados que não foram por ele pressentidos, de atento que estava na sua lavagem dos pés; e tais eram eles que não pareciam senão dois pedaços de puro cristal entre as outras pedras da corrente. Maravilhou-os a alvura e lindeza daquelas plantas, que não pareciam feitas para pisar torrões nem para seguir arados e bois, como inculcava o vestuário do dono. Assim, vendo que não tinham sido por ora sentidos, o cura, que ia adiante, fez sinal aos outros dois para que se agachassem e escondessem por trás de uns pedaços de penha que ali havia. Assim o executaram todos, reparando com atenção no que o moço fazia. Trazia este um roupãozinho pardo de duas abas, muito bem cingido ao corpo com uma toalha branca. Trazia uns calções e polainas de pano pardo e na cabeça uma gorra também parda. As polainas tinha-as levantadas até meia perna, que na alvura lembrava alabastro. Acabados de lavar os formosos pés, enxugou-os com um lenço da cabeça, o qual tirou da gorra; e, quando já ia para retirar-se, ergueu o rosto; com o que tiveram lugar os que o estavam olhando de descobrir uma formosura incomparável, e tal, que Cardênio disse baixinho para o cura:

— Esta, como não é Lucinda, não é criatura humana; deve ser por força divindade.

O moço tirou a gorra e, sacudindo a cabeça para uma e outra parte, começou a espalhar os cabelos, que bem puderam aos do sol fazer inveja. Conheceram então que o suposto rústico não era senão mulher, e mimosíssima; pelo menos, a mais formosa que ambos eles com seus olhos jamais tinham visto. Outro tanto encareceria Cardênio se não conhecera Lucinda, cuja lindeza, como depois declarou, era a única para se comparar àquela. Os cabelos compridos e louros não só lhe cobriam as costas mas toda em derredor a velavam; tanto que, afora os pés, nada de todo o corpo lhe aparecia. Para alisá-los serviram de pente mãos, que em brancura ainda aos pés se avantajavam. Todo aquele conjunto acrescentava ainda nos três espectadores a admiração e o desejo de saberem quem fosse. Por isso se deliberaram a aparecer. Ao movimento que fizeram para se erguer, alçou a gentil moça a cabeça e, arredando dos olhos os cabelos com as mãos ambas, procurou ver donde o ruído provinha. Tanto que os descobriu pôs-se em pé e, sem se deter a calçar-se ou recolher os cabelos, apanhou muito à pressa um volume como de roupa, que junto lhe estava, e quis pôr-se em fugida, cheia de perturbação e sobressalto. Mas seis passos não teria ainda dado quando, não lhe podendo mais os delicados pés com a aspereza das pedras, se deixou cair. Correram para ela os três, sendo o cura o primeiro que lhe falou, dizendo:

— Detende-vos, senhora, quem quer que sejais. Os que vedes aqui só ambicionavam servir-vos. Não há por que nos fujais; nem vós podeis correr assim descalça, nem nós outros consentir-vo-lo.

A nada disto ela respondia palavra, a poder de atônita e confusa. Chegados pois a ela, o cura, travando-lhe da mão, prosseguiu:

— Os vossos cabelos, senhora, bem estão desmentindo o vosso traje. De pouco tomo não devem ser as causas de se ter a vossa lindeza disfarçado em vestuário tão indigno e em tão funda soledade como esta. Dita foi que vos achássemos; se não para darmos remédio aos vossos males, ao menos para vos ajudar com algum bom conselho. Não há desventura tão cansada nem tão posta a cabo, enquanto não degenera em morte, que deva esquivar-se a um alvitre oferecido com bom ânimo. Portanto, senhora, ou senhor, ou o que mais quiserdes ser, tornai a vós do sobressalto que a nossa presença vos causou e contai-me o vosso caso, seja qual for. Todos e cada um de nós vos acompanharemos, ao menos no sentimento dos vossos trabalhos.

Enquanto o cura assim discorria, estava ela como fora de si, olhando para todos sem boquejar. Dava por longe a lembrar um sáfaro aldeão, a quem de repente se mostram coisas raras, que ele nunca viu; mas, recomeçando o cura mais razões ao mesmo propósito encaminhadas, ela, dando um profundo suspiro, quebrou o silêncio e disse:

— Uma vez que o solitário destas serras não bastou para me esconder e estes meus cabelos desmentem enganos, por demais fora fingir eu por mais tempo o que vós só por cortesia mostraríeis acreditar. Isto suposto, agradeço-vos, senhores, os vossos oferecimentos; tanto que por eles me julgo obrigada a satisfazer-vos em tudo o que me pedis, se bem que temo que a narração das minhas desditas vos cause, além da compaixão, desconsolo não pequeno, porque afinal nem atinareis remédio para o que padeço nem consolações que mo suavizem. Apesar de tudo isso, e para que lá por dentro dos vossos juízos não ande estremecida a ideia da minha honra, por saberdes já que sou mulher, moça, sozinha e neste traje, coisas todas, e bastava qualquer delas, para arrasar má reputação, devo enfim dizer-vos o que bem quisera calar-vos, se me fora possível.

Tudo isso disse sem se interromper, com fala tão pronta e voz tão suave que não menos maravilhou por discreta do que já maravilhara por formosura. Iam reiterar prometimentos e rogativas para que satisfizesse o prometido, quando ela, sem se fazer mais rogar, calçando-se com toda a honestidade e apanhando as madeixas, se assentou numa pedra, ficando os três em derredor; e, forcejando para reprimir lágrimas, que aos olhos lhe acudiam, com voz serena e sonora começou desta maneira a história de sua vida:

— Há nesta Andaluzia um lugar, donde toma nome um duque, dos que chamam grandes de Espanha.[2] Tem ele dois filhos; o mais velho, herdeiro do seu Estado, e dos seus bons costumes também, segundo parece, e o mais novo, herdeiro não sei de quê, se não for das traições de Velido e dos embustes de Galalão. Desse duque são vassalos meus pais, humildes de geração, porém tão ricos dos bens da fortuna que, se o nascimento lhos igualasse, nem eles teriam mais que desejar nem eu temeria nunca me ver na desgraça em que me vejo. Talvez que a minha pouca ventura só nascesse da que também lhes faltou a eles por não nascerem ilustres. Verdade é que não são humildes que se devam envergonhar do seu estado, nem também tão altos que me tirem a cisma em que estou de ser a minha desgraça efeito da sua humildade. Em suma: são lavradores, gente chã sem nódoas na geração[3] e (como se costuma dizer) cristãos-velhos e rançosos, mas não tão rançosos que a sua riqueza e magnífico trato não lhes vá pouco a pouco adquirindo nome de fidalgos e cavalheiros, ainda que a maior riqueza e nobreza de que eles se prezavam era terem-me por filha. Por não terem outro nem outra que deles herdasse, bem como porque eram pais, e pais extremosíssimos, era eu uma das mais regaladas filhas que jamais houve. Eu era o espelho em que se reviam, o bordão da sua velhice e o alvo de

---

[2] Alguns críticos consideram que o lugar ao qual se refere a personagem é Osuna.
[3] Sem atepassados mouros ou judeus. Os lavradores tinham, em Castela, o orgulho de raça limpa, frente à nobreza e aos fidalgos, aos que consideravam de estirpe mesclada. Pode insinuar-se aqui, portanto, uma oposição de classe.

todas as suas ambições, que se levantavam até o céu. Dessas ambições, por tão santas que eram, não discrepavam as minhas nem um til; tão senhora era eu dos seus corações como dos seus haveres; por mim se recebiam e despediam os criados; a conta das sementeiras e colheitas corria toda por minha mão; das moendas de azeite, das lagaradas[4] de vinho, do gado maior e menor, dos colmeais, finalmente de tudo aquilo que um lavrador opulento, como meu pai, deve ter, e tem, a administração fazia-a eu. Era a mordoma e senhora, com tanto desvelo meu e tão a seu contento como não posso encarecer. Os pedaços que no dia me sobravam desses lavores, depois de ter dado a devida atenção aos maiorais ou capatazes e a outros jornaleiros,[5] entretinha-os em exercícios, que às donzelas são tão lícitos como necessários, tais como os de agulhas e de almofada, e a roca muitas vezes; e quando, para espairecer, interrompia esses exercícios, recorria ao entretenimento de ler algum livro devoto ou a tocar uma harpa, porque a experiência tinha me ensinado ser a música uma suavizadora dos ânimos alterados e um alívio para os trabalhos do espírito. Tal era a vida que eu levava em casa de meus pais. Se tão por miúdo a contei, não foi por ostentação nem por alardo de riquezas, mas só para que se reconheça quanto sem culpa caí daquele bom estado neste em que hoje me vejo.

"É o caso que, passando eu a vida em tantas ocupações e num tal recato que podia comparar-se ao de um mosteiro, sem ser vista, supunha eu, por pessoa alguma, afora os criados de casa, porque os dias em que ia à missa eram tão de manhãzinha, tão acompanhada de minha mãe e de criados, e toda eu tão coberta e recatada que apenas via por onde punha os pés; apesar de tudo aquilo, os olhos do amor, ou da ociosidade, por melhor dizer, que são mais que olhos de lince, descobriram-me entre as outras cortejadas de Dom Fernando, que assim se chama o filho mais novo do duque de quem já vos falei."

Ao nome apenas proferido, de Dom Fernando, mudou-se a Cardênio a cor do rosto e começou a suar com tão grande alteração que, reparando nele o cura e o barbeiro, temeram ser-lhe chegado algum daqueles ataques de loucura de que já tinham notícia. Mas Cardênio o que só fez foi continuar a tressuar, porém quieto, com os olhos fitos

---

[4] Quantidade de frutos que se espreme de cada vez no lagar; o tanque em que são colocados os frutos.

[5] Diz-se de trabalhador a quem se paga jornal, remuneração salarial feita por dia de trabalho.

na lavradora, imaginando quem ela era. Esta, sem reparar, prosseguiu a sua história, dizendo:

— Apenas me tinha avistado quando (segundo ele depois contou) ficou tão possuído de amores meus quanto as suas obras o deram a entender. Mas, para abreviar o sem-fim das minhas desditas, quero passar em silêncio as diligências que Dom Fernando fez para me declarar a sua vontade. Subornou toda a gente da minha casa; deu e ofereceu dádivas e mercês a meus parentes; todos os dias eram de festa e regozijo na minha rua; de noite ninguém podia pegar no sono, com as músicas; os bilhetes que me vinham à mão, sem eu saber como, eram infinitos, cheios de namoradas frases e oferecimentos, com menos letras que promessas e juras. Tudo aquilo não só não me abrandava mas até me endurecia de maneira, como se proviera de inimigo mortal. Tudo que ele fazia para me reduzir à sua vontade redundava-lhe sempre no efeito contrário; não era por me desagradar a gentileza de Dom Fernando nem por achar demasiadas as suas finezas, porque em verdade me dava não sei que contentamento ver-me tão querida e estimada de cavaleiro tão principal; e não me descontentava do que ele escrevia em meu louvor, que nesse particular, por feias que sejamos, tenho para mim que todas as mulheres nos lisonjeamos quando nos ouvimos celebrar de bonitas. A tudo porém resistia a minha honestidade e os conselhos incessantes de meus pais, já então conhecedores e certos das pretensões de Dom Fernando; que admira se ele próprio já não se importava de que todo o mundo lhas soubesse! Repetiam-me meus pais que a honra deles permanecia confiada toda na minha virtude e que me lembrasse da distância que ia de mim a Dom Fernando, prova clara de que os seus desejos, por mais que ele os disfarçasse, mais se encaminhavam ao seu gosto que a meu proveito, e que, se eu quisesse pôr de algum modo estorvo, que o descorçoasse daquela imperdoável teima, eles me casariam sem dilação com quem eu mais levasse em gosto, ou fosse do nosso lugar, ou dos circunvizinhos, que para tudo lhes davam confiança o seu cabedal e a minha fama. Com essas promessas e com a verdade que as acompanhava, eu ia me fortalecendo para resistir; jamais respondi a Dom Fernando palavra que lhe mostrasse, nem por sombras, esperança de me alcançar.

"Todos esses recatos meus, que a ele deviam se figurar desdéns, creio que ainda avivaram mais o seu apetite desonesto, que outra coisa não era o afeto que me ele encarecia. A ter sido verdadeiro, não vos estaria eu agora contando isto nem haveria de que me queixar. Soube afinal

Dom Fernando que meus pais andavam em diligências de me casar, para lhe tirarem a ele toda a esperança de me possuir ou, pelo menos, para eu ter mais quem me guardasse. Que faria com tal novidade Dom Fernando? Ides sabê-lo. Uma noite, estando eu no meu aposento com a companhia única de uma donzela do meu serviço, com as portas bem fechadas para acautelar qualquer perigo, não sei nem imagino como, no meio desses resguardos e na solidão de tamanho encerro, vejo-o diante de mim. Tal foi a minha perturbação que me fugiu a vista e a fala; não podia gritar por socorro, nem ele, creio eu, mo consentiria. Chegou--se logo a mim e, tomando-me entre os braços (como havia eu de me defender na turbação daquele repente?), começou a dizer-me tais coisas que não sei como é possível que se inventem; com as lágrimas e suspiros do traidor se acreditavam os seus dizeres. Eu pobrezinha, eu entre os meus desamparada, inexperiente de semelhantes apuros, comecei, não sei como, a ter por sinceras todas aquelas falsidades, mas não tanto, ainda assim, que me abalassem a compadecer-me repreensivelmente de tantos extremos de lágrimas e gemidos. Passado o primeiro sobressalto, recobrei algum tanto o espírito amortecido e, com mais ânimo do que eu própria pensei que tivesse, lhe disse: 'Se estivera, como estou, senhor, nos vossos braços, nos de um leão feroz, e me certificassem de que lhes escaparia com dizer ou fazer fosse o que fosse em prejuízo da minha honestidade, tão impossível me fora isso como me foi impossível deixar de me portar como me portei. Tendes o meu corpo cativo entre os vossos braços e eu tenho a minha alma segura com os meus bons propósitos; são eles tão outros dos vossos, como vereis, se, teimando, quiserdes violentar-me. Sou vossa vassala, mas não vossa escrava; a nobreza do vosso sangue não tem nem deve ter licença para desonrar a humildade do meu. Sou vilã e lavradora, mas nem por isso me aprecio menos do que vós vos estimais por senhor e cavalheiro. Comigo não hão de aproveitar as vossas forças nem valer as vossas opulências, nem as vossas palavras hão de lograr seduzir-me, nem suspiros e lágrimas enternecer-me. Se alguma destas coisas que digo a visse num esposo escolhido por meus pais, à sua vontade seria dócil a minha, como ficava com honra, ainda que sem gosto, de grado entregaria o que vós, senhor, agora com tanto esforço, ambicionais. Digo tudo isto porque não há cuidar que de mim alcance coisa alguma quem não for meu legítimo esposo'. 'Se nisso está a tua dificuldade, belíssima Doroteia' (assim se chama esta desditada), disse o desleal cavaleiro, 'desde aqui te dou com esta mão a certeza de ser teu; tomo por testemunhas os céus, a que nada se esconde, e esta imagem de Nossa Senhora que tens aqui'."[6]

Quando Cardênio lhe ouviu que se chamava Doroteia, tornou de novo aos seus sobressaltos e acabou de se confirmar no que já supusera; mas não quis interromper a narrativa, desejoso de saber em que parava o que ele já quase sabia; só disse:

— Quê, senhora! Doroteia é o vosso nome? De uma Doroteia já ouvi falar, que talvez em pontos de desgraça não vos fique atrás. Prossegui; tempo virá em que vos diga coisas que hão de assombrar tanto como vos lastimar.

Fez Doroteia reparo nas palavras de Cardênio e em seu trajar extravagante e miserável e lhe rogou que, se por acaso sabia alguma coisa tocante a ela, lha dissesse logo, porque, se alguma coisa boa lhe tinha ficado na desgraça, era o ânimo para sofrer qualquer novo infortúnio, pela persuasão de que nenhum podia já chegar aos atuais, quanto mais acrescentá-los.

— Não perderei tempo, senhora — respondeu Cardênio —, em dizer-vos o que penso, se o que penso não é errado; mas não nos faltará oportunidade, nem isto vos releva muito.

— Seja o que for — respondeu Doroteia —, prossigo a minha história. Tomando uma devota imagem, que no aposento se achava, invocou-a como testemunha do nosso desposório, e com frases eficacíssimas e extraordinários juramentos me deu palavra de ser meu marido, apesar de que, antes de finalizada a sua jura, eu lhe pedi que reparasse bem no que fazia e ponderasse no desgosto que o senhor duque seu pai sentiria de vê-lo casado com uma vilã sua vassala; que não se cegasse com a minha formosura, tal qual era, pois não era suficiente para desculpa do seu desatino; e que, se algum bem me queria fazer, pelo amor que me tinha, fosse deixar correr a minha sorte por onde convinha à minha qualidade, pois casamentos desiguais nem se gozam nem aturam muito no gosto com que principiam. Todas essas razões lhe ponderei, com outras muitas que nem já me lembro; mas todas foram para ele escusadas. Quem não tenciona satisfazer não regateia condições no contratar.

---

[6] É uma das fórmulas do matrimônio secreto ou privado por palavra e juramento, que, embora proibido pelo Concílio de Trento, durou na prática até muito depois de terem entrado em vigor as normas conciliares. É um tema muito repetido no teatro e no romance do século XVII.

Aqui fiz dentro de mim este rápido discurso: "Não serei eu a primeira que por via de matrimônio haja subido a grandezas; nem Dom Fernando também será o primeiro a quem formosura ou cegueira de afeição, que é o mais natural, tenha feito procurar companheira inferior. Se eu não posso mudar o mundo nem introduzir nele costumes novos, convém-me aproveitar esta honra que a sorte me depara, ainda que o fervor presente só lhe dure enquanto o desejo não se lhe sacia. Ao menos perante Deus serei sua esposa. Se com desprezos o despedisse no aperto em que me vejo, em lugar de cumprir o que deve abusará da força e ficarei irremediavelmente desonrada, e sem desculpa aos olhos de quem não souber quão inocentemente sucumbi. Como poderão convencer-se meus pais, e as outras pessoas, de que esse fidalgo entrou no meu aposento sem anuência minha?"; todas essas dúvidas e certezas me tumultuaram instantaneamente o espírito e começaram a inclinar-me ao que se tornou, sem eu cuidar, a minha perdição. Eram os juramentos de Dom Fernando; eram os testemunhos que invocava, as lágrimas que o inundavam e, por último, o seu garbo e a sua gentileza que, reforçando-se com tantas e tamanhas mostras de verdadeiro amor, sobrariam a render a qualquer outro coração tão livre e recatado como era o meu. Chamei pela minha criada, para ser também na terra uma testemunha, além das do outro mundo, que depusesse em meu favor. Reiterou e confirmou de novo Dom Fernando os seus juramentos, juntou novos santos por testemunhas, imprecou sobre si mil castigos para o caso de não cumprir o que me prometia, tornou a chorar, suspirar e gemer, apertou-me mais entre os braços, donde não me tinha soltado; e com isso, e com sair do aposento a minha donzela, deixei eu de sê-lo, e ele consumou o seu feito de traidor.

"O dia seguinte à noite da minha desgraça não alvoreceu tão depressa como Dom Fernando desejaria, segundo penso, porque, saciado um apetite brutal, ouço que o maior gosto para um desalmado é fugir donde o extinguiu. Dom Fernando apressou-se, com efeito, em se apartar de mim; e, auxiliado pela minha serva, que era a própria que para ali mo introduzira, antes de amanhecer estava já na rua. Na despedida ainda me disse que tivesse fé nas suas promessas, mas já então com menos intimativa. Para mais confirmação da sua palavra, passou do seu para o meu dedo um rico anel. Com efeito partiu, deixando-me não sei se triste, se contente; confusa e pensativa, sei eu que sim, e quase fora de mim com a minha transformação. Não tive ânimo nem lembrança de ralhar à minha aia pela traição que me fizera encerrando Dom Fernando no meu próprio aposento, porque nem ainda atinava se realmente era bem ou mal o que havia me acontecido. No momento de partir Dom Fernando, disse-lhe eu que, pelo mesmo modo como entrara naquela noite, podia vir todas as mais que desejasse, visto ser eu já sua, faltando só publicar-se o sucesso, o que seria quando ele quisesse. Voltou ainda na seguinte noite, mas foi então pela última vez: nem eu tornei a avistá-lo, nem na rua nem na igreja, no decurso de um mês, por mais que me cansasse em solicitá-lo (ainda que soube que estava na vila, e que ia quase diariamente à caça, seu exercício de predileção).

"Todo esse comprido prazo foi para mim de horas minguadas e amargas, bem posso dizê-lo. Entram-me a crescer dúvidas; principiei a descrer da verdade de Dom Fernando, e a minha aia começou a ouvir-me as justas repreensões, que eu antes lhe poupava. Foi-me necessário resguardar as minhas lágrimas e disfarçar as mostras do semblante, para não dar azo a que meus pais me perguntassem de que andava eu pesarosa, obrigando-me com isso a idear mentiras para satisfazê-los. Mas tudo isso se acabou de repente; chegou um lance em que se atropelaram respeitos e os discursos honrados deram fim; perdeu-se-me a paciência e saíram a público os meus segredos. Toda essa resolução rebentou por ter se espalhado ao cabo de alguns dias, no povo do lugar, que numa cidade perto havia se casado Dom Fernando com uma donzela em todo o extremo formosíssima e de mui esclarecida ascendência, posto que não tão rica que em razão do dote pudesse aspirar a tão nobre casamento. Disse-se que se chamava Lucinda, com outras coisas que naquele desposório ocorreram dignas de admiração."

Cardênio, ao nome de Lucinda, o que só fez foi encolher os ombros, morder os lábios, franzir as sobrancelhas e, passado pouco, deixar correr dos olhos duas fontes de lágrimas. Doroteia nem por isso deixou de seguir a sua fala, dizendo:

— Chegou-me aos ouvidos essa nova terrível; e, em lugar de se me gelar o coração, tamanha foi a raiva que nele se acendeu que pouco faltou para eu não sair pelas ruas dando vozes e publicando a aleivosia que me fora feita; mas aquietei por então o excesso da fúria, com a ideia de pôr essa mesma noite por obra o que realmente pus, que foi entrajar-me neste hábito que me deu um dos chamados pegureiros nas casas de lavoura, que era servo de meu pai, ao qual revelei toda a minha desventura, rogando-lhe que me acompanhasse até a cidade em que assentei encontrar o meu inimigo. O pastor, depois de ter repreendido a minha ousadia e encarecido a fealdade da minha determinação, vendo-me inabalável no meu propósito, prontificou-se a acompanhar-me até o cabo do mundo que fosse. No mesmo instante atei numa trouxinha de pano de linho um vestido de mulher e algumas joias e dinheiros, para o que pudesse suceder; e pela calada da noite, sem nada dizer à minha traidora donzela, saí de casa acompanhada do meu criado e entregue a mui diversas fantasias, e me pus a caminho para a cidade a pé, voando, não tanto pelo desejo de chegar, pois não podia estorvar o que tinha por consumado, como para perguntar a Dom Fernando como tivera valor para acumular tantas perfídias. Em dois dias e meio cheguei à cidade e perguntei pela casa dos pais de Dona Lucinda. O primeiro a quem me dirigi respondeu-me mais do que eu desejara ouvir; mostrou-me a casa e me referiu tudo o que no desposório sucedera, coisa tão falada que por toda parte se faziam conventículos,[7] em que não se tratava doutra coisa. Disse-me que na noite do casamento de Dom Fernando com Dona Lucinda, depois de ela ter proferido o "sim", lhe tinha dado um rijo desmaio e que, chegando o marido a desatar-lhe o peito para lhe dar o ar, achou um papel escrito do próprio punho dela, em que declarava que não podia ser esposa de Dom Fernando, porque já o era de Cardênio, que, segundo o homem me disse, era um cavaleiro mui principal da mesma cidade, e que, se dera o "sim" a Dom Fernando fora por sujeição a seus pais. Em suma, tais razões disse conterem-se no papel, que bem se entendia que a intenção dela tinha sido de matar-se logo após o ato do desposório, e ali mesmo dava os porquês do seu suicídio. Dizem que a verdade de tudo aquilo se confirmou por lhe terem achado uma adaga oculta no vestido, não sei onde. Presenciado tudo aquilo por Dom Fernando, este, por entender que Lucinda o havia burlado e escarnecido, arremeteu a ela ainda desmaiada, e com a mesma adaga que lhe acharam quis atravessá-la; e fá-lo-ia se os pais e mais pessoas presentes não o estorvassem. Mais disseram: que Dom Fernando desaparecera logo dali e que Dona Lucinda não tornara em si até o outro dia, e que então contara a seus pais que era verdadeira esposa do sobredito Cardênio. Soube, além disso, que ele, Cardênio, assistira, segundo se dizia, àquele tremendo desposório e, vendo-a casada, o que

---

[7] Ajuntamento clandestino de pessoas, geralmente com o fim de conspirarem.

ele nunca imaginara, saiu da cidade desesperado, deixando-lhe uma carta em que explicava a Lucinda o agravo que lhe havia feito e que ele se ia para onde nunca mais alguém o visse. Tudo isso era público e notório. Ninguém falava doutra coisa, e mais vieram a falar ainda quando se espalhou que Lucinda tinha desaparecido da casa paterna e da povoação, pois em parte nenhuma deram com ela, coisa por que seus pais andavam loucos, sem saber o que fizessem para a recobrarem. Essas novas que recebi puseram em bando as minhas esperanças, e tive por melhor o não haver achado Dom Fernando que se o achasse casado, por me parecer que assim não era de todo impossível a minha reparação. Chegou-se-me a figurar que talvez o céu tivesse posto aquele impedimento ao segundo matrimônio, para lhe dar ocasião de conhecer o que ao primeiro devia e cair na conta de que era cristão, e que mais devia à sua alma que aos respeitos humanos. Tudo isso revolvia eu na fantasia, supondo em vão consolar-me com umas esperanças remotas e desmaiadas para alimento da vida que já aborreço.

"Ora conservando-me eu ainda na cidade sem saber o que fazer, pois não achava Dom Fernando, chegou aos meus ouvidos um pregão público, prometendo um grande prêmio a quem me achasse, dando os sinais da minha idade e do meu trajar; e ouvi que se dizia ter-me tirado de casa de meus pais o moço que me acompanhara, coisa que me feriu no íntimo, por ver quão decaído me andava já o crédito. Não bastava a minha fuga, faltava-me para raptor um homem tão baixo e tão pouco merecedor das minhas atenções. Logo que tal pregão ouvi, pus-me fora da cidade com o meu servo, que já principiava a dar mostras de titubear na lealdade prometida, e nessa mesma noite entramos pela espessura deste monte para não sermos achados. Mas bem dizem que um mal nunca vem só, e que o fim de uma desgraça é princípio de outra maior. Assim sucedeu a mim, porque o bom do meu criado, homem até então fiel e seguro, assim que me viu naquela solidão, mais incitado da sua velhacaria que da minha formosura, quis aproveitar a oportunidade que ao seu parecer lhe deparavam estes ermos; e sem resguardo de vergonha nem temor de Deus, nem respeito à minha pessoa, me requestou. Desenganado com as minhas respostas injuriosas e justas aos seus desavergonhados projetos, deixou-se das rogativas por onde havia começado e passou a empregar a força. O céu, porém, que poucas vezes deixa de ajudar o que é justo, olhou por mim, de modo que eu, débil e sem grande trabalho, dei com ele de um precipício abaixo, onde o deixei não sei se morto, se vivo; e logo, com mais presteza do que se pudera esperar da minha canseira e de tamanho sobressalto, me entranhei por estes sítios montesinos, sem outro intuito senão me homiziar às pesquisas de meus pais e da gente que por ordem sua me andava rastreando. Aqui me embosquei há não sei já quantos meses; achei um maioral,[8] que me levou por seu criado a um lugar no coração destes montes. De pastor lhe tenho servido todo este tempo, procurando sempre os descampados para encobrir estes cabelos, que tão inesperadamente agora me revelaram. Nada me valeram porém tantas cautelas; veio meu amo a saber que eu não era varão e entrou na mesma danada tentação do servo; e, como nem sempre a fortuna põe a par dos males os remédios, não achei precipício nem barranco onde despenhar e despenar o amo, como ao outro havia feito, e assim tive por melhor fugir-lhe e esconder-me de novo entre estas asperezas que experimentar com ele as minhas forças, desculpas ou rogativas. Tornei pois a embrenhar-me onde sem impedimento pudesse com suspiros e lágrimas suplicar ao céu que se condoesse das minhas desventuras e me concedesse modo como sair delas, ou de deixar a vida entre estas soledades, sem que fique lembrança desta triste, que tão sem culpa sua deu causa a que se fale dela e a desabonem na terra do seu nascimento e nas alheias."

---

[8] Aquele a quem se delegou maior autoridade para guardar um rebanho, uma manada.

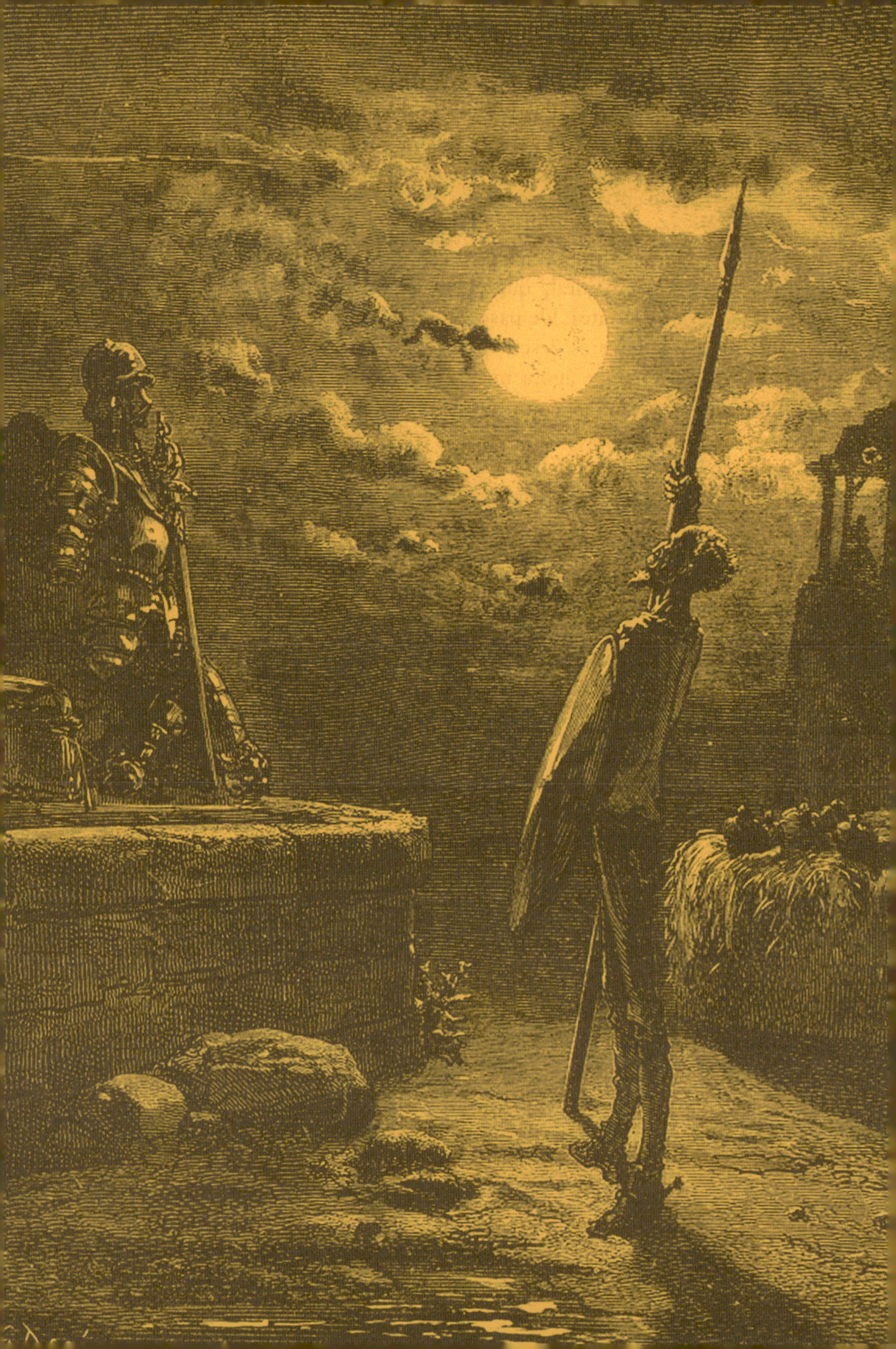

# Capítulo XXIX

## QUE TRATA DO GRACIOSO ARTIFÍCIO E ORDEM QUE SE TEVE EM TIRAR O NOSSO ENAMORADO CAVALEIRO DA MUITO ÁSPERA PENITÊNCIA EM QUE SE HAVIA POSTO

— ESTA É, SENHORES, a verdadeira história da minha tragédia. Julgai agora se os suspiros e palavras que ouvistes e as minhas lágrimas não eram ainda menos do que deveram. Pesando bem a minha desgraça, reconhecereis que por demais vos fora o tentar-lhe consolações; é mal já agora sem remédio. O que só vos peço, e com facilidade me podereis fazer, é aconselhardes-me onde poderei passar a vida, antes que de mim dê cabo o temor de ser achada pelos que andam me procurando. Eu sei, verdade seja, que o muito amor que meus pais me têm me afiançava da sua parte muito bom acolhimento; mas tamanha é a vergonha que de mim se apossa, ao pensar que lhes hei de aparecer tão diferente do que eles esperavam, que por melhor tenho desterrar-me para sempre da sua vista que os tornar a ver, lembrando-me de que eles, ao encarar-me, estão sofrendo no interior pensamentos tão alheios da honestidade que de minha parte deviam esperar.

Calou-se aqui, e se lhe cobriu o rosto de uma cor que bem claramente mostrava o sentimento e quebranto do seu ânimo. Tanta lástima excitou nos ouvintes como admiração por tão porfiosa desgraça. O cura quis logo tentar-lhe consolações e conselhos, mas Cardênio tomou primeiro a mão, dizendo:

— Como que, senhora, sois então vós a formosa Doroteia, a filha do rico Clenardo?

Admirada ficou Doroteia quando ouviu o nome de seu pai, e reparou no somenos que era quem lho proferia (já está sabido o maltrapilho que ele andava), e disse-lhe:

— E vós quem sois, irmão,[1] que assim sabeis o nome de meu pai? Porque eu até agora, se bem me lembro, nunca na minha narrativa o nomeei.

— Sou — respondeu Cardênio — aquele sem ventura que, segundo vós, senhora, aí dissestes, Lucinda declarou ser seu esposo; sou o desditado Cardênio, a quem a perfídia do mesmo de quem também sois vítima reduziu a este estado que vedes, roto, nu, falto de todo o conforto humano e, o que é ainda pior, falto do juízo, pois só o tenho quando nalguns breves intervalos o céu se lembra de mo emprestar. Sou, sou eu, Doroteia, aquele que se achou presente às infâmias de Dom Fernando e se deteve aguardando o "sim" de Lucinda; sou o que não teve ânimo para esperar o desfecho do desmaio dela e aguardar o que resultaria do papel que lhe acharam no seio. Faltou-me valor para tanto padecimento junto; fugi da casa descorçoado, deixei a um hospedeiro meu uma carta a Lucinda para lhe ser entregue e corri para estas soledades determinado a acabar nelas a existência, que desde aquele instante fiquei aborrecendo como inimiga mortal. Não aprouve porém à sorte livrar-me dela; contentou-se com tirar-me o juízo; foi talvez a sua ideia que eu sobrevivesse para a boa ventura que hoje tive em dar convosco, pois, sendo verdade, como acredito, o que nos haveis contado, ainda não era impossível que a ambos nós nos reservasse Deus melhor êxito nos nossos desastres do que nós supomos; porquanto, não podendo Lucinda casar com Dom Fernando por ser minha, nem Dom Fernando com ela por ser vosso, tendo ela manifestado tão solenemente a verdade, bem podemos esperar que a Providência nos restitua ainda o que nos pertence por direito incontroverso. Uma vez que temos essa luz no futuro e essa esperança não remota nem fundada em quimeras, suplico-vos, senhora, que mais acertadamente se encaminhem os vossos honrados pensamentos; outro tanto farei eu da minha parte; sujeito-me a esperar por melhor fortuna. À fé de cavalheiro e cristão vos juro não vos desamparar enquanto não vos veja em poder de Dom Fernando; juro mais: que, se com razões não puder trazê-lo ao conhecimento do que vos deve, usarei então da licença que me dá o ser cavalheiro e poder com justo motivo desafiá-lo pela sem-razão que vos faz, sem me lembrar

---

[1] Tanto o "vós" como o "irmão" eram tratamentos que se davam a gente de baixa extração social ou para mostrar aborrecimento; eram fórmulas exclusivamente rurais.

então dos meus agravos particulares, cuja vingança deixarei por conta do céu; na terra só os vossos me importam.

Com o que de Cardênio ouviu, acabou Doroteia de se maravilhar e, por não atinar como agradecer a tamanhos oferecimentos, quis beijar-lhe os pés, no que ele não consentiu. Respondeu entre ambos o licenciado e aprovou a boa resolução de Cardênio; sobretudo lhes rogou, aconselhou e persuadiu que se fossem com ele à sua aldeia, onde poderiam se refazer de todo o necessário, e depois se entenderia no procurar a Dom Fernando ou no levar-se Doroteia a seus pais, ou no que mais conveniente parecesse. Agradeceram-lhe Cardênio e Doroteia e lhe aceitaram o prometido favor. O barbeiro, que a tudo tinha estado suspenso e silencioso, fez também a sua boa prática e se ofereceu, com tão boa vontade como o cura, para tudo em que pudesse servi-los. Contou em breves termos a causa que os trouxera ali, e bem assim a estranha loucura de Dom Quixote, acrescentando que estavam esperando pelo escudeiro, que tinha ido à sua procura. Deslizou na memória a Cardênio, como por sonhos, a pendência que entre ele e Dom Quixote houvera, e contou-a aos circunstantes; mas o que não atinou a explicar foi o peguilho[2] da desavença. Nisso ouviram vozes e conheceram ser de Sancho Pança, o qual, por não ter achado o cura e o barbeiro onde os deixara, vinha dando aqueles apupos de chamamento. Saíram-lhe ao encontro; e, perguntando-lhe por Dom Quixote, Sancho lhes disse como o encontrara em fralda de camisa, fraco, amarelo, morto de fome e suspirando pela sua Senhora Dulcineia; e, apesar de ele Sancho ter dito que ela lhe mandava que saísse donde estava e se fosse a El Toboso, onde ela o ficava esperando, a sua resposta fora que estava firme em não aparecer perante a sua formosura, sem primeiro ter feito façanhas que o tornassem merecedor da sua graça; que, se tal cisma fosse por diante, corria perigo de não chegar a imperador, como estava obrigado, nem sequer a arcebispo, que era o que menos poderia ser; e portanto vissem o que se podia fazer para o desencovarem dali. Respondeu-lhe o licenciado que se não afligisse, que eles, bom ou mau grado, o fariam sair. Contou logo a Cardênio e a Doroteia o que haviam ideado para remédio de Dom Quixote, pelo menos para o restituírem à sua casa. Doroteia acudiu logo, dizendo que ela representaria a donzela

---

[2] Pretexto para brigar.

necessitada melhor que o barbeiro, até porque tinha ali vestidos para fazer esse papel mui ao natural, e deixassem por sua conta o representar a contento tudo que fosse preciso para se levar avante o empenho, pois ela era muito lida em livros de cavalarias e sabia perfeitamente o falar das donzelas penadas, quando suplicavam dons aos andantes cavaleiros.

— Belo! Nada mais é preciso — disse o cura —; é pormos já isso em obra. Não há dúvida, tenho por mim a sorte, pois, quando menos o pensávamos, se vos começa a abrir caminho para vosso remédio, meus senhores, e a nós também para se efetuar o nosso empenho.

Doroteia tirou logo da trouxa uma saia inteira de telilha rica e uma mantilha de outra vistosa fazenda verde; e de um cofrezinho um colar e outras joias; com o que repentinamente se adornou, por modo que não parecia senão uma grande e opulenta dama. Disse que tudo aquilo tinha ela trazido de sua casa para o que desse e viesse, e que nunca até ali se lhe tinha oferecido necessidade de empregá-lo. A todos encantou a sua muita graça, o donaire e gentileza, inteirados unanimemente da falta de gosto de Dom Fernando, que tantos primores desprezava; mas quem mais se admirou foi Sancho Pança, por lhe parecer (o que era verdade) que nunca em dias de vida tinha visto perfeição igual, e perguntou ao cura quem vinha a ser aquela tão garbosa senhora e que andaria ela buscando por aqueles andurriais.

— Essa formosa senhora — respondeu o cura — é, Sancho irmão, sem tirar nem pôr, a herdeira por linha reta de varão do grande reino de Micomicão,[3] a qual vem à procura de vosso amo para lhe pedir um dom, que vem a ser: desfazer-lhe um torto e agravo que um malvado gigante lhe fez; e, em consequência da fama de bom cavaleiro que vosso amo já ganhou por todo o mundo, veio de Guiné com o empenho de achá-lo.

— Ditosa busca e ditoso achado! — exclamou Sancho Pança. — Principalmente se meu amo houver a boa sorte de desfazer esse tal agravo e endireitar esse torto, matando o excomungado gigante que Vossa Mercê diz, que à fé que o há de matar, se o encontra, salvo se for fantasma, que lá contra fantasmas não tem meu amo poder algum.

---

[3] O nome é formado com ressonâncias cômicas e irônicas, como depois o de Micomicona; a repetição da palavra mico, com a iteração em aumentativo, funciona como superlativo. O mico, que estava na moda entre as damas como animal doméstico, representa, por uma parte, a astúcia e a rapidez; por imitar as ações dos homens, simboliza a burla, de onde dar mico é "enganar"— conotação presente no nome —; como intermediário entre os animais e o homem, apoia a ambiguidade e os disfarces de Doroteia; finalmente, é emblema da lascívia.

Mas uma coisa, além de outras, quero eu agora suplicar a Vossa Mercê, senhor licenciado; e vem a ser que empregue quantos meios puder para que a meu amo não se encaixe na cabeça o ser arcebispo, que é de que eu tenho medo, e por isso lhe aconselhe a casar-se logo com essa princesa; assim fica impossibilitado de receber ordens arcebispais, e com facilidade chegará a imperador e eu ao cabo do meu empenho. Já tenho meditado sobre isso com a devida atenção, e cá pelas minhas contas não me convém que meu amo seja arcebispo, porque eu para a Igreja não sirvo; sou casado; e andar agora a diligenciar dispensas para poder receber rendas eclesiásticas, tendo, como tenho, mulher e filhos, seria um nunca acabar; e portanto, senhor, o fino é que meu amo se receba o mais depressa que se possa com essa senhora, da qual por ora não sei a sua graça, pelo que não a chamo pelo seu nome.

— Chama-se — respondeu o cura — a Princesa Micomicona, porque, chamando-se o seu reino Micomicão, claro está que ela se deve chamar assim.

— Está visto — respondeu Sancho —; de muitos sei eu que têm tomado o apelido e alcunha do lugar onde nasceram; por exemplo: Pedro de Alcalá, João de Úbeda e Diogo de Valladolid; também se deve usar lá em Guiné as rainhas tomarem o nome dos seus reinos.

— Por força — disse o cura —, e quanto ao casar-se o vosso amo, eu farei tudo o que puder.

Do que Sancho ficou tão contente como o cura pasmado da simpleza dele, e de ver como tinha embutidos nos cascos não menores despautérios que o patrão, pois nenhuma dúvida punha em que viria a ser imperador.

Já Doroteia estava sentada na mula do cura, o barbeiro com a barba de rabo de boi; e disseram a Sancho que os encaminhasse para onde seu amo se achava, recomendando-lhe que não deixasse conhecer a Dom Quixote nem o licenciado nem o barbeiro, porque em não os conhecer é que estava o busílis de vir o fidalgo a ser imperador. Nem o cura nem Cardênio quiseram acompanhar o rancho, para que Dom Quixote não se recordasse das testilhas que tivera com o desvairado moço; a presença do cura também não era necessária. Deixaram pois ir adiante as principais figuras, e os dois foram seguindo a pé e com o seu vagar. Ao apartarem-se ali, recordando o cura a Doroteia o que havia de fazer, respondeu-lhe ela que disso perdesse todo o cuidado, que tudo faria, ponto por ponto, como o pediam e pintavam os livros de cavalarias.

Três quartos de légua teriam andado quando descobriram Dom Quixote entre umas intrincadas penhas, já vestido, mas ainda não armado. Assim que Doroteia o avistou e soube de Sancho ser o próprio, fustigou com o chicote o seu palafrém, seguindo-a o bem barbado barbeiro. Ao chegarem ao pé, atirou-se o improvisado escudeiro abaixo da mula e foi para tomar nos braços a Doroteia, a qual, apeando-se com grande desembaraço, foi se lançar de joelhos aos pés de Dom Quixote. Forcejava ele para erguê-la; ela porém, sem consentir em levantar-se, lhe falou desta maneira:

— Não me levantarei daqui, ó valoroso cavaleiro, até que a vossa cortesia não me tenha outorgado um dom, que redundará em crédito de vossa pessoa, e em proveito da mais desconsolada donzela que o sol já viu; se o valor do vosso forte braço se iguala à vossa imortal fama, obrigação vos corre de favorecer à sem-ventura que de tão longes terras vem, ao cheiro do vosso famoso nome, buscar-vos para reparo das suas desditas.

— Não vos responderei palavra, formosa senhora — replicou Dom Quixote —, nem ouvirei mais nada da vossa pretensão sem que primeiro vos levanteis.

— Não me levantarei, senhor — respondeu a afligida donzela —, antes que a vossa cortesia me outorgue o favor pedido.

— Eu vo-lo outorgo e concedo — respondeu Dom Quixote —, contanto que não se haja de cumprir em detrimento e ofensa do meu rei, da minha pátria e daquela que do meu coração e liberdade tem as chaves.

— Não será em prejuízo dos que dizeis, meu bom senhor — replicou a dolorida donzela.

Quando nisso iam, chegou-se Sancho ao ouvido de seu amo e lhe disse em voz sumida:

— Bem pode Vossa Mercê, senhor meu, conceder-lhe o favor que ela pede, que é uma coisita de nonada; é só matar um mandrião dum gigante; e a que lhe pede é a alta Princesa Micomicona, rainha do grande reino Micomicão da Etiópia.[4]

— Seja quem for — respondeu Dom Quixote —, cumprirei o que sou obrigado e o que me dita a consciência, segundo o que professado tenho.

---

[4] Sancho substitui Guiné (uma parte da África) por Etiópia, nome mais geral com que se designava toda a África negra, abaixo do Egito, da Líbia e da Mauritânia.

E, tornando-se à donzela, continuou:

— Levante-se a vossa grande formosura, que eu já daqui lhe concedo o que lhe aprouver pedir-me.

— O que peço é — disse a donzela — que a vossa magnânima pessoa venha logo comigo aonde eu o levar e me prometa não se intrometer em outra aventura nem requesta alguma antes de me dar vingança dum traidor que, contra todo o direito divino e humano, me tem usurpado o reino que era meu.

— Outorgado — respondeu Dom Quixote —; e assim podeis, senhora, perder de hoje para sempre a melancolia que vos fatiga e fazer que a vossa esmorecida esperança recobre novos brios e força, que com a ajuda de Deus e a do meu braço, cedo vos vereis restituída ao vosso reino e sentada no trono do vosso vasto e antigo Estado, apesar e a despeito de quantos velhacos vos pretenderem empecer; e mãos à obra, que bem se diz que no tardar costuma estar o perigo.

A necessitada donzela forcejou quanto pôde por lhe beijar as mãos; mas Dom Quixote, que em tudo era comedido e cortês cavaleiro, de sorte nenhuma o consentiu, antes a fez levantar e abraçou-a com muita cortesia e acatamento, e ordenou a Sancho que aparelhasse Rocinante e o armasse logo num repente. Sancho despendurou as armas, que se achavam como troféu, pendentes duma árvore, e, encilhando o cavalo, num volver de olhos pôs o amo prestes. Este, vendo-se pronto, disse:

— Vamo-nos daqui em nome de Deus a favorecer esta grande senhora.[5]

De joelhos estava ainda o barbeiro, tendo grande conta em disfarçar o riso e em que não lhe caísse a barba, que se lhe cai talvez se lhe malograsse tudo; mas, vendo já conseguido o seguro e bom despacho, e a diligência de Dom Quixote para o ir pôr em obra, levantou-se, tomou a mão da sua senhora e, ajudado pelo cavaleiro, a subiu para a mula. Dom Quixote montou logo no Rocinante, o barbeiro na sua cavalgadura, ficando Sancho a pé, renovando-se-lhe as saudades do seu ruço, pela falta que lhe fazia. Entretanto levava tudo com gosto, por lhe parecer que o amo estava em caminho e muito em vésperas de ser imperador, porque já dava por infalível que breve o veria matrimoniado com aquela princesa e, pelo menos, rei de Micomicão. O que só lhe

---

[5] Fórmula usada pelos cavaleiros ao empreenderem uma aventura.

pesava era pensar que o reino de Micomicão era em terra de negros, e que os seus vassalos haviam de ser todos pretaria. Para isso imaginou logo um bom remédio e disse com os seus botões:

— Que se me dá que os meus vassalos sejam pretos? Não há mais que os embarcar, trazê-los a Espanha e vendê-los com paga à vista; com esse dinheiro posso comprar algum título ou algum ofício para passar descansado o resto da vida. A gente não há de ser tola; e para conveniência própria não pode ser proibido vender trinta ou dez mil vassalos sem mais nem menos, e enquanto o Diabo esfrega um olho. Voto a Deus que os hei de encampar todos à rasa, pequenos e grandes, ou o melhor que eu puder e, por mais pretos que sejam, os saberei transformar em brancos ou amarelos. Venham eles e verão como os avio. — Com isso andava tão ativo e contente que nem já lembrava que ia a pé.

Tudo aquilo observavam dentre as sombras dumas moitas Cardênio e o cura e não sabiam que fazer para se agregarem ao rancho. Porém o cura, que era muito engenhoso, ideou logo expediente. Com uma tesoura, que trazia num estojo, cortou logo as barbas de Cardênio, emprestou-lhe o seu capotinho pardo e um ferragoulo preto, ficando ele de calças e gibão; com o que tão transfigurado saiu o nosso Cardênio que nem se vendo no espelho se reconheceria. Concluído esse preparo, tendo os outros passado já para diante enquanto eles se disfarçavam, com facilidade saíram primeiro que eles à estrada real, porque o mau piso e as agruras daqueles lugares não deixavam apressar-se tanto os cavaleiros como os peões. De fato estes últimos chegaram à planície no sopé da serra, por modo que, ao sair dela Dom Quixote e os seus companheiros, o cura se pôs a encará-lo muito atentamente, dando sinais de que o estava reconhecendo, e, depois de estar assim irresoluto por um bom espaço, correu para ele de braços abertos, dizendo a brados:

— Bem aparecido seja o espelho da cavalaria, o meu bom compatriota Dom Quixote de la Mancha, a flor e a nata da gentileza, o amparo e remédio dos necessitados, a quintessência dos cavaleiros andantes!

E, dizendo isso, o abraçava pelo joelho esquerdo. Dom Quixote, espantado do que via e ouvia daquele homem, o encarou com atenção, conheceu-o enfim e ficou a modo maravilhado do encontro, fazendo grande diligência por se apear. Não lho consentiu o cura. Dom Quixote teimava, dizendo:

— Deixe-me Vossa Mercê, senhor licenciado, que não é justo estar eu a cavalo e uma tão reverenda pessoa como Vossa Mercê a pé.

— Não consinto de modo algum — disse o cura —; esteja Vossa Grandeza a cavalo, pois a cavalo é que ultima as maiores façanhas e aventuras que nesta idade se têm visto, que a mim, posto que indigno sacerdote, bastar-me-á montar na anca duma destas mulas destes senhores, que vêm na companhia de Vossa Mercê, se não me levam a mal; até farei de conta que vou encavalgando no Pégaso,[6] ou sobre a zebra ou alfana em que montava aquele famoso mouro Muzaraque, que ainda até hoje jaz encantado na grande costa Zulema,[7] pouco distante da grande Compluto.

— Lembra bem, senhor licenciado, e nem tal coisa me ocorria — respondeu Dom Quixote —; mas eu sei que a minha senhora princesa será servida, por amor de mim, mandar ao seu escudeiro que ceda a Vossa Mercê a sela da sua mula; e ele lá se arranjará nas ancas, se ela as dá.

— Dá, dá, penso que sim — disse a princesa —, e penso também que não é preciso mandar eu tal ao senhor meu escudeiro, que ele é tão polido e cortesão que não há de consentir que uma pessoa eclesiástica vá a pé podendo ir a cavalo.

— Assim é — respondeu o barbeiro.

E, apeando-se logo, ofereceu ao cura a sela, que ele aceitou sem se fazer muito rogado. O mau foi que ao subir o barbeiro para as ancas, a mula, que era alugada (para encarecer que era má não é preciso mais), alçou um pouco os quartos traseiros e deu dois coices no ar, que a dá-los no peito do Mestre Nicolau, ou na cabeça, ao Diabo dera ele o ter saído de sua casa por via de Dom Quixote. Tão forte lhe foi contudo o sobressalto que se estatelou no chão com tão pouco cuidado nas barbas que lhe caíram. Vendo-se sem elas, não teve outro remédio senão acudir a tapar o rosto com as mãos ambas e a vozear que lhe tinham deitado fora os queixais. Dom Quixote, reparando naquele molho de barbas sem a respectiva queixada e sem sangue, desquitadas do rosto do dono caído, disse:

— À fé que temos milagre de marca maior! Barbas tiradas como por mão!

---

[6] Cavalo alado nascido do sangue de Medusa e que, estando no monte Helicão, fez nascer, ao ferir a roca com o casco, a chamada Hipocrene; alfana: cavalo corpulento e brioso.

[7] A costa de Zulema é uma grande colina a oeste de Alcalá de Henares, onde esteve a Compluto de Ptolomeu.

O cura, que viu a sua invenção em perigo de ser descoberta, agarrou as barbas e as trouxe ao mestre, que estava ainda aos gritos; e, tomando-lhe de repente a cabeça e encostando-a ao peito, lhas repôs, murmurando-lhe em cima umas palavras, que disse serem de virtude para pegar barbas, como ia se ver. Logo que teve a operação finda, apartou-se, deixando o escudeiro tão bem barbado e tão são como dantes: do que Dom Quixote sobremaneira se admirou e pediu ao cura que em tendo lugar lhe ensinasse aquele curativo, porque provavelmente não havia de servir só para pegar barbas. A razão era clara; donde as barbas se arrancavam havia de ficar a carne numa lástima e, tendo ficado ali tudo são, é porque o remédio sarava tudo.

— E sara — disse o cura —, e prometo ensinar-lho na primeira ocasião.

Combinaram que então montasse o padre, e que dali até a estalagem se fossem os três revezando; era caminho de duas léguas. Postos os três a cavalo, a saber Dom Quixote, a princesa e o cura, seguindo os três a pé, Cardênio, o barbeiro e Sancho Pança, disse Dom Quixote para a donzela:

— Vossa Grandeza, senhora minha, que nos encaminhe por onde mais lhe apetecer.

Adiantou-se com a resposta o licenciado, dizendo:

— Para que reino quer Vossa Senhoria que tomemos? Será para o de Micomicão? É natural que sim, ou pouco sei de reinos.

Ela, que estava a par de tudo, respondeu:

— Sim, senhor; para esse reino é que é o meu caminho.

— Portanto — disse o cura — temos de passar por dentro do meu povo, e dali tomará Vossa Mercê a direção de Cartagena, onde com favor de Deus se poderá embarcar. Se o vento for de feição, o mar sossegado e sem temporais, em pouco menos de nove anos se poderá estar à vista da grande lagoa Meona,[8] digo, Meótides, que fica um pouco mais de cem jornadas para cá do reino de Vossa Grandeza.

— Vossa Mercê está enganado, senhor meu — disse ela —, porque não há dois anos que eu de lá parti; e em verdade que nunca tive bom tempo, e com tudo isso já cheguei a ver quem tanto desejava, que é o Senhor Dom Quixote de la Mancha, cujas novas me encheram os

---

[8] A grande lagoa Meótis, golfo do mar Negro, onde desemboca o rio Don ou Tanais.

ouvidos logo que pus pés em Espanha; e foram elas as que me decidiram a procurá-lo para me encomendar à sua cortesia, e fiar a minha justiça do valor do seu invencível braço.

— Basta de louvores — disse Dom Quixote —; sou inimigo de todo gênero de adulações; e ainda que esta agora não o seja, sempre ofendem os meus ouvidos semelhantes práticas. O que eu sei dizer-vos, senhora minha, é que, tenha eu valor ou não, o que tiver, ou não tiver, todo o hei de empregar em vosso serviço até perder a vida; e assim, deixando isso para seu tempo, rogo ao senhor licenciado que me diga: o que o obrigou a vir a estas terras, tão só, sem criados, e tanto à ligeira que me causa admiração?

— Em poucas palavras satisfarei a Vossa Mercê — respondeu o cura. — Eu e o Mestre Nicolau, nosso amigo e nosso barbeiro, íamos a Sevilha, a cobrar certo dinheiro remetido por um parente meu, que se passou às Índias há já anos e não tão pouco que não excedesse de sessenta mil pesos experimentados,[9] que é outro que tal e tocadinhos, que vale o dobro. Passando ontem por estes lugares, saíram-nos ao encontro quatro salteadores e nos tiraram até as barbas. Foi tanto que até o barbeiro não teve remédio senão pôr umas postiças; e até a este mancebo que vem conosco — apontando Cardênio — o puseram como se nunca as tivesse tido. O bonito é que por todos estes contornos é fama pública serem os tais ladrões uns forçados das galés, que, segundo se diz, foram libertados quase neste mesmo sítio por um homem tão valente que, a despeito do comissário e dos guardas, os soltou a todos. Não há dúvida que era doido ou então tão patife como eles, homem sem alma nem consciência. Pois aquilo não foi soltar o lobo entre as ovelhas? A raposa entre as galinhas? A mosca no mel? Quis defraudar a justiça, ir contra o seu rei e senhor natural, pois foi contra os seus justos preceitos. Quis tirar às galés os pés[10] com que elas andam, pôr em rebuliço a Santa Irmandade, que havia muitos anos estava em descanso; quis, finalmente, consumar um feito, por onde a sua alma se perde e o corpo não se lhe ganha.

Sancho é que tinha contado ao cura e ao barbeiro a aventura dos galeotes, que o amo levara a cabo com tanta glória; e por isso o cura ao

---

[9] Termo usado no exame de metais de ouro e prata, que vale por "comprovados".
[10] "Os pés", porque as galeras se movem à força de remos dos galeotes ou forçados.

recontá-la lhe carregava tanto a mão, para ver o que faria ou diria Dom Quixote, a quem, a cada palavra, se mudavam as cores, sem se atrever a dizer que fora ele próprio o libertador daquela boa gente.

— Ora aqui tem Vossa Mercê quem nos roubou — disse o cura. — Deus por sua misericórdia não tome contas a quem não os deixou levar o devido castigo!

# Capítulo XXX

## QUE TRATA DA DISCRIÇÃO DA FORMOSA DOROTEIA, COM OUTRAS COISAS DE MUITO SABOR E PASSATEMPO

MAL TINHA ACABADO O CURA, quando Sancho disse:

— Pois afirmo-lhe eu, senhor licenciado, que o fazedor dessa façanha foi meu amo; e olhe que não foi por eu não lhe dizer a tempo que reparasse no que fazia e que era pecado soltá-los, porque todos iam ali por grandíssimos tratantes.

— Ó idiota — exclamou aqui Dom Quixote —, aos cavaleiros andantes não pertence averiguar se os aflitos, acorrentados e opressos que se encontram pelas estradas vão daquela maneira por suas culpas ou por serem desgraçados; só lhes toca ajudá-los como necessitados que são, considerando-lhes as penas, e não as tratantadas.[1] Encontro uma enfiada, um rosário de gente mofina; fiz nela o que a minha religião pedia, e saísse o que saísse; e a quem o desaprova (sem faltar ao respeito que devo ao senhor licenciado e à sua honrada pessoa), digo que sabe pouco dos contratempos da cavalaria, e que mente como um biltre e malcriado, e eu lho farei conhecer com a minha espada, mais comprida e inteiramente.

Essas palavras já as proferiu firmando-se nos estribos e ajustando o morrião, porque a bacia de barbeiro, que pelas suas contas era o elmo de Mambrino, levava-a pendurada no arção dianteiro, para mandar corrigi-la do mau tratamento que lhe deram os galeotes.

---

[1] Ato de tratante.

Doroteia, que era discreta e lépida, sabedora já do parafuso a menos de Dom Quixote, e de que todos, afora Sancho Pança, faziam burla dele, não quis ficar atrás e, vendo-o tão furioso, lhe disse:

— Senhor cavaleiro, recorde-se do que me prometeu; olhe que não pode intrometer-se em aventura nenhuma, por urgente que seja; serene-se, que, se o senhor licenciado soubera que o libertador dos galeotes fora esse braço invencível, daria três pontos na boca e até mordera três vezes a língua, antes de ter dito palavra que redundasse em desdouro de Vossa Mercê.

— Posso-lho jurar — disse o cura —; era mais fácil deixar cortar um bigode.

— Já me calo, senhora minha — disse Dom Quixote —, e reprimo a justa cólera que ia me abrasando, e irei no meu sossego, até ter cumprido o que vos prometi. Agora em paga suplico-vos eu que me digais, se vos não dá incômodo, qual é a vossa mágoa, e quantas, quem e quais são as pessoas de quem vos hei de dar devida e inteira vingança.

— De muito boa vontade — respondeu Doroteia —, se porventura não vos enfada ouvir lamentos e desgraças.

— Não enfada — respondeu Dom Quixote —, não enfada, senhora minha.

— Sendo assim — disse Doroteia —, estejam Vossas Mercês atentos.

A essas palavras logo Cardênio e o barbeiro se lhe puseram ao lado, cobiçosos de ver como da sua história se saía a espertíssima donzela; e o mesmo fez Sancho, que não ia ali menos enganado que o amo. E ela, depois de se ter muito bem ajeitado na sela, preparando-se com tossir e outras semelhantes cerimônias, com muito chiste encetou assim a sua narrativa:

— Primeiro quero que Vossas Mercês saibam, senhores meus, que a mim me chamam...

Aqui se deteve um pouco, por se lhe ter varrido o nome que lhe pusera o cura. Este porém lhe acudiu no encalhe, dizendo:

— Não é maravilha, senhora minha, que Vossa Grandeza se perturbe no referir as suas desventuras; é próprio delas o tirarem muitas vezes a memória a quem as padece, a ponto de nem dos seus próprios nomes se lembrarem; é o que neste instante sucedeu a Vossa Grã-Senhoria, pois não se lembra de que se chama a Senhora Princesa Micomicona, herdeira legítima do grande reino Micomicão. Agora que já lhe fica apontado o caminho, pode Vossa Grandeza seguir sem empacho o que lhe aprouver dizer-nos.

— Sim, senhor — disse a donzela —, creio que daqui em diante já não será necessário recordar-me nada; espero chegar a porto de salvamento com a minha verdadeira história. Ora pois: el-rei meu pai, que se chamava Tinácrio, o Sábio,[2] foi muito douto nisso que chamam arte mágica e antevia, pela sua ciência, que minha mãe, que se chamava a Rainha Jaramilha, havia de morrer primeiro que ele, mas que ele também dali a pouco tempo havia de passar desta a melhor vida, ficando eu órfã de pai e mãe. Dizia ele, porém, que menos o consumia isso do que o atormentava saber por coisa muito certa que um descomunal gigante, senhor duma grande ilha, que quase confronta com o nosso reino, chamado Pandafilando da Fosca Vista, porque há toda a certeza de que, apesar de ter os olhos no seu lugar, e direitos, sempre olha de revés como se fora vesgo, o que ele faz por mau, e para meter medo e espanto à gente... Sim; repito, que meu pai soube que o tal gigante, logo que lhe constasse a minha orfandade, havia de passar com grande quantidade de gente sobre o meu reino e tirar-mo todo, sem me deixar nem uma aldeia para eu me recolher, porém que todas essas inclemências se poderiam evitar, prontificando-me eu a casar com ele; mas que, segundo meu pai entendia, nunca eu estaria por tão desigual casamento. Nesse particular foi bem profeta, porque jamais me passou pela ideia casar-me com o tal gigante nem com outro qualquer, fosse quem fosse. Mais disse meu pai e senhor que, se depois da sua morte eu visse que Pandafilando começava a entrar pelo meu reino, não perdesse tempo em preparos para me defender, que seria arruinar-me de todo, mas que espontaneamente lhe despejasse a terra, se queria escapar à morte e à destruição total dos meus bons e fiéis vassalos, porque não havia de ser possível defender-me da endiabrada força do gigante, mas que partisse logo com alguns dos meus em direção de Espanha, onde acharia remédio para meus males na pessoa dum cavaleiro andante, cuja fama a esse tempo encheria já todo o reino, e o qual se havia de chamar (se bem me lembra) Dom Açote, ou Dom Gigote ...[3]

---

[2] "Tinácrio, o Mago, o Astrólogo", personagem da continuação de *O Cavaleiro do Febo*, por Pedro da Sierra Infanzón; mas *trinacrio* aparece muitas vezes na literatura para significar simplesmente "siciliano", devido ao nome poético da ilha, Trinácria.

[3] Carne assada, picada e acompanhada de diferentes temperos, frios ou quentes; foi, com a olha e o salpicão, um dos pratos básicos dos séculos XVI e XVII. Seu significado original ("coxa") faz com que alguns o liguem à palavra quixote, "peça de armadura que protege a coxa".

— Talvez dissesse Dom Quixote — interrompeu Sancho Pança —, ou por outro nome, o Cavaleiro da Triste Figura.

— É verdade — disse Doroteia —; e acrescentou que esse tal cavaleiro seria alto de corpo, seco de rosto, e que no lado direito, abaixo do ombro esquerdo,[4] ou por ali perto, havia de ter um sinal pardo com certos cabelos à maneira de cerdas de porco.

Ouvindo aquilo, disse Dom Quixote ao escudeiro:

— Sancho filho, acode cá; ajuda-me a me despir, que preciso ver se não sou o cavaleiro que aquele tão sábio monarca deixou profetizado.

— Para que quer Vossa Mercê se despir? — disse Doroteia.

— Para ver se tenho o sinal indicado por vosso pai — respondeu Dom Quixote.

— Não é preciso que se dispa — acudiu Sancho —, que eu sei que Vossa Mercê tem um sinal assim tal qual no meio do espinhaço, prova de ser homem esforçado.

— Então basta isso — disse Doroteia —; com os amigos não se cortam as unhas rentes; que seja no ombro, ou que seja no espinhaço, vem a dar na mesma. O caso é que haja o sinal, esteja onde estiver, pois é tudo a mesma carne. Meu pai acertou em tudo e eu também acertei em me encomendar ao Senhor Dom Quixote, que este é o que meu pai disse. Os sinais do rosto concordam com os da boa fama que esse cavaleiro tem, não só em Espanha, mas até em toda a Mancha; tanto assim que, apenas eu desembarquei em Osuna, logo ouvi contar dele tantas façanhas que me deu o coração uma pancada de que era o mesmo que eu vinha a buscar.

— Como desembarcou Vossa Mercê em Osuna, senhora minha — perguntou Dom Quixote —, se não é porto de mar?

Apressou-se o cura, antes que Doroteia respondesse, e disse:

— Naturalmente quererá dizer a senhora princesa que, depois que desembarcou em Málaga, a primeira parte em que achou novas de Vossa Mercê foi em Osuna.

— É isso mesmo — disse Doroteia.

---

[4] O *lunar*, como marca de reconhecimento ou como sinal de caráter, aparece várias vezes no folclore e na literatura cavaleiresca; em um e outro caso frequentemente corresponde a teorias fisionômicas populares: por isso Sancho dirá que o lunar de Dom Quixote é "*sinal de homem esforçado*". Note-se a inexatidão ("*lado direito, ombro esquerdo*", "*por ali perto*") com que Doroteia evita indicar onde se encontra exatamente o *lunar*.

— E diz muito bem — acrescentou logo o cura —, mas queira Vossa Majestade prosseguir.

— Prosseguir o quê? — replicou ela. — Não há mais nada para diante. Tão boa foi a minha sorte em achar o Senhor Dom Quixote que já me conto por soberana senhora de todo o meu reino depois que ele, por sua cortesia e magnificência, me prometeu a mercê de vir comigo aonde quer que eu o leve, que não será a outra parte senão a pô-lo diante de Pandafilando da Fosca Vista, para dar cabo dele e restituir-me o que tão contra razão me tem usurpado. Tudo isso se há de realizar tal como deixou prognosticado Tinácrio, o Sábio, meu bom pai, o qual também deixou dito em letras caldaicas ou gregas, que eu por mim não sei lê-las, que, se esse cavaleiro da profecia, depois de ter degolado o gigante, quisesse casar comigo, eu me entregasse logo sem réplica alguma por sua legítima esposa e lhe desse no mesmo ato a posse do meu reino e da minha pessoa.

— Que te parece, Sancho amigo? — disse a esse ponto Dom Quixote — Não ouves isso? Não to dizia eu? Vê se temos ou não temos já reino que governar e rainha com quem casar?

— Isso juro eu — respondeu Sancho —; só algum tolo é que não iria logo cortar o gasnete ao Senhor Pandafilando para casar muito depressa com a senhora princesa. Olha que peste! Assim fossem as pulgas da minha cama.

Com essas palavras deu dois pinchos no ar em demonstração de grandíssimo contentamento,[5] passou logo a tomar as rédeas à mula de Doroteia, fazendo-a parar, lançou-se de joelhos perante ela, suplicando-lhe que lhe desse as mãos para lhas beijar, em sinal de que a recebia por soberana e senhora sua. Quem haveria ali que pudesse ficar sério diante da loucura do amo e da simpleza do servo? Deu-lhe com efeito as mãos Doroteia e lhe prometeu fazê-lo grande do seu reino, logo que o céu lhe fosse tão propício que lho deixasse recobrar e gozar. Agradeceu-lhe Sancho tudo aquilo em termos tais que em todos renovou a gargalhada.

— Aqui está, meus senhores — prosseguiu Doroteia —, a minha história; só me falta dizer-vos que de toda quanta gente do meu reino trouxe não me ficou vivo senão unicamente este barbadão escudeiro; todos os demais se afogaram num grande temporal que tivemos à vista

---

[5] Alegria extremada; júbilo, regozijo.

do porto; ele e eu viemos em duas tábuas a terra como por milagre, que milagre de grande mistério tem sido o decurso de minha vida, como já tereis notado; e, se em algum ponto andei sobeja ou curta demais na minha narrativa, queixai-vos do que logo ao princípio da minha fala ponderou o senhor licenciado: que os trabalhos contínuos e extraordinários desarranjam as ideias de quem os padece.

— Tal não há de suceder a mim, alta e valorosa senhora — disse Dom Quixote —, por maiores trabalhos que eu passe em vos servir. Confirmo pois o que já vos prometi, e juro acompanhar-vos ao cabo do mundo até me ver com o vosso cruel inimigo, a quem tenciono, com ajuda de Deus e do meu braço, decepar a cabeça soberba com o fio desta... não quero dizer boa espada, graças a Ginés de Pasamonte, que me levou a minha.

Disse isso entre dentes e prosseguiu:

— Depois de lha ter decepado e ter-vos sentado a vós na pacífica posse dos vossos Estados, ficará a vosso arbítrio fazer da vossa pessoa o que mais vos apeteça, pois enquanto eu tiver ocupada a memória, cativa a vontade e perdido o entendimento por aquela... e não digo mais, não é possível que eu nem por pensamentos me arroste com a ideia de matrimoniar-me, nem que fosse com a ave Fênix.

Esse encarecimento de não querer casar-se destoou tanto a Sancho, como despropósito, que levantou de agastado a voz, dizendo:

— Juro e rejuro por vida minha que não tem Vossa Mercê, Senhor Dom Quixote, o juízo inteiro. Pois como é possível pôr Vossa Mercê em dúvida casar-se com tão alta princesa como essa? Pensa que a fortuna lhe há de oferecer a cada canto uns acertos como este? É porventura mais formosa a minha Senhora Dulcineia? Está na tinta; nem para lá caminha; estou até em dizer que nem chega aos calcanhares da que presente se acha. Assim lá se me vai pelos ares meu condado, se Vossa Mercê ateima a esperar hortaliça de sequeiro ou apojadura[6] de cabra velha. Case, case logo, ou que o leve o Diabo, e aceite esse reino, que por si se lhe está metendo nas mãos de mão beijada; e, em sendo rei, faça-me marquês ou adiantado; tudo mais que leve o Diabo, se quiser.

---

[6] Sequeiro: diz-se de lugar ou terreno não regadio, seco; apojadura: afluxo volumoso de leite aos seios da mulher que amamenta, ou às tetas das fêmeas que deram cria.

Dom Quixote, que tais blasfêmias ouviu proferir contra a sua Senhora Dulcineia, não o pôde levar à paciência; e, levantando a chuça, sem proferir chus nem bus, nem "guarda de baixo", apresentou duas bordoadas em Sancho, que pregaram com ele em terra; e, se não fora o começar Doroteia a gritar que não lhe desse mais, sem dúvida lhe acabaria ali a vida.

— Pensas, vilão ruim — lhe disse passado pouco —, que hei de estar sempre para te aturar, e que tudo há de ser tu a despropositares e eu a perdoar-te? Pois não o cuides, maroto excomungado, que o és sem dúvida nenhuma, pois te atreveste a pôr língua na sem-par Dulcineia. Não sabeis vós, mariola, ganhadeiro, biltre, que, se não fosse pelo valor que ela infunde no meu braço, eu por mim nem matava uma pulga? Dizei-me, socarrão de língua viperina, quem julgais que foi o conquistador desse reino, e o que decepou a cabeça desse gigante, e vos fez a vós marquês (que tudo isso o dou eu já como feito e processo findo), se não é o valor de Dulcineia, fazendo de meu braço instrumento de suas façanhas? Ela peleja em mim e vence em mim; eu vivo e respiro nela; nela tenho vida e ser. Ó filho da puta, grande velhaco, como sois desagradecido, que vos vedes levantado do pó da terra, até senhor dum título, e a tão boa obra correspondeis com dizer mal de quem vo-la fez!

Não estava Sancho tão mortal que não ouvisse o que o amo lhe dizia: levantando-se com certa presteza, foi pôr-se por trás do palafrém de Doroteia e dali respondeu:

— Diga-me, senhor, se Vossa Mercê está de pedra e cal em não casar com esta grande princesa, claro está que o reino dela não há de ser seu; não o sendo, que mercês pode então me fazer? Aqui está de que eu me queixo. Casa-se Vossa Mercê de olhos fechados com esta rainha que para aí nos choveu do céu, depois, se quiser, pode-se amantilhar com a minha Senhora Dulcineia; reis amancebados não devem ter faltado neste mundo. Lá nisso da formosura não me intrometo, que a dizer a verdade ambas me parecem bem, ainda que eu a Senhora Dulcineia nunca a vi.

— Como nunca a viste, traidor blasfemo? — vociferou Dom Quixote.
— Pois não acabas agora mesmo de me trazer um recado da sua parte?
— O que eu digo é — respondeu Sancho — que não a vi tanto à minha vontade que pudesse afirmar-me bem na sua formosura, ponto por ponto; mas assim no todo e em bruto, como diz o outro, pareceu-me bem.

— Agora te desculpo; perdoa-me o enfado que te dei, que os primeiros movimentos não estão na mão da gente.

— Bem sei — respondeu Sancho —, e em mim a vontade de falar é sempre o primeiro movimento; o que me vem à boca não posso deixar de dizê-lo, ao menos uma vez.

— Com tudo isso, Sancho — disse Dom Quixote —, repara bem como falas, porque tantas vezes vai o cântaro à fonte... e não te digo mais nada.

— Pois bem — respondeu Sancho —, Deus lá está em cima e vê as coisas; ele é que sabe quem faz mal, se eu em não falar bem ou Vossa Mercê em obrar ao revés.

— Basta já — disse Doroteia —; correi, Sancho, e beijai a mão a vosso amo, pedi-lhe perdão, e daqui para diante tende mais tento em vossos louvores e vitupérios e não digais mal dessa Senhora Tobosa, a quem eu não conheço senão para servi-la e tende esperança em Deus que não vos há de faltar um Estado em que vivais como um príncipe.

Sancho lá foi cabisbaixo pedir a mão ao amo, que lha deu com serena gravidade, e deitando-lhe, após o beija-mão, a sua bênção. Depois disse-lhe que se desviasse com ele um pouco, porque tinha de tratar coisas de muita importância. Adiantaram-se ambos, e disse o fidalgo:

— Desde que vieste, não tive ainda azo de te perguntar muitas particularidades acerca da embaixada que levaste e da resposta que trouxeste; agora que a fortuna nos depara folga, não me negues o gosto que me podes causar com tão boas novas.

— Pergunte Vossa Mercê o que lhe parecer — respondeu Sancho —; darei a tudo tão boa saída como foi boa a entrada que tive. O que lhe peço, senhor meu, é que daqui em diante não seja tão vingativo.

— Por que dizes isso, Sancho? — perguntou Dom Quixote.

— Digo isso — respondeu ele — porque estas bordoadas agora foram mais pela pendência que entre os dois travou o Diabo na outra noite do que pelo que eu disse contra a minha Senhora Dulcineia, a quem venero e amo como se fora relíquia, só em razão de ela ser coisa de Vossa Mercê.

— Não tornes a essas coisas, por vida tua — disse Dom Quixote —, que me afligem; da outra vez perdoei-to, e bem sabes o que se costuma dizer: "Pecado novo, penitência nova".

Nisto[7] iam, quando viram pelo seu caminho vir para eles um homem num jumento; aproximando-se mais deu-lhe ares de cigano. Porém Sancho Pança, que onde quer que via asno se lhe iam trás ele os olhos e a alma, assim que avistou o homem conheceu logo ser Ginés de Pasamonte; e de ele o ser inferiu logo que a cavalgadura era o seu ruço. Era com efeito o ruço com o Pasamonte às costas, o qual, para não ser conhecido e vender o asno, vinha entrajado à cigana; o falar a essa moda sabia ele, e muitas outras línguas, tão bem como a sua própria. Mal Sancho o reconheceu, começou a grandes vozes:

— Ah! Ladrão Ginesilho, larga a minha joia, restitui-me a minha vida, não te deites a perder com o meu alívio, larga o meu burro, larga o meu consolo, põe-te a pé, sevandija,[8] retira-te, ladrão, e deixa o que te não pertence!

Nem tantas palavras e injúrias eram necessárias; logo à primeira saltou Ginés e, tomando um trote que mais parecia carreira, num momento desapareceu. Saltou Sancho aos abraços ao animal, dizendo:

---

[7] A inserção das seguintes linhas (de "Nisso iam..." a "Sancho muito agradeceu") aparece na segunda edição impressa por Juan de la Cuesta para contar como aparece Ginés de Pasamonte, vestido de cigano, sobre um asno que Sancho reconhece como seu, e como, diante dos brados do escudeiro, o galeote foge abandonando o ruço, o qual seu dono recebe com beijos, abraços e carícias. O fragmento acrescentado saiu indiscutivelmente da pluma de Cervantes, como complemento necessário do intercalado no capítulo XXIII: ali se conta o roubo e aqui a recuperação do jumento. A primeira interpolação era sem dúvida um resumo, mais ou menos livre, de um episódio que Cervantes havia escrito em uma certa etapa na elaboração do *Quixote* e que depois deve ter mudado de lugar e finalmente decidiu suprimi-lo (veja a nota 4 do capítulo XXIII). Ao contrário, é provável que o manuscrito cervantino não contivesse nunca, em nenhum de seus estágios, uma seção dedicada a relatar como Sancho recobrou o asno. A última alusão ao roubo, com efeito, está no capítulo XXIX, mas o burro não volta a figurar na narração até o capítulo XLII, e inclusive depois, no que resta do primeiro volume tem um papel muito escasso. Essa singularidade provavelmente obedece ao fato de que em algum momento durante a composição dos capítulos que vão de XXIX a XLII o escritor resolveu eliminar o episódio do roubo; mas como já tinha bastantes páginas escritas sem nenhuma menção ao ruço, dando por certo que havia sido roubado, preferiu que dali por diante o asno se fizesse presente, sim, mas relegado a um segundo plano, de forma que não convidasse o leitor a perguntar-se o que havia sido feito dele em todas essas páginas. Uma vez impresso o primeiro volume, o autor e os leitores perceberam que entre XXV e XXIX havia uma série de referências ao furto do jumento, que Cervantes tinha esquecido de tirar ao excluir de seu manuscrito o episódio que dava sentido a essas alusões. A interpolação de XXIII pretendia sanar a incongruência de tais referências. No entanto, para remediar a anomalia produzida quando o asno volta a aparecer na narração, era imprescindível realizar uma segunda interpolação, a que agora se intercala, que desse conta do modo como Sancho recuperou o burrico. A primeira interpolação nasce, pois, de ter omitido o episódio do roubo, mas não as alusões a ele; a segunda, de o romance ter prosseguido depois como se o roubo nunca tivesse acontecido.

[8] Pessoa que vive à custa alheia; parasita.

— Como tens passado, meu bem, menina dos meus olhos, meu ruço, meu companheiro fiel?

Beijava-o e acariciava-o como se fora gente. O asno deixava-se beijar e acarinhar, sem responder meia palavra. Aproximaram-se todos, dando ao pobre homem os parabéns de ter achado o seu ruço, especialmente Dom Quixote. Este disse-lhe que nem por isso anulava a ordem dos três burricos, o que Sancho muito agradeceu.

Enquanto os dois iam adiante nessas conversas, disse o cura a Doroteia que tinha andado com grande tino, tanto na invenção do conto como na brevidade dele, e na semelhança que teve com os dos livros de cavalaria. Ao que ela respondeu que muitas horas se havia entretido a lê-los; o que não sabia bem era onde ficavam as províncias e portos de mar; por isso tinha dito à toa que havia desembarcado em Osuna.

— Bem percebi — volveu o cura —, e por isso acudi logo a deitar aquele remendo; com o que tudo ficou uma maravilha. Mas não acha extraordinária a facilidade com que esse desventurado fidalgo acredita em toda aquela mentirada, só por se conformar no estilo e jeito com as tolices dos seus alfarrábios?

— É verdade — disse Cardênio —, e tão rara, se não única, que eu por mim não sei se, querendo inventá-la, teria talento para tanto.

— Outra coisa tem ele — disse o cura — que não admira menos: para fora das necedades, que nunca se lhe acabam no tocante à sua mania, se lhe falam noutras matérias discorre perfeitamente e mostra uma razão clara que dá gosto. Não lhe falem em cavalarias, que ninguém o terá senão por um homem de boa cabeça.

Enquanto iam nessas práticas, continuava também Dom Quixote na sua com Sancho, dizendo:

— Palavras e penas, Sancho amigo, o vento as leva. Conta-me agora tu, sem medo a enfadamentos meus nem a rigor algum, onde, como e quando achaste Dulcineia, que estava ela fazendo, que lhe disseste, que te respondeu, com que cara leu a minha carta, quem ta copiou e tudo o mais que vires neste caso ser digno de saber-se, sem acrescentares nem mentires nada para me dares gosto, nem encurtares para comprazer-me.

— Pois, senhor — respondeu Sancho —, verdade, verdade, a carta ninguém ma copiou, porque eu tal carta não levei.

— É certo — acudiu Dom Quixote —, porque o livro de lembranças em que eu a escrevi cá o achei em meu poder dois dias depois da tua partida, o que me fez grandíssima pena, lembrando-me como não ficarias às aranhas quando te visses sem ela; sempre esperei que tornasses atrás logo que desses pela falta.

— Fazia-o decerto — respondeu Sancho —, se não tivesse a carta de memória, de quando Vossa Mercê ma leu; de maneira que a disse a um sacristão, que ma trasladou do entendimento tão pontualmente que disse que em todos os dias da sua vida (apesar de ter lido muitas cartas de descomunhão)[9] nunca tinha lido uma lindeza como aquela.

— E ainda a tens de cor, Sancho? — perguntou Dom Quixote.

— Não, senhor — respondeu Sancho —, porque, depois que a entreguei, como vi que já não prestava para mais nada, dei em me esquecer dela; e, se de alguma coisa ainda me lembro, é só aquele começo da "soterrana", digo, da "soberana senhora", e o final: "Vosso até a morte, o Cavaleiro da Triste Figura", e, entre essas duas coisas do princípio e do fim, embuti-lhe mais de trezentas vezes: "minha alma, minha vida e olhos meus".

---

[9] Edito da Inquisição ou do bispo pelo qual se comunicava que uma determinada pessoa havia sido acusada de heresia e estava separada da comunidade. O documento era lido na paróquia à qual pertencia a pessoa julgada culpada, ante os assistentes à missa maior; normalmente o encarregado de lê-la era o sacristão.

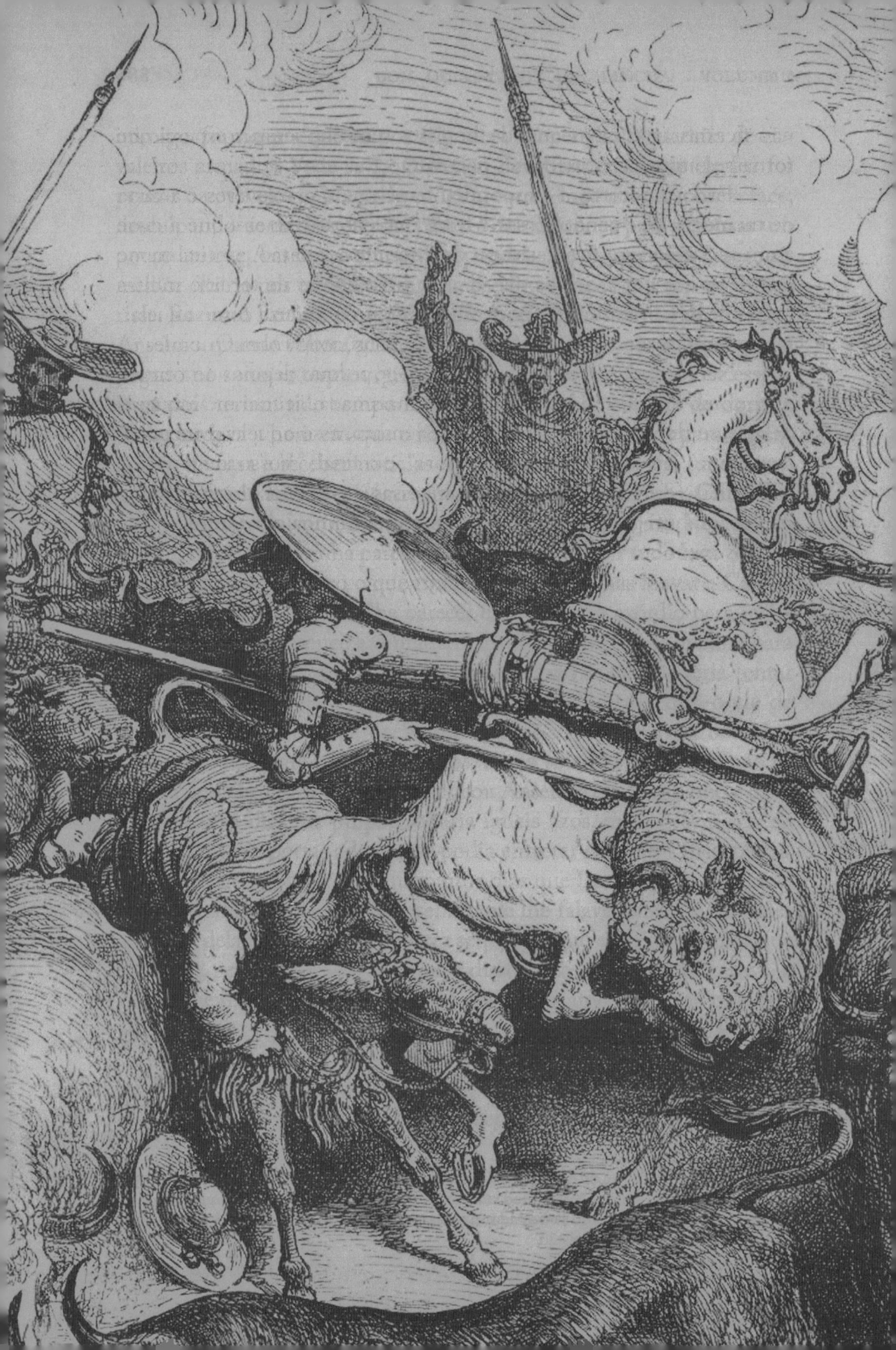

## Capítulo XXXI

### DAS SABOROSAS CONVERSAÇÕES QUE HOUVE ENTRE DOM QUIXOTE E SANCHO PANÇA, SEU ESCUDEIRO, COM OUTROS SUCESSOS

— NADA DISSO ME DESCONTENTA; podes continuar — disse Dom Quixote. — Chegaste, e que estava fazendo aquela rainha da formosura? Aposto que a achaste a enfiar pérolas ou bordando alguma empresa com canotilho[1] de ouro, para este seu cativo cavaleiro.

— Qual! — respondeu Sancho. — Achei-a a peneirar duas fangas[2] de trigo num pátio da casa.

— Pois faze de conta — disse Dom Quixote — que os grãos desse trigo eram aljôfares[3] logo que ela lhes tocava. Reparaste, amigo, se o trigo era candial ou tremês?

— Nada; era dumas limpas — respondeu Sancho.

— Pois assevero-te — disse Dom Quixote — que, depois de peneirado por ela, havia de deitar farinha candial infalivelmente. Mas passa adiante. Quando lhe deste a minha carta, beijou-a? Pô-la sobre a cabeça? Fez alguma cerimônia digna de tal carta? Ou que fez?

— Quando eu lha ia entregar — respondeu Sancho —, estava ela na azáfama de aviar uma peneira quase cheia; por isso, disse-me: "Ponde, meu amigo, a carta para riba daquele saco, que não posso lê-la enquanto não acabar tudo o que para aí está".

---

[1] Divisa de um escudo, bordada, em relevo, com fio de ouro.
[2] Fanga: antiga medida para secos, equivalente a quatro alqueires.
[3] Pérola menos fina, muito miúda e irregular.

— Que discreta senhora! — disse Dom Quixote. — Havia de ser para lê-la com mais sossego e regalar-se. Adiante, Sancho. E, enquanto estava nesse serviço, quais foram os seus colóquios contigo? O que te perguntou de mim? E tu que lhe respondeste? Acaba, conta-me tudo, não te fique no tinteiro nem um pontinho.

— Não me perguntou nada — disse Sancho —; eu é que lhe disse como Vossa Mercê ficava para servi-la, fazendo penitência e nu da cinta para cima, metido entre estas serras como um selvagem, dormindo no chão, sem comer pão em toalhas, sem pentear as barbas, chorando e maldizendo a sua fortuna.

— Lá nisso de maldizer eu a minha fortuna, enganaste-te — disse Dom Quixote —; antes a bendigo, e bendirei todos os dias da minha vida, por ter me feito digno de merecer amar tão alta senhora como é Dulcineia del Toboso.

— Tão alta é — respondeu Sancho — que é verdade que tem de altura um coto[4] mais do que eu.

— Como é isso, Sancho? — disse Dom Quixote. — Pois tu mediste-te com ela?

— Medi, sim, senhor — respondeu Sancho —; quer saber como? Acheguei-me para ajudá-la a pôr um saco de trigo sobre um jumento; estávamos tão juntos que reparei que me levava um bom palmo.

— É bem verdade — replicou Dom Quixote —, e toda essa grandeza é acompanhada com mil milhões de graças da alma. Uma coisa não me podes negar, Sancho: quando chegaste ao pé dela não sentiste um cheiro sabeu,[5] uma fragrância aromática e um não sei quê de bom, que não acerto em lhe dar nome, digo uma baforada como se entraras na loja de um luveiro dos mais esmerados?

— O que sei dizer — respondeu Sancho — é que senti um cheirito assim... tirante a homem, provavelmente por estar suando e enrilhada.

— Não havia de ser isso — respondeu Dom Quixote —, é que estarias endefluxado,[6] ou então tomaste por cheiro dela o teu próprio, que o cheiro que tem aquela rosa entre espinhos sei-o eu muito bem, aquele lírio do campo, aquele âmbar derretido.

— Pode muito bem ser — respondeu Sancho — que muitas vezes sai de mim aquele mesmo cheiro, que então me pareceu que saía de

---

[4] Medida com os quatro dedos da mão, fechada esta e erguendo sobre ela o polegar.
[5] De Sabá, região da Arábia célebre por seus perfumes.
[6] Que contraiu defluxo, ficou constipado.

Sua Mercê a Senhora Dulcineia. Não admira que um diabo se pareça com outro.

— Bem está — prosseguiu Dom Quixote. — E depois de peneirado todo o trigo e mandado para o moinho, que fez quando leu a carta?

— A carta não a leu — respondeu Sancho —, porque disse que não sabia ler nem escrever, rasgou-a em migalhinhas, dizendo que não a queria dar a ler a ninguém, para não se saberem no lugar os seus segredos, e que bastava o que eu lhe tinha dito de palavra acerca do amor que Vossa Mercê lhe tinha e da penitência extraordinária que ficava fazendo por seu respeito; finalmente, disse-me que dissesse eu a Vossa Mercê que ela lhe beijava as mãos, e que lá ficava com mais desejos de vê-lo que de escrever-lhe; e que assim lhe suplicava e mandava que, vista a presente, saísse daqueles matagais e deixasse de fazer descocos[7] e se pusesse logo a caminho para El Toboso, se não tivesse outra coisa de mais importância que fazer, porque tinha grande desejo de ver Vossa Mercê. Riu como uma perdida quando eu lhe disse o nome que Vossa Mercê tinha de "Cavaleiro da Triste Figura". Perguntei-lhe se tinha lá ido o biscainho do outro dia; disse-me que sim, e que era um homem muito de bem. Também lhe perguntei pelos forçados, mas desses respondeu-me que ainda não tinha visto nenhum.

— Tudo vai muito bem até agora — disse Dom Quixote —, mas dize-me cá: à despedida, que prenda te deu pelas novas que de mim lhe levaste? Pois é costume velho entre cavaleiros e damas andantes darem aos escudeiros, donzelas ou anões que lhes levam recados de suas damas a eles, e a elas dos seus cavaleiros, alguma rica joia de alvíssaras em agradecimento da mensagem.

— Assim seria — respondeu Sancho —, bem bom costume que ele me parece, mas isso havia de ser lá nos tempos passados; hoje naturalmente não se costuma dar senão um pedaço de pão e queijo; foi o que me deu a minha Senhora Dulcineia por cima de espigão do muro do pátio quando me despedi dela; e para mais sinal, o queijo era de ovelha.

— É liberal em extremo — disse Dom Quixote —, e, se não te deu joia de ouro, havia de ser sem dúvida por não a ter ali à mão; mas o que se não faz em dia de Santa Maria far-se-á noutro dia; quando eu a vir, se arranjarão as contas. Sabes tu de que estou maravilhado, Sancho?

---

[7] Atitude ou dito insensato; asneira, disparate.

É de me parecer que foste e vieste pelos ares, porque pouco mais de três dias gastaste em ir a El Toboso e voltar, havendo de permeio o melhor de trinta léguas; pelo que entendo o sábio nigromante que tem conta nas minhas coisas e é meu amigo, porque por força o há, e deve haver, sob pena de não ser eu bom cavaleiro andante, deve ter te ajudado a caminhar sem tu o saberes, pois há sábios desses, que tomam um cavaleiro andante na sua cama e, sem se saber como, o amanhecem ao outro dia a mais de mil léguas donde anoiteceu. Se assim não fosse, não poderiam os cavaleiros andantes nos seus perigos acudir uns pelos outros, como a cada passo acodem. Sucede, por exemplo, estar um pelejando nas serras de Armênia com algum gigante anguípede,[8] ou com outro cavaleiro; leva o pior da batalha e está já para morrer; e quando mal se precata, assoma-lhe de além, sobre uma nuvem ou um carro de fogo, outro cavaleiro amigo seu, que pouco antes se achava em Inglaterra, que o ajuda e o livra da morte, e à noite se acha em sua casa ceando muito regaladamente, com haver entre aquelas partes duas ou três mil léguas, e tudo isso se faz por indústria e sabedoria desses sábios encantadores, que protegem esses valorosos cavaleiros. Portanto, amigo Sancho, não me custa crer que em tão breve tempo fosses daqui a El Toboso e de El Toboso tornasses cá: algum sábio amigo te levou em bolandas sem tu o sentires.

— Assim havia de ser — disse Sancho —, porque à fé de quem sou que andava Rocinante como se fora asno de cigano com azougue nos ouvidos.[9]

— Azougue e uma legião de demônios, que isso é gente que para andar e fazer andar quanto lhes parece não admite companhia. Mas, deixando isso de lado, que te parece que eu devo fazer agora, determinando-me a minha senhora que vá vê-la? Bem vejo que estou obrigado a cumprir o seu preceito; mas não menos me corre obrigação de satisfazer ao que prometi à princesa que aí vem conosco. A lei da cavalaria me obriga a satisfazer à minha palavra antes que ao meu gosto. Por uma parte, estou morrendo por ver a minha senhora; pela outra, está por mim bradando a glória que hei de alcançar nessa nova empresa e a solene promessa que já fiz. O que tenciono fazer é caminhar depressa

---

[8] Que tem pés em forma de serpente ou dragão.

[9] Colocar gotas de mercúrio nas orelhas das cavalarias era um truque conhecido para dar--lhes ocasionalmente a vivacidade que lhes faltava; Cervantes se refere à mesma artimanha na novela *A ilustre fregona*.

e chegar cedo onde está esse gigante, cortar-lhe logo a cabeça e pôr a princesa pacificamente no seu trono; e sem perda de tempo eu retrocederei para ir ver a luz que os meus sentidos alumia. Tais desculpas lhe darei que me há de aprovar a tardança, pois verá que tudo redunda em aumento da sua fama, porque toda a que eu tenho alcançado, alcanço e alcançarei pelas armas em toda a vida só me provém do favor que ela me dá, e de eu lhe pertencer.

— Valha-me Deus! — disse Sancho. — Como Vossa Mercê está aleijado desses cascos! Pois diga-me, senhor: pensa realmente em fazer esse caminho escusado e deixar-se de aproveitar um tão rico e esclarecido casamento como esse, que lhe traz por dote um reino, que em minha boa verdade já ouvi dizer que tem mais de vinte mil léguas em redondo, que é abundantíssimo de todas as coisas que são necessárias para a vida humana e que é maior que Portugal e Castela juntos? Cale-se, pelo amor de Deus, e tenha vergonha do que aí disse; tome o meu conselho e perdoe-me, e case-se logo no primeiro lugar onde houver pároco; e, quando não, aí está o nosso licenciado, que o fará com umas pratas. Repare Vossa Mercê que eu já tenho idade para dar conselhos, e que este que estou lhe dando lhe vem ao pintar e ao pedir por boca: mais vale um pássaro na mão que dois a voar; quem bem está e mal escolhe, por mal que lhe venha não se anoje.

— Sancho, o conselho que me dás — respondeu Dom Quixote — de que me case, bem percebo por que é: é para que eu seja rei apenas mate o gigante, e possa fazer-te mercês e dar-te o prometido. Pois saberás que sem casar poderei cumprir-te os desejos sem nenhuma dificuldade; antes de entrar à batalha hei de pôr por cláusula que, saindo dela vencedor, ainda que eu não me case, me hão de dar uma parte do reino, podendo eu cedê-la a quem muito bem quiser. Ora a quem queres tu que eu a ceda, senão a ti?

— Isso está claro — respondeu Sancho —, mas olhe Vossa Mercê se ma escolhe virada para o mar, porque assim... (suponhamos que a vivenda não me agrada) posso embarcar os meus vassalos negros, para fazer deles o que já disse; e Vossa Mercê não se lembre por agora de ir ver a minha Senhora Dulcineia; vá primeiro matar o gigante e tiremos daí o sentido; este é que é negócio de muita honra e proveito que farte, segundo me bacoreja[10] cá por dentro.

---

[10] Sugerir, insinuar.

— Dizes muito bem, Sancho — obtemperou Dom Quixote —, e sigo o teu parecer: ir-me-ei com a princesa, primeiro que me veja com Dulcineia. Cautela de não dizeres nada a ninguém, nem às pessoas que vêm conosco; isso fica entre nós; Dulcineia é tão recatada que nem quer que lhe adivinhem os pensamentos. Deus me livre de eu lhos descobrir, por mim ou por outrem.

— Se isso é verdade — retorquiu Sancho —, para que determinou Vossa Mercê a todos os seus vencidos que vão se apresentar a ela? Tanto vale isso como assinar o seu nome com a declaração de lhe querer bem e de ser seu namorado; e, sendo eles obrigados a fincar-se de joelhos na sua presença e dizer-lhe que vão da parte de Vossa Mercê a render-lhe obediência, como se podem então encobrir os pensamentos de ambos?

— Que néscio e que simplório que és! — disse Dom Quixote. — Pois tu não vês que tudo isso redunda em sua maior exaltação? Porque deves saber que nessas nossas usanças de cavalaria é honra grande ter uma dama bastantes cavaleiros andantes que a sirvam, sem que os pensamentos deles se abalancem a mais do que unicamente servi-la só por ser ela quem é, sem aguardarem outro prêmio de seus muitos e bons desejos senão o ela contentar-se de aceitá-los por cavaleiros seus.

— Essa coisa — disse Sancho — eu já ouvi em sermões: que se há de amar Deus por si só, sem que nos mova a isso esperança de glória nem medo de castigo (ainda que eu o quereria amar e servir por algum interesse, podendo ser).

— Valha-te o Diabo, meu rústico! — disse Dom Quixote. — Fortes discrições dizes tu às vezes! Pareces homem de estudos.

— Pois posso lhe jurar que nem ler sei — respondeu Sancho.

Nisto ouviram apupos do Mestre Nicolau que os esperassem porque desejavam deter-se um pouco a beber numa fontainha que ali estava. Deteve-se Dom Quixote com grande satisfação de Sancho, que já estava cansado de enfiar mentiras e tinha medo de que o amo o apanhasse em algum lapso, porque tudo o que ele sabia de Dulcineia era ser ela uma lavradora de El Toboso, mas nunca em dias lhe pusera os olhos.

Já então Cardênio tinha envergado o fato com que Doroteia estava quando a princípio a encontraram; não era do melhor, mas sempre era preferível aos andrajos. Apearam-se ao pé da fonte e, com o que o cura trouxera da estalagem por cautela, satisfizeram, ainda que não em cheio, a gana que todos traziam. Enquanto manducavam, acertou de passar por ali um rapaz que ia de caminho, o qual, pondo-se a olhar com muita atenção para todos os que estavam à beira da fonte, assim como reconheceu Dom Quixote, foi até ele e, abraçando-o pelas pernas, começou a fingir que chorava, dizendo:

— Ah, meu senhor! Já Vossa Mercê me não conhece? Repare bem: sou aquele rapaz André, que Vossa Mercê soltou da azinheira a que estava preso.

Reconheceu-o Dom Quixote e, tomando-o pela mão, disse para quantos ali estavam:

— Para que Vossas Mercês vejam que importante coisa é haver cavaleiros andantes no mundo, que desfaçam as injustiças e agravos que nele fazem os insolentes e maus, homens que por ele se encontram, saibam que uns dias atrás, passando eu por um bosque, ouvi uns gritos sentidíssimos, como de pessoa afligida e necessitada. Acudi logo, levado da minha obrigação, para a parte donde se me afigurou que vinham os lamentos, e achei atado a uma azinheira este muchacho que aí está; com o que muito folgo, pois não me deixará mentir. Repito que estava atado ao tronco, despido da cinta para cima, e um vilão, que depois soube ser seu amo, a escalá-lo de açoites com as rédeas duma égua. Mal o vi, perguntei-lhe a causa de tão cruel suplício. Respondeu-me o palerma que o açoitava porque era seu criado, e que certos prejuízos que lhe ocasionava mais provinham de ser rapinante do que tolo; e ao que este mesmo acudiu: "Não é verdade; açoita-me só por eu lhe pedir a minha soldada". O amo refilou não sei que arengas e desculpas, que eu bem ouvi, mas que não admiti. Em suma: fiz que o soltasse e tomei juramento ao campônio de que o levaria consigo e lhe pagaria muito bem contado e recontado. Não é verdade tudo isso, pequenito? Não notaste a autoridade com que lhe falei e com quanta humildade ele prometeu cumprir todas as minhas ordens? Responde; não te atrapalhes nem tenhas medo; conta a esses senhores tudo como foi, para que se reconheça ser, como digo, proveitoso andarem pelos caminhos cavaleiros andantes.

— Tudo que Vossa Mercê aí disse é muita verdade — respondeu o muchacho —, mas o fim do negócio é que saiu às avessas do que Vossa Mercê cuida.

— Como às avessas? — exclamou Dom Quixote. — Então o vilanaz não te pagou?

— Não só me não pagou — respondeu o coitado — mas, assim que Vossa Mercê saiu do bosque e ficamos sós, tornou a amarrar-me na azinheira e surrou-me outra vez com tantas correadas[11] que fiquei um São Bartolomeu esfolado, e a cada açoite que me dava me dizia uma chufa[12] para Vossa Mercê, com tanta graça que, se não fossem as dores, até eu me rira de ouvi-lo. A verdade é que me pôs de modo que até agora tenho estado no hospital curando-me do que então me fez o excomungado vilão. Toda a culpa foi de Vossa Mercê, porque, se fosse seguindo o seu caminho e não se metesse onde não era chamado, e não se importasse com coisas alheias, meu amo contentava-se com uma ou duas dúzias de açoites, soltava-me logo e pagava-me o que me devia; mas, como Vossa Mercê o descompôs tão desencabrestadamente e lhe disse tantas brutalidades, ferveu-lhe o sangue e, como não pôde vingar-se em Vossa Mercê, logo que nos viu sós descarregou em mim a trovoada, de modo que desconfio que já não torno a ser gente em dias de vida.

— O mau foi — disse Dom Quixote — ausentar-me dali. Não me devia ir enquanto não te visse pago, bem devia eu saber, por longa experiência, que não há vilão que desempenhe a palavra dada em não lhe fazendo conta. Mas não te lembras, André, que eu lhe jurei, se não te pagasse, tornar lá e dar com ele, ainda que se escondesse na barriga da baleia?[13]

— É verdade — disse André —, mas não serviu de nada.

— Se não serviu, servirá! — disse Dom Quixote. — E eu vou te mostrar.

Levantou-se à pressa e mandou que Sancho enfreasse o Rocinante, que estava pastando enquanto eles comiam.

Perguntou-lhe Doroteia que ia fazer. Respondeu ele que ia buscar o vilão, castigá-lo e fazê-lo pagar a André até o último maravedi, pesasse o que pesasse a quantos campônios houvesse no universo. Ao que ela respondeu que tal não podia fazer, conforme para com ela se obrigara; só depois de acabada a sua empresa é que recobraria liberdade para qualquer outra; que bem o sabia ele melhor que ninguém; que portanto acalmasse o ímpeto até voltar do seu reino.

— Tem razão — respondeu Dom Quixote. — André que tenha

---

[11] Pancada, golpe desferido com correia.

[12] Caçoada, troça, dito malicioso ou mordaz.

[13] A baleia por excelência é a de Jonas, o profeta que quis fugir do mandato de Deus.

paciência e espere pela minha jornada, como vós, senhora, dizeis, que outra vez lhe prometo e juro não descansar enquanto não o vir vingado e pago.

— Bem caso faço eu dessas juras — disse André —; mais quisera eu ter agora com que chegar a Sevilha que todas as vinganças do mundo. Dê-me, se aí tem, alguma coisita para comer e levar, e fique-se com Deus Vossa Mercê e todos os cavaleiros andantes; tão boas andanças tenham eles para si como a mim mas deram.

Tirou Sancho de seu fardel um toco de pão e um pedaço de queijo e, dando-os ao rapaz, lhe disse:

— Toma, irmão André, a tua desgraça toca-nos a todos.

— A vós outros, como? — perguntou André.

— Este pão e queijo que vos dou, Deus sabe se não nos há de fazer falta — respondeu Sancho. — Sabereis, amigo, que nós outros, os escudeiros dos cavaleiros andantes, andamos expostos a muitas fomes, além de outras desgraças e coisas que melhor se sentem do que se explicam.

André agarrou seu pão e queijo e, vendo que ninguém lhe dava mais nada, abaixou a cabeça e meteu pernas ao potro, como se costuma dizer. Verdade é que ao partir sempre disse a Dom Quixote:

— Se tornar a me encontrar, senhor cavaleiro andante, ainda que veja que estão me fazendo pedaços, por amor de Deus não me acuda, deixe-me com a minha desgraça, que nunca ela será tanta como a que poderia acarretar o socorro de Vossa Mercê, a quem Nosso Senhor maldiga e a todos quantos cavaleiros andantes tiverem nascido neste mundo.

Ia se levantar Dom Quixote para lhe dar ensino; mas ele desatou a correr, de modo que ninguém se animou a segui-lo. Com os ditos de André ficou Dom Quixote corridíssimo; e, para não enraivecê-lo mais, necessário foi que os mais tivessem sumo tento em não rir.

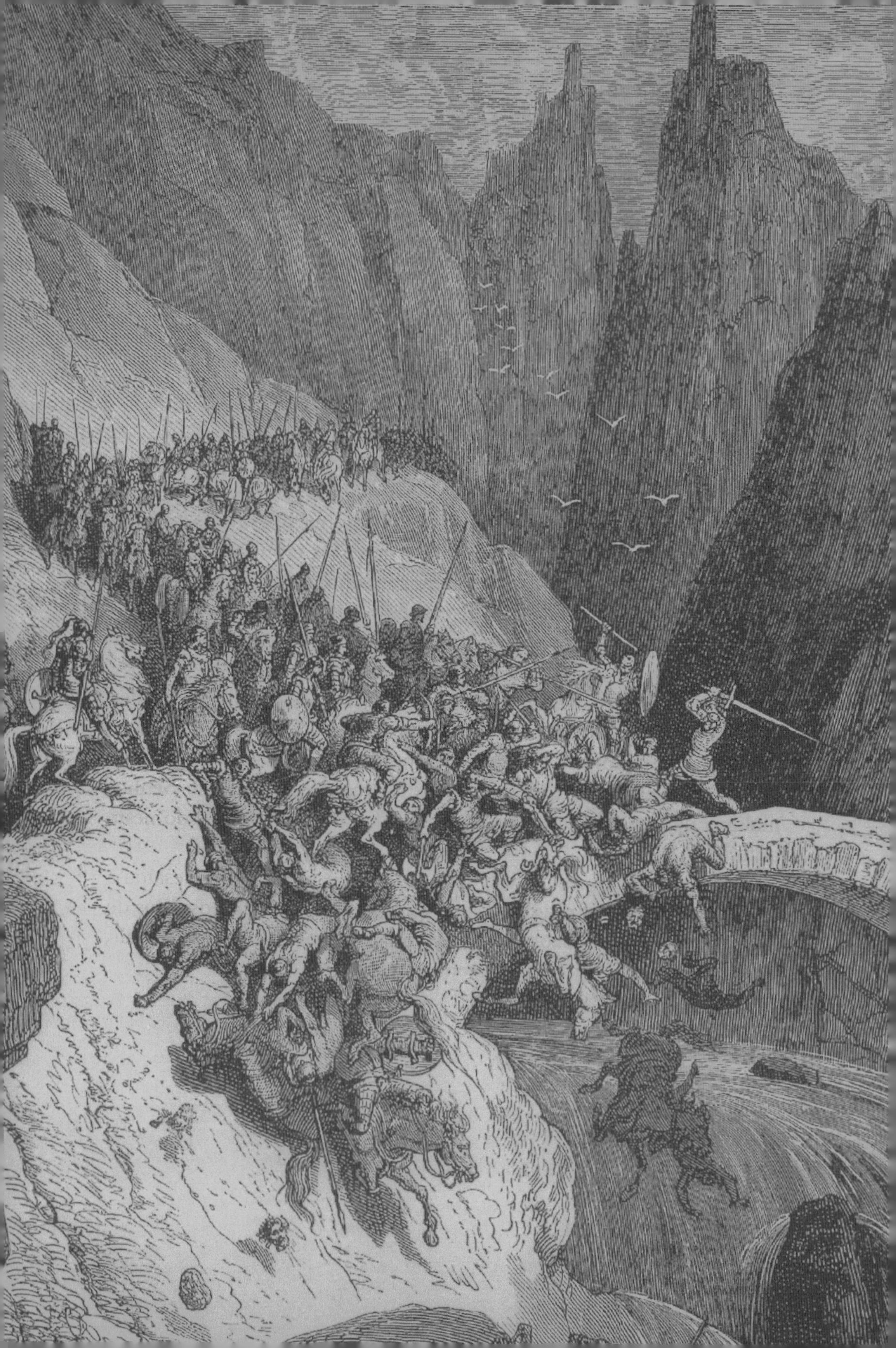

## Capítulo XXXII
### QUE TRATA DO QUE SUCEDEU A TODO O RANCHO DE DOM QUIXOTE

CONCLUÍDA A BELA REFEIÇÃO, encilharam logo e, no dia seguinte, sem lhes ter pelo caminho sucedido coisa digna de contar-se, chegaram à estalagem, espanto e enguiço de Sancho Pança. Este não queria nem à mão de Deus Padre pôr lá os pés, mas não teve outro remédio. A estalajadeira, o estalajadeiro, a filha e Maritornes, que viram chegar Dom Quixote e Sancho, saíram a recebê-los com mostras de muita alegria, mostras essas que o fidalgo recebeu com o seu ar grave e majestoso, recomendando-lhes logo que lhe arranjassem melhor cama que da vez passada; ao que a hospedeira respondeu que, se lhe pagasse melhor que da outra vez, ela lhe daria uma jazida que nem de príncipe. Dom Quixote disse que assim o faria; pelo que lhe armaram um sofrível leito no mesmo quarto que já conhecemos. Deitou-se logo o fidalgo, porque vinha muito moído e morto de sono. Mal se tinha encerrado, quando a estalajadeira arremeteu ao barbeiro e, agarrando-o pela barba, disse:

— Juro-lhe pela minha cruz benta que nunca mais há de se servir do meu rabo para lhe fazer de barba. Ponha-me para aí já a rabada, que anda pelo chão o pente do meu homem, que é uma vergonha, sem eu ter onde o costumava espetar.

Não lha queria dar o barbeiro, por mais que ela lha puxasse, mas pôs termo à porfia[1] o licenciado, dizendo ao mesmo que entregasse a

---
[1] Qualidade do que é persistente; insistência, perseverança, tenacidade.

cauda, que já não era precisa, e se mostrasse no seu verdadeiro ser; que dissesse a Dom Quixote que, quando os ladrões o tinham despojado, viera ele fugido para aquela estalagem; e, se ele perguntasse pelo escudeiro da princesa, lhe responderiam tê-lo ela enviado adiante a dar aviso à gente do seu reino de que ela ia já a caminho, levando consigo quem a todos os libertava. Com essas explicações entregou o barbeiro de boa vontade à estalajadeira o rabo de boi, e ao mesmo tempo lhe foram também restituídos todos os mais adminículos[2] que ela lhe havia emprestado para o auto da libertação de Dom Quixote. Todos os da estalagem se maravilharam da formosura de Dona Doroteia e não menos da boa presença do pastor Cardênio. Mandou o cura que lhes arranjassem para comer o que na estalagem houvesse; o estalajadeiro, com a esperança de melhor paga, lhes aparelhou aguçoso um repasto não de todo displicente. Dom Quixote continuava ainda a ressonar; entendeu-se geralmente que era melhor não o acordarem, por lhe ser de mais proveito por então descanso que alimento.

Levantada a mesa, falou-se entre o estalajadeiro, a estalajadeira, a filha, Maritornes e todos os caminheiros da esquisita loucura de Dom Quixote, e de como da outra vez lhe tinha ali aparecido. Referiu a hospedeira o que passara com ele e com o arrieiro, reparando se não andaria por ali perto Sancho; não o vendo, contou por miúdo o caso do manteamento, o que para todos foi sobremesa do maior apetite; e dizendo o cura que os livros de cavalaria é que haviam transtornado o juízo de Dom Quixote, respondeu o estalajadeiro:

— Não sei como tal pudesse acontecer; em verdade que, segundo eu entendo, leitura melhor não pode haver no mundo. Para aí tenho eu dois ou três livros desses com outros papéis, que me têm regalado a vida; não só a mim como a outros muitos. Quando é pelas aceifas, recolhem-se aqui nas sestas muitos segadores, e sempre entre eles há algum que saiba ler; agarra-se num desses livros, pomo-nos à roda dele mais de trinta, e ouvimo-lo com tamanho gosto que é como lançarmos um milheiro de cãs fora.[3] De mim ao menos sei eu dizer que, em ouvindo contar aqueles furibundos e tremendos golpes, descarregados pelos cavaleiros, dão-me zinas de fazer como eles. Não queria senão estar a ouvir aquilo noites e dias a fio.

---

[2] Auxílio, subsídio.
[3] Causa de muita satisfação.

— Tal qual como eu — disse a estalajadeira —, porque são os únicos bocadinhos bons que tenho nesta casa os em que estás a ouvir ler essas coisas: ficas tão embasbacado que nem de ralhar te lembras.

— É a pura verdade — acudiu Maritornes —; assim Deus me ajude, como eu gosto também de ouvir aquelas coisas; são muito lindas, e mais quando contam que está a outra senhora à sombra duma laranjeira abraçada com o seu cavaleiro e uma velha a guardá-los, morta de inveja e toda sobressaltada; digo que tudo aquilo para mim são favos de mel.

— E a vós que vos parece, senhora donzela? — disse o cura dirigindo-se à filha dos estalajadeiros.

— Não sei, meu senhor — respondeu ela —; eu também escuto com atenção e, ainda que realmente não entenda bem, gosto de ouvir não só os golpes com que meu pai se regala mas aquelas lamentações que fazem os cavaleiros quando estão apartados de suas damas. A mim chegam-me às vezes a fazer chorar de pena delas.

— Aposto que, se elas chorassem por vós, senhora donzela — disse Doroteia —, estimaríeis bem remediá-las.

— O que faria não sei — respondeu a moça —; o que sei é que tão cruéis são algumas daquelas senhoras que os seus cavaleiros lhes chamam tigres, leões e outras mil imundícies. Valha-me Deus! Não sei que gente é aquela tão desalmada e falta de consciência que, por não atenderem a um homem honrado, o deixam morrer ou dar em doido; não sei para que são tantos melindres; se o fazem por honradas, casem-se com eles, que eles não desejam outra coisa.

— Cala a boca, menina — disse a estalajadeira —; quem te ouvir há de lhe parecer que sabes muito dessas coisas; a donzelas não fica bem serem tão sabidas e falarem assim.

— Como esse senhor me perguntou — respondeu ela —, não pude deixar de lhe dizer o que entendia.

— Bem está — disse o cura —; agora, senhor dono da casa, trazei-me esses livros, que os desejo ver.

— Prontíssimo — respondeu ele.

E, entrando no seu quarto, tirou dele uma bolsinha velha fechada com uma cadeiazinha; e, abrindo-a, sacou três livros grandes e uns papéis de muito boa letra de mão. O primeiro livro que abriu viu que era *Dom Cirongílio de Trácia*; o outro, *Felismarte de Hircânia*; e o outro, a história do Grão-Capitão Gonçalo Hernández de Córdoba, com a vida de Diogo García de Paredes.⁴ Apenas o cura leu os dois primeiros títulos, olhou para o barbeiro e disse:

— Fazem-nos agora aqui falta a ama e a sobrinha do meu amigo.

— Não fazem — respondeu o barbeiro; — cá estou eu para levá-los ao pátio ou à chaminé, que está bem acesa.

— Então Vossa Mercê quer queimar os meus livros? — disse o estalajadeiro.

— Só estes dois — disse o cura —, o de *Dom Cirongílio* e o de *Felismarte*.

— Ora essa! — disse o estalajadeiro. — Pois os meus livros são hereges, ou fleumáticos, para querer queimá-los?

— "Cismáticos", meu amigo, é que vós quereis dizer — disse o barbeiro —, e não "fleumáticos".

— É verdade — replicou o estalajadeiro —; mas, se quer queimar algum, seja esse do Grão-Capitão, e desse Diogo García; antes eu deixara arder um filho meu que um desses outros.

— Irmão — disse o cura —, estes dois livros são mentirosos e estão cheios de disparates e delírios; agora este do Grão-Capitão é história verdadeira e contém os feitos de Gonçalo Hernández de Córdoba, o qual, por suas muitas e grandes façanhas, mereceu ser chamado por todo o mundo de "Grão-Capitão", renome famoso que só ele mereceu; e esse Diogo García de Paredes foi um principal cavaleiro natural da cidade de Trujillo, na Estremadura, valentíssimo soldado e de tantas forças naturais que detinha só com um dedo uma roda de moinho, no meio da sua fúria; e, posto com um montante na entrada duma ponte, impediu a passagem de todo um exército inumerável, e fez outras coisas tais que se, assim como ele as conta de si mesmo com a modéstia de cavaleiro e cronista próprio, as escrevera outro, livre e desapaixonado, poriam no escuro as dos Heitores, Aquiles e Roldões.⁵

— Meu pai que vos responda — replicou o estalajadeiro —, que grandes espantos esses de deter uma roda de moinho! Havia Vossa Mercê de ler o que eu li de Felismarte de Hircânia, que (de uma vez só) partiu cinco gigantes pela cintura, como se fossem bonecos de

---

⁴ Os quatro livros do valoroso *Cavaleiro Dom Cirolíngio de Trácia*. A *Crônica do Grão--Capitão* se acrescenta à *Breve suma da vida de Diego García de Paredes* – famoso soldado dotado de força hercúlea — só depois da edição de Sevilha de 1580.

⁵ Heitor e Aquiles. São personagens dos poemas de Homero; *Roldão*, da canção de gesta francesa.

favas como os fradinhos das crianças, e outra vez arremeteu com um grandíssimo e poderosíssimo exército, rechaçando diante de si mais dum milhão e seiscentos mil soldados, todos armados desde os pés até a cabeça, e os desbaratou a todos como se foram manadas de ovelhas. E que me dizem do bom de Dom Cirongílio de Trácia, que foi tão valente e animoso como se pode ver no livro, onde se conta que, navegando por um rio, lhe saiu do meio da água uma serpente de fogo? E ele, assim que a viu, se arrojou sobre ela e se lhe encavalgou nas escamas do lombo, e lhe apertou com ambas as mãos a garganta tão rijamente que, vendo a serpe que a ia afogando, não teve outro remédio senão se deixar ir para o fundo do rio, levando consigo o cavaleiro, que nunca a soltou; e, quando chegaram lá abaixo, se achou ele nuns palácios e jardins tão lindos que eram maravilha; e logo a serpe se transformou num ancião, que lhe disse tantíssimas coisas que mais não podiam ser. Não tem que teimar, senhor, que, se tal ouvisse, endoidecia de gosto. Duas figas[6] para o Grão-Capitão e para esse Diogo García com que nos veio.

Ouvindo isso, Doroteia disse em voz baixa para Cardênio:

— Pouco falta ao nosso hospedeiro para fazer a segunda parte de Dom Quixote.

— Também acho — respondeu Cardênio —, porque, segundo mostra, o homem tem por certo que tudo o que esses livros contam sucedeu sem tirar nem pôr como lá se escreve, e nem todos os frades descalços o convenceriam do contrário.

— Olhai, irmão caríssimo — tornou a dizer o cura —, que nunca houve no mundo Felismarte de Hircânia nem Dom Cirongílio de Trácia, nem outros de que rezam os livros de cavalarias. Todas essas coisas são invenções e brincos de engenhos ociosos, que os compuseram com o intuito, que vós mesmos já dissestes, de matar tempo, pouco mais ou menos como fazem os vossos ceifeiros quando os ouvem ler, porque realmente vos juro que nunca tais cavaleiros houve no mundo, nem jamais nele se viram tais proezas e disparates.

— A outro cão com esse osso — respondeu o estalajadeiro —; como se eu não soubera quantos fazem cinco e onde me aperta o sapato! Não cuide Vossa Mercê que me dá papinha a mim,[7] porque lhe juro que não estou tão em branco de miolos como isso. Tem graça querer Vossa

---

[6] Duas figas é expressão — e às vezes gesto — de menosprezo.
[7] "Dar papinha" a alguém é enganá-lo com cautela e astúcia.

Mercê dar-me a entender que tudo que dizem estes bons livros são disparates e mentiras, sendo impressos com as licenças dos senhores do Conselho Real; como se eles fossem pessoas que deixassem imprimir tanta patranhada junta e tantas batalhas e encantamentos, que fazem perder o juízo à gente.[8]

— Já vos tenho dito, amigo — respondeu o cura —, que o fim para que isso se faz é entreter os nossos pensamentos ociosos; e assim como se permite nas repúblicas bem concertadas que haja jogos de xadrez, de pela e de turcos, para entreter alguns que não querem nem podem trabalhar, assim se permite que se imprimam e se tenham esses tais livros, por se crer, como é verdade, que não pode haver indivíduo tão leigo e sáfaro que tenha por história certa nenhuma dessas. Se me fosse lícito agora, e o auditório o quisesse, coisas diria eu acerca do que devem conter os livros de cavalarias para serem bons, que talvez fossem de proveito e até de agrado para alguém; mas espero que lá virá tempo em que eu me abra com quem remediar isso. Daqui até lá crede, senhor estalajadeiro, no que vos tenho dito: tomai os vossos livros e lá vos avenhais com os seus acertos ou desacertos; bom proveito vos faça, e permita Deus que não venhais a coxear do mesmo pé de que o vosso hóspede Dom Quixote claudica.

— Lá disso não tenho medo — respondeu o estalajadeiro —; não hei de ser tão doido que me faça cavaleiro andante; sei muito bem que já hoje em dia não se usa o que se fazia naquele tempo, em que se diz que andavam pelo mundo esses famosos cavaleiros.

À metade dessa prática se achou presente Sancho, e ficou muito confuso e pensativo de ouvir dizer que já se não usava cavaleiros andantes e que todos os livros de cavalarias eram tolices e falsidades; e assentou de si para consigo esperar em que pararia aquela jornada de seu amo, que, a não sair com a felicidade que ele pensava, determinava deixá-lo e tornar-se com sua mulher e seus filhos às lidas da sua criação.

Ia o estalajadeiro levando já a bolsa com os livros, mas o cura lhe disse:

---

[8] Nas culturas com uma alfabetização insuficiente, a escrita era um testemunho de veracidade: o mero fato de constar por escrito parecia garantir a realidade de uma notícia ou de um relato. Os requisitos legais necessários para a publicação de uma obra tendiam a avalizar essa impressão. No século XVII, a categoria moderna da "ficção", um tipo de linguagem que não é nem "verdade" nem "mentira", mas tem um estatuto próprio, ainda não estava solidamente estabelecida.

— Esperai, que desejo ver que papéis são esses, escritos com tão boa letra.

Tirou-os o hospedeiro e, dando-lhes a ler, viu coisa duns oito cadernos manuscritos, tendo no princípio um título grande, que dizia: *Novela do curioso impertinente*.[9] Leu o cura para si três ou quatro linhas e disse:

— Decerto que me não parece mal o título desta novela e que estou com vontade de lê-la toda.

Ao que respondeu o estalajadeiro:

— Pode Vossa Reverência lê-la à sua vontade, porque saberá que outros hóspedes, que já aqui a leram, gostaram muito e ma pediram com muito empenho; eu é que não lha quis dar, lembrando-me que poderia ter de restituir a quem deixou esta maleta, por esquecimento, com estes livros e papéis. Não sei se o dono não tornará a passar por cá. Eu bem sei que os livros me hão de fazer falta; mas sempre pertencem a seu dono; taverneiro sou, mas ainda assim sou também cristão.

— Tendes muita razão, amigo — disse o cura —, mas com tudo isso, se a novela me satisfizer, haveis de me dar licença para copiá-la.

— Da melhor vontade — disse o estalajadeiro.

Enquanto entre os dois se trocavam essas falas, havia Cardênio pegado a novela e começado a lê-la; e, parecendo-lhe que não desmentiria o conceito do cura, rogou-lhe que a lesse de modo que todos ouvissem.

— Fá-lo-ia — respondeu o padre —, se não fora melhor gastar este tempo em dormir do que em leituras.

— Bom repouso será para mim — disse Doroteia — entreter o tempo em ler algum conto; por ora, ainda não tenho tão sossegado o espírito que me consinta dormir como se quisera.

— Pois então — disse o cura — quero lê-la, ao menos por curiosidade; talvez nos saia alguma coisa aprazível.

Acudiu Mestre Nicolau a pedir o mesmo, e Sancho também. À vista daquilo tudo, o cura, entendendo que a todos recrearia, e a si também, disse:

— Sendo assim, peço atenção: a novela começa desta maneira:

---

[9] "Novela" tem aqui o sentido, regular na época, de "relato curto", segundo o modelo de Bocaccio e da narrativa italiana. De fato, a ação do *Curioso impertinente* transcorre em Florença, nos tempos do Grão-Capitão, não só porque alguns aspectos da história poderiam ter sido julgados impróprios da Espanha dos Áustrias, mas também porque o gênero era característico da Itália.

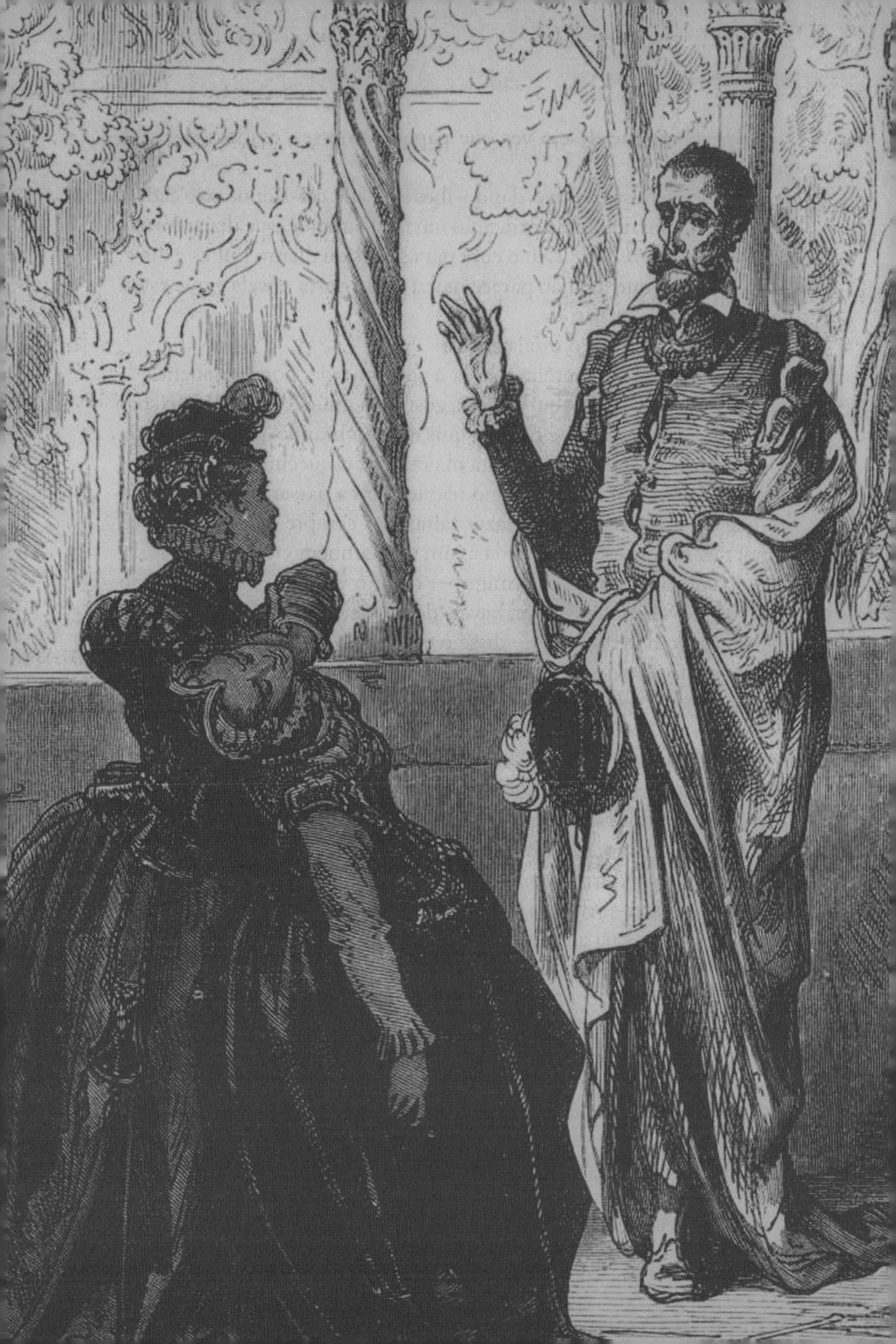

## Capítulo XXXIII
### ONDE SE CONTA A NOVELA DO CURIOSO IMPERTINENTE

EM FLORENÇA, rica e famosa cidade de Itália, na província que chamam Toscana, viviam Anselmo e Lotário, cavalheiros ricos e principais, e tão amigos que, por excelência e antonomásia, "os dois amigos" lhes chamavam todos. Eram solteiros, moços de igual idade e dos mesmos costumes, o que tudo concorria para a recíproca amizade entre ambos. Verdade é que Anselmo era algum tanto mais inclinado aos passatempos amorosos que Lotário; e este se deixava ir de melhor ânimo atrás dos recreios da caça. Quando porém acontecia, deixava Anselmo de seguir os seus gostos próprios para não faltar aos de Lotário; e Lotário deixava também os seus para acudir aos de Anselmo. Dessa maneira, tão conformes andavam entre ambos as vontades que não havia relógio mais infalível.

Andava Anselmo perdido de amores por uma donzela ilustre e formosa da mesma cidade, filha de tão bons pais e tão boa ela mesma de sua pessoa que assentou, com aprovação do seu amigo Lotário (sem a qual nunca fazia coisa alguma), em pedi-la por esposa aos pais; e assim fez. O mensageiro da embaixada foi Lotário; e tão a gosto do amigo concluiu o negócio que em breve tempo se viu o nosso namorado em posse do seu enlevo, e Camila tão contente de haver alcançado Anselmo por esposo que não cessava de dar graças ao céu e a Lotário, por cuja intervenção tamanho bem chegara a pertencer-lhe. Os primeiros dias, que foram todos de folgança, segundo o estilo das bodas, frequentou Lotário, conforme o seu costume, a casa do seu amigo Anselmo, procurando honrá-lo, festejá-lo e regozijá-lo em tudo que podia.

Acabadas porém as bodas, e acalmada já a frequência das visitas e parabéns, começou Lotário a escassear já de indústria as idas à casa de Anselmo, por lhe parecer, como é bem que pareça a todos os discretos, que aos amigos casados já se não hão de as casas frequentar tanto, nem com tamanha intimidade, como enquanto viviam solteiros, porque, se bem que a verdadeira amizade não pode nem deve ser em coisa alguma suspeitosa, contudo tão delicada é a honra de um casal que parece que se pode ofender até dos próprios irmãos, quanto mais dos amigos.

Reparou Anselmo na menos frequência de Lotário e queixou-se grandemente, dizendo que, se adivinhara que do casamento lhe havia de provir tal resfriamento, nunca ele o teria feito; e que, se pela boa harmonia que entre os dois reinava enquanto ele era solteiro, havia alcançado tão doce título como era o serem chamados "os dois amigos", não quisesse agora ele Lotário, só para fazer de circunspecto, e sem outro nenhum motivo, que tão famosa e agradável antonomásia se perdesse; e portanto lhe suplicava, se o termo "suplicar" podia entre eles caber, que tornasse a ser senhor daquela casa, entrando e saindo como dantes, assegurando-lhe ele que a sua Camila se conformava em tudo, e sempre, com os desejos dele, e que, por lhe constar com quantas veras os dois se amavam entre si, andava até vexada de vê-lo agora tão arredio.

A todas essas e outras muitas razões de Anselmo respondeu Lotário com tanta prudência e juízo que lhe tapou a boca, e concordaram que dois dias por semana, e nos dias santos, Lotário iria lá jantar; e, ainda que isso ficou estabelecido entre os dois, propôs Lotário como regra geral não fazer nunca senão o que visse ser conveniente à honra do amigo, cujo crédito ele antepunha até ao seu próprio. Dizia ele, e com razão, que um marido, a quem o céu concedeu mulher formosa, tanto devia reparar nos amigos que metia em casa como ter tento nas amigas com quem sua mulher se dava, porque muita coisa que não se faz nem se ajusta nas praças, nem nas igrejas, nem nas festas públicas e ajuntamentos semelhantes, muitas vezes concedíveis pelos maridos e suas mulheres, muita coisa de contrabando se conchava ou facilita em casa da amiga ou parenta em que há mais confiança. Mais dizia Lotário ser necessário aos casados ter cada um deles algum amigo que lhe notasse os descuidos que no seu proceder se pudessem dar, porque às vezes acontece, em razão do muito amor do marido para com a mulher, ou não dar por certas coisas, ou não lhas dizer (para não a magoar) que as faça ou deixe de fazê-la, podendo umas e outras ser todavia importantes para o crédito ou descrédito de ambos eles; advertido assim pelo amigo, já o consorte poderia pôr cobro a tempo a não poucos males. Mas onde se achará amigo tão discreto e leal como Lotário aqui o pinta? Eu por mim não sei; desse feitio não vejo outro senão o próprio Lotário, quando tão cauteloso está atentando pela honra do seu amigo e procurando ainda dizimar, aguarentar e diminuir os dias aprazados para as visitas, para não darem que falar aos ociosos e aos mirões[1] vadios e praguentos tantas entradas de um moço rico, gentil-homem, de claro nascimento e de tantas prendas como ele entendia possuir, na casa de uma dama tão formosa como Camila. Suposto com a bondade e força própria pudesse Camila pôr freio a todas as murmurações, contudo não queria ele nem por sombras pôr em dúvida nem o seu crédito, nem o dela, nem o do amigo. Por isso os mais dos dias da combinação os ocupava e entretinha noutras coisas que dava a entender serem-lhe impretríveis, por modo que em suma, em queixas de um e desculpas do outro, se passavam por vezes horas de cada dia. Uma vez, andando ambos a passear por um prado fora da cidade, Anselmo disse a Lotário pouco mais ou menos:

— Bem deves entender, amigo Lotário, que às mercês que Deus me há feito em dar-me tais pais como eu tive, e bens com mão larga, tanto dos que chamam da natureza como dos da fortuna, não posso eu corresponder com gratidão que baste; ainda por cima de tudo mais me favoreceu Deus em deparar-me um amigo como tu e uma esposa como Camila, duas joias que eu aprecio, se não quanto devo, ao menos quanto posso. Apesar de tantas e tamanhas ditas, que seriam para o geral dos homens o cúmulo da felicidade, vivo eu no maior desconsolo e desesperação do mundo todo, porque de dias a esta parte entrou comigo e me atormenta um desejo tão estranho e tão raro que ando até pasmado de mim mesmo; ralho comigo a sós e rigorosamente me invectivo,[2] mas em vão; é tal que à minha própria consciência o procuro encobrir. Agora porém já não posso ter mão neste segredo; parece que desejo até fazê-lo de todos conhecido; de ti, primeiro que ninguém. Confio em que pelo esforço que hás de fazer, como verdadeiro amigo, para me acudir, depressa me poderás livrar da angústia de tão longo silêncio; o meu contentamento atingirá, pela tua solicitude, o auge a que pela minha loucura tem já chegado a minha impaciência.

---

[1] Espectador, observador.
[2] Palavra ou série de palavras injuriosas e violentas contra alguém ou algo.

Estava Lotário suspenso com todo esse enigmático prólogo de Anselmo, sem poder adivinhar onde iria aquilo dar consigo e, por mais que revolvesse na imaginação que desejo poderia ser aquele tão tormentoso, passavam sempre as suas conjeturas longe do alvo. Para sair sem mais demora da agonia de tamanha incerteza, respondeu-lhe que era agravar manifestamente a sua amizade o andar excogitando rodeios antes de lhe declarar os seus ocultos pensamentos, tendo aliás certeza de que nele havia de achar em todo o caso ou bons conselhos ou remédios para cura, segundo o negócio fosse.

— Dizes muitíssimo bem — respondeu Anselmo —; confiado nisso te declaro, amigo Lotário, que a incerteza que me rala é a de andar cismando se porventura a minha Camila será em realidade tão boa e completa como eu imagino. Dessa incerteza não me posso eu livrar se não for experimentando-a de maneira que a prova manifeste os quilates da sua bondade, como no fogo do crisol se apura a fineza do ouro, porque tenho para mim, meu amigo, que uma mulher não é melhor nem pior que outra, senão conforme a solicitam ou deixam de solicitar, e que só é deveras forte a que não fraqueja às promessas, às dádivas, às lágrimas e às contínuas importunações dos amantes obstinados. Pois que há que se agradeça — continuava ele — em ser uma mulher boa, quando nada a induz a ser má? Que admira que viva recolhida e toda sobre si aquela que não tem azo para soltar-se e que sabe que tem marido que, em a apanhando no primeiro desvio, é homem para lhe tirar a vida? Portanto a que é boa por medo, ou por falta de ocasião, não a acho merecedora da estima em que terei a solicitada e perseguida, que saiu da provação com a palma de vencedora. Por todas essas razões, e por outras muitas que te pudera referir em abono do meu pensar, desejo que a minha esposa passe por essas dificuldades e se acrisole resistindo a atrevimentos. Se ela sai, como espero, triunfante de tal conflito, ficarei tendo a minha ventura por incomparável; direi ter achado a mulher forte, de quem o Sábio[3] perguntou: "Quem a achará?". No caso contrário, o gosto de ver que não era errado o meu juízo compensará a pena de uma experiência tão custosa. Já sabes que por demais seria contrariares-me neste propósito; quero pois, amigo Lotário, que sejas tu próprio o que me ajudes na provação em que me empenho; eu me encarrego de te proporcionar as facilidades; por mim nada te há de faltar de quanto

---

[3] Salomão, Provérbios XXXI: "*Mulierem fortem, quis inveniet?*".

seja necessário para solicitar a uma mulher honesta, honrada, recolhida e desinteressada. Além de outros motivos, que me obrigam a fiar de ti este cometimento, tenho o de saber que, se Camila for por ti vencida, nunca a sua rendição há de chegar às últimas; pararás onde o dever to determine, e assim não haverei sido ofendido senão em desejos, e a minha desonra ficará sepultada no teu virtuoso silêncio, que tenho toda a certeza que, no tocante a mim, há de ser eterno como o da morte. Se quiseres, pois, que eu tenha vida que tal nome mereça, hás de entrar já, já nesta campanha de amores, não friamente nem por demais, mas com afinco, mas com verdadeira diligência, como eu desejo, e com a confiança que se não pode faltar entre dois amigos como nós.

Tais foram as ponderações que Anselmo explanou; e que Lotário, a não ser o que acima se referiu ter ele dito, esteve escutando com a maior atenção, sem descerrar os lábios até o fim. Como as viu concluídas, depois de o encarar por um bom tempo, como se jamais tivera visto objeto para igual espanto, respondeu:

— Não me pode entrar na ideia, amigo Anselmo, que tudo isso que para aí disseste não passe de gracejo; aliás, não te houvera deixado prosseguir; se eu não escutasse, poupava-te todo esse desperdício de palavras. Está-me parecendo que ou tu não me conheces, ou não conheço a ti; engano-me; sei que és Anselmo, e tu não ignoras que eu sou Lotário; o mau é que já me não pareces o Anselmo de antes, assim como, segundo vejo, já também não te pareço o mesmo Lotário que devia ser. As coisas que me tens dito não são do Anselmo meu amigo, nem as que tu me pedes se deviam pedir a Lotário teu conhecido, porque os amigos verdadeiros hão de provar os seus amigos e valer-se deles, como disse um poeta, *usque ad aras*,[4] isto é, que não se devem valer da sua amizade em coisas que sejam ofensa a Deus. Se um gentio a respeito da amizade entendeu isso, quanto mais não deve senti-lo um cristão, sabendo que a amizade de Deus por nenhuma da terra há de se perder! E quando o amigo fosse tão imprudente que pospusesse os interesses do outro mundo ao serviço do amigo, nunca por coisas ligeiras o faria, senão só por aquelas em que a honra e vida do amigo se empenhassem. Ora dize-me tu, Anselmo: qual destas duas coisas, vida ou honra, se te acham em perigo, para que eu me aventure a comprazer-te, praticando uma coisa tão detestável como essa que me pedes? Decerto que nenhuma; pelo

---

[4] "Até o altar", adágio clássico que Plutarco atribui a Péricles.

contrário pedes-me, segundo eu entendo, que forceje para arrancar-te a honra e mais a vida ao mesmo tempo que a mim próprio, porque, se hei de procurar roubar-te a honra, claro está que te roubo também a vida, porque o homem sem honra é pior que um morto; e, sendo eu o instrumento, como tu queres que o seja, de tamanho mal teu, venho eu a ficar desonrado, e por isso mesmo também sem vida. Escuta, amigo Anselmo, e tem paciência de não me responderes enquanto não acabo de dizer o que me ocorre acerca do que desejavas; não faltará tempo para que tu depois me expliques e eu te ouça.

— Seja assim — disse Anselmo —; podes falar à tua vontade.

Lotário prosseguiu:

— Estás-me parecendo agora, meu Anselmo, uma espécie de arremedo dos mouros, aos quais não se pode mostrar o erro da sua seita com as citações da Escritura nem com razões que assentem em especulação do entendimento ou se fundem em artigos de fé; não admitem senão exemplos palpáveis, fáceis, inteligíveis, demonstrativos, indubitáveis, como demonstrações matemáticas das que não se podem negar, como quando se diz: "Se de duas partes iguais tiramos partes iguais, as restantes serão também iguais". E, quando nem isso mesmo entendem de palavra, como de fato não o entendem, há de se lhes mostrar com as mãos e meter-se-lhes pelos olhos; e assim mesmo ninguém consegue convencê-los das verdades da nossa santa religião.[5] No mesmo aperto me vejo eu contigo, porque esse teu desejo é tão sem caminho e tão fora de toda a racionalidade que me parece que será tempo perdido o que se gastar para te convencer da tua simpleza, que por enquanto não lhe quero dar outro nome; e quase que estou em deixar-te lá com o teu desatino, para castigo do teu mau desejo; mas vale-te a amizade que te professo; ela é que não me consente que te desampare em tão manifesto perigo de perdição. Para bem compreenderes isto, dize-me, Anselmo: não me confessaste que eu tinha de solicitar a uma recatada? Persuadir uma honesta? Oferecer a uma desinteressada? Cortejar uma prudente? Disseste-mo, não há dúvida. Pois, se tu sabes que tens mulher recatada, honesta e prudente, que mais queres? E, se entendes que de todos os meus assaltos há de sair vencedora, como sem dúvida

---

[5] Durante os séculos XVI e XVII, até o momento de sua expulsão, foram inúmeras as tentativas de conversão dos mouriscos na península, e todas patentemente fracassadas. Cervantes deve ter tido notícia dos questionamentos de Raimundo Lulio — ainda muito lido na época — sobre a exigência de achar "razões necessárias" para converter os maometanos.

há de sair, que melhores títulos esperas dar-lhe que os que já tem? Ou que ficará ela sendo mais do que já é? Ou tu não a tens realmente pela que dizes ou não sabes o que pedes. Se não a tens pela que dizes, para que experimentá-la? Supõe que é má e faze dela o que mais te agradar. Mas se é tão boa como crês, impertinente coisa será fazer experiência da verdade reconhecida, porque depois da experiência há de ficar tão estimada como dantes era. Regra certíssima: tentativas em coisa de que antes nos pode vir prejuízo que proveito são de entendimento boto e ânimo temerário, mormente quando para tais tentativas não há necessidade nem obrigação, e logo desde todo o princípio se conhece que se vai tentar uma loucura manifesta. As coisas difíceis empreendem-se por Deus ou pelo mundo, ou por ambos juntos. Por Deus as empreenderam os santos, propondo-se viver como anjos em corpo de homens. As que têm por alvo respeitos do mundo são as daquelas que passam tanta infinidade de águas, tanta diversidade de climas, tanta estranheza de gentes, para adquirir os chamados bens de fortuna. E as gentes que se cometem ao mesmo tempo por Deus e pelo mundo são as dos soldados valorosos que, apenas divisam no muro inimigo aberta uma pequena ruptura, como a pode fazer uma bala de artilharia, postergam temores, cerram olhos a toda a consideração dos perigos iminentes, voam com o desejo de acudir à sua fé, à sua nação e ao seu rei e se arrojam intrépidos por meio de mil contrapostas mortes que os aguardam. Essas coisas, sim, se costumam afrontar, porque é honra, glória e proveito que se afrontem, ainda que cheias de inconvenientes e perigos; mas isso com que tu queres arrostar-te, nem te há de alcançar glória de Deus, nem bens de fortuna, nem fama entre os homens, porque, ainda que saias afinal como desejas, nem por isso hás de ficar nem mais ufano, nem mais rico, nem mais acrescentado; e, se não sais como estás almejando, cais na maior miséria que se pode imaginar, porque então nada te aproveitará o pensar que ninguém sabe a desgraça que te sucedeu, porque bastará para te afligir e desfazer-te o sabê-la tu mesmo. Para confirmação desta verdade, quero repetir-te uma estância que fez o famoso poeta Luís Tansilo no fim da primeira parte das *Lágrimas de São Pedro*; diz assim:[6]

---

[6] Luigi Tansillo (1510 – 1568), poeta napolitano, amigo de Garcilaso, que o cita em seu soneto XXIV. *As lágrimas de São Pedro*, publicadas postumamente em 1585, foram traduzidas ao castelhano em 1587 pelo poeta e novelista Luis Gálvez de Montalvo, mas a versão desta oitava parece obra de Cervantes.

> Cresce em Pedro o pesar, cresce a vergonha,
> quando vê que no oriente o dia é nado;
> ninguém o vê, mas tem de si vergonha,
> pois em si sabe e sente que há pecado.
> Não é mister que o mundo se interponha
> testemunha de um crime a peito honrado;
> ele próprio se acusa, aflige e aterra,
> bem que o vejam somente o céu e a terra.

Portanto, de não ser notória a tua dor te provirá isenção dela; terás, pelo contrário, de chorar continuadamente, se não lágrimas dos olhos, lágrimas de sangue do coração, como as derramava aquele simples doutor, de quem o nosso poeta nos conta que fizera a prova do copo, à qual se recusou com melhor juízo o prudente Reinaldo;[7] embora seja essa uma fábula poética, encerra todavia segredos morais merecedores de reflexão e imitação. Repara bem no que vou te dizer agora e acabarás de convencer-te de quão errado é o teu intento. Dize cá, Anselmo, se o céu, ou um favor da fortuna, te houvera feito naquele gênero, e tu mesmo assim o acreditasses por não teres quantos lapidários o vissem, confessando todos a uma que, em fineza, perfeição e quilates, era o mais que a natureza pudera ter feito naquele gênero, e tu mesmo assim o acreditasses por não teres prova alguma do contrário, seria justo que cedesses ao desejo de pegar naquele diamante, metê-lo entre uma bigorna e um malho e ali, a poder de valentes marteladas, provar se era tão rijo e perfeito como se dizia? Suponhamos agora que, cedendo a esse desejo, o punhas em execução; se por acaso a pedra resistisse a tão néscia experiência, acrescentar-se-lhe-ia por isso a valia ou a fama? E, se se quebrasse, como poderia acontecer, não se perdia tudo? Perdia-se por certo, ficando o dono com a fama de orate no conceito de toda a gente. Amigo Anselmo, supõe que a tua Camila é aquele diamante, assim no teu conceito como no dos outros; será de bom juízo pô-la em contingência de se quebrar, visto que a permanecer na sua inteireza não pode subir a maior apreço do que já tem? E, se não resistisse, e finalmente falhasse, considera, enquanto é tempo, o que ela ficaria sendo,

---

[7] Refere-se a um copo encantado citado por Ariosto (*Orlando furioso*, XLII e XLIII), que vertia o vinho pelo peito daquele a quem sua mulher havia enganado. O prudente Reinaldo não quis fazer a prova.

e com quanta razão te poderias queixar de ti mesmo, por teres sido o causador voluntário da sua perdição e mais da tua. Olha que não há joia no mundo que em valia se compare com a mulher casta e honrada, e que toda a honra das mulheres consiste na boa opinião em que são tidas. Já que a tua esposa é tal que chega ao extremo de bondade que sabes, para que hás de pôr esta verdade em dúvida? Olha, amigo, que a mulher é animal imperfeito, e não se lhe devem pôr diante obstáculos em que tropece e caia; pelo contrário, devem-se-lhe tirar todos e desempachar-lhe o caminho inteiramente, para que, isenta de pesares, corra até o fim o seu caminho da perfeição. Contam os naturalistas que o arminho é um animalzinho de pelo alvíssimo e que os caçadores, em querendo tomá-lo, usam do seguinte artifício: inteirados dos sítios por onde os arminhos costumam passar e aparecer, atascam-nos de lodo, depois acossam-nos naquela mesma direção; o animalzinho, tanto que percebe o lodo, estaca e se deixa apanhar só pelo medo e horror de se enxovalhar, porque a liberdade e a vida valem para ele menos que a sua nativa candidez. A mulher honesta e casta é arminho, e é mais pura que a branca neve. Quem deseja que ela não perca a limpeza da castidade, mas a guarde e conserve até o fim, há de usar de outro estilo diverso do que se pratica na caçada dos arminhos; não se lhe hão de pôr diante os lodos dos presentes e serviços dos namorados importunos, porque talvez (ou mesmo sem "talvez") não terá tanta virtude e força natural que possa desajudada atropelar e transpor a salvo semelhantes tentações; o que é necessário é limpar-lhe o caminho e pôr-lhe diante dos olhos o imaculado da virtude, o resplendor da boa fama. A mulher boa é na verdade como espelho de resplandecente cristal, que, ainda que puro, está sujeito a empanar-se e ficar turvo com o mais leve bafo. Com a mulher honesta há de se ter o melindre que se tem com as relíquias, adorá-las sem lhes tocar; há de se guardar e estimar a mulher boa, como se guarda e estima um formoso jardim, que está cheio de rosas e outras flores; o dono não consente que ninguém por ali passeie nem colha; basta que de longe, e por entre as gradarias,[8] lhe gozem da fragrância e lindeza. Finalmente, quero repetir-te uns versos, de que estou me lembrando, de uma comédia moderna que ouvi e que me parecem frisar com estas verdades que te encareço. Estava um prudente ancião recomendando

---

[8] Série de grades.

a outro, pai de uma donzela, que a recolhesse, que a guardasse e que a encerrasse, e entre outras coisas disse-lhe isto:

> É como o vidro a mulher;
> mas não é mister provar
> se se pode ou não quebrar,
> porque tudo pode ser.
>
> E é mais fácil o quebrar-se;
> loucura é logo arriscar
> a que se possa quebrar
> o que não pode soldar-se.
>
> Fiquem nisto, e ficam bem,
> pois nisto o conselho fundo:
> que, se há Dânais[9] neste mundo,
> há chuvas de ouro também.

O que até aqui te levo dito, Anselmo, é só em referência a ti; agora justo é que me ouças também um pouco do que interessa a mim. Se me achares prolixo, desculpa-me; tudo é preciso no labirinto em que te meteste e donde eu devo te arrancar. Tens-me tu em conta de amigo e queres tirar-me a honra, coisa essa tão avessa da amizade! E não só pretendes isto mas até queres que também eu a roube de ti. Que me queres dela despojar, está claro, pois em Camila vendo que eu a requesto como pedes, certo está que me há de ter por homem sem honra nem consideração, pois intento e faço uma coisa tão fora daquilo a que me obriga o ser eu quem sou e a amizade que te voto. De que tu queres constranger-me a tirar-ta eu a ti também não há dúvida, porque, vendo Camila que eu a solicito, há de si para consigo entender que alguma leviandade descobri eu nela, que me afoitou a apresentar-lhe os meus ruins desejos; e, tendo-se ela por desonrada, e pertencendo ela a ti, contigo fica também a sua desonra. Daqui nasce o que tão geralmente se costuma, isto é, que ao marido da mulher adúltera, posto que ele não saiba que ela o é, nem para tal haja dado ocasião, nem estivesse

---

[9] Dânae, encerrada por seu pai Acrísio numa torre de bronze, foi possuída por Júpiter em forma de chuva de ouro.

em seu poder impedir a sua desgraça, contudo o tratam com título ignominioso; e os que sabem ter a mulher caído já ficam olhando de certa maneira, com os olhos de desprezo, em vez de compaixão, apesar de verem que chegou àquela desventura não por culpa sua, mas só por gosto da sua depravada companheira. Quero agora dizer-te em que se funda a justa razão de ser desonrado o marido da mulher pecadora, ainda que ele não saiba que ela o é, nem de tal tenha culpa, nem haja sido participante, nem dado ocasião para ela sê-lo; e não te importunes de me ouvir, que tudo é para teu proveito. Quando Deus criou o nosso primeiro pai no paraíso terreal, diz a divina Escritura que infundiu um sono em Adão e que, estando este a dormir, lhe tirou uma costela do lado esquerdo, de que formou a nossa mãe Eva; e, assim que Adão acordou e a viu, disse: "Esta é a carne da minha carne; e o osso dos meus ossos"; e Deus disse: "Por esta deixará o homem pai e mãe, e serão dois numa só carne";[10] e então foi instituído o divino sacramento do matrimônio, com laços tais que só a morte pode desatá-los; e tamanha força e virtude tem esse milagroso sacramento que faz de duas pessoas diferentes uma mesma carne; e ainda faz mais nos bem casados, que, ainda que têm duas almas, não têm mais de uma só vontade. Daqui vem que, sendo a carne da esposa a mesma do esposo, as nódoas que nela caem, ou os defeitos que se procuram, redundam na carne do marido, ainda que ele não haja, como dito fica, dado ocasião para aquele dano; porque, assim como a dor de um pé ou de qualquer membro do corpo humano se sente no corpo todo, por todo ele ser da mesma carne, e a cabeça padece o incômodo do ínfimo dedo do pé se bem que não foi ela que o causou, assim o marido é participante da desonra da mulher, por ser uma mesma coisa com ela, e como as honras e desonras do mundo sejam todas e procedam de carne e sangue, e as da má mulher sejam desse gênero, forçoso é que ao marido caiba parte delas e seja tido por desonrado sem sabê-lo. Repara portanto, Anselmo, no perigo em que te pões, querendo perturbar o sossego em que a tua boa esposa vive; repara por quão vã e impertinente curiosidade queres revolver os humores que tão sossegados estão no peito da tua casta esposa; adverte que o que te aventuras a ganhar é pouco e o que perderás será tanto que nem o pondero, por não ter palavras com que o encareça. Se porém tudo

---

[10] São palavras do Antigo Testamento (Gênesis II, 21-24). É crença antiga e popular, mas não confirmada na Bíblia, que a costela foi tirada do lado do coração.

que tenho dito ainda não basta para te demover do teu mau projeto, procura outro instrumento para a tua desonra e desgraça; eu não posso sê-lo, embora perdesse por isso a tua amizade, que é o maior prejuízo que posso imaginar.

Dito isso, calou-se o virtuoso e prudente Lotário, deixando Anselmo tão confuso e pensativo que por um bom espaço não atinou palavra de resposta; ao cabo lhe disse:

— Bem viste, amigo Lotário, com que atenção te escutei até o fim; nos teus ditos, exemplos e comparações reconheci a tua muita discrição e o extremo a que chegas em amizade; e confesso que, se não sigo o teu parecer e vou atrás do meu, vou fugindo do bem e correndo em direção ao mal. Nisso devo-te parecer como certas achacadas, que apetecem comer terra, caliça,[11] carvão e coisas ainda piores, repugnando à vista, quanto mais ao paladar;[12] é logo necessário usar de algum artifício para que eu sare. Ora isso era fácil, começando tu, embora tibiamente e por fingimento, a cortejar a Camila, porque não há de ser ela tão tentadiça que logo aos primeiros abalos dê com a honra do avesso. Para me contentar bastará isso; haverás cumprido o que deves à nossa amizade; dás-me a vida e convences-me de que tenho salva a honra. Para te obrigar basta uma razão; e vem a ser que, estando eu, como estou, determinado a realizar essa experiência, não deves consentir em que eu vá dar conhecimento a outrem do meu desatino; com o que se poria em risco uma honra que tu não queres que se aventure. Suponhamos que no juízo de Camila o teu conceito decai enquanto a solicitares; que importa isso!? Logo que nela se reconhecer a pureza que esperamos, confessar-lhe-ás toda a verdade da nossa maquinação, e o teu crédito ficará inteiramente saneado. Já vês que, arriscando tão pouco e podendo com isso me dar tão grande contentamento, deves fazê-lo sem reparar em mais objeções, porque, segundo já te disse, basta que principies para que eu te desobrigue logo de continuar.

Vendo Lotário a inabalável resolução de Anselmo, e não sabendo já novos exemplos nem mais razões com que lhe argumentar, e considerando ainda por cima a ameaça de ir expor a outrem o seu danado

---

[11] Reboco; camada de cal ou argamassa que recobre uma superfície.

[12] O costume de comer barro, muitas vezes em forma de bolos especialmente preparados para isso, era muito frequente entre as mulheres nessa época: a literatura mostra vários casos. Menos usual era comer gesso, embora apontado no *Tesouro* de Covarrubias e em Quevedo.

desejo, determinou preferir o menor mal e satisfazer-lhe a vontade, esperando encaminhar as coisas de modo que Anselmo, sem prejuízo dos sentimentos de Camila, ficasse ao cabo satisfeito. Respondeu-lhe, portanto, que não se abrisse com mais ninguém e deixasse por sua conta o negócio todo, e que dariam princípio logo que lhe agradasse. Abraçou-o Anselmo carinhosamente, agradecendo-lhe a condescendência como se lhe reputasse mercê, e das grandes. Assentou-se entre os dois que logo no dia seguinte se instauraria a campanha, dando o marido facilidades e abertas para o amigo poder conversar a sós com a sua Camila, entregando-lhe além disso dinheiros e joias para dar-lhe e oferecer-lhe. Aconselhou-lhe que levasse músicas, fizesse versos elogiando-a e que, se o fazê-los lhe aborrecia, ele próprio estava pronto para lhos armar. Lotário concordou com tudo, mas com intenção diferente da que pensava Anselmo. Com esse acordo regressaram à casa de Anselmo, onde acharam Camila a esperar, ansiosa e já desassossegada pela tardança do esposo, que nesse dia se demorara mais que de costume.

Foi-se Lotário para sua casa tão pensativo, por não saber como se haveria em tão impertinente negócio, como Anselmo ficava na sua satisfeitíssimo por já ver o seu barquinho na água. Levou o amigo a noite de vela, cismando no modo de enganar Anselmo sem ofender Camila. Ao outro dia apareceu ao jantar e foi bem recebido pela consorte, que sempre o acolhia e regalava com a melhor vontade, por saber que outra tanta era a do seu esposo. Findo o jantar e levantada a mesa, disse Anselmo a Lotário que ficasse ali com a sua dona da casa, enquanto ele ia tratar de um negócio de muita pressa, de que não poderia voltar em menos de hora e meia. Camila rogou-lhe que não se fosse e Lotário ofereceu-se para acompanhá-lo; Anselmo, porém, persistiu em que se deixasse estar e o esperasse, porque tinham de tratar juntos objeto de importância; e a Camila recomendou que fizesse companhia ao amigo até ele regressar. Em suma, tão perfeitamente soube representar a necessidade, ou nescidade, de sair, que ninguém adivinharia ser fingida. Ficaram sós à mesa a inocente mulher e o enleado amigo, porque a mais gente da casa se havia retirado para ir também jantar. Estava Lotário chegado à estacada[13] em que o desejava o amigo e tendo em frente o

---

[13] O palanque ou liça, formado ordinariamente com estacas (de onde lhe veio o nome), em que se celebravam os desafios solenes, os torneios, justas e outros jogos públicos dessa espécie. "Deixar na estacada": abandonar alguém em perigo.

inimigo, formosura que só por si pudera vencer um esquadrão de cavaleiros armados. Vede se Lotário não devia temer. O que ele fez foi pousar o cotovelo no braço da cadeira, com a mão aberta sobre a face; desculpando-se da descortesia, pediu à dama licença para repousar um pouco até que Anselmo voltasse. Respondeu-lhe ela que para descansar melhor ficaria nos estrados[14] que na cadeira e lhe rogou que os preferisse. Recusou Lotário o oferecimento, ficou onde estava e adormeceu. Anselmo, quando voltou, achando Camila no seu aposento e o comensal pegado no sono, entendeu que, por haver sido a sua demora excessiva, já os dois teriam tido tempo não só de conversar mas até de dormir. Já lhe tardava a hora em que o sonolento abrisse os olhos para saírem ambos de casa e receber notícias da sua sorte. Correu-lhe tudo como queria. Lotário acordou e logo saíram ambos juntos de casa. Chegados à rua, perguntou alvoroçadamente o curioso o que desejava. Respondeu o outro que não lhe tinha parecido acertado descobrir tudo logo da primeira vez e que por isso o que tinha feito fora apenas louvar a Camila de formosa e discreta, por lhe parecer esse um bom exórdio para ir lhe ganhando pouco a pouco a vontade, dispondo-a a escutá-lo gostosa para a outra vez, que assim é que usava o Demônio quando queria tentar alguém muito acautelado: representa-se anjo de luz, sendo-o ele de trevas, põe-lhe diante aparências inocentes e só por fim é que descobre quem é, e não logra os seus intentos, senão se antes de tempo não os deixou descobrir. Com tudo aquilo ficou Anselmo contentíssimo e disse que todos os dias lhe proporcionaria iguais azos, mesmo sem sair de casa, porque de portas adentro se podia entreter em coisas insuspeitas.

Sucedeu portanto correrem muitos dias que Lotário, sem dizer palavra a Camila, respondia a Anselmo que lhe falava, sem jamais poder alcançar dela uma pequena mostra sequer de que estaria por coisa que fosse má, nem sombra de esperança disso; pelo contrário, ameaçava-o de que, se não se deixasse daqueles ruins pensamentos, faria queixa a seu marido.

— Muito bem; até aqui — disse Anselmo — tem resistido às palavras; agora falta ver se também resiste a obras. Hei de te entregar amanhã dois mil escudos para lhos ofereceres, e até dares; e outros tantos

---

[14] Estrutura de madeira na sala de receber, coberta por tapetes e com almofadas para que se sentassem as damas, que, nessa época, não usavam normalmente cadeiras. Sobre essas almofadas era possível dormir a sesta.

para comprares joias, que em anzol para as mulheres são ainda melhor isca; todas costumam ser perdidas por louçainhas, principalmente as bonitas, embora castas; regalam-se de se apresentar bem e estadear-se[15] de galas. Se também a isso resistir, dou-me por satisfeito e não te importuno mais.

Respondeu Lotário que, uma vez que tinha começado a empresa, desejava levá-la até o fim, posto que já ia vendo que o fim seria ficar exausto de forças e vencido. No dia seguinte recebeu os quatro mil escudos e outras tantas confusões, por já não poder inventar novas mentiras. Mas com efeito sempre lhe disse que a mulher tão pouco se rendia às dádivas e promessas como às palavras; que não havia mais que ver nem que lidar; era tudo tempo perdido. Aconteceu porém que, tendo Anselmo deixado sós, como de outras vezes costumava, Camila e Lotário, se encerrou num aposento e pelo buraco da fechadura esteve espreitando e ouvindo o que entre eles se falava. Notou que por mais de uma hora Lotário nem palavra deu, nem a daria em todo um século que ali estivesse; donde inferiu que tudo quanto o amigo lhe relatara das esquivanças de Camila não passava de mera falsidade. Para maior certeza saiu do quarto e, chamando Lotário à parte, lhe perguntou que novas havia e de que humor se ia achando a mulher.

— Nessa matéria — respondeu Lotário — já não torno a perder tempo; dá-me sempre umas respostas tão ásperas e sacudidas que já me não atrevo a dizer-lhe mais nada.

— Lotário, Lotário — disse Anselmo —, que mal correspondes ao que me deves e à confiança que em ti punha! Saberás que estive te excogitando por onde se introduz esta chave; nem meia palavra disseste a Camila; do que eu infiro que nem sequer principiaste ainda. Sendo assim, como sem dúvida o é, para que me enganas e me privas dos meios que eu podia ter para realizar os meus desejos?

Mais não disse; mas bastou isso para deixar Lotário vexado e confuso, por ter sido apanhado em flagrante mentira; pelo que jurou a Anselmo que daquela hora em diante ia tomar tanto a peito o satisfazer-lhe o empenho como ele próprio o reconheceria, já que se divertia a espreitá-lo; seria necessário empregar grandes diligências para lhe desvanecer de uma vez todas as suspeitas. Fiou-se naquelas palavras Anselmo;

---

[15] Exibir orgulhosamente; ostentar.

e, para deixá-lo mais à sua vontade, resolveu ausentar-se de casa por oito dias, que iria passar em companhia de outro amigo seu, morador numa aldeia não longe da cidade. Este (por combinação entre os dois) lhe mandou pedir com grande empenho que fosse visitá-lo; com o que justificada ficava a sua partida aos olhos de Camila. Desgraçado e imprudente Anselmo, que fazes tu? Que é o que projetas? Riscas a tua desonra, traças e ocasionas a tua perdição. Tua esposa é boa; possui-a quieta e sossegadamente; ninguém te dá sobressaltos; os pensamentos dela não saem do secreto de sua casa; és tu o seu céu na terra, o alvo dos seus desejos, a satisfação de todos os seus gostos e a regra de todas as suas ambições; a ti e ao céu é que ela unicamente almeja com prazer. Se nessa mina de honra, formosura, honestidade e recolhimento achas sem nenhum trabalho toda a riqueza que mais se pode desejar, por que te desassossegas a cavar a terra mais fundo em busca de novas betas[16] de tesouro novo e nunca visto, pondo-te em perigo de te desabar tudo (porque enfim o "tudo" afinal só assenta nos esteios da natureza frágil)? A quem busca o impossível justo é que até o possível se lhe negue. Melhor do que eu o disse um poeta nos seguintes versos:[17]

> Procuro na morte a vida;
> saúde na enfermidade;
> no cárcere, liberdade;
> no encerramento, saída;
> no traidor, fidelidade.
>
> Mas minha sorte, de quem
> já não posso esperar bem,
> ajustou co'o céu terrível,
> que, pois lhe peço o impossível,
> nem o possível me deem.

No dia seguinte lá se foi Anselmo para a aldeia, deixando dito a Camila que, durante a sua ausência, viria Lotário olhar por sua casa e jantar com ela; que tivesse cuidado de tratá-lo como a ele próprio. Com

---

[16] Listra ou risco sobre fundo de cor diferente, especialmente sobre tecido.
[17] Não se conhece o autor dessa copla de arte real.

essa ordem do marido afligiu-se a esposa, como honrada e prudente que era, e lhe pediu que refletisse em que durante a sua ausência não parecia bem que pessoa alguma ocupasse o seu lugar; e que, se o fazia por não ter certeza de que ela soubesse governar-lhe a casa, experimentasse por aquela vez e reconheceria que até para mais era a sua capacidade.

Anselmo replicou ser aquele o seu gosto, e que a ela só competia abaixar a cabeça e obedecer-lhe. Camila prometeu que assim o faria, mas não por vontade sua. Partiu Anselmo. No outro dia veio a casa Lotário; foi recebido pela dama com amabilidade e todo o comedimento; nunca ela se pôs em parte em que se pudesse ver com o hóspede; andava sempre rodeada de seus criados e criadas, especialmente de uma aia sua chamada Leonela, a quem muito queria, por se terem criado ambas juntas desde meninas na casa paterna, donde a trouxe consigo quando se casou. Nos três primeiros dias Lotário não disse nada, ainda que bem o podia quando se levantava a mesa, e os servos se iam todos à pressa para jantar, porque assim lho tinha a ama determinado; à sua Leonela recomendava que jantasse primeiro que os senhores e nunca lhe saísse de ao pé dela. Leonela, porém, que trazia o pensamento em coisas mais do seu gosto e necessitava daquelas horas para os seus recreios, nem sempre executava à letra a recomendação, antes muitas vezes deixava sós os dois como se as suas instruções fossem essas precisamente. Não obstante esses azos todos, o portamento honesto de Camila e a compostura do seu semblante eram tais que Lotário emudecia.

Mas, se as virtudes de Camila tolhiam a voz do comensal, por outra parte mais perigosas por isso mesmo se tornavam para eles ambos; calavam, sim, a língua; mas o pensamento lá ia por dentro discorrendo e contemplando um por um todos os extremos de bondade e formosura da vigiada. Sentir-se-ia ali enamorado um colosso de mármore; quanto mais um coração de carne! O tempo em que lhe podia falar, empregava-o em olhar para ela e reconhecia quanto era credora de mil amores. A continuação dessas mudas contemplações começou pouco a pouco a enfraquecer os respeitos do amigo para com o ausente; esteve muitas vezes para sair da cidade e ir-se para onde nunca mais Anselmo o visse, nem ele a Camila; já porém o prendia o próprio deleite que sentia só em vê-la. Forcejava e teimava consigo mesmo para atenuar e extinguir de todo o encanto de olhar para Camila; culpava-se em consciência de tamanho desatino, chamando-se mau amigo e até mau cristão. Se com Anselmo se comparava, o final era sempre dizer que maior fora a loucura e confiança de Anselmo do que era a deslealdade dele próprio; e tão boa desculpa tivesse ele para Deus como a havia de ter para com os homens.

De fato, a lindeza e bondade de Camila, ajudadas pelas facilidades que o ignorante marido lhe facultava, deram com a lealdade de Lotário em terra, e, sem já se lembrar de mais coisa alguma senão do seu gosto, depois de três dias de ausência de Anselmo, nos quais esteve em guerra aberta contra os próprios desejos, começou a cortejar a dama, mas tão perturbado e com uns dizeres tão apaixonados que a deixou suspensa e tão sobressaltada que não fez outra coisa senão se levantar e recolher-se ao quarto sem uma única palavra de resposta.

Com esse desabrimento não esmoreceu em Lotário a esperança, irmã gêmea e sempre companheira do amor; a fugitiva tornou-se ainda mais adorada. Ela, porém, por ter descoberto o que nunca esperava, não sabia o que fazer; entendendo não ser prudente nem elegante dar ocasião a renovar-se o atrevimento, determinou enviar naquela mesma noite um criado seu com um bilhete a Anselmo, e assim o fez. O bilhete dizia o seguinte:

## Capítulo XXXIV
### EM QUE PROSSEGUE A NOVELA DO CURIOSO IMPERTINENTE

TEM-SE POR DIZER QUE nem exército sem general, nem castelo sem castelão; e eu digo que ainda há coisa pior que essas duas; e é: mulher casada e moça sem o seu marido ao pé, salvo havendo para isso justíssimas razões. Acho-me tão mal sem vós e tão fraca para resistir a essa ausência que, se não vindes depressa, ir-vos-ei esperar em casa de meus pais, ainda que deixe esta vossa sem guarda. A que vós me deixastes, se é que ficou com tal título, creio que olha mais pelos seus gostos que pelos vossos interesses. Como sois discreto, não tenho mais que vos dizer, nem devo.

Por essa carta entendeu Anselmo que Lotário já tinha começado as operações e Camila se houvera à medida dos seus desejos. Sobremodo alegre de tal mensagem, mandou a Camila resposta de palavra, que de modo nenhum saísse de casa, porque ele com muita brevidade tornaria. Admirou-se Camila com tal resposta e ficou à vista dela ainda mais confusa do que já estava. Não se atrevia a permanecer em sua casa nem a ir-se para a de seus pais. Ficando, arriscava a sua honestidade; indo-se, desobedecia ao consorte. Afinal resolveu o pior, que foi ficar, sem evitar a presença de Lotário, para não dar suspeitas à criadagem; arrependia-se de ter escrito daquele modo ao esposo, receando dar-lhe ideias de que Lotário teria visto nela alguma desenvoltura que o animasse a faltar-lhe ao respeito. Enfim, fiada na bondade própria, entregou-se nas mãos de Deus, firme em resistir com o silêncio a quantas declarações e instâncias lhe pudessem sobrevir; e, calando tudo ao marido, para o forrar a alguns trabalhos, já andava até procurando maneira com que desculpar Lotário perante Anselmo, quando este lhe pedisse a explicação do bilhete.

Com essas ideias mais honradas que acertadas ou proveitosas, esteve no outro dia escutando Lotário, o qual tanto carregou a mão nas instâncias que a firmeza de Camila principiou a titubear, e bastante teve a sua honestidade que fazer para proibir aos olhos alguns sinais de amorosa compaixão que no peito lhe haviam despertado as lágrimas e súplicas do seu idólatra. Tudo aquilo ia ele notando e abrasando-se cada vez mais. Afinal pareceu-lhe que era mister apertar o combate à fortaleza, aproveitando o tempo que o marido para isso lhe deixava. Acometeu-a pela presunção, exaltando-lhe a formosura (não há coisa que mais depressa arrase as torres da vaidade das formosas que a adulação); e para abreviarmos: com tanta habilidade soube minar aquela virtude que, de bronze que a dama fora, não tivera remédio senão cair. Chorou, rogou, ofereceu, adulou, porfiou e fingiu com tantos afetos e tantas mostras de paixão que lá se foi o recato de Camila; logrou-se o mais suspirado e mais inesperado triunfo.

Rendeu-se Camila; sim, Camila rendeu-se. Mas que admira, se a amizade de Lotário já também tinha se rendido? Claro exemplo de que para se vencer a paixão amorosa não há outro remédio senão lhe fugir, e que ninguém deve se tomar a braços com tão possante inimigo, porque só com forças divinas se venceriam as suas, com serem humanas. Só Leonela soube a fraqueza de Camila; e como lha haviam de encobrir os dois namorados e desleais na amizade? Não quis Lotário confessar a Camila qual fora o projeto de Anselmo nem que fora ele mesmo quem lhe abrira passo para chegar àquele ponto, porque não queria que ela tivesse em menos apreço o seu amor e imaginasse que sem premeditação e só por uma fatalidade do acaso a havia perseguido.

Regressou Anselmo passados poucos dias e não pôde perceber o que naquela casa faltava, que era o que menos tinha e mais estimava. Foi logo visitar Lotário, encontrou-o, abraçaram-se e pediu-lhe novas da sua vida ou morte.

— As novas que posso te dar, amigo Anselmo — disse Lotário —, são que tens uma mulher exemplar, o *non plus ultra* das honradas. As palavras que lhe disse levou-as o vento; os oferecimentos desprezaram-se; os presentes enjeitaram-se; e de algumas lágrimas que fingi fez-se zombaria despropositada. Em suma: assim como é o símbolo de todas as graças, é o santuário da honestidade, do comedimento, do recato e de todas as virtudes feminis. Retoma os teus dinheiros, amigo, eles aqui estão; não me foi necessário tocar-lhes; Camila não se rende a coisas tão baixas. Alegra-te, Anselmo, e deixa-te de mais experiências; uma vez que passaste a pé enxuto o mar das suspeitas que se podem e devem ter a respeito das mulheres, não tornes lá nem tomes outro piloto para confirmar a bondade e fortaleza do navio que o céu te deu para atravessares as ondas deste mundo; faze de conta que já estás em porto seguro, deita a âncora e deixa-te ficar até que venham te obrigar pela dúvida que a ninguém se perdoa.

Contentíssimo ficou Anselmo com essas ponderações de Lotário; acreditou nelas como se de um oráculo lhe viessem; contudo ainda o exortou a prosseguir na empresa, ainda que não fosse senão por curiosidade e passatempo, embora as diligências daí avante fossem menos afincadas; o que só lhe exigia é que fizesse alguns versos em louvor dela com o nome de Clóris, que ele tomava a si o persuadir a Camila andar ele enamorado de certa dama, a quem disfarçara assim o verdadeiro nome, para não faltar ao respeito que à sua honestidade se devia e que, se não queria tomar a si esse trabalho de fazer os versos, ele, Anselmo, os escreveria por ele.

— Não é preciso — disse Lotário —; não me são as musas tão inimigas que algumas vezes por ano me não visitem. Dize tu a Camila o mesmo que lhe disseste dos meus amores fingidos, que os versos eu os farei; não serão dignos do objeto, mas hão de ser os melhores que eu puder.

Assim ficaram conchavados o impertinente e o traidor. Entrando em casa, perguntou Anselmo à sua mulher (o que ela se admirava de ele não lhe ter ainda perguntado) o motivo por que lhe tinha mandado o escrito. Respondeu-lhe ela que se lhe havia figurado que Lotário encarava nela um tanto mais descomedidamente que dantes, enquanto ele estava em casa, mas que ao presente já estava certa de que não fora senão cisma sua, porque Lotário fugia de vê-la e achar-se com ela a sós. Respondeu-lhe Anselmo que lá por essa parte podia estar descansada, porque ele sabia que Lotário andava doido por uma donzela das principais da cidade, a quem celebrava debaixo do nome de Clóris e, ainda que o não soubera, nada havia de recear da verdade de Lotário e da muita amizade que os unia. Se Camila não soubera de Lotário mesmo serem imaginários aqueles amores de Clóris e de propósito inventados por ele para poder a seu salvo empregar alguns momentos vagos nos louvores de Camila, sem dúvida estaria caída na desesperada rede dos ciúmes; mas, por andar já revertida, livrou-se da estranheza do sobressalto.

Outro dia, achando-se os três à sobremesa, rogou Anselmo a Lotário que recitasse alguma coisa das que tinha composto à sua dileta Clóris, que sendo, como era, desconhecida de Camila, podia afoitamente falar dela quanto quisesse.

— Embora a conhecesse — respondeu Lotário —, por que havia eu de encobrir algo? Quando um amante louva a sua dama de formosa e ao mesmo tempo a censura de cruel, nem por sombras a desdoura. Como quer que seja, o que sei dizer é que ainda ontem fiz um soneto à ingratidão dessa Clóris, o qual diz assim:

### SONETO[1]

Da umbrosa noite no silêncio, quando
meigo sono refaz os mais viventes,
só eu vou meus martírios inclementes
aos céus e à minha Clóris numerando.

Quando o dia os seus raios vem mostrando
dentre as rosas d'aurora auriesplendentes,
com suspiros e lástimas ferventes
vou as teimosas queixas renovando,

Se doura o sol a prumo o térreo assento,
não me dissipa as trevas da agonia;
dobra-me o pranto, aumenta-me os gemidos.

Volve a noite, e eu com ela ao meu lamento.
Ai! Que sorte! Implorar de noite e dia,
ao céu piedade, e à minha ingrata ouvidos.

Pareceu bem a Camila o soneto, e a Anselmo ainda melhor. Este louvou-o e disse que passava de cruel a dama que a tão claras verdades não correspondia.

---

[1] Cervantes aproveita aqui, com pequenas mudanças, o soneto que abre a jornada III de sua comédia *La casa de los celos*. O poema se apoia em Petrarca, *Canzoniere*, CCXVI.

— Então — disse Camila — tudo que sai da boca de poetas enamorados se há de logo ter por verdade?

— Como poetas não a dizem — respondeu Lotário —, mas como enamorados nunca chegam a dizê-la inteira.

— Nisso não há dúvida — replicou Anselmo, tudo para mais acreditar os pensamentos de Lotário no conceito de Camila, tão desprecatada do artifício de Anselmo como já apaixonada por Lotário.

E assim, com o gosto do próspero andamento que as suas coisas estavam lhe dando, e por saber que os desejos e escritos do poeta a ela unicamente se referiam, por ser ela a verdadeira Clóris, lhe pediu que, se tinha mais algum soneto ou outros versos, os dissesse.

— Tenho outro soneto — respondeu Lotário —, mas parece-me inferior ao primeiro; estais a tempo de compará-los; é o seguinte:

### SONETO

Bem sei que morro, pois, não sendo crido,
forçoso é que me acabe o desconforto;
podes ver-me a teus pés, ingrata, morto,
mas nunca de adorar-te arrependido.

Poderei ver nos páramos do olvido
que a vida, a glória, o bem, for; tudo aborto;
só teu semblante conquistando um porto
no ardente coração resta esculpido.

Vem comigo, relíquia, ao transe duro
a que me há de levar esta porfia,
que em seu próprio rigor se fortalece.

Ai de quem voga à toa em pego escuro
sem roteiro, sem bússola, sem via!
Astro, não vê, nem porto se lhe of'rece.

Louvou Anselmo também esse segundo soneto como fizera ao primeiro; ia acrescentando, elo a elo, a cadeia da sua desonra, pois quanto mais lhe crescia a afronta, mais ele se tinha por glorificado.

Quantos degraus Camila descia para o ínfimo desprezo, tantos subia na opinião do néscio marido para as eminências da virtude e da boa fama. Sucedeu que, achando-se uma vez, como outras muitas, Camila com a sua aia, lhe disse:

— Estou envergonhadíssima, minha amiga Leonela, de ver quão pouco me tenho sabido respeitar; nem sequer fiz com que Lotário só a poder de tempo alcançasse esse completo predomínio sobre a minha vontade. Estou receando que ele chegue algum dia a desestimar a minha facilidade, a minha leveza, esquecido da violência com que me tornou impossível o resistir-lhe.

— Ai, minha senhora — respondeu Leonela —, por coisas tão poucas não se esteja agora penando; darmos depressa o que temos de dar não tira nem põe nada ao valor da coisa, quando ela de si o tem; até se costuma dizer que o dar depressa é dar duas vezes.

— E também se costuma dizer — disse Camila — que o que pouco custa pouco se estima.

— Isso não é regra — respondeu Leonela —; o amor, segundo já ouvi dizer, umas vezes voa e outras anda; com este corre, com aquele vai devagarinho; a uns entibia,[2] a outros abrasa; a uns fere, a outros mata; no mesmo instante começa e acaba o seu desejar. Pela manhã pôr cerco a uma fortaleza; e à noite vê-la já vencida, porque não há força que lhe resista. Sendo assim, por que se admira ou se intimida, se outro tanto deve ter acontecido a Lotário? Se a ausência de meu amo foi afinal de contas quem os rendeu a ambos? Nesses poucos dias era forçoso que se concluísse tudo, em vez de se porem a dar tempo ao tempo à espera de que o Senhor Anselmo voltasse, deixando a obra imperfeita. Nisso de amores, quem perde a ocasião perde a ventura. São coisas que eu sei mais de experiência que de ouvido; e algum dia lho contarei, senhora, porque eu também sou de carne e ainda também me ferve o sangue; e mais, a minha senhora não se entregou tão de repente, assim; viu primeiro nos olhos, nos suspiros, nas falas, nas promessas e nos mimos de Lotário toda a sua alma e quanto era merecedor de se lhe querer bem. Sendo assim, desterre essas fantasias de escrúpulos; tenha a certeza de que Lotário a estima tanto como a senhora a ele, e anda todo ancho e satisfeito de vê-la caída no laço, porque isso mesmo o exalta ainda

---

[2] Fazer ficar ou ficar tíbio, frouxo; amornar-se; enfraquecer-se.

mais no seu próprio conceito; e não só tem os quatro *ss*³ que dizem ser precisos a todos os namorados até o á-bê-cê⁴ inteiro. Ora repare, e eu lho digo de cor; e ele é, segundo eu vejo e me parece: *a*gradecido, *b*om, *c*avalheiro, *d*adivoso, *e*namorado, *f*irme, *g*alante, *h*onrado, *i*lustre, *l*eal, *m*oço, *n*obre, *o*timo, *p*rincipal, *q*uantioso, *r*ico, e os *ss* que dizem; e depois *t*ácito, *v*erdadeiro. O *x* é que não lhe quadra por ser letra áspera; o *y* já lá fica no *i*; o *z*, zelador da tua honra.

Riu-se Camila do abecedário da sua aia e teve-a por mais prática em pontos de amor do que ela se inculcava. Ela porém sem hesitações lho confessou, declarando-lhe que entretinha amores com um mancebo grave da mesma cidade. Com aquilo se turvou Camila, por temer que por ali é que a sua honra poderia vir a perigar. Apertou-a para saber se as suas conversações não passavam adiante; ela com todo o desembaraço lhe respondeu que sim, passavam muito adiante. Isso é já coisa velha e sabida, que os descuidos das senhoras tiram a vergonha às criadas, e que estas, vendo as suas amas escorregar, pouca dúvida põem em coxear e pouco se lhes dá que o saibam. Camila o mais que pôde foi pedir a Leonela que não dissesse nada a respeito dela ao que dizia ser seu rapaz e tratasse as coisas com segredo para não chegarem ao conhecimento de Anselmo e de Lotário. A aia respondeu que assim o faria; fê-lo porém de modo que os receios da senhora se realizaram; a desonesta e atrevida Leonela, vendo que o procedimento da ama já não era o mesmo que dantes, atreveu-se a receber dentro de casa o seu amante, porque, ainda que a senhora o visse, já se não atrevia a descobri-lo. Consequências tristes dos desmanchos das senhoras, que se fazem escravas das suas próprias servas e se obrigam a encobrir-lhes as suas desonestidades e vilezas, e assim aconteceu a Camila, que, ainda que viu muitas vezes estar Leonela num aposento de sua casa com o galã, não só não se atrevia a ralhar-lhe, mas lhe dava lugar para que o recatasse, e a livrava por todos os modos de ser percebida pelo marido. Apesar de todas as suas cautelas, não pôde contudo evitar que Lotário um dia, ao romper da alva, percebesse a saída do contrabando. Não conhecendo quem era, pensou primeiro que seria assombração; mas, notando-lhe o caminhar, o embuçar-se e encobrir-se, trocou logo a sua ideia supersticiosa por

---

³ *Os quatro ss* são "sábio, só, solícito e secreto"; o tópico literário, convertido em frase feita, se estende desde a poesia de cancioneiro até, pelo menos, Calderón.

⁴ Os alfabetos, e não só os amorosos, são frequentes na literatura e na tradição semipopular. Sem dúvida o mais célebre é o que aparece no *Peribáñez* de Lope de Vega.

outra, que para todos se tornaria perdição, se Camila não a remediara. Entendeu que o homem que tão antemanhã saía daquela casa não havia nela entrado para Leonela; nem pela ideia lhe passou que tal Leonela existisse. Acreditou sim que, tendo Camila sido fácil e leviana em proveito dele, também o podia ser para algum outro. São estas umas crescenças que traz consigo o mau comportamento duma mulher que perde a boa fama: aquele mesmo a quem se entregou, depois de muito rogada e persuadida, crê que mais facilmente ainda se entregará a outro; e qualquer suspeita se lhe afigura logo certeza. Nisso parece haver falhado em Lotário de todo em todo o bom juízo. Varreram-lhe da memória todos quantos resguardos até ali aconselhava a prudência. Sem atinar em expediente algum que fosse, se não bom, pelo menos razoável, sem mais nem mais, antes que Anselmo se levantasse, impaciente e cego da súbita raiva que o tomara, morrendo por vingar-se de Camila naquele caso inocente, foi-se ter com o marido e lhe disse:

— Saberás, meu Anselmo, que ando há muitos dias em guerra comigo, para não te revelar o que já não te posso esconder por mais tempo: sabe que a fortaleza de Camila está já rendida e sujeita a quanto eu dela pretender. Se tardei em te descobrir essa verdade, foi só para me certificar primeiro se não seria aquilo nela mera leviandade passageira, ou talvez propósito de reconhecer bem ao certo se eram ou não sinceros os galanteios que eu lhe fazia, já se sabe por tua autorização. Mas sempre me parecia que o dever dela, se ela fosse a que pensávamos, seria ter-te já dado conta das minhas perseguições. Como tarda em fazê-lo, deixa-me crer que são verdadeiras as promessas que me fez, de que, para a primeira vez que te ausentes da tua casa, está pronta a ir falar comigo na recâmara dos teus móveis fora de uso — e era lá realmente que ela lhe costumava falar. — Não quero que te precipites a vingar-te; por ora o pecado só existe no pensamento; e poderia acontecer que, no que vai daí até a realização, Camila caísse ainda em si e se arrependesse. Como tu sempre, ou em todo ou em parte, tens aceitado os meus pareceres, segue também este que vou te dizer, para que sem engano nem temeridade só faças o que vires ser mais acertado. Finge que te ausentas por dois ou três dias, como de outras vezes, e esconde-te na tua recâmara; é fácil, com os panos da colgadura[5] e as mais coisas que por ali há; então verás pelos teus próprios olhos, e eu pelos meus, quais

---

[5] Estofo ou peça de pano, vistosa e/ou rica, que se pendura nas paredes ou janelas à guisa de adorno.

são as verdadeiras tenções dela. Se forem de mulher perdida, como é de temer, tu em segredo, e com discrição, poderás vingar-te e puni-la.

Ficou Anselmo absorto com a revelação de Lotário, quando mais livre se cuidava já de semelhantes malefícios, porque tinha já a mulher por desenganadamente vencedora das diligências do amigo; fazia-se já nos alvoroços do triunfo. Esteve por largo espaço taciturno, olhando para o chão sem pestanejar; e por fim disse:

— Fizeste, meu Lotário, o que eu esperava da tua lealdade; em tudo seguirei teu conselho; faze o que te aprouver e guarda o segredo que deves em caso tão imprevisto.

Prometeu-lhe Lotário; e, apenas dele se apartou, arrependeu-se inteiramente de quanto havia lhe dito. Que néscio não tinha sido expondo Camila a uma vingança, que ele por si mesmo bem podia tomar com menor crueldade e menos ignominiosamente! Maldizia a sua doidice, culpava a sua precipitação e não sabia modo para desfazer o que havia feito, ou sair de tamanho aperto por qualquer via razoável. Por fim resolveu informar de tudo a Camila; e como não lhe faltava aberta para efetuá-lo, naquele mesmo dia a achou só. Ela, vendo que lhe podia falar, lhe disse:

— Sabereis, amigo Lotário, que tenho cá dentro uma pena no coração, que o aperta a ponto de parecer que quer arrebentá-lo, e milagre será se não o consegue. A tal auge é chegado o desavergonhamento de Leonela que recebe nesta casa todas as noites um namorado seu, passa com ele até o dia; isso tanto à custa do meu crédito quanto assim se dão azos para juízos temerários contra mim a quem vir tais saídas desta casa a horas tão desusadas. O que me rala é não poder castigá-la nem a repreender, porque o ser ela confidente das nossas intimidades me amordaça para eu calar as dela. Estou já temendo que daqui se nos haja de originar alguma desgraça grande.

Quando Camila começou a falar, Lotário imaginou seria aquilo artifício para o persuadir de que o vulto que vira sair pertencia à aia e não à ama; mas, vendo-a chorosa, afligida e a suplicar-lhe remédio, veio a crer na verdade e, interrogando-a mais por miúdo, acabou de ficar enleado e arrependido de tudo.

Contudo respondeu que ela não tivesse pena, que ele acharia modo para atalhar a insolência da serva. Disse-lhe também o mesmo que já a Anselmo havia dito, quando instigado de seus enraivecidos ciúmes; e que estava concertado que se escondesse na recâmara para dali presenciar a pouca lealdade que ela lhe guardava. Pediu-lhe perdão de tão louca lembrança, e algum alvitre[6] sobre o modo de remediá-la e sair a salvo de tão revolto labirinto, como o em que por sua má cabeça se tinha envolvido.

Com o que de Lotário ouviu ficou pasmada Camila e cheia de enfado, e com conceitos judiciosíssimos lhe estranhou passos tão condenáveis e tão repreensível comportamento. Mas, como naturalmente as mulheres têm mais engenho que os homens, tanto para o bem como para o mal (ainda que em se pondo de propósito a discorrer já se lhes entra a secar a veia), logo ali de repente inventou Camila modo de se remediar uma desordem que tão sem conserto se mostrava. Disse pois a Lotário que diligenciasse para que Anselmo se escondesse outro dia onde ele tinha se lembrado, e que ela saberia tirar desse escondimento comodidade para ficarem daí avante os seus tratos sem nenhum perigo; e sem lhe declarar a sua ideia toda lhe advertiu que tivesse cuidado, em sabendo que Anselmo estava escondido, de vir ele apenas Leonela o chamasse, e quanto ela lhe dissesse lhe respondesse como responderia ainda que não soubesse que Anselmo estava à escuta. Teimou Lotário em desejar saber o resto da armadilha, porque assim com mais segurança e acerto cumpriria ele da sua parte tudo que fosse necessário.

— Nada mais é preciso — disse Camila — do que responder pontualmente às minhas perguntas.

Não estava resolvida a dar-lhe conta antecipada do seu projeto, por temer que ele reprovasse o que tão conveniente lhe parecia e antepusesse outros de menos probabilidades.

Não replicou e partiu Lotário; e no dia seguinte Anselmo, com o pretexto de ir à aldeia do seu amigo, abalou; mas, tornando atrás sem demora, foi se homiziar no seu valhacouto,[7] o que lhe foi sobremodo fácil, em razão do azo que para isso mesmo lhe proporcionaram a ama e a criada.

Lá está pois alapado[8] Anselmo com aquele sobressalto que bem se pode imaginar em quem está para ver por seus olhos as próprias entranhas da sua honra postas em escalpelos de anatomia. Em poucos instantes se lhe podia ir a pique o sumo bem que ele pensava ter na sua Camila.

---

[6] Aquilo que é sugerido ou lembrado; proposta, conselho.
[7] Lugar seguro onde se encontra refúgio; abrigo, esconderijo.
[8] Escondido, oculto, homiziado (em qualquer lugar).

Seguras e certas já de terem o caçador à espreita do coelho, entraram na recâmara; mal pôs nela o primeiro pé, exclamou com um grandíssimo suspiro Camila:

— Ai, Leonela amiga! Não seria melhor que, antes de eu pôr em execução o que não quero que saibas para não mo estorvares, pegasses a adaga de Anselmo que te pedi e me atravessasses com ela este peito infame? Mas não, não o faças; fora injusto ser eu punida dum crime alheio. Antes de tudo, tomara saber o que descobriram em mim os atrevidos e desonestos olhos de Lotário, para se arrojar a patentear-me desejos tão perversos em menoscabo do seu amigo e em meu vilipêndio. Chega a essa janela, rapariga, que ele deve por força estar já na rua à espera; mas primeiro que ele cumpra o seu ímpio desejo cumprirei eu o meu, que é sim cruel, mas que para a honra já não se pode dispensar.

— Ai, senhora minha! — respondeu a esperta Leonela, senhora do seu papel. — Que deseja fazer com esta adaga? Quer se matar? Ou quer matar Lotário? Uma ou outra coisa só servira de desacreditá-la. Acho melhor que dissimule a injúria e não consinta que o mau homem entre agora nesta casa e nos ache sós; lembre-se, senhora, de que somos duas fracas mulheres e ele é homem, e atrevido. Como vem com aquela má tenção, apaixonado e cego, talvez antes que a senhora execute o que medita ultimará ele o que é mais de temer que a própria morte. Mal haja meu amo, o Senhor Anselmo, que tantas largas deu em casa àquele sem medo nem vergonha. Supondo que o mate, como desconfio que será a sua resolução, que havemos de fazer dele depois de morto?

— Que havemos de fazer? — respondeu Camila. — Deixá-lo-emos, e o meu marido que o enterre; deve-lhe ser delicioso o trabalho de sepultar a sua própria infâmia. Chama-o, chama-o, avia; quanta demora ponho em vingar-me, já me parece uma quebra na minha lealdade de esposa.

Tudo isso escutava Anselmo; e a cada palavra de Camila sentia irem-se-lhe os pensamentos transformando. Quando porém ouviu que estava resolvida a matar o seu amigo, deu-lhe um ímpeto de sair e descobrir-se para evitar a catástrofe; mas teve-lhe mão o desejo de ver em que pararia tão galharda e honesta resolução, com propósito de sair a tempo de lhe pôr termo.

Nisso caiu Camila com um terrível desmaio para cima duma cama que ali estava. Leonela começou a carpir-se e a dizer:

— Ai, desditada de mim! Se agora me expira nos braços a flor da honestidade do mundo! A coroa das mulheres honradas! O exemplo da castidade!

Com essas e outras exclamações, que todos os que lhas ouvissem a teriam pela mais lastimada e mais leal de todas as aias, e à ama por outra e perseguida Penélope[9]. Pouco tardou que esta volvesse em si do seu delíquio e entrasse logo a exclamar:

— Que te demoras, Leonela, em ir chamar o mais desleal amigo de quantos viu o sol, de quantos a noite nunca favoreceu? Acaba, corre, avia, caminha, não deixes que se esfrie com a tardança a raiva com que estou e que se esvaia em ameaças e maldições a justa vingança que aguardo.

— Já vou chamá-lo, senhora minha — disse Leonela —, mas dê-me primeiro essa adaga, tenho medo dessa cabeça quando se vir só, que não faça algum desatino que se haja de chorar toda a vida entre os que lhe queremos bem.

— Vai, não tenhas medo, minha Leonela, não hei de fazer nada — respondeu Camila —, porque, ainda que sou temerária e párvoa[10] em teu conceito, em acudir por minha honra não o hei de ser tanto como aquela Lucrécia[11] que se matou, segundo dizem, sem ter cometido delito algum e sem ter primeiro traspassado o peito ao causador da sua desgraça. Se eu morrer, morro vingada de quem me obrigou a vir a este sítio chorar os seus atrevimentos nascidos tão sem culpa da minha parte.

Fez-se Leonela muito de rogar antes que saísse a chamar Lotário; mas enfim saiu. Enquanto se demorava, ficou dizendo Camila, como quem falava entre si e sem testemunhas:

— Valha-me Deus! Não fora mais acertado ter despedido Lotário, como tantas outras vezes fiz, do que o autorizar com este chamamento a ter-me por desonesta e má, pelo menos enquanto não chego a desenganá-lo? Decerto que era melhor; mas eu é que ficava sem me vingar, e a honra de meu marido sem satisfação; não quero que saia tão às mãos lavadas e seguro de si como há de para aqui entrar com as suas danadas

---

[9] A esposa de Ulisses é emblema da fidelidade conjugal porque, acossada por muitos pretendentes, foi capaz de resistir a eles.

[10] Pessoa tola, pouco inteligente, apoucada.

[11] No Século de Ouro se considerava a romana Lucrécia, violada por Sexto Tarquino, como exemplo de burrice por ter se suicidado, e se dizia: "Lucrécia, néscia".

tenções; os desejos do traidor só com a vida se podem pagar. Saiba o mundo (se isso chega a transpirar) que a pobre Camila não só zelou a fidelidade que ao seu esposo devia, senão que até o desagravou de quem se abalançava a querer ofendê-lo. Não sei, não sei se não seria melhor dar conta de tudo a Anselmo. Eu já tinha começado a preveni-lo na carta que lhe escrevi para a aldeia e imagino que o não ter ele acudido ao mal que eu lhe apontava, ainda que por alto, só foi efeito do seu gênio leal e confiado; devia-lhe parecer impossível que um amigo fosse capaz de tamanha aleivosia; nem eu mesma também o acreditei por muitos dias, nem o acreditaria nunca, se não fora ter a sua insolência ultrapassado os limites. As dádivas, as promessas e as lágrimas contínuas ainda não me pareciam provas bastantes. Mas que valem agora todas essas reflexões? Uma resolução magnânima não carece de estímulos. Fora, traidor! A mim, vingança! Entre o falso, venha, chegue, morra, acabe, suceda o que suceder. Pura entrei para o poder do que o céu me destinou; pura hei de sair dele; quando muito, banhada no meu casto sangue e no sangue peçonhento do mais refalsado amigo de quantos nunca houve em todo o mundo.

Dizia isso passeando, girando pela sala com a adaga nua, e com uns passos tão descompostos, e fazendo uns meneios e gestos, que não parecia senão alienada. Ninguém dissera ser dama fina; lembrava um rufião fora de si.

Tudo aquilo notava Anselmo detrás das armações e de tudo se admirava. Já lhe parecia que no que vira e ouvira havia satisfação de sobra até para maiores suspeitas; já quisera até que Lotário não viesse, para se evitar ali alguma tragédia. Estava já para manifestar-se, abraçar a enganada esposa, quando se deteve ao aparecer Leonela com Lotário pela mão. Mal pôs nele os olhos Camila, fez com a adaga um risco em frente de si no chão e exclamou:

— Lotário, repara bem no que te digo: se te atreveres a passar esta raia, ou mesmo a chegar a ela, no mesmo instante me atravesso com este ferro. Antes que abras os lábios, escuta-me poucas palavras mais. Em primeiro lugar, quero que me digas se conheces Anselmo meu marido, e em que opinião o tens; e, em segundo lugar, pergunto-te se conheces a mim. Responde-me a isto e não te perturbes nem te demores a pensar: ambas estas perguntas são fáceis.

Não era Lotário tão lerdo que, desde que ela lhe dissera que fizesse esconder Anselmo, não adivinhasse em cheio quais eram as suas intenções;

por isso representou logo a sua parte com a maior naturalidade, e a mentirosa cena dos dois deixou a perder de vista a verdade mesma.

— Não pensei eu, formosa Camila, que me chamáveis para me fazer perguntas tão avessas aos intentos com que eu vinha. Se o fazeis para me demorardes a prometida recompensa, podíeis ter-me para isso preparado com mais antecipação. O bem que se deseja degenera em tormento, quando inopinadamente se nos afasta; mas, para não parecer que tardo em responder-vos, digo que sim, conheço ao vosso esposo Anselmo; conhecemo-nos os dois desde os nossos mais tenros anos; não quero acrescentar a isto o que vós mesma sabeis deste mútuo afeto; fora tornar-me testemunha eu mesmo do agravo que o amor me está obrigando a fazer-lhe, o amor que até maiores erros desculparia. A vós, Camila, também vos conheço, e aprecio-vos como ele vos aprecia; a não ser assim, nunca eu por méritos inferiores aos vossos iria contra o que devo a mim mesmo e aos santos ditames da amizade, ditames ou leis que neste momento estou violando forçado por esta paixão despótica.

— Se tudo isso confessas — respondeu Camila —, ó inimigo mortal de quanto merece ser amado, como te atreves a aparecer diante de quem sabes ser o espelho em que se mira aquele em quem tu mesmo te deveras mirar, para reconheceres que és um monstro quando pretendes agravá-lo? Agora me lembro, triste de mim! O que te faria faltar ao respeito de ti mesmo havia de ser algum descuidado desalinho meu (que não quero chamar-lhe desonestidade); sim, alguma irrefletida falta de compostura, que por acaso me enxergarias; daquelas que nós mulheres podemos inocentemente cometer quando cuidamos não ser vistas. Senão, dize-me: quando jamais correspondi eu, alma traidora, aos teus rogos com palavra ou sinal que animasse os teus infames desejos? Quando é que eu deixei de repelir desabrida as tuas finezas? Quando cri nas tuas promessas ou aceitei as tuas dádivas? Mas, como entendo que ninguém pode teimar em pretensões amorosas sem que alguma esperança lhe negaceie, quero imputar-me a mim mesma a origem da tua impertinência. Por força algum descuido meu deve ter alimentado por tanto tempo as tuas loucas esperanças; sendo assim, quero me castigar da tua culpa. Para veres que, sendo eu tão rigorosa contra mim, não podia deixar de sê-lo contigo, quis trazer-te a ser testemunha do sacrifício que vou fazer para aplacar a honra do meu virtuosíssimo esposo ultrajado por ti no mais alto ponto, e a minha também, por haver te dado alguma ocasião (se é que ta dei) para alimentares tal delírio.

Torno-te a dizer que o que mais me aflige é lembrar-me que todos esses desvairados pensamentos te poderiam nascer de algum involuntário descuido meu; é esse o que eu mais desejo castigar por minha própria mão. Se o meu verdugo fosse outro, ficaria talvez mais patente a minha culpa. Antes porém, de cometido o ato irrevogável, quero matar quem me causou a morte, quero levar comigo quem me sacie esta ânsia de vingança que já tenho segura, vendo lá, nessas regiões quaisquer aonde eu for, a pena que dá a justiça desinteressada e inflexível ao que me arrastou a esta desesperação.

Proferidas essas palavras com uma volubilidade e força extraordinária, arremeteu contra Lotário com a adaga desembainhada, com tais mostras de lha querer cravar no peito que ele mesmo esteve quase em dúvida se aquilo seria fingido ou verdadeiro, porque lhe foi forçoso valer-se de toda a sua destreza e força para se livrar do golpe. Camila tão ao natural representava todo aquele fingimento que, para lhe dar maior cor de verdade, quis rubricá-lo com o seu sangue, porque, vendo que não podia alcançar Lotário, ou fingindo que não o podia, disse:

— Já que a sorte não deixa que o meu justo desejo se satisfaça em cheio, pelo menos nunca há de poder tanto que me vede em cheio satisfazê-lo.

E forcejando para soltar a adaga, que Lotário lhe tinha presa, arrancou-lha com efeito e, dirigindo-lhe a ponta para parte onde a ferida não viesse a ser muito perigosa, cravou-a entre o peito e o sovaco esquerdo, deixando-se logo cair no pavimento como desmaiada.

Estavam Leonela e Lotário pasmados do que viam, e todavia duvidosos ainda entre crer e descrer, apesar de verem Camila estendida em terra e banhada no seu sangue. Acode Lotário açodado e espavorido, e quase sem alento, a arrancar a adaga; mas, reconhecendo a pequenez da ferida, respirou, ficando a admirar cada vez mais a sagacidade, a prudência e a extraordinária discrição da sua Camila; e para representar também o seu papel, começou a fazer uma estirada lamentação sobre o corpo da formosa, como se estivera defunta, soltando muitas maldições não só contra si, mas também sobre quem a havia obrigado àqueles extremos. Como sabia que o escutava o amigo Anselmo, coisas dizia que mais dó faziam dele próprio do que dela, ainda que a julgassem morta. Leonela tomou-a nos braços e a pôs no leito, rogando a Lotário que fosse buscar um médico que viesse curar secretamente a doente. Consultava-o também sobre o que haviam de dizer a Anselmo daquele golpe de sua ama, se ele viesse antes dela curada. Lotário respondia que fizessem o que lhes parecesse, que ele por si não estava com cabeça para acertar conselhos; que só lhe dizia que se desse pressa em vedar-lhe o sangue, porque ele ia fugir para onde ninguém o visse; e, com mostras da maior consternação, saiu. Logo que se achou só, e onde ninguém podia vê-lo, não fazia senão benzer-se, maravilhado da espereza de Camila e dos modos tão apropriados de Leonela. Regalava-se, considerando quão inteirado não ficaria Anselmo de que tinha por mulher uma segunda Pórcia;[12] já lhe tardava o tornarem a ver-se juntos, para festejarem entre si a mentira e a verdade, mais bem caldeadas uma com a outra do que jamais se pudera imaginar.

Leonela, que tinha já vedado o sangue da ama, sangue que não passava do indispensável para crédito do embuste, lavou a ferida com um pouco de vinho e a ligou o melhor que soube, dizendo, enquanto a estava curando, coisas que só por si, ainda que mais precedentes não houvera, bastariam para capacitar Anselmo de que possuía em casa uma verdadeira estátua da honestidade. Com as palavras de Leonela travavam outras de Camila, chamando-se covarde e pusilânime, pois lhe faltara o valor quando mais precisava dele, para destruir uma existência que tanto lhe pesava. Pedia à serva o seu parecer sobre dizer ou calar todo aquele sucesso ao marido. A serva respondia-lhe que não lhe dissesse nada, porque lhe dizer era pô-lo em obrigação de vingar-se de Lotário, o que lhe seria muito arriscado, e que toda mulher capaz estava obrigada a não dar ao seu homem ocasiões para desavenças, antes lhas devia esconder todas. Respondeu a senhora que lhe parecia muito bem esse voto e o seguiria; mas que, em todo caso, era necessário ver o que se diria a Anselmo sobre a causa daquela ferida, que ele forçosamente havia de ver. A isso respondia Leonela que lá para mentiras fossem bater a outra porta, que ela por si nem por brinco a tal se ajeitava.

— E eu então? — respondeu Camila. — Eu que nem para salvar a vida me parece que saberia desfigurar a verdade? O melhor será, segundo entendo, confessarmos tudo em vez de sujeitarmo-nos a poder ficar por embusteiras.

— Sossegue, minha senhora; de hoje até amanhã — respondeu Leonela — eu excogitarei o que lhe havemos de dizer, e talvez que a

---

[12] Narra Plutarco que Pórcia, querendo que seu marido Marco Bruto lhe contasse o segredo da conspiração contra César, feriu-se gravemente para que ele visse que era capaz de resistir à dor; ela se suicidou ao saber da morte de seu esposo em Filipos.

ferida, por ser onde é, se lhe possa esconder; o céu há de nos ajudar, em atenção a serem os nossos motivos tão justos e honrados. Descanse, descanse, e faça por aquietar esses temores, que poderiam sobressaltar a meu amo; e o mais, torno a dizer, deixe-o à minha conta e à de Deus, que nunca falta a quem deseja o bem.

Atentíssimo se tinha conservado Anselmo a escutar a representação tragicômica da morte da sua honra, representação tão bem improvisada que todas as personagens pareciam mais que verdadeiras. Estava suspirando pela noite para sair de sua casa e ir ter com o seu bom amigo Lotário, congratulando-se com ele de ter achado na mulher a margarida preciosa. Tiveram as duas cuidado em lhe dar vaga para a saída, e ele, sem perdê-la, saiu e depois foi procurar Lotário; mal que chegou ao amigo, não há como contar os abraços com que o apertou, os escarcéus que fez da sua felicidade e das virtudes de Camila, o que tudo Lotário esteve lhe ouvindo sem o mínimo sinal de alegria, por se lhe estar dentro revolvendo o remorso de tão cego andar o pobre homem. Ainda que Anselmo bem via aquela frieza no amigo, supunha ser efeito de ter deixado Camila ferida, e por causa dele; pelo que entre outras coisas lhe disse que não tivesse cuidado pelo acontecido, porque o golpe era por certo muito leve; e tanto que as duas tinham combinado de encobri-lo do próprio marido; logo não havia de que temer. Dali em diante era alegrarem-se e divertirem-se ambos, pois por sua industriosa cooperação tinha enfim atingido nas suas relações conjugais o ápice da ventura; que já agora o único emprego do tempo seria para ele fazer versos em honra e louvor de Camila, para ficar lembrada em todos os séculos. Aprovou Lotário com elogios tão boa determinação e disse que por sua parte estava pronto para ajudá-lo a erigir-lhe tão merecido monumento.

Em suma: ficou sendo desde aquela hora Anselmo o homem mais deliciosamente logrado de todo o mundo. Levava ele próprio por sua mão para sua casa, cuidando levar o artífice da sua glória, o destruidor de toda a sua fama. Recebia-o Camila com semblante ao parecer torcido, mas com alma risonha. Algum tempo durou esse engano, até que, passados poucos meses, a Fortuna desandou a roda, e saiu à praça a maldade com tamanho artifício encoberta até então, e a Anselmo veio a custar a vida a sua impertinente curiosidade.

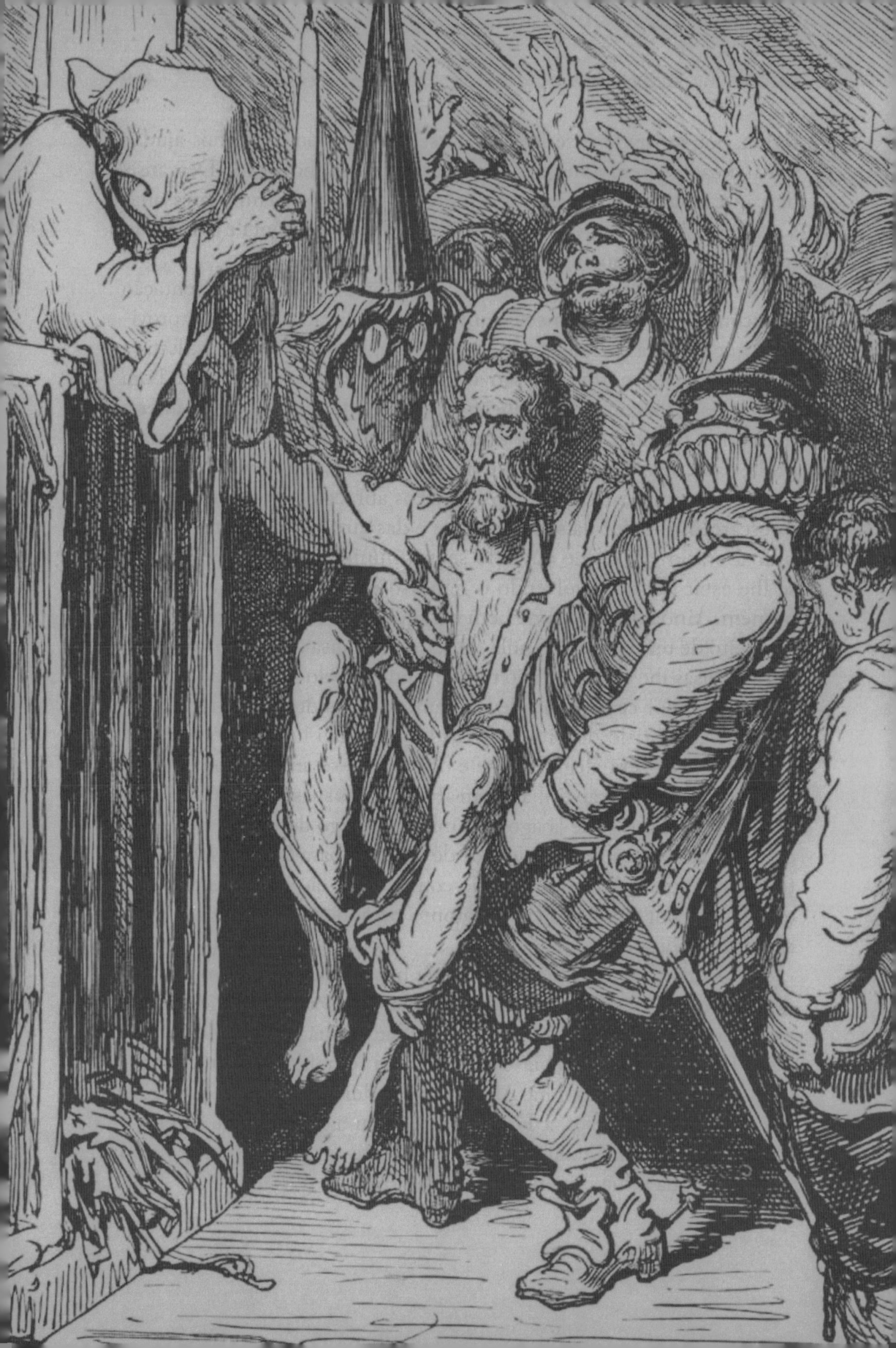

## Capítulo XXXV

### EM QUE SE TRATA DA GRANDE E DESCOMUNAL BATALHA QUE TEVE DOM QUIXOTE COM UNS ODRES DE VINHO TINTO, E SE DÁ FIM À NOVELA DO CURIOSO IMPERTINENTE[1]

POUCO FALTAVA POR LER da novela, quando do quarto onde jazia Dom Quixote adormecido saiu Sancho Pança todo alvoroçado a gritar:

— Acudam, senhores! Depressa! Valham a meu amo, que anda metido na mais renhida batalha que estes olhos já viram! Deus louvado! Pregou já uma cutilada no gigante inimigo da Senhora Princesa Micomicona, que lhe cortou a cabeça pelo meio como se fora um nabo.

— Que dizes, irmão? — perguntou o padre interrompendo a leitura. — Estás em ti, Sancho? Como diabo pode ser isso que dizes, se o gigante está a duas mil léguas daqui?

Nesse comenos ouviu-se do aposento um grande ruído e a voz de Dom Quixote, que dizia em altos gritos:

— Espera, ladrão malandrino, velhacão; estás seguro; não te há de valer a tua cimitarra.[2]

E nisso soavam pelas paredes grandes cutiladas.

— Não têm que se pôr a escutar — disse Sancho —; entrem a apartar a peleja ou a ajudar meu amo, que talvez já não seja preciso; sem dúvida o gigante a estas horas está morto e dando contas a Deus da sua má vida.

---

[1] O título original, "Que trata de outros sucessos raros que na estalagem sucederam", não menciona o episódio da luta com os odres de vinho, contada no presente capítulo, enquanto que a epígrafe do seguinte a anuncia, apesar de já ter ficado para trás. São anomalias que devem ser atribuídas a uma insuficiente revisão final do manuscrito por parte de Cervantes.

[2] Espada de lâmina curva mais larga na extremidade livre, com gume no lado convexo, usada por certos povos orientais (árabes, turcos, persas), especialmente pelos guerreiros muçulmanos.

Vi-lhe o sangue em enxurrada pelo chão, e a cabeça cortada e caída para a banda é tamanha como um grande odre de vinho.

— Deem cabo de mim — exclamou o estalajadeiro — se Dom Quixote ou Dom Diabo não deu alguma cutilada em alguns dos odres do tinto que lhe estavam cheios à cabeceira. Aposto que não é senão o meu vinho o que se figurou sangue a esse palerma.

Assim dizendo, entrou no aposento com todos atrás de si, e acharam Dom Quixote no mais extravagante vestuário do mundo: estava em camisa, que não era tão comprida que por diante lhe cobrisse inteiramente as coxas, e por detrás faltavam seis dedos. As pernas eram muito compridas e fracas, cheias de felpa e nada limpas. Tinha na cabeça um barretinho vermelho e surrado pertencente ao estalajadeiro; no braço esquerdo enrodilhada a manta da cama, a que Sancho tinha ojeriza por motivos que ele muito bem sabia; e na direita floreava a espada nua, atirando cutiladas para todas as bandas, dando vozes como se realmente estivera pelejando com algum gigante. E o bonito era que estava com os olhos fechados, porque realmente dormia sonhando andar em batalha com o gigante. Tão intensa havia sido a apreensão da aventura que ia acabar que o fez sonhar achar-se já no reino de Micomicão e a braços com o seu adversário; e tantas cutiladas tinha assentado nos odres, supondo descarregá-las no gigante, que todo o quarto era um lagar de vinho. Logo que o estalajadeiro tal presenciou, encheu-se de tamanha cólera que arremeteu contra Dom Quixote e, com os punhos fechados lhe começou a chover tantos murros que, se Cardênio e o cura lho não tiram das mãos, a guerra do gigante se acaba ali para todo sempre. Pois nem com tudo aquilo acordava o pobre cavaleiro. O que valeu foi acudir o barbeiro com uma caldeira de água fria do poço, atirando-lha para cima de chapuz.[3] Com isso é que o fidalgo despertou; mas ainda assim tão pouco em si que não reparou na lástima em que se achava. Doroteia, que tinha logo enxergado como ele estava vestido à curta, não quis entrar a ver a batalha do seu defensor com o seu inimigo.

Andava Sancho buscando a cabeça do gigante por todo o chão; como não a achava, disse:

— Está visto que tudo aqui é encantamento: da outra vez, neste mesmo lugar em que me acho, levei uma chuva de pancadas e socos por

---

[3] Jogar-se ou lançar-se de cabeça para baixo.

estas ventas, sem saber quem fosse o das mãos rotas nem ver alma viva; e agora vejo com meus próprios olhos cortar a cabeça e correr sangue do corpo como de um chafariz, e tal cabeça não aparece.

— Que sangue e que chafariz estás tu para aí alanzoando, inimigo de Deus e dos seus santos? — disse o estalajadeiro. — Não vês, ladrão, que o sangue e o chafariz não são senão esses odres, que para aí estão arrombados, e o meu rico vinho tinto que nada no quarto? Nadar vejo eu nos infernos a alma de quem mos arrombou.

— Não sei nada disso — respondeu Sancho —; o que sei é que hei de ser tão mofino que, por não achar a cabeçorra do bruto, se me há de desfazer o condado como sal na água.

O pobre Sancho acordado estava pior que o amo dormindo; efeito das promessas do patrão. Desesperava-se o estalajadeiro de ver a fleuma do escudeiro e o malefício do fidalgo e jurava que dessa vez não havia de ser como da passada, irem-se embora sem lhe pagar; que não lhe haviam de valer os privilégios da sua cavalaria para não lhe satisfazer tudo por junto, e até o que poderia custar a remendagem dos odres.

Segurava o cura as mãos de Dom Quixote, o qual, supondo ter já finalizado a pendência e estar perante a Princesa Micomicona, se lançou em joelhos aos pés do eclesiástico, exclamando:

— Já pode a Vossa Grandeza, alta e poderosa senhora, viver desde hoje mais segura, porque já não lhe pode causar prejuízo essa malnascida criatura; e eu também de hoje em diante me dou por quite da palavra que vos obriguei, pois com a ajuda do alto Deus, e com o favor daquela por quem vivo, tão inteiramente para convosco me desempenhei.

— Não era o que eu dizia? — disse ouvindo aquelas palavras Sancho. — Vejam lá se eu estava borracho; vejam lá se meu amo não tem já o gigante na salmoura. Certo são os touros; o meu condado está na unha.

Quem não havia de rir com os disparates daquele par? Tal amo, tal moço! Riam-se todos, afora o taverneiro, que se dava ao Diabo. Enfim, tanto fizeram o barbeiro, Cardênio e o cura que, a poder de trabalho, deram com Dom Quixote na cama, ficando a dormir com mostras de grandíssimo cansaço. Deixando-o pois a dormir, saíram para o portal da taverna com o fim de consolar Sancho Pança de não haver encontrado a cabeça do gigante, mas ainda tiveram mais que trabalhar em abater a ira do estalajadeiro, o qual estava desesperado por causa de assim morrerem os seus odres, vítimas de uma morte repentina; e a estalajadeira, gritando a bom gritar, dizia:

— Em mau ponto, em minguada hora, entrou em minha casa esse cavaleiro andante, a quem meus olhos tão bom fora que nunca houveram visto, pois que tão caro ele me fica: da última vez foi-se embora com o custo da ceia de uma noite, e da cama, palha e cevada, para ele e para o seu escudeiro, e para o rocim e o jumento, dizendo que era cavaleiro aventureiro (que má ventura lhe dê Deus a ele e a quantos aventureiros haja neste mundo), e que por isso não estava obrigado a pagar coisa alguma, porque assim o achava escrito nos aranzéis[4] da cavalaria andantesca: agora por seu respeito veio um outro senhor e me levou a minha cauda e, quando ma restitui, entregou-ma com mais de dois quartos de real de prejuízo, toda pelada, de modo que não pode servir para o que meu marido a queria; e por fim e remate de tudo isso rompe-me os meus odres e entorna-lhes o vinho todo pelo chão, que assim lhe veja eu derramado quanto sangue tem nas veias; e não se pense que pelos ossos de meu pai e honra de minha mãe não me hão de pagar um quarto sobre outro, ou eu não me chamaria pelo nome que sou chamada, nem seria filha de quem sou.

    Essas e outras razões dizia a taverneira com grande cólera, e era ajudada pela sua boa criada. A filha calava-se e somente de quando em quando sorria. O cura sossegou todo o barulho, prometendo-lhes satisfazer as suas perdas do melhor modo possível, assim a dos odres como a do vinho, e principalmente o dano da cauda pelada, da qual tanta conta faziam. Doroteia consolou Sancho Pança, dizendo-lhe que, sempre que se viesse a verificar que seu amo havia cortado a cabeça ao gigante, lhe prometia, logo que se visse senhora pacífica do seu reino, a dar-lhe o melhor condado que lá houvesse. Consolou-se Sancho com essa promessa e assegurou à princesa que tivesse por certo que ele, Sancho, vira perfeitamente a cabeça do gigante, que, por sinal mais certo, trazia uma barba que lhe chegava até a cinta e que, se agora não aparecia, era porque tudo quanto acontecia naquela casa vinha por via de encantamento, o que ele já havia experimentado em outra vez que ali estivera. Doroteia disse que assim o acreditava e que não se afligisse, porque as coisas correriam bem e à medida do seu desejo. Sossegados todos, quis o cura acabar de ler a novela, porque viu que pouco faltava para concluir a sua leitura. Cardênio, Doroteia e todos os mais lhe rogavam

---

[4] Instruções sobre determinado assunto; formulário, lista, regulamento.

que assim o fizesse, e ele, para todos dar gosto, e mesmo também pelo que lhe dava o lê-la, prosseguiu o conto, que era como se segue:

Sucedeu pois que, pela satisfação que a Anselmo dava a bondade de Camila, vivia uma vida contente e sem cuidados, e Camila de propósito tratava secamente Lotário, para que Anselmo entendesse às avessas o amor que lhe tinha ela; e para maior confirmação do engano de Anselmo lhe pediu Lotário licença de não vir à sua casa, porque Camila claramente mostrava o desgosto com que o via sempre que era forçada a recebê-lo; porém o iludido Anselmo disse-lhe que por modo nenhum tal fizesse; e assim por mil maneiras se tornava Anselmo o fabricador da sua desonra, quando cuidava que o era do seu gosto. Destarte corriam as coisas, quando Leonela vendo-se de alguma sorte autorizada e apoiada nos seus amores, chegou neles a tal ponto que, sem olhar a outra coisa mais que a satisfazê-los, os deixou ir à rédea solta, fiada em que sua ama a encobriria, e mesmo a advertiria do modo mais fácil que teria para pô-los sempre em execução. Finalmente, em uma noite, sentiu Anselmo passos no aposento de Leonela, e, querendo entrar a ver quem os dava, sentiu que lhe detinham a porta, o que lhe aumentou a vontade de abri-la, e tanto esforço fez que a abriu, e entrou dentro a tempo ainda de ver que um homem saltava pela janela para a rua; e, acudindo com ligeireza a ver se o alcançaria, ou pelo menos o conhecia, nem uma nem outra coisa conseguiu, porque Leonela se abraçou com ele, dizendo-lhe:

— Sossegue, meu senhor, e não se alvoroce nem siga a quem daqui saltou, que é coisa minha, e tanto que é meu esposo.

Não quis Anselmo acreditá-la, antes, cego pela ira, tirou uma adaga e quis ferir Leonela, mandando-lhe que lhe confessasse a verdade, senão a mataria; ela, com o medo, sem saber o que dizia, lhe respondeu:

— Não me mate, meu senhor, que eu lhe contarei coisas da maior importância que pode imaginar.

— Dize-as já — lhe disse Anselmo —, se não queres morrer.

— Por agora me será impossível dizê-las — respondeu Leonela —, porque estou muito perturbada; deixe-me até pela manhã, que então saberá de mim o que o há de admirar, e esteja seguro que o que saltou pela janela é um mancebo desta cidade que me deu a mão de esposo.

Sossegou-se com isso Anselmo e quis guardar o termo que lhe pedia, porque nem pelo pensamento lhe passava poder ouvir coisa que fosse contra Camila, de cuja bondade estava tão seguro e satisfeito; e assim saiu do aposento, deixando encerrada nele Leonela, e dizendo-lhe que dali não sairia até que lhe contasse tudo quanto para contar lhe tinha.

Dali foi logo ter com Camila e contar-lhe, como lhe contou, tudo o que com a criada havia passado e como ela lhe prometera lhe dizer grandes coisas e da maior importância. O estado em que ficou Camila, ouvindo o que o marido lhe disse, fácil será a qualquer pessoa imaginá-lo; foi tamanho o temor que se apoderou dela, crendo (e quem em tal caso não o creria) que Leonela descobriria a Anselmo a deslealdade dela, que não teve coragem nem ânimo de esperar para ver se o seu receio se desvaneceria; e por isso, assim que lhe pareceu estar Anselmo já adormecido, muito de manso e sem ser sentida juntou as melhores joias que tinha e algum dinheiro e saiu de casa, indo ter direita à de Lotário, ao qual contou o que tinha se passado e lhe pediu que a pusesse em seguro ou que se ausentassem ambos para lugar onde estivessem livres da vingança de Anselmo. Foi tal a confusão em que semelhante nova pôs Lotário que não sabia responder a Camila coisa que jeito tivesse, e ainda menos sabia a resolução que devia tomar. Afinal resolveu levar Camila para um mosteiro, em que era prelada uma irmã sua: Camila consentiu nisso e, com a prontidão e brevidade que pedia o caso, a guiou Lotário ao mosteiro e, deixando-a lá, se ausentou imediatamente da cidade, sem dar parte da sua ausência a pessoa alguma.

Logo que amanheceu, Anselmo, sem reparar na falta de Camila e só possuído do desejo que tinha de saber o que Leonela queria dizer-lhe, se levantou da cama e foi ao aposento onde a havia deixado encerrada: abriu a porta e, entrando, não encontrou Leonela e somente viu os lençóis atados à janela, por meio dos quais pudera descer para a rua: voltou muito triste para contar esse acontecimento a Camila; porém, não a achando na cama nem em toda a casa, ficou cheio de assombro. Perguntou por ela aos criados da casa, mas nenhum lhe soube responder. Como andasse de novo buscando Camila pela casa, acertou de olhar para os seus cofres e viu que estavam abertos e que neles faltavam as suas melhores joias, e então foi que caiu na conta, compreendendo que a sua desventura não lhe vinha de Leonela. Sem se acabar de vestir e mesmo assim como estava, partiu triste e pensativo para a casa do seu amigo Lotário a dar-lhe parte do sucedido; porém, quando chegou à casa do seu amigo e os criados deste lhe disseram que naquela noite desaparecera, levando consigo todo o dinheiro que possuía, sem se saber para onde fora, ficou Anselmo espantado e em termos de perder o juízo:

e, para que a sua desgraça fosse ainda mais completa, quando voltou à sua casa, achou-a deserta e desamparada dos criados e das criadas, que todos se haviam dela ausentado.

Não sabia o que pensar nem o que havia de dizer ou fazer, e pouco a pouco se lhe ia esvaindo o juízo: contemplava-se em um instante privado da mulher, do amigo e dos criados; parecia-lhe achar-se desamparado do céu que o cobria, e sobretudo com a sua honra perdida, porque na fuga de Camila via qual devia ser a opinião pública que a seu respeito se preparava. Resolveu por fim, depois de longamente meditar, ir para a aldeia de seu amigo, onde estivera quando ele próprio fora o maquinador de toda essa desventura. Fechou as portas da sua casa, montou a cavalo e com desmaiado alento se pôs a caminho. Apenas haveria feito meio caminho quando, acossado dos seus pensamentos, forçoso foi apear-se e, depois de prender o cavalo a uma árvore, se deixou cair junto do tronco dela soltando ternos e dolorosos suspiros, e ali esteve quase até o anoitecer, e a essa hora viu que vinha da cidade um homem a cavalo, ao qual, saudando-o, lhe perguntou que novas havia em Florença. O homem lhe respondeu:

— As mais estranhas que desde muito tempo lá se têm ouvido, porque se conta publicamente que Lotário, aquele grande amigo do rico Anselmo, que morava em São João, fugiu esta noite com Camila, mulher do referido Anselmo, do qual também não se sabe por haver desaparecido: tudo isso foi dito por uma criada de Camila, que a passada noite foi achada pelo governador a escapar-se da casa de Anselmo, descendo de uma janela para a rua por meio de uns lençóis, presos à mesma janela; na verdade não sei pontualmente como o negócio se passou, somente sei que toda a cidade está admirada com esse sucesso, porque não se podia esperar semelhante desfecho da amizade dos dois, a qual era tanta que ordinariamente eram chamados "os dois amigos".

Aqui perguntou Anselmo:

— E sabe-se o caminho que levaram Lotário e Camila?

— Nem por pensamento — respondeu o cavaleiro —, apesar de haver o governador empregado a maior diligência em procurá-los.

— Adeus, e com Ele ide — disse Anselmo.

— E com Ele fiqueis — respondeu o caminhante, continuando o seu caminho.

Com tão desastradas notícias, Anselmo chegou aos termos não só quase de perder o juízo mas até quase de perder a vida. Levantou-se conforme pôde e chegou à casa do seu amigo, que nada sabia do seu infortúnio; porém, como este via chegar amarelo, seco e consumido, entendeu que de algum grande mal vinha possuído. Pediu logo Anselmo que lhe dessem um aposento onde descansasse e juntamente todo o necessário para poder escrever. Assim se fez, e o deixaram no aposento só e à sua vontade, porque assim o desejou ele, e também que lhe cerrassem a porta. Quando se viu só, começou a sua imaginação a carregá-lo tanto com a lembrança da sua desgraça que claramente se conheceu, pelas aflições mortais que em si sentia, que a vida se lhe ia acabando; e por isso determinou deixar notícia da causa tão extraordinária da sua morte: e, começando a escrever, antes de acabar tudo o que queria deixar escrito, lhe faltou o alento e deixou a vida nas mãos da dor que lhe causou a sua curiosidade impertinente. Vendo o dono da casa que se fizera tarde e que Anselmo não chamava, resolveu entrar no aposento dele a saber se a sua indisposição aumentava, e o achou com metade do corpo sobre a cama, e o rosto e peito debruçados sobre o bufete, em cima do qual estava um papel escrito, e Anselmo conservava ainda na mão a pena. Chegou-se o anfitrião a ele, depois de primeiro chamá-lo, e, vendo que, chamando-o, não lhe respondia, pegou-lhe a mão e o encontrou frio, por onde conheceu que estava morto. Admirou-se e ficou grandemente magoado e aflito, e chamou pela gente da casa para que presenciassem a desgraça a Anselmo acontecida; e por último leu o papel, que conheceu estar escrito por letra do mesmo Anselmo, e nela se liam as razões seguintes:

> Um néscio e imprudente desejo é quem me tira a vida: se a notícia da minha morte chegar aos ouvidos de Camila, saiba que eu lhe perdoo, porque ela não estava obrigada a fazer milagres, nem eu tinha necessidade alguma de querer que ela os fizesse: e pois que fui eu o maquinador da minha desonra, não há para que...

Até esse ponto escreveu Anselmo, por onde se conheceu que naquele momento, sem poder acabar o que escrevia, se lhe acabou a vida. No dia seguinte avisou o amigo de Anselmo os parentes deste do que sucedera, e já então eles sabiam dessa grande desgraça e também sabiam qual era o mosteiro onde se recolhera Camila, a qual estava em termos quase de acompanhar o marido na temerosa viagem que fizera, não pelas notícias que recebeu da morte dele, mas sim pelas que teve do ausente amante.

Disse-se que, ainda que se viu viúva, nem quis sair do mosteiro nem tampouco professar como religiosa, até que, não dali a muitos dias, soube que Lotário havia sido morto em uma batalha[5] que naquele tempo deu Monsieur de Lautrec ao grande Capitão Gonçalo Fernández de Córdoba, no reino de Nápoles, onde o amigo tão tardiamente arrependido fora ter afinal: sabido isso por Camila, imediatamente professou no mosteiro, e em breves dias acabou a vida, vítima do rigor insuportável da sua melancólica tristeza. Esse foi o fim desditoso para todos, que lhes veio de um tão desatinado princípio.

— Muito bem — disse o cura — me parece esta novela; mas não posso persuadir-me de que isto seja verdade, e, sendo fingido, o autor fingiu mal, porque na verdade não se pode imaginar que tenha havido no mundo um marido tão parvo que quisesse fazer uma experiência como a que fez Anselmo; se esse caso se desse entre um namorado e a sua amante, ainda poderia admitir-se; mas entre marido e mulher é coisa impossível de acreditar; pelo que toca ao estilo em que se acha escrita, não me descontenta.[6]

---

[5] Pode se referir à batalha de Ceriñola (1503), da qual participou, com dezoito anos, na retaguarda das tropas francesas, o que depois seria o famosíssimo general francês Odet de Foix, senhor de Lautrec, contra as tropas espanholas comandadas pelo Grão-Capitão. Mas pode ser também, dada a importância que depois adquirirá o francês, simplesmente a criação de uma época, histórica e fictícia, que afaste os acontecimentos, em perspectiva, até o primeiro terço do século XVI, dando-lhes verossimilhança e prestígio.

[6] Essa é a primeira novela de Cervantes a ser impressa. Observe-se que se aponta a diferença entre o narrado e o modo de narrar — que se diferencia, tacitamente, entre fábula, trama e discurso — e se questiona tanto o problema da verossimilhança como o da resposta do leitor ao narrado. Ideias parecidas se encontram na novela *O casamento enganoso*, antes da leitura do *Colóquio dos cães*.

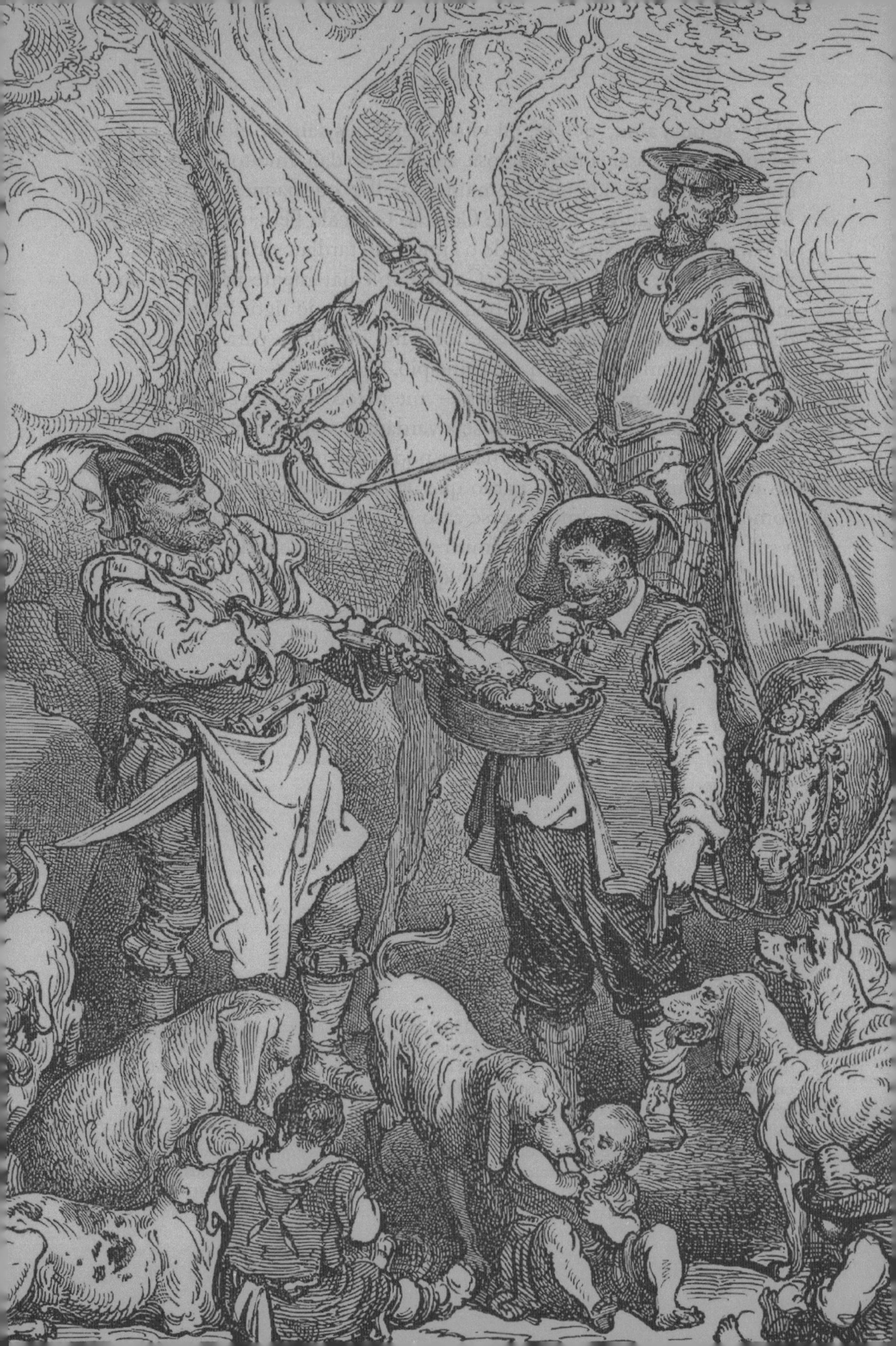

## Capítulo XXXVI

### QUE TRATA DE OUTROS SUCESSOS RAROS QUE NA ESTALAGEM SUCEDERAM[1]

A ESTE TEMPO o estalajadeiro, chegando à porta da estalagem, disse:

— Aí vem um formoso rancho de hóspedes e, se aqui pousarem, teremos hoje um dia cheio.

— Que gente é? — perguntou Cardênio.

— São quatro homens à gineta,[2] com lanças e adargas, e todos eles mascarados de negro,[3] e com eles vem também uma mulher vestida de branco, a cavalo, sobre um cilhão,[4] igualmente mascarada, e dois criados a pé.

O cura perguntou:

— E vêm aí já perto?

— Tão perto que já aqui estão à porta — respondeu o estalajadeiro.

Ouvindo isso, Doroteia lançou um véu sobre o rosto e Cardênio se recolheu ao aposento de Dom Quixote; e mal tinha feito isso quando entraram na estalagem todos os que o estalajadeiro havia indicado; e, apeando-se os quatro cavaleiros, que eram pessoas de bela disposição

---

[1] O título deste capítulo originalmente era o do capítulo anterior, onde se narra a "batalha" mencionada. A estalagem, lugar de mudança de peripécia dos personagens, foi comparada com o palácio de Felícia, na *Diana* de Montemayor.

[2] Forma de montar em que os freios eram recolhidos, e os estribos, largos e de correias curtas; o ginete parecia ir sentado e não esticava a perna mais abaixo do cavalo. A adarga era própria dos que montavam à gineta.

[3] Máscaras muito usadas no verão, para proteger da poeira e do sol.

[4] Sela apropriada para as mulheres.

e gentil aparência, foram logo ajudar a apear-se a mulher que vinha no cilhão e, tomando-a em seus braços, um dos quatro a levou para uma cadeira que estava junto da entrada do aposento em que Cardênio se escondera, na qual ela se assentou. Em todo esse tempo, nenhum dos recém-chegados havia tirado a máscara nem pronunciado uma única palavra: somente a mulher, ao assentar-se na cadeira, deu um profundo suspiro e deixou cair os braços, como pessoa enferma e desmaiada. Os criados, que vinham a pé, levaram os cavalos à cavalariça.

O cura, que reparou atentamente em tudo isso, desejando saber quem era aquela gente tão silenciosa e que de semelhante traje usava, foi aonde estavam os criados e perguntou a um deles pelo que desejava saber; o criado lhe respondeu:

— Perdoai, senhor meu, não saberei eu dizer-vos que gente é essa, e só sei que mostra ser gente principal, especialmente aquele que nos braços tomou a senhora que aí tendes visto, quando ela se apeou da cavalgadura: digo isso porque os outros todos o respeitam, e nada mais se faz senão o que ele determina e manda.

— E quem é a senhora? — perguntou o cura.

— Também — respondeu o criado — não poderei dizer-vos coisa alguma a tal respeito, porque em todo o caminho ainda não lhe vi a cara; muitas vezes, isso é verdade, a tenho ouvido suspirar e dar uns gemidos tão profundos que parece arrancar-se-lhe com eles a alma: e não é de admirar que eu e o meu companheiro ignoremos esses particulares, porque apenas há dois dias os acompanhamos, pois os encontramos no caminho por acaso e eles nos pediram e capacitaram de vir com eles até a Andaluzia, oferecendo-nos uma boa e abundante recompensa.

O cura perguntou ainda:

— E já ouviste nomear algum deles?

O criado lhe respondeu:

— Nem sombra de nome lhes ouvimos ainda, pois caminham com tão grande silêncio que causa admiração, e não se ouve entre eles outra coisa senão somente os suspiros e soluços da pobre senhora, a qual nos move muita pena; e o que nos parece é que ela, para onde quer que vai, vai contra sua vontade e, segundo o seu vestido dá a entender, ela ou é freira ou vai para sê-lo, que é o mais certo; e, talvez por não ser do seu gosto a vida claustral, vai triste como parece.

— Tudo pode ser — disse então o cura.

E, deixando-os, voltou para onde estava Doroteia. Esta, por ter ouvido os suspiros da mulher mascarada, movida da compaixão natural, se chegou a ela e lhe disse:

— Que incômodo tendes, minha senhora? Se por acaso é algum daqueles que as mulheres costumam e podem curar, por terem disso uso e experiência, crede que com a melhor vontade me ofereço para o vosso serviço.

A quanto Doroteia disse não respondeu palavra a aflita senhora, e bem que por mais de uma vez repetisse aquela os seus oferecimentos, esta contudo se conservava sempre silenciosa, até que, chegando um dos cavaleiros mascarados (que era o mesmo a quem disse o criado que os outros obedeciam), disse a Doroteia:

— Não vos canseis, senhora, em oferecer coisa alguma a essa mulher, porque o seu costume é não agradecer jamais qualquer obséquio que se lhe faça; nem queirais que vos responda, se não quereis que vos diga alguma mentira.

— Nunca a disse — exclamou neste momento a que até ali se conservara calada —; antes, por ser tão verdadeira e nunca usar de enredos mentirosos, me vejo agora em tamanha desventura, e disso quero eu que vós próprio deis o testemunho, pois é a minha verdade pura quem vos torna falso e mentiroso.

Essas palavras da senhora, Cardênio as ouviu clara e distintamente, porque estava tão junto de quem as proferia que somente os separava a porta do aposento de Dom Quixote, e apenas as ouviu, soltando uma grande voz, disse:

— Deus me valha, que é isso que eu escuto? Que voz é essa que me acaba de soar aos ouvidos?

A esses brados a senhora, que estava assentada na cadeira, muito sobressaltada, e não vendo quem os dava, se levantou e procurou entrar no aposento: o que, visto pelo cavaleiro, a deteve, sem deixá-la mover um passo. Com a repentina perturbação que lhe sobreveio nesse momento, quando se levantou da cadeira, à senhora lhe caiu do rosto o véu com que o encobria, aparecendo este aos olhos dos circunstantes um verdadeiro milagre de rara formosura, ainda que sem cor alguma e como assombrado, e andava com os olhos num continuado movimento perscrutando com grande afinco todos os lugares que com a vista alcançava, e isso de tal modo que parecia estar fora do seu bom senso, sinais esses que causaram muita pena em Doroteia e em todos quantos presenciavam esse acontecimento. Tinha-a o cavaleiro segura pelos ombros e, por estar todo ocupado em segurá-la, não pôde acudir à máscara que lhe caía, como efetivamente lhe caiu; e olhando para ele Doroteia, a qual tinha abraçado a senhora, conheceu que era o seu esposo Dom Fernando. Apenas o conheceu quando, depois de dar um longo e tristíssimo gemido, ia a cair desmaiada, e decerto jazeria no chão naquele instante se junto a ela não se achasse o barbeiro, que a sustentou nos braços, salvando-a desse modo de uma perigosa queda. A esse tempo acudiu o cura, tirando-lhe o véu do rosto com que se ocultava e deitando-lhe água para reanimá-la; e logo que a desmascarou conheceu-a Dom Fernando e ficou como morto, mas nem por isso deixou de continuar a ter segura Lucinda, que era quem forcejava por soltar-se das mãos dele, para ir em busca de Cardênio, a quem conhecera poucos momentos antes e pelo qual igualmente havia sido reconhecida. Ouviu Cardênio o gemido de Doroteia quando ia a cair desmaiada e, cuidando que quem gemera fora a sua Lucinda, saiu do aposento todo aterrado, e a primeira pessoa em que fitou os olhos foi Dom Fernando, que tinha Lucinda presa em seus braços. Dom Fernando também conheceu logo Cardênio, mas este e também Lucinda e Doroteia ficaram mudos e suspensos como quem não sabia o que tinha lhes acontecido.

Todos os quatro se calavam, e olhavam uns para os outros. Doroteia para Dom Fernando, Dom Fernando para Cardênio, Cardênio para Lucinda, e Lucinda para Cardênio; porém a primeira que rompeu o silêncio foi Lucinda, falando deste modo a Dom Fernando:

— Deixai-me, Senhor Dom Fernando, pelo que deveis a ser quem sois, e, quando por outro respeito não queirais deixar-me, deveis fazê-lo assim para que eu possa chegar à parede de que sou pedra e encostar-me ao apoio de que não puderam ainda apartar-me as vossas importunações, as vossas promessas, as vossas dádivas nem as vossas ameaças: considerai como, por desusados, e para nós desconhecidos caminhos, o céu me trouxe para junto do meu esposo, e bem sabeis por mil custosas experiências que para arrancá-lo da minha lembrança apenas a morte seria bastante: sirvam tantos e tão claros desenganos para que mudeis (se outra coisa não puderdes fazer) o amor em raiva, a vontade em despeito, e com isso me acabai a vida, pois por bem acabada a darei eu uma vez que ela se acabe diante do meu querido esposo: porventura ficareis com a minha morte satisfeito da constante fé, que sempre a ele guardei até o meu derradeiro suspiro.

Nesse tempo havia Doroteia voltado a si e escutado tudo quanto Lucinda dissera, por onde veio a conhecer a pessoa que falava, e, vendo que Dom Fernando continuava prendendo-a em seus braços e não respondia às suas razões, esforçando-se quanto pôde, se levantou e, lançando-se de joelhos aos pés dele, banhada em lágrimas tão lastimadas como formosas, lhe disse:

— Se não é, senhor meu, porque os raios desse sol, que em teus braços eclipsado tens, te ofuscam e tiram toda a luz dos olhos, já terás visto que esta que se acha ajoelhada a teus pés é a mísera Doroteia, sempre desditosa enquanto for da tua vontade que ela o seja: eu sou aquela humilde lavradora a quem tu por tua bondade, ou por teu gosto, quiseste elevar à altura de poder chamar-se tua: sou a que encerrada nos limites da honestidade viveu vida contente até que as vozes de tuas importunações e dos teus sentimentos, que amorosos e justos pareciam, abriu as portas do seu recato e te entregou as chaves da sua liberdade: condescendência por ti tão mal agradecida como bem claro o patenteia encontrares-me no lugar onde me encontra e eu ver-te da maneira que te vejo; contudo, não quero que te venha à imaginação haverem sido desonrosos os passos que me trouxeram a este sítio, pois os que dei até aqui foram unicamente movidos pelo sentimento doloroso de me ver de ti esquecida. Quiseste que fosse tua, e de tal modo o quiseste que, ainda que o não queiras agora, já não será possível que deixes de ser meu. Repara, senhor meu, que o amor que te dedico pode ser recompensa da nobreza e formosura pelas quais queres deixar-me: não podes tu ser da bela Lucinda, porque és meu, nem ela pode ser tua, porque é de Cardênio; mais fácil será, se acaso bem o considerares, que possas trazer a tua vontade de novo ao amor daquela que te adora do que encaminhar a vontade da que te aborrece e obrigá-la a que bem te queira. Tu não ignoraste a minha qualidade; tu solicitaste a minha inteireza, aproveitaste-te do meu descuido, e muito bem sabes tudo quanto se passou para eu ceder à tua vontade; e por isso não te resta modo algum para agora te arrependeres ou fingires que te enganaste: e, sendo isso verdade, como é, e sendo tu tão bom cristão como és cavalheiro, qual pode ser o motivo por que demoras com tão longos rodeios a tornar-me venturosa no fim como no princípio me tornaste? E, se acaso não me queres por tua legítima e verdadeira esposa, que é o que eu na realidade sou, deves ao menos querer admitir-me por tua escrava, que na conta de venturosa e bem andante me hei de ter uma vez que eu chegue a ser tua.

Não consintas em que publicamente seja infamada a minha honra, deixando-me e abandonando-me. Não prepares uma tão má velhice a meus pais, pois não a merecem ter aqueles que sempre fizeram, como bons vassalos, tão leais serviços aos teus antepassados; considera que pouca ou nenhuma fidalguia existe no mundo que não tenha andado por este caminho, e que a nobreza que vem pelas mulheres nada faz contra a ilustração das mais distintas famílias, por onde deves convencer-te de que a nobreza do teu sangue não há de aniquilar-se pela mistura do meu: quanto mais que a verdadeira nobreza consiste principalmente na virtude,[5] e se esta a ti te falta, negando-me aquilo a que tão justamente estás obrigado, as vantagens de nobre que tu possuis hás de perdê-las, e hão de passar todas para mim: finalmente, senhor meu, dir-te-ei por último que, ou tu queiras ou não queiras, a tua esposa sou eu, e disso dão testemunho as tuas palavras, que não foram mentirosas, nem agora o devem ser, se porventura não acontece que tu prezas na tua pessoa aquilo mesmo que desprezas na minha: o teu escrito, que em meu poder existe, é a prova mais clara daquilo que me prometeste na ocasião mesma em que chamavas o céu por testemunha da promessa que me fazias; mas quando nada de tudo quanto tenho dito possa valer, apelo para a tua consciência íntima, a qual, pintando-te vivamente a verdade das minhas palavras, não deixará de por muitas vezes te afligir, roubando-te metade das tuas alegrias e perturbando-te a miúdo os gozos e contentamento da tua vida.

Assim falou a lastimada Doroteia, e foram tantas as suas lágrimas e tão doloroso o sentimento que manifestou que os próprios companheiros de Dom Fernando e todos os que estavam ali presentes choraram com ela. Dom Fernando a escutou sem lhe responder uma só palavra até que ela acabou de falar, dando começo a tantos soluços e suspiros que somente um coração de bronze não se enterneceria ao presenciar dor tão grande e tão profunda. Lucinda olhava para ela não menos magoada do seu muito sentimento que admirada de sua rara discrição e formosura; mas, ainda que muito desejasse chegar-se a ela e dizer-lhe palavras de alívio e consolação, não lho permitiam os braços de Dom Fernando, que a seguravam. Este, cheio de espanto e confusão, depois de passado um bom espaço de tempo, no qual esteve olhando para Doroteia, alargou os braços e, deixando-a livre, disse:

---

[5] O conceito, expresso com palavras similares já na tradição clássica, aparece com frequência tanto na literatura do Século de Ouro como nas polêmicas da limpeza de sangue.

— Venceste, formosa Doroteia, venceste, porque não é possível haver ânimo para negar tantas verdades juntas.

Lucinda, por causa do desmaio que havia sofrido, assim que Dom Fernando deixou de sustê-la, ia cair no chão, porém Cardênio, que ao pé dela estava, colocado atrás de Dom Fernando para que este não o conhecesse, perdido todo o receio e aventurando-se a correr todo o risco e perigo, a sustentou em seus braços e ao mesmo tempo lhe disse:

— Se aos céus piedosos apraz que chegues a gozar algum descanso, em nenhum lugar, leal, firme e formosa senhora minha, o encontrarás ao meu parecer mais seguro que nestes braços que agora te recebem, e que já em outro tempo te receberam quando a fortuna permitiu que eu pudesse chamar-te minha.

A essas palavras Lucinda, firmando a vista em Cardênio, a quem começara a conhecer primeiro pela voz, agora se certificou de que era ele próprio e, sem atender a algum honesto respeito, quase como fora de si, lhe lançou os braços ao pescoço e, juntando o seu rosto com o dele, lhe disse:

— Vós sim, senhor meu, vós é quem sois o verdadeiro dono desta vossa cativa, por mais que a isso se oponha o poder de uma inimiga sorte, e por maiores ameaças que feitas sejam à minha vida, que só na vossa se sustenta.

Estranho espetáculo foi esse para Dom Fernando e para quantos ali se achavam, que a todos encheu de admiração um sucesso tão extraordinário. A esse tempo Doroteia, que estava olhando para Dom Fernando, como que entreviu mudar ele de cor e que dava ares de querer vingar-se de Cardênio, porque o viu levar a mão ao punho da espada; e, havendo observado isso, com infinita tristeza se lhe abraçou aos joelhos beijando-lhos, e tão fortemente que não o deixava movê-los, e com muitas lágrimas lhe dizia:

— Que pensas tu fazer, tu, que és o meu único refúgio neste tão inesperado transe? Tens a teus pés a tua esposa, e aquela que querias que o fosse está nos braços de seu marido: medita se porventura te ficará bem quereres desfazer, ou se isso te será possível, aquilo que o próprio céu tem feito, ou se te será conveniente o igualares a ti mesmo aquela que, saltando por cima de todas as dificuldades, confirmada na sua própria firmeza e lealdade, apresenta diante dos teus olhos os seus banhados em amorosas lágrimas, capazes de inundar o rosto e o peito do seu verdadeiro esposo. Por Deus, senhor meu, te rogo e mesmo até por quem tu és te suplico que esse tão notório desengano não só não acrescente a tua ira, mas antes de tal maneira a diminua e adoce, que permitas a esses dois amantes poderem, durante todo o tempo que o céu para isso lhes conceder, gozar descanso e tranquilidade, mostrando assim a generosidade do teu nobre e ilustre peito, e então verá o mundo que a razão tem contigo um poder muito superior ao do apetite.

 Enquanto Doroteia esteve falando, Cardênio, sem deixar de sustentar em seus braços Lucinda, não perdia Dom Fernando de vista, com determinação de, no caso de lhe ver executar algum movimento em seu prejuízo, se defender e ainda mesmo ofender, como melhor pudesse, não só a ele mas a quantos se lhe mostrassem contrários, ainda que a vida lhe custasse. Nesse momento porém acudiram os companheiros de Dom Fernando e o cura e o barbeiro, que tudo haviam presenciado, sem que também faltasse o bom Sancho Pança; e rodearam todos Dom Fernando, pedindo-lhe que se dignasse de atender às lágrimas de Doroteia, e que, sendo verdade quanto ela havia exposto, não consentisse em deixá-la iludida e enganada nas suas tão justas esperanças: que considerasse que, não por simples efeito do acaso, mas sim por providência particular do céu, haviam todos se juntado em um lugar onde nenhum deles contava que lhe aparecesse um semelhante encontro; e que advertisse (acrescentava o cura) em ser a morte a única que podia separar Lucinda de Cardênio, pois, ainda quando fossem separados agora pelos fios de uma espada, seria essa para eles a morte mais ditosa, e em que nos lances irremediáveis mostraria Dom Fernando consumada cordura, sempre que por um digno esforço a si próprio se vencesse, o que se realizaria agora mostrando a generosidade do seu peito em permitir que os dois recebessem como benefício especial da vontade dele aquele mesmo bem que já pelo céu lhes fora primeiro concedido: e que observasse bem quanto era singular a formosura de Doroteia, à qual poucas ou nenhuma se podiam igualar, e muito menos excedê-la: que reunisse à beleza dela a humildade de que era dotada, e o amor extremo que a ele lhe tinha, e sobretudo não se esquecesse de que, prezando-se de cavalheiro e de cristão, nenhuma outra coisa podia fazer com acerto senão cumprir a palavra dada, pois, cumprindo-a, a cumpriria ao mesmo tempo para com Deus e para com toda a gente discreta, a qual sabe e conhece que é prerrogativa da formosura levantar-se à maior alteza, ainda que esteja colocada em pessoa humilde quando se acha acompanhada da honestidade, sem que possa notar-se menoscabo de baixeza em quem, embora nascido em mui superior hierarquia, a elevar até a igualar consigo próprio: finalmente que quando as leis do gosto se executassem, todas as vezes que não entrasse pecado nessa execução, nunca com justiça poderia ser culpado aquele que as seguisse.

A essas razões juntaram os demais várias outras, tais e tantas que o valoroso peito de Dom Fernando, como quem era alimentado por sangue tão ilustre, se abrandou e se deixou vencer pela verdade, a qual lhe era impossível negar, ainda que quisesse fazê-lo; e o sinal que deu de haver se rendido e sujeitado ao bom parecer, que lhe fora proposto descobriu-o ele, abaixando-se e abraçando Doroteia, dizendo ao mesmo tempo estas palavras:

— Levantai-vos, senhora minha, pois não é justo estar a meus pés ajoelhada aquela que eu tenho posta dentro da minha alma; se até aqui não tenho dado indícios de ser verdade o que digo agora, talvez assim o céu o dispusesse para que, havendo eu visto a fé constante com que sou por vós amado, soubesse melhor e mais completamente apreciar--vos e estimar-vos no alto valor que mereceis: suplico-vos que não me repreendais pelo mal que tenho procedido para convosco, pois a mesma força de paixão que me moveu para querer-vos por minha, foi essa a própria que me impelia a procurar o não ser vosso: e porventura para prova dessa verdade, e para desculpa dos meus desvarios, atentai nos olhos encantadores da agora tão alegre Lucinda e neles encontrareis a única explicação possível de meus erros; e pois que ela achou e alcançou o que desejava e eu achei em vós aquilo que me convém, viva Lucinda segura e satisfeita por anos dilatados e venturosos com o seu Cardênio, e eu ajoelhando perante o céu lhe rogarei que me conceda vivê-los com a minha Doroteia.

E, havendo acabado de dizer isso, tornou de novo a abraçá-la, encostando seu rosto ao dela, com um sentimento de tão viva ternura que necessário lhe foi ter grande cuidado em que as lágrimas não viessem dar provas indubitáveis do seu amor e do seu arrependimento. Nisso não o imitaram Lucinda nem Cardênio, nem mesmo quase todos os que se achavam ali presentes, porque começaram a derramar tantas lágrimas, uns por contento próprio, outros pelo contento alheio, que não parecia senão que de acontecer acabava naquele sítio algum desastre: até Sancho Pança chorava, ainda que teve depois a sinceridade de dizer que não chorava por ternura, mas sim por então saber que Doroteia não era a rainha de Micomicão como ele pensava, e sobretudo por conhecer que as grandes mercês que esperava receber dela não passavam de um verdadeiro sonho. Com o pranto enternecido de todos durou também por algum tempo a admiração de que todos estavam cheios. Cardênio e Lucinda, depois de passada essa primeira impressão, foram se ajoelhar diante de Dom Fernando e lhe deram os agradecimentos pela graça que lhes havia concedido, com tão corteses razões que Dom Fernando não sabia o que havia de responder-lhes e, por isso, contentou-se em levantá-los do solo e abraçá-los com mostras de grande delicadeza e de muito amor.

Depois perguntou a Doroteia como fora a sua vinda a uma terra e lugar tão distante da sua naturalidade e habitação. Doroteia, em breves e discretas palavras, lhe referiu tudo quanto havia dantes já contado a Cardênio, e dessa sua história gostaram por tal modo Dom Fernando e os seus companheiros que lhes deu ocasião para sentir grande pena em não durar mais tempo aquela narração, tanta foi a habilidade e graça com que ela soube contar a série das suas desventuras. Assim que Doroteia acabou de falar, contou também Dom Fernando o que lhe acontecera na cidade depois que encontrou o papel que Lucinda guardava em seu seio, no qual declarava não poder ser sua esposa porque que já o era de Cardênio: disse que quis matá-la e o houvera assim feito se os pais não o impedissem, e que saíra da casa despeitado e corrido com a determinação de vingar-se com mais comodidade, quando se oferecesse ocasião oportuna para isso, e que depois soube como Lucinda faltara da casa paterna sem que alguém soubesse dizer para onde ela fora, e somente passados alguns meses lhe viera notícia certa de que se achava em um convento com a firme resolução de ali passar toda a sua vida, uma vez que lhe fosse vedado ser esposa de Cardênio; e que logo que disso se certificou, escolhendo para seus companheiros aqueles três cavaleiros que ali estavam, partira para o lugar onde o convento se achava situado; mas que fizera isso com grande cautela para evitar que, sabendo-se estar ele ali, houvesse no mesmo convento mais cuidadosa guarda: que um dia em que a portaria estava aberta foi lá com os seus três companheiros e, deixando dois para tomar conta da porta, ele, com o terceiro, entrara pelo interior do convento em busca de Lucinda, a qual encontraram no claustro falando com uma freira; e, arrebatando-a inesperadamente, a levaram do convento a um lugar, onde se proveram de tudo que lhes era necessário para a conduzir na jornada que vinham fazendo; e que tudo isso puderam fazer muito à vontade, por estar o convento um pouco solitário e retirado da povoação. Disse mais: que, logo que Lucinda se viu no poder dele, perdeu os sentidos e, quando voltou a si, outra coisa não fizera mais que chorar e suspirar, guardando sempre o mais profundo silêncio; e que, assim calados todos, escutando--se apenas os soluços lacrimosos da raptada, haviam caminhado até aquela estalagem, que para ele fora como haver chegado ao céu, onde unicamente se rematam e finalizam todas as desgraças da terra.

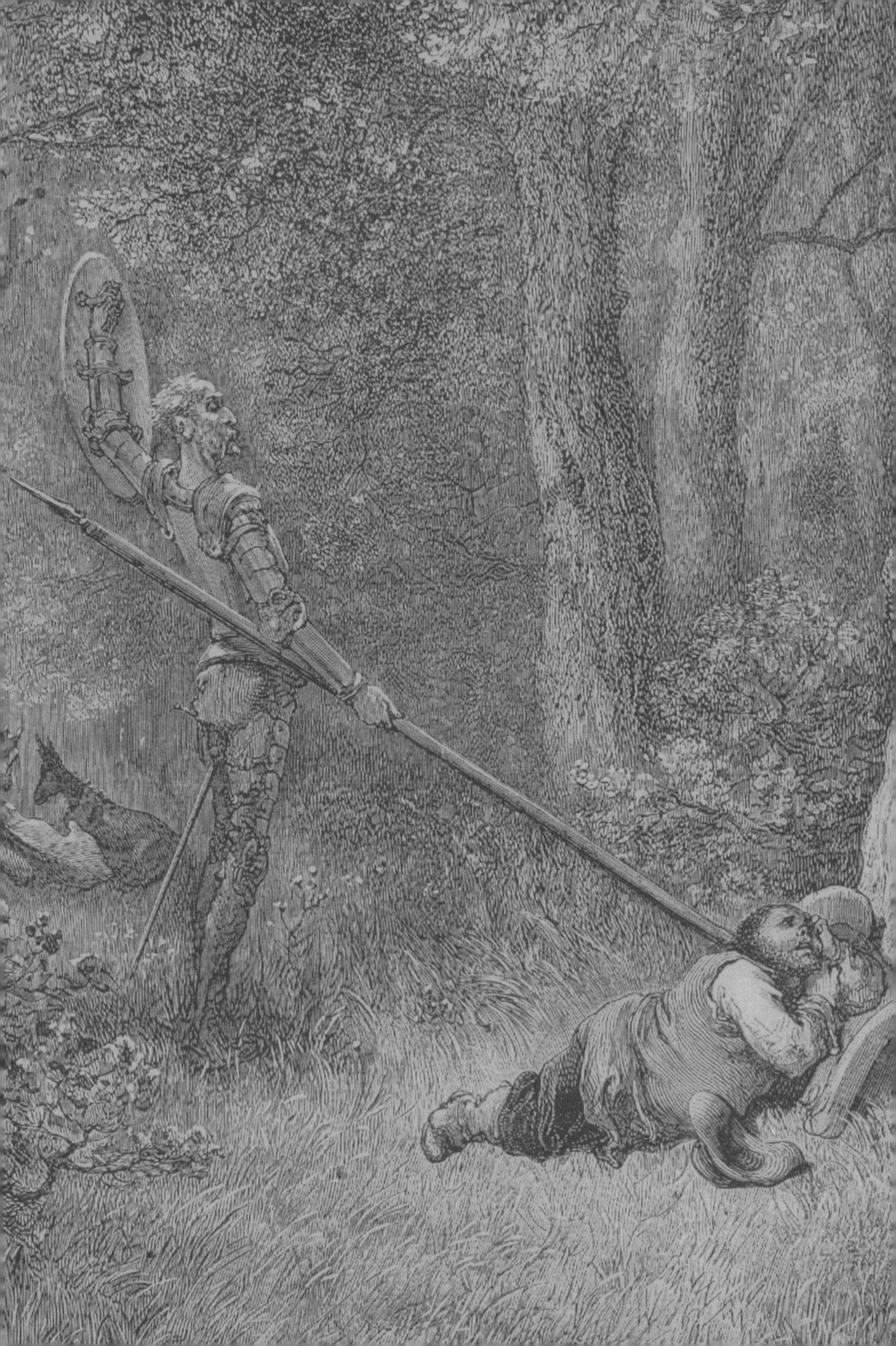

## Capítulo XXXVII
### NO QUAL SE PROSSEGUE COM A HISTÓRIA DA FAMOSA INFANTA MICOMICONA, COM OUTRAS GRACIOSAS AVENTURAS

TUDO QUANTO HAVIA ultimamente se passado fora visto por Sancho, o qual ouvira tudo o que se dissera com grande dor da sua alma, pois que repentinamente se lhe desfaziam e tornavam em fumo as esperanças bem fundadas que tinha de seus futuros aumentos, pois não era a linda princesa de Micomicão senão simplesmente a lavradora Doroteia, o gigante não passava de Dom Fernando, e tudo isto sucedia enquanto seu amo dormia a sono solto, sem saber as grandes novidades ocorridas. Doroteia não podia ainda acabar de persuadir-se de que tudo aquilo era um sonho que a alucinava; Cardênio estava possuído de igual pensamento; e Lucinda tinha as mesmas ideias desses dois a respeito do acontecido. Dom Fernando dava agradecimentos ao céu por havê-lo livrado dum labirinto, onde se achava metido e tão arriscado a perder o seu crédito e a sua alma: finalmente, todos os que se achavam na estalagem estavam satisfeitos e contentíssimos pelo bom desfecho que haviam tido negócios tão perigosos e desesperados. Tudo o cura, como discreto que era, punha no seu lugar e dava a cada um os parabéns pelo descanso e boa ventura que alcançara; porém quem sentia mais gosto e mais verdadeiro júbilo era a estalajadeira, por haver apanhado a Cardênio e ao cura a promessa de lhe pagarem todos os interesses e danos que por causa de Dom Quixote lhe houvessem sobrevindo. Entre tanta gente contente só o pobre Sancho, como já se disse, era o triste, o aflito e o desventurado, e com aspecto cheio de melancolia entrou no aposento de seu amo, o qual naquele momento acordara, e lhe disse:

— Bem pode Vossa Mercê, Senhor Triste Figura, dormir largamente e à sua vontade, sem se dar ao trabalho de excogitar o meio que há de ter para dar cabo do gigante e restituir a princesa ao seu reino, porque já tudo isso se acha feito e concluído.

— Isso o creio eu muito bem — respondeu Dom Quixote —, porque travei com o gigante a mais descomunal e desaforada batalha que penso que terei em todos os dias da vida que me restam; e dum revés, zás, lhe cortei a cabeça, e foi tanto sangue que ele deitou que corria pelo solo formando um regato que parecia ser de água!

— Que parecia de vinho tinto, muito melhor pudera Vossa Mercê dizer — replicou Sancho —, porque quero que Vossa Mercê saiba, se é que ainda não sabe, que o gigante morto não era mais nem menos que um odre partido, e o sangue, seis cântaros de vinho tinto que ele tinha na barriga, e a cabeça cortada é a puta que me pariu, e leve o Diabo tudo.

— Que é isso que dizes, louco? — disse Dom Quixote. — Acaso te deu volta ao miolo?

— Levante-se Vossa Mercê — respondeu Sancho — e verá as boas obras que tem feito e quanto elas hão de lhe sair caras; e verá mais a rainha convertida em uma dama particular chamada Doroteia, com outros sucessos que, se bem os ficar sabendo e conhecendo, terá ocasião de muito se admirar.

— Nada disso — disse Dom Quixote — me maravilha, porque, se bem te lembras, já da outra vez que nesta estalagem pousamos te fiz observar que tudo quanto aqui se passava era por arte de encantamento, e não seria coisa digna de grande reparo que acontecesse agora o mesmo.

— Assim o acreditaria eu — replicou Sancho — se a minha manteação houvera sido também dessa natureza; porém não o foi, senão coisa muito real e verdadeira: e eu bem vi esse estalajadeiro, que ainda hoje aqui está, sustentar uma das pontas da manta, e me fazia andar em uma roda-viva, da manta lá para as alturas do céu, com grande donaire e brio e com tantas risadas como força e valentia; quando as pessoas que figuram são conhecidas, tenho para mim, ainda que seja um homem simples e pecador, que não pode haver encantamento algum, e que há somente um real movimento de costelas e uma fortuna na verdade desgraçadíssima.

— Muito bem, tudo Deus há de remediar — disse Dom Quixote —; dá-me as minhas vestes e deixa-me sair lá para fora, porque quero me informar e ver os sucessos e transformações que me contas.

Deu-lhe Sancho as vestes e, enquanto ele esteve se vestindo, narrou o cura a Dom Fernando e aos mais que ali se achavam as loucuras de Dom Quixote e o artifício de que haviam se servido para tirá-lo da Penha Pobre, onde ele estava imaginando fazê-lo assim pelos desdéns de sua senhora: mais lhes referiu todas as aventuras, contadas por Sancho, das quais não se admiraram pouco e se riram muito, por lhes parecer o mesmo que parecia a toda a gente, ser esse um gênero de loucura o mais extraordinário que podia caber em pensamento disparatado. O cura ainda acrescentou que, já que a boa ventura da Senhora Doroteia lhe impedia de passar adiante com a empresa começada, mister era inventar e achar outro meio de levar Dom Quixote para a sua terra natal. Ofereceu-se Cardênio para continuar o começado, dizendo que sua Lucinda representaria suficientemente a pessoa de Doroteia.

— Não — disse Dom Fernando —, não há de ser assim, porque eu quero que Doroteia prossiga o que começou e, uma vez que a morada desse bom cavaleiro não seja muito distante deste sítio, muito folgarei com que se procure o remédio do seu mal.

— A morada de Dom Quixote — disse alguém — está daqui a dois dias de jornada.

— Pois bem — continuou Dom Fernando —; ainda que a distância fosse maior que essa, grande gosto me dará o caminhá-la à conta de praticar obra tão meritória.

A esse tempo se apresentou Dom Quixote a quantos ali estavam, armado de todos os seus petrechos, trazendo na cabeça o elmo de Mambrino, bem que muito amassado, no braço esquerdo o seu escudo ou rodela e na mão direita o lanção, em que se apoiava. Pasmou Dom Fernando e todos quantos conheciam então pela primeira vez Dom Quixote quando viram seu rosto amarelo e seco, e de meia légua do comprido, a desigual estranheza da sua armadura e os seus pausados ademanes,[1] e guardaram silêncio, esperando ouvir o que ele dizia. Dom Quixote, com muita gravidade e muito sossego, pondo os olhos na formosa Doroteia, falou assim:

— Acabo de ser informado, bela senhora, por esse meu escudeiro, de que a vossa grandeza se acha aniquilada e destruído o vosso próprio ser, porque de rainha e grã-senhora que éreis, vos haveis tornado em

---

[1] Gesto, sinal, feito geralmente com as mãos, que expressa ideia, sentimento, etc.; aceno, trejeito.

uma donzela particular. Se isso aconteceu por ordem do nigromante rei vosso pai, receoso de que eu não vos prestasse o necessário e devido auxílio, declaro que ele não sabe, nem nunca soube, por onde essas coisas correm e que completamente ignora as histórias cavaleirescas; porque, se as houvera lido e compreendido por tão longo tempo e com tamanha atenção como eu as li e compreendi, teria visto a cada passo o modo fácil com que outros cavaleiros, de menor fama que a minha, deram remate a empresas muito mais dificultosas, pois me parece não ser negócio de grande polpa matar um giganteto, embora ele seja muito arrogante, e ainda não há muitas horas que eu me vi com ele, e... Mas quero calar-me aqui, para que não digam que minto; é certo, porém, que o tempo, descobridor de todas as verdades, quando menos o pensarmos, falará por mim.

— Viste-vos foi com dois odres de vinho, e não com gigante algum — disse então o estalajadeiro.

Dom Fernando mandou que se calasse e que por modo nenhum interrompesse a prática de Dom Quixote, o qual, continuando, disse:

— Finalmente, alta e deserdada senhora, se, pela causa que indiquei, vosso pai fez na vossa pessoa essas metamorfoses, não lhe deis crédito, porque não pode haver na terra algum perigo, por maior que seja, através do qual não abra caminho a minha espada, que, cortando a cabeça ao vosso inimigo, me habilitará a colocar sobre a vossa, dentro em breves dias, a coroa real que vos foi roubada.

Aqui deixou Dom Quixote de falar e esperou que a princesa lhe respondesse, a qual, como já sabia ser a vontade de Dom Fernando que se passasse adiante com o começado engano até deixar Dom Quixote na sua terra, com muita gravidade e donaire respondeu:

— Quem quer que vos disse, valoroso Cavaleiro da Triste Figura, que eu troquei ou mudei o meu antigo ser faltou à verdade, porque ainda hoje sou a mesma que fui ontem. É certo que alguma mudança fizeram no meu estado alguns acontecimentos felizes, que o tornaram o melhor que eu poderia desejar; porém não foi isso bastante para que eu deixe de ser o que era nem para perder o pensamento que ainda conservo de amparar-me do valor do vosso braço invencível, pensamento esse em que sempre estarei firme; portanto, senhor meu, digne-se a vossa bondade de restituir seu crédito honroso ao pai que me gerou e tenha-o sempre na conta de homem prudente e entendido, porque foi ele que com a sua ciência descobriu um meio tão verdadeiro quanto fácil para remediar a minha desgraça, pois estou convencida de que sem o vosso auxílio jamais chegaria a ter a ventura que atualmente tenho; e em tudo isso vos digo a verdade pura, da qual são testemunhas a maior parte destes senhores aqui presentes. Agora só nos resta continuar amanhã o nosso caminho, porque hoje já só poderíamos fazer uma jornada muito pequena e, pelo que pertence ao bom sucesso da nossa empresa, tudo entrego nas mãos de Deus e tudo confio no esforço do vosso peito.

Dom Quixote, ouvindo o que disse Doroteia, voltou-se para Sancho e, com mostras duma grande cólera, lhe disse:

— Agora te digo eu, meu Sanchuelo, que és o velhaquinho mais descarado de toda a Espanha: dize-me, ladrão vagabundo, não me asseguraste, ainda há pouco, que essa princesa se havia mudado em uma donzela chamada Doroteia, e que a cabeça que cortei do gigante era a puta que te pariu, isso junto com outros disparates tais que me puseram na maior confusão pela qual hei passado em todos os dias da minha vida? Juro — e ao dizer isso levantou os olhos para o céu e apertou os dentes — que estou para fazer em ti um estrago tamanho que ponha o sal na moleira a todos quantos escudeiros mentirosos hajam de servir daqui em diante aos cavaleiros andantes do mundo inteiro.

— Acalme-se Vossa Mercê, meu senhor bom — disse Sancho —, pois bem pode haver acontecido que eu me enganasse no que respeita à mudança da Senhora Princesa Micomicona, porém naquilo que respeita à cabeça do gigante, ou pelo menos aos furos dos odres, e ao ser vinho tinto o sangue derramado, por Deus que não me enganei, pois os odres ali estão todos esburacados perto da cama de Vossa Mercê, e o vinho tem feito do seu aposento um verdadeiro lago; e se não, ao fritar dos ovos o verá, quero dizer, que o verá quando aqui o senhor estalajadeiro lhe der em rol a conta do que Vossa Mercê lhe deve: enquanto a que a senhora rainha seja ainda a mesma que dantes era, no íntimo da alma me alegro eu com isso, porque hei de ter rasca[2] na assadura, como membro que sou da família.

— Agora te digo eu, Sancho — respondeu Dom Quixote —, que és completamente um parvo, e perdoa-me e basta.

— Basta — disse então Dom Fernando —, e não se fale mais nisso; e, já que a senhora princesa já determinou que amanhã se continuaria a jornada, que não se pode continuar hoje por ser muito tarde, cumpra-se

---

[2] Parte nos lucros; quinhão.

o que ela manda, e esta noite poderemos nós passá-la em agradável conversação; e, chegando o dia de amanhã, todos queremos acompanhar o Senhor Dom Quixote e ter honra de presenciar as grandes e assombrosas façanhas que há de fazer no decurso desta difícil empresa de que se encarregou.

— Sou eu quem tem de servir-vos e acompanhar-vos — respondeu Dom Quixote —, e muito agradeço o favor com que sou tratado e a boa opinião em que sou tido, a qual procurarei, quanto caiba em minha força, tornar verdadeira, ainda que perca a vida neste empenho, e mesmo mais que a vida, se mais que ela me é possível perder.

Outras semelhantes expressões de cortesia e oferecimentos continuaram a trocar-se entre Dom Quixote e Dom Fernando; mas a tudo impôs silêncio um viajante que naquele momento entrou na estalagem, o qual pelo seu vestuário mostrava ser cristão chegado de terra de mouros, pois usava duma casaca de pano azul com meias mangas, de abas curtas e sem gola, e os calções e o barrete eram também de cor azul;[3] trazia uns borzeguins feitos segundo a moda dos mouros e um alfanje suspenso por um talabarte[4] lançado a tiracolo. Logo atrás desse viajante entrou uma mulher vestida à mourisca, com uma touca na cabeça e o rosto encoberto, a qual viera montada em um jumento, e trazia um barretinho de brocado e uma almalafa[5] que a cobria desde a cabeça até aos pés. O homem era de forma robusta, de agradável presença, contando pouco mais de quarenta anos de idade, algum tanto moreno, barba bem-posta e grandes bigodes, e, se estivera mais bem vestido, pelo seu ar e pelas suas maneiras, todos o julgariam como pessoa bem-nascida e com boa educação. Apenas entrou, pediu um aposento e, porque lhe disseram que não havia, mostrou-se magoado e, chegando-se para o pé do jumento, em que vinha a que parecia moura, apeou-a tomando-a nos braços. Lucinda, Doroteia, a estalajadeira, sua filha e Maritornes, atraídas pelo traje novo e por elas nunca visto, rodearam a moura, e Doroteia, sempre comedida, graciosa e discreta, parecendo-lhe que os dois adventícios se afligiam pela falta de aposento, disse à mulher:

---

[3] A descrição corresponde ao traje que se chamava jalaco ou jaleco; a cor azul mais escura ou turquesa distinguia as roupas dos cativos.

[4] Borzeguins: botas de montar de couro mole ou pano, às vezes com bordados, aqui de cor de tâmara madura; alfanje: sabre de lâmina curta e larga, com o fio no lado convexo da curva; talabarte: tira de couro ou de pano passada de um ombro ao quadril oposto, podendo sustentar espada ou qualquer outra arma.

[5] Veste mourisca, espécie de grande lençol com que as mulheres se cobrem quando saem à rua.

— Não vos cause pena, senhora minha, a falta de comodidades que encontrais aqui, porque comodidades são coisas que nunca se encontram em casas tais como esta; porém, contudo, se gostardes de vos aposentar conosco — ao dizer isso sinalou a Lucinda —, porventura vos convencereis pelo decurso de todo este caminho de que não foi hoje o dia em que pior albergue encontrastes.

Não respondeu nada a estrangeira nem fez outra coisa mais que se levantar do lugar onde se havia assentado e, cruzando as mãos ambas sobre o peito, inclinou a cabeça e curvou o corpo, como quem assim queria mostrar o seu agradecimento. Pelo silêncio em que se conservou, e pelas demonstrações que a estrangeira fez, ficaram persuadidas as que a rodeavam de ser sem dúvida ela alguma moura que não sabia falar a linguagem dos cristãos. Acudiu nessa ocasião ali o cativo, que até aquele tempo estivera ocupado com outras coisas, e, vendo que a sua companheira nada respondia a quanto as outras mulheres lhe perguntavam, disse:

— Senhoras minhas, essa donzela apenas entende a minha língua, porém não sabe falar outra senão a da sua terra, e por isso cuido que não tem respondido e nem por certo responderá ao que lhe seja perguntado.

— Nada mais se lhe pergunta — disse Lucinda — senão se ela quer por esta noite aceitar a nossa companhia, que com a melhor vontade lhe oferecemos, assim como também lugar no aposento em que havemos de repousar, e onde lhe proveremos de todas as comodidades possíveis, pois é dever nosso obsequiar os estrangeiros, sobretudo sendo eles do nosso sexo.

— Por ela e por mim vos beijo, senhora, as mãos, e em muito aprecio a mercê que tendes a bondade de fazer, a qual não pode deixar de ser mui grande sendo feita em tal ocasião e por pessoas tais como tudo me está indicando que vós sois.

— Dizei-me, senhor — perguntou Doroteia —, essa senhora é cristã ou é moura? O seu traje e o seu silêncio nos levam a pensar que ela não é o que nós desejáramos que fosse.

— Moura é no traje e no corpo — respondeu o cativo —, porém na alma já é uma verdadeira cristã, porque tem ardentíssimos desejos de sê-lo.[6]

---

[6] Refere-se ao chamado "batismo de desejo", que tem validez canônica enquanto não seja possível aplicar o solene.

— Logo ainda não é batizada? — replicou Lucinda.

— Não teve ainda ocasião oportuna de batizar-se — disse o cativo — desde que saiu de Argel, sua terra, e, como até agora não correu algum risco a sua vida, entendi poder dilatar-lhe o batismo até que estivesse bem instruída do que ele é e das cerimônias que manda praticar a nossa santa madre Igreja; espero, porém, que Deus será servido de que ela dentro de breve tempo se batize com a decência devida à qualidade da sua pessoa, a qual é superior ao que mostra o seu vestuário e o meu.

Com essas razões acendeu o cativo em todos quantos o escutavam uma grande curiosidade e veementíssimo desejo de saber quem ele era e quem era a moura, mas nenhum lho quis perguntar por então, atendendo a que era mais própria aquela hora para o descanso que para ouvir a história da vida dos dois. Doroteia tomou pela mão a desconhecida e a fez assentar junto de si, pedindo-lhe que se desembuçasse; ela olhou para o cativo, como quem o consultava sobre o que lhe diziam e o que ela devia fazer; e ele, falando-lhe em língua arábica, lhe disse que lhe pediam para descobrir o seu rosto e que assim o fizesse; ao que obedecendo, descobriu um rosto tão perfeito que Doroteia a teve por mais formosa que Lucinda, e Lucinda por mais formosa que Doroteia, e todos os circunstantes foram de opinião que, se alguma mulher havia que pudesse igualar as duas, era sem dúvida a moura, e alguns chegaram mesmo a achar que ela as excedia em certos pontos de perfeição; e, como a formosura tenha por especial prerrogativa e por graça singular o poder de ganhar as vontades e atrair os ânimos, logo todos se renderam ao desejo de servir e animar a bela moura.

E Dom Fernando perguntou ao cativo como se chamava ela, ao que este respondeu que se chamava Lela Zoraida; e porque ela ouviu e entendeu a pergunta e a resposta do cristão, acudiu com muita pressa e disse com uma espécie de pesar muito engraçado:

— Não, não Zoraida, Maria, Maria — dando assim a entender que se chamava Maria, e não Zoraida.

Essas palavras e o grande afeto com que a moura as pronunciou fizeram borbulhar as lágrimas nos olhos de alguns dos que ali estavam, particularmente das mulheres, que por sua natureza são ternas e compassivas.

Abraçou-a Lucinda com muito amor, dizendo-lhe:

— Sim, sim, Maria, Maria.

Ao que a moura respondeu:

— Sim, sim, Maria, Zoraida *macange*![7] — que quer dizer: "não".

A esse tempo já era chegada a noite, e por ordem dos que vinham com Dom Fernando havia o estalajadeiro com grande cuidado e diligência preparado a ceia o melhor que lhe foi possível. Logo que foram horas competentes assentaram-se todos a uma mesa muito comprida e estreita, porque na estalagem uma mesa regular, redonda ou quadrada era coisa que não existia, e deram a cabeceira ou lugar principal, apesar das suas recusas, a Dom Quixote, o qual quis que ao seu lado se assentasse a Senhora Micomicona, porque ele era o seu cavaleiro e defensor. Em seguida assentaram-se Lucinda e Zoraida, e fronteiros a estas Dom Fernando e Cardênio, e logo os outros cavaleiros, e do lado das senhoras e ao pé delas o cura e o barbeiro: e desse modo cearam com grande satisfação, a qual subiu de ponto quando viram Dom Quixote deixar de comer e, movido por outro espírito semelhante àquele que o fez falar quando ceou com os cabreiros, principiar o discurso seguinte:

— Verdadeiramente, senhores meus, se bem se consideram as coisas, são muitas vezes extraordinários e inauditos os acontecimentos presenciados por todos os que professam a ordem da cavalaria andante; senão, dizei-me: quem seria o habitante deste mundo que, entrando pela porta deste castelo e vendo-nos estar do modo que estamos, pudesse ajuizar e crer que nós somos quem somos? Quem pensaria que essa senhora, aqui ao meu lado assentada, é a grande rainha que todos nós sabemos, e que eu sou aquele Cavaleiro da Triste Figura cujo nome a boca da fama por aí tem espalhado? Já não se pode duvidar que este ofício e ocupação excede a todos aqueles e aquelas que os homens inventaram, e tanto mais deve ser estimado quanto a maiores perigos está sujeito: e não ousem contradizer-me os que pretendem sustentar que as letras levam vantagem às armas, pois eu lhes afirmarei, sejam eles quem quer que forem, que não sabem o que dizem: porque a principal razão em que os tais se fundam é em que os trabalhos do espírito excedem muito os do corpo, e que as armas somente ao corpo pertencem e por ele só são exercitadas; como se uma tão nobre ocupação fosse ofício próprio daqueles que levam a sua vida conduzindo cargas, os quais não precisam senão possuir forças materiais; ou como se isso, a que chamamos armas nós os que fazemos profissão delas, não precisasse de muitos atos de

---

[7] Literalmente "não é isso", mas funciona como negação enfática: "de nenhuma maneira".

fortaleza, os quais carecem na sua execução, para que esta seja perfeita, de muita inteligência em quem os executa; ou como se o guerreiro que tem a seu cargo o comando dum exército ou a defesa duma povoação sitiada não tivesse necessidade de trabalhar igualmente com o espírito e com o corpo: senão, veja-se se é possível conseguir por meio das forças corporais e materiais o penetrar as intenções do inimigo, seus projetos e seus estratagemas, e prevenir as dificuldades e os danos que ele pode suscitar e opor, tudo isso coisas tocantes privativamente ao entendimento, e nas quais o corpo nenhuma parte pode ter. Sendo pois ponto verificado que as armas requerem tanta força de espírito como as letras, examinemos agora qual dos dois espíritos é o que trabalha mais, se o do letrado, se o do guerreiro. Para isso se conhecer bem, deve examinar-se com atenção o destino a que cada um dos dois se encaminha, porque em mais alto valor se há de apreciar a intenção daquele que tem por objeto alcançar um fim mais glorioso e nobre. O fim a que as letras se dirigem (e não falo agora das divinas, que aspiram somente a encaminhar as almas para o céu, fim este tão sem fim que nenhum outro se lhe pode igualar), quero dizer, as letras humanas, é estabelecer com clareza a justiça distributiva e dar a cada um o que é seu, e o procurar e fazer que as boas leis se guardem e se cumpram:[8] fim por certo este generoso e digno de grande louvor; porém não de tanto como merece aquele a que as armas atende, o qual consiste em assegurar a paz, que é o maior bem que os homens podem nesta vida desejar: e observe-se que as primeiras boas-novas que teve o mundo e tiveram os homens foram as anunciadas pelos anjos da noite, que para nós todos foi luminosíssimo dia quando nos ares cantaram: "Glória seja dada a Deus nas alturas, e na terra paz aos homens de boa vontade";[9] e a saudação que o melhor mestre da terra e do céu ensinou aos seus companheiros e favorecidos foi dizer-lhes que, quando entrassem em alguma casa, falassem assim: "Paz seja nesta casa";[10] e muitas outras

---

[8] As letras divinas são a Teologia e por letras humanas se entende exclusivamente o Direito. Nas comparações entre o Direito e outras profissões ou disciplinas, debates que foram muito frequentes no Renascimento, o Direito era contemplado em geral como uma atividade meramente lucrativa.

[9] *Pax huic domui* são as palavras com que começa o ritual de visita e cuidado dos enfermos, da extrema-unção e da recomendação da alma. Mateus X, 12.

[10] Traduz as palavras do Evangelho de São Lucas, com as quais começa o cântico na missa. Lucas II, 13,14.

vezes lhes disse: "Dou-vos a minha paz, a minha paz vos deixo, a paz seja convosco"; bem como joia e prenda dada e deixada por tal mão, joia sem a qual não pode haver algum bem nem na terra nem no céu. Essa paz é o verdadeiro fim da guerra, pois o mesmo é dizer armas do que dizer guerra. Assentada pois esta verdade, que o final da guerra é a paz e que nisso levam as armas vantagens às letras, tratemos agora dos trabalhos do letrado com o seu corpo e dos do professor das armas, e veremos quais são maiores.

Por essa maneira e com esses bons termos prosseguia Dom Quixote na sua prática, de modo que nenhum dos que o escutavam podia persuadir-se de que na realidade ele estava louco; antes pelo contrário, como a maior parte dos que o ouviam eram cavalheiros, a quem as armas são sempre anexas, o ouviam com grande prazer, e ele continuou dizendo:

— Digo, pois, que os trabalhos dum estudante de letras humanas são estes: o principal é a pobreza, não porque todos sejam pobres, mas para pôr o caso em todo o extremo a que ele pode chegar; e haver eu dito que o estudante padece pobreza, penso que não podia dizer mais a respeito da sua má sorte, porque quem é pobre coisa nenhuma tem boa. Essa pobreza tem suas divisões, porque umas vezes vem ela acompanhada pela fome, outras pelo frio, outras pela falta de vestuário e, finalmente, outras por tudo isso junto; contudo não digo que seja tanta essa pobreza que o estudante não coma, embora o faça mais tarde do que se usa, ainda que a comida lhe venha do que sobeja aos ricos; grande miséria por certo é esta a que vulgarmente se chama viver da sopa alheia, e também encontra em algumas ocasiões alheio braseiro ou chaminé, onde, se não pode aquentar-se tanto quanto deseja, ao menos poderá minorar o frio que o persegue, e por último igualmente não digo que lhe falte absolutamente uma cama com roupa suficiente onde durma coberto. Não quero entrar aqui em outras miudezas, tais como falta de camisa e de sapatos, vestuário velho e usado, e aquele prazer esfomeado que mostra quando a sua boa ventura o leva a ser comparsa em algum jantar abundante e bem cozinhado. Por esse caminho que tenho descrito, dificultoso e áspero, tropeçando aqui, caindo ali, levantando-se acolá e tornando outra vez a cair cá, chegam os letrados ao grau que desejam: esse grau tem levantado muitos, os quais, havendo passado através de Sirtes,[11]

---

[11] Baixios de areia, especialmente os que constituíam o mar de Sirtes, ou seja, o golfo da Líbia.

Cila e Caríbdis,[12] como que voando bafejados pelo hálito favorável da sua boa fortuna, chegaram a mandar e governar o mundo sentados na sua cadeira curul,[13] trocada já sua antiga fome em grande fartura, seu frio em ótimo calor, seus vestidos velhos e rapados em vistosas galas, o seu dormir sobre uma esteira em se deitarem agora e descansarem em leitos adornados com holandas e damascos: prêmio é sem dúvida esse justamente merecido pela sua virtude; porém, comparando-se os trabalhos com os do militar guerreiro, ficam longe destes a perder de vista como agora vou mostrar.

---

[12] São os dois penhascos que delimitam o estreito de Messina. A navegação por ele, em virtude das correntes, era considerada problemática.

[13] Cadeira portátil, dobrável, de pernas curvas e incrustada de marfim, reservada na Roma antiga ao uso dos mais altos dignitários (censores, cônsules, ditadores, imperadores, etc.), símbolo do poder judiciário.

## Capítulo XXXVIII

### EM QUE SE TRATA DO CURIOSO DISCURSO QUE FEZ DOM QUIXOTE SOBRE AS ARMAS E AS LETRAS

CONTINUOU DOM QUIXOTE, dizendo:
— Visto começarmos, tratando do letrado, pela pobreza e pelas divisões várias com que esta o ataca, examinemos se o soldado é mais rico: e esse exame nos fará conhecer que ninguém entre a própria pobreza é mais pobre que ele, porque vive atido a um miserável pagamento que vem ou tarde ou nunca,[1] ou àquilo que por suas mãos pode pilhar, muitas vezes com grande perigo da sua vida e mesmo da sua consciência. Muitas vezes é tamanha a sua nudez que um esfarrapado colete lhe serve de gala e de camisa, e no rigor do inverno, quando se acha exposto na campina rasa às inclemências do tempo, costuma afugentar o frio com a própria respiração, a qual, por sair de um espaço vazio, tenho para mim que há de sair igualmente fria e que nada aquecerá, apesar das leis estabelecidas pela natureza. Em vão espera restaurar-se de todos esses incômodos na cama, que o aguarda, quando chegar a noite, cama que só tem de bom não ser estreita senão se ele assim o quiser, pois lhe pode dar a largura que lhe aprouver, medindo muitas braças de terra, se isso for de seu gosto, e depois virar-se e revirar-se à sua vontade, com a certeza de que nunca os lençóis se lhe enrodilharão ao pescoço. Chega depois

---

[1] O mau estado das finanças da Coroa no final do século XVI e no XVII e a má organização da administração militar fazem com que a frase de Dom Quixote seja uma realidade; eram frequentes as rebeliões no exército para exigir o pagamento, bem como os soldados recusaram-se a entrar em batalha.

de tudo isso o dia e a hora de receber o grau de seu exercício: chega um dia em que lhe colocam na cabeça uma compressa quase em forma de barrete feita de fios para curar-lhe algum balázio[2] que haja atravessado a cabeça ou o tenha estropiado nos braços ou nas pernas. E, quando isso assim não aconteça porque o céu piedoso o conservou vivo e são, pode muito bem ficar sempre na pobreza em que dantes estava, e somente sairá desse seu estado desgraçado, e porventura medrará alguma coisa, se houver muitos encontros e batalhas com os inimigos e se em todos esses arriscados lances sair vencedor; mas essa qualidade de milagres raras vezes aparece. Mas dizei-me, meus senhores, se bem o tendes considerado, não são os premiados e gananciosos na guerra muito menos que os que morreram nela? Sem dúvida me respondereis que não há aqui comparação possível de fazer-se, pois não se pode formar jamais essa conta exata dos mortos na guerra, enquanto que dos que escaparam vivos e alcançaram prêmios e distinções a lista se poderá compor com três algarismos apenas. Tudo isso sucede duma maneira contrária entre os letrados, os quais com mais ou menos abundância sempre têm de que se sustentar e não padecem as inclemências que perseguem os militares, e por isso claramente se vê que o trabalho do soldado é muito maior, e o prêmio, menor. Bem sei que a isso se pode responder que é mais fácil premiar dois mil letrados do que trinta mil soldados, porque aqueles premiam-se dando-lhes empregos, que são exclusivamente próprios da sua profissão, e estes somente podem premiar-se com as fazendas e bens do senhor a quem servem, prêmio cuja impossibilidade fortifica mais a razão do meu dito; porém, deixemos este ponto, que é labirinto de dificultosíssima saída, e voltemos à preeminência das armas sobre as letras, matéria ainda hoje em dia mal averiguada por causa das razões que se apresentam pró e contra, duma e doutra parte. E, entre as que já disse, afirmam as letras que sem elas não podem as armas sustentar-se, porque também a guerra tem as suas leis, às quais está sujeita, e que essas leis devem pertencer à inspeção das letras e dos letrados, que são em tal caso os juízes competentes; ouçamos agora o que respondem as armas, as quais dizem que sem elas não podem manter-se as leis, porque são as armas as defensoras naturais da república, as conservadoras dos reinos, as defensoras das cidades e as que asseguram o trânsito das estradas

---

[2] Tiro de bala; balaço.

contra os perigos a que pode achar-se exposto, e varrem os mares da peste dos corsários, que muitas vezes os infesta; e nisso me parece estar pelas armas a razão, pois sem o auxílio delas as monarquias, as repúblicas, os caminhos de mar e terra, tudo estaria sempre exposto ao rigor e confusão duma desordenada guerra, a qual enquanto durasse traria consigo a licença que é o seu natural privilégio e usaria livremente das suas forças, uso sempre nocivo aos que a sofrem. E é coisa bem averiguada e certa que aquilo que mais custoso é em maior estima deve ser tido: alcançar alguém a eminência das letras coisa é que custa tempo, vigílias, fome, nudez, vágados[3] de cabeça, padecimento de estômago e outras coisas semelhantes a essas, que já em parte deixo apontadas; mas chegar a ser um bom soldado custa tudo isso por que passa o estudante, e em grau tanto mais subido, porque a cada passo se acha no risco de perder a vida, o que torna impossível a comparação entre o militar e o letrado: e que receio de necessidade ou de pobreza pode afligir o estudante que chegue ao que tem o soldado, quando em um cerco é mandado fazer a guarda em um parapeito ou revelim[4] e pressente que o inimigo está fazendo uma mina bem no lugar por ele ocupado e que a sua honra e o seu dever militar lhe vedam arredar um passo da posição onde se acha, nem lhe permitem esquivar-se ao perigo que tão próximo se lhe apresenta? O que somente pode fazer é dar parte ao seu capitão do que sucede para que o remedeie com alguma contramina,[5] e ele conservar-se quieto e firme no seu posto, esperando a cada instante voar até as nuvens sem ter asas e cair depois sobre a terra muito contra sua vontade. E, se esse perigo ainda parece pequeno a alguns, vejamos se porventura é menor o de duas galeras que mutuamente se investem no largo e espaçoso mar, aferradas as quais uma à outra pelas proas, de modo que não fica ao soldado mais espaço que o duma tábua de três palmos junto do esporão; e, apesar de tudo isso e de conhecer diante

---

[3] Sensação de movimento oscilatório ou giratório do próprio corpo ou do entorno com relação ao corpo; tontura, vertigem.

[4] Parapeito e revelim são termos de fortificação. O primeiro é uma obra interna que se eleva acima do reduto da praça, dominando-o; revelim é uma torreta de estacas e barro que se constrói perto das muralhas de uma praça sitiada, ou uma fortificação precária e isolada que cobre um pedaço de muralha.

[5] Para derrubar a muralha de uma praça sitiada se fazia um túnel — a mina — carregado de explosivos. O remédio era fazer outro túnel — a contramina — que cortasse a direção do primeiro, carregá-lo e fazê-lo explodir no lugar e momento que pudesse causar o maior mal ao atacante.

de si tantos sinistros de morte, que o ameaçam, quantos são os canhões assestados da parte contrária à curta distância dum tiro de lança, e de ver que o primeiro descuido dos pés o levaria a visitar os abismos profundos de Netuno, guiado pela briosa inspiração do dever e da honra militar, se expõe a ser o alvo da mosquetaria e se esforça por passar o passo estreito e tão perigoso que o separa da embarcação inimiga; e o mais admirável é que, apenas um tem caído em sítio donde até o fim do mundo não se levantará mais, outro vai imediatamente lhe substituir o lugar, e, se este é da mesma maneira engolido pelas goelas insaciáveis do mar, outro e outro lhe sucedem sem dar tempo ao tempo de suas mortes: atrevimento e valentia a maior que pode encontrar-se em todos os lances da guerra. Venturosos foram aqueles séculos que careceram da espantosa fúria desses endemoninhados instrumentos da artilharia,[6] cujo inventor tenho cá de mim para mim que está recebendo no inferno o prêmio devido à sua diabólica invenção, com a qual proporcionou meios a um braço infame e covarde para tirar a vida a um valoroso cavaleiro, pois se vê amiudadas vezes que, sem se saber como nem por onde, chega uma bala disparada por um indivíduo que talvez fugisse espantado com o brilho do fogo que produziu a máquina quando deu o tiro, e corta e acaba a vida a um militar brioso quando este estava combatendo corajosa e valentemente animado pelos sentimentos que acendem e entusiasmam os peitos generosos, vida preciosa que deveria conservar-se por longos anos. E, considerando eu isso bem, estou capaz de afirmar que me pesa no íntimo da alma de haver abraçado este exercício de cavaleiro andante em tempos tão detestáveis como estes em que vivemos agora; porque, ainda que eu sou daqueles a quem não há perigo que meta medo, contudo muitas vezes me sinto receoso de que a pólvora e o chumbo me roubem a ocasião de tornar-me famoso e conhecido pelo valor do meu braço e pelo fio da minha boa espada em todos os ângulos da terra; porém disponha o céu como lhe aprouver, que

---

[6] A condenação das armas de fogo, contra as quais nada valia a bravura pessoal do cavaleiro, é uma constante na literatura épica e moralista do Século de Ouro, e sua expressão mais perfeita talvez se encontre em Gracián. Em Cervantes, a fonte imediata pode ser Ariosto (*Orlando furioso*, IX e XI), ou, para ambos os escritores, os diálogos da *Arte da guerra* de Maquiavel. A expressão "venturosos foram aqueles séculos", além de servir de novo laço com a Idade de Ouro, faz referência aos tempos expostos nos livros de cavalarias, nos quais não aparecem armas de fogo.

tanto mais estimado serei se levo a cabo o que pretendo, quanto tenho me exposto a perigos bem maiores que aqueles a que se expuseram os cavaleiros andantes dos anteriores séculos.[7]

Toda essa larga arenga disse Dom Quixote, enquanto todos os outros que com ele estavam iam comendo a ceia, de que ele se esqueceu a tal ponto que não meteu coisa alguma na boca, ainda que algumas vezes Sancho Pança lhe lembrasse de que não era mau o cear e que tempo lhe restaria depois para dizer quanto quisesse. Em todos os que o escutavam sobreveio grande pena, vendo que um homem, ao parecer, dotado de muita inteligência e que sabia discorrer com tanto acerto nas coisas de que tratava, perdia completamente a tramontana logo que falava sobre a negregada[8] e desgraçadíssima tolice da cavalaria andante. O cura disse-lhe que tinha muita razão em tudo quanto havia afirmado em favor das armas e que ele, cura, apesar de letrado e graduado, se achava conforme com a sua opinião. Acabada a ceia, tirados os pratos e levantada a mesa, a toalha e mais coisas pertencentes, e enquanto a estalajadeira, com sua filha e Maritornes, arranjava e preparava a espécie de caramanchel,[9] onde dormira Dom Quixote, para que somente as mulheres ocupassem naquela noite a referida estância, pediu Dom Fernando ao cativo para que lhe narrasse o decurso da sua vida, porque decerto havia de ser peregrino e agradável, conforme as mostras que já começara a dar vindo em companhia de Zoraida: ao que respondeu o cativo que de boa vontade obedeceria ao que era mandado, receando apenas que não fosse tal o conto como ele desejava para dar-lhe prazer e contentamento; porém, apesar disso, cumpriria as ordens recebidas e a vontade de Dom Fernando. O cura e todos os mais lhe agradeceram a sua docilidade em prestar-se a dar-lhes esse gosto, que de novo lhe pediam que lhes desse, ao que ele, prestando-se prontamente, respondeu:

— Estejam Vossas Mercês atentos e ouvirão uma história verdadeira, a qual porventura não poderia ser igualada pelas que costumam inventar-se com curioso e pensado artifício.

---

[7] O surgimento das armas de fogo marcou o ocaso da cavalaria e correu paralelo a uma profunda mudança nas estruturas da sociedade. A destreza, o valor e as demais qualidades cavaleirescas podiam pouco ou nada contra a artilharia e a nova infantaria: a guerra já pedia outras estratégias e outras formas de organização e financiamento.

[8] Infeliz, desventurada, desgraçada.

[9] Estrutura leve construída em parques ou jardins, geralmente de madeira, que pode ser coberta de vegetação e é usada para descanso ou recreação; caramanchão.

Com isso que disse fez com que todos se acomodassem e lhe prestassem muita atenção; e, vendo ele que se calavam e esperavam o que dizer quisesse, com voz agradável e compassada começou assim:

# Capítulo XXXIX
## ONDE O CATIVO CONTA A SUA VIDA E SUCESSOS

— EM UM LUGAR das montanhas de Leão[1] teve sua origem a minha família, com que foi mais liberal a natureza do que a fortuna,[2] e, posto que aqueles povos ali situados fossem em geral pouco abastados de riqueza, contudo meu pai bem podia ser considerado rico e verdadeiramente o houvera sido se, assim como tinha habilidade para gastar a sua fazenda, a tivesse tido para conservá-la e aumentá-la. E a inclinação que o levava a ser liberal e gastador lhe vinha de haver sido soldado no tempo da sua mocidade, porque a soldadesca é uma escola na qual o mesquinho se torna liberal e o liberal passa a ser pródigo, e se alguns soldados aparecem às vezes miseráveis são como monstros que de longe em longe se veem. Meu pai passava muito além dos limites da liberalidade e entrava a grandes passos pelos da prodigalidade, coisa essa sempre nociva ao homem casado e que tem filhos, sucessores futuros da sua fortuna e do seu nome. Os filhos que meu pai tinha eram três, todos varões e já em idade de poderem escolher estado. Vendo meu pai que, conforme ele dizia, não tinha na sua mão força para mudar o seu gênio gastador, resolveu-se a sofrer voluntariamente a privação da causa que o fazia ser assim como era, e o modo que para isso teve

---

[1] As montanhas de Leão são as que separam o reino de Leão do de Astúrias — que, junto com o sudeste da Galícia e as Astúrias de Oviedo e Santillana, forma o que naquele tempo se chamava a Montanha —; nelas se supunha a origem familiar da melhor nobreza castelhana.

[2] O cativo é apresentado como um fidalgo de nobre ascendência, mas de escassos bens materiais. A aparição da novela do cativo no *Quixote* corresponde à moda dos temas mouriscos herdada do romanceiro.

por melhor foi desfazer-se dos bens que possuía, porque na verdade o próprio Alexandre, se nada tivesse de seu, não poderia haver feito os donativos que fez; tomada essa resolução, chamou-nos um dia, a todos três, a um aposento, e ali, sós por sós, nos disse pouco mais ou menos as palavras seguintes: "Meus filhos, para convencer-vos de que eu vos quero bem, basta dizer-vos e vós saberdes que sou vosso pai; e para poder entender-se talvez que vos quero mal, bastara observar-se que não tenho mãos em mim quando se trata de conservar a fazenda da nossa casa, e por isso, para que daqui em diante não duvideis de que o amor que vos tenho é amor de pai, desejo não vos arruinar como se fora padrasto, quero fazer convosco um tratado, o qual tenho pensado há muitos dias e disposto com madura consideração. Todos vós estais em idade de escolher modo de vida e de eleger um exercício tal que depois de empregados nele vos honre e aproveite, e para que isso possa verificar-se assentei em que o melhor meio era dividir a minha fazenda em quatro partes, das quais vos entregarei três repartindo-as entre vós com perfeita igualdade, e com a quarta ficarei eu para me sustentar e viver o resto dos dias que o céu houver por bem ainda me conceder de vida; porém, queria que, depois que cada um tiver em seu poder essa parte da herança paterna, seguisse um dos caminhos que lhe vou dizer. Há um rifão na nossa Espanha, segundo o meu parecer assaz verdadeiro, como eles sempre são, por derivarem a sua existência de uma longa série de experiências discretas, o qual diz: 'Igreja, ou mar, ou casa real', como se mais claramente dissera: quem quiser ter valia e ser rico, ou siga a Igreja, ou navegue exercendo o ofício de comerciante ou entre a servir os reis nos empregos públicos, porque dizem: 'Mais valem migalhas de rei que mercês de senhor'. Digo-vos isso porque a minha vontade é que um de vós siga as letras, e outro o comércio, e o terceiro o rei na vida militar, porque o servir na sua própria casa é dificultoso, e a vida militar, ainda que nem sempre dê riqueza, dá contudo grande nomeada, exaltando o nome dos que com valor e distinção a exercitam: dentro em oito dias vos darei a cada um a vossa parte em dinheiro sem vos defraudar em um ceitil,[3] como o vereis quando eu puser o meu projeto em execução. Dizei-me agora se quereis seguir o meu parecer e os meus conselhos em tudo quanto acabo de propor-vos". E mandando-me então a mim, como o mais velho dos três, que respondesse, eu, depois de lhe haver

---

[3] Moeda de pouco valor ou importância; ninharia, bobagem, futilidade.

dito que não se desfizesse de seus bens e que continuasse gastando à sua vontade, porque nós estávamos em idade de poder procurar meios honrados de levar a vida, concluí todavia dizendo-lhe por fim que fizesse ele em tudo o seu gosto e que o meu seria seguir o exercício das armas, servindo nelas a Deus e ao meu rei. O meu segundo irmão, depois de falar pouco mais ou menos como eu havia falado, escolheu partir para as Índias, levando empregada a quantia que lhe tocasse. O mais novo dos três e, segundo o meu pensar, o mais discreto, disse que queria seguir a Igreja ou ir para Salamanca acabar lá os seus estudos.

"Logo que terminamos essa prática e escolhemos os estados que queríamos seguir, o nosso pai abraçou a todos e, com a brevidade prometida, pôs em obra quanto dissera, dando a cada um de nós a parte que lhe pertenceu, a qual, se bem me recordo, constou de três mil ducados em dinheiro, pois que um tio nosso comprou todos os bens e os pagou prontamente para que não saíssem do tronco da família. Todos os três nos despedimos de nosso bom pai em um mesmo dia, e eu, parecendo-me falta de humanidade que um velho, e sobretudo pai meu, ficasse com tão poucos meios de subsistência, consegui dele que dos meus três mil ducados guardasse dois mil, porque a mim me bastaria o resto para acomodar-me e arranjar-me de tudo quanto convinha a um soldado. Meus dois irmãos, movidos pelo meu exemplo, lhe deram cada um deles mil ducados, de modo que nosso pai ficou com quatro mil ducados em dinheiro, além de mais três mil ducados que valia a fazenda que no seu quinhão se reservara, a qual ele não quisera vender, preferindo conservar a raiz. Finalmente, chegado o tempo de nos ausentarmos, despedimo-nos de nosso pai e de nosso tio do qual falei há pouco, não sem muito sentimento e lágrimas de todos, e eles nos recomendaram muito que, todas as vezes que tivéssemos ocasião oportuna, lhes comunicássemos os sucessos prósperos ou adversos que sobreviessem. Assim o prometemos e, depois de novamente abraçados por nosso pai e por nosso tio, e recebida a bênção paternal, nos ausentamos, indo um para Salamanca, outro para Sevilha, e eu para Alicante, onde tive notícia de que estava um navio genovês tomando carga de lã para Gênova.

"Haverá hoje tempo de vinte e dois anos que saí da casa de meu pai,[4] e em todos eles, apesar de algumas cartas que tenho escrito, não hei

---

[4] Esse dado, junto com os acontecimentos históricos que se narram (a chegada do duque de Alba a Flandres em 1567), situam a narração do cativo entre 1588 e 1590.

recebido notícia alguma nem de meu pai, nem de meus irmãos. Agora, quanto neste longo período tem por mim passado, contarei brevemente. Embarquei em Alicante e cheguei a Gênova com próspera viagem, partindo em seguida para Milão, onde me preveni de armas e de algumas galas de soldados, e, querendo ir assentar praça ao Piemonte e estando já de caminho para a Alexandria da Palha,[5] constou-me que o Grão--Duque de Alba passava para Flandres:[6] mudei então de propósito e fui com ele, servi-o nas jornadas que fez, achei-me presente na ocasião da morte dos condes de Egmont e de Fornos,[7] alcancei ser alferes dum famoso capitão de Guadalajara, chamado Diego de Urbina,[8] e passado algum tempo depois da nossa chegada a Flandres vieram novas de se haver formado uma liga entre a Santidade do Papa Pio V, de feliz recordação, a República de Veneza e a nossa Espanha contra o inimigo comum que é o Turco, o qual naquele mesmo tempo havia conquistado com uma poderosíssima armada a famosa Ilha de Chipre, que pertencia ao domínio veneziano, perda desgraçada e lamentável.[9]

"Supôs-se ser coisa certa que seria general-chefe dos coligados o Sereníssimo Senhor Dom João da Áustria,[10] irmão natural do nosso grande Rei Dom Filipe: tornou-se público e notório o tremendo preparativo de guerra que estava se fazendo, o que me incitou e moveu fortemente o ânimo para desejar ver-me na jornada que se esperava; e, posto que tinha probabilidades e quase promessas certas de ser promovido a capitão no primeiro ensejo que se oferecesse para isso, tudo resolvi postergar e parti para a Itália: permitiu a minha boa sorte que nessa ocasião houvesse chegado a Gênova o Senhor Dom João da Áustria, o qual passava a Nápoles para juntar-se a armada de Veneza, o

---

[5] Alessandria della Paglia, cidade do Milanesado na qual estava o duque de Alba e a capitania-geral do exército que se reunia na Itália para a jornada de Flandres.

[6] O exército espanhol se pôs em marcha em 2 de junho de 1567 e chegou a Bruxelas em 22 de agosto.

[7] Os condes de Egmont e de Fornos foram decapitados em Bruxelas em 5 de junho de 1568. Sua morte, mal recebida até pelos espanhóis, foi um acontecimento político muito importante.

[8] Cervantes lutou sob as ordens do capitão Diego de Urbina na batalha de Lepanto.

[9] A Guerra de Chipre começou em julho de 1570; os turcos tomaram Nicósia em 9 de setembro, ficando apenas Famagusta em poder dos venezianos. A Santa Liga, promovida por Pio V, foi assinada em 25 de maio de 1571.

[10] Filho bastardo de Carlos I, capitão-geral do Mediterrâneo, cuja fama de guerreiro se assentou com a vitória que tinha obtido no levantamento mourisco de Granada.

que efetivamente se verificou em Messina.[11] Achei-me portanto naquela felicíssima jornada[12] ocupando já o posto de capitão de infantaria, cargo a que mais me elevou a minha boa sorte do que os meus merecimentos: naquele dia tão venturoso para a cristandade, porque nele se desenganaram as nações de que os turcos não eram invencíveis no mar, como até então geralmente se pensava; naquele dia, repito, em que o orgulho e a soberba otomana foram humilhados e esmagados, entre tantos felizes como ali houve (porque até os cristãos que ali morreram tiveram maior dita que os que ficaram vivos, embora vencedores), somente eu fui desgraçado, pois em troca da coroa naval que bem podia esperar cingir se vivera nos séculos romanos, me vi, na noite que se seguiu àquele memorando dia, com cadeias aos pés e as mãos vergando sob o peso das algemas. Isso me aconteceu pelo modo que agora vos vou contar: tendo Uchali,[13] rei de Argel, atrevido e venturoso corsário, investido e rendido a nau capitânia de Malta (na qual só ficaram vivos três cavaleiros, e esses mesmos cheios de feridas), acudiu a capitânia de João André[14] a socorrê-la, na qual eu me achava com a minha companhia, e, fazendo o que em uma tal ocasião me cumpria fazer, saltei dentro da galera contrária, que, desviando-se da em que eu ia, estorvou assim que os meus soldados me seguissem, achando-me eu só entre os inimigos, a quem não pude resistir por serem eles tantos: afinal fiquei prisioneiro e cheio de feridas e, como já tereis ouvido dizer que o Uchali se salvou com toda a sua esquadra, já havereis entendido que fiquei sujeito ao seu poder, sendo por esse modo eu o único triste entre tantos alegres e o único cativo entre tantos vencedores e livres. Foram quinze mil os cristãos que naquele dia alcançaram a desejada liberdade, os quais todos vinham ao remo na armada turca.

---

[11] A frota espanhola saiu de Barcelona em 18 de julho de 1571; chegou a Gênova no dia 26 e ali permaneceu até 5 de agosto; no dia 9 chegava a Nápoles, de onde saiu no dia 20 para chegar a Messina da Sicília no dia 24.

[12] A Batalha de Lepanto, que teve lugar em 7 de outubro de 1571. Com ela se pôs fim ao predomínio turco no Mediterrâneo.

[13] Euch Ali foi um renegado calabrês que chegou a ser paxá ou rei de Trípoli e, depois, de Argel e de Túnis; mais tarde foi almirante da armada turca. Em Lepanto, foi o único que conseguiu escapar com trinta galeras, depois de ter se apoderado da Capitania de Malta e rompido a linha da ala direita da armada comandada por João André Doria, capitão das naves genovesas, que constituíam a ala direita da armada da Liga. *Uchali* se converteu em personagem do romanceiro novo.

[14] João André Doria, genovês, general das galeras da Espanha, comandou na Batalha de Lepanto a ala direita da esquadra cristã.

"Levaram-me a Constantinopla, onde o Grão-Turco Selim[15] nomeou meu amo general do mar, porque desempenhara muito bem o seu dever na batalha, havendo levado em prol do seu valor o estandarte[16] da religião maltesa; no ano seguinte, que foi o de 72, achei-me em Navarino[17] vogando na capitânia dos três faróis.[18] Vi e observei a ocasião, ali infelizmente perdida, de não aprisionar ou destruir no porto a armada turca, porque todos os leventes e janízaros[19] que nela vinham tiveram por certo que seriam atacados dentro do referido porto e, por isso, haviam de antemão preparado os vestidos e os passamaques, que assim chamam o calçado de que usam, para fugirem por terra sem esperarem o combate: tão grande era o medo que a armada cristã lhes havia incutido.

"De diversa maneira porém quis o céu que corressem as coisas, não por culpa nem descuido do general que comandava os nossos, mas sim pelos pecados da cristandade, e porque Deus permite muitas vezes que tenhamos verdugos para nos castigarem. Efetivamente o Uchali se acolheu em Modão,[20] que é uma ilha próxima de Navarino, e, lançando os soldados em terra, fortificou a entrada do porto e se deixou estar ali sem fazer outro movimento, até que o Senhor Dom João se ausentou. Nessa viagem foi tomada a galera chamada *A Presa*, da qual era capitão um filho do famoso corsário Barba-Roxa:[21] tomou-a a capitânia de Nápoles chamada *A Loba*, governada por aquele raio da guerra, pai dos soldados, sempre venturoso e nunca vencido Dom Álvaro de Bazán, Marquês de Santa Cruz.[22] E não deixarei agora de contar-vos o que

---

[15] Grão-turco era o nome que se dava ao sultão de Constantinopla; Selim II, filho de Solimão, o Magnífico.

[16] A bandeira da ordem de Malta que estava na nave capitânia tomada por Uchali.

[17] Porto ao sul do golfo de Lepanto. Uchali, refugiado em Navarino, conseguiu escapar do assédio da esquadra de Dom João da Áustria e refugiar-se em Modão em 16 de setembro de 1572. Navarino estava mal protegido — se reforçou no ano seguinte — e os turcos preparavam a fuga, como aponta o cativo, pensando que poderiam começar por ali a tomada de Moreia.

[18] Os três faróis eram a insígnia da galera real, que comandava toda a Armada.

[19] Leventes: os soldados embarcados; janízaros: os de terra.

[20] A antiga Methone do Peloponeso.

[21] O capitão Mulei Bey não era filho, mas neto de Barba-Roxa. A menção pode ser feita porque a Batalha de Lepanto foi vista como uma espécie de vingança da derrota cristã de 1538, em que a frota turca, sob o comando de Barba-Roxa, converteu o Mediterrâneo em um lago turco e berbere, inseguro para a navegação cristã.

[22] Dom Álvaro de Bazán foi o mais famoso almirante espanhol na época de Felipe II, vencedor na Batalha da Ilha Terceira.

aconteceu nessa presa da *Presa*. Era tão cruel o filho do Barba-Roxa e tratava tão mal os seus cativos que, apenas estes conheceram que a *Loba* os abordaria, largaram todos a um tempo os remos e agarraram o seu capitão, que estava sobre a estanteirola,[23] gritando que vogassem ligeiros, e, passando-o de banco em banco, da popa à proa, tantas dentadas lhe deram e o trataram de tal modo que em muito breve espaço a sua alma desceu ao inferno; tal era a crueldade com que ele se portava para com os seus cativos, e o ódio entranhado que estes lhe votavam. Voltamos a Constantinopla e soubemos depois lá, no ano seguinte, que foi o de 73, que o Senhor Dom João da Áustria havia tomado Túnis, privando os turcos daquele dito reino e pondo em possessão dele Mulei Hamet, cortando assim as esperanças de tornar ali a reinar Mulei Hamida,[24] que era o mouro mais cruel e ao mesmo tempo o mais valente que no mundo houve. Essa perda foi muito sentida pelo Grão-Turco, o qual, usando da sagacidade própria de todos os da sua família, ajustou a paz com os venezianos, que a desejavam muito mais ainda que ele, e no ano seguinte, que era o de 74, mandou atacar a Goleta[25] e o forte que junto de Túnis havia levantado o Senhor Dom João. Em todos esses lances andava eu no remo, sem esperança de liberdade; pelo menos não esperava alcançá-la por meio de resgate, porque havia determinado comigo de não escrever a meu pai a dar-lhe notícia da minha desgraça.

"Perdeu-se finalmente a Goleta, perdeu-se o forte, praças sobre as quais estiveram setenta e cinco mil soldados turcos pagos e mais de quatrocentos mil mouros e árabes de toda a África, acompanhado esse inumerável contigente de tantas munições e petrechos de guerra e com tantos gastadores[26] que poderiam cobrir de terra a Goleta e o forte usando apenas as mãos. Primeiro se perdeu a Goleta, havida até aquele tempo por inexpugnável, mas essa perda não deve recair sobre os seus defensores, os quais em sua defesa fizeram tudo quanto podiam e deviam fazer, e procedeu da facilidade com que se podiam levantar trincheiras sobre aquele areal deserto, pois que, achando-se ali água a

---

[23] Madeiro ou coluna que suportava o toldo.

[24] Mulei Hamet foi feito rei de Túnis por Don João da Áustria em 1573, uma vez destronado Uchali, que tinha se apoderado da praça com o beneplácito dos turcos, depondo Hamida, irmão do primeiro, que, por sua vez, tinha despojado e cegado seu pai Hasán. *Mulei*, "senhor, amo", era o título que se dava aos senhores absolutos.

[25] Ilha e fortaleza localizada na baía de Túnis; foi tomada pelos turcos em agosto de 1574.

[26] Soldados que abrem caminho em campo para as Tropas.

dois palmos, os turcos nem a duas varas a encontraram; e por isso com muitos sacos de areia levantaram trincheiras tão altas que excediam a altura do forte, e, cobrindo este de tiros incessantes, não era possível estar dentro dele para defendê-lo.

"A opinião comum foi que os nossos andaram mal em se encerrarem na Goleta e que teriam andado melhor indo esperar o inimigo no campo, ao tempo em que ele desembarcava: mas os que isso disseram falam de leve e com pouca experiência de casos semelhantes, porque, se na Goleta e no forte o exército cristão não passava de sete mil homens, como é sabido, mal podia um número tão pequeno de guerreiros, por mais esforçados que fossem, sair ao campo e oferecer aí uma batalha ao inimigo que o atacava por forças incomparavelmente superiores. Como é possível deixar de perder-se uma força que não é socorrida, sobretudo quando é cercada por muitos e tenazes inimigos, e esses de mais a mais estão na sua própria terra? Porém, pareceu a muitas pessoas, e dessas fui eu uma, que tal perda foi uma graça especial concedida pelo céu à Espanha, permitindo que afinal de tudo ficasse para sempre destruída e arrasada aquela guarida de malfeitores, a qual sem proveito algum custava à mesma Espanha grande quantidade de dinheiro para conservar aquela posição de que não recebia proveito e apenas podia servir para conservar a memória do invictíssimo Carlos V, que fora quem noutro tempo a ganhara;[27] como se fora mister para tornar essa memória eterna que aquelas pedras a sustentassem, a ela, que jamais se varrerá da recordação dos espanhóis. Perdeu-se também o forte; mas os turcos somente conseguiram ganhá-lo palmo a palmo, porque os soldados que o defendiam pelejaram tão forte e valorosamente que os turcos perderam ali mais de vinte e cinco mil homens em vinte e dois assaltos que se viram obrigados a fazer. De trezentos defensores que escaparam com vida, nem um só deixou de ficar ferido: sinal claro e evidente do seu esforço e do bem que souberam defender-se e cumprir o dever de valentes soldados. Rendeu-se por capitulação um pequeno forte que estava no meio do lago, e de que era capitão Dom João Zanoguera, cavaleiro valenciano e famoso guerreiro. Ficou cativo Dom Pedro Porto Carrero, general da Goleta, o qual fez todo o possível para defender a praça e de tal modo sentiu o havê-la perdido que no caminho de Constantinopla faleceu de puro pesar, não chegando vivo àquela

---

[27] Carlos V tomou a praça da Goleta na campanha de 1535.

capital. Também ficou prisioneiro o general do forte que se chamava Gabrio Cervelhão, cavaleiro milanês, grande engenheiro e valentíssimo soldado. Morreram nessas duas praças muitas pessoas de conta, e foi uma delas Pagão Doria,[28] cavaleiro do hábito de São João, homem por extremo generoso, como o mostrou pela suma liberalidade de que usou com seu irmão, o famoso João André Doria; e o que mais se lastimou por ocasião da sua morte foi que esta se executasse pelas mãos de uns árabes (nos quais se fiou quando viu já o forte perdido) que se ofereceram para guiá-lo, disfarçado com vestidos de mouro, até Tabarca[29] (que é um pequeno porto possuído pelos genoveses naquela ribeira para o fim de exercitarem a pesca do coral); os tais árabes lhe cortaram a cabeça e a trouxeram ao general da armada turca, o qual cumpriu para com eles o antigo rifão castelhano que diz: 'Ainda que a traição agrade, o traidor sempre se aborrece'; e, segundo se conta, mandou o general enforcar os que lhe trouxeram a cabeça por não haverem trazido vivo o dono dela.

"Entre os cristãos que no forte se perderam, foi um deles Dom Pedro de Aguilar,[30] natural não sei de que terra da Andaluzia, o qual servira no forte no posto de alferes e era soldado de muita valia e de raro entendimento, tendo especial graça nas coisas de poesia: digo isso porque a sua sorte o trouxe à minha galera, ao meu banco e a ser escravo, assim como eu, do mesmo senhor; e antes que nós saíssemos daquele porto compôs esse cavaleiro dois sonetos, um à Goleta e outro ao forte: esses sonetos os conservo de memória e hei de repeti-los, por me parecer que serão eles ocasião de prazer e não de enjoo."

Quando o cativo mencionou a Dom Pedro de Aguilar, Dom Fernando olhou para os seus três companheiros, e todos sorriram; um deles disse então ao cativo:

— Antes que Vossa Mercê passe adiante, pedia-lhe eu a graça de dizer-me se porventura sabe alguma coisa a respeito do destino que teve ou do que foi feito desse Dom Pedro de Aguilar.

---

[28] Os personagens citados são históricos e perfeitamente documentados.

[29] Tabarca era uma ilha e feitoria do coral, próxima a Túnis, feudo dos Lomellini, que monopolizaram esse comércio com Gênova. Já antes de 1600 havia se convertido também em um centro ativo de resgates, enfocado em Túnis e Bizerta: ali permaneceu o padre Jerônimo Gracián até que se completou a quantidade pedida por seu resgate.

[30] O personagem, fictício frente aos reais citados, serve para entrelaçar a história com o inventado.

Respondeu o cativo:

— O que sei é que ao fim de dois anos em que ele esteve em Constantinopla fugiu de lá em traje de arnaute,[31] acompanhado dum espia grego; não sei se se pôs em liberdade, mas acredito que sim, porque dali a um ano tornei a ver em Constantinopla o tal grego, mas não me foi possível perguntar-lhe o sucesso daquela viagem.

— Pois saiba Vossa Mercê — disse o cavalheiro — que esse Dom Pedro é um meu irmão e que voltou a Espanha, estando agora morador no nosso lugar, bem, casado, rico e com três filhos.

— Graça seja dada a Deus — exclamou o cativo — por tantos benefícios que lhe fez, porque, segundo o meu parecer, não há sobre a terra contentamento igual ao que se sente quando se alcança a liberdade perdida.

— Direi mais — replicou o cavalheiro —, que sei muito bem os sonetos feitos por meu irmão.

— Repita-os pois Vossa Mercê — disse o cativo —, porque melhor os saberá dizer que eu.

— De boa vontade o farei já, e o da Goleta era assim:

---

[31] Albanês.

## Capítulo XL

### NO QUAL PROSSEGUE A HISTÓRIA DO CATIVO

### SONETO

ALMAS DITOSAS, que a mortal cadeia
rompestes, e que pelo bem que obrastes
de um solo obscuro e baixo remontastes
à sublime região de luzes cheia;

Que, ardendo na ira duma honrosa ideia,
vossas forças na terra exercitastes;
que o sangue alheio e o próprio derramastes
no mar vizinho, e na longínqua areia;

Primeiro que o valor faltou a vida
aos braços fatigados que a vitória
vos deram ao cair já de vencida!

Queda triste, mas bela, onde a história
mostra quanto é justa e a vós devida
no mundo a fama, e lá nos céus a glória.

— Dessa mesma forma o sei eu — disse o cativo.
— Pois o do forte — continuou o cavalheiro —, se bem me recordo, era o seguinte:

## SONETO

Da aridez desta terra desgraçada,
e dos castelos pelo chão lançados,
as santas almas de três mil soldados
subiram vivas a melhor morada!

Mui grande valentia exercitada
por aqui por seus braços esforçados,
mas afinal já poucos e cansados,
todos morreram vítimas da espada!

É este o solo onde padeceram
tristes sucessos as hispanas gentes
no atual séc'lo, e nos que já correram.

Mas jamais foram dele aos céus luzentes
almas tão santas, nem jamais desceram
ao seio seu uns corpos tão valentes!

Não desagradaram os sonetos, e o cativo, alegrando-se muito com as novas de seu camarada, continuou assim a história da sua vida:

— Rendidos que foram a Goleta e o forte, os turcos mandaram desmantelar a Goleta, porque o forte ficou em tal estado que não houve que lançar por terra, e para desmantelá-la mais depressa e com menos trabalho minaram-na por três partes; por nenhuma delas porém se pôde fazer voar mesmo aquilo que parecia menos sólido, que eram as muralhas velhas; o que com muita facilidade veio a terra foi quanto havia ficado em pé da fortificação nova que tinha feito o Fratim.[1] Por último a armada voltou vencedora e triunfante para Constantinopla, e poucos meses depois[2] morreu meu senhor, o Uchali, ao qual chamavam

---

[1] Giacomo Palearo ou Paleazzo, chamado o Fratim, engenheiro militar a serviço de Carlos I e de Felipe II, que havia rodeado o presídio velho da Goleta de novas fortificações, terminadas já no verão de 1574. Interveio na refortificação de várias praças espanholas do Mediterrâneo — o traslado do presídio de Melilla, por exemplo — e de Navarra.

[2] Rompe-se aqui a estrita cronologia do relato do cativo, pois Uchali não morreu poucos meses depois, mas em 1587 (atacou Argel em 1581): mescla-se assim o real e o imaginário, como nos relatos anteriores, esfumaçando a cronologia. *Fartax*, "tinhoso", é palavra berbere, não turca.

"Uchali Fartax", que em língua turca quer dizer o "Renegado Tinhoso", porque ele o era, e é costume entre os turcos porem uns aos outros os nomes tirados de algum defeito que tenham ou de alguma virtude que possuam; e sucede isso porque não há entre eles senão quatro apelidos de linhagem que descendem da casa otomana, e as outras, como disse, tomam nome e apelido umas vezes da imperfeição do corpo e outras das virtudes do espírito. Ora esse tinhoso vogou ao remo catorze anos na qualidade de escravo do Grão-Senhor, e tendo mais de trinta e quatro de idade renegou e renunciou à sua fé, para vingar-se de um turco, por lhe dar uma bofetada em ocasião em que se achava trabalhando com o remo; e foi tanto o seu valor que, sem se servir dos caminhos e dos meios torpes por que costumam subir os favoritos do Grão-Turco, chegou a ser rei de Argel e por último general do mar, que é o terceiro cargo que há naquele senhorio. Era calabrês de nação e moralmente considerado, era homem de bem e tratava com muita caridade os seus cativos, que chegou a ter no número de três mil, os quais depois da sua morte foram repartidos, conforme a sua disposição testamentária, entre o Grão-Senhor (que também é filho herdeiro de quantos súditos morrem e entra em partilhas com os mais que deixa o defunto) e entre os seus renegados. Quis a minha má sorte que eu tocasse e pertencesse a um renegado veneziano, que foi o mais cruel de quantos renegados existiram, o qual, sendo grumete de uma nau, tinha ficado cativo do Uchali, mas que teve a fortuna de lhe agradar tanto que foi dos seus prediletos aquele que ele mais encheu de benefícios. Chamava-se Azan Agá[3] e chegou a ser muito rico e rei de Argel, e com ele vim de Constantinopla um tanto mais contente por ficar mais perto de Espanha; não porque pensasse em escrever a alguém contando os meus infortúnios, mas por esperar que a sorte não me fosse tão adversa em Argel como havia sido em Constantinopla, onde tinha formado mil planos para fugir, sem que nenhum pudesse levar a cabo. Em Argel tratei de usar dos meios que me pareciam mais próprios para alcançar o que tanto desejava, porque nunca perdi as esperanças de obter a minha liberdade, a ponto tal que, quando me falhava um plano que eu maquinara, pensara e pusera em

---

[3] Azan Agá ou Paxá, ou Azan, o Veneziano, foi rei de Argel durante o cativeiro de Cervantes e, posteriormente, Kapudán Paxá (almirante ou general do mar); casou-se com Zahra, a filha de Agi Morato, que parece ser o modelo mítico da Zoraida que escapa com o cativo. *Agá*: "general das tropas".

execução, sem perder o ânimo logo descobria e me agarrava a outra esperança, que, embora débil e fraca, me mantivesse o alento. Assim ia eu entretendo a vida metido em uma prisão ou casa a que os turcos chamam "banho" e na qual metem os cativos cristãos, tanto os que são do rei como os que são de particulares, e os que chamam do "aljube", o que equivale a dizer que são "cativos do município", porque servem à cidade nas obras públicas que a municipalidade faz e nos demais trabalhos, e a esses tais cativos é-lhes muito difícil alcançar a liberdade, porque, por serem de todos e por não terem senhor particular, não aparece com quem tratar o seu resgate mesmo quando este não lhes seja proibido. A esses banhos, como dito fica, costumam alguns particulares do povo levar os seus cativos, mormente quando estes são de resgate, porque até que este chegue os têm ali folgados e seguros. Também os cativos do rei, sendo igualmente dos de resgate, não saem a trabalho com a chusma dos outros, a não ser quando o dito resgate se demora, porque em tal caso, para que dele tratem com mais afinco, os fazem trabalhar e ir à lenha com aqueles, coisa que não é pequeno trabalho.

"Eu era pois um dos de resgate; como souberam que eu tinha sido capitão, no número deles e não no dos cavalheiros me puseram, posto que eu tivesse dito que era de poucas posses e sem fazenda. Lançaram-me uma cadeia, mais por sinal de resgate do que para me segurarem com ela, e assim passava eu a vida naquele banho com outros muitos cavalheiros e pessoas gradas,[4] com o destino e o sinal característico dos de resgate, e, posto que às vezes, ou quase sempre, nos apertasse a fome e nos afligisse a nudez, o que mais nos atormentava era ouvir e ver a cada passo as inauditas e nunca vistas crueldades com que o meu senhor já nomeado tratava os cristãos. Cada dia enforcava um, empalava este, cortava as orelhas àquele, e isso por tão pouca coisa e tão sem razão que os turcos conheciam que o fazia por hábito e por natural condição de ser assassino de todo o gênero humano. Só lhe caiu em graça um soldado espanhol chamado fulano de tal Saavedra,[5] porquanto, apesar de haver feito coisas que ficarão por muitos anos na memória daquela gente, e todas para alcançar a sua liberdade, nem por isso lhe deu nem mandou dar bastonadas e nem sequer o maltratou de palavras,

---

[4] Insigne, importante, ilustre.

[5] Trata-se do próprio Cervantes, que, marcado profundamente pelas experiências de sua juventude, as reelaborou imaginativamente nestas páginas do *Quixote* e em outros escritos.

e sucedeu isso com espanto nosso, pois pela menor das muitas coisas que fez temíamos que fosse empalado, e ele também mais de uma vez o temeu. Se o tempo mo permitisse eu contaria algumas das aventuras desse soldado, com as quais vos entreteria e vos faria admirar muito mais do que com a narração da minha história. Voltando pois a esta, direi que para o pátio da nossa prisão estavam voltadas as janelas da casa de um mouro rico e principal, as quais, como são de ordinário as dos mouros, mais eram frestas que janelas, e de mais a mais eram cobertas de espessas e estreitas gelosias. E um dia sucedeu que, estando em um terraço com três companheiros a ver por passatempo se podíamos saltar com as cadeias, e estando sós (porque todos os outros cristãos tinham ido trabalhar), levantei por acaso os olhos e vi aparecer por aquelas estreitas janelinhas de que falei uma cana com um lenço atado na ponta, balançando-se e movendo-se quase como a dar-nos sinal para chegarmo-nos a ela e tomá-la. Reparamos nisso, e um dos que estavam comigo foi colocar-se debaixo da cana para ver se a largavam ou o que faziam. Mal ele chegou, levantaram a cana e moveram-na para os dois lados, como se dissessem "não" com a cabeça. Retirou-se o cristão, estornaram a baixar a cana e a fazer iguais movimentos, mas indo outro, sucedeu a este o mesmo que ao primeiro. Foi em seguida o terceiro e sucedeu-lhe o mesmo que aos dois. E, vendo eu isso, não quis deixar de experimentar a sorte e, apenas cheguei a colocar-me debaixo da cana, deixaram-na cair, e ela veio dar-me aos pés dentro do banho. Tratando logo de desatar o lenço, vi nele um nó e encontrei dentro dez cianis, que são umas moedas de ouro baixo de que usam os mouros e cada uma das quais tem o valor de dez dos nossos reales. Se saltei de contente com o achado é escusado dizê-lo, pois foi tanto o contentamento como a admiração ao pensar de onde nos poderia vir aquele bem, especialmente a mim, pois é fora de toda a dúvida que, não se querendo entregar a cana senão a mim, a mercê só a mim era feita. Tratei em todo o caso de arrecadar o dinheiro, em seguida quebrei a cana, voltei para o terraço, olhei para a janela e vi então que por ela saía uma mão branca como a neve, abrindo-a e fechando-a precipitadamente. Essa descoberta levou-nos a nos capacitar ou a imaginar que alguma mulher que vivia naquela casa fora quem nos fez aquele benefício, e nós, em sinal de que lhe agradecíamos, lhe fizemos salemas conforme o uso dos mouros, inclinando a cabeça, dobrando o corpo e pondo os braços sobre o peito. Pouco depois mostraram pela mesma janela uma cruz feita de canas e imediatamente a retiraram. Com este sinal mais nos capacitamos de que naquela casa estivesse cativa alguma cristã e que era a quem nos tinha feito a mercê, mas a brancura da mão e os braceletes que nela vimos nos fizeram mudar de pensamento, posto que imaginássemos que ela fosse uma das cristãs renegadas que de ordinário costumam os seus próprios amos tomar por legítimas mulheres, e com isso se dão por muito felizes, porque as estimam mais que as da sua nação. Em todas as nossas conjeturas estivemos, porém, muito longe da verdade, e por essa razão daí em diante todo o nosso entretenimento era olhar fixamente para a janela através da qual nos tinha aparecido a boa estrela da cana; mas passaram-se uns bons quinze dias sem que a víssemos, nem sequer a mão ou qualquer sinal, e, apesar de em todo esse tempo havermos procurado com grande solicitude saber quem vivia naquela casa, e se nela havia alguma cristã renegada, nunca encontramos quem nos dissesse outra coisa senão que ali vivia um mouro rico e principal chamado Agi Morato,[6] alcaide que tinha sido da Pata,[7] que entre eles é ofício de muita honra; mas quando já não esperávamos que por ali nos choveriam mais cianis, vimos com surpresa reaparecer a cana tendo outro lenço com outro nó mais crescido, e isso sucedeu quando, como da outra vez, o banho estava só e sem gente. Fizemos a mesma experiência, indo primeiro do que eu cada um dos três que comigo estavam; mas a nenhum deles se baixou a cana, só eu tive essa dita, porque à minha vez deixaram-na cair. Desatei então o nó e encontrei quarenta escudos de ouro espanhóis e um papel escrito em árabe, e feita no fim do escrito uma grande cruz. Beijando-a, tomei os escudos, voltei ao terraço, todos fizemos as nossas salemas, tornou a aparecer a mão, fiz-lhe sinal de que ia ler o papel e por então fechou-se a janela. Ficamos todos alegres e ao mesmo tempo confusos com o sucedido; e, não sabendo nenhum de nós a língua árabe, era grande o nosso desejo de entender o que o papel continha e meior ainda a dificuldade de procurar quem o lesse. Por último, tomei a resolução de fiar-me de um renegado natural de Múrcia,

---

[6] Personagem histórico, amplamente documentado, que Cervantes manipula artisticamente tanto aqui como, de forma diferente, na obra *Os banhos de Argel*. *Agi* ou *Haggi* é um apelativo que se dá aos que cumpriram com a peregrinação a Meca. Morato equivale a *Murad*, uma das linhagens.

[7] Al-Batha, fortaleza duas léguas distante de Orã.

que tinha se declarado meu grande amigo, e entre nós se tinham dado tais ligações que o obrigavam a guardar o segredo que lhe confiasse, porque costumam alguns renegados, quando formam tenção de voltar a terra de cristãos, trazer consigo atestados de cativos distintos em que dão fé, pela forma que podem, de que esse tal renegado é homem honrado, que sempre fez bem aos cristãos e que tem firmado o plano de evadir-se na primeira ocasião que lhe apareça; desses alguns há que com a melhor intenção procuram esses atestados, outros servem-se deles em certos casos e por manha, pois, vindo roubar a terra de cristãos e perdendo-se ou ficando cativos, mostram os atestados e dizem que por esses papéis se verá o propósito com que vinham, e que este era ficar em terra de cristãos, e com esse fim é que vinham em corso[8] com os demais turcos. Desse modo se livram do primeiro ímpeto e se reconciliam com a Igreja sem lhe ter feito mal algum; mas no primeiro ensejo que se lhes oferece voltam à Berbéria e são de novo o que dantes eram. Outros há que pelo contrário procuram de boa fé esses papéis e se deixam ficar em terra de cristãos. Ora um dos ditos renegados era esse meu amigo, o qual tinha de todos os nossos camaradas atestados que o declaravam homem de bem, e os mouros o queimariam vivo se lhe encontrassem tais papéis. Constou-me que ele sabia bem o árabe e que não só o falava como também o escrevia; contudo, antes de me abrir com ele, lhe disse que me lesse aquele papel que por acaso tinha encontrado em um buraco que havia no sítio onde habitávamos. Abriu-o e esteve bastante tempo a olhar para ele e a traduzi-lo em voz baixa. Perguntei-lhe se o entendia; respondeu-me que perfeitamente e que, se eu quisesse que me comunicasse palavra por palavra o seu conteúdo, lhe desse tinta e pena para que melhor o fizesse. Logo lhe dei o que pedia, e pouco a pouco o foi traduzindo, dizendo-me no fim:

"— Tudo o que aqui vai em romance é, letra por letra, o que contém este papel mourisco, mas há de advertir-se que onde se diz 'Lela Marien' se deve entender 'Nossa Senhora, a Virgem Maria'.

"Lemos então o papel, que dizia assim:

---

[8] Em expedição pirata (corso significava também um navio de porte médio usado pelos piratas).

*Quando eu era menina, tinha meu pai uma escrava, a qual na minha língua me deu conhecimento da zalá[9] cristã e me disse muitas coisas de Lela[10] Marien. A tal cristã morreu, e eu sei que não foi ao fogo, mas sim que foi para Alá, porque a vi depois duas vezes, e me disse que fosse à terra dos cristãos ver Lela Marien, que me queria muito. Não sei como hei de ir: tenho visto desta janela muito cristão, mas só tu me hás parecido cavalheiro. Sou muito nova e formosa e tenho muito dinheiro para levar comigo: olha tu se podes conseguir que vamos ambos, e lá serás meu marido, se quiseres, e, se não quiseres, não se me dará nada disso, pois que Lela Marien me dará marido com quem eu case. Eu escrevi isto, repara bem naquele a quem o deres a ler, não te fies de nenhum mouro, porque todos são marfuzes.[11] Disso tenho eu muita pena, pois quisera que em ninguém te confiasses, porque, se meu pai souber, me lançará logo a um poço e me cobrirá de pedras. Porei um fio na cana; ata nele a resposta, e se não tens quem te escreva em árabe, exprime-te por sinais que Lela Marien fará com que eu te entenda. Ela e Alá te guardem, e bem assim também essa cruz que eu beijo muitas vezes, como me ordenou a cativa.*

"Notai, senhores, se tínhamos ou não justos motivos para que as razões desse papel nos causassem admiração e alegria, e tanto mais que o renegado bem entendeu não ter sido casualmente achado esse papel, antes se capacitou de que realmente a algum de nós fora dirigido; e nessa persuasão nos pediu que, se era verdade o que suspeitava, nos fiássemos nele, pois, sendo assim, arriscaria a sua vida pela nossa liberdade; e dizendo isto, tirou do peito um crucifixo de metal, e derramando muitas lágrimas, jurou por Deus, representado por aquela imagem, em que ele, ainda que muito pecador e frágil, muito e muito fielmente cria que guardaria lealdade e segredo em tudo quanto quiséssemos descobrir-lhe porque lhe parecia e quase adivinhava que, por meio daquela que o papel havia escrito, ele e todos nós conseguiríamos a nossa liberdade, e desse modo alcançaria ele o que mais desejava, que era voltar ao grêmio da Santa Igreja sua mãe, da qual como membro pobre estava separado por sua ignorância e por seus pecados. Com tantas lágrimas e com mostras de tanto arrependimento falou o renegado que

---

[9] A oração cristã; refere-se seguramente à Ave-Maria. A veneração dos muçulmanos por Santa Maria era bem conhecida por Cervantes.
[10] Senhora.
[11] Traidor, falso, enganoso.

todos nós afoitamente resolvemos declarar-lhe a verdade do sucesso, e tudo lhe contamos sem encobrir nada. Mostramos-lhe a janela por onde aparecia a cana, e ele marcou dali a casa e ficou de por grande e especial cuidado em indagar quem habitava nela. Acordamos também que seria bom responder ao bilhete da moura e, como tínhamos quem o soubesse escrever, imediatamente escreveu o renegado as razões que lhe fui ditando, que foram as que textualmente direi, porquanto não se me varreu da memória nem varrerá, enquanto vida tiver, nenhum dos pontos substanciais desse sucesso. Eis o que se respondeu à moura:

*O verdadeiro Alá te guarde, minha senhora, e aquela bendita Marien, que é a verdadeira mãe de Deus, e aquela que por te querer bem te há gravado no coração a vontade de ires à terra dos cristãos. Implora-lhe tu que te dê a entender como poderá pôr em obra o que te ordena, pois é tão boa que decerto assim o fará. Da minha parte e da de todos estes cristãos que comigo se acham, te ofereço fazer por teu respeito quanto até morrer pudermos. Não deixes de me escrever e de me avisares do que pensares em fazer, que eu nunca deixarei de responder-te: o grande Alá nos deu um cristão cativo que sabe falar e escrever tua língua tão bem como verás neste papel, e por isso sem medo algum nos podes avisar de quanto quiseres. Quanto ao dizeres que se fores à terra dos cristãos serás minha esposa, eu te prometo que por esposa te aceitarei e to prometo como bom e fiel cristão, e bem deves saber que os cristãos cumprem melhor que os mouros aquilo que prometem. Alá e Marien sua mãe sejam em tua guarda, minha senhora.*

"Escrito e fechado esse papel, esperei dois dias para que o banho estivesse só e logo fui ao costumado sítio do terraço para ver se descobria a cana, que efetivamente não tardou muito em aparecer. Assim que a vi, posto que não pudesse ver quem a punha, mostrei o papel para dar a entender que pusessem o fio; mas já a cana o trazia, e a ele atei o papel, e dali a pouco tornou a aparecer a mesma estrela que já anteriormente anunciara a nossa boa ventura, e vinha ali atado o lenço, que das outras vezes se mostrara como sendo a bandeira branca da paz. Deixaram-na cair e, levantando-a, encontrei no lenço em toda espécie de moeda de ouro e prata mais de cinquenta escudos, os quais cinquenta vezes mais dobraram o nosso contentamento e firmaram a nossa esperança de alcançarmos a liberdade. Naquela mesma noite voltou o nosso renegado e nos disse ter sabido que naquela casa vivia o mesmo mouro que nos haviam dito chamar-se Agi Morato, riquíssimo em toda a extensão da palavra, o qual tinha só uma filha, herdeira de toda a sua fortuna, e que era geral opinião em toda a cidade ser a mais formosa mulher da Berbéria e que muitos dos vice-reis que ali vinham a tinham pedido em casamento, mas que ela nunca quisera casar-se, e que igualmente soube que Agi Morato tivera uma cativa cristã já falecida. Tudo isso concordava com o que vinha no papel.

"Logo conferenciamos com o renegado sobre o meio de raptar a moura e voltarmos todos à terra de cristãos, e acordou-se afinal que por então esperássemos o segundo aviso de Zoraida, que era o nome daquela que quer agora chamar-se Maria: porquanto bem víamos nós que ela e não outra pessoa era quem devia resolver todas as dificuldades. Assentando nós nisto, disse o renegado que ficássemos descansados, pois que ele nos poria em liberdade ou perderia a vida. Quatro dias esteve o banho com gente, que foram outros tantos em que deixou de aparecer a cana, e ao cabo deles, no costumado silêncio do banho, apareceu a cana com o lenço tão prenhe que prometia um felicíssimo parto. A cana e o lenço inclinaram-se para mim e encontrei nele outro papel e cem escudos de ouro sem outra qualquer moeda. Achando-se ali o renegado, demos-lhe a ler o papel dentro do nosso rancho, e ele nos disse que era este o seu teor:

*Eu não sei, meu senhor, como pôr em ordem a nossa partida para Espanha, nem Lela Marien mo há revelado, posto que lho tenha eu perguntado; o que se poderá fazer é que eu vos darei por esta janela muito dinheiro em ouro; resgatai-vos com ele, e igualmente dos vossos amigos vá um a terra de cristãos, compre lá uma barca e venha buscar os outros, e quanto a mim encontrar--me-á no jardim que nos pertence, o qual está na Porta do Babazão,[12] junto à marinha, onde tenho de passar todo este verão com meu pai e com os criados: dali me podeis tirar de noite sem medo nenhum e levar-me à barca. E olha que hás de ser meu marido, quando não eu pedirei a Marien que te castigue. Se não tens em quem confies para ir buscar a barca, resgata-te tu e parte, que eu sei que voltarás mais depressa que qualquer outro, porque és cavalheiro e cristão. Procura saber onde é o jardim, e quando passeares por aí ficarei sabendo que o banho está só e então te darei muito dinheiro. Alá te guarde, meu senhor.*

---

[12] Porta de Azún ou Asón-bab ("das ovelhas"), em árabe; era uma porta na muralha da cidade situada junto à marinha, mas também a porta pela qual se saía ao cemitério dos cristãos.

"Era isso o que dizia e continha o segundo papel, e, sabido por todos, cada um se ofereceu para ser resgatado e prometeu ir e voltar sem demora, e também eu me ofereci para a mesma empresa; a tudo porém se opôs o renegado, dizendo que de nenhum modo consentiria que um se pusesse em liberdade sem que fossem todos juntos, porque lhe tinha mostrado a experiência quanto mal cumpriam os livres a palavra que davam no cativeiro, porquanto muitas vezes se tinham servido do mesmo meio alguns cativos principais, resgatando um que fosse a Valência ou a Mallorca com o dinheiro necessário para armar um navio e vir buscar os que o haviam resgatado, e contudo nunca mais voltava, porque a liberdade alcançada e o medo de tornar a perdê-la lhe apagava da memória todas as abnegações do mundo. E, em testemunho da verdade que nos dizia, nos contou em breves palavras um caso que quase na mesma ocasião tinha se dado com uns cavalheiros cristãos, o mais estranho que já sucedeu naquelas partes, nas quais a cada passo ocorrem coisas de admiração e grande espanto. Afinal disse que o que se podia e devia fazer era que o dinheiro destinado ao resgate de um cristão se desse a ele para comprar aí para Argel um navio, com o pretexto de se fazer mercador e traficar em Tetuã e naquela costa, e que, sendo ele o senhor do navio, facilmente poderia tirá-los do banho e embarcá-los a todos. Que por isso que a moura, como o tinha prometido, dava dinheiro para resgatá-los a todos, estando livres era fácil embarcarem ainda de dia, e a maior dificuldade que se opunha era a de não consentirem os mouros que algum renegado tenha barca, e só baixel grande para ir em corso, porque receiam que o que compra barca, mormente sendo espanhol, se destine a ir nela a terra de cristãos; mas que ele removeria esta dificuldade, conseguindo que um mouro tagarino[13] tomasse sociedade na compra da barca e no ganho das mercadorias, e desse modo se tornaria senhor da mesma barca e dava todo o negócio por concluído. E, posto que parecesse melhor, tanto a mim como aos meus camaradas, que ele fosse pela barca a Mallorca, como dizia a moura, julgamos prudente não o contrariar, receosos de que, se não fizéssemos o que ele aconselhara, nos havia de denunciar e pôr-nos em risco de perder as vidas, se expusesse o que estava combinado com Zoraida, pela vida da qual nós todos daríamos as nossas; e nessas circunstâncias resolvemos

---

[13] Mouro procedente da Coroa de Aragão peninsular.

entregar tudo às mãos de Deus e às do renegado; e nesse estado de coisas respondemos a Zoraida que faríamos tudo quanto nos aconselhava, pois que o delineara com tanto tino como se lhe tivesse sido revelado por Lela Marien, e que em seu poder estava a presteza ou a demora do negócio. Outra vez lhe ofereci a mão de esposo; e, acontecendo estar no dia seguinte o banho sem gente, por diversas vezes nos deu, por via da cana e do lenço, dois mil escudos de ouro e um papel onde dizia que no primeiro *jumá*, que corresponde à nossa sexta-feira, iria para o jardim de seu pai, e que antes de ir nos daria mais dinheiro; e, se não bastasse, disso a avisássemos, pois que nos daria quanto lhe pedíssemos, porquanto seu pai tanto possuía que não daria pela falta, e mesmo até porque tinha ela as chaves de tudo. Demos logo quinhentos escudos ao renegado para comprar a barca. Com oitocentos me resgatei eu, dando o dinheiro a um mercador valenciano que na ocasião estava em Argel, o qual me resgatou de el-rei, empenhando a sua palavra em que apenas chegasse de Valência o primeiro baixel pagaria o meu resgate, porque, se desse logo o dinheiro, faria suspeitar o rei de que há muitos dias o meu resgate estava em Argel e que o mercador se servira dele para o seu negócio. Em suma: meu amo era tão caviloso[14] que de modo nenhum me atrevi a que desembolsasse logo o dinheiro. Na quinta-feira antes da sexta em que devia ir para o jardim de seu pai, a formosa Zoraida nos deu outros mil escudos e nos avisou da sua partida, pedindo-me que, se me resgatasse, logo subisse ao jardim de seu pai, e em todo o caso tentasse ir ter lá com ela. Respondi-lhe em poucas palavras que assim o faria e que não se esquecesse de nos encomendar a Lela Marien, rezando todas aquelas orações que lhe havia ensinado a cativa. Feito isso, tratamos de dispor as coisas para que os nossos três companheiros se resgatassem para nos facilitarem a saída do banho e para que também, por eu estar resgatado e eles não, havendo dinheiro para o resgate de todos, não se alvoroçassem e o Diabo os aconselhasse a alguma coisa em prejuízo de Zoraida; porquanto ainda o serem eles quem eram me poderia tirar de semelhante receio, ainda assim não quis pôr o negócio em risco e por essa razão os fiz resgatar da mesma maneira por que eu me resgatei, entregando todo o dinheiro ao mercador, para o termos bem em seguro, sem que contudo lhe revelássemos a nossa empresa e o segredo por causa do perigo que corríamos."

---

[14] Dissimulado nos agrados; fingido, dengoso.

## Capítulo XLI

### NO QUAL O CATIVO AINDA CONTINUA A SUA HISTÓRIA

— AINDA NÃO ERAM PASSADOS quinze dias e já o nosso renegado tinha comprado uma magnífica barca, com capacidade para nela se acomodarem mais de trinta pessoas; e a fim de desviar suspeitas e tornar segura a empresa, empreendeu viagem a um lugar chamado Sargel,[1] que está a vinte léguas de Argel para os lados de Orã, onde se negocia muito em figos passos.[2] Duas ou três vezes fez essa viagem em companhia do tagarino de que falei. Tagarinos chamam na Berbéria aos mouros de Aragão, e mudéjares aos de Granada, e no reino de Fez chamam a esses últimos "elches",[3] os quais são a gente de que o rei dali mais se serve na guerra. Ora, cada vez que o renegado passava com a sua barca dava fundo numa pequena enseada que distava menos de dois tiros de flecha do jardim onde Zoraida estava à nossa espera, e muito de propósito se colocara ali, com os mourozinhos ao remo, ora a fazer a *zalá*, ora a fingir que ensaiava o que pensava fazer deveras, e desse modo ia ao jardim de Zoraida e pedia-lhe fruta, que seu pai

---

[1] Atual Cherchell, pequeno porto a cerca de cem quilômetros a oeste de Argel e, portanto, mais perto de lá do que das costas espanholas; estava cheio de mouriscos fugidos de Andaluzia e Valência, que continuavam mantendo contato com os mouriscos espanhóis. Era centro corsário, com frequentes incursões até as costas peninsulares, onde se praticava o tráfico de cativos e de armas. Também exportava produtos do interior do país.

[2] Secos.

[3] A palavra, que no Marrocos carece de sentido pejorativo, foi usada em castelhano com o significado de "cristão renegado"; indivíduo que muda de crença religiosa.

lhe dava sem conhecê-lo; e por mais diligências que fez, como depois me disse, para falar com Zoraida e dizer-lhe que era ele que iria de meu mando levá-la a terra de cristãos, e que por isso estivesse segura e contente, nunca pôde consegui-lo, porque as mouras não se deixam ver de nenhum mouro ou turco sem que tal mandem seus maridos ou pais: com cristãos cativos é que elas vinham à fala ainda mais do que seria razoável; mas melhor foi que acontecesse assim, porque me pesaria que lhe houvesse falado, pois talvez ela se inquietasse, vendo que o seu negócio andava na boca de renegados; Deus, que ordenara as coisas de outro modo, não deu lugar ao bom desejo que tinha o renegado, e este, vendo com quanta segurança ia e voltava a Sargel, e que dava fundo quando, como e onde queria, e que o tagarino seu companheiro não tinha outra vontade que não fosse a sua e que eu já estava resgatado, faltando apenas buscar alguns cristãos que vogassem ao remo, disse-me que visse eu quais queria trazer comigo afora os resgatados, e que os tivesse prevenidos para a primeira sexta-feira, dia que tinha escolhido para ser o da nossa partida. Em vista disso falei a doze espanhóis, todos eles homens muito possantes no remo e daqueles que mais livremente podiam sair da cidade, e não foi pouco encontrar tantos numa ocasião em que estavam em corso vinte baixéis, tendo levado toda a gente de remo, e nem esses doze teria arranjado, se não sucedesse ter deixado seu amo de ir em corso naquele verão, ficando em terra para acabar uma galeota que tinha no estaleiro: a esses homens disse somente que na primeira sexta-feira de tarde saíssem um a um com dissimulação e que me esperassem ao pé do jardim de Agi Morato. A cada um em particular dei essas instruções, recomendando-lhes que, encontrando ali outros cristãos, não lhes dissessem senão que os tinha mandado esperar naquele sítio. Feita essa diligência, faltava-me a principal, que era dar conta a Zoraida do estado em que estavam os nossos negócios para estar prevenida e não se sobressaltar, se fôssemos raptá-la mais depressa do que porventura ela esperasse que poderia chegar à barca dos cristãos. Resolvi portanto ir ao jardim e ver se acharia meio de falar-
-lhe e, com o pretexto de apanhar algumas ervas, fui lá um dia antes da minha partida, e a primeira pessoa com quem me encontrei foi com seu pai, e ele me disse, na língua que em toda a Berbéria e mesmo em Constantinopla se fala entre cativos e mouros, a qual nem é mourisca nem castelhana, nem de nação alguma, senão uma mistura de todas as

línguas, mas pela qual todos nos entendemos:[4] digo, que nesta forma de linguagem me perguntou o que eu procurava no seu jardim e quem eu era. Respondi-lhe que era escravo de Arnaute Mami,[5] e isto por saber eu com toda a certeza que este era seu amigo íntimo; e também lhe disse que procurava ervas para fazer salada. Perguntou-me ainda se era ou não homem de resgate e quanto meu amo pedia por mim. Neste tempo saiu da casa do jardim a bela Zoraida, que já muito antes tinha me visto; e, como as mouras não fazem reparo em aparecer aos cristãos nem tampouco se esquivam, como já disse, facilmente veio ter onde o pai estava comigo, e o próprio pai vendo-a vir devagar, a chamou e lhe disse que se chegasse.

"Fora demasia dizer eu agora a muita formosura, a gentileza, os galhardos e ricos adornos com que a minha querida Zoraida se mostrou a meus olhos: tão somente direi que do seu formosíssimo colo, orelhas e cabelos pendiam mais pérolas do que quantos destes tinha na cabeça. Nos pés, que, conforme o uso oriental, trazia nus, tinha dois carcasses (que assim se chamam em mourisco uma espécie de cadeias que nos pés usam as mulheres) de puríssimo ouro, com tantos diamantes engastados que, segundo ela me disse depois, seu pai estimava em dez mil dobrões e em outro tanto os braceletes. Eram ricas e inumeráveis as pérolas, porque o maior luxo dos mouros consiste em adorno de pérolas e aljôfares, sendo por isso que entre os mouros há mais dessas pedras preciosas do que em todas as outras nações, e o pai de Zoraida tinha fama de possuir muitas e das mais ricas de Argel, além de mais de duzentos mil escudos espanhóis, que tudo isso pertencia a esta que agora é minha senhora. Se com esses adornos devia vir ou não formosa, e quanto o foi nos seus dias de prosperidade, que o diga a formosura que ainda hoje tem, apesar dos trabalhos por que tem passado, pois bem sabido é que em algumas mulheres a formosura tem dias e estações, e diminui ou cresce conforme as circunstâncias; além de que muito naturalmente as paixões a realçam ou estragam, quando muitas vezes não a destroem. Finalmente apresentou-se ricamente adornada e extremamente formosa,

---

[4] Cervantes refere-se à língua franca, equivalente ao atual sabir, mescla de vocábulos de todos os idiomas ribeiros, que servia para se comunicar em todos os portos do Mediterrâneo.

[5] "Mami, o Albanês", conhecido corsário que capturou a galera na qual viajavam Cervantes e seu irmão. De acordo com Tímbrio, no livro V da *Galateia*, esse corsário destroçou a galera que o levava. Também é citado na novela *A espanhola inglesa*.

ao menos pareceu-me a mim que era a mais bela que eu até aí tinha visto, e juntando à sua formosura os benefícios por mim recebidos, tudo me fazia ver ali uma deidade do céu que desceu à terra para me salvar e encher de gozos. Apenas ela tinha chegado, disse-lhe o pai, na sua língua, que eu era cativo de seu amigo Arnaute Mami e que fora buscar salada. Tomando a mão ao pai e naquela mistura de linguagem de que já tenho falado, perguntou-me se eu era cavalheiro e por que razão não me resgatava. Respondi-lhe que já estava resgatado e que do preço do resgate podia ver a valia em que me tinha meu amo, pois eu dera mil e quinhentos zoltanis.[6] A isso me respondeu:

"— Na verdade, se tivesses sido de meu pai, eu faria com que nem pelo dobro te resgatasses, porque vós os cristãos mentis em tudo quanto dizeis, e vos fingis pobres para enganar os mouros.

"— Assim podia ser, senhora — lhe respondi —, mas crede que tratei com toda a verdade com meu amo, e que com ela trato e tratarei sempre com todas as pessoas do mundo.

"— E quando partes? — perguntou-me Zoraida.

"— Amanhã, segundo creio — respondi-lhe —, pois está aqui um baixel de França, que amanhã dará à vela, e espero ir nele.

"— Não será melhor — replicou Zoraida — esperar que cheguem baixéis de Espanha e que vás num deles, e não num dos de França, por não serem os franceses vossos amigos?

"— Não — respondi eu —; contudo talvez espere um baixel de Espanha que dizem estar a chegar; mas o mais certo é que eu parta amanhã, porque me apertam as saudades de ver a minha terra e as pessoas da minha estima, que não quero esperar nenhuma comodidade, por maior que ela seja.

"— Provavelmente és casado na tua terra — disse-me Zoraida — e por isso desejas ir quanto antes ver tua mulher.

"— Não sou casado — respondi eu —, mas dei a minha palavra de casar logo que ali chegue.

"— E é formosa a dama com quem prometeste casar? — disse ela.

"— Tão formosa é — lhe respondi — que em seu justo louvor me basta dizer que ela se parece muito contigo.

"Disso se riu com grande vontade o pai, e disse-me:

---

[6] Moeda argelina de ouro.

"— Gualá,⁷ cristão, que deve ter muita formosura essa dama, se é verdade parecer-se com minha filha, que é a mais formosa de todo este reino. Olha bem para ela e verás como é verdade o que te digo.

"Nessa conversação serviu-nos de intérprete, como mais habituado a outras semelhantes, o pai de Zoraida, por mais ladino, pois que, ainda que ela falasse a língua bastarda, que ali se usa, exprimia-se mais por sinais do que por palavras. De repente chegou um mouro a correr, gritando que quatro turcos, saltando os muros, tinham entrado no jardim e andavam a tirar a fruta ainda verde. O velho e Zoraida ficaram sobressaltados, porque é geral e quase natural o medo que os mouros têm aos turcos, mormente sendo soldados, pois são esses tão insolentes e têm tanto poderio sobre os mouros, os quais lhes estão sujeitos, que os tratam pior do que aos seus escravos. Por esse motivo disse o pai de Zoraida:

"— Minha filha, vai para casa e fecha-te nela, enquanto vou falar àqueles cães; e tu, cristão, procura as ervas que pretendes; vai-te em paz, e Alá te acompanhe à tua terra.

"Cortejei-o, e ele foi procurar os turcos deixando-me só com Zoraida, que fingia começar a cumprir as ordens do pai, caminhando para casa; mas, logo que este se encobriu com as árvores do jardim, ela voltou-se para mim e disse-me, banhada em lágrimas:

"— *Ámexi*, cristão? *Ámexi?* (O que quer dizer: "Vai-te, cristão? Vai-te?".)

"E eu respondi-lhe:

"— Irei, senhora, mas aconteça o que acontecer, não irei sem ti: está próxima a primeira sexta-feira, e não te sobressaltes quando aqui nos vires, que em seguida iremos com certeza à terra de cristãos.

"De tal maneira me exprimi que ela me compreendeu perfeitamente e, lançando-me um braço ao pescoço, com passos lentos começou a caminhar para casa; quis, porém, a sorte, que poderia ser terrível, se o céu não o determinasse de outro modo, que o pai, voltando já de estar com os turcos, nos visse nessa posição; e, posto que nós também o víssemos, Zoraida, mulher fina, não retirou o braço, antes mais se chegou a mim e pousou a cabeça sobre o meu peito, dobrando um pouco os joelhos, fingindo perfeitamente que desmaiava, e diligenciando eu ao mesmo

---

⁷ "Por Alá."

tempo mostrar que a sustinha contra minha vontade. Correu o pai onde estávamos e, vendo a filha nesse estado, perguntou o que tinha; e, como não lhe respondesse ela, disse:

"— Sem dúvida desmaiou sobressaltada com a entrada desses cães.

"E, tirando-a do meu, conchegou-a ao seu peito, e ela então, dando um suspiro e ainda banhada em pranto, tornou a dizer:

"— *Ámexi*, cristão, *ámexi*. — "Vai-te, cristão, vai-te."

"— Não importa, minha filha — respondeu o pai —, que o cristão se vá, pois nenhum mal te fez, e os turcos já se foram embora: nenhuma coisa te sobressalte, pois nenhuma há que deva afligir-te; como já te disse, os turcos, a instâncias minhas, saíram por onde tinham entrado.

"— Foram eles, senhor, que a assustaram — disse eu ao pai —; mas como diz ela que me retire, não quero tornar-me incômodo. Fica-te em paz, e com licença tua, se me for preciso, voltarei a procurar ervas neste jardim, porque, segundo diz meu amo, em nenhum outro há melhores para salada do que no teu.

"— Podes vir colher quantas quiseres — respondeu Agi Morato —, pois minha filha não se queixa de ti nem de nenhum cristão; querendo referir-se aos turcos é que disse que te retirasses, ou então que eram horas de ires procurar as tuas ervas.

"Logo me despedi de ambos e ela, arrancando-se-lhe a alma, como parecia, retirou-se com o pai, e eu, sob o pretexto de procurar as ervas, rodeei o jardim com todo o vagar e à minha vontade notei bem as entradas e saídas e a fortaleza da casa, e a facilidade com que poderia executar o meu plano. Concluindo esse serviço, retirei-me e contei ao renegado e aos meus companheiros quanto se tinha passado, e já me tardava a hora de gozar sem sobressalto o bem que na bela e formosa Zoraida me dava a sorte. Finalmente, passou-se o tempo e chegou o dia e a ocasião por nós tão desejada; e, seguindo todos a ordem do plano que com discrição e com muitas combinações havíamos formado, tivemos a fortuna que tanto desejávamos, porquanto, ao anoitecer da sexta-feira que se seguiu ao dia em que falei com Zoraida no jardim, o renegado deu fundo com a barca quase defronte do sítio onde estava a formosíssima Zoraida.

"Já os cristãos que tinham de ir trabalhar ao remo estavam preparados e escondidos em diversos sítios daqueles arredores. Todos me esperavam, suspensos e alvoroçados, e impacientemente desejosos de atacarem o baixel que tinham à vista, porque ignoravam as combinações com o renegado e pensavam que à força de braço é que tinham de ganhar e possuir a liberdade, matando os mouros que estavam dentro da barca. Logo que nos avistaram, chegaram-se para nós todos aqueles cristãos que por ali se achavam escondidos, e já então a cidade estava deserta e não se via alma viva em toda aquela campina. Uma vez reunidos, hesitamos em se seria melhor ir primeiro de tudo raptar Zoraida ou render a barca e, nessa perplexidade, chegou o nosso renegado e perguntou--nos o que esperávamos, acrescentando que já eram horas e que todos os seus mouros estavam descuidados e a maior parte deles a dormir. Contamos-lhe o que nos detinha, e então ele nos disse que antes de tudo convinha tomar o baixel, o que poderia fazer-se com facilidade, e que feito isso iríamos buscar Zoraida. A todos nos pareceu sensato esse parecer, e sem mais demora, e indo ele na frente, nos precipitamos sobre o baixel e, saltando ele dentro primeiro que todos, empunhou um alfanje e disse em mourisco:

"— Ninguém aqui se mova, se não quer perder a vida.

"E já então todos os cristãos tinham saltado para dentro da barca. Os mouros, que eram pouco animosos, ouvindo falar dessa maneira o seu arrais,[8] ficaram espantados e, sem que nenhum deles tivesse coragem para pegar nas armas, que poucas ou quase nenhumas tinham, deixaram-se imobilizar pelos cristãos, o que estes lhes fizeram com toda a presteza, ficando os mouros compreendendo que seriam passados à espada no mesmo instante em que gritassem. Feito isso, deixando-os guardados por metade dos nossos, fomos os que restávamos buscar Zoraida ao jardim de Agi Morato, indo à nossa frente o renegado, e quis a nossa boa sorte que, quando íamos para forçar a porta, ela se abrisse com tanta facilidade como se não estivesse fechada, e desse modo muito tranquilamente e em silêncio chegamos à casa sem que ninguém nos pressentisse.

"Estava a lindíssima Zoraida esperando por nós a uma janela e, logo que sentiu gente, perguntou em voz baixa se éramos *nizarani*, como se dissesse ou perguntasse se éramos cristãos. Eu lhe respondi que sim, e que baixasse. Logo que me conheceu, sem se demorar nem mais um instante e sem me responder uma só palavra, desceu rapidamente, abriu a porta e apareceu-nos tão formosa e tão ricamente vestida que

---

[8] Patrão ou mestre de barco de tráfego local ou portuário.

não sei como descrevê-la. Apenas a vi perto de mim, tomei-lhe a mão e comecei a beijar-lha, e o mesmo fizeram o renegado e os meus dois companheiros, e os outros, que não sabiam de que se tratava, fizeram o que nos viram fazer, parecendo-lhes decerto que com isso lhe dávamos graças e a reconhecíamos como senhora da nossa liberdade. Perguntou-lhe o renegado, em língua mourisca, se o pai estava no jardim, e ela respondeu que sim e que dormia.

"— Pois é necessário acordá-lo — replicou o renegado — e levá-lo conosco e tudo quanto tem de valor neste formoso jardim.

"— Não — disse ela —, não consinto que em meu pai alguém ouse tocar, e nesta casa não há mais nada que o que vai comigo, que é tanto que chegará para que todos fiquem ricos e contentes; esperai, e vê-lo-eis.

"Neste momento voltou à casa, dizendo que não se demoraria, e que estivéssemos nós quietos e não fizéssemos ruído algum. Perguntei então ao renegado o que tinha passado com ela e, contando-me ele tudo, disse-lhe eu que só se havia de fazer o que Zoraida quisesse e, enquanto dizia isso, já ela voltava com um cofrezinho cheio de escudos de ouro, em tamanha porção que o conduzia com muito custo. Quis porém a má sorte que neste meio-tempo acordasse o pai e sentisse o ruído que ia no jardim e, chegando à janela, conheceu logo que éramos cristãos, e em altas e desesperadas vozes começou a gritar em árabe:

"— Cristãos, cristãos, ladrões, ladrões!

"Esses gritos puseram-nos em grande e arriscada confusão; mas o renegado, conhecendo o perigo em que estávamos e quanto era preciso levar a cabo a empresa sem ser sentido, correu aonde estava Agi Morato, e foram atrás dele alguns dos nossos; quanto a mim, entendi que não devia desamparar Zoraida, que caíra desmaiada sobre os meus braços. Finalmente, os que subiram de tal modo se houveram que num momento desceram, trazendo Agi Morato com as mãos atadas e com um lenço na boca, de maneira que não podia proferir palavra, ameaçando-o ainda assim que lhe tirariam a vida se falasse. Quando a filha o avistou, cobriu os olhos para não os ver, e o pai ficou espantado, ignorando quanto ela de sua vontade se havia colocado nas nossas mãos; mas, sendo o mais necessário então a ligeireza dos pés, a toda a pressa fomos nos meter na barca, na qual os que nela estavam principiaram a recear que tivéssemos sido malsucedidos.

"Apenas teriam se passado duas horas pela noite adentro, já todos nós estávamos na barca e logo tiramos ao pai de Zoraida a atadura que lhe puséramos nas mãos e o lenço com que lhe tapáramos a boca; mas disse-lhe outra vez o renegado que lhe tiraríamos a vida, se proferisse uma só palavra. Como ele ali viu a filha, começou a suspirar com muita ternura e com muita mais ainda quando viu que eu estreitamente a apertava nos braços, sem que ela se defendesse nem se esquivasse ou soltasse um queixume, antes ficando serena; mas tudo ele sofria calado para que o renegado não pusesse em execução as muitas ameaças que lhe havia feito. Vendo-se já na barca e observando que íamos começar a remar, e olhando para o pai e para os outros mouros que estavam amarrados, Zoraida disse ao renegado, para dizer a mim, que lhe fizesse eu a mercê de soltar aqueles mouros e pôr-lhe o pai em liberdade, pois que mais fácil lhe seria atirar-se ao mar do que ver diante dos olhos e por sua causa ser levado cativo um pai que tanto a tinha amado sempre.

"Disse-mo o renegado, e eu respondi que isso era da minha melhor vontade; mas objetou o renegado que isso não convinha, porque, se ali os deixássemos, chamariam em socorro toda a terra e alvoroçariam a cidade, podendo suceder que fossem sobre nós com algumas fragatas ligeiras e nos tomassem a terra e o mar, de modo que não pudéssemos escapar-lhes; e que o mais que poderia fazer-se-lhes era pô-los em liberdade na terra dos cristãos a que primeiramente chegássemos. Assentamos todos nesse parecer, e Zoraida, à qual expusemos as razões que tínhamos para não lhe fazermos logo a vontade, deu-se por satisfeita. Em seguida, com um silêncio que nos enchia de profunda satisfação e com alegre diligência, cada um dos nossos valentes remeiros tomou os remos, e começamos, encomendando-nos de todo o coração a Deus, a navegar em roda das ilhas de Mallorca, que era a mais próxima terra de cristãos; mas, por soprar vento um tanto norte e estar o mar algum tanto agitado, não pudemos seguir a derrota[9] de Mallorca e vimo-nos forçados a navegar terra a terra, não sem grande pesar nosso, pois receávamos ser descobertos do lugar de Sargel que naquela costa não dista de Argel mais de sessenta milhas; e de mais a mais temíamos encontrar por aquelas paragens alguma galeota das que ordinariamente conduzem mercadorias de Tetuã, posto que cada um por si e todos juntos presumíamos que, encontrando galeota de mercadorias, não sendo das que andam em corso, não só não nos perderíamos mas até que conse-

---

[9] Percurso, caminho, direção.

guiríamos baixel em que com mais segurança pudéssemos concluir a nossa viagem. Enquanto se navegava, ia Zoraida com a cabeça entre as minhas mãos para não ver o pai, e notei que ela rezava a Lela Marien, pedindo-lhe que nos protegesse.

"Teríamos navegado trinta milhas, quando nos amanheceu estando desviados de terra coisa de três tiros de arcabuz, e observamos que estava toda deserta e que por isso ninguém nos vira; contudo fomos à força de braços entrando um pouco no mar, que já estava mais sossegado, e, achando-nos quase duas léguas desviados de terra, deu-se ordem para que se vogasse por quartos,[10] enquanto comíamos alguma coisa, pois ia bem provida a barca; posto que os remadores dissessem que não era ocasião oportuna para repousar e que somente dessem de comer aos que não vogavam, porque quanto a eles não queriam de modo algum largar os remos das mãos. Assim se fez, e nesse meio-tempo começou a soprar um vento rijo que logo nos obrigou a navegar à vela e a deixar o remo, e a tomarmos o rumo de Orã por não nos ser possível fazer outra viagem. Tudo isso se fez com muita presteza, e desse modo navegamos à vela mais de oito milhas por hora sem outro receio que não fosse o de nos encontrarmos com algum baixel dos que andam em corso. Demos de comer aos mouros tagarinos e o renegado os consolou, dizendo-lhes que não iam cativos, e que tanto assim era que na primeira ocasião se lhes restituiria a liberdade. O mesmo disse ao pai de Zoraida, que lhe respondeu:

"— Outra qualquer coisa poderei eu crer e esperar da vossa liberalidade e cortesia; mas quanto à promessa de me pordes em liberdade, não me julgueis tão simples, cristão, que disso me persuada; pois decerto que não vos teríeis exposto ao perigo de tirar-ma para tão facilmente ma restituirdes, mormente sabendo vós muito bem quem eu sou e quanto podeis receber como preço dela. Mas, se a quereis pôr nome, eu vos ofereço quanto pedirdes por mim e por essa desgraçada filha, ou ao menos só por ela, por ela, que é a maior e a melhor parte da minha alma.

"E desatou logo a chorar tão amargamente que nos comoveu a todos e obrigou Zoraida a volver os olhos para ele, e, vendo-o assim a chorar, de tal modo se enterneceu que se levantou de meus pés, onde estava, e foi abraçar-se no pai e, juntando a sua face à dele, ambos romperam

---

[10] Que remasse parte dos homens, enquanto os outros descansavam.

em tão terno pranto que muitos dos que ali íamos os acompanhamos no choro. Quando, porém, o pai a viu vestida de gala e adornada com tantas joias, disse-lhe na sua língua:

"— Que é isso, filha?! Pois ainda ao anoitecer de ontem, antes que nos sucedesse esta terrível desgraça em que agora nos vemos, te vi com os teus vestidos ordinários e caseiros, e agora, sem que tivesses tempo para te vestires e sem receberes novidade alguma alegre que devesses solenizar cobrindo-te de enfeites, vejo-te com os melhores vestidos que pude dar-te, quando nos foi mais favorável a fortuna?! Responde-me a isto, porque isto me suspende e admira muito mais do que a própria desgraça em que me encontro.

"Tudo o que o mouro dizia à filha nos explicava o renegado, e ela não lhe respondia palavra. Mas, quando ele viu a um lado da barca o cofrezinho onde a filha costumava guardar as joias, o qual ele bem sabia que deixara em Argel e que não o tinha trazido para o jardim, mais confuso ficou e perguntou-lhe como aquele cofre tinha vindo dar às nossas mãos e o que continha. Sem esperar que Zoraida respondesse, disse-lhe o renegado:

"— Não te canses, senhor, com tantas perguntas a tua filha, porque respondendo-te eu a uma responderei duma só vez a todas; e assim convém que saibas que ela é cristã e que foi a lima das nossas cadeias e a liberdade do nosso cativeiro: ela vai aqui muito de sua vontade e tão contente, ao que eu penso, de se ver neste estado como aquele que sai das trevas para a luz, da morte para a vida e do inferno para o céu.

"— É verdade, minha filha, o que esse homem diz? — perguntou--lhe o pai.

"— Assim é — respondeu Zoraida.

"— Pois tu és cristã e puseste teu pai em poder de seus inimigos?

"Ao qual respondeu Zoraida:

"— Cristã eu sou; mas não sou quem te pôs nesse estado, porque nunca o meu desejo se estendeu a deixar-te nem a fazer-te mal, e somente a fazer-te bem.

"— Mas qual é o bem que me fizeste, minha filha?

"— Qual ele seja, pergunta-o a Lela Marien, que ela melhor do que eu saberá responder-te.

"Apenas ouviu isso, o mouro com admirável presteza atirou consigo ao mar de cabeça para baixo, e sem dúvida se afogara se a roupa, por ser larga, não o embaraçasse e retivesse sobre a água. Em altas vozes gritou

Zoraida que o salvassem, e, indo logo nós todos em socorro, agarramo-lo pela almalafa e tiramo-lo do mar quase afogado e sem sentidos, e isso tanto afligiu Zoraida, que derramou sobre o pai tão ternas e dolorosas lágrimas como se ele já estivesse morto. Pusemo-lo de pernas para o ar e, lançando muita água pela boca, tornou a si ao cabo de duas horas, e mudando entretanto o vento, foi-nos conveniente aproximarmo-nos de terra, fazendo toda a força de remos para não sermos arrojados contra a costa; mas quis a nossa boa sorte que chegássemos a uma enseada que fica ao lado dum pequeno promontório ou cabo, a que os mouros apelidam de "Cava Rumia" e que na nossa língua quer dizer a "má mulher cristã";[11] e é tradição entre os mouros que naquele lugar está enterrada a cava por quem se perdeu a Espanha, porque "cava" na língua deles quer dizer "mulher má", e "rumia" quer dizer "cristã"; e têm por mau agouro chegar ali a dar fundo quando a necessidade os obriga a isso, e a não ser por ela nunca vão até lá; contudo para nós não foi abrigo de má mulher, antes porto seguro da nossa salvação, porque o mar andava muito alterado. Pusemos sentinelas em terra e nunca largamos os remos da mão: comemos do que o renegado tinha provido a barca e de todo o nosso coração rogamos a Deus e a Nossa Senhora que nos ajudasse e protegesse para que facilmente déssemos fim àquilo que tinha tido tão ditoso princípio. Nessa ocasião tratamos de ver o modo por que havíamos de satisfazer às súplicas de Zoraida, para pormos em terra seu pai e todos os outros que ali iam atados, pois que não tinha ânimo nem cabia em seu terno coração ter diante de seus olhos amarrado seu próprio pai e os outros da sua terra. Prometemos soltá-los no ato da partida, porque não havia perigo em deixá-los naquele lugar, por ser despovoado. Não foram tão vãs as nossas orações que não fossem ouvidas pelo céu, porquanto em nosso benefício logo mudou o vento e ficou tranquilo o mar, convidando-nos a continuar alegres a nossa começada viagem. Vendo isso, desatamos os mouros e pusemo-los em terra um a um, do que eles ficaram admirados; mas o pai de Zoraida, que já estava bem, disse quando ia a desembarcar:

"— Por que julgais, cristãos, que essa má criatura dá mostras de se alegrar com a minha liberdade? Julgais que é por piedade que tem de mim?

---

[11] Alusão à lenda dos amores da Cava e do rei Rodrigo, por culpa dos quais se dizia que a Espanha caiu sob a dominação dos muçulmanos. *Cava Rumia* parece interpretação do árabe norte-africano *kabár rumia*, "sepulcro romano", que pode corresponder a um mausoléu que fica perto de Sargel.

Decerto que não, mas antes que o faz para que a minha presença lhe não sirva de estorvo, quanto queira pôr em execução os seus maus desejos; nem penseis que a levou a mudar de religião o entender ela que a vossa se avantaja à nossa, mas sim o saber ela que na vossa terra com mais facilidade do que na nossa se pratica a desonestidade.

"E, virando-se para Zoraida, que eu e outro cristão detínhamos por ambos os braços para que não rompesse em algum desatino, disse-lhe:

"— Ó mulher infame e mal-aconselhada rapariga, para onde vais cega e desatinada, em poder desses cães, nossos naturais inimigos? Maldita seja a hora em que te gerei, e malditos os regalos e deleites com que foste criada por mim.

"Mas, vendo-o eu em termos de não acabar tão cedo, apressei-me a pô-lo em terra, e ali continuou em voz alta as suas maldições e lamentos, pedindo a Alá por intervenção de Mafoma que nos confundisse e destruísse, dando cabo de nós; e quando, por havermos feito à vela, não pudemos ouvir as suas palavras, vimos-lhe as ações, que eram arrancar as barbas e os cabelos e arrastar-se pelo chão; mas uma vez de tal modo esforçou a voz que pudemos entender que dizia isto:

"— Volta, minha amada filha, volta à terra, que tudo te perdoo; entrega a esses homens esse dinheiro, que já é deles, e vem consolar este teu triste pai, que nesta triste areia deixará a vida, se o deixas.

"Zoraida escutava tudo, tudo sentia e por tudo chorava, e não soube dizer-lhe ou responder-lhe senão isto:

"— Praza a Alá, meu pai, que Lela Marien, que há sido a causa de eu ser cristã, te console em tua tristeza. Alá sabe muito bem que eu não podia fazer senão o que fiz, e que esses cristãos nada devem à minha vontade, pois que, ainda que eu não quisesse vir, antes desejasse ficar em casa, isso me teria sido impossível, porquanto a alma me impelia a pôr em execução esta obra que me parece tão boa quanto tu, ó meu amado pai, a julgas má.

"Quando disse isso já o pai não o ouvia, nem nós o ouvíamos; e, consolando Zoraida, cuidamos todos da nossa viagem, a qual o vento nos facilitou por tal modo que contamos amanhecer no dia seguinte nas praias de Espanha; mas, como nunca ou raras vezes o bem puro e simples deixa de vir acompanhado ou seguido de algum mal que o perturbe ou sobressalte, quis a nossa desgraça, ou talvez as maldições do mouro contra sua filha, que sempre se devem temer as maldições dos pais, sejam eles quem quer que forem; repito, quis a nossa desgraça que, estando nós já dentro do golfo, e sendo passadas quase três horas depois de haver anoitecido, correndo a todo o pano, com os remos em descanso, porque o vento próspero tornava desnecessário vogar a eles, com a luz da lua que resplandecia em todo o seu brilho, vimos ao pé de nós um baixel redondo,[12] que a todo o pano e levando o leme um pouco à orça,[13] atravessava adiante de nós, e isto já tão perto que nos foi preciso amainar para não irmos de encontro a ele, fazendo os do baixel também força de vela para que pudéssemos passar. De bordo do baixel perguntaram-nos quem éramos, para onde navegávamos e donde vínhamos; mas, porque nos fizeram em francês essas perguntas, disse-nos o renegado:

"— Ninguém responda, porque esses sem dúvida são corsários franceses que nada poupam.

"Em vista dessa advertência, ninguém respondeu palavra, e tendo nós passado um tanto adiante, que já o baixel ficara a sotavento, de repente despejaram duas peças de artilharia e, ao que parecia, ambas vinham com planquetas, porque com uma nos cortaram o mastro ao meio, atirando-nos com ele e com a vela ao mar, e, disparando no mesmo instante outra peça, a bala deu no meio da nossa barca de tal modo que a abriu toda sem causar outro mal; mas, como víssemos que íamos ao fundo, todos em altas vozes começamos a pedir socorro e a rogar aos do baixel que nos recolhessem, porque nos alagávamos. Amainaram então as velas e, deitando a falua[14] ao mar, entraram dentro dela uns doze franceses armados com os seus arcabuzes e mechas acesas, e assim se chegaram ao nosso; e vendo que éramos muitos poucos e que o baixel se afundava, recolheram-nos, dizendo-nos que por sermos descorteses em não lhes respondermos é que nos sucedera aquilo. O nosso renegado tomou o cofre das riquezas de Zoraida e atirou com ele ao mar, sem que algum de nós visse o que ele fazia. Por último, entrando no baixel dos franceses, esses, depois de se informarem de tudo quanto quiseram saber de nós, como se fôssemos seus figadais inimigos, despojaram-nos de tudo quanto tínhamos, e a Zoraida até tiraram os carcasses que trazia nos

---

[12] Com os mastros cruzados por paus horizontais e velas quadradas ou redondas, o que lhe permite navegar com vento em popa, manobrando o navio só com o timão.

[13] Girando o timão para aproximar o buque à direção da qual vem o vento, de barlavento a sotavento; assim o buque se inclina e corre mais.

[14] Embarcação de dois mastros, velas triangulares ("bastardas"), proa e popa afiladas, usada para serviço nos portos.

pés; mas a mim não me afligia tanto o pesar que a ela causavam como o temor que eu tinha de que depois de lhe tirarem essas riquíssimas e preciosíssimas joias, passassem a tirar-lhe aquela que mais valia e ela sobre todas ainda mais estimava; felizmente os desejos daquela gente não se estendiam senão ao dinheiro, e disso nunca se farta a sua cobiça, que então chegou a tal ponto que até os vestidos de cativos nos tirariam, se de algum proveito lhes servissem; e houve entre eles quem fosse de parecer que nos lançassem todos ao mar embrulhados em uma vela, porque tinham tenção de fazer negócio em alguns portos de Espanha com o nome de bretões, e que, levando-nos vivos, correriam o risco de serem castigados, descoberto que fosse o roubo que nos tinham feito; porém o capitão, que fora quem despojara a minha querida Zoraida, disse que ele se contentava com a presa e que não queria tocar em nenhum porto de Espanha, mas seguir logo a sua viagem e passar o estreito de Gibraltar de noite, ou como pudesse, até La Rochela,[15] donde tinha saído, e então resolveram dar-nos a falua do seu navio e o mais que era necessário para a curta navegação que nos restava; e com efeito assim o fizeram no dia seguinte, já à vista de terra de Espanha, e nesse momento foi tamanha a nossa alegria que nos esquecemos de todas as mágoas e desgraças, como se nenhuma tivéssemos suportado; tal é a ânsia com que se deseja alcançar a liberdade perdida!

"Seria mais ou menos meio-dia quando nos meteram na barca, dando-nos dois barris de água e algum biscoito; e o capitão, movido por estranha compaixão, deu a Zoraida, no ato do desembarque, uns quarenta escudos de ouro, e não consentiu que os soldados lhe tirassem esses vestidos que ela agora traz. Entramos no baixel; demos-lhes graças pela bondade com que afinal nos trataram, mostrando-nos mais agradecidos do que queixosos: fizeram-se eles ao largo, seguindo a derrota do estreito, e nós, não tendo por norte senão a terra que tínhamos diante dos olhos, com tanta pressa vogamos que ao pôr do sol estávamos tão perto que, segundo nos pareceu, podíamos chegar a ela antes de ser muito de noite; mas, como não houvesse luar e o céu estivesse escuro, e ignorando nós em que paragem nos achávamos, não nos pareceu coisa segura meter a proa à terra, como queriam muitos dos nossos, os quais disseram em abono do seu parecer que atracássemos, mesmo que fosse

---

[15] Ao longo do século XVI a Rochela, constituída em uma verdadeira república municipal, era um ninho de corsários huguenotes.

a umas rochas e longe do povoado, assim nos livraríamos do temor que com bons fundamentos devíamos ter de que por ali andassem baixéis de corsários de Tetuã, que costumavam anoitecer na Berbéria e amanhecer nas costas de Espanha, onde de ordinário fazem presa e vão dormir a suas casas; mas, dos muitos pareceres que houve, aquele que se aproveitou foi o de que nos fôssemos pouco a pouco aproximando e que desembarcássemos onde pudéssemos melhor fazê-lo e o sossego do mar o permitisse. Assim se fez, e ainda não seria meia-noite quando chegamos ao pé duma muito disforme e alta montanha; mas não tão encravada no mar que nos negasse um pouco de espaço para comodamente fazermos o desembarque. Encalhamos na areia, saímos todos para terra e beijamo-la, e derramando lágrimas de contentamento todos demos graças a Deus Nosso Senhor pelos benefícios incomparáveis que nos dispensou durante a viagem: tiramos da barca os abastecimentos que nela vinham, puxamo-la para terra, subimos um grande estirão da montanha, pois que nem mesmo chegando ali tínhamos o coração tranquilo ou podíamos crer que estávamos em terra de cristãos.

"Amanheceu mais tarde do que queríamos, e subimos todos a montanha, a fim de vermos se dali descobríamos algum povoado ou cabanas de pastores; mas, por mais que alongássemos a vista, nem povoado, nem pessoa, nem caminho ou atalho descobrimos. Não obstante, resolvemos entrar pela terra adentro, pois pelo menos podíamos encontrar quem dela nos desse notícia; mas no meio de tudo o que mais me afligia era ver ir Zoraida a pé por aquelas asperezas, porquanto, ainda que algumas vezes a levei aos ombros, mais a cansava o meu cansaço do que a descansava o descanso que eu lhe queria dar, e por esse motivo nunca mais ela quis que eu tivesse esse trabalho; e com muita paciência e mostras de alegria, levando-a eu sempre pela mão, ainda não teríamos andado um quarto de légua, e eis que ouvimos o som duma pequena campainha, que foi para nós um sinal claro de que por ali perto andava gado, e, olhando todos com atenção se aparecia alguém, ao pé dum sobreiro vimos um pastor, ainda rapaz, que com muito descanso e descuido estava fazendo gravuras num pau com uma navalha. Gritamos-lhe e ele, levantando a cabeça, pôs-se ligeiramente de pé e, pelo que depois soubemos, os primeiros que lhe apareceram foram o renegado e Zoraida, e como os visse vestidos de mouros, pensou que todos os da Berbéria iam contra ele e, correndo velozmente pelo bosque dentro, começou a dar os maiores gritos do mundo, dizendo:

"— Mouros, mouros em terra; mouros, às armas, às armas!

"Ficamos todos em confusão com estes gritos, e não atinávamos com o que devíamos fazer; mas, considerando que os gritos do pastor com certeza alvoroçariam a terra e que viria logo a cavalaria da costa[16] para ver o que era, resolvemos que o renegado despisse as roupas de turco e vestisse um jaleco ou casaco de cativo que um de nós lhe deu logo, ficando em camisa; e em seguida, encomendando-nos a Deus, fomos pelo mesmo caminho por onde vimos ir o pastor, esperando a cada momento que viesse sobre nós a cavalaria da costa; e com efeito não nos enganou o pensamento, porque ainda não seriam passadas duas horas quando, tendo nós já saído daquelas matas para um plaino, descobrimos uns cinquenta cavaleiros, que, correndo a toda a brida,[17] vinham diretos a nós; e logo que os avistamos, paramos à espera deles; mas, quando chegaram e viram em lugar dos mouros tão pobres cristãos, ficaram confusos, e um deles perguntou-nos se tínhamos sido nós a causa de ter um pastor gritado às armas. Respondi-lhe que sim; e indo a contar-lhe o que nos tinha sucedido, donde vínhamos e quem nós éramos, um dos cristãos que vinham conosco conheceu o cavaleiro que nos tinha feito a pergunta e disse, sem me deixar proferir mais uma palavra:

"— Graças sejam dadas a Deus, senhores, por nos haver conduzido para tão boa terra, porque, se não me engano, aquela que pisamos é a de Vélez Málaga: se os anos do cativeiro não me tiraram a memória, vós, senhor, que nos perguntais quem somos, sois Pedro de Bustamante, meu tio.

"Apenas o cristão cativo tinha dito isso, o cavaleiro apeou-se logo e correu a abraçá-lo, dizendo-lhe:

"— Sobrinho da minha alma e da minha vida, já te conheço e já te choramos por morto, eu e minha irmã, tua mãe e todos os teus que ainda vivem, porque Deus lhes conservou a vida para que tivessem a consolação de tornarem a ver-te; já sabíamos que estavas em Argel e, pelo estado e qualidade dos vestidos que tu e os teus companheiros trazeis, compreendo que foi milagrosa a vossa redenção.

"— É verdade — respondeu —, tempo teremos de vos contar tudo.

"E, logo que os cavaleiros viram que éramos cristãos que vínhamos do cativeiro, apearam-se dos seus cavalos e cada um nos ofereceu o seu

---

[16] Defensores da costa contra os mouros. Também eram chamados de "ginetes da costa" e "soldados atalhadores".

[17] A toda a velocidade.

para nos levarem à cidade de Vélez Málaga, que estava dali a légua e meia. Foram alguns deles levar-nos o barco à cidade, para o que lhes dissemos onde o tínhamos deixado; outros puseram-nos na garupa dos seus cavalos, indo Zoraida na do cavalo do tio do cristão. Acudiu a receber-nos todo o povo, que, por via de alguém que se tinha adiantado, já sabia da nossa chegada. Aquela gente não se admirava de ver cativos em liberdade nem mouros cativos, porque todos os daquela costa estão acostumados a ver tanto uns como outros; do que se admiravam era da formosura de Zoraida, a qual naquela ocasião estava tanto mais encantadora quanto o cansaço da jornada e a alegria de se ver já em terra de cristãos, sem receio de perder-se, lhe tinha feito subir ao rosto tais cores que, se não me enganava a afeição, poderia dizer que não havia mulher mais formosa em todo o mundo, pelo menos que por mim tivesse sido vista.

"Fomos direto à igreja dar graças a Deus pela mercê recebida e, logo que entrou dentro dela, Zoraida disse que havia ali rostos que se pareciam com os de Lela Marien. Dissemos-lhe que eram efetivamente imagens suas e, como melhor pôde, explicou o renegado o que significavam, para que as adorasse como se verdadeiramente cada uma delas fosse a própria Lela Marien que lhe havia falado. Ela, que tem entendimento esclarecido, e que é dum natural fácil e penetrante, compreendeu logo quanto se lhe disse acerca das imagens. Levaram-nos dali e alojaram-nos a todos em diferentes casas do povo; mas ao renegado, a Zoraida e a mim levou-nos o cristão, que tinha vindo conosco, para casa de seus pais, que possuíam medianos bens de fortuna, e trataram-nos com tanto amor como ao seu próprio filho.

"Estivemos seis dias em Vélez, ao cabo dos quais o renegado, informando-se do que lhe convinha, foi à cidade de Granada para por via da Santa Inquisição voltar ao grêmio da Santíssima Igreja;[18] os outros cristãos libertados foram cada um para onde melhor lhe pareceu; unicamente ficamos eu e Zoraida com os escudos que por cortesia tinha lhe dado o francês, com parte dos quais comprei o animal em que ela vem; e servindo-lhe eu até agora de pai e de escudeiro, e não de esposo,

---

[18] Era obrigação de todos os que haviam renegado no cativeiro, mesmo que só em aparência, apresentar-se o mais rápido possível ao Tribunal da Inquisição mais próximo do lugar em que haviam desembarcado. Ali se tomava sua declaração e se pedia informação; se a sentença fosse favorável, a condenação era uma simples abjuração *de levi*, sem penitência pública. Em Granada ficava o Tribunal da Andaluzia Oriental.

vamos com intenção de ver se meu pai é vivo, ou se algum de meus irmãos teve sorte melhor do que a minha, posto que, pelo céu me ter dado Zoraida por companheira, me parece que nenhuma outra sorte pudera caber-me que eu estimasse mais, por muito boa que ela fosse. A paciência com que Zoraida sofre os incômodos que consigo traz a pobreza e o desejo que mostra de ser cristã são tais e de tal ordem que me causam admiração e me movem a servi-la por toda a vida, pois me perturba o gosto que tenho de ver-me seu e de que ela seja minha o não saber eu se encontrarei na minha terra algum cantinho onde a recolha, e se o tempo e a morte terão feito tal mudança nos teres e vida de meu pai e de meus irmãos, que apenas encontre quem me conheça, se eles já não existem.

"Não tenho mais que vos contar, meus senhores, da minha história, e, se ela é agradável e peregrina, julguem-no os vossos bons entendimentos, que por mim só sei dizer que quisera tê-la contado com mais brevidade, posto que o receio de enfadar-vos me fez omitir várias circunstâncias.

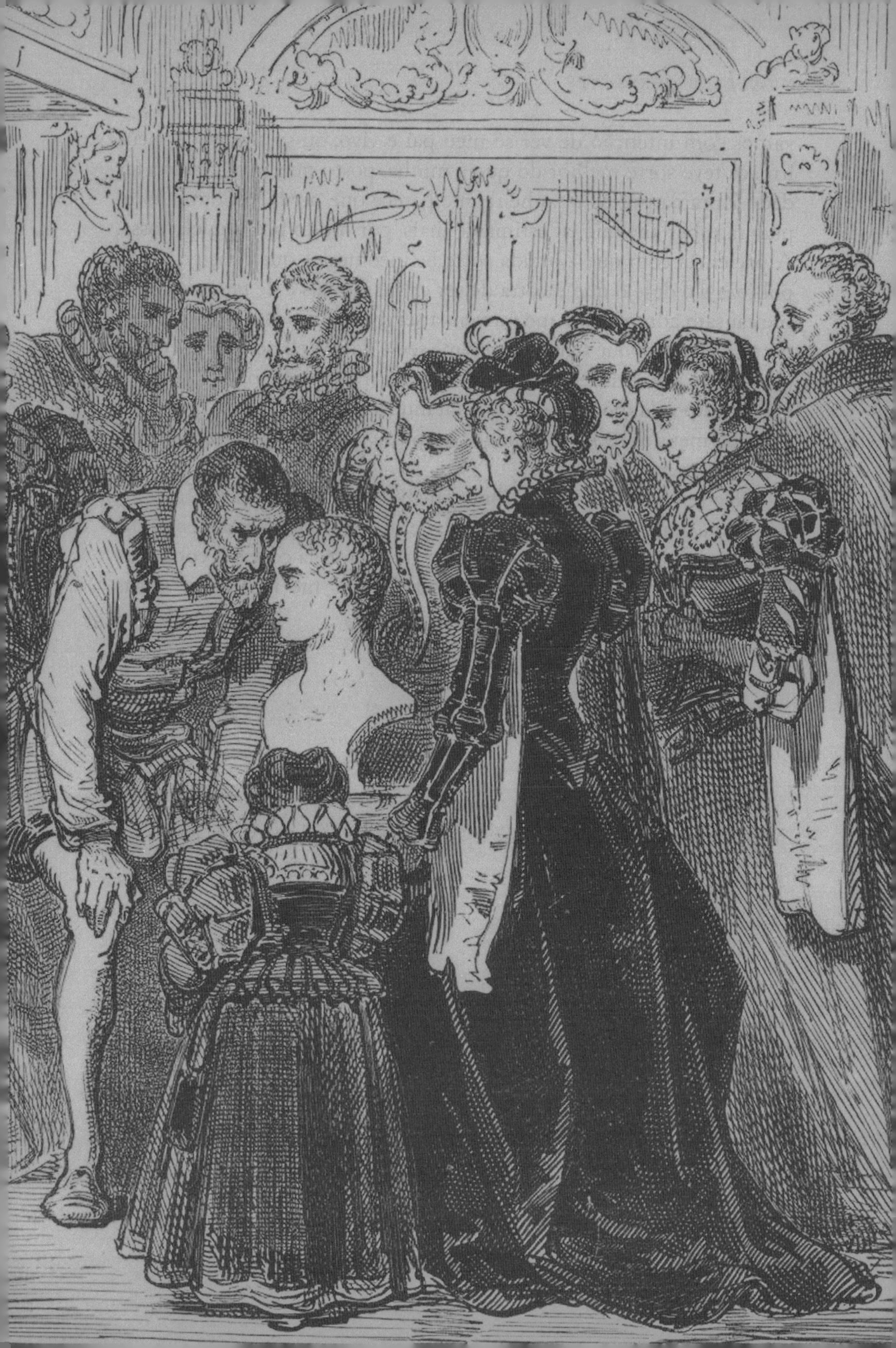

## Capítulo XLII
### EM QUE SE TRATA DO MAIS QUE SUCEDEU NA ESTALAGEM, E DE OUTRAS MUITAS COISAS DIGNAS DE SEREM CONHECIDAS

DESSE MODO ACABOU O CATIVO a sua história, e disse-lhe então Dom Fernando:

— Na verdade, senhor capitão, a forma por que contastes esse estranho sucesso igualou a novidade e estranheza do próprio caso: tudo é peregrino e raro, e cheio de acidentes que maravilham e surpreendem quem os ouve: e tão grande foi o gosto que tivemos em escutá-lo que, ainda que o dia de amanhã nos achasse entretidos com o mesmo conto, folgáramos de ouvi-lo de novo.

E, dizendo isso, Cardênio e todos quantos ali se achavam se ofereceram para servi-lo em tudo que lhes fosse possível, com palavras e razões tão amorosas e tão verdadeiras que o capitão ficou muito satisfeito com tais provas de bondade: fez-lhe Dom Fernando especial oferecimento, dizendo-lhe que, se o capitão quisesse ir com ele, conseguiria que o marquês seu irmão fosse padrinho de batismo de Zoraida, e que, pela sua parte, disporia as coisas de modo que o capitão pudesse entrar na sua terra com os cômodos devidos à sua autoridade e pessoa. Tudo o capitão agradeceu muito cortesmente, mas não quis aceitar nenhum desses liberais oferecimentos.

Já se aproximava a noite e, ao fechar-se de todo, chegou à estalagem um coche acompanhado de alguns homens a cavalo. Pedindo pousada, respondeu-lhes a locandeira que não havia na taverna um só palmo que estivesse desocupado.

— Ainda que assim seja — disse um dos que vinham a cavalo e que tinha entrado na estalagem —, não há de faltar para o senhor ouvidor,[1] que aqui vem.

Ouvindo esse nome, a estalajadeira ficou perturbada e disse:

— Senhor, o pior é que não tenho camas; se o senhor ouvidor as traz, como é natural que traga,[2] entre em boa hora, que eu e meu marido cederemos o nosso aposento para acomodar Sua Mercê.

— Em boa hora seja — disse o escudeiro.

A esse tempo, porém, já havia saído do coche um homem que pelo traje mostrou logo o ofício e cargo que exercia, porque o seu vestido talar[3] com mangas de pregas indicava ser efetivamente ouvidor, como tinha dito o criado. Trazia pela mão uma donzela, ao parecer de dezesseis anos, com vestido de jornada, e tão elegante, galharda e formosa que, ao verem-na, todos ficaram admirados, de sorte que, se não tivessem visto Doroteia, Lucinda e Zoraida, que estavam na estalagem, ficariam a crer que difícil seria encontrar outra formosura como a dessa donzela. Dom Quixote achava-se presente quando entraram o ouvidor e a jovem e disse-lhe apenas o viu:

— Pode Vossa Mercê entrar com segurança e passear por este castelo, pois que, ainda que seja estreito e de poucos cômodos, nunca há estreiteza e falta deles no mundo que não dê lugar às armas e às letras, mormente se as armas e as letras trazem por guia e escudo a formosura, como a trazem as letras de Vossa Mercê na pessoa dessa formosa donzela, diante da qual, para que passe, não só devem abrir-se e patentear-se todos os castelos mas também devem desviar-se as rochas, e as montanhas dividir-se e abaixar-se. Entre Vossa Mercê neste paraíso, que achará aqui igualmente bem representadas as armas e a peregrina formosura.

O ouvidor ficou admirado da alocução de Dom Quixote e pôs-se a olhar para ele com toda a atenção, não lhe causando menor admiração a sua figura do que as suas palavras, e sem lhe dar nenhumas em resposta,

---

[1] Juiz ou magistrado das Audiências, nomeado pelo rei, em cujo nome ouvia as partes e ditava sentença; como visitador, velava pela disciplina e reprimia a corrupção. Dependia do Conselho Real, que funcionava como Tribunal Supremo.

[2] Os viajantes levavam às hospedarias a comida, e os mais ricos, tudo (camas, utensílios, etc.).

[3] Por ordem real de 1579, os oficiais superiores de justiça tinham que vestir obrigatória e constantemente uma toga larga e aberta, com as mangas muito avultadas na parte superior do braço e justas dos cotovelos até o pulso; o conjunto do traje era conhecido como garnacha.

ficou novamente surpreso quando viu diante de si Lucinda, Doroteia e Zoraida, as quais, tendo notícia dos novos hóspedes, e encarecendo-lhes a estalajadeira a formosura da donzela, tinham saído ao seu encontro para a verem e receberem; mas Dom Fernando, Cardênio e o cura já lhe estavam fazendo os mais sinceros e corteses oferecimentos. Com efeito, o senhor ouvidor entrou confuso, tanto do que via como do que ouvia, e as formosas damas que estavam na estalagem deram as boas-vindas à donzela. Finalmente, viu bem o ouvidor que toda a gente que ali estava era distinta; mas dava-lhe que entender a figura, parecer e postura de Dom Quixote, e tendo feito uns aos outros corteses oferecimentos e examinado as comodidades da casa, determinou-se o que já estava resolvido, que todas as mulheres se acomodassem no caramanchão já referido e que os homens ficassem de fora como em sua guarda: e foi muito do contento do ouvidor que sua filha (pois era filha dele, a donzela) fosse com aquelas senhoras, o que ela fez de muito boa vontade; e com parte da estreita cama do estalajadeiro e com metade da que o ouvidor trazia se acomodaram naquela noite melhor do que esperavam.

    O cativo, que, desde que deu com os olhos no ouvidor, sentiu dizer-lhe o coração que aquele era seu irmão, perguntou a um dos criados que tinham vindo com ele como era que se chamava e se sabia de que terra ele era. O criado respondeu-lhe que se chamava João Pérez de Viedma e que tinha ouvido dizer que era de um lugar das montanhas de Leão. Com essa relação e com o que ele tinha visto mais se inteirou de que era aquele o seu irmão, que por conselho do pai havia seguido as letras; e alvoroçado e contente, chamando à parte Dom Fernando, Cardênio e o cura, contou-lhes o que se passava, certificando-os de que aquele ouvidor era seu irmão. Também lhe tinha dito o criado que ele ia para as Índias como ouvidor na audiência do México: igualmente soube que aquela donzela era sua filha, cuja mãe tinha morrido no parto, e que tinha enriquecido muito com o dote que com a filha lhe ficou em casa. Em vista de todas essas coisas, consultou-os sobre a maneira de se revelar ao irmão ou de saber primeiro se, dando-se-lhe a conhecer, o irmão se agastaria por vê-lo pobre, ou se pelo contrário o receberia com agrado.

    — Deixe-me fazer essa experiência — disse o cura —, posto que, senhor capitão, não pode haver dúvida de que sereis bem recebido, porque o valor e a prudência que vosso irmão mostra no seu bom parecer não dão indícios de ser arrogante e indiferente às desgraças da fortuna, as quais decerto há de saber avaliar.

— Apesar de tudo isso — disse o capitão —, eu não queria dar-me a conhecer de improviso, mas por meio de alguns rodeios.

— Já vos disse — respondeu o cura — que eu me haverei de modo que fiquemos todos satisfeitos.

Estando já preparada a ceia, todos se assentaram à mesa, exceto o cativo e as senhoras, as quais tinham ido cear no seu aposento; quando a ceia ia em meio, disse o cura:

— Do mesmo nome de Vossa Mercê, senhor ouvidor, tive um camarada em Constantinopla, onde alguns anos estive cativo, o qual era um dos mais valentes soldados e capitães que havia em toda a infantaria espanhola; mas tinha tanto de esforçado e valoroso como de desgraçado.

— E como se chamava esse capitão, meu senhor? — perguntou o ouvidor.

— Chamava-se — respondeu o cura — Rui Pérez de Viedma, era natural de um lugar das montanhas de Leão, e contou-me um caso que se deu entre o pai e os irmãos dele, caso esse que, se não me fosse narrado por um homem verdadeiro como ele era, eu tomaria por uma daquelas histórias que no inverno os velhos costumam contar estando à lareira, pois me disse que o pai havia repartido os seus bens entre os três filhos que tinha e lhes dera certos conselhos melhores que os de Catão, e o certo é que o meu camarada foi tão bem-sucedido no serviço das armas, por ele escolhido, que em poucos anos, pelo seu valor e esforço, chegou ao posto de capitão de infantaria, e esteve no caminho e predicamento de ser mestre de campo;[4] foi-lhe, porém, afinal, adversa a fortuna, porque onde a esperava e a podia encontrar boa, ele a perdeu, perdendo a liberdade, na felicíssima jornada em que tantos a alcançaram que foi na Batalha de Lepanto: eu perdi-a na Goleta, e depois, por diversos sucessos, nos achamos camaradas em Constantinopla. Daí veio para Argel, onde sei que lhe sucedeu um dos mais estranhos casos que têm sucedido no mundo.

E daqui foi o cura continuando até sucintamente contar o que sucedera entre Zoraida e o cativo. A tudo isso prestava tanta atenção o ouvidor que nunca na sua vida havia sido tão ouvidor como então.

---

[4] Chefe de um terço (corpo de tropas espanholas dos séculos XVI e XVII).

Só chegou o cura até o lance em que os franceses despojaram os cristãos que vinham na barca, e à necessidade e pobreza a que o seu camarada e a formosa moura ficaram reduzidos, acrescentando que não sabia o que fora feito deles, se haviam chegado a Espanha ou se os franceses os tinham levado para França.

O capitão, um pouco desviado, estava escutando quanto dizia o cura e observava os movimentos do irmão, e este, vendo que o cura havia chegado ao fim do conto, disse, dando um grande suspiro e enchendo-se-lhe os olhos de lágrimas:

— Ah, senhor, as novidades que me dais tocam-me tanto que não posso deixar de mostrá-lo com estas lágrimas que contra toda a minha discrição e esforço me rebentam dos olhos! Esse tão valoroso capitão de que me falais é o meu irmão mais velho, o qual, como mais forte, e de mais altos pensamentos do que eu e o outro meu irmão mais novo, escolheu o honroso e digno exercício das armas, que foi esse um dos três caminhos que nosso pai nos propôs, como vos disse o vosso camarada, na história que a nosso respeito lhe ouvistes. Eu segui o das letras, pelas quais subi, com a ajuda de Deus e dos meus esforços, à alta posição em que me vedes. Meu irmão mais novo está no Peru, tão rico que com o que tem mandado a meu pai e a mim tem satisfeito a parte que levou consigo, e ainda tem posto nas mãos de meu pai meios com que possa fartar a sua natural liberalidade, e eu pude, com a ajuda dele, tratar dos meus estudos com mais decência e autoridade e chegar à posição em que me vejo. Meu pai ainda vive, porém matam-no os desejos de saber notícias de seu filho primogênito, e pede a Deus, em contínuas orações, que a morte não lhe feche os olhos antes que veja com vida os de seu filho, da discrição do qual me parece estranho que entre tantos trabalhos e aflições ou prósperos sucessos se tenha descuidado de dar notícias de si a seu pai, pois que se ele ou algum de nós as tivéssemos, não teria meu irmão necessidade de esperar o milagre da cana para obter o seu resgate; mas o que me faz tremer agora é o pensar eu se aqueles franceses lhe terão dado a liberdade ou se o matariam, para encobrir o roubo que lhe fizeram. Tudo isso fará com que eu siga a minha viagem, não com o contentamento com que a comecei, mas com a maior melancolia e tristeza! Ó meu irmão, quem me dera saber onde agora estás, que eu iria te buscar e livrar de teus trabalhos, ainda que fosse à custa dos meus! Oh! Quem levara a nosso velho pai a notícia de que ainda vives, mesmo quando estivesses nas mais recônditas masmorras da Berbéria, pois dali te arrancariam as suas riquezas, as do outro meu irmão e as minhas! Oh! Zoraida formosa e liberal, quem pudera pagar-te o bem que a meu irmão fizeste! Quem pudera assistir ao renascimento de tua alma e às tuas núpcias! Que gosto elas nos fariam!

Essas e outras semelhantes palavras dizia o ouvidor, cheio de tanta compaixão com as notícias que lhe tinham dado de seu irmão que quantos o escutavam davam sinais de o acompanharem na sua dor. E vendo o cura que tinha sido tão bem-sucedido em seu intento, o que tanto desejava o capitão, não quis tê-los tristes por mais tempo, e, levantando-se da mesa, e entrando onde estava Zoraida, tomou-a pela mão, e vieram após ela Lucinda, Doroteia e a filha do ouvidor. Estava o capitão observando o que o cura queria fazer, mas este, tomando-o também pela mão, levou-os ambos para onde estava o ouvidor e os demais cavaleiros, e disse então:

— Cessem, senhor ouvidor, as vossas lágrimas, e satisfaça-se quanto possa desejar o vosso coração, pois tendes aqui vosso bom irmão e a vossa boa cunhada: este que aqui vedes é o Capitão Viedma, e esta é a formosa moura que tanto bem lhe fez: os franceses em que vos falei puseram-nos no triste estado em que os vedes para mostrardes a vossa generosa liberalidade.

Correu o capitão a abraçar seu irmão, e este pôs-lhe as mãos no peito para a mais distância o reconhecer melhor, e, quando se convenceu de que era ele, tão estreitamente o abraçou, derramando copiosas lágrimas, que nelas o acompanharam todos os que ali se achavam. As palavras que se trocaram entre os dois irmãos, os sentimentos que eles mostravam, creio que mal se podem conceber, quanto mais descrevê-los. Ali contaram uns aos outros os seus sucessos, ali mostraram a verdadeira amizade de irmãos, ali o ouvidor abraçou Zoraida, ali lhe ofereceu os seus bens, ali a fez abraçar por sua filha, ali a formosa cristã e a moura formosíssima renovaram as lágrimas de todos. Ali Dom Quixote, sem proferir palavra, prestara a maior atenção a esses estranhos sucessos, os quais todos atribuía às quimeras da cavalaria andante. Ali combinaram que o capitão e Zoraida voltassem com seu irmão para Sevilha, e dessem parte ao pai da sua liberdade e chegada, para que, do modo que lhe fosse possível, viesse assistir ao batismo e às bodas de Zoraida, por não poder o ouvidor interromper a sua jornada, por isso que tinha notícias que dali a um mês partia a frota de Sevilha para a Nova Espanha e por lhe causar grande transtorno perder a viagem. Finalmente, todos ficaram contentes e alegres pelo bom sucesso do cativo; e, como já fosse muito mais de meia-noite, resolveram recolher-se e descansar durante o tempo que restava até amanhecer. Dom Quixote ofereceu-se para fazer a guarda do castelo, a fim de que não fossem acometidos por algum gigante ou por outro qualquer cavaleiro andante, malvado e traidor, cobiçosos do grande tesouro de formosura que aquele castelo encerrava. Os que o conheciam agradeceram-lhe o oferecimento e contaram ao ouvidor o gênio singular de Dom Quixote, ao que o mesmo ouvidor achou muita pilhéria. Só Sancho Pança desesperava com a demora que havia em descansar e dormir, e ele melhor que todos se acomodou, deitando-se sobre os aparelhos do seu burro, que lhe custaram tão caros como adiante se dirá. Recolhidas as damas no lugar que lhes estava destinado e acomodando-se os outros como puderam, Dom Quixote saiu da estalagem para fazer a sentinela do castelo, conforme tinha prometido.

Estava quase a romper a aurora, quando chegou aos ouvidos das damas uma voz tão entoada e tão suave que as obrigou a todas a aplicar o ouvido, especialmente Doroteia, que estava desperta, e ao lado da qual dormia Dona Clara de Viedma, que assim se chamava a filha do ouvidor. Ninguém podia imaginar quem era a pessoa que tão bem cantava, e era uma voz só, sem que a acompanhasse instrumento algum. Umas vezes parecia-lhes que cantava no pátio, outras que era na cavalariça e, estando todas atentas, mas nessa confusão, Cardênio chegou à porta do aposento e disse:

— Quem não dorme, escute, e ouvirá a voz de um moço das mulas, que de tal modo canta que encanta.

— Já o ouvimos, senhor — respondeu Doroteia.

E com isso se foi Cardênio; e Doroteia, prestando toda a sua atenção, entendeu que o que se cantava era isto:

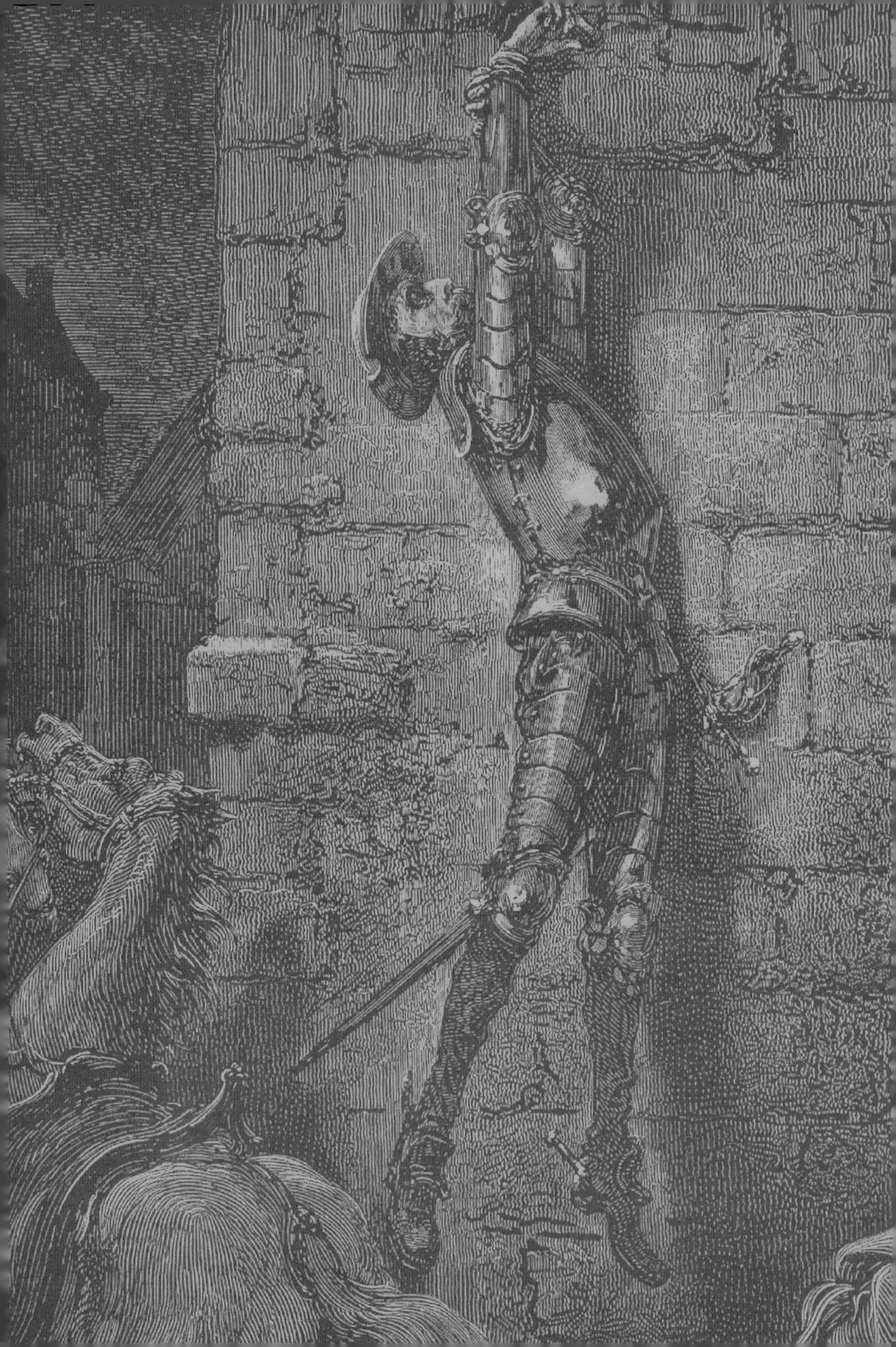

## Capítulo XLIII

## ONDE SE CONTA A AGRADÁVEL HISTÓRIA DO MOÇO DAS MULAS COM OUTROS ESTRANHOS SUCESSOS NA ESTALAGEM ACONTECIDOS

SOU MARINHEIRO de amor,
e em seu pélago profundo
navego, sem ter esp'rança
de encontrar porto no mundo.

E vou seguindo uma estrela,
que brilha no céu escuro,
mais bela e resplandecente
que quantas viu Palinuro.[1]

Eu não sei aonde me guia,
e a navegar me costumo,
mirando-a com alma atenta,
cuidoso, mas não do rumo.

Recatos impertinentes,
honestidade no apuro,
são as nuvens que ma encobrem,
quando mais vê-la procuro.

---

[1] Piloto do navio de Eneias, que aparece na obra de Virgílio.

> Límpida e lúcida estrela,
> só teu clarão me conduz!
> extingue-se a minha vida,
> em se extinguindo a tua luz.

Chegando o cantor a esse ponto, pareceu a Doroteia que não seria bem que deixasse Clara de ouvir tão doce voz e, assim, abanando-a, a despertou, dizendo-lhe:

— Perdoa, menina, se te desperto, porque o faço para que tenhas o gosto de ouvir a melhor voz que talvez hajas ouvido em todos os dias da tua vida.

Acordou Clara toda sonolenta, e da primeira vez não entendeu o que Doroteia lhe dizia, e, tornando a perguntar, tornou ela a dizer, estando Clara muito atenta; porém, apenas ouviu dois versos com que o cantor ia prosseguindo, assenhoreou-se dela tão estranho temor como se estivesse enferma de algum acesso grave de quartãs; e abraçando-se estreitamente com Doroteia:

— Ai! Senhora da minha alma e da minha vida! Para que me despertastes? Que o maior bem que a fortuna me podia fazer por agora era cerrar-me os olhos e os ouvidos para não ver nem ouvir esse desditoso músico.

— Que dizes, menina? Olha que asseveram que o cantor é um dos moços das mulas.

— É donatário e senhor de muitos lugares — respondeu Clara —, e do lugar que na minha alma ocupa com tanta segurança que, se ele não quiser largá-lo, nunca lhe será tirado.

Ficou Doroteia admirada das sentidas razões da donzela, parecendo-lhe que em muito se avantajavam à discrição que os seus poucos anos prometiam, e assim lhe disse:

— Falais de modo, minha Senhora Clara, que não posso entender-vos: declarai-vos melhor e explicai-me que é isso que dizeis de almas e de lugares, e desse cantor, cuja voz tal inquietação vos pôs. Mas por agora nada me digais, que não quero perder, por acudir ao vosso sobressalto, o gosto que sinto de ouvir o músico, que, ao que me parece, volta ao seu cantar, com versos novos e nova toada.

— Seja em boa hora — respondeu Clara.

E, para não o ouvir, tapou com as mãos os ouvidos, o que também causou pasmo a Doroteia, a qual, estando atenta ao que se cantava, viu que prosseguia desta maneira:

>                    Ó minha doce esp'rança,
>        que, afrontando impossíveis na verdade,
>                    prossegues sem mudança
>        na senda que traçou tua vontade,
>                    conserva ânimo forte,
>        inda que surja a cada passo a morte.
>
>                    Não ganham preguiçosos
>        triunfo honrado ou singular vitória,
>                    nem podem ser ditosos
>        os que, mostrando uma fraqueza inglória,
>                    entregam desvalidos
>        ao ócio vil os lânguidos sentidos.
>
>                    Que amor suas glórias venda
>        caro, é razão, e é justo o que contrata;
>                    nem há tão rica prenda
>        como a que pelo gosto se aquilata,
>                    e é caso natural
>        custar só pouco o que só pouco val.
>
>                    Coisas quase impossíveis sempre alcança
>        quem emprega porfias amorosas.
>                    Com firme confiança
>        sigo eu do amor as mais dificultosas,
>                    e nem sequer me aterra
>        ter de ganhar o céu, estando na terra.

Aqui deu fim a voz, e Clara principiou novos soluços. Tudo isso acendia o desejo de Doroteia, que anelava por saber a causa de tão suave canto e de tão triste choro, e assim lhe tornou a perguntar que é que lhe tinha querido dizer. Então Clara, temerosa de que Lucinda ouvisse, estreitou nos braços Doroteia e pôs-lhe a boca tão próxima do ouvido que seguramente podia falar sem ser por outrem ouvida, e assim lhe disse:

— Esse cantor, senhora minha, é filho de um fidalgo, natural do reino de Aragão, senhor de dois lugares, que vivia na corte defronte da casa de meu pai. E, apesar de que meu pai tinha vidraças de inverno nas janelas de sua casa e gelosias[2] de verão, não sei o que foi nem o que não foi, mas o que é certo é que esse fidalgo, que andava nos estudos, me viu, nem eu sei se na igreja ou se noutra parte; finalmente, enamorou-se de mim e deu-mo a entender das janelas de sua casa com tantos gestos e tantas lágrimas que tive de acreditar nele e de lhe bem querer, sem saber quanto ele me queria a mim. Entre os sinais que me fazia, havia um de sobrepor as mãos, dando-me a entender que casaria comigo, e, posto que eu muito folgasse com isso, sendo sozinha e sem mãe, não sabia a quem havia de comunicá-lo, e assim o deixei estar sem lhe conceder outro favor que não fosse, quando meu pai estava fora e o pai dele também, erguer um pouco o vidro ou a gelosia e deixar que me visse mais a seu gosto, o que ele tanto festejava que dava mostras de verdadeira loucura. Nisso chegou o tempo da partida de meu pai, que ele soube, mas não por mim, pois nunca lho pude dizer. Caiu doente de pura mágoa, ao que eu entendo, de modo que no dia em que partimos não logrei vê-lo para despedir-me dele, ao menos com os olhos; mas ao cabo de dois dias de caminho, ao entrarmos na pousada de um lugar que fica a uma jornada daqui, vi-o à porta com trajes de arrieiro, tão próprios que, se eu não o trouxesse tão retratado na minha alma, ser-me-ia impossível conhecê-lo. Conheci-o, admirei-me e alegrei-me; ele mirou-me a furto, resguardando-se de meu pai, de quem sempre se esconde, quando atravessa por diante de mim, nos caminhos e nas pousadas aonde chegamos; e, como sei a sua hierarquia e fino trato, e considero que por meu amor vem a pé e com tantos trabalhos, morro de angústia, e onde ele põe os pés ponho eu os olhos. Não sei quais são suas intenções nem como pôde escapar a seu pai, que lhe quer extraordinariamente, porque não tem outro herdeiro e porque ele merece, como Vossa Mercê reconhecerá quando o vir. E ainda mais lhe posso dizer que tudo quanto canta tira-o da sua cabeça, pois tenho ouvido que é grande estudante e poeta; e que, de cada vez que o vejo, tremo toda e me sobressalto, receosa de que meu pai dê com ele e tome conhecimento dos nossos desejos. Nunca lhe dei palavra em toda a minha vida e, contudo, lhe quero de tal maneira que não poderei viver sem ele. Eis aqui, senhora minha, tudo quanto vos posso dizer

---

[2] Grade de ripas, de malha pouco aberta, que guarnece algumas janelas e portas a fim de impedir que a luz e o calor excessivos penetrem no interior da casa, e que este seja devassado da rua.

desse músico, cuja voz tanto vos encanta, que só por ela se deixa ver que não é moço das mulas, como dizeis, mas senhor e possuidor de almas e de lugares, como vos disse.

— Não digais mais nada, Senhora Dona Clara — acudiu Doroteia, beijando-a mil vezes —, não digais mais, repito, e aguardai que rompa o dia, que espero em Deus encaminhar os vossos negócios de maneira tal que tenham o feliz termo que merecem tão honestos princípios.

— Ai!, senhora — disse Dona Clara —, que feliz tempo posso eu esperar, se seu pai é tão rico e tão principal que lhe parecerá que nem sequer posso ser criada de seu filho, quanto mais esposa? Pois casar-me eu contra vontade de meu pai não o farei nem por tudo quanto houver neste mundo; eu só quereria que esse moço partisse e me deixasse; talvez com cessar de vê-lo e com a grande distância do caminho que levamos se me aliviasse a pena que tenho agora, ainda que posso dizer que esse remédio, que imagino, bem pouco me há de aproveitar. Não sei como aconteceu nem por onde entrou este amor que lhe tenho, sendo eu tão menina e ele tão moço, que em verdade creio que somos da mesma idade, não tendo eu ainda dezesseis anos completos, que só os faço para o São Miguel,[3] segundo assevera meu pai.

Não pôde deixar de rir Doroteia, vendo esse dizer de criança, e disse para Dona Clara:

— Descansemos, senhora, o pouco tempo da noite que suponho que ainda resta, e Deus madrugará conosco, e tudo lograremos, ou muito trôpegas hei de eu ter as mãos.

Com isso sossegaram, e toda a estalagem caiu em profundo silêncio. Só não dormiam a filha do estalajadeiro e Maritornes, sua criada, as quais, como já sabiam por onde pecava Dom Quixote, e que estava fora armado e a cavalo fazendo sentinela, determinaram ambas burlá-lo, ou pelo menos passar um pouco de tempo ouvindo os seus disparates.

Sucedeu, pois, que em toda a estalagem não havia janela que deitasse para o campo, a não ser a fresta de um palheiro por onde deitavam fora a palha. A essa fresta se chegaram as duas semidonzelas, e viram que Dom Quixote estava a cavalo, encostado à sua lança, soltando de quando em quando tão doloridos e profundos suspiros que parecia que

---

[3] Para o São Miguel é o dia 29 de setembro; é a data que marca o limite do ano agrícola em quase toda a Espanha.

de cada um se lhe arrancava a alma. E também ouviram que dizia, com voz branda e amorosa:

— Ó senhora minha Dulcineia del Toboso, extremo de toda a formosura, fim e remate da discrição, arquivo do melhor donaire, depósito da honestidade e enfim, ideia de tudo quanto há de proveitoso, honesto e deleitável no mundo; o que estará agora fazendo Tua Mercê? Terás porventura na mente o teu cativo cavaleiro, que a tantos perigos, só para servir-te, quis por sua vontade expor-se? Dá-me tu novas suas, ó lua dos três rostos,[4] que talvez a estejas agora mirando com inveja... a ela, que, passeando por algumas galerias dos seus suntuosos paços, ou debruçada no peitoril de alguma varanda, talvez esteja considerando como há de, ressalvada a sua honestidade e grandeza, acalmar a tormenta que por ela este meu atribulado coração padece, que glória há de dar às minhas penas, que sossego ao meu cuidado, e finalmente que vida à minha morte e que prêmio aos meus serviços. E tu, sol, que já deves estar à pressa enfreando os teus cavalos[5] para madrugar e sair a ver a minha deidade, logo que a vejas suplico-te que da minha parte a saúdes; mas livra-te de que, ao vê-la e saudá-la, lhe dês ósculo no rosto, que terei mais zelos de ti do que tu mesmo os tiveste daquela ágil ingrata que te fez suar e correr pelos plainos de Tessália, ou pelas margens do Peneu,[6] que me não recordo bem por onde é que então correste, zeloso e enamorado.

A esse ponto chegava então Dom Quixote com o seu tão lastimoso arrazoamento, quando a filha do estalajadeiro o começou a chamar de manso e a dizer-lhe:

— Senhor meu, chegue-se cá Vossa Mercê, se for servido.

A esses sinais e a essa voz volveu Dom Quixote a cabeça e viu, à luz da lua, que estava então em plena claridade, que o chamavam da fresta que lhe pareceu janela, e ainda de mais a mais com reixas[7] de ouro, segundo as devem ter tão ricos castelos como o que ele imaginava que era a estalagem em que se achavam. E logo no mesmo instante se lhe representou, na louca fantasia, que dessa vez, como da outra, a

---

[4] A lua com suas três fases: cheia, crescente e minguante, ou referência aos nomes mitológicos que lhe eram dados: Diana, Febe e Hécate.

[5] Segundo a mitologia, Apolo, deus do Sol, conduzia um carro puxado por quatro cavalos.

[6] "Ágil ingrata" alude ao mito de Dafne, fugindo de Apolo; o rio Peneu, pai de Dafne, corre pela Tessália. Dafne foi transformada em loureiro por Peneu.

[7] Grade de ferro destinada a proteger portas e janelas.

formosa donzela, filha do senhor daquele castelo, tornava a solicitá-lo, e, com este pensamento, para se não mostrar descortês e desagradecido, voltou a rédea a Rocinante e chegou-se à fresta, e, apenas viu as duas raparigas, disse:

— Lastimo, formosa senhora, que logo fôsseis pôr a vossa mente amorosa em quem não pode corresponder-vos, conforme merecem o vosso grande valor e gentileza, de que não deveis culpar este mísero cavaleiro andante, a quem Amor impossibilitou de poder entregar a sua vontade a outra que não seja aquela que, no momento em que os seus olhos a viram, logo ficou senhora absoluta da sua alma. Perdoai-me, boa senhora, e recolhei-vos ao vosso aposento, e não queirais, com o significar-me tanto os vossos anelos, que eu me mostre mais desagradecido; e se, pelo amor que me tendes, acheis em mim coisa que não seja amor, com que possa satisfazer-vos, pedi-ma, que vos juro, por aquela doce e ausente inimiga minha, que incontinente vo-la darei, ainda que seja uma guedelha dos cabelos de Medusa,[8] que eram todos cobras, ou os próprios raios do sol encerrados numa redoma.

— De nada disso há mister a minha senhora, senhor cavaleiro — disse nesse momento Maritornes.

— Pois de que há mister a vossa senhora, discreta dona?

— Só de uma das vossas lindas mãos — disse Maritornes —, para poder desafogar com ela o grande desejo que a trouxe a esta fresta, com tanto perigo da sua honra que, se seu pai a pressentir, em tantos pedaços há de cortá-la que o maior de todos será a orelha.

— Quisera eu ver isso — respondeu Dom Quixote —; ele que se livre de tal praticar ou terá o mais desastrado fim que nunca teve no mundo um pai por haver posto as mãos nos delicados membros de sua enamorada filha.

Pareceu a Maritornes que Dom Quixote daria a mão que lhe pedira, e, tendo no pensamento o que havia de fazer, desceu da fresta e foi à cavalariça, onde tomou o cabresto do jumento de Sancho Pança, e com muita presteza volveu a tempo que Dom Quixote se pusera em pé sobre a sela de Rocinante para chegar à janela gradeada, onde imaginava estar a perdida donzela; e, ao dar-lhe a mão, dizia:

---

[8] Medusa, uma das três Górgonas, viu seus cabelos convertidos em serpentes daninhas (como seu olhar) por vingança de Minerva e foi decapitada por Perseu.

— Tomai, senhora, essa mão, ou, para melhor dizer, esse verdugo dos malfeitores do mundo; tomai, senhora, essa mão, em que não tocou mão de mulher alguma, nem a daquela que tem inteira posse de todo o meu corpo. Não vo-la dou para que a beijeis, mas para que lhe mireis a contextura dos nervos, a travação dos músculos, a grossura e espaçado das suas veias, por onde vereis que tal será a força do braço que uma tal mão possui.

— Agora o veremos — disse Maritornes.

E dando uma lançada numa das pontas do cabresto, deitou-lhe ao pulso e, descendo da fresta, amarrou fortissimamente a outra ao ferrolho da porta do palheiro. Dom Quixote, que sentiu no pulso a aspereza da corda, disse:

— Mais parece que Vossa Mercê me está arranhando do que afagando a mão; não a trateis tão mal, porque ela não tem culpa do desgosto que a minha vontade vos causa, nem bem parece que em tão pequena parte vos vingueis do todo do vosso dissabor... Vede que quem bem quer não se vinga tão mal.

Porém, todas essas razões de Dom Quixote já não as ouvia ninguém, porque, logo que Maritornes o amarrou, tanto ela como a outra se foram embora a morrer de riso e deixaram-no de tal modo preso que lhe foi impossível soltar-se.

Estava, pois, como se disse, de pé em cima de Rocinante, com o braço todo metido pela fresta e amarrado pelo pulso ao ferrolho da porta, com grandíssimo temor e cuidado para que não se mexesse o cavalo, porque ficaria então pendurado pelo braço, e assim não ousava fazer movimento algum, ainda que do raciocínio e mansidão de Rocinante bem se poderia esperar que ficaria sem se mover um século todo. Afinal, vendo-se Dom Quixote amarrado e vendo também que as damas tinham ido embora, começou a imaginar que tudo aquilo se fazia por encantamento, como da outra vez, quando naquele mesmo castelo o moeu de pancadas aquele mouro encantado do arrieiro, e maldizia de si para si a sua pouca discrição e pouco discorrer, pois, tendo-se saído tão mal da primeira vez, se aventurara a entrar ali de novo, sendo regra de cavaleiros andantes que, em tentando uma aventura e não se saindo bem dela, sinal é de que não está para eles guardada, mas sim para outro, e não precisa tentá-la segunda vez. Com tudo isso, puxava o braço a ver se podia soltar-se, mas estava tão bem atado que todas as suas tentativas foram baldadas. Certo é que puxava com tento, para que Rocinante se não movesse, e, ainda que quisesse sentar-se sobre a sela, não podia senão ou estar de pé ou arrancar a mão.

Ali foi o desejar a espada de Amadis, contra a qual não tinha força encantamento algum; ali foi o maldizer a sua fortuna, exagerar a falta que faria no mundo a sua presença, durante o tempo em que ali estivesse encantado, que assim sem a mínima dúvida se julgava; ali o recordar--se da sua querida Dulcineia del Toboso, ali o chamar pelo seu bom escudeiro Sancho Pança, que sepultado no sono e estendido sobre a albarda do seu jumento não se recordava naquele instante nem da mãe que o deu à luz; ali chamou pelos sábios Lirgandeu e Alquife, para que o ajudassem; ali invocou a sua boa amiga Urganda,[9] para que o socorresse, e finalmente ali o encontrou a manhã, tão desesperado e confuso que bramia como um touro, porque já não esperava que com o dia se remediasse a sua aflição, considerando-a eterna e julgando-se encantado: e fazia-lhe acreditar ver que Rocinante nem pouco nem muito se movia, e julgava que daquela forma, sem comer nem beber nem dormir, haviam de estar ele e o cavalo até que passasse aquele mau influxo das estrelas, ou até que outro mais sábio nigromante o desencantasse.

Porém, enganou-se muito na sua suposição, porque apenas principiou a amanhecer chegaram à estalagem quatro homens a cavalo, mui bem--postos e trajados, com a sua escopeta nos arções.[10] Bateram à porta da estalagem, que ainda estava fechada, com grandes aldrabadas,[11] e, vendo isso Dom Quixote do sítio onde continuava a fazer sentinela, com voz arrogante e alta lhes disse:

— Cavaleiros ou escudeiros ou quem quer que sejais, não tendes para que chamar às portas deste castelo, que bem claro é que a tais horas, ou os que estão lá dentro dormem, ou não é costume abrir as fortalezas antes de o sol ir já alto: desviai-vos para fora e esperai que o dia aclare, e então veremos se será justo ou não que vos abram a porta.

— Que diabo de fortaleza ou de castelo é este, para nos obrigar a ter essas cerimônias todas? Se sois o estalajadeiro, mandai que nos deixem

---

[9] Lirgandeu é o mestre e cronista do *Cavaleiro do Febo*; Alquife aparece, no *Amadis de Grécia*, casado em segundas núpcias com Urganda, que, como protetora de Amadis de Gaula, é amiga de todos os cavaleiros andantes.

[10] Armação da sela de montaria, de madeira revestida de couro, formada por uma arcada na dianteira e outra na traseira.

[11] Golpe com aldraba (pequena tranca metálica para fechar a porta, com dispositivo por fora para abrir e fechar; ferrolho).

entrar, porque somos caminhantes e só queremos dar cevada às nossas cavalgaduras e passar adiante, que vamos com pressa.

— Parece-vos, cavaleiros, que tenho figura de estalajadeiro? — respondeu Dom Quixote.

— Não sei que figura tendes, mas o que sei é que dizeis um disparate, chamando castelo a esta estalagem.

— É castelo — respondeu Dom Quixote —, e até dos melhores desta província toda, e tem gente lá dentro que já empunhou cetro e cingiu diadema.

— Melhor fora às avessas — disse o viandante —, que cingisse o cetro e empunhasse a coroa; e decerto estará aí alguma companhia de representantes, que a miúdo usam ter essas coisas que dizeis, porque numa estalagem tão pequena e tão silenciosa como esta não creio eu que se alojem pessoas dignas de coroas e cetros.

— Sabeis pouco do mundo — replicou Dom Quixote —, visto que ignorais os casos que costumam acontecer na cavalaria andante.

Cansaram-se os companheiros do perguntador do colóquio e tornaram por isso a bater com grande fúria à porta, de modo que o estalajadeiro despertou — e acordaram também todos os que na estalagem estavam — e assim se levantou, a perguntar quem chamava. Sucedeu a esse tempo que uma das cavalgaduras em que vinham os quatro se chegou a cheirar Rocinante, que, melancólico e triste, de orelhas derrubadas, sustentava, sem se mover, o seu esguio senhor e, como afinal era de carne, apesar de parecer de pau, não pôde deixar de ressentir-se e tornar a cheirar também quem se lhe chegava a afagá-lo, e, apenas se moveu um pouco, logo se afastaram os pés de Dom Quixote, e escorregando dariam com ele no chão, se não ficasse suspenso pelo braço, o que lhe causou tanta dor que julgou ou que lhe cortavam o pulso ou que a mão se lhe arrancava, porque ficou tão próximo do chão que com os bicos dos pés pisava a terra, o que mais o molestava, porque, como sentia que lhe faltava pouco para pôr as plantas dos pés no solo, estirava-se quanto podia, como os que sofrem o tormento da polé,[12] que eles próprios acrescentam a sua dor com o afinco que põem em estirar-se, enganados, com a esperança que se lhes representa de que, logo que se estirem um pouco mais, chegarão a terra firme.

---

[12] O tormento da polé consistia em pendurar o torturado com uma grossa corda de cânhamo pelos pulsos, com pesos de ferro nos pés.

## Capítulo XLIV
### ONDE PROSSEGUEM OS INAUDITOS SUCESSOS DA ESTALAGEM

EFETIVAMENTE, tantos e tais foram os brados de Dom Quixote que, abrindo logo as portas da estalagem, saiu o estalajadeiro espavorido a ver quem dava esses gritos, e os que estavam fora fizeram o mesmo. Maritornes, que já despertara com os brados, imaginando o que podia ser, foi ao palheiro e desatou, sem que ninguém a visse, o cabresto que sustinha Dom Quixote, que deu logo consigo no chão, à vista do estalajadeiro e dos viandantes que, chegando-se a ele, lhe perguntaram o que tinha que tais vozes dava. Ele, sem responder palavra, tirou a corda do pulso e, pondo-se de pé, montou em Rocinante, embraçou o escudo, enristou a lança e, tomando campo, volveu a meio galope, dizendo:

— A quem disser que eu estive, com justo motivo, encantado, se a Princesa Micomicona, muito senhora minha, me der licença para isso, desde já o desminto, e repto e desafio para batalha singular.

Admirados ficaram os novos viandantes das palavras de Dom Quixote, mas o estalajadeiro tirou-os daquela admiração, dizendo-lhes quem ele era e que não havia que fazer caso dele, porque não tinha juízo.

Perguntaram ao estalajadeiro se por acaso chegara àquela estalagem um rapazito dos seus quinze anos de idade, vestido de arrieiro, com tais e tais sinais, dando os mesmos que tinha o amador de Dona Clara. O estalajadeiro respondeu que havia tanta gente na estalagem que não reparara nessa pessoa por quem perguntavam; mas, tendo visto um deles o coche em que viera o ouvidor, disse:

— Aqui deve estar sem dúvida, porque é esse o coche que dizem que ele segue; fique um de nós à porta e entrem os demais a procurá-lo: e seria bom também que outro desse volta à estalagem para que ele se não safe pelas traseiras das cavalariças.

— Assim se fará — respondeu um deles.

E, entrando dois, o terceiro ficou à porta e o quarto foi rodear a estalagem. Tudo isso via o estalajadeiro e não podia atinar com o motivo por que se faziam essas diligências, ainda que supôs que procuravam o moço cujos sinais lhe tinham dado.

Já a esse tempo aclarara o dia; e, tanto por isso como pelo barulho que Dom Quixote fizera, estavam todos despertos e levantados, e com especialidade Dona Clara e Doroteia, que, uma com o sobressalto de ter tão próximo o seu namorado, e a outra com o desejo de vê-lo, mal tinham podido dormir aquela noite. Dom Quixote, que viu que nenhum dos quatro viandantes fazia caso dele nem lhe respondia à sua pergunta, rabeava de despeito e de fúria; e, se achasse nas ordenações da sua cavalaria que licitamente podia o cavaleiro andante tomar e encetar outra empresa depois de ter dado a sua fé e a sua palavra de não começar outra sem acabar a que prometera, investiria contra todos e os obrigaria a responder, malgrado seu; mas, por lhe parecer que lhe não convinha nem lhe estava bem tentar empresa nova antes de restabelecer no seu reino Micomicona, teve de se calar e permanecer quedo, esperando para ver em que paravam as diligências daqueles viandantes, um dos quais achou o mancebo que procurava a dormir ao lado de um arrieiro, muito descuidoso de que alguém o buscasse e ainda mais de que o encontrasse. O homem travou-lhe o braço e disse-lhe:

— Por certo, Senhor Dom Luís, que diz bem com quem sois o fato[1] que vestis, e a cama em que vos acho com o regalo com que vossa mãe vos criou.

Esfregou o moço os olhos sonolentos e encarou fio o que o segurava, e logo conheceu que era criado de seu pai, o que lhe deu tamanho sobressalto que não acertou ou não pôde dizer-lhe palavra por grande espaço de tempo. E o criado prosseguiu dizendo:

— Aqui não há outra coisa que fazer, Senhor Dom Luís, senão ter paciência e voltar para casa, se Vossa Mercê não deseja que seu pai e meu senhor faça a viagem do outro mundo, porque não se pode esperar outra coisa do pesar que lhe causa a vossa ausência.

---

[1] Roupa ou conjunto de roupas; indumentária.

— Pois como soube meu pai — disse Dom Luís — que eu vinha por este caminho e com este traje?

— Um estudante — respondeu o criado —, a quem destes conta dos vossos pensamentos, foi quem o revelou, compadecido das lástimas que vosso pai fazia quando deu pela vossa falta; e logo enviou quatro dos seus criados em vossa busca, e todos aqui estamos ao vosso serviço, mais contentes do que se pode imaginar, pelo bom despacho com que tornaremos, levando-vos à presença de quem tanto vos quer.

— Isso será se for da minha vontade ou se o céu o ordenar — respondeu Dom Luís. — O céu ordena que regresseis a casa, nem outra coisa é possível.

Todas essas razões as ouviu o arrieiro junto de quem estava Dom Luís; e levantando-se dali foi contar o que se passava a Dom Fernando e a Cardênio e aos outros que já se tinham vestido, a quem disse que o homem que viera dava "dom" ao rapaz e queria que ele voltasse à casa de seu pai, e que o moço não queria. Com isso e com o que sabiam já, da boa voz que o céu lhe tinha dado, vieram todos com grande desejo de saber mais particularmente quem era e também de ajudá-lo, se alguma violência lhe quisessem fazer, e assim foram ter ao sítio onde ele ainda estava falando e porfiando com o seu criado. Nisso saiu Doroteia do seu aposento e atrás dela Dona Clara, toda turbada, e, chamando Cardênio à parte, Doroteia lhe contou em breves razões a história do músico e de Dona Clara, e Cardênio referiu-lhe que tinham vindo buscar Dom Luís uns criados de seu pai; e não o disse tão de manso que Dona Clara não o ouvisse, com que ficou tão fora de si que, se Doroteia não corresse a ampará-la, daria consigo no chão. Cardênio disse a Doroteia que volvessem ao aposento, que ele procuraria remediar tudo, e elas obedeceram.

Já estavam todos os quatro que vinham procurar Dom Luís dentro da estalagem, e rodeavam-no, persuadindo-o a voltar, sem mais detença, a consolar seu pai. Respondeu ele que de nenhum modo o podia fazer sem dar fim a um negócio em que lhe iam a existência, a honra e a alma. Apertaram-no então os criados, dizendo-lhe que não voltariam sem ele e que o levariam por vontade ou por força.

— Isso não o fareis vós — redarguiu Dom Luís —, senão matando-me primeiro, ainda que, de qualquer modo que me leveis, sem vida sempre eu irei.

Já a esse tempo tinham acudido à porfia todos os outros que na estalagem estavam, especialmente Cardênio, Dom Fernando, os seus amigos, o ouvidor, o cura, o barbeiro e Dom Quixote, que entendeu enfim não haver necessidade de continuar com a guarda do castelo. Cardênio, como já sabia a história de Dom Luís, perguntou aos criados o que os movia a querer levar aquele moço contra sua vontade.

— Move-nos a isso — respondeu um dos quatro — dar a vida a seu pai, que, pela ausência deste cavalheiro, fica em perigo de perdê-la.

A isso disse Dom Luís:

— Não há motivo para que se dê conta aqui das minhas coisas; eu sou livre e voltarei se quiser; se não quiser, nenhum de vós me obrigará.

— Será a razão quem o obrigue — respondeu o homem — e, quando ela nada possa com Vossa Mercê, poderá conosco bastante para que não deixemos de fazer aquilo a que viemos e a que somos obrigados.

— Saibamos ao certo o que isto vem a ser — acudiu o ouvidor.

Mas o homem, que o conhecera por vizinho de sua casa, disse:

— Não conhece Vossa Mercê, senhor ouvidor, este cavalheiro, que é filho do seu vizinho, que se ausentou da casa de seu pai em trajes tão pouco decorosos, como Vossa Mercê pode ver?

Encarou-o então o ouvidor mais atentamente, conheceu-o e disse-lhe, abraçando-o:

— Que criancices são essas, Senhor Dom Luís, ou que motivos tão poderosos que vos obrigam a vir dessa maneira, com traje que diz tão mal com a vossa qualidade?

Vieram as lágrimas aos olhos de Dom Luís e não pôde dar palavra ao ouvidor, que disse aos quatro que sossegassem, que tudo se faria por bem; e, pegando Dom Luís pela mão, afastou-o para um lado e perguntou-lhe que desatino fora aquele. E, enquanto lhe fazia essas e outras perguntas, ouviram à porta da estalagem grande alarido, motivado por dois hóspedes que naquela noite ali tinham pousado e que, vendo toda a gente ocupada em saber o que os quatro homens procuravam, tinham intentado ir-se sem pagar o que deviam, mas o estalajadeiro, que atendia mais ao seu negócio que aos alheios, agarrou-os ao sair da porta e lhes pediu a sua paga, afeando-lhes a má intenção com palavras tais que os levou a responderem-lhe a murros: e assim começaram a dar-lhe tamanha sova que o pobre do estalajadeiro teve de gritar e de pedir socorro. A estalajadeira e sua filha não viram pessoa desocupada que pudesse socorrê-lo, a não ser Dom Quixote, a quem a rapariga disse:

— Socorra Vossa Mercê, senhor cavaleiro, pela virtude que Deus lhe deu, meu pobre pai, que o estão moendo dois maus homens como se fosse pimenta.

A que Dom Quixote respondeu, muito descansado e com muita fleuma:

— Formosa donzela, não tem lugar por agora a vossa petição, porque não posso meter-me em outra aventura, enquanto não der fim a uma em que está empenhada a minha palavra. Mas o que eu poderei fazer para vos servir é o seguinte: correi a dizer a vosso pai que sustente a sua batalha o melhor que puder e que de nenhum modo se deixe derrotar, enquanto eu vou pedir licença à princesa Micomicona para poder socorrê-lo em sua aflição, que, se ela ma der, tende a certeza que o salvarei desde logo.

— Mau pecado — disse nisso Maritornes, que estava presente —, antes de Vossa Mercê alcançar essa licença que diz, estará meu amo no outro mundo.

— Consenti, senhora, que eu a alcance — respondeu Dom Quixote —, que, logo que a tenha, pouco importa que ele esteja no outro mundo, que eu de lá irei tirá-lo, ou pelo menos tal vingança vos darei dos que para lá o tiverem mandado que ficareis amplamente satisfeitas.

E, sem dizer mais, foi-se pôr de joelhos diante de Doroteia, pedindo-lhe com palavras cavalheirescas que fosse servida sua grandeza dar-lhe licença de acudir ao castelão daquele solar, que estava em grande míngua. Deu-lha a princesa de bom grado, e logo ele, embraçando o escudo e empunhando a espada, correu à porta da estalagem, onde ainda os dois hóspedes continuavam a maltratar o estalajadeiro; mas, assim que ali chegou, ficou de todo quedo, apesar de Maritornes e a estalajadeira lhe dizerem por que é que se detinha, que socorresse seu amo e marido.

— Detenho-me — disse Dom Quixote — porque não me é lícito desembainhar a espada contra quem não for cavaleiro; mas ide chamar o meu escudeiro Sancho, que a ele toca e pertence esta defesa e vingança.

Passava-se isto à porta da estalagem, onde ferviam os murros, tudo com grande prejuízo do estalajadeiro e raiva de Maritornes, da estalajadeira e de sua filha, que se desesperavam ao ver a covardia de Dom Quixote e os maus-tratos que sofria seu marido, amo e pai.

Mas deixemo-lo, que não faltará quem o socorra, ou senão que sofra calado quem a mais se atreve do que ao que as suas forças lhe permitem, e volvamos cinquenta passos atrás a ver o que foi que Dom Luís respondeu ao ouvidor, que lhe perguntara o motivo da sua vinda a pé, e vestido com trajes tão vis. O mancebo, agarrando-lhe fortemente as mãos, como em sinal de que alguma grande dor lhe pungia o coração, derramando lágrimas em grande abundância, disse-lhe:

— Senhor meu, não sei outra coisa dizer-vos senão que, desde o momento em que o céu quis e a nossa vizinhança facilitou que eu visse a minha Senhora Dona Clara, vossa filha, desde esse instante lhe submeti a minha vontade; e se a vossa, meu estalajadeiro pai e senhor, não a impedir, hoje mesmo há de ser minha esposa. Por ela deixei a casa de meus pais e vesti este traje, para segui-la fosse aonde fosse, como a seta ao alvo e o marinheiro ao norte. Ela dos meus desejos não sabe mais do que o que pôde entender algumas vezes, que de longe via chorar meus olhos. Já sabeis, senhor, a riqueza e a nobreza de meus pais, e de como sou o seu único herdeiro; se vos parecer que são partes estas para que vos arrisqueis a fazer-me em tudo venturoso, recebei-me logo por vosso filho; que se a meu pai, levado por outros desígnios, não agradar este bem que eu procurei para mim, mais força terá o tempo para desfazer e mudar as coisas do que a vontade humana.

Calou-se ao dizer isso o enamorado mancebo, e o magistrado ficou suspenso, confuso e admirado de ouvi-lo, tanto pelo modo e discrição como Dom Luís lhe descobriu o seu pensamento como por não saber a resolução que havia de tomar em tão repentino e inesperado negócio, e assim é que respondeu que por então sossegasse e entretivesse os seus criados para que não o levassem nesse dia, e ele houvesse tempo para considerar o que a todos ficaria melhor. Beijou-lhe Dom Luís à viva força as mãos e banhou-lhas de lágrimas que enterneceriam um coração de mármore, quanto mais o do ouvidor, que, como discreto, logo conhecera quanto à sua filha convinha aquele matrimônio; posto que, se possível fosse, quisera antes efetuá-lo com o consentimento do pai de Dom Luís, de quem sabia que pretendia obter uma titular para seu filho.

Já a esse tempo estavam os hóspedes em boa paz com o estalajadeiro, pois que Dom Quixote, com boas razões, mais do que com ameaças, os persuadira a pagarem-lhe tudo quanto ele pedia, e os criados de Dom Luís aguardavam o fim da prática do ouvidor e a resolução de seu amo; quando o Demônio, que não dorme, ordenou que naquele mesmo instante entrasse na estalagem o barbeiro a quem Dom Quixote tirara o elmo de Mambrino, e Sancho Pança o aparelho do burro, que trocou pelo do seu; o barbeiro, ao levar o jumento para a cavalariça, viu Sancho Pança a arranjar não sei o que na albarda, e logo que a viu conheceu-a e atreveu-se a arremeter contra Sancho, dizendo:

— Ah! Dom Ladrão, que aqui vos apanho; venha a minha bacia e a albarda, e o aparelho que me roubastes.

Sancho, que se viu acometido tão de improviso e ouviu os vitupérios que lhe diziam, com uma das mãos agarrou a albarda e com a outra ferrou no barbeiro tamanho murro que lhe banhou os dentes em sangue; mas nem por isso o barbeiro largou a albarda, antes levantou a voz de modo tal que todos os da estalagem acudiram ao ruído e pendência, e dizia ele:

— Aqui del-rei e da justiça, que esse ladrão e salteador de estradas, além de roubar-me a fazenda, ainda quer me matar.

— Mentis! — exclamou Sancho. — Que eu não sou salteador de estradas, e estes despojos ganhou-os em guerra leal o meu Senhor Dom Quixote.

Já Dom Quixote estava presente e muito folgava de ver o modo como o seu escudeiro se defendia e ofendia, e teve-o daí por diante como homem de prol, e ficou-lhe na mente o armá-lo cavaleiro na primeira ocasião que se lhe deparasse, por lhe parecer que ficaria bem empregada em Sancho a ordem de cavalaria. Entre outras coisas que o barbeiro ia dizer no decurso da pendência, veio a exclamar:

— Senhores, esta albarda é tão minha como a morte que devo a Deus, e conheço-a como se a tivesse parido, e aí está na manjedoura o burro, que não me deixará mentir; ponham-lha e, se não lhe ficar ao pintar, que me tenham por infame. E mais ainda, no mesmo dia em que ma tirou, tiraram-me também uma bacia de cobre, nova, que ainda não fora estreada e que custara um bom escudo.

Aqui não se pôde conter Dom Quixote e, metendo-se entre os dois e apartando-os, pondo a albarda no chão para tê-la manifesta até se aclarar a verdade, disse:

— Para que Vossas Mercês vejam, clara e manifestamente, o erro em que está esse bom escudeiro, basta dizer que chama bacia ao que foi, é e será o elmo de Mambrino, que eu lhe conquistei em guerra leal, e de que fiquei lícito e legítimo possuidor. No caso da albarda não me intrometo, porque o que sei dizer é que o meu escudeiro Sancho me pediu licença para tirar os jaezes do cavalo desse vencido covarde e com eles adornar o seu: dei-lha, ele tomou-a, e do jaez se ter convertido em albarda não saberei dar outra razão a não ser a do costume, a saber: que essas transformações se veem nos casos da cavalaria; para confirmação disso, vai, meu filho Sancho, buscar o elmo que esse bom homem chama bacia.

— Com a breca! — disse Sancho. — Se só temos essa prova da nossa intenção, tão bacia é o elmo de Malino como é albarda o jaez.

— Faze o que te mando — disse Dom Quixote —, que nem todas as coisas deste castelo hão de ser guiadas por encantamento.

Sancho foi buscar a bacia e, assim que Dom Quixote a viu, tomou-a nas mãos e disse:

— Vejam Vossas Mercês com que cara pode dizer esse escudeiro que isto é bacia e não o elmo que eu disse, e juro, pela ordem de cavalaria que professo, que foi este elmo que eu lhe conquistei, sem lhe ter tirado ou acrescentado coisa alguma.

— Nisso é que não há dúvida — acudiu Sancho —, que desde que meu amo o ganhou até hoje só entrou numa batalha, quando livrou os desventurados galeotes; e, se não fosse esse bacielmo,[2] não passaria então muito bem, porque apanhou naquele transe pedradas com fartura.

---

[2] Sancho, buscando uma solução que não irritasse mais seu senhor, inventa a palavra "bacielmo", que mais tarde veio a sintetizar uma imagem da realidade: segundo Cervantes, não existe uma verdade absoluta, e sim tantas verdades quantos pontos de vista individuais. Pelo menos é certo que o narrador do *Quixote* evita pronunciar-se sobre o comportamento de suas criaturas e aceita com generosidade as diversas perspectivas dos personagens.

## Capítulo XLV

### ONDE SE ACABA DE AVERIGUAR A DÚVIDA DO ELMO DE MAMBRINO E DA ALBARDA, E DE OUTRAS AVENTURAS SUCEDIDAS, COM TODA A VERDADE

— QUE LHES PARECE a Vossas Mercês, senhores — disse o barbeiro —, o que afirmam esses homens de prol,[1] que ainda porfiam que essa bacia é elmo?

— E a quem o contrário disser — acudiu Dom Quixote — lhe farei eu conhecer que mente se for cavaleiro, e se for escudeiro, que mente e remente mil vezes.

O nosso barbeiro, que tudo presenciava e que conhecia perfeitamente o gênio de Dom Quixote, quis espertar o seu desatino e levar por diante a burla, para que todos rissem, e exclamou, falando com o seu colega:

— Senhor barbeiro, ou quem sois, sabei que também sou do vosso ofício, e tenho há mais de vinte anos carta de exame,[2] e conheço muito bem os instrumentos barbeiris, sem faltar um só, e, além disso, fui também soldado, na minha mocidade, e também sei o que é elmo, e morrião e celada de encaixar,[3] e outras coisas que tocam à milícia, digo, aos gêneros de armas dos soldados, e afirmo, salvo melhor parecer, que

---

[1] Nome que se costumava dar a quem não era possível chamar de senhor cavaleiro e de senhor fidalgo.

[2] A carta de exame era um documento oficial, dado pelo grêmio de uma profissão, que autorizava a prática de um ofício sem supervisão de mestre; no caso do barbeiro, a carta dava a possibilidade de exercer trabalhos de auxiliar de médico: sangrar, efetuar operações menores e arrancar dentes.

[3] Elmo era a armadura completa da cabeça; celada, se fosse de encaixar, entrava na parte superior, que cobria a boca e a barba e descansava nos ombros; morrião era a peça superior do elmo.

esse objeto que aqui está diante de nós, nas mãos daquele bom senhor, não é bacia de barbeiro, mas está tão longe de sê-lo como está longe o branco do negro, e a verdade da mentira; e também digo que esse elmo, apesar de sê-lo, não é elmo inteiro.

— Não, decerto — disse Dom Quixote —; falta-lhe metade, que é a babeira.[4]

— Assim é — afirmou o cura, que já entendera a intenção do seu amigo barbeiro.

E o mesmo asseveraram Cardênio, Dom Fernando e os seus companheiros; e até o ouvidor, se não estivesse tão pensativo com o negócio de Dom Luís, ajudaria pela sua parte a mentira.

— Valha-me Deus! — disse então o barbeiro burlado. — Pois é possível que tanta gente honrada diga que isso não é bacia e que é elmo? É caso para fazer pasmar uma universidade, por mais discreta que seja. Basta; mas, se esta bacia é elmo, também deve ser essa albarda jaez de cavalo, como aqui disse este senhor.

— A mim parece-me albarda — observou Dom Quixote —, mas já disse que em tal coisa não me intrometo.

— Que seja albarda ou jaez — acudiu o cura —, só o Senhor Dom Quixote pode dizer, que, nessas coisas de cavalarias, todos estes senhores e eu lhe damos a primazia.

— Por Deus, meus senhores — disse Dom Quixote —, são tantas e tão estranhas as coisas que neste castelo, das duas vezes que aqui tenho estado, me hão sucedido que não me atrevo a dizer afirmativamente coisa alguma do que se perguntar acerca do que nele se contém, porque imagino que tudo o que aqui se trata é por via de encantamento. Da primeira vez muito me derreou um mouro encantado e Sancho não se deu muito bem com outros, seus sequazes, e esta noite estive pendurado por um braço cerca de duas horas, sem saber como vim a cair em semelhante desgraça. De forma que me pôr eu agora em coisa tão confusa a dar o meu parecer seria cair em juízo temerário. Pelo que toca ao dizerem que isto é bacia e não elmo, já respondi; mas, quanto a declarar se isso é albarda ou jaez, não me atrevo a dar sentença definitiva, e exclusivamente deixo ao bom parecer de Vossas Mercês; talvez, por não terem sido armados cavaleiros como eu, não hajam que ver

---

[4] Parte do elmo que protege a parte inferior do rosto; sem ela, este parece um morrião.

com Vossas Mercês os encantamentos deste lugar, e tenham livres os entendimentos, e possam julgar as coisas deste castelo como elas são, real e verdadeiramente, e não como a mim me pareçam.

— Não há dúvida — respondeu Dom Fernando — de que o Senhor Dom Quixote disse muito bem que hoje a nós outros toca a definição deste caso; e, para que vá com mais fundamento, eu tomarei em segredo os votos destes senhores, e do que resultar darei inteira e clara notícia.

Para os que sabiam da mania de Dom Quixote, era isso matéria de muito riso; mas para os que a ignoravam parecia-lhes o maior disparate do mundo, especialmente aos quatro criados de Dom Luís e a Dom Luís também, e a outros três viandantes, que por acaso tinham chegado à estalagem e que pareciam ser quadrilheiros,[5] como efetivamente eram. Mas quem mais se desesperava era o barbeiro, cuja bacia ali diante dos seus olhos se transformara em elmo de Mambrino e cuja albarda já não tinha dúvida que se lhe havia de tornar em rico jaez de cavalo; e uns e outros riam de ver como Dom Fernando andava tomando os votos, falando ao ouvido dos circunstantes para que em segredo declarassem se era jaez ou albarda aquela joia sobre a qual tanto se pelejara; e, depois de tomar os votos de todos os que conheciam Dom Quixote, disse em alta voz:

— O caso é, bom homem, que já estou cansado de tantos pormenores, porque vejo que a ninguém pergunto o que desejo saber que não me diga que é disparate dizer que isso seja albarda de jumento, quando bem se vê que é jaez de cavalo, e até de cavalo fino, e assim haveis de ter paciência, porque, em que vos pese e ao vosso jumento, isso é jaez e não albarda, e foram péssimas pela vossa parte as alegações e provas.

— Não tenha eu lugar no céu — exclamou o pobre barbeiro — se Vossas Mercês todos se não enganam, e tão bem pareça a minha alma aos olhos de Nosso Senhor como essa albarda me parece albarda; mas lá vão leis...[6] e mais não digo; o que posso afirmar é que não estou bêbado, que ainda não quebrei o jejum, a não ser de pecar.

Não causavam menos riso as necedades do barbeiro do que os disparates de Dom Quixote, que nisso acudiu:

— Aqui não há mais que fazer do que tomar cada qual o que lhe pertence, e a quem Deus a deu, São Pedro que a benza.

---

[5] Quadrilheiros da Santa Irmandade, com sua meia vara.
[6] "Lá vão leis, onde querem reis", diz o ditado.

Um dos quatro disse:

— Se isso não é de caso pensado, não posso me persuadir de que homens de tão bom entendimento, como são ou parecem ser todos os que aqui estão, se atrevam a dizer e afirmar que isso não é bacia e aquilo albarda; mas, como vejo que o afirmam e dizem, dá-me a entender que não deixa de ter mistério o porfiar numa coisa tão contrária à verdade; porque voto a tal que ninguém que hoje vive no mundo pode me fazer acreditar que isso não é bacia de barbeiro e aquilo albarda de burro.

— Pode muito bem ser de burra — disse o cura.

— Tanto monta — tornou o criado —; que o caso não está nisso, mas em ser ou não ser albarda, como Vossas Mercês dizem.

Ouvindo isso, um dos quadrilheiros que tinham entrado, que ouvira a pendência, cheio de enfado e cólera bradou:

— É tão albarda como meu pai é meu pai, e quem outra coisa disse ou disser é porque está bêbado.

— Mentis como um velhaco e vilão — respondeu Dom Quixote.

E levantando a lança, que nunca largava das mãos, descarregou-lhe tal golpe na cabeça que, se o quadrilheiro não se desviasse, deixara-o ali estendido; a lança fez-se em pedaços no chão, e os outros quadrilheiros, que viram maltratar o seu camarada, ergueram a voz pedindo auxílio à Santa Irmandade.

O estalajadeiro, que pertencia à corporação,[7] correu a ir buscar a vara e a espada e veio colocar-se ao lado dos seus companheiros; os criados de Dom Luís rodearam-no para que não aproveitasse o alvoroço para se safar; o barbeiro, vendo o rebuliço, tornou a deitar mão à albarda, e o mesmo fez Sancho; Dom Quixote desembainhou a espada e arremeteu contra os quadrilheiros; Dom Luís bradava aos seus criados que o largassem e socorressem Dom Quixote, Cardênio e Dom Fernando, que tinham se colocado todos ao lado do ilustre manchego; o cura bradava, gritava a estalajadeira, a filha afligia-se, Maritornes chorava, Doroteia estava confusa, Lucinda suspensa e Clara desmaiada. O barbeiro desancava Sancho, Sancho moía o barbeiro; Dom Luís, a quem um criado se atreveu a agarrar no braço para que não fosse embora, deu-lhe um murro que lhe pôs os dentes em sangue; o ouvidor defendia Dom Luís;

---

[7] Era frequente que os estalajadeiros pertencessem à Santa Irmandade, a princípio para proteger os caminhos; depois para que não fossem perseguidos pelos maus-tratos ou latrocínios aos quais submetiam os hóspedes.

Dom Fernando metera debaixo de si um quadrilheiro e cosia-o a pontapés; o estalajadeiro tornava a levantar a voz pedindo auxílio à Santa Irmandade; de modo que em toda a estalagem não havia senão prantos, brados, gritos, confusões, temores, sobressaltos, desgraças, cutiladas, sopapos, pauladas, coices e efusão de sangue. E, no meio desse caos, o que havia de imaginar Dom Quixote? Imagina-se engolfado na discórdia do campo de Agramante, e diz, com voz que atroa toda a estalagem:

— Tenham mão todos, embainhem as espadas, sosseguem e ouçam-me, se não querem perder a vida.

A esse brado, todos pararam, e ele prosseguiu dizendo:

— Não vos disse já, senhores, que este castelo era encantado e que alguma legião de demônios deve habitar nele? Em confirmação do meu dito, quero que vejais com os vossos olhos como para entre nós passou e se trasladou a discórdia do campo de Agramante. Vede como além se pugna pela espada, aqui pelo cavalo, acolá pela águia e ali pelo elmo, e todos pelejamos e ninguém se entende: venha, pois, Vossa Mercê, senhor ouvidor, e Vossa Mercê, senhor cura, e sirva um de Rei Agramante e outro de El-Rei Sobrinho,[8] e ponham-nos em paz; porque, por Deus todo-poderoso, é grande loucura matar-se por coisas tão fúteis gente tão principal como todos os que aqui estamos.

Os quadrilheiros, que não entendiam o fraseado de Dom Quixote e se viam maltratados por Dom Fernando, Cardênio e os seus companheiros, não queriam aquietar-se; o barbeiro, sim, porque na pendência tinham lhe arrepelado as barbas e a albarda; Sancho, à primeira voz de seu amo, obedeceu como bom criado; os quatro servos de Dom Luís também ficaram quedos, vendo que de pouco lhes servia o barulho; só o estalajadeiro porfiava que se haviam de castigar as insolências daquele louco, que a cada momento lhe alvoroçava a estalagem. Finalmente, o barulho se apaziguou por então, a albarda ficou passando por jaez até o dia do juízo, e a bacia por elmo, e a estalagem por castelo, na imaginação de Dom Quixote.

Postos, pois, já em sossego, e feitos amigos todos por persuasão do ouvidor e do cura, voltaram os criados de Dom Luís a insistir para que

---

[8] Um dos reis pagãos que seguiram Agramante na guerra contra Carlos Magno (*Orlando furioso*).

os acompanhasse, e, enquanto estava com eles em avenças, o ouvidor aconselhava-se com Dom Fernando, Cardênio e o cura sobre o que havia de fazer naquele caso, contando-lhes tudo o que Dom Luís lhe pedira. Enfim, acordou-se que Dom Fernando dissesse aos criados de Dom Luís quem era e como desejava que Dom Luís o acompanhasse à Andaluzia, onde pelo marquês seu irmão seria estimadíssimo, e assim se faria a vontade de Dom Luís, que naquela ocasião não tornava para casa de seu pai nem que o despedaçassem. Assim se apaziguou toda aquela pendência, graças à autoridade de Agramante e cordura de El-Rei Sobrinho; mas, vendo-se o inimigo da concórdia e o êmulo da paz menosprezado e burlado, e o pouco fruto que tirara de haver posto a todos em tão confuso labirinto, quis provar outra vez a mão, ressuscitando novas pendências e desassossegos.

É, pois, o caso, que os quadrilheiros sossegaram, por ter entreouvido a qualidade dos que com eles tinham se batido, e retiraram-se da pendência, por lhes parecer que sempre haviam de levar o pior na batalha; mas um deles, que fora desancado e pisado aos pés por Dom Fernando, lembrou-se de súbito de que, entre alguns mandados que trazia para prender delinquentes, vinha um contra Dom Quixote, que a Santa Irmandade mandara prender pela liberdade que dera aos galeotes, como Sancho com muita razão temera. Lembrando-se disso, quis certificar-se e diziam bem com as feições de Dom Quixote os sinais que lhe tinham dado e, tirando do seio um pergaminho, sucedeu ser esse logo o que procurava, e pondo-se a lê-lo com todo o vagar, porque não era grande ledor, a cada palavra que lia punha os olhos em Dom Quixote e ia cotejando os sinais com as feições do seu rosto, e viu que sem dúvida alguma era a ele que o mandado se referia. E, apenas se certificou, dobrou logo o pergaminho e, pondo o mandado na mão esquerda, com a mão direita agarrou Dom Quixote pelo pescoço, que nem o deixava respirar, e com grandes brados dizia:

— Auxílio à Santa Irmandade e, para que se veja que deveras e com razão o peço, leia-se este pergaminho, em que se ordena que se prenda esse salteador de estradas.

Pegou o cura no mandado e viu que era verdade tudo o que o quadrilheiro dizia, e que os sinais eram realmente os de Dom Quixote, o qual, vendo-se maltratado por aquele vilão malandrino, no auge da cólera e com os ossos a rangerem-lhe, agarrou-se com ambas as mãos à garganta do quadrilheiro, com tal ânsia que, se o infeliz não fosse socorrido pelos seus camaradas, mais depressa ali deixaria a vida do que Dom Quixote a presa. O estalajadeiro, que por força havia de favorecer os da sua corporação, veio logo acudir-lhe. A estalajadeira, que viu de novo seu marido em pendências, de novo começou a gritar, procedendo logo pelo mesmo teor Maritornes e a filha, que imploravam a misericórdia do céu e dos que ali estavam. Sancho exclamou, ao ver o que se passava:

— Por vida de Nosso Senhor, que é bem verdade tudo quanto meu amo diz dos encantamentos deste castelo, que se não pode aqui estar uma hora em sossego.

Dom Fernando apartou o quadrilheiro e Dom Quixote, com grande alívio de ambos, desenclavinhando-lhes as mãos com que mutuamente se afogavam; mas nem por isso deixavam os quadrilheiros de reclamar o seu preso e de pedir que os ajudassem a amarrá-lo, porque assim convinha ao serviço de el-rei e da Santa Irmandade, de cuja parte de novo lhes pediam socorro e auxílio para prenderem aquele roubador e salteador de estrada. Ria-se Dom Quixote de ouvir essas razões, e com muito sossego disse:

— Vinde cá, gente soez e malcriada: chamais assaltar nas estradas dar liberdade aos algemados, soltar os presos, socorrer os míseros, levantar os caídos, remediar os necessitados? Ah! Gente infame, dignos, por vosso baixo e vil entendimento, de que o céu não vos comunique o valor que se encerra na cavalaria andante, nem vos dê a entender o pecado e ignorância em que estais, não reverenciando a sombra, quanto mais a presença de qualquer cavaleiro andante! Vinde cá, ladrões de quadrilha, e não quadrilheiros, salteadores com licença da Santa Irmandade, dizei-me, quem foi o ignorante que assinou mandado de prisão contra um cavaleiro tal como eu sou? Quem era esse que não sabia que são isentos de todo o foro judicial os cavaleiros andantes, e que sua lei é a sua espada, foros os seus brios, pragmática a sua vontade? Quem foi o mentecapto, torno a dizer, que não sabe que não há foro de fidalgo[9] com tantas preeminências e isenção como o que adquire um paladino andante no dia em que calça as esporas de ouro e se entrega ao duro exercício da cavalaria? Que cavaleiro andante já pagou peitas ou

---

[9] Executória de fidalgo ou carta de fidalguia, documento em que se reconhecia oficialmente a origem e família da pessoa que a tinha. Em algumas delas, especificava-se também o grau de fidalguia que lhe correspondia, os direitos que tinha e os deveres gerais — como alguns impostos, levas militares etc. — dos quais estava isento.

alcavalas, chapim de rainha, moeda foreira, portagem ou barcagem?[10] Que alfaiate lhe levou o feitio da roupa que lhe fez? Que castelão o acolheu no seu castelo, fazendo-lhe pagar o escote? Que rei não o assentou à sua mesa? Que donzela não se lhe afeiçoou e não se lhe entregou rendida, com todas as veras da sua alma? E, finalmente, que cavaleiro andante houve, há ou há de haver no mundo que não tenha brio para dar ele sozinho quatrocentas pauladas a quatrocentos quadrilheiros que se lhe ponham diante?

---

[10] Diferentes tipos de impostos: peitas, imposto direto do qual estavam livres os fidalgos; alcavala, imposto indireto sobre o gasto; chapim da rainha, imposto que começou por motivo das bodas reais e, depois, qualquer imposto que se cobrava para uma finalidade particular e por uma só vez; moeda foreira, imposto que se pagava ao rei a cada sete anos em sinal de vassalagem; portagem e barcagem, impostos que se pagavam pelo direito de passar mercadorias por alguns lugares ou por atravessar o rio nas barcas de transporte.

## Capítulo XLVI

### DA NOTÁVEL AVENTURA DOS QUADRILHEIROS E DA GRANDE FEROCIDADE DO NOSSO BOM CAVALEIRO DOM QUIXOTE

ENQUANTO DOM QUIXOTE dizia isso, estava o cura convencendo os quadrilheiros de que ele era falto de juízo, como viam pelas suas obras e palavras, e de não tinham motivo para ir com esse negócio por diante, porque, ainda que o prendessem e levassem, logo teriam de deixá-lo como louco; ao que respondeu o do mandado que não lhe competia julgar a loucura de Dom Quixote, mas fazer o que lhe ordenavam, e que, preso uma vez, podiam-no soltar trezentas.

— Com tudo isso — acudiu o cura —, desta vez não o levareis nem ele se deixará levar, pelo que eu vejo.

Efetivamente, o cura tanto lhes disse, e Dom Quixote tantas loucuras fez, que mais doidos seriam do que ele os quadrilheiros, se não lhe conhecessem a falta de siso, e assim houveram por bem apaziguar-se, e até servir de medianeiros para se fazerem as pazes entre Sancho Pança e o barbeiro, que ainda insistiam, com grande rancor, na sua pendência. Finalmente, eles, como membros da justiça, se fizeram árbitros da causa e partiram a contenda ao meio, mandando que se trocassem as albardas, mas não o resto do aparelho, ficando assim as duas partes não de todo contentes, mas alguma coisa satisfeitas; e, quanto ao elmo de Mambrino, o cura, à socapa,[1] e sem que Dom Quixote percebesse, deu ao barbeiro oito reais, e em troca lhe passou ele recibo e promessa de não o demandar

---

[1] De maneira furtiva ou disfarçada, sem que se veja.

em tempo algum, amém. Sossegadas, pois, essas duas pendências, que eram as principais e de mais tomo, restava que os criados de Dom Luís se resignassem a separar-se, indo-se três embora e ficando um para acompanhá-lo ao sítio aonde Dom Fernando o levava; e como já a boa sorte e melhor fortuna começara a aplanar dificuldades, e a favorecer os enamorados e os valentes da estalagem, quis levar ao termo essa boa obra e dar a tudo feliz êxito, porque os criados fizeram quanto quis seu jovem amo, e com isso tão contente ficou Dona Clara que bastava olhar para o seu rosto para se conhecer o regozijo daquela alma. Zoraida, ainda que não entendesse bem todos os sucessos que tinha visto, alegrava-se e entristecia-se conforme a expressão que lia no semblante de cada um, principalmente no do seu espanhol, em quem tinha sempre pregados os olhos e a alma. O dono da estalagem, a quem não passou despercebida a recompensa que o cura dera ao barbeiro, pediu que lhe pagassem o estrago que Dom Quixote fizera nos odres e no vinho, jurando que não deixaria sair nem Rocinante nem o jumento, se não se lhe satisfizesse até o último maravedi. Tudo o cura apaziguou, e tudo Dom Fernando pagou, ainda que o ouvidor de muito boa vontade se oferecera também para pagar, e assim ficaram todos em paz e sossego, de forma que a estalagem já não parecia o campo de Agramante, como Dom Quixote dissera, mas antes ali reinava a paz otaviana;[2] e foi opinião comum que se deviam dar graças à boa intenção e muita eloquência do senhor cura e à incomparável liberalidade de Dom Fernando.

Vendo-se, pois, Dom Quixote livre e desembaraçado de tantas pendências, suas e do seu escudeiro, pareceu-lhe que seria bom prosseguir na começada viagem e dar fim àquela grande aventura, para que fora chamado e escolhido; e, assim, com absoluta determinação, foi-se pôr de joelhos diante de Doroteia, a qual não lhe consentiu que dissesse uma só palavra sem que se levantasse, e por lhe obedecer Dom Quixote se pôs em pé e lhe disse:

— É provérbio vulgar, formosa senhora, ser a diligência mãe do bom êxito, e em muitas e graves coisas tem mostrado a experiência que a solicitude do demandista leva a bom fim o pleito duvidoso; mas em nenhuma se mostra tanto essa verdade como nas coisas da guerra, onde a celeridade e presteza previnem as deliberações do inimigo e

---

[2] Refere-se ao longo período de paz que Roma gozou depois da última guerra dos triúnviros. A expressão *paz otaviana* como "tranquilidade absoluta" se tornou proverbial.

alcançam a vitória antes que o contrário se ponha em defesa. Tudo isso digo, alta e preciosa senhora, porque me parece que a nossa estada neste castelo já é sem proveito e poderia ser de tanto dano que algum dia o sentiríamos, porque quem sabe se por ocultos espias não terá sabido já o gigante vosso adversário que vou destruí-lo e, dando-lhe lugar o tempo, se tenha fortificado nalgum inexpugnável castelo e fortaleza, contra o qual pouco valessem as minhas diligências e a força do meu incansável braço? Assim, pois, senhora minha, previnamos, como disse, com a nossa diligência os seus desígnios, e partamos desde já a procurar a fortuna, que logo Vossa Mercê a terá como deseja, apenas eu chegue a ver o vosso opositor.

Calou-se Dom Quixote e esperou com muito sossego a resposta da formosa infanta, a qual, com ademã senhoril e acomodado ao estilo de Dom Quixote, lhe respondeu desta maneira:

— Agradeço-vos, senhor, o desejo que mostrais de favorecer-me na minha grande angústia, como cavaleiro que tem por alta missão proteger os órfãos e necessitados; e queira o céu que se cumpra o vosso desejo e o meu, para que vejais que há no mundo mulheres agradecidas. E, quanto à minha partida, seja presto, que eu não tenho mais vontade que a vossa; disponde de mim a vosso bom talante,[3] que aquela que uma vez vos entregou a defesa da sua pessoa e pôs nas vossas mãos a defesa dos seus senhorios não há de querer ir contra o que ordenar a vossa prudência.

— Nas mãos de Deus e não nas minhas — acudiu Dom Quixote —, mas, quando uma senhora se me humilha, não quero perder o ensejo de levantá-la e pô-la no seu herdado trono. Partamos, pois, já, porque o desejo e o caminho me esporeiam, e costuma dizer-se que o perigo está na tardança; e que já o céu não criou nem viu o inferno nenhum que me espante ou acovarde. Vai selar o Rocinante, Sancho, e aparelha o teu jumento e o palafrém da rainha, e, depois de nos despedirmos do castelão e desses senhores, partamos sem demora.

Sancho, que a tudo estava presente, disse abanando a cabeça:

— Ai, senhor, senhor! Nem tudo o que luz é ouro; com perdão seja dito das toucas honestas.[4]

— Que tem isso com o que se passa aqui, vilão?

---

[3] Disposição.
[4] A desculpa se dava quando se dizia algo que podia ser inconveniente pela condição dos ouvintes, nesse caso "toucas honestas", ou seja, damas honradas.

— Se Vossa Mercê se enfada — respondeu Sancho —, eu calo-me e deixo de dizer aquilo a que sou obrigado como leal escudeiro, e como deve um bom criado dizer a seu amo.

— Dize o que quiseres — redarguiu Dom Quixote —, conquanto que as tuas palavras se não dirijam a assustar-me, que se tu tiveres medo procedes como quem és, e se eu não o tenho procedo como quem sou.

— Não é isso, mau pecado — respondeu Sancho —, mas o que eu digo é que tenho por averiguado e certo que essa senhora, que se diz ser rainha do grande reino de Micomicão, é-o tanto como minha mãe, porque, se fosse, não andaria decerto a cada canto e a cada instante aos beijinhos com um sujeito cá da roda.

Fez-se Doroteia muito corada com as palavras de Sancho, porque era verdade que seu esposo Dom Fernando algumas vezes colhera furtivamente nos seus lábios parte do prêmio que os seus desejos mereciam, o que fora visto por Sancho, parecendo-lhe que semelhante desenvoltura era mais de loureira[5] que de rainha de tão grande reino. Não quis ou não pôde Doroteia responder palavra a Sancho, mas deixou-o prosseguir na sua prática, e ele foi dizendo:

— Isso digo eu, senhor; porque, se depois de termos corrido por montes e vales, e passado más noites e piores dias, há de vir a colher o fruto dos nossos trabalhos quem está folgando na estalagem, não há motivo para que me apresse a selar o Rocinante, albardar o jumento e aparelhar o palafrém, e será melhor que fiquemos quedos, e as marafonas que fiem[6] e nós que vamos comendo.

Ah! Deus Santíssimo, que fúria que teve Dom Quixote ao ouvir as descompostas palavras do seu escudeiro! Digo só que bradou com voz atrapalhada e língua tartamuda, lançando vivo fogo pelos olhos:

— Ó velhaco e vilão, descomposto e ignorante, estúpido, desbocado, murmurador e maldizente, que semelhantes palavras ousaste dizer na minha presença e na presença dessas ínclitas senhoras, como é que ousaste pôr na tua confusa imaginação semelhantes desonestidades e atrevimentos? Vai-te da minha presença, monstro da natureza, repositório de mentiras, armário de embustes, inventor de maldades, publicador de sandices, inimigo do decoro que se deve às pessoas reais; vai-te e não apareças diante de mim, sob pena da minha ira.

---

[5] Prostituta, meretriz.

[6] Ou seja, quando correm os maus tempos. "Quando a puta fia, o rufião trabalha e o escrivão pergunta qual é o dia do mês, com mal andam todas três", diz o provérbio.

E, dizendo isso, franziu as sobrancelhas, intumesceu as faces e deu com o pé direito uma grande patada no chão, tudo sinais da cólera que lhe refervia nas entranhas. A essas palavras e furibundo ademã, ficou Sancho tão encolhido e medroso que folgaria que naquele instante se abrisse debaixo de seus pés a terra e o tragasse; não fez mais do que voltar as costas e tirar-se da presença de seu enfadado amo. Mas a discreta Doroteia, que já conhecia perfeitamente o gênio de Dom Quixote, disse, para lhe moderar a ira:

— Não vos despeiteis, Senhor Cavaleiro da Triste Figura, com as sandices que o vosso bom escudeiro proferiu, porque talvez não as diga sem motivo, nem do seu bom entendimento e consciência cristã se deve esperar que levante testemunhos a ninguém: e assim se há de acreditar, sem se lhe pôr dúvida, que, como neste castelo, segundo dizeis, senhor cavaleiro, tudo sucede por obra de encantamento, poderia suceder, repito, que Sancho visse por arte diabólica o que ele diz que viu, tanto em ofensa da minha honestidade.

— Juro pelo Deus Onipotente — acudiu Dom Quixote — que bateu no ponto a vossa grandeza e que alguma visão má se pôs diante desse pecador de Sancho, que lhe fez ver o que seria impossível ver-se de outro modo que não fosse por encantamento, que eu bem sei, pela bondade e inocência desse desgraçado, que não sabe levantar testemunhos a ninguém.

— Assim é e assim será — disse Dom Fernando —; pelo que deve Vossa Mercê, Senhor Dom Quixote, perdoar-lhe e reduzi-lo ao grêmio da sua graça, *sicut erat in principio*,[7] antes que as tais visões lhe ourassem[8] o juízo.

Dom Quixote respondeu que o perdoava, e o cura foi buscar Sancho, que veio muito humilde e, pondo-se de joelhos, pediu a mão a seu amo, e este lha deu, e, depois de lha ter deixado beijar, deitou-lhe a bênção, dizendo:

— Agora acabarás de conhecer, Sancho filho, ser verdade o que tantas vezes te disse que todas as coisas deste castelo são feitas por via de encantamento.

---

[7] Isto é, promover o castigo da *ira regis* e restabelecer a situação anterior; mas reduzir ao grêmio é a fórmula do perdão inquisitorial, e então a graça se tinge de um matiz comicamente religioso, sublinhado além disso pelo *sicut erat in principio*, que é o começo do *Glória ao Pai*, rezado nas cerimônias de reconciliação depois do Pai-Nosso e da Ave-Maria.

[8] Perder o uso da razão; desvairar-se, alucinar.

— Assim creio — disse Sancho —, exceto o caso do mantear, que esse, realmente, sucedeu por via ordinária.

— Não creias — respondeu Dom Quixote —; que, se assim fosse, eu te vingaria então e ainda agora; mas nem então pude, nem agora vi pessoa de quem tirasse vingança do teu agravo.

Desejaram saber todos o que era isso de mantear, e o estalajadeiro lhes contou por miúdo os voos de Sancho, com o que todos riram, e Sancho bastante se correria, se de novo não lhe assegurasse seu amo que era encantamento, ainda que nunca chegou a tanto a sandice de Sancho que acreditasse não ser verdade pura e averiguada, sem mescla de engano algum, ter sido manteado por pessoas de carne e osso, e não por fantasmas sonhados e imaginados, como seu amo acreditava e afirmava. Havia já dois dias que toda aquela ilustre companhia estava na estalagem; e, parecendo-lhes que já era tempo de partir, imaginaram o modo como o cura e o barbeiro poderiam levar Dom Quixote para a sua terra e ali guarecê-lo das suas loucuras, sem ser necessário que Doroteia e Dom Fernando o acompanhassem à aldeia, com as tais invenções da liberdade da Rainha Micomicona. E o que imaginaram foi o combinarem-se com um carreiro, que por ali acertou de passar com seu carro de bois, para o levarem da seguinte forma: fizeram uma jaula de paus encruzados em feitio de grade, capaz de nela caber folgadamente Dom Quixote, e logo Dom Fernando e os seus amigos, junto com o estalajadeiro, com os criados de Dom Luís e com os quadrilheiros, por ordem e parecer do cura, taparam o rosto e se disfarçaram, uns dum modo, outros de outro, de feitio que a Dom Quixote parecesse que era outra gente, e não a que vira naquele castelo. Feito isso, com grandíssimo silêncio entraram no aposento onde ele estava dormindo e descansando das passadas refregas.

Chegaram-se a ele, que dormia bem livre e bem seguro de tal acontecimento, e, agarrando-o com força, amarraram-lhe muito bem os pés e as mãos, de forma que, quando ele despertou em sobressalto, não pôde mexer-se nem fazer outra coisa senão ficar admirado e suspenso de ver diante de si tão estranhos rostos, e logo foi para o que lhe representava continuamente a sua tresvariada imaginação, e supôs que todas aquelas figuras eram fantasmas desse castelo encantado, e que, sem dúvida alguma, estava ele já encantado também, pois não podia nem se mexer nem se defender, tudo exatamente como pensara que sucederia o cura, inventor da tramoia. De todos os presentes, só Sancho estava em seu juízo e na sua figura; e, ainda que pouco lhe faltava para ter as mesmas enfermidades que seu amo, não deixou de conhecer quem eram todos aqueles vultos disfarçados, mas não ousava abrir boca sem ver em que parava aquele assalto e prisão de seu amo, que também não dizia palavra, esperando para ver em que viria a dar a sua desgraça; e em que veio a dar tudo aquilo foi em trazerem ali a jaula, meterem-no para dentro e pregarem os paus com tanta força que não se arrancariam nem com fortes empuxões.

Levaram-no depois em charola[9] e, ao sair do aposento, ouviu-se uma voz temerosa, tanto quanto o barbeiro, não o da albarda, mas o outro, pôde fazê-la, e que dizia:

— Ó Cavaleiro da Triste Figura, não te aflija a prisão em que vais, porque assim convém para que mais depressa acabe a aventura em que o teu grande esforço te meteu; a qual terminará quando o furibundo leão manchego com a branca pomba tobosina se unir em doces laços, já depois de humilhada a nobre cerviz ao jugo matrimonial. Desse inaudito consórcio sairão à luz do orbe os bravos cachorros, que hão de imitar as mortíferas garras do valoroso pai; e isso acontecerá antes que o seguidor da fugitiva ninfa[10] por duas vezes visite as lúcidas imagens, com o seu curso rápido e natural. E tu, o escudeiro mais nobre e mais obediente que já teve espada à cinta, barbas no rosto e olfato nas ventas, não te aflija nem te descontente ver que levam assim, diante dos teus olhos, a flor da cavalaria andante, que bem rápido se aprouver a quem moldou o mundo, te verás tão alto e tão sublimado que não te conhecerás a ti próprio, e não sairão defraudadas as promessas que te fez o teu bom amo; e asseguro-te, da parte da sábia Mentironiana, que o teu salário te será pago, como poderás ver por obras; e segue as pisadas do valoroso e encantado cavaleiro, porque necessário é que vás ao sítio onde ambos haveis de parar; e, porque não me é lícito dizer outra coisa, ficai com Deus, que eu me vou para onde sei.

E, ao acabar a profecia, levantou a voz a tal ponto e abaixou-a depois com tão terno som que até os sabedores da burla estiveram quase a acreditar que era verdade o que ouviam.

---

[9] Padiola em que se levam as imagens sacras nas procissões; andor.
[10] O sol, representado alusivamente em Apolo perseguindo a esquiva Dafne.

Ficou Dom Quixote consolado com a profecia, porque logo coligiu a significação de toda ela e viu que lhe prometiam ver-se unido, em santo e justo matrimônio, com a sua querida Dulcineia del Toboso, de cujas felizes entranhas sairiam outros leões, que eram seus filhos, para glória perpétua da Mancha; e, acreditando nisso bem e firmemente, levantou a voz e, dando um grande suspiro, disse:

— Ó tu, quem quer que sejas, que tanto bem me prognosticaste, rogo-te que peças da minha parte ao sábio nigromante que tem as minhas coisas a seu cargo que não me deixe perecer nesta prisão, onde agora me levam, enquanto não vir cumpridas tão alegres e incomparáveis promessas, como são as que aqui se me fizeram; que, sendo assim, terei por glória as penas do meu cárcere e por alívio estas algemas que me cingem, e não por duro campo de batalha este leito em que me recostam, mas por macia cama e tálamo ditoso. E, no que diz respeito a Sancho Pança, meu escudeiro, confio da sua bondade e bom proceder, que não me deixará nem na próspera, nem na adversa fortuna, porque ainda que não suceda, por tua ou minha má ventura, poder-lhe dar a ilha ou outra coisa equivalente que tem prometida, pelo menos o seu salário não poderá perder-se, porque no meu testamento, que já está feito, deixo declarado o que se lhe há de dar, não conforme os seus muitos e bons serviços, mas conforme as minhas limitadas posses.

Inclinou-se-lhe Sancho Pança com muito comedimento e beijou--lhe ambas as mãos, não podendo beijar uma só, por estarem as duas amarradas.

Logo aquelas visões tomaram a jaula aos ombros e meteram-na no carro de bois.

## Capítulo XLVII
### DO MODO ESTRANHO COMO FOI ENCANTADO DOM QUIXOTE DE LA MANCHA, COM OUTROS FAMOSOS SUCESSOS

QUANDO DOM QUIXOTE se viu daquela maneira engaiolado, e em cima do carro, disse:

— Muitas e mui graves histórias tenho eu lido de cavaleiros andantes; mas nunca li, nem vi, nem ouvi, que os cavaleiros encantados sejam levados desta maneira, e com a demora que prometem estes preguiçosos e tardios animais; porque sempre os costumam levar pelos ares com estranha ligeireza, encerrados nalguma parda e densa nuvem, ou nalgum carro de fogo, ou sobre algum hipogrifo ou outro animal semelhante; mas que me levem num carro de bois, viva Deus, que me põe em confusão. Talvez a cavalaria e os encantamentos dos nossos tempos devam de seguir outro caminho do que seguiram antigamente; e também pode ser que, como eu sou cavaleiro único no mundo, e o primeiro que ressuscitei o já olvidado exercício da cavalaria aventurosa, também novamente se hajam inventado outros gêneros de encantamento e outros modos de levar os encantados. Que te parece, Sancho filho?

— Não sei o que me parece — respondeu Sancho —, por não ser tão lido como Vossa Mercê nas escrituras andantes; mas, com tudo isso, ousaria afirmar e jurar que essas visões, que por aqui andam, não são de todo católicas.

— Católicas! Pai do céu! — tornou Dom Quixote. — Como hão de ser católicas se são todos demônios, que tomaram corpos fantásticos para vir fazer isto e pôr-me neste estado? E, se quiseres ver esta verdade, toca-lhes e apalpa-os, e verás que os seus corpos são ar e que não têm mais que as aparências.

— Por Deus, senhor — redarguiu Sancho —, já lhes toquei; e esse diabo, que aqui anda tão solícito, é roliço de carnes e tem outra propriedade muito diferente da que eu ouvi dizer que têm os demônios, porque, segundo se conta, todos tresandam a enxofre e outros maus cheiros, mas esse a meia légua se conhece que recende a âmbar.

Dizia isso Sancho de Dom Fernando, que, como tão fidalgo que era, devia de estar enfrascado em aromas.

— Não te maravilhes disso, Sancho amigo — respondeu Dom Quixote —, porque devo te dizer que os diabos sabem muito e, ainda que tragam aromas consigo, eles a nada cheiram, porque são espíritos, ou se cheiram coisas boas não podem recender senão más e hediondas. E o motivo é que, estando o inferno onde quer que esteja, e não podendo eles receber alívio algum em seus tormentos, e a fragrância é deleite e consolação, não podem ter fragrâncias; e, se te parece que esse demônio que dizes cheira a âmbar, ou te enganas ou ele te quer enganar, para fazer que não o tenhas por demônio.

Todos esses colóquios se passaram entre amo e criado, e, temendo Dom Fernando e Cardênio que Sancho viesse a descobrir a sua invenção, em cujo encalço já andava, resolveram abreviar a partida, e, chamando de parte o estalajadeiro, ordenaram-lhe que selasse Rocinante e albardasse o jumento de Sancho, o que ele fez com muita presteza. Já nisso o cura ajustara com os quadrilheiros para que o acompanhassem até a sua aldeia, dando-lhes um tanto por dia. Pendurou Cardênio no arção da sela de Rocinante o escudo e a bacia e, por gestos, mandou que Sancho montasse no burro e levasse de rédea Rocinante, e colocou de cada lado do carro um quadrilheiro com a sua escopeta; mas, antes que se pusesse o carro em movimento, saiu a estalajadeira com sua filha e Maritornes, fingindo que choravam com pena da desgraça de Dom Quixote, e este disse-lhes então:

— Não choreis, minhas boas senhoras, que todas estas desventuras andam inerentes à minha profissão; e, se tais calamidades não me acontecessem, nunca eu me considerara famoso cavaleiro andante, porque aos cavaleiros de pouco nome e fama nunca esses infortúnios sucedem, porque não há no mundo quem se lembre deles; aos valorosos sim, que têm, por inveja de sua virtude e valentia, muitos príncipes e outros cavaleiros que procuram por más vias destruir os bons. Mas, com tudo isso, a virtude é tão poderosa que por si só, apesar de toda a nigromancia que soube o seu primeiro inventor, Zoroastes,[1] sairá vencedora de todos os transes e irradiará luz na terra, como o sol no firmamento. Perdoai-me, formosas senhoras, se, por descuido, algum desaguisado convosco pratiquei, que, por vontade e de ciência certa, nunca a ninguém os fiz; e rogai a Deus que me tire destas prisões, onde me colocou um mal-intencionado encantador; que, se delas me vejo livre, não me sairão da memória as mercês que neste castelo me fizestes, para vos agradecer, recompensar e servir como bem mereceis.

Enquanto isso se passava entre as três damas do castelo e Dom Quixote, o cura e o barbeiro despediram-se de Dom Fernando e dos seus companheiros, e do capitão e de seu irmão, e de todas aquelas contentíssimas senhoras, especialmente de Doroteia e Lucinda. Todos se abraçaram e ficaram de dar notícia, uns aos outros, do que lhes sucedesse, dizendo Dom Fernando ao cura para onde lhe havia de escrever a contar-lhe o que acontecesse a Dom Quixote, assegurando-lhe que não haveria coisa que mais gosto lhe desse do que o sabes; e que ele também lhe contaria tudo que visse que lhe poderia interessar, tanto o seu casamento como o batismo de Zoraida, e os sucessos de Dom Luís, e a volta de Lucinda para sua casa.

O cura prometeu fazer pontualmente tudo o que lhe mandava. Novamente se abraçaram e se fizeram novos oferecimentos. O estalajadeiro chegou-se ao cura e deu-lhe uns papéis, dizendo-lhe que os achara num forro da maleta onde se encontrou a *Novela do curioso impertinente*, e, que os levasse todos, visto que o dono nunca mais ali tornara, e, por ele não saber ler, não os queria. O cura agradeceu e, abrindo-os, viu que no princípio do escrito diziam: "Novela de Rinconete e Cortadilho",[2] e, vendo que era novela, coligiu logo que, sendo boa a do *Curioso impertinente*, esta seria também, pois talvez até fossem ambas do mesmo autor; e guardou-a, fazendo tenção de lê-la, assim que tivesse ensejo.

---

[1] Zoroastro ou Zaratustra, rei persa a quem se atribuiu um lapidário, quatro livros de filosofia natural e astrologia judiciária, além da invenção da magia.

[2] A novela *Rinconete e Cortadilho* foi publicada pela primeira vez em 1613, fazendo parte da coleção de *Novelas exemplares*; a descoberta do estalajadeiro confirma que a redação é anterior a 1604. Uma versão anterior é conhecida, copiada em 1606 por Francisco Porras de la Cámara para o cardeal Fernando Niño de Guevara, em Sevilha; no manuscrito apareciam também, com outros textos, *O ciumento da Estremadura* e *A tia fingida*, esta última de autoria muito discutida.

Montou a cavalo, e o mesmo fez o barbeiro seu amigo, com as suas máscaras, para que não fossem logo conhecidos por Dom Quixote, e partiram atrás do carro. E a ordem que levavam era a seguinte: primeiro ia o carro com o dono a guiá-lo, ao lado os quadrilheiros com as suas escopetas, como já se disse; seguia-se Sancho Pança no seu jumento, levando pela rédea Rocinante; atrás de tudo cavalgavam o cura e o barbeiro nas suas possantes mulas, com os rostos cobertos, com grave e descansado porte, não andando mais do que permitia o passo vagaroso dos bois. Dom Quixote ia sentado na jaula, de mãos atadas, pés estendidos e encostado às grades, com tanta mudez e paciência como se não fosse homem de carne, mas estátua de pedra. E, assim, naquele vagar e silêncio, andaram duas léguas, até que chegaram a um vale, que o carreiro entendeu que era lugar acomodado para dar aos bois descanso e pastagem; e, depois de conferenciar com o cura, foi o barbeiro do parecer de que andassem um pouco mais, porque sabia que por trás de uma encosta que dali se divisava havia outro vale mais arrelvado e muito melhor do que esse em que queriam parar. Aceitou-se o parecer do barbeiro e prosseguiram no seu caminho.

Nisso o cura voltou o rosto e viu que atrás dele vinham seis ou sete homens a cavalo, bem-postos e ajaezados, que depressa os alcançaram, porque caminhavam não com a pachorra e descanso dos bois, mas como quem montava em boas mulas de cônegos e desejava chegar depressa à estalagem, que ficava dali a menos de uma légua, para dormir a sesta. Chegaram os diligentes a par dos preguiçosos e cumprimentaram-se cortesmente; e um deles, que era cônego de Toledo e amo dos outros que o acompanhavam, ao ver a concertada procissão do carro, quadrilheiros,[3] Sancho, Rocinante, o cura e o barbeiro, e Dom Quixote engaiolado e preso, não pôde deixar de perguntar o que queria dizer levarem aquele homem daquele modo, ainda que já percebera, ao ver as insígnias dos quadrilheiros, que devia de ser algum salteador facínora, ou outro delinquente, cujo castigo tocasse à Santa Irmandade. Um dos quadrilheiros, a quem foi feita a pergunta, respondeu.

— Senhor, o que significa ir esse cavaleiro desse modo, ele que o diga, porque nós não sabemos.

Ouviu Dom Quixote a conversa e disse:

---

[3] Os quadrilheiros da Santa Irmandade usavam um uniforme verde que cobriam, se estivessem viajando, com um colete que deixava as mangas à vista. Estavam armados com escopeta e levavam, como símbolo de sua autoridade, a meia vara da qual já se fez menção mais acima.

— Por fortuna serão Vossas Mercês, senhores cavaleiros, versados e peritos em assuntos de cavalaria andante? Porque, se são, eu lhes comunicarei as minhas desgraças, e, se não são, não há motivo para que me canse a dizê-las.

A esse tempo, já tinham chegado o cura e o barbeiro, vendo que os viandantes estavam em prática com Dom Quixote de la Mancha, para responderem de modo que o seu artifício não se descobrisse.

O cônego, ao que Dom Quixote perguntou, respondeu:

— Em boa verdade posso dizer-vos que sei mais de livros de cavalaria do que das *Súmulas de Villalpando*,[4] de forma que, se não está em mais do que isso, podeis seguramente comunicar-me o que quiserdes.

— Louvado seja Deus — redarguiu Dom Quixote —, pois, sendo assim, quero que saibais, senhor cavaleiro, que vou encantado nesta jaula, por inveja e fraude de maus encantadores, porque a virtude mais é perseguida pelos maus do que amada pelos bons. Cavaleiro andante sou, e não daqueles de cujo nome nunca a fama se recordou para eternizá-los, mas dos que, a despeito e pesar da própria inveja, e de quantos magos criou a Pérsia, e brâmanes a Índia, e gimnossofistas[5] a Etiópia, hão de pôr o seu nome no templo da imortalidade, para que sirva de exemplo e ditado nos séculos futuros, onde os cavaleiros andantes vejam os passos que hão de seguir, se quiserem chegar à mais elevada glória que as armas podem dar.

— Diz bem verdade o Senhor Dom Quixote de la Mancha — acudiu o cura —, porque ele vai encantado nesta carreta, não por suas culpas e pecados, mas pela má tenção daqueles a quem a virtude enfada e a valentia incomoda. Este é, senhores, o Cavaleiro da Triste Figura, que talvez tenhais ouvido nomear, e cujas valorosas façanhas e grandiosos feitos serão escritos em duros bronzes e em eternos mármores, por mais que se canse a inveja em escurecê-los e a malícia em ocultá-los.

---

[4] Refere-se à *Summa Summularum* (1557) de Gaspar Cardillo de Villalpando, catedrático de Artes de Alcalá e filósofo aristotélico antiescolástico. As *Súmulas* são um resumo da dialética tradicional, contra a qual o próprio Villalpando se volta nas páginas do tratado: é uma destruição latente da dialética escolástica para reabilitar a leitura direta da obra de Aristóteles. O livro foi editado muitas vezes e traduzido ao castelhano por Murcia de la Llana. Existem inúmeros resumos e comentários dele.

[5] Os três tipos de encantadores — magos, brâmanes, gimnossofistas — aparecem na mesma ordem no livro XV das *Floridas* de Apuleio. Dos brâmanes se pensava na época que eram sacerdotes que seguiam a doutrina de Pitágoras. Os gimnossofistas, dos quais falam Plínio, Cícero e Santo Agostinho, e que reaparecem na lenda medieval de Alexandre, eram uma espécie de filósofos ascetas.

Quando o cônego ouviu falar em semelhante estilo, esteve para se benzer de admirado, e nem podia imaginar o que lhe acontecera, e na mesma admiração caíram todos os que com ele vinham. Nisso Sancho Pança, que se aproximara para ouvir a prática, exclamou:

— Agora, senhores, quer me queiram bem, quer me queiram mal pelo que eu disse, a verdade é que o Senhor Dom Quixote vai aí tão encantado como minha mãe que Deus haja; ele está em todo o seu juízo, come e bebe, faz todas as suas necessidades, como os outros homens, e como as fazia ontem antes que o engaiolassem. Sendo assim, como querem meter-me na cabeça que ele vai encantado? Pois não tenho ouvido dizer a muitas pessoas que os encantados não comem, nem dormem, nem falam, e meu amo, se não lhe forem à mão, é capaz de falar mais do que trinta advogados?

E, voltando-se para o cura, prosseguiu:

— Ah! Senhor cura, senhor cura! Pensará Vossa Mercê que não sei quem é? E pensará que não me calo e não adivinho onde vão ter estes novos encantamentos? Pois saiba que o conheço, por mais que tape a cara, e que o percebo, por mais que dissimule os embustes. Enfim, onde reina a inveja, não pode viver a virtude, nem onde há escassez, a liberalidade. Diabos levem o Diabo, que, se não fosse Vossa Reverência, já a estas horas meu amo e senhor estaria casado com a Princesa Micomicona, e eu seria conde, pelo menos, pois outra coisa não se podia esperar, tanto da bondade do meu senhor da Triste Figura como da grandeza dos meus serviços; mas já vejo que é verdade o que por aí se diz, que a roda da fortuna anda mais depressa que a roda de um moinho, e que os que ontem estavam nas grimpas hoje se acham estirados por terra. Pesa-me por meus filhos e por minha mulher, pois quando podiam e deviam esperar ver entrar seu pai pelas portas adentro feito governador ou vice-rei de alguma ilha ou reino, hão de vê-lo entrar sota-cavalariço. Tudo o que eu digo não é senão para encarecer a Vossa Paternidade que tenha consciência de como está sendo maltratado meu amo e repare bem, não lhe vá Deus pedir contas, na outra vida, dessa prisão e do bem que meu Senhor Dom Quixote deixar de fazer, durante o tempo em que estiver preso.

— Aduba-me essa lamparina![6] — acudiu o barbeiro. — Também vós, Sancho, sois da confraria do vosso amo? O Senhor nos valha! Vou vendo

---

[6] Expressão para gracejar de quem fala um despropósito.

que haveis de lhe ir fazer companhia na jaula e de ficar tão encantado como ele, por assim participardes do seu gênio e das suas cavalarias. Em hora má vos embutiu ele tantas promessas, e em má hora se vos meteu nos cascos a ilha que tanto desejais.

— Eu não tenho cá embutidos, nem sou homem que viva de lérias[7] — respondeu Sancho —, e, ainda que pobre, sou cristão-velho e não devo nada a ninguém; e, se desejo ilhas, outros desejam coisas piores e cada qual é filho das suas obras; e, sendo homem, posso vir a ser papa, quanto mais governador de uma ilha, podendo meu amo ganhar tantas que lhe falte a quem as dê. Vossa Mercê veja como fala, senhor barbeiro, que nem tudo é fazer barbas, e não há só basbaques no mundo; digo isto porque todos nos conhecemos, e a mim não me impinge gato por lebre; e, a respeito do encantamento de meu amo, Deus sabe onde estará a verdade, e fiquemos por aqui, que o melhor é não lhe mexer.

Não quis o barbeiro responder a Sancho, para que este não descobrisse com as suas simplicidades o que ele e o cura tanto procuravam encobrir; e, com esse mesmo receio, dissera o cura ao cônego que se adiantasse um pouco, para ele lhe contar o mistério do engaiolado, com outras coisas que o divertiriam. Acedeu o cônego e adiantou-se com ele e com os seus criados; ouviu atentamente tudo quanto o cura lhe disse da condição, vida, loucura e costumes de Dom Quixote, contando-lhe brevemente o princípio e a causa dos seus desvarios, e o que lhe sucedera até ser metido naquela jaula, e a tenção que tinham feito de levá-lo para a sua terra, a fim de ver se, por algum meio, achavam remédio à sua loucura. Admiraram-se de novo o cônego e os criados ao ouvir a peregrina história de Dom Quixote e, quando acabaram de ouvi-la, disse o cônego:

— Eu por mim, senhor cura, acho, na verdade, que são prejudiciais na república esses livros a que chamam de cavalaria; e ainda que li, arrastado por um gosto errado e vão, o princípio de quase todos os que estão impressos, nunca pude conseguir ler nenhum até o fim, porque me parece que pouco mais ou menos são todos a mesma coisa. E, no meu entender, esse gênero de composição assemelha-se ao que chamam fábulas milésias, que são esses contos disparatados que só tratam de deleitar e não de instruir, ao contrário do que sucede com as fábulas apologais,[8]

---

[7] Lábia, fala astuciosa que visa iludir, enganar outrem.
[8] As fábulas milésias, originárias de Mileto, na Jônia, eram disparatadas e absurdas; as apologais tendiam a dar exemplo com suas narrações.

que justamente deleitam e instruem; e, ainda que o principal intento de semelhantes livros seja deleitar, não sei como possam consegui-lo, estando cheios de tantos e de tão desaforados disparates que o deleite, que na alma se gera, deve resultar da formosura e harmonia que vê ou fantasia nas coisas que os olhos ou a imaginação apresentam, e tudo quanto é feio ou desconcertado não pode nos causar satisfação alguma. Pois que formosura ou que proporção pode haver num livro ou numa fábula em que um moço de dezesseis anos vibra uma cutilada a um gigante como uma torre e o racha de meio a meio como um alfenim?[9] Como havemos de acreditar que numa batalha, em que está de um lado um milhão de combatentes e do outro o herói do livro, este alcance a vitória só pelo valor do seu braço forte? E que diremos da facilidade com que uma rainha ou imperatriz presuntiva se deixa cair nos braços de um cavaleiro andante e desconhecido? Que espírito, a não ser de todo bárbaro ou inculto, poderá ficar deliciado ao ler que uma grande torre cheia de cavaleiros vai por esses mares adiante, como navio com vento de feição, e anoitece na Lombardia, e amanhece nas terras do Preste João das Índias, ou em outras que nem foram descritas por Ptolomeu nem vistas por Marco Polo?[10] E, se a isto me responder que os autores desses livros os escrevem como obras de imaginação e não ficam por isso obrigados a atender a delicadezas e verdades, direi que a mentira é tanto mais saborosa quanto mais verdadeira se afigura, e agrada tanto mais quanto mais se aproxima do possível. Hão de se casar as fábulas mentidas com o entendimento dos que as lerem, escrevendo-se de forma que, facilitando os impossíveis, nivelando as grandezas, suspendendo os ânimos, espantem, suspendam, alvorocem e entretenham de modo que andem juntas a admiração e a alegria e estas coisas todas não as poderá fazer quem fugir da verossimilhança e da imitação, em que consiste a perfeição do que se escreve.[11] Nunca vi um livro de cavalarias com unidade de ação, mas compõem-se de tantos membros que

---

[9] Massa de açúcar muito branca e consistente.

[10] Ptolomeu, geógrafo e astrônomo helenístico, cuja teoria do movimento dos astros e, por fim, seu sistema de localização de um ponto sobre a terra foi utilizado na cartografia até o tempo de Copérnico; Marco Polo, viajante veneziano, autor de *Il Milione*, o livro de viagens mais famoso da Idade Média, lido muitas vezes como obra de contexto épico e inclusive novelesco.

[11] O cônego sem dúvida expressa aqui um dos fundamentos de toda a teoria e da prática literária de Cervantes: a literatura busca provocar o interesse do leitor com ficções surpreendentes e inclusive maravilhosas, mas mantendo-as no terreno do razoável, de modo que se mesclem a fantasia e a verossimilhança.

mais parece que o autor quis formar uma quimera ou um monstro do que fazer uma figura proporcionada. Além disso, são duros no estilo, incríveis nas façanhas, lascivos nos amores, desjeitosos nas cortesias, prolixos nas batalhas, néscios nas razões, disparatados nas imagens e, finalmente, alheios a todo o artifício discreto e, por isso, dignos de serem desterrados da república cristã como coisa inútil.

O cura estava-o escutando com grande atenção e pareceu-lhe homem de bom entendimento, e que tinha razão em tudo quanto dizia; e redarguiu-lhe que, por ser do mesmo pensar e ter ódio aos livros de cavalaria, queimara todos os de Dom Quixote, que eram muitos. Contou-lhe a revista que lhes passara, os que deitara ao lume e os que deixara com vida, com o que muito se riu o cônego, que alegou que, apesar de ter dito mal desses livros, achava neles uma coisa boa, que era darem assunto para se poder manifestar um vivo engenho, porque tinham vasto e espaçoso campo, por onde podia correr a pena sem o mínimo obstáculo, descrevendo naufrágios, tormentas, reecontros e batalhas, pintando um capitão valoroso, com todas as partes que para isso se requerem, já estratégico prudente, prevenindo as astúcias dos seus inimigos, já eloquente orador, persuadindo ou dissuadindo os seus soldados, avisado no conselho, pronto na determinação, tão valente em esperar como em acometer; narrando ora um sucesso trágico e lamentável, ora um acontecimento alegre e impensado; ali uma dama formosíssima, honesta, discreta e recatada; aqui um cavaleiro cristão, valente e comedido; além um bárbaro, fanfarrão e desaforado; acolá um príncipe cortês, valoroso e gentil, representando a bondade e a lealdade dos vassalos, a grandeza e a liberalidade dos senhores. Ora se pode ostentar astrólogo, ora cosmógrafo excelente, ora músico, ora perito em assuntos de governo, e talvez lhe apareça ensejo de se manifestar nigromante, se quiser. Pode apresentar as astúcias de Ulisses, a piedade de Eneias, a valentia de Aquiles, as desgraças de Heitor, as traições de Sinon, a amizade de Euríalo, a liberalidade de Alexandre, o valor de César, a clemência e verdade de Trajano, a fidelidade de Zópiro, a prudência de Catão[12] e, finalmente, todas aquelas ações que fazem

---

[12] Ulisses, Eneias, Aquiles e Heitor são célebres por estarem imortalizados nas epopeias gregas e latinas; Sinon foi quem induziu os troianos a aceitar o cavalo de madeira; Euríalo foi célebre por sua amizade com Niso; Trajano, modelo de piedade; Zópiro foi fiel a Dario, rei da Pérsia, quando a Babilônia se rebelou.

perfeito um varão ilustre, ou pondo-as num só ou dividindo-as entre muitos. E, sendo isso feito com aprazível estilo e engenhosa invenção, de modo que se aproxime da verdade tanto quanto for possível, há de compor sem dúvida uma fina tela, entretecida de fios formosíssimos que, depois de acabada, se revele tão perfeita e linda que consiga o fim melhor a que se aspira nesses escritos, que é ensinar e deleitar juntamente, como já disse; porque a solta contextura desses livros dá lugar a que o autor possa mostrar-se épico, lírico, trágico, cômico, com todas as partes que encerram em si as dulcíssimas e agradáveis ciências da poesia e da oratória — que a epopeia tanto pode escrever-se em prosa como em verso.[13]

---

[13] A teoria literária clássica se baseava na épica, na tragédia e na comédia e desconhecia gêneros como os *romanzi* italianos (como o *Orlando furioso*) ou os livros de cavalaria espanhóis. Nas tentativas renascentistas de adaptar a poética antiga à literatura contemporânea, a narrativa de imaginação se associava com frequência à épica.

# Capítulo XLVIII

## ONDE PROSSEGUE O CÔNEGO A MATÉRIA DOS LIVROS DE CAVALARIA, COM OUTRAS COISAS DIGNAS DO SEU ENGENHO

— ASSIM É COMO VOSSA MERCÊ DIZ, senhor cônego — acudiu o cura —, e por esse motivo são mais dignos de repreensão os que até hoje têm composto semelhantes livros sem discrição nem respeito por arte e regras, que podiam guiá-los e tornar-se famosos em prosa como o são em verso os dois príncipes da poesia grega e latina.

— Eu pelo menos — redarguiu o cônego — tive certas tentações de escrever um livro de cavalarias, guardando todos os preceitos que apontei; até, para confessar a verdade, tenho já escritas mais de cem folhas, e, para ver se correspondiam à minha estimação, confiei-as a homens apaixonados por essa leitura, doutos e discretos, e a outros, ignorantes, que só atendem ao gosto de ouvir disparates, e de todos obtive agradável aplauso; mas, com tudo isso, não prossegui, não só por me parecer que ia me metendo em coisas alheias à minha profissão como por ver que é maior o número dos simples de espírito do que dos cordatos, e que, ainda que é melhor ser louvado pelos poucos sábios que fustigado pelos muitos néscios, não quero sujeitar-me ao confuso juízo do vulgo, que lê semelhantes livros. Mas o que mais me impediu de acabá-lo foi um argumento que tirei das comédias[1] que hoje se representam, dizendo

---

[1] Cervantes aponta que os livros de cavalarias foram substituídos pela comédia nova para satisfazer as necessidades de distração do público popular. "Que hoje se representam" refere-se aos anos imediatamente anteriores à publicação do *Quixote*; mais à frente, o cônego discorre sobre as comédias de uma época um pouco anterior, na qual Cervantes escreveu suas primeiras obras dramáticas, os anos 1580-1587. A oposição entre as comédias antigas e as que *então se representavam* está explicada pelo próprio Cervantes no prólogo a seu teatro.

comigo: se as comédias da voga, tanto as de pura imaginação como as que se fundam na história, são todas, ou a maior parte, verdadeiros disparates e coisas que não têm pés nem cabeça, e, com tudo isso, o vulgo as ouve com gosto e as considera e aprova como boas, estando tão longe de sê-lo; e os autores que as compõem e os atores que as representam dizem que estão muito bem assim, porque assim as quer o vulgo, e não de outra maneira; e que as que seguem os preceitos da arte servem só para quatro discretos que as entendem, e todos os outros ficam em jejum, sem compreender o seu artifício; e que a eles lhes fica melhor ganhar o pão com muitos do que fama com poucos, acontecerá o mesmo ao meu livro, depois de eu ter queimado as pestanas a guardar os referidos preceitos, e virei a ser como o "alfaiate do cantinho";[2] e, ainda que algumas vezes procurei persuadir aos atores que se enganam em seguir a opinião que seguem, e que mais gente hão de atrair, e hão de ganhar mais fama, representando comédias em que se não viole a arte, em vez de peças disparatadas, já tão aferrados estão ao seu parecer que não há razão nem evidência que os demova. Lembro-me de que um dia observei a um desses pertinazes: "Dizei-me, não vos recordais que há poucos anos se representaram na Espanha três tragédias que compôs um famoso poeta destes reinos, que foram tais que alegraram e suspenderam todos os que as ouviram, tanto os simples como os entendidos, tanto os do vulgo como os da flor do público, e deram só essas três mais dinheiro aos comediantes do que trinta das melhores que de então para cá se têm feito?". "Decerto Vossa Mercê se refere", tornou o ator, "à *Isabel*, à *Fílis* e à *Alexandra*?"[3] "A essas mesmas", repliquei eu, "e vede se não guardavam perfeitamente os preceitos da arte, e se por guardá-los deixaram de parecer o que eram e de agradar a todos. Logo a culpa não é do vulgo, que reclama disparates, mas sim dos que não sabem representar outra coisa. Não tinham disparates nem *A ingratidão vingada*, nem *A Numância*, nem *O mercador amante*, nem *A inimiga favorável*,[4] nem

---

[2] Alfaiate do cantinho, ou seja, do canto ou da esquina. "O alfaiate do cantinho cose de graça e dá o fio", diz o provérbio.

[3] São obras de Lupércio Leonardo de Argensola (a Fílis se perdeu) e devem ter sido escritas entre 1581 e 1584. Mais que tragédias de ordem clássica, são obras de transição entre o teatro classicista, com traços humanísticos, e a comédia nova.

[4] Comédia de Lope de Vega escrita entre 1585 e 1595, impressa em 1620; *A Numância*: tragédia do próprio Cervantes, que não se publicou antes de 1784; *O mercador amante*: comédia de Gaspar de Aguilar, de quem Cervantes, no prólogo às *Comédias e entremezes*, ressalta a agudeza; *A inimiga favorável*: comédia do cônego Francisco de Tárrega; no prólogo das *Comédias e entremezes* Cervantes elogia sua "discrição e inúmeros conceitos".

outras que foram compostas por alguns poetas entendidos, para seu renome e fama, e para lucro dos que as representaram." E outras coisas juntei a estas, deixando-o confuso, mas não convencido nem disposto a arredar-se do seu errado pensamento.

— Tocou Vossa Mercê num assunto, senhor cônego — acudiu o cura —, que despertou em mim um antigo rancor que tenho contra as comédias que se usam agora e que iguala o que voto aos livros de cavalarias, porque, devendo ser a comédia, segundo a opinião de Túlio,[5] espelho da vida humana, exemplo dos costumes e imagem de verdade, as que hoje se representam são espelhos de disparates, exemplos de necedades e imagens de lascívia. Pois que maior disparate pode haver no assunto de que tratamos do que aparecer uma criança no primeiro ato envolta nas faixas infantis e aparecer no segundo feito já homem barbado? E que maior desatino do que nos pintar um velho valente e um moço covarde, um lacaio retórico, um pajem conselheiro, um rei jornaleiro e uma princesa criada de servir? E que direi do modo como observam o tempo em que podem ou podiam suceder as ações que representam, senão que já vi comédias em que a primeira jornada principiou na Europa, a segunda na Ásia e a terceira acabou na África, de modo que, se houvesse quatro jornadas, a quarta findaria na América, e assim se teria passado em todas as quatro partes do mundo? E se a imitação deve ser o fim principal da comédia, como é possível que se satisfaça qualquer mediano entendimento com o assistir a uma ação, que, fingindo que se passa na época do Rei Pepino e de Carlos Magno, apresenta ao mesmo tempo, como personagem principal, o Imperador Heráclio, entrando com a cruz em Jerusalém, e, ganhando a Casa Santa como Godofredo de Bulhões,[6] havendo infinitos anos que separam um do outro; e, fundando-se a comédia em coisas fingidas, atribuir-lhe verdades históricas e misturar-lhe pedaços de outras, acontecidas a diferentes pessoas e em diferentes eras, e isto, não com traços verossímeis, mas com erros patentes e de todo o ponto indesculpáveis? E o pior é que há ignorantes que dizem que isto é que é a perfeição, e tudo o mais

---

[5] Marco Túlio Cícero não disse que a comédia é o espelho da vida, mas que é "*imitatio vitae, speculum consuetudinis, imago veritatis*". Aludindo a Cícero, diz Lope de Vega em sua *Arte nova de fazer comédias*: "Por isso Túlio as chamava espelho dos costumes e uma viva imagem da verdade".

[6] Pepino e seu filho Carlos Magno reinaram entre 714 e 814; o imperador bizantino Heráclio, entre 610 e 641; Godofredo de Bulhões, general da primeira cruzada e personagem principal da *Jerusalém liberada*, entrou na cidade em 1099.

é desacerto. E se falarmos agora das comédias divinas? Que milagres se fingem nelas! Que coisas apócrifas e mal-entendidas, atribuindo-se a um santo os milagres de outro! E até nas humanas se atrevem a fazer milagres, sem mais respeito e consideração que o parecer de que ali ficará bem o tal milagre e aparência, como eles chamam, para que gente ignorante pasme e concorra à comédia; tudo é em prejuízo da verdade e em menoscabo da história, e até em opróbrio dos engenhos espanhóis; porque os estrangeiros, que observam com muita pontualidade as leis da comédia, têm-nos na conta de bárbaros e ignorantes, vendo os absurdos e disparates das que fazemos. E não será bastante desculpa para isso dizer que o principal intento que têm as repúblicas bem-ordenadas, permitindo que se representem comédias, é o entreter o povo com algum honesto recreio e distraí-lo às vezes dos maus humores que sói gerar a ociosidade; e que, visto que isso se consegue com qualquer comédia, boa ou má, não há motivos para pôr leis nem obrigar os que compõem e representam a que as façam como deviam fazer-se, pois, como disse, com qualquer uma se consegue o que com elas se pretende. Ao que responderei eu que esse fim se conseguiria muito melhor, sem comparação alguma, com as comédias boas do que com as que não são, porque, de ter ouvido a comédia engenhosa e bem-ordenada, sairia o ouvinte alegre com as mentiras, ensinado com as verdades, admirado dos sucessos, discreto com as razões, avisado com os embustes, sagaz com os exemplos, irado contra o vício e namorado da virtude; que todos esses afetos há de despertar a boa comédia no ânimo do que a escutar, por mais rústico e torpe que seja, e é completamente impossível deixar de alegrar e entreter, satisfazer e contentar a comédia que tiver todos esses predicados, muito mais do que outra que deles carecer, como pela maior parte carecem essas que ordinariamente agora se representam. E não têm culpa disso os poetas que as compõem, porque alguns há que conhecem perfeitamente aquilo em que erram e sabem extremadamente o que devem fazer; mas, como as comédias se transformaram em mercadoria vendável, dizem, e dizem com razão, que os comediantes não lhas comprariam se não fossem daquele jaez; e assim o poeta procura acomodar-se ao que lhe pede o comediante que lhe há de pagar a obra. E que isso é verdade, vê-se nas muitas e infinitas comédias que compôs um felicíssimo engenho destes reinos,[7]

---

[7] Refere-se a Lope de Vega, cuja obra *Arte nova de fazer comédias* (1609), na parte que tem de autocrítica, concorda substancialmente com as observações do cônego.

com tanta gala, tanto donaire, tão elegante verso, tão boas razões, tão graves sentenças e, finalmente, tão resplandecentes de elocução e alteza de estilo que está o mundo cheio da sua fama; e, por querer acomodar-se ao gosto dos comediantes, não chegaram todas, como chegaram algumas, ao auge da perfeição que requerem. Outros as compõem tanto sem olhar o que fazem que, depois de representadas, veem-se os atores obrigados a fugir e ausentar-se, receosos de ser castigados, como têm sido muitas vezes, por terem representado coisas em desabono de reis e desonra de linhagens; e todos esses inconvenientes cessariam, e muitos mais ainda que não digo, se houvesse na corte uma pessoa inteligente e discreta, que examinasse todas as comédias antes que se representassem; não só as que se fizessem na corte mas todas as que se quisessem representar em Espanha, sem cuja aprovação, selo e firma nenhum alcaide, nos diversos lugares, deixasse representar comédia alguma; e, desta forma, os atores teriam cuidado de enviar as comédias à corte, e com segurança poderiam representá-las, e aqueles que as compõem olhariam com mais cuidado e estudo para o que faziam, receosos por terem de passar as suas obras pelo rigoroso exame dos entendedores. E, dessa forma, se fariam boas comédias e se conseguiria felicissimamente o que nelas se pretende, tanto o entretenimento do povo como a boa opinião dos talentos espanhóis, o interesse e a segurança dos atores e a poupança do cuidado de castigá-los. E se se encarregasse outro, ou esse mesmo, de examinar os livros de cavalarias que de novo se compõem, sem dúvida poderiam aparecer alguns com a perfeição que Vossa Mercê disse, enriquecendo a nossa língua com o precioso e agradável tesouro da eloquência, dando ocasião a que os livros velhos se escurecessem à luz dos novos, que se publicassem para honesto passatempo, não só dos ociosos mas dos mais ocupados, pois não é possível que esteja continuamente o arco retesado nem que a condição e fraqueza humana possa se sustentar sem algum lícito recreio.

Chegavam a esse ponto do seu colóquio o cônego e o cura quando, adiantando-se o barbeiro, dirigiu-se a eles e disse ao cura:

— Aqui, senhor licenciado, está o lugar que eu disse que era bom, para que, dormindo nós a sesta, pudessem ter os bois fresco e abundante pasto.

— Parece-me bem — respondeu o cura.

E, dizendo ao cônego o que tencionava fazer, também este quis ali ficar, enlevado com a vista do formosíssimo vale. E, tanto para gozar essa amenidade como para saborear a conversação do cura, e para saber mais por miúdo as façanhas de Dom Quixote, ordenou a alguns dos seus criados que fossem à estalagem, que estava ali perto, e trouxessem para todos o que houvesse de comer, porque resolvera passar naquele lugar a sesta: ao que respondeu um dos criados que a azêmola do repasto, que já havia de estar na estalagem, trazia provisões bastantes para não ser necessário comprar outra coisa que não fosse cevada.

— Pois, se assim é — disse o cônego —, levem daqui todas as cavalgaduras e tragam a azêmola.

Enquanto isso se passava, vendo Sancho que podia falar a Dom Quixote sem ser em presença do cura e do barbeiro, que tinha por suspeitos, chegou-se à jaula onde ia seu amo e disse-lhe:

— Senhor, para descargo da minha consciência, quero lhe dizer o que se passa acerca do seu encantamento; e é que esses dois que aqui vêm com os rostos encobertos são o cura e o barbeiro do nosso lugar, e suponho que tramaram levá-lo deste modo, de pura inveja que têm, por ver que Vossa Mercê pratica tão famosas façanhas. Sendo assim, claro se vê que não vai encantado, mas sim embaído e logrado. E, para prova disso, quero lhe perguntar uma coisa e, se me responder como espero, tocará com a mão neste engano e verá que não vai encantado, mas curado do juízo.

— Pergunta o que quiseres, Sancho, meu filho — tornou Dom Quixote —, que eu te satisfarei e responderei como tu desejas; e, quanto ao que dizes desses que aí vão serem o cura e o barbeiro, nossos compatriotas e conhecidos, poderá muito bem ser que pareça que são eles mesmos; mas não creias que realmente sejam; o que hás de crer e entender é que, se o parecem, como dizes, será porque os que me encantaram tomaram esse aspecto, porque é fácil aos nigromantes tomar a figura que querem, e talvez tomassem a desses nossos amigos para te darem ensejo de pensares o que pensas e meterem-te num labirinto de imaginações, da qual não conseguirias sair nem que tivesses o novelo de Teseu;[8] e também o fariam, talvez, para que eu vacile no meu entendimento e não possa atinar donde é que me vem este dano; porque, se por uma parte me dizes que me acompanham o cura e o barbeiro da nossa povoação, e por outra me vejo engaiolado, e de mim sei que

---

[8] O fio que Ariadne deu a Teseu para que pudesse sair do labirinto de Creta depois de matar o Minotauro.

forças humanas, não sendo sobrenaturais, não seriam bastantes para cativar-me, que queres que diga ou que pense, senão que o modo do meu encantamento excede quantos tenho lido em todas as histórias que tratam de cavaleiros andantes que foram encantados? Assim, bem podes ficar em paz e sossego quanto a serem os que tu dizes, porque tanto são eles como eu sou turco; e, pelo que toca a quereres-me perguntar alguma coisa, fala, que eu te responderei, ainda que estejas a fazer perguntas até amanhã.

— Valha-me Nosso Senhor — respondeu Sancho, dando um grande brado —, pois é possível que seja Vossa Mercê tão duro de cabeça e tão falto de miolo que não veja que é a pura verdade o que eu digo, e que nesta sua prisão e desgraça entra mais a malícia do que o encantamento? Mas, se assim é, quero lhe provar evidentemente que não vai encantado; senão, me diga, assim Deus o livre deste tormento, e assim se veja nos braços da minha Senhora Dulcineia quando menos pensar...

— Acaba de esconjurar-me — tornou Dom Quixote — e pergunta o que quiseres, que já te disse que te responderei com toda a pontualidade.

— Isso peço — redarguiu Sancho —, e o que desejo é que me responda, sem aumentar nem tirar coisa alguma, mas com toda a verdade, como se espera que digam e hão de dizer todos os que professam as armas, como Vossa Mercê professa, debaixo do título de cavaleiros andantes.

— Estou farto de te dizer que não mentirei em coisa alguma — respondeu Dom Quixote —; vê se perguntas, que, na verdade, me fatigas com tantos rogos e precauções, Sancho.

— Digo eu que estou certo da bondade e verdade de meu amo, e assim pergunto, falando com o devido respeito, porque faz muito ao caso do nosso conto, se, depois de Vossa Mercê ter sido engaiolado e encantado, como diz, já lhe deu vontade de fazer águas maiores e menores, como se costuma dizer?

— Não entendo isso de "fazer águas", Sancho; explica-te melhor, se queres que te responda direito.

— Será que não entende Vossa Mercê o que seja fazer águas menores ou maiores? Pois na escola desmamam-se os meninos com isso. Saiba, pois, que quero dizer que se lhe veio vontade de fazer o que não se escusa.

— Já, já te entendo, Sancho! E muitas vezes; e ainda agora a tenho. Tira-me deste perigo que já não saio limpo de todo!

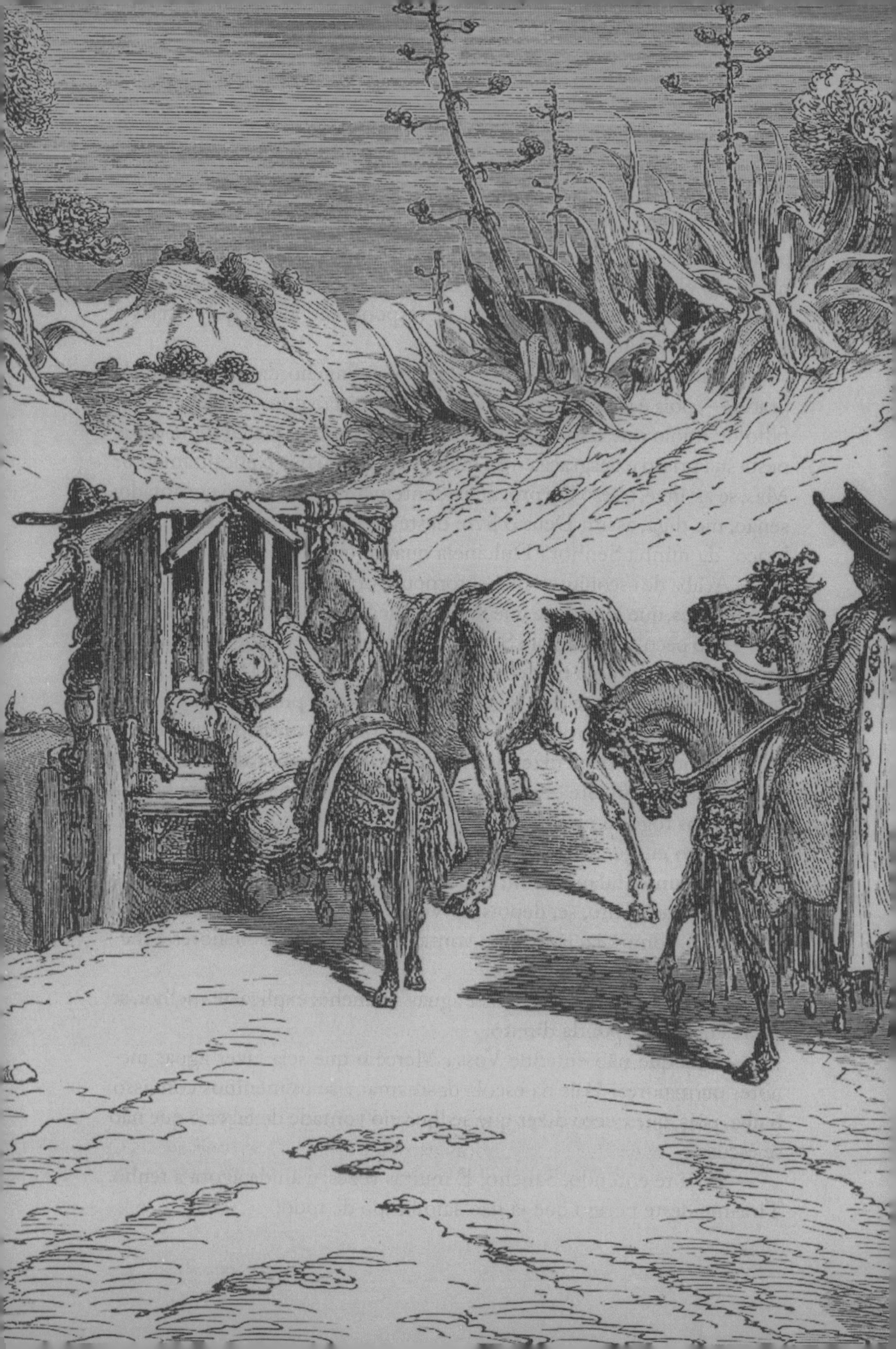

## Capítulo XLIX
### ONDE SE TRATA DO DISCRETO COLÓQUIO QUE SANCHO PANÇA TEVE COM SEU SENHOR DOM QUIXOTE

— AH — DISSE SANCHO —, apanhei-o; era isso o que eu desejava saber, tanto como a alma e como a vida. Ora venha cá, meu senhor; pode negar o que por aí se costuma dizer vulgarmente quando uma pessoa está maldisposta: "Não sei o que tem fulano que não come, nem bebe, nem dorme, nem responde com acerto ao que lhe perguntam, que não parece senão que está encantado"? Donde se conclui que os que não comem, nem bebem, nem dormem, nem fazem as obras naturais que eu digo estão encantados, mas que não o está quem tem a vontade que Vossa Mercê tem agora, quem bebe quando lhe dão de beber, e come quando tem de comer, e responde a tudo o que lhe perguntam.

— Dizes a verdade, Sancho — respondeu Dom Quixote —, mas eu já te disse que há muitos gêneros de encantamentos, e que pode ser que se mudassem com o tempo de uns para outros, e que se use agora fazerem os encantados tudo o que eu faço, apesar de não fazerem antes. De maneira que contra o uso dos tempos não há que arguir nem que tirar consequências. Sei e tenho para mim que estou encantado, e isso me basta para segurança da minha consciência, que ficaria sobressaltada se eu pensasse que não estava e me deixasse ir nesta jaula, preguiçoso e covarde, defraudando o amparo que poderia dar a muitos necessitados, que devem ter a estas horas extrema urgência do meu auxílio e valimento.

— Pois com tudo isso — redarguiu Sancho — entendo que, para maior sossego e satisfação, bom seria que Vossa Mercê experimentasse sair desse cárcere, que eu me obrigo a facilitar-lhe saída até onde eu puder, e que experimentasse montar no bom Rocinante, que também parece encantado, de melancólico e triste que vai; e, feito isso, que tentássemos de novo a sorte, a procurar mais aventuras, e, se não nos saíssemos bem, sempre seria tempo de voltar à jaula, em que prometo, à fé de bom escudeiro, encerrar-me junto com Vossa Mercê, se Vossa Mercê for tão desditoso e eu tão pateta que não consigamos o que acabo de dizer.

— Estou pronto, Sancho — redarguiu Dom Quixote —, e, quando vires, conjetura de pores por obra a minha liberdade, obedecer-te-ei em tudo e por tudo; mas verás, Sancho, como te enganas no que respeita à minha desgraça.

Nessas práticas se entretinham o cavaleiro andante e o mal andante escudeiro, até que chegaram aonde já os esperavam apeados o cura, o barbeiro e o cônego. Logo o carreiro tirou os bois do carro e deixou-os andar à vontade, por aquele verde e aprazível sítio, cuja frescura era convidativa, não para as pessoas tão encantadas como Dom Quixote, mas para sujeitos tão avisados e discretos como o seu escudeiro, que pediu ao cura que consentisse na saída de seu amo por um instante porque, se não o deixavam sair, não iria tão asseada a sua prisão como requeria o decoro de tão famoso cavaleiro. Entendeu-o o cura e disse que de muito boa vontade consentiria, se não receasse que, logo que Dom Quixote se visse em liberdade, desatasse a fazer das suas, e fosse para onde nunca mais se lhe pusesse a vista em cima.

— Fio por ele — respondeu Sancho.

— E eu também — disse o cônego —, e basta que ele me dê a sua palavra de cavaleiro de não se apartar de nós, senão por nossa vontade.

— Dou — respondeu Dom Quixote, que tudo estava escutando —, tanto mais que quem está encantado, como eu estou, não tem liberdade para fazer o que quiser, porque a pessoa que o encantou pode fazer que ele se não mova donde está nem em três séculos, e o fará andar em polvorosa se ele fugir. — E acrescentou que, sendo assim, podiam perfeitamente soltá-lo, de mais a mais, sendo tanto em proveito de todos, e que não o soltando lhes protestava que não poderia deixar de lhes melindrar o olfato, se eles não se desviassem.

O cônego tomou-lhe as mãos, apesar de amarradas, e soltaram-no debaixo de palavra, alegrando-se ele imenso por se ver fora da jaula; e a primeira coisa que fez foi estirar todo o corpo, depois correu logo ao sítio onde estava Rocinante e, dando-lhe duas palmadas nas ancas, disse:

— Ainda espero em Deus e na sua benta mãe, flor e espelho dos cavalos, que depressa nos havemos de ver ambos como desejamos; tu com teu amo às costas, e eu em cima de ti exercitando o ofício para que Deus me deitou ao mundo.

E, dizendo isso, apartou-se Dom Quixote com Sancho para um sítio desviado, donde voltou com mais alívio e mais desejos de pôr em obra o que o seu escudeiro ordenasse.

Olhava para ele o cônego, e admirava-se de ver a estranheza de sua grande loucura e de que em tudo o que dizia mostrava ter boníssimo entendimento, perdendo as estribeiras, como já se notou, quando se falava de cavalarias. E assim, movido de compaixão, depois de terem se sentado todos na verde relva, à espera da refeição do cônego, disse--lhe este:

— É possível, senhor fidalgo, que tanto pudesse com Vossa Mercê a insípida e ociosa leitura dos livros de cavalarias que lhe desse volta ao miolo, chegando a imaginar que vai encantado com outras coisas desse jaez, tão longe de serem verdadeiras como está longe a mentira da verdade? E é possível que haja entendimento humano que suponha que houve no mundo aquela infinidade de Amadises, e tantos famosíssimos cavaleiros, tanto imperador de Trapisonda, tanto Félix de Hircânia, tanto palafrém, tanta donzela andante, tantas serpes, tantos endríagos,[1] tantos gigantes, tantas inauditas aventuras, tanto gênero de encantamentos, tantas batalhas, tantos reecontros despropositados, tanta extravagância de trajes, tantas princesas enamoradas, tantos escudeiros condes, tantos anões graciosos, tanto bilhete, tanto requebro, tantas mulheres valentes, e, finalmente, tantas e tão disparatadas coisas como encerram os livros de cavalarias? Eu de mim sei dizer que, quando os leio, enquanto não ponho na mente que são tudo fábulas e leviandades, algum prazer me dão; mas, quando entro na conta do que valem, bato com o melhor de todos eles na parede, e ainda os atirara ao lume se o tivesse próximo ou presente, como merecedores de tal pena, por serem falsos e embusteiros, como inventores de novas seitas e de novo modo de vida, e como quem dá ocasião a que o vulgo ignorante venha a crer e ter por verdadeiras tantas necedades como as que eles encerram. E também tanto atrevimento

---

[1] Monstro lendário que devorava as virgens.

têm que ousam turbar os engenhos dos fidalgos discretos e bem-nascidos, como se mostra pelo que lhe fizeram a Vossa Mercê, que o levaram a termo de ser forçoso metê-lo numa jaula e transportá-lo sobre um carro de bois, como quem transporta de lugar para lugar algum leão ou tigre, para mostrá-lo por dinheiro. Eia! Senhor Dom Quixote, doa-se de si próprio e volte ao grêmio da discrição, e saiba usar da muita que ao céu foi servido dar-lhe, empregando o seu felicíssimo talento noutra leitura que redunde em proveito da sua consciência e acrescentamento da sua honra. E, se ainda levado da sua natural inclinação, quiser ler livros de façanhas e de cavalarias, leia na Sagrada Escritura o dos Juízes, que ali achará verdades grandiosas e feitos tão reais como denodados. Teve Lusitânia um Viriato, Roma um César, Cartago um Aníbal, Grécia um Alexandre, Castela um Conde Fernão González, Valência um Cid, Andaluzia um Gonçalo Fernández, Estremadura um Diogo García de Paredes, Xerez um Garci Pérez de Vargas, Toledo um Garcilaso, Sevilha um Dom Manuel de Leão, e a lição dos seus valorosos feitos[2] pode entreter, ensinar, deleitar e assombrar os mais altos engenhos que os lerem. Essa sim, essa é que será leitura digna do bom entendimento de Vossa Mercê, Dom Quixote senhor meu, de que sairá erudito na história, enamorado da virtude, ensinado na bondade, melhorado nos costumes, ousado sem temeridade, prudente sem covardia, e tudo isso para honra de Deus, proveito seu e fama da Mancha, donde, segundo soube, tira Vossa Mercê o seu princípio e origem.

Atentissimamente esteve Dom Quixote escutando as razões do cônego e, quando viu que terminara, e depois de tê-lo estado contemplando por largo espaço, disse:

— Parece-me, senhor fidalgo, que a prática de Vossa Mercê encaminhou-se a querer-me dar a entender que não houve cavaleiros andantes no mundo, e que todos os livros de cavalarias são falsos, mentirosos, danosos e inúteis para a república, e que fiz mal em lê-los, pior em acreditá-los e pessimamente em imitá-los, dando-me a seguir a duríssima profissão de cavaleiro andante que eles ensinam, e negou, além disso, que tivesse havido no mundo Amadises de Gaula ou da Grécia, e todos os outros aventurosos cavaleiros de que andam cheios os livros.

---

[2] Essa enumeração é uma verdadeira galeria de homens e guerreiros célebres: Gonçalo Fernández, o Grão-Capitão; Garcilaso de la Vega é um cavaleiro da guerra de Granada, que não se deve confundir com o poeta homônimo; Manuel de Leão, cavaleiro que entrou na jaula de um leão para recolher a luva de uma dama. Os demais já foram citados no decorrer desta história.

— Tal como Vossa Mercê vai relatando — interrompeu o cônego.

— Acrescentou também Vossa Mercê — continuou Dom Quixote — que tinham me feito grande dano tais livros, porque tinham me dado volta ao juízo e metido numa jaula, e que melhor seria que eu me emendasse, mudando de leitura e lendo outros mais verdadeiros, e que melhor deleitem e ensinem.

— Exato — tornou o cônego.

— Pois eu — replicou Dom Quixote — sustento que quem não tem juízo e quem vai encantado é Vossa Mercê, pois desatou a dizer tantas blasfêmias contra uma coisa tão bem acolhida no mundo e tida por tão verdadeira que aquele que a negasse, como Vossa Mercê a nega, mereceria a mesma pena que Vossa Mercê diz que dá aos livros, quando os lê e o enfadam; porque querer dizer que Amadis não existiu neste mundo, nem existiram todos os outros aventurosos cavaleiros de que estão cheias as histórias, será querer persuadir que o sol não alumia, nem o gelo arrefece, nem a terra pode conosco; pois diga-me, que engenho pode haver no mundo que persuada outrem de que não foi verdade o caso de Floripes com Gui de Borgonha e o de Ferrabrás com a ponte de Mantible, que sucedeu no tempo de Carlos Magno?[3] E voto a tal que é tão verdade como ser agora dia; e, se é mentira, também mentira será a existência de Heitor e de Aquiles, como a guerra de Troia e dos doze pares de França, e do Rei Artur de Inglaterra, que tem andado transformado em corvo e a cada instante o esperam no seu reino; e também se atreverão a dizer que é mentirosa a história de Guarino Mezquino,[4] a da demanda do Santo Graal,[5] e que são apócrifos os amores de Tristão e da Rainha Iseu[6] como os de Ginevra e Lançarote, apesar de existirem

---

[3] As peripécias de todos esses personagens são narradas na *História do imperador Carlos Magno e os doze pares de França* (Alcalá, 1589), uma das mais populares novelas de aventuras, reimpressa constantemente e resumida em folhetos soltos. A moura Floripes se apaixonou por Gui de Borgonha e protegeu os doze pares. A ponte de Mantible foi defendida pelo gigante Falafre, que cobrava caro a passagem.

[4] Pode referir-se tanto à *Crônica do nobre cavaleiro Guarino Mesquino*, tradução do *Guerrin Meschino* de Andrea della Barberino, como ao poema em oitavas *Il Meschino* escrito por Tullia d'Aragona (Veneza, 1560), de qualidade literária muito superior à novela.

[5] O Graal era a taça em que José de Arimateia havia recolhido o sangue de Cristo; demanda, em termos de cavalaria, é o ato de empenhar-se em uma empresa. A lenda do Graal, formalizada em um antigo poema francês, traduzido e impresso em espanhol com o título *La demanda del Santo Grial con los maravillosos hechos de Lanzarote y de Galaz su hijo*, está ligada ao ciclo do rei Artur e à figura de Percival.

[6] A lenda de Tristão e Isolda (Iseu) era conhecida na Espanha, sobretudo, pelo *Don Tristán de Leonís*, muitas vezes editado.

pessoas que quase se recordam de ter visto a Dona Quintanhona, que foi a melhor copeira de vinhos que teve a Grã-Bretanha. E é isso tão certo que me recordo de me dizer a minha avó paterna, quando via alguma dona com reverendas toucas: "Aquela, meu neto, parece a Dona Quintanhona"; donde concluo que ou a conheceu ou viu algum retrato dela. Pois quem poderá negar que seja verdadeira a história de Pierres e da formosa Magalona, quando ainda hoje se vê na armaria dos reis a manivela com que se voltava o cavalo de madeira em que ia montado por esses ares o valente Pierres, e que é um pouco maior que uma lança de carreta? E junto da manivela está o selim de Babieca, e em Roncesvalles está a trompa de Roldão, que é do tamanho duma grande viga; donde se infere que houve doze pares, que existiu Pierres, que houve Cides e outros cavaleiros semelhantes, desses que, diz o vulgo, andam à cata de aventuras. Senão, diga-me também que não é verdade ter sido cavaleiro andante o valente lusitano João de Merlo,[7] que foi a Borgonha e bateu na cidade de Arrás com o famoso Senhor de Charny, chamado Mossém Pierres; e depois na cidade de Basileia com Mossém Henrique de Remestán, saindo de ambas as empresas vencedor e senhor de honrosa fama; e as aventuras e desafios que também tiveram em Borgonha os valentes espanhóis Pedro Barba e Gutierre Quijada[8] (de cuja estirpe descendo por linha direta de varonia), vencendo os filhos do Conde de São Polo. Neguem-me também que Dom Fernando de Guevara fosse buscar aventuras na Alemanha, onde combateu com Micer Jorge, cavaleiro da casa do Duque de Áustria. Diga que foram mentiras as justas de Suero de Quinhones,[9] o do Passo; as empresas de Mossém Luís de Falces contra Dom Gonçalo de Guzmán,[10] cavaleiro castelhano, e outras muitas façanhas praticadas por cavaleiros cristãos, destes reinos e dos estrangeiros, tão autênticas e verdadeiras que, quem as negasse, careceria de razão e de bom discorrer.

---

[7] As empresas e façanhas que se enumeram a partir de agora são de cavaleiros espanhóis do século XV; a fonte de Cervantes parece ser a *Crônica de João II*. Observe-se que também as proezas resenhadas aqui e as que se dizem a seguir são de justas cavaleirescas — e, portanto, gratuitas — e não heroísmos guerreiros, que podiam ter sido encontrados na própria *Crônica*.

[8] Senhor de Villagarcia, eram primos e venceram em umas justas em Saint-Omer os filhos bastardos do conde de San Polo (Saint-Pol).

[9] A defesa da ponte de Órbigo, no caminho de Santiago, perto de Astorga, no ano 1434 por Suero de Quinhones e seus companheiros durante um mês, conhecida como *O passo honroso*, talvez tenha sido a façanha cavaleiresca do século XV mais bem conhecida na época de Cervantes, que pôde lê-la no epítome das atas editado por frei Juan Pineda em 1588. Suero de Quinhones morreu em 1458 em combate com Gutierre Quijada, o suposto antepassado de Dom Quixote.

[10] O desafio ocorreu em Valladolid em 1428, diante da corte de João II.

Ficou admirado o cônego de ver a misturada que Dom Quixote fazia de mentiras e de verdades e, por ver o conhecimento que ele tinha de todas as coisas tocantes e concernentes aos feitos dos seus cavaleiros andantes, respondeu-lhe da seguinte maneira:

— Não posso negar, Senhor Dom Quixote, que alguma coisa do que Vossa Mercê disse é verdade, especialmente no que toca aos cavaleiros andantes espanhóis; e também quero conceder que houve doze pares de França; mas não quero acreditar que fizessem tudo o que deles diz o Arcebispo Turpim; porque a verdade é que foram cavaleiros escolhidos pelos reis de França e que ficaram conhecidos como "pares", por serem todos iguais em valor, e em fidalguia; pelo menos, a não o serem, era de razão que o fossem; e constituíam como que uma dessas ordens religiosas que hoje se usam, como a de Santiago ou de Calatrava,[11] que se pressupõe que os que a professam hão de ser ou devem ser cavaleiros valentes e bem-nascidos; e assim como dizem agora cavaleiro de São João ou de Alcântara, diziam naquele tempo cavaleiro da ordem dos doze pares, porque foram doze iguais os que para essa religião militar se escolheram. Que existiu Bernardo não há dúvida, Bernardo del Carpio também; mas não acontece o mesmo com todas as grandes façanhas que se diz que fizeram. Quanto à manivela do Conde Pierres a que Vossa Mercê alude e que está junto do selim de Babieca na armaria dos reis, confesso o meu pecado e que sou tão ignorante ou tão curto de vista que, tendo reparado no selim, não dei pela manivela, apesar de ser tamanha como Vossa Mercê disse.

— Pois lá está sem dúvida alguma — redarguiu Dom Quixote —, e por sinal que dizem que está metida numa funda de vaqueta[12] para não criar mofo.

— Tudo pode ser — tornou o cônego —, mas, pelas ordens que recebi, não me recordo de tê-la visto; porém, ainda que conceda que lá está, nem por isso me obrigo a acreditar nas histórias de tantos Amadises, nem nas de semelhante turbamulta de cavaleiros, como por aí nos contam que tem havido, nem é razão que um homem como Vossa Mercê, tão honrado e de tão boas partes, e dotado de tanto entendimento, queira dizer que são verdadeiras tais e tão estranhas loucuras como as que estão escritas nos disparatados livros de cavalarias.

---

[11] Santiago, Calatrava, São João e Alcântara são as quatro ordens religiosas de natureza militar mais importantes e ricas na Castela dos séculos XVI e XVII.

[12] Couro de bezerro.

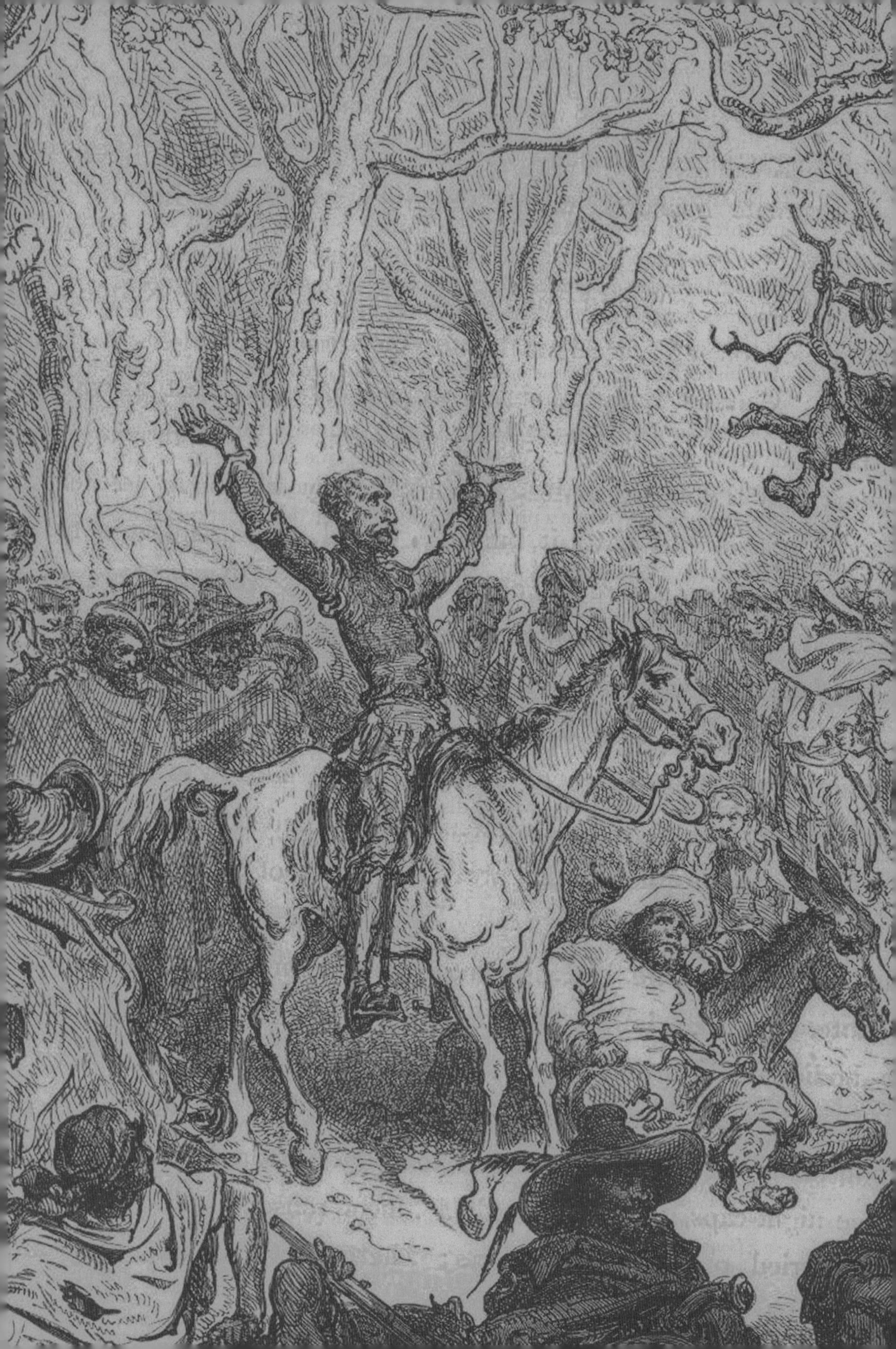

## Capítulo L
### DAS DISCRETAS ALTERCAÇÕES QUE DOM QUIXOTE E O CÔNEGO TIVERAM, COM OUTROS SUCESSOS

— BOA VAI ELA! — respondeu Dom Quixote. — Os livros que estão impressos com licença dos reis e com aprovação daqueles a quem se enviam, e que com gosto geral são lidos e celebrados por grandes e pequenos, pobres e ricos, letrados e ignorantes, plebeus e cavaleiros, e, finalmente, por todo gênero de pessoas de qualquer estado e condição que sejam, haviam de ser mentirosos, tendo de mais a mais tanta aparência de verdade, pois nos dizem quem foram os pais e as mães, os parentes e a pátria e a idade dos cavaleiros, e dia a dia minuciosamente as façanhas que praticaram, e o sítio onde as praticaram? Cale-se Vossa Mercê, não diga semelhante blasfêmia, e creia-se, que nisto lhe aconselho o que deve fazer como discreto; senão, leia-os e veja o prazer que a sua leitura lhe dá. Pois diga-me, há maior contentamento do que dizermos: aqui se nos mostra agora, como se estivéssemos vendo, um grande lago de piche a ferver em borbotões e a nadarem nesse lago serpentes, cobras e lagartos e outros muitos animais ferozes e espantosos, e sair do meio do lago uma voz tristíssima, que diz: "Quem quer que sejas, cavaleiro, que o temeroso lago estás mirando, se queres alcançar o bem que debaixo destas negras águas se encobre, mostra o valor do teu forte peito e arroja-te ao meio do negro e inflamado líquido; porque, se assim não o fizeres, não serás digno de ver as altas maravilhas que em si encerram e contêm os sete castelos das sete fadas, que debaixo desta negrura jazem", e que, apenas o cavaleiro acaba de ouvir a voz, sem mais reflexões e sem considerar o perigo a que se arrisca, e até sem despir as fortes e pesadas armas, encomendando-se a Deus e à sua dama, se arroja ao meio do refervente lago e, quando mal se precata e mal sabe onde vai parar, se encontra no meio duns floridos campos, que deixam os elísios a perder de vista? Ali lhe parece que é mais transparente o céu e que o sol brilha com mais vívida luz; oferece-lhe aos olhos uma aprazível floresta composta de viçosas e frondosas árvores, que lhe alegra a vista com o seu verdor e lhe afaga os ouvidos com o doce e não ensinado canto dos infinitos, pequenos e matizados passarinhos, que volteiam na intrincada ramaria. Aqui descobre um arroio, cujas frescas águas, que parecem líquidos cristais, correm sobre tênues areias e brancas pedrinhas, que se assemelham a ouro em pó e a puríssimas pérolas. Acolá vê uma fonte artisticamente construída com mármore liso e pintalgado[1] jaspe; outra mais adiante ordenada a brutesco,[2] onde as conchinhas dos mariscos e as retorcidas casas brancas e amarelas dos caracóis, engastadas em aparente mas bem-disposta desordem, e mescladas com luzentes cristais e finíssimas esmeraldas, formam um variado lavor; de maneira que a arte, imitando a natureza, parece aqui vencê-la. Eis de súbito que se lhe descobre um forte castelo ou um vistoso alcáçar, cujas muralhas são de ouro maciço, de diamantes as ameias,[3] e as portas de jacintos, e, finalmente, de tão admirável arquitetura que, apesar de serem diamantes, carbúnculos,[4] ouro, pérolas, rubins e esmeraldas os materiais que o formam, ainda o feitio é o de mais estimação; e, depois de ter visto tamanhas maravilhas, não é dobrado encanto ver sair pela porta do castelo um grande número de donzelas cujos trajes vistosos e gentis, se eu me pusesse agora a descrevê-los como as histórias os contam, me dariam largo assunto; e vir logo a principal dentre elas tomar pela mão o ousado cavaleiro que se arrojou ao lago fervente, levá-lo, sem dizer palavra, para dentro do rico alcáçar ou castelo e despi-lo, e banhá-lo de tépidas águas, e depois ungi-lo com as mais preciosas essências, e vestir-lhe uma camisa de finíssimo cendal,[5] toda recendente e perfumada, e virem outras donzelas e deitarem-lhe um manto aos ombros, manto que, pelo menos, costuma

---

[1] Multicolorido, sarapintado.

[2] "Brutesco" é deformação da palavra "grotesco" (en italiano, *grottesco*), estilo arquitetônico e pictórico que toma seu modelo das abóbadas subterrâneas (*grotte*) nas quais se encontrou a maior parte dos vestígios das pinturas murais romanas.

[3] Cada um dos parapeitos separados regularmente por merlões na parte superior das muralhas de fortalezas e castelos.

[4] Pedra preciosa, granada almandina.

[5] Tecido de seda ou linho, muito usado dos séculos IX ao XVII em vestuário de luxo, tapeçarias, cortinas, bandeiras, etc.

valer uma cidade e ainda mais? E quando em seguida nos contam que, depois disso, o levam para outra sala, onde acha as mesas postas com tanto gosto que ele fica suspenso e admirado? E deitarem-lhe às mãos água destilada de âmbar e de fragrantes flores? E fazerem-no sentar numa cadeira de marfim? E todas as donzelas a servirem-no, guardando maravilhoso silêncio? E trazerem-lhe tanta variedade de manjares, tão saborosamente guisados, que não sabe o apetite qual há de escolher? E ouvir a música que soa enquanto ele come, sem imaginar donde vem a voz e o mavioso acompanhamento? E, depois de acabada a comida e levantada a mesa, ficar o cavaleiro recostado na cadeira e talvez palitando os dentes, como é costume, e entrar a desoras pela porta da sala outra donzela muito mais formosa do que as primeiras e sentar-se ao lado do cavaleiro, e começar a dar-lhe conta de que castelo é aquele, e de como se acha ela ali encantada, com outras coisas que o suspendem e enchem de admiração os que leem a sua história? Não quero alargar-me mais nisso, pois daqui se pode coligir que qualquer parte que se leia de qualquer história de cavaleiro andante há de causar gosto e maravilha a quem a ler. Creia-me Vossa Mercê e, como já lhe disse, leia esses livros, e verá como lhe desterram a melancolia e lhe melhoram a condição, se acaso a tiver má. Eu de mim sei, que depois de me ter metido a cavaleiro andante, sou bravo, comedido, liberal, bem-criado, generoso, cortês, audaz, brando, paciente, sofredor de trabalhos, de prisões, de encantamentos, e ainda que há tão pouco tempo me vi metido dentro de uma jaula, como se fosse doido, espero, pelo valor do meu braço, ser dentro de poucos dias rei de algum reino, onde possa mostrar o liberal agradecimento que o meu peito encerra; que, por minha fé, senhor, está inabilitado o pobre de poder mostrar a pessoa alguma a virtude da generosidade, ainda que em sumo grau a possua, e a gratidão que só consiste no desejo é coisa morta, como é morta a fé sem obras. Por isso quereria que a fortuna me oferecesse depressa alguma ocasião de ser imperador, para mostrar o meu ânimo, fazendo bem aos meus amigos, especialmente a este pobre Sancho Pança, meu escudeiro, que é o melhor homem do mundo, e quereria dar-lhe um condado que há muitos dias lhe trago prometido, mas receio que não tenha habilidade para governar o seu Estado.

Sancho, ouvindo essas últimas palavras, disse para seu amo:

— Trabalhe Vossa Mercê, Senhor Dom Quixote, para me dar esse condado que há tanto tempo me promete, e eu espero, e lhe juro, que me não faltará habilidade para governá-lo; e, se faltar, tenho ouvido dizer que há homens no mundo que tomam de arrendamento os Estados dos senhores e lhes dão um tanto por ano, tratam do governo, e os senhores verdadeiros estão de perna estendida, gozando a renda que lhes dão, sem se importarem com mais nada; e é o que eu hei de fazer, e não hei de reparar muito no que gasto: desisto logo de tudo e passo a gozar da minha renda como um duque, e os outros que lá se avenham.[6]

— Isso, irmão Sancho — disse o cônego —, diz respeito ao gozar a renda; mas no administrar da justiça há de intervir o senhor do Estado, e aqui é que são necessários o bom juízo e a habilidade, e principalmente a boa intenção de acertar, que, se esta for errada nos princípios, irão sempre errados os meios e os fins; e assim costuma Deus ajudar o bom desejo do simples e desfavorecer o mau do discreto.

— Não sei lá dessas filosofias — respondeu Sancho Pança —, mas o que sei é que, assim que apanhasse o condado, logo saberia regê-lo, que eu tenho tanta alma como outro qualquer, e tanto corpo como quem o tiver maior, e tão rei seria eu do meu Estado como cada qual do seu, e sendo-o faria o que quisesse, e fazendo o que quisesse faria a minha vontade, e fazendo a minha vontade estaria contente, e uma pessoa, estando contente, não tem mais que desejar, e não tendo mais que desejar, acabou-se, e venha o Estado, e adeus, e vejamo-nos, como dizia um cego a outro.

— Não são más filosofias essas, como tu dizes, Sancho — observou o cônego —, mas, apesar de tudo, há muito que dizer nesse assunto de condados.

Ao que respondeu Dom Quixote:

— Não sei que mais haja de dizer; guio-me apenas pelo exemplo que me dá o grande Amadis de Gaula, que fez o seu escudeiro Conde da Ilha Firme; e assim posso, sem escrúpulo de consciência, fazer conde a Sancho Pança, que é um dos melhores escudeiros que já teve um cavaleiro andante.

Ficou admirado o cônego dos acertados disparates que Dom Quixote dissera, do modo como pintara a aventura do Cavaleiro do Lago, da impressão que lhe tinham feito as desvairadas fábulas dos livros que lera e, finalmente, pasmava da necedade de Sancho, que com tanto afinco

---

[6] "E não há mais o que dizer."

desejava alcançar o condado que seu amo lhe prometera. Já nisso voltavam os criados do cônego, que tinham ido à estalagem buscar a azêmola do repasto, e, fazendo de mesa uma esteira e a verde relva do prado, sentaram-se à sombra dumas árvores e jantaram ali, para que o carreiro não desaproveitasse a amenidade daquele sítio, como já fica dito. E, mal começaram a jantar, ouviram barulho e o som duma campainha, que vibrava de dentro dumas sarças e densas matas que ficavam perto, e no mesmo instante viram sair da espessura uma bonita cabra, malhada de negro, branco e pardo; e atrás dela vinha um cabreiro, dando-lhe brados e dizendo-lhe palavras meigas, para que se detivesse ou voltasse para o rebanho. A cabra fugitiva, temerosa e espavorida, veio para a gente que ali estava, como a pedir-lhe favor, e parou. Chegou o cabreiro e, agarrando-lhe nas pontas, como se ela fosse capaz de entendimento e de discorrer, disse-lhe:

— Ah! Serrana, serrana; Malhada, Malhada; por que foges tu? E como andas estes dias coxeando! Que lobos te espantam, filha? Não me dirás que é isto, linda? Mas que pode ser, senão que és fêmea e não podes estar sossegada? Mal haja a tua condição e a de todas aquelas que imitas. Volta, volta, amiga, que, se não estiveres tão satisfeita, pelo menos estarás segura no teu aprisco ou com tuas companheiras, que se tu, que hás de guiá-las e encaminhá-las, andas tão desencaminhada e tão sem juízo, onde pararão elas?

Deram contentamento as palavras do cabreiro aos que as ouviram, especialmente ao cônego, que lhe disse:

— Sossegai um pouco, irmão, por vida vossa, e não vos azafameis a fazer voltar tão depressa a cabra para o rebanho, que, se ela é fêmea, como dizeis, há de seguir o seu natural instinto, por muito que vos ponhais a estorvá-la. Tomai este bocado e bebei um pouco de vinho, com que abrandareis a cólera, e entretanto a cabra descansará.

E, ao dizer isso, estendeu-lhe na faca uma perna de coelho. O homem recebeu-a, agradeceu, bebeu, sossegou e disse:

— Não queria que, por eu ter falado tão a sério com este animal, me tivessem Vossas Mercês por homem parvo, que em verdade não deixam de ter o seu mistério as palavras que eu lhe disse. Sou rústico, mas não tanto que não entenda como se há de tratar com os homens e com os brutos.

— Nisso acredito eu — disse o cura —, que já sei, por experiência, que os montes criam letrados, e que as cabanas dos pastores encerram filósofos.

— Pelo menos, senhor — acudiu o cabreiro —, acolhem homens escarmentados;[7] e, para que acrediteis nessa verdade e a toqueis com a mão, ainda que pareça que, sem ser rogado, me convido, se não vos enfadais e quereis, senhores, atender-me um breve espaço, contar-vos-ei uma verdade que prove a minha, e o que aquele senhor disse — apontando para o cura.

E a isso respondeu Dom Quixote:

— Como vejo que este caso tem umas sombras de aventura de cavalaria, eu, pela minha parte, vos ouvirei, irmão, com muito boa vontade, e da mesma forma todos estes senhores, pelo muito que têm de discretos e de serem amigos de curiosas novidades, que suspendam, alegrem e entretenham os sentidos, como penso, sem dúvida, que há de fazer o vosso conto. Começai, pois, amigo, que todos escutaremos.

— Eu ponho-me de fora — disse Sancho —, que vou com esta empada para a beira daquele regato, onde tenciono fartar-me por três dias, porque tenho ouvido dizer meu Senhor Dom Quixote que um escudeiro de cavaleiro andante deve comer quando se lhe oferecer ocasião até não poder mais, porque às vezes têm de se meter por uma selva tão intrincada que não podem sair dela nem em seis dias e, se um homem não vai farto, ou de alforjes bem fornecidos, ali poderá ficar, como muitas vezes fica, mudado em múmia.

— Tens razão, Sancho — disse Dom Quixote —; vai aonde quiseres e come o que puderes, que eu já estou satisfeito e só me falta dar à alma a sua refeição, como lha darei escutando o conto desse bom homem.

— E o mesmo faremos nós — disse o cônego.

E logo pediu ao cabreiro que principiasse. O cabreiro deu duas palmadas no lombo da cabra, que segurava pelos chifres, dizendo-lhe:

— Recosta-te junto de mim, Malhada, que temos tempo de sobra para voltar ao nosso aprisco.

Parece que a cabra o entendeu, porque apenas ele se sentou, estirou-se-lhe ao lado, com muito sossego, e, olhando-lhe a cara, parecia estar atenta ao que ia dizendo o cabreiro, que principiou a sua história desta maneira:

---

[7] Que perdeu a esperança; desiludido.

## Capítulo LI

### QUE TRATA DO QUE CONTOU O CABREIRO A TODOS OS QUE LEVAVAM DOM QUIXOTE

A TRÊS LÉGUAS DESTE VALE fica uma aldeia que, apesar de pequena, é uma das mais ricas que há por todos estes contornos, e onde havia um lavrador muito estimado, e tanto que, apesar de andar a estimação quase sempre anexa à riqueza, mais o era ele pela virtude que tinha que pela opulência que alcançara. Mas o que o fazia mais ditoso, segundo dizia, era ter uma filha de tão extremada formosura, rara discrição, donaire e virtude, que aquele que a conhecesse e contemplasse se admiraria de ver os dons opimos[1] com que o céu e a natureza a tinham enriquecido. Sendo menina, já era formosa, e sempre foi crescendo em beleza, até que, na idade de dezesseis anos, chegou a ser formosíssima. A fama do seu gentil aspecto principiou-se a estender por todas as aldeias circunvizinhas. Que digo? Mais ainda chegou às remotas cidades e entrou até pelas salas dos reis e pelos ouvidos de toda a casta de gente, que de todas as partes a vinham ver como coisa rara ou como imagem maravilhosa. Guardava-a seu pai, e guardava-se ela a si, que não há cadeados, guardas nem fechaduras que defendam melhor uma donzela que as do próprio recato.

A riqueza do pai e a formosura da filha moveram muitos, tanto da povoação como forasteiros, a que a pedissem em casamento; mas o pai, como pessoa a quem tocava dispor de tão rica joia, andava confuso, sem saber resolver-se a qual a entregaria dos infinitos que o importunavam;

---

[1] Excelente, rico, fértil, de grande valor.

e, entre os muitos que tão bom desejo tinham, um fui eu, a quem deram muitas e grandes esperanças de bom êxito o ver que o pai sabia quem eu era, o ser natural da mesma aldeia, de sangue limpo e de idade florescente, de cabedais avultados e dotado de certo engenho. Com esses mesmos méritos a pediu também outro do mesmo lugar o que foi causa de se suspender e hesitar a vontade do pai, a quem parecia que com qualquer de nós estava sua filha bem empregada; e, para sair dessa confusão, resolveu dizê-lo a Leandra (assim se chama a opulenta que em tanta miséria me tem posto), advertindo que, visto sermos ambos iguais, era bom deixar à vontade de sua querida filha o escolher a seu gosto; coisa digna de ser imitada por todos os pais que querem casar suas filhas. Não digo que lhes deixem escolher pessoas más e ruins, mas que lhas proponham boas, e entre essas que escolham a seu gosto. Não sei qual foi o de Leandra; só sei que o pai nos foi entretendo a ambos, falando-nos na pouca idade de sua filha e com generalidades que nem o obrigavam nem nos desobrigavam. Chama-se o meu competidor Anselmo, e eu Eugênio, e digo-vos isto para que tenhais conhecimento dos nomes dos personagens que entram nesta tragédia, cujo fim ainda está pendente, mas que bem se deixa ver que há de ser desastroso.

Por esse tempo veio ao nosso povoado um tal Vicente de la Roca, filho de um pobre lavrador do mesmo lugar e que estivera servindo como soldado por essas Itálias e outras várias partes. Levou-o da nossa terra, sendo criança de menos de doze anos, um capitão que com a sua companhia por ali passou e voltou o moço dali a outros doze anos, vestido à militar, matizado de mil cores, cheio de mil dixes[2] de cristal e sutis cadeias de aço. Hoje punha uma gala e amanhã outra;[3] mas todas falsas e leves, de pouco peso e menor valor. A gente lavradora, que é de si maliciosa e, dando-lhe o ócio lugar, é a própria malícia, reparou nisso, contou minuciosamente as suas galas e donaires e notou que os fatos eram só três, de cores diferentes, com as suas ligas e meias, mas ele por tal forma os combinava que, se não os contassem, havia de haver quem jurasse que eram mais de dez trajes diversos e mais de vinte plumas, e não pareça impertinência e prolixidade isso que dos vestuários narrei, porque representam grande papel nesta história.

---

[2] Qualquer enfeite usado como adorno; bugiganga.
[3] Era norma nos soldados vestir-se de maneira ostentosa, com trajes multicoloridos, e adornar-se com plumas, em oposição à austeridade e a cor negra dos vestidos cortesãos, requeridos pelas leis contra o luxo.

Sentava-se num banco de pedra, que fica debaixo de um grande álamo na nossa praça, e ali nos tinha todos de boca aberta, suspensos das façanhas que ia contando. Não havia terra em todo o orbe que não tivesse visto nem batalha em que não se houvesse achado; matara mais mouros do que há em Marrocos e em Túnis, e entrara em mais singulares duelos do que Luna e Gante,[4] Diogo García de Paredes e outros mil que nomeava, e de todos saíra vencedor, sem que lhe houvessem tirado nem uma gota de sangue. Por outro lado mostrava cicatrizes que, apesar de não se poderem ver, dizia ele que eram de arcabuzadas recebidas em vários reencontros e facções.[5] Finalmente, com arrogância nunca vista, tratava por "vós" os seus iguais e os próprios que o conheciam, e dizia que o seu pai era o seu braço, a sua linhagem as suas obras, e que, sendo soldado, não ficava a dever nada ao próprio rei. Além dessas fumaças, era um pouco músico, tocava guitarra com desembaraço, de modo que diziam alguns que a fazia falar; mas não paravam aqui as suas prendas, que também era poeta e de qualquer puerilidade fazia um romance de légua e meia. Esse soldado, pois, que eu aqui pintei, esse Vicente de la Roca, esse bravo, esse galã, esse músico, esse poeta, foi visto e contemplado muitas vezes por Leandra, de uma janela que deitava para a praça. Enlevou-se no donzel, nos seus vistosos trajes; encantaram-na os seus romances, que, de cada um que compunha, dava este vinte cópias; chegaram aos seus ouvidos as façanhas que de si próprio referira; e, finalmente, que assim o Diabo o determinara, veio a enamorar-se dele, e ainda antes de ele pensar em solicitá-la. E, como nos casos de amor não há nenhum que com mais facilidade se cumpra do que aquele que tem pela sua parte o desejo da dama, com facilidade se combinaram Leandra e Vicente; e, antes que algum dos seus muitos pretendentes desse notícia do seu desejo, já ela o cumprira, tendo deixado a casa de seu extremoso pai, porque era órfã de mãe, e ausentando-se da aldeia com o soldado, que mais triunfara nessa empresa do que em todas as outras muitas de que se vangloriava. Admirou-se toda a aldeia de tão estranho caso, e não só a aldeia, mas todos os que dele tiveram conhecimento;

---

[4] Não se tem certeza de quem sejam esses dois personagens: poder-se-ia tratar do soldado espanhol Juan de Gante, que protagonizou um desafio narrado no *Carlo famoso*, e de Marco Antonio Lunel, de quem se contava um desafio publicado "por todas as mais principais partes de Itália". Recorde-se que "singular" designa o combate de um só cavaleiro contra outro.

[5] Feitos, façanhas.

eu fiquei suspenso, Anselmo atônito, o pai triste, os parentes afrontados, a Justiça solícita, os quadrilheiros alertas; tomaram-se os caminhos, esquadrinharam-se os bosques e tudo quanto havia, e ao cabo de três dias foram encontrar a caprichosa Leandra numa caverna de um monte, em camisa, sem os muitos dinheiros e as preciosíssimas joias que de sua casa levara. Trouxeram-na à presença do aflito pai, perguntaram--lhe pela sua desgraça, confessou, sem pressão, que Vicente de la Roca a enganara e, debaixo da palavra de ser seu esposo, lhe persuadiu que deixasse a casa de seu pai, que ele a levaria à mais rica e esplêndida cidade que havia no mundo, que era Nápoles; que ela, mal-avisada e ainda pior enganada, acreditara nele, roubando seu pai, fugiu com o fanfarrão, e que ele a levou a um áspero monte e a encerrou na caverna em que a tinham achado. Também disse que Vicente, sem tirar a sua honra, lhe roubou tudo quanto tinha e a deixou naquela caverna e se foi embora: sucesso que de novo causou espanto a todos. Difícil foi acreditar na continência do moço; mas ela tão deveras o afirmou que, afinal, o aflito pai se foi consolando, não fazendo caso das riquezas que lhe levaram, desde o momento que tinham deixado à sua filha a joia que, em se perdendo, não há esperança de que se recupere. No mesmo dia em que apareceu Leandra, sumiu com ela seu pai, que foi encerrá-la num mosteiro de uma vila aqui perto, esperando que o tempo em parte desfaça a má fama com que sua filha ficou. Os poucos anos de Leandra serviram de desculpa ao seu erro, pelo menos para aqueles que nenhum interesse tinham em que ela fosse má ou boa, mas os que conheciam a sua discrição e muito entendimento não atribuíram à ignorância o seu pecado, mas à sua desenvoltura e à natural inclinação das mulheres, que costuma ser em geral desatinada e descomposta.

Enclausurada Leandra, ficaram cegos os olhos de Anselmo, ou pelo menos sem terem objeto que mirar que lhes desse contentamento; os meus em trevas, sem luz que para coisa de gosto os encaminhasse. Com a ausência de Leandra crescia a nossa tristeza, apoucava-se a nossa paciência, maldizíamos as galas do soldado e abominávamos o pouco recato do pai da donzela. Finalmente, Anselmo e eu combinamos deixar a aldeia e vir para este vale, onde ele, apascentando uma grande quantidade de ovelhas que lhe pertencem, e eu um numeroso rebanho de cabras também minhas, passamos a vida entre as árvores, desabafando as nossas mágoas ou cantando juntos, ora os louvores, ora os vitupérios da formosa Leandra, ou suspirando a sós, comunicando ao céu sentidas queixas. A nosso exemplo, vieram para estes ásperos montes muitos outros dos pretendentes de Leandra, fazendo o mesmo que nós fazemos, e são tantos que parece que este sítio se converteu na pastoril Arcádia, de tão cheio de pastores e de apriscos, e não há aqui um recanto em que não se ouça o nome da formosa Leandra. Este a maldiz, chamando-lhe caprichosa, vária e desonesta; aquele a condena como leviana e fácil; há tal que a absolve e a perdoa, ou que a justiça a vitupere; um celebra a sua formosura, outro renega da sua condição e, enfim, todos a infamam e todos a adoram, e essa loucura a tanto se estende que há quem se queixe dos seus desdéns sem nunca lhe ter falado, e até quem se lamente e sinta a furiosa enfermidade dos zelos que ela nunca a ninguém causou, porque, segundo eu já disse, soube-se do seu pecado antes de se saber do seu desejo. Não há concavidades de rochedos, margens de arroio ou sombras de árvores que não estejam ocupadas por pastores que refiram aos ventos as suas desventuras; o eco, em todos os pontos em que pode formar-se, repete o nome de Leandra; Leandra, ressoam os montes; Leandra, murmuram os regatos, e Leandra a todos nos tem suspensos e encantados, esperando sem esperança e temendo sem saber o que tememos. Entre todos esses insensatos, o que se mostra a um tempo mais avisado e mais louco é o meu rival Anselmo, que, tendo tantas outras coisas de que se queixar, só se queixa da ausência e, ao som dum arrabil, que toca admiravelmente, com versos que mostram o seu engenho, a cantar se vai lamentando. Eu sigo outro caminho mais fácil e no meu parecer mais acertado, que é dizer mal da leviandade das mulheres, da sua inconstância, da sua doblez, das suas promessas descumpridas, de sua fé quebrantada e, finalmente, do pouco discorrer com que empregam os seus pensamentos e inclinações; e foi este o motivo, senhores, das palavras e razões que disse a esta cabra, quando aqui cheguei, que, por ser fêmea, pouco a prezo, apesar de ser a melhor do meu rebanho. É esta a história que prometi contar-vos. Se fui prolixo em narrá-la, não o serei menos em servir-vos; perto daqui tenho a minha choça e nela fresco leite e saborosíssimo queijo, variadas e maduras frutas, que não são menos agradáveis à vista que ao paladar.

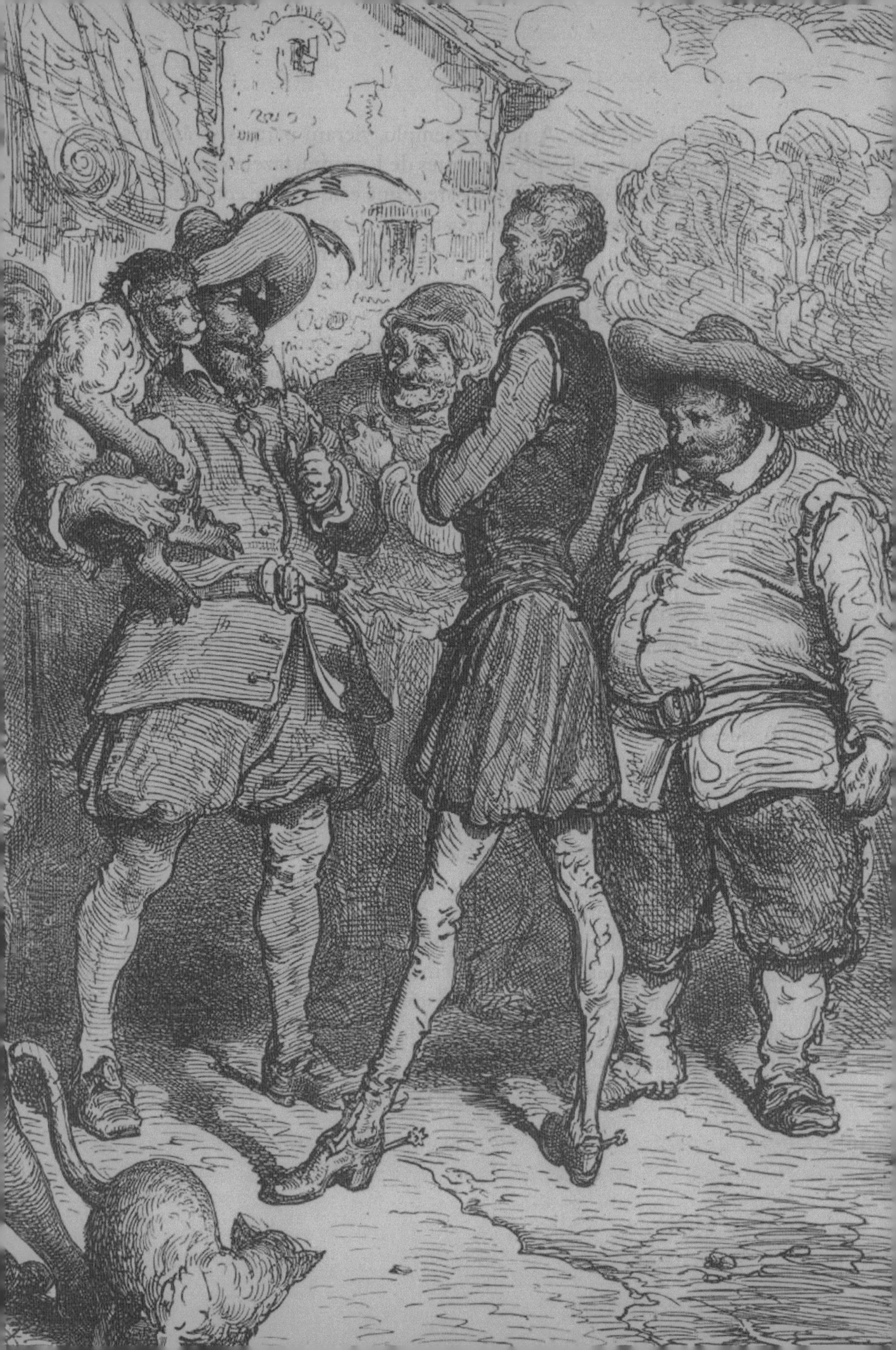

## Capítulo LII

### DA PENDÊNCIA QUE TEVE DOM QUIXOTE COM O CABREIRO, COM A RARA AVENTURA DOS PENITENTES,[1] A QUE FELIZMENTE DEU FIM À CUSTA DO SEU SUOR

CAUSOU PRAZER GERAL o conto do cabreiro a todos os que o tinham escutado. Com prazer mais especial o acolheu o cônego, que notou com estranheza e curiosidade o modo como ele o contara, menos de cabreiro rústico do que de discreto cortesão; e observou que acertara o cura dizendo que os montes criavam letrados. Todos ofereceram os seus serviços a Eugênio, mas quem se mostrou mais liberal foi Dom Quixote, que lhe disse:

— Decerto, cabreiro mano, que, se eu não me achasse impossibilitado de poder encetar qualquer aventura, logo me poria a caminho para vos fazer feliz, indo arrancar Leandra do mosteiro (onde, sem dúvida, deve estar contra sua vontade), apesar da abadessa e de quantos quisessem estorvá-lo, e pô-la-ia nas vossas mãos, para que dela fizésseis o que vos aprouvesse, guardando, porém, as leis da cavalaria, que ordenam que a nenhuma donzela se faça desaguisado algum, ainda que espero em Deus Nosso Senhor que não há de poder tanto a força de um malicioso nigromante que não a vença a de outro muito mais bem-intencionado, e, para então, vos prometo favor e ajuda, que a isso me obriga a minha profissão, que não é outra senão socorrer os desvalidos e necessitados.

Olhou para ele o cabreiro e, vendo a triste figura de Dom Quixote, admirou-se e perguntou ao barbeiro, que estava ao pé dele:

---

[1] Aqueles que, indo em procissão com a cabeça tapada com um capuz, dão açoites nas costas com disciplinas (cordas de algodão ou cânhamo que têm uma ponta metálica em sua extremidade), em cumprimento de algum voto ou para pedir algum favor celestial; havia penitentes de sangue, como os deste capítulo, e de luz, com tochas e círios.

— Senhor, quem é esse homem, que tem semelhante catadura e de tal modo fala?

— Quem há de ser — respondeu o barbeiro —, senão o famoso Dom Quixote de la Mancha, que desfaz agravos e é o amparo das donzelas, o assombro dos gigantes e o vencedor das batalhas?

— Isso se assemelha — respondeu o cabreiro — ao que se lê nos livros dos cavaleiros andantes, que faziam tudo o que deste homem Vossa Mercê me diz, ainda que tenho para mim ou que Vossa Mercê zomba, ou que esse fidalgo tem um parafuso a menos.

— Sois um grandíssimo velhaco — bradou Dom Quixote —, e vós é que tendes míngua de miolos, que eu tenho mais do que nunca teve nem há de ter a vossa patifa geração.

E, fazendo seguir às palavras as obras, deu com um pão na cara do cabreiro com tamanha fúria que lhe esmurrou o nariz; mas o homem, que não era para graças, vendo que assim o maltratavam, sem respeitar nem os que jantavam nem a improvisada mesa, saltou em cima de Dom Quixote e, agarrando-se-lhe ao pescoço com ambas as mãos, sem dúvida alguma o afogava, se Sancho Pança, acudindo, não o segurasse pelos ombros e não o fizesse cair de costas em cima da mesa, quebrando pratos e copos, e espalhando e entornando vinhos e manjares. Dom Quixote, apenas se viu livre, saltou no cabreiro que, com o rosto cheio de sangue, moído com socos e pontapés de Sancho, procurava, de gatinhas, alguma faca para tirar sanguinolenta vingança; mas estorvaram-lhe o cônego e o cura, e o barbeiro arranjou as coisas de modo que pôde Eugênio meter Dom Quixote debaixo de si, fazendo chover sobre ele tantos murros que do rosto do pobre cavaleiro pingava tanto sangue como do seu.

Rebentavam de riso o cônego e o cura, davam pulos de contentamento os quadrilheiros, e uns e outros açulavam os combatentes, como se faz aos cães; só Sancho Pança se desesperava porque não se podia descartar de um criado do cônego, que o impedia de ajudar seu amo.

Enfim, estando todos em regozijo e festa, menos os dois que se desancavam e se carpiam, ouviram o som de uma trombeta tão triste que lhes fez voltar as vistas para o sítio donde lhe pareceu que soava; mas quem se alvoroçou ao ouvi-lo foi Dom Quixote, que, apesar de estar debaixo do cabreiro muito constrangido e derreado, lhe disse:

— Demônio mano, que outra coisa não pode ser, pois que tiveste valor e forças para subjugar as minhas, rogo-te que façamos tréguas só por uma hora, porque o plangente som daquela trombeta que aos nossos ouvidos chega parece que me chama a alguma nova aventura.

O cabreiro, que já estava cansado de moer e de ser moído, largou-o logo, e Dom Quixote pôs-se de pé, voltando o rosto para o sítio donde vinha o som, e viu que por uma encosta desciam muitos homens, vestidos de branco e negro, à moda dos penitentes.

E era o caso que, naquele ano, tinham as nuvens negado à terra o seu benfazejo orvalho, e por todos os lugares daquela comarca se faziam procissões, preces e penitências, pedindo a Deus que abrisse as mãos da sua misericórdia e lhes desse chuva; e, para isso, a gente de próxima aldeia vinha em procissão a uma devota ermida, que havia na encosta do vale. Dom Quixote, que viu os estranhos trajes dos penitentes, sem lhe passarem pela memória as muitas vezes que havia de tê-los visto, imaginou que era coisa de aventura, e que a ele só tocava, sendo cavaleiro andante, o tentá-la: e mais o confirmou nessa fantasia pensar que uma imagem que traziam, coberta de luto, seria alguma dama principal, que levavam à viva força aqueles refeces[2] e desleais malandrins. E apenas isso lhe entrou no pensamento, arremeteu com grande ligeireza a Rocinante, que andava pastando, enfreou num momento, montou a cavalo, embraçou o escudo, pediu a Sancho a espada e disse em alta voz a todos os que estavam presentes:

— Agora, valorosa companhia, vereis quanto importa que haja no mundo quem professe a ordem da cavalaria andante; agora digo que vereis na liberdade daquela boa senhora que ali vai cativa se se hão de estimar ou não os andantes cavaleiros.

E, dizendo isso, aperta os ilhais a Rocinante, que esporas não as tinha, e vai a todo o trote (porque galopada não se lê em toda esta verdadeira história que Rocinante desse uma vez só) encontrar-se com os penitentes; e ainda que o cura, o barbeiro e o cônego correram a detê--los, já não lhes foi possível, e menos ainda o detiveram os brados que Sancho dava, dizendo:

— Aonde vai, Senhor Dom Quixote? Que demônios leva no peito, que o incitam a ir contra a nossa fé católica? Repare, mal haja eu, que essa procissão é de penitentes e que aquela senhora que levam na peanha[3]

---

[2] Que tem sentimentos ruins; infame, vil, ordinário.
[3] Pequeno pedestal onde se colocam imagem, estátua, cruz, busto, etc.

é a imagem bendita da Virgem Imaculada; veja o que faz, senhor, que dessa vez se pode dizer que não é o que sabe.

Debalde se fatigou Sancho, porque Dom Quixote ia tão ansioso de chegar aos embiocados e de livrar a senhora enlutada que não ouviu uma só palavra, e ainda que ouvisse, de nada serviria, porque não tornava atrás nem que lho mandasse el-rei. Chegou, pois, à procissão e sofreou Rocinante, que já ia com vontade de descansar o seu pedaço, e com voz turbada e rouca disse:

— Vós outros, que, talvez por não serdes bons, encobris os rostos, atendei e escutai o que quero vos dizer.

Os primeiros que se detiveram foram os que levavam a imagem, e um dos quatro clérigos que cantavam as ladainhas, vendo a estranha catadura de Dom Quixote, a magreza de Rocinante e outras circunstâncias que descobriu no cavaleiro, e que moviam a riso, respondeu dizendo:

— Irmão e senhor, se quer nos dizer alguma coisa, diga-a depressa, porque vão estes nossos irmãos penitentes flagelando as carnes e não podemos, nem é de razão, que nos detenhamos a ouvir coisa alguma, a não ser tão breve que em duas palavras se diga.

— Di-la-ei numa só — replicou Dom Quixote —, e é a seguinte: que deixeis livre imediatamente essa formosa senhora, cujas lágrimas e triste semblante dão claras mostras de que a levais contra sua vontade e que algum notório desaguisado lhe tereis feito: e eu, que vim ao mundo para desfazer semelhantes agravos, não consentirei que avanceis nem mais um passo sem lhe dardes a desejada liberdade que merece.

Por essas razões, entenderam todos os que as ouviram que Dom Quixote havia de ser louco e desataram a rir com vontade. Esse riso foi o mesmo que deitar pólvora na cólera de Dom Quixote, porque, sem dizer mais palavra, arrancando a espada, arremeteu ao andor. Um dos que o levavam, deixando a carga aos seus companheiros, saiu ao encontro de Dom Quixote arvorando uma forquilha ou bordão, em que assentava o andor nos descansos, e, aparando com ele uma grande cutilada que lhe atirou Dom Quixote, e que lho fez em dois pedaços, com o troço que lhe ficou desfechou tamanha bordoada no ombro de Dom Quixote, do lado oposto ao do escudo, que, não podendo apará--la, o pobre cavaleiro caiu no chão em muitos maus lençóis. Sancho Pança, que todo esbofado viera correndo atrás de seu amo, bradou ao desancador que não lhe desse mais bordoada, porque era um pobre cavaleiro encantado, que nunca em sua vida fizera mal a ninguém. Mas o que deteve o vilão não foram os brados de Sancho, foi ver que Dom

Quixote não bulia nem mão nem pé; e, assim, julgando que o matara, a toda a pressa arregaçou a túnica até à cintura e largou a correr pela campina, que nem um gamo.

Nisso chegaram todos os da companhia de Dom Quixote; mas os da procissão, que os viram vir correndo e, com eles, os quadrilheiros armados, recearam algum desatino, agruparam-se em torno da imagem e, levantando os capuzes, empunhando os penitentes as disciplinas e os clérigos os tocheiros, esperaram o assalto, resolvidos a defender-se e até, se pudessem, a ofender os seus agressores; mas a fortuna tudo fez pelo melhor, porque Sancho não pensou em outra coisa senão em atirar-se para cima do corpo de seu amo, supondo que estava morto, e fazendo sobre ele o mais doloroso e divertido pranto deste mundo. O cura foi reconhecido pelo seu colega, que ia na procissão, e esse conhecimento bastou para dissipar todos os sustos. O primeiro cura deu conta ao segundo, em breves palavras, de quem era Dom Quixote; e tanto ele como toda a turma de penitentes foram ver se o pobre cavaleiro estava morto, e ouviram que Sancho Pança dizia com lágrimas nos olhos:

— Ó flor da cavalaria! Que só com uma paulada acabaste a carreira dos teus anos, tão bem empregados! Ó honra da tua linhagem, glória e maravilha da Mancha, e até de todo o mundo, que, faltando-lhe tu, ficará cheio de malfeitores, sem receio de serem castigados pelas suas malfeitorias! Ó tu, mais liberal que todos os Alexandres, pois só por oito meses de serviço tinhas me dado a melhor ilha que o mar cinge e rodeia! Ó humilde com os soberbos e arrogante com os humildes, afrontador de perigos, sofredor de injúrias, namorado sem causa, incitador dos bons, açoite dos maus, inimigo dos ruins, enfim, cavaleiro andante, que é o mais que se pode dizer!

Com os brados e gemidos de Sancho reanimou-se Dom Quixote, e as primeiras palavras que disse foram:

— Quem de vós está ausente, dulcíssima Dulcineia, a maiores misérias do que estas anda sujeito. Ajuda-me, Sancho amigo, a meter-me no carro do encantamento, que não estou para oprimir a sela de Rocinante, porque tenho este ombro todo alanhado.[4]

— Isso farei com muito boa vontade, meu senhor — respondeu Sancho. — E voltemos à minha aldeia, em companhia destes senhores, que só desejam o seu bem, e ali daremos ordem a nova saída, que nos dê mais proveito e fama.

---

[4] Que se feriu; golpeado.

— Falas com acerto, Sancho — respondeu Dom Quixote —, e será grande prudência deixar passar o mau influxo das estrelas, que vai correndo agora.

O cônego, o cura e o barbeiro afirmaram-lhe que procederia muito bem fazendo o que dizia; e assim, tendo se divertido muito com as simplicidades de Sancho Pança, meteram Dom Quixote no carro, como antes vinha: a procissão voltou a ordenar-se e a prosseguir no seu caminho; o cabreiro despediu-se de todos; os quadrilheiros não quiseram ir mais adiante; o cônego pediu ao cura que lhe desse parte do que sucedia a Dom Quixote, se sarava da sua doidice ou se prosseguia com ela, e com isso pediu licença de seguir a sua viagem. Enfim, todos se dividiram e apartaram, ficando só o cura e o barbeiro, e Dom Quixote e Sancho Pança e o bom do Rocinante, que, em tudo isso, não mostrara menos paciência do que o seu dono.

O carreiro jungiu os bois e acomodou Dom Quixote em cima de um molho de feno, e, com a sua costumada fleuma, seguiu o caminho que o cura quis, e ao cabo de seis jornadas chegaram à sua aldeia, onde entraram no pino do dia, que aconteceu ser domingo, e estava toda a gente na praça, por meio da qual atravessou o carro de Dom Quixote. Acudiram todos a ver o que ali vinha e, quando conheceram o seu compatriota, ficaram maravilhados, e um rapaz foi logo correndo dar à ama e à sobrinha a notícia de que o seu tio e patrão vinha magro e amarelo, em cima de um molho de feno, dentro de um carro de bois. Foi grande lástima ouvir os gritos que as duas pobres senhoras soltaram, as bofetadas que deram nas faces e as maldições com que de novo fulminaram os endiabrados livros de cavalarias, o que tudo se renovou quando viram entrar Dom Quixote pela porta adentro.

Às novas da vinda do fidalgo, acudiu a mulher de Sancho Pança, que já sabia que seu marido fora com ele servindo-lhe de escudeiro; assim que viu Sancho, a primeira coisa que lhe perguntou foi se o burro vinha bom. Sancho respondeu que vinha melhor que o dono.

— Louvado seja Deus — redarguiu ela —, que tanto bem me tem feito; mas conta-me agora, que lucraste com as tuas escudeirices? Que saiote me trazes? Que sapatos para teus filhos?

— Não trago nada disso, mulher — disse Sancho —, mas trago coisas de mais consideração e valor.

— Muito me apraz o que dizes — tornou a mulher —; mostra-me essas coisas de mais consideração e valor, meu amigo, para que se me alegre este coração que tão triste e desconsolado esteve sempre, durante os séculos da tua ausência.

— Em casa tas mostro, mulher — disse Pança —, e por agora sossega, que, sendo Deus servido que outra vez saiamos de viagem, à cata de aventuras, ver-me-ás bem depressa conde ou governador de uma ilha, e não das que por aí há, mas das melhores que se possam encontrar.

— Deus o queira, marido, que bem o precisamos. Mas dize-me o que vem a ser isso de ilhas, que eu não entendo.

— Não é o mel para a boca do asno — respondeu Sancho —; a seu tempo o verás, mulher, e então pasmarás de ouvir todos os teus vassalos a darem-te senhoria.

— Que é o que dizes, Sancho, de senhorias, ilhas e vassalos? — respondeu Joana Pança, que assim se chamava a mulher de Sancho, apesar de não serem parentes, mas porque é costume na Mancha tomarem as mulheres o apelido dos maridos.

— Não queiras saber tudo tão depressa, Joana; basta conheceres que eu digo a verdade, e dá um ponto na boca: só te direi, assim de passagem, que não há coisa mais saborosa neste mundo do que ser um homem honrado escudeiro de um cavaleiro andante, que sai à cata de aventuras. É bem verdade que a maior parte das que se acham não vêm tanto ao nosso gosto como uma pessoa quereria, porque, de cem que se encontram, noventa e nove costumam ser avessas e torcidas. Sei-o eu por experiência, porque de algumas saí manteado e de outras moído; mas, com tudo isso, é linda coisa esperar os acontecimentos, atravessando montes, esquadrinhando selvas, calcando penhas, visitando castelos, pousando em estalagens, à discrição, sem pagar um maravedi só que seja.

Todas essas práticas se passaram entre Sancho Pança e Joana Pança, sua mulher, enquanto a ama e a sobrinha de Dom Quixote o receberam e o despiram, e o meteram na sua antiga cama. Olhava-as ele de revés, e não podia perceber onde é que estava. O cura disse à sobrinha que tivesse todo o desvelo com seu tio e o animasse bem, e que estivessem alerta, para que outra vez não se lhes escapasse, contando o que fora mister para o trazer para casa. Aqui levantaram ambas de novo brados ao céu, ali se renovaram as maldições aos livros de cavalarias, ali pediram a Deus que confundisse, no centro do abismo, os autores de tantas mentiras e disparates. Finalmente, ficaram confusas e receosas de se verem outra vez sem seu amo e tio assim que ele se sentisse melhor, e assim aconteceu como imaginavam elas.

Mas o autor desta história, apesar de ter procurado com diligência e curiosidade os feitos que praticou Dom Quixote na sua terceira saída, não pôde achar notícias deles, pelo menos por escritores autênticos: só a fama guardou, nas memórias da Mancha, que Dom Quixote, na terceira vez que saiu de sua casa, foi a Saragoça, onde se achou numas famosas justas que naquela cidade se fizeram,⁵ e ali lhe aconteceram coisas dignas do seu valor e bom engenho. Nem do seu fim e acabamento alcançaria ou saberia coisa alguma, se a sua boa sorte não lhe houvesse deparado um médico antigo que tinha em seu poder uma caixa de chumbo, que, segundo ele disse, se achara no derrocado cimento duma velha ermida que se renovara: nessa caixa tinham se encontrado uns pergaminhos, escritos em letras góticas, mas com versos castelhanos, que continham muitas das suas façanhas e davam notícia da formosa Dulcineia del Toboso, da figura de Rocinante, da fidelidade de Sancho Pança e da sepultura do próprio Dom Quixote com diferentes epitáfios e elogios da sua vida e costumes, e os que se puderam ler e tirar a limpo foram os que aqui põe o fidedigno autor desta nova e nunca vista história. Autor esse que não pede aos que a lerem, em prêmio do imenso trabalho que lhe custou investigar e revolver todos os arquivos manchegos, para dá-la à luz, senão que lhe deem o mesmo crédito que costumam dar aos livros de cavalarias, que tão benquistos são por esse mundo; que com isso se dará por bem pago e satisfeito, e se animará a procurar e a dar à luz outras, se não tão verdadeiras, pelo menos de igual invenção e recreio.

As primeiras palavras que estavam escritas no pergaminho que se encontrou dentro da caixa de chumbo eram estas:

Os Acadêmicos de Argamasilha,⁶
lugar da Mancha, sobre a vida e morte do valoroso
Dom Quixote de la Mancha,
*Hoc Scripser unt*⁷

---

⁵ A Confraria de São Jorge mantinha torneios cavaleirescos em Saragoça até princípios do século XVII. O desejo de assistir a essas justas se repete no segundo volum: só no capítulo LX é que Dom Quixote renunciará a esse destino, para desmentir Avellaneda.

⁶ A localização de uma academia literária em Argamasilha — seja esta a de Alba ou a de Calatrava — é meramente burlesca e serve apenas para criar o contexto em que vão se situar os poemas e os nomes fictícios dos poetas autores desses epitáfios, que funcionam como fechamento estrutural dos versos preliminares.

⁷ "Escreveram isso"; o uso do latim serve tanto para dar um contexto pedante e burlesco aos epitáfios como para recordar os poemas em latim macarrônico que abundavam em justas literárias e paródias acadêmicas.

## O MONICONGO,⁸ ACADÊMICO DE ARGAMASILHA, À SEPULTURA DE DOM QUIXOTE

### EPITÁFIO

O tresloucado que adornou a Mancha
de mais despojos que Jasão⁹ de Creta;
o juízo, que teve a grimpa inquieta
bicuda, quando fora melhor ancha;

O braço que a sua força tanto ensancha,
que chegou do Catai até Gaeta,¹⁰
a Musa mais horrenda e mais discreta
que versos foi gravar em brônzea prancha;

Quem bem longe deixou os Amadises,
e em pouco os Galaores¹¹ avaliou,
estribado no amor, na bizarria:

Quem soube impor silêncio aos Belianises,
quem, montado em Rocinante, vagueou,
jaz morto, enfim, sob esta lousa fria.

---

⁸ Nome do soberano e dos súditos do reino Congo, nas margens do Zaire; em comparação aos outros negros africanos, dizia-se que eram muito inteligentes e falavam "por metáforas e circunlóquios agradáveis".

⁹ Personagem da tragédia *Medeia*, que foi em busca do velocino de ouro. Jasão era da Tessália; atribuí-lo a Creta é pura paródia de falsa erudição, que combina bem com os poemas burlescos de academia.

¹⁰ Catai: China; Gaeta: porto próximo de Nápoles. Angélica, a amada de Orlando, era princesa do Catai; em Gaeta, o Grão-Capitão venceu os franceses.

¹¹ Galaor: irmão de Amadis de Gaula.

## DO APANIGUADO,[12] ACADÊMICO DE ARGAMASILHA, *IN LAUDEM DULCINEAE DEL TOBOSO*[13]

### SONETO

Esta que vês de rosto amondongado,[14]
alta de peitos, e ademã brioso,
é Dulcineia, rainha del Toboso,
de quem esteve o grão Quixote enamorado.

Pisou por ela um e o outro lado
da grande Serra Negra,[15] e o bem famoso
Campo de Montiel, e o chão relvoso
de Aranjuez, a pé e fatigado.

Culpa de Rocinante! Ó dura estrela!
Que esta manchega dama, a este invicto
andante cavaleiro, em tenros anos

Ela deixou, morrendo, de ser bela,
ele, ainda que em mármores inscrito,
não evitou o amor, iras e enganos.

---

[12] Aquele que é favorito, protegido, afilhado.
[13] "Em elogio de Dulcineia del Toboso."
[14] De mondongo, indivíduo de aparência desmazelada, suja.
[15] Serra Morena, com hipérbole, tanto para evitar o nome vulgar como para evocar os acontecimentos desgraçados padecidos ali.

## DO CAPRICHOSO, DISCRETÍSSIMO ACADÊMICO DE ARGAMASILHA, EM LOUVOR DE ROCINANTE, CAVALO DE DOM QUIXOTE DE LA MANCHA

### SONETO

No alto e soberbo trono diamantino,
quem com sangrentas plantas pisa Marte,
o manchego frenético o estandarte
tremula, com esforço peregrino.

Pendura as armas e o aço fino,
com que assola, destroça, racha e parte!
Novas proezas! Mas inventa a arte
um novo estilo ao novo paladino.

Se do seu Amadis se orgulha a Gaula,
por cuja prole a Grécia gloriosa
mil vezes triunfou e a fama ensancha;

Cinge a Quixote um diadema a aula
a que preside a deusa belicosa,[16]
e orgulha-se dele a altiva Mancha.

Nunca as suas glórias o olvido mancha,
pois que até Rocinante em ser galhardo
excede a Brilhadoro, vence a Baiardo.[17]

---

[16] É a deusa romana da guerra, irmã ou filha de Marte.
[17] Cavalos de Orlando e Reinaldo de Montalbán no *Orlando furioso*.

## DO BURLADOR,
## ACADÊMICO ARGAMASILHESCO,
## A SANCHO PANÇA

### SONETO

Pobre de corpo, de bravura rico,
Sancho Pança aqui jaz: é coisa estranha!
Escudeiro mais simples, mais sem manha,
não teve o mundo, juro e certifico!

P'ra ser conde faltou-lhe só um nico,
se não conspira contra ele a sanha
desta idade mesquinha, vil, tacanha,
que nem sequer perdoa a um burrico.

No burro andou (e com perdão se diga!)
este manso escudeiro, atrás do manso
Rocinante e do seu dono bisonho.

Ó vãs esp'ranças! E mais vã fadiga!
Nunca deixais de prometer descanso,
e tudo acaba em sombra, em fumo, em sonho.

## DO CACHIDIABO,[18] ACADÊMICO DE ARGAMASILHA, NA SEPULTURA DE DOM QUIXOTE

### EPITÁFIO

Aqui jaz o cavaleiro
bem moído e mal andante,
que, montado em Rocinante,
percorreu senda e carreiro.

Sancho Pança, o malhadeiro,
jaz também neste local,
escudeiro o mais leal,
que houve em trato de escudeiro.

---

[18] Figura burlesca, ridiculamente vestida, que fazia rir nas procissões, na corte ou nas representações teatrais.

## DO TIQUITOC,
## ACADÊMICO DE ARGAMASILHA,
## NA SEPULTURA DE DULCINEIA DEL TOBOSO

EPITÁFIO

Repousa aqui Dulcineia,
que, sendo gorda e corada,
em cinza e pó foi mudada
pela morte horrenda e feia.

Foi de castiça raleia,
e teve assomos de dama,
do grão Quixote foi chama,
e foi glória da sua aldeia.

Foram esses os versos que se puderam ler; os outros, por estar mais carcomida a letra, entregaram-se a um acadêmico, para que por conjeturas os decifrasse. Consta que o fez, à custa de muitas vigílias e de muito trabalho, e que tenciona dá-los à luz, com esperança na terceira saída de Dom Quixote.

*Forse altri canterà con miglior plettro.*[19]

# FIM DO VOLUME I

---

[19] O verso procede do *Orlando furioso*, XXX, e no capítulo I do segundo volume do *Quixote* se traduzirá como: "Talvez outro cante com melhor plectro".

O ENGENHOSO CAVALEIRO

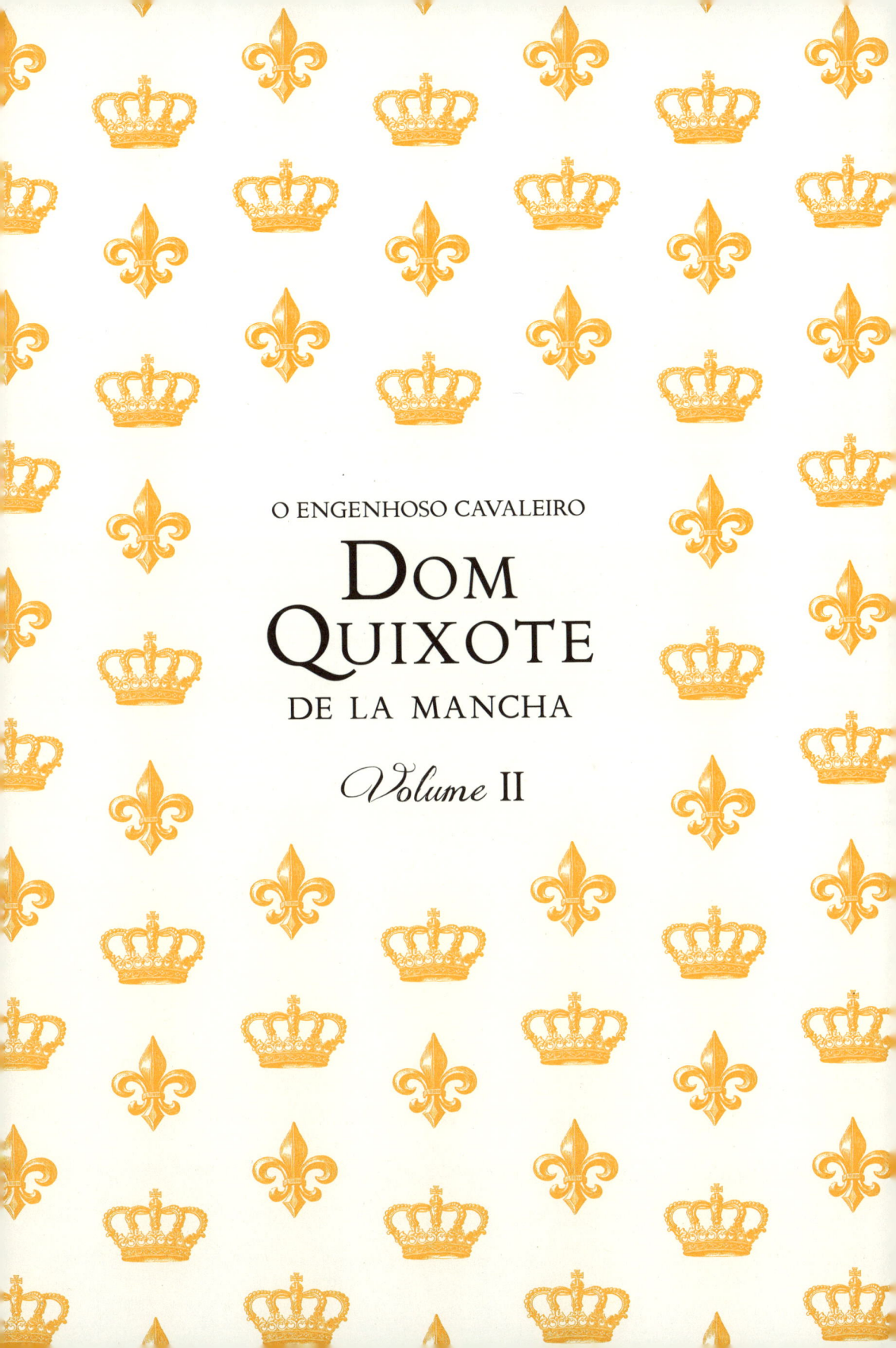

# Dom Quixote

DE LA MANCHA

*Volume* II

# PRÓLOGO AO LEITOR

✵

VALHA-ME DEUS, com quanta vontade deves estar esperando agora, leitor ilustre, ou plebeu, este prólogo, julgando achar nele vinganças, pugnas e vitupérios contra o autor do segundo *Dom Quixote*; quero dizer, contra aquele que dizem que se gerou em Tordesilhas e nasceu em Tarragona![1] Pois em verdade te digo que não te hei de dar esse contentamento, que, ainda que os agravos despertem a cólera nos mais humildes peitos, no meu há de ter exceção essa regra. Quererias que eu lhe chamasse asno, atrevido e mentecapto; mas tal não me passa pelo pensamento; castigue-o o seu pecado e trague-o a seu bel-prazer, e que não lhe faça engulhos. O que não pude deixar de sentir foi que me apodasse de manco[2] e de velho, como se estivesse na minha mão demorar o tempo, que parasse para mim, ou como se tivesse saído manco de alguma rixa de taberna, e não do mais nobre feito que viram os séculos passados e presentes e esperam ver os vindouros. Se as minhas feridas não resplandecem aos olhos de quem as mira, são estimadas, pelo menos, por aqueles que sabem onde se ganharam; que o soldado melhor parece morto na batalha do que livre na fuga: e tanto sinto isso que digo que, se agora me propusessem e facilitassem um impossível, antes quisera ter estado naquela peleja prodigiosa[3] do que livre das minhas feridas sem lá me ter achado. As cicatrizes que o soldado ostenta no rosto e no peito são estrelas que guiam os outros ao céu da honra e ao desejar justo louvor; e convém advertir que não se escreve com as cãs, mas sim com o entendimento, que costuma aperfeiçoar-se com os anos.

---

[1] Cervantes alude, com uma série de elipses irônicas e maldosas, ao *Segundo tomo do engenhoso fidalgo (...) composto pelo licenciado Alonso Fernández de Avellaneda, natural da vila de Tordesilhas (...) Em Tarragona, em casa de Felipe Roberto, ano 1614*, cuja presença na continuação de Cervantes se manifesta a partir do capítulo LIX e talvez tenha proporcionado mudanças na redação de alguns capítulos anteriores.

[2] Aqui não no sentido de coxo, mas aquele que possui membro defeituoso ou inutilizado. Cervantes perdeu o uso da mão esquerda lutando em Lepanto.

[3] Cervantes alude à Batalha de Lepanto (7 de outubro de 1571). A mesma menção aparece no "Prólogo ao leitor" das *Novelas exemplares*.

Senti também que me chamasse de invejoso e me descrevesse, como se eu fosse um ignorante, o que é a inveja, que, verdade, verdade, de duas que há, eu só conheço a santa, a nobre e a bem-intencionada; e, sendo assim como é, não tenho motivo para perseguir nenhum sacerdote, que, de mais a mais, seja também familiar do Santo Ofício;[4] e, se ele o disse referindo-se a quem parece, de todo em todo se enganou, que desse tal adoro eu o engenho, admiro as obras e a ocupação contínua e virtuosa. Mas, efetivamente, agradeço a esse senhor autor o dizer que as minhas novelas são mais satíricas do que exemplares, porque isso mostra que são boas, e não o poderiam ser se não tivessem de tudo.

Parece-me que me dizes que ando muito acanhado e que me mantenho demasiadamente dentro dos limites da minha modéstia, sabendo que não se deve acrescentar mais aflições ao aflito, e as que esse senhor deve ter são grandíssimas, sem dúvida, pois não se atreve a aparecer em campo aberto e com céu claro, encobrindo o seu nome e fingindo a sua pátria, como se tivesse feito alguma traição de lesa-majestade. Se porventura chegares a conhecê-lo, dize-lhe da minha parte que não me tenho por agravado, que bem sei o que são tentações do Demônio, que uma das maiores é que se ponha na cabeça de um homem que ele pode compor e imprimir um livro com que ganhe tanta fama como dinheiro e tanto dinheiro como fama, e para confirmação disso quero que com todo o donaire e graça lhe contes este conto:

Havia em Sevilha um doido que deu no mais gracioso disparate e teima que já se viu. E foi que fez um canudo de cana pontiagudo e, em apanhando um cão na rua, ou em qualquer outra parte, prendia-lhe uma pata com os pés, com a mão levantava-lhe outra e, como podia, lá lhe adaptava o canudo em sítio, em que, soprando-lhe, o punha redondo como uma pela e, quando o apanhava desse modo, dava-lhe duas palmadinhas na barriga e soltava-o, dizendo aos circunstantes (que sempre eram muitos):

— Pensarão agora Vossas Mercês que é pouco trabalho inchar assim um cão? — Pensará Vossa Mercê agora que é pouco trabalho fazer um livro?

E, se esse conto lhe não quadrar, diga-lhe, leitor amigo, o seguinte, que também é de orate e de cão:

---

[4] A alusão a Lope de Vega é clara. Lope foi nomeado *familiar do Santo Ofício* ("ministro adjunto da Inquisição") provavelmente em 1608 e se ordenou sacerdote em 1614. A expressão *ocupação virtuosa* é uma ironia cervantina, dada a desregrada vida de Lope.

Havia em Córdoba outro doido, que tinha por costume trazer à cabeça um pedaço de mármore ou um pedregulho não muito leve e, topando com algum cão descuidado, aproximava-se e deixava cair o peso em cima dele. Magoava-se o cão e, ladrando e ganindo, não parava nem em três ruas. Sucedeu, pois, que entre os cães a que fez isso, foi um deles o cão dum chapeleiro, que o estimava muito. Atirou-lhe uma pedra, deu-lhe na cabeça, desatou a ganir o cão moído, viu-o e sentiu-o o dono; agarrou numa vara de medição, veio ter com o doido e não lhe deixou uma costela sã, e a cada paulada que lhe dava, dizia:

— Ah! Ladrão! Ah, perro! Pois não viste, cruel, que o meu cão era podengo?[5]

E, repetindo-lhe o nome de "podengo" muitas vezes, largou o louco, depois de lhe ter posto os ossos num feixe. Escarmentou-se e retirou-se o doido, e em mais dum mês não saiu à praça; e ao cabo desse tempo voltou com a mesma invenção e com maior carga. Chegava-se aos cães, olhava fito para eles por muito tempo e, sem querer nem se atrever a descarregar a pedra, dizia:

— Este é podengo! Cautela!

E efetivamente, com quantos cães topava, ainda que fossem alões ou gozos,[6] dizia que eram podengos; e nunca mais disparou o pedregulho. Talvez aconteça o mesmo a esse historiador, que não se atreva a tornar a soltar a presa do seu engenho em livros que, em sendo maus, são mais duros que pedras.

Dize-lhe também que da ameaça que me faz, de que me há de tirar os lucros com o seu livro, nada se me dá, que, acomodando-me ao entremez[7] famoso de *A Perendenga*,[8] lhe respondo que viva para mim o vinte e quatro[9] meu senhor, e Cristo para todos. Viva o grande Conde de Lemos, cuja cristandade e liberalidade bem conhecida, contra todos os golpes da minha aziaga[10] fortuna, me conserva de pé; e viva para mim

---

[5] Cão maior que o galgo, usado na caça de coelhos.

[6] Alão: grande cão de fila, usado para guarda e na caça grossa; gozo: cão pequeno, sem raça; vira-lata.

[7] De fins do século XVI a meados do século XVIII, na península Ibérica, peça curta, de variada tipologia e tom geralmente burlesco, representada no princípio ou entre os atos ou no final de peças teatrais sérias de longa duração.

[8] Não se conhece hoje nenhum *entremez famoso* que se chame *A perendenga*, talvez variante de *perendeca*, "prostituta jovem que busca sua clientela pelas ruas".

[9] Conselheiro municipal; eram 24 os membros do conselho.

[10] Que traz má sorte; de mau agouro.

também a suma caridade do ilustríssimo de Toledo, Dom Bernardo de Sandoval y Rojas,[11] e pouco me importa que haja ou não haja imprensas no mundo e que se imprimam ou não contra mim mais livros do que letras têm as coplas de Mingo Revulgo.[12] Esses dois príncipes, sem que a minha adulação os solicite, nem outro gênero de aplauso, só por sua bondade tomaram a seu cargo fazer-me mercê e favorecer-me; e nisso me tenho por mais ditoso e mais rico do que se a fortuna pelos caminhos ordinários tivesse me posto no pináculo. A honra pode-a ter o pobre, mas não o vicioso; pobreza pode enublar a fidalguia, mas não escurecê-la de todo. Mas como a virtude dá alguma luz de si, ainda que seja pelos inconvenientes e vestígios da estreiteza, vem a ser estimada pelos altos e nobres espíritos e, portanto, favorecida. E não lhes diga mais, eu quero dizer-te mais a ti, senão advertir-te que esta segunda parte do *Dom Quixote* que te ofereço é cortada pelo mesmo oficial e no mesmo pano que a primeira, e que te dou nela Dom Quixote dilatado, e finalmente morto e sepultado, para que ninguém se atreva a levantar--lhe novos testemunhos, pois já bastam os passados, e basta também que um homem honrado desse notícia destas discretas loucuras, sem querer de novo entrar com elas; que a abundância das coisas, ainda que sejam boas, faz com que não se estimem, e a carestia ainda das más, alguma coisa se estima, esquecia-me de te dizer que esperes o *Persiles*, que já estou acabando, e a segunda parte da *Galateia*.[13]

---

[11] Cardeal arcebispo de Toledo (1599-1618) e tio do Duque de Lerma; protetor de escritores como Espinel e o próprio Cervantes.

[12] Coplas dos tempos de Henrique IV que, com a glosa de Fernando de lo Pulgar, foram editadas muitas vezes. É muito possível que Cervantes, ao citá-las, quisesse remeter ao que diz o glosador no início de sua dedicatória às *Coplas*: "Ilustre senhor: Para provocar as virtudes e refrear vícios, muitos escreveram por diversas maneiras (...) segundo cada um dos escritores teve habilidade para escrever".

[13] Cervantes data a dedicatória do *Persiles* ao Conde de Lemos em 19 de abril de 1616; José de Valdivielso assina a aprovação em 9 de setembro seguinte. Cervantes também escreve desejando o final da *Galateia* na dedicatória do *Persiles*, uma semana antes da morte do escritor.

# DEDICATÓRIA

✦

## AO CONDE DE LEMOS[1]

ENVIANDO HÁ DIAS A VOSSA EXCELÊNCIA as minhas comédias impressas antes de representadas,[2] se bem me recordo, disse que *Dom Quixote* ficava de esporas calçadas para ir beijar as mãos de Vossa Excelência; e agora digo que as calçou e se pôs a caminho e, se ele lá chegar, parece-me que algum serviço terei prestado a Vossa Excelência, porque são muitas as instâncias que de imensas partes me fazem que lho envie, a fim de tirar a náusea causada por outro *Dom Quixote*, que, com o nome de segunda parte, se disfarçou e correu pelo orbe;[3] e quem mais mostrou desejá-lo foi o grande imperador da China, pois haverá um mês que me escreveu uma carta em língua chinesa, por um próprio, pedindo-me, ou, para melhor dizer, suplicando-me que lho enviasse, porque queria fundar um colégio onde se ensinasse a língua castelhana e desejava que o livro que se lesse fosse o da história de Dom Quixote; além disso me dizia que fosse eu ser o reitor de tal colégio. Perguntei ao portador se Sua Majestade lhe dera para mim alguma ajuda de custo. Respondeu-me que nem por pensamentos.

---

[1] Dom Pedro Fernández de Castro (1576-1622), sétimo conde de Lemos, presidente do Conselho das Índias e vice-rei em Nápoles, amigo e protetor de escritores e ele mesmo com lampejos de poeta. Cervantes lhe dedicou, além do segundo volume do *Quixote*, as *Novelas exemplares*, as *Comédias e entremezes* e o *Persiles*.

[2] Refere-se às suas *Oito comédias e oito entremezes novos nunca representados*, impressos no mesmo ano de 1615, e em cujo prólogo e dedicatória ao Conde de Lemos Cervantes se queixa — e ao mesmo tempo se orgulha — de que suas comédias não tenham sido aceitas pelos empresários teatrais.

[3] Mundo. Refere-se ao *Quixote* de Alonso Fernández de Avellaneda. Em 1614, um ano antes da publicação desta segunda parte, apareceu em Tarragona o segundo tomo do *Engenhoso fidalgo Dom Quixote de la Mancha*, figurando como autor Alonso Fernández de Avellaneda, natural da vila de Tordesilhas, ao que parece nome de um suposto e oculto inimigo de Cervantes. Não se sabe quem foi este, nem se algum ressentimento, por ver-se aludido na primeira parte, pôde ser causa dessa publicação. O problema ainda não está elucidado, mas não deixa de ser sumamente interessante, ainda que se trate de uma obra sob todos os pontos de vista inferior à de Cervantes.

— Pois, irmão — tornei eu —, podeis voltar para a vossa China, às dez, ou às vinte,[4] ou às que vos tiverem marcado, porque eu não estou com saúde para empreender tão larga viagem; ademais, além de enfermo, estou muito falto de dinheiros, e imperador por imperador, e monarca por monarca, em Nápoles tenho eu o grande Conde de Lemos, que, sem tantos titulozinhos de colégios nem de reitorias, me sustenta, me ampara e me faz maior mercê do que as que posso desejar.

Com isso o despedi e com isso me despeço, oferecendo a Vossa Excelência os *Trabalhos de Persiles e Sigismunda*, livro a que porei remate dentro de quatro meses, *Deo volente*;[5] que há de ser ou o pior ou o melhor que em nossa língua se tenha composto; falo nos de entretenimento e parece-me que me arrependo de ter dito "o pior", porque, segundo a opinião dos meus amigos, tocará as raias da possível perfeição. Venha Vossa Excelência com a saúde com que é desejado, que já cá estará *Persiles* para lhe beijar as mãos, e eu os pés, como criado que sou de Vossa Excelência. Madri, último de outubro de mil e seiscentos e quinze.

Criado de Vossa Excelência,<br>
MIGUEL DE CERVANTES SAAVEDRA.

---

[4] As dez ou as vinte são as léguas que, segundo o pagamento que se combinara antes, devia percorrer diariamente um correio.

[5] "Se Deus quiser."

## Capítulo I
### DO QUE PASSARAM O CURA E O BARBEIRO COM DOM QUIXOTE ACERCA DA SUA ENFERMIDADE

CONTA CIDE HAMETE BENENGELI,[1] na segunda parte desta história, e terceira saída de Dom Quixote, que o cura e o barbeiro estiveram mais dum mês sem vê-lo, para lhe não renovarem e trazerem à memória as coisas passadas; mas nem por isso deixaram de visitar a sobrinha e a ama, recomendando-lhes que cuidassem de lhe dar bastantes regalos, guisando-lhe manjares confortativos e apropriados para o coração e o cérebro, donde procedia, segundo o bom discorrer, toda a sua má ventura, e disseram elas que assim o faziam e continuariam a fazer com a melhor vontade e o maior cuidado possível, porque viam que o fidalgo ia dando a cada momento sinais de estar em todo o seu juízo. Ficaram ambos muito satisfeitos, por lhes parecer que tinham procedido acertadamente em trazê-lo encantado num carro de bois, como se contou na primeira parte desta grande e verídica história no último capítulo, e assim resolveram visitá-lo e experimentar se estava curado, ainda que tinham quase por impossível que estivesse, e deliberaram não lhe falar em coisa alguma de cavalaria andante, para não correrem perigo de lhe abrir de novo a ferida, que ainda estava tão fresca.

---

[1] A referência a Cide Hamete e seu relato serve para enlaçar este segundo tomo com o final do primeiro, publicado dez anos antes, cumprindo a promessa de "procurar e achar" outros papéis que completassem a história. Pela primeira vez se fala de *segunda parte*, anulando as quatro em que se dividia o primeiro tomo e variando a distribuição e estrutura da obra. Indica-se aqui, resumidamente, o tempo transcorrido entre a história relatada e a que agora se reanima; no entanto, a terceira saída anunciada ocorrerá somente no capítulo XVIII. A nova peripécia parece se iniciar no começo da primavera.

Visitaram-no, enfim, e acharam-no sentado na cama, vestido com um roupão de baeta verde e na cabeça um bonete[2] toledano vermelho; e estava tão seco e mirrado que não parecia senão uma múmia. Foram por ele muito bem recebidos, perguntaram-lhe pela sua saúde, e ele deu conta de si e dela com muito juízo e muito elegantes palavras; e, no decorrer da sua prática, viera a tratar do que chamam razão de Estado e modos de governo, emendando este abuso e condenando aquele, reformando um costume e desterrando outro, fazendo-se cada um dos três um legislador, um Licurgo moderno ou um Sólon flamante;[3] de tal modo renovaram a república que não pareceu senão que a tinham metido numa bigorna e tirado outra diversa; e falou Dom Quixote com tanta discrição em todos os assuntos de que trataram que os dois examinadores supuseram, sem a mínima dúvida, que estava de todo bom e em seu perfeito juízo.

Acharam-se presentes à prática a sobrinha e a ama, e não se fartavam de dar graças a Deus por ver Dom Quixote com tão bom entendimento; mas o cura, alterando o primitivo propósito que era de não lhe tocar em coisas de cavalarias, quis experimentar se a sanidade de Dom Quixote era falsa ou verdadeira e, assim, de lance em lance, veio a contar algumas notícias que tinha vindo da corte, e entre outras disse que corria como certo descer o Turco com uma poderosa armada,[4] e que não se sabia qual era o seu desígnio nem onde iria desabar tão carregada nuvem; com esse temor, que quase todos os anos nos põe alerta, alerta estava a cristandade, que el-rei mandara abastecer as costas de Nápoles e da Sicília e a Ilha de Malta. A isso respondeu Dom Quixote:

— Sua Majestade procedeu como prudentíssimo guerreiro, abastecendo os seus Estados com tempo, para que o inimigo não o ache desapercebido; mas, se tomasse o meu parecer, aconselhar-lhe-ia eu que tomasse uma precaução, em que Sua Majestade está a estas horas muito longe de pensar.

---

[2] Baeta: tecido de lã ou algodão, de textura felpuda, com pelo em ambas as faces; bonete: barrete de uso doméstico, acessório do chambre ou camisola de dormir.

[3] Um espartano e outro ateniense, Licurgo e Sólon são figuras emblemáticas — e opostas — do bom legislador e governante.

[4] A armada turca tinha saído de sua base em Constantinopla. Pelo constante medo de que se tornasse forte na África, o possível desembarque do "Turco" passou a ser tema de conversação habitual na corte, e mesmo depois foi considerado sinônimo de "prática ociosa".

Apenas o cura ouviu essas palavras, logo disse entre si: "Deus te ampare com a Sua mão, meu pobre Dom Quixote, que me parece que te despenhas do alto pináculo da tua loucura, no profundo abismo da tua simplicidade!". Mas o barbeiro, que já tivera o mesmo pensamento que o cura, perguntou a Dom Quixote que prevenção era essa; tal poderia ela ser que se pusesse na lista dos muitos conselhos impertinentes que se costumam dar aos príncipes.

— O meu, senhor tosquiador — disse Dom Quixote —, é pelo contrário muito pertinente.

— Não o digo por outra coisa — redarguiu o barbeiro —, senão por ter mostrado a experiência que todos, ou a maior parte dos arbítrios[5] que se dão a Sua Majestade, ou são impossíveis, ou disparatados, ou danosos ao rei ou ao reino.

— Pois o meu — respondeu Dom Quixote — nem é impossível nem disparatado, mas o mais fácil, o mais justo, o mais maneiro e breve que pode caber no pensamento de qualquer cavaleiro.

— Já Vossa Mercê tarda em dizê-lo, Senhor Dom Quixote — disse o cura.

— Não gostaria — tornou Dom Quixote — de dizê-lo eu agora aqui, e acordar amanhã nos ouvidos dos senhores conselheiros, e que levasse outro os agradecimentos e o prêmio do meu trabalho.

— Eu por mim — acudiu o barbeiro — dou a minha palavra, aqui e diante de Deus, de não transmitir o que Vossa Mercê me disser, nem a rei, nem a roque,[6] nem a homem algum terreal; juramento que aprendi do romance do cura, que no prefácio disse a el-rei quem fora o ladrão que lhe roubara as cem dobras mais a mula andarilha.[7]

— Não sei de histórias — disse Dom Quixote —, mas sei que é bom esse juramento, pois que tenho fé em ser homem de bem o senhor barbeiro.

— E que não o fosse — disse o cura —, fico eu por seu abonador e fiador que, neste caso, não falará mais do que um mudo, sob pena de pagar o julgado e sentenciado.

---

[5] Os arbítrios ("soluções aos problemas políticos ou econômicos do reino", normalmente descabidas) foram praga na época; a literatura caricaturou os arbitristas como loucos e fez dos arbítrios um gênero burlesco.

[6] Expressão tirada do xadrez; roque, a torre; rei, a peça principal.

[7] Alusão a um romance tradicional, hoje perdido em seu estado original, embora conservado em contos populares e em sua versão valenciana; nele se contava a história do cura que denuncia no introito da missa o ladrão que o roubou e a quem vê entre os fiéis.

— E a Vossa Mercê quem o fia, senhor cura? — tornou Dom Quixote.

— A minha profissão — respondeu o cura —, que é de guardar segredo.

— Corpo de tal![8] — acudiu Dom Quixote. — Pois que mais é necessário do que mandar Sua Majestade, por público pregão, que num dia certo se juntem na corte todos os cavaleiros andantes que vagueiam por Espanha, que, ainda que não viesse senão meia dúzia, podia parecer entre eles algum que bastasse só por si para destruir todo o poder do Turco? Estejam Vossas Mercês atentos e vão com o que eu lhes digo. Porventura é coisa nova desfazer um só cavaleiro andante um exército de duzentos mil homens, como se todos juntos tivessem uma só garganta ou fossem feitos de alfenim? Senão, digam-me: quantas histórias não há cheias dessas maravilhas? Vivesse hoje, em má hora para mim, que não quero dizer para outro, o famoso Dom Belianis, ou algum dos da inumerável linhagem de Amadis de Gaula; que, se o Turco se medisse com algum deles, à fé que lhe não arrendava o ganho nem por um maravedi; mas Deus olhará pelo seu povo, e algum suscitará que, se não for tão bravo como os antigos paladinos, pelo menos não lhes será inferior no ânimo; e Deus me entende, e mais não digo.

— Ai! — acudiu a sobrinha. — Me matem, se meu tio não quer voltar a ser cavaleiro andante.

E Dom Quixote respondeu:

— Cavaleiro andante hei de morrer e suba ou desça o Turco quando quiser e quando puder que outra vez digo que Deus me entende.

E nisso acudiu o barbeiro:

— Peço a Vossas Mercês que me deem licença para narrar um breve caso que se passou em Sevilha, e que, por vir aqui de molde, sinto vontade de contar.

Deu Dom Quixote a licença, e o cura e os outros prestaram atenção, e Mestre Nicolau começou desta maneira:

— Na casa dos doidos de Sevilha, estava um homem a quem os seus parentes tinham metido ali por falta de juízo: era formado em cânones por Osuna;[9] mas, ainda que o fosse por Salamanca, segundo a opinião de muitos, não deixaria de ser louco. Esse tal doutor, ao cabo de alguns

---

[8] Uma de tantas fórmulas de juramento evitando usar o nome de Deus.

[9] Essa localidade era a sede de uma universidade menor, que, como tal, foi frequente objeto de sátira; nela se graduou o doutor Pedro Récio, que aparecerá mais à frente.

anos de recolhimento, começou a imaginar que estava são e em seu perfeito juízo, e com essa imaginação escreveu ao arcebispo, suplicando-lhe muito encarecidamente e com muito concertadas razões que o mandasse tirar daquela miséria em que vivia, pois pela misericórdia de Deus já recobrara o juízo perdido; mas que os seus parentes, para lhe desfrutarem a fazenda, o tinham ali e contra toda a razão queriam que ele fosse doido até a morte. O arcebispo, persuadido por muitos bilhetes acerados[10] e discretos, ordenou a um seu capelão que se informasse com o reitor da casa se era verdade o que aquele licenciado lhe escrevia, que falasse igualmente com o doido e, se visse que ele estava em seu juízo, o tirasse e pusesse em liberdade. Assim fez o capelão, e o reitor disse que esse homem ainda estava doido, que, posto que falava muitas vezes como pessoa de grande entendimento, afinal disparatava, dizendo tantas necedades[11] que em serem muitas e grandes igualavam os seus primeiros acertos, como se podia experimentar, falando-lhe. Quis o capelão fazer a experiência e, indo ter com o doido, esteve a conversar com ele mais de uma hora, e em todo o tempo nunca o doido disse uma só coisa torcida ou disparatada, antes discursou tão ajuizadamente que o capelão foi obrigado a confessar que o doido estava são; e, entre outras coisas que o licenciado lhe disse, foi que o reitor lhe atravessava tudo, para não perder as dádivas com que o brindavam os seus parentes, para que dissesse que ele estava doido com intervalos lúcidos, e que o maior inimigo, que na sua desgraça tinha, era a sua muita fazenda, pois para desfrutá-la os seus inimigos cometiam dolo[12] e duvidavam da mercê que Nosso Senhor lhe fizera, em mudá-lo de bruto em homem. Finalmente, falou de modo que deu o reitor por suspeito, os seus parentes por cobiçosos e desalmados e ele por tão discreto que o capelão se resolveu a levá-lo consigo, para que o arcebispo o visse e tocasse com a mão a verdade daquele negócio. Nessa boa-fé o honrado capelão pediu ao reitor que mandasse dar o fato com que para ali entrara o licenciado; tornou-lhe o reitor que visse o que fazia, porque sem dúvida alguma o licenciado ainda estava doido. De nada serviram para o capelão as prevenções e avisos do reitor, e não quis deixar de levá-lo; obedeceu o

---

[10] Que é afiado; aguçado, cortante.
[11] Dito ou ação ilógica, absurda ou fora da realidade.
[12] Procedimento fraudulento por parte de alguém em relação a outrem; fraude, velhacaria.

reitor, vendo que era ordem do arcebispo; vestiram ao licenciado o seu fato, ainda novo e decente; e, assim que ele se viu trajado como homem são e despido das vestes de louco, pediu por caridade ao capelão que o deixasse ir se despedir dos doidos seus companheiros. Disse-lhe o capelão que queria acompanhá-lo, para ver os moradores daquela casa. Subiram, com efeito, e com eles alguns outros que estavam presentes; e, chegando o licenciado a uma jaula onde estava um doido furioso, ainda que nesse momento mui sossegado e quieto, disse-lhe:

— Irmão, dê-me as suas ordens, que vou para minha casa, pois que Deus, por sua infinita bondade e misericórdia, sem eu merecê-lo, restituiu-me o juízo; já estou são e cordato, que a Deus nada é impossível; tenha grande esperança e confiança nele, que, se Deus Nosso Senhor me restituiu o entendimento, também lhe restituirá o seu, se nele confiar; eu terei cuidado de lhe mandar alguns mimosos manjares, e vá-os comendo sempre, que lhe faço saber que imagino, como quem por aí passou, que todas as nossas loucuras procedem de termos estômagos vazios e cérebros de ar; anime-se, anime-se, que o desalento nos infortúnios míngua a saúde e traz consigo a morte.

Todas essas razões do licenciado esteve escutando outro doido, metido numa jaula fronteira da do furioso, e levantando-se duma esteira velha, onde se deitara nu em pelo, perguntou, com grandes brados, quem é que se ia embora, são e com juízo. Respondeu o licenciado:

— Sou eu, irmão, que já não tenho necessidade de aqui me demorar mais tempo, pelo que dou infinitas graças aos céus, que tamanha mercê me fizeram.

— Vede o que dizeis, licenciado, não vos engane o Diabo — suplicou o louco —, ficai em vossa casa, para vos poupardes à volta.

— Eu sei que estou bom — tornou o licenciado —, e não haverá motivo para eu tornar a correr as estações.

— Estais bom... vós? — disse o louco. — Pois muito bem, ide-vos com Deus; mas voto a Júpiter, cuja majestade eu represento na terra, que só por esse pecado que hoje Sevilha comete em vos tirar desta casa, e em vos ter por homem sensato, tenho de lhe dar tamanho castigo que fique memória dele por todos os séculos dos séculos, amém. Não sabes tu, licenciadito minguado, que poderei fazê-lo, pois, como digo, sou Júpiter Tonante, que tenho nas minhas mãos os raios abrasadores, com que posso e costumo ameaçar e destruir o mundo? Mas só com uma coisa quero castigar esse povo ignorante, e é que não há de chover três anos inteiros em todo o distrito e seus contornos; três anos, que se hão de contar desde o dia e momento em que proferir esta ameaça. Tu livre, tu são, tu com juízo, e eu amarrado, enfermo e louco! Hei de pensar tanto em dar chuva à terra como penso em enforcar-me!

Estiveram os circunstantes atentos a ouvir as vozes e os discursos do louco; mas o nosso licenciado, voltando-se para o capelão e agarrando-lhe as mãos, disse-lhe:

— Não se aflija Vossa Mercê, meu senhor, nem faça caso do que esse louco diz, que se ele é Júpiter e não quer dar chuva, eu, que sou Netuno, pai e deus das águas, choverei todas as vezes que me parecer e for necessário.

E a isso respondeu o capelão:

— Em todo caso, Senhor Netuno, não será bom magoarmos o Senhor Júpiter; fique Vossa Mercê em sua casa, que outro dia, quando houver vagar e mais comodidade, voltaremos por Vossa Mercê.

Riu-se o reitor, riram-se os circunstantes, e desse riso ficou meio corrido o capelão; despiram o licenciado, ficou em casa e acabou-se a história.

— Então é este o conto, senhor barbeiro — disse Dom Quixote —, que, por vir de molde, não podia deixar de se narrar? Ah! Senhor tosquiador, senhor tosquiador! Cego é quem não vê por entre os fios de seda! E é possível que Vossa Mercê não saiba que as comparações que se fazem de engenho com engenho, de valor com valor, de formosura com formosura e de linhagem com linhagem são sempre odiosas e mal recebidas? Eu, senhor barbeiro, não sou Netuno, deus das águas, nem procuro que ninguém me tenha por discreto, não o sendo; só me canso para fazer perceber ao mundo o erro em que labora, não renovando os tempos em que a ordem da cavalaria andante campeava em toda a pompa; mas não é merecedora a nossa depravada idade de gozar tantos bens como os que gozaram os séculos em que os cavaleiros andantes tomaram a seu cargo e puseram aos ombros a defesa dos reinos, o amparo das donzelas, o socorro dos órfãos e pupilos, o castigo dos soberbos e o prêmio dos humildes. Os cavaleiros hoje da moda antes se molestam com os damascos, brocados e outras ricas telas de que se vestem do que com a malha com que se armam; já não há cavaleiro que durma nos campos, sujeito ao rigor do céu, armado de ponto em branco; e já não há quem, sem tirar os pés dos estribos, arrimado à sua lança, só procure, no dizer vulgar, passar pelo sono, como faziam os cavaleiros andantes;

já não há um só que saia do bosque para entrar na montanha e pise em seguida a estéril e deserta praia do mar, as mais das vezes proceloso e alterado, e, encontrando logo ali, à beira, um pequeno batel[13] sem vela nem remo, mastro nem enxárcia[14] alguma, com intrépido coração se arroje para dentro dele, entregando-se às implacáveis ondas do mar profundo, que ora o levantam ao céu, ora o precipitam num abismo, e ele, pondo o peito à incontrastável borrasca, quando mal se precata acha-se a três mil e tanta léguas distante do lugar onde embarcou, e, saltando em remota e desconhecida terra, sucedem-lhe coisas dignas de ser escritas não em pergaminho, mas em bronze; agora, já triunfa a preguiça sobre a diligência, o vício sobre a virtude, a ociosidade sobre o trabalho, a arrogância sobre a valentia e a teoria sobre a prática das armas, que só brilharam e resplandeceram nas idades de ouro e nos cavaleiros andantes. Senão digam-me: quem foi mais honesto e mais valente do que o famoso Amadis de Gaula? Quem foi mais discreto do que Palmeirim de Inglaterra? Quem teve mais conciliadoras maneiras do que Tirante, o Branco? Quem foi mais galã do que Lisuarte da Grécia? Quem mais acutilado ou mais acutilador do que Dom Belianis? Quem mais intrépido do que Perião de Gaula? Quem mais acometedor de perigos do que Felismarte de Hircânia? Mais sincero do que Esplandião? Mais arrojado do que Cirongílio de Trácia? Mais bravo do que Rodamante? Mais prudente do que El-Rei Sobrinho? mais atrevido do que Reinaldo? Mais invencível do que Roldão? mais galhardo e mais cortês do que Rugero, de quem hoje descendem os duques de Ferrara, como diz Turpim na sua *Cosmografia*?[15] Todos esses cavaleiros, e outros muitos, que eu poderia dizer, senhor cura, foram cavaleiros andantes, luz e glória da cavalaria. Desses, ou doutros como esses, quisera eu que

---

[13] A maior das embarcações pequenas que serviam aos navios antigos, geralmente naus e galeões.

[14] Conjunto de cabos e degraus roliços feitos de cabo ("corda"), madeira ou ferro, que sustentam mastros de embarcações a vela e permitem acesso às vergas.

[15] Além de outros cavaleiros evocados anteriormente, Dom Quixote recorda agora Lisuarte de Grécia, neto de Amadis de Gaula e protagonista do livro que leva seu nome; Perião de Gaula, o pai de Amadis, e Rodamonte, guerreiro sarraceno, personagem importante do Orlando furioso, em que se diz que Rugero foi antepassado da família de Este. Atribui-se a Turpim a escritura dos casos em que se rebaixa o limite do crível (e sua fama de enganador foi sempre proverbial). Nunca se atribuiu a ele a autoria de nenhuma cosmografia, porém com essa palavra não se designava necessariamente um livro, mas também qualquer "descrição", inserida ou não em uma obra maior; e algumas das cosmografias que circulavam no tempo de Cervantes estão cheias de dados e fatos inverossímeis.

fossem os do meu arbítrio que, a sê-lo, Sua Majestade se acharia bem servido, e se lhe forraria muita despesa, e o Turco depenaria as barbas; e com isso não quero ficar na minha casa, já que o capelão não me tira dela; e se Júpiter, como diz o barbeiro, não chover aqui, estou eu que choverei quando me aprouver: digo isso para que saiba o Senhor Navalha que o entendo muito bem.

— Na verdade, Senhor Dom Quixote — acudiu o barbeiro —, o que eu disse não foi com má tenção, assim Deus me ajude, e Vossa Mercê não deve sentir-se.

— Se devo sentir-me ou não, eu é que sei — respondeu Dom Quixote.

— Ainda bem — disse o cura — que até agora ainda quase que não dei palavra e não queria ficar com um escrúpulo que me rói a consciência, nascido do que me disse aqui, Senhor Dom Quixote.

— Para outras coisas mais — respondeu Dom Quixote — tem o senhor cura licença, e assim pode dizer o seu escrúpulo, porque não é bom andar uma pessoa com a consciência em ânsias.

— Pois, com esse beneplácito — respondeu o cura —, digo que o meu escrúpulo vem a ser que de nenhum modo posso me persuadir de que toda essa caterva de cavaleiros andantes, que Vossa Mercê, Senhor Dom Quixote, referiu, tivesse sido real e verdadeiramente neste mundo pessoas de carne e osso; antes imagino que tudo é ficção, fábula e mentira, e sonhos contados por homens despertos ou, para melhor dizer, meio adormecidos.

— Isso é outro erro — respondeu Dom Quixote — em que têm caído muitos que não acreditam que houvesse tais cavaleiros no mundo, e eu muitas vezes, com diversas gentes e ocasiões, procurei tirar à luz da verdade este quase comum engano; mas algumas vezes não realizei a minha intenção, e outras sim, sustentando-a nos ombros da verdade; verdade que é tão certa que estou em dizer que vi com meus próprios olhos Amadis de Gaula, que era um homem alto de corpo, branco de rosto, de barba formosa e negra, de olhar entre brando e rigoroso, curto de razões, tardio em se irar e pronto em depor a ira; e do modo que eu delineei Amadis, poderia, penso eu, pintar e descrever todos quantos cavaleiros andantes se encontram nas histórias do orbe, que, pela ideia que tenho, foram como as suas crônicas narram; e, pelas façanhas que praticaram e condições que tiveram, podem se tirar por boa filosofia as suas feições, a sua cor e a sua estatura.

— De que tamanho lhe parece a Vossa Mercê, Senhor Dom Quixote, que seria o gigante Morgante?[16]

— Nisso de gigantes — respondeu Dom Quixote — há diferentes opiniões: se os tem havido ou não no mundo;[17] mas a Escritura Santa, que não pode faltar nem num átomo à verdade, mostra-nos que os houve, falando-nos naquele filisteu Golias, que tinha sete côvados e meio de altura,[18] o que é uma grandeza desmarcada. Também na Ilha de Sicília têm se encontrado canelas e espáduas tamanhas que a sua grandeza manifesta que foram gigantes os seus possuidores, e do tamanho de altíssimas torres; que a geometria[19] tira essa verdade de toda a dúvida. Mas, com tudo isso, não saberei dizer com certeza o tamanho que teria Morgante, ainda que imagino que não devia ser muito alto; e move-me a ser desta opinião encontrar na história, em que se faz menção especial das suas façanhas, que muitas vezes dormia debaixo de telha; e, visto que encontrava casa onde coubesse, claro está que não era desmesurada a sua grandeza.

— Assim é — disse o cura, que, gostando de ouvi-lo dizer tamanhos disparates, lhe perguntou o que pensava do rosto de Reinaldo de Montalbán e Dom Roldão, e dos outros doze pares de França, pois todos tinham sido cavaleiros andantes.

— De Reinaldo — respondeu Dom Quixote — atrevo-me a dizer que era de cara larga, cor vermelha, olhos bailadores e um pouco esbugalhados, rixoso e colérico em demasia, amigo de ladrões e de gente perdida. De Roldão, ou Rotolando, ou Orlando (que com todos esses nomes o designam as histórias), sou do parecer, e afirmo de que foi de mediana estatura, largo de ombros, moreno de rosto e barbirruivo, cabeludo no corpo e de vista ameaçadora, curto de razões, mas muito comedido e bem-criado.

---

[16] Protagonista do poema *Morgante maggiore* (1483), de Luigi Pulci.

[17] A discussão sobre a existência de gigantes ainda estava viva. Diante da certeza e resolução de Dom Quixote no primeiro volume, quando enfrenta os moinhos de vento ou os odres de vinho, aqui o protagonista começa a duvidar de uma de suas convicções fundamentais e acredita que é necessário prová-la mediante exemplos e argumentos.

[18] Golias era a forma corrente de "Goliat"; filisteu, além de gentílico, significa também "homem de elevadíssima estatura" e, ocasionalmente, "orgulhoso". Na Bíblia se atribuem a Golias seis côvados e meio de altura.

[19] A geometria ("arte de medir e calcular dimensões e distâncias") era usada também para estabelecer as proporções entre os diferentes membros do corpo humano.

— Se não foi Roldão mais gentil-homem do que Vossa Mercê diz — redarguiu o cura —, não maravilha que a formosa Angélica o desdenhasse, trocando-o pela gala, donaire e brio que devia ter o mourinho imberbe a quem se entregou, e procedeu discretamente afagando antes a brandura de Medoro[20] do que a aspereza de Roldão.

— Essa Angélica, senhor cura — respondeu Dom Quixote —, foi uma donzela distraída, passeadeira e um tanto caprichosa, que deixou o mundo tão cheio das suas impertinências como da fama da sua formosura. Desprezou mil senhores, mil valentes e mil discretos, e contentou-se com um pajenzito louro, sem mais fazenda e nome do que os que lhe pôde granjear a amizade que teve a um agradecido amigo. O grande cantor da formosura de Angélica, o famoso Ariosto, por não se atrever ou não querer contar o que a essa dama sucedeu depois de se ter entregado a tão ruim senhor, que não deviam ser coisas demasiadamente honestas, largou-a dizendo:

> E como recebeu do Catai o cetro,
> Outro cantará talvez com melhor plectro.[21]

E isso foi, sem dúvida, profecia, que os poetas também se chamam vates, o que quer dizer "adivinhos". Vê-se esta verdade claramente, porque depois um famoso poeta andaluz pranteou e cantou as suas lágrimas, e outro famoso e único poeta castelhano cantou a sua formosura.[22]

— Diga-me, Senhor Dom Quixote — acudiu o barbeiro —, não houve poeta algum que fizesse algumas sátiras a essa Senhora Angélica, entre tantos que a louvaram?

— Creio — respondeu Dom Quixote — que, se Sacripante e Roldão fossem poetas, teriam vibrado epigramas à donzela; porque é próprio e natural dos poetas desdenhados e maltratados pelas suas damas fingidas ou não fingidas, com efeito, por aquelas que eles escolheram por senhora de seus pensamentos, vingar-se com sátiras e libelos; vingança decerto

---

[20] Alusão à lenda de Angélica e Medoro.
[21] Estes são os versos de Ariosto que fechavam a primeira parte do *Orlando furioso*. Catai, "China", de onde era a princesa Angélica, substitui a Índia do *Orlando*.
[22] Refere-se a Luis Barahona de Soto e suas *Lágrimas de Angélica* (1586), e à obra *A formosura de Angélica* (1602), de Lope de Vega.

indigna de peitos generosos, mas até agora não tive notícia de versos infamatórios contra a Senhora Angélica, que trouxe o mundo revolto.

— Milagre! — disse o cura.

E nisso ouviram que a ama e a sobrinha, que já tinham abandonado a prática, davam grandes brados no pátio, e acudiram todos ao ruído.

## Capítulo II

### QUE TRATA DA NOTÁVEL PENDÊNCIA QUE SANCHO PANÇA TEVE COM A SOBRINHA E A AMA DE DOM QUIXOTE, E DE OUTROS SUCESSOS GRACIOSOS

CONTA A HISTÓRIA que os brados que ouviram Dom Quixote, o cura e o barbeiro eram da sobrinha e da ama, dizendo esta a Sancho Pança, que pugnava[1] para entrar e ver Dom Quixote, enquanto elas defendiam a porta:

— Que quer esse mostrengo nesta casa? Ide-vos para a vossa, irmão, que sois vós e não outrem quem tresvaria e alicia o meu amo e o arrasta para essas andanças.

A que Sancho respondeu:

— Ó ama de Satanás, o tresvariado e o aliciado e o arrastado sou eu, e não teu amo; ele me levou por esses mundos de Cristo, e vós outras vos enganais de meio a meio; foi ele que me tirou da minha casa, com muitas lérias, prometendo-me uma ilha, que ainda hoje estou à espera dela.

— Más ilhas te afoguem — respondeu a sobrinha —, Sancho maldito; e que vem a ser isso de ilhas? É coisa de comer, guloso e comilão que tu és?

— Não é de comer — tornou Sancho —, mas de reger e governar, melhor do que quatro cidades e quatro alcaides da corte.[2]

— Pois com tudo isso — insistiu a ama — não entrareis cá, saco de maldades e costal de malícias; ide-vos governar vossa casa e lavrar as vossas leiras,[3] e deixai-vos lá de querer ilhas ou ilhos.

---

[1] Esforçar-se, insistir ao máximo para conseguir algo.

[2] Sancho diz que é preferível o governo da ilha ao de quatro cidades e quatro alcaides de corte, ou seja, a tudo que seja difícil e pesaroso.

[3] Sulco aberto na terra para que nele se deposite semente ou muda.

Grande gosto tinham o cura e o barbeiro de ouvir o colóquio dos três; mas Dom Quixote, receoso de que Sancho se descosesse e desembuchasse algum montão de maliciosas necedades, que tocassem nalgum ponto que não fosse muito em crédito seu, chamou-o e disse às duas que se calassem e o deixassem entrar. Entrou Sancho, e o cura e o barbeiro despediram-se de Dom Quixote, de cuja saúde desesperaram, vendo como estava embebido nos seus desvairados pensamentos e engolfado nas suas mal andantes cavalarias; e o cura disse para o barbeiro:

— Vereis, compadre, que, quando menos o pensemos, o nosso fidalgo sai outra vez a andar à turna.

— Não ponho dúvida nisso — redarguiu Mestre Nicolau —, mas não me maravilho tanto da loucura do cavaleiro como da simplicidade do escudeiro, que tão ferrada lá tem a história da ilha que me parece que não lha tiram dos cascos nem quantos desenganos se possam imaginar.

— Deus lhe dê remédio — tornou o cura —, e estejamos à mira; veremos em que para essa máquina de disparates com semelhante cavaleiro e semelhante escudeiro, que parece que os tiraram a ambos da mesma pedra, e que as loucuras do amo, sem as necedades do criado, não valeriam coisa alguma.

— Assim é — confirmou o barbeiro —, e folgaria muito de saber sobre o que estarão os dois palestrando.

— Tenho certeza — disse o cura — que a sobrinha ou a ama no-lo contarão depois, que não são elas pessoas que deixem de se pôr à escuta.

Entretanto Dom Quixote fechou-se com Sancho no seu aposento e, apenas se viu só com ele, disse-lhe:

— Muito me pesa, Sancho, que tenhas dito e continues a dizer que fui eu que te tirei da tua choupana, sabendo tu muito bem que eu não fiquei em casa. Juntos saímos, juntos nos fomos e juntos peregrinamos; correu-nos a ambos a mesma fortuna e a mesma sorte; se a ti te mantearam uma vez, a mim derrearam-me cem vezes, e é essa a única vantagem que te levo.

— Isso era de razão — respondeu Sancho —, porque, segundo Vossa Mercê diz, mais perseguem as desgraças os cavaleiros andantes do que os seus escudeiros.

— Enganas-te, Sancho — redarguiu Dom Quixote —, porque lá dizem: *quando caput dolet*, etc.

— Eu cá não entendo outra língua senão a minha — respondeu Sancho.

— Quero dizer — tornou Dom Quixote — que, quando nos dói a cabeça, todos os membros nos doem; e assim, sendo eu teu amo e senhor, sou a tua cabeça e tu és parte de mim, visto que és meu criado; e por esse motivo o mal que me toca ou me tocar há de te doer a ti, e a mim o teu.

— Assim devia ser — disse Sancho —, mas quando me mantearam como membro estava a minha cabeça, que era Vossa Mercê, alapardada a ver-me voar pelos ares, sem sentir dor alguma; e, se os membros têm obrigação de se doer dos males da cabeça, devia ela ter obrigação de se doer dos males deles.

— Quererás dizer agora, Sancho — respondeu Dom Quixote —, que não me doía quando te mantearam? E, se o dizes, não o digas nem o penses, porque mais dor sentia eu no meu espírito de que tu no teu corpo. Mas deixemos este aparte por agora, que tempo haverá em que o ponderemos e tiremos a limpo: e conta-me, Sancho amigo: que dizem de mim por esse lugar? Que opinião formam a meu respeito o vulgo, os fidalgos e os cavalheiros? E que dizem do meu valor? Das minhas façanhas? Da minha cortesia? Que se pensa da missão que tomei de ressuscitar a olvidada ordem cavaleiresca? Quero, finalmente, Sancho, que me narres o que tiver chegado aos teus ouvidos; e hás de mo dizer sem amplificar o bem nem ataviar o mal em coisa alguma; que é de vassalos leais dizer a seus senhores a verdade como é ela, sem que a adulação a acrescente ou qualquer outro vão respeito a diminua; e quero que saibas, Sancho, que, se aos ouvidos dos príncipes chegasse a verdade nua, sem os vestidos da lisonja, outros séculos correriam, outras idades seriam consideradas mais de ferro que a nossa, que entendo que, das que agora se usam, é a de ouro. Sirva-te este aviso, Sancho, para que, discreta e bem-intencionadamente, me digas as coisas verdadeiras que souberes acerca do que te perguntei.

— Isso faço eu de muito boa vontade, meu senhor — tornou Sancho —, contanto que Vossa Mercê se não enfade com o que eu disser, já que deseja que eu o diga nu e cru, sem vesti-lo com outras roupas que não sejam aquelas com que chegaram ao meu conhecimento.

— Não me enfado — respondeu Dom Quixote —; podes, Sancho, falar livremente e sem rodeios.

— Pois a primeira coisa que posso e devo afirmar é que o vulgo tem a Vossa Mercê por grandíssimo louco, e a mim por não menos mentecapto. Dizem os fidalgos que, não se contendo Vossa Mercê nos limites da fidalguia, tomou dom[4] e se fez cavaleiro com quatro cepas e duas jugadas de terra, e com um trapo atrás e outro adiante. Dizem os cavaleiros que não quereriam que os fidalgos se lhes opusessem, principalmente certos fidalgos escudeiros, que dão pó de fumo aos sapatos[5] e amontoam meias negras com seda verde.

— Isso — disse Dom Quixote — nada tem que ver comigo, porque, como sabes, ando sempre bem-vestido e nunca remendado; roto, poderá ser, mais das armas que do tempo.

— No que toca — prosseguiu Sancho — a valor, cortesia, façanhas e missão de Vossa Mercê, há mui diversas opiniões: uns dizem "louco, mas gracioso"; outros, "valente, mas desgraçado"; outros, "cortês, mas impertinente"; e assim vão discorrendo, de tantas formas e feitios que nem a Vossa Mercê nem a mim nos deixam costela inteira.

— Olha, Sancho — disse Dom Quixote —, onde a virtude estiver em grau eminente, verás que é perseguida; poucos, ou nenhum, dos famosos varões que passaram na terra deixaram de ser caluniados pela malícia. Júlio César, animosíssimo, prudentíssimo e valentíssimo, foi notado de ambicioso e de não ser muito limpo, nem no fato nem nos costumes. Alexandre, a quem as suas façanhas alcançaram renome de Magno, dizem que teve o defeito de se embriagar às vezes. De Hércules, o dos inúmeros trabalhos, se conta que foi lascivo e mole. De Dom Galaor, irmão de Amadis de Gaula, murmura-se que foi mais do que demasiado rixoso; e do próprio Dom Amadis, que foi chorão. Por isso, meu Sancho, entre tantas calúnias levantadas aos bons, podem também passar as minhas, se é que não foram mais do que as que disseste.

— Aí é que bate o ponto, corpo de meu pai! — redarguiu Sancho.

— O quê! Pois há mais? — perguntou Dom Quixote.

— Falta ainda o rabo, que é o pior de esfolar — tornou Sancho —; até agora tem sido pão com mel, mas, se Vossa Mercê quer saber ao certo tudo o que há acerca das calunas[6] que lhe levantaram, eu aqui lhe trago logo quem lhas dirá todas, sem lhe faltar nem uma mealha,[7] que

---

[4] Quer dizer que passou a usar o "dom" e desde então se fez cavaleiro. O tratamento de "dom" do qual Dom Quixote se apropria como herói cavaleiresco é entendido pelos fidalgos do lugar como pretensão de ascensão na escala social, para se equiparar à categoria superior dos cavaleiros.

[5] Para dar lustre aos sapatos, usava-se o pó de fumaça da tinta de imprimir diluída em um pouco de água, azeite ou clara de ovo.

[6] Calúnias.

[7] Moeda feita com uma liga de prata e cobre, de ínfimo valor.

esta noite chegou o filho de Bartolomeu Carrasco, que vem de estudar em Salamanca e feito bacharel, e, indo-lhe eu a dar os emboras pela sua chegada, disse-me que já andava em livros a história de Vossa Mercê, com o nome do *Engenhoso fidalgo Dom Quixote de la Mancha*, e que lá dão conta de mim com o meu próprio nome de Sancho Pança, e da Senhora Dulcineia del Toboso, com outras coisas que passamos a sós, que eu me benzi de espantado, de como pôde sabê-las o historiador que as escreveu.

— Asseguro-te, Sancho — tornou Dom Quixote —, que deve ser algum sábio nigromante[8] o autor da nossa história, que a esses tais nada se lhes encobre do que querem escrever.

— E, se era sábio o nigromante — redarguiu Sancho —, como é que ele se chama, segundo diz o Bacharel Sansão Carrasco, Cide Hamete *Berenjela*![9]

— Isso é nome de mouro — disse Dom Quixote.

— Assim será — respondeu Sancho —, porque sempre ouvi dizer que os mouros gostavam de berinjelas.

— Suponho, meu Sancho, que erras nesse nome de Cide, que em árabe quer dizer "senhor".

— Pode muito bem ser — redarguiu Sancho —, mas, se Vossa Mercê quer que eu o traga aqui, é um instante, enquanto vou buscá-lo.

— Dar-me-ás nisso muito gosto — disse Dom Quixote —, que fiquei suspenso com o que me disseste, e não como coisa que bem me saiba enquanto não for informado de tudo.

— Pois eu vou por ele — respondeu Sancho.

E, deixando seu amo, foi procurar o bacharel, com quem voltou daí a pouco, e houve entre todos três um graciosíssimo colóquio.

---

[8] necromante, que pratica necromancia (suposta arte de adivinhar o futuro por meio de contato com os mortos).

[9] "Berenjela" é uma deformação, por etimologia popular, do sobrenome Benengeli, de acordo com o conhecido gosto dos mouriscos pelos pratos à base de berinjelas, como o próprio Sancho recorda em seguida.

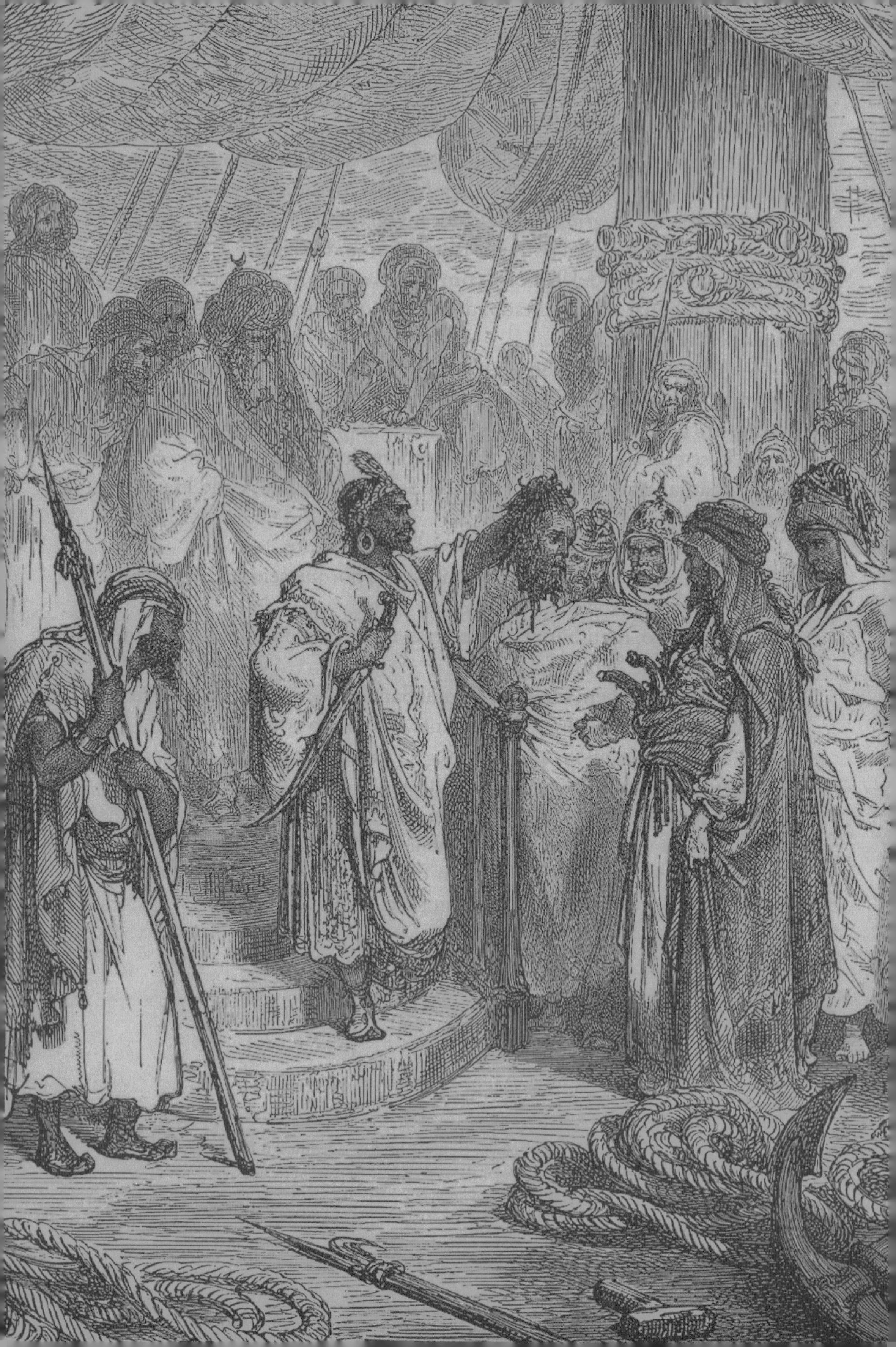

## Capítulo III

## DO RIDÍCULO ARRAZOAMENTO QUE HOUVE ENTRE DOM QUIXOTE, SANCHO PANÇA E O BACHAREL SANSÃO CARRASCO

PENSATIVO DEVERAS FICOU Dom Quixote, enquanto não vinha o Bacharel Carrasco, de quem esperava ouvir as notícias de si próprio, postas em livro, como dissera Sancho, e não podia se persuadir de que semelhante história existisse, pois ainda não estava enxuto na folha da sua espada o sangue dos inimigos que matara, e já queriam que andassem impressas as suas altas cavalarias. Com tudo isso, imaginou que algum sábio, ou amigo, ou inimigo, por arte de encantamento as dera à estampa: se amigo, para engrandecê-las e levantá-las acima das mais assinaladas de todo e qualquer cavaleiro andante; se inimigo, para aniquilá-las e pô-las abaixo das mais vis que de qualquer vil escudeiro se houvessem escrito; ainda que disesse entre si que nunca se escreveram façanhas de escudeiros; e, quando fosse verdade que tal história existisse, sendo de cavaleiro andante, havia de ser grandíloqua, altíssona, insigne, magnífica e verdadeira. Com isso se consolou um pouco; mas desgostou-o pensar que o seu autor era mouro, como dava a entender aquele nome de Cide, e dos mouros não se podia esperar verdade alguma, porque todos são embaidores,[1] falsários e mentirosos. Temia que houvesse tratado os seus amores com alguma indecência que redundasse em menoscabo e desdouro de sua dama Dulcineia del Toboso; desejava que houvesse declarado a sua fidelidade e o decoro que sempre lhe guardara, menosprezando rainhas, imperatrizes e donzelas de toda a qualidade, contendo os ímpetos dos movimentos

---

[1] Aquele que ilude, engana.

naturais; e assim, envolto e revolto nessas e noutras muitas imaginações, o vieram encontrar Sancho e Carrasco, a quem Dom Quixote recebeu com muita cortesia.

Era o bacharel, apesar de se chamar Sansão, não muito alto nem robusto, magro deveras, de cor macilenta, mas de ótimo entendimento; teria os seus vinte e quatro anos, cara redonda, nariz chato e boca grande, tudo sinais de ser malicioso de condição e amigo de donaires e de burlas, como mostrou assim que viu Dom Quixote, pondo-se de joelhos diante dele e dizendo-lhe:

— Dê-me Vossa Mercê as suas mãos, Senhor Dom Quixote de la Mancha, que, pelo hábito de São Pedro que visto, apesar de não ter outras ordens senão as quatro primeiras,[2] é Vossa Mercê um dos mais famosos cavaleiros andantes que tem havido ou haverá em toda a redondeza da Terra. Bem haja Cide Hamete Benengeli, que deixou escrita a história das vossas grandezas, e bem haja o curioso que teve cuidado de mandá-la traduzir do árabe para o nosso castelhano vulgar, para universal entretenimento das gentes.

Dom Quixote fê-lo levantar e disse:

— Com que então, é verdade haver uma história dos meus feitos, e ser mouro e sábio quem a compôs?

— É tão verdade, senhor — disse Sansão —, que tenho para mim que no dia de hoje estão impressos mais de doze mil exemplares da tal história; senão, digam-no Portugal, Barcelona e Valência, onde se estamparam, e ainda corre fama que se está imprimindo em Antuérpia, e a mim me transluz que não há de haver nação em que não se leia nem língua em que não se traduza.[3]

— Uma das coisas — acudiu Dom Quixote — que maior contentamento deve dar a um homem virtuoso e eminente é o ver-se andar em vida pelas bocas do mundo, impresso e com estampa com bom nome, é claro, porque, sendo ao contrário, não há morte que se lhe iguale.

— Lá nisso de bom nome e boa fama — tornou o bacharel — leva Vossa Mercê a palma a todos os cavaleiros andantes, porque o mouro

---

[2] Alude ao hábito que usavam o clero e os estudantes, aqui citados ironicamente. As quatro primeiras ordens, as chamadas menores, eram: ostiário, leitor, exorcista e acólito.

[3] Quando se publica a segundo volume do *Quixote*, o primeiro contava pelo menos com nove edições, mas nenhuma conhecida em Barcelona antes de 1617, nem em Amberes antes de 1673. Talvez Sansão tenha se confundido com a de Bruxelas, onde já haviam saído duas impressões, que vinham se somar às três de Madri, duas de Lisboa, uma de Valência e uma de Milão, além das traduções inglesa e francesa.

e o cristão, cada qual na sua língua, tiveram o cuidado de nos pintar a galhardia de Vossa Mercê, o ânimo grande em acometer os perigos, a paciência nas adversidades e o sofrimento, assim nas desgraças como nas feridas; a honestidade e continência nos amores tão platônicos de Vossa Mercê e da muito minha Senhora Dona Dulcineia del Toboso.

— Nunca ouvi dar "dom" à minha Senhora Dulcineia — disse neste momento Sancho —, e sempre lhe ouvi chamar só "Senhora Dulcineia del Toboso", e já nesse ponto vai a história errada.

— Objeção pouco importante — respondeu Carrasco.

— Decerto — observou Dom Quixote —; mas diga-me Vossa Mercê, senhor bacharel, que façanhas minhas são as que mais se ponderam nessa história?

— Nisso — respondeu o bacharel — há diferentes opiniões, como há diversos gostos; uns preferem a aventura dos moinhos de vento que a Vossa Mercê lhe pareceram Briareus[4] e gigantes; outros a das azenhas; este a descrição dos dois exércitos, que depois se viu que eram dois rebanhos de carneiros; aquele encarece a do morto que levavam a enterrar em Segóvia; diz um que a todas se avantaja a da liberdade dos galeotes; outro, que nenhuma iguala a dos dois gigantes beneditinos, com a pendência do valoroso biscainho.

— Diga-me, senhor bacharel — interrompeu Sancho —, entra aí também a aventura dos arrieiros, quando o nosso bom Rocinante teve a ideia de se fazer reinadio com as éguas?

— Não ficou ao sábio coisa alguma no tinteiro — respondeu Sansão —; diz tudo e tudo aponta, até o caso das cabriolas que este bom Sancho deu na manta.

— Eu não dei cabriolas na manta — observou Sancho —, no ar sim, e ainda mais do que eu queria.

— Segundo imagino — disse Dom Quixote —, não há história humana em todo o mundo que não tenha os seus altos e baixos, especialmente as que tratam de cavalaria, as quais nunca podem estar cheias de prósperos sucessos.

— Com tudo isso — respondeu o bacharel —, dizem alguns que leram a história que folgariam se se tivessem esquecido os autores de

---

[4] Segundo a mitologia grega, Briareu é um dos três Hecatônquiros ("gigantes com cem braços e cinquenta cabeças"), filhos de Urano e Gaia.

algumas das infinitas pauladas que em diferentes recontos deram no Senhor Dom Quixote.

— E a verdade da história? — perguntou Sancho.

— Poderiam deixá-las em silêncio por equidade — notou Dom Quixote —, pois as ações que não mudam nem alteram o fundo verdadeiro da história, não há motivo para se escreverem logo que redundem em menosprezo do protagonista. À fé que não foi tão pio Eneias como Virgílio pinta, nem tão prudente Ulisses como refere Homero.

— Assim é — redarguiu Sansão —, mas uma coisa é escrever como poeta e outra como historiador; o poeta pode contar ou cantar as coisas não como foram, mas como deviam ser, o historiador há de escrevê-las não como deviam ser, mas como foram, sem acrescentar nem tirar à verdade a mínima coisa.

— Pois se esse senhor mouro anda a dizer verdades — disse Sancho —, é bem certo que entre as pauladas que apanhou meu amo se contem as minhas também, porque nunca a Sua Mercê lhe tomaram a medida das costas, que ma não tomassem a mim de todo o corpo; mas não há de que me maravilhar, pois, como diz o mesmo senhor meu, da dor da cabeça hão de participar os membros.

— Sois socarrão, Sancho — acudiu Dom Quixote —, e não vos falta memória quando quereis tê-la.

— Se eu quisesse olvidar as bordoadas que me deram — disse Sancho —, não o consentiriam as nódoas, que ainda tenho frescas nas costelas.

— Calai-vos, Sancho — tornou Dom Quixote —, e não interrompais o senhor bacharel, a quem peço que continue a narrar-me o que se diz de mim na referida história.

— E de mim — prosseguiu Sancho —, que também dizem que sou um dos principais *pressonagens*.

— "Personagens", e não "pressonagens", Sancho amigo — emendou Sansão.

— Temos outro reprovador de vocábulos? — disse Sancho. — Metam-se nisso que não acabamos em toda a vida.

— Pois que Deus ma dê má, Sancho — acudiu o bacharel —, se não sois vós a segunda pessoa da história; e há tal que mais agrada ouvir-vos falar a vós que ao mais pintado de toda ela, posto que também há quem diga que vos mostrastes demasiadamente crédulo em se vos meter na cabeça que podia ser verdade o governo daquela ilha que vos prometeu o Senhor Dom Quixote que presente está.

— Ainda brilha o sol no mundo — disse Dom Quixote —, e quanto mais entrado em anos for Sancho, mais idôneo e mais hábil ficará, com a experiência que traz a idade, para ser governador.

— Por Deus, senhor meu amo — respondeu Sancho —, ilha que eu não governasse com os anos que tenho, não a governarei nem com a idade de Matusalém; o dano é não saber por onde se demora a tal ilha pois, pois bestunto para governar não me falta.

— Encomendai o caso a Deus, Sancho — tornou Dom Quixote —, que tudo se fará bem e talvez melhor do que pensais, que não se move a folha na árvore sem a vontade de Deus.

— Assim é — disse Sansão —, que, se Deus quiser, não faltarão a Sancho mil ilhas que governar, quanto mais uma.

— Governadores tenho visto por aí — observou Sancho — que, no meu entender, nem me chegam às solas dos sapatos, e com tudo isso servem-se com prata e são tratados por senhoria.

— Esses não são governadores de ilhas — tornou Carrasco —, mas de outros governos de menos consideração; que os que governam ilhas pelo menos têm de saber gramática.

— Lá com o "gramar" entendia-me eu — tornou Sancho —, com "ticas" é que não, porque não as entendo. Mas, deixando isso do governo nas mãos de Deus, que ele de mim fará o que for servido, digo, Senhor Bacharel Sansão Carrasco, que me deu infinito gosto saber que o autor da história fala de mim de modo que não enfadem as coisas que refere; porque, à fé de bom escudeiro, se ele dissesse de mim coisas que não fossem de cristão-velho como eu sou, havíamos de ter tamanha bulha que os surdos nos ouviriam.

— Isso seria milagre — tornou Carrasco.

— Milagre ou não — continuou Sancho —, veja cada qual como fala ou como escreve das pessoas, e não ponha a trouxe-mouxe[5] quanto lhe vem à cabeça.

— Uma das máculas que se notam na tal história — continuou o bacharel — é o ter-lhe intercalado o autor uma novela intitulada *O curioso impertinente*, não por ser má ou mal arrazoada, mas por não estar ali no seu lugar nem ter que ver com a história de Vossa Mercê, o Senhor Dom Quixote.

---

[5] Ação desordenada, confusa.

— Aposto — observou Sancho — que misturou esse filho dum perro alhos com bugalhos.

— Agora digo eu — acudiu Dom Quixote — que não foi um sábio o autor da minha história, mas algum falador ignorante, que, sem ter tento nem juízo, se pôs a escrevê-la, saia o que sair, como fez Orbaneja, o pintor de Úbeda, que, perguntando-se-lhe o que pintava, respondeu: "O que calhar". E às vezes pintava um galo, de tal feitio e tão pouco parecido que era necessário escrever-se-lhe ao pé em letras góticas:[6] "Isto é um galo"; e assim acontecerá com a minha história, que precisará talvez de comentário para se entender.

— Isso não — respondeu Carrasco —, porque é tão clara que não tem dificuldades; manuseiam-na os meninos, leem-na os moços, entendem-na os homens e os velhos celebram-na; e, finalmente, é tão repisada e lida e sabida por toda a casta de gentes que, apenas se vê algum rocim magro, diz-se logo: ali vai Rocinante; e os que mais se entregaram à sua leitura foram os pajens: não há antecâmara de fidalgo onde se não encontre o *Dom Quixote*; apenas um o larga, logo outro lhe pega; uns pedem-no, outros arrancam-no.[7] Finalmente, a tal história é o mais saboroso e menos prejudicial entretenimento que até agora se tem visto, porque em toda ela se não encontra nem por sombras uma palavra desonesta ou um pensamento menos católico.

— Se doutra forma a escrevessem — disse Dom Quixote —, não escreveriam verdades, mas sim mentiras, e os historiadores que de mentiras se valem deviam ser queimados, como os que fazem moeda falsa; e não sei por que motivo recorreu o autor a novelas e contos alheios, havendo tanto que dizer de mim; sem dúvida, atendeu ao rifão: de palha e de feno...[8] etc. Pois na verdade, só em manifestar os meus suspiros, as minhas lágrimas, os meus bons desejos e os meus cometimentos podia fazer um volume maior do que todas as obras do Tostado.[9] Efetivamente, o que eu vejo, bacharel, é que para compor histórias e livros, de qualquer gênero que sejam, é mister grande juízo e

---

[6] As letras góticas são as maiúsculas romanas. A anedota procede de um pequeno conto do qual existem múltiplas versões.

[7] Logo depois que o romance foi publicado, seus personagens alcançaram uma popularidade extraordinária e foram celebrados em forma de máscaras em festas e carnavais.

[8] "De palha ou de feno, a pança cheia", diz o ditado.

[9] Alfonso de Madrigal, bispo de Ávila, figura emblemática do labor intelectual e da prodigalidade na escritura; "escrever mais que o Tostado" é frase proverbial.

maduro entendimento; dizer graças e escrever donaires é de altíssimos engenhos. A mais discreta figura da comédia é a do parvo, porque é preciso não ser quem quer fingir de tolo. A história é como que uma coisa sagrada, porque tem de ser verdadeira, e onde está a verdade está Deus enquanto verdade; não obstante, há pessoas que compõem e produzem livros como quem dá pilritos.

— Não há livro, por mau que seja — observou o bacharel —, que não tenha alguma coisa boa.

— Sem dúvida — replicou Dom Quixote —; mas muitas vezes acontece que os que tinham merecidamente ganhado e granjeado grande fama pelos seus escritos a perderam toda, logo que os imprimiram, ou a menoscabaram, pelo menos.

— O motivo disso — tornou Sansão — é que, lendo-se com vagar as obras impressas, facilmente se lhes descobrem os erros, e tanto mais se esquadrinham quanto maior é a fama de quem os compôs. Os homens famosos pelo seu engenho, os grandes poetas, os ilustres historiadores, sempre a maior parte das vezes são invejados por aqueles que têm por gosto e particular entretenimento julgar os escritos alheios, sem ter dado um só à luz do mundo.

— Não admira — disse Dom Quixote —, porque muitos teólogos há que não são bons no púlpito, e são ótimos para conhecer os erros ou acertos dos que pregam.

— Tudo isso assim é, Senhor Dom Quixote — tornou Carrasco —, mas quereria eu que os tais censores fossem mais compassivos e menos escrupulosos, sem fazerem reparo nos átomos que podem enodoar o sol claríssimo da obra de que murmuraram, porque, se *aliquando bonus dormitat Homerus*,[10] considerem o muito que esteve desperto para dar à luz da sua obra com a melhor sombra que pudesse; e talvez possa muito bem ser que o que lhes parece mau sejam apenas sinais, que às vezes aumentam a formosura do rosto que os tem, e assim digo que é grandíssimo o risco a que se expõe quem imprime um livro, sendo completamente impossível compô-lo de tal forma que satisfaça e contente a todos os que o lerem.

— O que de mim trata — disse Dom Quixote — a poucos contentaria.

---

[10] A frase procede da *Epístola aos pisões*, de Horácio: "Algumas vezes dorme o bom Homero".

— Pois foi exatamente o contrário, porque como *stultorum infinitus est numerus*,[11] infinitos são os que gostaram da tal história; e alguns culparam de falta e de dolo a memória do autor, pois se esquece de contar quem foi o ladrão que furtou o ruço a Sancho, coisa que ali se não declara e só do que está escrito se infere que lho tiraram, e dali a pouco vemo-lo montado no mesmo jumento sem se saber como;[12] também dizem que se esqueceu de dizer o que Sancho fez com os cem escudos que encontrou na maleta na Serra Morena, pois nunca mais falou neles, e há muitos que desejam saber em que os gastou, que é um dos pontos essenciais que faltam na obra.

Sancho respondeu:

— Eu, Senhor Sansão, não estou agora para contas: deu-me uma fraqueza no estômago, que, se não lhe acudo com dois tragos de vinho velho, é capaz de me pôr na espinha de Santa Lúcia;[13] tenho-a em casa, minha mulher me espera, e, em acabando de jantar, por aí estou de volta para satisfazer a Vossa Mercê e a todo mundo que me quiser dirigir perguntas; tanto a respeito da perda do jumento como do gasto dos cem escudos.

E, sem esperar resposta nem dizer mais palavra, foi para casa.

Dom Quixote pediu ao bacharel que ficasse para fazer penitência com ele.[14] O bacharel aceitou o convite. Acrescentou-se um prato de borrachos[15] ao jantar de cada dia, falou-se em cavalarias à mesa, Sansão deu améns às manias de Sancho, dormiram a sesta e renovou-se a prática.

---

[11] "Infinito é o número dos néscios", diz o Eclesiastes I, 15.

[12] Na segunda impressão do primeiro volume, feita em Madri em 1605, Cervantes tenta sanar o erro acrescentando duas passagens que contam tanto o roubo do asno como sua posterior devolução.

[13] Significa estar muito fraco e extenuado.

[14] Fazer penitência era uma frase de cortesia convidando a comer.

[15] Pombo novo, implume ou sem a plumagem completa, que ainda não voa.

## Capítulo IV

### EM QUE SANCHO PANÇA SATISFAZ AO BACHAREL SANSÃO CARRASCO, ACERCA DAS SUAS DÚVIDAS E PERGUNTAS, COM OUTROS SUCESSOS DIGNOS DE SE SABER E DE SE CONTAR

VOLTOU SANCHO À CASA de Dom Quixote e, tornando à mesma palestra:

— Visto que o Senhor Sansão disse desejar saber quem me furtou o jumento, e como e quando, respondo que na mesma noite em que, fugindo à Santa Irmandade, nos internamos na Serra Morena; depois da desventurada aventura dos galeotes e da do defunto que levavam a Segóvia, eu e meu amo metemo-nos por uma espessura onde meu amo, arrimado à sua lança, eu em cima do meu ruço, moídos e cansados das passadas refregas, nos pusemos a dormir como se estivéssemos em cima de quatro colchões de plumas, eu especialmente com sono tão pesado que quem quer que foi pôde chegar-se a mim, amesendar-me[1] em cima de quatro estacas, que pôs aos quatro cantos da albarda, de forma que me deixou a cavalo nelas e tirou de baixo de mim o burro, sem eu sentir.

— Isso é coisa fácil de acontecer, e não caso novo, que o mesmo sucedeu a Sacripante, quando, estando no cerco de Albraca, o famoso ladrão Brunelo, com essa mesma invenção, lhe tirou o cavalo de baixo das pernas.[2]

— Amanheceu — prosseguiu Sancho — e, apenas acordei, escapando-me as estacas, dei comigo no chão. Procurei o jumento e não o vi. Vieram-me as lágrimas aos olhos, fiz uma lamentação, que se não

---

[1] Instalar-se, refestelar-se.
[2] O furto do cavalo de Sacripante é contado na estância 84 do canto XXVII do *Orlando furioso* de Ariosto.

a pôs no livro o autor da nossa história se pode gabar de que lhe faltou uma coisa boa deveras. Ao cabo de não sei quantos dias, vindo eu com a Senhora Princesa Micomicona, conheci o jumento, e que vinha montado nele, vestido de cigano, aquele Ginés de Pasamonte, aquele embusteiro e grandíssimo patife, que eu e meu amo tiramos da grilheta.[3]

— Não está aí o erro — tornou Sansão —, mas sim em que, antes de ter aparecido o jumento, diz o autor que ia Sancho montado no mesmo ruço.

— A isso — disse Sancho — não sei que hei de responder, senão que o historiador se enganou, ou talvez fosse descuido do impressor.

— Sem dúvida assim é — tornou Sansão —, mas dizei-me: que foi feito dos cem escudos?

— Desfizeram-se — respondeu Sancho —; gastei-os em prol da minha pessoa, e de minha mulher e dos meus filhos, e foi por causa deles que minha mulher engoliu as caminhadas que dei em serviço de meu amo, o Senhor Dom Quixote, que, se ao cabo de tanto tempo eu voltasse para casa a tinir, e sem o jumento, negra sorte me esperava; e, se querem mais saber de mim, aqui estou para responder ao próprio rei em pessoa, e ninguém tem nada com eu ter trazido ou não ter trazido, ter gasto ou não ter gasto; se as pauladas que apanhei nessas viagens se houvessem de pagar a dinheiro, ainda que só se taxassem a quatro maravedis cada uma, estou convencido de que nem com outros tantos escudos me pagariam metade, e metam a mão na sua consciência, e não comecem a chamar preto ao branco, e branco ao preto; cada qual é como Deus o fez, e muitas vezes ainda pior.

— Eu terei cuidado — disse Carrasco — de acusar ao autor da história que, se outra vez a imprimir, não lhe esqueça isto que disse o bom do Sancho, que será realçá-la bastante acima do que está.

— Há mais alguma coisa que precise de emenda nesse livro? — perguntou Dom Quixote.

— Sim, deve haver — respondeu o bacharel —, mas nenhuma decerto da importância das referidas.

— E porventura — disse Dom Quixote — promete o autor dar à luz uma segunda parte?

— Sim, promete — respondeu Sansão —, mas diz que não a encontrou nem sabe quem a tem, e assim estamos em dúvida se sairá ou não.

---

[3] Argola de ferro; pena de trabalhos forçados.

E por isso, e porque dizem alguns que nunca saíram boas as segundas partes, e outros que das coisas de Dom Quixote bastam as que estão escritas, suspeita-se que não se escreverá, apesar de haver gente mais jovial do que saturnina[4] que diz: "Venham as quixotadas! Invista Dom Quixote, e fale Sancho Pança, e seja o que for, que com isso nos contentamos".

— E o autor, o que resolve? — perguntou Dom Quixote.

— Que, em encontrando a história, que procura com extraordinária diligência, logo a dará à estampa, levado mais pelo interesse que disso lhe resulta do que pela esperança de quaisquer louvores.

— Ao dinheiro e ao interesse mira o autor? — disse Sancho. — Será maravilha que acerte, porque não fará senão alinhavar, alinhavar, como alfaiate em véspera da Páscoa, e obras aldrabadas à pressa nunca se acabam com a perfeição que requerem. Veja o que faz esse senhor mouro, ou quem é, que eu e meu amo lhe daremos tanta obra em matéria de aventuras e de sucessos diferentes que poderá compor não só segunda parte, mas mais cem. Deve pensar o bom do homem, sem dúvida, que estamos a dormir; pois venha bater-nos os cravos na ferradura, e verá se temos cócegas. O que sei dizer é que, se meu amo tomasse o meu conselho, já devíamos estar por esses campos, desfazendo agravos e tortos, como é uso e costume dos bons cavaleiros andantes.

Ainda Sancho não acabara bem de dizer essas razões quando chegaram aos seus ouvidos relinchos de Rocinante, o que tomou Dom Quixote por felicíssimo agouro, e resolveu fazer daí a três ou quatro dias outra saída; declarando o seu intento ao bacharel, pediu-lhe que lhe aconselhasse por onde havia de começar a sua jornada, e o bacharel respondeu-lhe que era de parecer que fosse ao reino de Aragão, à cidade de Saragoça, onde, daí a poucos dias, se haviam de fazer umas soleníssimas justas para a festa de São Jorge, nas quais poderia ganhar fama sobre todos os cavaleiros aragoneses, que seria ganhá-la sobre todos os cavaleiros do mundo.[5] Louvou-lhe a sua resolução como valentíssima e honradíssima e advertiu-lhe que andasse mais atento no acometer

---

[4] Triste; jovial: alegre, de Jove. Mais alegres que tristes. Saturno é velhice e melancolia nos signos do zodíaco.

[5] São Jorge é o patrono da Coroa de Aragão e de sua cavalaria; em sua honra foi fundada a Confraria de São Jorge, que até época muito tardia organizou justas em Saragoça, não apenas na festa do santo, em 23 de abril, mas em outras datas comemorativas.

dos perigos, porque a sua vida não lhe pertencia, mas sim aos que dele haviam mister, para que os amparasse e socorresse nas aventuras.

— Disso é que eu arrenego, Senhor Sansão — disse então Sancho —, que meu amo acometa com cem homens armados, como um rapaz guloso com meia dúzia de melões. Corpo do mundo, senhor bacharel, há ocasiões para acometer e ocasiões para retirar, e não é lá estar sempre com "Santiago, e *cerra* Espanha!".[6] E ademais, ouvi dizer, creio até que do meu senhor, se bem me lembro que entre os extremos de covarde e de temerário está o meio-termo da valentia, e, se isto assim é, não quero que fuja sem haver de quê, nem que acometa quando a boa razão outra coisa pede, mas sobretudo aviso meu amo que, se tencionava levar-me consigo, é com a condição de que há de ele combater e eu não serei obrigado a outra coisa senão a cuidar da sua pessoa, no que tocar ao seu asseio e ao seu regalo, que lá nisso eu lhe deitarei água às mãos;[7] mas pensar que hei de desembainhar a espada, ainda que seja contra vilões malandrins, é completamente escusado. Eu, Senhor Sansão, não cuido em granjear fama de valente, mas sim do melhor e mais leal escudeiro que já serviu a um cavaleiro andante, e, se meu amo, o Senhor Dom Quixote, obrigado pelos meus largos e bons serviços, quiser me dar alguma ilha das muitas que Sua Mercê diz que há de topar por aí, receberei nisso grande mercê, se não ma der, nascido sou e não há de viver o homem confiando em outrem, senão em Deus. E ademais, talvez melhor ainda me saiba o pão, sendo desgovernado, que sendo governador sei lá porventura se nesses governos não me tem aparelhada o Diabo alguma armadilha em que eu tropece e caia, e quebre os queixos? Sancho nasci, e Sancho hei de morrer. Mas se, com tudo isso, às boas, sem cuidado nem risco, me deparasse o céu alguma ilha ou outra coisa semelhante, não sou tão néscio que a largue, que também se diz: a cavalo dado, não se olha o dente, e mais vale um pássaro na mão que dois a voar.

— Falastes, Sancho mano — disse Sansão —, como um catedrático; confiai em Deus e no Senhor Dom Quixote, que vos há de dar um reino, e não uma ilha.

— Tanto é o de mais como o de menos — respondeu Sancho —, ainda que sei dizer ao Senhor Carrasco que não deitaria em saco roto meu amo o reino que me desse, que eu tomei o pulso a mim próprio,

---

[6] Santiago: grito de ataque nas batalhas contra os mouros na Reconquista; cerra: "ataca".
[7] "Cumprirei desejos e ordens."

e acho-me com saúde para reger reinos e governar ilhas; e isso já por outras vezes tenho dito a ele.

— Reparai, Sancho — tornou Sansão —, que os ofícios mudam os costumes, e poderia ser que, vendo-vos governador, não conhecêsseis a mãe que vos deu à luz.

— Isso é bom para os que nasceram filhos das ervas — respondeu Sancho —, e não para os que têm na alma quatro dedos de enxúndia[8] de cristão-velho, como eu tenho; nada, eu cá não sou desagradecido.

— Nosso Senhor dirá quando o governo há de vir — tornou Dom Quixote —, que já me parece que o trago diante dos olhos.

Dito isso, rogou ao bacharel que, se era poeta, lhe fizesse mercê de lhe compor uns versos que tratassem da despedida que tencionava fazer à sua dama Dulcineia del Toboso, e que reparasse que no princípio de cada verso havia de pôr uma letra do seu nome, de modo que, no fim dos versos, juntando-se as primeiras letras se lesse: "Dulcineia del Toboso". O bacharel respondeu que, ainda que não era dos famosos poetas que havia em Espanha, que diziam que eram só três e meio,[9] não deixaria de compor os tais metros, apesar de não serem fáceis, porque as letras que formavam o nome eram dezessete,[10] e se fizesse quatro quadras sobrava uma letra e se fossem quatro redondilhas em cinco versos faltavam três; com tudo isso, procuraria sumir uma letra o melhor que pudesse, de modo que nas quatro quadras castelhanas se incluísse o nome de Dulcineia del Toboso.

— Assim há de ser em todo o caso — disse Dom Quixote —; que, se o nome não for patente e manifesto, não há mulher que acredite que para ela se fizessem os versos.

Nisso ficaram, e em que a partida seria dali a oito dias. Pediu Dom Quixote ao bacharel que a conservasse em segredo, especialmente para o cura, para Mestre Nicolau, para sua sobrinha e para a ama, a fim de que não estorvassem a sua honrada e valorosa determinação. Carrasco tudo prometeu e com isso se despediu, pedindo a Dom Quixote que lhe desse conta, sempre que lhe fosse possível, de tudo quanto lhe sucedesse, bom ou mau. E assim se despediram e Sancho foi pôr em ordem tudo o que era necessário para a sua jornada.

---

[8] Gordura, banha.

[9] Especulou-se, sem sucesso, sobre quem pudessem ser tais escritores, mas talvez a frase seja uma forma de expressar a raridade dos verdadeiros poetas.

[10] Dezessete letras tem o nome de Dulcineia no original de Cervantes: "Dulcinea del Toboso".

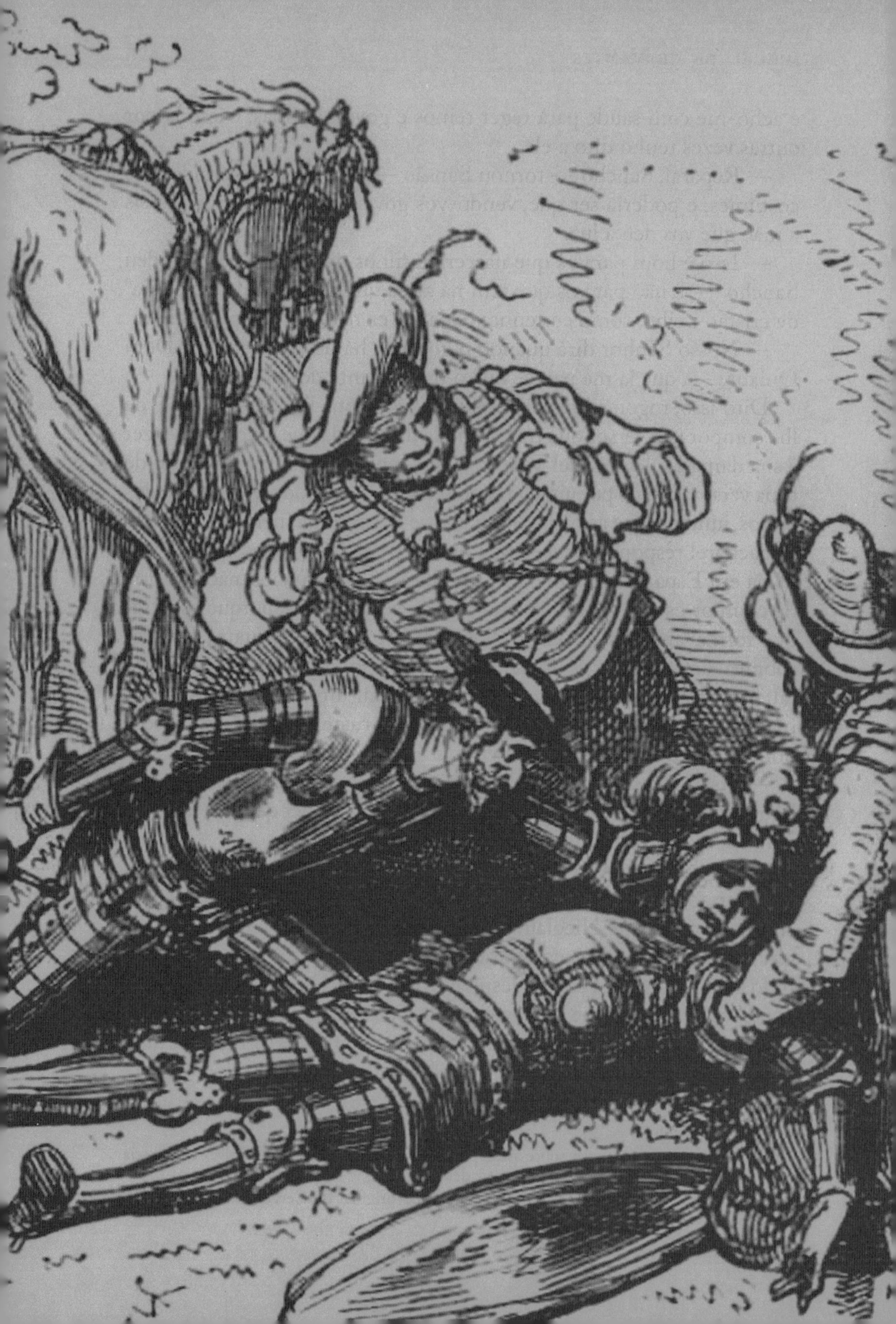

## Capítulo V

### DA DISCRETA E GRACIOSA PRÁTICA QUE HOUVE ENTRE SANCHO PANÇA E SUA MULHER, TERESA PANÇA, E OUTROS SUCESSOS DIGNOS DE FELIZ RECORDAÇÃO

CHEGANDO O TRADUTOR desta história ao quinto capítulo, diz que o tem por apócrifo, porque nele fala Sancho Pança com um estilo diverso do que se podia esperar do seu curto engenho e profere coisas tão sutis que não julga possível que ele as soubesse; mas que não deixou de traduzi-lo, para cumprir o que devia ao seu ofício, e assim prosseguiu, dizendo:

Chegou Sancho à sua casa com tanto júbilo e regozijo que sua mulher lhe conheceu a alegria a tiro de besta, tanto que se obrigou a perguntar-lhe:

— Que tendes, Sancho amigo, que tão alegre vindes?

Ao que ele respondeu:

— Mulher minha, se Deus quisesse, bem folgaria eu de não estar tão contente como pareço.

— Não percebo, homem de Deus — redarguiu ela —, e não sei o que quereis dizer com isso. Quem há que, embora bobo, receba gosto de não o ter?

— Ouve, Teresa — respondeu Sancho —, estou alegre porque resolvi tornar ao serviço de meu amo Dom Quixote, que pela terceira vez vai sair à busca de aventuras. Eu volto a sair com ele porque assim o quer a minha necessidade, com a esperança de ver se encontro outros cem escudos, como os que já gastei; e ao mesmo tempo entristece-me de ter de me apartar de ti e de meus filhos. Se Deus quisesse dar-me de comer, a pé enxuto e em minha casa, sem andar comigo por bosques e encruzilhadas, o que podia perfeitamente fazer com pouquíssimo custo, pois lhe bastava querê-lo, claro está que a minha alegria seria mais firme e sã, que a que eu tenho está mesclada com a tristeza de te deixar; foi por isso que eu disse o que tu não entendeste.

— Olha, Sancho, depois que te fizeste perna de cavaleiro andante, falas de um modo tão atrapalhado que não há quem te perceba.

— Basta que Deus me entenda, mulher — respondeu Sancho —, que ele é que é o entendedor de tudo, e fiquemos por aqui, e olha que é necessário que tenhas conta por estes três dias no ruço de modo que esteja pronto a pegar em armas. Dobra-lhe a ração, arranja-lhe a albarda e o rés do aparelho, porque nós não vamos a bodas, mas a dar voltas ao mundo, e ter dares e tomares com gigantes, endríagos e outros montros, e a ouvir silvos, rugidos, bramidos e o diabo a quatro, e ainda tudo isso seria pão com mel, se não tivéssemos que nos entender com arrieiros e mouros encantados.

— O que eu creio, marido — replicou Teresa —, é que os escudeiros andantes não comem o pão de balde,[1] e assim cá ficarei, rogando a Deus Nosso Senhor que depressa te livre de tanta má ventura.

— Eu te digo, mulher, que, se não pensasse ver-me em pouco tempo governador de uma ilha, cairia aqui morto.

— Isso não, marido — disse Teresa —, viva a galinha com a sua pevide;[2] vive tu e leve o Diabo quantos governos houver por esse mundo; sem governo saíste do ventre de tua mãe, sem governo viveste até agora, e sem governo irás ou te levarão à sepultura, quando Deus for servido; vivem muitos por esse mundo sem governo, e nem por isso deixam de viver e de ser contados no número das gentes. Não há melhor mostarda do que a fome, e, como esta não falta aos pobres, sempre comem com gosto. Mas olha, Sancho, se porventura te vires com algum governo, não te esqueças de mim nem dos teus filhos. Lembra-te que o Sanchico já tem quinze anos feitos e precisa ir à escola, visto que o tio abade quer fazer dele homem de igreja. Vê também que tua filha Mari Sancha não desgostará que a casemos, porque vou tendo umas desconfianças de que ela deseja tanto ter um marido como tu desejas ter um governo; e enfim, melhor parece filha malcasada que bem amancebada.

— Por minha fé — respondeu Sancho — que, se Deus me chega a dar algum governo, hei de casar Mari Sancha tão altamente que todos lhe hão de dar senhoria.

---

[1] Sempre estão sem trabalho.
[2] Película mórbida na língua de algumas aves, que lhes impede de beber.

— Isso não, Sancho — respondeu Teresa —; casa-a com um seu igual, que, se a tiras dos socos para os chapins, da saia parda de burel para as sedas e veludos, do tratamento de "Marica" e do "tu" para o de "dona tal" e "senhoria", não sabe a cachopa como se há de haver, e a cada passo há de cair em mil erros, descobrindo o fio do pano forte e grosseiro.

— Cala-te, tola — disse Sancho —, basta que o use dois ou três anos, que depois lhe virá como de molde o senhorio e a gravidade, e, se assim não for, que importa? Seja ela senhora e venha o que vier.

— Contenta-te com o teu estado, Sancho — respondeu Teresa —, e não queiras te levantar a outros maiores, e lembra-te do rifão que diz: lé com lé e cré com cré. Olha que seria bonito casar a nossa Maria com um condaço ou com um cavalheirote, que assim que lhe parecesse a pusesse como nova, chamando-lhe vilã, filha do estorroador[3] dos campos e da depenadora das rocas; tal não há de acontecer enquanto eu tiver o olho aberto, que não foi para isso que eu criei a minha filha; traze tu dinheiro, Sancho, e deixa a meu cargo o casá-la, que aí está Lope Tocho, filho de João Tocho, moço enxuto de carnes e são, muito conhecido nosso, e que sei perfeitamente que não vê com maus olhos a rapariga; e com esse, que é nosso igual, estará bem casada, e sempre a teremos aqui debaixo das nossas vistas, e seremos todos uns, pais e filhos, netos e genros, e andará entre nós a paz e a bênção de Deus, o que vale mais do que ires tu casar-ma aí nessas cortes e palácios grandes, onde nem a entendem nem ela se entende.

— Vem cá, besta e mulher de Barrabás[4] — replicou Sancho —; por que queres tu agora, sem mais nem mais, estorvar-me que eu case a minha filha com quem me dê netos que me tratem por senhoria? Olha, Teresa, sempre ouvi dizer aos meus maiores que quem não sabe gozar a ventura, quando a tem, não deve se queixar se ela lhe fugir; e não seria bem, agora que ela está chamando à nossa porta, que lha fechemos na cara; deixemo-nos ir com este vento favorável que nos sopra.

Por esse modo de falar, e pelo que mais abaixo disse Sancho, alegou o tradutor que tinha por apócrifo este capítulo.

— Não te parece alimária — continuou Sancho — que será bom dar comigo nalgum governo proveitoso, que nos tire o pé do lodo, e casar a

---

[3] Desmanchador.

[4] Em princípio, o malfeitor que foi trocado por Cristo, e portanto "capaz de qualquer perversidade".

Mari Sancha com quem eu quiser, e verás como te chamam a ti "Dona Teresa Pança" e te sentas na igreja em alcatifas, a despeito de todas as fidalgas da povoação? Pois a gente há de estar sempre sem crescer nem minguar, como figura de paramento? E nisto não mais falemos, que Sanchica será condessa por mais que me digas.

— Vê o que fazes, marido! — respondeu Teresa. — Temo que esse condado de minha filha venha a ser a sua perdição: faze-a lá duquesa ou princesa, mas sem vontade nem consentimento meu. Sempre fui amiga da igualdade, mano, e não posso ver bazófias;[5] Teresa me chamaram na pia do batismo, nome escorreito[6] e curto, sem mais limitações nem acréscimos nem arrebiques[7] de "dons" e "donas". Cascajo se chamou meu pai, e a mim por ser tua mulher me chamam Teresa Pança (que por boa razão me haviam de chamar Teresa Cascajo: mas lá vão reis onde querem leis); e com este nome me contento, sem que me ponham um "dom" por cima, que pese tanto que eu não possa com ele, e não quero dar que falar aos que me virem andar vestida à moda de condessa ou governadora, que logo dirão: "Olhem como vai inchada a porqueira; ontem não fazia senão fiar a sua estopa e, quando ia à missa, punha a saia por cima da cabeça, à moda de mantéu,[8] e já hoje arrasta sedas e anda tão emproada como se não a conhecêssemos". Se Deus me guardar os meus sete ou meus cinco sentidos, ou quantos são os que eu tenho, espero não dar ocasião de me ver em semelhante aperto: tu, mano, vai-te ser governo ou ilho, e emproa-te à vontade, que nem eu nem minha filha nos arredamos um passo da nossa aldeia: mulher honrada, a perna quebrada e em casa; donzela honesta, ter que fazer é a sua festa; ide-vos com o vosso Dom Quixote às vossas aventuras, deixai-nos a nós as nossas más venturas, que Deus as melhorará se formos boas; que eu não sei quem deu a ele o "dom", que o não tiveram seus pais nem seus avós.

— Agora digo — redarguiu Sancho — que tens algum demônio metido no corpo. Valha-te Deus, mulher, que coisas enfiaste umas nas outras, sem pés nem cabeça! Que tem que ver o Cascajo, os veludos, os rifões e a proa com o que eu digo? Vem cá, mentecapta e ignorante

---

[5] Vaidade exacerbada e infundada; vanglória, presunção.
[6] Que não tem defeito, falha ou lesão.
[7] Afetação, amaneiramento no modo de falar, nas atitudes, no comportamento.
[8] O manto era próprio das cidades ou das classes principais, não dos lugares nem do povo campesino. Recorde-se que, ao entrar no templo, as mulheres deviam cobrir a cabeça.

(que assim posso te chamar, visto que não entendes as minhas razões e vais fugindo da fortuna), se eu mostrasse desejo de que a minha filha se deitasse de uma torre abaixo, ou fosse por esses mundos fora, como quis ir a Infanta Dona Urraca,[9] tinhas razão em não estar de acordo; mas, se do pé para a mão e enquanto o Diabo esfrega um olho, lhe ponho às costas um "dom" e uma "senhoria", se a tiro da choupana e a ponho debaixo de um dossel, e num estrado, com mais almofadas de veludo do que de mouros tiveram na sua linhagem as almofadas de Marrocos, por que não hás de consentir e querer o que eu quero?

— Sabes por quê, marido? — respondeu Teresa. — Por causa do rifão que diz: quem te cobre que te descubra; para o pobre todos olham de corrida, mas nos ricos demora-se a vista e, se o rico foi pobre em tempos, aí vem o murmurar e o teimar dos maldizentes, que os há por essas ruas aos montes, como enxames de abelhas.

— Olha, Teresa — respondeu Sancho —, e escuta o que te digo; talvez nunca o tivesse ouvido em todos os dias da tua vida; não é meu, mas tudo são sentenças do padre que pregou a quaresma passada neste povo, o qual, se bem me lembro, disse que todas as coisas presentes que os olhos estão mirando assistem na nossa memória muito melhor e com mais veemência do que as coisas passadas.

Todas essas razões que Sancho aqui vai apresentando também são alegadas pelo tradutor para considerar apócrifo este capítulo, porque excedem à capacidade de Sancho, que prosseguiu dizendo:

— Donde nasce que, quando vemos alguma pessoa bem ajaezada,[10] ricamente vestida e com grande pompa de criados, parece que à viva força nos move e convida a que lhe tenhamos respeito, ainda que a memória nesse momento nos lembre alguma baixeza em que a tivéssemos visto, e essa ignomínia, ou venha da indigência ou da linhagem, como já passou, não existe, e o que existe é o que vemos presente; e, se esse que a fortuna tirou da pobreza (que por estas mesmas razões assim o disse o padre), para levantá-lo à altura da sua prosperidade, for bem-criado, liberal e cortês com todos, e não quiser se igualar com aqueles que por antiguidade são nobres, tem por certo, Teresa, que não haverá quem se

---

[9] Um romance muito divulgado contava que Dona Urraca ameaçou seu pai, Dom Fernando de Castela e Leão, de converter-se em "mulher errante" se ele não lhe deixasse em herança uma parte do reino.

[10] Cheia de enfeites; ornada, adereçada.

recorde do que foi, mas reverenciará o que é, exceto os invejosos, contra os quais não está segura nenhuma próspera fortuna.

— Não vos entendo, marido — replicou Teresa —; fazei o que quiserdes, e não me quebreis mais a cabeça com as vossas arengas e retóricas, e se *revolvestes* fazer o que dissestes...

— "Resolvestes" é que tu queres dizer, e não "revolvestes".

— Não entreis a disputar comigo, marido — respondeu Teresa. — Eu falo como Deus é servido, e não me meto lá em debuxos; e digo que se embirrais em ter governo, levai então convosco o vosso filho Sancho, para já lhe irdes ensinando a ser governador, porque é bom que os filhos herdem e aprendam os ofícios dos pais.

— Em tendo governo — disse Sancho —, eu o mandarei buscar pela posta, e enviar-te-ei dinheiros, que me não faltarão, porque nunca falta quem os empreste aos governadores, quando eles não os têm, e veste-o de forma que disfarce o que é e pareça o que há de ser.

— Manda tu dinheiro — disse Teresa —, que eu to porei como um palmito.

— E então ficamos de acordo — tornou Sancho — que a nossa filha há de ser condessa.

— No dia em que eu a vir condessa — acudiu Teresa — farei de conta que a enterro; mas outra vez te digo que faças dela o que tiveres na vontade, porque as mulheres nasceram com a obrigação de ser obedientes a seus maridos, embora sejam rudes.

E nisso começou a chorar tão deveras como se já visse morta e enterrada a Sanchica. Sancho consolou-a, dizendo-lhe que, ainda que tivesse de fazê-la condessa, a faria o mais tarde possível. Assim acabou a prática, e Sancho foi ter com Dom Quixote, para darem ordem à sua partida.

## Capítulo VI

### DO QUE PASSOU A DOM QUIXOTE COM A SUA SOBRINHA E COM A SUA AMA, CAPÍTULO DOS MAIS IMPORTANTES DESTA HISTÓRIA TODA

ENQUANTO SANCHO PANÇA e sua mulher Teresa Cascajo estiveram na prática impertinente que referimos, não estavam ociosas a sobrinha e a ama, que por mil sinais iam coligindo que Dom Quixote queria desgarrar-se pela terceira vez e voltar ao exercício da sua, para elas mal andante, cavalaria. Procuravam, por todos os modos possíveis, apartá-lo de tão mau pensamento, mas tudo era pregar no deserto e malhar em ferro frio; com tudo isso, entre outras muitas razões que com ele tiveram, disse-lhe a ama:

— Na verdade, meu senhor, se Vossa Mercê não fica quieto em sua casa e não deixa de andar por montes e vales como alma penada, procurando essas que diz que se chamam aventuras e a que eu antes chamarei desgraças, tenho de me queixar, voz em grita, a Deus e a el-rei que dê remédio a isso.

E Dom Quixote respondeu-lhe:

— Ama, o que Deus responderá às tuas queixas não sei; e ainda menos o que dirá Sua Majestade; e sei apenas que, se eu fosse rei, me dispensaria de responder a tanta infinidade de memórias impertinentes, como as que todos os dias lhe dão; que um dos maiores trabalhos que os reis têm, entre outros muitos, é o de estarem obrigados a escutar a todos e a todos responder; e assim não desejaria eu que coisas minhas o molestassem.

A isso respondeu a ama:

— Diga-me, senhor: na corte de Sua Majestade não há cavaleiros?

— Decerto que há — respondeu Dom Quixote —, e muitos, e é de razão que os haja, para adorno da grandeza dos príncipes e ostentação da majestade real.

— Por que não há de ser Vossa Mercê — replicou ela — um dos que a pé quedo[1] servem ao seu rei e senhor, estando na corte?

— Olha, amiga minha — respondeu Dom Quixote —, nem todos os cavaleiros podem ser cortesãos, nem todos os cortesãos podem nem devem ser cavaleiros: de tudo tem de haver no mundo, cavaleiros todos somos, mas vai muita diferença de uns a outros; porque os cortesãos, sem sair dos seus aposentos nem dos umbrais da corte, passeiam por todo o mundo, olhando para um mapa, sem lhes custar mealha, nem padecer calor, nem frio, nem fome, nem sede; mas nós outros, os cavaleiros andantes verdadeiros, ao sol, ao frio, ao ar, às inclemências do céu, de noite e de dia, a pé e a cavalo, lustramos toda a terra; e não conhecemos só os inimigos pintados, conhecemo-los no seu próprio ser, e a todo transe e em todas as ocasiões os acometemos, sem olhar as ninharias nem as leis de desafios, se tem ou não tem mais curta a lança ou a espada, se traz consigo relíquias ou algum engano encoberto, se se há de partir ou fazer em fatias o sol, ou não, como outras cerimônias desse jaez, que se usam nos desafios particulares, de pessoa a pessoa que tu não sabes e eu sei; e o bom cavaleiro andante, ainda que veja dez gigantes, que com a cabeça não só toquem nas nuvens mas passem para cima delas, e que a cada um lhe sirvam de pernas duas enormes torres, e que os braços semelhem mastros de grandes e alterosos navios, com cada olho como uma grande roda de moinho e mais ardente que um forno de vidraça, não tem por isso que se espantar; antes com gentil porte e intrépido coração deve acometê-los e investir; e, se for possível, vencê--los e desbaratá-los num breve momento, ainda que venham armados de umas conchas de certo peixe que dizem que são mais duras que os diamantes, e em vez de espadas tragam cutelos de aço damasquino ou cacetes ferrados com ponteiras de aço também, como eu vi mais de duas vezes. Tudo isso disse, ama, para que vejas a diferença que vai entre uns e outros cavaleiros; e seria razão que não houvesse príncipe que não estimasse em mais esta segunda, ou, para melhor dizer, primeira espécie de cavaleiros, que houve tal, entre eles, que foi a salvação não só de um reino mas de muitos.

---

[1] Sem se mover, parado.

— Ah! Senhor meu — acudiu a sobrinha —, repare Vossa Mercê que tudo isso que diz dos cavaleiros andantes é fábula e mentira, e as suas histórias, a não serem queimadas, mereciam que se lhe pusesse a cada uma um sambenito,[2] ou algum outro sinal, para que fosse conhecida por infame e destruidora dos bons costumes.

— Pelo Deus que me sustenta — disse Dom Quixote —; se não fosses minha sobrinha direta, como filha de minha própria irmã, havia de fazer em ti tal castigo, pela blasfêmia que disseste, que soaria em todo o mundo. Pois quê! É possível que uma rapariga, que apenas sabe mexer uns bilros, se atreva a pôr a boca nas histórias dos cavaleiros andantes e a censurá-las? O que diria o Senhor Amadis, se tal ouvisse? Com certeza te perdoaria, porque foi o mais humilde e cortês cavaleiro do seu tempo, e sobretudo grande amparo de donzelas; mas poderia outro te ouvir que não te tratasse com a mesma brandura, porque nem todos são corteses e prudentes; alguns há descomedidos e refeces; nem todos os que se chamam cavaleiros o são deveras, porque os há de ouro e de pechisbeque;[3] muitos que parecem verdadeiros e não podem ir seguros ao toque da pedra da verdade: há homens de baixa condição que estouram por parecer cavaleiros, há outros nobilíssimos que morrem por parecer gente baixa; àqueles levanta-os ou a ambição ou a virtude, a estes rebaixa-os ou a frouxidão ou o vício; e é mister aproveitarmo--nos do conhecimento discreto para distinguir essas duas espécies de cavaleiros, tão parecidos nos nomes e tão distantes nas ações.

— Valha-me Deus! — disse a sobrinha. — Sabe Vossa Mercê tanto que, se fosse mister, podia numa urgência subir ao púlpito ou ir a pregar por essas ruas, e com tudo isso cair numa insensatez tão óbvia que dê a entender que é valente, sendo velho, que tem forças, estando enfermo e que endireita tortos, estando derreado pela idade, e sobretudo que é cavaleiro, não o sendo, porque ainda que o possam ser os fidalgos, nunca o são os pobres!

— Tens muita razão, sobrinha — respondeu Dom Quixote —, e, a respeito de linhagens, poderia eu dizer-te coisas que te fariam espanto; mas, para não misturar o divino com o profano, não as digo. Olhai, queridas, a quatro espécies de linhagens (atendei bem) se podem

---

[2] Faixa de tecido de cor amarela com uma listra vermelha que a Inquisição punha em seus condenados.
[3] Liga de cobre e zinco que imita o ouro; ouro falso.

reduzir todas as que há no mundo, e vêm a ser: umas, que tiveram humildes princípios e se foram ampliando até chegar à sua grandeza; outras, que tiveram princípios grandes, e os foram conservando, e conservam e mantêm no mesmo pé em que começaram; outras, apesar de haverem tido grandes princípios, acabaram em ponta, como uma pirâmide, havendo diminuído e aniquilado seu princípio até parar em nada, como é a ponta da pirâmide, que, em comparação à base, nada é; outras há (e são estas as mais numerosas) que nem tiveram bom princípio nem meio razoável, e terão dessa forma o fim sem brilho, como a linhagem de gente plebeia e ordinária. Das primeiras, que tiveram princípios humildes e subiram à grandeza que conservam agora, sirva de exemplo a casa otomana,[4] que de um humilde pastor, que lhe deu origem, está no auge em que a vemos; da segunda, que teve princípio em grandeza e a conserva sem aumentá-la, dou como exemplo muitos príncipes, que o são por herança e a conservam, sem aumentá-la nem diminuí-la, contendo-se pacificamente nos limites dos seus Estados; e dos que principiaram grandes e acabaram em ponta há inúmeros exemplos, porque todos os faraós e Ptolomeus do Egito,[5] os césares de Roma, com toda a caterva (se assim se lhes pode chamar) de infinitos príncipes, monarcas, senhores, medos, assírios, persas, gregos e bárbaros, todas essas linhagens e todos esses senhores acabaram em ponta e em nada, tanto eles quanto os que lhes deram princípio, porque não será possível encontrar agora nenhum dos seus descendentes, e, se os encontrássemos, seria em baixo e humilde estado. Da linhagem plebeia não tenho que dizer, senão que serve unicamente para acrescentar o número dos que vivem, sem que mereçam outra fama nem outro elogio as suas grandezas. De tudo isso quero que infirais, minhas tolas, que há muita confusão entre as linhagens, e que só parecem grandes e ilustres as que o mostram ser na virtude, na riqueza e liberalidade dos seus representantes. Disse virtudes, riquezas e liberalidades porque o grande que for vicioso será um grande vicioso, e o opulento não liberal será um avarento mendigo, que ao possuidor das riquezas não o faz feliz o possuí-las, mas sim despendê-las, e não o gastá-las como quiser, mas

---

[4] Refere-se a Otomã, fundador e epônimo do império e dinastia turca. Foi pastor e bandoleiro.

[5] Descendentes de Ptolomeu I Soter (360-283 a.C.), general de Alexandre Magno que se apoderou do Egito e substituiu os faraós em seu governo.

saber empregá-las bem. Ao cavaleiro pobre não lhe fica outro caminho para mostrar que é cavaleiro senão o da virtude, sendo afável, cortês, comedido e serviçal, não soberbo, nem murmurador, nem arrogante e, sobretudo, caritativo, que com dois maravedis que ele dê, com ânimo alegre, se mostrará tão liberal como o que dá esmola com toque de sinos, e não haverá quem o veja adornado das referidas virtudes que, ainda que o não conheça, deixe de considerá-lo homem de boa casta, e sempre o louvor foi prêmio da virtude e os virtuosos não podem deixar de ser louvados. Há dois caminhos por onde os homens podem chegar a ser ricos e considerados: um é o das letras, o outro o das armas. Eu, pela inclinação que tenho para as armas, vejo que nasci debaixo do influxo do planeta Marte, de forma que me é forçoso seguir por esse caminho; por ele hei de ir malgrado a toda a gente, e debalde vos cansareis em persuadir-me a que não queira o que os céus querem, o que a fortuna ordena, o que pede a razão e, sobretudo, o que a minha vontade deseja; pois sabendo, como sei, os inúmeros trabalhos que tem a cavalaria andante, sei também os bens infinitos que com ela se alcançam, e sei que a senda da virtude é muito estreita, e o caminho do vício largo e espaçoso, que os seus fins e paradeiros são diferentes, porque o do vício, dilatado e espaçoso, acaba na morte, e o da virtude, apertado e íngreme, acaba em vida, e não em vida que tenha termo, mas na vida eterna, e sei como disse o nosso grande poeta castelhano:

> Conduz-nos esta aspérrima vereda
> Da imortalidade ao alto assento,
> Onde não chega quem dali se arreda.[6]

— Ai! Desditosa de mim — disse a sobrinha —, que também meu tio é poeta; tudo sabe e tudo alcança, e aposto que, se imaginar ser alvanel,[7] fabricará uma casa como uma jaula.

— Juro-te, sobrinha — respondeu Dom Quixote —, que, se esses pensamentos cavalheirescos não me arrebatassem os sentidos todos, não haveria coisa que eu não fizesse nem curiosidade que não me saísse das mãos, sobretudo jaulas e palitos de dentes.

---

[6] Trata-se da elegia I de Garcilaso, vv. 202-204.
[7] Pedreiro que trabalha com pedra e cal.

A esse tempo bateram à porta e, perguntando-se quem era, respondeu Sancho Pança; apenas a ama o conheceu, tratou de se ir embora para não o ver, tal era o ódio que lhe votara. Foi abrir a sobrinha, saiu a recebê-lo de braços abertos seu amo Dom Quixote, e encerraram-se ambos em seu aposento, onde tiveram outro colóquio não menos interessante que o anterior.

# Capítulo VII
## DO QUE PASSOU DOM QUIXOTE COM O SEU ESCUDEIRO, COM OUTROS SUCESSOS FAMOSÍSSIMOS

APENAS VIU A AMA QUE Sancho Pança se encerrava com Dom Quixote, logo imaginou do que eles iriam tratar; e, percebendo que daquela prática resultaria terceira saída, com grande mágoa e aflição foi procurar o Bacharel Sansão Carrasco, parecendo-lhe que, sendo bem-falante, o novo amigo de seu amo podia persuadi-lo a deixar tão desvairado propósito. Achou-o a passear no pátio da sua casa e, assim que o viu, caiu-lhe aos pés, toda suada e aflita. Vendo-a Carrasco tão sobressaltada e queixosa, disse-lhe:

— Que é isso, senhora minha? Que lhe aconteceu, que parece que se lhe arranca a alma?

— Não é nada, Senhor Sansão, é que meu amo se vai, vai-se sem dúvida alguma.

— Vai-se por onde? — perguntou Sansão. — Sangraram-no?

— Vai-se pela porta da sua loucura; o que digo, senhor bacharel da minha alma, é que quer sair outra vez, e com esta será a terceira, a procurar por esse mundo o que ele chama aventuras, que não sei como lhes pode dar semelhante nome. Da primeira vez trouxeram-no para casa atravessado em cima de uma carreta, moído de pauladas; da segunda veio num carro de bois, metido dentro de uma gaiola, onde ele dizia que estava encantado; e o triste do homem vinha de tal maneira que não o reconheceria a mãe que o pariu: fraco, amarelo, com os olhos encovados na cara; e, para fazê-lo tornar a ser o que era, gastei mais de seiscentos ovos, como sabem Deus e todo o mundo, e as minhas galinhas, que me não deixarão mentir.

— Nisso creio eu — respondeu o bacharel —, que elas são tão boas, tão gordas e tão bem-criadas que não diriam uma coisa por outra, nem que rebentassem. Então, senhora ama, não há mais nada de novo, nem sucedeu outra coisa ao Senhor Dom Quixote, senão o que se teme que ele queira fazer?

— Mais nada — redarguiu ela.

— Pois não se aflija — tornou o bacharel —; vá para casa, arranje-me para o almoço alguma coisa quente e de caminho reze a oração de Santa Apolônia,[1] se a sabe, que eu não tardo, e verá então maravilhas.

— Coitada de mim! — retrucou a ama. — Diz-me Vossa Mercê que reze a oração de Santa Apolônia! Isso era bom se meu amo padecesse dos queixais,[2] mas do que ele padece é dos miolos.

— Sei o que digo, senhora ama; vá e não comece com disputas, bem sabe que sou bacharel por Salamanca, que não há maior bacharelice — respondeu Carrasco.

E com isso se foi a ama, e o bacharel tratou logo de ir combinar com o cura o que a seu tempo se dirá.

Enquanto isso, passavam-se entre Dom Quixote e Sancho Pança os arrazoados que a história conta com muita pontualidade e verdadeira relação.

— Afinal *reluzi* minha mulher a que me deixe ir com Vossa Mercê aonde me quiser levar.

— Dize "reduzi", e não "reluzi", Sancho — observou Dom Quixote.

— Já uma ou duas vezes — respondeu Sancho —, se bem me lembro, supliquei a Vossa Mercê que não me emende os vocábulos, logo que entenda o que eu quero dizer, e, em não mos entendendo, diga assim: "Sancho ou Diabo, não te entendo". E, se eu não me explicar, então emende, que eu sou muito fócil.

— Não te entendo, Sancho — disse logo Dom Quixote —; não sei o que quer dizer: "Sou muito fócil".

— "Muito fócil" quer dizer sou "muita coisa".

— Agora ainda te entendo menos — tornou Dom Quixote.

---

[1] Santa Apolônia é protetora dos dentes; sua oração aparece citada na *Celestina*, IV. A piada tem vários sentidos: Sansão Carrasco alude a seus próprios dentes, que pensa utilizar para comer; a ama crê que a oração é por Dom Quixote, enfermo dos "cascos" (a cabeça), cujo deus protetor é Apolo, que ela entende como masculino de Apolônia.

[2] Dente molar.

— Pois, se não me entende, eu é que já não sei como hei de dizer; não estou para mais, e Deus seja comigo.

— Ai! Ai! Agora é que eu caio no que tu querias explicar — acudiu Dom Quixote —, que era "muito dócil", brando e maneiro que tomarás o que eu disser e passarás pelo que te mostrar.

— Aposto — tornou Sancho — que logo desde o princípio me entendeu, mas quis atrapalhar-me para me ouvir dizer duzentos disparates.

— É possível — redarguiu Dom Quixote —; mas vamos ao caso: o que disse Teresa?

— Teresa disse que ponha Vossa Mercê o preto no branco, que joguemos com cartas na mesa, que pelo falar é que a gente se entende, que mais vale um toma que dois te darei; e eu acrescento que o conselho da mulher é pouco, e quem não o toma é louco.

— Digo o mesmo também — respondeu Dom Quixote —; mas continua, Sancho, que falas hoje como um livro.

— O caso vem a ser o seguinte — tornou Sancho. — Como Vossa Mercê sabe, todos havemos de morrer; nunca se pode contar com o dia de amanhã; tão depressa morre o cordeiro como o carneiro; a gente neste mundo está nas mãos de Deus; a morte é surda e vem-nos bater à porta quando menos a esperamos, e não a detêm nem rogos nem súplicas, nem mitras e cetros, como é fama e como nos dizem por esses púlpitos.

— Tudo isso é a pura verdade — acudiu Dom Quixote —, mas o que eu não sei é onde queres chegar.

— Quero chegar ao seguinte: que Vossa Mercê me arbitre um salário certo, dizendo o que me há de dar a cada mês que o servir, e mandando-mo pagar pela sua fazenda, e que não hei de estar à mercê de que ele venha tarde ou nunca; ajude-me Deus com o que é meu. Enfim, quero saber o que ganho, pouco ou muito que seja, que grão a grão enche a galinha o papo, muitos poucos fazem muitos, e quem ganha alguma coisa não perde coisa alguma. É verdade que, se Vossa Mercê (o que eu já não creio, nem espero) me viesse a dar a ilha que me prometeu, nem sou tão ingrato nem levo as coisas tanto à risca que não queira que se avaliem as rendas da tal ilha, para se fazer um *gateio* no meu salário.

— Sancho amigo, não é "gateio", é "rateio".

— Vossa Mercê entendeu-me, e é o que basta.

— Entendi, sim — respondeu Dom Quixote —, e de tal forma que penetrei no íntimo dos teus pensamentos e percebi o alvo a que miram as inúmeras setas dos teus rifões. Olha, Sancho, eu não teria dúvida em te marcar salário, se houvesse encontrado nalgumas histórias de cavaleiros andantes exemplo que me descobrisse e mostrasse, por qualquer pequeno resquício, o que costumavam ganhar, por mês ou por ano, os escudeiros; mas li todas ou a maior parte das suas histórias e não me recordo de ter visto que qualquer cavaleiro andante desse ao seu escudeiro salário certo; sei apenas que todos serviam à mercê e que, quando menos pensavam, se correra a seus senhores próspera fortuna, achavam-se premiados com alguma ilha ou outra coisa equivalente e pelo menos ficavam com título e senhoria; se, com essas esperanças e adiantamentos, quiseres, Sancho, tornar a servir-me, seja em muito boa hora, que lá tirar eu dos seus termos e dos seus eixos a antiga usança da cavalaria andante, nunca o farei: assim, pois, meu Sancho, volta para casa e declara à tua Teresa a minha intenção e, se ela quiser, e tu quiseres também, *bene quidem*,[3] se não quiseres, amigos como dantes, que, se no pombal houver milho, pombas não faltarão, e repara, filho, que mais vale esperança boa que pensão ruim, e boa queixa que mau pago. Falo deste modo, Sancho, para te dar a entender que também eu sei, como tu, despejar uma saraivada de rifões. Finalmente, digo que, se não queres vir à mercê e correr mesma sorte, Deus seja contigo e te faça um santo, que não me faltarão escudeiros mais obedientes, mais solícitos e menos faladores e empachados[4] do que tu.

Quando Sancho ouviu essas firmes palavras, anuviaram-se-lhe os olhos e enegreceu-se-lhe o coração, porque supunha que seu amo não iria sem ele, nem a troco de todos os haveres deste mundo, e, estando assim suspenso e pensativo, entraram Sansão Carrasco e a ama e a sobrinha, estas desejosas de ouvir com que razões ele persuadiria Dom Quixote a não tornar a procurar aventuras. Chegou Sansão, famoso magano,[5] e, abraçando Dom Quixote como da primeira vez, disse-lhe:

— Ó flor da cavalaria andante! Ó luz resplandecente das armas! Ó honra e espelho da nação espanhola! Praza a Deus Onipotente, onde mais largamente se contém,[6] que a pessoa ou pessoas que puserem impedimento à sua terceira saída não a encontrem no labirinto dos seus desejos, nem nunca se lhes cumpra o que mal desejarem.

---

[3] "Seja em boa hora."
[4] Empanturrado, farto.
[5] Aquele que usa de ardil, de trapaças; velhaco, malandro.
[6] Fórmula curial corrente nas escrituras.

E, voltando-se para a ama, disse-lhe:

— Bem pode a senhora ama deixar de rezar a oração de Santa Apolônia, que eu sei que é determinação rigorosa das esferas que o Senhor Dom Quixote volte a executar os seus altos e novos pensamentos; e eu muito encarregaria a minha consciência se não intimasse e persuadisse esse cavaleiro a não ter por mais tempo encolhida e presa a força do seu valoroso braço e a bondade do seu ânimo valentíssimo, porque defrauda com a sua tardança o amparo dos órfãos, a honra das donzelas, o favor das viúvas, o arrimo das casadas e outras coisas desse jaez, que tocam e andam anexas à ordem da cavalaria. Meu Senhor Dom Quixote, formoso e bravo, ponha-se Vossa Mercê a caminho, mais a sua grandeza, antes hoje que amanhã; e, se alguma coisa faltar para a execução da sua saída, aqui estou eu para supri-la com a minha pessoa e fazenda; e, se for necessário servir a sua magnificência de escudeiro, tê-lo-ei por felicíssima ventura.

— Não te disse eu — interrompeu Dom Quixote, voltando-se para Sancho — que havia de sobrar-me escudeiros? Vê quem se oferece para o ser, o inaudito Bacharel Sansão Carrasco, trastulo[7] regozijador dos pátios das escolas de Salamanca, sadio, ágil, calado e sofredor do calor, do frio, da fome e da sede, com todas as partes que se requerem para se ser escudeiro de um cavaleiro andante; mas não permita o céu que em proveito meu decapite e quebre a coluna das letras e vaso das ciências, e corte a eminente palma das boas e liberais artes. Permaneça o novo Sansão em sua pátria e, honrando-a, honre juntamente as cãs de seus velhos pais, que eu com qualquer escudeiro ficarei satisfeito, e já que Sancho não se digna vir comigo...

— Digno, sim — respondeu Sancho, enternecido e com os olhos cheios de lágrimas.

E prosseguiu:

— Não se dirá de mim: comida feita, companhia desfeita; que eu não descendo de gente desagradecida, e sabe todo o mundo, e especialmente a minha terra, quem foram os Panças meus ascendentes, tanto mais que tenho conhecido, por boas palavras, o desejo que Vossa Mercê tem de me agraciar, e, se estive com contas de tantos e quantos a respeito do meu salário, foi para comprazer minha mulher, que, em

---

[7] Grande traste; velhaco, tratante, bufão (portanto, a resposta de Dom Quixote também é claramente burlesca).

se lhe metendo na cabeça persuadir de uma coisa, não há cunha[8] que tanto aperte uma tranca como aperta ela para que se faça o que deseja; mas, efetivamente, um homem é um homem, e a mulher, mulher, e, se eu sou homem em toda parte, hei de sê-lo também em minha casa, pese a quem pesar, e assim não há mais que fazer, senão ordenar Vossa Mercê o seu testamento com o seu codicilo,[9] de forma que não possa ser *revolcado*, e ponhamo-nos a caminho, para que não padeça a alma do Senhor Sansão, que diz que a sua consciência lhe dita persuadir Vossa Mercê a sair pela terceira vez por este mundo, e eu de novo me ofereço a servi-lo fiel e lealmente, tão bem e melhor do que quantos escudeiros serviram a cavaleiros andantes, em tempos passados e presentes.

Ficou admirado o bacharel de ouvir os termos e modo de falar de Sancho Pança, pois, apesar de ter lido a primeira história de seu amo, nunca julgou que fossem tão graciosos como ali se pintam; mas, ouvindo-o falar agora em testamento e codicilo que não possa ser "revolcado", em vez de "revogado", acreditou em tudo o que lera e considerou-o um dos mais solenes mentecaptos do nosso século, e disse de si para si que dois doidos como amo e criado nunca tinham se visto no mundo.

Finalmente, Dom Quixote e Sancho abraçaram-se e ficaram amigos; e, com parecer e beneplácito de Carrasco, que fazia a vez de oráculo, ordenou-se que partissem daí a três dias, empregando esse tempo em preparar o necessário para a sua viagem e em procurar uma celada de encaixe, que, por todos os modos, disse Dom Quixote que havia de levar. Ofereceu-lha Sansão, contando que não lha negaria um amigo seu que tinha uma, ainda que mais escura pela ferrugem do que limpa e clara pelo aço luzente.

As maldições que a ama e a sobrinha arrojaram ao bacharel foram sem conto; arrepelaram os cabelos, arranharam a cara e, à moda das carpideiras[10] que então se usavam, deploravam a partida, como se fosse a morte de seu amo e tio. O desígnio que teve Sansão, persuadindo-o a sair outra vez, foi o que a história adiante refere, tudo por conselho do cura e do barbeiro, com quem anteriormente se combinara.

---

[8] Peça de metal ou madeira dura cortada em ângulo agudo, usada para fender pedra ou madeira, bem como para calçar, nivelar ou ajustar objetos.

[9] Escrito particular de última vontade, pelo qual alguém estabelece disposições sobre seu enterro, dá esmolas e doa móveis, roupas ou joias de seu uso particular e não muito valiosas, e nomeia ou substitui testamenteiros.

[10] Mulheres a quem se paga para chorar nos enterros.

Enfim, naqueles três dias Dom Quixote e Sancho muniram-se de tudo o que lhes conveio e, tendo Sancho aplacado sua mulher, e Dom Quixote sua sobrinha e sua ama, ao anoitecer, sem que ninguém os visse, a não ser o bacharel que os acompanhou a meia légua do lugar, puseram-se a caminho de El Toboso. Dom Quixote montado no seu bom Rocinante, e Sancho no seu antigo ruço, com os alforjes providos de coisas tocantes à bucólica[11] e bolsa de dinheiros que Dom Quixote lhe deu para o que necessário fosse. Abraçou-o Sansão e suplicou-lhe que lhe comunicasse a boa ou má sorte que tivesse, para se alegrar com uma e entristecer-se com outra, como pediam as leis da boa amizade. Prometeu-lho Dom Quixote; voltou Sansão para a sua terra, e ambos tomaram o caminho da grande cidade de El Toboso.

---

[11] À comida; é um derivado vulgar do termo latino *bucca* (boca), interpretação cômica que devia estar na moda na época.

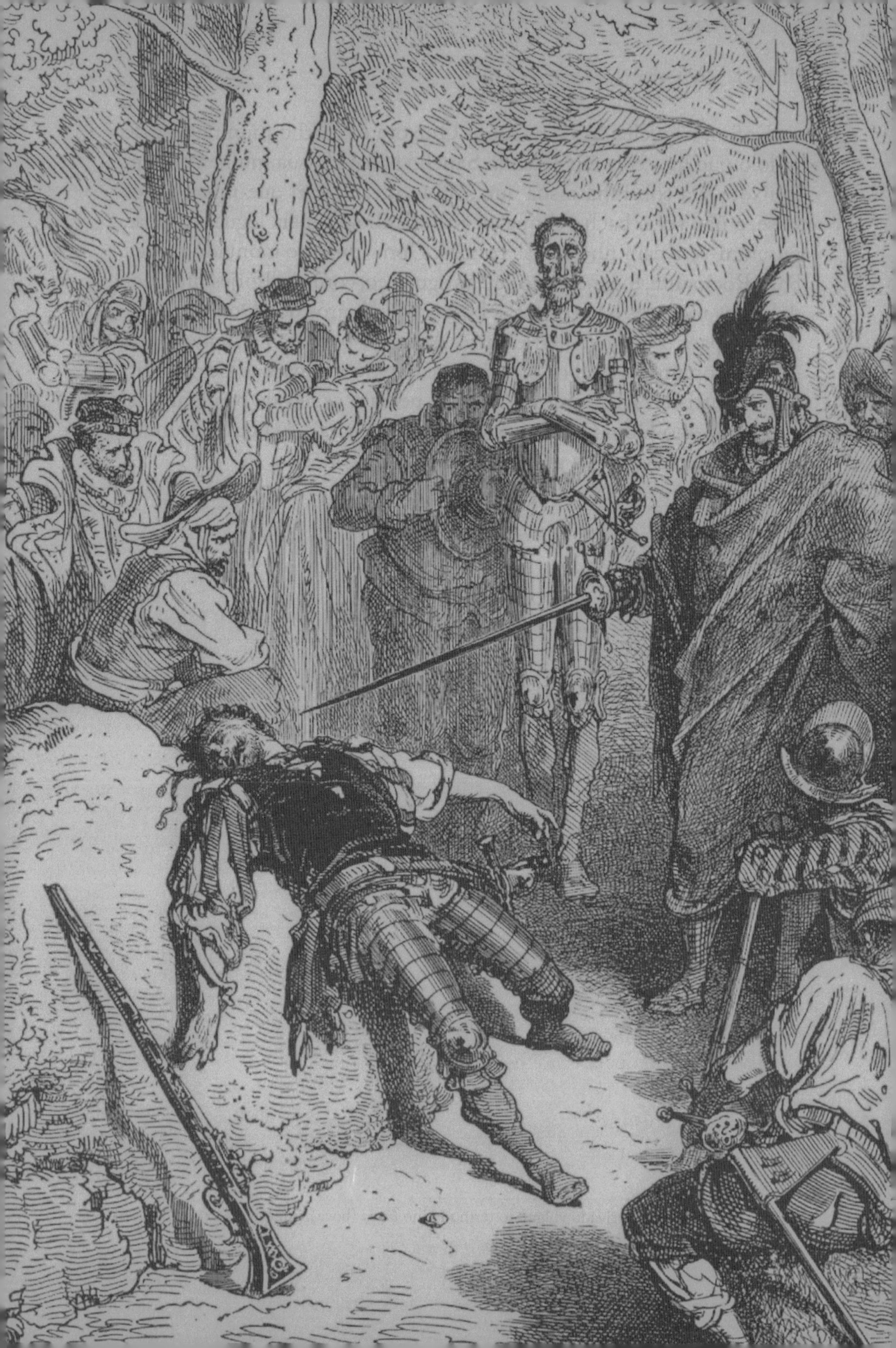

## Capítulo VIII
### ONDE SE CONTA O QUE SUCEDEU A DOM QUIXOTE, INDO VER A SUA DAMA DULCINEIA DEL TOBOSO

"BENDITO SEJA O PODEROSO ALÁ", diz Hamete Benengeli no princípio deste oitavo capítulo; "bendito seja Alá", repete três vezes e diz que dá essas bênçãos por ver já em campanha Dom Quixote e Sancho, e que os leitores desta agradável história podem contar que deste ponto em diante começam as façanhas e donaires de Dom Quixote e do seu escudeiro; persuade-os a esquecer as passadas cavalarias do engenhoso fidalgo e pôr os olhos nas que estão para vir, que principiam desde agora no caminho de El Toboso, como as outras principiaram nos campos de Montiel; e não é muito o que pede para tanto como o que promete; e assim prossegue, dizendo:

Ficaram sós Dom Quixote e Sancho e, apenas Sansão se apartou, começou a relinchar o Rocinante e a suspirar o ruço, coincidência que, tanto pelo cavaleiro como pelo escudeiro, foi tida por bom sinal, ainda que, se se há de contar a verdade, mais foram os suspiros e os zurros do ruço do que os relinchos do rocim, donde coligiu Sancho que a sua ventura havia de sobrepujar e passar para cima da de seu senhor, fundando-se não sei se na astrologia judiciária[1] que ele sabia, posto que a história não o declare; só lhe ouviram dizer que, quando tropeçava ou caía, desejava não ter saído de casa, porque do tropeçar ou cair não se tirava outra coisa senão sapatos rotos ou costelas quebradas; e, apesar de tolo, não andava nisso muito fora da razão.

---

[1] A astrologia judiciária era a que, baseando-se no estudo dos astros, podia responder a perguntas sobre o futuro das pessoas.

Disse-lhe Dom Quixote:

— Sancho amigo, a noite vai entrando rápida e escura, quando nós precisávamos chegar de dia a El Toboso, aonde resolvi, antes de começar novas aventuras, ir tomar a bênção e a licença da sem-par Dulcineia, com a qual tenho por certo que hei de acabar felizmente com todos os perigosos lances, porque nada há nesta vida que faça mais valentes os cavaleiros andantes do que verem-se favorecidos pelas suas damas.

— Assim creio — respondeu Sancho —, mas tenho por difícil que Vossa Mercê lhe fale ou a veja, pelo menos em sítio onde possa receber a sua benção, a não ser que ela lha deite pelas frestas do curral onde a vi pela primeira vez, quando lhe levei a carta que dava a notícia das sandices e loucuras que Vossa Mercê ficava fazendo na Serra Morena.

— Pareceu-te, Sancho, que foi pela fresta de um curral que viste aquela nunca assaz louvada gentileza e formosura? Havia de ser varanda ou galeria de rico e régio palácio.

— Pode ser — respondeu Sancho —; a mim pareceu-me fresta, se me não falha a memória.

— Veja-a eu, Sancho — tornou Dom Quixote —; tanto se me dá que seja na fresta de um curral como na sacada de um palácio, ou no mirante de um jardim, que todo e qualquer raio do sol da sua beleza, logo que chegue aos meus olhos, alumiará o meu entendimento e fortalecerá o meu coração, de modo que fique único e sem igual na discrição e na valentia.

— Pois na verdade, senhor — redarguiu Sancho —, quando eu vi esse sol da Senhora Dulcineia del Toboso, não estava ele tão claro que pudesse deitar quaisquer raios de luz; naturalmente, como Sua Mercê peneirava o trigo, como eu disse, o muito pó que deitava pôs-se como uma nuvem diante do rosto e lho escureceu.

— Por que teimas tu, Sancho — insistiu Dom Quixote —, em dizer e pensar que Dulcineia, muito senhora minha, estava peneirando trigo, mister e exercício esse que fica muito desviado de todos os que fazem e devem fazer as pessoas principais, guardadas para outras ocupações e entretenimentos, que a tiro de besta revelam a sua hierarquia? Mal te lembras, Sancho, daqueles versos do nosso poeta[2] quando nos pinta os lavores que faziam nos seus palácios de cristal as quatro ninfas que

---

[2] Por antonomásia, "nosso poeta" é Garcilaso de la Vega; refere-se à égloga III, vv. 53 ss.

saíram de dentro do Tejo diletíssimo, e se sentaram a lavar no verde prado aquelas ricas telas, que ali o engenhoso poeta nos descreve, que eram todas de ouro, seda e pérolas tecidas e formadas; e assim devia ser o lavor da minha dama quando a viste, se a inveja que algum mau nigromante deve ter a tudo quanto é meu não muda as coisas que me hão de dar gosto em figuras diversas das que elas têm; e, assim, temo que nessa história que dizem que anda impressa das minhas façanhas, se porventura foi seu autor algum sábio meu inimigo, metesse umas coisas por outras, mesclando com uma verdade mil mentiras, divertindo-se a contar outras ações fora do que manda a verdade. Ó inveja, raiz de infinitos males, que não fazes senão carcomer virtudes! Todos os vícios, Sancho, trazem não sei que deleite consigo; mas o da inveja não traz senão desgostos, rancores e raivas.

— É o que eu digo também — respondeu Sancho —, e penso que nessa lenda ou história de que nos contou o Bacharel Carrasco sobre nós, há de andar a minha honra tachincalhada, e, como diz o outro, ao estricote, varrendo as ruas; pois por minha fé eu não disse mal de nenhum nigromante nem tenho tantos haveres que possa ser invejado; é verdade que sou um tanto malicioso e que não deixo de ter a minha velhacaria; mas tudo cobre e esconde a grande capa da minha simpleza, sempre natural e nunca artificiosa; e, quando outra coisa não tivesse que não fosse crer, como sempre creio firme e verdadeiramente, em Deus e em tudo o que manda acreditar a Santa Igreja Católica Romana, e ser inimigo mortal, como sou, dos judeus, deviam os historiadores ter misericórdia de mim e tratar-me bem nos seus escritos; mas digam o que quiserem, que nu nasci, nu me acho, não perco nem ganho, apesar de me ver posto em livro, a andar por esse mundo de mão em mão, e de tudo o mais pouco se me dá.

— Isso se assemelha, Sancho — tornou Dom Quixote —, ao que sucedeu a um famoso poeta do nosso tempo, o qual, tendo feito uma maliciosa sátira contra todas as damas loureiras,[3] nem incluiu nem nomeou uma, de quem se podia duvidar se o era ou não, a qual, vendo que não estava na lista das damas, se queixou ao poeta, perguntando-lhe que motivo tivera para não a meter entre as outras, acrescentando que

---

[3] Eufemismo de "prostitutas de certa categoria". O poema a que se refere foi identificado com a *Sátira contra as damas de Sevilha* (*c.*1578), de Vicente Espinel.

ampliasse a sátira e a introduzisse, senão se arrependeria. Obedeceu o poeta e pô-la pelas ruas da amargura, e ela ficou satisfeita por se ver afamada e infamada. Também vem à colação o que contam daquele pintor que deitou fogo ao famoso templo de Diana, considerado uma das sete maravilhas do mundo, só para que se imortalizasse nos séculos vindouros e, ainda que se mandou que ninguém fizesse, de viva voz nem por escrito, menção do seu nome, para que não conseguisse o fim do seu desejo, soube-se todavia que se chamava Eróstrato. Também se parece com isso o que sucedeu ao grande Imperador Carlos V com um cavaleiro, em Roma. Quis ver o imperador aquele famoso templo da Rotunda,[4] que na Antiguidade se chamou o templo de todos os deuses, e agora com melhor invocação se chama de todos os santos, e é o edifício que mais inteiro ficou dos que foram levantados pela gentilidade em Roma e o que mais conserva a fama da grandiosa magnificência dos seus fundadores: é do feitio de meia laranja, muitíssimo grande e muito claro, sem lhe entrar mais luz senão a que concede uma janela, ou, para melhor dizer, claraboia, que está no teto, donde o imperador contemplou o edifício; tinha ele ao seu lado um cavaleiro romano, que lhe dizia os primores e as sutilezas daquela grande máquina e memorável arquitetura, e, tendo-se tirado enfim dali, disse ao imperador: "Mil vezes, meu senhor, me veio o desejo de me abraçar com Vossa Sacra Majestade e atirar-me dali abaixo, para deixar eterna fama no mundo". "Agradeço-vos", respondeu o imperador, "não terdes levado a efeito tão mau pensamento e daqui por diante não vos porei mais em ocasião de poderdes dar prova da vossa lealdade, e assim vos mando que nunca me faleis nem estejais onde eu estiver". E, ditas essas palavras, fez-lhe uma grande mercê. Quero dizer com isso, Sancho, que o desejo de alcançar fama é ativíssimo. Quem pensas tu que atirou Horácio ponte abaixo, armado com todas as armas, nas profundidades do Tibre?[5] Quem queimou a mão e o braço de Múcio?[6] Quem impeliu Cúrcio a arrojar-se ao

---

[4] É o antigo Panteão romano, depois consagrado com o nome de Santa Maria da Rotunda. A visita do imperador aconteceu em 5 de abril de 1536.

[5] Trata-se de Horácio Cocles, que defendeu a entrada da ponte sobre o Tibre dos ataques dos etruscos, dirigidos por Porsena, até que pôde ser interrompido; só então se lançou n'água e cruzou o rio, sem abandonar suas armas. A série de interrogações que introduz pessoas exemplares é uma prática retórica frequente.

[6] Caio Múcio Escévola, o Canhoto, ameaçado de tortura por Porsena, enfiou voluntariamente a mão em um braseiro para mostrar como a dor lhe importava pouco e como ele desejava a glória (Tito Lívio, *Ab urbe condita*, II).

ardente vórtice que apareceu no meio de Roma?[7] Quem, contra todos os agouros, fez passar Júlio César pelo Rubicão?[8] E, com exemplos mais modernos, quem afundou os navios e deixou em terra e isolados os valorosos espanhóis que o grande Cortés guiava à conquista do Novo Mundo?[9] Todas essas e outras façanhas são, foram e hão de ser obras da fama, que os mortais desejam como prêmio e antegosto da imortalidade que os seus feitos merecem, ainda que os católicos e cavaleiros andantes mais havemos de atender à glória dos séculos vindouros, que é eterna nas siderais regiões, do que à vaidade da fama, que neste presente e mortal século se alcança, a qual, por muito que dure, enfim há de acabar com o próprio mundo, que tem o seu fim marcado. Assim, ó Sancho, não saiam as nossas obras dos limites que nos impõe a religião cristã que professamos. Matando os gigantes, matemos o orgulho; combatamos a inveja com a generosidade; a ira, com a placidez de um ânimo tranquilo; a gula e o sono, com as curtas refeições e as longas vigílias; a luxúria e a lascívia, com a lealdade que guardamos às que fizemos senhoras dos nossos pensamentos; a preguiça, com o andar por todas as partes do mundo, procurando as ocasiões que nos possam fazer e nos façam, além de cristãos, gloriosos cavaleiros. Vês aqui, Sancho, os meios por onde se alcançam os extremos de louvor que traz consigo a boa fama?

— Entendi muito bem — tornou Sancho — tudo o que Vossa Mercê até aqui me tem dito; mas, com tudo isso, desejaria que Vossa Mercê me *sorvesse* uma dúvida, que nesse ponto me acudiu.

— "Resolvesse" é o que tu queres dizer, Sancho — disse Dom Quixote —; pois fala, que eu responderei ao que souber.

— Diga-me, senhor — prosseguiu Sancho —, esses Julhos ou Agostos, e todos esses cavaleiros façanhudos, que diz que morreram, onde estão eles agora?

— Os gentios — respondeu Dom Quixote — decerto que estão no inferno; os cristãos, se foram bons cristãos, ou no purgatório ou no céu.

---

[7] Marco Cúrcio, montado em seu cavalo, se lançou num buraco que se abriu no meio do Fórum romano, para obrigar que os deuses o fechassem.

[8] Quando deixou as Gálias para voltar a Roma, desobedecendo ao Senado, Júlio César atravessou o rio Rubicão.

[9] A paronomástica cortesia de Hernán Cortés é posta em destaque em muitos textos do Século de Ouro, da mesma forma que a história dos navios que afundou para evitar a tentação do regresso a Cuba ou a sedição.

— Está bem! — disse Sancho. — Mas agora saibamos uma coisa: essas sepulturas, onde estão os corpos desses senhoraços todos, têm diante de si lâmpadas de prata, ou nas paredes das suas capelas mortalhas, muletas, pernas e olhos de cera? E, se não têm tudo isso, de que é que estão adornadas?

— Os sepulcros dos gentios — respondeu Dom Quixote — foram pela maior parte suntuosos templos: as cinzas do corpo de Júlio César puseram-se numa pirâmide de desmedida grandeza, a que chamam hoje em Roma "Agulha de São Pedro".[10] Ao Imperador Adriano serviu-lhe de sepultura um castelo do tamanho de uma boa aldeia, a que chamaram "Moles Hadriani", que é agora o Castelo de Santo Ângelo, em Roma.[11] A Rainha Artemisa sepultou seu marido Mausolo num sepulcro que se considerou uma das sete maravilhas do mundo;[12] mas nenhuma dessas sepulturas, nem de outras muitas que tiveram os gentios, se adornaram com mortalhas nem com outras oferendas e sinais que mostrassem ser santos os que estavam dentro delas.

— Lá vou, lá vou — tornou Sancho —; e diga-me agora: o que é mais, ressuscitar um morto ou matar um gigante?

— A resposta é clara — observou Dom Quixote —; é mais ressuscitar um morto.

— Apanhei-o — disse Sancho —; logo, a fama de quem ressuscita mortos, endireita coxos, dá vista aos cegos e saúde aos enfermos, e diante de cujas sepulturas ardem lâmpadas de prata, ou tem as suas capelas cheias de gente devota, que de joelhos adora as suas relíquias, sempre será melhor fama para este século e para os séculos vindouros do que a que deixaram ou hão de deixar quantos imperadores gentios e cavaleiros andantes tem havido no mundo.

— Também confesso essa verdade — respondeu Dom Quixote.

— Pois essa fama, essas graças, essas prerrogativas, como se diz, alcançam os corpos e as relíquias dos santos, que, com aprovação da Santa Madre Igreja, têm lâmpadas, velas, mortalhas, muletas, pinturas, cabelos e olhos, pernas com que aumentam a devoção e engrandecem sua fama cristã. Os reis levam às costas os corpos dos santos ou as suas

---

[10] Obelisco que hoje se localiza na praça de São Pedro do Vaticano. O monólito tem epígrafes nas quais figura a dedicatória a César e Tibério.

[11] O hoje Castelo de Santo Ângelo, nos tempos de Cervantes prisão vaticana, foi construído como mausoléu de Adriano e serviu de refúgio a Clemente VII na ocasião do Saque de Roma.

[12] Em Halicarnasso, na Ásia Menor.

relíquias, beijam os pedaços dos seus ossos, adornam e enriquecem com eles os seus oratórios e os seus mais apreciados altares.

— Que queres que se infira, Sancho, de tudo o que disseste? — perguntou Dom Quixote.

— Quero dizer — tornou Sancho — que nos apliquemos a ser santos e alcançaremos mui brevemente a boa fama que pretendemos, e advirto, senhor, que ontem ou antes de ontem, assim se pode dizer, canonizaram ou beatificaram dois fradezinhos descalços, e as cadeias de ferro com que cingiam e atormentavam os seus corpos, considera-se agora grande ventura beijá-las e tocá-las, e são mais veneradas do que a espada de Roldão[13] na armaria de el-rei nosso senhor, que Deus guarde. Assim, meu amo, vale mais ser humilde fradezinho de qualquer ordem que seja do que valente e andante cavaleiro; mais alcançam de Deus duas dúzias de açoites do que duas mil lançadas, ainda que se deem em gigantes e endríagos.

— Tudo isso assim é — redarguiu Dom Quixote —, mas nem todos podemos ser frades, e muitos são os caminhos por onde se vai ao céu; a cavalaria é uma religião, e há cavaleiros santos na glória.

— Pois sim — insistiu Sancho —; mas tenho ouvido dizer que há mais frades no céu que cavaleiros andantes.

— É claro — tornou Dom Quixote —, porque há mais religiosos que cavaleiros.

Nessas e noutras práticas se passou a noite e o dia seguinte, sem lhes acontecer coisa digna de se contar, com bastante pena de Dom Quixote. Enfim, no outro dia, ao anoitecer, descobriram a grande cidade de El Toboso, e com essa vista se alegrou o espírito de Dom Quixote e se entristeceu o de Sancho, porque não sabia onde era a casa de Dulcineia, nem nunca a vira em toda a sua vida, e seu amo também não; de modo que, um por ir vê-la, e o outro por não a ter visto, estavam alvoroçados, e Sancho não imaginava o que havia de fazer quando seu amo o enviasse a El Toboso. Finalmente, decidiu Dom Quixote entrar de noite na cidade e enquanto não eram horas pousaram num carvalhal, próximo de Toboso, e chegada a ocasião própria entraram na cidade, onde lhes sucederam coisas dignas de menção.

---

[13] Na Armada Real existia e existe, realmente, uma espada que no século XVI se acreditava que que fosse de Roldão.

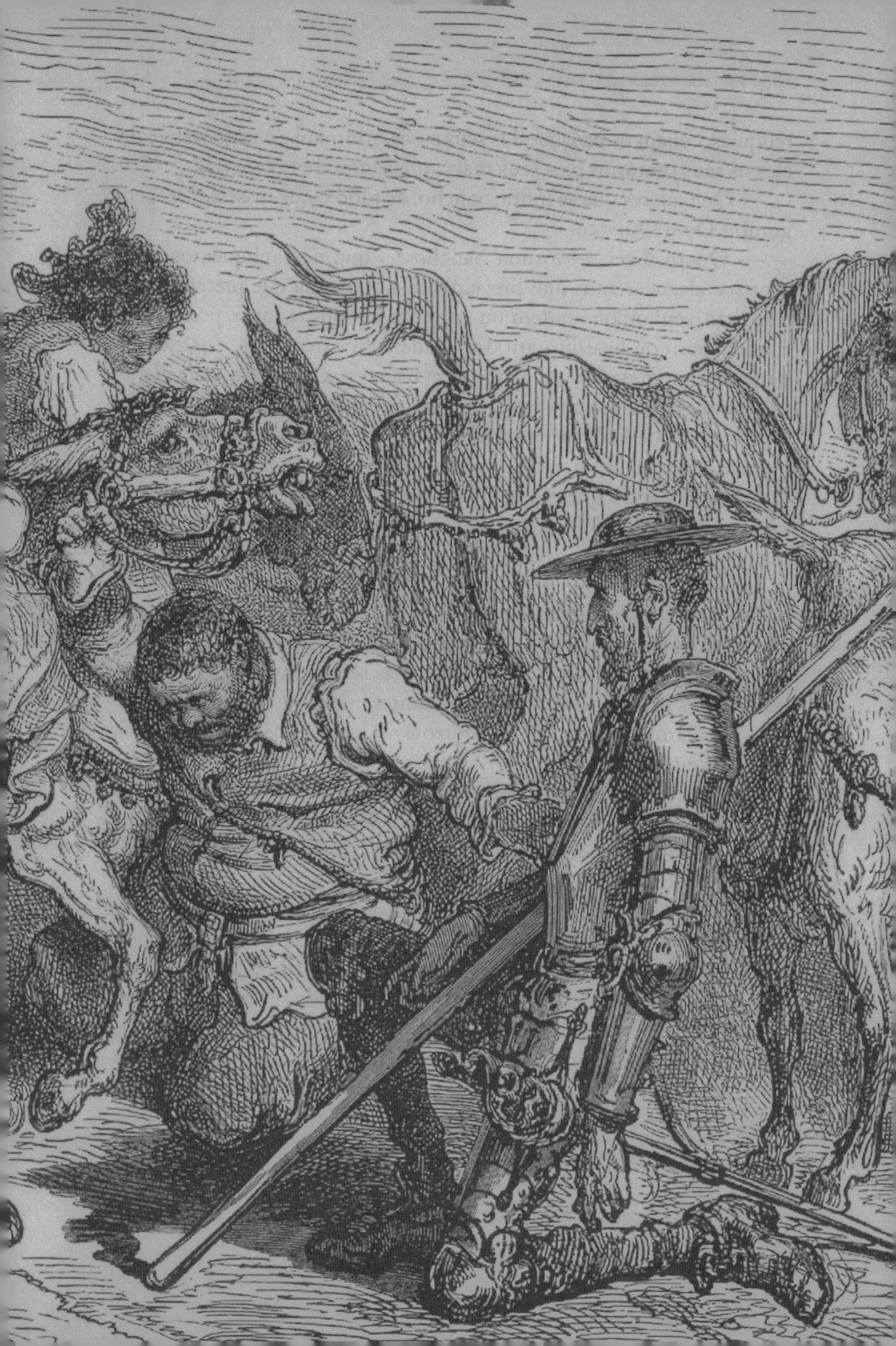

## Capítulo IX
### ONDE SE CONTA O QUE NELE SE VERÁ

MEIA-NOITE ERA POR FIO,[1] mais ou menos, quando Dom Quixote e Sancho saíram do monte e entraram em El Toboso. Estava o povo em sossegado silêncio, porque todos os seus vizinhos dormiam e repousavam de perna estendida, como se costuma dizer. A noite não era muito clara, mas desejaria Sancho que fosse escuríssima, para achar nas trevas uma desculpa para a sua ignorância. Não se ouviam em todo o lugar senão ladridos de cães,[2] que ensurdeciam Dom Quixote e turbavam Sancho. De quando em quando zurrava um jumento, miavam gatos, grunhiam porcos; esses sons pareciam ampliar-se com o silêncio da noite, e tudo isso considerou como de mau agouro o enamorado cavaleiro, mas sempre foi dizendo:

— Sancho filho, guia-me ao palácio de Dulcineia, que é possível que a encontremos acordada.

— Como hei de guiá-lo a um palácio, corpo de tal! — retrucou Sancho —, se a casa em que eu vi Sua Grandeza era pequeníssima?

— Sinal é de que estava muito retirada — acudiu Dom Quixote —, consolando-se a sós, nalgum pequeno aposento do seu alcáçar, como é costume de altas senhoras e princesas.

---

[1] Era meia noite em ponto. A imprecisa expressão "mais ou menos" se opõe comicamente a "por fio", de "Meia-noite era por fio", primeiro verso do *Romance do Conde Claros*: "Meia-noite era por fio;/ Os gatos queriam cantar".

[2] São um mau augúrio para qualquer empresa, sobretudo à luz da lua, representada miticamente por Diana, a deusa da noite, caçadora e virgem. Tais maus augúrios se incrementam com as vozes dos outros animais.

— Senhor — disse Sancho —, já que Vossa Mercê quer à viva força que seja alcáçar a casa da minha Senhora Dulcineia, seja muito embora; mas isto são horas de se encontrar a porta aberta? Havemos de começar às aldrabadas, para que nos ouçam e nos façam entrar, pondo em alvoroto e barulho toda a gente? Aquilo é casa de barregã,[3] aonde se bate e se entra, a qualquer hora que seja?

— Vamos nós a ver se damos com o alcáçar — disse Dom Quixote —, que depois te direi o que havemos de fazer, e repara, Sancho, que ou eu vejo pouco ou aquela grande sombra que daqui se descobre é do palácio de Dulcineia.

— Pois então guie-me Vossa Mercê — respondeu Sancho —, e pode ser que assim seja, que eu hei de vê-lo com os olhos e tocá-lo com as mãos, e acreditar tanto que é ele como acredito que é dia agora.

Seguiu Dom Quixote para diante; tendo andado coisa de duzentos passos, deu com o vulto que fazia a sombra, viu uma grande torre, logo conheceu que o edifício não era alcáçar, mas sim a igreja principal da povoação, e disse:

— Demos com a igreja, Sancho.

— Bem vejo — respondeu Sancho —, e praza a Deus que não demos com a nossa sepultura, que não é de bom agouro andar pelos cemitérios a estas horas, de mais a mais tendo eu dito a Vossa Mercê, se bem me lembro, que a casa dessa senhora há de estar num beco sem saída.

— Amaldiçoado sejas, mentecapto! — respondeu Dom Quixote. — Onde é que tu viste que os alcáceres e paços reais fiquem em becos sem saída?

— Meu senhor — tornou Sancho —, cada terra com seu uso: talvez se use aqui em El Toboso edificar nos becos os palácios e casas grandes; e, assim, peço a Vossa Mercê que me deixe procurar por estas vielas e travessas, que talvez tope aí nalgum canto com esse alcáçar de uma figa, que tão corridos e empandeirados nos traz.

— Fala com respeito, Sancho — disse Dom Quixote —, do que à minha dama se refere; vamos com a festa em paz, e não demos por paus e por pedras.

— Eu terei conta em mim — respondeu Sancho —, mas como posso aturar o querer Vossa Mercê que eu, que só vi uma vez a casa da

---

[3] Mulher que vive maritalmente com homem, sem ser com este casada; concubina.

nossa ama, dê com ela à meia-noite, não a encontrando Vossa Mercê, que deve tê-la visto milhares de vezes?

— Fazes-me desesperar, Sancho — tornou Dom Quixote —; vem cá, herege: não te tenho dito mil vezes que em todos os dias da minha vida nunca vi a sem-par Dulcineia, e nunca franqueei os umbrais do seu palácio, e que só estou enamorado de outiva e da grande fama que tem de formosa e discreta?

— Agora o fico sabendo — respondeu Sancho — e digo que, se Vossa Mercê nunca a viu, eu ainda menos.

— Não pode ser — redarguiu Dom Quixote —; pelo menos disseste-me tu que a viste peneirando trigo, quando me trouxeste a resposta da carta que por ti lhe enviei.

— Não quebre a cabeça com isso, meu senhor — tornou Sancho —, porque lhe faço saber que lá o eu vê-la e trazer-lhe a resposta foi também tudo de outiva, que tanto sei quem é a Senhora Dulcineia como sei dar murros no céu.

— Sancho, Sancho — acudiu Dom Quixote —, há tempo para brincar e tempo em que não caem bem os brinquedos; só porque eu digo que nunca vi nem conversei com a senhora da minha alma não hás tu de dizer também que nunca a viste nem lhe falaste, quando sabes que é exatamente o contrário.

Estando eles nessas práticas, sentiram o ruído de um arado e viram um lavrador com duas mulas, que madrugava para ir à lavoura, e vinha cantando o romance que diz:

> Mal vos saístes, franceses,
> Da caça de Roncesvalles.[4]

— Aposto a vida, Sancho — disse Dom Quixote —, que não nos pode suceder coisa boa esta noite. Não ouves o que esse vilão canta?

— Ouço — respondeu Sancho —, mas que tem com o nosso propósito a caçada de Roncesvalles? Podia cantar o romance de Calaínos,[5] que vinha a dar na mesma, e daí nos não resultaria nem bem nem mal.

---

[4] Primeiros versos do romance de Guarinos, onde se conta a derrota dos Doze Pares.
[5] Refere-se ao "Romance do mouro Calaínos e da infanta Sevilha", que começa assim: "Já cavalga Calaínos/ à sombra de uma oliva". Sevilha, filha de Almanzor, pede a Calaínos a cabeça de Roldão, Oliveiros e Reinaldo de Montalbán em troca de seu amor; no entanto, Calaínos não consegue seu objetivo e morre nas mãos de Roldão.

Nisto chegou o lavrador, a quem Dom Quixote disse:

— Sabereis dizer-me, bom amigo, boa ventura vos dê Deus, onde são por aqui os paços da incomparável Princesa Dona Dulcineia del Toboso?

— Senhor — respondeu o moço —, eu sou forasteiro, e há poucos dias que estou nesta povoação, servindo na lavra dos campos de um rico fazendeiro; mas nessa casa, aí defronte, vivem o cura e o sacristão da freguesia, e qualquer um deles saberá dar a Vossa Mercê notícia dessa senhora princesa, porque têm a lista de todos os vizinhos de El Toboso, ainda que eu estou em dizer que em todo o lugar não vive princesa alguma, a não querer chamar assim a muitas senhoras principais, que cada uma delas é princesa em sua casa.

— Pois alguma dessas — disse Dom Quixote — há de ser a que eu procuro.

— Pode ser — respondeu o moço —, e adeus, que vem aí o romper da alva.

E, fustigando as mulas, não atendeu a mais perguntas. Sancho, que viu seu amo suspenso e descontente, disse-lhe:

— Meu senhor, o dia não tarda por aí, e não é bom que nos encontre o sol na rua; será melhor que saiamos da cidade e que Vossa Mercê se embosque nalguma floresta aqui próxima, e eu voltarei de dia e não deixarei recanto onde não procure a casa, alcáçar ou palácio da minha senhora, e muito desgraçado havia de ser se não o encontrasse; e, encontrando-o, falarei com a Senhora Dulcineia e dir-lhe-ei onde Vossa Mercê fica esperando, de maneira que ela lhe dê traça para se poderem ver, sem menoscabo da sua honra e fama.

— Disseste, Sancho — observou Dom Quixote —, mil sentenças, encerradas no círculo de breves palavras; o conselho que me deste agora aplaudo-o e recebo-o de boníssima vontade; anda cá, filho, e vamos saber onde hei de me emboscar, e depois tu irás, como dizes, ver se encontras a minha senhora, de cuja discrição e cortesia espero mais do que milagrosos favores.

Ardia Sancho por tirar seu amo da povoação, para que não averiguasse o caso da resposta que da parte de Dulcineia lhe levara à Serra Morena, e assim deu pressa à saída, que foi logo, e a duas milhas do lugar encontraram uma floresta, onde Dom Quixote se emboscou, enquanto Sancho voltava à cidade a falar a Dulcineia, embaixada em que lhe sucederam coisas que pedem novo capítulo.

## Capítulo X

### ONDE SE CONTA A INDÚSTRIA QUE SANCHO TEVE PARA ENCONTRAR A SENHORA DULCINEIA, E OUTROS SUCESSOS TÃO RIDÍCULOS COMO VERDADEIROS[1]

CHEGANDO O AUTOR desta grande história ao que neste capítulo conta, diz que desejaria passá-lo em silêncio, receoso de não ser acreditado, porque as loucuras de Dom Quixote ultrapassaram aqui o termo de quantas se podem imaginar, e foram dois tiros de besta mais longe que as maiores. Finalmente, ainda que com este medo e receio, escreveu-as tais como ele as praticou, sem acrescentar nem tirar à história um só átomo da verdade, sem se importar para nada com as objeções que lhe podiam pôr de mentiroso; e teve razão, porque a verdade torce, mas não quebra, e anda sempre acima da mentira, como o azeite acima da água; e assim, prosseguindo na sua história, diz que, apenas Dom Quixote se emboscou dentro da mata, ao pé da grande El Toboso, mandou que Sancho tornasse à cidade e que não volvesse à sua presença sem ter primeiro falado da sua parte com a sua senhora, pedindo-lhe que fosse servida de se deixar ver pelo seu cativo cavaleiro e se dignasse deitar-lhe a sua bênção, para que ele pudesse esperar felicíssimo êxito de todos os seus cometimentos e difíceis empresas.

Encarregou-se Sancho de fazer o que ele lhe mandava e de lhe trazer tão boa resposta como lhe trouxera da primeira vez.

---

[1] O choque entre realidade e ilusão verbal na apresentação que Sancho faz de Dulcineia frequentemente levou este capítulo a ser considerado essencial para a evolução do romance e para a visão da figura de Dulcineia. Há inúmeros estudos a respeito deste capítulo, um dos mais famosos é o de Erich Auerbach, "A Dulcineia encantada", na obra *Mimesis: a representação da realidade na literatura ocidental*.

— Anda, filho — replicou Dom Quixote —, e não te atrapalhes quando te vires perante a luz do sol de formosura que vais procurar. Ditoso és tu sobre todos os escudeiros do mundo! Conserva bem de memória o modo como te recebe ela: se muda de cor quando lhe estiveres dando a minha embaixada; se se desassossega ou perturba, ouvindo o meu nome; e não para na almofada, no caso de estar sentada no rico estrado da sua autoridade, e no caso de estar erguida, vê bem se ora se segura num pé ora noutro; se te repete duas ou três vezes a resposta que te der; se a varia de branda para áspera, de azeda para amorosa; se leva a mão ao cabelo para compô-lo, ainda que não esteja desordenado; finalmente, filho, vê todas as suas ações e movimentos, porque, se mos relatares como eles foram, poderei eu perceber o que ela tem escondido no íntimo do coração com respeito aos meus amores; que hás de saber, Sancho, se não o sabes já, que, entre os amantes, as ações e movimentos exteriores que fazem, quando do seu afeto se trata, são certíssimos correios que trazem notícia do que se passa no âmago do peito. Vai, amigo, e guie-te melhor ventura que a minha, e volta com melhor êxito do que eu fico temendo e esperando nesta amarga soledade em que me deixas.

— Irei e presto volverei — disse Sancho —, e deite às largas, meu senhor, esse coração, que o tem agora decerto menor que uma avelã; e considere que se costuma dizer que onde não há toucinho não há fumeiro,[2] bom coração quebranta má ventura, e também se diz: onde se não cuida salta a lebre; digo isso porque, se esta noite não achamos os paços ou alcáçares da minha senhora, agora que é de dia espero encontrá-los quando menos o pense, e logo que os encontrar deixem-me com ela.

Dito isso, Sancho voltou as costas e fustigou o ruço, e Dom Quixote ficou a cavalo, descansado nos estribos e arrimado à sua lança, cheio de tristes e confusas imaginações, em que o deixaremos imerso, indo-nos com Sancho Pança, que se apartou de seu amo não menos confuso e pensativo do que ele ficava, e tanto que, apenas saiu do bosque, voltando a cabeça e não vendo já Dom Quixote, apeou-se do jumento e, sentando-se à sombra de uma árvore, começou a falar consigo[3] e a dizer-se: "Saibamos agora, Sancho mano: 'Aonde vai Vossa Mercê? Vai à busca

---

[2] "Onde se pensa que há toucinho não há nem fumeiro", diz o ditado.

[3] A figura que Sancho compõe falando consigo mesmo é frequente entre os pastores do romanceiro novo e de alguns autos ou églogas teatrais. O solilóquio do escudeiro é um dos fundamentos da nova imagem de Sancho no segundo volume, muito mais consciente de suas faculdades e de sua capacidade para manipular Dom Quixote.

de algum jumento que se lhe perdesse?'. 'Não, por certo.' 'Então que vai procurar?' 'Vou procurar uma princesa e com ela o sol da formosura, e todo o céu junto.' 'E onde pensais encontrar o que dizeis, Sancho?' 'Onde? Na grande cidade de El Toboso.' 'E da parte de quem ides?' 'Da parte do famoso cavaleiro Dom Quixote de la Mancha, que desfaz os tortos e dá de comer a quem tem sede, e de beber a quem tem fome.' 'Tudo isso é muito bom. E sabeis onde é a casa dela, Sancho?' 'Meu amo diz que hão de ser uns régios paços ou um soberbo alcáçar.' 'E já a vistes algum dia, porventura?' 'Nem eu nem meu amo nunca lhe pusemos a vista em cima.' 'E parece-vos que seria acertado e bem-feito que, se a gente de El Toboso soubesse que estais aqui na firme tenção de lhes roubar as suas princesas e desinquietar-lhes as suas damas, viessem ter convosco e vos desancassem as costelas, e não vos deixassem um osso inteiro?' 'É certo que teriam muita razão, quando não considerassem que sou mandado, e que

> Mensageiro sois, amigo;
> Não mereceis culpa, não.'[4]

'Não vos fieis nisso, Sancho, porque a gente manchega é tão honrada como colérica, e não consente que lhe façam cócegas. Viva Deus, que, se lhes dá o faro de que estais aqui, má ventura tereis!' 'Leve a breca a mensagem, não estou para passar trabalhos por prazer alheio, tanto mais que procurar Dulcineia em El Toboso é o mesmo que procurar agulha em palheiro, ou bacharel em Salamanca. Foi o diabo em pessoa que me meteu nestas danças!'"

Acabado esse solilóquio, Sancho resolveu o que se verá na seguinte continuação do seu monólogo:

"Ora muito bem! Tudo tem remédio, menos a morte, que a todos nos há de levar no fim da vida. Esse meu amo á tenho visto que é louco de pedras, e eu também não lhe fico atrás, que até sou ainda mais mentecapto do que ele, pois que o sirvo e sigo, se é verdadeiro o rifão: 'Diz-me com quem andas, e dir-te-ei as manhas que tens'. Sendo assim tão doido, dando-lhe a loucura para tomar a maior parte das vezes uma

---

[4] Esses versos figuram em um romance de Fernán González e em outro de Bernardo del Carpio, e acabaram tornando-se proverbiais.

coisa por outra, o branco pelo preto e o preto pelo branco, moinhos de vento por gigantes, mulas de religiosos por dromedários, rebanhos de carneiros por exércitos de inimigos, e outras desse jaez, não me será difícil fazer-lhe crer que a primeira lavradeira com que eu por aí topar seja a Senhora Dulcineia; e, quando ele o não acredite, eu juro, e se ele jurar também, juro outra vez, e, se teimar, eu teimo ainda mais, de modo que fique sempre na minha, venha o que vier. Talvez com esta porfia conseguirei que não me torne a incumbir de semelhantes mensagens, vendo que dou tão má conta do recado, ou talvez pense, como imagino, que algum mau nigromante dos que ele diz que lhe querem mal lhe mudou a figura de Dulcineia, para lhe fazer dano."

E com isso ficou Sancho de espírito sossegado e deu por findo o seu negócio, demorando-se ali até a tarde, para que Dom Quixote supusesse que ele efetivamente fora a El Toboso; e saiu-lhe tudo tão bem que, quando se levantou para montar no burro, viu que saíam de El Toboso três lavradeiras montadas em burros ou em burras, o que o autor não explica bem, devendo acreditar antes que seriam burricas, por serem essas as cavalgaduras habituais das aldeãs; mas, como o caso não é importante, não vale a pena demorarmo-nos a averiguá-lo. Assim que Sancho viu as lavradeiras, foi logo ter com Dom Quixote e achou-o suspirando e repetindo mil amorosas lamentações.

— Que há de novo, Sancho amigo? — perguntou-lhe Dom Quixote assim que o viu. — Poderei marcar este dia com pedra branca ou pedra negra?[5]

— Será melhor — respondeu Sancho — que Vossa Mercê o marque com almagre,[6] como letreiro de cátedras, para que o vejam bem os que o virem.

— Então — redarguiu Dom Quixote — trazes boas notícias.

— Tão boas — respondeu Sancho — que não tem Vossa Mercê mais que fazer que picar as esporas a Rocinante e sair à estrada para ver a Senhora Dulcineia del Toboso, que com duas damas suas vem ver Vossa Mercê.

— Santo Deus! Que estás dizendo, Sancho? Não me enganes, nem queiras com falsos júbilos alegrar as minhas verdadeiras tristezas.

---

[5] Entre os romanos, a pedra branca indicava que o dia havia sido feliz; a negra, agourento. O costume se converteu em frase feita.

[6] Tintura vermelha com que se marcava o rebanho ou se escreviam os dizeres das cátedras, junto ao monograma da palavra *victor*, "vencedor".

— Que aproveitava eu em enganá-lo — tornou Sancho —, podendo Vossa Mercê tão depressa descobrir a verdade? Pique as esporas e venha ver a princesa, nossa ama, que aí temos adornada e vestida como quem é. Ela e as suas damas todas são ouro, pérolas, diamantes, rubins, telas de brocado; os cabelos soltos nos ombros, que parecem outros tantos raios do sol que andam brincando com o vento; e, sobretudo, vêm a cavalo em três *cananeias*[7] que não se pode ver coisa melhor.

— "Hacaneias" é que tu queres dizer, Sancho.

— Vem a dar na mesma; mas, seja lá como for, o que é certo é que vêm mais garbosas do que se pode imaginar, principalmente a Princesa Dulcineia, senhora minha, que arrebata os sentidos.

— Vamos, Sancho filho — tornou Dom Quixote —, e, em alvíssaras[8] dessas boas e inesperadas novas, te darei o maior despojo que eu ganhar na primeira aventura que tiver; e, se isso não te agradar, dou-te as crias que tiverem este ano as minhas três éguas, que sabes que ficaram cheias.

— Prefiro as crias — respondeu Sancho —, porque não é lá muito certo que sejam grande coisa os despojos da primeira aventura.

E nisso saíram do bosque e descobriram ali perto as três aldeãs. Explorou Dom Quixote com a vista o caminho todo de El Toboso e, como não visse senão as três lavradeiras, turvou-se e perguntou a Sancho se as deixara fora da cidade.

— Como! Fora da cidade! — respondeu Sancho. — Porventura tem Vossa Mercê os olhos abotoados, que não vê que são essas que aqui vêm, resplandecentes como o próprio sol ao meio-dia?

— Eu não vejo — tornou Dom Quixote — senão três lavradeiras montadas em três burricos.

— Livre-me Deus do inimigo! Cruzes! — tornou Sancho. — É possível que três hacaneias, ou como é que se lhes chama, brancas como a neve, pareçam burricos a Vossa Mercê? Eu, se assim fosse, era capaz até de arrancar as barbas.

— Pois o que eu te digo, Sancho — tornou Dom Quixote —, é que é tão verdade o serem burricos ou burricas como ser eu Dom Quixote e tu Sancho Pança. Pelo menos assim me parecem.

---

[7] Cavalgadura de porte médio, mansa e de trote elegante, usada como montaria (especialmente de mulheres) ou atrelada a charretes.

[8] Recompensa oferecida a quem traz boas-novas.

— Cale-se, senhor — tornou Sancho —, não diga semelhante coisa; vamos, esfregue esses olhos e venha cortejar a dama dos seus pensamentos, que já vem aqui ao pé.

E, dizendo isso, adiantou-se para receber as três aldeãs e, apeando-se do ruço, agarrou o cabresto do jumento de uma das três lavradeiras e, pondo o joelho em terra, disse:

— Rainha, princesa e duquesa da formosura, seja Vossa Altivez servida de receber com boa graça e boa vontade o vosso cativo cavaleiro, que está ali feito de mármore, todo turbado e sem pulso, por se ver na vossa magnífica presença: eu sou Sancho Pança, seu escudeiro, e ele o afamado cavaleiro Dom Quixote de la Mancha, conhecido pelo nome de Cavaleiro da Triste Figura.

A esse tempo já Dom Quixote se pusera de joelhos ao pé de Sancho, e mirava com olhos pasmados e vista turva aquela a quem Sancho dava o nome de rainha e senhora, e, como não via senão uma moça aldeã, de cara larga e feia, estava suspenso, sem ousar descerrar os lábios. As outras lavradeiras tinham ficado atônitas, vendo aqueles dois homens tão diferentes, ambos de joelhos, e sem deixarem passar a sua companheira; mas a suposta Dulcineia quebrou o silêncio, dizendo com muito mau modo:

— Tirem-se do caminho, senhores, e deixem-nos passar, que vamos com pressa.

— Ó princesa e senhora universal de El Toboso — respondeu Sancho —, como é que o vosso magnânimo coração não se enternece, vendo ajoelhado na vossa sublime presença a coluna e sustentáculo da cavalaria andante!

Ouvindo isto, disse uma das outras duas:

— Xô, que te estrafego, burra de meu sogro![9] Ora vejam esses senhores vir mangar com as aldeãs, como se não soubéssemos também o que são pulhas; sigam o seu caminho e deixem-nos ir para diante, que é melhor.

— Levanta-te, Sancho — acudiu Dom Quixote —, que eu já vejo que a fortuna, não se fartando de me perseguir,[10] tomou todos os

---

[9] "Não me convencem as palavras bonitas!"; fórmula aldeã, para desprezar obséquios e cortesias, crendo-os burlescos. É um refrão usado, quase sempre, ironicamente.

[10] Alusão aos versos de Garcilaso (*Égloga*, III): "Mas a fortuna não se farta de me perseguir".

caminhos por onde pode vir alguma satisfação a este mísero e mesquinho espírito. E tu, extremo de perfeição, último termo da gentileza humana, remédio único deste aflito coração que te adora, já que um maligno nigromante pôs nuvens e cataratas nos meus olhos, e só para eles e não para outros mudou e transformou o teu rosto formoso no de uma pobre lavradeira, se já não transformou também o meu no de algum vampiro, para me tornar odioso aos teus olhos, não deixes de me contemplar branda e amorosamente, vendo nesta submissão a cortesia que faço à tua disfarçada formosura, a humildade com que a minha alma te venera.

— Toma, que te dou eu! — respondeu a aldeã. — Que eu não gosto de ouvir requebros. Apartem-se e deixem-nos seguir para diante, que nos fazem muito favor.

Afastou-se Sancho e deixou-a ir, contentíssimo por se ter saído bem do seu enredo. Apenas se viu livre, a aldeã, que havia representado, sem o saber, o papel de Dulcineia, picou o seu "palafrém" com um aguilhão e deitou a correr pelo campo fora; e, como a burrica sentia a ponta do aguilhão, que a picava mais que de costume, começou aos corcovos e aos pulos, de maneira que deu com a Senhora Dulcineia em terra. Vendo isso, Dom Quixote correu a levantá-la, e Sancho a compor e apertar a albarda, que se tinha virado para a barriga da burra. Arranjada a albarda, e querendo Dom Quixote levantar a sua encantada senhora nos braços, para pô-la em cima da jumenta, ela, erguendo-se logo, tirou-lhe esse trabalho, porque deu uma corrida e, pondo as mãos ambas nas ancas da burra, saltou mais ligeira que um falcão para cima da albarda, e ficou escarranchada como se fosse homem.

— Viva Roque! — disse Sancho. — A nossa senhora ama é ligeira como um açor[11] e pode ensinar a montar à gineta o mais destro cordobês ou mexicano; saltou de um pulo o arção traseiro e sem esporas faz correr a jumenta, que parece uma zebra, e não lhe ficam atrás as suas damas, que todas correm como o vento.

E era verdade, porque, logo que viram Dulcineia a cavalo, todas deitaram a correr, sem voltar a cabeça, por espaço de mais de meia légua. Seguiu-as Dom Quixote com a vista e, quando elas desapareceram, voltando-se para Sancho, lhe disse:

---

[11] Ave falconiforme encontrada na Europa, Ásia e América do Norte.

— Sancho, que te parece? Que malquisto que eu sou dos nigromantes! E vê até onde se estende a sua malícia e o ódio que me têm, pois me quiseram privar do contentamento que me poderia dar ver a minha dama na plenitude da sua formosura! Com efeito, nasci para exemplo de desditosos e para ser alvo a que mirem e se vibrem as setas da má fortuna; e hás de reparar também, Sancho, que esses traidores logo transformaram a minha Dulcineia em mulher de tão vil condição e tão feia como aquela aldeã, e juntamente lhe tiraram o que é tanto de pessoas principais, a saber: o perfume que recendem, por sempre andarem entre âmbares e flores; porque devo te dizer, Sancho, que quando me aproximei para sentar Dulcineia no seu palafrém (como tu dizes, que a mim pareceu-me jerico), deu-me um cheiro de alhos crus que me chegou a agoniar.

— Ó canalha! — exclamou Sancho. — Ó aziagos e mal-intencionados nigromantes! Quando hei de ter o gosto de vos ver espetados como sardinhas! Muito sabeis, muito podeis e muito mal fazeis! Devia-vos bastar, velhacos, o terdes transformado as pérolas dos olhos da minha Senhora Dulcineia em cebolas remelosas, os seus cabelos de ouro puríssimo em cerdas de rabo de boi ruiv e mudado enfim as suas formosas feições em disformes, sem lhe tocardes no cheiro, que por ele ao menos adivinhássemos o que estava escondido naquela feia cortiça, ainda que, para dizer a verdade, eu sempre a vi formosa, dando-lhe realce à beleza um lunar que tinha sobre o lábio do lado direito, à moda de bigode, com sete ou oito cabelos louros, como fios dourados e compridos de mais de um palmo.

— A esse lunar — disse Dom Quixote —, segundo a correspondência que têm entre si os do rosto com os do corpo, há de ter outro Dulcineia na largura das coxas, que corresponde ao lado em que tem o do rosto, porém muito longos para lunares são os cabelos do tamanho que dissestes.

— O que sei dizer a Vossa Mercê — respondeu Sancho — é que pareciam nascidos ali.

— Creio, creio, amigo — tornou Dom Quixote —, porque nenhuma coisa pôs a natureza em Dulcineia que não fosse perfeita e bem-acabada; mas ainda que tivesse cem lunares como tu dizes, nela não seriam lunares, mas sim luas e estrelas resplandecentes. Mas dize-me lá, Sancho: aquilo que me pareceu albarda e que tu arranjastes era selim raso ou cilhão?

— Era sela à gineta[12] — respondeu Sancho —, e com um chairel[13] tão rico que vale bem metade de um reino.

— E não ver eu tudo isso! — tornou Dom Quixote. — Agora digo e direi mil vezes que sou o mais desgraçado de todos os homens.

Muito custava ao socarrão do Sancho disfarçar o riso ao ouvir as sandices de seu amo, tão finamente enganado. Depois de outras muitas razões que houve entre eles, tornaram a montar nas cavalgaduras e seguiram caminho de Saragoça, onde cuidavam chegar a tempo de se poderem achar numas festas solenes, que todos os anos se costumam fazer naquela insigne cidade; mas, antes de lá chegarem, sucederam-lhes coisas que, por serem grandes, muitas e novas, merecem ser escritas e lidas como adiante se verá.

---

[12] Modo de equitação em que o cavaleiro monta com os estribos curtos.
[13] Manto sobre cavalgadura usado para o passeio de senhoras.

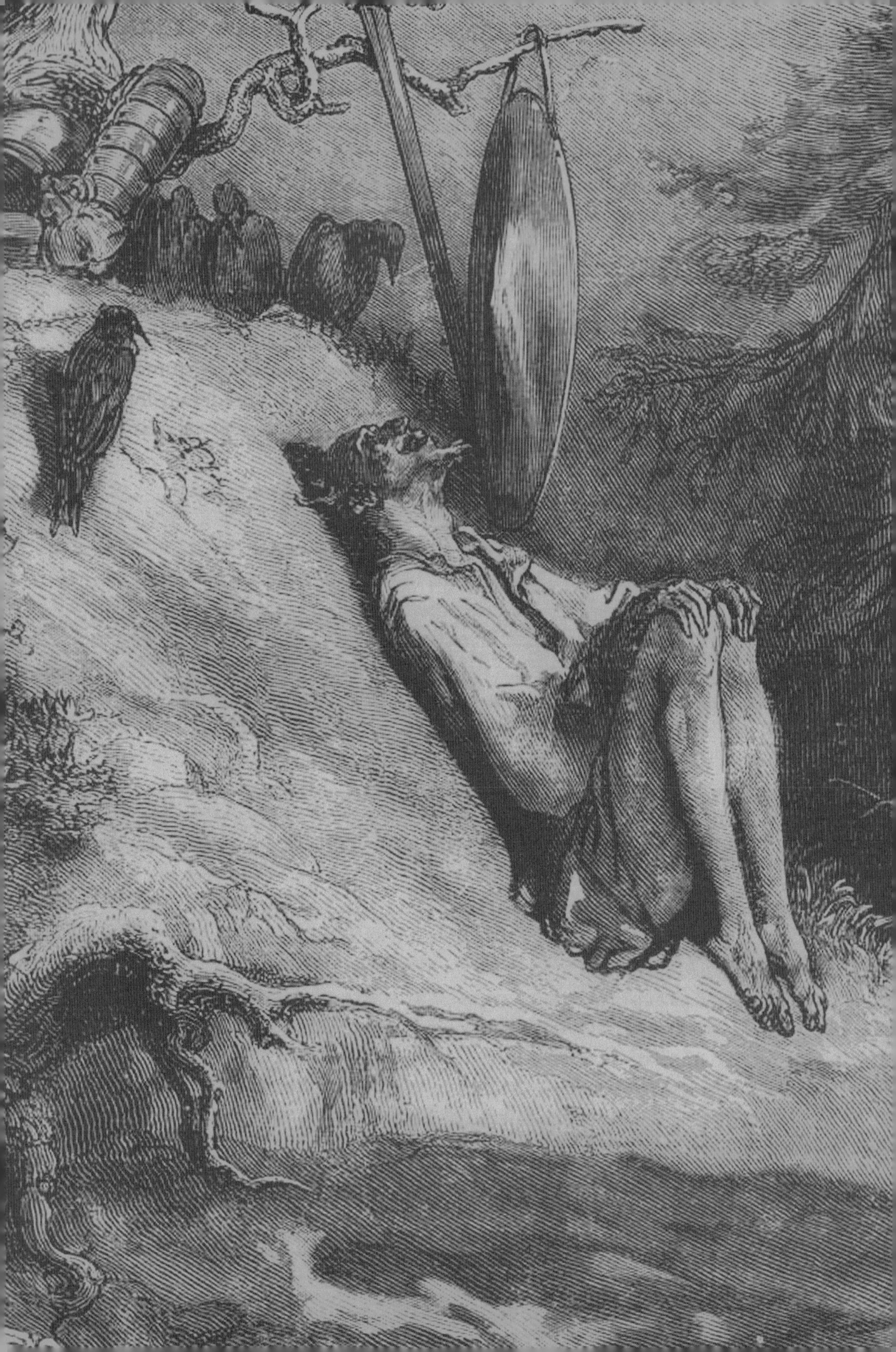

## Capítulo XI

### DA ESTRANHA AVENTURA QUE SUCEDEU AO VALOROSO DOM QUIXOTE COM O CARRO OU CARRETA DAS CORTES DA MORTE

EXTREMAMENTE PENSATIVO ia Dom Quixote seguindo o seu caminho e pensando na burla que lhe tinham pregado os nigromantes, transformando a sua Senhora Dulcineia na desastrada figura duma aldeã, e não imaginava que remédio se podia empregar para que voltasse ao seu primeiro ser; e esses pensamentos punham-no tão fora de si que, sem dar por isso, soltou as rédeas a Rocinante, o qual, sentindo a liberdade que lhe concediam, a cada passo se detinha para pastar a verde relva que por aqueles campos abundava. Tirou-o Sancho Pança da sua distração, dizendo-lhe:

— Senhor, as tristezas não se fizeram para os brutos, e sim para os homens; mas, se os homens sentem demasiadamente, embrutecem; Vossa Mercê tenha conta em si e colha as rédeas a Rocinante, reviva e desperte, e mostre aquela galhardia que costumam ter os cavaleiros andantes. Que diabo é isso? Que descaimento é esse? Estamos aqui ou em França? Diabos levem quantas Dulcineias houver no mundo, pois vale mais a saúde só de um cavaleiro andante que todos os encantamentos e transformações da terra.

— Cala-te, Sancho — tornou Dom Quixote, com voz muito desmaiada —, cala-te, repito, e não digas blasfêmias contra aquela infeliz senhora, que da sua desgraça e desventura só eu tenho culpa; da inveja que os maus me têm proveio o seu infortúnio.

— O mesmo digo eu — respondeu Sancho —; quem a viu e quem a vê! Qual é o coração que não chora com transformação semelhante?

— Isso não podes tu dizer, Sancho — redarguiu Dom Quixote —, pois que a contemplaste na cabal plenitude da sua formosura, que o encanto não se estendeu a turbar-te a vista nem a encobrir-te os seus atrativos; contra mim só e contra os meus olhos se dirige a força do seu veneno; mas, com tudo isso, reparei, Sancho, numa coisa, e é que me pintasse mal a sua beleza, porque, se bem me lembra, disseste-me que tinha os olhos de pérolas, e os olhos que parecem pérolas são mais de besugo[1] que de dama; e, segundo creio, os de Dulcineia devem ser de verdes esmeraldas, rasgados, com dois arcos celestiais que lhes servem de pestanas; e essas pérolas tira-as dos olhos e passa-as para os dentes, que sem dúvida tomaste uma coisa por outra.

— Pode ser — respondeu Sancho —, porque fiquei tão turbado com a sua formosura como Vossa Mercê com a sua fealdade; mas encomendemos tudo a Deus, que ele é que é o sabedor das coisas que hão de suceder neste vale de lágrimas, neste desgraçado mundo em que estamos, onde mal se encontram objetos que não tenham mescla de maldade, embuste ou velhacaria. Uma coisa me pesa, senhor meu, mais do que todas as outras, e é pensar o que se há de fazer quando Vossa Mercê derrotar algum gigante ou outro cavaleiro e mandar que se apresente diante da formosura da Senhora Dulcineia; onde há de encontrá-la esse pobre gigante ou esse mísero cavaleiro vencido? Parece-me que os estou a ver a andar por esse El Toboso, feitos uns basbaques, procurando a Senhora Dulcineia, e, ainda que a encontrem no meio da rua, conhecê-la-ão tanto como conheceriam meu pai.

— Talvez, Sancho — respondeu Dom Quixote —, o encantamento não chegue a ponto de fazer com que os gigantes e cavaleiros rendidos não vejam Dulcineia; e com o primeiro que eu vencer faremos a experiência, ordenando-lhe que volte a dar-me notícia do que a esse respeito lhe houver sucedido.

— Parece-me muito bem o que Vossa Mercê diz — redarguiu Sancho —, e com esse artifício conheceremos o que desejamos; e se ela só a Vossa Mercê se encobre, será a desgraça mais para Vossa Mercê do que para ela; mas tenha a Senhora Dulcineia saúde e contentamento, nós para cá passaremos o melhor que pudermos, buscando as novas aventuras e deixando que o tempo faça das suas, que ele é o melhor médico de enfermidades ainda maiores.

---

[1] Espécie de peixe.

Queria Dom Quixote responder a Sancho, mas estorvou-lhe uma carreta que se atravessou no caminho, cheia de pessoas e figuras mais estranhas e diversas que podem se imaginar. O que guiava as mulas e servia de carreiro era um feio demônio. A carreta era descoberta, sem toldo. A primeira figura que Dom Quixote viu foi a da própria morte, com rosto humano; junto dela vinha um anjo com grandes e pintadas asas; dum lado estava um imperador, com uma coroa, que parecia de ouro, na cabeça; aos pés da morte vinha o deus que chamam Cupido, sem venda nos olhos, mas com o seu arco, aljava e setas; vinha também um cavaleiro armado de ponto em branco,[2] mas sem morrião, nem celada, e em vez disso um chapéu cheio de plumas de diversas cores; com essas vinham outras pessoas, de diferentes rostos e trajes. Tudo isto, aparecendo de repente, alvorotou até certo ponto Dom Quixote e assustou Sancho; mas logo Dom Quixote se alegrou, julgando que se lhe oferecia nova e perigosa aventura; e com esse pensamento e ânimo, disposto a acometer qualquer perigo, pôs-se diante da carreta e disse em voz alta e ameaçadora:

— Carreiro, ou cocheiro ou diabo, dize-me já quem és, para onde vais e quem é essa gente que levas no teu coche, que mais parece a barca de Caronte[3] do que uma carreta das que no mundo se usam.

O diabo, fazendo parar a carreta, respondeu mansamente:

— Senhor, somos comediantes da companhia de Angulo, o Mau,[4] representamos naquele lugar que fica além, por trás da serra, esta manhã, por ser oitava do Corpo de Deus, o auto das *Cortes da morte*,[5] e havemos de representá-lo esta tarde naquela outra aldeia que daqui se avista; por estar tão próxima, e pouparmos o trabalho de nos despirmos e de nos tornarmos a vestir, vamos com os mesmos fatos com que havemos de entrar em cena. Aquele moço faz o papel de morte; o outro, de anjo; aquela mulher, casada com o autor, de rainha; aqueloutro, de soldado; o imediato, de imperador; e eu, de demônio; e sou uma das principais figuras do auto, porque represento nesta companhia os primeiros papéis. Se Vossa Mercê deseja saber de nós mais alguma coisa, queira perguntá-lo,

---

[2] Preparado com todas as armas ofensivas e defensivas.

[3] Caronte era o barqueiro que, na mitologia clássica, passava as almas dos mortos de uma margem a outra do rio Estige.

[4] Andrés de Angulo, cordobês, foi empresário de companhia e ator teatral que representava no último terço do século XVI.

[5] Provavelmente de Lope de Vega, embora não seja certo qual é tal auto.

que eu lhe responderei com toda a pontualidade, porque sei tudo, como demônio que sou.

— Por minha fé — respondeu Dom Quixote —; quando vi esse carro imaginei que se me oferecia alguma grande aventura, e agora digo que para uma pessoa se desenganar, precisa tocar com a mão nas aparências.[6] Ide com Deus, boa gente, para a vossa festa, e vede se mandais alguma coisa em que possa servir-vos, que o farei de bom ânimo e de boa vontade, porque desde criança que fui afeiçoado a comédias, e iam-se-me os olhos atrás do cortejo dos atores.

Estando-se nessa palestra, quis a sorte que viesse um da companhia, vestido de truão com muitos guizos, trazendo na ponta dum pau três bexigas cheias de ar, e, chegando-se a Dom Quixote, começou a esgrimir o pau, a bater com as bexigas no chão e a dar muitos saltos, fazendo tilintar os guizos; essa visão tanto sobressaltou Rocinante que, sem Dom Quixote poder sustê-lo, tomou o freio nos dentes e partiu de corrida pelos campos fora, com mais ligeireza do que nunca o prometeram os ossos da sua anatomia. Sancho, que viu o perigo em que estava seu amo de ser deitado ao chão, apeou-se do ruço e foi a toda a pressa acudir-lhe, mas quando chegou ao pé dele já o encontrou estirado, junto com o cavalo, que era esse o fim habitual das louçanias[7] e atrevimentos de Rocinante. Mas, apenas Sancho se apeou, o demônio do bailador das bexigas saltou para cima do ruço, fustigando-o com elas. O medo e a bulha, mais do que a dor das pancadas, fizeram voar o burro pela campina até o lugar onde iam fazer a festa. Olhava Sancho para a corrida do seu jumento e para a queda de Dom Quixote, e não sabia para onde se havia de virar; mas, enfim, como fosse escudeiro e bem-criado, pôde mais com ele o afeto a seu amo do que o cuidado com o jumento: posto que, de cada vez que via levantarem-se no ar as bexigas e caírem nas ancas do seu ruço, tinha sustos e aflições mortais, e antes queria que lhe dessem essas pancadas nas meninas dos olhos do que no mínimo pelo do rabo do burro. Nessa atribulada perplexidade chegou ao sítio onde estava Dom Quixote, bastante maltratado, e, ajudando-o a montar em Rocinante, disse-lhe:

---

[6] Dom Quixote continua mantendo a atitude característica desta Segunda Parte ou terceira saída: nas duas primeiras, sua fantasia transfigurava a realidade, enganando-o; nesta, ele desconfia das aparências, pois resolve empiricamente a equívoca situação criada por alguns atores caracterizados: sua fantasia já não o engana.

[7] Exibições.

— Senhor, o diabo levou o ruço!

— Qual diabo?

— O das bexigas.

— Pois eu o recobrarei — tornou Dom Quixote —, ainda que se esconda com ele nos mais profundos e escuros calabouços do inferno. Segue-me, Sancho, que a carreta vai devagar, e com as mulas que a puxam eu te compensarei a perda.

— Não há necessidade de se fazer essa diligência — respondeu Sancho —; modere Vossa Mercê a sua cólera, que, segundo me parece, já o diabo largou o ruço.

E assim era, porque, tendo o diabo caído com o burro, para imitar Dom Quixote, foi a pé para a aldeia, e o jumento voltou para seu amo.

— Apesar disso — continuou Dom Quixote —, será bom castigar o descomedimento do demônio nalgum dos da carreta, ainda que seja no próprio imperador.

— Deixe-se Vossa Mercê disso — tornou Sancho — e tome o meu conselho, que é que nunca se meta com farsantes, gente muito protegida; comediante vi eu estar preso por duas mortes e sair livre e sem custas; saiba Vossa Mercê que, como são alegres e divertidos, todos os favorecem, amparam, ajudam e estimam, principalmente sendo daqueles das companhias reais e de títulos, que todos, ou pela maior parte, pelo traje e compostura parecem uns príncipes.

— Pois o demônio farsante é que não há de ir se gabando — observou Dom Quixote —, ainda que o proteja todo o gênero humano.

E, dizendo isso, correu para a carreta, que já estava próxima da povoação, bradando:

— Detende-vos, esperai, turba alegre e folgazã, que vos quero ensinar como se tratam os jumentos e alimárias que servem de cavalgaduras aos escudeiros dos cavaleiros andantes.

Tão altos eram os gritos de Dom Quixote que os ouviram e entenderam os da carreta, e, avaliando logo pelas palavras a intenção de quem as dizia, saltou num momento abaixo do carro a morte, e atrás dela o imperador, e o diabo carreiro, e o anjo, e até a rainha e Cupido; agarraram em pedras e prepararam-se para receber Dom Quixote em som de guerra. Dom Quixote, que os viu formados em tão galhardo esquadrão, com os braços erguidos como para despedir com ânsia as pedras, sofreou as rédeas a Rocinante e pôs-se a pensar de que modo os acometeria, com menos perigo da sua pessoa. Nisso, chegou Sancho e, vendo-o disposto a acometer o bem formado esquadrão, disse-lhe:

— Seria loucura tentar semelhante empresa! Considere Vossa Mercê que, para amêndoas de rio, não há arma defensiva, a não ser a gente embutir-se e encerrar-se num sino de bronze; e também se há de considerar que é mais temeridade que valentia acometer um homem só um exército onde está a morte, onde pelejam em pessoa imperadores, e a quem ajudam os anjos bons e os anjos maus; e, se esta consideração não o move a ficar quedo, mova-o saber com certeza que entre todos os que ali vê, ainda que pareçam reis, príncipes e imperadores, não há nem um só cavaleiro andante.

— Agora sim — disse Dom Quixote —, agora é que bateste no ponto que pode e deve dissuadir-me do meu já resolvido intento. Não posso nem devo tirar a espada, como outras muitas vezes te tenho dito, contra quem não for armado cavaleiro; a ti, Sancho, toca, se quiseres, tirar vingança do agravo que ao teu ruço se fez, que eu daqui te ajudarei com brados e salutares avisos.

— Ó senhor, não há motivo para me vingar de ninguém — respondeu Sancho —, nem isso é de bons cristãos; eu conseguirei do meu burro que ponha a sua ofensa nas mãos da minha vontade, que é viver pacificamente os dias que os céus me deram de vida.

— Pois se é essa a tua determinação — redarguiu Dom Quixote —, Sancho bom, Sancho discreto, Sancho cristão e Sancho sincero, deixemos esses fantasmas e vamos procurar melhores e mais qualificadas aventuras, que eu vejo que nesta terra não hão de faltar muitas e mui milagrosas.

Voltou logo as rédeas, Sancho foi buscar o ruço, a morte e todo o seu esquadrão volante voltaram à carreta e prosseguiram na sua viagem, e esse feliz desenlace teve a temerosa aventura da carreta da morte, graças ao salutar conselho que Sancho Pança deu a seu amo, ao qual no dia seguinte aconteceu com um cavaleiro andante e enamorado outra aventura de não menos suspensão que a anterior.

## Capítulo XII

### DA ESTRANHA AVENTURA QUE SUCEDEU A DOM QUIXOTE COM O BRAVO CAVALEIRO DOS ESPELHOS

A NOITE QUE SE SEGUIU ao dia do encontro da morte passaram-na Dom Quixote e o seu escudeiro debaixo de umas altas e umbrosas árvores, tendo, por persuasão de Sancho, comido Dom Quixote o que vinha nos alforjes do ruço; e no meio da ceia disse Sancho a seu amo:

— Senhor meu amo, que tolo que eu era se tivesse escolhido para alvíssaras os despojos da primeira aventura com que Vossa Mercê topasse, em vez das crias das três éguas! Efetivamente, mais vale um pássaro na mão que dois a voar.

— Todavia — respondeu Dom Quixote —, se tu, Sancho, me deixasses acometer como eu tencionava, ter-te-iam cabido em despojos, pelo menos, a coroa de ouro da imperatriz e as pintadas asas de Cupido, que eu lhas arrancaria e tas poria nas mãos.

— Nunca foram de ouro puro os cetros e coroas de imperadores farsantes, mas sim de ouropel ou de lata — respondeu Sancho Pança.

— É verdade — tornou Dom Quixote —; nem seria acertado que fossem finos os atavios da comédia, mas sim fingidos, como é a própria comédia, que eu quero, Sancho, que tu estimes, e que por conseguinte estimes igualmente os que as representam e os que as compõem, porque todos são instrumentos de grande bem para a república, pondo-nos diante a cada passo um espelho, onde se veem ao vivo as ações da vida humana, e nenhuma comparação há que tão bem nos represente o que somos e o que havemos de ser como a comédia e os comediantes. Senão, dize-me: não viste representar alguma peça onde entrem reis, imperadores e pontífices, cavaleiros, damas e outros personagens? Um faz de rufião, outro, de embusteiro, este, de mercador, aquele, de soldado, outro, de simples discreto, outro, de namorado simples, e, acabada a comédia, e despindo-se os seus trajes, ficam todos os representantes iguais?

— Tenho visto, sim — respondeu Sancho.

— Pois o mesmo — disse Dom Quixote — acontece no trato deste mundo, onde uns fazem de imperadores, outros de pontífices, e finalmente todos os papéis que podem aparecer numa comédia; mas, chegando ao fim, que é quando se acaba a vida, a todos lhes tira a morte as roupas que os diferenciam, e ficam iguais na sepultura.

— Ótima comparação! — disse Sancho. — Apesar de não ser tão nova que eu não a ouvisse já muitas e diversas vezes, como a do jogo de xadrez, no qual, enquanto dura, cada peça desempenha o seu papel especial e, quando acaba, todas se misturam, se juntam e se baralham e se metem num saco, que é o mesmo que dar com a vida no sepulcro.

— Cada dia, Sancho — disse Dom Quixote —, vais te fazendo menos simplório e mais discreto.

— Pudera; alguma coisa se me há de pegar da discrição de Vossa Mercê — respondeu Sancho —, que as terras de si estéreis e secas, em se estrumando, vêm a dar bons frutos; quero dizer que a conversação de Vossa Mercê tem sido como um estrume deitado na terra estéril do meu seco engenho, e a cultura, o tempo em que o tenho servido e tratado; e com isso espero dar frutos de bênção, tais que não desdigam nem deslizem da boa lavoura que Vossa Mercê fez no meu acanhado entendimento.

Riu-se Dom Quixote e achou-lhe razão, porque Sancho de quando em quando falava de modo que lhe fazia pasmo, ainda que todas as vezes, ou na maior parte das vezes que Sancho queria falar à corte, acabava por se despenhar do monte da sua simpleza no abismo da sua ignorância; e aquilo em que ele se mostrava mais elegante e memoriado era em trazer rifões, viessem ou não viessem a propósito, como se terá visto e notado no decurso desta história.

Nessas e noutras práticas passaram grande parte da noite, e Sancho teve vontade de cerrar as janelas dos olhos, como ele dizia quando queria dormir, e, desaparelhando o ruço, deu-lhe pasto abundante e livre. Não tirou a sela de Rocinante, por ser ordem expressa de seu amo, que, enquanto andassem em campanha ou não dormissem debaixo de telha, não desaparelhasse Rocinante, usança antiga estabelecida e guardada pelos cavaleiros andantes. Tirar o freio e pendurá-lo do arção da sela, muito bem, mas tirar a sela do cavalo, nunca; assim fez Sancho e deu-lhe a mesma liberdade que ao ruço. A amizade do burro e de Rocinante foi tão íntima e tão singular que é fama, por tradição de pais e filhos, que o autor desta verdadeira história lhe consagrou capítulos especiais; mas que, para guardar a decência e decoro que a tão heroica narrativa se deve, os não chegou a inserir, ainda que às vezes se descuida do seu propósito e conta que, assim que os dois animais se juntavam, Rocinante punha o pescoço por cima do pescoço do burro, de forma que lhe ficava do outro lado mais de meia vara, e, olhando ambos atentamente para o chão, costumavam estar daquele modo três dias, pelo menos todo o tempo que os deixavam e a fome não os compelia a procurar alimento. Afirma-se que o autor chegara a comparar a sua amizade à que tiveram Niso e Euríalo, Pílades e Orestes,[1] e assim não devia deixar de se mostrar a firme amizade desses dois pacíficos animais, para admiração universal e confusão dos homens que não sabem guardar amizade uns aos outros. Por isto se diz: "Não há amigo para amigo; as canas voltam-se em lanças";[2] e o outro que cantou: "De amigo a amigo o percevejo"...[3] etc. E não pareça a alguém que o autor andou menos acertadamente em comparar a amizade desses animais com a dos homens, que dos brutos receberam os homens muitos avisos e aprenderam muitas coisas de importância, como o cristel da cegonha, dos cães o vômito e o agradecimento, dos gansos a vigilância, das formigas a previdência, do elefante a honestidade e do cavalo a lealdade.[4] Finalmente, Sancho adormeceu ao pé de um sobreiro e Dom Quixote também; mas pouco

---

[1] A amizade entre Pílades e Orestes chegou a ser proverbial; a de Euríalo e Niso já foi mencionada no capítulo XLVII do primeiro volume.

[2] Versos de um romance novo da série de Muza; o segundo se converteu em frase proverbial que vale por "o que começou em jogo, acabou em desgosto".

[3] Pode ser o estribilho de uma cançoneta, não identificada, baseado no refrão "De amigo a amigo, percevejo no olho", que se usava para avisar que não se deve confiar naqueles que se dizem amigos.

[4] Cristel: instrumento para administrar enemas, lavativa; vômito: por metonímia, "ervas que servem de purga na indigestão"; previdência: previsão. A relação entre o instinto dos animais e os ensinamentos que os homens podem tirar deles é uma constante que se prolonga, pelo menos, desde o *Hitopadesha* a Horacio Quiroga ou Rudyard Kipling, prestigiada por Plínio e Eliano e popularizada por Esopo, pelos bestiários medievais ou por coleções como *Calila e Dimna*. Cervantes deve utilizar como modelo imediato a *Silva*, de Pedro Mexia, ou alguma coleção, como a *Officina*, de Ravisio Textor, ou o *De inventoribus rerum*, de Virgílio Polidoro, embora a maior parte dos exemplos citados proceda de Plínio, o Velho, *História natural*, VII.

tempo passara quando o despertou um ruído que sentiu por trás de si, e, levantando-se com sobressalto, pôs-se a mirar e a escutar donde vinha o som, e viu que eram dois homens a cavalo, e que um, deixando-se cair da sela, disse para o outro:

— Apeia-te, amigo, e tira os freios aos cavalos, que me parece que neste sítio abunda pasto para eles, e para mim a solidão e o silêncio de que precisam os meus amorosos pensamentos.

Dizer isso e estender-se no chão foi uma e a mesma coisa e, ao deitar-se, fizeram bulha[5] as armas de que vinha vestido, manifesto sinal por onde Dom Quixote conheceu que era cavaleiro andante; e, chegando-se a Sancho, que dormia, travou-lhe o braço e com bastante trabalho o acordou e disse-lhe em voz baixa:

— Sancho mano, temos aventura.

— Deus no-la dê boa — respondeu Sancho —; e onde está Sua Mercê, a senhora aventura, meu senhor?

— Onde, Sancho? — redarguiu Dom Quixote. — Volta os olhos e verás ali estendido um cavaleiro andante, que, pelo que me transluz, não deve estar demasiadamente alegre, porque o vi saltar do cavalo e estender-se no chão com sinais de desgosto, e, ao cair, tiniram-lhe as armas.

— Então, como é que Vossa Mercê entende que isso seja aventura?

— Não quero dizer — tornou Dom Quixote — que seja completa, mas é preliminar, que por aqui principiam as aventuras. Ouve que, segundo parece, está afinando um alaúde ou viola, e, como escarra e alivia o peito, é porque se prepara para cantar alguma coisa.

— É assim mesmo — tornou Sancho —, e deve ser cavaleiro enamorado.

— Não há nenhum dos cavaleiros andantes que não o seja — tornou Dom Quixote —; escutemo-lo, que pelo cantar lhe conheceremos os pensamentos, porque, quando o coração transborda, a língua fala.[6]

Sancho queria replicar, mas a voz do Cavaleiro da Selva, que não era nem má nem boa, o estorvou, cantando o seguinte:

---

[5] Barulho.
[6] Frase proverbial do Evangelho de São Mateus XII, 34.

## SONETO

Dai-me um roteiro que eu, senhora, siga,
a vosso bel-prazer feito e cortado,
que por mim há de ser tão respeitado
que nem num ponto só dele desdiga.

Se vos apraz que eu morra, e que a fadiga
que me punge, não a conte, eis-me finado!
Se preferis que em modo desusado
vo-la narre, eu farei que Amor a diga.

De substâncias contrárias eu sou feito,
de mole cera e diamante duro;
às leis do amor curvar esta alma posso.

Brando ou rijo, aqui tendes o meu peito,
engastai, imprimi a sabor vosso!
tudo guardar eternamente eu juro.

Com um ai, que parecia arrancado do íntimo do coração, deu fim ao seu canto o Cavaleiro da Selva, e daí a pouco disse, com voz dolorida e plangente:

— Ó mulher, a mais formosa e mais ingrata do orbe! Como será possível, sereníssima Cassildeia de Vandália, consentires que se consuma e acabe, em contínuas peregrinações e em ásperos e duros trabalhos, este teu cativo cavaleiro? Não basta já eu ter obrigado a confessarem que eras a mais formosa do mundo todos os cavaleiros da Navarra, todos os leoneses, todos os tartésios,[7] todos os castelhanos e finalmente todos os cavaleiros da Mancha?

— Isso não — bradou Dom Quixote —, que eu sou da Mancha e nunca tal confessei, nem podia nem devia confessar coisa tão prejudicial à beleza da minha dama, e esse cavaleiro, Sancho, já vês tu que tresvaria. Mas escutemos, talvez se declare mais.

— Ah! Isso decerto — redarguiu Sancho — que leva termos de se estar a queixar um mês a fio.

---

[7] Andaluz.

Mas não foi assim, porque, tendo entreouvido o Cavaleiro da Selva que falavam perto dele, sem passar adiante na sua lamentação, pôs-se de pé e disse com voz sonora e comedida:

— Quem está aí? Que gente é? Pertence ao número dos contentes ou dos aflitos?

— Dos aflitos — respondeu Dom Quixote.

— Pois chegue-se a mim — redarguiu o da Selva —, e pode fazer de conta que se chega à própria tristeza e à própria aflição.

Dom Quixote, que ouviu tão terna e comedida resposta, chegou-se logo, e Sancho também. O cavaleiro lamentador travou do braço a Dom Quixote, dizendo:

— Sentai-vos aqui, senhor cavaleiro, que para atender que o sois, e dos que professam a cavalaria andante, basta-me ter-vos encontrado neste lugar, onde a solidão e o sereno nos fazem companhia, naturais leitos e próprias estâncias dos cavaleiros andantes.

A isso respondeu Dom Quixote:

— Cavaleiro sou da profissão que dizeis e, ainda que na minha alma têm assento próprio as tristezas, as desgraças e as aventuras, nem por isso dela fugiu a compaixão das desditas alheias: do que cantastes há pouco coligi que as vossas são enamoradas, quero dizer, do amor que tendes àquela formosa ingrata que nas vossas lamentações nomeastes.

Já a esse tempo estavam sentados ambos na dura terra, em boa paz e companhia, como se ao romper da manhã não tivessem de quebrar a cabeça um do outro.

— Porventura, senhor cavaleiro — perguntou o da Selva a Dom Quixote —, sois enamorado?

— Por desventura o sou — redarguiu Dom Quixote —, ainda que os danos que nascem de bem empregados pensamentos mais se devem considerar mercês que desditas.

— Seria assim — redarguiu o da Selva —, se não nos turbassem a razão e o entendimento os desdéns, que, sendo muitos, parecem vinganças.

— Nunca fui desdenhado pela minha dama — respondeu Dom Quixote.

— Não, decerto — acudiu Sancho, que estava próximo —, a minha senhora é mansa como uma borrega[8] e mais branda que a manteiga.

---

[8] Carneiro novo, de idade entre a do cordeirinho e a do animal que já pode procriar.

— Esse é o vosso escudeiro? — perguntou o da Selva.

— É — respondeu Dom Quixote.

— Nunca vi — redarguiu o da Selva — escudeiro que se atrevesse a falar em sítio onde seu amo esteja falando; pelo menos aí está esse meu, que é tão grande como seu pai e que nunca descerra os lábios quando eu falo.

— Pois por minha fé — tornou Sancho — falei eu, e posso falar diante de quem quiser, e até... Mas fiquemos por aqui, que quanto mais se lhe mexe...

O escudeiro do da Selva travou do braço a Sancho, dizendo-lhe:

— Vamos nós ambos para onde possamos falar escudeirilmente à nossa vontade, e deixemos esses nossos amos falar pelos cotovelos nos seus amores, que decerto que os apanha o dia sem eles terem acabado.

— Em boa hora seja — tornou Sancho —; e eu direi a Vossa Mercê quem sou, para que veja se posso entrar na conta dos mais faladores.

Nisso se apartaram os dois escudeiros, entre os quais houve colóquio tão gracioso como foi grave o que travaram os amos.

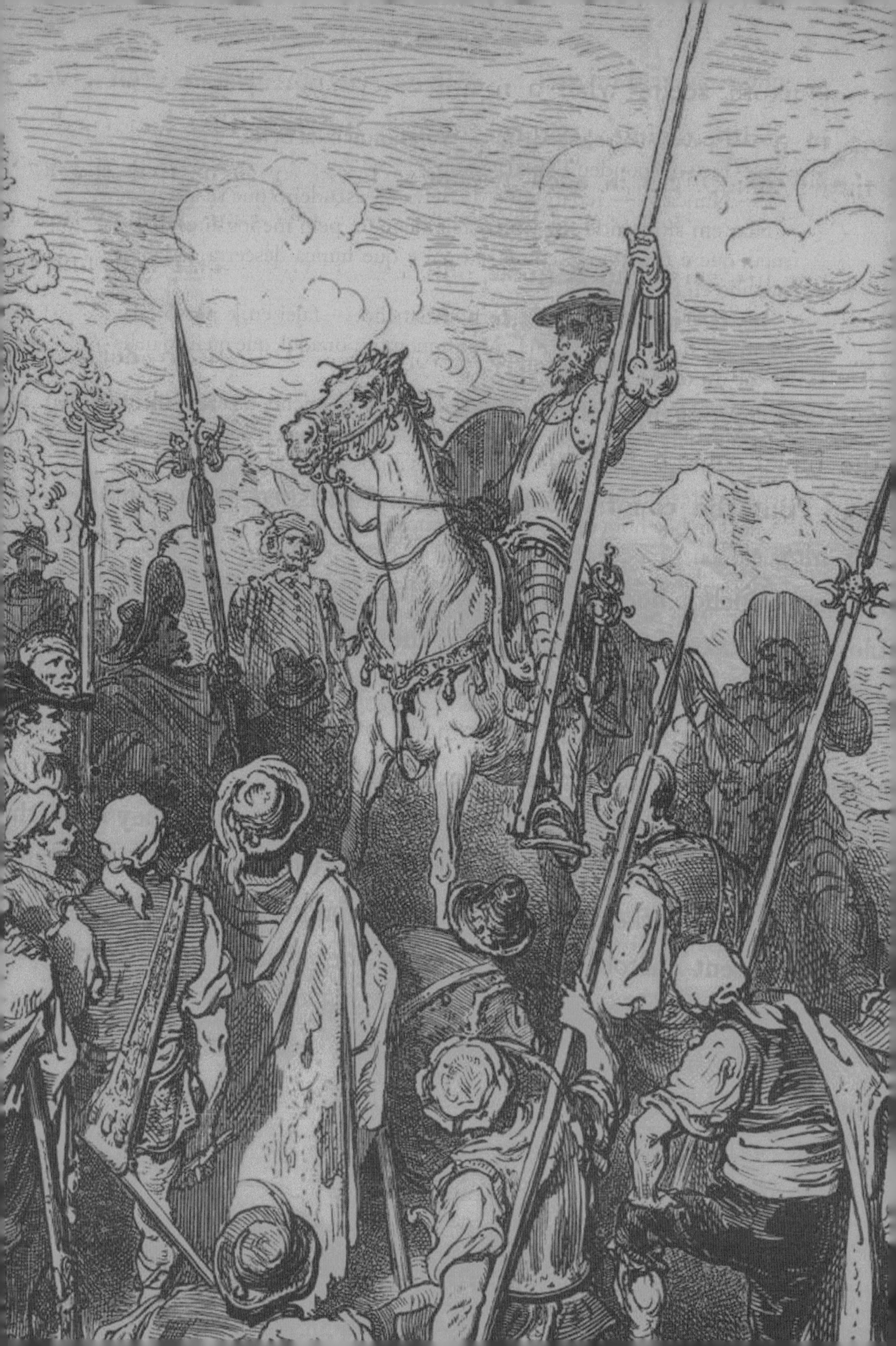

## Capítulo XIII

### ONDE PROSSEGUE A AVENTURA DO CAVALEIRO DA SELVA, COM O DISCRETO, NOVO E SUAVE COLÓQUIO QUE HOUVE ENTRE OS DOIS ESCUDEIROS

ESTAVAM SEPARADOS CAVALEIROS e escudeiros: estes contando a sua vida, e aqueles, os seus amores; mas a história refere primeiro a palestra dos criados e logo segue a dos amos; e assim nota que, apartando-se um pouco, disse o da Selva a Sancho:

— Trabalhosa vida é a que passamos e vivemos, senhor meu, os que somos escudeiros de cavaleiros andantes; pode-se dizer, na verdade, que comemos o pão ganho com o suor do nosso rosto, que foi uma das maldições que Deus deitou aos nossos primeiros pais.

— Também se pode dizer — acrescentou Sancho — que o comemos com o gelo dos nossos corpos, porque quem é que tem mais calor e mais frio do que os míseros escudeiros da cavalaria andante? E ainda não era mau se comêssemos, pois que lágrimas com pão passageiras são; mas às vezes passam-se dois dias sem quebrarmos o jejum, a não ser com o vento que sopra.

— Tudo se pode levar — disse o da Selva —, com a esperança que temos do prêmio, porque, se o cavaleiro andante que um escudeiro serve não for demasiadamente desgraçado, não tardará este a ver-se premiado com um formoso governo de qualquer ilha, ou com um condado de boa aparência.

— Eu — redarguiu Sancho — já disse a meu amo que me contento com o governo de alguma ilha, e ele é tão nobre e tão liberal que uma e muitas vezes mo prometeu.

— Eu — tornou o da Selva — com um canonicato[1] ficarei satisfeito de meus serviços, e já mo prometeu meu amo, que tal!?

---
[1] Ofício, dignidade de cônego; conezia.

— Seu amo, nesse caso — tornou Sancho —, deve ser cavaleiro eclesiástico, e poderá fazer essas mercês aos seus bons escudeiros; mas o meu é meramente leigo, ainda que me lembre que uma vez lhe quiseram aconselhar pessoas discretas, mas no meu entender mal-intencionadas, que procurasse ser arcebispo; ele não quis senão ser imperador, e eu estava então tremendo se lhe dava na veneta ser da Igreja, porque não me acho suficiente para ter benefícios por ela; devo dizer a Vossa Mercê que, ainda que pareço homem, lá para entrar na Igreja sou uma besta.

— Pois, na verdade, parece-me que Vossa Mercê anda enganado, porque nem todos os governos insulanos são grande coisa; há uns pobres, outros melancólicos, e, finalmente, o mais alto e bem disposto sempre traz consigo pesada carga de pensamento e de incômodos, que põe aos ombros o desditoso a quem coube em sorte. Muito melhor seria que os que professamos esta maldita servidão nos retirássemos para nossas casas e ali nos entretivéssemos com exercícios mais suaves, pescando ou caçando; que escudeiro há tão pobre por esse mundo que não tenha um rocim, dois galgos ou uma cana de pescador, para se entreter na sua aldeia?

— A mim nada disso falta — respondeu Sancho —; é verdade que não tenho rocim, mas tenho um burro que vale o dobro do cavalo de meu amo; maus raios me partam se eu o troco pelo cavalo, nem que me deem de retorno quatro fanegas[2] de cevada; talvez Vossa Mercê não acredite no valor do meu ruço, que ruça é a cor do meu jumento; galgos não me haviam de faltar, que os há de sobra na minha terra, e a caça é mais saborosa quando é à custa alheia.

— Pois real e verdadeiramente, senhor escudeiro — tornou o da Selva —, estou determinado a deixar estas borracheiras de cavalaria e a retirar-me para a minha aldeia a criar os meus filhitos, que tenho três que parecem mesmo três pérolas orientais.

— Dois tenho eu — tornou Sancho — que podem se apresentar ao papa em pessoa, especialmente uma cachopa[3] a quem crio para condessa, se Deus for servido, apesar de que a mãe não quer.

— E que idade tem essa senhora que se cria para condessa? — perguntou o da Selva.

---

[2] Fanega: medida para cereais equivalente a cem quilos.
[3] Moça.

— Quinze anos, pouco mais ou menos — respondeu Sancho —, mas é alta como uma lança e fresca como manhã de abril, e tem força como um trabalhador.

— Isso são partes — respondeu o da Selva — não só para condessa, mas até para ninfa do verde bosque. Oh! Que grande patifa que ela há de ser!

E Sancho respondeu um pouco enxofrado:[4]

— Nem é patifa nem nunca o será, querendo Deus, enquanto eu vivo for; fale mais comedidamente, que para pessoa criada como Vossa Mercê com cavaleiros andantes, que são a própria cortesia, não me parecem mui concertadas essas palavras.

— Oh! Como Vossa Mercê entende pouco de louvores, senhor escudeiro! Pois não sabe Vossa Mercê que quando um cavaleiro mete uma boa farpa num touro na praça ou quando alguém faz alguma coisa bem-feita, costuma dizer o vulgo: "Oh! Grande patife, como ele faz aquilo!" O que parece vitupério nos termos é notável louvor, e renegue Vossa Mercê de quem não merecer semelhantes elogios!

— Pois então renego — tornou Sancho —, e nesse caso chame todos os meus de patifões à vontade; a cada instante fazem coisas dignas desses extremos; e tomara eu torná-los a ver; por isso peço a Deus que me tire deste pecado mortal de escudeiro, em que incorri por causa duma bolsa de cem ducados, encontrada por mim uma vez no coração da Serra Morena, e que me põe a cada instante diante dos olhos um saquitel[5] de dobrões, que abraço, que beijo, que levo para casa, que me dá vida de príncipe e que me leva a suportar com paciência todos os trabalhos padecidos com esse mentecapto do meu amo, que já me vai parecendo mais doido que cavaleiro.

— Por isso — respondeu o da Selva — dizem que a cobiça rompe o saco;[6] e, se vamos a isso, não há louco maior no mundo do que o meu amo, porque é daqueles de quem dizem: cuidados alheios matam o asno; e, para que outro cavaleiro recupere o juízo, se fez ele doido e anda procurando aventuras, que, se encontrá-las, talvez lhe deem no focinho.

---

[4] Zangado.

[5] Pequeno saco.

[6] As ilusões de Sancho — viver de renda como *um príncipe* — eram geralmente compartilhadas na Espanha de 1615. As crises monetárias e a retração do comércio, com o aumento dos preços, tinham tirado todo atrativo dos investimentos produtivos; quem dispunha de capital preferia empregá-lo em empréstimos com juros e, especialmente, em adquirir terras de senhorio, "comprar algum título com que viver descansado todos os dias da sua vida".

— E é porventura enamorado?

— Sim — tornou o da Selva —, duma tal Cassildeia de Vandália, a mais crua e a mais assada senhora que em todo o orbe se pode encontrar; mas não é aí que lhe aperta a albarda; outros negócios o ocupam, que ele dirá daqui a pouco.

— Não há caminho tão plano que não tenha algum barranco — redarguiu Sancho —; quem vai cozer favas na casa dos outros na sua tem caldeirada, e mais companheiros e apaniguados deve ter a loucura que a discrição; mas, se é verdade o que vulgarmente se diz, que o ter companheiros nos trabalhos costuma servir de alívio, com Vossa Mercê poderei me consolar, pois serve a outro amo tão doido como o meu.

— Doido, mas valente, e ainda mais manhoso que doido e que valente — observou o da Selva.

— Isso é que o meu não é; não tem nada de manhoso; antes tem uma alma de cântaro; pelo contrário, não sabe fazer mal a ninguém, mas bem a todos, e não tem malícia alguma; qualquer criança lhe persuadirá de que é noite ao meio-dia, e por essa simplicidade lhe quero como às meninas dos meus olhos, e não me amanho a deixá-lo, por mais disparates que faça.

— Com tudo isso, mano e senhor, se o cego guia o cego, correm ambos perigo de cair no fojo.[7] O melhor é passarmos as palhetas e irmos tratar da nossa vida, que quem procura aventuras nem sempre as encontra boas.

Cuspia Sancho a miúdo, e cuspia seco, e, tendo reparado nisso o caritativo selvático escudeiro, disse-lhe:

— Parece-me que do que temos dito pegam-se-nos as línguas ao céu da boca; mas trago pendurado do arção do meu cavalo um despegador, que é bom de lei.

E, levantando-se, voltou daí a pedaço com uma grande borracha de vinho e uma empada de meia vara, e não é elogio, porque era de um coelho branco, tão grande que Sancho, ao tocá-la, pensou que era de algum bode e não de cabrito; vendo isso, Sancho disse:

— Vossa Mercê traz isto consigo, senhor?

— Pois que pensava? — respondeu o outro. — Tomava-me por algum escudeiro de água e lã? Trago melhor repasto nas ancas do meu cavalo do que um general em viagem.

---

[7] Cavidade profunda na terra; caverna, gruta.

Comeu Sancho sem se fazer rogado e, como estava às escuras, engolia cada bocado que era de embatucar.

— Vossa Mercê sim, que é escudeiro fiel e leal — disse ele —, magnífico e grande, como mostra este banquete, e parece que veio até aqui por artes de encantamento, e não como eu, mesquinho e desventurado, que só trago nos meus alforjes um pedaço de queijo tão duro que dá para esfolar com ele um gigante, e fazem-lhe companhia quatro dúzias de alfarrobas, e outras tantas de avelãs e nozes, graças à estreiteza de meu amo e à opinião que tem e sistema que segue, de que os cavaleiros andantes só se hão de manter e sustentar de frutas secas e ervas do campo.

— Por minha fé, irmão — redarguiu o da Selva —, eu não tenho o estômago afeito a cardos, nem a pereiras silvestres, nem a raízes dos montes; sigam nossos amos as suas opiniões e leis cavaleirescas e comam o que elas mandarem; eu cá por mim trago fiambres e borrachas penduradas do arção da sela, pelo sim, pelo não; e sou tão devoto seu, e quero-lhe tanto, que a cada instante lhe estou a dar mil beijos e abraços.

E, dizendo isso, pôs a borracha na mão de Sancho, que, empinando-a e pondo-a à boca, esteve contemplando as estrelas um bom quarto de hora; quando acabou de beber, deixou cair a cabeça para o lado e, dando um grande suspiro, disse:

— Ó filho da puta, grande patife! Que católico[8] que ele é!

— Vedes — observou o da Selva, ao ouvir o "filho da puta" de Sancho — como louvaste este vinho chamando-lhe "filho da puta"?

— Confesso — disse Sancho — que não é desonra chamar patife a ninguém, quando é com ideias de louvá-lo. Mas diga-me, senhor, por tudo a que mais quer, este vinho é de Cidade Real?

— Isso é que se chama ser entendedor — respondeu o da Selva —; exatamente daí é que é, e tem alguns anos de antiguidade!

— Ah! Tenho bom faro — tornou Sancho — nisto de vinhos, basta que eu cheire qualquer um e logo lhe acerto com a pátria, com a linhagem, com o sabor, com a duração e com as contas que há de dar. Mas não admira, que eu tive na minha linhagem, por parte de meu pai, os dois maiores entendedores que tem havido na Mancha; e como prova, eu vou lhe dizer o que lhes sucedeu. Deram-lhes a provar o vinho dum tonel, perguntando-lhes o seu parecer a respeito do estado, qualidade,

---

[8] No sentido de excelente, superior.

bondade ou maldade do vinho. Um provou-o com a ponta da língua, o outro só o chegou ao nariz. O primeiro disse que o vinho sabia a ferro, o segundo, que sabia a couro. Respondeu o dono que o tonel estava limpo e que tal vinho não tinha adubo algum do que lhe viesse o gosto do couro ou do ferro. Com tudo isso, os dois famosos provadores afirmaram o que tinham dito. Correu o tempo, vendeu-se o vinho, e ao limpar-se o tonel acharam dentro uma pequena chave, pendente duma correia: veja Vossa Mercê se quem descende dessa raleia poderá ou não dar o seu parecer em semelhantes coisas.

— Por isso digo — tornou o da Selva — que nos deixemos de ir à cata de aventuras e, já que temos sardinha, não andemos à busca de peru, e voltemos para as nossas choças, que lá nos encontrará Deus, se quiser.

— Enquanto meu amo não chega a Saragoça, hei de servi-lo; depois nos entenderemos a esse respeito.

Enfim, tanto falaram e tanto beberam os dois bons escudeiros que foi preciso que o sono lhes atasse a língua e lhes acalmasse a sede, que lá matar-lha era impossível, e assim, segurando ambos abraçada a borracha quase vazia, com os bocados meio mastigados na boca, adormeceram, e a dormir os deixaremos por agora, para contar o que o Cavaleiro da Selva passou com o da Triste Figura.

## Capítulo XIV
## ONDE PROSSEGUE A AVENTURA DO CAVALEIRO DA SELVA

ENTRE MUITAS COISAS que falaram o Cavaleiro da Selva e Dom Quixote, afirma a história que disse o primeiro:

— Finalmente, senhor cavaleiro, quero que saibais que o meu destino, ou, para melhor dizer, a minha escolha, me levou a enamorar-me da incomparável Cassildeia de Vandália; chamo-lhe incomparável porque não há com quem se compare, tanto na grandeza do corpo como no extremo do estado e da formosura. Essa tal Cassildeia, pois, pagou os meus bons pensamentos e comedidos desejos com o fazer-me correr, como Juno a Hércules,[1] muitos e diversos perigos, prometendo-me no fim de cada ano que no fim do imediato alcançaria a minha esperança; mas assim se foram ampliando os meus trabalhos, que já não têm conta, e não sei ainda qual será o último que dê princípio ao cumprimento dos meus anelos. Uma vez, ordenou-me que fosse desafiar aquela famosa giganta de Sevilha, chamada Giralda,[2] que é tão valente e forte como é feita de bronze, e, sem se mexer do sítio onde está, é a mais volteira e móvel que há no mundo. Cheguei, vi-a e venci-a, e obriguei-a a estar queda (porque em mais duma semana nunca soprou senão vento norte). Outra vez mandou-me que fosse tomar em peso as antigas pedras dos bravos touros de Guisando,[3] empresa mais para se encomendar a

---

[1] Aqui se refere a Juno, que criou Hércules — filho de Júpiter e Alcmena, esposa de Anfitrião —, para torná-lo imortal.

[2] Giralda, bela imagem da Vitória, que serve de remate e cata-vento à torre da catedral de Sevilha.

[3] Esculturas megalíticas de figura animal que se encontram no Mosteiro dos Jerônimos em Ávila.

homens de pau e corda do que a cavaleiros. Em seguida, ordenou-me que me precipitasse na furna de Cabra,[4] perigo inaudito e temeroso, e que lhe levasse relação particular do que se encerra naquela profundidade! Pois bem! Detive o movimento da Giralda, levantei em peso os touros de Guisando, despenhei-me na furna de Cabra e saquei à luz os seus arcanos, e as minhas esperanças sempre mortas, e os seus desdéns sempre vivos. Enfim, mandou-me percorrer todas as províncias de Espanha, para fazer confessar a todos os cavaleiros andantes que ela é a mais avantajada em formosura a todas que hoje vivem, e que eu sou o mais valente e o mais enamorado do orbe, demanda em que tenho andado pela maior parte de Espanha, vencendo muitos cavaleiros que se atreveram a contradizer-me; mas a façanha de que mais me ufano é a de ter rendido, em combate singular, o famosíssimo cavaleiro Dom Quixote de la Mancha e ter-lhe feito confessar que a minha Cassildeia é mais formosa do que a sua Dulcineia, e só com essa vitória faço de conta que venci todos os cavaleiros do mundo, porque o tal Dom Quixote os venceu a todos, e, tendo-o eu vencido a ele, a sua glória, a sua fama e a sua honra se transferiram e passaram para a minha pessoa.

> E o vencedor é tanto mais honrado
> Quanto mais o vencido é reputado,[5]

de modo que já correm por minha conta e são minhas as façanhas inumeráveis do referido Dom Quixote.

Ficou Dom Quixote admirado de ouvir o Cavaleiro do Bosque, e esteve mil vezes para lhe dizer que mentia, e teve o "mente" na ponta da língua, mas reportou-se o melhor que pôde, para lhe fazer confessar a mentira pela própria boca, e assim lhe disse sossegadamente:

— Que Vossa Mercê vencesse os outros cavaleiros andantes de Espanha e até de todo o mundo não digo o contrário, mas que vencesse Dom Quixote de la Mancha, ponho-o em dúvida; pode ser que fosse algum que se parecesse com ele, ainda que há poucos que se lhe assemelhem.

— Ora essa! — respondeu o do Bosque. — Pelo céu que nos cobre, juro que pelejei com Dom Quixote, e que o venci e rendi, e é um homem

---

[4] Profunda cavidade na cordilheira perto dessa cidade; a tradição situa ali uma das bocas do Inferno.

[5] Embora modificados para a ocasião, são versos da *Araucana* de Ercilla.

alto, de rosto seco, de braços e pernas compridos e magros, grisalho de cabelo, de nariz aquilino e um pouco recurvado, de bigodes grandes, negros e caídos; campeia com o nome de Cavaleiro da Triste Figura; traz como escudeiro um lavrador chamado Sancho Pança; oprime o lombo e rege o freio dum famoso cavalo chamado Rocinante; enfim, tem como dama do seu pensamento uma tal Dulcineia del Toboso, chamada em tempo Aldonça Lourenço, como a minha se chamava Cassilda, e é da Andaluzia, e por isso lhe chamo Cassildeia de Vandália; se todos esses sinais não bastam para se fazer acreditar a minha verdade, aqui tenho uma espada que há de tapar a boca dos incrédulos.

— Sossegai, senhor cavaleiro — disse Dom Quixote —, e escutai o que vou dizer-vos. Haveis de saber que esse Dom Quixote é o melhor amigo que tenho neste mundo, e tanto que posso dizer que é outro eu, e que pelos sinais que dele me destes, tão certos e pontuais, não posso pensar senão ser o mesmo que vencestes; por outro lado, vejo com os meus olhos e toco com as minhas mãos a impossibilidade do que afirmais, e isso só se pode explicar pelo fato de que, tendo ele muitos inimigos nigromantes, e especialmente um que ordinariamente o persegue, tomasse algum deles a sua figura e se deixasse vencer, para defraudá-lo da fama que as suas altas cavalarias lhe têm granjeado e adquirido em toda a terra conhecida; e, para confirmação do que vos digo, quero também que saibais que os tais nigromantes seus contrários ainda há dois dias transformaram a fisionomia e a pessoa da famosa Dulcineia del Toboso numa aldeã vil e soez, e desse modo terão transformado Dom Quixote; e, se tudo isso ainda não basta para vos inteirar da verdade que digo, aqui está o próprio Dom Quixote, que a sustentará com as suas armas, a pé ou a cavalo, como vos aprouver.

E, dizendo isso, levantou-se, esperando a resolução que houvesse de tomar o Cavaleiro da Selva, o qual, com voz sossegada, respondeu:

— Ao bom pagador não dói o dar penhores; quem uma vez pôde vencer-vos transformado pode ter bem fundada esperança de vos prostrar no vosso próprio ser. Mas, porque não é bom que os cavaleiros pratiquem os seus feitos de armas às escuras, como os salteadores e os rufiões, esperemos o dia, para que o sol veja as nossas obras, e há de ser condição da nossa batalha que o vencido fique à mercê do vencedor e faça tudo o que este quiser, contando que seja decoroso a um cavaleiro o que se lhe ordenar.

— Satisfaz-me essa condição — respondeu Dom Quixote.

E, dizendo isso, foram aonde estavam os seus escudeiros e encontraram-nos a ressonar, na mesma posição em que os surpreendera o sono. Acordaram-nos e ordenaram-lhes que aprontassem os cavalos, que assim que rompesse o sol haviam de travar os dois cavaleiros uma sangrenta e singular batalha. Com essas novas ficou Sancho atônito e pasmado, receoso da salvação de seu amo, por causa das valentias que ouvira contar do Cavaleiro do Bosque; mas, sem dizer palavra, foram os dois escudeiros buscar o gado, que já os três cavalos e o ruço se tinham cheirado e pastavam juntos.

No caminho, disse o do Bosque para Sancho:

— Saberá, mano, que têm costume os pelejantes de Andaluzia, quando são padrinhos de alguma pendência, não estar ociosos, de mãos a abanar, enquanto os afilhados se batem; digo isso para que fique avisado de que, enquanto os nossos amos pelejarem, também nós havemos de combater.

— Esse costume, senhor escudeiro — respondeu Sancho —, pode correr e passar entre os rufiões e pelejantes andaluzes, mas entre os escudeiros de cavaleiros andantes nem por pensamentos: pelo menos, nunca ouvi meu amo dizer que houvesse semelhante costume, apesar de saber de cor todas as ordenanças de cavalaria andante; ademais, eu quero que seja verdade e ordenança expressa pelejarem os escudeiros, enquanto seus amos pelejam; mas não quero cumpri-la, e prefiro pagar a multa que for imposta aos tais escudeiros pacatos, que eu tenho a certeza de que não pode passar de dois arráteis[6] de cera, e antes quero pagar isso, que sempre me há de custar menos do que os fios que terei de pôr na cabeça, que já considero rachada; e, ademais, impossibilita-me de pelejar o não trazer espada, pois em minha vida nunca a cingi.

— Conheço para isso bom remédio — disse o do Bosque —; trago aqui dois sacos de pano do mesmo tamanho; agarre num, que eu agarro no outro, e bater-nos-emos a saco, e com armas iguais.

— Desse modo acho bem — respondeu Sancho —, porque tal combate mais servirá para nos sacudir o pó que para nos tirar o sangue.

— Não — respondeu o outro —; metem-se dentro dos sacos, para que o vento não os leve, meia dúzia de boas pedras, que pesem tanto

---

[6] Unidade de medida de peso correspondente a 459 gramas ou dezesseis onças. A multa que se dava aos confrades que faltavam às suas obrigações para com os estatutos era computada em uma quantidade de cera, medida em libras, para iluminar a imagem nas festas ou para os funerais dos confrades.

umas como outras, e desse modo nós poderemos descansar sem nos fazermos mal nem dano.

— Olhem que chumaços! Corpo de meu pai! — redarguiu Sancho. — Mas, ainda que se enchessem os sacos de novelos de seda, saiba, senhor mano, que não quero pelejar; pelejem os nossos amos, e bebamos e vivamos nós, que o tempo tem o cuidado de nos tirar as vidas, sem que andemos à cata de apetites para que elas acabem antes de cair de maduras.

— Pois havemos de pelejar, ainda que não seja senão meia hora — tornou o outro.

— Qual história! — respondeu Sancho. — Não serei tão descortês e desagradecido que trave questões com uma pessoa com quem comi e bebi, tanto mais que, estando sem cólera e sem zanga, quem diabo há de ter vontade de combater a seco?

— Para isso — tornou o do Bosque — darei ainda remédio suficiente, e vem a ser que, antes de começarmos a peleja, chegarei ao pé de Vossa Mercê e lhe arrumarei três ou quatro bofetadas que o virem, e com isso lhe despertarei a cólera, ainda que esteja com mais sono que uma toupeira.

— Contra esse golpe sei outro que não lhe fica a dever nada — respondeu Sancho —; agarrarei num pau, e, antes que Vossa Mercê se chegue para me despertar a cólera, eu adormecerei a sua à bordoada, e de tal forma que só despertará no outro mundo, onde se sabe que não sou homem que se deixe esbofetear por ninguém; e cada qual veja como despede o virote, e o mais acertado é deixar dormir a cólera dos outros, que a gente não sabe com quem se mete, e pode-se ir buscar lã e voltar-se tosquiado, e Deus abençoou a paz e amaldiçoou as rixas, porque se um gato, acossado, fechado e apertado, se muda em leão, eu, que sou homem, Deus sabe em que poderei mudar-me; e, assim, desde já intimo Vossa Mercê, senhor escudeiro, que fica responsável por todo o mal e dano que da nossa pendência resultar.

— Está bom — redarguiu o da Selva —, em amanhecendo falaremos.

Já principiavam a gorjear nas árvores mil pintalgados passarinhos, e com seus variados e alegres cantos parecia que saudavam a fresca aurora, que já pelas portas e balcões do oriente ia descobrindo a formosura do seu rosto, sacudindo dos seus cabelos um número infinito de líquidas pérolas, cuja suave umidade, banhando as ervas, fazia parecer que eram elas que se desentranhavam em branco e miúdo aljôfar; os salgueiros destilavam saboroso maná, riam-se as fontes, murmuravam os arroios, alegravam-se as relvas e enriqueciam-se os prados com a vinda da madrugada. Mas, apenas a claridade do dia permitiu ver e diferençar as coisas, a primeira que deu na vista a Sancho Pança foi o nariz do escudeiro da Selva, tamanho, que fazia sombra a todo o corpo. Conta-se que, efetivamente, era de demasiada grandeza, recurvado no meio, todo cheio de verrugas, e a modo de cor de berinjela; descia-lhe coisa de dois dedos para baixo da boca, e a cor, o tamanho, as verrugas e a curvatura tanto lhe afeavam o rosto que, ao vê-lo, Sancho começou a tremer todo, como se tivesse terçãs, e deliberou desde logo antes consentir que lhe dessem duzentas bofetadas do que se excitar para se bater com semelhante avantesma. Dom Quixote olhou para o seu contendor e já o achou de elmo na cabeça e viseira calada, de modo que não lhe pôde ver o rosto; mas notou bem que era homem membrudo e não muito alto.

Trazia sobre as armas uma sobreveste ou casaco de pano, que parecia ser de finíssima lhama[7] de ouro, matizada de inúmeros espelhos resplandecentes, que o tornavam muito galã e vistoso; ondeavam-lhe no elmo uma grande quantidade de plumas verdes, amarelas e brancas; a lança, que tinha encostada a uma árvore, era grandíssima e grossa, e com um ferro afiado, de mais de um palmo de comprimento.

Tudo mirou e notou Dom Quixote, e, pelo que viu e observou, entendeu que o dito cavaleiro devia ser de grandes forças, mas nem por isso tremeu, como Sancho Pança; antes, com gentil denodo, disse para o Cavaleiro dos Espelhos:

— Se a muita vontade de pelejar, senhor cavaleiro, não vos desgasta a cortesia, por ela vos peço que alceis um pouco a viseira, para que eu veja se a galhardia do vosso rosto corresponde à vossa disposição.

— Ou eu saia vencido ou vencedor desta empresa, senhor cavaleiro — respondeu o dos Espelhos —, ficar-vos-á tempo e espaço demasiado para me ver; e, se agora não cumpro o vosso desejo, é por me parecer que faço notável agravo à famosa Cassildeia de Vandália, se dilatar, com o tempo que despender erguendo a viseira, a empresa de vos fazer confessar o que já sabeis que pretendo.

— Mas, enquanto montamos a cavalo — tornou Dom Quixote —, podeis ao menos declarar-me se sou eu aquele Dom Quixote que dizeis haver vencido.

---

[7] Tecido brilhoso, composto geralmente de fio de prata ou de ouro, ou ainda de cobre dourado ou prateado.

— A isso vos respondemos — acudiu o dos Espelhos — que vos pareceis com o cavaleiro que venci como um ovo se parece com outro; mas, visto que dizeis que o perseguem nigromantes, não ouso afirmar se sois o mesmo ou não.

— Isso me basta — respondeu Dom Quixote — para que eu creia no vosso engano; entretanto, para dele vos tirar completamente, venham os nossos cavalos, que em menos tempo do que o que levaríeis a alçar a viseira, se Deus e a minha dama e o valor do meu braço me ajudarem, verei eu o vosso rosto, e vereis que não sou eu o vencido Dom Quixote que pensais.

Com isso, para encurtarmos razões, montaram a cavalo, e Dom Quixote voltou as rédeas a Rocinante, para tomar o campo conveniente, a fim de se encontrar de novo com o seu contrário, e o mesmo fez este; mas não se apartara Dom Quixote vinte passos quando ouviu que ele o chamava, e, indo ao encontro um do outro, disse o dos Espelhos:

— Lembrai-vos, senhor cavaleiro, que a condição da nossa batalha é, como já disse, que o vencido há de ficar à mercê do vencedor.

— Bem sei — respondeu Dom Quixote —, contanto que o vencedor não ordene nem imponha coisas que saiam dos limites da cavalaria.

— É claro — tornou o dos Espelhos.

Nisto, deu na vista de Dom Quixote o estranho nariz do escudeiro, e não se admirou menos de vê-lo que Sancho, tanto que julgou que era algum monstro, ou algum homem novo, dos que não se usam no mundo. Sancho, que viu partir seu amo para tomar campo, não quis ficar sozinho com o narigudo, receando que só com uma narigada se acabasse a sua pendência, ficando ele estendido no chão, com o golpe ou com o medo, e foi atrás de seu amo, agarrado ao arção de Rocinante, e, quando lhe pareceu que já era tempo de voltar, disse-lhe:

— Suplico a Vossa Mercê, senhor meu, que antes de voltar à peleja me ajude a subir naquela árvore, donde poderei ver mais a meu sabor, e melhor que do chão, o galhardo encontro que Vossa Mercê vai ter com esse cavaleiro.

— O que me parece, Sancho — tornou Dom Quixote —, é que te queres encarrapitar e subir ao palanque, para ver os touros sem perigo.

— A verdade manda Deus que se diga — respondeu Sancho —; o desaforado nariz daquele escudeiro deixou-me atônito e cheio de espanto, e não me atrevo a estar junto dele.

— É tal, efetivamente, o nariz — acudiu Dom Quixote —, que, a não ser eu quem sou, também me assombrara; e então, Sancho, vem daí que eu te ajudarei a subir para onde dizes.

Enquanto Dom Quixote se demorava a ajudar Sancho a trepar na árvore, tomou o dos Espelhos o campo que lhe pareceu necessário; e julgando que o mesmo teria feito Dom Quixote, sem esperar som de trombeta nem outro sinal que os avisasse, voltou as rédeas ao cavalo, nem mais ligeiro nem de melhor aparência que Rocinante, e a todo o seu correr, que era um meio trote, ia a encontrar o inimigo; mas, vendo-o ocupado com a subida de Sancho, sofreou as rédeas e parou a meio caminho, ficando o cavalo agradecidíssimo, porque já não se podia mover. Dom Quixote, que imaginou que o seu inimigo vinha por aí fora voando, enterrou com alma as esporas nos magros ilhais de Rocinante, e de tal maneira o espicaçou que diz a história que foi essa a única vez que ele galopou em toda a sua vida, porque o mais que dava era um trote declarado. Com essa nunca vista fúria, chegou ao sítio onde estava o dos Espelhos cravando no seu cavalo as esporas todas, sem conseguir, ainda assim, arrancá-lo do sítio em que estacara. Nessa excelente conjuntura achou Dom Quixote o seu contrário, embaraçado com o cavalo e tão atrapalhado com a lança que não conseguiu pôr em riste, ou por falta de jeito ou por falta de tempo. Dom Quixote, que não atendia a esses inconvenientes, são e salvo esbarrou no dos Espelhos, com tão estranha força que o atirou do cavalo abaixo pelas ancas, dando tal queda que ficou estendido sem mover mão nem pé, e dando todos os sinais de que morrera.

Apenas Sancho o viu caído, deixou-se escorregar da árvore e a toda a pressa veio ao sítio onde parara seu amo, que, apeando-se de Rocinante, foi sobre o dos Espelhos, e, desatando-lhe as laçadas do elmo, para ver se estava morto e para fazê-lo respirar, no caso contrário, viu — quem poderá dizer o que ele viu, sem causar maravilha, espanto e admiração aos que o ouvirem? —, viu, diz a história, o rosto, a figura, o aspecto, a fisionomia, a efígie, a perspectiva do Bacharel Sansão Carrasco! E, assim que o viu, com altas vozes bradou:

— Acode, Sancho, e vem ver no que não hás de acreditar; anda, filho, e adverte o que pode a magia, o que podem os feiticeiros e os nigromantes!

Chegou Sancho e, assim que deu com o rosto do Bacharel Carrasco, principiou a persignar-se e a benzer-se vezes sem conto. Em tudo isso não dava mostras de estar vivo o derribado cavaleiro, e Sancho disse para Dom Quixote:

— Sou do parecer, meu senhor, de que, pelo sim, pelo não, Vossa Mercê meta a espada pela boca dentro desse que parece o Bacharel Sansão Carrasco, e talvez assim dê cabo de algum dos seus inimigos nigromantes.

— Não dizes mal — observou Dom Quixote —, porque de inimigos sempre o menos que puder ser.

E, tirando a espada, ia pôr por obra o aviso e conselho de Sancho, quando chegou o escudeiro do dos Espelhos, já sem o nariz que tão feio o fizera, e com grandes vozes bradou:

— Veja Vossa Mercê o que faz, Senhor Dom Quixote, que esse que aí tem a seus pés é o Bacharel Sansão Carrasco, seu amigo, e eu sou o seu escudeiro.

E Sancho, vendo-o sem a sua primitiva fealdade, disse-lhe:

— E o nariz?

Ao que ele respondeu:

— Aqui o tenho na algibeira.

E tirou da algibeira direita um nariz postiço de pasta; e Sancho, olhando para ele cada vez mais pasmado, exclamou em alta voz:

— Valha-me Santa Maria! Esse não é Tomé Cecial, meu vizinho e meu bom compadre?

— Já se vê que sou — respondeu o desnarigado escudeiro —; sou Tomé Cecial, compadre e amigo Sancho; e logo vos direi os embustes e enredos que aqui me trouxeram, e, no entanto, pedi e suplicai ao senhor vosso amo tanto que não mate, nem fira, nem maltrate, nem toque no cavaleiro dos Espelhos, que tem a seus pés, porque é, sem dúvida alguma, o atrevido e mal-aconselhado patrício nosso, o Bacharel Sansão Carrasco.

Então voltou a si o dos Espelhos, e Dom Quixote, vendo isso, pôs--lhe no rosto a ponta da espada nua e disse-lhe:

— Estais morto, cavaleiro, se não confessais que a sem-par Dulcineia del Toboso se avantaja à vossa Cassildeia de Vandália; e, além disso, haveis de prometer, se desta contenda e queda sairdes com vida, ir à cidade de El Toboso e apresentar-vos da minha parte perante a dama de meus pensamentos, para que de vós faça o que tiver na vontade; e, se ela vos deixar o livre-alvedrio, imediatamente voltareis a procurar-me, que o rasto das minhas façanhas vos servirá de guia, que vos leve aonde eu estiver e a dizer-me o que tiverdes passado com ela: condições que, em conformidade das que pusemos antes da nossa batalha, não saem dos termos da cavalaria andante.

— Confesso — disse o rendido cavaleiro — que vale mais o sapato descosido e sujo da Senhora Dulcineia del Toboso do que as barbas mal penteadas, ainda que limpas, de Cassildeia, e prometo ir e voltar da sua à vossa presença, e dar-vos conta particular e inteira do que me pedis.

— Também haveis de confessar e crer — acrescentou Dom Quixote — que o tal cavaleiro que vencestes não era nem podia ser Dom Quixote de la Mancha, apesar de se parecer com ele, como eu confesso e creio que vós, apesar de parecerdes o Bacharel Sansão Carrasco, não o sois, mas outro que se lhe assemelha e que na sua figura aqui me puseram os meus inimigos, para deterem e temperarem o ímpeto da minha cólera e para me fazerem usar brandamente da glória da vitória.

— Tudo confesso, julgo e sinto, como vós acreditais, julgais e sentis — respondeu o derrancado cavaleiro. — Deixai-me levantar, peço-vos, se o permite a dor da minha queda, que bastante me maltratou.

Ajudaram-no a levantar-se Dom Quixote e Tomé Cecial, de quem Sancho não apartava os olhos, perguntando-lhe várias coisas, tendo pelas respostas sinais manifestos de que ele era verdadeiramente o Tomé Cecial que dizia; mas a apreensão que em Sancho produzira o que seu amo dissera, de que os nigromantes tinham mudado a figura do Cavaleiro dos Espelhos na do Bacharel Carrasco, fazia com que ele mal pudesse dar crédito ao que estava vendo com os seus olhos. Finalmente, ficaram-se nesse engano amo e criado, e o dos Espelhos e o seu escudeiro, mofinos e mal andantes, se apartaram de Dom Quixote e de Sancho, com intenção de procurar algum sítio onde o dos Espelhos pudesse se tratar. Dom Quixote e Sancho prosseguiram no caminho de Saragoça, onde a história os deixa para dar conta de quem eram o Cavaleiro dos Espelhos e o seu narigudo escudeiro.

## Capítulo XV
### ONDE SE CONTA E DÁ NOTÍCIA DE QUEM ERAM O CAVALEIRO DOS ESPELHOS E O SEU ESCUDEIRO

EM EXTREMO CONTENTE, satisfeito e vanglorioso ia Dom Quixote, por ter alcançado vitória de tão valente cavaleiro, como ele imaginava que era o dos Espelhos, de cuja cavaleiresca palavra esperava saber se o encantamento da sua dama continuava, pois que era forçoso que o tal cavaleiro, sob pena de não o ser, voltasse a referir-lhe que tivesse com ela sucedido. Mas uma coisa pensava Dom Quixote e outra o dos Espelhos, ainda que este por então só cuidava em procurar sítio onde se curar, como já se disse. Conta, pois, a história que, quando o Bacharel Sansão Carrasco aconselhou a Dom Quixote que voltasse a prosseguir nas suas abandonadas cavalarias, combinou com o cura e o barbeiro o meio de que se haviam de servir para obrigar Dom Quixote a estar em sua casa, quieto e sossegado, sem o alvoroçarem as suas mal procuradas aventuras; de cujo conselho saiu, por voto comum e parecer particular de Sansão, que deixassem partir Dom Quixote, pois que parecia impossível sustê-lo, e que o Bacharel Carrasco lhe saísse ao caminho como cavaleiro andante e travasse batalha com ele, que não faltaria pretexto, e o vencesse, tendo isso por coisa fácil, e que se pactuasse e combinasse que o vencido ficasse à mercê do vencedor; e o bacharel cavaleiro ordenaria ao vencido Dom Quixote que voltasse para a sua terra e casa e ali se demorasse durante dois anos ou até nova ordem, o que era claro que Dom Quixote, vencido, cumpriria, indubitavelmente, por não faltar às leis da cavalaria, e podia ser que durante o tempo da sua reclusão se esquecesse das suas vaidades, ou se pudesse procurar para a sua loucura algum remédio conveniente.

Aceitou isso Carrasco, e ofereceu-se-lhe para escudeiro Tomé Cecial, compadre e vizinho de Sancho Pança, homem alegre e de cabeça desempoeirada. Armou-se Sansão como fica referido, e Tomé Cecial pôs por cima do seu próprio nariz o nariz postiço, já indicado, para não ser conhecido pelo seu compadre quando se vissem; seguiram o mesmo caminho que Dom Quixote levara, chegaram quase a encontrar-se na aventura do carro da morte e, finalmente deram consigo no bosque, onde lhes sucedeu tudo o que viu o prudente leitor; e, se não fossem os extraordinários pensamentos de Dom Quixote, que imaginou que o bacharel não era o bacharel, este bacharel ficaria impossibilitado para sempre de tomar grau de licenciado, por não ter encontrado ninhos onde supôs encontrar pássaros. Tomé Cecial, que viu o mal que lograra os seus desejos e o mau paradeiro que o seu caminho tivera, disse ao bacharel:

— Temos decerto, Senhor Sansão Carrasco, o que merecemos; com facilidade se pensa e se acomete uma empresa, mas com dificuldade se sai a gente dela, pela maior parte das vezes. Dom Quixote é doido e nós somos ajuizados; ele vai-se indo, são e salvo; Vossa Mercê fica moído e triste. Saibamos, pois, agora, quem é mais doido: quem o é porque não se conhece, ou quem o é por sua vontade?

— A diferença que há entre esses dois doidos — respondeu Carrasco — é que o doido a valer há de sê-lo sempre, e o que o é por vontade deixará de sê-lo logo que o queira.

— Perfeitamente — respondeu Tomé Cecial —; eu fui doido por vontade, quando me quis fazer escudeiro de Vossa Mercê; pois agora, por vontade também, quero deixar de sê-lo e voltar para minha casa.

— Fazeis muito bem — respondeu Sansão —; mas lá pensar que eu hei de voltar para a minha sem ter desancado Dom Quixote é escusado; e não me levará agora a procurá-lo o desejo de que recupere o juízo, mas o da vingança, que a grande dor das minhas costelas não me deixa fazer mais piedosos discursos.

Nisso foram arrazoando os dois, até que chegaram a um povo, onde felizmente encontraram um algebrista, que tratou o desgraçado Sansão. Tomé Cecial voltou para casa e deixou-o, e o bacharel ficou imaginando a sua vingança, e a história a seu tempo volta a falar nele, para não deixar agora de se regozijar com Dom Quixote.

## Capítulo XVI
### DO QUE SUCEDEU A DOM QUIXOTE COM UM DISCRETO CAVALEIRO DA MANCHA

COM A ALEGRIA, contentamento e ufania que se disse, seguia Dom Quixote a sua jornada, imaginando, pela passada vitória, ser o cavaleiro andante mais valente que tinha o mundo naquele tempo; dava por acabadas e levadas a bom termo quantas aventuras lhe pudessem suceder daí por diante; tinha em pouco os encantamentos e nigromantes, não se recordava das inumeráveis pauladas que no decurso das suas cavalarias tinham lhe dado, nem da pedrada que lhe deitou abaixo metade dos dentes, nem do desagradecimento dos galeotes, nem do atrevimento e chuva de bordoadas dos arrieiros; finalmente, dizia entre si que, se achasse arte, modo ou maneira de desencantar a Senhora Dulcineia, não teria inveja à maior ventura que alcançou ou pôde alcançar o mais venturoso cavaleiro andante dos séculos passados. Ia todo ocupado nessas imaginações, quando Sancho lhe disse:

— Então, meu senhor, não trago eu ainda diante dos olhos o desmesurado e desmarcado nariz do meu compadre Cecial?

— E tu acreditas, Sancho, que o Cavaleiro dos Espelhos era o Bacharel Carrasco e o seu escudeiro, o teu compadre Cecial?

— Não sei que hei de dizer a isso — respondeu Sancho —; o que sei é que os sinais da minha casa, de minha mulher e de meus filhos não mos podia dar outro senão ele mesmo, e a cara, tirado o nariz, era a própria de Tomé Cecial, como eu a vi muitas vezes na minha terra e paredes-meias[1] da minha casa, e o tom da fala era o mesmo.

---

[1] Parede comum construída na divisa de dois prédios contíguos.

— Raciocinemos, Sancho — redarguiu Dom Quixote —, anda cá: como pode alguém supor que o Bacharel Carrasco viesse como cavaleiro andante, armado de armas ofensivas e defensivas, pelejar comigo? Fui seu contrário, porventura? Dei-lhe alguma vez ocasião para me ter ódio? Sou seu rival ou segue ele a profissão das armas, para criar inveja à fama que por elas tenho ganhado?

— Pois como explicaremos, senhor — respondeu Sancho —, parecer-se tanto aquele cavaleiro, seja ele quem for, com o Bacharel Carrasco, e o seu escudeiro com Tomé Cecial, meu compadre? E se é encantamento, como Vossa Mercê disse, não haveria no mundo outros dois com quem se parecessem?

— Tudo é artifício e traça — respondeu Dom Quixote — dos malignos magos que me perseguem, os quais, prevendo que eu havia de ficar vencedor na contenda, deram ao cavaleiro vencido o rosto do meu amigo bacharel, para que a amizade que lhe tenho se interpusesse aos fios da minha espada e ao vigor do meu braço, e atenuasse a justa ira do meu coração, e desse modo ficasse com vida aquele que com falsidades e embelecos procurava tirar a minha. Para prova, Sancho, já sabes por experiência, que não te deixará nem mentir nem enganar, quão fácil é aos nigromantes mudar uns rostos noutros, fazendo do formoso feio e do feio formoso, pois ainda não há dois dias que viste com teus próprios olhos a formosura e galhardia da sem-par Dulcineia, em toda a sua inteireza e natural conformidade, e eu vi-a na fealdade e baixeza de uma rústica lavradeira, com cataratas nos olhos e mau cheiro na boca; e, se o perverso nigromante se atreveu a fazer tão maldosa transformação, não é muito que fizesse a de Sansão Carrasco e a do teu compadre, para me tirar das mãos a glória da vitória; mas isso não me importa, porque, enfim, fosse qual fosse a figura que ele tomasse, fiquei vencedor do meu inimigo.

— Deus sabe a verdade de tudo — respondeu Sancho.

E, como ele sabia que a transformação de Dulcineia fora traça e patranha sua, não o satisfaziam as quimeras de seu amo; mas não quis lhe replicar, para não dizer alguma palavra que descobrisse o seu embuste.

Nessas razões estavam quando os alcançou um homem, que vinha atrás deles pelo mesmo caminho, montado numa formosa égua baia, com um gabão[2] de fino pano verde, com bandas de veludo leonado[3]

---

[2] Capote de mangas ou casacão, com capuz e cabeção (espécie de gola).
[3] De cor amarelada ou tirante a vermelho, similar à cor do leão; fulvo.

e trazendo na cabeça um gorro do mesmo veludo; os arreios da égua eram à campina e à gineta, também de iguais cores; pendia-lhe um alfanje mourisco de um largo talim verde e ouro, e os borzeguins tinham os lavores do talim; as esporas não eram douradas, mas envernizadas de verde, tão tersas e brunidas que, por dizerem bem com o resto do vestuário, pareciam melhor do que se fossem de ouro puro. Quando se aproximou deles o caminhante, saudou-os cortesmente e, picando as esporas à égua, passava de largo, mas Dom Quixote disse:

— Cavalheiro, se Vossa Mercê leva o mesmo caminho que nós levamos, e não vai com muita pressa, grande honra eu teria em que fôssemos juntos.

— Na verdade — respondeu o da égua —, não passaria tão de largo se não fosse por temer que, com a companhia da minha égua, se alvoroçasse esse cavalo.

— Bem pode, senhor — acudiu Sancho —, sofrear as rédeas à égua, porque o nosso cavalo é o mais honesto e composto que se pode imaginar; nunca em semelhantes ocasiões praticou a mínima vileza e, na única em vez que se desmandou, pagamo-lo caro eu e meu amo; assim, demore-se Vossa Mercê o tempo que quiser, que o cavalo, ainda que lhe sirvam a égua num prato, não é capaz de afrontá-la.

Sofreou as rédeas o caminhante, admirando-se da figura e fisionomia de Dom Quixote, que ia sem elmo, levando-lho Sancho, como se fosse mala, no arção dianteiro da albarda do ruço; e, se o de Verde muito olhava para Dom Quixote, muito mais o contemplava este, parecendo-lhe homem de grande respeito: a idade mostrava ser de cinquenta anos, poucas as cãs, o rosto aquilino, a vista entre grave e alegre; finalmente, no traje e figura, dava a entender ser homem de boas prendas. O que julgou de Dom Quixote de la Mancha foi que nunca vira um homem assim: admirou o comprimento do cavalo, a grandeza do corpo do cavaleiro, a magreza e amarelidão do seu rosto, as suas armas, o ademã, compostura, figura e fisionomia, que nunca topara com outros semelhantes. Notou bem Dom Quixote a atenção do caminhante e leu-lhe na suspensão a curiosidade; e, como era tão cortês e tão amigo de agradar a todos, antes que ele lhe perguntasse coisa alguma, foi-lhe ao encontro, dizendo-lhe:

— Esta figura que Vossa Mercê está vendo, por ser tão nova e tão diversa das que se usam vulgarmente, não me maravilho que o espante; mas deixará Vossa Mercê de se espantar, em eu lhe dizendo que sou cavaleiro,

> Destes que dizem as gentes
> que vão às aventuras.[4]

Saí da minha pátria, empenhei a minha fazenda, deixei os meus regalos e entreguei-me nos braços da fortuna, que me levasse aonde fosse servida. Quis ressuscitar a já morta cavalaria andante, e há muitos dias que, tropeçando, caindo, despenhando-me aqui, levantando-me acolá, cumpro, em grande parte, o meu desejo, socorrendo viúvas, amparando donzelas e favorecendo casadas, órfãos e pupilas, ofício próprio e natural de cavaleiro andante; e, assim, pelas minhas façanhas, muitas, valorosas e cristãs, merecia andar já impresso em quase todas, ou na maior parte das línguas do mundo. Estamparam-se trinta mil exemplares da minha história[5] e parece-me que ainda se hão de imprimir mais trinta mil milhares, se o céu não lhe acudir. Finalmente, para tudo resumir em breves palavras, ou numa só, digo que sou Dom Quixote de la Mancha, por outro nome chamado o Cavaleiro da Triste Figura; e, ainda que o louvor em boca própria é vitupério, é-me forçoso dizer eu talvez os meus, já se vê, quando não estiver presente quem os diga em meu lugar. Portanto, senhor fidalgo, nem este cavalo, nem esta lança, nem este escudo, nem este escudeiro, nem estas armas todas juntas, nem a palidez do meu rosto, nem a minha magreza extrema vos poderão admirar doravante, visto que já sabeis quem sou e a profissão que sigo.

Calou-se Dom Quixote, e o de Verde, pela demora da resposta, parecia que não atinava com a que lhe havia de dar; mas daí a bom pedaço lhe disse:

— Acertastes, senhor cavaleiro, no motivo da minha suspensão e curiosidade, mas não acertastes supondo dissipar o espanto que me inspira o ter-vos visto, que, ainda que dizeis que o saber já quem sois mo poderia tirar, não foi assim, antes agora, que o sei, fico mais suspenso e maravilhado. Como é possível que haja histórias impressas de verdadeiras cavalarias! Não posso me persuadir de que exista na terra quem favoreça viúvas, ampare donzelas, respeite casadas, socorra órfãos; e não acreditaria, se em Vossa Mercê não o tivesse visto com os meus próprios olhos. Bendito seja o céu, que com essa história que Vossa Mercê diz

---

[4] Versos já citados nos capítulos IX e XLIX do primeiro volume.
[5] Na Espanha, uma edição costumava constar de 1.500 exemplares; a hipérbole de Dom Quixote, rematada com este tópico de falsa modéstia, enfatiza e magnifica as palavras de Sansão Carrasco no capítulo III.

que está impressa, das suas altas e verdadeiras cavalarias, se terão posto em esquecimento as inumeráveis dos fingidos cavaleiros andantes de que estava cheio o mundo, tanto em dano dos bons costumes e tanto em prejuízo e descrédito das boas histórias.

— Há muito que dizer — respondeu Dom Quixote — a respeito de serem fingidas ou não as histórias dos cavaleiros andantes.

— Pois há quem duvide — tornou o de Verde — de que tais histórias sejam falsas?

— Duvido eu — redarguiu Dom Quixote —, porque, se a nossa jornada durar, espero em Deus fazer perceber a Vossa Mercê que fez mal em ir na corrente dos que têm por certo que não são verdadeiras.

Por essa última observação de Dom Quixote, suspeitou o viandante que ele seria algum mentecapto, e aguardava que o confirmasse com outras; mas, antes de prosseguirem na conversação, pediu-lhe Dom Quixote que lhe dissesse quem era, visto que ele por si já lhe dera parte da sua condição e da sua vida. A isso respondeu o outro:

— Eu, Senhor Cavaleiro da Triste Figura, sou um fidalgo de uma aldeia onde iremos jantar hoje, se Deus for servido; sou mais do que medianamente rico e chamo-me Dom Diego de Miranda; passo a vida com minha mulher e meus filhos e com os meus amigos; os meus exercícios são a caça e a pesca; mas não sustento falcões nem galgos, apenas algum perdigão manso ou algum furão atrevido; tenho por aí umas seis dúzias de livros, latinos e espanhóis, uns de história, outros de devoção; os de cavalaria ainda não me entraram das portas para dentro; folheio mais os profanos do que os devotos, contando que sejam de honesto entretenimento, que deleitem com a linguagem e suspendam com a invenção, posto que destes há pouquíssimos em Espanha. Algumas vezes janto com os meus amigos e vizinhos, e muitas vezes os convido; os meus jantares são limpos, asseados e fartos; nem gosto de murmurar nem consinto que diante de mim se murmure; não esquadrinho as vidas alheias, nem sou lince dos feitos dos outros; ouço missa todos os dias, reparto os meus bens com os pobres, sem fazer alarde das boas obras, para não dar entrada no meu coração à hipocrisia e vanglória, inimigos que brandamente se apoderam do coração mais recatado; procuro fazer as pazes entre os que sei que estão desavindos, sou devoto da Virgem e confio sempre na misericórdia de Deus Nosso Senhor.

Esteve Sancho a escutar atentíssimo a relação da vida e entretenimentos do fidalgo; e entendendo que o homem de tão boa e santa existência devia fazer milagres, saltou do burro abaixo e com muita pressa foi-lhe agarrar no estribo direito, e com devoto coração e quase lágrimas lhe beijou os pés uma e muitas vezes. Vendo isso o fidalgo, perguntou-lhe:

— Que fazeis, irmão? Que beijos são esses?

— Deixem-me beijar — respondeu Sancho —, porque me parece Vossa Mercê o primeiro santo a cavalo que tenho visto na vida.

— Não sou santo — respondeu o fidalgo —, mas grande pecador; vós sim, irmão, é que deveis ser bom, como se mostra pela vossa grande simpleza.

Voltou Sancho a montar no burro, depois de ter arrancado gargalhadas à profunda melancolia de seu amo e causado novo espanto a Dom Diego de Miranda.

Perguntou Dom Quixote a Dom Diogo quantos filhos tinha, e disse-lhe que uma das coisas em que punham o sumo bem os filósofos antigos que carecem do verdadeiro conhecimento de Deus foi nos bens da natureza, nos da fortuna, em ter muitos amigos e em ter muitos e bons filhos.

— Eu, Senhor Dom Quixote — respondeu o fidalgo —, tenho um filho e, se não o tivesse, talvez me julgasse mais ditoso; não porque ele seja mau, mas porque não é tão bom como eu queria. Terá dezoito anos de idade: esteve seis em Salamanca, aprendendo a língua latina e a grega, e quando quis que passasse a estudar outras ciências, achei-o tão embebido na da poesia (se se pode chamar ciência), que não é possível fazer-lhe arrostar[6] a das leis, que eu quereria que estudasse, nem a rainha de todas, a teologia. Quereria eu que fosse coroa de sua linhagem, pois que vivemos num século em que os nossos reis premiam altamente as boas e virtuosas letras,[7] porque letras sem virtude são pérolas no tremedal. Passa o dia todo a averiguar se disse bem ou mal Homero neste verso da *Ilíada*, se Marcial foi ou não desonesto naquele epigrama, se hão de se entender de uma maneira ou de outra tais e tais versos de Virgílio; enfim, todas as suas conversações são com os livros dos referidos poetas e com os de Horácio, Pérsio, Juvenal e Tibulo, que dos modernos não faz muito caso; e, apesar de ter tanto desdém pela moderna poesia espanhola, está agora todo empenhado em glosar

---

[6] Olhar de frente, encarar sem medo; defrontar, afrontar.

[7] Ironia, pois Cervantes publicou seus livros com o favor dos mecenas, e não do rei.

quatro versos que lhe mandaram de Salamanca, e suponho que é coisa de justa literária.[8]

— Os filhos, senhor — respondeu Dom Quixote —, são pedaços das entranhas de seus pais e, bons ou maus, sempre se lhes há de querer como às almas que nos dão vida; aos pais cumpre encaminhá-los desde pequenos pela senda da virtude, da boa criação e dos bons e cristãos costumes, para que sejam bordão da velhice de seus pais e glória da sua posteridade, quando forem crescidos; e, quanto a forçá-los que estudem esta ou aquela ciência, não o tenho por acertado, ainda que o persuadir-lho não será danoso; e, quando não se tem de estudar para *pane lucrando*,[9] sendo o estudante tão venturoso que recebesse do céu pais que lhe deixem haveres, seria eu de parecer que não o impedissem de seguir a ciência para que se inclina, e, ainda que a da poesia seja menos útil do que deleitosa, não é das que desonram os que a possuem. A poesia, no meu entender, senhor fidalgo, é como uma donzela meiga, juvenil e formosíssima, que se desvelam em enriquecer, polir e adornar outras muitas donzelas, que são todas as outras ciências, e todas com ela hão de se autorizar; mas esta donzela não quer ser manuseada, nem arrastada pelas ruas, nem publicada nas esquinas das praças, nem pelos desvãos dos palácios. É feita por uma alquimia de tamanha virtude que quem souber tratá-la pode mudá-la em ouro puríssimo; não a há de deixar correr quem a tiver por torpes sátiras e desalmados sonetos; não há de se vender de nenhum modo, a não ser em poemas heroicos, em lamentáveis tragédias ou em comédias alegres e artificiosas; não há de se deixar tratar pelos truões, nem pelo vulgo ignorante, incapaz de conhecer nem de estimar os tesouros que nela se encerram. E não penseis, senhor, que chamo aqui vulgo somente à gente plebeia e humilde, que todo aquele que não sabe, ainda que seja senhor e príncipe, pode e deve ser contado entre o vulgo; e, assim, quem se ocupar da poesia com esses requisitos terá fama e nome estimado em todas as nações civilizadas do mundo. E quanto ao que dizeis, senhor, de vosso filho não ter em grande estima a poesia castelhana, entendo que não anda nisso com muito acerto, e a razão é esta: o grande Homero não escreveu em latim, porque

---

[8] Concurso literário, sobre um tema e com um metro propostos pelos jurados para celebrar algum acontecimento. A glosa a quatro versos é a "composição poética que, partindo de um texto anterior, o mote ou cabeça, se desenvolve em uma série de estrofes construídas de forma que cada uma delas acabe com um verso do mote".

[9] "Para ganhar o pão."

era grego; nem Virgílio escreveu em grego, porque era latino. Enfim, todos os poetas antigos escreveram na língua que beberam com o leite e não foram procurar os idiomas estrangeiros para manifestar a alteza dos seus conceitos; e, sendo isto assim, era razoável que este costume se estendesse por todas as nações, e que não se menosprezasse o poeta alemão que escreve na sua língua, nem o castelhano, nem o próprio biscainho que escreve na sua; mas vosso filho, senhor, ao que imagino, não estará de mal com a poesia moderna, mas sim com os poetas que são meros versejadores castelhanos, sem saberem outras línguas nem outras ciências que adornem, despertem e auxiliem o seu natural impulso; e ainda nisso pode haver erro, porque, segundo opiniões sensatas, o poeta nasce poeta, e com essa inclinação que o céu lhe deu, sem mais estudo nem artifícios, compõe coisas que fazem verdadeiro quem disse: *Est Deus in nobis*.[10] Também digo que o poeta natural que se auxiliar com a arte se avantajará muito ao poeta que só por saber a arte quiser sê-lo. O motivo disso é que a arte não vence a natureza, mas aperfeiçoa-a; de modo que a natureza e a arte, mescladas, produzirão um perfeitíssimo poeta. Em conclusão, senhor fidalgo, entendo que Vossa Mercê deve deixar seu filho seguir a estrela que o chama, que, sendo ele tão bom escolar como deve ser, e tendo já subido felizmente o primeiro degrau das ciências, que é o das línguas, com elas subirá por si ao cúmulo das letras humanas, que tão bem parecem num cavaleiro de capa e espada, e o adornam, honram e engrandecem, como as mitras aos bispos, ou como as garnachas[11] aos jurisconsultos peritos. Ralhe Vossa Mercê com seu filho, se fizer sátiras que prejudiquem as honras alheias, e castigue-o e rasgue-lhas; mas, se fizer prédicas à moda de Horácio, em que repreenda os vícios em geral, como ele tão elegantemente o fez, louve-o, porque é lícito ao poeta escrever contra a inveja e dizer nos seus versos mal dos invejosos, e contra os outros vícios, sem designar pessoa alguma; mas há poetas que, para dizerem uma malícia, se arriscam a ser degredados para as ilhas do Ponto.[12] Se o poeta for casto nos seus costumes, sê-lo--á também nos seus versos; a pena é a língua da alma: como forem os

---

[10] "Um deus habita em nós"; frase de Ovídio que responde à ideia antiga da função profética do poeta, inspirado pela divindade.

[11] Veste talar de jurista. Felipe II mandou que os magistrados a usassem nos tribunais superiores.

[12] Alusão ao desterro de Ovídio no mar Negro, se bem que o poeta não foi desterrado às ilhas, mas às margens do Ponto.

conceitos que nela se gerarem, assim serão os seus escritos; e quando os reis ou príncipes veem a milagrosa ciência da poesia em sujeitos prudentes, virtuosos e graves, honram-nos, estimam-nos e enriquecem-nos, e ainda os coroam com as folhas da árvore que o raio não ofende,[13] como em sinal de que por ninguém hão de ser ofendidos os que virem com os seus lauréis honrada e adornada a sua fronte.

Pasmou o do Verde Gabão do raciocinar de Dom Quixote, e tanto que principiou a desvanecer-se-lhe a opinião que tinha de que ele era mentecapto. Mas no meio dessa prática, Sancho, que se aborrecia com ela, desviara-se do caminho, a pedir um pouco de leite a uns pastores, que estavam ali perto ordenhando umas ovelhas; e já o fidalgo ia renovar a prática, de satisfeito que ficara com a discrição e bom discorrer de Dom Quixote, quando este, erguendo a cabeça, viu que vinha pela estrada por onde eles iam um carro cheio de bandeiras reais; e, julgando que seria alguma nova aventura, chamou a grandes brados por Sancho, para que lhe desse o elmo. Sancho, ouvindo-o chamar, largou os pastores e a toda a pressa picou o ruço, e chegou ao sítio onde estava seu amo, a quem sucedeu uma espantosa e desatinada aventura.

---

[13] Referência ao laurel, árvore emblemática de Apolo.

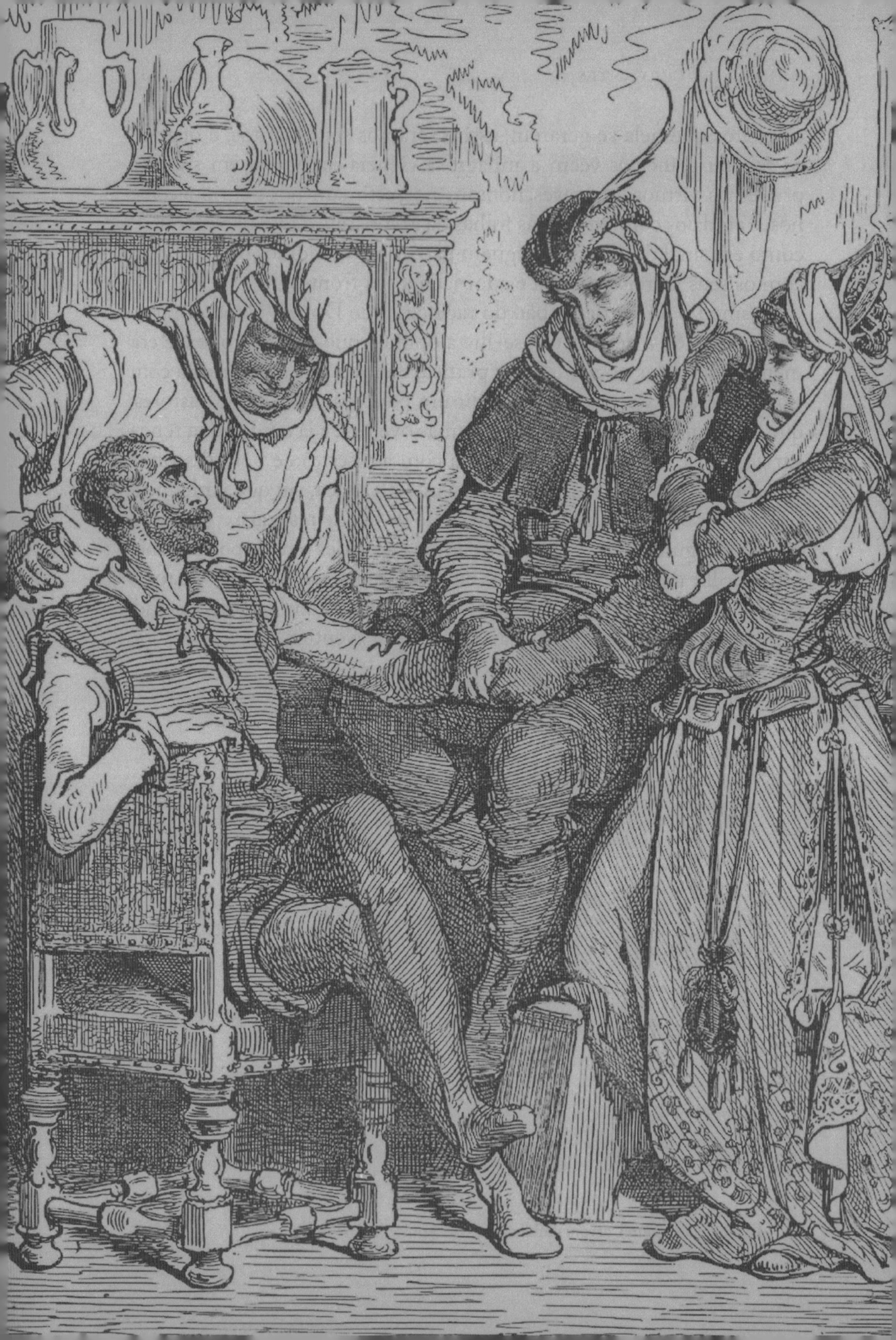

## Capítulo XVII

### ONDE SE DECLARA O ÚLTIMO PONTO A QUE CHEGOU E PODIA CHEGAR O INAUDITO ÂNIMO DE DOM QUIXOTE, COM A AVENTURA DOS LEÕES, TÃO FELIZMENTE ACABADA

CONTA A HISTÓRIA QUE, enquanto Dom Quixote bradava a Sancho que lhe trouxesse o elmo, estava ele comprando uns requeijões que os pastores lhe vendiam; e, acossado pela muita pressa de seu amo, não soube o que lhes havia de fazer nem como havia de trazê-los, e, para não os perder, porque já os tinha, lembrou-se de deitá-los no elmo de seu amo, e com este bom recato voltou a ver o que queria Dom Quixote, que, assim que o viu, lhe disse:

— Amigo, dá-me esse elmo, que, ou pouco sei de aventuras, ou o que ali descubro é alguma, que me há de obrigar a pegar em armas.

O do Verde Gabão, ouvindo isso, estendeu a vista por todas as partes e não descobriu outra coisa senão um carro que para eles vinha, com duas ou três bandeiras pequenas, que lhe fizeram supor que o tal carro devia trazer dinheiro de Sua Majestade, e assim disse a Dom Quixote; mas este não lhe deu ouvidos, acreditando sempre e pensando que tudo o que lhe sucedesse havia de ser aventuras e mais aventuras; e, portanto, respondeu ao fidalgo:

— Homem apercebido vale por dois; não se perde nada se eu me aperceber, que sei por experiência que tenho inimigos visíveis e invisíveis, e não sei quando, nem onde, nem em que tempo, nem em que figura hão de me atacar.

E, voltando-se para Sancho, pediu-lhe o elmo; e Sancho, não tendo ensejo de tirar os requeijões, deu-lho como estava. Pegou-lhe Dom Quixote e, sem ver o que vinha dentro, encaixou-o a toda a pressa na cabeça; e, como os requeijões se espremeram e apertaram, começou a correr o soro por todo o rosto e barbas de Dom Quixote, o que o assustou por tal forma que disse para Sancho:

— Que será isto, Sancho? Parece que me amoleceu o crânio e se derreteram os miolos, ou que suo dos pés até a cabeça; e, se suo, não é de medo; decerto, será terrível a aventura que vai me suceder: dá-me, se tens, alguma coisa com que me limpe, que o copioso suor já me cega os olhos.

Calou-se Sancho e deu-lhe um lenço, dando ao mesmo tempo graças a Deus por seu amo não ter descoberto a marosca.[1] Limpou-se Dom Quixote, tirou o elmo para ver o que era que lhe esfriava a cabeça e, vendo aquelas coisas brancas, chegou-as ao nariz e, ao cheirá-las, disse:

— Por vida da minha Senhora Dulcineia del Toboso, são requeijões que aqui me puseste, traidor, bargante e maldito escudeiro!

Ao que Sancho respondeu, com grande fleuma e dissimulação:

— Se são requeijões, dê-mos Vossa Mercê que eu os comerei, ou antes coma-os o Diabo, que foi ele decerto quem aí os pôs. Pois eu havia de me atrever a sujar a cabeça de Vossa Mercê? À fé, senhor, pelo que vejo, também eu devo ter nigromantes que me perseguem, como a criatura e membro de Vossa Mercê; e puseram talvez aí essa imundície para irritar a sua paciência e fazer com que me derreie as costelas; mas desta vez deram salto em vão, que eu confio no bom discorrer de Vossa Mercê, que deve considerar que eu nem tenho requeijões, nem leite, nem coisa que o valha; e, se os tivera, mais depressa os metia no meu estômago do que no elmo.

— Pode ser — respondeu Dom Quixote.

Pasmava o fidalgo de tudo isso, e ainda mais pasmou quando, depois de Dom Quixote haver limpado a cabeça, o rosto, as barbas e o elmo, o encaixou na cabeça, e firmando-se nos estribos, verificando se a espada saía bem da bainha, e erguendo a lança, disse:

— Agora, venha o que vier, que aqui estou eu com ânimo de me bater com Satanás em pessoa.

Nisso, chegou o carro das bandeiras, em que vinha só o carreiro montado numa das mulas e um homem sentado na dianteira do carro. Dom Quixote atravessou-se-lhes na frente e disse:

— Aonde ides, irmãos? Que carro é este? Que levais nele? E que bandeiras são estas?

---

[1] Manobra ardilosa; trapaça, tramoia.

— O carro é meu — respondeu o carreiro —; o que vai dentro dele são dois bravos leões engaiolados, que o governador de Orã[2] envia à corte, de presente a Sua Majestade; as bandeiras são de el-rei nosso senhor, em sinal de que vai aqui coisa sua.

— E são grandes os leões? — perguntou Dom Quixote.

— Tamanhos — respondeu o homem que ia sentado no carro —, que nunca vieram de África para Espanha outros assim; eu tenho passado muitos, mas como estes nenhum, são macho e fêmea: o macho vai nesta primeira jaula, a fêmea na outra de trás; e agora estão famintos, porque ainda hoje não comeram; e assim, desvie-se Vossa Mercê, que precisamos chegar depressa ao sítio onde lhes havemos de dar a ração.

— Leões a mim? — disse Dom Quixote com leve sorriso. — Leões a mim e a tais horas? Pois, por Deus, hão de ver esses senhores que cá os mandam se me arreceio de leões. Apeai-vos, bom homem, e, visto que sois o guarda, abri essas jaulas e largai-me estas feras, que no meio deste campo lhes mostrarei quem é Dom Quixote de la Mancha, a despeito e apesar dos nigromantes que mos enviam.

— Tá, tá! — disse para si o fidalgo. — O nosso bom cavaleiro deu sinal do que é; os requeijões sem dúvida lhe amoleceram o crânio e lhe diluíram os miolos.

— Senhor — disse-lhe Sancho, chegando-se a ele —, por Deus, proceda Vossa Mercê de modo que o meu Senhor Dom Quixote não se meta com esses leões, que, se o faz, aqui nos despedaçam a todos.

— Pois tão louco é vosso amo — respondeu o fidalgo — que chegueis a temer e a acreditar que ele se meta com tão ferozes animais?

— Não é louco — tornou Sancho —, mas é atrevido.

— Eu farei com que não o seja — replicou o fidalgo.

E, chegando-se a Dom Quixote, que estava insistindo com o guarda para que abrisse as jaulas, disse-lhe:

— Senhor cavaleiro, os cavaleiros andantes hão de empreender as aventuras que dão esperança de se poder alguém sair bem delas, e não as que a tiram de todo em todo, porque a valentia que entra por temeridade é mais loucura que fortaleza, tanto mais que esses leões não vêm contra Vossa Mercê nem sonham semelhante coisa; vão de presente a Sua Majestade, e não será bem detê-los nem impedir-lhes a viagem.

---

[2] Orã era uma praça-forte espanhola na costa da Argélia, conquistada em 1509 pelo cardeal Cisneros.

— Vá Vossa Mercê, senhor fidalgo — respondeu Dom Quixote —, tratar do seu perdigão manso e do seu furão atrevido, e deixe cada qual cumprir a sua obrigação; esta é a minha, e eu é que sei se vêm ou não contra mim esses senhores leões.

E, voltando-se para o guarda, disse-lhe:

— Voto a tal, Dom Velhaco, que, se não abris imediatamente as jaulas, com esta lança vos hei de pregar no carro.

O carreiro, que viu a determinação daquele armado fantasma, disse-lhe:

— Senhor meu, Vossa Mercê seja servido, por caridade, deixar-me tirar as mulas e ir pô-las a salvo, antes de se soltarem os leões, porque, se me dão cabo delas, fico arruinado para toda a vida, que não tenho outra fazenda senão este carro e estas mulas.

— Homem de pouca fé — respondeu Dom Quixote —, apeia-te e desatrela, e faze o que quiseres, que depressa verás que trabalhaste em vão e que poderias ter te poupado essa diligência.

Apeou-se o carreiro e tirou as mulas, a toda a pressa, e o guarda das jaulas disse em altos brados:

— Sejam boas testemunhas todos quantos aqui estão de que, contra minha vontade e forçado, abro as jaulas e solto os leões, e de que protesto a este senhor, que todo o mal e dano que as feras fizerem correm por conta dele, junto com os meus direitos e salários. Vossas Mercês, senhores, ponham-se a salvamento antes de eu abrir, que a mim sei eu que não fazem eles mal.

De novo lhe persuadiu o fidalgo de que não fizesse semelhante loucura, que era tentar a Deus cometer tal disparate. Respondeu Dom Quixote que bem sabia o que fazia. Insistia o fidalgo, dizendo-lhe que se enganava.

— Agora, senhor — tornou Dom Quixote —, se Vossa Mercê não quer assistir a esta, no seu entender, tragédia, pique a égua e ponha-se a salvo.

Sancho, ouvindo isso, suplicou-lhe com as lágrimas nos olhos que desistisse de semelhante empresa, em comparação à qual tinham sido pão com mel a dos moinhos e todas as façanhas que praticara em todos os dias da sua vida.

— Olhe, senhor — dizia Sancho —, que aqui não há encantamento nem coisa que o valha, que eu vi pelas grades da jaula uma garra de leão verdadeiro, e a julgar pela garra o leão deve ser maior que uma montanha.³

— O medo, pelo menos — respondeu Dom Quixote —, faz-te parecer maior que meio mundo. Retira-te, Sancho, e deixa-me, e, se eu aqui morrer, já sabes a nossa antiga combinação: acudirás a Dulcineia; e não te digo mais nada.

A essas acrescentou outras razões, com que tirou as esperanças de que deixaria de prosseguir no seu desvairado intento. Quereria opor-se-lhe, até pela força, o do Verde Gabão; mas viu-se desigual em armas, e não lhe pareceu grande cordura travar peleja com um doido, que já assim lhe parecera Dom Quixote, o qual, tornando a apressar o guarda e a reiterar as ameaças, deu ocasião a que o fidalgo picasse a égua e Sancho o ruço, e o carreiro as mulas, procurando todos afastar-se do carro o mais depressa possível, antes que os leões se desembestassem. Chorava Sancho a morte de seu amo, que daquela vez é que a supunha segura nas garras dos leões; maldizia a sua fortuna e chamava minguada a hora em que se lembrou de tornar a servi-lo; mas, apesar dos choros e dos lamentos, não deixava de ir verdascando⁴ o burro, para se desviar do carro. Vendo os guardas já bastante afastados os que iam fugindo, tornou a requerer e a intimar a Dom Quixote o que já lhe requerera e intimara, mas Dom Quixote respondeu que o ouvira perfeitamente, que não tratasse de mais intimações nem requerimentos, que tudo seria de pouco fruto, e que se apressasse.

No espaço que se demorou o guarda a abrir a primeira jaula, esteve considerando Dom Quixote se não seria melhor dar batalha a pé do que a cavalo, e por fim resolveu dá-la a pé, receando que Rocinante se espantasse com a vista dos leões; por isso, saltou do cavalo abaixo, arrojou a lança, embraçou o escudo e, desembainhando lentamente a espada, foi, com maravilhoso denodo e ânimo valente, colocar-se diante do carro, encomendando-se a Deus de todo o coração, e logo depois à sua Senhora Dulcineia. E é de saber que, chegando a este ponto, o autor desta verdadeira história exclama e diz: "Ó forte e sobre todo o encarecimento animoso Dom Quixote de la Mancha, espelho em que se podem mirar todos os valentes do mundo, novo Dom Manuel de

---

³ "Pela garra se conhece o leão", diz o provérbio.
⁴ Bater com vergasta; chicotear, chibatar com verdasca.

Leão,⁵ que foi glória e honra dos cavaleiros espanhóis! Com que palavras contarei tão pasmosa façanha e com que argumentos a farei acreditar pelos séculos vindouros? Que louvores haverá que não te convenham e quadrem, ainda que sejam hipérboles sobre todas as hipérboles? Tu a pé, tu só, tu intrépido, tu magnânimo, só com uma espada, e não cortadora como as de cachorrinho,⁶ com um escudo, e não de aço muito límpido nem muito luzente, estás aguardando os dois mais feros leões que já criaram as selvas africanas! Sejam os teus próprios feitos que te louvem, valoroso manchego, que os deixo aqui, por me faltarem palavras para encarecê-los".

Terminada esta invocação, o autor prossegue na história, dizendo que ao ver o guarda Dom Quixote a postos, e que não podia deixar de soltar o leão sob pena de ser maltratado pelo colérico e atrevido cavaleiro, abriu a primeira jaula, onde estava, como se disse, o macho, que pareceu de grandeza extraordinária e de espantosa e feia catadura. A primeira coisa que fez foi revolver-se na jaula onde vinha metido e estender a garra e espreguiçar-se todo; bocejou um pedaço e, deitando para fora dois palmos de língua, esteve a lamber o rosto e os olhos; feito isto, pôs a cabeça fora da jaula e olhou para todos os lados, com os olhos em brasa, vista e ademã capazes de causar espanto à própria temeridade. Só Dom Quixote o mirava atentamente, desejando vê-lo saltar para fora do carro, e deliberando despedaçá-lo com as suas mãos.

Até aqui chegou o extremo da sua nunca vista loucura; mas o generoso leão, mais comedido do que arrogante, não fazendo caso de ninharias nem de bravatas, depois de olhar para um lado e para outro lado, voltou os quartos traseiros para Dom Quixote, e com grande fleuma e remanso tornou a deitar-se na jaula; vendo isso, Dom Quixote ordenou ao guarda que o irritasse com pauladas, para fazê-lo sair.

— Isso não faço eu — respondeu o guarda —, porque, se o instigo, o primeiro a quem despedaça é a mim. Vossa Mercê, senhor cavaleiro, contente-se com o que praticou, que é o mais que se pode dizer em gênero de valentia, e não queira tentar fortuna segunda vez; o leão tem a porta aberta, está na sua mão sair ou não sair; pois se não saiu agora,

---

⁵ Personagem histórico do tempo dos Reis Católicos que entrou em uma jaula de leões para recolher a luva de uma dama (Lope teatralizou o ocorrido na obra *A luva de dona Blanca*).

⁶ Espadas de folha curta e larga, fabricadas pelo armeiro de Toledo e Saragoça Julián del Rey. Como marca, tinham cunhada em seu canal a figura de um cachorro pequeno, que recordava a condição de mouro converso ("cachorro") do armeiro.

não sai nem que estejamos aqui o dia todo; a grandeza de ânimo de Vossa Mercê já está bem declarada; nenhum bravo pelejador, parece-me, é obrigado a mais do que a desafiar o seu inimigo e esperá-lo em campina rasa; e, se o contrário não acode, com ele fica a infâmia, e o que espera ganha a coroa da vitória.

— É verdade — disse Dom Quixote —; pois fecha a porta, amigo, e dá-me testemunho, da melhor forma que puderes, do que aqui me viste fazer; convém a saber: de como abriste a porta ao leão, de como eu o esperei e ele não saiu; tornei-o a esperar, tornou a não sair; e, finalmente, deitou-se. Não devo mais, e fora com as nigromancias, e ajude Deus a razão e a verdade, e fecha, como disse, enquanto eu faço sinal aos fugitivos e ausentes, para que saibam da tua boca esta façanha.

Assim fez o guarda, e Dom Quixote, pondo na ponta da lança o lenço com que limpara o rosto da chuva dos requeijões, começou a chamar os que não deixavam de fugir e de voltar a cabeça a cada passo; vendo, porém, Sancho o sinal do lenço branco, disse:

— Que me matem, se não é meu amo que venceu as feras e que está a nos chamar.

Pararam todos e conheceram que era Dom Quixote quem fazia os sinais; e, perdendo parte do medo, a pouco vieram aproximando-se, até que ouviram claramente a voz de Dom Quixote. Finalmente, voltaram para o carro e, quando chegaram, disse Dom Quixote para o carreiro:

— Tornai, irmão, a atrelar as vossas mulas e a prosseguir na viagem; e tu, Sancho, dá-lhe dois escudos de ouro, para ele e para o guarda, em recompensa do tempo que por minha causa se demoraram.

— Isso dou eu de muito boa vontade — respondeu Sancho —, mas que é feito dos leões? Estão mortos ou estão vivos?

Então o guarda, minuciosa e pausadamente, contou o fim da contenda, exagerando, como melhor pôde e soube, o valor de Dom Quixote, cujo aspecto acovardara o leão, de forma que não quis nem ousou sair da jaula, apesar de ter tido a porta aberta por um bom pedaço; e dizendo ele ao cavaleiro que era tentar a Deus irritar o leão para sair à força, como ele queria que o irritasse, malgrado seu e muito contra sua vontade permitira que se fechasse a porta.

— Que te parece isso, Sancho — disse Dom Quixote —, há nigromancias que valham contra a verdadeira valentia? Podem os nigromantes roubar-me a ventura, mas não o ânimo nem o esforço.

Deu Sancho os escudos, o carreiro pôs as mulas ao carro, o guarda beijou as mãos de Dom Quixote, pela mercê recebida, e prometeu-lhe contar aquela façanha ao próprio rei, quando chegasse à corte.

— Pois se acaso Sua Majestade perguntar quem a praticou, dir-lhe--eis que foi o Cavaleiro dos Leões, que daqui por diante quero mudar nesta denominação a que tive até aqui de Cavaleiro da Triste Figura; e nisto sigo a antiga usança dos cavaleiros andantes, que mudavam de nomes quando queriam ou quando vinha a propósito.[7]

Seguiu o carro o seu caminho, e Dom Quixote, Sancho e o do Verde Gabão continuaram no seu. Em todo esse tempo, Dom Diego de Miranda não dissera uma só palavra, atento a contemplar e a notar as falas e gestos de Dom Quixote, parecendo-lhe um doido ajuizado, e um ajuizado que tinha um tanto ou quanto de doido. Não lera ainda a primeira parte da sua história, e, se a tivesse lido, cessaria o seu pasmo, pois já conheceria o gênero da sua loucura; mas, como não o sabia, ora o tinha por doido, ora por homem de juízo, porque o que dizia era concertado, elegante e sensato, e o que fazia era disparatado, temerário e tonto; e pensava consigo: "Que mais loucura pode haver do que pôr na cabeça um elmo cheio de requeijões e imaginar que foram os nigromantes que lhe amoleceram o crânio? Que maior temeridade e disparate do que, por força, querer pelejar com leões?". Dessas imaginações e deste solilóquio tirou-o Dom Quixote, dizendo-lhe:

— Sem dúvida, Senhor Dom Diego de Miranda, tem-me Vossa Mercê na sua opinião por homem disparatado e louco; e não admira, porque as minhas obras não dão testemunho de outra coisa; mas, com tudo isso, quero que Vossa Mercê advirta que não sou tão doido como pareço. Fica bem a um galhardo cavaleiro, à vista do seu rei, dar numa praça uma lançada feliz num touro bravo; fica bem a um cavaleiro, armado de armas resplandecentes, entrar na liça de alegres justas, diante das damas; e fica bem a todos os cavaleiros, em exercícios militares ou que o pareçam, entreter, alegrar e, se assim se pode dizer, honrar a corte dos seus príncipes; mas, acima de todos esses, melhor parece um cavaleiro andante que, pelos desertos, pelas soledades, pelas encruzilhadas, pelas

---

[7] Há vários cavaleiros literários que tomam esse nome, entre eles Amadis. A mudança de nome, comum também nos livros de cavalarias, supõe uma mudança de caráter da peripécia. Amadis de Gaula, por exemplo, tomou sucessivamente os nomes de Cavaleiro dos Leões, Cavaleiro Vermelho, Cavaleiro da Ilha Firme, Cavaleiro da Verde Espada e outros mais.

selvas e pelos montes, anda procurando perigosas aventuras, com intenção de lhes dar ditoso e afortunado termo, só para alcançar gloriosa e perdurável fama. Melhor parece, digo, um cavaleiro andante socorrendo uma viúva num despovoado do que um cavaleiro cortesão requestando as donzelas nas cidades. Todos os cavaleiros têm suas ocupações especiais: o cortesão que sirva as damas, pompeie com ricas librés na corte do seu rei, sustente os cavaleiros pobres com os esplêndidos pratos da sua mesa, combine justas, mantenha torneios e mostre-se grande, liberal e magnífico, e bom cristão sobretudo; desse modo cumprirá as suas rigorosas obrigações; mas devasse o cavaleiro andante todos os cantos do mundo, entre nos mais intrincados labirintos, acometa o impossível a cada passo, resista nos ermos páramos aos ardentes raios do sol de um pleno estio, e no inverno áspero ao influxo dos ventos e dos gelos; não o assombrem leões, nem o espantem avantesmas, nem o atemorizem endríagos, que procurar estes, acometer aqueles e vencê-los a todos são os seus principais e verdadeiros exercícios. Eu, pois, como me coube em sorte pertencer ao número da cavalaria andante, não posso deixar de empreender tudo aquilo que me parece que fica debaixo da jurisdição dos meus exercícios; e assim, acometer os leões que ainda agora acometi diretamente me tocava, apesar de eu conhecer que era uma temeridade exorbitante; mas não será tão mau que aquele que é valente se exalte a ponto de ser temerário como que se rebaixe a covarde; que, assim como é mais fácil vir o pródigo a ser liberal do que o avaro, assim mais fácil é dar o temerário em verdadeiro valente do que o fraco; e nisso de tentar aventuras, creia-me Vossa Mercê, Senhor Dom Diogo, antes se peca por carta de mais que por carta de menos;[8] porque soa melhor aos ouvidos de todos "fulano é temerário" do que "fulano é tímido e medroso".

— Digo, Senhor Dom Quixote — respondeu Dom Diogo —, que tudo quanto Vossa Mercê diz é nivelado pelo fiel da própria razão, e que entendo que, se as ordenanças e leis da cavalaria andante se perdessem, se encontrariam no peito de Vossa Mercê, como num arquivo e num sacrário; e apressemo-nos, que se faz tarde, e cheguemos à minha aldeia e casa, onde Vossa Mercê descansará do passado trabalho, que, se não foi do corpo, foi do espírito, o que costuma às vezes redundar em cansaço do corpo.

---

[8] Alusão ao jogo do nada ou vinte e cinco, segundo Covarrubias. Pecar por falta ou excesso.

— Tenho esse oferecimento na conta de grande favor e mercê — respondeu Dom Quixote. E, picando mais as esporas, chegaram pelas duas da tarde à aldeia e casa de Dom Diogo, a quem Dom Quixote chamava o Cavaleiro do Verde Gabão.

## Capítulo XVIII

### DO QUE SUCEDEU A DOM QUIXOTE NO CASTELO OU CASA DO CAVALEIRO DO VERDE GABÃO, COM OUTRAS COISAS EXTRAVAGANTES

A CASA DE DOM DIEGO de Miranda era vasta, como são sempre as casas da aldeia, com armas esculpidas por cima da porta da rua; a adega era no pátio, e havia muitas tinalhas[1] que, por serem de El Toboso, acordaram em Dom Quixote a memória da encantada e transformada Dulcineia; e, suspirando, sem atender ao que dizia nem ver diante de quem estava, exclamou:

> Ó doces prendas, por meu mal achadas,
> Doces e alegres quando Deus queria![2]

Ó tinalhas tobosinas, que me trouxestes à memória a doce prenda da minha maior amargura!

Ouviu-o dizer isso o estudante poeta, filho de Dom Diogo, que com sua mãe saíra a recebê-lo, e mãe e filho ficaram suspensos de ver a estranha figura de Dom Quixote, que, apeando-se de Rocinante, se dirigiu com muita cortesia à dona da casa a pedir-lhe as mãos para lhas beijar, e Dom Diogo disse:

— Recebei, senhora, com o vosso habitual agrado, o Senhor Dom Quixote de la Mancha, que é esse que aí tendes diante de vós, cavaleiro andante e o mais valente e discreto que o mundo tem.

---

[1] Tina ou dorna pequena para vinho.

[2] São os famosos versos com que começa o soneto X de Garcilaso. Com sua tácita referência a Dido (pois a fonte de Garcilaso é Virgílio, *Eneida*, IV), a alusão estrutura o capítulo por sua relação com o soneto de Dom Lourenço a Píramo e Tisbe. Não deixa de ser paródico que as "prendas" que evocam Dulcineia sejam umas tinalhas.

A senhora, que se chamava Dona Cristina, recebeu-o com demonstrações de muito afeto e cortesia, e Dom Quixote lhe fez os seus cumprimentos, com razões comedidas e acertadas. Passou-se quase o mesmo com o estudante, a quem Dom Quixote, ouvindo-o falar, teve logo por discreto e agudo. Aqui descreve o autor todas as circunstâncias da casa de Dom Diogo, pintando-nos o que encerra uma casa de cavaleiro lavrador e rico; mas o tradutor da história entendeu que devia passar em silêncio estas e outras minudências porque não diziam bem com o propósito principal da história, que mais tira a sua força da verdade que das frias digressões.

Introduziram Dom Quixote numa sala, desarmou-o Sancho, e o nosso herói ficou de calções largos e gibão de camurça todo enodoado com a ferrugem das suas armas velhas; cabeção[3] singelo à moda dos estudantes, sem goma nem rendas, borzeguins amarelos e sapatos engraxados. Cingiu a sua boa espada, que lhe pendia de um talim de pele de lobo-marinho (porque constava que muitos anos estivera doente dos rins), e pôs aos ombros uma capa de bom pano pardo; mas, antes de tudo, lavou-se em cinco ou seis alguidares[4] de água e a última ainda ficou da cor do soro, graças à gulosseima de Sancho e à compra dos seus negros requeijões, que tão branco puseram seu amo. Com os referidos atavios, e com gentil donaire e presença, saiu Dom Quixote para a sala onde o estudante o estava esperando para entretê-lo enquanto se punha a mesa; que, pela vinda de tão nobre hóspede, queria a Senhora Dona Cristina mostrar que sabia e podia regalar os que entrassem em sua casa.

Enquanto Dom Quixote esteve se desarmando, teve Dom Lourenço (que assim se chamava o filho de Dom Diogo) ocasião de perguntar a seu pai:

— Quem é esse cavaleiro, senhor, que Vossa Mercê nos trouxe a casa, que o nome, a figura e o dizer que é cavaleiro andante nos têm suspensos a minha mãe e a mim?

— Não sei como te respondo, filho — redarguiu Dom Diogo —; o que sei te dizer é que o vi fazer grandes coisas de grande doido, e dizer coisas tão discretas que apagam e destroem os seus atos; fala-lhe tu e

---

[3] Em peças de roupa que se vestem acima da cintura (como capas, casacos, vestidos, camisas), a parte superior, que forma uma espécie de gola geralmente larga e pendente.

[4] Vaso de barro, metal, material plástico, etc., cuja borda tem diâmetro muito maior que o fundo; usado em tarefas domésticas.

toma o pulso ao que sabe, e, já que és discreto, avalia a sua discrição ou a sua loucura, que eu, a dizer a verdade, mais o tenho na conta de doido que de ajuizado.

Com isso, foi Dom Lourenço entreter Dom Quixote, como já se disse, e, entre outras práticas que os dois tiveram, disse Dom Quixote para Dom Lourenço:

— O Senhor Dom Diego de Miranda, pai de Vossa Mercê, deu-me notícia da rara habilidade e sutil engenho que Vossa Mercê tem; e, sobretudo, de que é um grande poeta.

— Poeta pode ser — respondeu Dom Lourenço —, mas grande nem por pensamentos; é verdade que sou um pouco afeiçoado à poesia e a ler os bons autores, mas não se me pode dar o epíteto de grande.

— Parece-me bem essa modéstia — respondeu Dom Quixote —, porque é raro o poeta que não seja arrogante e que não se suponha o maior do mundo.

— Não há regra sem exceção — tornou Dom Lourenço —, e algum haverá que o seja e não o pense.

— Poucos — respondeu Dom Quixote —; mas diga-me Vossa Mercê: que versos traz agora entre mãos, que me disse o senhor seu pai que o vê preocupado e pensativo? E, se é alguma glosa, eu em glosas sou um pouco entendido, e folgarei de sabê-los; e, se são de justa literária, procure Vossa Mercê alcançar o segundo prêmio, porque o primeiro sempre o conquistam os empenhos e a posição do concorrente; o segundo, esse dá-o simplesmente a justiça; e o terceiro vem a ser segundo, de modo que o primeiro passa a ser terceiro, como sucede nas universidades com as cartas de licenciado.

"Até agora", disse consigo Dom Lourenço, "não te posso ter por doido: vamos adiante." E disse-lhe:

— Parece que Vossa Mercê cursou as escolas. Que ciências estudou?

— A da cavalaria andante — respondeu Dom Quixote —, que é tão boa como a da poesia, e ainda uns deditos mais.

— Não sei que ciência é essa — replicou Dom Lourenço —, não tenho notícia dela.

— É uma ciência — tornou Dom Quixote — que encerra em si todas ou a maior parte das ciências do mundo, porque aquele que a professa há de ser jurisperito e conhecer as leis da justiça distributiva e comutativa, para dar a cada qual o que é seu e o que lhe pertence; há de ser teólogo, para saber dar razão da lei cristã que professa, clara e distintamente, sempre que lha pedirem; tem de ser médico, e principalmente ervanário, para conhecer, no meio dos despovoados e desertos, as ervas que têm a virtude de sarar as feridas, que não há de estar o cavaleiro andante a cada arranhadura a procurar quem lha cure; tem de ser astrólogo, para ver, pelas estrelas, quantas horas da noite passaram e em que parte do mundo está; tem de saber matemática, porque a cada instante se lhe oferecerá ensejo de lhe ser necessária; e, pondo de parte o precisar de ser adornado de todas as virtudes teologais e cardeais,⁵ descendo a outras minudências, deve saber nadar como dizem que nadava o peixe Nicolau;⁶ tem de saber ferrar um cavalo e consertar a sela ou freio; além disso, falando em coisas mais altas, há de guardar fidelidade a Deus e à sua dama; deve ser casto nos pensamentos, honesto nas palavras, liberal nas obras, valente nos feitos, sofrido nos trabalhos, caritativo com os necessitados e, finalmente, mantenedor da verdade, ainda que defendê--la custe a vida. De todas essas grandes e mínimas partes se compõe um cavaleiro andante; e veja Vossa Mercê, Senhor Dom Lourenço, que importante ciência é a que eles estudam, e se se lhe podem comparar as mais estimadas que se aprendem nos ginásios ou nas escolas.

— Se assim é — replicou Dom Lourenço —, digo que essa ciência a todas se avantaja.

— Se assim é?! — perguntou Dom Quixote.

— Quero dizer — tornou Dom Lourenço — que duvido de que houvesse e de que haja agora cavaleiros andantes adornados de tantas virtudes.

— Muitas vezes disse — respondeu Dom Quixote — o que torno a dizer agora: que a maior parte da gente imagina que não houve cavaleiros andantes; e por me parecer que, se o céu lhes não dá a entender milagrosamente que os houve e que os há, qualquer trabalho que se faça será baldado; como muitas vezes a experiência mo demonstrou, não quero demorar-me agora em dissipar o seu erro, que é erro de outros muitos, e limito-me a rogar ao céu que dele o tire e lhe mostre quão proveitosos e necessários foram ao mundo os cavaleiros andantes, nos séculos passados, e quão úteis seriam no presente, se se usassem; mas triunfam agora, por pecado das gentes, a preguiça, a ociosidade, a gula e os regalos.

---

⁵ As virtudes teologais são fé, esperança e caridade, as virtudes cardeais, prudência, justiça, fortaleza e temperança.

⁶ Personagem folclórico fabuloso, que se acreditava que tinha nascido na Catânia e do qual se dizia que podia passar muitos dias no mar e descer a muita profundidade.

"Lá se nos escapou o nosso hóspede", pensou Dom Lourenço; "mas, com tudo isso, é um louco esquisito".

Aqui deram fim à sua prática, porque os chamaram para jantar. Perguntou Dom Diogo a seu filho o que tirara a limpo do engenho do seu hóspede.

— É um louco cheio de intervalos lúcidos — respondeu Dom Lourenço.

Foram para o jantar, que foi como Dom Diogo dissera no caminho que o costumava dar aos seus convidados: limpo, saboroso e farto; mas o que mais encantou Dom Quixote foi o maravilhoso silêncio que havia em toda a casa, que não parecia senão um convento de cartuxos. Levantada a mesa, dadas graças a Deus e águas às mãos, Dom Quixote pediu afincadamente a Dom Lourenço que dissesse os versos da justa literária; ao que ele respondeu:

— Por não parecer que sou daqueles poetas que quando lhes pedem que recitem os seus versos os negam, e quando lhos não pedem os vomitam, direi a minha glosa, de que não espero prêmio algum, que só fiz para exercitar o meu engenho.

— Um discreto amigo — observou Dom Quixote — era de opinião que não se cansasse ninguém em glosar versos, e a razão dizia ele que era que nunca podia a glosa chegar ao mote, e que a maior parte das vezes ia a glosa fora da intenção e do propósito do que pedia o que se glosava; e, além disso, que as leis da glosa eram demasiadamente estreitas e que não sofriam interrogações, nem "dize" nem "direi", nem substantivar verbos, nem mudar o sentido, com outros atilhos e enleios, que amarram o que glosa, como Vossa Mercê deve saber.

— Realmente, Senhor Dom Quixote — acudiu Dom Lourenço —, quando julgo apanhar Vossa Mercê num mau latim continuado, escorrega-me nas mãos como uma enguia.

— Não entendo — respondeu Dom Quixote.

— Eu me explicarei; e por agora ouça Vossa Mercê o mote e a glosa, que dizem desta maneira:

> Se o meu *foi* tornasse a *ser*,
> sem eu ter que esp'rar *será*,
> ou viesse o tempo já
> do que está pra acontecer...

## GLOSA

Alfim, como tudo passa,
passou o bem que me deu
a fortuna nada escassa,
mas que nunca me volveu,
por mais que eu peça, ou que faça.
Fortuna, bem podes ver
que já é longo o meu sofrer;
faze-me outra vez ditoso,
que eu seria venturoso
*se o meu foi tornasse a ser.*

Só quero um gosto, uma glória,
uma palma, um vencimento,
um triunfo, uma vitória,
tornar ao contentamento
que me é pesar na memória.
Fortuna, leva-me lá,
e temperado estará
todo o rigor do teu fogo,
sobretudo sendo logo,
*sem eu ter que esp'rar será.*

Sei que sou indeferido,
pois tornar o tempo a ser,
depois de uma vez ter sido,
não há na terra poder
que a tanto se haja estendido.
Corre o tempo; leve dá
seu voo, e não voltará,
e erraria quem pedisse
ou que o tempo já partisse,
*ou viesse o tempo já.*

Viver em perplexa vida,
ora esperando, ora temendo,
é morte mui conhecida,

> e é muito melhor morrendo
> buscar para a dor saída.
> Eu preferia morrer,
> mas não o devo querer,
> pois com discurso melhor
> me dá a vida o temor
> *do que está pra acontecer.*

Acabando Dom Lourenço de dizer a sua glosa, Dom Quixote ergueu-se e, com um grande brado, segurando a mão direita de Dom Lourenço, exclamou:

— Vivam os altos céus! Generoso mancebo, sois o melhor poeta do orbe, e merecíeis ser laureado, não por Chipre ou Gaeta, como disse um vate, benza-o Deus, mas pelas academias de Atenas, se existissem, e pelas que hoje existem de Paris, Bolonha e Estrasburgo. Praza ao céu que aos juízes que vos tirarem o primeiro prêmio, Febo os asseteie,[7] e as musas nunca lhes franqueiem os umbrais das casas! Dizei-me, senhor, peço-vos, alguns versos maiores, que quero tomar de todo em todo o pulso ao vosso admirável engenho.

Não é bom dizer o autor que muito folgou Dom Lourenço com os elogios de Dom Quixote, apesar de tê-lo por louco? Ó força da adulação, onde te escondes e que dilatados limites tem a tua jurisdição agradável! Confirmou Dom Lourenço essa verdade, pois condescendeu com o desejo de Dom Quixote, recitando-lhe este soneto, feito à fábula ou história de Píramo e Tisbe.[8]

---

[7] Ou seja, que Apolo, como mestre das musas e protetor das artes, os asseteie do modo como faziam os quadrilheiros da Santa Irmandade com os delinquentes dos povoados.

[8] Píramo e Tisbe conversavam através de uma fenda na parede que separava suas casas; decididos a fugir juntos, Tisbe chega primeiro, mas tem que escapar de uma leoa, que mancha de sangue seu véu, e ela o abandona. Quando Píramo chega, suspeita da morte de sua amada e se suicida; quando Tisbe regressa, atravessa o peito com a mesma espada com que Píramo se matara. O tema, que procede do livro IV das *Metamorfoses* de Ovídio, foi desenvolvido muitas vezes na literatura.

### Soneto

Rompe o muro a donzela tão formosa,
que abriu de Píramo o galhardo peito:
parte o Amor de Chipre, e vai direito
a ver a quebra estreita e prodigiosa.

Fala o silêncio ali, porque não ousa
entrar a voz em tão estreito estreito;
as almas sim, que amor sói com efeito
facilitar a mais difícil coisa.

Desvairou-se o desejo, e o amor tamanho
da imprudente virgem solicita
a morte por seu gosto: olhai que história!

Que a ambos num só ponto, ó caso estranho!
Os mata, e os sepulta, e os ressuscita
uma espada, em sepulcro, uma memória.

— Bendito seja Deus — disse Dom Quixote, depois de ter ouvido o soneto de Dom Lourenço —, que afinal vi, entre os infinitos poetas consumidos que por aí há, um poeta consumado, como é Vossa Mercê, senhor meu, que assim mo revela o artifício desse soneto.

Quatro dias esteve Dom Quixote regaladíssimo em casa de Dom Diogo, ao fim dos quais lhe pediu licença para ir embora, dizendo-lhe que agradecia a mercê e o bom tratamento que em sua casa recebera; mas que, por não parecer bem darem os cavaleiros andantes muitas horas ao ócio e ao regalo, queria ir cumprir o seu ofício, procurando as aventuras em que abundava, segundo lhe diziam, aquela terra; e assim esperava entreter o tempo até chegar o dia das justas de Saragoça, que era o seu rumo direito; e que primeiro havia de entrar na cova de Montesinos, de que se contavam tantas e tão admiráveis coisas por aqueles contornos, sabendo e inquirindo o nascimento e verdadeiro manancial das sete lagoas, chamadas vulgarmente de Ruidera. Dom Diogo e seu filho louvaram-lhe a honrosa determinação e disseram-lhe que levasse da sua casa e fazenda o que lhe aprouvesse, que a isso os obrigava o seu valor e honroso mister.

Chegou, enfim, o dia da partida, tão alegre para Dom Quixote como triste e aziago para Sancho Pança, que se dava muito bem com a fartura da casa de Dom Diogo e recusava tornar para a fome que se usa nas florestas e despovoados, e à estreiteza dos seus mal providos alforjes; com tudo isso, encheu-os e atochou-os do mais necessário que lhe pareceu e, ao despedir-se, disse Dom Quixote a Dom Lourenço:

— Não sei se lembrei já a Vossa Mercê, e se lembrei, torno-o a lembrar que quando Vossa Mercê quiser poupar caminhos e trabalhos para chegar ao inacessível cume do templo da Fama, não tem mais que fazer senão deixar de parte a senda da poesia, um pouco estreita, e tomar a estreitíssima da cavalaria andante, que basta para elevá-lo a imperador enquanto o Diabo esfrega um olho.

Com essas razões Dom Quixote rematou o processo da sua loucura, e mais com as que juntou, dizendo:

— Sabe Deus se eu quereria levar comigo o Senhor Dom Lourenço, para lhe mostrar como se perdoa aos humildes e se derrubam e se flagelam os soberbos,[9] virtudes inerentes à profissão que eu sigo; mas, visto que não o pede a sua pouca idade nem o consentem os seus louváveis exercícios, limito-me a advertir a Vossa Mercê que, sendo poeta, poderá ser famoso, se se guiar mais pelo parecer alheio do que pela própria opinião; porque não há pai nem mãe a quem pareçam feios os filhos, e nos que são filhos do entendimento ainda mais corre esse engano.

De novo se admiraram o pai e o filho dos contraditórios discursos de Dom Quixote, ora discretos, ora disparatados, e da teima enérgica em que estava de ir procurar as suas desventuradas aventuras, que considerava como alvo e fim dos seus desejos. Reiteraram-se os oferecimentos, e tomada a devida vênia à senhora do castelo, partiram Dom Quixote e Sancho, montados no Rocinante e no ruço.

---

[9] Frase de Virgílio, que a atribui ao povo romano, e Dom Quixote aos cavaleiros andantes.

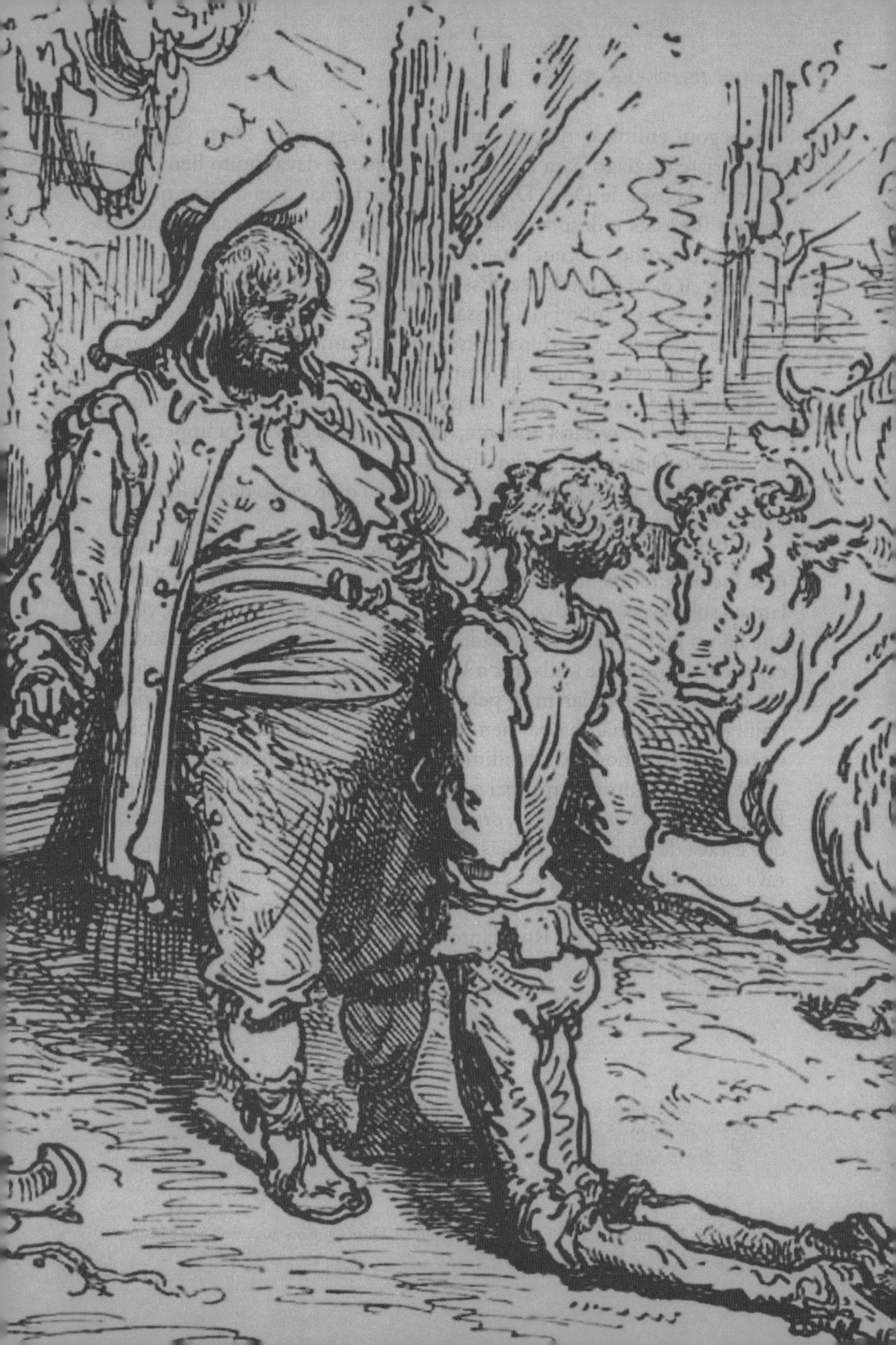

# Capítulo XIX
## ONDE SE CONTA A AVENTURA DO PASTOR ENAMORADO, COM OUTROS SUCESSOS NA VERDADE GRACIOSOS

POUCO SE AFASTARA DOM QUIXOTE da aldeia de Dom Diogo, quando se encontrou com dois clérigos ou estudantes e dois lavradores, que vinham todos quatro montados em jumentos. Um dos estudantes trazia em feitio de mala um lenço de bocaxim,[1] em que embrulhara um pouco de grana branca e dois pares de meias de burel negro; o outro, só duas espadas pretas.[2] Os lavradores levavam para a sua aldeia vários objetos, que davam indício e sinal de virem de alguma grande povoação, onde os tinham comprado; e tanto estudantes como lavradores caíram na mesma admiração em que caíam todos os que viam pela primeira vez Dom Quixote, e morreriam para saber que homem seria aquele, tão diferente dos outros. Dom Quixote, depois de saber que caminho que levavam, que era o mesmo que o seu, ofereceu-se para acompanhá-los e pediu-lhes que demorassem o passo, porque mais andavam os jumentos do que o seu cavalo; e para obrigá-los em breves razões lhes disse quem era e o seu ofício e profissão de cavaleiro andante, que ia à cata de aventuras por todas as partes do mundo. Contou-lhes que se chamava Dom Quixote de la Mancha, por apelido de Cavaleiro dos Leões; tudo isso para os lavradores era grego ou geringonça,[3] mas

---

[1] Tecido que imita linho, de diversas cores e brilhante.

[2] Grana: tecido forte que tanto pode ser branco como vermelho; burel: tecido grosseiro de lã, geralmente parda, marrom ou preta; espadas pretas: as que serviam apenas para exercícios de esgrima. Para que não ferissem, tinham um botão de couro na ponta, chamado sapatilha.

[3] Linguagem informal, gíria. É uma linguagem arbitrária e convencional, artificiosa. Língua que usam os cegos para se entenderem; também a dos ciganos. Diz-se da linguagem que não se compreende bem.

não para os estudantes, que logo compreenderam a fraqueza do juízo de Dom Quixote; apesar disso, contemplavam-no com admiração e respeito, e um deles disse-lhe:

— Se Vossa Mercê, senhor cavaleiro, não leva caminho determinado, como não costumam levar os que buscam aventuras, venha Vossa Mercê conosco e verá uma das melhores e mais ricas bodas que até hoje se têm celebrado na Mancha e em muitas léguas ao redor.

Perguntou-lhe Dom Quixote se eram de algum príncipe.

— Não, não — respondeu o estudante —, são de um lavrador e de uma lavradeira; ele o mais rico de toda esta terra, ela a mais formosa que os homens têm visto; e o aparato com que se hão de fazer é extraordinário e novo, porque se celebram num prado que fica junto da aldeia da noiva, a quem chamam por excelência Quitéria, a Formosa, e o desposado chama-se Camacho, o Rico; ela de idade de dezoito anos, e ele de vinte e dois, ambos iguais em tudo, ainda que alguns curiosos, que sabem de cor a linhagem de toda a gente, querem dizer que a da formosa Quitéria se avantaja à de Camacho; mas já não se olha isso, que as riquezas podem soldar muitas quebras. Efetivamente, o tal Camacho é generoso e lembrou-se de enramar e toldar todo o prado por ali arriba, de maneira que o sol há de se ver em trabalhos, se quiser visitar a verde relva de que está recoberto o chão. Haverá muitas danças, tanto de espadas como de guizos,[4] que há no povo gente muito perita nesses exercícios; de sapateadores nada digo, que nesse gênero juntou ele o poder do mundo; mas nenhuma das coisas referidas, nem das que deixei de referir, há de tornar tão memoráveis essas bodas como as que imagino que nelas fará o despeitado Basílio. Esse Basílio é um zagal, vizinho do mesmo povo, que morava paredes-meias com os pais de Quitéria, o que deu ensejo ao Amor de renovar no mundo os já olvidados afetos de Píramo e Tisbe, porque Basílio se enamorou de Quitéria, desde os seus tenros e primeiros anos, e ela foi correspondendo ao seu desejo, tanto que muita gente se entretinha na aldeia em falar nos amores das duas crianças. Foi crescendo a idade, e o pai de Quitéria resolveu-se enfim a proibir a Basílio a entrada em sua casa e para se livrar de receios e

---

[4] As danças de espadas são as que fazem os dançarinos golpeando espadas ao compasso da música; originária de Toledo, se executava com calções largos, camisa e com toucas na cabeça e espadas brancas. As de guizos podem ser tanto as que se fazem com aros, arcos ou paus com chocalhos em orifícios feitos na madeira, como aquelas em que os dançarinos têm guizos nas meias de couro.

suspeitas, tratou de casar sua filha com o opulento Camacho, porque lhe não parecia bem casá-la com Basílio, menos favorecido da fortuna que da natureza, pois, para se dizer a verdade sem assomos de inveja, é ele o mais ágil mancebo que conhecemos, atirando a barra como ninguém, grande jogador de pela, lutador extremado, corre como um gamo, salta mais que uma cabra; canta como uma calhandra, toca guitarra que parece que a faz falar e, sobretudo, joga a espada como o mais pintado.

— Lá por essa prenda — observou Dom Quixote — merecia esse mancebo não só casar com a formosa Quitéria, mas com a própria Rainha Ginevra, se hoje fosse viva, apesar de Lançarote e de todos os que o quisessem estorvar.

— Vão lá falar nisso à minha mulher — acudiu Sancho Pança, que até aí estava calado —, ela quer que cada um case com a sua igual, agarrando-se ao rifão que diz: "Cada ovelha com a sua parelha". Eu então não desejava senão que o bom desse Basílio, a quem já me vou afeiçoando, casasse com a Senhora Quitéria, e má peste mate os que estorvam que se casem os que se querem bem.

— Se casassem todos os que se querem — acudiu Dom Quixote —, tirava-se aos pais a escolha e a jurisdição de casarem seus filhos com quem devem e quando querem, e, se ficasse à vontade das filhas escolher os maridos, haveria tal que escolheria o criado do pai, e outra o que viu passar na rua, no seu entender garboso e jeitoso mancebo, ainda que fosse um espadachim valdevinos: que o amor e a afeição facilmente cegam os olhos do entendimento, tão necessários para escolher estado; e no do matrimônio é muito perigoso o erro, e é mister grande tento e particular favor do céu para acertar. Quer uma pessoa empreender uma larga viagem e, se é prudente, antes de se pôr a caminho busca alguma companhia segura e aprazível. Pois por que não fará o mesmo o que há de caminhar toda a vida até o paradeiro da morte, quando de mais a mais a pessoa escolhida tem de ser sua companheira de cama e mesa, como acontece à mulher com seu marido? Uma esposa não é mercadoria que, depois de comprada, ainda se pode trocar ou rejeitar; é um acidente inseparável, que dura a vida toda; é um laço que, uma vez atado ao pescoço, se transforma em nó górdio,[5] que, se não for cortado pela garra da morte, não há meio de desatar. Muitas mais coisas poderia dizer neste assunto,

---

[5] O nó cortado por Alexandre Magno.

se não me estorvara o desejo que tenho de saber se o senhor licenciado tem mais alguma coisa que narrar da história de Basílio.

— Não tenho mais que dizer — acudiu o estudante, bacharel ou licenciado, como Dom Quixote o chamou —, senão que, desde que Basílio soube que a formosa Quitéria casava com o opulento Camacho, nunca mais o viram rir nem dizer coisa com coisa, e anda sempre triste e pensativo, falando sozinho, dando assim claros e certos sinais de que se lhe ourou o juízo. Come pouco e pouco dorme, e o que come são frutas, e dorme no campo, se dorme, em cima da terra dura, como animal bravio; olha de quando em quando para o céu, e outras vezes crava os olhos no chão, com tal embevecimento que não parece senão estátua revestida, a que o ar move a roupa. Enfim, dá tais mostras de angustiado que receamos, todos os que o conhecemos, que proferir a formosa Quitéria amanhã o "sim" fatal seja o sinal da sua morte.

— Deus fará melhor — acudiu Sancho —; quem dá o mal dá o remédio; ninguém sabe o que está para vir; de hoje até amanhã não me doa a cabeça, e numa hora cai a casa; tenho visto chover e fazer sol ao mesmo tempo; a gente deita-se são e acorda doente; e digam-me se há porventura quem se gabe de ter travado a roda da fortuna; entre o "sim" e o "não" da mulher não me atrevia eu a meter uma ponta de alfinete, porque não caberia; queira Quitéria de coração e deveras Basílio, e pode este contar com um saco de ventura que o amor, pelo que tenho ouvido dizer, olha de tal maneira que o cobre lhe parece ouro; a pobreza, riqueza; e as remelas, pérolas.

— Aonde vais parar, Sancho, amaldiçoado sejas — disse Dom Quixote —, que quando tu começas a enfiar provérbios e contos só te pode apanhar o diabo que te leve! Dize-me, animal, que sabes tu de rodas e de alfinetes, ou do que quer que seja?

— Pois se não me entendem — respondeu Sancho —, não admira que as minhas sentenças sejam tidas por disparates; mas não importa, eu cá me entendo e sei que não disse asneira; mas Vossa Mercê, senhor meu, é sempre *friscal* dos meus ditos e das minhas ações.

— "Fiscal" é que tu queres dizer — acudiu Dom Quixote —, e não "friscal", prevaricador de boa linguagem, que Deus te confunda!

— Não se agonie Vossa Mercê comigo —, tornou Sancho —, que não me criei na corte nem estudei em Salamanca, para saber se aumento ou tiro alguma letra aos meus vocábulos. Valha-me Deus! Como se há de obrigar um saiaguês[6] a falar como um toledano, se há toledanos que falam como Deus é servido?

— Sem dúvida — acudiu o licenciado —, não podem falar tão bem os que se criam nas Tenerias e no Zocodover[7] como os que passeiam todo santíssimo dia no claustro da Sé, e contudo são toledanos todos. A linguagem pura e clara falam-na só os cortesãos discretos, ainda que tenham nascido em Majalahonda;[8] disse "discretos", porque nem todos o são, e a discrição é a gramática da boa linguagem, que se aprende com o uso. Eu, senhores, por meus pecados, estudei cânones em Salamanca e gabo-me de dizer as minhas razões em frase clara, chã e apropriada.

— Se não vos gabásseis mais de saber manejar a espada preta do que a língua — acudiu o outro estudante —, seríeis o primeiro nos atos, em vez de terdes sido o último.

— Olhai, bacharel — respondeu o licenciado —, que tendes erradíssima opinião a respeito da destreza na espada, supondo-a uma prenda inútil.

— Não é opinião, é verdade assente — redarguiu o bacharel, que se chamava Corchuelo —, e se quereis que vo-lo mostre com a experiência, trazeis espada, o sítio é cômodo, eu tenho pulso e força, que, juntos ao meu ânimo, que não é pouco, vos farão confessar que não me engano. Apeai-vos e usai do vosso compasso de pés,[9] dos vossos ângulos e da vossa ciência, que eu conto fazer-vos ver estrelas ao meio-dia com a minha destreza, e espero em Deus que ainda esteja para nascer o homem que me faça voltar as costas, e que não há ninguém que eu não deite ao chão.

— Lá nisso de voltar costas não me meto — redarguiu o esgrimidor —, mas o que pode suceder é que, onde puserdes o pé, vos cavem a sepultura; quero dizer que ali ficaríeis morto pela desprezada destreza.

— Vamos ver isso — respondeu Corchuelo.

E, apeando-se com presteza do burro, tirou com fúria uma das espadas que o licenciado levava.

---

[6] De Saiago, província de Zamora, região a que se atribui o falar mal, ou pelo menos rústico, enquanto a Toledo se atribuía a fala correta.

[7] Bairros de má fama em Toledo.

[8] Majadahonda, povoado próximo a Madri.

[9] Movimento e mudanças de posição dos pés que se fazem ao esgrimir, em relação a dois círculos: um que é tangente aos calcanhares dos esgrimidores, e outro, concêntrico do primeiro, de mais dois pés de diâmetro; os ângulos são formados pelo braço em relação à vertical do corpo.

— Não há de ser assim — acudiu Dom Quixote —, que eu quero ser mestre desta esgrima e juiz desta questão, há muito tempo pendente.

E apeando-se de Rocinante e agarrando a lança, pôs-se no meio do caminho, quando já o licenciado, com gentil donaire de corpo, e em posição de esgrima, ia contra Corchuelo, que veio para ele, lançando, como se diz, chamas pelos olhos. Os outros dois lavradores que iam na companhia, sem se apearem dos jericos, serviam de aspetadores[10] da mortal tragédia. As estocadas e cutiladas de Corchuelo eram inúmeras; pareciam um granizo de golpes. Arremetia como um leão furioso, mas saía-lhe ao encontro o licenciado com um tapa-boca da sapatilha da espada, fazendo-lha beijar como se fosse relíquia, porém com menos devoção. Finalmente, o licenciado contou-lhe a estocadas todos os botões da meia sotanilha que trazia vestida, fazendo em tiras o pano; tirou-lhe o chapéu duas vezes e cansou-o de modo que o bacharel, de despeito, cólera e raiva, agarrou na espada pelos copos e atirou-a para longe com tanta fúria que a arrojou a três quartos de légua, como afirmou depois um dos lavradores assistentes que foi buscá-la. Sentou-se Corchuelo fatigadíssimo, e Sancho disse-lhe, chegando-se a ele:

— Por minha fé, senhor bacharel, se Vossa Mercê quer tomar o meu conselho, daqui por diante não desafie ninguém para esgrimir, mas sim para lutar ou atirar a barra, pois para isso tem idade e forças, e destes a que chamam destros esgrimidores ouvi dizer que metem a ponta de um espadim pelo fundo de uma agulha.

— Contento-me — respondeu Corchuelo — com ter caído da minha burra, e ter-me mostrado a experiência a verdade de que tão longe estava.

E, levantando-se, abraçou o licenciado e ficaram ainda mais amigos do que antes, e não quiseram esperar o lavrador que tinha ido à busca da espada, por lhes parecer que se demoraria muito, e resolveram seguir o seu caminho, para chegarem cedo à aldeia de Quitéria, donde todos eram.

Foi-lhes descrevendo o licenciado as excelências do jogo da espada, com tantas razões, e com tantas figuras e demonstrações matemáticas, que todos ficaram convencidos da utilidade da ciência, e Corchuelo reduzido da sua pertinácia.

---

[10] Italianismo, espectadores.

Anoitecera; mas, antes que chegassem, pareceu-lhes ver diante da povoação um céu cheio de inúmeras e resplandecentes estrelas. Ouviram também confusos e suaves sons de instrumentos, como de flautas, pandeiros, saltérios, pífaros;[11] e, quando chegaram perto, notaram que as árvores de uma ramada, que tinham posto à mão, à entrada da aldeia, estavam cheias de luminárias, que o vento não ofendia, porque soprava tão manso que nem força tinha para agitar as folhas do arvoredo. Os músicos eram os que deviam regozijar a boda e andavam em diversas quadrilhas por aquele agradável sítio, uns bailando, outros cantando e outros tocando a variedade dos referidos instrumentos. Efetivamente, não parecia senão que por todo aquele prado pulava o contentamento e a alegria. Outros muitos se ocupavam em levantar andaimes, donde pudessem ver comodamente ao outro dia as representações e danças que haviam de se fazer naquele sítio, consagrado à solenização das bodas do opulento Camacho e das exéquias de Basílio. Não quis entrar na aldeia Dom Quixote, apesar de lho pedirem tanto o lavrador como o bacharel; mas deu por desculpa, no seu entender mais que bastante, ser costume dos cavaleiros andantes dormir nos campos e florestas, antes que nos povoados, ainda que fosse debaixo de áureos tetos; e com isso se afastou um pouco do caminho, muito contra a vontade de Sancho, que se lembrava do bom alojamento que tivera no castelo ou casa de Dom Diogo.

---

[11] Instrumentos musicais rústicos: o saltério é uma espécie de clavicórdio de várias cordas, que se toca com palheta; o pífaro é flauta simples sem chaves, com seis orifícios.

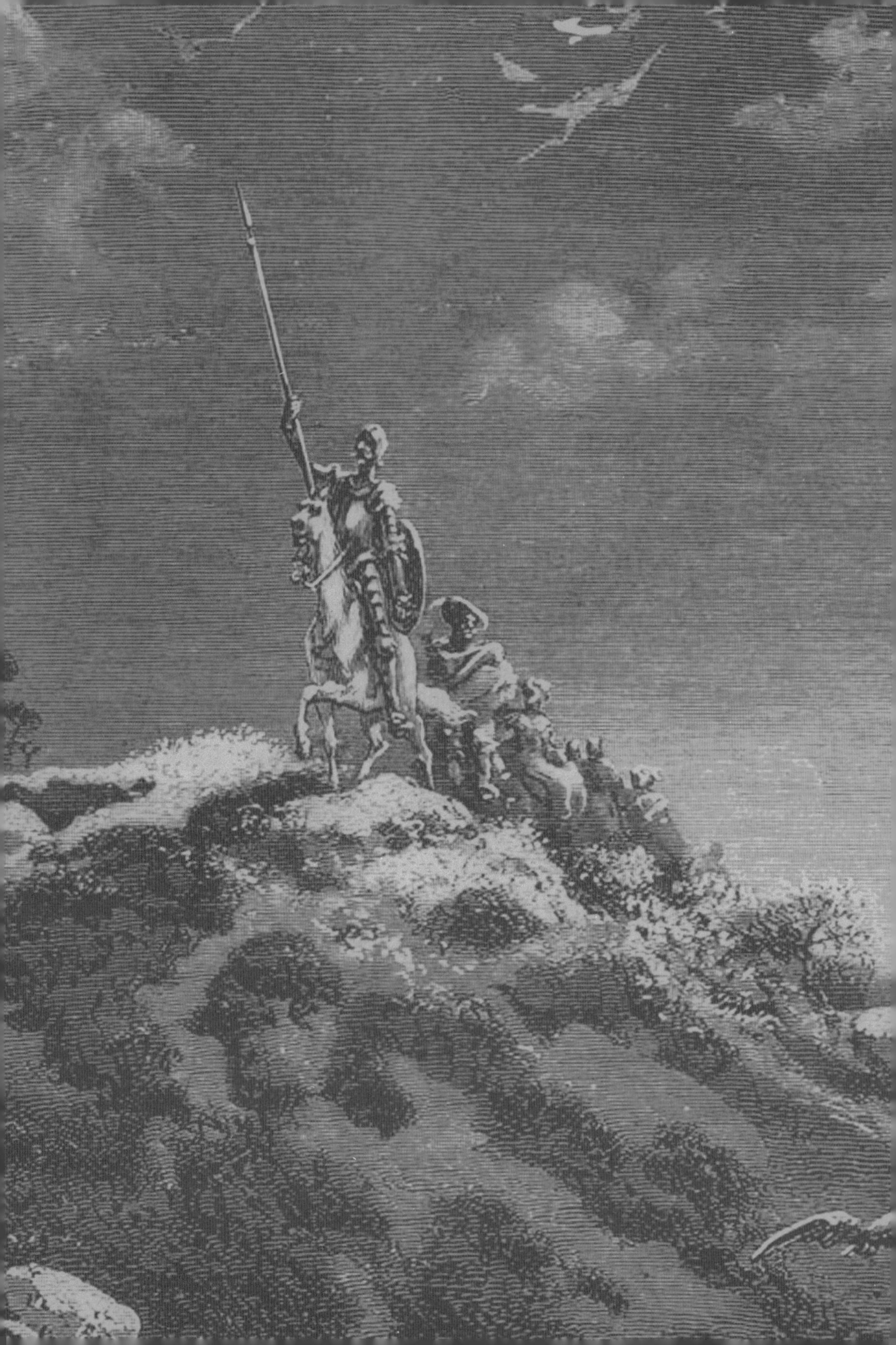

## Capítulo XX
### ONDE SE CONTAM AS BODAS DE CAMACHO, O RICO, E O SUCESSO DE BASÍLIO, O POBRE

APENAS A BRANCA AURORA dera lugar a que o lúcido Febo, com o ardor dos seus quentes raios, enxugasse as líquidas pérolas dos seus cabelos de ouro, Dom Quixote, sacudindo o torpor dos seus membros, pôs-se de pé e chamou o seu escudeiro Sancho, que ainda ressonava, e, antes de despertá-lo, exclamou:

— Ó tu, bem-aventurado mais do que todos os que vivem na face da terra, pois, sem teres inveja nem seres invejado, dormes com tranquilo espírito, sem te perseguirem nigromantes nem sobressaltarem nigromancias. Dorme, repito, e repetirei cem vezes, sem te inspirarem continuada vigília zelos da tua dama, nem te desvelarem pensamentos de pagar dívidas, nem do que hás de fazer para comer no dia seguinte, tu e a tua pequena e angustiada família, nem a ambição te inquieta, nem a vã pompa do mundo te fatiga, pois os limites dos teus desejos não se estendem além de pensar no teu jumento, que o da tua pessoa carregas nos meus ombros, contrapeso e carga que impuseram a natureza e o costume aos anos. Dorme o criado, está o amo de vela, pensando como o há de sustentar e melhorar, e fazer-lhe mercês. A angústia de ver que o céu se faz de bronze, sem acudir à terra com o conveniente orvalho, não aflige o criado, aflige o amo, que há de sustentar na esterilidade e na fome o que o serviu na fertilidade e na fartura.

A nada disso respondeu Sancho, porque dormia; nem tão cedo despertaria, se Dom Quixote com o conto[1] da lança não o acordasse.

---

[1] Parte inferior do cabo da lança.

Espertou, enfim, sonolento e pesaroso, e, voltando o rosto para todos os lados, disse:

— De acolá daquela ramada, se não me engano, sai um cheiro mais de torresmos que de juncos e de tomilhos: bodas que por tais cheiros começam, benza-me Deus, que me parece que hão de ser fartas e generosas.

— Acaba com isso, glutão — tornou Dom Quixote —, e vamos assistir a esses desposórios, para ver o que faz o desdenhado Basílio.

— Que faça o que quiser — respondeu Sancho —; não fosse ele pobre e veria como desposava logo Quitéria. Então isso é só não ter nem um chavo,[2] e querer casar nas nuvens! Por minha fé, senhor, sou do parecer de que o pobre deve contentar-se com o que topar, e não andar à procura de pérolas nos vinhedos.[3] Eu aposto um braço em como Camacho pode sepultar Basílio debaixo de montes de dinheiro; e, se assim é, como deve ser, bem tola seria Quitéria em largar as joias e galas, que lhe deve ter dado e lhe pode dar Camacho, para escolher o atirar a barra e o jogar da espada preta de Basílio. Por um bom tiro de barra, ou por uma gentil estocada, não dão na taverna nem um quadrilho de vinho. Habilidades e prendas que não são vendáveis, tenha-as o Conde Dirlos,[4] mas, quando as tais prendas caem em quem tem bom dinheiro, queria eu que a minha vida fosse como parecem elas. Com bom cimento se pode levantar um bom edifício, e o melhor cimento do mundo é o dinheiro.

— Por Deus, Sancho — acudiu Dom Quixote —, acaba a tua arenga, que tenho para mim que, se te deixassem concluir todos os aranzéis que a cada passo começas, não te ficaria tempo nem para comer nem para dormir, que o gastarias todo em falar.

— Se Vossa Mercê tivesse boa memória — replicou Sancho —, deveria lembrar-se dos capítulos do nosso contrato, antes de sairmos de casa esta última vez; um deles foi que havia de me deixar falar à minha vontade, contanto que não fosse contra o próximo nem contra a autoridade de Vossa Mercê, e até agora parece-me que não o violei.

---

[2] Moeda de pouco valor.
[3] Algo impossível de conseguir.
[4] Personagem do ciclo carolíngio do romanceiro velho, irmão de Durandarte; o romance termina quando Dirlos chega a tempo de impedir que sua mulher, que se acreditava viúva, se case com o infante Celinos.

— Não me recordo de semelhante capítulo, Sancho — respondeu Dom Quixote —, e, ainda que assim seja, quero que te cales e que venhas, que já os instrumentos que esta noite ouvimos voltam a alegrar os vales, e sem dúvida os desposórios hão de celebrar-se na frescura da manhã, e não no calor da tarde.

Fez Sancho o que seu amo lhe mandava e, pondo a sela em Rocinante e a albarda no ruço, montaram ambos, e passo a passo foram entrando pela ramada. A primeira coisa que Sancho viu foi uma vitela inteira, metida num espeto que era um tronco de árvore, e no fogo onde havia de se assar ardia um monte de lenha, e seis olhas[5] que estavam à roda da fogueira não se tinham feito na panela comum das outras olhas, mas em seis tinas, que em cada uma cabia um rebanho de carne; por isso, também dentro delas havia carneiros inteiros, que nem se viam, exatamente como se fossem uns borrachos; as lebres esfoladas e as galinhas depenadas que estavam suspensas nas árvores, para irem para o caldo, não tinham conta; as aves e caça de vário gênero eram infinitas, penduradas também nas árvores, para esfriar. Contou Sancho mais de sessenta odres, de mais de duas arrobas cada um e todos cheios, como depois se viu, de vinhos generosos; havia rumas de pão alvíssimo, como costuma haver montes de trigo nas eiras; os queijos, postos como ladrilhos empilhados, formavam uma muralha, e duas caldeiras de azeite, maiores que as de uma tinturaria, serviam para frigir coisas de massa, que com duas valentes pás se tiravam para fora e iam para dentro de outra caldeira de mel preparado, que ficava próxima.

Os cozinheiros e cozinheiras passavam de cinquenta, todos asseados, diligentes e satisfeitos. No dilatado ventre da vitela estavam doze pequenos leitões que, cozidos por cima, serviam para lhe dar sabor e fazê-la tenra; as várias especiarias parecia que não se tinham comprado aos arráteis, mas às arrobas, e estavam francas numa grande arca.

Finalmente, o aparato da boda era rústico, mas tão abundante que podia sustentar um exército. Para tudo Sancho Pança olhava, e afeiçoava-se a tudo. Primeiro renderam-no e cativaram-lhe o desejo as olhas de que ele tomaria uma malga[6] de muito bom grado; depois prenderam-lhe a vontade os odres; e por fim as massas e doces; afinal,

---

[5] Guisado feito com carnes variadas e legumes.
[6] Tigela ou prato fundo de louça em que se toma sopa.

sem poder mais, chegou-se a um dos solícitos cozinheiros e, com razões corteses e famintas, rogou-lhe que lhe deixasse molhar um pedaço de pão numa daquelas olhas.

— Irmão — respondeu-lhe o cozinheiro —, neste dia, graças ao opulento Camacho, não tem a fome jurisdição; apeai-vos, vede se há por aí uma concha, escumai uma ou duas galinhas e que vos faça muito bom proveito.

— Não vejo nenhuma — respondeu Sancho.

— Esperai! — tornou o cozinheiro. — Mau pecado! Que melindroso e acanhado que vós sois!

E, dizendo isso, agarrou numa caçarola e, metendo-a numa das tinas, tirou para fora três galinhas e dois patos, e disse para Sancho:

— Aqui tendes, amigo, e almoçai com esta espuma, enquanto não chega a hora de jantar.

— Não tenho onde despejá-las — respondeu Sancho.

— Pois levai a caçarola — tornou o cozinheiro —, que a riqueza e satisfação de Camacho a tudo suprem.

Enquanto se passava isso com Sancho, estava Dom Quixote vendo entrar pela ramada doze lavradores, montados em doze formosíssimas éguas, com ricos e formosos jaezes campestres e muitos guizos nos peitorais, e todos vestidos de gala e de festa, que em concertado tropel deram muitas carreiras pelo prado, com alegre algazarra e gritaria, dizendo:

— Vivam Camacho e Quitéria, ele tão rico como é ela formosa, e ela a mais formosa do mundo.

Ouvindo isso, disse Dom Quixote consigo:

— Bem se mostra que eles não viram Dulcineia, que, se a tivessem visto, teriam mais tento nos louvores dessa sua Quitéria.

Dali a pouco principiaram a entrar, por várias partes da ramada, muitas e diferentes danças, entre as quais vinha uma de espadas, de vinte e quatro zagais, de galhardo parecer e brio, todos vestidos de fino e alvíssimo pano, tendo na cabeça lenços de seda, lavrados de várias cores; e ao que os guiava, que era um ágil mancebo, perguntou um dos das éguas se se tinha ferido algum dos dançarinos.

— Por agora, bendito seja Deus, ninguém se feriu; todos estamos sãos.

E logo principiou a enredar-se com os outros companheiros em tantas voltas e com tanta destreza que, ainda que Dom Quixote estivesse acostumado a ver semelhantes danças, nenhuma lhe pareceu tão bem como aquela.

Também lhe agradou outra, que entrou, de donzelas formosíssimas, de catorze a dezoito anos, todas vestidas de uma fazenda verde, com os cabelos em parte entrançados e em parte soltos, mas todos tão loiros que podiam competir com os raios do sol, e engrinaldados de jasmins, rosas, amaranto e madressilva. Guiava-as um velho venerável e uma matrona anciã: mas mais ligeiros e desembaraçados do que prometiam os seus anos. Ao som de uma gaita de Zamora, dançavam, mostrando-se as melhores bailarinas do mundo, com a ligeireza nos pés e a honestidade nos olhos.

Em seguida entrou outra dança de artifício, dessas a que chamam faladas. Era de oito ninfas, repartidas em duas fileiras, uma guiada pelo deus Cupido e a outra pelo Interesse: aquele com asas, arco, setas e aljava; este vestido de ouro e seda de ricas e diversas cores. As ninfas que seguiam o Amor traziam os seus nomes escritos nas costas, em pergaminho branco e letras maiúsculas. "Poesia" era o título da primeira, da segunda "Discrição", da terceira "Boa Linhagem" e da quarta "Valentia". Do mesmo modo vinham designadas as que seguiam o Interesse, sendo "Liberalidade" o título da primeira, "Dádiva" a segunda, "Tesouro" a terceira, e a quarta "Posse Pacífica". Adiante de todos vinha um castelo de madeira, puxado por quatro selvagens,[7] todos vestidos de hera e de linho verde tanto ao natural que iam assustando Sancho. Na frontaria do castelo, e em todas as quatro fachadas, lia-se: "Castelo do Bom Recato". A música era composta de quatro destros tangedores de tamboril e flauta. Dava princípio à dança Cupido, e depois de dois passos erguia os olhos e flechava o arco contra uma donzela que aparecia nas ameias do castelo, e a quem dizia desta maneira:

> Eu sou o deus poderoso
> no firmamento e na terra,
> e no vasto mar undoso[8]
> e em tudo o que o abismo encerra
> no seu báratro espantoso.

---

[7] Era uma figura quase necessária nas representações de momos, nas quais entrava arrastando os objetos do cenário; também aparece em algumas obras de Gil Vicente.

[8] Que apresenta ondulações; tremulante, undante.

> Nunca soube o que era medo;
> tenho o mágico segredo
> de conquistar o impossível,
> e em tudo quanto é possível
> mando, tiro, ponho e vedo.

Acabou a copla, disparou uma flecha para o alto do castelo e retirou-se para o seu posto. Saiu logo o Interesse e dançou outros dois passos; calaram-se os tamboris e ele disse:

> Sou quem pode mais que Amor,
> mas é o Amor que me guia.
> Eu sou da estirpe maior,
> que o céu cá no mundo cria,
> mais conhecida e melhor.
> Sou o Interesse, com quem
> poucos soem obrar bem;
> é milagre o dispensar-me,
> e a ti venho consagrar-me
> pra sempre jamais, amém!

Retirou-se o Interesse e deu um passo em frente a Poesia, que, depois de ter dançado como os outros, pondo os olhos na donzela do castelo, disse:

> Em mil conceitos discretos
> a dulcíssima Poesia
> A alma cheia de afetos,
> vivos, suaves, te envia,
> envolta entre mil sonetos.
> Se acaso não te enfado
> com meu porfiar, teu fado,
> que de inveja a muitos dana,
> levantarei de Diana
> sobre o disco prateado.

Afastou-se a Poesia. Do lado do Interesse saiu a Liberalidade, que, depois de dançados os seus passos, disse:

> Chamam Liberalidade
> ao dar, quando se recusa
> a ser prodigalidade
> e ao contrário ser, que acusa
> tíbia e tímida vontade.
> Mas eu, por te engrandecer,
> hoje pródiga hei de ser,
> que, se é vício, e vício honrado,
> e de peito enamorado
> que no dar se deixa ver.

Desse modo saíram e se retiraram todas as figuras das duas esquadras, e cada uma dançou os seus passos e disse os seus versos, alguns elegantes e alguns ridículos, e Dom Quixote só ficou de memória (que a tinha grande) com os já referidos, e logo se mesclaram todos, fazendo e desfazendo laços, com gentil donaire e desenvoltura; e, quando passava o Amor por diante do castelo, disparava por alto as suas flechas, mas o Interesse arrojava-lhe alcanzias[9] douradas. Finalmente, depois de ter dançado um grande espaço, o Interesse tirou uma bolsa, feita da pele de um enorme gato romano, que parecia estar cheia de dinheiro, e, arrojando-a ao castelo, desconjuntaram-se as tábuas com o golpe e caíram, deixando a donzela sem defesa alguma. Chegou o Interesse com a sua comitiva e, deitando-lhe uma grande cadeia de ouro ao pescoço, deram mostras de prendê-la, rendê-la e cativá-la; vendo isso o Amor e os seus companheiros, quiseram tirar-lha, e todas as demonstrações que se faziam eram ao som dos tamboris, bailando e cantando concertadamente. Puseram-nos em paz os selvagens, que com muita presteza voltaram ao castelo, e a donzela de novo se encerrou dentro dele; e nisso acabou a dança, com grande contentamento dos espectadores.

Perguntou Dom Quixote a uma ninfa quem a compusera e ordenara. Respondeu-lhe que fora um beneficiado daquele povo, que tinha grande cabeça para essas invenções.

— Aposto — disse Dom Quixote — que é mais amigo de Camacho que de Basílio, e mais dado a sátiras que a ladainhas; encaixou bem na dança as habilidades de Basílio e as riquezas de Camacho.

---

[9] Cada uma das bolas ocas de barro, do tamanho de uma laranja e cheias de flores, fitas, papéis pintados, etc., que eram arremessadas festivamente nas antigas cavalhadas.

Sancho Pança, que ouvia tudo, disse:

— O rei é meu galo,[10] e, por isso, viva Camacho!

— Afinal — acudiu Dom Quixote —, bem se mostra que és vilão, e daqueles que dizem: "Viva quem vencer!"

— Não sei de quem sou nem de quem não sou — respondeu Sancho —, mas o que sei é que nunca de olhas de Basílio tirarei tão boa escuma como tirei das de Camacho.

E mostrou-lhe a caçarola cheia de patos e de galinhas; e, agarrando uma das aves, começou a comer, dizendo:

— Lá vai nas barbas das habilidades de Basílio, que, tanto tens, tanto vales. Só há duas linhagens no mundo, como dizia minha avó, que são ter e não ter, e ela ao ter é que se pegava; e hoje em dia, Senhor Dom Quixote, mais se toma o pulso ao haver que ao saber; um burro coberto de ouro parece melhor que um cavalo albardado. Assim, torno a dizer: viva Camacho, que tem por fartas escumas nas suas olhas patos e galinhas, coelhos e lebres, e as de Basílio não têm senão água chilra.[11]

— Acabaste a tua arenga, Sancho? — perguntou Dom Quixote.

— Acabo — respondeu Sancho —, porque vejo que Vossa Mercê se aflige com ela, que, se isso não se pusesse de permeio, tinha obra cortada para três dias.

— Praza a Deus, Sancho — tornou Dom Quixote —, que eu antes de morrer te veja mudo.

— Pelo caminho que levamos — redarguiu Sancho —, quando Vossa Mercê morrer eu já estarei comendo barro, e então poderá ser que esteja tão mudo que não dê palavra até o fim do mundo, ou pelo menos até o dia do juízo.

— Ainda que isso assim suceda, Sancho — tornou Dom Quixote —, nunca chegará o teu silêncio ao que chegou o que falaste, falas e hás de falar na tua vida; e, ademais, é do curso natural das coisas vir primeiro o dia da minha morte que o da tua; assim, suponho que nunca te verei mudo, nem quando estiveres bebendo ou dormindo, que é o mais que posso encarecer.

— Por minha fé, senhor — respondeu Sancho —, não há que fiar na descarnada, quero dizer, na morte, que tanto come cordeiro como

---

[10] "O rei é meu galo": o mais valente triunfará.
[11] Sem gosto; insípido.

carneiro, e ao nosso cura ouvi eu dizer que pisa com igual pé as altas torres dos reis e as humildes choças dos pobres. Tem essa senhora mais poder que melindre, não é de má boca, de tudo come e enche os alforjes com toda a casta de gentes, de idades e de preeminências. Não é segador que durma a sesta, porque a toda hora corta e ceifa, tanto a erva verde como a seca, e não parece que mastiga, mas que traga e engole tudo quanto se lhe põe diante, porque tem fome canina, que nunca se farta; e, ainda que não tenha barriga, dá a entender que está hidrópica e sedenta de beber todas as vidas de quantos vivem, como quem bebe um jarro de água fria.

— Basta, Sancho — acudiu Dom Quixote —, e fica-te por aí, e não te deixes cair, que na verdade o que disseste da morte em teus rústicos termos é o que poderia dizer um bom pregador. Digo-te, Sancho, que, assim como tens boa índole, se tivesses discrição, poderias tomar um púlpito e ir por esse mundo pregando lindezas.

— Prega bem quem vive bem — respondeu Sancho —, e eu não sei de outras *tologias*.[12]

— Nem precisas — redarguiu Dom Quixote —; mas o que eu não percebo é como, sendo o temor de Deus o princípio de toda a sabedoria,[13] tu, que tens mais medo de um lagarto do que d'Ele, sabes tanto.

— Julgue Vossa Mercê, senhor, as suas cavalarias — respondeu Sancho —, e não se meta em julgar temores e valentias alheias, que eu temo tanto a Deus como qualquer vizinho, e deixe-me Vossa Mercê a contas com estas aves, que tudo o mais são palavras ociosas, de que nos hão de pedir contas na outra vida.

E, dizendo isso, principiou de novo a dar assalto à caçarola, com tamanho apetite que despertou o de Dom Quixote, o qual sem dúvida o ajudaria, se não o impedisse o que é forçoso que adiante se diga.

---

[12] Teologias.
[13] Sentença que aparece repetidamente na Bíblia.

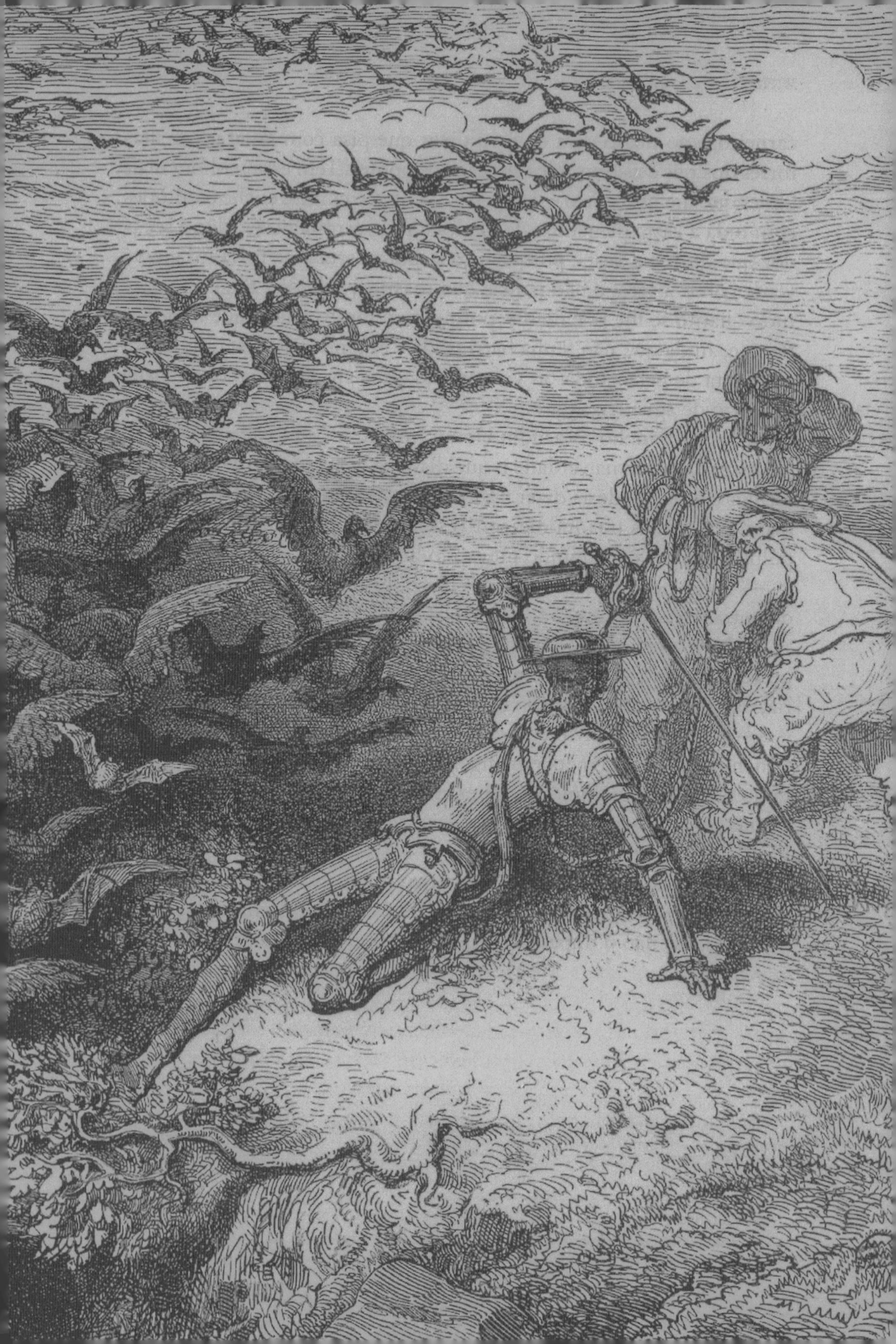

## Capítulo XXI
### EM QUE PROSSEGUEM AS BODAS DE CAMACHO, COM OUTROS SABOROSOS SUCESSOS

ENQUANTO ESTAVAM DOM QUIXOTE e Sancho com as razões referidas no capítulo antecedente, ouviram-se grandes brados e grande ruído, originados pelos das éguas que, em grande carreira e com grande algazarra, iam receber os noivos, os quais, rodeados de mil gêneros de invenções, vinham acompanhados pelo cura e pela parentela, e por toda a gente mais luzida dos lugares circunvizinhos, todos vestidos de gala. E, quando Sancho viu a noiva, disse:

— Por minha fé, não vem vestida de lavradeira, e sim de garrida palaciana. Por Deus que, segundo diviso, as patenas[1] que devia trazer são ricos corais, o vestido é do mais rico veludo e as guarnições de cetim! Vejam-me aquelas mãos, todas cheias de anéis de ouro, e de bom ouro, com pérolas brancas como leite, que deve cada uma valer um olho da cara. E que cabelos, que, se não são postiços, nunca os vi na minha vida mais compridos nem mais loiros. Na figura não se lhe pode pôr nem o mais leve senão, e só se compara a uma palmeira que se move, carregada com fartos cachos de tâmaras, que a tâmaras se assemelham os dixes que traz pendentes nos cabelos e na garganta! Juro, pela salvação da minha alma, que é uma moça de truz,[2] e que pode passar pelos bancos da Flandres.[3]

---

[1] Medalhões, geralmente de prata, usados pelas damas no início do século XVI; neste momento, só as lavradoras os usavam.

[2] De valor.

[3] Brinca-se, como outras vezes e em outros autores, com três significados possíveis que se entrecruzam: "as maiores dificuldades", por alusão aos baixios ou bancos de areia que se encontravam em Flandres, perigosos para a navegação; "casas de crédito de Flandres", prestamistas frequentes dos reis da Espanha; ou ainda "cama construída com o pinho de Flandres", o mais comum nas serras da Espanha central. Ao conjugarem-se os três valores, o sentido geral seria algo como "uma moça de tal valia pode sortear os perigos do matrimônio e casar-se com alguém tão rico como os banqueiros flamencos".

Riu-se Dom Quixote dos rústicos louvores de Sancho Pança, e pareceu-lhe que, pondo de parte a sua adorada Dulcineia del Toboso, nunca vira mulher mais formosa. Vinha a linda Quitéria um pouco descorada, e isso devia ser pela má noite que sempre passam as noivas a arranjar-se para a festa das suas bodas. Iam-se aproximando dum teatro,[4] que estava para um lado do campo, adornado de alfombras e ramos, onde se haviam de celebrar os esponsais, e donde haviam de ver as danças e as invenções. Quando eles chegavam a esse sítio, ouviram de repente por trás de si muitas vozes, e uma que dizia:

— Esperai um pouco, gentes inconsideradas e pressurosas.

A essas vozes e a essas palavras, todos voltaram a cabeça e viram que as dava um homem vestido com um saio negro, matizado de chamas escarlates. Vinha coroado de funéreo cipreste, empunhava um grande cajado; quando mais se aproximava conheceram todos que era o galhardo Basílio e ficaram suspensos, esperando em que viriam a dar as suas vozes e as suas palavras, receando que tivesse mau resultado a sua vinda nessa ocasião. Chegou, enfim, cansado e sem alento e, pondo-se diante dos desposados, fincando o cajado no chão, porque tinha no conto uma ponta de aço, de cor mudada e com os olhos postos em Quitéria, com voz tremenda[5] e rouca, disse:

— Bem sabes, ingrata Quitéria, que conforme a santa lei que professamos, vivendo eu, não podes tomar esposo,[6] e também não ignoras que, por eu esperar que o tempo e a minha diligência melhorassem os meus bens de fortuna, não quis deixar de guardar o decoro que à tua honra cumpria; mas tu, deitando para trás das costas todas as obrigações que deves ao meu bom desejo, queres dar o que é meu a outro, a quem as riquezas dão boníssima ventura; e, para que a tenha no seu auge (não como eu entendo que a merece, mas como os céus lha querem dar), por minhas mãos desfarei o impossível, ou o obstáculo que pode estorvar-lha, tirando-me de permeio. Viva! Viva o opulento Camacho, com a ingrata Quitéria, largos e felizes séculos, e morra, morra o pobre Basílio, a quem a pobreza cortou as asas da sua dita e o pôs na sepultura!

---

[4] Aqui, plataforma ou tablado.
[5] Trêmula.
[6] Dessas palavras, pode-se inferir que Basílio e Quitéria tinham contraído um prévio matrimônio clandestino; santa lei seria então a lei religiosa, e não a do amor. Nesse caso, poder-se-ia pensar no cura como cúmplice do engano para evitar a bigamia, que era um dos perigos que se consideraram ao proibir esse tipo de matrimônio.

Dizendo isso, agarrou o cajado que encravara no chão e, ficando metade cravada na terra, mostrou que servia de bainha a um curto estoque que nele ocultava. E, posta junto ao solo o que se podia chamar de empunhadura, com leve desenfado e resoluto propósito arrojou-se para cima dele, e num momento lhe saiu pelas costas metade da lâmina afiada e ensanguentada, ficando o triste banhado em sangue e estendido no chão, traspassado pelas suas próprias armas. Acudiram logo os seus amigos a valer-lhe, condoídos da sua miséria e lastimosa desgraça, e, deixando Dom Quixote o Rocinante, correu a socorrê-lo e tomou-o nos braços, e viu que ainda não expirara. Quiseram-lhe tirar o estoque, mas o cura, que estava presente, foi o parecer de que não lho tirassem antes de ele se confessar, porque o tirar-lho seria o sinal da sua morte. Mas, voltando um pouco a si, Basílio, com voz plangente e frouxa, disse:

— Se quisésseis, cruel Quitéria, dar-me neste último e horrível transe a mão de esposa, ainda eu pensaria que podia desculpar-se a minha temeridade, pois com ela alcançava o bem de ser teu.

O cura, ouvindo isso, disse-lhe que atendesse à salvação da alma, antes que aos prazeres do corpo, e que pedisse a Deus perdão dos seus pecados e da sua desesperada resolução. A isso respondeu Basílio que não se confessaria por caso algum, se primeiro Quitéria não lhe desse a mão de esposa; que esse contentamento lhe robusteceria a vontade e lhe daria ânimo para se confessar. Ouvindo Dom Quixote a petição do ferido, disse que Basílio pedia uma coisa muito justa e razoável, e, além disso, muito fácil de realizar, e que o Senhor Camacho tão honrado ficaria casando com a Senhora Quitéria, viúva do valoroso Basílio, como se a recebesse das mãos de seu pai.

— Não haverá mais que um "sim", que não teria outro efeito senão o de ser pronunciado, pois que o tálamo destas bodas tinha de ser a sepultura.

Tudo isso ouviu Camacho, suspenso e confuso, sem saber o que havia de fazer nem o que havia de dizer, mas os brados dos amigos de Basílio foram tantos, a pedirem-lhe que consentisse no casamento de Quitéria, para que Basílio não perdesse a sua alma, que o moveram e forçaram a dizer que, se Quitéria queria dar-lhe a mão de esposa, ele não se oporia, pois tudo se cifrava em dilatar por pouco tempo o cumprimento dos seus desejos.

Correram logo todos a Quitéria, e uns com rogos, outros com lágrimas, outros com eficazes razões, lhe persuadiram que desposasse o pobre Basílio; e ela, mais dura do que o mármore, quieta como uma estátua, mostrava não saber, nem poder, nem querer responder uma só palavra, nem responderia, se o cura não lhe dissesse que resolvesse depressa o que havia de fazer, porque Basílio tinha a alma nos dentes e não podia esperar determinações irresolutas. Então a formosa Quitéria, sem dizer palavra, turbada e, segundo parecia, triste e pesarosa, chegou ao sítio onde Basílio estava já com os olhos revirados, a respiração curta e precipitada, murmurando o nome de Quitéria, dando mostras de morrer como gentio e não como cristão.

Aproximou-se, enfim, Quitéria, e, ajoelhando, pediu-lhe a mão por gesto, e não por palavras. Voltou os olhos para ela Basílio e, mirando-a atentamente, disse-lhe:

— Ó Quitéria! Vieste a ser piedosa no momento em que a tua piedade há de ser o punhal que acabe de me tirar a vida, pois já não tenho forças para poder com a glória que me dás, escolhendo-me para teu noivo, nem para suspender a dor, que tão apressadamente vai me velando os olhos com a sombra espantosa da morte. O que eu te peço, ó minha fatal estrela, é que este enlace não seja por cumprimento, nem para me enganar de novo, mas que confesses e digas que, sem forçares a tua vontade, me entregas e me dás a tua mão como a teu legítimo esposo, pois não é razão que mesmo num transe como este me iludas ou uses de fingimento com quem sempre contigo tratou lealmente.

E, dizendo isso, desmaiava de modo que todos os presentes pensavam que em cada desmaio lhe fugiria a alma. Quitéria, toda honesta e vergonhosa, agarrando com a mão direita a mão de Basílio, disse-lhe:

— Não haveria força que pudesse torcer a minha vontade, e assim com meu livre-alvedrio te dou a mão de legítima esposa, e recebo a tua, se ma dás de livre vontade, sem que a turbe nem a contraste a calamidade produzida pela tua precipitada resolução.

— Dou, sim — respondeu Basílio —, não turbado nem confuso, mas com o claro entendimento que o céu me concedeu, e assim me entrego por teu esposo.

— Eu por tua esposa — respondeu Quitéria —, quer vivas por largos anos, quer te arranquem dos meus braços para a sepultura.

— Este moço, para os ferimentos que tem, muito fala — acudiu Sancho Pança —; digam-lhe que atenda à sua alma, que, ao que me parece, tem-na mais na língua que nos dentes.

Estando, pois, de mãos dadas Basílio e Quitéria, o cura, comovido e choroso, deitou-lhes a bênção e pediu ao céu que salvasse a alma do novo esposo, o qual, assim que recebeu a bênção, com grande ligeireza se pôs de pé, e com pasmosa desenvoltura arrancou o estoque, a que o seu corpo servia de bainha. Ficaram todos os circunstantes admirados, e alguns deles, mais simples do que curiosos, em altas vozes começaram a bradar:

— Milagre! Milagre!

Mas Basílio respondeu:

— Não é milagre, milagre, mas indústria, indústria!

O cura, atônito e desnorteado, correu com ambas as mãos a apalpar a ferida, e viu que o estoque atravessara não a carne nem as costelas de Basílio, mas um tubo oco de ferro que ele tinha ali perfeitamente acomodado, como depois se soube.

Finalmente, o cura e Camacho, com todos os mais circunstantes, consideraram-se burlados e escarnecidos. A esposa não deu mostras de ter pena da burla, antes, ouvindo dizer que aquele casamento, por ter sido enganoso, não tinha validade, asseverou que de novo o confirmava, do que todos coligiram que fora com seu consentimento e conhecimento que aquele caso se planeara, do que tão corridos ficaram Camacho e os seus amigos que confiaram das suas mãos a sua vingança e, desembainhando as espadas, arremeteram a Basílio, a favor do qual imediatamente se desembainharam também outras muitas; e tomando a dianteira a todos Dom Quixote a cavalo, com a lança em riste e bem coberto com o seu escudo, abria caminho. Sancho, a quem nunca aprouveram nem consolaram semelhantes feitos, acolheu-se às tinas, donde tirara a sua agradável ração, parecendo-lhe que aquele lugar, como sagrado, haviam todos de respeitar. Dom Quixote dizia em altos brados:

— Tende-vos, senhores! Tende-vos! Que não é razão que tireis vingança dos agravos que o amor nos faz, e adverti que o amor e a guerra são a mesma coisa: e assim como na guerra é coisa lícita e costumada usar de ardis e estratagemas para vencer o inimigo, também nas contendas e competências amorosas não se estranham os embustes, que se põem por obra para conseguir o fim a que se aspira, contanto que não seja em menoscabo e desabono do objeto amado. Quitéria pertencia a Basílio e Basílio a Quitéria, por justa e favorável disposição do céu. Camacho é rico e poderá comprar o seu gosto onde, como e quando quiser. Basílio não tem mais do que essa ovelha, e ninguém lha há de tirar, por mais poderoso que seja, que os que Deus junta não pode o homem separar; e quem o intente passará primeiro pela ponta desta lança.

E, nisto, manejou-a com tanta força e destreza que infundiu pavor em todos os que não o conheciam; e tão intensamente se fixou na imaginação de Camacho o desdém de Quitéria que num instante a apagou da memória, e assim se rendeu às persuasões do cura, varão prudente e bem-intencionado, ficando assim Camacho e os da sua parcialidade pacíficos e sossegados, e embainharam as espadas, culpando mais a facilidade de Quitéria do que a indústria de Basílio, discorrendo Camacho que, se Quitéria em solteira amava Basílio, continuaria a amá-lo depois de casada, e que devia dar graças ao céu mais por lha ter tirado do que por lha ter dado.

Consolados, pois, e tranquilos Camacho e os do seu bando, todos os de Basílio sossegaram também, e o opulento Camacho, para mostrar que não sentia a burla nem fazia caso dela, quis que as festas prosseguissem como se realmente casasse; mas não quiseram assistir a elas nem Basílio, nem sua esposa, nem os seus sequazes, que também os pobres, virtuosos e discretos têm quem os siga, honre e ampare, como os ricos têm quem os lisonjeie e acompanhe. Levaram consigo Dom Quixote, considerando-o homem de valor. Só a Sancho se lhe escureceu a alma, por se ver impossibilitado de aguardar o jantar esplêndido e as festas de Camacho, que duraram até a noite; e assim, macambúzio e triste, seguiu seu amo, que ia com os companheiros de Basílio, e teve de abandonar as panelas do Egito,[7] ainda que as levasse na alma, e a já quase consumida e acabada escuma da caçarola representava-lhe a abundância do bem que perdia; e assim acabrunhado e pensativo, mas sem fome, seguiu, sem se apear do ruço, as pisadas de Rocinante.

---

[7] A vida regalada e fácil, reminiscência bíblica do livro dos Números.

## Capítulo XXII

### ONDE SE DÁ CONTA DA GRANDE AVENTURA DA COVA DE MONTESINOS, QUE ESTÁ NO CORAÇÃO DE LA MANCHA, E A QUE PÔS FELIZ TERMO O VALOROSO DOM QUIXOTE DE LA MANCHA

GRANDES E MUITOS FORAM OS REGALOS com que os noivos serviram a Dom Quixote, obrigados pelas demonstrações que ele fizera para defender a sua causa, e, a par da valentia, gabaram-lhe a discrição, tendo-o por um Cid nas armas e por um Cícero na eloquência. O bom Sancho refocilou-se três dias à custa dos noivos, dos quais se soube que não foi traça combinada com a formosa Quitéria o ferir-se fingidamente Basílio, mas sim indústria deste, esperando o feliz resultado que se vira; é verdade que confessou que dera parte do seu pensamento a alguns dos seus amigos, para que, logo que fosse necessário, favorecessem a sua intenção e auxiliassem o seu engano.

— Não se podem nem se devem chamar enganos — disse Dom Quixote — os que miram a virtuosos fins.

E o de casarem dois enamorados não podia ser fim mais excelente, advertindo que o amor não tem maior contrário que a fome, porque o amor é todo alegria, regozijo, contentamento, principalmente quando o amante está de posse do objeto amado, de que são inimigas a necessidade e a pobreza; e acrescentou que dizia tudo isso com intenção de que se deixasse o Senhor Basílio de exercitar as habilidades que sabe, que lhe davam mais fama que proveito, e que atendesse a granjear fazenda, por meios lícitos e industriosos, que nunca faltam aos prudentes e trabalhadores. O pobre honrado (se pode ser honrado o pobre) arrisca-se, em ter mulher formosa, que, se lha tiram, lhe tiram a honra. Mulher honrada e formosa, com marido pobre, merece ser coroada com os lauréis e palmas da vitória e do triunfo. A formosura, por si só, atrai as vontades de todos os que a veem e conhecem, e, como a cordeirinho gostoso, procuram empolgá-las as águias e os pássaros altaneiros; mas, se à formosura se juntam o aperto e a necessidade, também a investem os corvos, os milhafres[1] e as outras aves de rapina, e a que resiste a tantos ataques bem merece chamar-se coroa de seu marido.

— Olhai, discreto Basílio — acrescentou Dom Quixote —, foi opinião de não sei que sábio que só havia em todo o mundo uma mulher boa, e dava por conselho que todos pensassem e acreditassem que a sua era essa, e assim viveriam contentes. Eu não sou casado, e até agora não pensei em casar, e, contudo, atrever-me-ia a aconselhar, a quem o desejasse, o modo como havia de procurar esposa. Primeiro aconselhar--lhe-ia que olhasse mais a fama que a fazenda, porque a mulher boa não alcança boa fama só com ser boa, mas também com parecê-lo, que muito mais prejudicam a honra das mulheres as desenvolturas e liberdades públicas do que as maldades secretas. Se levas mulher já de si boa para tua casa, não será difícil conservá-la assim e até melhorá-la; mas, se a levas má, meter-te-ás em trabalhos, querendo emendá-la, que não é muito fácil passar dum para outro extremo. Não digo que seja impossível, mas tenho-o por dificultoso.

Ouvia tudo isso Sancho, e disse de si para si:

— Esse meu amo, quando eu digo coisas de substância e de acerto, costuma asseverar que eu podia tomar um púlpito nas mãos e ir por este mundo afora pregando lindezas. Eu então sustento que, com ele principiando a encadear sentenças e a dar conselhos, não só pode tomar um púlpito mas uns poucos, e andar por essas praças a pregar sermões, que seja só pedir por boca. Valha-te o Diabo, cavaleiro andante, que tantas coisas sabes: eu pensava cá no meu bestunto que ele só podia saber o que dizia respeito às suas cavalarias, mas não há nada em que não debique[2] e em que não meta a sua colherada.

Sancho dizia isso a meia voz; entreouviu-o seu amo e perguntou-lhe:

— Que estás para aí a resmungar, Sancho?

— Eu não estou a resmungar — tornou Sancho —, o que estava era a dizer comigo que bem quisera ter ouvido Vossa Mercê antes de me casar, que talvez eu agora dissesse: o boi solto lambe-se todo.

---

[1] Designação comum a diversos gaviões do Velho Mundo.
[2] Zombaria sutil; ironia, motejo, troça.

— Tão má é a tua Teresa, Sancho?! — observou Dom Quixote.

— Não é muito má, mas também não é muito boa; pelo menos, não é tão boa como eu queria — respondeu Sancho.

— Não fazes bem, Sancho, em dizeres mal da tua mulher, que, afinal de contas, é mãe de teus filhos.

— Não ficamos a dever nada um ao outro — tornou Sancho —, que também ela diz mal de mim quando se lhe oferece ocasião, principalmente tendo ciúmes, que então nem Satanás a atura.

Finalmente, estiveram três dias em casa dos noivos, onde foram amimados e servidos como reis. Pediu Dom Quixote ao destro licenciado que lhe desse um guia que o encaminhasse à cova de Montesinos, porque tinha grandes desejos de penetrar lá dentro e de ver com os seus olhos se eram verdadeiras as maravilhas que a esse respeito se referiam por todos aqueles contornos.[3] O licenciado disse-lhe que lhe daria um primo seu, famoso estudante e muito afeiçoado à leitura de livros de cavalaria, que de muito boa vontade o conduziria à entrada da cova e lhe mostraria as lagoas de Ruidera, famosas em toda a Mancha e até em toda a Espanha, e que ele lhe daria agradável entretenimento, porque era moço que sabia fazer livros para imprimir e para dedicar a príncipes. Enfim, o primo veio com uma besta prenhe, cuja albarda era coberta por um vistoso chairel. Selou Sancho Rocinante, aparelhou o ruço, recheou os alforjes, o mesmo fez o primo do licenciado, e, encomendando-se a Deus e despedindo-se de todos, tomaram o rumo da famosa cova de Montesinos.

De caminho perguntou Dom Quixote ao primo quais eram a sua profissão e estudos; ao que ele respondeu que a sua profissão era a de literato, os seus estudos, compor livros para dar à estampa, todos de grande proveito e não menor entretenimento: um intitulava-se *O dos trajes*, em que pintava setecentos e tantos trajes, com as suas cores, divisas e motes, onde podiam os cavaleiros cortesãos, em tempo de festa, procurar os que lhes agradassem, sem os andar pedindo a ninguém nem quebrar a cabeça para arranjá-los conformes com os seus desejos e intenções.

— Porque dou ao olvidado, ao amante, ao zeloso, ao desdenhado, os trajes que mais lhes convêm. Tenho outro livro também, que hei

---

[3] A cova está no final de Ossa de Montiel (Albacete), perto da ermida de San Pedro de Sahelices, que dá nome a uma das lagoas do Ruidera. Estudou-se prolixamente o possível valor simbólico dessa viagem e da descida do cavaleiro ao seu interior.

de chamar *Metamorfoses,* ou *Ovídio espanhol,* de invenção nova e rara, porque nele, parodiando Ovídio, pinto quem foram a Giralda de Sevilha e o anjo da Madalena,[4] o cano de Vecinguerra em Córdoba,[5] os touros de Guisando, a Serra Morena, as fontes de Leganitos e de Lavapés em Madri, sem esquecer a do Piolho, a do Cano Dourado, a da Prioresa;[6] isso com as suas alegorias, metáforas e translações, de modo que alegram, suspendem e ensinam ao mesmo tempo. Tenho outro livro, que chamo *Suplemento a Virgílio Polidoro,*[7] que trata da invenção das coisas e que é de grande erudição e estudo, porque as que deixou de dizer Polidoro, averiguo-as eu e declaro-as em gracioso estilo. Esqueceu-se Virgílio de nos dizer quem foi a primeira pessoa que teve catarro no mundo; e o primeiro que tomou as unções para livrar-se do mal-gálico;[8] declaro-o eu ao pé da letra, e fundamento-o com mais de vinte e cinco autores; veja Vossa Mercê se trabalhei ou não trabalhei para ser útil a toda gente.

Sancho, que ouvira muito atento a narração do primo, acudiu:

— Diga-me, senhor, assim Deus lhe dê mão direita[9] na impressão de seus livros; poder-me-á dizer, sim, saberá, já que sabe tudo, quem foi o primeiro homem que coçou a cabeça, que eu entendo que devia ser nosso pai Adão?

— Seria, seria — respondeu o primo —, porque não há dúvida que Adão teve cabelo e cabeça e, sendo ele o primeiro homem do mundo, alguma vez havia de se coçar.

— Também creio — retrucou Sancho —; mas diga-me agora: quem foi o primeiro volteador do mundo?

— Na verdade, irmão — respondeu o primo —, agora não saberei responder de pronto, mas eu estudarei o caso quando voltar para o sítio

---

[4] O *anjo da Madalena* é uma veleta em forma de anjo em Salamanca, com um pomo na mão e na outra uma cabeleira, alusão ao ato de ungir os pés do Senhor.

[5] Esgoto aberto do bairro do Potro.

[6] Nomes de fontes de Madri.

[7] O livro (1499) que o primo cita foi traduzido ao castelhano por Francisco Thámara com o título *Livro de Polidoro Virgílio, que trata da invenção e princípio de todas as coisas* (Amberes, 1550), e posteriormente (1584) se editou na península a versão de Vicente de Millis Godínez. Sofreu várias imitações e continuações, e dele tiraram dados, confessando-o ou não, inúmeros escritores e pregadores do Século de Ouro.

[8] Sífilis, que se medicava com unções, pomadas de um composto de mercúrio. O nome primitivo da sífilis, praga naquele tempo, se referiu em cada língua europeia a distintos países, de onde se acreditava que fosse originária.

[9] "Deus lhe dê boa sorte."

onde tenho os meus livros, e lhe responderei quando nos encontrarmos outra vez, que não há de ser esta a última.

— Pois, meu senhor — tornou Sancho —, não se dê a esse trabalho, que me parece que já me ocorre uma resposta. Saiba que o primeiro volteador do mundo foi Lúcifer, quando o arrojaram do céu, que veio às voltas e reviravoltas desabar nos abismos.

— Tens razão, amigo — respondeu o primo.

— Essa pergunta e essa resposta não são tuas — acudiu Dom Quixote —; de alguém as ouviste dizer.

— Cale-se, senhor — replicou Sancho —, que, se eu me meto a fazer perguntas e respostas, não acabo nem amanhã. Para perguntar tolices e responder disparates não preciso andar a pedir o auxílio dos vizinhos.

— Mais disseste do que sabes — tornou Dom Quixote —, que há pessoas que se cansam de averiguar coisas que, depois de averiguadas, nada valem, nem para o entendimento nem para a memória.

Nessas e noutras saborosas práticas se passou aquele dia, e à noite albergaram-se numa pequena aldeia, onde o primo disse a Dom Quixote que dali à cova de Montesinos eram só duas léguas, e que, se estava resolvido a entrar lá, se fornecesse de cordas para se amarrar e engolfar-se na sua profundidade.

Dom Quixote disse que, ainda que chegasse ao abismo, havia de ver onde ia ter, e assim compraram quase cem braças de corda, e no dia seguinte, às duas da tarde, chegaram à caverna, cuja boca é espaçosa e larga, mas cheia de urzes, de tojos[10] e de sarças e silvas, tão espessas e intrincadas que de todo em todo a cegam e encobrem. Ao vê-la, apearam-se o primo, Sancho e Dom Quixote, a quem os outros dois amarraram logo fortissimamente com as cordas; e, enquanto o cingiam, disse-lhe Sancho:

— Veja Vossa Mercê, meu senhor, o que vai fazer; não se queira sepultar em vida, de modo que pareça garrafa que se põe a esfriar dentro dum poço, tanto mais que a Vossa Mercê não compete esquadrinhar essa cova, que deve ser pior que uma masmorra.

— Ata e cala-te — respondeu Dom Quixote —; que empresa como esta para mim estava guardada.

E então disse o guia:

---

[10] Arbusto de até dois metros, da família das leguminosas, nativo da Europa, ereto e ramoso, verde-cinzento, de folhas pontiagudas, flores amarelas, vagens ovais e vilosas.

— Suplico a Vossa Mercê, Senhor Dom Quixote, que veja bem e espreite com cem olhos o que há lá dentro; talvez encontre coisas que eu possa inserir no livro das transformações.

— Está em boas mãos o pandeiro; verá como o tocam — respondeu Sancho Pança.

Dito isso, e bem amarrado Dom Quixote (que não o foi sobre as armas, mas sobre o gibão), disse o cavaleiro:

— Andamos pouco advertidos em não nos termos provido de alguma campainha, cujo som vos indicaria que eu continuava a descer e estava vivo; mas, já que não tem remédio, nas mãos de Deus me entrego.

E pôs-se de joelhos imediatamente, e fez em voz baixa uma oração ao céu, pedindo a Deus que o ajudasse e lhe desse bom êxito naquela aventura, tão nova e tão perigosa; e em voz alta continuou:

— Ó senhora das minhas ações, caríssima e incomparável Dulcineia del Toboso, se é possível que cheguem aos teus ouvidos as preces e rogos deste teu venturoso amante, por tua inaudita beleza te peço que os escutes, pois cifram-se apenas em implorar-te que não te recuses a dar-me o teu favor e amparo, agora que tanto deles preciso. Vou despenhar-me, sepultar-me e sumir-me no abismo, que aqui me escancara, só para que o mundo conheça que, se tu me favoreceres, não haverá impossível que eu não cometa e alcance.

E, dizendo isso, acercou-se da cova e, vendo que era impossível abrir caminho, a não ser à força de braços e à cutilada, desembainhando a espada, começou a derribar e a cortar as silvas que estavam na boca da caverna, a cujo ruído e estrondo saíram da espessura grande número de corvos e de gralhas, tão densos e apressados que atiraram com Dom Quixote ao meio do chão; e se ele fosse tão supersticioso como bom católico e cristão, teria isso por mau agouro e não se meteria em semelhante lugar.

Finalmente levantou-se e, vendo que não saíam mais corvos nem outras aves noturnas, como morcegos, que vieram entre os corvos, dando-lhe corda o primo e Sancho, deixaram-no deslizar para o fundo da espantosa caverna, e benzendo-o Sancho mil vezes, disse:

— Deus te guie e a Penha de França e a Trindade de Gaeta,[11] flor, nata e espuma da cavalaria andante. Vai, valentão do mundo, coração

---

[11] Oração jocosa dirigida à Virgem que se venera na ermida da Penha de França, na região da Alberca (Salamanca), e à da Trindade, da qual eram muito devotos os navegantes e a quem está dedicado um templo em Gaeta.

de aço, braços de bronze; Deus te guie e te traga são e sem cautela à luz desta vida, que deixas para te enterrares nessa escuridão que procuras.

Iguais preces e invocações fez o primo.

Ia Dom Quixote bradando que lhe dessem corda e mais corda, e eles iam-lha dando a pouco e pouco; e, quando as vozes, que saíam canalizadas, deixaram de ouvir-se, já eles tinham largado as cem braças. Foram de parecer que puxassem Dom Quixote, visto que não lhe podiam dar mais corda; ainda assim, demoraram-se a sua meia hora, e, passado esse tempo, tornaram a puxar a corda com muita facilidade e sem o menor peso, sinal que lhes fez crer que Dom Quixote ficava lá dentro; e Sancho, supondo isso, chorava amargamente e puxava com muita pressa; mas, chegando, pelos seus cálculos, a pouco mais de oitenta braças, sentiram peso, e com isso muito se alegraram; finalmente, quando faltavam só dez braças, viram distintamente Dom Quixote, a quem Sancho bradou, dizendo:

— Seja Vossa Mercê muito bem-vindo, que já pensávamos que ficava lá dentro para fazer geração.

Mas Dom Quixote não respondia palavra, e, tirando-o de todo para fora, viram que trazia os olhos fechados, parecendo adormecido. Estenderam-no no chão e desligaram-no; e, com tudo isso, não despertava. Mas tanto o viraram e reviraram, tanto sacudiram e menearam que, ao cabo de muito tempo, voltou a si, espreguiçando-se, como se despertasse de grande e profundo sono; e olhando para todas as partes, como espantado, disse:

— Deus vos perdoe, amigos, que me tirastes a mais saborosa e agradável vida e vista, que nenhum humano já viu ou passou. Efetivamente, agora acabo de conhecer que todos os contentamentos desta existência passam como sombra e sonho, ou murcham como a flor do campo. Ó desditoso Montesinos! Ó malferido Durandarte! Ó desventurada Belerma! Ó choroso Guadiana, e vós outras infelizes filhas de Ruidera, que mostrais nas vossas águas as que choraram os vossos formosos olhos!

Com grande atenção escutavam Sancho e o primo as palavras de Dom Quixote, que as dizia como se as arrancasse com dor imensa das entranhas. Suplicaram-lhe que lhes explicasse o que dizia e lhes narrasse o que vira naquele inferno.

— Chamais-lhe inferno! — disse Dom Quixote. — Não lhe chameis assim, que não o merece, como vereis logo.

Pediu que lhe dessem alguma coisa de comer, que trazia muitíssima fome. Estenderam o chairel do jumento do guia sobre a verde relva, foram à despensa dos alforjes e, sentados todos três em boa companhia, merendaram e cearam ao mesmo tempo. Levantada a improvisada mesa, disse Dom Quixote de la Mancha:

— Não se levante ninguém, e ouçam-me todos dois com atenção.

## Capítulo XXIII

### DAS ADMIRÁVEIS COISAS QUE O EXTREMADO DOM QUIXOTE CONTOU QUE VIRA NA PROFUNDA COVA DE MONTESINOS, COISAS QUE, PELA IMPOSSIBILIDADE E GRANDEZA, FAZEM QUE SE CONSIDERE APÓCRIFA ESTA AVENTURA

SERIAM QUATRO HORAS da tarde, quando o sol, encoberto e entre nuvens, com escassa luz e temperados raios permitiu a Dom Quixote contar, sem calor nem incômodo, aos seus dois claríssimos ouvintes o que vira na cova de Montesinos; e começou do seguinte modo:

— A coisa de doze ou catorze estádios,[1] nas entranhas dessa caverna, fica à mão direita uma concavidade espaçosa, capaz de caber dentro dela um grande carro com as suas mulas. Entra ali, coada por algumas fendas, que, abertas na superfície, bem longe ficam, uma tenuíssima luz. Essa concavidade vi eu, quando já ia mofino[2] e cansado de me sentir suspenso e de caminhar preso à corda por aquela escura região abaixo, sem levar certo nem determinado rumo, e assim resolvi entrar e descansar um pouco. Bradei, pedindo-vos que não largásseis mais corda, até que eu vo-lo dissesse; mas creio que não me ouvistes. Fui juntando a corda que mandáveis e arranjando com ela um rolo, em que me sentei, muito pensativo, considerando o que havia de fazer para chegar ao fundo, não tendo quem me segurasse; estando eu nesse cismar e nessa confusão, de repente salteou-me um sono profundíssimo e, quando menos pensava, sem saber como, nem como não, despertei e achei-me no meio do mais deleitoso prado que pôde criar a natureza ou fantasiar a mais discreta imaginação humana. Arregalei os olhos, esfreguei-os e vi que

---

[1] Medida de longitude que equivale à altura de um homem, aproximadamente 1,70 metro.
[2] Que não demonstra alegria; infeliz, desafortunado.

não dormia, mas que estava perfeitamente desperto. Contudo, sempre tenteei a cabeça e o peito, para me certificar se era eu mesmo que ali estava ou algum fantasma vão; mas o tato, o sentimento, os discursos concertados que fazia entre mim, me certificaram que era eu ali então o mesmo que sou agora aqui. Ofereceu-se-me logo à vista um verdadeiro e suntuoso palácio ou alcáçar, cujos muros pareciam fabricados de claro e transparente cristal, donde saiu, ao abrirem-se duas grandes portas, e veio direito a mim, um ancião venerável, coberto com um capuz de baeta roxa, que arrastava pelo chão. Vestia por baixo uma batina de cetim verde, trazia uma negra gorra milanesa e a barba alvíssima descia-lhe abaixo da cintura; não tinha armas, tinha apenas na mão um rosário de contas maiores que nozes, e os padre-nossos eram do tamanho de ovos de avestruz; o porte, o andar, a gravidade e a majestade da presença suspenderam-me e assombraram-me. Chegou a mim, e a primeira coisa que fez foi abraçar-me estreitamente e dizer logo: "Há largos tempos, valoroso Dom Quixote de la Mancha, que todos os que estamos encantados nesta soledade esperamos ver-te, para que dês notícia ao mundo do que encerra e cobre a profunda cova por onde entraste, chamada a cova de Montesinos, façanha só guardada para ser cometida por teu invencível coração e por teu ânimo estupendo. Vem comigo, claríssimo senhor, que quero te mostrar as maravilhas solapadas[3] neste transparente alcáçar, de que eu sou alcaide e guarda-mor perpétuo, porque sou o próprio Montesinos, que dá nome à cova". Apenas ele me disse que era Montesinos, logo lhe perguntei se era verdade o que no mundo cá de cima se contava, que ele tirara, com uma pequena adaga, o coração do seu grande amigo Durandarte, para levá-lo à Senhora Belerma, como Durandarte ordenara quando morrera.[4] Respondeu-me que em tudo diziam verdade, e que a adaga era buída[5] e mais aguda que uma sovela.[6]

---

[3] Dissimuladas, encobertas, escondidas.

[4] Embora pertença ao ciclo carolíngio, a literatura francesa não reconhece como seu esse personagem do romanceiro castelhano, Montesinos, pois na verdade é uma derivação do protagonista do cantar de gesta francês de finais do século XII Aïol et Mirabel. Assim chamado por ter nascido em um monte despovoado, para onde foi levado por causa das falsas acusações de Tomilhas, já homem feito voltou à corte de Paris e matou o traidor. Casou-se com a dama Rosaflorida, senhora do castelo de Rocafrida, tão conhecido pelos romances do ciclo, que acabou sendo identificado com algumas ruínas próximas à cova de Montesinos. Em alguns romances, é primo de Durandarte, também exclusivo do romanceiro castelhano apesar de seu ascendente carolíngio. Durandarte morreu em Roncesvalles e pediu a Montesinos que lhe tirasse o coração para entregá-lo a Belerma, como mostra de amor.

[5] Afiada ou estriada em três canais.

[6] Instrumento para polir pedras.

— Devia ser — disse Sancho — de Ramão de Hoces, o Sevilhano.

— Não sei — prosseguiu Dom Quixote —, mas parece-me que não seria, porque Ramão de Hoces viveu ontem por assim dizer, e a Batalha de Roncesvalles, onde sucedera essa desgraça, feriu-se há muitos anos; e essa averiguação é pouco importante e não turba nem altera a verdade e contexto da história.

— Assim é — respondeu o primo —; prossiga Vossa Mercê, Senhor Dom Quixote, que o estou ouvindo com o maior gosto que se pode imaginar.

— Não pode ser mais do que aquele com que o estou contando — respondeu Dom Quixote —, e, assim, digo que o venerável Montesinos introduziu-me no cristalino palácio, onde, numa sala baixa e fresquíssima sobremodo, e toda de alabastro, havia um sepulcro de mármore, fabricado com grande primor, sobre o qual vi um cavaleiro estendido em todo o seu comprimento, não de bronze, nem de mármore, nem de jaspe, como costuma haver nos nossos sepulcros, mas de carne e osso. Tinha a mão direita (que me pareceu cabeluda e nervosa: sinal de grande força) posta sobre o lado do coração; e, antes de eu perguntar coisa alguma, Montesinos, vendo-me suspenso a contemplar o do sepulcro, disse-me: "Este o meu amigo Durandarte, flor e espelho dos cavaleiros enamorados e valentes do seu tempo. Tem-no aqui encantado, como me tem a mim e a muitos outros e outras, Merlim,[7] aquele nigromante francês, que dizem que foi filho do Diabo, e o que eu creio é que não foi filho do Diabo, mas que soube, como dizem, ainda mais do que ele. O motivo por que nos encantou ninguém sabe, e ele dirá, em chegando os tempos marcados, que imagino que não estão muito longe. O que me admira é que seja tão certo, como ser dia agora, o acabar Durandarte a sua vida nos meus braços, e que depois de morto lhe arranquei o coração com as minhas próprias mãos, coração que não devia pesar menos de dois arráteis, porque se afirma que quanto maior é o coração dum homem, maior é a sua valentia. Pois, sendo assim, e tendo realmente morrido esse cavaleiro, por que é que se queixa e suspira agora, de quando em quando, como se estivesse vivo?"

"Nisso, o mísero Durandarte, com um grande brado, disse:

---

[7] Merlim é o sábio encantador das lendas artúricas; teve também fama literária de profeta. Como personagem, é o único do capítulo que pertence aos livros de cavalarias. Não era francês, da Gália, e sim da legendária Gaula.

> Ó meu primo Montesinos,
> uma coisa vos pedia:
> que, em eu dando a Deus minh'alma,
> e meu corpo à terra fria;
> meu coração a Belerma
> leveis, sem tardar um dia,
> arrancando-me do peito
> com a adaga luzidia.

"Ao ouvir essas palavras, o venerável Montesinos pôs-se de joelhos ante o triste cavaleiro e exclamou: 'Senhor Durandarte, meu caríssimo primo, fiz o que mandastes no aziago dia da nossa perda; arranquei-vos o coração o melhor que pude, sem vos deixar no peito a mínima parte dele, limpei-o com um lenço de rendas, parti de carreira para França, tendo-vos entranhado primeiro no seio da terra, com tantas lágrimas que bastaram para me lavar as mãos e limpar o sangue que as tingia; e, por sinal, primo da minha alma, no primeiro sítio com que topei, ao sair de Roncesvalles, salguei o vosso coração, para que não cheirasse mal, e fosse, se não fresco, pelo menos de salmoura, à presença da Senhora Belerma, a qual, convosco e comigo, e com Guadiana vosso escudeiro, e com a Dona Ruidera e suas sete filhas e duas sobrinhas, e com outros muitos dos vossos conhecidos e amigos, estamos aqui encantados pelo sábio Merlim, há muitos anos e ainda que passe de quinhentos anos nenhum de nós morre; só nos faltam Ruidera, suas filhas e sobrinhas, que, compadecendo-se Merlim das suas lágrimas, foram convertidas em outras tantas lagoas, que no mundo dos vivos e na província da Mancha se chamam lagoas de Ruidera;[8] as sete pertencem aos reis de Espanha, e as duas sobrinhas aos cavaleiros duma ordem santíssima, que chamam de São João. Guadiana, vosso escudeiro, chorando a vossa desgraça, foi convertido num rio, a quem deu o nome; que, apenas chegou à superfície da terra e viu o sol do outro céu, tamanho pesar sentiu de ver que vos deixava que se submergiu nas entranhas da terra; mas, como não é possível deixar de acudir a sua natural corrente, de quando em quando

---

[8] Lagoas em La Mancha, entre Argamasilha e o campo de Montiel; acreditava-se que nelas se fundia o rio Guadiana, para reaparecer, depois de um longo percurso subterrâneo, nos Olhos do Guadiana. Ao rei pertenciam todas as lagoas, exceto duas, que eram propriedade da ordem de São João de Jerusalém. A conversão da geografia em fábula provavelmente é ideia de Cervantes.

sai e mostra-se onde o sol e a gente o vejam. Vão-no fornecendo das suas águas as referidas lagoas, e com essas e outras muitas entra pomposo e grande em Portugal. Mas, por onde vai, revela a sua tristeza e melancolia e não se orgulha de criar nas suas águas peixes de regalo e de estimação, mas sim grosseiros e dessaborosos, muito diferentes dos peixes do áureo Tejo; isto que vos disse agora, meu primo, muitas vezes vo-lo tenho dito e, como me não respondeis, imagino que me não acreditais nem ouvis; e Deus sabe o que me pesa. Umas novas vos quero dar agora, que, ainda que não sirvam de alívio à vossa dor, pelo menos não a aumentarão de modo algum. Sabei que tendes aqui, na vossa presença (abri os olhos e vê-lo-eis), aquele grande cavaleiro, de quem tantas coisas profetizou o sábio Merlim, aquele Dom Quixote de la Mancha, que de novo, e com maiores vantagens que nos passados séculos, ressuscitou a já olvidada cavalaria andante, por cujo meio e favor poderia ser que nós outros fôssemos desencantados; que as grandes façanhas para os grandes homens estão guardadas'. 'E quando assim não seja' respondeu o triste Durandarte, com voz desmaiada e baixa, 'quando assim não seja, paciência, e toca a baralhar as cartas.' E, voltando-se para o outro lado, tornou ao seu habitual silêncio. Ouviram-se nisso grandes alaridos e prantos, acompanhados de profundos suspiros e angustiados soluços. Voltei a cabeça e, pelas paredes de cristal, vi que passava por outra sala uma procissão de duas fileiras de formosíssimas donzelas, todas vestidas de luto, com turbantes brancos ao modo turco. No coice[9] da procissão vinha uma senhora, grave e vestida de preto, com touca branca tão estendida e larga que beijava o chão. O seu turbante era o dobro do maior de qualquer outra; tinha os sobrolhos muito unidos, o nariz um tanto esborrachado, a boca grande e os lábios corados; os dentes, que de vez em quando mostrava, eram ralos e mal postos, ainda que alvos como amêndoas sem casca; trazia nas mãos um lenço finíssimo, e dentro dele um coração tão seco que parecia mumificado. Disse-me Montesinos que toda aquela gente eram servidores de Durandarte e de Belerma, que estavam encantados com os seus amos, e que a última, que trazia o coração no lenço e nas mãos, era a Senhora Belerma, que fazia quatro dias por semana aquela procissão com as suas damas, cantando ou, para melhor dizer, chorando endechas sobre o corpo e

---

[9] Retaguarda, último lugar.

sobre o coração de seu primo; e que, se me parecera feia, ou pelo menos não tão formosa como dizia a fama, eram causa disso as más noites e piores dias que passava naquele encantamento, como podia ver nas suas grandes olheiras e na sua palidez. 'E não vem esse estado do mal mensal, habitual nas fêmeas, que é coisa que ela não tem desde que aqui está, mas da dor que o seu coração sente, que lhe renova e lhe traz à memória a cada momento o outro coração que tem nas mãos e que lhe é inspirada pela desgraça do seu malogrado amante; que, se não fosse isso, apenas a igualaria em formosura, donaire e brio a grande Dulcineia del Toboso, tão celebrada em estes contornos e até em todo o mundo.' 'Alto lá, Senhor Dom Montesinos', disse eu então, 'conte Vossa Mercê a história como deve, que bem sabe que tudo quanto são comparações é odioso; a sem-par Dulcineia é quem é, e a Senhora Belerma é quem é e quem foi, e fiquemos por aqui.' 'Senhor Dom Quixote', respondeu ele, 'perdoe Vossa Mercê, que eu confesso que andei mal em comparar a Senhora Belerma com a Senhora Dulcineia, porque soube que esta era a sua dama, e isso me devia bastar para eu morder a língua e não compará-la senão com o próprio céu.' Com essa satisfação que me deu o grande Montesinos, aquietou-se o meu coração do sobressalto que tive, quando ouvi comparar a minha Senhora Dulcineia com Belerma."

— E ainda me espanto — redarguiu Sancho — de Vossa Mercê não trepar no velhote, não lhe moer os ossos a pontapés e não lhe arrepelar as barbas, sem lhe deixar um cabelo.

— Não, Sancho — respondeu Dom Quixote —, não me ficava bem fazer isso, porque todos somos obrigados a respeitar os anciãos, ainda que não sejam cavaleiros, e muito mais os que o são e estão encantados; mas olha que não ficamos a dever nada um ao outro nas perguntas e respostas que houve entre nós.

— O que eu não sei, Senhor Dom Quixote — observou o primo do licenciado —, foi como Vossa Mercê em tão curto espaço de tempo viu tanta coisa e falou e respondeu tanto.

— Quanto tempo estive eu lá embaixo? — perguntou Dom Quixote.

— Cerca duma hora — respondeu Sancho.

— Isso não pode ser — redarguiu Dom Quixote —, porque lá me anoiteceu e amanheceu três vezes de forma que pelas minhas contas estive três dias naquelas partes remotas e escondidas à vista humana.

— Deve ser verdade o que meu amo diz — acudiu Sancho —, porque como tudo lhe sucedeu por obra de encantamento, talvez nos parecesse uma hora o que lá deve parecer três dias com três noites.

— E Vossa Mercê não comeu em todo esse tempo, meu senhor? — perguntou o primo do licenciado.

— Não meti na boca nem uma hóstia de pão e não tive nem sombra de fome.

— E os encantados comem? — tornou o primo.

— Não comem nem descomem — disse Dom Quixote —, ainda que muita gente é de opinião que lhes crescem as unhas, as barbas e os cabelos.

— E dormem? — perguntou Sancho.

— Não, por certo — disse Dom Quixote —; pelo menos nesses três dias em que estive com eles, nenhum pregou olho, nem eu tampouco.

— Aqui é que vem de molde o rifão de dize-me com quem andas, dir-te-ei as manhas que tens. Anda Vossa Mercê com encantados que jejuam e velam, já se vê que não dorme nem come; mas, perdoe-me Vossa Mercê, leve-me São Pedro, ia a dizer o Diabo, se acredito numa só palavra de tudo quanto Vossa Mercê disse.

— Como não acredita! — acudiu o primo. — Pois o Senhor Dom Quixote havia de mentir, quando, ainda que o quisesse, não teve tempo nem ocasião para compor e imaginar tanto milhão de patranhas!

— Eu não suponho que meu amo minta.

— Então o que é que supões? — perguntou Dom Quixote.

— Suponho — respondeu Sancho — que aquele Merlim ou aqueles nigromantes que Vossa Mercê viu lá embaixo lhe encasquetaram na cachimônia ou na memória toda essa manivérsia[10] que nos contou e tudo o que lhe fica por contar.

— Podia muito bem ser, Sancho — replicou Dom Quixote —, mas não foi, porque o que contei vi-o com os meus olhos e toquei-o com as minhas mãos. Mas que dirás tu em eu te referindo que, entre outras mil coisas e maravilhas que Montesinos me mostrou (que devagar e a seu tempo irei te contando no decurso da nossa viagem), me apresentou três lavradeiras, que por aqueles ameníssimos campos brincavam e pulavam como cabras, e, apenas as vi, conheci logo que uma delas era a incomparável Dulcineia, e que as outras duas eram as lavradeiras que vinham com ela e a quem falamos à saída de El Toboso? Perguntei a Montesinos se as conhecia; respondeu-me que não, mas que supunha

---

[10] Ação ou comportamento vil, ardiloso; patifaria, velhacaria.

que seriam algumas damas principais encantadas, que havia poucos dias que tinham aparecido naqueles prados; e que não me espantasse disso, porque ali estavam muitas outras damas das eras passadas e presentes, encantadas em diferentes e estranhas figuras, entre as quais conhecia ele a Rainha Ginevra e a sua Dona Quintanhona, que deitara vinho a Lançarote, na sua volta da Bretanha.

Quando Sancho Pança ouviu seu amo dizer isso, pensou em morrer de riso, porque, sabendo a verdade do fingido encantamento de Dulcineia, a quem ele levantara esse falso testemunho, acabou de conhecer indubitavelmente que seu amo estava doido varrido, e disse:

— Em má conjuntura e em aziago dia desceu Vossa Mercê, meu caro patrão, ao outro mundo, e em má ocasião se encontrou com o Senhor Montesinos, que tal nos voltou. Muito bem estava Vossa Mercê cá em cima, com todo o seu juízo, como Deus lho dera, dizendo sentenças e dando conselhos a cada passo, e não agora contando os maiores disparates que se podem imaginar.

— Como te conheço, Sancho — respondeu Dom Quixote —, não faço caso das tuas palavras.

— Nem eu das de Vossa Mercê — replicou Sancho —, ainda que me fira ou me mate pelas que lhe digo e pelas que lhe tenciono dizer, se nas suas não se corrigir e emendar. Mas diga-me Vossa Mercê, agora que estamos em paz, como é que reconheceu a nossa senhora ama? E se lhe falou, que lhe disse, e que lhe respondeu?

— Conheci-a — tornou Dom Quixote — por vestir o mesmo fato que trazia quando tu ma mostraste. Falei-lhe, mas não me respondeu palavra; antes, pelo contrário, voltou-me as costas e foi fugindo com tanta pressa que não a alcançaria nem uma seta. Quis segui-la, e tê-lo--ia feito, se Montesinos não me aconselhasse que não me cansasse com semelhante corrida, que seria baldada, e tanto mais que se aproximava a hora em que me cumpria sair da caverna. Disse-me também que, pelo tempo adiante, eu seria avisado do modo como os poderia desencantar a ele, a Belerma, a Durandarte e a todos os outros que ali estavam; mas o que mais me penalizou de tudo o que vi e notei foi que, estando Montesinos a dizer-me tudo isso, chegou-se a mim, sem eu dar pela sua aproximação, uma das duas companheiras da desventurada Dulcineia, e com os olhos rasos de água e com voz turbada e baixa, disse-me:

"Dulcineia del Toboso, minha ama, beija as mãos a Vossa Mercê e pede-lhe que lhe mande dizer como está, e por ter de acudir a uma grande urgência, suplica a Vossa Mercê, o mais encarecidamente que pode, que lhe empreste sobre esta saia de algodão nova, que aqui trago, meia dúzia de reais, ou os que Vossa Mercê trouxer, que lhe dá a sua palavra de lhos restituir em breve.' Pasmei com esse recado e, voltando-me para Montesinos, perguntei-lhe: 'É possível, Senhor Montesinos, que encantados tão principais padeçam necessidades?'. 'Creia-me Vossa Mercê, Senhor Dom Quixote de la Mancha', respondeu-me ele, 'que isso a que chamam necessidade em toda parte se usa, a tudo se estende e tudo alcança, e nem aos encantados perdoa; e, se a Senhora Dulcineia del Toboso lhe manda pedir esses seis reais, e o penhor é bom, ao que parece, não há remédio senão lhos dar, que ela está sem dúvida nalgum grande aperto.' 'Penhor não lho tomo eu', respondi, 'mas também não lhe dou o que me pede, porque só tenho comigo quatro reais.' E dei-lhos, que foram os que tu me passaste para a mão, Sancho, para eu dar de esmola aos pobres com que topasse pelos caminhos; e acrescentei: 'Dizei, amiga minha, a vossa ama, que muito me pesa dos seus trabalhos; que desejaria ser um Fúcar[11] para remediá-los, e que lhe faço saber que não tenho nem devo ter saúde, carecendo da sua agradável presença e discreta conversação, e lhe suplico, o mais encarecidamente que posso, que Sua Mercê deixe-se ver e tratar por este seu cativo servidor e desvairado cavaleiro. Dir-lhe-eis também que, quando menos pensar, ouvirá dizer que fiz um juramento e um voto, como o que fez o Marquês de Mântua de vingar seu sobrinho Valdovino, quando deu com ele a expirar no meio da serra, que consistiu em não comer pão em toalha, e outras trapalhadas, enquanto não o vingasse; e eu também jurarei não ter sossego e andar as sete partidas do mundo, como o Infante Dom Pedro de Portugal, enquanto não desencantá-la'.[12] 'Tudo isso, e muito mais, deve Vossa Mercê a minha ama', respondeu a donzela. E, pegando os meus quatro reais, em vez de me fazer uma mesura, deu uma cabriola que a ergueu duas varas no ar."

— Ó Senhor Deus! — exclamou Sancho, com um grande brado. — É possível que haja no mundo, e que tanta força tenham, nigromantes

---

[11] Fúcar é castelhanização de Fugger, sobrenome de uma célebre família de banqueiros, que havia se convertido em sinônimo de riqueza.

[12] Alusão ao infante Dom Pedro de Portugal, pai do Condestável, a quem Santilhana dirigiu seu *Proêmio*, e rei intruso da Catalunha. As sete partidas do mundo parece uma clara contaminação das famosas *Partidas* (leis compiladas por Dom Afonso, o Sábio, que as dividiu em sete partes).

e encantamentos que assim trocaram o bom juízo de meu amo em tão disparatada loucura? Ó senhor, senhor, em nome de Deus, olhe Vossa Mercê para si, cuide da sua honra e não dê crédito a essas asneiras que lhe dão volta ao miolo!

— Como me queres bem, Sancho — tornou Dom Quixote —, falas dessa maneira e, como não és experimentado nas coisas do mundo, tudo o que é um pouco difícil te parece impossível; mas o tempo correrá, como disse ainda agora, e eu te contarei outras coisas que lá embaixo vi, e que te farão acreditar nas que te refiro, cuja verdade não admite nem réplica nem disputa.[13]

---

[13] Nas *Sergas de Esplandião* conta-se um sonho que tem alguns pontos de semelhança com o de Dom Quixote. Diz-se ali que, indo à caça o autor das *Sergas*, caiu em um poço fundo, onde lhe apareceu a sábia Urganda, que o conduziu pela cova até um formoso palácio, onde através de uma parede de cristal se verificavam muitas riquezas. Ali estavam encantados Amadis e Oriana, Esplandião e Leonorina, Carmela, a donzela de Esplandião, e outros muitos, que com o tempo haviam de ser desencantados.

# Capítulo XXIV

## ONDE SE CONTAM MIL BAGATELAS TÃO IMPERTINENTES COMO NECESSÁRIAS AO VERDADEIRO ENTENDIMENTO DESTA GRANDE HISTÓRIA

DIZ O TRADUTOR desta grande história que, chegando ao capítulo da aventura da cova de Montesinos, viu que estavam escritas à margem, pelo próprio punho de Cide Hamete Benengeli, as seguintes razões:

"Não posso me persuadir de que Dom Quixote passasse exatamente tudo o que se refere no anterior capítulo, porque todas as aventuras sucedidas até agora têm sido verossímeis, mas à desta cova não lhe acho caminho para considerá-la verdadeira, por ir tão fora dos termos razoáveis. Pensar eu que Dom Quixote mentisse, sendo o mais verídico fidalgo e o mais nobre cavaleiro do seu tempo, não é possível; que Dom Quixote não diria uma mentira nem que o asseteassem. Por outra parte, considero que ele a contou e a disse com todas as circunstâncias mencionadas, e que não pôde fabricar em tão breve espaço tão grande máquina de disparates; e, se essa aventura parece apócrifa, não tenho culpa; e assim, sem afirmar que seja falsa ou verdadeira, a escrevo. Tu, leitor, como és prudente, julga o que te parecer, que eu não devo, nem posso mais, ainda que se tem por certo que à hora da morte Dom Quixote se retratou nesse ponto e confessou que o inventara, por lhe parecer que quadrava bem com as aventuras que lera nas histórias de cavalaria."

E logo prossegue, dizendo:

Espantou-se o primo tanto do atrevimento de Sancho Pança como da paciência do amo, e julgou que da alegria que lhe dera o ver a Senhora

Dulcineia, ainda que encantada, lhe nascia aquela brandura de condição que então mostrava; porque, se assim não fosse, palavras e razões lhe disse Sancho que mereciam uma boa sova, porque realmente lhe pareceu que andava atrevidito com seu amo, e disse:

— Eu, Senhor Dom Quixote, dou por muitíssimo bem empregada a jornada que fiz com Vossa Mercê, porque nela granjeei quatro coisas. Primeira, haver conhecido Vossa Mercê, o que tenho por grande felicidade. Segunda, ter sabido o que se encerra nessa cova de Montesinos, com as transformações do Guadiana e das lagoas de Ruidera, que me servirão para o Ovídio espanhol, que trago entre mãos. Terceira, conhecer a antiguidade das cartas de jogar, que pelo menos já se usavam no tempo do Imperador Carlos Magno, como se pode coligir das palavras que Vossa Mercê conta, que disse Durandarte, quando, depois da grande fala que lhe fez Montesinos, ele despertou, dizendo: "Paciência, e baralhemos as cartas". E esse modo de falar, decerto que não o aprendeu depois de encantado, mas sim em França e no tempo do Imperador Carlos Magno. Essa averiguação vem mesmo ao pintar para outro livro que estou compondo, e que é *Suplemento de Virgílio Polidoro na invenção das antiguidades*; e creio que Polidoro não se lembrou de pôr a invenção das cartas, como eu a porei agora, o que será de muita importância, principalmente alegando eu autor tão verdadeiro e grave, como é o Senhor Durandarte. A quarta é ter sabido com certeza onde fica a nascente do rio Guadiana, até agora ignorada das gentes.

— Tem Vossa Mercê razão — disse Dom Quixote —; mas eu desejaria saber, se lhe derem licença de imprimir esses livros, do que duvido, a quem tenciona dedicá-los.

— Há muitos e grandes fidalgos em Espanha a quem se podem dedicar — tornou o primo.

— Não há muitos — respondeu Dom Quixote —; não porque não mereçam dedicatórias, mas porque não as querem aceitar, para não se obrigarem à satisfação que parece dever-se ao trabalho e cortesia dos seus autores. Um príncipe conheço eu que pode suprir a falta dos outros com tantas vantagens que, se eu ousasse dizê-las, talvez despertasse a inveja em mais de quatro peitos generosos;[1] mas fique isso para outra ocasião mais cômoda, e vamos procurar sítio onde nos recolhamos esta noite.

---

[1] Há aqui uma referência elogiosa ao Conde de Lemos, protetor de Cervantes, e talvez uma crítica velada ao Duque de Béjar, a quem foi dedicada a primeira parte do *Quixote*.

— Não longe daqui — respondeu o guia — está uma ermida onde reside um anacoreta, que dizem que foi soldado e tem fama de ser bom cristão, discreto e caritativo. Junto da ermida tem uma pequena casa, que mandou fazer à sua custa, mas que, apesar de pequena, ainda chega para receber hóspedes.

— Terá galinhas o tal ermitão? — perguntou Sancho.

— Poucos ermitões as deixam de ter — acudiu Dom Quixote —, porque os de agora já não são como os dos desertos do Egito, que se vestiam de folhas de palmeira e comiam raízes da terra. E não se imagine que por louvar uns não louvo os outros, mas quero dizer que ao rigor e estreiteza dos antigos não chegam as forças dos modernos; mas por isso não deixam de ser todos bons, e eu, pelo menos, como tais os considero; e, ainda que tudo corra turvo, menos mal faz o hipócrita do que o público pecador.

Estando nessa conversação, viram vir um homem a pé, caminhando apressado e dando verdascadas num macho carregado de lanças e de alabardas. Quando chegou perto deles, cumprimentou-os e passou de largo. Dom Quixote disse-lhe:

— Detende-vos, honrado homem, que parece que ides com mais diligência do que esse macho comporta.

— Não posso me demorar, senhor — respondeu o homem —, porque as armas que aqui levo, como vedes, hão de servir amanhã, e assim é forçoso que me não demore, e adeus. Mas, se quiserdes saber para que as levo, eu tenciono esta noite ir dormir à estalagem que fica acima da ermida; e, se seguis o mesmo caminho, ali me encontrareis, e eu vos contarei maravilhas.

E por tal forma verdascou o macho que Dom Quixote não pôde perguntar-lhe que maravilhas eram essas que tencionava contar-lhes; e, como era curioso e o perseguiam sempre desejos de saber coisas novas, determinou ir passar a noite na estalagem, sem parar na ermida onde o primo do licenciado queria que ficassem. Assim se fez, montaram a cavalo e seguiram todos os três direitos à estalagem, onde chegaram pouco antes de anoitecer. Dissera o primo do licenciado a Dom Quixote que entrassem na ermida para beber uma pinga. Apenas Sancho Pança ouviu isto, logo para lá dirigiu o ruço e o mesmo fizeram Dom Quixote e o guia; mas a má sorte de Sancho ordenou que o ermitão não estivesse em casa, que assim lho disse uma sota-ermitão[2] que encontraram. Pediram-lhe do caro.[3] Respondeu-lhes que era coisa que lá não havia, mas que, se queriam água de graça, lha daria de muito boa vontade.

— Se eu tivesse vontade de beber água — respondeu Sancho —, há no caminho muitos poços, onde a teria satisfeito! Ah! Bodas de Camacho! Farturas da casa de Dom Diogo! Quantas vezes hei de ter saudades vossas!

Nisto, saíram da ermida e seguiram para a estalagem, e daí a pedaços toparam um rapazito, que ia caminhando adiante deles, mas sem grande pressa, e por isso logo o apanharam. Levava a espada ao ombro, e suspensa da espada uma trouxa, que provavelmente havia de ser do fato, também que deviam ser as calças ou calções e adornos e alguma camisa, porque vestia uma roupeta de veludo com alguns vislumbres de cetim e a camisa de fora; mas as meias eram de seda e os sapatos quadrados à moda da corte. Seria moço de dezoito a dezenove anos, ágil, de fisionomia alegre, e cantava seguidilhas para entreter o caminho. Quando se aproximaram, ia ele cantando uma que dizia assim:

> À guerra me levam as necessidades;
> tivesse eu dinheiro, não fora, em verdade.[4]

O primeiro que lhe falou foi Dom Quixote, dizendo-lhe:

— Muito à ligeira caminha Vossa Mercê, senhor galã. E para onde vai? Saibamo-lo, se não tem dúvida em dizê-lo.

A isso respondeu o moço:

— O caminhar vestido tanto à ligeira motivam-no o calor e a pobreza, e para onde vou é para a guerra.

— A pobreza como? — perguntou Dom Quixote. — Lá o calor entendo eu.

— Senhor — tornou o mancebo —, levo nesta trouxa uns calções de veludo companheiros desta roupeta; se os gasto, não posso me honrar

---

[2] Criada da ermida.

[3] Vinho de qualidade; eram "vinhos caros" os de San Martín, Ciudad Real, Membrilla, Alaejos e Medina do Campo; "ordinários", os de outras procedências. Seu despacho era restrito.

[4] A seguidilha, junto com a copla, era o veículo mais empregado pela lírica popular hispânica, particularmente na variedade que entrou na moda em torno de 1600. De mesma estrutura rítmica que a copla, se diferencia dela porque os versos pares são mais curtos que os ímpares. No Século de Ouro, era própria das canções de gente de baixa condição.

com eles na cidade, e não tenho dinheiro para comprar outros; e tanto por isso como para me arejar vou desta maneira, até alcançar umas companhias de infantaria, que estão a umas doze léguas daqui; nessas companhias assentarei praça, e não faltarão mulas de bagagens que me levem ao sítio do embarque, que dizem que há de ser em Cartagena; antes quero servir na guerra el-rei, e tê-lo por amo e senhor, do que a qualquer figurão da corte.

— E Vossa Mercê, porventura, leva algum posto? — perguntou o primo.

— Se eu tivesse servido um grande de Espanha, ou qualquer personagem principal, decerto que o levaria — respondeu o moço —, que isso se lucra em servir os grandes; passa-se do tinelo[5] a ser-se alferes ou capitão, ou a ter uma boa pensão; mas eu, desventurado, servi sempre a uns pelintras de rendimentos tão minguados que se lhes ia metade em pagar o engomado dum cabeção, e seria milagre que um pajem aventureiro alcançasse alguma coisa que razoável fosse.

— Mas diga-me lá, amigo — tornou Dom Quixote —, é possível que nenhum dos amos que serviu lhe desse ao menos uma libré?

— Houve dois que ma deram — respondeu o pajem —, mas assim como àquele que sai duma ordem religiosa antes de professar lhe tiram o hábito e lhe restituem o fato secular, assim me faziam os meus amos, que, acabados os negócios que os traziam à corte, voltavam para suas casas e levavam as librés, que só por ostentação tinham me dado.

— Insigne vileza! — redarguiu Dom Quixote. — Mas felicite-se por ter saído da corte com tão boa intenção como essa que leva, porque não há outra coisa na terra de mais honra e mais proveito do que servir a Deus primeiro, e logo em seguida ao seu rei e senhor natural, especialmente no exercício das armas, pelas quais se alcança, se não mais riquezas, pelo menos mais honra do que pelas letras, como eu tenho dito muitas vezes; que, ainda que as letras têm fundado mais morgados do que as armas, há nestas, contudo, mais esplendor, que lhes dá vantagens. E isto que quero dizer agora, leve-o na memória que lhe será de muito proveito e alívio nos seus trabalhos, e é que aparte a imaginação dos sucessos adversos que puderem acontecer, que o pior de todos é a morte. Perguntaram a Júlio César (o valoroso imperador

---

[5] Sala ou casa onde os criados comem em mesa comum.

romano) qual era a melhor morte. Respondeu que era a impensada, a súbita e imprevista; e, ainda que respondeu como gentio e bem alheio ao conhecimento do verdadeiro Deus, com tudo isso não disse mal, para se poupar ao sentimento humano.[6] Ainda que vos matem na primeira facção ou refrega, ou com um tiro de peça, ou indo pelos ares com a explosão duma mina, que importa? Tudo é morrer; e, segundo diz Terêncio, melhor parece o soldado morto na batalha do que vivo e salvo na fuga: e tanto maior fama alcança o bom soldado quanto maior é a sua obediência aos capitães e aos que podem mandá-lo; e, reparai, filho, que fica melhor ao soldado cheirar a pólvora que a âmbar; e se a velhice vos colher nesse honroso exercício, ainda que seja cheio de feridas, estropiado e coxo, pela menos não vos poderá colher sem honra, e tal que a pobreza vo-la não poderá menoscabar; tanto mais que já se vai tratando de alimentar e remediar os soldados velhos e estropiados, porque não é bem que se faça com eles o que fazem os que resgatam os seus negros quando já são velhos e não podem servir, e, pondo-os fora de casa com o título de forros, os fazem escravos da fome, escravidão de que só podem resgatar-se com a morte; por agora nada mais vos digo, senão que monteis na anca do meu cavalo até à estalagem e ali ceareis comigo; pela manhã seguireis vosso caminho, e Deus vo-lo dê tão bom como os vossos bons desejos merecem.

O pajem não aceitou o convite para montar a cavalo, mas aceitou o da ceia; e Sancho, entretanto, dizia de si para si: "Valha-te Deus, que pode; como é que um homem que sabe tais, tantas e tão boas coisas como as que acaba de proferir afirma também que viu os impossíveis disparates que conta da cova de Montesinos? Ele o dirá".

Nisso, chegaram à estalagem, quando já ia a anoitecer, e Sancho ficou mui satisfeito por ver que seu amo a tomou por verdadeira estalagem e não por castelo, como costumava.[7] Apenas entraram, logo Dom Quixote perguntou ao estalajadeiro pelo homem das lanças e das alabardas, e o estalajadeiro disse-lhe que estava na cavalariça a acomodar o macho; o mesmo fizeram Sancho e o guia aos seus jumentos, dando a Rocinante o melhor lugar da estrebaria.

---

[6] Aparece em Suetônio, *Vida de César*, LXXXVII.

[7] É a primeira vez que Dom Quixote não toma uma estalagem por um castelo; seu pacífico comportamento, além disso, pode ser interpretado como resultado da experiência da cova, ou como resposta ao sempre veemente Dom Quixote de Avellaneda. De fato, neste segundo volume, o protagonista quase nunca se deixa enganar pela aparência das coisas.

## Capítulo XXV
### ONDE SE APONTA A AVENTURA DO ZURRO, E A GRACIOSA DO HOMEM DOS TÍTERES, COM AS MEMORÁVEIS ADIVINHAÇÕES DO MACACO

NÃO DESCANSOU DOM QUIXOTE enquanto não pôde ouvir e saber as maravilhas prometidas pelo almocreve das armas. Foi-o buscar ao sítio onde o estalajadeiro lhe dissera que ele estava; encontrou-o e instou-o para que lhe dissesse logo o que havia de lhe dizer depois, acerca do que lhe perguntara no caminho.

O homem respondeu-lhe:

— Mais devagar, e sem ser de pé hei de contar as minhas maravilhas; deixe-me Vossa Mercê, meu bom senhor, acabar de tratar do macho, que eu lhe direi coisas que o espantem.

— Lá nisso não esteja a dúvida — respondeu Dom Quixote —, que eu vos ajudarei em tudo.

E assim o fez, começando logo a tratar da ração do animal e da limpeza da manjedoura, humildade que obrigou o homem a contar-lhe com muito boa vontade o que ele lhe pedia; e sentando-se num poial, e Dom Quixote junto dele, tendo por senado e auditório o primo, o pajem, Sancho Pança e o estalajadeiro, principiou a dizer desta maneira:

— Saberão Vossas Mercês que num lugar que fica a quatro léguas e meia desta estalagem sucedeu que a um regedor, por indústria e engano duma rapariga sua criada (e isto são contos largos), lhe faltou um burro; e, apesar de o tal regedor fazer as possíveis diligências para encontrá-lo, não conseguiu. Teriam passado quinze dias, segundo é pública voz e fama, quando uma vez, estando ele na praça, outro regedor do mesmo povo lhe disse: "Dai-me alvíssaras, compadre, que o vosso jumento apareceu". "Eu vo-las mandarei, e boas, compadre", respondeu o primeiro, "mas saibamos onde é que ele está." "No monte eu o vi esta manhã", tornou o outro, "sem albarda nem aparelho de espécie alguma, e tão magro que era uma compaixão; quis ver se o apanhava e se vo-lo trazia; mas está já tão bravio e montês que, apenas me cheguei a ele, fugiu a sete pés e sumiu-se; se quereis que vamos ambos procurá-lo, deixai-me pôr esta burrica lá em casa, que eu já volto." "Grande favor me fareis", tornou o dono do burro, "e eu procurarei pagar-vo-lo na mesma moeda." Com essas circunstâncias todas, e do modo que eu vou contando, o referem os que estão inteirados da verdade deste caso. Enfim, os dois regedores foram a pé até o monte e, chegando ao sítio onde supuseram encontrar o jumento, não o acharam, nem apareceu em todos aqueles contornos, por mais que o procurassem. Vendo, pois, que não aparecia, disse o regedor que o encontrara para o outro: "Olhai, compadre, lembrei-me agora duma traça, com a qual sem dúvida alguma poderemos descobrir o maldito animal, ainda que esteja metido nas entranhas da terra; e é que eu sei zurrar admiravelmente, e se vós também sabeis alguma coisa, está tudo concluído". "Alguma coisa, dizeis vós, compadre?", tornou o dono do burro; "por Deus, que nisso ninguém se me avantaja, nem os próprios jumentos." "Agora o veremos", redarguiu o segundo regedor; "ide vós por um lado e eu por outro, de modo que rodeemos todo o monte, e de espaço a espaço zurrareis vós e zurrarei eu, e, se o jumento por cá estiver, decerto nos ouve e nos responde." "Digo, compadre, que a graça é excelente e digna do vosso grande engenho." Separaram-se os dois, conforme o combinado, e sucedeu que zurraram quase ao mesmo tempo, e enganado cada um pelo zurro do outro, correram julgando que aparecera o jumento, e, ao encontrarem-se, disse o dono: "É possível, compadre, que não fosse o meu burro que orneou?". "Fui eu", respondeu o outro. "Agora digo", tornou o dono, "que em zurrar sois um asno perfeito, porque nunca ouvi na minha vida coisa mais própria." "Esses louvores e encarecimentos", respondeu o inventor da traça, "melhor vos cabem a vós do que a mim, compadre; que, pelo Deus que me criou, podeis dar dois zurros de partido ao maior e mais perito zurrador deste mundo; porque o som que tendes é alto, o sustenido da voz a tempo e compasso, os zurros muito encadeados, e, enfim, dou-me por vencido, entrego-vos a palma e a bandeira desta rara habilidade." "Agora digo", respondeu o dono, "que me terei em maior conta daqui por diante, e entenderei que valho mais alguma coisa, porque, ainda que sempre supus que zurrava bem, nunca pensei que chegasse ao extremo que alegais." "Também direi agora", acudiu o outro, "que há habilidades raras perdidas no mundo, e que são mal-empregadas nos que não sabem aproveitá-las." "As nossas", respondeu o dono, "a não ser no caso que temos entre as mãos, para nada podem nos servir, e, ainda neste, praza a Deus que nos aproveitem." Dito isso, tornaram a separar-se e a zurrar outra vez, e a cada instante se enganavam e corriam um para o outro, até que combinaram que, para entender que eram eles e não o burro, zurrassem duas vezes, uma atrás da outra. Com isso, dobrando a cada passo os zurros, rodearam todo o monte, sem que o perdido jumento respondesse nem por sombras. Mas como havia de responder o pobre e malogrado animal, se o encontraram no sítio recôndito do monte, comido por lobos? E, ao vê-lo, disse o dono: "Eu já me espantava de que ele não respondesse, pois, a não estar morto, ou zurraria se nos ouvisse, ou não seria burro: mas, a troco de vos ter ouvido zurrar com tanta graça, compadre, dou por bem-empregado o trabalho que tive em procurá-lo, apesar de tê-lo encontrado morto". "O mesmo digo eu, compadre", respondeu o outro; "se bem canta o abade, não lhe fica atrás o noviço." Com tudo isso, voltaram desconsolados e roucos para a sua aldeia, onde contaram aos seus amigos, vizinhos e conhecidos, tudo o que lhes acontecera na busca do jumento, exagerando cada um a graça do outro no zurrar: soube-se o caso, espalhou-se pelos lugares circunvizinhos, e o Diabo, que não dorme, como é amigo de semear bulhas e discórdias por toda parte, e faz castelos de vento a grandes e quimeras de nada, fez com que a gente das outras povoações, vendo algum da nossa aldeia, zurrasse, como para lhes lançar no rosto o zurro dos nossos regedores. Deram com o caso os rapazes, que foi o mesmo que cair nas mãos e nas bocas dos demônios do inferno, e tanto foi rendendo o zurro que os da minha aldeia são conhecidos e diferençados como os negros dos brancos, e a tanto chegou a desgraça dessa zombaria que muitas vezes, com a mão armada e esquadrão formado, saíram os caçoados contra os caçoantes, a darem batalha, sem podê-lo remediar nem rei, nem roque, nem temor, nem vergonha. Creio que amanhã ou depois hão de sair em campanha os da minha aldeia, contra outro lugar que fica a duas léguas do nosso, que é um dos que mais nos perseguem; e, para sairmos bem apercebidos, fui comprar as lanças e alabardas que vistes. E são estas as maravilhas que disse que havia de vos contar e, se tais não vos pareceram, outras não sei.

Com isso dava fim à sua prática o narrador, quando entrou pela porta da estalagem um homem todo vestido de camurça, meias, calções e gibão, e disse em voz alta:

— Senhor hospedeiro, há pousada? Vem aqui o macaco adivinho e o retábulo[1] da liberdade de Melisendra.

— Corpo de tal — acudiu o estalajadeiro —, aqui temos o Senhor Mestre Pedro: alegre noite se nos prepara!

Esquecia-me de dizer que o tal Mestre Pedro trazia tapado o olho esquerdo e quase meio carão, com um parche[2] de tafetá verde, sinal de que todo aquele lado devia estar enfermo; e o estalajadeiro prosseguiu, dizendo:

— Seja bem-vindo, Senhor Mestre Pedro; mas onde estão o macaco e o retábulo, que não os vejo?

— Aí vêm já — respondeu o todo camurça; — eu é que me adiantei a saber se há pousada.

— Ao próprio Duque de Alba a tiraria para vo-la dar, Senhor Mestre Pedro — respondeu o estalajadeiro —; venham o macaco e o retábulo, que esta noite há gente na estalagem, que pagará para vê-los e ouvi-los.

— Seja em muito boa hora — respondeu o do parche —, que eu estipulei preços moderados e contentar-me-ei com que me paguem o custo da pousada; vou apressar a vinda da carreta que traz o macaco e o retábulo.

E logo saiu da estalagem. Perguntou Dom Quixote ao estalajadeiro que Mestre Pedro era aquele, e que retábulo e que macaco trazia.

— É um famoso mostrador de títeres — respondeu o estalajadeiro —, que há muitos dias que anda por esta Mancha do Aragão,[3] mostrando um retábulo da liberdade de Melisendra, dada pelo famoso Dom Gaifeiros, que é uma das melhores e mais bem representadas histórias que há muitos anos a esta parte se tem visto neste reino; traz também consigo um macaco, da mais rara habilidade que se viu em macacos ou se imaginou em homens; porque, se lhe perguntam alguma coisa, com

---

[1] O retábulo era "uma caixa que continha figurinhas de madeira movidas por cordões"; mas os havia também de luvas ou de mãos. Melisendra é um personagem do romanceiro, cujo resgate da prisão de Almanzor por seu marido Dom Gaifeiros é reelaborado grotesca e ironicamente por mestre Pedro.

[2] Pequeno pano embebido em algum tipo de líquido que se aplica sobre uma parte do corpo para aliviar dor e/ou inflamação; emplastro.

[3] Terras de La Mancha que correspondem, aproximadamente, à parte da atual província de Cuenca e norte da de Albacete.

muita atenção e logo em seguida salta para os ombros de seu amo, e chegando-se-lhe ao ouvido lhe diz a resposta do que lhe perguntam, e Mestre Pedro declara-a imediatamente; e das coisas passadas diz muito mais que das futuras, e, ainda que nem sempre em todas acerta, na maior parte das vezes não erra, de modo que nos faz crer que tem o Diabo no corpo. Leva Mestre Pedro dois reais a cada pergunta se o macaco responde, quer dizer, se depois de ter falado ao ouvido do amo, este responde por ele, e assim imagina-se que o tal Mestre Pedro está riquíssimo, e é homem galante (como dizem na Itália), bom companheiro[4] e passa vida regalada; fala mais do que seis e bebe mais do que doze, tudo à custa da sua língua, do seu macaco e do seu retábulo.

Nisso voltou Mestre Pedro, trazendo numa carreta o retábulo e o macaco, grande e sem rabo, com as pousadeiras de feltro, mas de focinho alegre; e, apenas Dom Quixote o viu, perguntou-lhe:

— Diga-me Vossa Mercê, senhor: *qué peje pillamo?*[5] E que há de ser de nós outros? Aqui estão já os meus dois reais.

E mandou que Sancho os desse a Mestre Pedro, que respondeu pelo macaco:

— Senhor, este animal não dá notícia das coisas futuras; sabe um pouco das passadas e um tanto das presentes.

— Voto a Rus![6] — disse Sancho. — Se eu desse um ceitil para me dizerem o que se passou comigo, porque lá isso quem pode saber melhor do que eu próprio? E pagar para que me digam o que sei seria uma grande asneira; mas, se sabe as coisas presentes, aqui estão dois reais: diga-me o senhor macacão o que está fazendo agora minha mulher Teresa Pança, e em que é que se entretém?

Não quis Mestre Pedro receber o dinheiro, dizendo:

— Não costumo receber adiantados os prêmios sem os terem precedido os serviços.

E, dando com a mão direita duas pancadas no ombro esquerdo, num trinque pôs o macaco sobre ele e, chegando-lhe a boca ao ouvido, sussurrava alguma coisa; e, tendo feito esse ademã pelo espaço de um credo, noutro trinque o fez saltar para o chão, e logo com grandíssima

---

[4] Na Itália, *galantuomo* e *buon compagno*.
[5] "Haverá algo de proveito?"; frase proverbial italiana que literalmente vale por "que peixe pescamos?".
[6] Eufemismo, evitando o nome de Deus no juramento.

pressa foi Mestre Pedro pôr-se de joelhos diante de Dom Quixote e, abraçando-lhe as pernas, disse:

— Abraço estas pernas como se abraçasse as duas colunas de Hércules,[7] ó ressuscitador insigne da já olvidada cavalaria andante! Ó nunca assaz louvado cavaleiro Dom Quixote de la Mancha, ânimo dos desmaiados, arrimo dos que vão a cair, braço dos caídos, báculo e consolação de todos os desditosos!

Ficou pasmado Dom Quixote, absorto Sancho, suspenso o primo, atônito o pajem, aparvalhado o do zurro, confuso o estalajadeiro e finalmente espantados todos os que ouviram as razões do homem dos títeres, que prosseguiu, dizendo:

— E tu, ó bom Sancho Pança, o melhor dos escudeiros do melhor dos cavaleiros do mundo, alegra-te, que a tua mulher Teresa vai de saúde e a estas horas está ela fiando na sua roca, e por sinal tem à esquerda um canjirão,[8] cheio de boa pinga, com que se entretém no seu trabalho.

— Nisso acredito eu — respondeu Sancho —, porque ela é uma bem-aventurada e, se não fosse ciumenta, não a trocaria pela própria giganta Andadona,[9] que, segundo diz meu amo, foi mulher de prol; e a minha Teresa é daquelas que não se deixam passar mal, ainda que seja à custa dos seus herdeiros.

— Agora digo eu — interrompeu Dom Quixote — que quem lê muito e viaja muito, muito vê e muito sabe. Digo isto porque ninguém seria capaz de persuadir-me que houvesse macacos no mundo que adivinham como agora vi com os meus olhos; porque sou, efetivamente, o Dom Quixote de la Mancha, que esse bom animal disse, ainda que exagerou um pouco os meus louvores; mas, seja eu quem for, dou graças ao céu, que me dotou de um ânimo brando e compassivo, inclinado sempre a fazer bem a todos e mal a ninguém.

— Se eu tivesse dinheiro — disse o pajem —, perguntaria ao senhor macaco o que me há de suceder nesta peregrinação que eu levo.

A isso respondeu Mestre Pedro, que acabara de se levantar:

— Já disse que este animalejo a respeito do futuro não responde coisa alguma, que, se respondesse, não importaria que não tivesse dinheiro,

---

[7] Gibraltar e Ceuta, promontórios formados por Hércules quando abriu o mar Mediterrâneo; fazem parte do brasão de Carlos I.

[8] Vaso grande e com a boca larga.

[9] "Brava e esquiva" que aparece no *Amadis de Gaula*, III.

pois, por serviço do Senhor Dom Quixote, que se acha presente, deixaria eu todos os interesses do mundo; e agora, porque lho devo e para lhe ser agradável, vou armar o meu retábulo e divertir todos os que estão na estalagem, sem receber a mínima paga.

Ouvindo isso, o estalajadeiro, sobremaneira alegre, indicou o sítio onde se podia pôr o retábulo, que num momento se armou. Dom Quixote não estava muito satisfeito com as adivinhações do macaco, por lhe parecer que não era muito corrente que um macaco adivinhasse nem coisas futuras nem passadas; e assim, enquanto Mestre Pedro acomodava o retábulo, retirou-se Dom Quixote com Sancho para um canto da cavalariça, onde lhe disse em voz baixa:

— Olha, Sancho, que eu refleti bem na extrema habilidade desse macaco e entendo que sem dúvida Mestre Pedro deve ter feito pacto expresso ou tácito com o Demônio.

— Se o pátio é espesso, e do Demônio ainda por cima — respondeu Sancho —, há de sem dúvida ser muito sujo; mas que proveito tira Mestre Pedro de ter esses pátios?

— Não me entendes, Sancho; quero dizer que ele tem por força algum contrato com o Demônio, para que infunda no macaco essa habilidade que lhe dê de comer, e depois de estar rico lhe dará a sua alma, que é o que pretende esse universal inimigo; e faz-me crer isso mesmo não responder o macaco senão a respeito de coisas passadas e presentes, porque a sabedoria do Diabo também se não estende a mais, que as do porvir não as sabe senão por conjetura, e nem sempre, que só a Deus está reservado o conhecer os tempos e os momentos, e para ele não há passado, nem futuro, que tudo é presente; e, sendo assim, como é, está claro que esse macaco fala com o estilo do Diabo, e admira-me como não o acusaram ainda ao Santo Ofício, como não o examinaram e não o obrigaram a dizer por virtude de quem adivinha; porque é certo que não é astrólogo esse macaco e que nem ele nem o seu dono levantam, nem sabem levantar essas figuras a que chamam judiciárias, tão usadas agora na Espanha, que não há mulherzinha, nem pajem, nem remendão que não tenha presunções de levantar uma figura, como quem levanta do chão uma sota de qualquer naipe, deitando a perder com as suas mentiras e a sua ignorância a verdade maravilhosa da ciência. Duma senhora sei eu que perguntou a um desses figureiros se uma cadelinha sua pariria, e quantos, e de que cor seriam os cachorrinhos. E o tal senhor judiciário, depois de ter levantado a figura, respondeu que a cadelita havia de parir três cachorrinhos: um verde, outro vermelho, outro malhado, contanto que fosse coberta entre as onze e meia-noite, numa segunda-feira ou num sábado; e daí a dois dias a cadela morreu, mas nem por isso o tal figurão deixou de passar por acertadíssimo judiciário, como passam todos ou os mais levantadores.[10]

— Apesar de tudo, eu quereria — disse Sancho — que Vossa Mercê dissesse a Mestre Pedro que perguntasse ao seu macaco se é verdade o que Vossa Mercê passou na cova de Montesinos; que eu tenho para mim, com perdão de Vossa Mercê, que tudo foi patranha, ou sonho, pelo menos.

— Pode ser — respondeu Dom Quixote —; mas sempre farei o que me aconselhas, apesar de ter nisto um certo escrúpulo.

Estavam nisso, quando chegou Mestre Pedro à procura de Dom Quixote, para lhe dizer que já estava em ordem o retábulo, e Sua Mercê que o viesse ver, porque o merecia. Dom Quixote comunicou-lhe o seu pensamento e rogou-lhe que perguntasse logo ao macaco se certas coisas que se tinham passado na cova de Montesinos tinham sido sonhadas ou verdadeiras, porque lhe parecia a ele que tinham de tudo. Mestre Pedro, sem responder palavra, foi buscar o macaco e, pondo-se diante de Dom Quixote, disse:

— Olhai, senhor macaco, que este cavaleiro quer saber se certas coisas que se passaram com ele numa cova chamada de Montesinos foram falsas ou verdadeiras.

E, fazendo-lhe o sinal costumado, o macaco trepou-lhe para o ombro esquerdo, pareceu que lhe falava ao ouvido, e Mestre Pedro disse logo:

— Diz o macaco que parte das coisas que Vossa Mercê viu ou passou na dita cova são falsas e outras verossímeis; e que mais nada sabe a esse respeito, e que, se Vossa Mercê quiser saber mais, na próxima sexta-feira responderá a tudo o que lhe perguntar, como dito tem.

— Não lhe dizia eu — acudiu Sancho — que não se podia me meter na cabeça que tudo o que Vossa Mercê disse da cova fosse verdadeiro, nem metade sequer?

— Os sucessos o dirão, Sancho — respondeu Dom Quixote —; que o tempo, descobridor de todas as coisas, não deixa nenhuma que não tire à luz do sol, ainda que esteja escondida nas entranhas da terra;

---

[10] Os que faziam o horóscopo.

e por agora basta, e vamos ver o retábulo do bom Mestre Pedro, que imagino que deve ter alguma novidade.

— Alguma? — respondeu Mestre Pedro. — Sessenta mil encerra este meu retábulo: digo a Vossa Mercê, Senhor Dom Quixote, que é uma das coisas mais dignas de se verem que há hoje no mundo: *operibus credite et non verbis*,[11] e mãos à obra, que se faz tarde; temos muito que fazer, que dizer e que mostrar.

Obedeceram-lhe Dom Quixote e Sancho e foram aonde estava o retábulo posto e descoberto, cheio por todos os lados de velinhas de cera, acesas, que o faziam vistoso e resplandecente. Mestre Pedro, que era quem havia de mexer as figuras, meteu-se para dentro, e ficou de fora um rapaz seu criado, para servir de intérprete e revelador dos mistérios do retábulo; tinha uma varinha na mão, com que apontava para as figuras que iam saindo. Reunidas, pois, todas as pessoas que estavam na estalagem, alguns de pé, defronte do retábulo, e sentados Dom Quixote, Sancho, o pajem e o primo nos melhores lugares, o trugimão[12] começou a dizer o que ouvirá ou verá quem ouvir ou ler o capítulo seguinte.

---

[11] Evangelho de São João X, 38: "Ainda quando não creiam em mim, creiam nas obras".
[12] Indivíduo que veicula qualquer tipo de informação (mexericos, por exemplo).

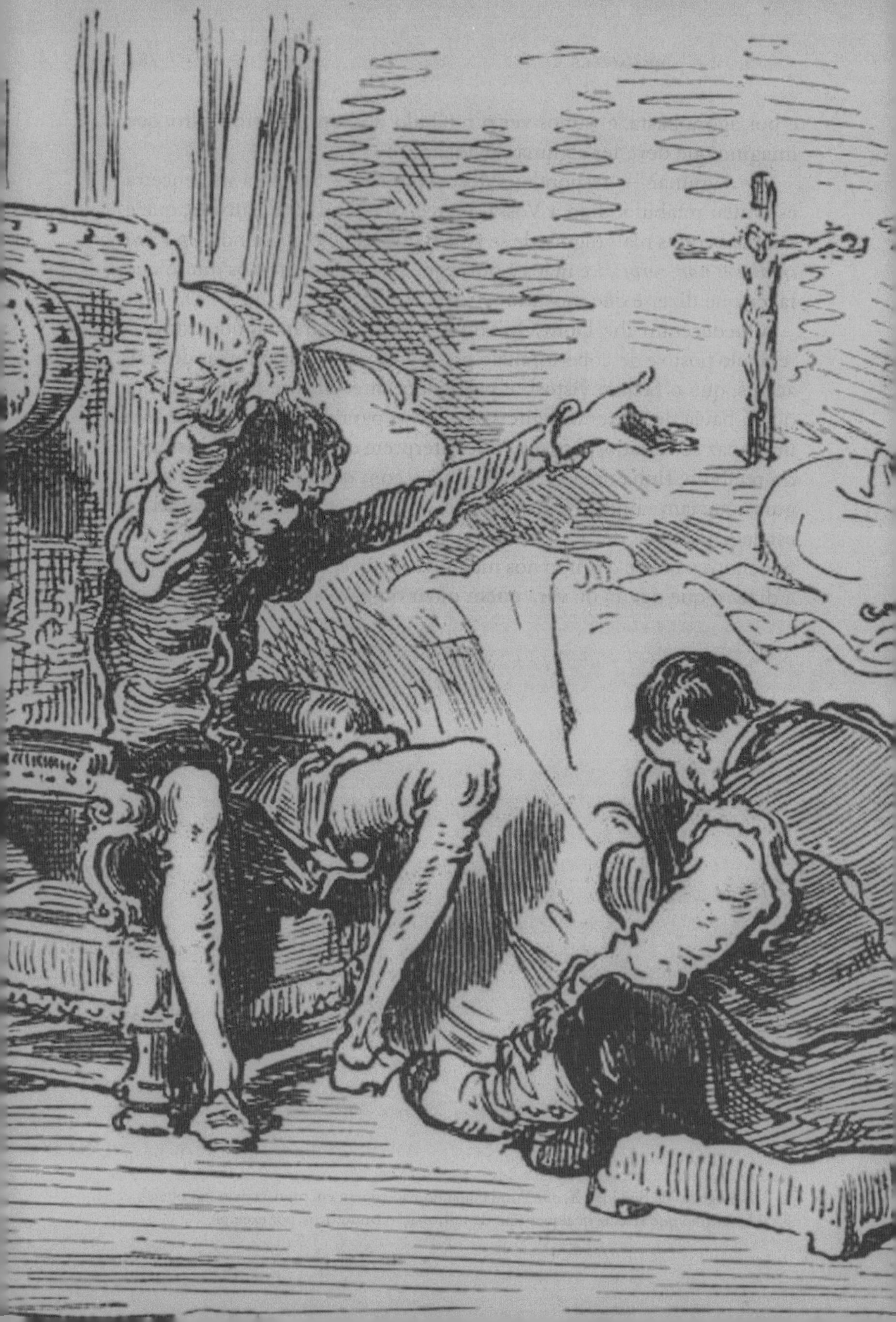

## Capítulo XXVI
### ONDE CONTINUA A GRACIOSA AVENTURA DO HOMEM DOS TÍTERES, COM OUTRAS COISAS NA VERDADE BONÍSSIMAS

CALARAM-SE TODOS, tírios e troianos:[1] quero dizer, estavam suspensos, todos os que contemplavam o retábulo, da boca do narrador das suas maravilhas, quando se ouviu tocar lá dentro uma grande quantidade de atabales[2] e trombetas, e disparar-se muita artilharia, cujo rumor passou em tempo breve, e logo o rapaz levantou a voz e disse:

— Esta verdadeira história, que aqui a Vossas Mercês se representa, é tirada ao pé da letra das crônicas francesas e dos romances espanhóis, que andam na boca das gentes e até na dos rapazes por essas ruas. Trata da liberdade que deu o Senhor Dom Gaifeiros a sua esposa Melisendra, que estava cativa em Espanha, em poder dos mouros na cidade de Sansuenha, que hoje se chama Saragoça:[3] e vejam Vossas Mercês Dom Gaifeiros jogando as távolas,[4] segundo o que se canta:

> Jogando está Dom Gaifeiros,
> de Melisendra esquecido.

---

[1] Cartagineses e troianos. É o começo do livro segundo da *Eneida*, na tradução de Gregorio Hernández de Velasco (Amberes, 1557), no momento em que Eneias vai contar a Elisa Dido a guerra e destruição de Troia.

[2] Tambor de caixa metálica semiesférica que se percute com baquetas, muito usado na cavalaria.

[3] A identificação de Sansuenha (originariamente, *Sansoigne*, ou seja, "Saxônia") com Saragoça era comum na época.

[4] Primeiros versos de um poema anônimo que recria a matéria do início do romance; as távolas eram um "jogo de tabuleiro, fichas e dados".

E aquele personagem, que ali assoma, com a sua coroa na cabeça e cetro nas mãos, é o Imperador Carlos Magno, pai putativo[5] da tal Melisendra, que, amofinado por ver o ócio e o descuido do seu genro, sai a ralhar com ele; e reparem no afinco e veemência com que o repreende, que não parece senão que quer lhe dar com o cetro meia dúzia de carolos,[6] e até há autores que dizem que lhos deu, e muito bem dados; e, depois de lhe ter dito muitas coisas acerca do perigo que corria a sua honra com o não procurar a liberdade de sua esposa, afirmam que acrescentou:

Olhai que assaz eu vos disse.[7]

Vejam Vossas Mercês também como o imperador volta as costas e deixa despeitado Dom Gaifeiros, que, já veem, arroja impaciente de cólera, para longe de si, o tavoleiro e as távolas, e reclama a toda a pressa as armas, e, a Dom Roldão, seu primo, pede emprestada a sua espada Durindana,[8] e como Dom Roldão não quer emprestá-la, oferecendo-lhe a sua companhia na difícil empresa em que se mete, o valoroso arrojado não a aceita, antes diz que só ele basta para salvar sua esposa, ainda que estivesse metida no mais profundo centro da terra; e com isso entra a armar-se, para se pôr logo a caminho. Voltem Vossas Mercês os olhos para aquela torre que ali se vê, que se pressupõe ser uma das torres do alcáçar de Saragoça, a que chamam agora a Aljaferia,[9] e a dama, que nessa sacada aparece vestida à mourisca, é a sem-par Melisendra, que dali muitas vezes contemplava o caminho de França, e, posta a imaginação em Paris e no seu esposo, consolava-se no seu cativeiro. Reparem também num caso novo que sucede agora, jamais acontecido. Não veem aquele mouro, que às caladas e pé ante pé, com dedo nos lábios, chega por trás de Melisendra? Vejam como lhe dá um beijo na boca, e ela principia a cuspir e a limpar-se com a branca manga da camisa; e lamenta-se e arranca, de pesar, os seus formosos cabelos, como se eles

---

[5] Falsamente atribuído a alguém ou algo; suposto.

[6] Pancada na cabeça com pau, vara ou com os nós dos dedos.

[7] Primeiro verso de um famoso romance sobre Gaifeiros e Melisendra, obra talvez de Miguel Sánchez, contemporâneo de Cervantes.

[8] Durendal ou Durandarte, nome da espada de Roldão no *Orlando furioso*.

[9] Palácio árabe, convertido em residência dos reis de Aragão quando estavam em Saragoça; hoje é sede do Parlamento de Aragão.

tivessem culpa do malefício. Vejam também aquele mouro grave, que passeia nos corredores, que é o Rei Marsílio de Sansuenha, o qual, por ter visto a insolência do mouro, apesar de ser parente seu e grande seu privado, mandou logo que o prendessem e lhe dessem duzentos açoites, depois de o terem passeado à vergonha pelas ruas da cidade:

> Com pregoeiros adiante
> e aguazis atrás;

e aqui saem a executar a sentença, quase logo depois de praticada a culpa, porque entre os mouros não há traslados à parte nem prova e fique,[10] como entre nós.

— Menino, menino — disse em voz alta Dom Quixote —, segui com a vossa história em linha reta, e não vos metais por transversais e curvas, que para se tirar uma verdade a limpo são necessárias muitas confrontações e agravos.

— Rapaz — acudiu lá de dentro Mestre Pedro —, não te metas em floreados, mas faze o que esse senhor te manda, que é o mais acertado; segue com o cantochão e deixa-te de contrapontos, que muitas vezes, à força de finos, quebram.

— Assim farei — respondeu o rapaz. E prosseguiu, dizendo: — Essa figura, que aqui aparece a cavalo, coberta com uma capa gascã, é a de Dom Gaifeiros, que sua esposa esperava, e, já vingada do atrevimento do mouro enamorado, com melhor e mais sossegado semblante foi para o mirante da torre, e dali fala com seu marido, supondo que é algum viandante, com quem teve todos aqueles colóquios e arrazoados do romance que diz:

> Se à França ides, cavaleiro,
> por Gaifeiros perguntai.

Não digo os versos agora, porque da prolixidade costuma gerar-se o fastio; basta ver como Dom Gaifeiros se descobre, e pelos ademanes alegres de Melisendra, mostra-se que o conheceu, agora principalmente que vemos que salta da sacada para montar na anca do cavalo de seu

---

[10] Traslados à parte: comunicação a uma das partes de um pleito dos alegados da outra; prova e fique: conclusão provisional do juiz dando prazo para que se tragam novas provas. Trata-se de fórmulas jurídicas.

bom esposo. Mas ai! Sem ventura! Prendeu-se-lhe a saia do vestido a uma das grades da sacada, e ei-la suspensa no ar. Vede, porém, como o piedoso céu vale sempre aos aflitos, pois chega Dom Gaifeiros, e sem lhe importar que a saia riquíssima se rasgue, puxa Melisendra, escarrancha-a como um homem nas ancas do cavalo, monta ele também e diz-lhe que o enlace com força nos braços para não cair, e porque a Senhora Melisendra não estava acostumada a semelhantes cavalarias. Vede também como os relinchos do cavalo dão sinal de que vai contente com a valente e formosa carga do seu senhor e da sua senhora. Vede como saem da cidade, e alegres e satisfeitos tomam o caminho de Paris. Ide tranquilos, ó par sem-par de verdadeiros amantes; chegai a salvamento à vossa desejada pátria, sem que a fortuna ponha estorvo à vossa feliz viagem; vejam-vos os olhos dos vossos amigos e parentes gozar em paz os dias de vida que vos restam, e que esses dias sejam tantos como os de Nestor.[11]

Aqui levantou outra vez Mestre Pedro a voz, para dizer:

— Simplicidade, rapaz; tudo quanto é afetado é mau.

O intérprete, sem responder, prosseguiu, dizendo:

— Não faltaram olhos ociosos, que tudo costumam ver e que deram pela descida de Melisendra, participando o caso ao Rei Marsílio, que mandou logo tocar a rebate; e vejam com que pressa ressoam por toda a cidade os sinos de todas as torres das mesquitas.

— Isso não — acudiu Dom Quixote —, lá nos sinos anda com muita impropriedade Mestre Pedro, porque entre mouros não se usam: usam-se atabales e um gênero de doçainas[12] que parecem as nossas charamelas; e o tocarem sinos em Sansuenha é sem dúvida um grande disparate.

Ouvindo isso, Mestre Pedro deixou de tocar e disse:

— Não repare Vossa Mercê em ninharias, Senhor Dom Quixote, nem queira levar as coisas tanto à risca. Não se representam todos os dias por aí mil comédias cheias de impropriedades e de disparates, e com tudo isso percorrem felicissimamente a sua carreira e são escutadas não só com aplausos, mas com admiração? Anda para diante, rapaz, e deixa dizer que, em eu enchendo o saco, pouco importa que represente mais impropriedades do que átomos tem o sol.

---

[11] Herói grego da Guerra de Troia, protótipo da prudência e da longevidade.

[12] Instrumento de palheta pertencente à família dos oboés, que teve grande importância na sociedade europeia entre os séculos XIV e XVII.

— Isso é verdade — tornou Dom Quixote.

— Vejam — continuou o rapaz — quanta e quão luzida cavalaria sai em seguimento dos dois católicos amantes; quantas trombetas soam, quantas doçainas tocam e quantos atabales e tambores retumbam; receio bem que os alcancem, e que os tragam atados à cauda do seu próprio cavalo, o que seria um horrendo espetáculo.

Vendo e ouvindo tanta mourisma e tanto estrondo, Dom Quixote entendeu que era bem dar auxílio aos que fugiam e, pondo-se em pé, disse:

— Não consentirei eu que nos meus dias, e diante de mim, se faça violência a tão famoso cavaleiro e a tão atrevido enamorado como foi Dom Gaifeiros; detende-vos, torpe canalha, não o sigais nem o persigais, senão comigo vos havereis.

E, dizendo e fazendo, desembainhou a espada, num momento se aproximou do retábulo e, com acelerada e nunca vista fúria, começou a descarregar cutiladas sobre a mourisma titereira, derrubando uns, descabeçando outros, estropiando este, destroçando aquele e, entre muitas outras, atirou um altibaixo, que, se Mestre Pedro não se encolhe e acachapa, cerceava-lhe a cabeça com mais facilidade do que se fosse de maçapão.[13]

Gritava Mestre Pedro, dizendo:

— Detenha-se Vossa Mercê, Senhor Dom Quixote, e advirta que esses que derruba, destroça e mata não são verdadeiros mouros mas uns bonequinhos de massa. Olha, infeliz de mim, que me destrói e deita a perder todas as minhas posses.

Mas nem por isso Dom Quixote deixava de amiudar as cutiladas, talhos e reveses, que pareciam uma saraivada. Finalmente, em menos de dois credos, deu com todo o retábulo no chão, com todas as figuras e pertences escavados, o Rei Marsílio malferido e o Imperador Carlos Magno com a coroa partida e a cabeça rachada de meio a meio. Alvorotou-se o senado dos ouvintes, fugiu para os telhados da estalagem o macaco; assustou-se o guia, acovardou-se o pajem e o próprio Sancho Pança teve grandíssimo pavor, porque, como jurou depois de passada a borrasca, nunca vira seu amo com tão desatinada cólera. Acabado o destroço geral do retábulo de Mestre Pedro, sossegou um pouco Dom Quixote e disse:

---

[13] Massa pastosa de amêndoas, ovos e açúcar; marzipã.

— O que eu queria era ter agora na minha presença todos os que supõem que não servem de nada no mundo os cavaleiros andantes: vejam, se eu aqui não estivesse presente, o que seria do bom Dom Gaifeiros e da formosa Melisendra; com certeza que a estas horas já os teriam apanhado esses cães e lhes teriam feito algum desaguisado. Portanto, viva a cavalaria andante sobre todas as coisas que hoje vivem na terra!

— Viva, muito embora — acudiu com voz plangente Mestre Pedro —, e morra eu, pois sou tão desditoso que posso dizer como El-Rei Rodrigo:

> Ontem fui senhor da Espanha...
> não tenho hoje pobre ameia
> que possa dizer que é minha![14]

Ainda não há meia hora, nem meio instante, que eu me via senhor de reis e de imperadores, com as minhas cavalariças e os meus cofres e sacos cheios de infinitos cavalos e de inumeráveis galas, e agora me vejo desolado e abatido, pobre e mendigo, e sobretudo sem o meu macaco, que, antes por minha fé, que ele torne ao meu poder hão de me suar os dentes, e tudo pela desconsiderada fúria desse senhor cavaleiro, de quem se diz que ampara pupilos e desfaz agravos e pratica outras obras caritativas, e só comigo lhe falhou a sua intenção generosa, benditos e adorados sejam os altos céus! Enfim, tinha de ser o Cavaleiro da Triste Figura que me havia de desfigurar as minhas.

Enterneceu-se Sancho Pança com as razões de Mestre Pedro e disse-lhe:

— Não chores, Mestre Pedro, nem te lamentes, que me despedaças o coração, e meu amo Dom Quixote é por tal forma católico e escrupuloso cristão que, se reparar que te fez algum agravo, to saberá e quererá pagar com grandes vantagens.

— Se o Senhor Dom Quixote me pagasse uma parte das coisas que me desfez, eu já ficaria satisfeito e Sua Mercê sossegaria a sua consciência, porque se não pode salvar quem mete em si o alheio contra a vontade do seu dono e não lho restitui.

— Assim é — acudiu Dom Quixote —, mas até agora não me consta que eu metesse em mim nada que vosso seja, Mestre Pedro.

---

[14] Versos de um dos romances sobre o rei Dom Rodrigo e a perda da Espanha.

— Ora essa! — exclamou o titereiro. — E essas relíquias que estão espalhadas por esse duro e estéril solo, quem as espargiu e aniquilou senão a força invencível desse poderoso braço? E de quem eram os seus corpos, senão meus? E quem é que me dava de comer, se não eram eles?

— Agora acabo de crer — disse Dom Quixote — que esses malditos nigromantes que me perseguem não fazem senão me pôr diante dos olhos as figuras como são elas, e logo as trocam e mudam nas que eles querem. Real e verdadeiramente vos digo, senhores que me ouvis, que me pareceu que tudo o que aqui se passou sucedia na verdade; que Melisendra era Melisendra; Dom Gaifeiros, Dom Gaifeiros; Marsílio, Marsílio; e Carlos Magno, Carlos Magno: por isso acendeu-se-me a cólera e, para cumprir o meu dever de cavaleiro andante, quis ajudar a favorecer os que fugiam e com esse bom propósito fiz o que vistes. Se me saiu tudo às avessas, a culpa não é minha, mas sim dos maus que me perseguem, e contudo, por este meu erro, ainda que não procedesse da malícia, quero eu mesmo condenar-me nas custas: veja, Mestre Pedro, o que quer pelas figuras escavacadas, que me ofereço a pagar-lho imediatamente em boa e corrente moeda castelhana.

Inclinou-se Mestre Pedro, dizendo-lhe:

— Não esperava eu menos da inaudita cristandade do valoroso Dom Quixote de la Mancha, verdadeiro amparo de todos os necessitados e vagabundos, e aqui o senhor estalajadeiro e o grande Sancho serão medianeiros entre mim e Vossa Mercê, e apreciadores do que valem as escangalhadas figuras.

O estalajadeiro e Sancho acederam, e logo Mestre Pedro levantou do chão o descabeçado Marsílio, rei da Saragoça.

— Vê-se bem que é impossível fazer voltar este rei ao seu primeiro ser; e assim, parece-me, salvo melhor juízo, que se me deem por sua morte, fim e acabamento, quatro reais e meio.

— Adiante! — acudiu Dom Quixote.

— Pois por esta fenda de cima a baixo — prosseguiu Mestre Pedro, tomando nas mãos o despedaçado Imperador Carlos Magno — não seria muito pedir eu cinco reais e um quarto.

— Não é pouco — disse Sancho.

— Nem muito — observou o estalajadeiro —; parta-se a contenda ao meio, e dão-se-lhe cinco reais.

— Deem-se-lhe os cinco reais e um quarto — acudiu Dom Quixote —, que não está num quarto mais, ou num quarto menos, a conta dessa notável desgraça; e acabe depressa, Mestre Pedro, que já são horas de cear e eu tenho certos rebates de fome.

— Por esta figura, que está sem nariz e com um olho de menos — disse Mestre Pedro —, que é a da formosa Melisendra, quero dois reais e doze maravedis, e é o menos.

— Isso seria bom — acudiu Dom Quixote —, se Dona Melisendra não estivesse já com seu esposo, pelo menos na raia da França, porque o cavalo que a levava pareceu-me que antes voava que corria; e assim, não me queira impingir gato por lebre, apresentando-me aqui Melisendra desnarigada, quando a verdadeira está a estas horas muito regalada em França, com seu esposo, de perna estendida; Deus ajude a cada qual com o que é seu, Senhor Mestre Pedro; caminhemos todos com pé direito e boa intenção, e prossiga.

Mestre Pedro, que viu que Dom Quixote principiava a variar e tornava ao primeiro tema, não quis que ele lhe escapasse, e disse-lhe:

— Não será esta então Melisendra, mas alguma das donzelas que a serviam; e assim, com sessenta maravedis que por ela me deem, ficarei satisfeito e bem pago.

Dessa maneira foi pondo preço a outras muitas figuras destroçadas, preços moderados depois pelos dois árbitros, com satisfação das duas partes, e que chegaram a quarenta reais e três quartos; e além desta soma, que logo Sancho desembolsou, pediu Mestre Pedro dois reais pelo trabalho de apanhar o macaco.

— Dá-los, Sancho — disse Dom Quixote —, não para tomar o macaco, mas a macaca.[15] Duzentos daria eu agora em alvíssaras a quem me dissesse com certeza se a Senhora Dona Melisendra e o Senhor Dom Gaifeiros já estão em França, e entre os seus.

— Ninguém poderá dizer melhor que o meu macaco — tornou Mestre Pedro —; mas não haverá diabo que seja agora capaz de apanhá-lo, ainda que imagino que a fome e o afeto hão de obrigá-lo a vir ter comigo esta noite; e quando amanhecer nós veremos.

Enfim, acabou a borrasca do retábulo, e todos cearam em paz e boa companhia, à custa de Dom Quixote, que era liberal em extremo.

Antes de amanhecer, foi-se embora o que levava as lanças e as alabardas, e, já depois de manhã clara, vieram despedir-se de Dom Quixote

---

[15] Bebedeira.

o primo e o pajem — aquele para voltar para a sua terra, e este para seguir o seu caminho; e, para ajudá-lo, deu-lhe Dom Quixote uma dúzia de reais. Mestre Pedro não quis mais dares e tomares com Dom Quixote, que ele conhecia perfeitamente; e, assim, madrugou antes do sol e, juntando o macaco e as relíquias do seu retábulo, partiu também à cata de aventuras. O estalajadeiro, que não conhecia Dom Quixote, estava tão pasmado com as suas loucuras como com a sua liberalidade. Finalmente, Sancho pagou-lhe à larga, por ordem de seu amo, e, despedindo-se dele, saíram da estalagem quase às oito horas da manhã e puseram-se a caminho. Deixemo-los ir, que assim é necessário, para se contarem outras coisas pertencentes à explicação desta famosa história.

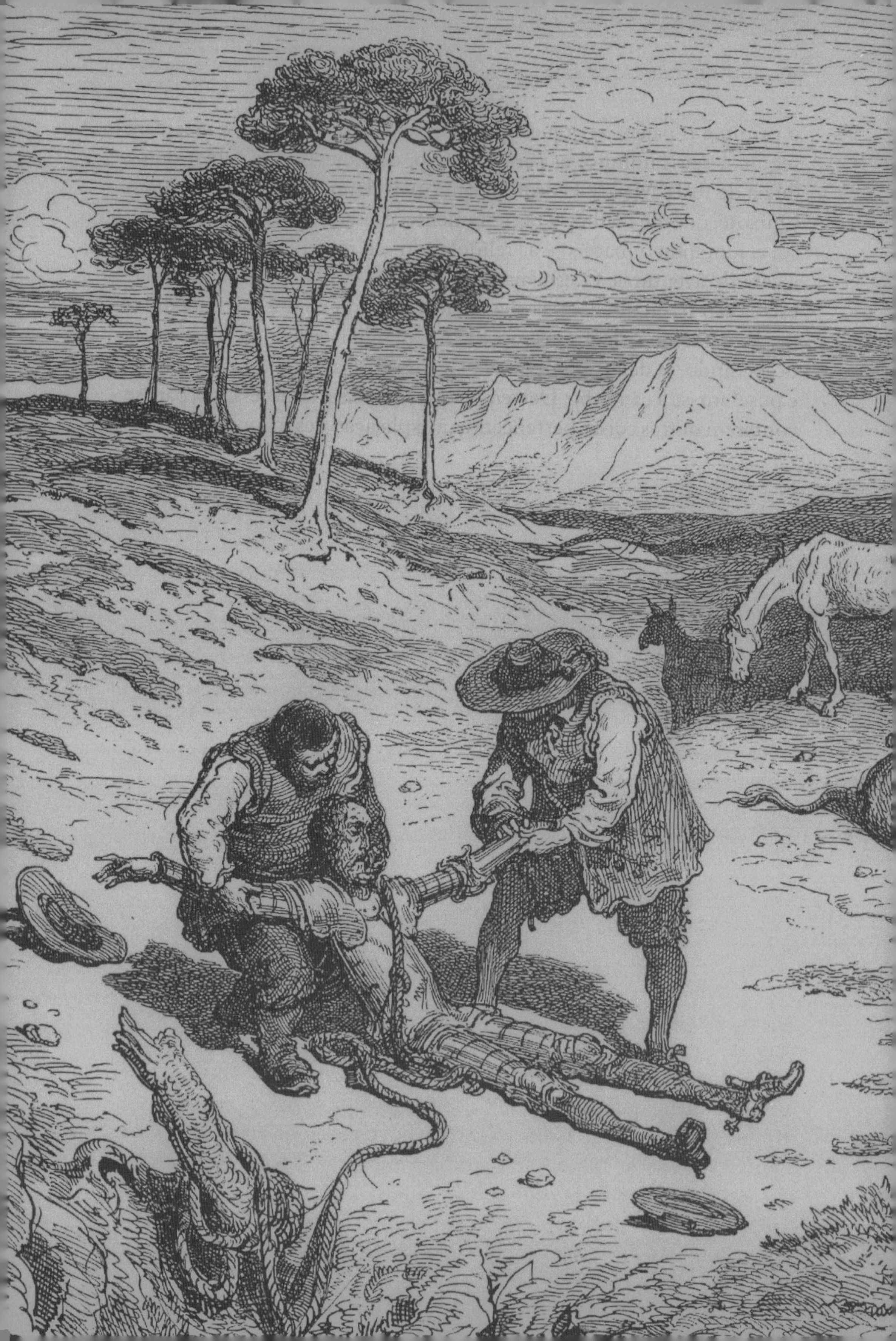

## Capítulo XXVII

### ONDE SE DÁ CONTA DE QUEM ERAM MESTRE PEDRO E O SEU MACACO, E TAMBÉM DO MAU RESULTADO QUE TIROU DOM QUIXOTE DA AVENTURA DO ZURRO, A QUE NÃO PÔS O TERMO QUE DESEJAVA E PENSAVA

ENTRA CIDE HAMETE, cronista desta grande história, neste capítulo com as seguintes palavras: "Juro, como cristão católico", segundo diz o seu tradutor, que jurar Cide Hamete como católico cristão, sendo ele mouro, não quer dizer outra coisa senão que, assim como o católico cristão, quando jura, diz ou deve dizer a verdade, assim ele a diria no que de Dom Quixote queria escrever, mormente em referir quem era Mestre Pedro e o macaco adivinho, que trazia pasmados todos aqueles povos; diz, pois, que bem se recordará quem tiver lido a primeira parte desta história, daquele Ginés de Pasamonte, a quem, junto com os outros galeotes, deu liberdade Dom Quixote na Serra Morena, benefício que depois lhe foi malagradecido e mal pago por aquela gente maligna e malacostumada. Esse Ginés de Pasamonte, a quem Dom Quixote chamava Ginesilho de Parapilha, foi quem furtou o ruço de Sancho Pança, que até por não ter se contado na primeira parte, por culpa dos impressores, nem como nem quando esse furto se fizera, deu que entender a muitos, que atribuíam à pouca memória do autor o erro da imprensa. Mas, em conclusão, Ginés furtou o burro, estando Sancho Pança montado, a dormir, usando do estratagema que usou Brunelo, quando, estando Sacripante montado em Albraca, lhe tirou o cavalo de entre as pernas; e Sancho depois recuperou o jumento, como já se contou. Esse Ginés, pois, com medo de ser apanhado pela Justiça, que o procurava para castigá-lo pelas suas infinitas malfeitorias, velhacarias e delitos, que foram tantos e tais que ele mesmo compôs um grande volume em que os narrava, resolveu passar para o reino de Aragão e tapar o olho esquerdo, empregando-se no ofício de titereiro,[1] que em habilidades de mãos[2] ninguém o excedia.

Sucedeu, pois, que de uns cristãos já libertos, que vinham da Berbéria, comprou aquele macaco, a quem ensinou a saltar-lhe para o ombro, em ele lhe fazendo certos sinais, e o murmurar-lhe ou o fingir que lhe murmurava ao ouvido. Feito isso, antes de entrar em qualquer sítio com o seu retábulo e o seu macaco, informava-se no lugar mais próximo, ou com quem podia, a respeito de quaisquer particularidades que houvessem acontecido no tal sítio, ou das pessoas que lá estivessem; e, levando essas informações bem de memória, a primeira coisa que fazia era mostrar o seu retábulo, em que representava diversas histórias, mas todas alegres, divertidas e conhecidas; acabado o espetáculo, propunha as habilidades do macaco, dizendo ao povo que adivinhava o passado e o presente, mas que do futuro nada sabia. Pela resposta a cada pergunta pedia dois reais, e às vezes levava mais barato, conforme tomava o pulso aos perguntadores; e quando chegava a casas onde morava gente a quem tinham sucedido coisas que ele sabia, ainda que nada lhe perguntassem, para não lhe pagarem, fazia sinal ao macaco, e logo bradava que ele lhe dissera tais e tais coisas, que vinham de molde com o acontecido. Assim alcançava crédito e andavam todos atrás dele: outras vezes, como era muito discreto, respondia de modo que as respostas se acomodassem às perguntas, e, como ninguém o apertava para ele dizer como era que o macaco adivinhava, a todos burlava, e ia enchendo as algibeiras. Logo que entrou na estalagem, reconheceu Dom Quixote e Sancho, e esse reconhecimento tornou-lhe fácil causar a ambos grande admiração, e a todos os que estavam na estalagem; mas esteve para lhe sair cara a brincadeira, se Dom Quixote abaixasse mais a mão e destruísse toda a sua cavalaria, como fica dito no antecedente capítulo.

É isso o que há a dizer de Mestre Pedro e do seu macaco. Voltando a Dom Quixote de la Mancha, referirei que, depois de ter saído da estalagem, resolvera ir ver primeiro as margens do rio Ebro e todos aqueles contornos antes de entrar na cidade de Saragoça, porque lhe dava tempo para tudo o muito que faltava ainda para começarem as justas. Com essa intenção, seguiu o seu caminho, em que andou dois

---

[1] Que ou aquele que titereia, que maneja títeres.
[2] Fazer jogos de prestidigitação, mas também roubar.

dias sem lhe acontecer coisa digna de se contar; até que ao terceiro dia, ao subir uma encosta, ouviu grande estrondo de tambores, trombetas e de arcabuzes. Primeiro pensou que passava por aquele sítio algum terço de soldados e, para vê-los, picou as esporas a Rocinante e subiu a encosta; e, quando chegou ao cimo, viu na falda do outeiro mais de duzentos homens armados com diversas armas, tais como lanças, partezanas,[3] bestas, alabardas, piques, alguns arcabuzes e muitas rodelas. Desceu o outeiro e acercou-se do esquadrão, até ver distintamente as bandeiras, as cores e as empresas, especialmente uma de cetim branco, em que se pintara ao vivo um pequeno sardesco,[4] de cabeça levantada, boca aberta, língua de fora, como se estivesse a zurrar; ao redor liam-se, escritos em letras grandes, estes dois versos:

> nem um nem o outro alcaide
> zurraram debalde.

Por essa insígnia entendeu Dom Quixote que aquela gente era o povo do zurro, e assim o disse a Sancho, declarando-lhe o que vinha escrito no estandarte. Disse-lhe também que o homem que lhes contara aquele caso enganara-se quando afirmara que tinham sido regedores os que zurraram, ao passo que os versos do estandarte mostravam que tinham sido alcaides.

— Senhor meu amo — respondeu Sancho Pança —, não há que reparar, que pode muito bem ser que os regedores que então zurraram viessem com o tempo a ser alcaides do seu povo, e assim podem-se designar por ambos os títulos; tanto mais que isso não faz nada ao caso nem altera a verdade da história serem os zurradores regedores ou alcaides, contanto que eles zurrassem; porque tão a pique está de zurrar um alcaide como um regedor.

Finalmente, conheceram e souberam que o povo chacoteado saía a pelejar com o outro que o chacoteava em demasia.

Chegou-se para eles Dom Quixote, com grande desgosto de Sancho, que nunca foi amigo de se achar metido nessas danças. Os do esquadrão abriram-lhe campo, julgando que era algum dos da sua parcialidade.

---

[3] Arma usada nos palácios dos reis, para sua guarda, também chamada alabarda. "Foi chamada assim porque a usaram os partas", diz Covarrubias.

[4] Asno pequeno, cuja raça procede da Sardenha.

Dom Quixote, alçando a viseira com gentil brio e porte, chegou ao pé do estandarte do burro, e ali o rodearam os mais principais do exército para o verem, cheios do costumado pasmo que sentiam todos os que o divisavam pela primeira vez. Dom Quixote, que os viu tão atentos a contemplarem-no sem que nenhum deles lhe falasse nem lhe perguntasse coisa alguma, quis aproveitar-se daquele silêncio e, levantando a voz, disse:

— Meus bons senhores, o mais encarecidamente que posso vos suplico que não interrompais o discurso que vos quero fazer, até verdes se vos desgosta e enfada; e, se isso acontecer, ao mais leve sinal porei um selo na boca e uma mordaça nos dentes.

Todos lhe afirmaram que podia dizer o que quisesse, que de bom grado o escutariam. Dom Quixote, com essa licença, prosseguiu, dizendo:

— Eu, meus senhores, sou cavaleiro andante, cujo exercício é o das armas e cuja profissão é a de favorecer os que de favor precisam e acudir aos que de socorro hão mister. Há dias que soube da vossa desgraça e da causa que vos move a pegar em armas, para vos vingardes dos vossos inimigos; e, tendo pensado maduramente no vosso negócio, entendo, segundo as leis do duelo, que andais erradamente supondo-vos afrontados, porque nenhum particular pode afrontar um povo inteiro, senão arrojando a todos juntos o epíteto de traidores, por não saber qual deles foi que cometeu a traição. Temos exemplo disso em Dom Diogo Ordóñez de Lara, que desafiou todo o povo de Zamora, porque ignorava que só Velido Dolfos fora o traidor que matara o seu rei, e por isso a todos reptou e a todos tocava a vingança e a resposta; e, ainda assim, não pode deixar de se dizer que o Senhor Dom Diogo andou com certa precipitação e passou muito adiante dos limites do repto, porque não tinha motivo para reptar os mortos, as águas e os pães e os que ainda não tinham nascido, nem as outras minudências que no desafio se declaram;[5] mas, enfim, passe! Porque, quando a cólera se apodera impetuosamente de um homem, não há quem lhe segure a língua nem há freio que a corrija. Sendo, pois, isto assim, que um homem só não pode afrontar nem reino, nem província, nem cidade, nem república, nem povo algum inteiro,

---

[5] Alusão à forma de desafio zamorano, segundo o romance conhecido: "Eu vos repto, zamoranos,/ Por traidores fementidos;/ Repto, aos pequenos e aos grandes/ E aos mortos e aos vivos,/ Repto às ervas do campo,/ Também aos peixes do rio,/ Repto-vos o pão, a carne,/ Também a água e o vinho".

é claro que não há motivo para sairdes a vingar-vos de semelhante afronta, que não o é, porque seria curioso que a cada passo se matassem os habitantes do povoado da Relógia,[6] que têm diversas alcunhas, e os que lhas puseram ou que por elas os chamem; seria estranho, decerto, que todos os povos insignes, que têm alcunhas, se chacoteassem e se vingassem e andassem continuamente de espada desembainhada em qualquer pendência, por pequena que fosse. Não, não, nem Deus tal permita nem queira; os varões prudentes, as repúblicas bem concertadas, por quatro coisas hão de pegar em armas e arriscar as suas pessoas, vidas e fazendas. Primeira, para defender a fé católica; segunda, para defender a vida, que é de lei natural e divina; terceira, em defesa da sua honra, da sua família e da sua fazenda; quarta, em serviço do seu rei em guerra justa; e, se lhe quisermos ainda acrescentar uma quinta causa, que se pode contar por segunda, para defender a sua pátria. A esses cinco motivos capitais podem se acrescentar alguns outros justos e razoáveis, que obriguem a tomar as armas; tomá-las, porém, por ninharias e por causas que são antes de riso e passatempo que de afronta não parece de gente razoável; tanto mais que o tirar vingança injusta (que justa não pode haver) vai diretamente contra a santa lei que professamos, em que se nos manda que façamos bem aos nossos inimigos e amemos a quem nos aborrece; mandamento que, ainda que pareça um tanto dificultoso de cumprir, não o é senão para aqueles que têm menos de Deus que do mundo, e mais de carne que de espírito, porque Jesus Cristo, Deus e homem verdadeiro, que nunca mentiu, nem pôde nem pode mentir, sendo nosso legislador, disse que o seu jugo era suave, e leve a sua carga;[7] e, assim, não podia nos ordenar coisas que fossem impossíveis de executar. Portanto, meus senhores, Vossas Mercês são obrigados, pelas leis divinas e humanas, a desistir da luta.

— Diabos me levem se esse meu amo não é tólogo, e, se não é, parece-o como um ovo com outro — resmungou Sancho.

Parou um pedaço para respirar Dom Quixote e, notando que ainda lhe prestavam atenção, quis continuar com a sua prática, como continuaria, se não se metesse no meio a agudez de Sancho, que, vendo que seu amo se detinha, tomou a mão por ele, dizendo:

---

[6] Povoado andaluz, do qual se conta que quis comprar não um relógio, mas uma "relógia"; para que pudesse vender os reloginhos por ela reproduzidos.

[7] *Jugum enim meum suave est, et onus meum leve*, São Mateus XI, 30.

— Meu amo, Dom Quixote de la Mancha, que em tempo se chamou o Cavaleiro da Triste Figura e se chama agora o Cavaleiro dos Leões, é um fidalgo de muita esperteza, que sabe latim e romance como um bacharel; e em tudo quanto aconselha e trata procede como bom soldado e traz de cor e salteadas todas as leis e ordenanças do que chamam duelo a unha; e, assim, não têm mais que fazer senão se deixarem levar pelo que ele disser e a culpa me cabe se o errarem; tanto mais que ele diz muito bem, alegando que é asneira agoniar-se alguém só por ouvir um zurro, que eu me lembro que zurrava, quando era pequeno, sempre que me parecia, sem que ninguém me fosse à mão, e com tanta graça e propriedade que, em eu zurrando, zurravam todos os burros da povoação; e eu nem por isso deixava de ser filho de meus pais, que eram honradíssimos; e, apesar de ser invejado por causa dessa prenda por mais de quatro, não se me dava disso; e, para que se veja que falo verdade, esperem e escutem, que esta ciência é como a de nadar: em se aprendendo, nunca mais se esquece.

E, apertando o nariz com a mão, começou a zurrar com tamanho estrondo que retumbaram todos os vales dos arredores; mas um dos que estavam ali ao pé, julgando que ele os chasqueava, levantou um varapau que tinha na mão e arrumou-lhe tamanha bordoada que, sem ser poderoso por outra causa, deu com Sancho Pança em terra. Dom Quixote, que viu Sancho tão malparado, arremeteu ao que lhe batera com a lança sobre a mão, mas foram tantos os que se meteram no meio que não foi possível vingá-lo; antes, vendo que chovia sobre ele uma nuvem de pedras e que o ameaçavam mil bestas retesadas, e não menor quantidade de arcabuzes, voltou as rédeas a Rocinante e a todo o galope saiu do meio deles, encomendando-se de todo o coração a Deus, para que o livrasse de tamanho perigo, temendo a cada passo que lhe entrasse uma bala pelas costas e lhe saísse pelo peito, e a cada momento tomava a respiração para ver se lhe faltava;[8] mas os do esquadrão contentaram-se com vê-lo fugir sem lhe atirarem. A Sancho, apenas tornou a si, puseram-no em cima do jumento e deixaram-no ir atrás de seu amo, não que ele tivesse tino para guiá-lo, mas o ruço seguiu, como de costume, as pisadas de Rocinante, sem o qual não se achava à vontade. Quando

---

[8] Acreditava-se que o *alento* ("espírito vital"), que se renovava pela respiração, podia ir-se pelas feridas, pois circulava junto com o sangue; era fundamental para qualquer operação dos sentidos exteriores e interiores.

Dom Quixote se julgou a boa distância, voltou a cabeça e viu Sancho, e esperou-o, depois de observar que ninguém o seguia.

Os do esquadrão estiveram ali até à noite, e, por não terem saído a dar batalha os seus contrários, voltaram para a sua aldeia muito alegres e, se soubessem o costume antigo dos gregos, levantariam naquele lugar um troféu.

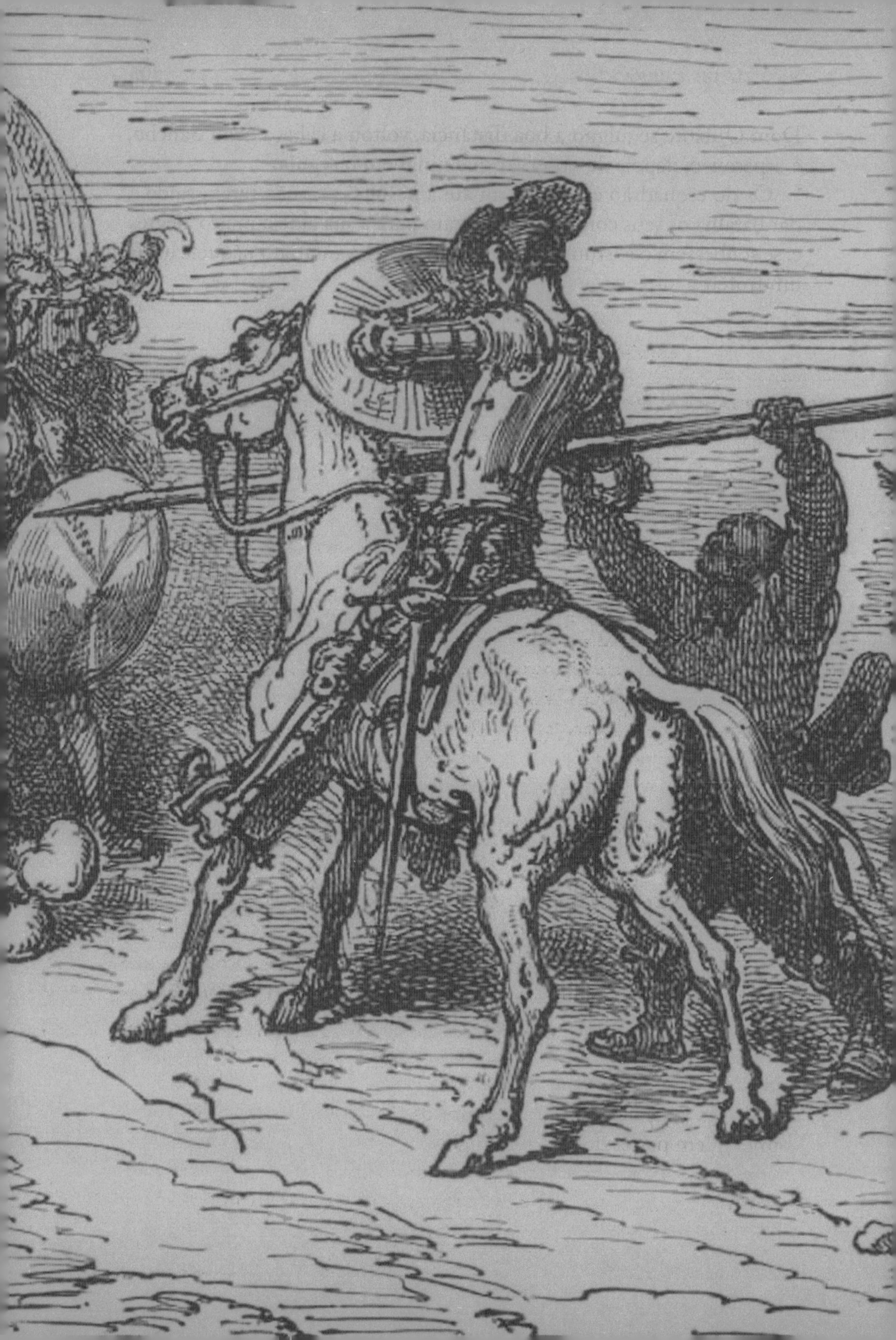

## Capítulo XXVIII
### DAS COISAS QUE DIZ BENENGELI, QUE SABERÁ QUEM AS LER, SE AS LER COM ATENÇÃO

QUANDO O VALENTE FOGE é que está descoberta a cilada; e os varões prudentes devem guardar-se para melhor ocasião. Afirmou-se essa verdade com Dom Quixote, que, largando o campo à fúria do povo e às más tenções daquele indignado esquadrão, pôs os pés em polvorosa e, sem se lembrar de Sancho nem do perigo em que o deixava, apartou-se o espaço que lhe pareceu bastante para se ver em segurança. Seguia-o Sancho, atravessado em cima do jumento, como fica referido. Chegou o pobre escudeiro, enfim, já recuperado do desmaio; e, ao chegar, deixou-se cair do ruço aos pés de Rocinante, ansioso, moído e desancado. Apeou-se Dom Quixote para lhe procurar as feridas; mas, como o encontrasse são dos pés até à cabeça, com bastante cólera lhe disse:

— Em má hora te lembraste de zurrar, Sancho; e quem te disse que era bom falar de corda em casa de enforcado? Para música de zurros, que compasso se havia de encontrar, que não fosse de varapaus? E dá graças a Deus, Sancho, que, se te benzeram com um cacete, ao menos não te persignaram com um alfanje.

— Não estou para responder — tornou Sancho —, porque me parece que falo com as costas; montemos a cavalo e afastemo-nos deste sítio, que eu deixarei para sempre de zurrar, mas não de dizer que os cavaleiros andantes fogem e deixam os seus escudeiros moídos como pimenta em poder dos seus inimigos.

— Não foge quem se retira — respondeu Dom Quixote —, porque hás de saber, Sancho, que a valentia que não se baseia na prudência chama-se temeridade, e as façanhas do temerário mais se atribuem à boa fortuna que ao seu ânimo; e, assim, confesso que me retirei, mas que não fugi; e nisso imitei muitos valentes, que se guardaram para tempos melhores; e estão disso cheias as histórias, que, por não te aproveitarem nem me divertirem, não te refiro agora.

Quando dizia isso, já Sancho montara no burro, ajudado por Dom Quixote, que também logo depois montou em Rocinante, e devagarinho foram se meter numa alameda, que ficava dali a um quarto de légua. De quando em quando dava Sancho ais profundíssimos e uns gemidos dolorosos; e, perguntando-lhe Dom Quixote a causa de tão amargo sentimento, respondeu que, desde o extremo do espinhaço até a nuca, tudo lhe doía, de modo que lhe tirava o sentido.

— A causa dessa dor — disse Dom Quixote — é sem dúvida que, como te bateram com um pau comprido e direito, apanhou-te as espáduas todas, onde entram essas partes que te doem e, se mais te apanhasse, mais te doera.

— Por Deus — disse Sancho —; Vossa Mercê tirou-me realmente de uma grande dúvida e explicou-ma em lindos termos! Corpo de tal; tão encoberta estava a causa da minha dor que fosse necessário dizer-me que me dói tudo quanto o varapau apanhou? Se me doessem os dentes, ainda se percebia que se cismasse no motivo por que me doíam; mas doerem-me os sítios que me desancaram não é caso de pasmar. Por minha fé, senhor meu amo, pouco dói o mal alheio, e eu todos os dias vou vendo o pouco que devo esperar da companhia em que tenho andado; porque, se desta vez me deixou espancar, outras vezes voltaremos aos manteamentos e a outras brincadeiras, que hoje foram pagas pelas costelas e amanhã o serão pelos olhos. Muito melhor faria eu (se não quiser ser um bárbaro toda a minha vida), muito melhor faria eu, torno a dizer, se voltasse para minha casa, para minha mulher e para os meus filhos, para sustentá-la e para criá-los com o que Deus for servido dar-me, em vez de andar atrás de Vossa Mercê por caminhos e encruzilhadas, bebendo mal e comendo pior. Pois quanto ao dormir? Tomai aí, escudeiro mano, sete palmos de terra e, se quiserdes mais, tomai outros tantos, que isso está na vossa mão, e estiraçai-vos à vossa vontade! Queimado veja eu e feito em pó o primeiro que deu começo à cavalaria andante, ou pelo menos o primeiro que quis ser escudeiro de semelhantes tontos, como haviam de ser os tais passados cavaleiros; dos presentes não digo nada, que por ser Vossa Mercê um deles, tenho-lhes respeito, e porque sei que Vossa Mercê ainda sabe mais do que o Diabo, em tudo o que diz e pensa.

— Eu era capaz de fazer uma aposta contigo, Sancho — disse Dom Quixote —, em como não te dói nada em todo o corpo, agora que estás falando sem que ninguém te vá à mão. Dize, meu filho, tudo o que te vier ao pensamento e à boca, que só para não te doer nada terei eu gosto em suportar o enfado que me dão as tuas impertinências; e, se desejas voltar para tua casa, para tua mulher e teus filhos, não serei eu que to impeça; tens dinheiros meus; vê há quanto tempo saímos da nossa aldeia desta terceira[1] vez, vê o que deves ganhar mensalmente e paga-te da tua mão.

— Quando eu servia Tomé Carrasco, o pai do Bacharel Sansão Carrasco, que Vossa Mercê muito bem conhece, ganhava dois ducados cada mês, fora a comida; com Vossa Mercê não sei o que posso ganhar, mas o que sei é que tem muito mais trabalho o escudeiro de um cavaleiro andante do que o que serve a um lavrador; que, enfim, os que servimos a lavradores, por muito que trabalhemos no dia, ainda que as coisas nos corram mal, à noite ceamos o nosso caldo e dormimos na nossa cama, coisa que eu não faço desde que sirvo a Vossa Mercê, a não ser o breve tempo que estivemos em casa de Dom Diego de Miranda e o regalo que tive com a escuma que tirei das olhas de Camacho, e o que comi, bebi e dormi em casa de Basílio; o mais tenho sempre dormido em terra dura e ao sereno, sujeito às inclemências do céu, sustentando-me com raspas de queijo e nacos de pão, e bebendo água, ora dos arroios, ora das fontes com que topamos por esses caminhos.

— Admito — disse Dom Quixote — que seja verdade tudo o que dizes; quanto te parece que devo te dar a mais do que te dava Tomé Carrasco?

— Parece-me — disse Sancho — que com dois reais que Vossa Mercê acrescentasse em cada mês me daria por bem pago, isso quanto ao salário do meu trabalho; mas, para me satisfazer da palavra que Vossa Mercê me deu, e da promessa que me fez do governo de uma ilha, seria justo que se me acrescentassem mais seis reais, o que ao todo faria trinta.

— Pois muito bem; conforme o salário que tu mesmo arbitraste — redarguiu Dom Quixote —; há vinte e cinco dias que saímos do nosso povo; faze a conta, vê o que te devo e paga-te pela tua mão.

---

[1] Na verdade, é a segunda saída acompanhado de Sancho.

— Coitado de mim! — disse Sancho. — Vossa Mercê erra muito a soma, porque, no que respeita à promessa da ilha, há de se contar desde o dia em que Vossa Mercê ma prometeu até a hora presente em que estamos.

— Então, há quanto tempo ta prometi eu, Sancho? — disse Dom Quixote.

— Se bem me recordo — tornou Sancho —, há de haver vinte anos, três dias, pouco mais ou menos.

Dom Quixote deu uma grande palmada na testa e desatou a rir com vontade, dizendo:

— Eu, na Serra Morena, e em todo o decurso das nossas saídas, não andei mais que dois meses; e dizes tu, Sancho, que há vinte anos que te prometi a ilha? Agora vejo eu que queres que se gaste, nos teus salários, todo o dinheiro meu que tens em teu poder; e, se assim é, se isso te apraz, já te declaro que to dou e que te faça muito bom proveito, que, a troco de me ver livre de tão mau escudeiro, folgaria de ficar pobre e sem mealha. Mas dize-me, prevaricador das ordenanças escudeiris da cavalaria andante, onde é que viste ou leste que algum escudeiro se pusesse com o seu senhor à contenda, para saber quanto se lhe há de dar em cada mês que o serviu? Entra, malandrino revel e vampiro insaciável, entra, repito, nesse *mare magnum* das suas histórias e, se encontrares notícia de que algum escudeiro dissesse o que tu acabas de dizer, consinto que mo estampes na testa e que me esbofeteies o rosto; volta as rédeas ou o cabresto ao asno e torna para tua casa, porque não quero que dês nem mais um passo na minha companhia! Ó pão mal cozido![2] Ó promessas mal-empregadas! Ó homem que tens mais de bruto que de pessoa de juízo! Agora, que eu pensava em te dar estado, e tal que, apesar de tua mulher, te tratassem por senhoria, agora é que te despedes? Vais-te embora, quando eu tinha a intenção firme e sincera de te fazer senhor da melhor ilha deste mundo? Enfim, como tens dito muitas vezes, não é o mel...[3] etc. Asno és, e asno hás de ser, e como asno hás de morrer, quando se te acabar o curso da vida, que tenho para mim que mais cedo chegará ela ao seu último termo do que tu percebas que és uma besta.

---

[2] Ó pão mal cozido!: Aquele que é ingrato ao pão que comeu.

[3] "Não é o mel para a boca do asno", diz o ditado.

Olhava Sancho para Dom Quixote muito fito enquanto ele lhe dizia esses vitupérios e compungiu-se de tal maneira que se lhe arrasaram os olhos de água, e, com voz dolorida e plangente, disse-lhe:

— Senhor meu, confesso que para ser asno de todo só me falta o rabo; se Vossa Mercê mo quiser pôr, dá-lo-ei por muito bem posto, e servi-lo-ei como um jumento em todos os dias de vida que me restam. Perdoe-me Vossa Mercê, e compadeça-se da minha mocidade, e advirta que eu sei pouco, e que, se falo muito, isso procede mais de enfermidade que de malícia; mas, como Vossa Mercê muito bem sabe, quem erra e se emenda a Deus se encomenda.

— Maravilhar-me-ia eu, Sancho, se não misturasses no colóquio algum rifãozito. Ora bem, perdoo-te, contanto que te emendes, e que não te mostres daqui por diante tão amigo dos teus interesses; mas que procures deitar o coração à larga, e te alentes e animes a esperar o cumprimento das minhas promessas, que, ainda que se demora, não se impossibilita.

Sancho respondeu que assim procederia, ainda que tivesse de fazer das fraquezas forças.

Nisso meteram-se na alameda, e Dom Quixote acomodou-se ao pé de um olmo, e Sancho ao pé de uma faia, porque essas árvores e outras semelhantes têm pés e não mãos. Sancho passou a noite penosamente, porque as dores das pancadas faziam-se sentir mais com o sereno. Dom Quixote passou-a embebido nas suas contínuas memórias; mas, com tudo isso, veio o sono fechar-lhe os olhos, e ao romper de alva seguiram o seu caminho, procurando as margens do famoso Ebro, onde lhes sucedeu o que se contará no próximo capítulo.

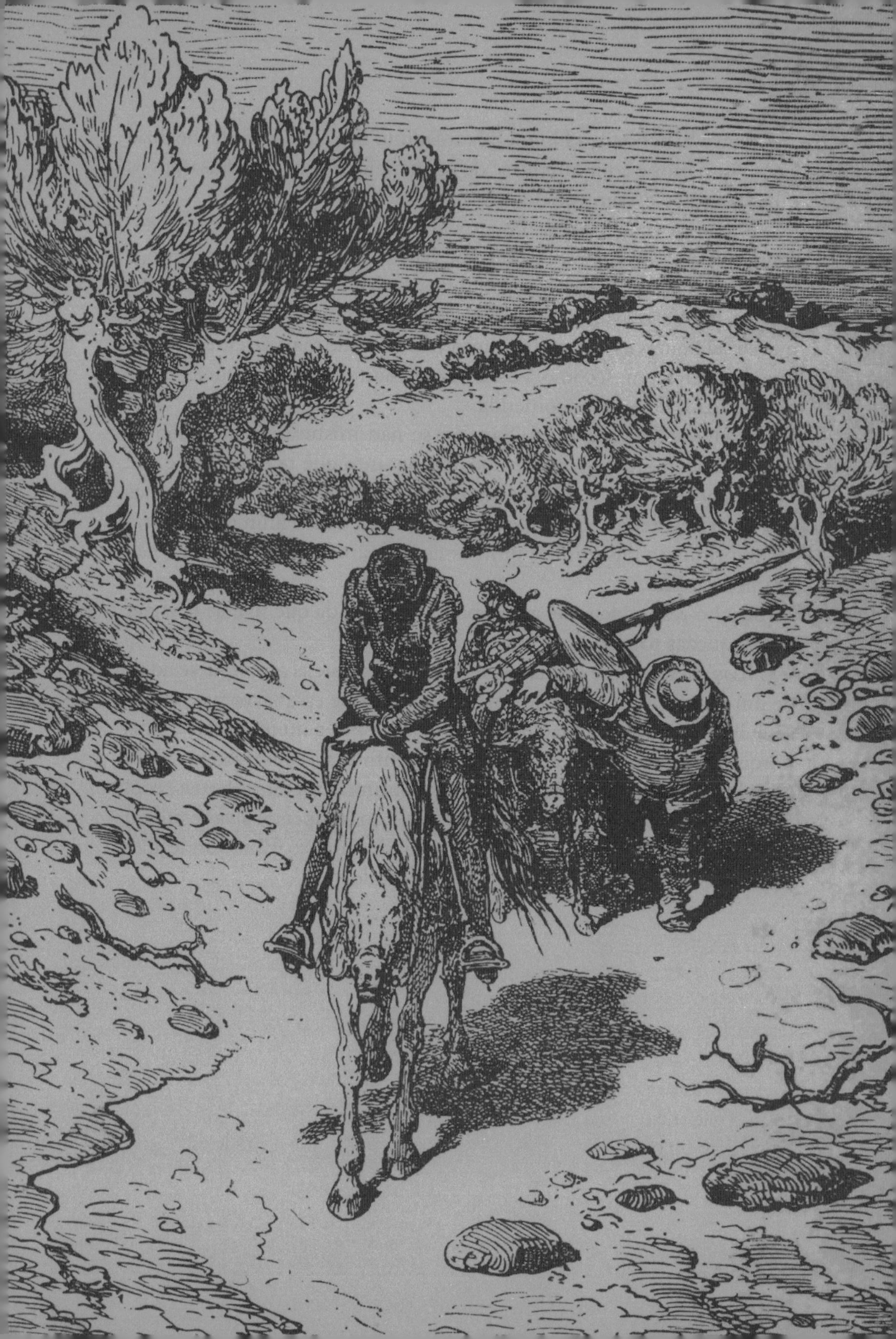

## Capítulo XXIX
### DA FAMOSA AVENTURA DO BARCO ENCANTADO

DOIS DIAS DEPOIS de saírem da alameda, chegaram Dom Quixote e Sancho ao rio Ebro, e vê-lo foi uma coisa que deu grande gosto a Dom Quixote, porque contemplou a amenidade das suas margens, a lucidez das suas águas, o sossego da sua corrente e a abundância dos seus líquidos cristais, cuja alegre vista renovou na sua memória mil amorosos pensamentos; especialmente cismou no que vira na cova de Montesinos; que, ainda que o macaco de Mestre Pedro lhe dissera que parte daquelas coisas era verdade e parte mentira, ele contentava-se com o dizer-se-lhe que algumas eram verdadeiras, para considerá-las todas assim às avessas de Sancho, que as tinha todas por igual patranha. Caminhando, pois, desse modo, ofereceu-se-lhe à vista uma pequena barca, sem remos nem velas, que estava amarrada na praia a um tronco de uma árvore. Olhou Dom Quixote para todos os lados e não viu pessoa alguma, e logo sem mais nem menos apeou-se de Rocinante e mandou que Sancho fizesse o mesmo ao ruço, e que a ambos os animais os amarrasse, muito bem amarrados, ao tronco de um álamo ou salgueiro que ali estava. Perguntou-lhe Sancho o motivo daquele súbito apear e de semelhante amarração. Respondeu-lhe Dom Quixote:

— Hás de saber, Sancho, que este barco que aqui está não tem outro fim senão me chamar e convidar-me a que entre nele e vá socorrer algum cavaleiro ou outra pessoa principal e necessitada, que deve de estar posta nalguma grande aflição; porque esse é o estilo dos livros das histórias cavaleirescas e dos nigromantes que nelas se intrometem; e, quando algum cavaleiro está metido nalguns trabalhos que não possa ser libertado deles senão por mão de outro cavaleiro, ainda que os separem duas ou três mil léguas, ou ainda mais, costumam ou arrebatá-lo numa nuvem, ou deparar-lhe um barco em que se meta, e em menos de um abrir e fechar de olhos levam-no, ou pelos ares, ou pelo mar, aonde querem e aonde é necessário o seu auxílio; de maneira que, ó Sancho, este barco está posto aqui para o mesmo efeito; isso é tão verdade como ser agora dia, e antes que o dia acabe prende juntos o ruço e Rocinante, e a mão de Deus nos proteja, que não deixarei de embarcar-me nem que mo peçam frades descalços.

— Pois se assim é, se Vossa Mercê quer cair a cada passo nestes que não sei se lhes chame disparates, não tenho remédio senão obedecer e abaixar a cabeça, atendendo ao rifão que diz: "Faze o que manda teu amo, e senta-te com ele à mesa"; mas, com tudo isso, pelo que toca ao descargo da minha consciência, quero advertir a Vossa Mercê que me parece que esse barco não é dos encantados, mas de alguns pescadores desse rio, porque nele se pescam as melhores sabogas[1] do mundo.

Isso dizia Sancho, enquanto prendia os animais, deixando-os entregues à proteção dos nigromantes, com grande dor da sua alma. Disse-lhe Dom Quixote que não tivesse pena do desamparo dos animais, que aquele que os levasse por tão longínquos caminhos e regiões trataria de sustentá-los.

— Não entendo isso de "lógicos" — disse Sancho —, e nunca ouvi esse vocábulo em todos os dias da minha vida.

— "Longínquos" — respondeu Dom Quixote — quer dizer apartados, e não é maravilha que não o entendas, porque não és obrigado a saber latim, como alguns que presumem sabê-lo e afinal o ignoram.

— Já estão amarrados — respondeu Sancho —; agora que havemos de fazer?

— O quê? — respondeu Dom Quixote. — Benzer-nos e levar ferro, quero dizer, embarcar e soltar a amarra que prende este barco à terra.

E, dando um pulo para dentro dele, e seguindo-o Sancho, cortou o cordel, e o barco foi se apartando pouco a pouco da praia; e, quando Sancho se viu a obra de duas varas pelo rio adentro, começou a tremer, receando ver-se perdido; mas nada lhe deu mais pena do que ouvir ornear[2] o ruço, e ver que Rocinante procurava soltar-se; e disse para seu amo:

---

[1] Nome que se dá na ribeira do Ebro a um peixe parecido ao sável, que percorre grandes distâncias; pesca-se apenas de março a agosto.

[2] Zurrar.

— O ruço zurra, condoído da nossa ausência, e Rocinante procura soltar-se, para correr atrás de nós. Ó caríssimos amigos, ficai-vos em paz, e a loucura, que nos aparta de vós outros, convertida em desengano nos volte à vossa presença.

E nisso começou a chorar tão amargamente que Dom Quixote, mofino e colérico, lhe disse:

— De que tens tu medo, covarde criatura? Por que choras, coração de manteiga? Quem te persegue ou quem te acossa, alma de rato caseiro? O que é que falta, necessitado nas entranhas da abundância? Vais por acaso caminhando a pé e descalço pelas montanhas Rifeas,[3] ou vais sentado numa tábua como um arquiduque, deslizando pela tranquila corrente deste plácido rio, donde em breve espaço sairemos para o mar alto? Mas isso até já devemos ter saído, e devemos ter caminhado, pelo menos, setecentas ou oitocentas léguas; e, se eu tivesse aqui um astrolábio para tomar a altura do polo, eu te diria as que andamos, ainda que, ou pouco sei, ou já passamos, ou estaremos quase a passar a linha equinocial, que divide e corta os dois contrapostos polos em igual distância.

— E, quando chegarmos a essa lenha que Vossa Mercê diz — perguntou Sancho —, quanto teremos andado?

— Muito — replicou Dom Quixote —; porque, de trezentos e sessenta graus que o globo contém de água e de terra, segundo o cômputo de Ptolomeu,[4] que foi o maior cosmógrafo, teremos andado metade desses trezentos e sessenta graus, em chegando à linha que eu te disse.

— Por Deus — disse Sancho —, que Vossa Mercê me traz para testemunha uma fresca pessoa, a quem chama puto e tolo meu, e de quem diz que faz mofa!

Riu-se Dom Quixote da interpretação que Sancho dera ao nome de Ptolomeu e à designação de "cosmógrafo", e disse-lhe:

— Saberás, Sancho, que os espanhóis e os que embarcam em Cádis para ir às Índias Orientais,[5] um dos sinais que têm para saber que passaram

---

[3] Montes ao norte da Cítia; eram fronteira da Europa.

[4] Astrônomo alexandrino. Seu *Almagesto*, síntese do saber astronômico grego anterior, serviu de base para todos os tratados e práticas de navegação e cartografia até que o sistema que expõe fosse substituído pelo de Copérnico.

[5] Terras da Ásia e da parte oriental da África, por oposição às Índias Ocidentais ou América. Quando se escreve o *Quixote*, os territórios portugueses daqueles continentes estavam sob a Coroa comum, e Cádis era o porto de saída para aqueles destinos, substituindo em parte, também para os portugueses, Lisboa.

a linha equinocial que eu te disse é que a todos que vão no navio morrem os piolhos, sem que fique um só, que não se encontrará em todo o baixel, nem que se pese a ouro, e assim podes, Sancho, verificar o caso. Se encontrares coisa viva, sairemos com certeza desta dúvida.

— Não creio em nada disso — respondeu Sancho —; contudo, farei o que Vossa Mercê manda, ainda que não sei que necessidade haja de se fazerem essas experiências, porque não nos apartamos da margem nem cinco varas, nem nos afastamos duas varas do sítio onde ficaram as alimárias; ainda vejo perfeitamente Rocinante e o ruço no sítio onde os deixei e aposto que não andamos nem um passo de formiga.

— Faze a averiguação que eu te disse, Sancho, e não trates de mais nada, porque tu não sabes o que são linhas, paralelos, zodíacos, eclíticas, polos, solstícios, equinócios, planetas, signos, pontos, medidas de que se compõe a esfera celeste e terrestre, que, se soubesses todas essas coisas ou parte delas, verias claramente os paralelos que cortamos, que signos vimos e que imagens deixamos atrás de nós, e vamos deixando agora, e torno-te a dizer que te apalpes, que aposto que estás mais limpo que um pedaço de papel liso e branco.

Apalpou-se Sancho e, pondo a mão na barriga da perna esquerda, levantou a cabeça, olhou para seu amo e disse:

— Ou a experiência é falsa, ou ainda não chegamos aonde Vossa Mercê diz, nem estamos a poucas léguas do tal sítio.

— Pois quê! — perguntou Dom Quixote. — Encontraste algum?

— Alguns, diga Vossa Mercê — respondeu Sancho.

E, sacudindo os dedos, lavou a mão toda no rio, por onde sossegadamente deslizava o barco, seguindo a corrente, sem que o impelisse inteligência alguma secreta, ou qualquer nigromante escondido, a não ser o próprio correr da água, então brando e suave.

Nisso, descobriram umas grandes azenhas, que estavam no meio do rio, e, apenas Dom Quixote as viu, bradou em alta voz para Sancho:

— Vês, amigo, ali se descobre a cidade, castelo ou fortaleza, onde deve estar algum cavaleiro oprimido, ou alguma rainha, infanta ou princesa malparada, para socorrer a qual aqui sou chamado.

— Que diabo de cidade, fortaleza ou castelo diz Vossa Mercê? — perguntou Sancho. — Pois não vê claramente que aquilo são azenhas, que estão no rio, onde se mói o trigo?

— Cala-te, Sancho — disse Dom Quixote —, que, ainda que parecem azenhas, não acredito que o sejam. Já te disse que todas as coisas se mudam do seu ser natural com os encantamentos. Não quero dizer que se mudam realmente, mas que assim o parece, como mostrou a experiência na transformação de Dulcineia, único refúgio das minhas esperanças.

Nisso, o barco, entrado no meio da corrente do rio, começou a caminhar menos vagarosamente do que até ali. Os moleiros das azenhas, que viram vir aquele barco pela água abaixo e que se ia a meter no redemoinho das rodas, saíram com presteza muitos deles com varas largas a demorá-lo. Como vinham enfarinhados, apresentavam um estranho aspecto e davam grandes brados, dizendo:

— Demônios de homens, aonde ides? Vindes desesperados e quereis afogar-vos e despedaçar-vos nestas rodas?

— Não te disse eu, Sancho — acudiu Dom Quixote —, que tínhamos chegado a sítio onde hei de mostrar até onde chega a força do meu braço? Vê quantos malandrinos me saem ao encontro; vê quantos vampiros se me opõem; vê que de feias cataduras querem nos assustar. Pois agora vereis, velhacos.

E, pondo-se em pé no barco, principiou a ameaçar com grandes brados os moleiros, dizendo-lhes:

— Canalha malvada e pior aconselhada, deixai na sua liberdade a pessoa que na vossa fortaleza ou prisão tendes oprimida, alta ou baixa, de qualquer categoria que seja, que eu sou Dom Quixote de la Mancha, denominado o Cavaleiro dos Leões, a quem está reservado, por ordem expressa dos altos céus, o dar termo feliz a esta aventura.

E, dizendo isso, deitou mão à espada e começou-a a esgrimir no ar contra os moleiros, os quais, ouvindo e não entendendo semelhantes sandices, puseram-se com as suas varas a desviar o barco, que já ia entrando no redemoinho formado pelas rodas. Pôs-se Sancho de joelhos, pedindo devotamente ao céu que o livrasse de tão manifesto perigo, como efetivamente o livrou pela indústria e presteza dos moleiros, que, opondo-se com as suas varas ao andamento do barco, o detiveram, mas não de modo que não virassem o batel, dando com Dom Quixote e com Sancho na água; serviu de muito a Dom Quixote o saber nadar como um pato, ainda que o peso das armas por duas vezes o levasse ao fundo; mas, se não fossem os moleiros, que se deitaram à água e os salvaram a ambos, ali, para eles, teria sido Troia. Tirados, pois, para terra, mais ensopados que mortos de sede, o bom do Sancho, ajoelhado, de mãos postas e com os olhos cravados no céu, pediu a Deus, em larga e mui devota oração, que daí por diante o livrasse dos atrevidos cometimentos de seu amo.

Nisso, chegaram os pescadores, donos do barco, que as rodas da azenha tinham despedaçado, e, vendo-o em fanicos, principiaram a despir Sancho e a pedir a Dom Quixote que lho pagasse. Dom Quixote, com grande sossego, como se não se tivesse passado nada de extraordinário, disse aos moleiros e pescadores que pagaria o barco da melhor vontade, com a condição de lhe entregarem livres completamente a pessoa ou pessoas que naquele seu castelo estavam oprimidas.

— Que pessoas e que castelos são esses? — tornou um dos moleiros.

— Homem sem juízo, queres levar porventura os fregueses que vêm moer trigo a esta azenha?

— Basta — disse consigo Dom Quixote —; aqui era o mesmo que pregar no deserto querer reduzir essa canalha a praticar um ato virtuoso, por pedidos; e nesta aventura devem ter se encontrado dois valentes nigromantes, um dos quais estorva o que o outro intenta: um deparou-me o barco, outro deu comigo na água; Deus o remedeie, que todo este mundo se compõe de máquinas e de traças contrárias umas às outras. Eu não posso mais.[6]

E, levantando a voz, prosseguiu, dizendo e olhando para a azenha:

— Amigos, quem quer que sejais, que nessa prisão ficais encerrados, perdoai-me, que, por minha desgraça, e por desgraça vossa, não vos posso tirar dessa aflição. Para outro cavaleiro deve estar guardada e reservada esta aventura.

Dizendo isso, concertou-se com os pescadores e pagou pelo barco cinquenta reais, que Sancho entregou de muito má vontade, dizendo:

— Com duas barcadas como esta, damos com o cabedal no fundo.

Os pescadores e moleiros estavam admirados, contemplando aquelas duas figuras tão estranhas, e não eram capazes de perceber as perguntas de Dom Quixote; e, tendo-os por loucos, deixaram-nos, e recolheram-se os moleiros para a sua azenha, e os pescadores para as suas choças. Voltaram para os seus animalejos Dom Quixote e Sancho, e este fim teve a aventura do barco encantado.

---

[6] Essa frase foi interpretada como o princípio do reconhecimento de seu fracasso como cavaleiro andante e como preparação da farsa que representará para os duques no castelo.

## Capítulo XXX
### DO QUE SUCEDEU A DOM QUIXOTE COM UMA BELA CAÇADORA

MUITO TRISTES e muito constrangidos se chegaram às suas alimárias cavaleiro e escudeiro, especialmente Sancho, a quem doía o coração de ter de tocar no dinheiro, parecendo-lhe que tudo o que se tirava se lhe arrancava das meninas dos olhos. Finalmente, sem dizer palavra um ao outro, montaram a cavalo e apartaram-se do famoso rio: Dom Quixote imerso nos pensamentos dos seus amores e Sancho nos do seu acrescentamento, que por então lhe parecia que estava bem longe de se realizar, porque, apesar de ser tonto, percebia que as ações de seu amo, ou todas ou a maior parte, eram disparates, e procurava ocasião de se safar e voltar para casa, sem estar com despedidas nem contas; mas a fortuna ordenou as coisas muito ao invés do que ele receava.

Sucedeu, pois, que no outro dia, ao pôr do sol e ao sair de uma selva, espraiou Dom Quixote a vista por uma verde campina e lá ao fim viu gente e, aproximando-se, conheceu que eram caçadores de altanaria.[1] Chegou-se mais e viu entre eles uma galharda senhora, montada num palafrém, ou hacaneia branquíssima, com arreios verdes e uma cadeirinha de prata. Vinha a esbelta dama vestida de verde, tão elegante e opulentamente que parecia a personalização da própria elegância. Na mão esquerda trazia um gerifalte,[2] e por isso viu Dom Quixote que seria

---

[1] Caçadores que empregam pássaros de presa especialmente adestrados; era uso próprio de grandes senhores.
[2] Grande falcão encontrado nas regiões árticas e subárticas da América do Norte, Europa e Ásia, de plumagem branca, cinza ou anegrada.

alguma grande senhora, a quem obedeceriam todos aqueles caçadores, como era na verdade; e, assim, disse a Sancho:

— Corre, Sancho filho, e dize àquela senhora do palafrém e do gerifalte que eu, o Cavaleiro dos Leões, beijo as mãos à sua grande formosura; e que, se sua grandeza me der licença, eu mesmo lhas irei beijar e servi-la em tudo o que as minhas forças puderem e ordenar sua alteza: e vê, Sancho, não vás tu encaixar algum rifão dos teus na tua embaixada.

— Olha a quem fala — respondeu Sancho Pança —; venha dizer isso a mim, que não é a primeira vez que levo embaixadas nesta vida a mui altas e importantes damas.

— A não ser a da Senhora Dulcineia — redarguiu Dom Quixote —, não me consta que levasses outra, pelo menos estando ao meu serviço.

— É verdade — respondeu Sancho —, mas ao bom pagador não custa dar penhor, e em casa cheia depressa se guisa e ceia: quero dizer que não precisa me advertir de coisa alguma, que para tudo tenho e de tudo sei um poucochinho.

— Nisso creio eu, Sancho — disse Dom Quixote —; vai em muito boa hora, e Deus te guie.

Partiu Sancho Pança de carreira, obrigando o ruço a sair do seu passo habitual, e chegou ao sítio onde estava a bela caçadora, e, apeando-se, ajoelhado diante dela, disse-lhe:

— Formosa senhora, aquele cavaleiro que acolá aparece, chamado o Cavaleiro dos Leões, é meu amo, e eu sou um seu escudeiro, a quem chamam em sua casa Sancho Pança. Esse tal Cavaleiro dos Leões, que não há muito que se chamava o Cavaleiro da Triste Figura, manda-me dizer a Vossa Grandeza que seja servida dar-lhe licença que venha, com seu propósito, beneplácito e consentimento, pôr em obra o seu desejo, que não é outro, segundo ele diz e eu creio, senão o de servir a vossa consumada altanaria e formosura, e, dando-lhe essa licença, Vossa Senhoria fará uma coisa que redundará muito em seu prol, e ele receberá assinalada mercê e satisfação.

— Não há dúvida, bom escudeiro — respondeu a senhora —, que destes a vossa embaixada com todas as circunstâncias que tais embaixadas pedem; levantai-vos, que escudeiro de tamanho cavaleiro, como é o da Triste Figura, de quem já por cá temos muita notícia, não é justo que esteja de joelhos; levantai-vos, amigo, e dizei a vosso amo: que venha muito embora honrar-nos a mim e ao duque, meu marido, numa casa de recreio que aqui temos.

Levantou-se Sancho, admirado tanto da formosura da boa senhora como da sua muita afabilidade e cortesia, e ainda mais de lhe haver dito que tinha notícia de seu amo, o Cavaleiro da Triste Figura; e que, se não lhe chamara o dos Leões, devia ser por ele ter adotado esse nome há tão pouco tempo. Perguntou-lhe a duquesa (cujo título ainda hoje se não sabe):[3]

— Dizei-me, bom escudeiro: esse vosso amo não é um de quem anda impressa uma história, que se chama do *Engenhoso fidalgo Dom Quixote de la Mancha*, e que tem por dama dos seus pensamentos uma tal Dulcineia del Toboso?

— É o mesmo, senhora — respondeu Sancho —, e aquele seu escudeiro, que anda ou deve andar na tal história, a quem chamam Sancho Pança, sou eu, a não ser que me trocassem no berço, quero dizer, que me trocassem na imprensa.

— Com tudo isso muito folgo — disse a duquesa. — Ide, bom Pança, e dizei a vosso amo que seja muito bem chegado e muito bem-vindo aos meus estados, e que nenhuma coisa poderia haver que mais contentamento me desse.

Sancho, portador de tão agradável resposta, com imenso gosto voltou para seu amo, a quem contou minuciosamente tudo o que a nobre senhora lhe dissera, levantando ao céu, com os seus rústicos termos, a sua muita formosura, o seu grande donaire e cortesia.

Dom Quixote aprumou-se na sela com toda a galhardia, firmou-se nos estribos, ajustou a viseira, picou as esporas a Rocinante e com gentil denodo foi beijar as mãos à duquesa, a qual, mandando chamar o duque, seu marido, enquanto Dom Quixote se aproximava, lhe contou a sua embaixada toda, e ambos, por terem lido a primeira parte desta história e terem sabido por ela da disparatada índole de Dom Quixote, com imenso gosto e desejo de conhecê-lo o esperavam, no firme propósito de não contrariá-lo, de concordar com tudo o que ele dissesse, tratando-o como a cavaleiro andante, no tempo que com eles se demorasse, com todas as cerimônias costumadas nos livros de cavalaria que tinham lido e a que ainda eram muito afeiçoados. Nisto chegou Dom Quixote e, dando

---

[3] De fato, até hoje não se sabe o nome da duquesa.

mostras de querer apear-se, acudiu Sancho a segurar-lhe no estribo; mas com tanta desgraça que, ao saltar, embrulhou-se-lhe um pé de tal modo numa das cilhas da albarda que não lhe foi possível desenredá-lo, e ficou pendurado com a boca e o peito no chão. Dom Quixote, que não costumava apear-se sem lhe segurarem no estribo, supondo que Sancho estava já no seu posto, largou o corpo de golpe e levou consigo a sela de Rocinante, que por força estava mal apertada, e ele e a sela caíram ao chão, não sem grande vergonha sua e sem muitas maldições, que atirou por entre os dentes ao desditoso Sancho, que ainda estava com o pé preso. O duque mandou aos seus monteiros que acudissem ao cavaleiro e ao escudeiro, e eles correram logo a levantar Dom Quixote, que, maltratado da queda, coxeando e como pôde, foi ajoelhar diante dos duques; mas o nobre fidalgo não lho consentiu de modo algum; antes, apeando-se do cavalo, abraçou Dom Quixote, dizendo-lhe:

— Pesa-me, Senhor Cavaleiro da Triste Figura, que a primeira[4] que Vossa Mercê fez nas minhas terras fosse tão má como se viu; mas descuidos de escudeiros costumam ser causa de sucessos ainda piores.

— O acontecimento que me proporcionou a honra de vos ver, valoroso príncipe — respondeu Dom Quixote —, nunca podia ser mau, ainda que a minha queda só parasse nas profundas dos abismos, pois dali me levantaria e me tiraria a glória de vos ter visto. O meu escudeiro, que Deus maldiga, desata melhor a língua para dizer malícias do que ata e aperta uma sela para ficar firme; mas, esteja eu como estiver, caído ou levantado, a pé ou a cavalo, sempre estarei ao vosso serviço e ao da duquesa, muito minha senhora, digna consorte vossa e digna senhora da formosura, e universal princesa da cortesia.

— Devagar, devagar, meu Senhor Dom Quixote — disse o duque —, que onde está Dulcineia del Toboso, senhora minha, não é razão que se louvem outras formosuras.

Já a esse tempo Sancho Pança, livre do laço e achando-se ali próximo, antes que seu amo respondesse, disse:

— Não se pode negar que é muito formosa a minha Senhora Dulcineia del Toboso, mas, onde menos se pensa, se levanta a lebre, que eu tenho ouvido dizer que isto da natureza é como um oleiro que faz vasos de barro, e quem faz um formoso pode fazer dois ou três, ou um

---

[4] A primeira visita.

cento; digo isso porque a duquesa, minha senhora, decerto que não fica atrás de minha ama, a Senhora Dulcineia del Toboso.

Voltou-se Dom Quixote para a duquesa e disse:

— Imagine Vossa Grandeza que nunca teve um cavaleiro andante, neste mundo, escudeiro mais falador nem mais divertido do que eu tenho, e ele me não deixará por mentiroso, se alguns dias me conceder a vossa excelsa grandeza empregar-me no seu serviço.

— Que Sancho, o bom, seja divertido — respondeu a duquesa —, muito estimo, porque é sinal de ser discreto, que as graças e os donaires, como Vossa Mercê bem sabe, Senhor Dom Quixote, não assentam em rudes engenhos; e visto que o bom Sancho é gracioso e donairoso, desde já o confirmo por discreto.

— E falador — acrescentou Dom Quixote.

— Tanto melhor — observou o duque —, porque muitas graças não se podem dizer com poucas palavras, e para que não se nos vá o tempo com elas, venha o grande Cavaleiro da Triste Figura...

— Dos Leões, há de dizer Vossa Alteza — interrompeu Sancho —, que já não há Triste Figura.

— Venha, pois, o Senhor Cavaleiro dos Leões — prosseguiu o duque — a um castelo meu, que está aqui próximo, onde se lhe fará o acolhimento que a tão excelsa pessoa justamente se deve, e o que eu e a duquesa costumamos fazer a todos os cavaleiros andantes que ali chegam.

Nesse ínterim, já Sancho arranjara e apertara bem a sela a Rocinante, em que montou Dom Quixote; e, montando o duque num formoso cavalo, puseram a duquesa no meio e encaminharam-se para o castelo. Ordenou a duquesa a Sancho que fosse junto dela, porque gostava imensamente de ouvir os seus ditos. Não se fez rogar Sancho; meteu-se entre os três e fez de parceiro na conversação, com grande gosto do duque e da duquesa, que tiveram por alta ventura o acolher no seu castelo tal cavaleiro andante e tal escudeiro falante.

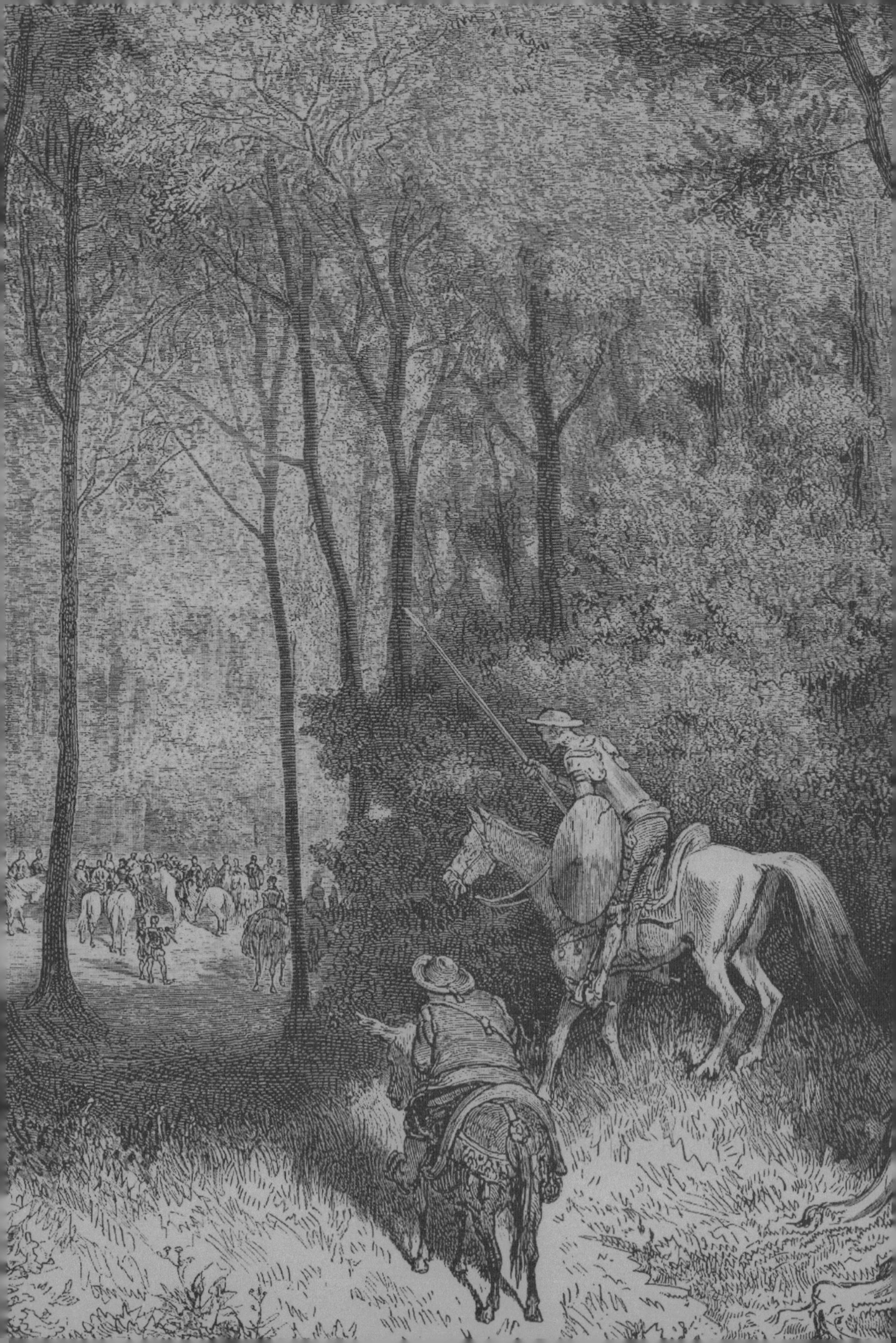

## Capítulo XXXI
### QUE TRATA DE MUITAS E GRANDES COISAS

SUMA ALEGRIA tinha Sancho, vendo-se, no seu entender, na privança da duquesa, porque já imaginava que havia de encontrar no seu castelo o mesmo que em casa de Dom Diogo e em casa de Basílio, e, sempre afeiçoado à boa vida, agarrava na ocasião pelos cabelos, nisso de se regalar sempre que se lhe oferecia ensejo. Conta, pois, o historiador que, antes de chegarem à casa de recreio ou castelo, adiantou-se o duque e deu ordens aos seus criados acerca do modo como haviam de tratar Dom Quixote, de maneira que, assim que este chegou com a duquesa à porta do castelo, saíram dois lacaios ou palafreneiros, vestidos até os pés com umas roupas de levantar,[1] de finíssimo cetim carmesim, e, tomando Dom Quixote nos braços, sem ser visto nem ouvido lhe disseram:

— Vá Vossa Grandeza apear a duquesa, nossa ama.

Dom Quixote assim o fez, e houve entre ambos grandes cumprimentos sobre o caso; mas, efetivamente, venceu a porfia da duquesa, que não quis apear-se do palafrém, senão nos braços do duque, dizendo que não se achava digna de dar a tão grande cavaleiro tão inútil carga. Enfim, saiu o duque a apeá-la e, à entrada dum grande pátio, vieram duas formosas donzelas, e que deitaram aos ombros de Dom Quixote um grande manto de finíssima escarlata,[2] e num instante se coroaram todos os corredores do pátio de criados e criadas daqueles senhores, dizendo com grandes brados:

---

[1] Vestes largas e folgadas; batas, roupas para andar em casa.
[2] Certo tecido de lã ou seda.

— Seja bem-vinda a flor e a nata dos cavaleiros andantes.

E todos, ou a maior parte, derramavam águas odoríferas sobre Dom Quixote, e foi aquele o primeiro dia em que de todo conheceu e acreditou que era verdadeiro cavaleiro andante, não fantástico, vendo que o tratavam do mesmo modo por que ele vira que se tratavam os tais cavaleiros nos séculos passados. Sancho, desamparando o ruço, coseu-se com a duquesa e entrou no castelo, e, remordendo-lhe a consciência deixar o jumento só, chegou-se a uma reverenda dona, que saíra com outras a receber a duquesa, e disse-lhe em voz baixa:

— Senhora González, ou como é a graça de Vossa Mercê.

— Chamo-me Dona[3] Rodríguez de Grijalba — respondeu ela —; o que mandais, irmão?

— Quereria que Vossa Mercê — redarguiu Sancho — me fizesse o favor de ir à porta do castelo, onde achará um asno ruço, que é o meu: seja Vossa Mercê servida de mandá-lo meter, ou de metê-lo na cavalariça, porque o pobrezito é um pouco medroso e não há de gostar nada de se ver sozinho.

— Se o amo for tão discreto como o criado — tornou a dona —, estamos servidas! Andai, irmão, em má hora viestes ou vos trouxeram cá; tende conta no vosso jumento, que nós, as damas desta casa, não estamos acostumadas a semelhantes incumbências.

— Pois na verdade — respondeu Sancho — eu ouvi dizer de meu amo que sabe de cor quantas histórias há no mundo, ao contar a história de Lançarote, quando veio da Bretanha.

Que damas cuidavam dele, e donas do seu rocim;

e cá o meu jumento não o trocava eu pelo rocim do Senhor Lançarote.

— Irmão — redarguiu a dona —, se sois jogral, guardai as vossas graças para quem vo-las pague, que eu só se vos der uma figa.[4]

— Figa! Figo maduro é que há de ser, se tiver a idade de Vossa Mercê.

---

[3] Mulher anciã que serve a uma família nobre; as donas eram denominadas pelo sobrenome, às vezes antepondo-lhe o tratamento de dona como fórmula de respeito, mas nos tempos de Cervantes a palavra havia adquirido um significado pejorativo. Essas donas, embora coincidam no nome, são diferentes das donas de honra que aparecem nos livros de cavalarias.

[4] Fazer figa era uma maneira de menosprezo, uma burla disfarçada.

— Filho da puta! — tornou a dona, já toda acesa em cólera. — Se sou velha ou não, a Deus darei contas, e não a vós, velhaco, que tresandais[5] a alho.

E disse isso em voz tão alta que a duquesa a ouviu e, voltando-se e vendo a sua dona tão alvoroçada e encarniçada, perguntou-lhe o que tinha.

— Foi esse homem — respondeu a dona —, que me pediu encarecidamente que lhe metesse na cavalariça um jumento que está à porta do castelo, e trazendo para exemplo que assim o fizeram não sei onde, que umas damas cuidaram dum tal Lançarote e umas donas do seu rocim, para mais ajuda acaba chamando-me velha.

— Isso é que eu teria por afronta, mais do que todas as que me pudessem dizer — respondeu a duquesa.

E, voltando-se para Sancho, disse-lhe:

— Reparai, Sancho, que Dona Rodríguez é muito moça, e que essas toucas mais as traz por autoridade e usança do que por velhice.

— Morto eu caia neste instante — tornou Sancho — se disse uma só palavra por ofensa; mas tão grande é o amor que tenho ao meu jumento que me pareceu que não podia recomendá-lo a pessoa mais caritativa que a Senhora Rodríguez.

— Práticas são essas para este lugar, Sancho? — acudiu Dom Quixote, que tudo ouvia.

— Senhor meu amo — tornou Sancho —, a gente onde está fala dos seus negócios e lembrei-me aqui do ruço, aqui falei nele; se me lembrasse na cavalariça, na cavalariça falaria.

— Sancho fala com muito acerto — disse o duque —, e não há motivo algum para se culpar; o ruço está a bom recado, e não se apoquente, Sancho, que lhe tratarão o jumento como se fosse ele próprio.

Com esses arrazoados, agradáveis a todos, menos a Dom Quixote, chegaram acima e introduziram Dom Quixote numa sala, adornada de telas riquíssimas de ouro e de brocado; seis donzelas o desarmaram e lhe serviram de pajens, todas industriadas e avisadas pelo duque e pela duquesa do que haviam de fazer e de como haviam de tratar Dom Quixote, para que ele imaginasse e visse que o tratavam como cavaleiro andante. Dom Quixote, depois de desarmado, com as suas bragas estreitas e o

---

[5] Exalar (odor desagradável).

seu gibão de camurça, seco, magro, esticado, com as faces tão chupadas que se beijavam por dentro, era uma tal figura que, se as donzelas que o serviam não tivessem todo o cuidado em dissimular o riso (que foi uma das ordens rigorosas que seus amos lhes tinham dado), rebentariam decerto. Pediram-lhe que se deixasse despir para enfiar uma camisa; mas ele é que não foi capaz de consentir em semelhante coisa, alegando que a honestidade parecia tão bem nos cavaleiros andantes como a valentia. Pediu, contudo, que dessem a camisa a Sancho e, encerrando-se com ele numa quadra[6] em que estava um rico leito, despiu-se e vestiu a camisa; e, vendo-se sozinho com Sancho, observou-lhe:

— Dize-me, truão[7] moderno e malhadeiro antigo: parece-te bem desconsiderar e afrontar uma dona tão veneranda e digna de respeito como aquela? Era ocasião de te recordares do ruço, ou são senhores estes que deixam passar mal as bestas, quando tratam tão bem os donos? Por Deus, Sancho, reporta-te e não descubras o fio, de modo que venha a perceber-se que és feito de pano grosseiro e vilão. Vê, pecador, que o amo é tido em conta tão maior quanto melhores e mais bem-nascidos são os criados que tem: que uma das maiores vantagens que levam os príncipes aos outros homens é servirem-se de criados que são tão bons como eles. Não reparas, desgraçado, que se virem que és um vilão grosseiro, ou um mentecapto divertido, pensarão que eu sou algum ichacorvos[8] ou algum cavaleiro de empréstimo? Não, não, Sancho amigo, foge, foge desses inconvenientes, que quem tropeça em falador e gracioso ao primeiro pontapé cai e dá em truão desengraçado; refreia a língua, considera e rumina as palavras, antes de te saírem da boca, e vê que chegamos a sítio donde, com o favor de Deus e o valor do meu braço, havemos de sair melhorados em fama e em fazenda.

Sancho prometeu-lhe com muitas veras coser a boca ou morder a língua, antes de dizer uma palavra que não fosse muito a propósito e bem considerada, como lhe mandava, e que não tivesse cuidado, que por ele nunca se descobriria quem eram.

Vestiu-se Dom Quixote, cingiu o talim e a espada, deitou às costas o manto roçagante[9] de escarlata, pôs na cabeça um gorro de cetim verde

---

[6] Sala quadrada.
[7] Pessoa que diverte as outras; palhaço, saltimbanco.
[8] Impostor, embusteiro.
[9] Que arrasta, que roça pelo chão.

que lhe haviam dado e, com esses adornos, saiu para a sala grande, onde achou as donzelas formadas em ala, tantas duma parte como de outra, e todas com jarros para lhe deitar água às mãos, o que fizeram com muitas reverências e cerimônias.

Vieram logo em seguida doze pajens com o mestre-sala,[10] para levá--lo a jantar, que já os senhores o aguardavam. Puseram-no no meio e levaram-no, cheio de pompa e de majestade, a outra sala, onde estava posta uma rica mesa só com quatro talheres. A duquesa e o duque saíram à porta da sala a recebê-lo, e com eles um grave eclesiástico, desses que governam as casas dos príncipes; desses que querem que a grandeza dos nobres se meça pela estreiteza dos seus ânimos; desses que, querendo ensinar aos que eles governam a ser limitados, os fazem ser miseráveis. Um desses tais devia ser o grave religioso que saiu com os duques a receber Dom Quixote. Trocaram-se mil corteses cumprimentos e, finalmente, pondo Dom Quixote no meio, foram para a mesa. Convidou o duque a Dom Quixote para que se sentasse à cabeceira; e, ainda que ele o recusasse, foram tais as instâncias do duque que não teve remédio senão aceitar, enfim. O reverendo sentou-se defronte e o duque e a duquesa nos dois lados.

A tudo assistia Sancho, aparvalhado e atônito, por ver as honras que aqueles príncipes faziam a seu amo; e observando as cerimônias e rogos que houve entre o duque e Dom Quixote, para fazê-lo sentar-se na cabeceira da mesa, disse:

— Se Vossas Mercês me dão licença, contar-lhes-ei um conto que se passou no meu povo, acerca disso de lugares.

Apenas Sancho proferiu essas palavras, Dom Quixote tremeu, receando tolice. Olhou para ele Sancho, entendeu-o e observou:

— Não receie Vossa Mercê, meu amo, que eu me desmande nem que diga coisa que não venha muito a pelo, que ainda não me esqueci dos conselhos que há pouco Vossa Mercê me deu sobre o falar muito ou pouco, bem ou mal.

— Eu é que me não lembro de coisa alguma, Sancho — respondeu Dom Quixote —; dize o que quiseres, contanto que o digas depressa.

— Pois o que eu quero dizer — tornou Sancho — é tão verdadeiro que meu amo Dom Quixote, que está presente, não me deixará mentir.

---

[10] Camareiro principal, que preparava os pratos para que fossem servidos.

— Isso deixo — replicou Dom Quixote —; mente quanto quiseres, que não te irei à mão; mas vê o que dizes.

— Vejo e revejo, e as obras o mostrarão — disse Sancho.

— Bom será — acudiu Dom Quixote — que Vossas Mercês mandem pôr fora esse tolo, que vai dizer aí mil pachouchadas.[11]

— Por vida do duque — bradou a duquesa —, Sancho não se tira de ao pé de mim; quero-lhe muito, porque sei que é muito discreto.

— Discretos dias viva Vossa Santidade[12] — exclamou Sancho — pelo bom conceito que de mim faz, ainda que não o mereço; e o conto que eu quero dizer é o seguinte: convidou um fidalgo da minha terra, muito rico e principal, porque vinha dos Álamos de Mediria del Campo, que casou com Dona Mécia de Quiñones, que foi filha de Dom Alonso de Marañón, cavaleiro do hábito de São Tiago, que se afogou na Ferradura,[13] por causa de quem houve há anos no nosso lugar aquela pendência, em que se achou metido, se bem me lembro, meu amo o Senhor Dom Quixote, e em que ficou ferido Tomasinho, o Travesso, filho de Balbastro, o Ferreiro... Não é verdade tudo isso, senhor meu amo? Diga-o, por vida sua, para que esses senhores me não tenham por falador e mentiroso.

— Até agora — disse o eclesiástico — mais vos tenho por falador do que por mentiroso; mas daqui para diante não sei o que pensarei.

— Tu dás tantas testemunhas e tantos sinais, Sancho, que não posso deixar de dizer que tudo isso deve ser verdade — acudiu Dom Quixote —; passa adiante e encurta o conto, porque levas caminho de não acabar nem em dois dias.

— Não há de encurtar tal[14] — tornou a duquesa —; para me dar gosto, há de contá-lo do modo como ele souber, ainda que não o acabe nem em seis dias, que, se fossem tantos, seriam para mim os melhores da minha vida.

---

[11] Dito tolo ou impensado; asneira, tolice.

[12] Sancho emprega um tratamento manifestamente inadequado, e poder-se-ia pensar que com intenção de ressaltar a bondade da duquesa.

[13] Uma esquadra, que ia socorrer Orã e Mazalquivir, refugiou-se no porto da Ferradura, próximo a Vélez Málaga. O temporal fez com que se despedaçasse em 19 de outubro de 1562, com o afundamento de 25 galeras, cujas tripulações se afogaram. Os sobrenomes citados existiram em Medina del Campo.

[14] "Não há de abreviar tal coisa."

— Digo, pois, meus senhores — prosseguiu Sancho —, que esse tal fidalgo, que eu conheço como as minhas mãos, porque de minha casa à sua não vai um tiro de besta, convidou um lavrador pobre, mas honrado...

— Adiante, irmão — acudiu o eclesiástico —; levais caminho de não acabar o conto nem no outro mundo.

— Hei de acabá-lo muito antes, se Deus for servido — respondeu Sancho —; e assim digo que, chegando o tal à casa do dito fidalgo que o convidara... Deus lhe fale na alma, porque já morreu; e por sinal dizem que teve a morte dum anjo; isso não posso eu afirmar, porque não estava presente, que tinha ido nesse tempo para a ceifa em Tembleque.

— Por vida vossa, filho, voltai depressa de Tembleque, e, sem enterrardes o fidalgo, senão quereis fazer ainda mais exéquias, acabai o vosso conto.

— Foi pois o caso que, estando os dois para se sentar à mesa... parece que os estou a ver agora.

Muito divertia ao duque e à duquesa o desespero que ao bom religioso causavam a dilação e pausas com que Sancho contava o seu conto, e Dom Quixote estava se consumindo de cólera e de raiva.

— Estando, como eu disse — continuou Sancho —, o fidalgo e o lavrador para se sentar à mesa, teimava o lavrador com o fidalgo para que se sentasse à cabeceira, e o fidalgo teimava para que ali se sentasse o lavrador, porque em sua casa se havia de fazer o que ele mandasse; mas o lavrador, que tinha fumaças de cortês, não foi capaz de ceder; até que o fidalgo, enfastiado, pondo-lhe as mãos nos ombros, o fez sentar à força, dizendo-lhe: "Sentai-vos, palúrdio, que o sítio em que eu me sentar, seja onde for, fica sendo a cabeceira". Ora aqui está o conto — concluiu Sancho —, e na verdade parece-me que não foi trazido fora de propósito.

Fez-se Dom Quixote de mil cores, que lhe jaspeavam o moreno do rosto. Os duques disfarçaram o riso, para que Dom Quixote não se corresse de todo, tendo entendido a malícia de Sancho; e para mudar de prática e impedir que Sancho prosseguisse com outros disparates, perguntou a duquesa a Dom Quixote que notícias tinha da Senhora Dulcineia e se nesses últimos dias lhe enviara alguns presentes de gigantes ou de malandrins, pois não podia deixar de ter vencido muitos.

— Senhora minha — respondeu Dom Quixote —, as minhas desgraças tiveram princípio, mas nunca hão de ter fim. Tenho vencido gigantes e malandrins lhe tenho enviado, mas onde haviam de encontrá-la, se está encantada e escondida na mais feia lavradeira que se imaginar possa?

— Não sei — acudiu Sancho Pança —; a mim parece a criatura mais formosa deste mundo; pelo menos na ligeireza e no brincar bem sei que não lhe levará vantagem nem um só saltimbanco: na verdade, senhora duquesa, salta do chão para cima duma jumenta como se fosse um gato.

— Viste-la encantada? — perguntou o duque.

— Se a vi! Pois quem diabo foi o primeiro que caiu no achaque do encantório, senão eu? Está tão encantada como meu pai.

O eclesiástico, que ouviu falar em gigantes, em malandrinos e em encantamentos, percebeu que aquele devia ser o Dom Quixote de la Mancha, cuja história o duque tinha costume de ler, coisa que ele por muitas vezes lhe censurara, dizendo-lhe que era disparate ler tais despautérios; e, sabendo ser verdade o que suspeitava, disse com muita cólera para o duque:

— Vossa Excelência, senhor duque, tem de dar contas a Nosso Senhor do que esse bom homem faz. Esse Dom Quixote ou Dom Tonto, ou como é que se chama, imagino eu que não deve ser tão mentecapto como Vossa Excelência quer que ele seja, dando-lhe ocasião para levar por diante as suas sandices e asneiras.

E, voltando-se para Dom Quixote, disse-lhe:

— E a vós, alma de cântaro, quem vos encasquetou na cabeça que sois cavaleiro andante, e que venceis gigantes e prendeis malandrinos? Voltai para vossa casa e educai vossos filhos, se os tendes, tratai da vossa fazenda e deixai-vos de andar vagando pelo mundo, a papar vento, e fazendo rir todos os que vos conhecem e não vos conhecem. Onde em má hora é que vistes que houvesse ou haja cavaleiros andantes? Onde é que há gigantes na Espanha ou malandrinos na Mancha? E Dulcineias encantadas, e toda a caterva de necedades que de vós se conta?

Ouviu Dom Quixote, muito atento, as razões daquele venerável varão; e, vendo que terminara, sem guardar respeito aos duques, com semblante irado e alvorotado rosto, pôs-se em pé, e disse... Mas esta resposta merece capítulo especial.

## Capítulo XXXII

### DA RESPOSTA QUE DEU DOM QUIXOTE AO SEU REPREENSOR, COM OUTROS GRAVES E GRACIOSOS SUCESSOS

ERGUIDO, POIS, DOM QUIXOTE, tremendo desde os pés até a cabeça, com azougada, pressurosa e turva língua, disse:

— O lugar onde estou, a presença de tão excelsas pessoas e o respeito que sempre tive e tenho ao estado que Vossa Mercê professa atam-me as mãos ao justíssimo enfado; e assim, tanto pelo que disse como por saberem todos que as armas dos que vestem sotainas são, como as das mulheres, a língua, entrarei, servindo-me da minha, em igual batalha com Vossa Mercê, de quem se deviam esperar antes bons conselhos do que infames vitupérios. As repreensões santas e bem-intencionadas requerem outras circunstâncias e pedem outros assuntos; pelo menos, repreender-me em público e tão asperamente excedeu todos os limites da censura cordata; porque às primeiras cabe melhor a brandura do que a aspereza; não me parece bem que, sem ter conhecimento do pecado que se repreende, se chame ao pecador, sem mais nem mais, mentecapto e tonto. Senão, diga-me Vossa Mercê: que tonteria viu em mim para me condenar e vituperar, e mandar-me que vá para minha casa tomar conta do seu governo, e de minha mulher e de meus filhos, sem saber se tenho filhos e mulher? Então não é mais senão entrar a trouxe-mouxe pelas casas alheias a governar os donos delas, e, tendo-se criado alguns dos que isso fazem na estreiteza dum seminário, sem terem visto mais mundo do que o que pode encerrar-se em vinte ou trinta léguas de comarca, meterem-se de rondão a dar leis à cavalaria e a julgar os cavaleiros andantes? Porventura é assunto vão, ou é tempo desperdiçado o que se gasta em vaguear pelo mundo, não procurando os seus regalos, mas sim as asperezas por onde ascendem os bons à sede da imortalidade? Se me tivessem por tonto os cavaleiros, os magníficos, os generosos, os de alto nascimento, considerá-lo-ia eu afronta irreparável; mas que me tenham por sandeu os estudantes, que nunca pisaram a senda da cavalaria, pouco me importa; cavaleiro sou e cavaleiro hei de morrer, se aprouver ao Altíssimo: uns seguem o largo campo da ambição soberba, outros o da adulação servil e baixa, outros o da hipocrisia enganosa, e alguns o da cavalaria andante, por cujo exercício desprezo a fazenda, mas não a honra. Tenho satisfeito agravos, castigado insolências, vencido gigantes e atropelado vampiros: sou enamorado, só porque é forçoso que o sejam os cavaleiros andantes, e, sendo-o, não pertenço ao número dos viciosos, mas sim ao dos platônicos e continentes. As minhas intenções sempre as dirijo para bons fins, que são fazer bem a todos e mal a ninguém. Se quem isto entende, se quem isto pratica, se quem disto trata merece ser chamado bobo, digam-no Vossas Grandezas, duque e duquesa excelentes.

— Bem, pelo Deus vivo — acudiu Sancho —, não diga mais Vossa Mercê, senhor meu amo, em seu abono, porque não há mais que dizer, nem mais que pensar, nem mais que perseverar no mundo; e, visto que esse senhor nega que tenha havido ou haja no mundo cavaleiros andantes, não admira que não saiba nenhuma das coisas que Vossa Mercê disse.

— Porventura — acudiu o eclesiástico — sois vós, irmão, aquele Sancho Pança, a quem vosso amo prometeu uma ilha?

— Sou eu mesmo — respondeu Sancho —, e sou também quem a merece tanto como outro qualquer; sou aquele de quem se pode dizer: "Chega-te para os bons, serás um deles"; e "Chega-te para boa árvore, boa sombra terás": arrimei-me a bom senhor, e há muitos meses que ando em boa companhia, e hei de ser outro como ele, querendo Deus; e viva ele, e viva eu, que nem a ele faltarão impérios que mandar, nem a mim ilhas que governar.

— Não, decerto, Sancho amigo — acudiu o duque —, que eu, em nome do Senhor Dom Quixote, vos confiro o governo duma que tenho agora vaga.

— Ajoelha, Sancho — bradou Dom Quixote —, e beija os pés de Sua Excelência, pela mercê que te fez.

Obedeceu Sancho, e, vendo isso o eclesiástico, levantou-se da mesa, muito enfadado, dizendo:

— Pelo hábito que visto, estou em dizer que Vossa Excelência ensandeceu com esses pecadores; vede se eles não hão de ser doidos, quando os ajuizados lhes aprovam as loucuras: fique-se Vossa Excelência com eles, que, enquanto estiverem cá por casa, ficarei eu na minha, e dispensar-me-ei de repreender o que não me é possível remediar.

E, sem dizer mais palavra nem comer mais bocado, foi-se embora, sem que pudessem detê-lo os rogos dos duques; é verdade também que o duque não pôde insistir muito; estava sufocado de riso, por causa da sua impertinente cólera. Acabou de rir e disse:

— Vossa Mercê, Senhor Cavaleiro dos Leões, respondeu por si tão nobremente que tirou plena satisfação deste agravo, se agravo se lhe pode chamar, porque os eclesiásticos, da mesma forma como as mulheres, não podem ofender ninguém, como Vossa Mercê muito bem sabe.

— Assim é — respondeu Dom Quixote —; quem não pode ser ofendido a ninguém pode ofender. As mulheres, as crianças e os eclesiásticos não podem defender-se, não podem ser afrontados, porque entre o agravo e a afronta há a seguinte diferença: a afronta só vem da parte de quem pode fazê-la e a faz e a sustenta; o agravo, esse pode vir de qualquer parte, sem que afronte. Exemplo: está uma pessoa na rua muito descuidada; chegam dez bem armados e dão-lhe uma sova de pau; ele desembainha a espada e faz o seu dever; mas opõe-se à multidão dos seus adversários e não o deixa executar a sua intenção, que é de se vingar; fica esse homem, portanto, agravado, mas não afrontado. Outro exemplo: está um homem de costas voltadas; chega outro, dá-lhe duas pauladas e foge; o primeiro segue-o, mas não o alcança; o que foi espancado recebeu agravo, mas não afronta, porque a afronta precisa ser sustentada. Se o que deu as pauladas, ainda que as desse por traição, metesse depois mão à espada e parasse para fazer frente ao seu inimigo, ficaria o outro juntamente agravado e afrontado. Dessa forma, segundo as leis do maldito duelo,[1] eu posso ser ofendido, mas não humilhado, pois as crianças e as mulheres não sentem, nem podem fugir, nem têm por que esperar, e a mesma coisa ocorre com os pertencentes à sacra religião, pois esses três gêneros de pessoas carecem de armas defensivas e ofensivas; e assim, embora naturalmente estejam obrigados a se defender, não devem ofender a ninguém. E, embora há pouco tempo

---

[1] A condenação do duelo, tão pouco em conformidade com o comportamento de Dom Quixote, responde a um decreto do Concílio de Trento.

atrás eu tenha dito que posso ser ofendido, agora digo que não, de maneira alguma, pois quem não pode receber afronta menos ainda pode afrontar; por todas essas razões não posso sentir nem sinto as injúrias que aquele bom homem me disse; só queria que ele tivesse esperado um pouco, para eu lhe fazer perceber o erro em que está, pensando e dizendo que não houve nem há no mundo cavaleiros andantes; que, se tal ouvisse Amadis, ou qualquer dos infinitos da sua linhagem, não iria o caso bem para Sua Mercê.

— Essa lhe juro eu — acudiu Sancho —; tinham-lhe dado tanta cutilada que o abriam de meio a meio como uma romã ou um melão bem maduro; eles eram lá gente que sofresse essas coisas! Eu cá por mim tenho por certo que, se Reinaldo de Montalbán tivesse ouvido semelhantes razões desse homenzito, arrumava-lhe tamanho lembrete que ele não tornava a falar por três; senão, que se metesse com ele e veria como lhe saía das mãos.

Morria de riso a duquesa, ouvindo as falas de Sancho, e tinha-o na sua opinião por mais divertido e mais insensato que seu amo; e houve muitos nesse tempo que foram do mesmo parecer. Finalmente, Dom Quixote sossegou, acabou-se o jantar e, ao levantar-se a mesa, chegaram quatro donzelas: uma com uma bacia de prata, outra com um gomil[2] de prata também, a terceira com riquíssimas e alvíssimas toalhas ao ombro, e a quarta com os braços nus até ao meio e um sabonete napolitano[3] nas suas brancas mãos. Aproximou-se a primeira e pôs a bacia debaixo do queixo de Dom Quixote, o qual, sem dizer palavra, admirado de semelhante cerimônia, imaginou que devia de ser uso daquela terra, em vez de lavar as mãos, lavar as barbas; e por isso, estendeu as suas, tanto quanto pôde, e no mesmo instante começou o gomil a chover água, e a última das donzelas ensaboava a cara de Dom Quixote, muito depressa, levantando flocos de neve, porque não era menos branca do que a neve a espuma que enchia a barba, o rosto e os olhos do obediente cavaleiro, tanto que teve de fechá-los à força. O duque e a duquesa, que de nada disso eram sabedores, estavam esperando para ver em que iria parar tão extraordinário lavatório. A donzela barbeira, quando o apanhou com um palmo de sabão, fingiu que se lhe acabara a água, e mandou à do

---

[2] Jarro de boca estreita, próprio para despejar água nas mãos.

[3] O napolitano era um sabão refinado, perfumado, preparado com trigo, leite de cabra, amêndoas amargas e açúcar. Era usado como xampu, especialmente para o asseio da barba.

gomil que fosse por ela, que o Senhor Dom Quixote esperaria. Assim o fez, e ficou Dom Quixote na mais estranha e ridícula figura que se pode imaginar. Miravam-no todos os que estavam presentes, que eram muitos; e, como o viam com meia vara de pescoço, mais do que medianamente trigueiro, os olhos fechados e a cara cheia de sabonete, só por grande milagre e discrição puderam disfarçar o riso; as donzelas da burla estavam de olhos baixos, sem se atrever a encarar seus amos; a eles retouçavam-lhes[4] no corpo a cólera e o riso, e não sabiam se haviam de castigar as donzelas pela sua ousadia, se premiá-las pelo divertimento que lhes tinham dado. Finalmente, veio a donzela do gomil e acabaram de lavar Dom Quixote, e em seguida a das toalhas limpou-o e enxugou-o muito pausadamente; e, fazendo-lhe todas as quatro uma grande e profunda mesura e cortesia, queriam ir embora; mas o duque, para que Dom Quixote não percebesse a burla, chamou a que levava a bacia de mãos, dizendo-lhe:

— Vinde-me lavar também, e vede lá se não vos acabe a água.

A rapariga, ladina e azougada, aproximou-se, e ela e as outras lavaram-no e ensaboaram-no muito depressa, e, deixando-o enxuto e limpo, foram-se embora, depois de feitas as suas mesuras. E o duque disse depois que jurara de si para si que, se elas hesitassem em ensaboá-lo como tinham ensaboado Dom Quixote, havia de castigá-las pela sua desenvoltura.[5]

Estava Sancho atento às cerimônias do lavatório e dizia consigo:

— Valha-me Deus! Será também uso nesta terra lavar as barbas aos escudeiros como aos cavaleiros? Pois eu em consciência bem precisava dessa lavagem, e até, se mas raspassem à navalha, maior benefício me fariam.

— Que estais vós a resmungar, Sancho? — perguntou a duquesa.

— Digo, senhora — respondeu Sancho —, que nas cortes dos outros príncipes sempre ouvi dizer que, em se levantando a mesa, dão água às mãos, e não ensaboadela às barbas; e, por isso, bom é viver muito para ver muito, ainda que dizem também que aquele que muito viver muitos trabalhos há de passar; mas lá esse lavatório é mais gosto do que desgosto.

---

[4] Balançar.
[5] Recorde-se que manusear a barba era considerado uma ação ofensiva.

— Não vos aflijais, amigo Sancho — disse a duquesa —, que eu farei com que as minhas donzelas vos lavem e até vos metam na barrela, se for necessário.

— Contento-me com a lavagem das barbas — respondeu Sancho —, pelo menos por agora.

— Mestre-sala — disse a duquesa —, fazei tudo o que Sancho vos pedir e cumpri-lhe a vontade ao pé da letra.

O mestre-sala respondeu que em tudo seria servido o Senhor Sancho e levou-o consigo para jantar, ficando à mesa os duques e Dom Quixote, falando em muitas e diversas coisas, mas todas tocantes ao exercício das armas e da cavalaria andante.

A duquesa pediu a Dom Quixote que lhe delineasse e descrevesse, pois que parecia ter feliz memória, a formosura e as feições da Senhora Dulcineia del Toboso, que, pelo modo como a fama apregoava sua beleza, devia ser a mais linda criatura do mundo e de toda a Mancha. Suspirou Dom Quixote, ouvindo as ordens da duquesa, e disse:

— Se eu pudesse arrancar o meu coração e pô-lo diante dos olhos de Vossa Excelência, aqui, em cima desta mesa, e num prato, tiraria à minha língua o trabalho de dizer o que apenas se pode pensar, porque Vossa Excelência a veria nele toda retratada; mas, para que hei de me pôr eu agora a delinear e a descobrir, ponto por ponto, a formosura da incomparável Dulcineia, sendo isso carga digna de outros ombros e não dos meus, empresa em que se deviam ocupar os pincéis de Parrásio, de Timantes e de Apeles, e os buris de Lisipo,[6] para pintá-la e esculpir em madeira, mármore ou bronze, e a retórica cicerônica e demostênica para louvá-la?

— Que quer dizer "demostênica", Senhor Dom Quixote? — perguntou a duquesa. — É vocábulo que nunca ouvi em minha vida!

— "Retórica demostênica" — respondeu Dom Quixote — é o mesmo que dizer "retórica de Demóstenes", como "cicerônica", de "Cícero", que foram os maiores retóricos do mundo.

— Pois sim, e já vos deslumbrastes com tal pergunta, mas apesar de tudo isso, grande gosto nos daria o Senhor Dom Quixote — acudiu o duque — se no-la pintasse, que decerto que, ainda que seja em rascunho e em bosquejo, há de sair tal que fará inveja às mais formosas.

---

[6] Os três primeiros, pintores gregos; o último, escultor.

— Decerto vos obedeceria — respondeu Dom Quixote —, se ma não tivesse apagado da ideia a desgraça que há pouco lhe sucedeu, que estou mais para chorá-la do que para descrevê-la; porque hão de saber Vossas Grandezas que indo eu, há dias, beijar-lhe as mãos e receber a sua bênção, beneplácito e licença para esta saída, achei-a outra, muito diferente da que procurava; achei-a encantada e convertida de princesa em lavradeira, de formosa em feia, de anjo em diabo, de aromática em pestífera, de bem-falante em rústica, de comedida em travessa, de luz em trevas e, finalmente, de Dulcineia del Toboso numa vilã de Saiago.

— Valha-me Deus! — bradou o duque. — Quem foi que fez tamanho mal ao mundo? Quem lhe tirou a beleza que o alegrava, o donaire que o enleava e a honestidade que o honrava?

— Quem? — tornou Dom Quixote. — Pois quem pode ser senão algum nigromante, dos muitos invejosos que me perseguem? Raça maldita, nascida no mundo para escurecer e aniquilar as façanhas dos bons e para dar luz e grandeza aos feitos dos maus! Têm-me perseguido nigromantes, nigromantes me perseguem, nigromantes me perseguirão, até darem comigo e com as minhas altas cavalarias no profundo abismo do olvido; e molestam-me e ferem-me naquilo em que veem que mais o sinto; porque tirar de um cavaleiro andante a sua dama é tirar-lhe os olhos com que vê e o sol com que se alumia e o alimento com que se sustenta. Muitas vezes o tenho dito, e agora torno-o a dizer, que um cavaleiro andante sem dama é como a árvore sem folhas, o edifício sem cimento e a sombra sem corpo que a produza.

— Não há mais que dizer — tornou a duquesa —; mas, com tudo isso, havemos de dar crédito à história do Senhor Dom Quixote que há dias saiu à luz do mundo, com geral aplauso das gentes; e dela se colige, se bem me lembro, que nunca Vossa Mercê viu a Senhora Dulcineia; e que essa senhora não existe no mundo, mas é dama fantástica, que Vossa Mercê gerou no seu entendimento, pintando-a com todas as graças e perfeições que muito bem quis.

— A isso há muito que dizer — respondeu Dom Quixote —; Deus sabe se há ou se não há Dulcineia no mundo, ou se é fantástica ou não; nem são coisas estas cuja averiguação se leve até o fim. Nem eu gerei a minha dama, ainda que a considero como dama que em si contém todos os predicados, que podem distingui-la entre as outras, a saber: formosa sem senão, grave sem soberba, amorosa com honestidade, agradecida, cortês e bem-criada, e finalmente de alta linhagem; porque resplandece e campeia a formosura com maior perfeição no sangue nobre do que nas beldades de humilde nascimento.

— Assim é — tornou o duque —; mas há de me pedir licença o Senhor Dom Quixote para que eu diga o que se lê na história das suas façanhas, a qual, ainda que conceda que haja Dulcineia del Toboso, e que seja formosa, na suma perfeição que Vossa Mercê nos diz, em nobreza de linhagem não pode compará-la com as Orianas, com as Alastrajareas, com as Madásimas nem com outras desse jaez,[7] de que andam cheias as histórias que Vossa Mercê bem sabe.

— A isso posso responder — redarguiu Dom Quixote — que Dulcineia é filha das suas obras, e que as virtudes adubam o sangue, e que mais se deve estimar um virtuoso humilde do que um fidalgo vicioso, tanto mais que Dulcineia tem prendas que podem levá-la a ser rainha de coroa e cetro, porque o merecimento duma mulher bela e virtuosa ainda pode fazer maiores milagres, e posto que não formalmente, virtualmente encerra em si maiores venturas.

— O que vejo, Senhor Dom Quixote — acudiu a duquesa —, é que em tudo quanto Vossa Mercê tem dito caminha de sonda em punho, e que eu, daqui por diante, acreditarei e farei crer a todos os da minha casa, e até ao duque meu marido, se necessário for, que existe Dulcineia del Toboso, que vive hoje em dia e que é formosa e de alto nascimento, e merecedora de que tal cavaleiro, como é o Senhor Dom Quixote, a sirva, que é o mais que eu posso encarecer; mas não deixo de ter um certo escrúpulo e de me zangar com Sancho Pança. O escrúpulo está em dizer a referida história que Sancho encontrou a Senhora Dulcineia, quando lhe levou uma epístola da parte de Vossa Mercê, a peneirar trigo; coisa que me faz duvidar da nobreza da sua linhagem.

— Senhora minha — respondeu Dom Quixote —, saberá Vossa Grandeza que todas ou a maior parte das coisas que me sucedem vão fora dos termos ordinários das que acontecem aos outros cavaleiros andantes, quer sejam dirigidas pela vontade imutável dos fados, quer venham encaminhadas pela malícia de algum invejoso nigromante; ora é coisa averiguada que todos, ou a maior parte dos cavaleiros andantes e famosos, têm diversos privilégios: um, o de não poder ser encantado; outro, o de ter tão impenetráveis carnes que não pode ser ferido, como

---

[7] Oriana é a amada de Amadis de Gaula; a rainha Madásima já apareceu no capítulo XXIV do primeiro volume; uma Alastrajarea é filha de Amadis de Grécia e de Zahara no *Amadis de Grécia*, outra é mulher do príncipe Folanges de Astra no *Florisel de Niqueia*. Trata-se, em todo caso, de conotar a linha literária à qual pertence Dulcineia, de buscar damas à sua altura.

o famoso Roldão, um dos doze pares de França, de quem se diz que só na planta do pé esquerdo podiam feri-lo, e ainda assim só com um bico dum alfinete grande e não com outra espécie de arma, tanto que, quando Bernardo del Carpio o matou em Roncesvalles, vendo que não podia molestá-la com ferro, levantou-o do chão nos braços e afogou-o, lembrando-se da morte que deu Hércules a Anteu,[8] o feroz gigante que dizem que era filho da Terra. Disso quero inferir que poderia ser que eu tivesse algum desses privilégios, não o de não poder ser ferido, porque muitas vezes me tem mostrado a experiência que sou de carnes brandas e nada impenetráveis, nem o de não poder ser encantado, porque já me vi metido numa jaula, onde o mundo inteiro não me poderia encerrar, a não ser à força de encantamentos. Mas, se desse me livrei, quero crer que não haverá nenhum no mundo que me impeça; e assim, vendo os nigromantes que não podem empregar na minha pessoa as suas danadas manhas, vingam-se nos entes a que mais quero e pretendem tirar-me a vida maltratando Dulcineia, por quem vivo; e, assim, creio que, quando o meu escudeiro lhe levou a minha mensagem, converteram-na em vilã, e em vilã ocupada em tão baixo exercício como o de joeirar trigo; mas também eu já disse que aquilo não eram grãos de trigo, mas sim pérolas orientais; e, para prova dessa verdade, quero dizer a Vossas Magnitudes que, passando eu agora pelo Toboso, nunca fui capaz de encontrar os palácios de Dulcineia, e que outro dia, tendo-a visto Sancho, meu escudeiro, em pessoa, que é a mais bela do mundo todo, a mim pareceu-me uma lavradeira tosca e feia, e muito rústica no falar, sendo ela a discrição do mundo; e, visto que eu não estou encantado, nem posso estar, como o bom senso o mostra, é ela a encantada, a ofendida e a transformada, e nela se vingaram de mim os meus inimigos, e por ela viverei em perpétuas lágrimas, até vê-la em seu antigo estado; tudo isto eu disse para que ninguém faça caso do que refere Sancho a respeito de tê-la encontrado a joeirar trigo, que, se a mudaram para mim, a ele lha trocariam também. Dulcineia é de alto nascimento e das fidalgas linhagens que há em El Toboso, que são muitas, antigas e ótimas. E esse lugar ficará famoso por ter dado o berço à incomparável Dulcineia, como foi Troia por Helena e a Espanha pela Cava,[9] mas ainda com melhor título e fama.

---

[8] Refere-se ao mito de Anteu, que perdia sua força ao ser erguido da Terra, sua mãe, e dessa maneira Hércules conseguiu vencê-lo.

[9] O rapto de Helena por Páris levou à guerra e destruição de Troia, enquanto a Cava, filha do Conde Dom Julião e amante do Rei Rodrigo, provocou a invasão árabe da península.

Ademais, desejo que Vossas Senhorias entendam que Sancho Pança é um dos mais divertidos escudeiros que já serviram a cavaleiro andante; tem às vezes umas simplicidades tão agudas que a gente pergunta a si própria se tudo aquilo é necedade ou malícia; umas vezes parece velhaco, e outras vezes tolo: de tudo duvida e em tudo acredita; quando penso que vai se despenhar por tonto, sai-me com umas discrições que o levantam ao céu. Finalmente, eu não o trocaria por outro escudeiro, ainda que me dessem por demasia uma cidade; e assim, duvido se será bom mandá-lo para o governo de que Vossa Grandeza lhe fez mercê, ainda que nele vejo uma certa aptidão para governar, e pode ser que, aguçando-lhe um poucochito o entendimento, se saia bem do encargo, como o rei com suas alcavalas; tanto que já sabemos por experiência que não são mister nem muitas letras nem muita habilidade para alguém ser governador, pois há por aí centos que mal sabem ler e governam como águias. O caso está em que tenham boas intenções e desejem acertar em tudo, que nunca lhes faltará quem os aconselhe e encaminhe no que hão de fazer, como os governadores cavaleiros e não letrados, que sentenciam com assessores. A seu tempo eu lhe darei alguns conselhos, para sua utilidade e proveito da ilha que governar.

Estavam nesse ponto do seu colóquio o duque, a duquesa e Dom Quixote quando ouviram muitos brados e grande rumor de gente, e entrou Sancho de corrida na sala, com uma rodilha atada ao pescoço, e atrás dele muitos bichos[10] de cozinha, e outra criadagem miúda, um dos quais trazia uma caldeirão de água, que, pela cor e pouca limpeza, mostrava ser de lavar a louça. Perseguia-o este, procurando pôr-lhe o caldeirão debaixo das barbas, ao passo que outro mostrava querer-lhas lavar.

— Que é isso, irmãos? — perguntou a duquesa. — Que quereis a esse bom homem? Pois não considerais que está nomeado governador?

— Esse senhor não quer se deixar lavar — respondeu o improvisado barbeiro — como é costume, e como se lavou o senhor duque e o amo do Senhor Sancho.

— Quero, sim — respondeu Sancho com muita cólera —, mas desejaria que fosse com toalhas mais limpas e água mais clara, e com

---

[10] Bicho: no original, *pinche*, ajudante de cozinha. Era um dos ofícios mais baixos.

mãos menos sujas, que não há tanta diferença entre mim e meu amo, que a ele o lavem com água de anjos[11] e a mim com a barrela do Diabo. As usanças das terras e dos palácios dos príncipes são muito boas, se não incomodam ninguém; mas o costume das lavagens que aqui se usam é pior que o das disciplinas e cilícios. Eu tenho as minhas barbas limpas, não preciso de semelhantes refrescos, e aquele que se chegar a lavar-me ou a tocar num cabelo da minha barba, com perdão de quem me ouve, apanha tamanho murro que lhe fica o meu punho encaixado no crânio: que tais cerimônias e ensaboadelas parecem burla, e não agasalho de hóspedes.

Estava perdida de riso a duquesa, vendo a cólera e ouvindo as razões de Sancho; mas Dom Quixote não ficou muito contente, vendo-o com uma rodilha ao pescoço e cercado de tantos bichos de cozinha; e, assim, fazendo uma profunda cortesia aos duques, como que pedindo-lhes licença para falar, com voz pausada disse à canalha:

— Olá! Senhores cavalheiros, deixem Vossas Mercês o meu criado e voltem para donde vieram, ou para outra parte, se preferirem, que o meu escudeiro é tão limpo como outro qualquer, e esses caldeirões não lhe servem; tomem o meu conselho e deixem-no, porque nem ele nem eu estamos dispostos a aturar caçoadas.

Tomou-lhe o argumento da boca Sancho e prosseguiu, dizendo:

— Não, senão cheguem a zombar do mostrengo, que eu tolerarei como agora é de noite. Tragam-me um pente ou o que quiserem e limpem-me estas barbas; e se tirarem delas algo que ofenda a limpeza, tosquiem-me em cruzes.

— Sancho Pança tem razão em tudo o que disse — acudiu a duquesa, sem deixar de se rir —, e tê-la-á em tudo quanto disser, e não precisa se lavar; e, se a nossa usança não lhe agrada, sua alma sua palma, tanto mais que vós outros, ministros da limpeza, andastes muito remissos e descuidados, e não sei se digo atrevidos, em trazer a tal personagem e a tais barbas, em vez de bacias e gomis de água pura e de toalhas de holanda, escudelas de pau e rodilhas de cozinha. Mas, enfim, sempre haveis de mostrar que sois maus e malcriados, e não podeis deixar de revelar, como malandrinos que sois, a raiva que tendes aos escudeiros dos cavaleiros andantes.

---

[11] Água de anjos: água olorosa, perfumada com a essência de diversas plantas.

Julgaram os criados e até o mestre-sala, que vinha com eles, que a duquesa falava sério, e assim tiraram a rodilha de Sancho, e todos, confusos e quase corridos, foram-se e deixaram-no. Sancho, vendo-se livre daquele, no seu entender, grande perigo, foi ajoelhar diante da duquesa, dizendo:

— De grandes senhoras grandes mercês se esperam; essa que Vossa Senhoria hoje me fez não pode pagar-se com menos do que com o desejar ver-me armado cavaleiro andante, para me ocupar, todos os dias da minha vida, em servir tão nobre dama: lavrador sou, Sancho Pança me chamo, sou casado, tenho filhos e de escudeiro sirvo; se com alguma destas coisas posso servir a Vossa Senhoria, mais depressa obedecerei eu do que Vossa Senhoria mandará.

— Bem se vê, Sancho — respondeu a duquesa —, que aprendestes a ser cortês na escola da própria cortesia; bem se vê, quero dizer, que vos criastes ao peito do Senhor Dom Quixote, que deve ser a nata dos comedimentos e a flor das cerimônias, ou "cirimônias", como dizeis. Bem haja tal amo e tal criado, um como norte da cavalaria andante, e o outro como estrela da fidelidade escudeiril. Levantai-vos, Sancho amigo, que eu pagarei as vossas cortesias, fazendo com que o duque, meu esposo, o mais depressa que puder, cumpra a promessa que vos fez dum governo.

Com isso acabou a prática, e Dom Quixote foi dormir a sesta; e a duquesa pediu a Sancho que, se não tivesse muita vontade de dormir, viesse passar a tarde com ela e com as suas donzelas numa fresquíssima sala. Sancho respondeu que, ainda que era verdade o ter por costume dormir quatro ou cinco horas nas sestas do verão, por agradecer a sua bondade procuraria, com todas as suas forças, nesse dia não dormir, e viria obedecer ao seu mandado. O duque deu novas ordens para que Dom Quixote fosse tratado como cavaleiro andante, sem pessoa alguma se arredar um ápice do estilo com que se conta que eram tratados os antigos cavaleiros.

## Capítulo XXXIII
### DA SABOROSA PRÁTICA QUE A DUQUESA E AS SUAS DONZELAS TIVERAM COM SANCHO PANÇA, DIGNA DE QUE SE LEIA E QUE SE NOTE

CONTA, POIS, A HISTÓRIA que Sancho não dormiu aquela sesta, mas que, para cumprir a sua palavra, veio, logo depois de jantar, ter com a duquesa, a qual, pelo muito que gostava de ouvi-lo, o fez sentar ao pé de si numa cadeira baixa, ainda que Sancho, por delicadeza, não quisesse sentar-se; mas a duquesa disse-lhe que se sentasse como governador e falasse como escudeiro, pois que por ambas as coisas merecia até o escano[1] do Cid Rui Díaz Campeador. Sancho encolheu os ombros, obedeceu e sentou-se, e todas as donzelas e donas da duquesa rodearam-no atentas, em grandíssimo silêncio, para o escutarem; mas a duquesa foi a que falou primeiro, dizendo:

— Agora que estamos sós, e que aqui ninguém pode nos ouvir, quereria eu que o senhor governador me resolvesse certas dúvidas que tenho e que nasceram da leitura da história do grande Dom Quixote que anda impressa; e uma dessas dúvidas é a seguinte: se o bom Sancho nunca viu Dulcineia, quero dizer, a Senhora Dulcineia del Toboso, nem lhe levou a carta do Senhor Dom Quixote, porque o livro de lembranças ficou-lhe na Serra Morena, como se atreveu a fingir a resposta e a inventar que a encontrara joeirando trigo, sendo tudo burla e mentira, e tanto em prejuízo da boa fama da incomparável Dulcineia, o que decerto não diz bem com a qualidade e a fidelidade dos bons escudeiros?

---
[1] Assento. Aqui equivale à "posição mais honrosa"; frase proverbial, procedente da lenda ou história do Cid Campeador: refere-se ao assento de marfim que o Cid ganhou do Rei Búcar e deu a Alfonso VI.

Ouvindo essas palavras, Sancho, sem responder coisa alguma, levantou-se e, nos bicos dos pés, corpo curvado e dedo nos lábios, percorreu a sala toda, erguendo os reposteiros. Feito isso, voltou a sentar-se e disse:

— Agora, senhora minha, que já vi que não está ninguém a escutar-nos, sem temor nem sobressalto responderei ao que me perguntou: e a primeira coisa que eu digo é que tenho o meu Senhor Dom Quixote por um rematado louco, ainda que algumas vezes diz coisas que, no meu entender e de todos os que o escutam, são tão discretas e tão bem encaminhadas que o próprio Satanás não as poderia dizer melhores; mas, com tudo isso, verdadeiramente e sem escrúpulo, cá pra mim é caso assentado ser ele um mentecapto; e, como tenho isso encasquetado na cachimônia, atrevo-me a fazê-lo acreditar em coisas sem pés nem cabeça, como foi isso da resposta da carta, e outra patranha, há seis ou oito dias, que ainda não está na história, e que vem a ser o caso do encantamento da minha Senhora Dona Dulcineia, uma peta refinada que eu lhe impingi.

Pediu-lhe a duquesa que lhe contasse esse encantamento, e Sancho referiu-o tal qual, com o que muito se divertiram os ouvintes.

E, prosseguindo na sua prática, disse a duquesa:

— Do que o bom Sancho me contou, nasceu-me na alma um escrúpulo e chega aos meus ouvidos um certo sussurro que me diz: "Pois se Dom Quixote de la Mancha é louco e mentecapto, e Sancho Pança, seu escudeiro, o conhece, e apesar disso o serve e o segue e anda atido às suas promessas, é sem dúvida ainda mais louco e mais tonto do que seu amo; e, se é assim, como não há dúvida, não se te elevaria a bem, senhora duquesa, que a esse Sancho Pança dês o governo duma ilha, porque, quem não sabe governar a si, como há de saber governar os outros?".

— Por Deus, senhora — disse Sancho —, esse escrúpulo é bem cheio de razão; mas diga-me Vossa Mercê que fale alto e claro, que bem conheço que diz a verdade, e que, se eu fosse discreto, já há dias que teria deixado meu amo; mas foi essa a minha má sorte; não posso, tenho de segui-lo; somos do mesmo lugar, comi-lhe o pão, quero-lhe bem; é agradecido, deu-me uns burricos e, sobretudo, sou fiel, e já agora é impossível que nos separe outro sucesso que não seja o que deitar umas pás de terra para cima de qualquer um de nós; e, se vossa altanaria não quiser que se me dê o prometido governo, paciência! Também Deus Nosso Senhor não mo deu quando nasci, e pode ser até que o não ter redunde em proveito da minha consciência, que eu, apesar de ser tolo, percebo perfeitamente o sentido daquele rifão que diz que por seu mal nasceram asas à formiga, e pode ser até que mais asinha vá para o céu Sancho escudeiro do que Sancho governador; em toda a parte se come pão, e de noite todos os gatos são pardos; desgraçado é quem às duas horas da tarde ainda não quebrou o jejum; e não há estômago que seja um palmo maior que outro; e a barriga, como diz o outro, de palha e de feno se enche; e as avezinhas do campo têm Deus por seu provedor e despenseiro; e mais aquecem quatro varas de pano de Cuenca do que outras quatro de lemiste[2] de Segóvia; e ao deixarmos este mundo e metermo-nos pela terra dentro, por tão estreita senda vai o príncipe como o jornaleiro; e não ocupa mais pés de terra o papa que o sacristão, ainda que seja mais alto que o outro, que ao entrar no fojo todos nos apertamos e encolhemos, ou nos obrigam a apertar e a encolher, em que nos pese; e muito boas noites; e torno a dizer que, se Vossa Senhoria me não quer dar a ilha por eu ser tolo, eu saberei passar sem ela por discreto; e tenho ouvido dizer que detrás da cruz está o Diabo, e que nem tudo o que luz é ouro; e que dentre bois e arados tiraram o lavrador Wamba, para ser rei de Espanha, e dentre os brocados, passatempos e riquezas tiraram Rodrigo, para ser comido pelas cobras (se não mentem as trovas dos romances antigos).

— E decerto que não mentem — acudiu Dona Rodríguez, que era uma das ouvintes —; até há um romance que diz que meteram o Rei Rodrigo vivo, vivo, numa tumba cheia de cobras, de sapos e de lagartos, e que dali a dois dias disse o rei de dentro da tumba, com voz dolorida e baixa:

> Já me comem, já me comem
> por onde pecado havia.[3]

E, visto isso, muita razão tem esse senhor para dizer que antes quer ser lavrador que rei, se o hão de comer os bichos.

Não pôde a duquesa suster o riso, com a simplicidade de sua dona, nem deixou de se admirar de ouvir as razões e os rifões de Sancho, a quem disse:

---

[2] Pano preto e fino de lã.
[3] Versos pertencentes a uma versão do romance "A penitência do rei Rodrigo".

— Já sabe o meu bom Sancho que o que uma vez promete um cavaleiro, procura cumpri-lo, ainda que lhe custe a vida. O duque, meu senhor e marido, apesar de não ser dos andantes, nem por isso deixa de ser cavaleiro, e assim cumprirá a palavra de vos dar a prometida ilha, apesar da inveja e da malícia do mundo. Esteja Sancho sossegado que, quando menos o pensar, há de se ver sentado na sua cadeira de governador, coberto de brocado e empunhando o bastão do comando: o que lhe recomendo é que veja como governa os seus vassalos, que todos são leais e bem-nascidos.

— Lá isso de governá-los bem — respondeu Sancho — não precisa mo recomendar, porque eu sou naturalmente caritativo e tenho compaixão dos pobres, e a quem sega e amassa não lhe furtem a fogaça; e a mim juro por esta, que não me hão de deitar dados falsos; sou rata pelada e entendo tudo tintim por tintim, e não consinto que me andem lá com teias de aranha, e sei perfeitamente onde me aperta o sapato; e digo isto porque os bons hão de ter de mim o que quiserem, e os maus nem uma figa. E parece-me que nisso de governos tudo está no começar, e pode muito bem ser que, em eu sendo quinze dias governador, entenda mais desse ofício do que da lavoura com que me criei.

— Tendes razão, Sancho — disse a duquesa —; ninguém nasce ensinado, e dos homens é que se fazem os bispos, não é das pedras. Mas, tornando ao que há pouco íamos dizendo do encantamento de Dulcineia, tenho por coisa certa e averiguada que essa ideia que Sancho teve de zombar de seu amo, e de lhe dar a entender que a lavradeira era Dulcineia, e que, se ele não a conhecia, era por estar encantada, foi tudo invenção de algum dos nigromantes que perseguem o Senhor Dom Quixote; porque eu sei de boa fonte, real e verdadeiramente, que a vilã que deu o salto para cima da burrica era e é Dulcineia del Toboso, que está encantada como a mãe que a deu à luz; e, quando menos o pensarmos, havemos de vê-la na sua própria figura, e então sairá Sancho do engano em que vive.

— Tudo isso pode muito bem ser — disse Sancho —; e agora quero eu crer no que meu amo conta do que viu na cova de Montesinos, onde estava a Senhora Dulcineia del Toboso com o mesmo traje com que eu disse que a vira, quando a encantei por minha alta recreação; e tudo foi às avessas, como Vossa Mercê diz, senhora minha, porque efetivamente do meu ruim engenho não se pode nem se deve esperar que fabricasse dum momento para o outro tão agudo embuste, nem creio que meu amo fosse tão doido que só por uma triste persuasão como essa minha acreditasse numa coisa tão fora de vila e termo; mas por isso não me tenha a vossa bondade por malévolo; um pobre-diabo como eu sou não pode descobrir as malícias dos péssimos nigromantes; se fingi aquilo, foi para evitar os ralhos do Senhor Dom Quixote e não para ofendê-lo, e, se saiu ao invés, lá está Deus no céu que julga os corações.

— Assim é na verdade — tornou a duquesa —; mas diga-me Sancho, agora, o que é isso que refere da cova de Montesinos, que eu gostaria de o saber.

Então Sancho Pança contou-lhe, ponto por ponto, o que se narrou já da aventura, e, ouvindo-o, disse a duquesa:

— Pode-se inferir desse sucesso que, visto que o grande Dom Quixote diz que viu ali a mesma lavradeira que Sancho viu à saída de El Toboso, sem dúvida é Dulcineia, e que andam por aqui nigromantes espertíssimos e extremamente curiosos.

— Isso digo eu também — acudiu Sancho Pança —; que, se a minha Senhora Dulcineia del Toboso está encantada, pior para ela, que eu não hei de ir jogar as cristas com os inimigos de meu amo, que devem de ser muitos e maus; verdade seja que aquela que eu vi era lavradeira e por lavradeira a tive e julguei; e, se era Dulcineia, nada tenho com isso. Senão venham agora aí a cada esquina andar comigo em dize tu, direi eu: "Sancho fez isto, Sancho fez aquilo, e Sancho toma e Sancho deixa", como se Sancho fosse aí um qualquer e não o mesmo Sancho Pança que anda já em livros por este mundo de Cristo, segundo me disse Sansão Carrasco, que, ao menos, sempre é pessoa bacharelada por Salamanca, e isto de bacharéis são sujeitos que não mentem, senão quando podem, ou lhes faz conta: assim não há motivo para se meterem comigo; e já que tenho boa fama e, segundo ouvi dizer de meu senhor, vale mais bom nome que grande riqueza, encaixem-me esse governo e verão maravilhas, que quem tem sido bom escudeiro será bom governador.

— Tudo quanto o bom Sancho aqui tem dito — acudiu a duquesa — são sentenças catonianas, ou pelo menos arrancadas das próprias entranhas do próprio Miguel Verino, *florentibus occidit annis*.[4] Enfim,

---

[4] "Morreu na flor da sua idade." Michele Verino foi autor de um *Distichorum liber* destinado à educação das crianças, cuja primeira edição foi a de Florença, em 1478, e se imprimiu muitas vezes na Espanha, algumas com comentários, desde 1489. As palavras em latim correspondem ao epitáfio que lhe dedicou Ângelo Policiano e que figurava no cabeçalho dos textos escolares. Com "sentenças catonianas" pode referir-se tanto aos *Disticha Catonis* como aos conselhos que corriam no folheto, atribuídos a Catão.

enfim, para falarmos a seu modo, debaixo de ruim capa se esconde bom bebedor.

— Em verdade, senhora — respondeu Sancho —, eu tenho bebido sempre por vício, e por sede também, não digo que não, que não sou nada hipócrita: bebo quando tenho vontade, quando não a tenho e quando me dão vinho, para não parecer melindroso ou malcriado; que a um brinde de amigo, que coração de mármore haverá que não faça logo a razão?[5] Mas, ainda que as calço, não as borro, tanto mais que os escudeiros dos cavaleiros andantes quase sempre bebem água, porque não fazem senão andar por florestas, selvas e prados, montes e vales, sem encontrarem uma esmola de vinho, ainda que deem um olho por isso.

— Assim creio — respondeu a duquesa —; e por agora vá Sancho descansar, que depois falaremos com mais pausa e trataremos de se lhe encaixar depressa, como ele diz, o tal governo.

De novo Sancho beijou as mãos da duquesa e lhe pediu que lhe fizesse mercê de cuidar do seu ruço, porque era o lume dos seus olhos.

— Que ruço vem a ser? — perguntou a duquesa.

— O meu burro — tornou Sancho —, que, por não o chamar por esse nome, lhe costumo chamar o ruço; e a essa senhora dona pedi, quando entrei neste castelo, que tomasse conta dele, e ela toda se arrenegou, como se eu lhe tivesse chamado feia ou velha, devendo ser contudo, parece-me, mais próprio das donas pensar os jumentos do que honrar as salas. Valha-me Deus! Que mal se daria com essas senhoras um fidalgo da minha terra!

— Seria algum vilão — acudiu a Dona Rodríguez —; que, se ele fosse fidalgo e bem-nascido, havia de pô-las nos cornos da lua.

— Ora bem — disse a duquesa —, acabou-se! Cale-se, Dona Rodríguez; sossegue, Senhor Pança, e fique a meu cargo o tratamento do ruço, que, por ser alfaia de Sancho, eu o porei nas meninas dos meus olhos.[6]

— Basta que esteja na cavalariça — respondeu Sancho —, que nas meninas dos olhos de Vossa Grandeza nem ele nem eu somos dignos de estar nem um instante só, e eu tão capaz era de consentir em semelhante coisa como em que me dessem punhaladas: que, ainda que

---

[5] Corresponder ao brinde.

[6] "Irei mimá-lo"; para o leitor da época, era realmente chocante que a Duquesa se preocupasse com o asno de Sancho, assim como que o escudeiro se sentasse junto a ela no estrado com uma cadeira baixa.

meu senhor diga que em se tratando de cortesia melhor é perder por carta de mais que por carta de menos, nestas histórias asininas é bom que se vá de sonda na mão.

— Leve-o Sancho para o seu governo — tornou a duquesa —, e lá poderá regalá-lo como muito bem quiser e até jubilá-lo para lhe dar descanso.

— Não pense Vossa Mercê — acudiu Sancho — que não disse bem, que eu tenho já visto entrar para os governos mais de dois asnos, e levar eu o meu não seria coisa nova.

As razões de Sancho renovaram na duquesa o riso e a alegria e, mandando-o descansar, foi dar conta ao duque da sua palestra, e ambos combinaram fazer uma brincadeira com Dom Quixote, que fosse famosa e dissesse bem com o estilo cavaleiresco, e neste gênero lhe fizeram muitas, tão discretamente e tão próprias que são as melhores aventuras que nesta grande história se encerram.

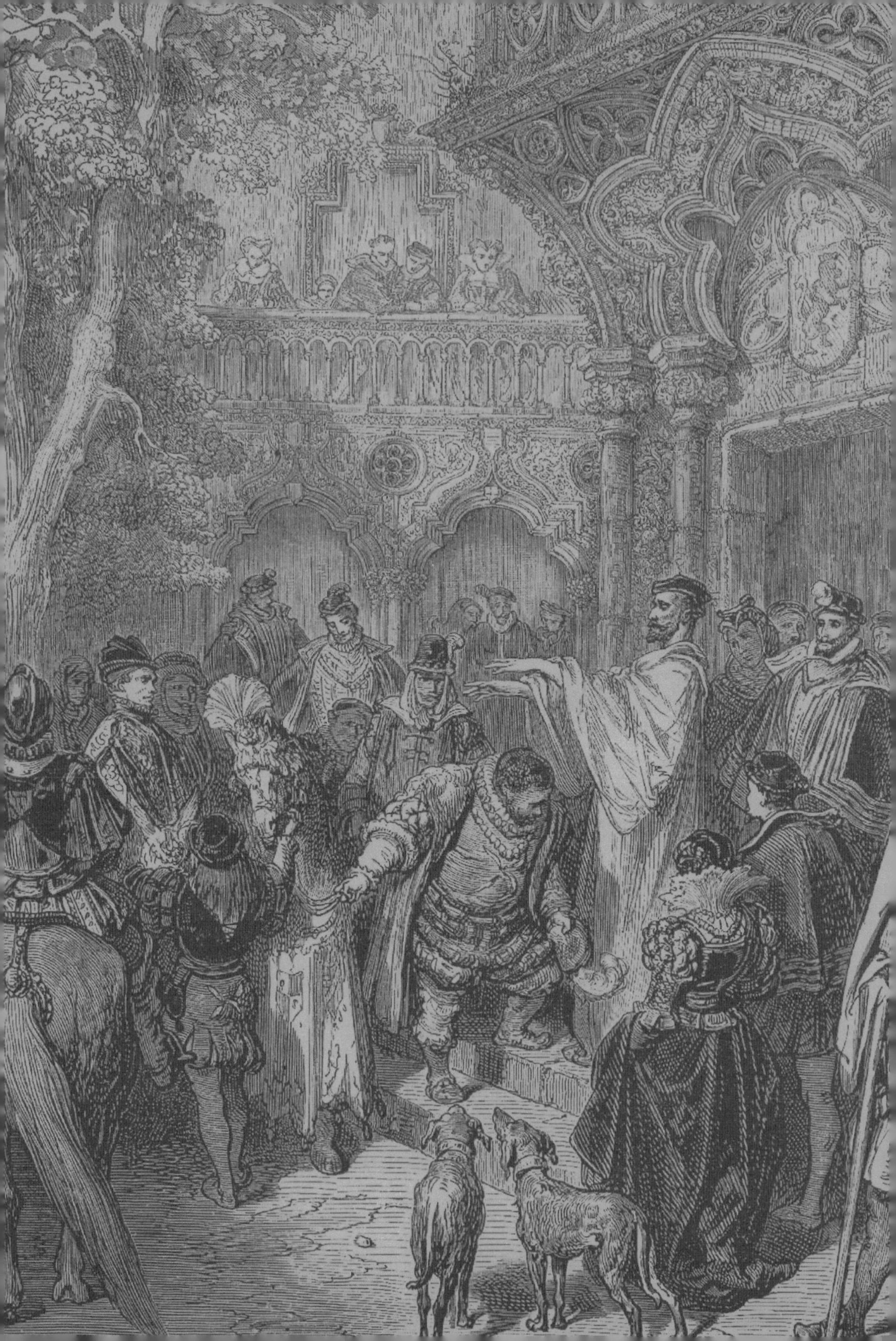

## Capítulo XXXIV

QUE DÁ CONTA DA NOTÍCIA QUE SE TEVE DE COMO SE HAVIA DE DESENCANTAR A SEM-PAR DULCINEIA DEL TOBOSO, QUE É UMA DAS AVENTURAS MAIS FAMOSAS DESTE LIVRO

DIVERTIAM-SE MUITO o duque e a duquesa com a conversação de Dom Quixote e de Sancho Pança e, confirmando-se na intenção que tinham de lhes fazer algumas burlas que tivessem vislumbres e aparência de aventura, aproveitaram que Dom Quixote já lhes contara da cova de Montesinos para inventar uma que fosse famosa (mas o que mais pasmava a duquesa era a simplicidade de Sancho, que chegara a acreditar que Dulcineia del Toboso estava encantada, tendo sido ele mesmo o nigromante e o inventor daquele negócio); e assim, ordenando aos seus criados tudo o que haviam de fazer, dali a seis dias levaram-nos a uma caça de montaria, com tanto séquito de monteiros e caçadores como poderia ter um rei coroado. Deram a Dom Quixote um fato de monte e a Sancho outro de finíssimo pano verde;[1] mas Dom Quixote não quis vestir o seu, dizendo que dentro em pouco teria de voltar ao duro exercício das armas e que não podia levar consigo guarda-roupa; Sancho recebeu o que lhe deram, com tenção de vendê-lo na primeira ocasião que pudesse.

Chegado, pois, o dia aprazado, armou-se Dom Quixote, vestiu-se Sancho e, montando no seu ruço, que não quis deixar, apesar de lhe oferecerem um cavalo, meteu-se no meio do bando dos monteiros. A duquesa saiu esplendidamente vestida, e Dom Quixote, por pura cortesia, tomou-lhe a rédea do palafrém, apesar de o duque não querer

---

[1] Vestido apropriado para a montaria; o vestido verde correspondia aos caçadores a pé e aos farejadores.

consentir, e finalmente chegaram a um bosque, onde, ocupados todos os pousos e veredas, e repartida a gente pelos diferentes postos, se começou a caçada com grande estrondo, grita e vozeria, de modo que não se podiam ouvir uns aos outros, tanto pelo ladrido dos cães como pelo som das buzinas.

Apeou-se a duquesa e, com um agudo venábulo[2] nas mãos, pôs-se no sítio por onde sabia que costumavam romper alguns javalis; apearam-se também o duque e Dom Quixote e colocaram-se ao lado dela; Sancho deixou-se ficar atrás de todos, sem se apear do ruço, que não ousava desamparar, para que não tivesse algum desmando, e, apenas tinham posto o pé no chão e formado alas com muitos criados, viram que vinha para eles, acossado pelos cães e seguido pelos caçadores, um desmedido javali, rangendo dentes e colmilhos e deitando espuma pela boca; e, apenas o viu, embraçando o escudo e levando a mão à espada, adiantou-se Dom Quixote a recebê-lo; o mesmo fez o duque com o seu venábulo, mas a todos se adiantaria a duquesa, se seu marido não impedisse. Só o nosso Sancho é que, apenas viu o valente animal, desamparou o ruço e largou a correr o mais que pôde, e, procurando subir num alto carvalho, não conseguiu; antes, quando chegou ao meio, agarrado a um ramo, tentando trepar ao cimo da árvore, tão desgraçado foi que se partiu o ramo e Sancho caiu; mas antes de desabar no chão ficou pendurado de um esgalho; e, vendo-se assim, sentindo que se lhe rasgava o saio verde e parecendo-lhe que, se a fera se chegasse para ali, poderia apanhá-lo, começou a dar tamanhos gritos e a pedir socorro com voz tão aflita que todos que o ouviam e não o viam supunham que estava nos dentes de algum bicho. Finalmente, o cerdoso javali ficou atravessado pelos ferros de muitos venábulos, e Dom Quixote, voltando a cabeç aos gritos de Sancho, deu com ele pendurado no carvalho, de cabeça para baixo, e ao pé o ruço, que não o desamparou na sua calamidade; e diz Cide Hamete que poucas vezes se viu Sancho Pança sem se ver o ruço, nem o ruço sem se ver Sancho Pança, tal era a leal amizade que havia entre ambos.

Chegou-se Dom Quixote e despendurou Sancho, o qual, vendo-se livre e no chão, olhou para o seu esfarrapado saio e sentiu grande pesar, porque imaginara que aquele fato seria para ele um morgado. Nisso, atravessaram o poderoso javali em cima de uma azêmola e,

---

[2] Lança curta, usada em combate ou em caça de animais selvagens.

cobrindo-o com ramos de rosmaninho e murta, levaram-no, como em sinal de vitoriosos despojos, para umas grandes tendas de campanha, que estavam armadas no meio do bosque, onde encontraram as mesas em ordem e o jantar servido com tanta suntuosidade e grandeza que bem mostrava a magnificência de quem o dava. Sancho, mostrando à duquesa os rasgões do seu roto saio, disse:

— Se esta caça fosse às lebres ou aos pássaros, estaria livre o meu saio de se ver neste extremo; não sei que gosto pode haver em esperar um animal que, se nos deita um colmilho, nos pode tirar a vida: lembro-me de ter ouvido cantar um romance antigo, que diz:

> Que te comam feros ursos,
> como ao célebre Fávila.[3]

— Esse foi um rei godo — disse Dom Quixote — que, indo à caça da montaria, foi comido por um urso.

— É o que eu digo — respondeu Sancho —; não me parece bem que os príncipes e os reis se metam em semelhantes perigos por um prazer que, afinal de contas, não o é, porque consiste em matar um animal que nenhum delito cometeu.

— Pois muito vos enganais, Sancho — respondeu o duque —, o exercício da caça do monte é mais conveniente e necessário para reis e príncipes do que nenhum outro. A caça é uma imagem da guerra: tem estratagemas, astúcias, insídias, para se vencer a são e salvo o inimigo. Padecem-se nela grandíssimos frios e intoleráveis calores, menoscaba-se o ócio e o sono, corroboram-se as forças, tornam-se ágeis os membros de quem a usa, e enfim é um exercício que se pode fazer sem prejuízo de ninguém e com agrado de muitos, e seu melhor predicado é não ser para todos, como é o dos outros gêneros de caça, exceto o da volateria, que também só para reis e grandes senhores se reserva. Portanto, Sancho, mudai de opinião e, quando fordes governador, ocupai-vos na caça, e vereis que haveis de lucrar muito.

— Isso não — respondeu Sancho —; um bom governador de estar em casa, de perna quebrada; seria muito bonito virem os negociantes

---

[3] Os versos pertencem ao romance *Maldições de Salaia*, editado várias vezes em folhetos e em um tomo dos que reelaboraram o *Cancioneiro geral*, onde as maldições se dirigem a um criado chamado Misancho.

procurá-lo, afadigados, e ele no monte a divertir-se; assim, em má hora andaria o governo. Por minha fé, senhor, a caça e os passatempos mais devem ser para os folgazãos do que para os governadores: o meu entretenimento consistirá em jogar pelas Páscoas, nos domingos e dias santos, algum jogo caseiro, que lá isso de caças não dizem bem com a minha condição, nem se acomodam com a minha consciência.

— Praza a Deus que assim seja, Sancho, porque do dizer ao fazer vai grande distância.

— Haja lá a distância que houver; o bom pagador não teme dar penhor; e mais faz quem Deus ajuda que quem muito madruga; e as tripas é que levam os pés, não são os pés as tripas; quero dizer que, se Deus me ajudar e eu fizer o que devo com boa intenção, hei de governar melhor que um gerifalte, e senão me metam o dedo na boca e verão se eu mordo.

— Maldito sejas, por Deus e por todos os santos, Sancho amaldiçoado — acudiu Dom Quixote —, quando virá o dia, como já por muitas vezes tenho dito, em que eu te ouça expender, sem provérbios, razões correntes e concertadas? Deixem Vossas Grandezas esse tonto, senhores meus, se não querem que ele lhes moa as almas com dois mil rifões despropositados.

— Os rifões de Sancho — disse a duquesa —, não sendo mais do que os do Comendador Grego,[4] nem por isso são menos estimados, pela verdade das sentenças; eu, por mim, digo que os prefiro a outros quaisquer, ainda que esses outros venham mais a propósito.

Com essas e outras práticas, saíram da tenda para o bosque e passaram o dia em preparar novos postos de caça, até que chegou a noite, não tão clara como pediam o tempo e a estação, que era pleno estio; mas um certo claro-escuro, que trouxe consigo, favoreceu a tenção dos duques; e, assim que principiou a anoitecer, um pouco depois do crepúsculo, pareceu de repente que o bosque todo ardia, e ouviram-se logo por diferentes pontos infinitas cornetas e outros instrumentos de guerra, como se passassem pelo bosque muitos esquadrões de cavalaria. A luz do fogo e o som dos bélicos instrumentos quase que cegaram e ensurdeceram os circunstantes, e até quantos pelo bosque estavam. Depois, ouviram-se

---

[4] O Comendador Grego foi Hernán Núñez de Guzmán, comendador da ordem de Santiago e professor de grego em Alcalá e em Salamanca, autor de uma importante coleção de refrães, impressa em Salamanca em 1555.

infinitos clamores, semelhantes aos dos mouros quando entram nas batalhas; soaram trombetas e clarins, rufaram tambores, vibraram pífaros, quase todos a um tempo, tão contínua e apressadamente que entontecia o som confuso de tantos instrumentos. Pasmou o duque, ficou suspensa a duquesa, admirou-se Dom Quixote, tremeu Sancho Pança e, finalmente, os mesmos que sabiam a causa desse barulho se espantaram. Com o temor veio naturalmente o silêncio, e silenciosos os encontrou um postilhão[5] que, em traje de demônio, passou por diante deles, tocando, em vez de corneta, um chifre oco e desmedido, que despedia um som rouco e horroroso.

— Olá, correio mano, quem sois vós? — disse o duque. — Onde ides? Que gente de guerra é essa, que parece atravessar este bosque?

— Sou o Diabo — respondeu o correio, com voz horríssona —; vou buscar Dom Quixote de la Mancha; a gente que aí vem são seis esquadrões de nigromantes, que trazem num carro ovante a incomparável Dulcineia del Toboso: vem encantada, com o galhardo francês Montesinos, dizer a Dom Quixote como é que pode desencantá-la.

— Se fôsseis diabo, como dizeis, e como a vossa figura mostra, já teríeis conhecido o cavaleiro que procurais, Dom Quixote de la Mancha, pois que o tendes diante de vós — tornou o duque.

— Por Deus e pela minha consciência — redarguiu o Diabo —, não dava por ele; trago os pensamentos distraídos com tantas coisas que já me ia esquecendo do principal a que vinha.

— Sem dúvida — disse Sancho — esse demônio deve ser pessoa de bem, e bom cristão, porque, se não o fosse, não juraria por Deus e pela sua consciência.

O Demônio, sem se apear e se dirigindo a Dom Quixote, disse:

— A ti, Cavaleiro dos Leões (e entre as garras deles eu te veja), me envia o desgraçado mas valente cavaleiro Montesinos, mandando-me que te diga da sua parte que o esperes no sítio em que eu te topar, porque traz consigo aquela a quem chamam Dulcineia del Toboso, com ordem de te dar o que é mister para que ela seja desencantada; e por não ter outro fim a minha vinda, não terei aqui mais demora: fiquem contigo os demônios como eu, e com esses senhores os anjos bons.

E, dizendo isso, assoprou no extravagante chifre, voltou as costas e foi-se, sem esperar resposta alguma. Renovou-se o espanto de todos,

---

[5] Indivíduo que transportava mensagens a cavalo.

especialmente de Sancho e de Dom Quixote; de Sancho, por ver que, a despeito da verdade, queriam à viva força que Dulcineia estivesse encantada; de Dom Quixote, por não poder se certificar se era verdade ou não o que passara na cova de Montesinos; e, estando enlevado nesses pensamentos, disse-lhe o duque:

— Vossa Mercê tenciona esperar, Senhor Dom Quixote?

— Pois não! — respondeu ele. — Aqui esperarei, intrépido e forte, ainda que venha investir-me o inferno todo.

— Pois eu, se vejo outro diabo e ouço outro chifre, espero tanto como se estivesse em Flandres — acudiu Sancho.

Nisso cerrou-se mais a noite e principiaram a correr pelo bosque muitas luzes, como correm pelo céu as exalações da terra, que parecem à nossa vista estrelas cadentes. Ouviu-se logo também um espantoso ruído, como aquele que produzem as rodas maciças dos carros de bois, de cujo chiar áspero e continuado se diz que fogem os lobos e os ursos, se os há nos sítios por onde passam. Acrescentou-se a toda essa tempestade outra muito maior, e pareceu verdadeiramente que nos quatro cantos do bosque estavam se dando ao mesmo tempo quatro recontros ou batalhas, porque ali soava o duro estrondo de espantosa artilharia; acolá, disparavam-se infinitas escopetas; mais perto, soavam as vozes dos combatentes; ao longe, reiteravam-se os clamores agarenos;[6] finalmente, as cornetas, as trompas, as buzinas, os clarins, as trombetas, os tambores, a artilharia, os arcabuzes e, sobretudo, o temoroso ruído dos carros formavam, no seu conjunto, um som tão confuso e tão horrendo que foi mister que Dom Quixote se valesse de todo o seu ânimo; mas o de Sancho é que se desfez e deu com ele desmaiado nas saias da duquesa, a qual o recebeu, e com grande pressa mandou que lhe deitassem água no rosto. Assim se fez, e tornou Sancho a si, exatamente quando chegava àquele sítio um dos carros das chiadoras rodas.

Puxavam-no quatro preguiçosos bois, todos cobertos de paramentos negros: em cada chifre traziam amarrado e aceso um grande círio, e em cima do carro, num alto assento, vinha um venerável velho, com a barba mais branca do que a branca neve e tão comprida que lhe passava para baixo da cintura; a sua vestimenta era uma roupa larga de negro bocaxim, e via-se perfeitamente tudo o que vinha no carro, por causa das infinitas luzes que o alumiavam. Guiavam-no dois feios demônios,

---

[6] Relativo ao que descende de Agar, escrava egípcia de Abraão e mãe de Ismael.

vestidos da mesma fazenda e com rostos tão horrendos que Sancho, apenas os viu, fechou os olhos para não continuar a vê-los. Chegando, pois, o carro ao sítio onde eles estavam, levantou-se do seu alto assento o venerável velho e, posto em pé, disse com um grande brado:

— Eu sou o sábio Lirgandeu.

E o carro passou adiante, sem ele dar nem mais uma palavra. Atrás desse veio outro carro do mesmo feitio, com outro velho entronizado, o qual, fazendo parar o carro, com voz não menos grave do que a do outro, disse:

— Eu sou o sábio Alquife, o grande amigo de Urganda, a Desconhecida. — E passou adiante.

Veio logo atrás o terceiro carro, mas o que vinha sentado no trono não era velho: era um homenzarrão robusto e de má catadura, que, ao chegar, pondo-se de pé como os outros, disse com voz mais rouca e mais endiabrada:

— Sou Arcalau, o nigromante, inimigo mortal de Amadis de Gaula e de toda a sua parentela.

E passou. A pouca distância fizeram alto os três carros e cessou a enfadosa chiadeira das suas rodas; e não se ouviu outro ruído a não ser um som de suave e concertada música, com que Sancho se alegrou, tendo-o por bom sinal, e assim o disse à duquesa, de quem não se arredava um passo:

— Senhora, onde há música não pode haver coisa má.

— Nem onde há luzes e claridade — respondeu a duquesa.

— Luz dá o fogo, e claridade as fogueiras, como vemos nas que nos cercam, e podiam, contudo, perfeitamente abrasar-nos — tornou Sancho —; mas a música sempre é indício de regozijo e de festas.

— Ele o dirá[7] — acudiu Dom Quixote, que tudo escutava. E disse bem, como se verá no capítulo seguinte.[8]

---

[7] "Já veremos."
[8] As burlas que encontramos daqui em diante são impressionantes espetáculos teatrais que imitam muito de perto as festas palacianas e públicas — máscaras, torneios, comédias ao ar livre, batalhas fingidas, fogos artificiais — comuns à sociedade europeia do Renascimento e do Barroco, e muito frequentes na Espanha da época.

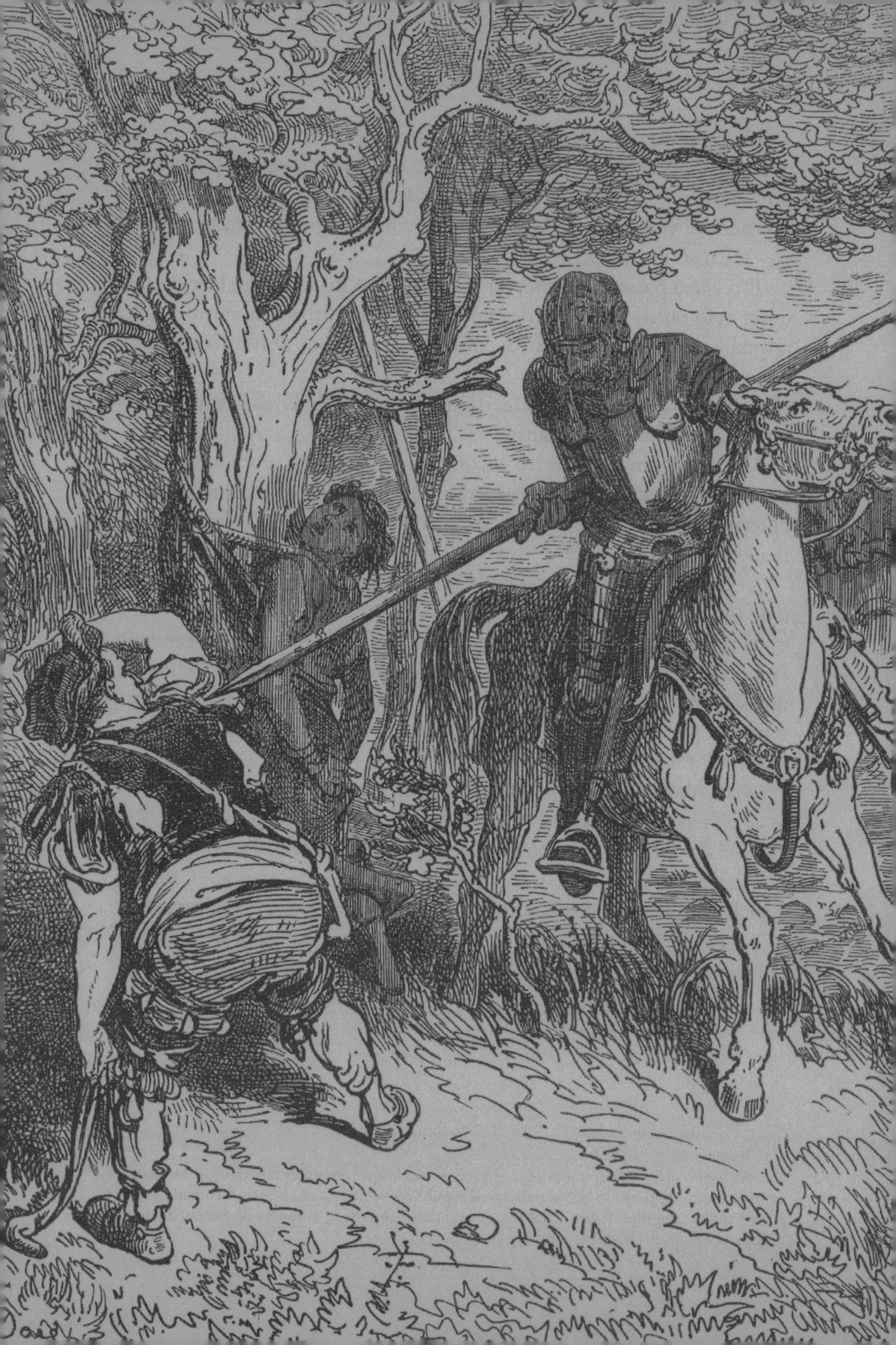

# Capítulo XXXV

## ONDE PROSSEGUE A NOTÍCIA QUE TEVE DOM QUIXOTE DO DESENCANTAMENTO DE DULCINEIA, COM OUTROS ADMIRÁVEIS SUCESSOS

AO COMPASSO da agradável música, viram que para eles se encaminhava um carro, desses a que chamam triunfais,[1] puxado por seis mulas pardas, cobertas por um pano branco, e montado em cada uma delas vinha um penitente de luz,[2] vestido também de branco e com um grande círio na mão. Era um carro duas vezes e ainda três vezes maior do que os anteriores, e aos lados e em cima dele vinham mais doze penitentes, alvos como neve, todos com os seus círios acesos, vista que inspirava a um tempo admiração e espanto; e num erguido trono sentava-se uma ninfa, vestida de mil véus de gaze prateada, brilhando em todos eles infinitas palhetas de ouro, que a faziam o mais vistosamente trajada que se pode imaginar; trazia o rosto coberto com um transparente e delicado cendal, de modo que, sem que as suas pregas o impedissem, por entre elas se descobria um formosíssimo rosto de donzela, e as muitas luzes deixavam distinguir a beleza e a idade, que seria entre dezessete e vinte anos; junto dela vinha uma figura vestida de roupas roçagantes até os pés, com a cabeça coberta de um véu negro; mas, quando o carro chegou defronte dos duques e de Dom Quixote, parou a música das charamelas, e em seguida a das harpas e dos alaúdes;

---

[1] Porque imitavam os triunfos romanos; eram usados para as procissões, representações e outras festas; geralmente eram muito espaçosos e costumavam incorporar assentos para os músicos e representantes.

[2] Penitente com hábito e capuz branco que, em cumprimento de alguma promessa, acompanhava uma procissão com um círio ou tocha acesa na mão; acompanhavam muitas vezes os disciplinantes de sangue, que se flagelavam.

e, pondo-se de pé essa última figura, abriu as roupas e, tirando o véu do rosto, mostrou que era a própria Morte, descarnada e horrenda, o que afligiu Dom Quixote e assustou Sancho, e aos duques inspirou um certo sentimento temeroso. Posta em pé essa morte viva, com voz um pouco sonolenta e língua não muito desperta, começou a dizer desta maneira:

> Eu sou Merlim, aquele que as histórias
> dizem que tem por pai o próprio Diabo
> (mentira autorizada pelos tempos),
> príncipe da arte mágica, monarca
> e arquivo da ciência zoroástrica,
> êmulo das idades e dos séculos,
> que solapar pretendem as façanhas
> dos andantes valentes cavaleiros,
> a quem eu tive e tenho grande afeto.
> Mas, apesar de ser dos nigromantes,
> dos magos e dos mágicos, por uso,
> severa a condição, áspera e forte,
> a minha é terna, e amorosa e branda:
> gosto de fazer bem a toda a gente.
>
> Nessas cavernas lôbregas de Dite,[3]
> onde em formar os magos caracteres
> minha alma se entretinha, ouvi, de súbito,
> a voz plangente e meiga da formosa
> e sem-par Dulcineia del Toboso.
> Narrou-me então seu infeliz destino,
> sua transformação de gentil dama
> em rústica aldeã; compadeci-me;
> dentro desta figura horripilante
> encerrei meu espírito; mil livros
> revolvi, manuseei, desta ciência
> endiabrada e torpe que professo,
> e, enfim, trago remédio competente
> para tamanha dor, desgraça tanta.

---

[3] Plutão, deus dos infernos.

> Ó tu, que és honra e glória dos que vestem
> túnicas de aço e rútilo diamante,
> luz e fanal e mestre e norte e guia
> daqueles que, deixando o torpe sono
> e os ociosos leitos, só se empregam
> no rude, intolerável exercício
> das sangrentas, fatais, pesadas armas!
> A ti digo, ó varão nunca louvado
> como o mereces ser; a ti, valente
> cavaleiro e discreto Dom Quixote,
> da Mancha resplendor, da Espanha estrela:
> para que Dulcineia del Toboso
> possa recuperar o antigo estado,
> deve o teu escudeiro Sancho Pança
> assentar nas suas largas pousadeiras,
> descobertas e ao ar, três mil açoites
> com suas próprias mãos, e mais trezentos
> açoites que lhe doam bem deveras.
> Mandam isso os que foram da desgraça
> da bela Dulcineia causadores,
> e aqui vim a dizê-lo, meus senhores.

— Voto a tal! — acudiu logo Sancho. — Eu não dou em mim próprio, já não digo três mil açoites, mas nem três que são três. Diabos levem semelhante modo de desencantar; não sei que têm que ver as minhas pousadeiras com esses encantamentos. Pois se o Senhor Merlim não achou outro modo de desencantar a Senhora Dulcineia del Toboso, encantada pode ir para a sepultura.

— Agarro-te eu, dom vilão — disse Dom Quixote —, amarro-te a uma árvore, nu como saíste do ventre da tua mãe, e dou-te não três mil e trezentos açoites, mas seis mil e seiscentos, e hão de ser dados a valer; e não me repliques nem palavra, que te arranco a alma.

— Não pode ser desse modo — acudiu Merlim —; porque os açoites que Sancho tem de receber hão de ser por sua vontade e não à força, e quando lhe aprouver, que não se lhe dá prazo fixo; e até se lhe permite que, se quiser apanhar só metade da conta, consinta que mão alheia lhos aplique, por mais pesada que seja.

— Nem a minha mão, nem mão alheia, nem pesada, nem por pesar — redarguiu Sancho —; em mim é que ninguém toca. Dei eu por acaso à luz a Senhora Dulcineia, para que paguem as minhas pousadeiras o pecado dos seus olhos? O senhor meu amo sim, que lhe chama a cada instante a sua vida, a sua alma, sustento e arrimo seu; esse sim, esse é que pode e deve se açoitar por ela, e fazer todas as diligências necessárias para o seu desencantamento; mas açoitar-me eu, *abernúncio*![4]

Apenas Sancho acabou de dizer isso, levantou-se a prateada ninfa, que vinha ao pé do fantasma de Merlim, e, tirando o véu sutil, descobriu um rosto que a todos pareceu extremamente formoso, e com desenvoltura varonil e voz não muito adamada,[5] voltando-se para Sancho Pança, disse-lhe:

— Ó desventurado escudeiro, alma de cântaro, coração de rija madeira, entranhas empedernidas, se te mandassem, ladrão, patife, que te atirasses de uma torre abaixo; se te pedissem, inimigo do gênero humano, que comesses uma dúzia de sapos, duas de lagartos e três de cobras; se te incitassem a matar tua mulher e teus filhos com um agudo e truculento alfanje, não seria maravilha que te mostrasses melindroso e esquivo; mas fazer caso de três mil e trezentos açoites, que não há ruim estudante de doutrina[6] que não os leve todos os meses, é para indignar os corações piedosos de todos os que isto escutam, e até de todos os que o vierem a saber no decorrer do tempo. Põe, miserável e endurecido animal, esses teus olhos de mocho espantadiço nas pupilas destes meus, rutilantes como estrelas, e vê-los-ás chorar em fio lágrimas que fazem sulcos e abrem caminhos nos formosos campos das minhas faces. Mova-te o saberes, monstro, socarrão e mal-intencionado, que estes meus anos floridos, que estão na casa dos dez, pois tenho dezenove e ainda não cheguei aos vinte, se consomem e murcham debaixo da casca de uma rústica lavradeira; e, se não o pareço agora, devo-o à mercê particular que me fez o Senhor Merlim, que presente se acha, só para que te enternecesse a minha formosura; que as lágrimas de uma aflita beldade mudam tigres em ovelhas. Açoita-me, pois, esses toucinhos, bruto indômito; não penses só em comer; mostra brio e põe em

---

[4] "Abrenúncio"; expressão com que se rechaça uma coisa, e em especial o Demônio. Portanto, Sancho a usa devidamente, ao referir-se a Merlim.

[5] Afeminada.

[6] Crianças órfãs, acolhidas em algum estabelecimento religioso.

liberdade a lisura das minhas carnes, a meiguice da minha condição, a beleza do meu rosto; e, se por minha causa não te abrandas nem entras em termos razoáveis, faze-o por esse pobre cavaleiro que está ao teu lado, por teu amo, cuja alma estou vendo, que a tem atravessada na garganta, esperando só a tua rígida ou branda resposta, para sair pela boca ou para voltar ao estômago.

Ouvindo isso, Dom Quixote apalpou a garganta e disse, voltando-se para o duque:

— Por Deus, senhor, Dulcineia disse a verdade, que tenho aqui a alma atravessada na garganta como uma pedra de besta.

— Que dizeis, Sancho? — perguntou a duquesa.

— Digo, senhora — respondeu Sancho —, o que já disse: que lá a respeito de açoites, *abernúncio*.

— "Abrenúncio" é que se diz, Sancho — acudiu o duque.

— Deixe-me Vossa Grandeza; não estou agora disposto a reparar em sutilezas, nem em letras de mais ou de menos, porque me vejo tão perturbado com esses açoites que hei de apanhar, dados por mim ou por outrem, que não sei o que digo nem o que faço; mas sempre quereria perguntar à minha Senhora Dulcineia del Toboso onde é que aprendeu semelhante modo de pedir. Vem suplicar-me que rasgue a carne com açoites, e chama-me alma de cântaro e bruto indómito, e mais uma ladainha de nomes feios, que só o Diabo é capaz de suportar. Porventura as minhas carnes são de bronze, ou importa-me alguma coisa que ela se desencante ou não? Que trouxa de roupa-branca, de camisas, de penteadores e de sapatinhos me traz para me abrandar, a não ser uma chuva de vitupérios, sem se lembrar daquele rifão que diz que um burro carregado de ouro sobe ligeiro um monte; que dádivas quebrantam penhas; e que mais vale um "toma" que dois "te darei"? Pois o senhor meu amo, que devia passar a mão pelo meu lombo e afagar-me para me fazer macio, não diz que se me apanha, amarra-me nu a uma árvore e me dobra a parada dos açoites? E não reparam esses senhores que não só pedem que se açoite um escudeiro, mas um governador! Aprendam a saber rogar e a saber pedir, e a ver que os tempos mudam e que os homens nem sempre estão de boa venta. Agora estou eu rebentando de pena, por ver o meu saio verde roto, e vêm me pedir que me açoite por minha vontade, estando eu tão disposto a isso como a fazer-me cacique.

— Pois na verdade, amigo Sancho — disse o duque —, se não amansais, juro-vos que não apanhais o governo. Havia de ser bonito mandar eu aos meus insulanos um governador cruel, de entranhas empedernidas, que não se dobra às lágrimas das aflitas donzelas nem aos rogos de discretos, imperiosos e antigos nigromantes e sábios. E, para encurtar razões, Sancho, ou sereis açoitado, ou não sereis governador.

— Senhor duque — respondeu Sancho —, não me podem dar dois dias para refletir?

— Não, isso de nenhum modo — acudiu Merlim. — Aqui já há de ficar assentado e resolvido este negócio. Ou Dulcineia volta para a cova de Montesinos e para o seu primitivo estado de lavradeira, ou tal como se acha será levada aos campos elísios, onde ficará esperando que se complete a conta dos açoites.

— Eia! Bom Sancho — acudiu a duquesa —, ânimo, e corresponderei como deveis a terdes comido o pão do Senhor Dom Quixote, a quem todos devemos servir e agradar por sua boa condição e suas altas cavalarias. Dai o sim, filho, e vá-se o Diabo para o Diabo e o temor para os mesquinhos, que um bom coração quebranta a má ventura, como vós bem sabeis.

A essas razões respondeu Sancho, perguntando a Merlim:

— Diga-me Vossa Mercê, Senhor Merlim, quando o diabo correio aqui chegou, deu a meu amo um recado do Senhor Montesinos, mandando-lhe da sua parte que o esperasse aqui, porque vinha dar ordem para que a Senhora Dona Dulcineia del Toboso se desencantasse, e até agora ainda não vimos Montesinos, nem pessoa que o pareça.

— O diabo, amigo Sancho — respondeu Merlim —, é um ignorante e um grandíssimo velhaco. Mandei-o eu em busca de vosso amo, mas com recado meu e não de Montesinos, porque Montesinos está na sua cova, esperando o seu desencantamento, que ainda lhe falta um pedaço. Se vos deve alguma coisa ou tendes algum negócio que tratar com ele, eu vo-lo trarei e porei no sítio que quiserdes; e por agora vede se dais o sim que se vos pede. E acreditai que vos será de muito proveito, tanto à alma como ao corpo: à alma, pela caridade com que procedereis; ao corpo, porque sei que sois de compleição sanguínea, e não vos poderá fazer mal tirar um pouco de sangue.

— Muitos médicos há no mundo! — redarguiu Sancho. — Até os nigromantes! Mas já que todos insistem comigo, ainda que entendo que é grande tolice, não tenho remédio senão consentir em apanhar os três mil e trezentos açoites, com a condição de os poder dar eu em mim próprio, quando muito bem quiser, sem que me marquem a ocasião;

procurarei pagar a dívida o mais depressa possível, para que o mundo goze a formosura da Senhora Dona Dulcineia del Toboso. Quero também a condição de não ser obrigado a tirar sangue com a disciplina, e que, se alguns açoites forem de mosqueio,[7] também hão de entrar na conta. Item, que, se eu me enganar no número, o Senhor Merlim, como sabe tudo, terá cuidado de contá-los, e de me dizer quantos me faltam ou quantos me sobram.

— Não preciso avisar com relação às sobras — respondeu Merlim —, porque, em chegando ao número completo, logo ficará de súbito desencantada a Senhora Dulcineia, e virá, agradecida, procurar o bom Sancho e premiá-lo pela sua obra. Assim, não há que ter escrúpulo com os sobejos, nem permita o céu que eu engane alguém, num cabelo que seja.

— Eia, pois! Na mão de Deus me entrego — disse Sancho —; consinto na minha má ventura, quer dizer, aceito a penitência com as condições apontadas.

Apenas Sancho disse essas últimas palavras, voltou a tocar a música das charamelas, tornaram-se a disparar infinitos arcabuzes e Dom Quixote pendurou-se do pescoço de Sancho, dando-lhe mil beijos na testa e nas faces. A duquesa e o duque e os circunstantes deram sinal de grandíssimo contentamento, e o carro começou a caminhar, e a formosa Dulcineia, ao passar por diante dos duques, inclinou-lhes a cabeça e fez uma profunda mesura a Sancho.

Vinha a romper a aurora alegre e ridente: as florinhas dos campos descerravam e erguiam a corola, e os líquidos cristais dos arroios, murmurando por entre brancos e pardos seixos, iam dar tributo aos rios que os esperavam; a terra alegre, lúcido o céu, o ar límpido, a luz transparente, cada um sozinho e todos juntos davam manifestos sinais de que o dia, que vinha seguindo a aurora, havia de ser sereno e claro. E, satisfeitos os duques com a caça e com terem conseguido o seu intento tão discreta e felizmente, voltaram para o castelo com a intenção de prosseguir nas suas patranhas, que não havia verdades que mais os divertissem.

---

[7] Açoite para enxotar as moscas.

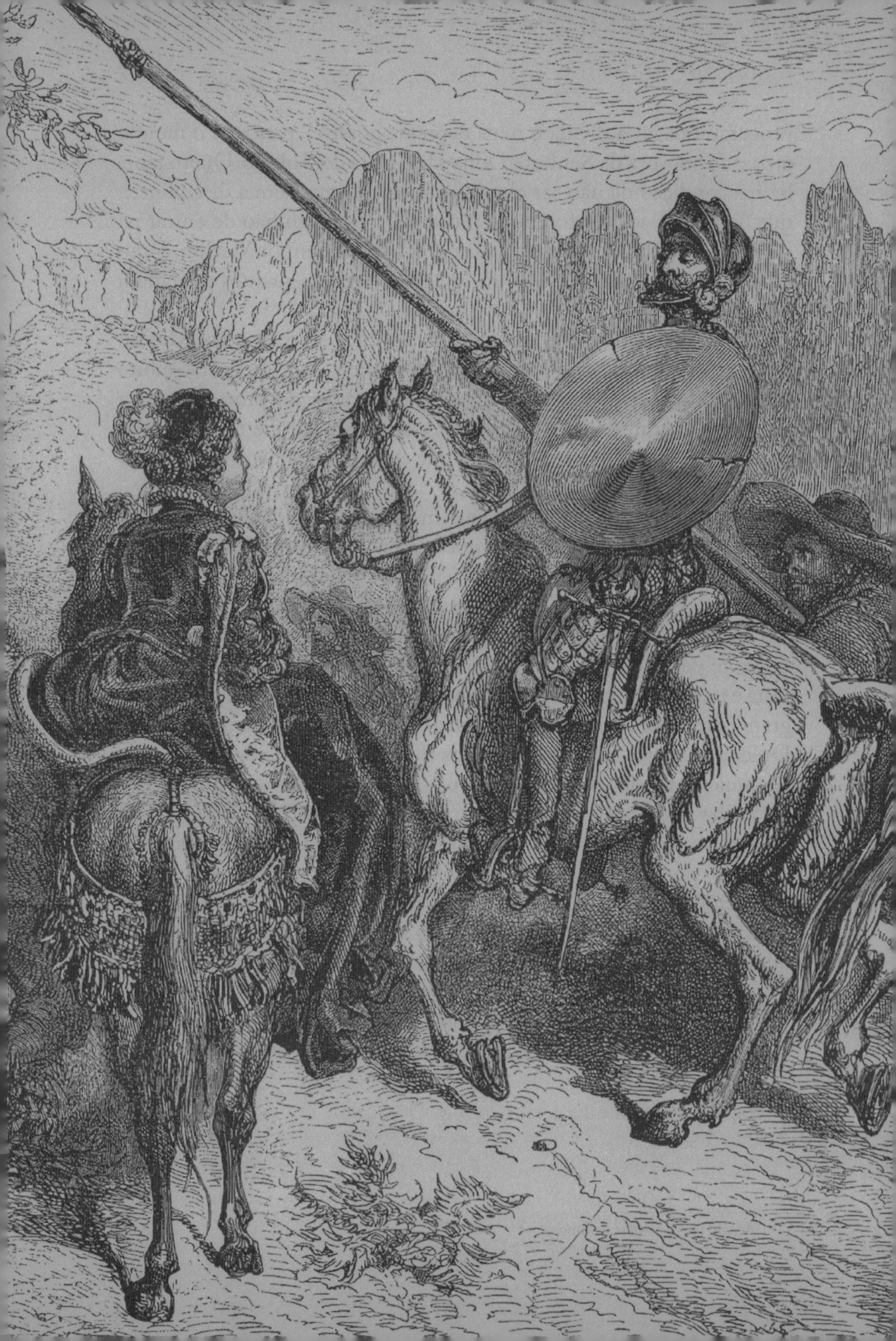

## Capítulo XXXVI

ONDE SE CONTA A ESTRANHA E NUNCA IMAGINADA AVENTURA DE DONA DOLORIDA, ALIÁS, DA CONDESSA TRIFALDI, COM UMA CARTA QUE SANCHO PANÇA ESCREVEU À SUA MULHER TERESA PANÇA

TINHA O DUQUE um mordomo, de engenho alegre e desenfadado, que representou o papel de Merlim, arranjou todo o aparato da aventura passada, compôs os versos e incumbiu um pajem de fazer o papel de Dulcineia. Finalmente, por ordem de seus amos, arranjou outra burla do mais estranho e gracioso artifício que se imaginar pode.

Perguntou a duquesa a Sancho, no outro dia, se já dera começo à penitência que havia de fazer para se desencantar Dulcineia. Disse que sim, e que naquela noite dera em si mesmo cinco açoites. Perguntou-lhe a duquesa com que os dera; respondeu que tinha sido com a mão.

— Isso — redarguiu a duquesa — são mais palmadas que açoites; parece-me que o sábio Merlim não ficará contente com tamanha brandura; será mister que o bom Sancho arranje algumas disciplinas de abrolhos ou dessas de canelões,[1] que se façam sentir, porque o haver sangue é a condição expressa, e não se pode comprar tão barato a liberdade de tão excelsa senhora como é Dulcineia; e advirta Sancho que as obras de caridade que se praticam tíbia e frouxamente nem têm mérito e nada valem.

— Dê-me Vossa Senhoria alguma disciplina ou corda conveniente — respondeu Sancho —, que eu me açoitarei com ela, contanto que não me doa muito; porque faço saber a Vossa Mercê que, apesar de ser

---

[1] Disciplinas: açoites de vários ramais que podiam acabar em bolinhas de metal (abrolhos), ou retorcidos e trançados com firmeza (canelões).

rústico, as minhas carnes têm mais de algodão que de esparto, e não estou para me esfarrapar em proveito alheio.

— Pois seja assim — tornou a duquesa —; eu vos darei amanhã umas disciplinas que vos sirvam perfeitamente e se acomodem com o tenro das vossas carnes, como se fossem suas próprias irmãs.

— Saiba Vossa Alteza, senhora minha da minha alma — disse Sancho —, que escrevi uma carta à minha mulher Teresa Pança, dando-lhe conta de tudo o que me sucedeu depois que dela me apartei; aqui a tenho no seio, que só lhe falta pôr o sobrescrito; quereria que a vossa discrição a lesse, porque me parece que vai conforme com o modo como devem escrever os governadores.

— E quem foi que a ditou? — perguntou a duquesa.

— Quem a havia de ditar senão eu, pecador de mim?

— E escreveste-la vós? — disse a duquesa.

— Nem por pensamento — respondeu Sancho —, que eu não sei ler nem escrever, sei apenas assinar.

— Vejamo-la, que decerto haveis de mostrar nela a qualidade e a suficiência do vosso engenho.

Tirou Sancho do seio uma carta aberta, e a duquesa, pegando-a, viu que dizia desta maneira:


## CARTA DE SANCHO PANÇA
## A TERESA PANÇA, SUA MULHER

Se bons açoites me davam, muito bem montado eu ia; se bom governo eu apanho, mui bons açoites me custa. Isto não o entendes por ora, Teresa minha, mas outra vez to explicarei. Hás de saber que determinei que andes de coche, que é o que serve, porque tudo o mais é andar de gatas. És mulher de um governador: vê lá se há alguém que te chegue aos calcanhares. Aí te mando um fato verde de monteiro, que me deu a senhora duquesa; arranja dele uma saia e um corpo de vestido para a nossa filha. Dom Quixote, meu amo, segundo ouvi dizer nesta terra, é um louco assisado e um mentecapto gracioso, e eu não lhe fico atrás. Estivemos na cova de Montesinos e o sábio Merlim apanhou-me para se desencantar Dulcineia del Toboso, que por aí se chama Aldonça Lourenço. Com três mil e trezentos açoites, menos cinco, que hei de dar em mim próprio, ficará tão desencantada como a minha mãe. Não digas isso a ninguém, porque logo principiam em conselhos, e um diz que é branco e outro que é preto. Daqui a poucos dias partirei para o governo, para onde vou com grandíssimo desejo de juntar dinheiro, porque me disseram que todos os governadores novos levam essa mesma vontade: eu lhe tomarei o pulso, e te avisarei se hás de vir estar comigo ou não. O ruço vai de saúde e recomenda-se muito, e não tenciono deixá-lo, nem que me façam grão-turco. A duquesa, minha senhora, beija-te mil vezes as mãos; tu retroca-lhe com duas mil, que não há coisa que saia mais barata, segundo diz meu amo, do que os bons comedimentos. Não foi Deus servido deparar-me outra maleta com outros cem escudos: mas não te dê cuidado, Teresa, quem repica os sinos está de saúde, e tudo há de sair na barrela do governo, ainda que me afligiu o dizerem-me que, se uma vez o provo, fico a lamber os dedos e sou capaz de comer as mãos; e, se assim fosse, não me custaria barato, ainda que os estropiados e os mancos têm uma conezia nas esmolas que pedem; de forma que, de um modo ou de outro, tu hás de ser rica e feliz. Deus te dê mil venturas, como pode, e me guarde a mim para te servir.

Deste castelo, a 20 de julho de 1614.[2]

Teu marido, o governador
SANCHO PANÇA.

Quando a duquesa acabou de ler essa carta, disse para Sancho:

— Em duas coisas erra o bom governador: uma, em dar a entender que lhe deram esse governo pelos açoites com que se há de fustigar, sabendo ele perfeitamente que, quando o duque meu senhor lho prometeu, nem em semelhantes açoites se sonhava; a outra, em se mostrar nesta carta muito cobiçoso, e isso é mau, eu não gostaria que a orégano fosse,[3] porque se diz que a cobiça rompe o saco, e o governador cobiçoso faz desgovernada a justiça.

— Eu não quis dizer isso, senhora — respondeu Sancho —; e, se Vossa Mercê entende que a carta não deve ir como vai, o que há a fazer

---

[2] A data, em desacordo com a que se esperava, suscitou inúmeros comentários, já que, segundo a cronologia interna e o tempo narrativo, o segundo volume começa pouco depois de o primeiro ter terminado. Mas, se levarmos em conta o tempo real ou a cronologia externa, convém recordar que, inclusive antes de começar o segundo volume, o primeiro já havia sido publicado e lido.

[3] "Queira Deus que orégano seja, e não se nos transforme em alcaravia", diz o refrão.

é rasgá-la e escrever outra nova; é verdade que pode ser que saia pior, se ma deixarem ao meu bestunto.

— Não, não — redarguiu a duquesa —; está boa esta, e quero até que o duque a veja.

E nisso foram para um jardim, onde naquele dia tencionavam jantar. Mostrou a duquesa a carta de Sancho a seu marido, que muito se divertiu com ela. Jantaram, e depois de se levantar a mesa e de se terem entretido um bom pedaço com a saborosa conversação de Sancho, ouviu-se de repente o som tristíssimo de um pífaro e de um rouco e destemperado tambor. Todos mostraram alvoroçar-se com a marcial, confusa e triste harmonia, especialmente Dom Quixote, que nem podia estar sentado; de Sancho só há que dizer que o medo o levou para o seu costumado refúgio, que era ao lado ou atrás da duquesa, porque realmente o som que se escutava era melancólico e tristíssimo.

E, estando todos assim suspensos, viram entrar pelo jardim adiante dois homens vestidos de roupas lutuosas, que arrastavam pelo chão, e vinham tocando dois tambores também cobertos de negro. Ao seu lado vinha o pífaro, de negro também. Seguia-se a esses três um personagem de corpo agigantado, vestido com uma loba negríssima e de imensa cauda. Por cima da loba cingia-lhe o corpo um largo talim também negro, donde pendia um desmedido alfanje, de bainha e guarnições negras. Trazia o rosto coberto com um véu negro transparente, por onde se entrevia uma compridíssima barba, alva de neve. Movia o passo ao som dos tambores, com muita gravidade e descanso. Veio, pois, com a pausa e prosopopeia referida ajoelhar-se diante do duque, que o esperava em pé com todos os outros que junto dele estavam. Mas o duque de nenhum modo consentiu que ele falasse, enquanto não se levantasse. Obedeceu o prodigioso espantalho e, depois de se levantar, ergueu o véu do rosto e patenteou a mais horrenda, a mais larga, a mais branca e a mais farta barba que nunca até então os olhos humanos tinham visto, e disse, pondo os olhos no duque, com voz sonora e grave que parecia arrancada do amplo e dilatado peito:

— Altíssimo e poderoso senhor, chamam-me Trifaldim[4] da Barba Branca; sou escudeiro da Condessa Trifaldi, por outro nome chamada

---

[4] O nome parece um cruzamento entre o de Truffaldino (que deriva de trufar: enganar, burlar), personagem do *Orlando enamorado*, de Boiardo, recordado no de Ariosto, e as três faldas que leva a condessa Trifaldi, sua senhora.

a Dona Dolorida, da parte da qual trago a Vossa Grandeza uma embaixada, que consiste em pedir a Vossa Magnificência que seja servida permitir-lhe que entre e lhe refira a sua aflição, que é uma das mais novas e mais espantosas que nunca imaginaram; e quer primeiro saber se está neste castelo o valoroso e nunca vencido cavaleiro Dom Quixote de la Mancha, em procura de quem tem vindo a pé e sem quebrar o jejum, desde o reino de Candaia[5] até este vosso Estado, coisa que se pode e deve atribuir só a milagre ou a força de encantamento; está à porta desta fortaleza ou casa de campo, e só espera para entrar o vosso beneplácito. Disse.

E logo tossiu, e começou a afagar a barba de cima para baixo com ambas as mãos, e com muito sossego esteve esperando a resposta do duque, que foi a seguinte:

— Há muitos dias já, bom escudeiro Trifaldim da Barba Branca, que temos notícia da desgraça da Condessa Trifaldi, minha senhora, a quem os nigromantes fazem chamar a Dona Dolorida; bem podeis, estupendo escudeiro, dizer-lhe que entre, e que está aqui o valente cavaleiro Dom Quixote de la Mancha, de cujo ânimo generoso pode esperar com segurança todo o amparo e todo o auxílio, e também lhe podereis dizer da minha parte que, se o meu favor lhe for necessário, não lhe há de faltar, pois a isso me obriga ser cavaleiro, profissão a que anda anexo o dever de favorecer toda a casta de mulheres, especialmente as donas viúvas, menoscabadas e doloridas, como deve estar sua senhoria.

Ouvindo isso, Trifaldim dobrou o joelho até o chão, e, fazendo ao pífaro e aos tambores sinal para que tocassem com o mesmo som e o mesmo passo com que entrara, tornou a sair do jardim, deixando todos admirados da sua presença e compostura. E, tornando o duque para Dom Quixote, disse-lhe:

— Enfim, famoso cavaleiro, não podem as trevas da malícia nem da ignorância encobrir nem escurecer a luz do valor e da virtude. Digo isso porque há seis dias apenas que Vossa Bondade está neste castelo, e já vos vêm procurar de longas e apartadas terras, não em carros nem em dromedários, mas a pé e em jejum, os tristes e os aflitos, confiados em que hão de encontrar nesse fortíssimo braço o remédio das suas

---

[5] É um reino fabuloso localizado em um fingido Oriente, "entre a grande Trapobana e o mar do Sul, duas léguas à frente do cabo Comorim".

aflições e dos seus trabalhos, graças às vossas grandes façanhas, cuja notícia corre por toda a terra.

— O que eu quereria, senhor duque — respondeu Dom Quixote —, é que estivesse aqui presente aquele bendito religioso que no outro dia à mesa mostrou ter tão má vontade e tanto ódio aos cavaleiros andantes, para que visse com os seus olhos se os tais cavaleiros são ou não necessários no mundo: veria que os extraordinariamente aflitos e desconsolados, em casos grandes e em desditas enormes, não vão buscar o seu remédio à casa dos letrados nem à casa dos sacristães das aldeias, nem ao cavaleiro que nunca saiu da terra onde nasceu, nem ao preguiçoso cortesão, que antes busca notícias para referi-las e contar do que procura praticar façanhas, para que outros as contem e as escrevam. O remédio das aflições, o socorro das necessidades, o amparo das donzelas, a consolação das viúvas em nenhuma espécie de pessoas se encontra melhor do que nos cavaleiros andantes, e, por eu ser um deles, dou por muito bem empregado qualquer desmando e, qualquer trabalho que nesse exercício tão honroso me possa acontecer. Venha essa dona e peça o que quiser, que encontrará remédio na força do meu braço e na intrépida resolução do meu animoso espírito.

## Capítulo XXXVII
### ONDE SE PROSSEGUE A FAMOSA AVENTURA DA DONA DOLORIDA

FOLGARAM MUITO O DUQUE e a duquesa por verem como Dom Quixote correspondia bem aos seus intentos; e nisso disse Sancho:

— A mim é que me não agradaria que esta senhora dona viesse pôr tropeços à promessa do meu governo, porque ouvi dizer de um boticário toledano, que chalrava como um pintassilgo, que onde interviessem donas não podia haver coisa boa. Ai, senhor! E que mal que dizia delas o tal boticário! Donde eu infiro que, se todas as donas são enfadosas e impertinentes, de qualquer qualidade e condições que sejam, o que farão as que forem doloridas, como disseram que é essa condessa de três faldas ou de três fraldas, que em minha terra, falda[1] e fraldas são a mesma coisa.

— Cala-te, Sancho amigo — disse Dom Quixote —, que, vindo essa senhora dona de tão longes terras procurar-me, não pode ser daquelas a que o boticário se referia, tanto mais que essa é condessa, e quando as condessas servem de donas, não pode ser senão a rainhas e imperatrizes, e em suas casas são senhoríssimas, e doutras donas se servem.

A isso respondeu Dona Rodríguez, que se achava presente:

— Donas tem ao seu serviço a senhora duquesa que poderiam ser condessas, se a fortuna o quisesse; mas lá se vão leis onde querem reis; e ninguém diga mal das donas, e ainda menos das que são antigas e

---

[1] Falda: aba de peça do vestuário; fralda: a parte inferior de qualquer peça do vestuário feminino ou masculino.

donzelas, que, ainda que eu não seja dessas, percebo perfeitamente a vantagem que leva uma dona donzela a uma dona viúva, e a quem pretende tosquiar-nos ficam-lhe as tesouras nas mãos.

— Com tudo isso, diz o meu barbeiro que não há pouco que tosquiar nas donas, e portanto será melhor não mexer o arroz, ainda que cheire a esturro.[2]

— Sempre os escudeiros — respondeu Dona Rodríguez — são nossos inimigos, porque, sendo duendes das antessalas, e vendo-nos a cada instante, o tempo em que não rezam (e que não é pouco) gastam-no em murmurar de nós outras, desenterrando-nos os ossos e enterrando-nos a fama. Pois eu mando-os para os cavalos de pau, que, em que lhes pese, havemos de viver no mundo e nas casas principais, ainda que morramos de fome e cubramos com um vestido mongil as nossas carnes delicadas ou não. Ah! Se fosse ocasião agora, eu mostraria a todos os presentes, e até ao mundo em peso, que não há virtude que se não encerre numa dona.

— Creio — disse a duquesa — que a minha boa Dona Rodríguez tem muitíssima razão; mas bom será que aguarde o ensejo próprio para punir por si e pelas outras donas, para confundir a má opinião daquele mau boticário e desarraigar a que abriga no peito o grande Sancho Pança.

E Sancho respondeu:

— Depois que tenho fumaças de governador já nada tenho de escudeiro, e não me importam donas nem meias donas.

O colóquio foi interrompido pelos tambores e o pífaro, que tornavam a tocar, o que lhes deu a entender que Dona Dolorida entrava. Perguntou a duquesa ao duque se seria bem ir recebê-la, visto que era condessa e pessoa principal.

— Lá por ser condessa — respondeu Sancho, adiantando-se ao duque —, acho bem que Vossas Grandezas saiam a recebê-la, mas, visto ser dona, parece-me que nem um passo devem dar.

— Para que te metes tu nessas coisas, Sancho? — perguntou Dom Quixote.

— Para quê? Meto-me porque posso me meter, porque sou um escudeiro que aprendeu as praxes da cortesia na escola de Vossa Mercê,

---

[2] Cheiro proveniente de coisa queimada.

que é o mais cortês e bem-criado cavaleiro do mundo; e nessas coisas ouvi Vossa Mercê dizer que tanto se perde por carta de mais como por carta de menos, e a bom entendedor meia palavra basta.

— Sancho diz muito bem — acudiu o duque —; veremos as maneiras da condessa, e a cortesia que se lhe deve.

Nisso entraram os tambores e o pífaro, como da vez primeira.

E aqui, neste breve capítulo, pôs ponto o autor e principiou o outro, continuando com a mesma aventura, que é uma das mais notáveis desta história.

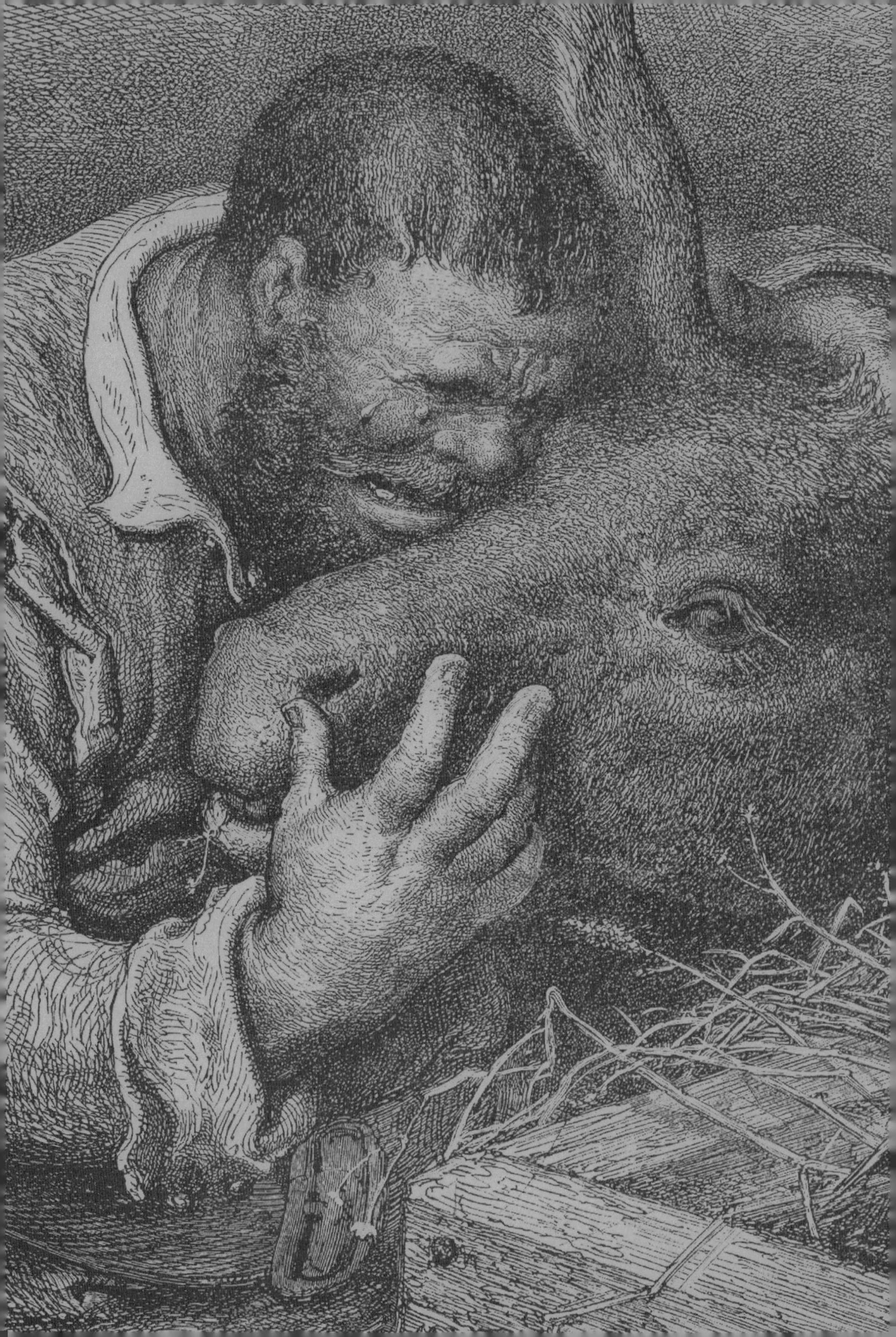

# Capítulo XXXVIII
## ONDE SE CONTA O QUE DISSE DAS SUAS DESVENTURAS A DONA DOLORIDA

ATRÁS DOS TRISTES MÚSICOS principiaram a entrar pelo jardim não menos de doze donas repartidas em duas fileiras, todas com largos vestidos mongis e uns véus brancos tão compridos que só deixavam ver a fímbria do vestido. Seguia-se-lhes a Condessa Trifaldi, que vinha pela mão do seu escudeiro Trifaldim da Barba Branca, vestida de finíssima e negra baeta; a cauda era de três pontas, em que pegavam três pajens também vestidos de preto, fazendo uma figura vistosa e matemática com aqueles três ângulos agudos que formavam as três caudas, donde provinha decerto o apelido de Condessa Trifaldi; como se disséramos "a condessa das três saias". E diz Benengeli que assim era, efetivamente, e que o verdadeiro nome da condessa era "Lupina", por se criarem no seu condado muitos lobos, e se, como eram lobos, fossem raposas, a chamariam a "Condessa Raposina", por ser costume naquelas partes tomarem os senhores os seus nomes das coisas em que os seus Estados mais abundam. Entretanto, essa condessa, para ressaltar a novidade de sua saia, deixou o "Lupina" e tomou o "Trifaldi".

Vinham as doze donas e a senhora em passo de procissão, com os rostos cobertos com uns véus negros, e não transparentes como o de Trifaldim, mas tão apertados[1] que não deixavam ver coisa alguma. Assim que acabou de passar o esquadrão das donas, o duque, a duquesa, Dom Quixote e todos os mais que contemplavam a procissão puseram-se de

---

[1] Espessos.

pé. Pararam as doze donas e fizeram alas, por entre as quais passou a Dolorida, sem Trifaldim lhe largar a mão. Vendo isso, o duque, a duquesa e Dom Quixote adiantaram-se obra de doze passos a recebê-la. Ela, ajoelhada, com voz antes grossa e rouca do que sutil e delicada, disse:

— Sejam servidos Vossas Senhorias de não fazer tantas cortesias a este seu criado, digo, a esta sua criada, porque tão dolorida sou que não atinarei com o que devo responder, pois que esta minha estranha e nunca vista desdita me levou o entendimento não sei para onde, mas decerto para muito longe, porque quanto mais o procuro, menos o encontro.

— Sem ele estaria — respondeu o duque — quem não descobrisse pela vossa pessoa, senhora condessa, o vosso valor, e não é necessário pôr mais para se saber que sois merecedora de toda a nata da cortesia, de toda a flor das bem-criadas cerimônias.

E, levantando-a pela sua mão, levou-a a sentar-se numa cadeira ao pé da duquesa, que também a recebeu com muito cumprimento. Dom Quixote calava-se e Sancho andava morto ver o rosto da Trifaldi e de alguma das suas muitas donas; mas não pôde, enquanto elas não se descobriram por sua vontade.

Sossegados todos e em silêncio, estavam esperando quem o havia de romper, e foi a Dona Dolorida, com estas palavras:

— Confiada estou, senhor poderosíssimo, formosíssima senhora e discretíssimos circunstantes, em que há de encontrar a minha augustíssima em vossos valorosíssimos peitos acolhimento não menos plácido do que generoso e doloroso, porque é tal que basta para enternecer os mármores, abrandar os diamantes e amolecer os aços dos mais endurecidos corações deste mundo; mas, antes de sair para a praça dos vossos ouvidos, para não dizer orelhas, quisera que me fizessem saber se estão no grêmio desta companhia o acendratíssimo[2] cavaleiro Dom Quixote de la Mancha e seu escudeiríssimo Pança.

— O Pança aqui está — acudiu logo Sancho —, e Dom Quixotíssimo também, e podereis, portanto, dolorísima doníssima, dizer o que quiserdíssimos, porque todos estamos prontos e preparadíssimos para ser vossos servidoríssimos.

Nisso, levantou-se Dom Quixote e disse, dirigindo-se à Dolorida Dona:

---

[2] De acendrado, livre de impurezas (ouro e outros metais preciosos).

— Se as vossas aflições, angustiada senhora, podem esperar algum remédio do valor ou das forças de um cavaleiro andante, aqui estou eu, que todo me empregarei no vosso serviço. Sou Dom Quixote de la Mancha, cujo ofício é acudir a toda casta de necessitados; e, sendo assim como é, senhora, não haveis mister de captar benevolências nem de procurar preâmbulos e podeis dizer chãmente e sem rodeios os vossos males, que vos escutam ouvidos que saberão, se não os remediar, pelo menos compadecer-se deles.

Ouvindo isso, a Dolorida Dona deu mostras de querer se arrojar aos pés de Dom Quixote, e ainda se arrojou e, querendo por força abraçar-lhe as pernas, dizia:

— Diante destes pés e destas pernas me arrojo, ó cavaleiro invicto, por serem bases e colunas da cavalaria andante; quero beijar estes pés, de cujo passo está pendente todo o remédio da minha desgraça, ó valoroso cavaleiro, cujas verdadeiras façanhas deixam bem longe e escurecem as fabulosas dos Amadises, Esplandiões e Belianises!

E, largando Dom Quixote, volveu a Sancho Pança e, agarrando-lhe nas mãos, disse:

— Ó tu, o mais leal escudeiro que já serviu a um cavaleiro andante, nem nos presentes nem nos passados séculos, mais longo em bondade do que a barba de Trifaldim, meu companheiro, que presente se acha! Bem podes gabar-te de que, servindo o Senhor Dom Quixote, serves em resumo toda a caterva de cavaleiros que trataram as armas neste mundo. Suplico-te, pelo que deves à tua bondade fidelíssima, que sejas meu bom protetor junto de teu amo, para que favoreça esta humilíssima e desgraçadíssima condessa.

— O ser a minha bondade tão comprida como a barba do vosso escudeiro — respondeu Sancho — pouco se me dá; barbada e com bigodes tenha eu a minha alma quando me for embora desta vida, que é o que eu quero; com as barbas de cá pouco ou nada me importo; mas, sem todas essas moquenquices e súplicas, eu pedirei a meu amo (que sei que me quer bem, e agora ainda mais, que precisa de mim para certo negócio) que favoreça e ajude a Vossa Mercê em tudo o que puder; Vossa Mercê desembuche a sua aflição, conte-a e deixe que nos entenderemos.

Rebentavam de riso com essas coisas os duques e os outros que tinham penetrado o segredo da aventura.

Todos louvavam de si para si a agudeza e a dissimulação da Trifaldi, que disse, tornando-se a sentar:

— Do famoso reino de Candaia, que fica entre a grande Trapobana e o mar do Sul, a duas léguas para além do cabo Camorim, foi senhora a Rainha Dona Magúncia, viúva do Rei Arquipélago; e desse matrimônio nascera a Infanta Antonomásia, herdeira do reino,[3] a qual se criou e cresceu debaixo da minha tutela e doutrina, por ser eu a mais antiga e a mais principal dona de sua mãe. Sucedeu, pois, que com o decorrer dos tempos, a menina Antonomásia chegou à idade de catorze anos, com tamanha perfeição que não a podia fazer maior a natureza. A sua discrição era de uma extraordinária precocidade, igualava a sua formosura, e era a mais formosa dama deste mundo, e ainda o será, se os fados invejosos e as parcas[4] endurecidas não lhe cortaram o fio da vida; mas não fizeram tal, decerto, porque não hão de permitir os céus que se faça tanto mal à terra, como seria cortar os racimos verdes da mais formosa vide dos vinhedos. Dessa formosura, que a minha língua não pode assaz encarecer, se enamorou um infinito número de príncipes, tanto naturais como estrangeiros, entre os quais ousou levantar os seus pensamentos ao céu de tanta beleza um cavalheiro particular que na corte vivia, confiado na sua mocidade, na sua galhardia e nas suas muitas prendas e encantos, facilidade e felicidade de engenho; porque, devo dizer a Vossas Grandezas, se não os enfado, que tocava guitarra de modo tal que não parecia senão que a fazia falar, e além disso era poeta e grande bailarino, e sabia fazer uma gaiola de pássaros que só com essa prenda podia ganhar a vida, quando se visse em extrema necessidade; todos esses predicados e prendas bastam para derrubar uma montanha, quanto mais uma delicada donzela. Mas toda a sua gentileza, todo o seu donaire, todas as suas graças e prendas de nada lhe serviriam para render a fortaleza da minha menina, se o grande patife e roubador não usasse do remédio de me render primeiro. Primeiro quis o malandrino e desalmado vagabundo ganhar-me a vontade e enfeitiçar-me, para que eu, mau alcaide, lhe entregasse as chaves da fortaleza que guardava. Em conclusão, adulou-me e rendeu-me com não sei que dixes e joias que me deu; mas o que mais me prostrou, o que sobretudo me seduziu, foram umas coplas que lhe ouvi cantar na noite das reixas[5] de uma janela, que deitava para um beco onde ele estava, e que, se bem me recordo ainda, diziam assim:

---

[3] Alguns nomes são imaginários. O cabo Camorim fica no sul da Península do Hindustão, mais à frente da Trapobana, que é, como já se disse, o Ceilão ou Sri-Lanka.

[4] Na mitologia clássica, as parcas são três irmãs que regem a vida e a morte do homem, metaforizada no fio que trabalham.

[5] Grade de ferro destinada a proteger portas e janelas, muito usada na Idade Média.

> Da minha doce inimiga
> nasce a dor que a alma aflige,
> e por mais tormento exige
> que se sinta e não se diga.[6]

Pareceu-me a trova de pérolas, e a voz, de mel, e desde então, vendo o mal em que caí por esses e por outros versos, tenho considerado que das repúblicas bem governadas se devem desterrar os poetas, como Platão aconselhava, pelo menos os lascivos, porque escrevem umas coplas não como as do Marquês de Mântua, que entretêm e fazem chorar as crianças e as mulheres, mas umas agudezas que, como brandos espinhos, nos atravessam a alma, e como raios a ferem, deixando incólume o vestido. E outra vez cantou.

> Morte, vem tão escondida
> que eu não te sinta apar'cer,
> p'ra que o gosto de morrer
> não me torne a dar a vida.[7]

E desse jaez outras coplas que, cantadas, encantam, em escritas, suspendem. E então, quando descia a compor um gênero de versos que em Candaia se usava e a que chamavam "seguidilhas", ali era o pular dos corações, o retoucar do riso, o desassossego dos corpos e, finalmente, o azougue de todos os sentidos! E assim digo, senhores meus, que os tais trovadores com justo motivo se devem desterrar para as ilhas dos Lagartos;[8] mas não têm eles culpa: quem a tem são as simples que os louvam e as tolas que neles acreditam, e, se eu fosse a boa dona que devia ser, não me moveriam os seus tresnoitados conceitos, nem acreditaria que fosse verdadeiro aquele dizer: "Vivo morrendo, ardo no gelo, tenho calafrios ao lume, espero sem esperança, parto e fico", e outros impossíveis dessa laia, de que os seus escritos estão cheios! E quando prometem a fênix da Arábia, a coroa de Ariadne, os cavalos do

---

[6] Copla famosa desde o final do século XV, tradução de alguns versos do poeta italiano Serafino de' Ciminelli, o Aquilano (1455-1500).

[7] Variante de uma velha copla do comendador Escrivá, poeta valenciano do século XV, muitas vezes glosada. A versão de Cervantes coincide com a variante que usa também Jorge de Montemayor.

[8] Lugar de localização incerta, cujo nome sugere ilhas remotas e desabitadas.

sol, as pérolas do sul, o ouro de Tíbar e o bálsamo de Pancaia?!⁹ Aqui é que eles alargam mais a pena, porque lhes custa pouco prometer o que nunca pensaram nem poderiam cumprir. Mas que digressões são essas? Ai de mim, desditosa, que loucura, ou que desatino me leva a contar as culpas alheias, tendo tanto que dizer das minhas? Ai de mim, desventurada! Não me renderam os versos, rendeu-me a simplicidade minha; não me abrandou a música, mas sim a minha leviandade; a minha muita ignorância e pouca advertência abriram e franquearam o caminho a Dom Clavijo, que assim se chama o referido cavalheiro; e assim, sendo eu medianeira, muitas vezes entrou ele no quarto de Antonomásia, enganada por mim e não por ele, com o título de verdadeiro esposo, que, apesar de pecadora, não consentiria nunca que ele, sem ser seu marido, lhe tocasse nem na ponta do sapato. Não, não! nisso não. O matrimônio há de ir sempre adiante em quaisquer negócios desses que por mim se tratarem; houve só um mal nesse negócio, que foi o da desigualdade de nascimento, por ser Dom Clavijo um cavalheiro particular, e a Infanta Antonomásia herdeira do reino, como já disse. Alguns dias esteve encoberta e solapada na sagacidade do meu recato essa trama, até que me pareceu que ia descobrindo a pouco e pouco um certo arredondamento das formas de Antonomásia, e esse temor a todos três nos sobressaltou, e resolveu-se que, antes que o caso viesse de todo à luz, Dom Clavijo pedisse perante o vigário a Antonomásia para sua mulher, apresentando uma promessa de casamento que a infanta lhe fizera por escrito, redigida por meu talento com tanta energia que nem as forças de Sansão poderiam rompê-la. Fizeram-se as diligências todas, viu o vigário a promessa, ouviu de confissão a infanta, que tudo lhe disse, mandou-a depositar em casa de um honradíssimo aguazil da corte...

— Também em Candaia há aguazis da corte, poetas e seguidilhas? — interrompeu Sancho. — Parece-me que posso jurar que em todo o mundo é tudo a mesma coisa; mas apresse-se, Senhora Trifaldi, que já é tarde e eu quero muito saber o fim dessa larguíssima história.

— Isso farei — respondeu a senhora.

---

⁹ Chamava-se coroa de Ariadne uma constelação de sete estrelas em que se transformou a coroa que Vênus deu a Ariadne em suas bodas com Baco; os cavalos do Sol eram os que puxavam o carro de Apolo e davam a volta ao mundo em um dia; as pérolas dos mares do Sul se situavam na costa da Etiópia; Tíbar era um lugar fabuloso (transformação do árabe *tibr*, "puro") onde se acreditava que se encontrasse o ouro mais fino; Pancaia era uma região imaginária, citada por Virgílio, produtora de substâncias balsâmicas. Todos eles são tópicos recorrentes na poesia da época de Cervantes.

## Capítulo XXXIX
### ONDE A TRIFALDI PROSSEGUE NA SUA ESTUPENDA E MEMORÁVEL HISTÓRIA

COM QUALQUER PALAVRA que Sancho dizia, tanto se regozijava a duquesa como se desesperava Dom Quixote, e, mandando-lhe este que se calasse, prosseguiu a Dolorida, dizendo:

— Enfim, ao cabo de muitas perguntas e respostas, como a infanta estava sempre firme, sem sair nem variar da primeira declaração, o vigário sentenciou em favor de Dom Clavijo e entregou-lha por sua legítima esposa, o que tanto enfadou a Rainha Dona Magúncia que a enterramos dentro de três dias.

— Sem dúvida, porque morreu — disse Sancho.

— É claro — respondeu Trifaldim —; que em Candaia não se enterram as pessoas vivas.

— Já se tem visto, senhor escudeiro — redarguiu Sancho —, enterrar-se um desmaiado, julgando-se que está morto, e parecia-me que a Rainha Magúncia tinha mais obrigação de desmaiar que de morrer, porque com a vida muitas coisas se remedeiam, e não foi também tamanho o disparate da infanta que a obrigasse a sentir tanto. Se essa senhora tivesse casado com um pajem ou outro criado seu, como muitas têm feito, segundo ouvi dizer, seria o dano sem remédio; mas ter casado com um cavalheiro tão fidalgo e tão sabedor como aqui no-lo pintaram, verdade, verdade, ainda que foi asneira, não foi tão grave como se imagina, porque, segundo as regras de meu amo, que está presente e não me deixará mentir, assim como se fazem dos homens letrados ou bispos, se podem fazer dos cavaleiros, principalmente se forem andantes, reis e imperadores.

— Tens razão, Sancho — acudiu Dom Quixote —, porque um cavaleiro andante, se tiver dois dedos de ventura, está próximo sempre a ser o maior senhor do mundo. Mas passe adiante a Senhora Dolorida, porque imagino que lhe falta ainda contar o amargo dessa até aqui doce história.

— Efetivamente, ainda resta o amargo, e tão amargo — respondeu a condessa — que em sua comparação se pode dizer que é doce o absinto. Morta, pois, e não desmaiada, a rainha, sepultamo-la, e apenas a cobrimos e lhe demos o último vale,[1] quando (*quis talia fando temperet a lacrymis?*)[2] apareceu por cima da sepultura da rainha, montado num cavalo de madeira, o gigante Malambruno,[3] primo coirmão de Magúncia, que além de ser cruel era nigromante, o qual, com as suas malas-artes, em vingança da morte de sua prima e em castigo do atrevimento de Dom Clavijo e da desenvoltura de Antonomásia, os deixou encantados junto da mesma sepultura: ela convertida numa macaca de bronze e ele num espantoso crocodilo de um metal desconhecido, e entre ambos levantou um padrão também de metal, e nesse padrão inscreveu umas letras siríacas, que, tendo-se traduzido na língua candaiesca e depois na castelhana, encerram esta sentença: "Não recobrarão a sua primeira forma estes dois atrevidos amantes enquanto o valoroso manchego não vier comigo às mãos em singular batalha, que só para o seu grande valor guardam os fados esta nunca vista aventura". Feito isso, desembainhou um largo e desmedido alfanje e, agarrando-me pelos cabelos, fez menção de me cercear a cabeça. Pegou-se-me a voz à garganta, fiquei o mais amofinada possível, mas apesar disso fiz um esforço e com voz trêmula e plangente lhe disse tantas e tais coisas que suspenderam a execução de tão rigoroso castigo. Finalmente, mandou chamar à sua presença todas as donas do palácio, que foram essas que se acham presentes, e, depois de ter exagerado as nossas culpas e vituperado as condições das donas, as suas más manhas e piores traças, e carregando a todas a culpa que eu só tinha, disse que não nos queria castigar com pena capital, mas com outras penas dilatadas, que nos dessem uma morte civil e contínua; e, logo que acabou de dizer isso, sentimos todas que se nos abriam os

---

[1] Adeus, em latim.

[2] Citação de Virgílio, *Eneida*, II, 6 e 8: "Quem, ouvindo isto, conterá as lágrimas?".

[3] O nome é o de um cavaleiro que intervém no ciclo lendário de Ogier, o Dinamarquês ("Urgel" nos romances do Marquês de Mântua). Cervantes deve tê-lo usado por suas ressonâncias e pelos possíveis jogos semânticos dos elementos em que pode ser decomposto.

poros da cara, e que por toda ela nos saíam como que pontas de agulhas. Fomos com as mãos ao rosto, e achamo-lo do modo que ides ver.

E logo a Dolorida e as outras donas, levantando os véus que as tapavam, descobriram os rostos, cheios de barba, numas loura, noutras preta, noutras branca e noutras de sal e pimenta; e, vendo isso, mostraram ficar admirados o duque e a duquesa, pasmados Dom Quixote e Sancho, atônitos todos os circunstantes; e a Trifaldi prosseguiu:

— Assim nos castigou aquele vilão e patife Malambruno, cobrindo os nossos macios e pálidos rostos com a aspereza destes cardos, e prouvera ao céu que antes nos tivesse cortado a cabeça com o seu alfanje; porque, se pensarmos, senhores meus (e o que vou agora dizer querê-lo-ia dizer banhada em lágrimas; mas a consideração da nossa desgraça, e os mares que os nossos olhos têm chovido, já as enxugaram de todo, e assim di-lo-ei sem pranto); digo, pois, aonde pode ir uma dona com barbas? Que pai ou que mãe se compadecerá dela? Quem a ajudará? Pois, se ainda quando tem a tez lisa e o rosto martirizado com mil pinturas, mal encontra quem lhe queira bem, o que fará quando descobrir um rosto transformado em floresta? Ó donas e companheiras minhas, em desgraçada ocasião nascemos, em hora minguada nos geraram nossos pais!

E, dizendo isso, fez menção de desmaiar.

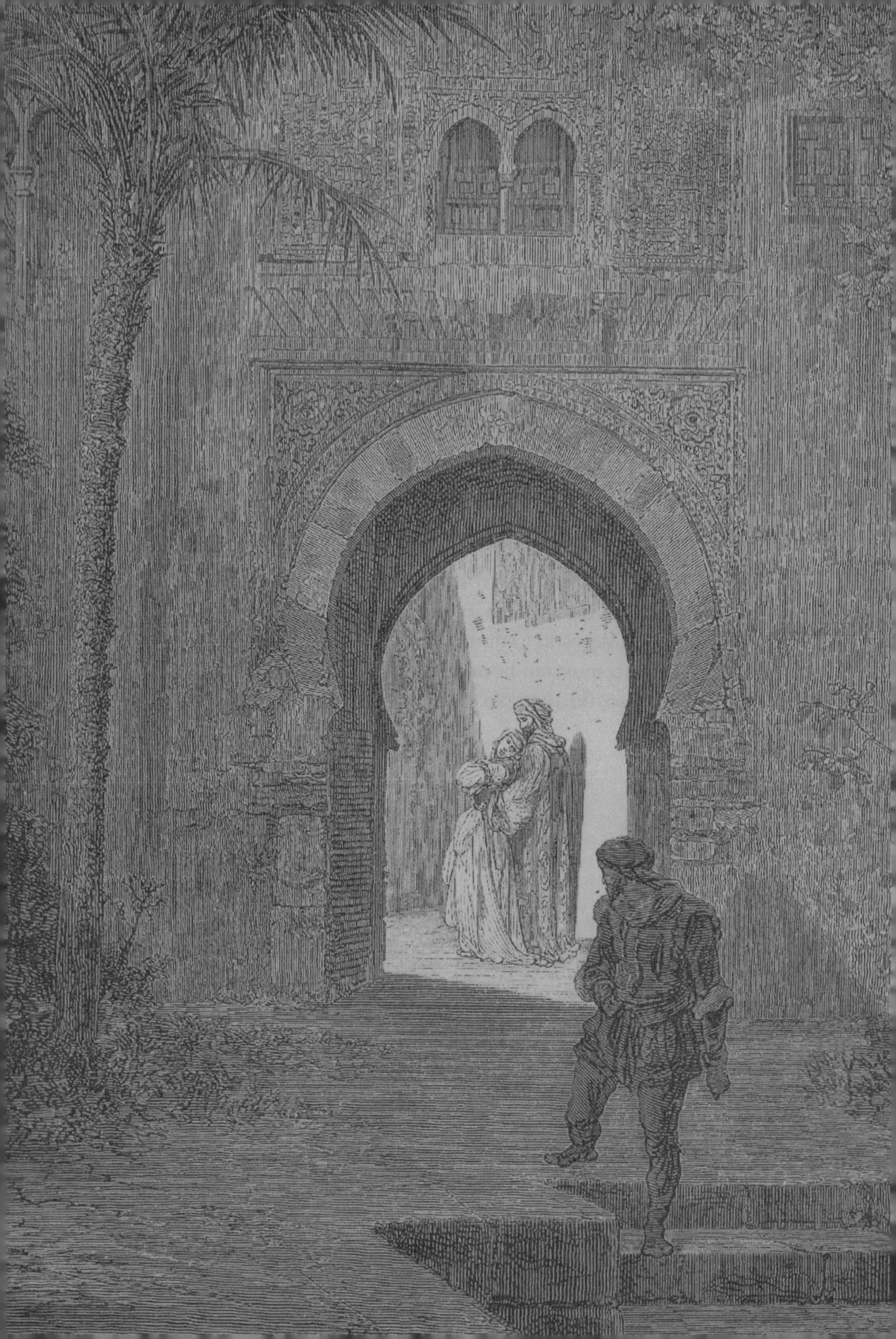

## Capítulo XL
### DAS COISAS QUE DIZEM RESPEITO A ESTA AVENTURA E A ESTA MEMORÁVEL HISTÓRIA

REALMENTE, todos os que gostam de histórias como esta devem mostrar-se agradecidos a Cide Hamete, seu primeiro autor, pela curiosidade que teve em nos contar as suas semínimas[1] particularidades, sem deixar coisa alguma, por miúda que fosse, que não tirasse claramente à luz. Pinta os pensamentos, descobre as imaginações, responde às tácitas perguntas, aclara as dúvidas, resolve os argumentos, finalmente, manifesta os átomos do mais curioso desejo. Ó autor celebérrimo! Ó ditoso Dom Quixote! Famosa Dulcineia! Gracioso Sancho Pança! Vivais todos juntos, e cada um de *per si*, séculos infinitos, para gosto e universal passatempo dos viventes!

Diz, pois, a história que, logo que Sancho viu desmaiada a Dolorida, exclamou:

— Palavra de homem de bem, juro por todos os meus antepassados, os Panças, que nunca ouvi nem vi, nem meu amo me contou nem imaginou, uma aventura semelhante a esta! Valham-te mil satanases, para não amaldiçoar como nigromante e gigante, Malambruno! Pois não achaste outro gênero de castigo, senão o de barbá-las? Pois não seria melhor, e a elas não faria mais conta, tirar-lhes metade do nariz do meio para cima, ainda que falassem fanhoso? Aposto que não têm dinheiro para pagar a quem as rape!

---

[1] Minúcias; a palavra pertence à nomenclatura da música.

— É essa a verdade, senhor — respondeu uma das doze —; não temos dinheiro para nos mondar,[2] e assim algumas resolvemos usar de uns emplastros de pez e, pondo-os no rosto e tirando-os de golpe, ficamos rapadas e lisas como a palma da mão, que, apesar de haver em Candaia mulheres que andam de casa em casa a arrancar os cabelos e alisar a pele, e fazer outros remédios, nós outras, as donas da senhora condessa, nunca as quisemos admitir, porque a maior parte delas faz o ofício de terceiras, já que não podem ser primeiras, e se, graças ao Senhor Dom Quixote, não ficarmos remediadas, com barbas nos levarão para a sepultura.

— Arrancava eu as minhas em terra de mouros, se não pudesse livrar-vos das vossas — disse Dom Quixote.

Nesse momento recobrou-se do seu desmaio a Trifaldi e exclamou:

— O retintim[3] dessa promessa, valoroso cavaleiro, chegou aos meus ouvidos, no meio do meu desmaio; e, assim, de novo vos suplico, ínclito andante e senhor indomável: converta-se em obras a vossa graciosa promessa.

— Em mim não esteja a dúvida — respondeu Dom Quixote —; dizei, senhora, o que tenho a fazer, que o ânimo está prontíssimo a servir-vos.

— É o caso — respondeu a Dolorida — que daqui ao reino de Candaia, se se for por terra, a distância é de cinco mil léguas, pouco mais ou menos; mas, se se for pelo ar, e em linha reta, é de três mil duzentas e vinte e sete. Deveis também saber que Malambruno me disse que, quando a sorte me deparasse o cavaleiro nosso libertador, ele lhe enviaria uma cavalgadura muito melhor e com menos manhas do que as de retorno, porque há de ser o próprio cavalo de madeira em que o valoroso Pierres levou roubada a formosa Magalona,[4] cavalo que se governa por uma escaravelha que tem na testa e que lhe serve de freio, e voa pelos ares com tanta ligeireza que parece que o levam os próprios diabos. Esse cavalo, segundo a tradição antiga, foi feito pelo

---

[2] Arrancar; aqui, no sentido de depilar.

[3] Ato ou efeito de retinir, produzir som forte, metálico, agudo e repetido.

[4] A Dolorida se refere à *História de Pierres de Provença e a linda Magalona*, que fogem a cavalo, embora não voador; há uma confusão, talvez intencional, com a *História de Clamades e Clarmonda*. A primeira menção desse cavalo mágico se remonta à disputa entre Dom Quixote e o cônego sobre os livros de cavalarias e afins. Folcloricamente, o cavalo voador se associa com a fuga de amantes.

sábio Merlim; emprestou-o a Pierres, que era seu amigo, e que fez com ele grandes viagens, e roubou, como já disse, a linda Magalona, levando-a nas ancas por esses ares afora, deixando aparvalhados todos os que da terra os contemplavam; e só o emprestava a quem ele queria ou lho pagava melhor, e, desde o tempo do grande Pierres até agora, não sabemos que alguém o tenha montado. Do poder de Merlim o tirou Malambruno com as suas artes e serve-se dele nas suas viagens, que faz de vez em quando por diversas partes do mundo; e está hoje aqui, amanhã em França e no outro dia no Potosi;[5] e o bom é que o tal cavalo nem come, nem dorme, nem gasta ferraduras, e voa tão sereno pelos ares, apesar de não ter asas, que o seu cavaleiro pode levar na mão um copo cheio de água sem entornar uma gota, e por isso a linda Magalona folgava muito de montar nesse cavalo.

— Lá para andar sereno e manso, o meu ruço! — disse Sancho — Apesar de não andar pelos ares, na terra desafia todos os ginetes do mundo.

Riram-se os circunstantes, e a Dolorida prosseguiu:

— E esse cavalo, se Malambruno efetivamente quer dar fim à nossa desgraça, antes que passe meia hora depois de cair a noite, estará na vossa presença, porque ele me disse que o sinal que me daria para eu perceber que encontrara o cavaleiro que procurava seria mandar-me o cavalo que transportasse o meu defensor com presteza e comodidade.

— E quantos cabem nas costas desse cavalo? — perguntou Sancho.

— Duas pessoas — respondeu a Dolorida —; uma na sela, outra nas ancas. E, na maior parte das vezes, essas duas pessoas são um cavaleiro e um escudeiro, a não haver alguma donzela raptada.

— Como se chama o cavalo, Senhora Dolorida?

— Não é como o cavalo de Belerofonte, que se chamava Pégaso; nem como o de Alexandre Magno, chamado Bucéfalo; nem como o do Orlando Furioso, que tinha por nome Brilhadoro; nem Baiardo, que foi o de Reinaldo de Montalbán; nem Frontino, como o de Rugero; nem Bootes, nem Peritoa, como dizem que se chamam os do Sol;[6]

---

[5] Monte com minas de prata que se encontrava no vice-reino do Peru.

[6] Cervantes faz corresponder Brilhadoro, Baiardo e Frontino com seus respectivos cavaleiros de acordo com o *Orlando furioso* de Ariosto. Os nomes dos cavalos do Sol são outra possível brincadeira da Dona Dolorida, que talvez soubesse e recordasse que Peritoa era filho de Ixião, pai dos centauros, e que era casado com Hipodama; Bootes era considerado associado, etimologicamente, com boi, também animal de tiro.

tampouco se chama Orélia, como o cavalo com que o desditoso Rodrigo, último rei dos godos, entrou na batalha em que perdeu a vida e o reino.

— Aposto — disse Sancho — que, visto não ter nenhum desses famosos nomes de cavalos tão conhecidos, também não tem o do cavalo de meu amo, Rocinante, que em ser muito apropriado excede os que se citaram.

— Assim é — respondeu a condessa barbada —, mas também lhe quadra muito bem, porque se chama Clavilenho, o Alígero, nome que indica ser ele um pedaço de lenho e ter uma clave ou escaravelha na testa, e caminhar ligeiramente; lá por esse lado parece-me que pode perfeitamente competir com o famoso Rocinante.

— Não me desagrada o nome — redarguiu Sancho —; mas com que freio ou com que reata se governa?

— Já disse — respondeu a Trifaldi — que se governa com a escaravelha, e basta dar-lhe uma volta para um ou para outro lado, para que o cavaleiro que vai em cima o faça caminhar para onde quiser, ou por esses ares afora, ou rastejando, ou quase varrendo a terra, ou nem muito alto nem muito baixo: meio-termo, que é preferível em tudo.

— Tomara eu vê-lo — respondeu Sancho —; mas lá se alguém imagina que sou eu que o monto, ou na sela ou nas ancas, perde o seu tempo. Eu que mal me seguro no meu ruço, e com uma albarda mais macia do que a própria seda, queriam que me segurasse numas ancas de pau, sem coxins nem almofadas; por Deus! Não vou apanhar uma moideira para tirar as barbas ninguém; cada qual se rape como entender, que eu não tenciono acompanhar meu amo em tão larga viagem, tanto mais que não devo fazer falta ao barbeamento dessas damas como faria para o desencantamento de Dulcineia, muito senhora minha.

— Fazeis falta, sim, amigo — respondeu a Trifaldi —, e tanta que, sem a vossa presença, imagino que nada faremos.

— Aqui del-rei![7] — acudiu Sancho. — Que têm que ver os escudeiros com as aventuras de seus amos? Hão de ter eles a fama das aventuras a que dão fim, e nós havemos de ter só o trabalho? Corpo de tal! Ainda se os historiadores dissessem: "O cavaleiro fulano acabou esta ou aquela aventura, mas com ajuda de sicrano, seu escudeiro, sem o qual seria impossível o acabá-la", vá; mas que escrevam a seco: "Dom

---

[7] Exclamação para pedir socorro ou ajuda.

Paralipomenão[8] das Três Estrelas acabou a aventura dos seis vampiros", sem nomear a pessoa do seu escudeiro, que a tudo esteve presente, como se não existisse no mundo! Agora, senhores, torno a dizer que meu amo pode ir sozinho, e que lhe faça muito bom proveito, que eu ficarei aqui em companhia da duquesa, minha ama, e pode ser que, quando voltar, já ache melhorada a causa da Senhora Dulcineia, porque tenciono, quando tiver vagar, ir arrumando em mim próprio uma tunda de açoites.

— Pois, apesar de tudo isso, haveis de acompanhá-lo, bom Sancho, se for necessário, porque vo-lo pediremos todos nós, que pelos vossos vãos temores não hão de ficar assim barbados os rostos dessas senhoras, o que decerto seria uma desventura.

— Aqui del-rei, outra vez! — replicou Sancho. — Se essa caridade se fizesse por algumas donzelas recolhidas, ou por algumas meninas que ainda andem a aprender doutrina, poderia o homem aventurar-se a qualquer trabalho, mas que o sofra para tirar as barbas de umas donas! Mau! Nem que a todas eu as visse com barbas desde a primeira até a última, desde a mais melindrosa até a mais pimpona!

— Estais muito mal com as donas, Sancho amigo — disse a duquesa. — Muito ides atrás da opinião do boticário toledano; pois realmente não tendes razão, porque há donas na minha casa que podem ser exemplo às outras, e aqui está a minha Dona Rodríguez, que não me deixará dizer outra coisa.

— Ainda que Vossa Excelência outra coisa dissesse — acudiu Rodríguez —, Deus sabe a verdade de tudo, e boas ou más, com barbas ou sem elas, somos mulheres como as outras; e, se Deus nos deitou ao mundo, ele lá sabe para quê, e na sua misericórdia me fio.

— Ora muito bem, Senhora Trifaldi e companhia — acudiu Dom Quixote —; espero que o céu olhará com bons olhos para as vossas aflições, que Sancho fará o que eu mandar, e tomara que viesse Clavilenho a ver-me em luta com Malambruno, que sei que não haveria navalha que rapasse com mais facilidade a Vossas Mercês do que a minha raparia a cabeça dos ombros de Malambruno; que Deus suporta os maus, mas não para sempre.

---

[8] Os Paralipômenos, ou seja, os livros da Bíblia conhecidos como Crônicas, complementam os quatro dos Reis. Em grego, a voz quer dizer "o desperdiçado", com um possível chiste de Cervantes encoberto nas palavras de Sancho.

— Ai! — bradou a Dolorida. — Com benignos olhos contemplem Vossa Grandeza, valoroso cavaleiro, todas as estrelas das celestes regiões, e infundam no vosso ânimo toda a prosperidade e valentia, para serdes escudo e amparo das vituperadas e abatidas donas, a quem os boticários abominam, de quem os escudeiros murmuram e que os pajens atormentam, e mal haja a tola que na flor da idade não preferir ser monja a ser dona; desditosas nós outras, que, ainda que venhamos em linha reta por varonia do próprio Heitor, o troiano, as nossas senhoras não deixam de nos tratar por "vós", nem que as façam rainhas. Ó gigante Malambruno, que, apesar de seres nigromante, és certíssimo nas tuas promessas, envia-nos já o incomparável Clavilenho, para que se acabe esta desdita, que, se entra o calor e as nossas barbas ainda duram, ai da nossa ventura!

A Trifaldi disse isso com tanto sentimento que de todos os circunstantes arrancou lágrimas, e até arrasou de água os olhos de Sancho; e resolveu no seu coração acompanhar seu amo até as últimas partes do mundo, se daí resultasse o tirar a lã daqueles veneráveis rostos.

## Capítulo XLI

### DA VINDA DE CLAVILENHO, COM O FIM DESTA DILATADA AVENTURA

NISSO CHEGOU A NOITE, e com ela o prazo fixado para a vinda do famoso cavalo Clavilenho, cuja tardança já fatigava Dom Quixote, parecendo-lhe que, visto que Malambruno se demorava em enviá-lo, ou não era ele o cavaleiro para quem estava guardada aquela aventura, ou Malambruno não ousava vir com ele a singular batalha. Eis que de repente entraram pelo jardim quatro selvagens, vestidos todos de verde hera, que traziam aos ombros um grande cavalo de madeira. Puseram-no no chão, e um dos selvagens disse:

— Monte nesta máquina o cavaleiro que para isso tiver ânimo.

— Então não monto eu — disse Sancho —, que nem tenho ânimo nem sou cavaleiro.

E o selvagem prosseguiu, dizendo:

— E se o cavaleiro tiver escudeiro, este que monte na garupa e fie-se no valoroso Malambruno, que, a não ser pela sua espada, por nenhuma outra nem por malícia alguma será ofendido; e basta só torcer esta escaravelha que traz no pescoço, e logo o cavalo os levará pelos ares ao sítio onde Malambruno os espera; mas para que a altura e sublimidade do caminho não lhes cause vágados, devem ir com os olhos tapados, até o cavalo rinchar, que é sinal de ter chegado ao termo da viagem.

Dito isso, deixaram Clavilenho e saíram, com gentil porte, pelo sítio por onde tinham vindo. A Dolorida, assim que viu o cavalo, disse, quase com lágrimas, a Dom Quixote:

— Valoroso cavaleiro, as promessas de Malambruno foram certas: o cavalo aí está; as nossas barbas crescem, e todas nós, com todos os cabelos dessas mesmas barbas, te suplicamos que nos rapes e tosquies, pois que tudo está em montares a cavalo com o teu escudeiro e dares feliz princípio a essa nova viagem.

— Isso farei eu, Senhora Condessa Trifaldi, e de muito bom grado, sem ir buscar almofada nem calçar esporas, para não me demorar: tal é a vontade que tenho de vos ver, senhora, e a todas essas damas, rapadas e tosquiadas.

— Pois isso não faço eu — acudiu Sancho —, não o faço por caso algum; e, se essa tosquiadela não se pode fazer sem eu montar na garupa, procure meu amo outro escudeiro que o acompanhe, e essas senhoras outro modo de alisar os rostos, que eu não sou bruxo para gostar desses passeios; e que dirão os meus insulanos, quando souberem que o seu governador anda por ares e ventos? E outra coisa mais: havendo três mil e tantas léguas daqui a Candaia, se o cavalo se cansa ou se o gigante se enoja, não voltamos antes de meia dúzia de anos, e já não haverá nem ilha nem ilhéus no mundo que me conheçam; e como se diz vulgarmente que na tardança é que está o perigo, e que em te dando uma vitela vai logo por ela, perdoem-me as barbas dessas damas, que bem está São Pedro em Roma, quero dizer, que estou perfeitamente nesta casa, onde me fazem tanta mercê, de cujo dono tamanho bem espero, como é o de me ver governador.

— Sancho amigo — disse o duque —, a ilha que eu te prometi não é móvel nem fugitiva: tem raízes tão fundas, lançadas nos abismos da terra, que não a arrancam dali nem à mão de Deus Padre; e como sabes que não há gênero algum de ofício, desses de maiores proventos, que se alcance de graça, o que eu quero em troca desse governo é que vás com teu amo Dom Quixote pôr fecho e remate a essa memorável aventura; e quer voltes montado em Clavilenho, com a brevidade que a sua ligeireza promete, quer voltes a pé, feito romeiro, sempre que voltares encontrarás a tua ilha onde a deixas, e os teus insulanos com o mesmo desejo que sempre têm tido de te receber por seu governador, e a minha vontade será a mesma, e não duvides do que te afirmo, Sancho, que seria fazer notável agravo ao desejo que tenho de te servir.

— Basta, senhor — disse Sancho —; um pobre escudeiro, como eu sou, já não pode com o peso de tantas cortesias: monte meu amo a cavalo, tapem-me estes olhos e encomendem-me a Deus, e digam-me se quando formos por essas altanerias posso encomendar-me ao Senhor e aos anjos que me favoreçam.

— Sancho — respondeu Trifaldi —, podeis perfeitamente encomendar-vos a Deus ou a quem quiserdes, que Malambruno, apesar de nigromante, é cristão, e faz as suas nigromancias com muita arte e muito tento, sem se meter com ninguém.

— Eia, pois — disse Sancho —, Deus me ajude e a Santíssima Trindade de Gaeta.

— Desde a memorável aventura das azenhas — tornou Dom Quixote —, nunca vi Sancho com tanto medo como agora; e, se eu fosse tão agoureiro como muitos outros, a sua pusilanimidade havia de me fazer algumas cócegas na alma. Mas chega-te aqui, Sancho, que, com licença desses senhores, quero-te dizer à parte duas palavras.

E, levando Sancho para um arvoredo do jardim e agarrando-lhe ambas as mãos, disse-lhe:

— Já vês, Sancho, a longa viagem que nos espera, e sabe Deus quando voltaremos dela, e o tempo e a comodidade que nos darão os negócios; e assim, desejaria que te retirasses para o teu aposento, como se fosses procurar alguma coisa necessária para o caminho, e, num abrir e fechar de olhos, arrumasses em ti uma boa parte dos três mil e trezentos açoites a que estás obrigado, pelo menos quinhentos, que sempre são uns tantos que ficam dados, que o principiar as coisas é tê-las meio acabadas.

— Por Deus — disse Sancho —, Vossa Mercê não está em si; pois agora, que tenho de ir sentado numa tábua rasa, é que Vossa Mercê quer que eu esfole as pousadeiras? Verdade, verdade, isso não é razoável; vamos nós tosquiar essas damas, que à volta prometo a Vossa Mercê, como quem sou, que hei de me apressar tanto a cumprir a minha obrigação que Vossa Mercê ficará contente; e não lhe digo mais nada.

E Dom Quixote respondeu:

— Pois com essa promessa, bom Sancho, vou consolado, e creio que a cumprirás, porque efetivamente, apesar de seres tonto, és homem verídico.

— Não sou verde, sou moreno — respondeu Sancho —; mas, ainda que fosse de furta-cores, havia de cumprir a minha palavra.

E nisso, voltaram para montar em Clavilenho; e, quando ia a montar, disse Dom Quixote:

— Tapa os olhos e sobe, Sancho, que quem de tão longes terras nos manda buscar decerto não pretende enganar-nos, pela pouca glória que lhe resultaria de enganar quem se fia nele; e, ainda que tudo sucedesse às avessas do que imagino, a honra de ter empreendido esta façanha não a poderá escurecer malícia alguma.

— Vamos, senhor — disse Sancho —, que as barbas e as lágrimas dessas senhoras tenho-as cravadas no coração e não comerei bocado que bem me saiba enquanto não as vir na sua primitiva lisura. Monte Vossa Mercê e tape os olhos, que, se tenho de ir à garupa, é claro que primeiro deve montar quem vai na sela.

— É verdade — redarguiu Dom Quixote.

E, tirando um lenço da algibeira, pediu à Dolorida que lhe tapasse muito bem os olhos, e, depois de lhos terem tapado, exclamou:

— Se bem me lembro, li em Virgílio o caso do Palácio de Troia, que foi um cavalo de madeira que os gregos consagraram a Palas,[1] e que ia cheio de cavaleiros armados, que depois foram a ruína da cidade de Príamo; e, assim, será bom ver primeiro o que tem Clavilenho no estômago.

— Não é necessário — disse a Dolorida —, que eu fio por ele, e sei que Malambruno nada tem de malicioso nem de traidor, e Vossa Mercê, Senhor Dom Quixote, monte sem receio, e em meu prejuízo redunde qualquer dano que tiver.

Pareceu a Dom Quixote que tudo que dissesse a respeito da sua segurança seria em detrimento da sua valentia, e assim, sem mais altercar, montou em Clavilenho e tenteou-lhe a escaravelha, que se movia facilmente; e, como não tinha estribos, e era obrigado por isso a apertar bem o cavalo com as pernas, não parecia senão uma figura de tapeçaria flamenga, pintada ou tecida nalgum triunfo romano. Com má vontade e a pouco e pouco foi se chegando Sancho para montar a cavalo e, acomodando-se o melhor que pôde na garupa, achou-a dura e pediu ao duque se lhe podia arranjar um coxim ou almofada, ainda que fosse do estrado da senhora duquesa ou do leito de algum pajem, porque as ancas daquele cavalo mais pareciam de mármore que de madeira. A isso disse a Trifaldi que Clavilenho não consentia em cima de si nenhum jaez nem adorno; que o que podia fazer era sentar-se como as mulheres, e que assim não sentiria tanto a dureza. Seguiu Sancho o conselho e, dizendo adeus a todos, deixou-se vendar os olhos, e já depois de vendados tornou-os a destapar, e, olhando para os circunstantes, ternamente e com lágrimas, disse que o ajudassem naquele transe com muitos padre-nossos e muitas ave-marias, para que Deus lhes deparasse quem por eles os dissesse quando se vissem em agonias semelhantes.

---

[1] Refere-se ao cavalo de Troia, inspirado por Palas Atena (*Eneida*, II), mas não consagrado a ela, como indica aqui Dom Quixote e era moeda corrente na época; o Paládio, na verdade, era uma imagem de Palas esculpida por ela mesma.

— Ladrão! — bradou Dom Quixote. — Estás por acaso pendurado na forca, ou no último termo da vida, para usar de tais rogos? Não estás, desalmada e covarde criatura, no mesmo sítio que a linda Magalona ocupou, e de que se apeou, não para descer à sepultura, mas para ser rainha de França, se as histórias não mentem? E eu, que vou aqui ao teu lado, não posso comparar-me com o valoroso Pierres, que oprimiu este mesmo lugar que eu agora oprimo? Tapa os olhos, tapa, animal, descoroçoado, e não te venha à boca o medo que tens, pelo menos na minha presença.

— Tapem-me os olhos — respondeu Sancho —, e, já que não querem que me encomende a Deus, nem que seja encomendado, que admira que eu receie que ande por aqui alguma legião de diabos, que ferre conosco em Peralvilho?[2]

Taparam-lhe os olhos, e, sentindo Dom Quixote que estava como havia de estar, agarrou a escaravelha e, apenas lhe pôs a mão, logo todas as donas, e quantos estavam presentes, levantaram a voz, dizendo:

— Deus te guie, valoroso cavaleiro. Deus seja contigo, escudeiro intrépido! Já ides, já ides por esses ares, rompendo-os com mais velocidade que uma seta; já começais a suspender e admirar todos os que da terra vos estão mirando. Segura-te, valoroso Sancho, que te bamboleias; vê não caias, que a tua queda seria pior que a do atrevido moço que quis governar o carro do Sol, seu pai.[3]

Ouviu Sancho as vozes e, agarrando-se a seu amo, cingiu-o com os braços e disse-lhe:

— Senhor, como é que eles dizem que vamos tão alto, se alcançam cá as suas vozes, e não parece senão que estão aqui falando ao pé de nós?

— Não repares, Sancho, que, como estas coisas e estas volatarias vão fora dos cursos ordinários, de mil léguas verás e ouvirás o que quiseres, e não me apertes tanto que me fazes cair: e, em verdade, não sei por que te turbas nem por que te espantas, que ousarei jurar que nunca em todos os dias da minha vida montei em cavalgadura de passo mais sereno; não parece senão que não saímos do mesmo lugar. Desterra o medo, amigo, que efetivamente a coisa vai como há de ir, e nós de vento em popa.

---

[2] Povoado de La Mancha de Ciudad Real onde a Santa Irmandade executava os sentenciados. A rapidez com que se condenava, sem escutar o réu, foi origem da frase feita "A justiça de Peralvilho que, assetando o homem, lhe formavam processo".

[3] Faetonte, filho do Sol, que conseguiu fazer com que seu pai o deixasse conduzir seu carro. Por não saber controlar os cavalos, abrasou grandes zonas da Terra; no fim, Júpiter teve de precipitá-lo de um penhasco.

— Isso é verdade — respondeu Sancho —, que sinto aqui para este lado um vento tão forte que parece que estão me assoprando com foles.

E era verdade, que os estavam arejando com um grande fole. Tão bem traçada estava a tal aventura pelo duque, pela duquesa e pelo seu mordomo que não lhe faltou requisito que a deixasse de fazer perfeita.

Sentindo o assopro, disse Dom Quixote:

— Sem dúvida alguma, Sancho, estamos chegados à segunda região do ar, onde se geram o granizo e as neves; os trovões, os relâmpagos e os raios produzem-se na terceira região; e, se dessa maneira vamos subindo, depressa entraremos na região do fogo,[4] e não sei como hei de moderar esta escaravelha, para que não subamos a sítio onde nos abrasemos.

Nisto, aquentaram-lhes os rostos com umas estopas ligeiras, destas que se acendem e se apagam logo, penduradas numa cana. Sancho, que sentiu o calor, bradou:

— Que me matem se não estamos no lugar do fogo, ou muito perto, porque já se me chamuscou uma grande parte da barba, e tenho vontade, senhor, de destapar os olhos e de ver em que sítio nos achamos.

— Não faças tal — respondeu Dom Quixote —, e lembra-te da verdadeira história do Licenciado Torralba, que os diabos levaram em bolandas por esses ares, montado numa cana, com os olhos tapados, e em doze horas chegou a Roma, e apeou-se na Torre de Nona, que é uma rua da cidade, e viu todo o fracasso e assalto e morte de Bourbon, e pela manhã já estava de volta em Madri, onde deu conta de tudo o que vira: esse Torralba disse também que, quando ia por esses ares, o Diabo mandou que abrisse os olhos, e viu-se tão perto, ao seu parecer, do corpo da Lua que lhe poderia deitar a mão, e que não se atreveu a olhar para a Terra, com medo de desmaiar.[5] Portanto, Sancho, não será bom destaparmos os olhos, que quem nos leva a seu cargo de nós dará contas, e talvez estejamos tomando campo e subindo muito alto, para nos deixar cair de chofre sobre o reino de Candaia, como faz o

---

[4] No pensamento vulgar da época, apoiado na concepção ptolomaica do Universo, a Terra ocupava o centro e a Lua determinava a primeira esfera (a "região elementar"); o espaço entre os dois planetas era ocupado por quatro regiões: a do ar, a do frio, a da água e a do fogo, territórios dos quatro elementos.

[5] Trata-se de personagem real, Eugênio Torralba, processado por bruxaria em 1528 pela Inquisição de Cuenca. Segundo confessou, viajou pelo ar até Roma em 6 de maio de 1527; ali, viu o saque pelas tropas do imperador e a morte do condestável Carlos de Bourbon, que as comandava.

nebri[6] sobre a garça; e, ainda que nos parece que não há meia hora que saímos do jardim, acredita que havemos de ter andado grande caminho.

— Não sei lá disso — respondeu Sancho —; o que sei apenas é que, se a Senhora Magalhães ou Magalona[7] se contentou com esta garupa, é porque não tinha as carnes muito tenras.

Todas essas práticas dos dois valentes eram ouvidas pelo duque e pela duquesa, e por todos os do jardim, que se divertiam com isso extraordinariamente; e querendo dar remate à estranha e bem fabricada aventura, pelo rabo de Clavilenho deitaram fogo com umas estopas a bombas e foguetes, de que o cavalo estava cheio, e o cavalo voou pelos ares com estranho ruído, e deu com Dom Quixote e Sancho Pança no chão, meio chamuscados. A esse tempo já desaparecera do jardim todo o barbado esquadrão das donas e a Trifaldi e tudo, e os de casa estavam como que desmaiados e estendidos no chão. Dom Quixote e Sancho levantaram-se bastante magoados e, olhando para todas as bandas, ficaram atônitos de se ver no mesmo jardim, donde ainda aumentou mais o seu pasmo quando viram a um lado do jardim uma lança pregada no chão e, suspenso nela por dois cordões de seda verde, um pergaminho liso e branco, onde, com grandes letras de ouro, estava escrito o seguinte:

> O ínclito cavaleiro Dom Quixote pôs termo e remate à aventura da Condessa Trifaldi, por outro nome chamada a Dona Dolorida, só com o intentá-la.
>
> Malambruno dá-se por contente e satisfeito, e as caras das donas ficam lisas e tosquiadas, e os reis Dom Clavijo e Antonomásia no seu prisco estado; e, quando se cumprir o compromisso escudeiril, a branca pomba ver-se-á livre dos pestíferos gerifaltes que a perseguem e nos braços do seu querido arrulhador, que assim está determinado pelo sábio Merlim, o protonigromante dos nigromantes.

Tendo Dom Quixote lido todas as letras do pergaminho, percebeu claramente que falavam do desencantamento de Dulcineia e, dando muitas graças ao céu por ter acabado tão grande feito com tão pouco perigo, restituindo à sua passada tez o rosto das veneráveis donas,

---

[6] Falcão usado em altanaria.

[7] Sancho confunde uma vez mais os nomes, recorrendo a Fernando de Magalhães, o navegador português que tentou dar a volta ao mundo, ou seja, fazer a viagem mais longa possível.

que já não apareciam, foi aonde estavam o duque e a duquesa ainda desmaiados e, travando da mão ao duque, disse-lhe:

— Eia, bom senhor, ânimo, ânimo, que tudo é nada, acabou-se já a aventura sem dano de ninguém, como claramente mostra o escrito posto naquele padrão.

O duque, pouco a pouco, e como quem acorda de um pesado sono, foi tornando a si, e do mesmo teor a duquesa e todos os que estavam caídos no jardim, com tais mostras de maravilha e espanto que podiam quase imaginar-se que lhes acontecera deveras o que tão bem sabiam fingir. O duque leu o cartel com os olhos meio cerrados; e logo foi, com os braços abertos, abraçar Dom Quixote, dizendo-lhe que era o melhor cavaleiro que em todos os séculos se tinha visto. Sancho andava à cata da Dolorida, para ver se era tão formosa sem as barbas como prometia a sua galharda disposição; mas disseram-lhe que, logo que Clavilenho desceu, ardendo, pelos ares, todo o esquadrão das donas desaparecera com a Trifaldi, e que já iam perfeitamente rapadas. Perguntou a duquesa a Sancho que tal se dera naquela larga viagem.

— Eu, senhora, senti que íamos segundo meu amo me disse, voando pela região do fogo, e quis destapar um pouco os olhos; mas meu amo, a quem pedi licença, não consentiu; eu, que tenho sempre uns comichões de curiosidade e de desejar saber o que me querem ocultar, fui à sorrelfa desviando um bocadinho o lenço que me tapava os olhos, e por ali olhei para a terra, e pareceu-me que ela toda seria do tamanho de um grão de mostarda, e os homens que andavam sobre ela pouco maiores que umas avelãs, para que se veja como estávamos altos nessa ocasião.

— Sancho amigo — interrompeu a duquesa —, vede o que dizeis, porque me parece que não vistes a terra, mas sim os homens que andavam sobre ela; e é claro que, se a terra vos pareceu um grão de mostarda, e cada homem uma avelã, um homem só cobria a terra inteira.

— Isso é verdade — respondeu Sancho —, mas eu a descobri por um lado e vi-a toda.

— Mas — tornou a duquesa — quem vê as coisas por um lado não as vê todas.

— Não sei lá disso de vistas — redarguiu Sancho —, o que sei é que será bom que Vossa Senhoria entenda que, como voávamos por encantamento, por encantamento podia eu ver a terra toda e todos os homens, olhasse lá como olhasse; e, se não acredita, decerto Vossa Mercê não acreditará também que, destapando um pouquinho os olhos por cima, vi-me tão perto do céu que não estava a distância de mais de palmo e meio, e o que posso jurar, senhora minha, é que é imenso; e sucedeu caminharmos pelo sítio onde estão as sete cabrinhas,[8] e eu, como em terra quando era pequeno fui cabreiro, assim que as vi me deu logo vontade de brincar com elas um pedaço e, se não satisfizesse essa vontade, parece-me que rebentava. E vai eu que faço, sem dizer nada a ninguém, nem mesmo a meu amo? Apeio-me de manso de Clavilenho e estive-me entretendo com as cabras, que são mesmo umas flores, quase três quartos de hora, e Clavilenho não se arredou nem um passo.

— E enquanto o bom do Sancho brincava com as cabras — perguntou o duque —, em que se entretinha Dom Quixote?

— Como todas essas coisas e esses sucessos estão fora da ordem natural — observou Dom Quixote —, não admira que Sancho diga o que diz; agora eu de mim só o que sei dizer é que não destapei os olhos nem por cima nem por baixo: nem vi o céu, nem a terra, nem o mar, nem as areias. É verdade que senti que passava pela região do ar e até que tocava na do fogo; mas que passássemos de ali para diante não posso crer, pois, estando a região do fogo entre o céu da Lua e a última região do ar, não podíamos chegar ao céu onde estão as sete cabrinhas que Sancho diz sem nos abrasarmos, e, como não nos abrasamos, ou Sancho mente, ou Sancho sonha.

— Nem minto nem sonho — tornou Sancho —; senão, perguntem-me os sinais das tais cabrinhas e verão se digo ou não digo verdade.

— Diga lá, Sancho — acudiu a duquesa.

— São — respondeu Sancho — duas verdes, duas encarnadas, duas azuis e outra malhada.

— Nunca vi cabras assim — observou o duque —; pelo menos na terra não se usam cabras dessas cores.

— Pois é claro — tornou Sancho — que há de haver diferença entre as cabras do céu e as da terra.

— Diga-me, Sancho — perguntou o duque —, viu lá entre essas cabras algum bode?

— Não, senhor — respondeu Sancho —; mas ouvi dizer que nenhum passou dos cornos[9] da lua.

Não quiseram lhe perguntar mais nada a respeito da sua viagem,

---

[8] A constelação das Plêiades.
[9] Os cornos da Lua separam, na astronomia e na física aristotélica, o mundo sublunar, imperfeito e mutável, do mundo supralunar da perfeição.

porque lhes pareceu que levava caminho de passear por todos os céus e de dar notícias de tudo o que por lá havia, sem se mexer do jardim.

    Foi esse, em conclusão, o fim da aventura da Dona Dolorida, que deu que rir aos duques, não só naquela ocasião, mas em todos os dias da sua vida, e a Sancho que contar durante séculos, se séculos vivesse; e, chegando-se Dom Quixote a Sancho, disse-lhe ao ouvido:

    — Se quereis, Sancho, que acredite no que vistes no céu, haveis de acreditar no que vi na cova de Montesinos; e não vos digo mais nada.

# Capítulo XLII
## DOS CONSELHOS QUE DEU DOM QUIXOTE A SANCHO PANÇA ANTES DE ELE IR GOVERNAR A ILHA, COM OUTRAS COISAS BEM CONSIDERADAS

COM O FELIZ E GRACIOSO sucesso da aventura da Dolorida ficaram tão satisfeitos os duques que determinaram continuar as burlas; e assim, tendo dado a traça e as ordens que os seus criados haviam de observar com Sancho no governo da ilha prometida, no dia imediato ao do voo de Clavilenho, disse o duque que já os seus insulanos o estavam esperando como às águas de maio. Sancho humilhou-se e disse:

— Desde que desci do céu, e desde que vi a terra lá dessas alturas, e me pareceu tão pequena, esfriou em parte o desejo grande que eu tinha de ser governador; porque, digam-me: que grandeza é mandar num grão de mostarda, ou que dignidade ou que império é governar meia dúzia de homens do tamanho de avelãs, que me pareceu que em toda ela não havia mais? Se Vossa Senhoria fosse servido de me dar uma pequena parte do céu, ainda que, não fosse de mais de meia légua, tomá-la-ia de melhor vontade que a maior ilha do mundo.

— Amigo Sancho — respondeu o duque —, eu não posso dar a ninguém uma parte do céu, nem ainda que seja do tamanho de uma unha, que só para Deus está reservado conceder essas graças e mercês; dou-vos o que vos posso dar, que é uma ilha benfeita e bem direita, redonda e bem-proporcionada, e muito fértil e abundante, onde, se souberdes ter manha, podeis com as riquezas da terra granjear as do céu.

— Ora bem — respondeu Sancho —, venha de lá essa ilha, que eu procurarei ser um governador de tal ordem que vá direitinho para o céu, apesar de todos os velhacos deste mundo; e isso não é por cobiça que eu tenha, mas porque desejo provar o que é ser governador.

— Em provando uma vez, Sancho — disse o duque —, não haveis de querer outra coisa, porque é realmente agradável mandar e ser obedecido. Com certeza, quando vosso amo chegar a ser imperador, o que não tardará sem dúvida, pelo modo como vejo que as suas coisas se encaminham, não lhe arrancarão facilmente o império, e há de sempre lamentar o tempo em que não o teve.

— Senhor — redarguiu Sancho —, imagino que é bom mandar, ainda que seja num rebanho de gado.

— Convosco me enterrem, Sancho — respondeu o duque —; vejo que de tudo sabeis, e espero que sejais um governador de mão-cheia, e fiquemos por aqui; e lembrai-vos de que amanhã haveis de ir para o governo da ilha, e esta tarde vos arranjarão o traje conveniente que haveis de levar e todas as coisas necessárias para a vossa partida.

— Vistam-me como quiserem — redarguiu Sancho —, que, de qualquer modo que eu for vestido, sempre serei Sancho Pança.

— É verdade — tornou o duque —; mas os trajes devem acomodar-se ao ofício e dignidade que se professa; que não seria bonito que um jurisconsulto se vestisse como um soldado nem um soldado como um sacerdote. Vós, Sancho, ireis vestido em parte como letrado e em parte como capitão, porque na ilha que vos dou tão necessárias são as armas como as letras.

— Letras — respondeu Sancho — poucas tenho, porque até nem sei o á-bê-cê; mas basta-me ter sempre o *Christus*[1] na memória para ser bom governador. Quanto a armas, hei de manejar as que me derem até cair ao chão, e Deus me proteja.

— Com tão boa memória — tornou o duque —, não poderá Sancho errar em coisa alguma.

Nisso chegou Dom Quixote e, sabendo o que se passava, e a rapidez com que Sancho tinha de partir para o seu governo, com licença do duque tomou-o pela mão e levou-o para o seu quarto, com tenção de lhe aconselhar o modo como havia de proceder nesse ofício. Entrando, pois, no seu aposento, fechou a porta e obrigou Sancho a sentar-se ao pé dele, e disse-lhe com voz pausada:

---

[1] O *Christus* é aqui "a cruz que precedia o alfabeto na cartilha em que se aprendia a ler"; Sancho também faz um jogo de palavras muito frequente para significar "com pouca instrução, mas com sentimento cristão".

— Infinitas graças dou ao céu, Sancho amigo, de que antes de eu ter topado com alguma boa fortuna te viesse a receber e encontrar a prosperidade; eu, que confiava na minha boa sorte para te pagar os teus serviços, vejo-me ainda muito atrasado, e tu, antes do tempo, e contra a lei das suposições razoáveis, vês os teus desejos premiados. Outros importunam, apoquentam, suplicam, madrugam, rogam, porfiam e não alcançam o que pretendem, e chega outro e, sem saber como, nem como não, acha-se com o cargo e o ofício que muitos pretenderam: e aqui vem a propósito dizer-se que há boa e má fortuna nas pretensões. Tu, que sem dúvida és um rústico, sem madrugares nem te tresnoitares, e sem fazeres diligência alguma, só com o alento que te bafejou da cavalaria andante, sem mais nem mais te vês governador de uma ilha. Tudo isso digo, Sancho, para que não atribuas aos teus merecimentos a mercê recebida, e para que dês graças ao céu, que suavemente dispõe as coisas, e em seguida darás graças também à grandeza que em si encerra a profissão da cavalaria andante. Disposto, pois, o coração a acreditar no que te disse, atende, filho, a este teu Catão,[2] que quer aconselhar-te para teres um norte e um guia que te encaminhe e te leve a salvamento nesse mar proceloso em que vais te engolfar, que os ofícios e grandes cargos não são outra coisa senão um gólfão[3] profundo de confusões.

"Primeiro, filho, hás de temer a Deus, porque no temor de Deus está a sabedoria, e, sendo sábio, em nada poderás errar.

"Em segundo lugar, põe os olhos em quem és, procurando conhecer-te a ti mesmo, que é o conhecimento mais difícil que se pode imaginar. De conhecer-te resultará o não inchares como a rã, que quis se igualar ao boi: que, se isso fizeres, virá a ser feios pés da roda da tua loucura[4] a consideração de teres guardado porcos na tua terra."

— Isso é verdade — respondeu Sancho —, mas foi quando era pequeno; depois de homenzinho, o que eu guardei foram gansos; mas isso parece-me que não faz nada ao caso, que nem todos os que governam vêm de famílias reais.

— É verdade — replicou Dom Quixote —; e, por isso, os que não são de origem nobre devem acompanhar a gravidade do cargo que

---

[2] Desde a Idade Média, as crianças aprendiam a ler com uma compilação de sentenças morais (*Disticha Catonis*) atribuída ao orador romano Dionísio Catão.

[3] Golfo, reentrância marítima de grande porte, maior do que a baía.

[4] Era crença comum que o pavão se envaidecia ao abrir seu rabo, mas se envergonhava quando olhava para os pés.

exercitam com uma branda suavidade, que, ligada com a prudência, os livre da murmuração maliciosa, a que nenhum estado escapa.

"Faze gala da humildade da tua linhagem, Sancho, e não tenhas desprezo em dizer que és filho de lavradores, porque, vendo que não te corres por isso, ninguém to poderá lançar no rosto; ufana-te mais em seres humilde virtuoso que pecador soberbo. Inumeráveis são os que, nascidos de baixa estirpe, subiram à suma dignidade pontifícia e imperatória, e podia dar-te tantos exemplos que te fatigaria. Repara, Sancho, que, se te ufanares de praticar atos virtuosos, não há motivo para ter inveja dos príncipes e senhores, porque o sangue se herda e a virtude adquire-se, e a virtude por si só vale o que não vale o sangue.

"Sendo assim, se acaso for te ver, quando estiveres na tua ilha, algum dos teus parentes, não o afrontes nem o desdenhes, mas, pelo contrário, acolhe-o e agasalha-o, e festeja-o, que satisfarás com isso o céu, que gosta que ninguém se despreze pelo que ele fez, e corresponderás ao que deves à bem concertada natureza. Se levares tua mulher contigo (porque não é bem que os que governam por muito tempo estejam sem as suas mulheres), ensina-a, doutrina-a e desbasta-lhe a natural rudeza, porque tudo o que ganha um governador discreto perde-o muitas vezes uma mulher rústica e tola.

"Se, por acaso, enviuvares e com o cargo melhorares de consorte, não a tomes tal que te sirva de anzol e de isca, porque em verdade te digo que de tudo o que a mulher do juiz receber há de dar conta o marido na residência universal, com que pagará pelo quádruplo na morte o que ilegitimamente recebeu em vida.

"Nunca interpretes arbitrariamente a lei, como costumam fazer os ignorantes que têm presunção de agudos.

"Achem em ti mais compaixão as lágrimas do pobre, mas não mais justiça do que as queixas dos ricos.

"Procura descobrir a verdade por entre as promessas e dádivas do rico, como por entre os soluços e importunidades do pobre.

"Quando se puder atender à equidade, não carregues com todo o rigor da lei no delinquente, que não é melhor a fama do juiz rigoroso que do compassivo.

"Se dobrares a vara da justiça, que não seja ao menos com o peso das dádivas, mas sim com o da misericórdia.

"Quando te suceder julgar algum pleito de inimigo teu, esquece-te da injúria e lembra-te da verdade do caso.

"Não te cegue paixão própria em causa alheia, que os erros que cometeres na maior parte das vezes serão sem remédio, e, se o tiverem, será à custa do teu crédito e até da tua fazenda.

"Se alguma mulher formosa vier te pedir justiça, desvia os olhos das suas lágrimas e os ouvidos dos seus soluços, e considera com pausa a substância do que pede, se não queres que se afogue a tua razão no seu pranto e a tua bondade nos seus suspiros.

"A quem hás de castigar com obras, não trates mal com palavras, pois bem basta ao desditoso a pena do suplício, sem o acrescentamento das injúrias.

"Ao culpado que cair debaixo da tua jurisdição, considera-o como um mísero, sujeito às condições da nossa depravada natureza, e em tudo quanto estiver da tua parte, sem agravar a justiça, mostra-te piedoso e clemente, porque, ainda que são iguais todos os atributos de Deus, mais resplandece e triunfa aos nossos olhos o da misericórdia que o da justiça.

"Se estes preceitos e estas regras seguires, Sancho, serão longos os teus dias, eterna a tua fama, grandes os teus prêmios, indizível a tua felicidade; casarás teus filhos como quiseres, terão títulos eles e os teus netos, viverás em paz e no beneplácito das gentes, e aos últimos passos da vida te alcançará a morte em velhice madura e suave, e fechar-te-ão os olhos as meigas e delicadas mãos de teus trinetos. O que até aqui te disse são documentos que devem adornar tua alma: escuta agora os que hão de servir para adorno do corpo."

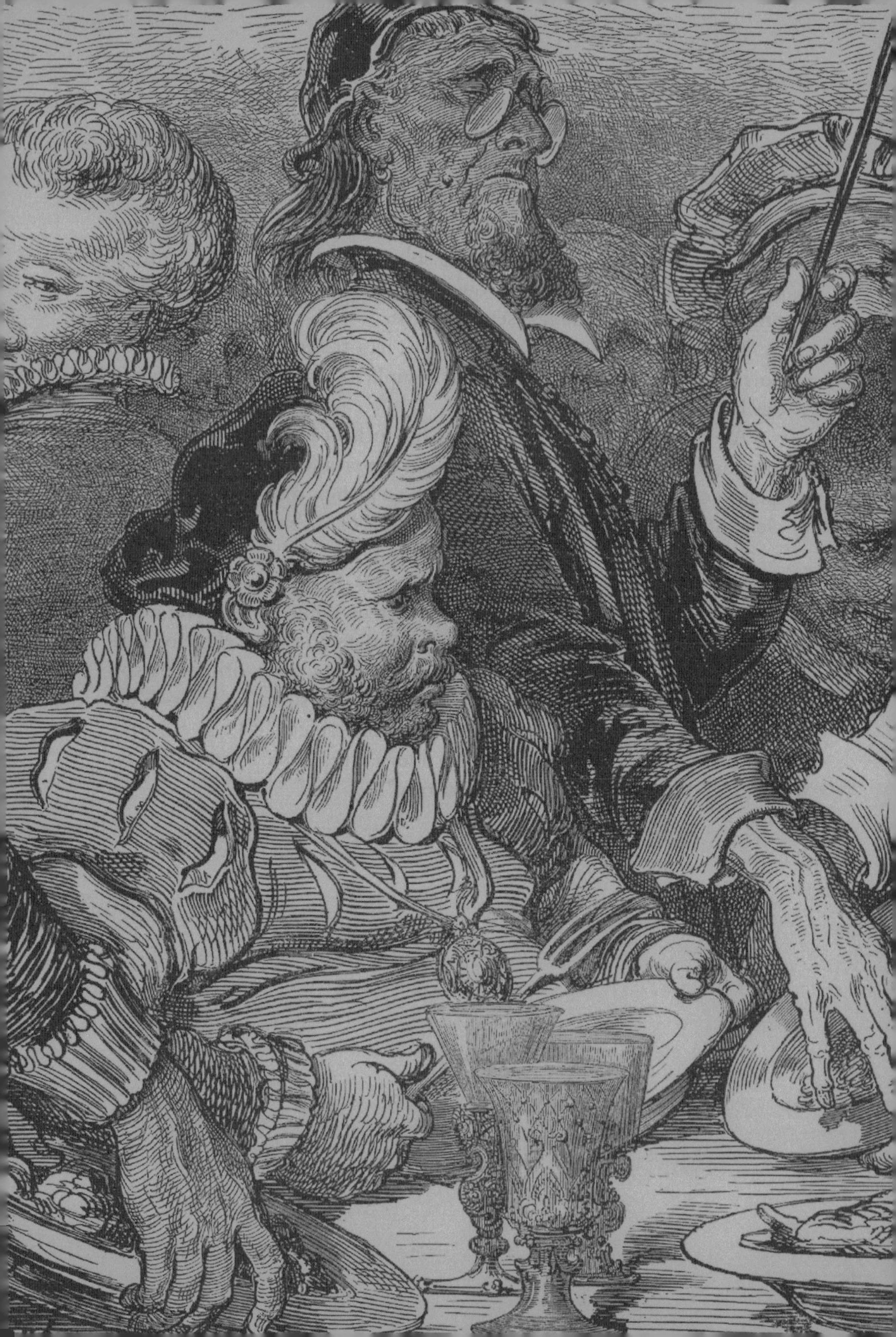

## Capítulo XLIII
### DOS SEGUNDOS CONSELHOS QUE DEU DOM QUIXOTE A SANCHO PANÇA

QUEM OUVISSE O PASSADO DISCURSO de Dom Quixote decerto o consideraria pessoa mui assisada e cordata. Mas, como muitas vezes tem se observado no decurso desta grande história, só disparatava no que dizia respeito à cavalaria, e em tudo o mais mostrava ter claro e desenfadado entendimento, de maneira que a cada passo as suas obras lhe desacreditavam o juízo e o juízo lhe condenava as obras; mas, nestes segundos conselhos que deu a Sancho, manifestou grande donaire e ostentou a sua discrição e a sua loucura em todo o seu brilho. Sancho escutava-o atentíssimamente e procurava conservar na memória os seus conselhos, como quem tencionava segui-los e aproveitá-los no seu governo. Prosseguiu, pois, Dom Quixote e disse:

— Pelo que toca ao modo como hás de governar a tua pessoa e a tua casa, Sancho, primeiro te recomendo que sejas asseado e que cortes as unhas, sem deixá-las crescer como fazem alguns, a quem a sua ignorância persuadiu que as unhas grandes lhe alindam as mãos, como se essas excrescências que eles deixavam de cortar fossem unhas, sendo apenas garras de milhafre: abuso porco e extraordinário. Não andes, Sancho, desapertado, que o fato descomposto de desmazelado ânimo dá indícios, a não ser que essa negligência seja prova de grande dissimulação, como se julgou de Júlio César.

"Toma discretamente o pulso ao que pode render o teu ofício e, se chegar para dares libré aos teus criados, dá-lha honesta e proveitosa, antes do que vistosa e galharda, e reparte-a pelos criados e pelos pobres;

quero dizer que, se hás de vestir seis pajens, veste só três, e veste também três pobres, e assim terás pajens para o céu e para a terra; e esse novo modo de dar libré não o entendem os vaidosos.

"Não comas alhos nem cebolas, para que o hálito não denuncie a vilania dos teus hábitos.

"Anda devagar, fala com pausa, mas não de maneira que pareça que te escutas a ti mesmo, porque toda afetação é má.

"Janta pouco e ceia menos, que a saúde de todo o corpo se forja na oficina do estômago.

"Sê moderado no beber, considerando que o vinho em excesso nem guarda segredos nem cumpre promessas.

"Toma cuidado em não comer dois carrilhos[1] e não eructar[2] diante de ninguém."

— Isso de eructar é que eu não entendo — interrompeu Sancho.

— Eructar, Sancho, quer dizer arrotar, e este é um dos vocábulos mais torpes que tem a nossa língua, apesar de ser muito significativo, e então a gente delicada apelou para o latim, e ao arrotar chama eructar; e, inda que alguns não entendam esses termos, pouco importa, que o uso os irá introduzindo com o tempo, de modo que facilmente se compreendam; e isso é enriquecer a língua, sobre a qual têm poder o vulgo e o uso.

— Em verdade, senhor — disse Sancho —, um dos conselhos que hei de levar bem de memória é o de não arrotar, por ser uma coisa que faço muito a miúdo.

— Eructar, Sancho, e não arrotar — observou Dom Quixote.

— Pois seja eructar, e assim direi daqui por diante.

— Também, Sancho, não metas a cada instante nas tuas falas uma caterva de rifões como costumas, que, ainda que os rifões são sentenças breves, muitas vezes os trazes tanto pelos cabelos que mais parecem disparates do que sentenças.

— A isso é que só Deus pode dar remédio — respondeu Sancho —, porque sei mais rifões que um livro, e acodem-me à boca juntos tantos quanto falo, que bulham uns com os outros para sair, e a língua vai deitando para fora os primeiros que encontra, ainda que não venham muito a pelo; mas terei conta daqui por diante em dizer só os que convierem à gravidade do meu cargo, que em casa cheia depressa se guisa a ceia, e

---

[1] Mastigar com voracidade e rapidez.
[2] Arrotar.

quem parte não baralha, e a salvo está quem repica os sinos, e para dar e para ter muito siso é mister...

— Assim, Sancho — disse Dom Quixote —, insere, enfia, encaixa rifões, que ninguém te vai à mão; minha mãe a castigar-me e eu a desmandar-me. Eu a dizer-te que não digas muitos rifões e tu a golfar uma ladainha deles, que entram no que estamos falando como Pilatos no credo. Olha, Sancho, eu não te digo que seja mau um rifão trazido a propósito; mas enfiar uma súcia de rifões a trouxe-mouxe torna a conversação descorada e baixa.

"Quando montares a cavalo, não deites o corpo para trás nem leves as pernas tesas, estiradas e desviadas da barriga do cavalo, nem te desmanches tanto que pareça que vais no ruço, que o montar a cavalo a uns faz cavaleiros e a outros cavalariços.

"Seja moderado o teu dormir: quem não madruga com o sol não goza o dia; e repara, Sancho, que a diligência é mãe da boa ventura, e a preguiça, sua contrária, nunca chegou ao termo que pede um bom desejo.

"Este último conselho que vou te dar agora, ainda que não sirva para adorno do corpo, quero que o tenhas muito na memória; não te será de menos proveito, suponho, que os que até aqui te hei dado, e é: que nunca disputes em linhagens, pelo menos comparando-as entre si, pois por força, nas que se comparam, uma há de ser a melhor, e serás aborrecido por aquele a quem abateres, e não serás premiado pelo que exaltares.

"O teu fato deve ser calça inteira, gibão largo, capa, e nunca bragas, que não ficam bem nem aos cavaleiros nem aos governadores.

"Por agora isto se me ofereceu aconselhar-te, Sancho; correrão os tempos, e, conforme o ensejo, assim irei te dando instruções, contanto que tenhas cuidado de me avisar do estado em que te achares."

— Senhor — respondeu Sancho —, bem vejo que tudo quanto Vossa Mercê me disse são coisas boas e proveitosas, mas de que me servem elas, se de nenhuma me lembro? É verdade que não me esqueço de não deixar crescer as unhas e de casar logo que se ofereça ocasião, mas lá de todos esses badulaques[3] e enredos e trapalhadas lembro-me tanto como das nuvens do ano passado; e então, será mister que Vossa Mercê me dê tudo isso por escrito, que, apesar de não saber ler nem escrever,

---

[3] Guisados de carne cortada em cubos com verduras, ou também, e talvez preferível neste caso, "maquiagem para mulheres".

dou o papel ao meu confessor, para que mos meta na cabeça e mos recorde sempre que for necessário ao meu bom governo.

— Ai! — respondeu Dom Quixote. — Que mal que fica aos governadores não saberem ler nem escrever, porque não saber um homem ler indica uma de duas coisas: ou que teve nascimento humilde e baixo, ou que foi tão travesso e tão mau que não lhe pôde entrar na cabeça o bom costume nem a boa doutrina. Essa é uma grande falta e, assim, desejaria que ao menos aprendesses a assinar.

— Assinar o meu nome sei eu — respondeu Sancho —; quando fui bedel[4] na minha terra aprendi a fazer letras semelhantes às das marcas dos fardos, e diziam que era o meu nome; tanto mais que fingirei que tenho tolhida a mão direita, e farei com que outro assine por mim, que para tudo há remédio, menos para a morte, e, tendo eu a faca e o queijo na mão, é o que basta; além disso, quem tem o pai alcaide...[5] E eu ainda sou mais que alcaide, porque sou governador, e metam-se comigo e verão: podem vir buscar lã e voltar tosquiados; e mais vale quem Deus ajuda que quem muito madruga; e as tolices dos ricos passam por sentenças no mundo; e sendo eu rico, e governador e liberal, como tenciono ser, não haverá falta que o pareça; nada, quem se faz de mel as moscas o comem; tanto tens, tanto vales, dizia uma minha avó; e com teu amo não jogues as peras.

— Maldito sejas, Sancho! — acudiu Dom Quixote. — Sessenta mil satanases te levem a ti e aos teus rifões; há uma hora que estás enfiando uns nos outros, e cada um que proferes é uma punhalada que me dás. Eu te asseguro que esses rifões ainda hão de te levar à forca; por eles hão de te tirar o governo os teus vassalos. Dize-me, aonde vais tu buscá-los, ignorante? E como é que os aplicas, mentecapto? Que eu, para achar um só e aplicá-lo a propósito, suo e trabalho como se cavasse.

— Por Deus, senhor meu amo — tornou Sancho Pança —, Vossa Mercê, também, zanga-se com bem pouca coisa. Quem diabo se aflige por eu me servir dos meus cabedais, que não tenho outros senão rifões e mais rifões? E agora vinham-me à ideia quatro, que caíam mesmo como a sopa no mel, mas que não digo, porque ao bom silêncio chamam Sancho.[6]

---

[4] Mordomo de uma confraria.
[5] "Quem tem o pai alcaide, tranquilo vai a juízo", diz o ditado.
[6] "Ao bom silêncio chamam santo"; diz o ditado.

— Pois lá esse Sancho não és tu — tornou Dom Quixote —; não só não és o silêncio acertado, mas és a palração e a teima disparatadas: e, com tudo isso, ainda queria saber que rifões eram esses que te acudiam à ideia, e que vinham tanto a propósito, porque eu de nenhum me lembro.

— São excelentes — disse Sancho. — "Não te metas entre a bigorna e o martelo"; "Há duas coisas que não têm resposta: ide-vos de minha casa, e o que quereis de minha mulher?"; "Se o cântaro bate na pedra, quem fica de mal é o cântaro"; e tudo vem a propósito. Não se metam com o governo, que é o mesmo que se meter uma pessoa entre a bigorna e o martelo, ao que o governador diz não se deve replicar, como não se replica ao "Ide-vos de minha casa, e o que quereis de minha mulher?". E o do cântaro é fácil de perceber. Assim, é necessário que quem vê um argueiro nos olhos dos outros veja a trave nos seus, para que não se diga dele: "Espantou-se o morto com o degolado"; e Vossa Mercê sempre ouviu dizer que mais sabe o tolo no seu que o avisado no alheio.

— Isso não, Sancho — respondeu Dom Quixote —, o tolo nada sabe, nem no seu nem no alheio, porque no cimento da tolice não assenta nenhum edifício discreto; e deixemos isso, Sancho, que, se mal governares, será tua a culpa e minha a vergonha; mas consolo-me, que fiz o que devia, aconselhando-te com a verdade e a discrição que pude: com isso cumpro a minha obrigação e a minha promessa; Deus te guie, Sancho, e te governe no teu governo, e me tire a mim do escrúpulo que me fica, de que hás de ferrar com a ilha em pantana, o que eu evitaria, dizendo ao duque quem tu és, e dizendo-lhe que toda essa gordura que tens não é senão um costal de malícias e de provérbios.

— Senhor — redarguiu Sancho —, se Vossa Mercê entende que não sou capaz para esse governo, já o largo, que eu quero mais a uma unha da minha alma do que a todo o meu corpo; e tão bem me sustentarei Sancho a seco com pão e cebolas como governador com perdizes e capões; e, além disso, enquanto se dorme todos são iguais: os grandes e os pequenos, os pobres e os ricos; e repare, senhor meu amo, que quem me meteu nisso de governar foi Vossa Mercê, que eu lá de governos de ilhas nunca entendi nada; e, se acaso se persuade de que por ser governador me há de levar o Diabo, antes quero ir Sancho para o céu do que governador para o inferno.

— Por Deus, Sancho — acudiu Dom Quixote —; só por essas últimas palavras que disseste, entendo que mereces ser governador de mil

ilhas; boa índole tens, sem a qual não há ciência que valha; encomenda-
-te a Deus e procura não errar na primeira intenção; quero dizer, que
tenhas sempre firme propósito de acertar em todos os negócios que te
aparecerem, porque o céu favorece os bons desejos; e vamos jantar, que
creio que esses senhores nos esperam.

## Capítulo XLIV

### DE COMO SANCHO PANÇA FOI LEVADO PARA O GOVERNO, E DA ESTRANHA AVENTURA QUE SUCEDEU NO CASTELO A DOM QUIXOTE

DIZEM QUE SE LEEM no original desta história (que o intérprete de Cide Hamete não traduziu este capítulo como o autor o escrevera) queixas do mouro contra si mesmo, por ter tomado a tarefa de narrar uma história tão seca como esta de Dom Quixote, sendo como que obrigado a estar sempre a falar nele e em Sancho, sem ousar estender-se a outras digressões e episódios mais graves e mais entretidos; e dizia que escrever sempre sobre um só assunto e falar pela boca de poucas pessoas era um trabalho insuportável, que não redundava em proveito do seu autor; e que para fugir desse inconveniente usara na primeira parte do artifício de algumas novelas, como foram o *Curioso impertinente e o Capitão cativo*, que estão separadas da história, ainda que as outras que ali se contam são casos sucedidos ao próprio Dom Quixote e que não podiam deixar de se escrever. Também pensou que muitos, levados pela atenção que pedem as façanhas de Dom Quixote, não a dariam às novelas, e as leriam ou com pressa ou com enfado, sem reparar na gala e no engenho que revelam e que bem se mostrarão quando, por si sós, e sem se encostarem às loucuras de Dom Quixote nem às sandices de Sancho, vierem à luz; e assim, nesta segunda parte não quis inserir novelas, nem soltas nem pegadas, mas apenas alguns episódios que lhe parecessem nascidos dos próprios sucessos que a verdade oferece, e estes ainda limitadamente, e só com as palavras que bastam para referi-los; e, visto que se contém e encerra nos estreitos limites da narração, tendo habilidade, suficiência e entendimento para tratar do universo todo, pede que não se despreze o seu trabalho e se lhe deem louvores não pelo que escreve, mas pelo que deixa de escrever.

E prossegue a história, dizendo que logo que Dom Quixote acabou de jantar, no dia em que deu os conselhos a Sancho, tratou de lhos ir pôr em escritura, para que ele procurasse quem lhos lesse; mas, apenas lhos deu, caíram no chão e vieram para as mãos do duque, que os mostrou à duquesa, e ambos de novo se admiraram da loucura e do engenho de Dom Quixote; e assim, levando por diante as suas burlas, naquela tarde mandaram Sancho com muito acompanhamento para a povoação que havia de representar para ele o papel de ilha. Aquele que o levava a seu cargo era um mordomo do duque, homem mui discreto e gracioso — que não pode haver graça onde não há discrição; e era o mesmo que representara o papel de Condessa Trifaldi, com o donaire que se referiu. Com isso, e com ter sido industriado por seus amos a respeito do modo como havia de proceder com Sancho, realizou o seu intento maravilhosamente; mas, assim que Sancho viu o tal mordomo, pareceu-lhe que o seu rosto era o mesmo que o da Trifaldi e, voltando-se para seu amo, disse-lhe:

— Senhor, ou a mim me há de levar o Diabo daqui donde estou ou Vossa Mercê me há de confessar que esse mordomo é tal qual a Dolorida.

Mirou Dom Quixote atentamente o mordomo e, depois de mirá-lo, disse para Sancho Pança:

— Escusa o Diabo de te levar, que efetivamente o rosto da Dolorida se parece muito com o do mordomo; mas nem por isso o mordomo é a Dolorida, o que seria uma contradição enorme; e agora não temos tempo de fazer essas averiguações, para não entrarmos em intrincados labirintos. Acredita, amigo, que é necessário rogar com todas as veras da nossa alma a Nosso Senhor, que nos livre a ambos de maus feiticeiros e de maus nigromantes.

— Isso não é brincadeira, senhor meu amo — redarguiu Sancho Pança —, que o ouvi falar há pedaço, e a voz dele pareceu mesmo a da Condessa Trifaldi. Ora bem, eu calo-me, mas não deixarei de andar daqui por diante muito alerta, a ver se descubro outro sinal que confirme ou desfaça a minha suspeita.

— Assim deves fazer, Sancho — disse Dom Quixote —, e avisar-me-ás de tudo o que neste caso se descobrir e de tudo o que te suceder no governo.

Saiu, enfim, Sancho, acompanhado de muita gente, vestido à moda dos letrados, e por cima da roupa um gabão muito largo de chamalote cor de pele de leão, com um gorro da mesma fazenda, montado num macho à gineta, e atrás dele, por ordem do duque, ia o ruço, com jaezes e ornatos burricais flamantes e de seda. Voltava Sancho a cabeça de quando em quando para ver o seu jumento, cuja companhia o contentava tanto que não se trocaria pelo imperador da Alemanha. Ao despedir-se dos duques, beijou-lhes as mãos e tomou a bênção de seu amo, que lha deu com lágrimas, e Sancho recebeu-a com umas caretas de enternecimento.

Deixa, leitor amável, ir em paz e em boa hora o bom Sancho e espera duas fanegas de riso, que há de te render o saberes como ele se portou no governo da sua ilha; e, entretanto, vamos ver o que passou seu amo naquela noite, que, se com ele não rires, pelo menos despregarás os lábios com riso de macaco, porque as aventuras de Dom Quixote ou se hão de celebrar com admiração ou com riso.

Conta-se, pois, que, apenas Sancho partiu, sentiu Dom Quixote a sua soledade e, se lhe fosse possível revogar a nomeação de Sancho e tirar-lhe o governo, fá-lo-ia sem a menor hesitação. Percebeu a duquesa a sua melancolia e perguntou-lhe por que motivo estava triste: se era pela ausência de Sancho, havia em sua casa escudeiros, donas e donzelas com fartura, que o serviriam muito a seu sabor.

— É certo, senhora minha — respondeu Dom Quixote —, que sinto a ausência de Sancho, mas não é essa a causa principal que por agora me entristece; e, dos muitos oferecimentos que Vossa Excelência me fez, só aceito e agradeço o da boa vontade, e no mais peço a Vossa Excelência que dentro do meu aposento consinta e permita que eu só me sirva a mim próprio.

— Isso não pode ser assim, Senhor Dom Quixote — respondeu a duquesa —; é forçoso que o sirvam quatro das minhas donzelas, lindas como umas flores.

— Para mim — respondeu Dom Quixote — não seriam flores, mas espinhos que me pungiriam a alma. Não entram no meu aposento nem mulheres nem coisa que o pareça, se Vossa Excelência não mandar o contrário. Deixe-me levantar uma muralha entre a minha honestidade e os meus desejos, e não quero perder este costume, pela liberalidade com que Vossa Alteza pretende honrar-me. Enfim, prefiro dormir vestido a consentir que alguém me dispa.

— Basta! Basta! Senhor Dom Quixote — acudiu a duquesa —, por minha vida que darei as mais apertadas ordens para que não entre no seu quarto nem uma mosca sequer. Por minha culpa não há de ter nem o mais leve detrimento a decência do Senhor Dom Quixote, que, segundo me dizem, a virtude que mais campeia entre as muitas que o ornam é a da castidade. Dispa-se Vossa Mercê e vista-se sozinho e à sua vontade, como e quando quiser, que não haverá quem lho impeça, porque dentro do seu aposento achará tudo o que lhe pode ser preciso, e que dispense de abrir a porta quando lá estiver. Viva mil séculos a grande Dulcineia del Toboso, e espalhe-se o seu nome por toda a redondeza do globo, pois mereceu ser amada por tão valente e casto cavaleiro! E os benignos céus infundam no coração de Sancho Pança, do nosso governador, um desejo de acabar depressa com os seus açoites, para que o mundo torne a desfrutar a formosura de tão excelsa senhora.

— Vossa Alteza — disse Dom Quixote — falou como quem é, que em boca das boas senhoras não há palavra má, e mais venturosa e mais conhecida será Dulcineia no mundo por Vossa Grandeza a ter louvado do que por todos os louvores que lhe possam dar os mais eloquentes escritores do mundo.

— Ora bem, Senhor Dom Quixote — redarguiu a duquesa —, aproxima-se a hora de cear, e o duque deve estar à espera: venha Vossa Mercê e ceemos, e deite-se cedo, que a viagem de Candaia que ontem fez não foi tão curta que não o moesse.

— Não sinto cansaço, senhora — respondeu Dom Quixote —, porque ousarei jurar a Vossa Excelência que nunca montei num cavalo mais suave e de melhor andadura que Clavilenho, e não sei o que foi que levou Malambruno a desfazer-se de tão ligeira e tão gentil cavalgadura, abrasando-a assim sem mais nem mais.

— O que se pode imaginar é que, arrependido do mal que fizera à Trifaldi e companhia, e das maldades que, como feiticeiro e nigromante, devia ter cometido, quis dar cabo de todos os instrumentos do seu ofício; e como o principal e o que mais desassossegado o trazia, vagando de terra em terra, era Clavilenho, incendiou-o, e com as suas abrasadas cinzas e com o troféu do cartel fica eternizado o valor do grande Dom Quixote de la Mancha.

De novo Dom Quixote agradeceu à duquesa e, depois de cear, sozinho se retirou para o seu aposento, sem consentir que ninguém entrasse com ele para servi-lo, tanto receava encontrar ocasiões que o impelissem ou obrigassem a perder o honesto decoro que guardava a Dulcineia em sonhos, sempre com a imaginação posta na bondade de Amadis, flor e espelho dos cavaleiros andantes. Fechou a porta para si e, à luz de duas velas de cera, despiu-se e, ao descalçar-se — ó desgraça indigna duma pessoa como esta! —, soltaram-se-lhe duas dúzias de pontos duma meia,[1] que ficou transformada em gelosia. Afligiu-se muito o bom do fidalgo, e daria de bom grado uma onça de prata para ter ali um novelo de seda verde, e digo de seda verde porque as meias de Dom Quixote eram dessa cor.

Aqui exclamou Benengeli: "Ó pobreza! pobreza! não sei com que razão o grande poeta cordobês se lembrou de te chamar

>   Dádiva santa que não é agradecida.[2]

Eu, apesar de ser mouro, sei perfeitamente, pela comunicação que tenho tido com cristãos, que a santidade consiste em caridade e humildade, fé, obediência e pobreza; mas, com tudo isso, digo que se há de parecer muito com Deus quem se rejubilar em ser pobre, a não ser aquele gênero de pobreza a que se refere um dos maiores santos do cristianismo: 'Tende todas as coisas como se não as tivésseis'.[3] E a isso se chama pobreza de espírito. Mas tu, segunda pobreza (que é a de que eu falo), por que queres atacar os fidalgos e os de nobre nascimento, mais do que a outra gente? Por que os obrigas a dar brilho aos sapatos e a trazer nos gibões uns botões de seda e outros de chifre, e outros de vidro? Por que hão de andar sempre os seus cabeções corridos a ferro e não engomados?" E nisto se deixará ver que é antigo o uso da goma e dos cabeções. E prosseguiu: "Mísero do bem-nascido que sacrifica tudo à sua honra: janta mal e à porta fechada e sai para a rua com um palito hipócrita, depois de não ter comido coisa que se lhe metesse nos dentes! Mísero!", continua Benengeli, "mísero do que tem a honra espantadiça e imagina que a uma légua de distância se lhe descobre a tomba do sapato, o roçado do chapéu, o fio da capa e a fome do seu estômago".

---

[1] Remendar as meias era sinal de miséria, e mais ainda se quem as costurava era a própria pessoa, imperfeitamente, e com seda de outra cor, por não poder pagar à "mestra de colher pontos".

[2] O verso pertence ao *Labirinto de Fortuna*, de Juan de Mena, 227b, recordando o Sermão da Montanha.

[3] Tradução de São Paulo, 1 Coríntios VII, 31.

Tudo isso acudiu ao pensamento de Dom Quixote ao ver as meias rotas, mas consolou-se notando que Sancho lhe deixara umas botas de viagem, que tencionou calçar no outro dia. Finalmente, recostou-se pensativo e pesaroso, tanto pela falta que Sancho lhe fazia como pela irreparável desgraça das suas meias, às quais tomaria os pontos, ainda que fosse com seda de outra cor, o que é um dos maiores sinais de miséria que um fidalgo pode dar na sua prolixa estreiteza. Apagou a luz; o tempo estava quente e Dom Quixote não podia dormir; levantou-se do leito, abriu um pouco a janela que deitava para um formoso jardim e, ao abri-la, sentiu que nesse jardim andava gente a falar. Pôs-se a escutar atentamente; levantaram a voz os passeantes, tanto que pôde ouvir este diálogo:

— Não teimes comigo, Emerência, para eu cantar, porque sabes perfeitamente que, desde o momento em que esse forasteiro entrou no castelo, eu já não sei cantar, e não sei senão chorar, tanto mais que o sono da minha senhora é levíssimo e não quereria ser encontrada aqui nem que me dessem todos os tesouros do mundo: e ainda que ela não despertasse, baldado seria o meu canto, visto que dorme e não acorda para o ouvir esse novo Eneias[4] que chegou à minha pátria para me deixar escarnecida.

— Não digas isso, Altisidora amiga — respondeu outra voz —; decerto a duquesa e todas as pessoas de casa dormem, menos o senhor do teu coração e o despertador de tua alma, porque senti agora mesmo que abriu a janela do seu quarto e está sem dúvida acordado. Canta, minha pobre amiga, em tom brando e suave e ao som da tua harpa e, se a duquesa nos sentir, deitaremos a culpa ao calor que faz.

— Não é aí que bate o ponto, Emerência — respondeu Altisidora —, o que eu não queria era que o meu canto descobrisse o meu nome e fosse considerada, pelos que não avaliam o que é o amor, donzela leviana; mas, venha o que vier, melhor é a vergonha na cara que a nódoa no coração.

E começou a tocar uma harpa suavissimamente. Ouvindo isso, ficou Dom Quixote pasmado, porque logo naquele instante lhe acudiram à memória as infinitas aventuras, semelhantes àquela, de reixas e de jardins, músicas, requebros e desvanecimentos, que lera nos seus livros de cavalaria. Logo imaginou que alguma donzela da duquesa estava

---

[4] Eneias abandonou Dido, rainha de Cartago, que se suicidou.

dele enamorada e que a honestidade a forçava a ter oculto o seu desejo. Tremeu de ser rendido, mas tomou a firme resolução de não se deixar vencer e, encomendando-se com o maior fervor à sua dama Dulcineia del Toboso, decidiu-se a escutar a música; e, para fazer perceber que estava ali, deu um fingido espirro, com que muito se divertiram as donzelas, que não desejavam outra coisa senão que Dom Quixote as ouvisse. Afinada a harpa, Altisidora deu princípio ao seguinte romance:[5]

>Ó tu, que estás no teu leito
>com lençóis de holanda fina,
>dormindo bem regalado,
>sem sentires a espertina,[6]
>
>Cavaleiro o mais valente
>que na Mancha se há gerado,
>mais honesto e abençoado
>que o ouro da Arábia ardente:
>
>Ouve uma triste donzela,
>bem-nascida e malograda,
>que na luz desses teus olhos
>a alma sente abrasada.
>
>Achas desditas alheias,
>quando buscas aventuras;
>e de amor cruéis feridas
>tu as dás, mas não as curas.

---

[5] Tanto esse romance como o que canta Altisidora no capítulo LVII imitam comicamente temas e formas do romanceiro novo, chegando em algum momento a associar-se com as *coplas de disparates*, pela inadequação do emprego dos lugares-comuns pseudopoéticos. O atrevimento da dama oferecendo-se ao cavaleiro, infrequente na poesia desse momento, pode proceder tanto de algum livro de cavalarias — Helisena oferecendo-se a Perião no *Amadis de Gaula* — como de reminiscências do romanceiro velho: recorde-se os romances de Gerineldos, de Melisenda ou da Gentil Dama. A comicidade se acentua ao se opor a desenvoltura de Altisidora ao recato de Dom Quixote, que não deixa que nenhuma donzela entre em seu quarto, nem para ajudá-lo a vestir-se; ao final, será Dona Rodríguez quem assaltará o cavaleiro em sua cama.

[6] Insônia.

Dize-me, bravo mancebo
(que Deus cumpra os teus desejos),
se te criaste na Líbia
ou em montes sertanejos.

Deram-te leite as serpentes?
Foram tuas amas bravias
as aspérrimas florestas
e o horror das serranias?

Mui bem pode Dulcineia,
donzela sã e gorducha,
gabar-se de ter rendido
um tigre, fera machucha.

Por isso, será famosa
de Jarama até Henares,
de Pisuerga até Arlanza
e do Tejo ao Manzanares.

Eu trocava-me por ela,
e ainda em cima dava a saia
mais vistosa que eu possuo
de áureas franjas na cambraia.

Quisera estar nos teus braços,
ou prestar-te o bom serviço
de te sacudir a caspa,
de te coçar o toutiço.

Muito peço, não sou digna
de mercê tão levantada;
dá-me os teus pés, isso basta,
nem eu desejo mais nada.

Que coifas eu te daria!
Escarpins de prata fina,
umas calças de damasco,
uns calções de bombazina;

Muitas pedras preciosas,
finas pér'las orientais,
que, a não terem companheiras,
não contariam iguais!⁷

Não mires dessa Tarpeia⁸
este incêndio que me queima,
nero manchego, que o fogo
avivas co'a tua teima.

Menina sou, pulcela⁹ tenra,
quinze anos não completei;
tenho catorze e três meses,
juro pela santa lei.

Não sou manca, não sou coxa,
não tenho um só aleijão,
meus cabelos cor de lírios,
'stando em pé, chegam-me ao chão.

A boca tenho aquilina,
tenho a penca abatatada;
os dentes são uns topázios!
vê que beleza afamada!

Sou pequenina, o que importa?
a minha voz, fresca e pura,
confessa que (se me escutas)
tem suavíssima doçura.

---

⁷ Trata-se das pérolas da Coroa. Solitária é o nome que recebia a "pérola peregrina", de grande tamanho, que, junto com o diamante quadrado denominado "o Estanque", compunham as chamadas "joias dos Áustrias". Pode ser vista no chapéu do Rei Felipe III e sobre o peito de sua esposa Margarida de Áustria nos retratos equestres pintados por Velázquez, hoje no Museu do Prado.
⁸ Tarpeia é a rocha da colina do Capitólio sobre a qual Nero contemplou o incêndio de Roma.
⁹ Donzela.

> Conquistou minha alma ingênua
> teu rosto que me enamora;
> sou donzela desta casa,
> e chamam-me Altisidora.

Aqui deu fim o canto da malferida Altisidora e começou o assombro do requestado Dom Quixote, que, dando um grande suspiro, disse entre si: "Tenho de ser tão desditoso cavaleiro andante que não há de haver donzela que olhe para mim e que de mim se não enamore; e tão desventurada há de ser a simpática Dulcineia del Toboso que não a deixem gozar tranquilamente a minha incomparável firmeza! Que lhe quereis, rainhas? Por que a perseguis, imperatrizes? Por que a acossais, donzelas de menos de quinze anos? Deixai, deixai à mísera que triunfe e desfrute a fortuna que Deus lhe quis dar, em render-lhe o meu coração e em entregar-lhe a minha alma. Vede, caterva enamorada, que só para Dulcineia sou de massa e alfenim e para todas as outras sou pedra: para ela sou mel, e fel para vós outras: para mim só Dulcineia é formosa, discreta, honesta, galharda e bem-nascida, e as outras são feias, tolas, levianas e de pior linhagem; para eu ser dela e de mais ninguém me arrojou a natureza ao mundo. Chora, canta, Altisidora! Desespere-se a madama, por causa de quem me desancaram no castelo do mouro encantado, que eu tenho de ser de Dulcineia, cozido ou assado, limpo, bem-criado e honesto, apesar de todas as potestades feiticeiras da terra".

E com isso fechou de golpe a janela, e despeitado e pressuroso, como se lhe houvesse acontecido alguma grande desgraça, deitou-se no seu leito, onde agora o deixaremos, porque nos está chamando o grande Sancho Pança ao seu famoso governo.

## Capítulo XLV

### DE COMO O GRANDE SANCHO PANÇA TOMOU POSSE DA SUA ILHA, E DO MODO COMO PRINCIPIOU A GOVERNÁ-LA

Ó PERPÉTUO DESCOBRIDOR dos antípodas, facho do mundo, olho do céu, causador do balanço das bilhas de água, Tímbrio[1] aqui, Febo ali, atirador além, médico acolá, pai da poesia, inventor da música;[2] tu, que sempre nasces e nunca morres, ainda que o pareces, digo-te, ó Sol, cujo auxílio é indispensável para a perpetuidade da espécie humana, digo-te e peço-te que me favoreças e alumies a escuridão do meu engenho, para que possa discorrer com acerto e minúcia na narração do governo de Sancho Pança, que sem ti me sinto tíbio, descoroçoado e confuso!

Digo pois que, com todo o seu acompanhamento, chegou Sancho a um lugar quase de mil vizinhos, que era dos melhores que o duque possuía. Disseram-lhe que se chamava a Ilha Baratária, ou porque o lugar tinha o nome de Baratário ou pela barateza com que se lhe dera o governo. Ao chegar às portas da vila, que era cercada de muros, saíram os alcaides do povo a recebê-lo, tocaram os sinos e todos os vizinhos deram mostras de geral alegria, e com muita pompa o levaram à igreja matriz a dar graças a Deus, e em seguida, com algumas ridículas cerimônias, lhe entregaram as chaves da vila e o admitiram como

---

[1] Epíteto comum de Apolo, por Timbra, lugar próximo a Troia consagrado a ele porque construiu as muralhas da cidade, ajudado por Netuno.

[2] Arco, flechas, cítara ou lira e laurel eram os atributos de Apolo. Era também inventor da medicina e pai de Esculápio.

governador perpétuo da Ilha Baratária. O traje, as barbas, a gordura e a pequenez do novo governador traziam pasmados todos os que não sabiam o segredo do negócio e até os que o sabiam, que eram muitos. Finalmente, fazendo-o sair da igreja, levaram-no à cadeira do tribunal e ali o sentaram; e o mordomo do duque disse-lhe:

— É costume antigo aqui, senhor governador, que o que vem tomar posse desta ilha famosa seja obrigado a responder a uma pergunta que se lhe faça, intricada e dificultosa, e, pela resposta que dá, toma o povo o pulso ao engenho do seu novo governador; e assim se alegra ou se entristece com a sua vinda.

Enquanto o mordomo dizia isso a Sancho, estava ele olhando para umas grandes e numerosas letras, que ornavam a parede defronte da sua cadeira. Como não sabia ler, perguntou o que eram as pinturas que havia naquela parede. Responderam-lhe o seguinte:

— Senhor, está ali escrito e notado o dia em que Vossa Senhoria tomou posse desta ilha, e diz assim o epitáfio: "Hoje, dia tantos de tal mês e de tal ano, tomou posse desta ilha o Senhor Dom Sancho Pança, que por muitos anos a goze".

— E a quem é que chamam Dom Sancho Pança? — perguntou Sancho.

— A Vossa Senhoria — respondeu o mordomo —; que nesta ilha nunca entrou outro Sancho Pança, a não ser o que está sentado nessa cadeira.

— Pois ficai sabendo, irmão — redarguiu Sancho —, que eu não tenho "dom", nem nunca o houve em toda a minha linhagem. Chamo-me Sancho Pança, sem nada mais, e Sancho se chamou meu pai, e Sancho meu avô; todos foram Panças, sem dons nem donas, e parece-me que nesta ilha deve haver mais donas do que pedras; mas basta, que Deus bem me entende, e pode ser que, se o meu governo durar quatro dias, eu carde esses dons, que pela multidão devem enfadar tanto como os mosquitos. Venha de lá agora com a sua pergunta o senhor mordomo, que eu responderei o melhor que puder, quer se entristeça o povo, quer não se entristeça.

Nesse momento entraram no tribunal dois homens: um vestido de lavrador e o outro de alfaiate, porque trazia uma tesoura na mão; e o alfaiate disse:

— Senhor governador, eu e este lavrador que aqui estamos vimos à presença de Vossa Mercê, porque este bom homem entrou ontem na minha loja (que eu, com perdão de quem está presente, sou alfaiate examinado,[3] graças a Deus) e, pondo-me nas mãos um pedaço de pano, perguntou-me: "Senhor, este pano chega para me fazerem uma carapuça?". Eu medi o pano e respondi que sim. Ele imaginou, penso, que eu lhe queria furtar algum pedaço de pano, fundando-se talvez no seu mau costume e na má opinião que têm dos alfaiates, e replicou-me que visse se chegaria para duas. Adivinhei-lhe o pensamento e tornei-lhe a dizer que sim; e, teimoso na sua demanda e primeira tenção, foi aumentando o número das carapuças, e eu respondendo sempre que sim, até que chegamos à conta de cinco, e agora acaba de ir buscá-las; eu dou-lhas, não me quer pagar o feitio e, pelo contrário, me pede que lhe pague ou lhe dê o pano.

— É tudo isso assim, irmão? — perguntou Sancho.

— É, sim senhor — respondeu o outro —; mas diga-lhe Vossa Mercê que mostre as cinco carapuças que me fez.

— Da melhor vontade — tornou o alfaiate.

E, tirando imediatamente a mão do capote, mostrou cinco carapuças, postas nas cinco cabeças dos dedos da mão, e disse:

— Aqui estão as cinco carapuças que este homem me pede, e juro por Deus e pela minha consciência que não me ficou nem um só pedaço de pano, como podem julgar os peritos do ofício.

Todos os presentes se riram da multidão das carapuças e do novo pleito. Sancho pôs-se a considerar um pouco e disse:

— Parece-me que nesse pleito não deve haver largas dilatações, mas julgar-se logo por juízo do homem bom; e assim, dou por sentença que o alfaiate perca o feitio, o lavrador o pano e se deem as carapuças aos presos da cadeia, e acabou-se.[4]

Essa sentença excitou o riso dos circunstantes; mas fez-se enfim o que o governador mandou: e vieram logo em seguida dois homens anciões, um encostado a uma cana e o outro sem bordão de espécie alguma, que disse assim:

— Senhor, há dias que emprestei a este homem dez escudos de ouro para lhe ser agradável e para obsequiá-lo, com a condição de que mos

---

[3] É examinado porque passou a categoria de aprendiz e, depois do exame dos oficiais, foi admitido no grêmio.

[4] É possível que, mediante a disposição de Sancho, Cervantes esteja censurando o costume de proporcionar aos presos péssimas condições de vida, como alimentos em mau estado e coisas semelhantes.

restituiria quando eu lhos reclamasse; passaram-se muitos dias sem lhos pedir, para não atrapalhar a sua vida; mas, como me pareceu que ia se descuidando na paga, falei-lhe neles uma e muitas vezes, e não só mos não restituiu, mas nega-mos e diz que nunca lhe emprestei tais dez escudos, ou que, se lhos emprestei, já mos restituiu; eu não tenho testemunhas, e muito menos de que mos deu, porque foi coisa que ele nunca fez; quereria que Vossa Mercê lhe tomasse juramento e, se jurar que mos pagou, perdoo-lhos aqui e diante de Deus.[5]

— Que dizeis, bom velho do bordão? — perguntou Sancho.

— Eu, senhor — respondeu o velho —, confesso que mos emprestou; abaixe Vossa Mercê essa vara, e, já que ele confia no meu juramento, eu jurarei que lhos restituí real e verdadeiramente.

Abaixou o governador a vara, e então o velho deu a cana ao outro, pedindo-lhe que lha segurasse, enquanto ele jurava, como se o embaraçasse muito, e logo em seguida pôs a mão na cruz da vara e disse que era verdade que lhe tinham emprestado aqueles dez escudos que lhe pediam, mas que os restituíra de mão em mão, e que decerto o credor não reparara nesse pagamento, pois que lhos tornava a reclamar de quando em quando.

Vendo isso, o grande Sancho perguntou ao credor o que respondia ele ao que dizia o seu contrário, e alegou este que sem dúvida alguma o seu devedor falaria verdade, porque o tinha por homem de bem e bom cristão, e que decerto fora ele que se esquecera de como e de quando lhos restituíra; que dali por diante nunca mais lhe pediria coisa alguma. Tornou a pegar a cana o devedor e, abaixando a cabeça, saiu do tribunal. E Sancho, vendo isso, notando que se ia embora, sem mais nem mais, e observando também a paciência do queixoso, inclinou a cabeça sobre a mão e, pondo o dedo indicador no nariz e nos olhos, esteve como que pensativo um pequeno espaço, e logo se endireitou, e mandou que lhe chamassem o velho do bordão, que já se fora embora. Trouxeram-lho e, ao vê-lo, disse-lhe Sancho:

— Dai-me esse bordão, que preciso dele.

— Com a melhor vontade — respondeu o velho —; aqui está, senhor.

E pôs-lho na mão. Pegou-o Sancho e, dando-o ao outro velho, continuou:

---

[5] É o chamado juramento decisório, em direito civil, no qual uma das partes se obriga a passar pelo que sob juramento confere a outra.

— Ide com Deus, que já estais pago.

— Eu, senhor! — respondeu o velho. — Pois esta cana vale dez escudos de ouro?

— Vale, sim, ou sou eu o maior asno do mundo; e agora se verá se tenho ou não cachimônia para governar um reino inteiro.

Mandou que ali diante de todos se quebrasse e abrisse a cana. Fez-se assim, e dentro dela acharam dez escudos em ouro. Ficaram todos admirados e tiveram o seu governador por um novo Salomão. Perguntaram-lhe como é que coligiu que estavam na cana aqueles dez escudos; e ele respondeu que tendo visto o velho dar o bordão ao seu contrário, enquanto fazia o juramento de que lhos dera real e verdadeiramente, e tornar-lho a pedir logo que acabou de jurar, acudiu-lhe à imaginação que estava dentro dele a paga do que se pedia. Donde se pode concluir que os que governam, ainda que sejam uns tolos, às vezes encaminha-os Deus em seus juízos; tanto mais que ele ouvira contar um caso assim o cura da sua terra, e tinha tanta memória que, se não se esquecesse de tudo de quanto queria se lembrar, não haveria memória assim em toda a ilha. Finalmente, um dos velhos corrido e o outro pago, foram-se ambos, e os presentes ficaram admirados, e o que escrevia as palavras, feitos e gestos de Sancho não sabia se havia de classificá-lo tolo ou em discreto. Acabado esse pleito, entrou no tribunal uma mulher, agarrada fortemente ao braço dum homem vestido de rico pastor, a qual vinha dando grandes brados, e dizendo:

— Justiça, senhor governador, justiça! E, se a não acho na terra, irei buscá-la ao céu. Senhor governador, senhor governador da minha alma, este mau homem agarrou-me no meio desse campo e serviu-se do meu corpo, como se fosse um trapo mal lavado, e desgraçada de mim, levou-me o que eu guardava há mais de vinte e três anos, defendendo-o de mouros e cristãos, naturais e estrangeiros, e eu sempre resistindo, conservando-me intacta como a salamandra no lume ou como a lã nas sarças, para que este homem viesse agora manchar-me com as suas mãos limpinhas!

— Isso é o que está ainda por averiguar, se esse galã tem ou não tem as mãos limpinhas — disse Sancho.

E, voltando-se para o homem, perguntou-lhe o que tinha que dizer ou responder à querela dessa mulher. O homem, todo turbado, redarguiu:

— Senhores, eu sou um pobre porqueiro. Esta manhã saía eu deste lugar, de vender quatro dos meus porcos (com perdão seja dito), que me levaram de alcavalas e ardis[6] quase o que eles valiam. Voltava eu para a minha aldeia, quando encontrei no caminho esta boa mulher; e o Diabo, que sempre as arma, fez com que folgássemos juntos; paguei-lhe bastante, e ela, não satisfeita com a paga, agarrou-se a mim e não me deixou enquanto não me trouxe aqui. Diz que a forcei, e mente, pelo juramento que faço ou tenciono fazer; e é esta a verdade toda, sem lhe faltar uma só migalha.

Então o governador perguntou-lhe se trazia consigo algum dinheiro em prata; disse ele que tinha uns vinte ducados no seio, numa bolsa de couro; mandou-lhe que a tirasse e a entregasse tal qual à queixosa, o que ele fez tremendo. A mulher tomou-a e, fazendo mil mesuras a todos, e rogando a Deus pela vida e saúde do senhor governador, que assim olhava pelas órfãs necessitadas e donzelas, saiu do tribunal, levando a bolsa agarrada em ambas as mãos, ainda que primeiro viu se era de prata a moeda que tinha dentro. Apenas saiu, disse Sancho ao pastor, a quem já saltava as lágrimas dos olhos, e cujo coração ia atrás da bolsa:

— Bom homem, correi após aquela mulher e tirai-lhe a bolsa, ainda que seja à força, e voltai com ela aqui.

E não o disse a um tolo nem a um surdo, porque ele logo partiu como um raio e foi aonde o mandavam. Todos os presentes estavam suspensos, esperando o fim daquele pleito, e daí a pouco voltavam o homem e a mulher, mais agarrados que da primeira vez: ela de saia levantada e com a bolsa no colo, e o homem trabalhando por lha tirar, mas sem poder, de tal forma ela a defendia, bradando:

— Justiça de Deus e do mundo! Veja Vossa Mercê, senhor governador, a pouca vergonha e o pouco receio deste desalmado, que no meio da povoação e no meio da rua quis me tirar a bolsa que Vossa Mercê me mandou dar.

— E tirou-lha? — perguntou o governador.

— Tirar-ma! Mais depressa me tirariam a vida do que a bolsa! Está na tinta! Outros gatos me hão de deitar às barbas[7] e não este desventurado e asqueroso: nem tenazes, nem martelos, nem maças, nem escopros

---

[6] Alcavalas e ardis são impostos.

[7] Deitar um gato às barbas significa afastar o perigo de si, jogando-o para outro.

seriam capazes de ma tirar, nem garras de leões; antes me arrancariam a alma do meio das carnes.

— Tem razão — disse o homem —; dou-me por vencido e confesso que não tenho força bastante para lha tirar. — E deixou-a.

Então o governador disse à mulher:

— Deixai cá ver, honrada e valente mulher, essa bolsa.

Logo ela lha deu e o governador restituiu-a ao homem, e disse à esforçada:

— Mana minha, se mostrásseis o mesmo alento e valor que mostrastes na defesa desta bolsa, ou só metade para defender vosso corpo, nem as forças de Hércules vos violentariam. Ide com Deus, e em má hora, e não pareis nesta ilha, nem em seis léguas de contorno, sob pena de duzentos açoites: ide-vos já, repito, desavergonhada e embaidora.

Espantou-se a mulher e foi-se embora, cabisbaixa e descontente; e o governador disse para o homem:

— Ide-vos com Deus para o vosso lugar e com o vosso dinheiro, e, daqui por diante, se não o quereis perder, vede se não vos dá na vontade o retouçar com ninguém.

O homem agradeceu-lhe como pôde e soube e foi-se embora, e os circunstantes ficaram admirados outra vez do juízo e das sentenças do seu governador. Tudo isso, notado pelo seu cronista, foi logo escrito ao duque, que com grande desejo o estava esperando.

E fique-se por aqui o bom Sancho, que temos pressa de voltar a seu amo, alvorotado com a música de Altisidora.

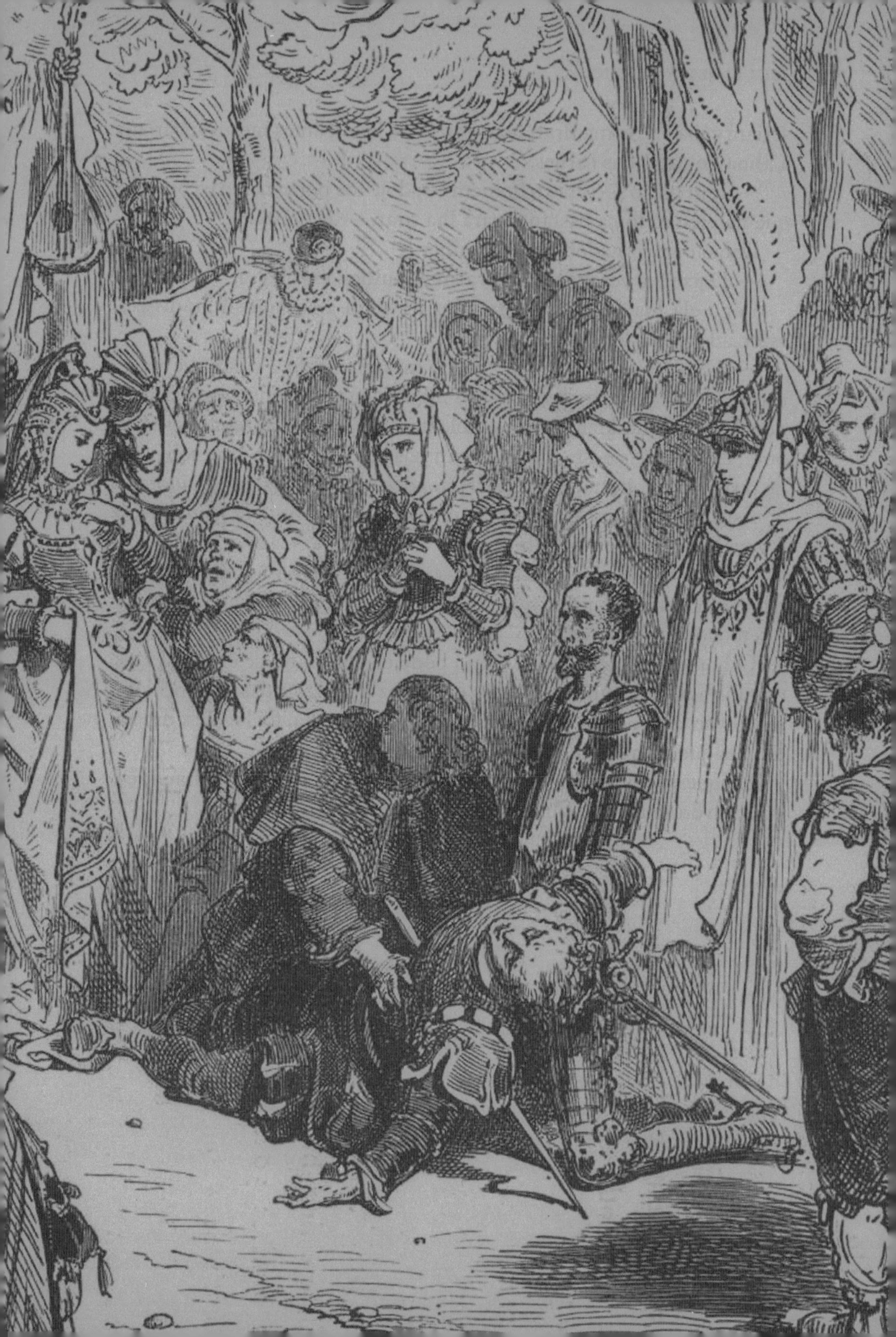

## Capítulo XLVI

### DO TEMEROSO ASSOMBRO DE CHOCALHOS E DE GATOS QUE RECEBEU DOM QUIXOTE, NO DECURSO DOS AMORES DA ENAMORADA ALTISIDORA

DEIXAMOS O GRANDE DOM QUIXOTE envolto nos pensamentos que lhe causara a música da enamorada donzela Altisidora. Com eles se deitou e, como se fossem pulgas, não o deixaram dormir nem sossegar um momento, juntando-se a isso o cuidado que lhe dava faltarem-lhe os pontos das meias: mas, como o tempo é ligeiro e não há barranco que o detenha, correram as horas depressa e não tardou a manhã. Vendo isso, Dom Quixote largou a branda pluma e nada preguiçoso vestiu o seu fato de camurça e calçou as botas de estrada para encobrir o deplorável infortúnio das meias. Deitou por cima a sua capa de escarlate e pôs na cabeça um barrete de veludo verde, guarnecido de prata; pendurou dos ombros, com um talim, a sua boa e cortadora espada; agarrou um grande rosário que trazia sempre consigo e com grande pausa e cadência saiu para a antessala, onde o duque e a duquesa estavam já vestidos e como que o esperando, e ao passar por uma galeria encontrou a postos, e à sua espera, Altisidora e outra donzela sua amiga; e, assim que Altisidora viu Dom Quixote, fingiu que desmaiava, e a amiga recebeu-a no colo e com grande presteza começou a despertar-lhe o peito. Dom Quixote, vendo isso, disse, chegando-se a ela:

— Já sei de que procedem esses acidentes.

— Pois não sei eu — respondeu a amiga —, porque Altisidora é a donzela mais sadia desta casa e nunca lhe ouvi dar um ai, desde que a conheço; mal haja quantos cavaleiros andantes há no mundo, se todos são desagradecidos; vá-se embora Vossa Mercê, Senhor Dom Quixote, que esta pobre menina não tornará a si enquanto Vossa Mercê aqui estiver.

— Mande pôr um alaúde, esta noite, no meu aposento — respondeu Dom Quixote —, que eu consolarei, o melhor que puder, essa triste donzela; que nos princípios amorosos os desenganos prontos costumam ser remédios excelentes.

E com isso foi embora, para não ser notado pelos que ali o vissem. Apenas ele se apartou, logo, tornando a si a desmaiada Altisidora, disse:

— É necessário pôr-lhe lá o alaúde, que sem dúvida Dom Quixote nos quer regalar com música, que não há de ser má, se for dele.

Logo participaram à duquesa o que se passava e o pedido do alaúde que Dom Quixote fizera, e ela, extremamente alegre, combinou com o duque e com Altisidora o fazerem-lhe uma burla que fosse mais alegre do que danosa, e com muito contentamento esperaram a noite, que não veio tão depressa como viera o dia, que os duques passaram em saborosas práticas com Dom Quixote; e a duquesa nesse dia despachou real e verdadeiramente um pajem seu, que fizera na selva o papel de Dulcineia, a Teresa Pança, com a carta de seu marido Sancho Pança e com a trouxa de roupa que ele deixara para lhe ser mandada, ordenando-lhe que lhe desse boa relação de tudo o que se passasse. Feito isso, e chegadas as onze horas da noite, encontrou Dom Quixote uma viola no seu aposento; experimentou-a, abriu a reixa, sentiu que andava gente no jardim e, tendo apertado as escaravelhas da viola e afinando-a o melhor que pôde, escarrou e aclarou o peito, e logo em seguida, com voz rouca, ainda que entoada, cantou o seguinte romance, que naquele mesmo dia compusera:

> Tiram as almas dos eixos
> as grandes forças do amor,
> são os cuidados do ócio
> seu instrumento melhor.
>
> As donzelas na costura,
> e em 'star sempre atarefadas,
> têm antídoto ao veneno
> das ânsias enamoradas.

As donzelas recolhidas,
e que desejam casar,
têm na honestidade o dote,
e a voz que as há de louvar.

Os cavaleiros andantes
e os que vão da corte às festas
têm com as soltas requebros,
mas só casam co'as honestas.

Fútil amor de levante
podem-no hóspedes sentir,
chega rápido ao poente
porque acaba co'o partir.

Amor que nasce depressa
hoje vem, vai-se amanhã,
nas almas não deixa impressa
a sua imagem louçã.

Pintura sobre pintura
não é como em tábua rasa;
onde há primeira beleza
a segunda não faz vaza.

Dulcineia del Toboso
eu tenho n'alma pintada
com tal viveza, que nunca
poderá ser apagada.[1]

A firmeza nos amantes
é dote mui de louvar,
amor opera milagres
por quem assim sabe amar.

---

[1] Alusão à doutrina aristotélica de que a alma era tábula rasa, lugar-comum da filosofia medieval.

Aqui chegou Dom Quixote com o seu canto, que estavam escutando o duque e a duquesa, Altisidora e quase toda a gente do castelo, quando de repente, duma varanda que corria por cima da janela de Dom Quixote, deixaram cair um cordel a que vinham presas mais de cem campainhas, e logo em seguida despejaram um grande saco de gatos, que traziam também campainhas menores, presas aos rabos. Foi tal o barulho das campainhas e o miar dos gatos que, ainda que os duques tivessem sido os inventores da caçoada, sobressaltaram-se e Dom Quixote ficou temeroso e pasmado; e quis a sorte que dois ou três gatos entrassem no seu quarto e, correndo dum lado para o outro, parecia uma legião de diabos que por ali andava. Apagaram as velas que ardiam no aposento e saltavam procurando sítio por onde escapassem. O descer e subir do cordel com as campainhas grandes não cessava; a maior parte da gente do castelo, que não sabia da verdade do caso, estava verdadeiramente suspensa e admirada. Pôs-se Dom Quixote em pé e, levando a mão à espada, começou a atirar estocadas pelas reixas e a dizer com grandes brados:

— Fora, malignos nigromantes, fora, canalha feiticeiresca; eu sou Dom Quixote de la Mancha, contra quem não valem nem têm força as vossas más intenções.

E voltando-se para os gatos que andavam pelo aposento, atirou-lhes muitas cutiladas; acudiram à reixa, e por ali saíram; mas um, vendo-se tão acossado pelas cutiladas de Dom Quixote, saltou-lhe à cara, agarrou-se-lhe ao nariz com unhas e dentes, e a dor obrigou Dom Quixote a soltar grandes gritos. Ouvindo isso o duque e a duquesa, e considerando o que podia ser, acudiram muito depressa ao seu quarto e, abrindo a porta, deram com o pobre cavaleiro procurando com todas as suas forças arrancar o gato da cara. Entraram com luzes e viram a desigual peleja; acudiu o duque a separar os contendores, e Dom Quixote bradou:

— Ninguém mo tire, deixem-me com este demônio, com este nigromante, com este feiticeiro, que eu lhe mostrarei quem é Dom Quixote de la Mancha.

Mas o gato, não se importando com essas ameaças, cada vez mais rosnava e o arranhava; afinal, o duque arrancou-o e atirou-o pela janela.

Ficou Dom Quixote de cara escalavrada e com o nariz pouco são, mas muito despeitado por não lhe terem deixado pôr termo à batalha que travara com aquele malandrino nigromante. Mandaram buscar óleo de Aparício,² e a própria Altisidora lhe pôs com as suas branquíssimas mãos uns panos em todos os sítios feridos e, ao pôr-lhos, disse-lhe em voz baixa:

— Todas essas desgraças te sucedem, empedernido cavaleiro, pelo pecado da tua dureza e pertinácia; e praza a Deus que Sancho, teu escudeiro, se esqueça de se açoitar, para que nunca saia do seu encantamento essa Dulcineia tão tua amada, nem a gozes, nem vás para o tálamo com ela, pelo menos vivendo eu, que te adoro.

A tudo isso só respondeu Dom Quixote com um profundo suspiro e logo se estendeu no leito, agradecendo aos duques a mercê, não porque tivesse medo daquela canalha gatesca, nigromântica e campainhadora, mas porque conhecera as boas intenções com que tinham vindo socorrê-lo. Os duques deixaram-no sossegar e foram-se ambos pesarosos do mau resultado da burla, porque não tinham suposto que saísse tão pesada e tão custosa a Dom Quixote aquela aventura, que lhe rendeu cinco dias de cama e de encerramento, sucedendo-lhe então outra mais agradável que a anterior, que não se conta agora para se acudir a Sancho Pança, que andava muito solícito e muito gracioso no seu governo.

---

² Óleo de Aparício: azeite ou bálsamo composto que se usava para curar feridas recentes; sua invenção é atribuída a Aparício de Zúbia. Era feito com azeite velho, terebintina de abeto, vinho branco, incenso, trigo limpo, hipericão, valeriana e cardo-santo. Foi muito apreciado e de alto custo, tanto que se criou a comparação popular "caro como o azeite de Aparício".

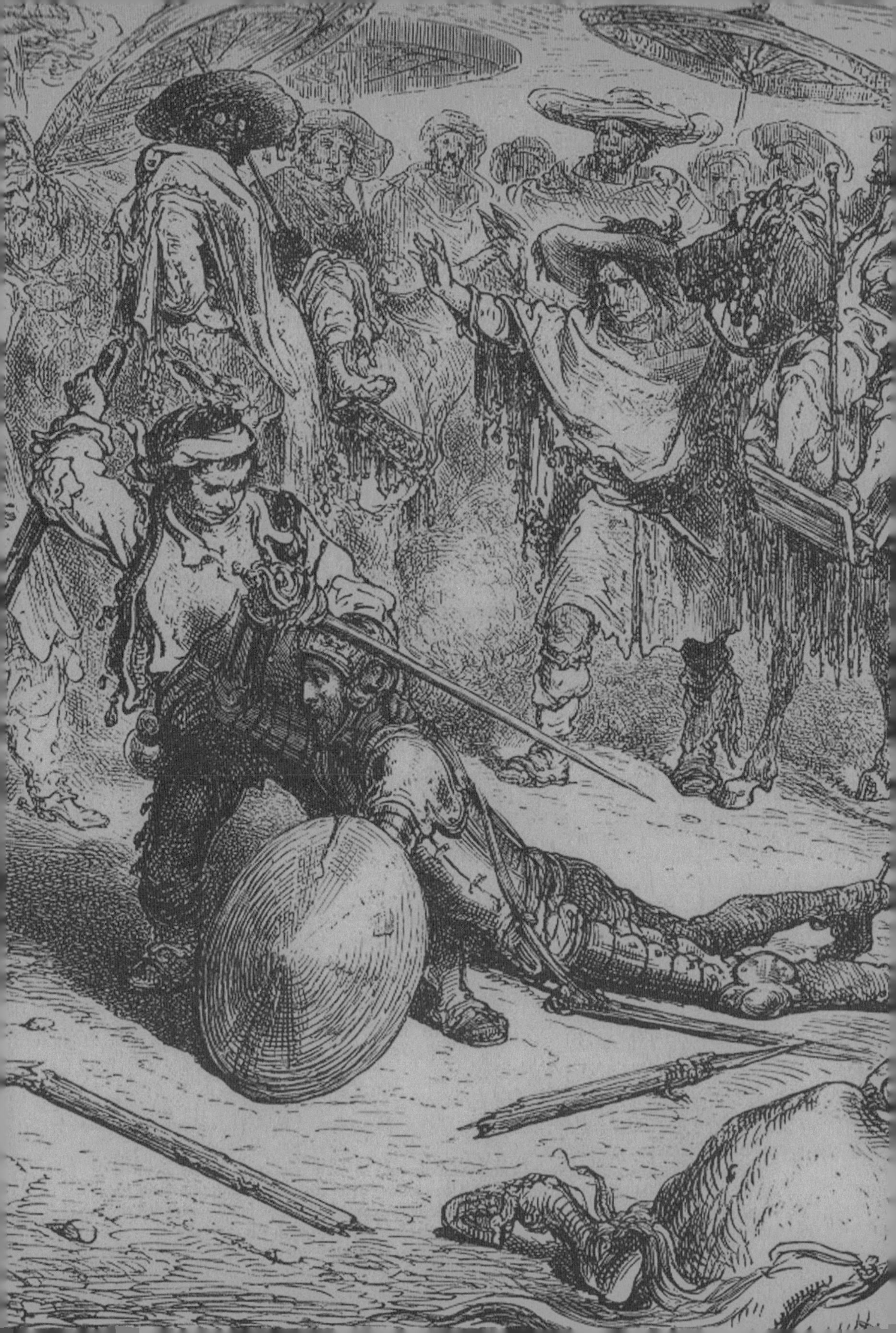

## Capítulo XLVII
### ONDE SE PROSSEGUE COMO SE PORTAVA SANCHO PANÇA NO SEU GOVERNO

CONTA A HISTÓRIA que do tribunal levaram Sancho Pança para um suntuoso palácio onde estava posta, numa grande sala, uma mesa régia e asseadíssima; e, assim que Sancho entrou, tocaram as charamelas e vieram quatro pajens deitar-lhe água às mãos, o que Sancho recebeu com muita gravidade. Cessou a música e sentou-se Sancho à cabeceira da mesa porque não havia mais que aquele assento e outros talheres em toda ela. Pôs-se-lhe ao lado um personagem, que depois mostrou ser médico, de pé, e com uma chibatinha de baleia na mão. Levantaram uma riquíssima e branca toalha, com que estavam cobertas as frutas e muita diversidade de pratos de vários manjares. Um sujeito, que parecia clérigo, deitou-lhe a bênção, e um pajem atou ao pescoço de Sancho um guardanapo com rendas; o mestre-sala chegou-lhe um prato de frutas; mas, apenas Sancho comeu um bocado, o médico tocou com a chibatinha no prato, e logo lho tiraram com grandíssima celeridade; mas o mestre-sala chegou-lhe outro manjar. Ia Sancho prová-lo, mas, antes de lhe tocar, tocou-lhe a chibatinha, e um pajem levou-o com tanta rapidez como o da fruta. Vendo isso, Sancho ficou suspenso e, olhando para todos, perguntou se naquela ilha tinha de ver com os olhos e comer com a testa.

— Não há de comer, senhor governador — respondeu logo o da chibata —, senão como é uso e costume nas outras ilhas onde há governadores. Eu, senhor, sou médico e estou nesta ilha recebendo um salário para tratar dos governadores, e olho muito mais pela sua saúde do que pela minha, estudando de noite e de dia, tenteando a compleição do governador, para acertar em curá-lo quando ele cair enfermo, e o que faço, principalmente, é assistir aos seus jantares e às suas ceias, deixá-lo comer só o que me parece que lhe convém e tirar-lhe o que suponho que o pode prejudicar e ser-lhe nocivo ao estômago; e assim, mandei tirar o prato da fruta, por ser demasiadamente úmida, e mandei tirar o outro manjar, por ser muito quente e ter bastantes especiarias, que aumentam a sede; e quem muito bebe mata e consome o úmido radical,[1] em que consiste a vida.

— Nesse caso, aquele prato de perdizes que ali estão assadas, e parece-me que bem temperadas, não me fará mal.

— Essas não as comerá o senhor governador — respondeu o médico —, enquanto eu vida tiver.

— Por quê? — disse Sancho.

— Porque o nosso mestre Hipócrates, norte e luz da medicina, diz num seu aforismo: *Omnis saturatio mala, perdicis*[2] *autem pessima*; quer dizer: "Todas as indigestões são más, mas a da perdiz é péssima".

— Se assim é — tornou Sancho —, veja o senhor doutor, de todos os manjares que há nesta mesa, qual me fará mais proveito e menos dano, deixe-me dele comer, sem vir com a chibata, porque, por vida do governador, e assim Deus ma deixe gozar, morro de fome, e negar-me o comer, em que pese ao senhor doutor, e diga ele o que disser, será antes tirar-me a vida do que me aumentar.

— Vossa Mercê tem razão, senhor governador — respondeu o médico —, e, assim, entendo que não deve comer daqueles coelhos que ali estão, que é comida peliaguda; aquela peça de vitela não seria má se não fosse o ser assada e adubada, mas assim não.

— E a travessa que está acolá — acudiu Sancho — parece-me que é de *ola podrida*[3] e, pela diversidade de coisas que nela entram, é impossível que não encontre alguma que me dê gosto e proveito.

---

[1] O sêmen; até o século XVII, costumava-se denominar assim, eufemisticamente, o intangível "suporte líquido dos quatro humores fundamentais", sem os quais não podia haver vida.

[2] Aforismo médico usual, em que o médico Pedro Récio substitui o *panis* original por *perdicis*. Nos tempos de Cervantes, tiveram grande difusão certos epítomes que compilavam em forma de aforismos algumas máximas sobre a saúde que serviam de memorandos aos médicos e que se atribuíam a Hipócrates, pai da medicina e autor dos *Aforismos* médicos por excelência.

[3] Cozido lento, em pouca água, de diversos tipos de carne, às vezes acompanhadas de algum legume e de verduras.

— *Absit!*⁴ — disse o médico. — Longe de nós tão mau pensamento: não há no mundo pior alimento do que uma *ola podrida*; que vão as *olas podridas* para os reitores de colégios, para os cônegos ou para as bodas dos campônios, e Deus livre delas as mesas dos governadores, onde deve ser tudo primoroso e atilado; ora sempre e em toda parte se preferem os remédios simples aos compostos, porque nos simples não se pode errar e nos compostos sim, alterando a quantidade das coisas que os compõem; mas o que eu entendo que o senhor governador deve comer, para conservar a sua saúde e corroborá-la, é um cento de fatias com umas talhadas de marmelo, que lhe assentem o estômago e lhe ajudem a digestão.

Ouvindo isso, Sancho encostou-se ao espaldar da cadeira, encarou o tal médico e perguntou-lhe, com voz grave, como se chamava e onde é que estudara; ao que ele respondeu:

— Chamo-me, senhor governador, Doutor Pedro Récio de Agouro, sou natural dum lugar chamado Tirteafora, que fica entre Caracuel e Almodóvar do Campo, à mão direita, e doutorei-me na Universidade de Osuna.⁵

— Pois, Senhor Doutor Pedro Récio de Mau Agouro — respondeu Sancho, aceso em cólera —, natural de Tirteafora, lugar que fica à mão direita, quando se vai de Caracuel para Almodóvar do Campo, doutor em Osuna, tire-se já de diante de mim, senão voto ao sol que pego um pau e, à bordoada, começando por Vossa Mercê, não deixo ficar um médico vivo em toda a ilha, pelo menos os que eu entendo que são ignorantes, que os médicos sábios, prudentes, discretos, esses meto no coração e honro-os como pessoas divinas; e torno a dizer que vá embora daqui, Pedro Récio, senão pego esta cadeira em que estou sentado e parto-lha na cabeça; e peçam-me contas dela, que eu responderei dizendo que fiz um serviço a Deus matando um mau médico, verdugo da república; e deem-me de comer, ou então tomem lá o governo, que ofício que não dá de comer a quem o tem não vale dois caracóis.

---

⁴ "De modo algum!"

⁵ Almodóvar do Campo: vilarejo da província de Ciudad Real, no Campo de Calatrava; muito perto estão o povoado de Caracuel e a aldeia de Tirteafuera, nome e lugar escolhidos por Cervantes para combinar com o uso popular da expressão tirte afuera, "vá!", empregada às vezes para conjurar a má sorte. Osuna: sede de uma universidade menor, que, à vista de outras passagens, não devia ser demasiado querida por Cervantes; no entanto, neste caso a burla é maior, pois não houve faculdade de medicina em tal universidade.

Alvoroçou-se o médico, vendo o governador tão colérico; queria safar-se da sala, quando nesse momento ouviu uma corneta de um correio na rua e, chegando o mestre-sala à janela, voltou dizendo:

— Correio que vem do duque meu senhor; deve trazer algum despacho de importância.

Entrou o correio, suado e açodado, e, tirando uma carta do seio, pô-la nas mãos do governador, e Sancho passou-a logo para a do mordomo, a quem mandou que lesse o sobrescrito. Dizia assim: "A Dom Sancho Pança, governador da Ilha da Baratária, em mão própria, ou nas mãos do seu secretário". Ouvindo isso, disse Sancho:

— Quem é aqui o meu secretário?

E um dos que estavam presentes respondeu:

— Sou eu, senhor, porque sei ler e escrever e sou biscainho.[6]

— Com essa última qualidade, até podeis ser secretário do imperador — tornou Sancho. — Abri essa carta e vede o que diz.

Assim o fez o secretário e, tendo lido o que dizia, observou que era negócio para se tratar a sós. Mandou Sancho que se despejasse a sala e que nela ficassem somente o mestre-sala e o mordomo; e os outros, junto com o médico, foram-se embora, e o secretário leu a carta, que dizia assim:

Chegou-me a notícia, Senhor Dom Sancho Pança, de que uns inimigos meus, e inimigos dessa ilha, tencionavam dar-lhe um assalto furioso, uma noite destas, não sei qual; convém velar e estar alerta, para que não o apanhem desapercebido. Sei também, por espias verdadeiras, que entraram nesse lugar quatro pessoas disfarçadas, para vos tirar a vida, porque temem o vosso engenho. Abri os olhos e observai quem chega a falar-vos, e não comais coisa alguma que vos apresentem. Eu terei cuidado de vos socorrer, se vos virdes em trabalhos, e em tudo fareis o que de vosso entendimento se espera. Deste lugar, a 16 de agosto, às quatro da manhã.

Vosso amigo,

O DUQUE.

---

[6] Os secretários bascos (biscainhos) eram muito numerosos e tinham fama de leais e eficazes.

Ficou atônito Sancho, e os circunstantes também, e, voltando-se para o mordomo, disse o governador:

— O que desde já se há de fazer é meter num calabouço o Doutor Récio, porque se alguém me matar há de ser ele, e de morte adminícula[7] e péssima, como é a da fome.

— Também — disse o mestre-sala — me parece que Vossa Mercê não deve comer nada do que está nesta mesa, porque é presente das freiras e, como se costuma dizer, detrás da cruz está o Diabo.

— Não o nego — respondeu Sancho —; e, por agora, deem-me um pedaço de pão e aí obra de quatro arráteis de uvas, que não poderão ter veneno, porque, enfim, não posso passar sem comer; e, se havemos de nos preparar para essas batalhas que nos ameaçam, mister será estarmos bem fartos, porque tripas levam o coração e não o coração as tripas. E vós, secretário, respondei ao duque, meu senhor, que se fará o que ele ordena, e da forma como ordena, e beijareis da minha parte as mãos à senhora duquesa e pedir-lhe-eis que se não esqueça de mandar por um próprio a minha carta e a minha trouxa à minha mulher Teresa Pança, que receberei com isso muita mercê, e cuidarei em servi-la até onde chegarem as minhas forças, e, de caminho, podeis beijar também as mãos de meu Senhor Dom Quixote de la Mancha, para que veja que sou pão agradecido; e, como bom secretário e bom biscainho, podeis acrescentar tudo o que quiserdes; e levante-se essa toalha e deem-me de comer, que eu cá saberei me haver com quantos espias e matadores e nigromantes vierem sobre mim e sobre a minha ilha.

Nisso, entrou um pajem e disse:

— Está ali um lavrador negociante, que quer falar a Vossa Senhoria sobre um caso que, segundo ele diz, é de muita importância.

— Estranho — acudiu Sancho — esses negociantes; é possível que sejam tão néscios que não vejam que isto não são horas de vir negociar? Porventura os que governamos e julgamos não somos homens também de carne e osso, e não veem que é mister que nos deixem descansar o tempo que a necessidade pede, ou querem que sejamos feitos de pedra--mármore? Por Deus e em minha consciência digo que, se me dura o governo (vai transluzindo que não me dura), parece-me que dou cabo

---

[7] A palavra é uma adaptação do latim *adminiculum*, instrumento. É possível que Sancho a use para impressionar seus ouvintes com um cultismo cujo sentido não conhece.

de mais de um negociante. Agora, dizei-lhe que entre, mas é bom que primeiro repare se não é algum dos meus espias ou matadores.

— Não, meu senhor — respondeu o pajem —; ou pouco sei, ou ele é bom como o bom pão.

— Não há que recear — acudiu o mordomo —, que aqui estamos todos.

— Ó mestre-sala — observou Sancho —, não seria possível agora, que não está por cá o Doutor Pedro Récio, comer eu alguma coisa de peso e de substância, ainda que fosse um pedaço de pão e uma cebola?

— Esta noite à ceia se emendarão as faltas do jantar e ficará Vossa Senhoria satisfeito e pago — respondeu o mestre-sala.

— Deus queira! — tornou Sancho.

E nisso entrou o lavrador, homem de ótima presença, e a mil léguas se pressentia que era bom e de boa alma. A primeira coisa que disse foi:

— Quem é aqui o senhor governador?

— Quem há de ser — respondeu o secretário — senão quem está sentado na cadeira?

— Em sua presença, pois, me humilho — disse o lavrador.

E, pondo-se de joelhos, pediu-lhe a mão para beijá-la. Negou-lha Sancho e mandou que se levantasse e expusesse o que queria. Obedeceu o lavrador e disse logo:

— Eu, senhor, sou lavrador, natural de Miguelturra, lugar que fica a duas léguas de Ciudad Real.

— Temos novo Tirteafora? — tornou Sancho. — Continuai, irmão; o que vos posso dizer é que sei muito bem onde é Miguelturra, que não fica muito longe do meu povo.

— É pois o caso, senhor — prosseguiu o homem —, que eu, pela misericórdia de Deus, sou casado em boa paz e à face da Santa Igreja Católica Romana; tenho dois filhos estudantes: o mais novo estuda para bacharel e o mais velho para licenciado; sou viúvo, porque morreu minha mulher, ou, para melhor dizer, matou-ma um mau médico, que a purgou, estando ela grávida; e, se Deus fosse servido que ela tivesse o seu bom sucesso e me nascesse outro filho, havia de fazê-lo estudar para doutor, para que não tivesse inveja de seus irmãos, o bacharel e o licenciado.

— De modo — observou Sancho — que, se vossa mulher não tivesse morrido, ou não vo-la tivessem matado, não estaríeis agora viúvo?

— Não, decerto — respondeu o lavrador.

— Estamos adiantados — redarguiu Sancho —; continuai, irmão, que são horas mais de dormir que de negociar.

— Digo, pois — tornou o lavrador —, que esse meu filho, que há de ser bacharel, enamorou-se, no mesmo povo, de uma donzela chamada Clara Perlerina, filha de André Perlerino, lavrador riquíssimo, e esse nome de Perlerinos não lhes vem de avós nem de outra linhagem, senão porque todos os dessa descendência são perláticos[8] e para melhorar o nome todos os chamam Perlerinos; e a donzela, para dizer a verdade, é uma verdadeira pérola oriental: vista pela direita parece uma flor dos campos, vista pela esquerda não tanto, porque lhe falta o olho desse lado, que lhe saltou fora com bexigas; e, ainda que as covas do rosto sejam muitas e grandes, dizem os que a querem bem que nessas covas se sepultam as almas dos seus namorados. É tão asseada que, para não sujar a cara, traz o nariz, como diz o outro, arregaçado, que não parece senão que vai fugindo da boca, e, com tudo isso, a todos encanta, porque tem a boca muito grande, boca que, se lhe não faltassem dez ou doze dentes queixais, podia passar por muito bem formada. Dos lábios não tenho que dizer, porque são tão sutis e delicados que, se fosse costume desfiar lábios, seria possível fazer deles uma madeixa; mas, como têm cor diversa da que nos lábios se usa habitualmente, parecem milagrosos, porque são jaspeados de azul, verde e cor de berinjela; e perdoe-me o senhor governador, se vou assim descrevendo tão por miúdo aquela que, afinal de contas, há de ser minha filha, que a quero bem e não me parece mal.

— Pintai o que quiserdes — disse Sancho —, que eu vou me recreando com a pintura, e, se tivesse comido, não haveria melhor sobremesa para mim do que esse retrato.

— Isso tenho eu por servir — respondeu o lavrador —; mas tempo virá em que sejamos o que agora não somos. Se eu pudesse pintar a sua gentileza e a altura do seu corpo, seria coisa de admiração; não pode ser, porque está toda encolhida, com os joelhos à boca; mas bem se vê que, se se pudesse levantar, batia com a cabeça no teto e já teria dado a mão de esposa ao meu bacharel, se pudesse estendê-la, mas não pode, porque tem as unhas encravadas e, ainda assim, nessas unhas largas se mostra a sua bondade e bom feitio.

---

[8] Paralítico, que sofreu perlesia, nome sob o qual se agrupavam as enfermidades que supunham a diminuição de sensibilidade ou mobilidade de algum membro.

— Muito bem — disse Sancho —; fazei de conta, irmão, que já a pintastes de corpo inteiro; dizei-me agora o que quereis e vamos ao caso, sem mais rodeios, torcicolos, diminuições ou aumentos.

— Eu queria, senhor — respondeu o lavrador —, que Vossa Mercê me fizesse a graça de escrever uma carta de empenho ao futuro sogro de meu filho, pedindo-lhe que esse casamento se faça porque não somos desiguais, nem nos bens da fortuna nem nos da natureza, que, a dizer a verdade, senhor governador, meu filho está possesso e não há dia em que, por três ou quatro vezes, não o atormentem os espíritos malignos; e, de ter caído uma vez no lume, tem o rosto enrugado como um pergaminho e os olhos um tanto chorosos; mas é de uma índole angélica e, se não fosse o costume de dar pauladas e murros em si próprio, seria um abençoado.

— Quereis mais alguma coisa, bom homem? — redarguiu Sancho.

— Eu queria outra coisa, queria — tornou o lavrador —, mas não me atrevo a dizê-la; enfim, vá lá, pegue ou não pegue, não me há de apodrecer no peito. Queria que Vossa Mercê me desse trezentos ou seiscentos ducados, para ajuda do dote do meu bacharel; quero dizer, para ajudá-lo a pôr a casa, porque, enfim, eles hão de viver sem estar sujeitos às impertinências dos sogros.

— Vede se quereis mais alguma coisa — tornou Sancho —, e não a deixeis de dizer por vergonha ou acanhamento.

— Não, decerto — respondeu o lavrador.

E, apenas ele disse isso, o governador, levantando-se, agarrou a cadeira em que estava sentado e exclamou:

— Voto a tal, rústico e malcriado, que, se não saís imediatamente da minha presença, com esta cadeira vos abro a cabeça de meio a meio! Filho da puta, patife, pintor do Demônio em pessoa: pois vindes pedir-me a estas horas seiscentos ducados? E onde é que os tenho, hediondo? E por que é que eu tos havia de dar, ainda que os tivesse, socarrão e mentecapto? Que me importa a mim Miguelturra, mais toda a linhagem dos Perlerinos? Vai-te daqui para fora, repito, senão, por vida do duque meu senhor, faço-te o que te disse. Tu não deves ser de Miguelturra: tu és algum maroto que o inferno me enviou para me tentar. Dize-me, desalmado: pois há dia e meio apenas que estou com o governo e queres que eu tenha seiscentos ducados?

O mestre-sala fez sinal ao lavrador para que fosse embora, e ele assim fez, calado, cabisbaixo e como que temeroso de que o governador desse largas à sua cólera, porque o velhaco representou bem o seu papel.

Mas deixemos Sancho com a sua ira, e ache-se a paz na roda e tornemos a Dom Quixote, a quem deixamos de rosto vendado e a curar-se das feridas gatescas, de que não sarou em menos de oito dias; e num desses lhe sucedeu o que Cide Hamete promete dizer, com a verdade e pontualidade com que usa narrar as coisas desta história, por mínimas que sejam.

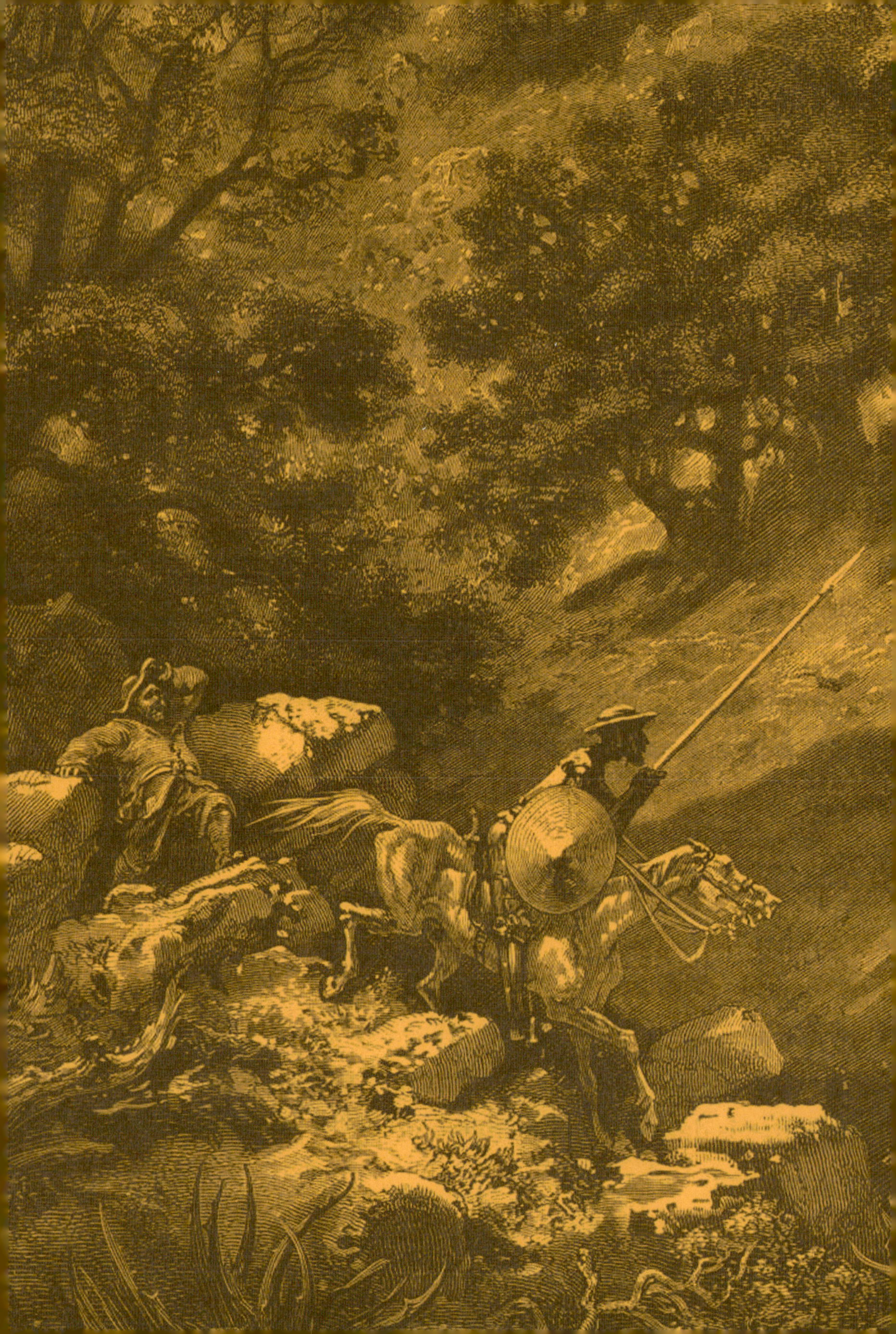

## Capítulo XLVIII

### DO QUE SUCEDEU A DOM QUIXOTE COM DONA RODRÍGUEZ, A AMA DA DUQUESA, COM OUTROS ACONTECIMENTOS DIGNOS DE ESCRITURA E MEMÓRIA ETERNA

MUITO MELANCÓLICO e mofino estava o malferido Dom Quixote, de rosto vendado e assinalado não pelas mãos de Deus, mas pelas unhas dum gato, desditas inerentes à cavalaria andante. Seis dias e seis noites esteve sem sair a público e, numa dessas noites, estando desperto e velando, pensando nas suas desgraças e na perseguição de Altisidora, sentiu que abriam a porta do seu aposento com uma chave, e logo imaginou que a enamorada donzela vinha para sobressaltar a sua honestidade e pô-lo em situação de trair a fé que devia guardar à sua dama Dulcineia del Toboso.

— Não — disse ele à sua imaginação, e em voz que podia ser ouvida —, nem a maior formosura da terra conseguirá que eu deixe de adorar a que tenho gravada e estampada no meu coração e no mais recôndito das minhas entranhas, embora estejas, senhora minha, transformada em repolhuda lavradeira ou em ninfa do áureo Tejo,[1] tecendo telas de ouro e seda, ou Merlim ou Montesinos te guardem onde muito bem quiserem, que onde quer que estiveres és minha, e onde quer que eu esteja sou e hei de ser teu.

Apenas ele acabava de formular essas razões, abriu-se a porta. Pôs-se em pé na cama, envolto desde cima até abaixo numa colcha de cetim amarelo, com um barrete na cabeça, parches no rosto e papelotes nos

---

[1] Na frase é possível apreciar-se um tratamento paródico da égloga III de Garcilaso, vv. 53 ss.

bigodes; parches por causa das arranhaduras e papelotes para os bigodes não lhe caírem; e, com esse traje, parecia o mais extraordinário fantasma que se pode imaginar. Cravou os olhos na porta e, quando esperava ver entrar a rendida e lastimosa Altisidora, o que viu foi uma reverendíssima ama com uma touca branca, engomada e tão longa que a envolvia desde os pés até a cabeça. Nos dedos da mão esquerda, trazia um coto de vela aceso, que resguardava com a mão, para que não lhe desse a luz nos olhos, tapados por uns óculos; vinha com um pisar manso e movendo-se brandamente.

Contemplou-a Dom Quixote do sítio onde estava de atalaia, e o andar dela e o silêncio fizeram-lhe supor que era alguma bruxa ou maga que vinha praticar os seus malefícios, e começou-se a benzer muito depressa. Foi-se chegando a visão e, quando estava a meio do aposento, viu a pressa com que Dom Quixote se persignava; e, se ele ficou medroso ao ver a figura dela, ficou ela mui assustada ao ver a dele, porque, ao dar com esse vulto tão alto e tão amarelo, com a colcha e os parches que o desfiguravam, soltou um grande brado, dizendo:

— Jesus! Que vejo eu?

E, com o sobressalto, caiu-lhe a vela das mãos, e, achando-se às escuras, voltou as costas para ir embora, mas, com o medo, tropeçou nas saias e deu uma grande queda. Dom Quixote, receoso, começou a dizer:

— Esconjuro-te, fantasma ou quem quer que sejas, para que me digas quem és e o que de mim requeres. Se és alma penada, dize-mo, que eu farei por ti tudo quanto as minhas forças alcançarem, porque sou católico cristão e amigo de fazer bem a toda gente, e para isso tomei a profissão da cavalaria andante, que até se estende a fazer bem às almas do purgatório.

A aflita ama, que ouviu os esconjuros, pelo seu temor coligiu o de Dom Quixote e, com voz aflita e baixa, lhe respondeu:

— Senhor Dom Quixote (se por acaso Vossa Mercê é Dom Quixote), não sou fantasma, nem visão, nem alma do purgatório, como Vossa Mercê parece que pensou, mas sim Dona Rodríguez, a dama de honor da senhora duquesa, que venho ter com Vossa Mercê por causa de uma aflição, daquelas que Vossa Mercê costuma remediar.

— Olhe lá, Senhora Dona Rodríguez — tornou Dom Quixote —, porventura vem Vossa Mercê como terceira? Porque, nesse caso, faço-lhe saber que perde o seu tempo, graças à incomparável beleza da minha Senhora Dulcineia del Toboso. Digo, enfim, Senhora Dona Rodríguez, que em Vossa Mercê salvando e pondo de parte qualquer recado amoroso, pode tornar a acender a sua vela, e conversaremos em tudo o que lhe aprouver e tiverem gosto, não tocando, já se vê, no mais leve melindre provocador.

— Eu trazer recados, senhor meu? — tornou a ama. — Mal me conhece Vossa Mercê; ainda não estou em idade de pensar em semelhantes ninharias, porque, graças a Deus, tenho a alma nas carnes e todos os dentes e queixais na boca, menos uns poucos, que me caíram com os catarros tão comuns desta terra de Aragão. Mas espere-me Vossa Mercê um instante, que eu vou acender a vela e já volto a contar-lhe as minhas angústias, como a quem pode remediar todas as aflições do mundo.

E sem esperar resposta saiu do aposento, onde ficou Dom Quixote sossegado e pensativo a esperá-la, mas logo lhe sobrevieram mil pensamentos acerca daquela nova aventura, e parecia-lhe ser malfeito e mal pensado pôr-se em perigo de quebrar à sua dama a fé prometida, e dizia consigo: "Quem sabe se o Diabo, que é sutil e manhoso, quererá agora com uma ama enganar-me, o que não pôde fazer com imperatrizes, rainhas, duquesas, marquesas e condessas? Tenho ouvido dizer muitas vezes, e a muitos homens discretos, que ele, se pode, antes nos tenta com feias do que com bonitas; e quem sabe se com esta soledade, esta ocasião e este silêncio não despertarão os meus desejos, que dormem, fazendo com que no fim da vida venha a cair onde nunca tropecei? E, em casos semelhantes, é melhor fugir do que esperar a batalha. Mas eu por força que não estou no meu juízo, visto dizer e pensar semelhantes disparates, e não é possível que uma ama gordanchuda, de toucas brancas e de óculos, possa mover ou levantar pensamentos lascivos, mesmo no mais desalmado peito deste mundo; porventura há em todo o orbe ama que não seja impertinente, fúfia[2] e melindrosa? Fora, pois, caterva de amas, que não servis para regalos humanos! Oh! Que bem que fazia aquela senhora, de quem se conta que tinha duas amas de cera, com os seus óculos e almofadinhas, sentadas no seu estrado, como se estivessem a costurar; e tanto lhe serviam para o respeito da sala as de cera como as verdadeiras". E, dizendo isso, saltou da cama abaixo, com tenção de fechar a porta e de não deixar entrar a Senhora Rodríguez; mas, quando ia chegar, já a Senhora Rodríguez voltava com uma vela de cera branca acesa e, quando viu Dom Quixote de mais perto, envolto

---

[2] Atitude de quem mostra excessiva confiança em si mesmo, de quem se tem em alta conta, geralmente desprezando os outros; presunção, empáfia.

na colcha, com os parches e o barrete, arreceou-se de novo e, dando dois passos atrás, disse:

— Estamos seguros, senhor cavaleiro? Não tenho por muito honesto sinal ter-se Vossa Mercê levantado do seu leito.

— Isso mesmo é que eu pergunto, senhora — respondeu Dom Quixote —, e desejo saber se posso ter a certeza de não ser acometido nem violentado.

— A quem pedis essa garantia, cavaleiro? — tornou a ama.

— A vós mesma — redarguiu Dom Quixote —; porque nem eu sou de mármore nem vós sois de bronze, e não são dez horas do dia, é meia--noite, e talvez mais alguma coisa ainda, ao que imagino, e achamo-nos numa estância mais cerrada e secreta do que devia ser a cova em que o traidor e atrevido Eneias gozou a formosa e piedosa Dido. Mas dai-me essa mão, senhora, que eu não quero garantia maior que a da minha continência e recato e a que oferecem essas reverendíssimas toucas.

E, dizendo isso, beijou sua própria mão direita e tomou a dela, que lhe foi dada com as mesmas mesuras.

Aqui abre Cide Hamete um parêntese e diz que, por Maomé, daria a melhor almalafa[3] das duas que possuía para ver os dois assim unidos e enlaçados, da porta até a cama.

Meteu-se Dom Quixote na cama, e sentou-se Dona Rodríguez numa cadeira um pouco desviada do leito, não largando nem os óculos nem a vela. Dom Quixote encolheu-se e cobriu-se todo, deixando só o rosto destapado; e, depois de sossegarem ambos, foi Dom Quixote a romper o silêncio, dizendo:

— Pode Vossa Mercê agora, Dona Rodríguez, minha boa senhora, descoser-se e desembuchar livremente tudo o que tem dentro do seu aflito coração e doridas entranhas, que lhe afianço que será por mim escutada com ouvidos castos e socorrida com piedosas obras.

— Assim creio que da gentil e agradável presença de Vossa Mercê não se podia esperar senão resposta cristã. É pois o caso que, ainda que Vossa Mercê me vê sentada nesta cadeira, e aqui no meio do reino de Aragão, e com trajes de ama aniquilada e escarnecida, sou natural das Astúrias de Oviedo[4] e pela minha linhagem passam muitas das

---

[3] A almalafa é o manto ou capa larga que os mouros usavam fora de casa.

[4] A região da Montanha, ou da Montanha de Leão, se dividia em duas províncias: a ocidental eram as Astúrias de Oviedo; a oriental, as Astúrias de Santillana. Acreditava-se que ali tinham seu solar os nobres espanhóis descendentes dos godos.

melhores daquela província; mas a minha triste sorte e o descuido de meus pais, que empobreceram antes do tempo, sem saber como nem como não, trouxeram-me à corte de Madri, onde, por bem da paz e por escusar maiores desventuras, me arranjaram a ser donzela de lavor de uma senhora principal; e quero que Vossa Mercê saiba que em costura de roupa branca ninguém me leva a melhor. Meus pais deixaram-me servir e voltaram para a sua terra, e dali a poucos anos foram decerto para o céu, porque eram bons cristãos católicos. Fiquei órfã e atida ao mísero salário e às angustiadas mercês que a tais criadas se costuma dar em palácio; e, a esse tempo, sem que eu desse ocasião a isso, enamorou-se de mim um escudeiro da casa, homem já de idade, barbudo, apessoado e, sobretudo, tão fidalgo como el-rei, porque era montanhês.[5] Não tratamos tão secretamente de nossos amores que não chegassem ao conhecimento de minha ama, que, por escusar dizer tu, direi eu, nos casou em paz e à face da Santa Madre Igreja Católica Romana, e desse matrimônio nasceu uma filha, para acabar com a minha ventura, se alguma tinha, não porque eu morresse de parto, que o tive direito, mas porque, dali a pouco, morreu meu esposo de uma aflição que, se eu tivesse ocasião agora para lha contar, sei que Vossa Mercê se admiraria.

E nisso principiou a chorar ternamente e disse:

— Perdoe-me Vossa Mercê, Dom Quixote, que não está mais na minha mão. Sempre que me recordo do meu malogrado marido, arrasam-se-me os olhos de água. Valha-me Deus! Com que autoridade não levava ele a minha ama na garupa de uma poderosa mula, negra como o azeviche! Pois então não se usavam nem coches nem cadeirinhas, como diz que se usam agora, e as senhoras iam à garupa dos seus escudeiros; isso, pelo menos, não posso eu deixar de contar, para que se note a boa educação e o escrúpulo de meu excelente marido. Ao entrar na Rua de Santiago, em Madri, que é um pouco estreita, vinha por ela a sair um alcaide da corte com dois aguazis adiante e, assim que o meu bom escudeiro o viu, voltou às rédeas à mula, dando mostras de querer acompanhá-lo. Minha ama, que ia à garupa, dizia-lhe em voz baixa: "Que fazeis, desventurado, não vedes que vou aqui?". O alcaide, por muito cortês, sofreou as rédeas do cavalo e disse-lhe: "Segui, senhor, o vosso caminho, que eu é que devo acompanhar a minha Senhora

---

[5] Das montanhas de Leão; as piadas sobre a presunção de fidalguia dos montanheses eram comuns na época.

Dona Cacilda" (que assim se chamava a minha ama). Ainda teimava meu marido, com a gorra na mão, em querer acompanhar o alcaide. Vendo isso Dona Cacilda, cheia de cólera e de raiva, tirou um grande alfinete, ou creio que uma agulha do colete, e enterrou-lho no lombo, com tanta força que meu marido soltou um grande grito e torceu o corpo, de modo que deu com sua ama em terra. Acudiram dois lacaios a levantá-la e o mesmo fizeram o alcaide e os aguazis. Alvoroçou-se a Porta de Guadalajara,[6] quero dizer, a gente ociosa que estava ali. Veio minha ama a pé, e meu marido correu à casa de um barbeiro, dizendo que levava atravessadas as entranhas de lado a lado. Tanto se divulgou a cortesia de meu esposo que os garotos apupavam-no pelas ruas; e por isso, e por ser um tanto curto de vista, o despediu a minha senhora, e esse pesar tenho para mim que foi sem dúvida alguma o que lhe causou a morte. Fiquei eu viúva e desamparada e com uma filha às costas, que ia crescendo em formosura como a espuma do mar. Finalmente, como eu tinha fama de grande costureira, a duquesa minha senhora, que estava recém-casada com o duque meu senhor, quis me trazer consigo para este reino de Aragão, e a minha filha também, a qual com o andar dos tempos foi crescendo, e com ela cresceu todo o donaire do mundo: canta como uma calhandra, dança como o pensamento, baila como uma perdida, lê e escreve como um mestre-escola e conta como um sovina; do seu asseio nada digo, que a água que corre não é mais limpa, e deve ter agora, se bem me recordo, dezesseis anos, cinco meses e três dias, mais um, menos um. Enfim, desta minha rapariga se enamorou o filho de um lavrador riquíssimo, que vive numa aldeia do duque meu senhor, não muito longe daqui. Efetivamente, não sei como nem como não, juntaram-se, e ele seduziu a minha filha com promessa de ser seu marido, promessa que não quer cumprir, e ainda que o duque meu senhor já o saiba, porque já me queixei a ele muitas vezes, pedindo-lhe que mande que o tal lavrador case com minha filha, faz ouvidos de mercador, e quase que nem quer me ouvir; e o motivo disso é ser o pai do sedutor muito rico e emprestar-lhe dinheiro, e de vez em quando ficar por seu fiador, e por isso não quer descontentá-lo nem afligi-lo de modo algum. Quereria, pois, senhor meu, que Vossa Mercê se encarregasse

---

[6] Enclave madrilenho entre a rua Mayor, a da Plateria e a Plaza da Villa, em frente à entrada da rua de Santiago; foi centro comercial, frequentado por gente pícara e desocupada. Era um dos quatro lugares onde eram feitos os pregões públicos.

de desfazer esse agravo, ou com rogos, ou com armas; pois, segundo todos dizem, Vossa Mercê nasceu para desfazer agravos e amparar os míseros; e represente-lhe Vossa Mercê a orfandade da minha filha, a sua mocidade e gentileza, com as prendas que eu já disse que tem, que entendo em minha consciência que de todas as donzelas da senhora duquesa não há nenhuma que lhe chegue às solas dos sapatos, e uma a quem chamam Altisidora, que é a que passa por mais desenvolta e galharda, não é nada em comparação à minha; porque há de saber Vossa Mercê que nem tudo o que luz é ouro; essa Altisidora tem mais de presumida que de formosura, e tem então um mau hálito que não se pode parar ao pé dela; e até a duquesa, minha senhora... Cala-te, boca, que se costuma dizer que as paredes têm ouvidos.

— Por vida minha, o que é que tem a duquesa minha senhora? — perguntou Dom Quixote.

— Pedindo-me pela sua vida que lho diga, Senhor Dom Quixote, não posso deixar de responder com toda a verdade. Vê Vossa Mercê a formosura da senhora duquesa, aquela tez do rosto, que lembra uma espada açacalada e tersa;[7] aquelas duas faces de leite e de carmim, que parece que numa tem o sol e noutra a lua; aquela galhardia com que pisa e com que despreza o chão, que se diria que vai derramando saúde por onde passa? Pois saiba Vossa Mercê que o pode ela agradecer primeiro a Deus e, depois, a duas fontes que tem nas pernas, por onde se despeja todo o mau humor, de que dizem os médicos que está cheia.

— Santa Maria! — acudiu Dom Quixote. — É possível que minha senhora a duquesa tenha tais desaguadouros? Não o acreditava, nem que mo dissessem frades descalços; mas, já que a Senhora Dona Rodríguez o diz, assim deve ser; porém, de tais fontes e em tais sítios não deve manar humor, mas sim âmbar líquido. Agora é que eu acabo verdadeiramente de crer que isso de abrir fontes deve fazer muito bem à saúde.

Apenas Dom Quixote acabou de expender essas razões, abriu-se de golpe a porta do aposento e com o sobressalto inesperado caiu a vela da mão de Dona Rodríguez, e o quarto ficou mais escuro que boca de lobo, como se costuma dizer. Logo sentiu a pobre ama que lhe agarravam a garganta com ambas as mãos, e com tanta força que não a deixavam ganir, e que outra pessoa, com muita presteza, e sem dizer palavra, lhe

---

[7] Açacalado: que recebeu polimento; luzidio, limpo; terso: que se apresenta puro, limpo.

levantava as saias, e com uma coisa que parecia ser um chinelo lhe começou a dar tantos açoites que metia compaixão; e, apesar de Dom Quixote se compadecer, efetivamente, da pobre ama, não se mexia do leito e não sabia o que seria aquilo, e estava quedo e calado, e temendo até apanhar também uma tareia de açoites; e não foi vão o seu receio, porque, depois de deixarem moída a ama, os silenciosos verdugos foram-se a Dom Quixote, desenroscaram-no do roupão e da colcha, e tantos beliscões lhe deram que ele não pôde deixar de se defender a murro, e tudo isso num admirável silêncio. Durou a batalha quase meia hora; foram-se os fantasmas, apertou Dona Rodríguez as saias e, chorando a sua desgraça, saiu sem dizer palavra a Dom Quixote, que, dorido e beliscado, confuso e pensativo, ficou sozinho; e aqui o deixaremos, desejoso de saber quem teria sido o perverso nigromante que em tal estado o pusera; mas isso a seu tempo se dirá, que Sancho Pança está nos chamando, e o bom concerto da história o pede.

## Capítulo XLIX
## DO QUE SUCEDEU A SANCHO PANÇA QUANDO RONDAVA[1] SUA ILHA

DEIXAMOS O GRANDE GOVERNADOR enfadado e furioso com o lavrador, pintor e socarrão que, industriado pelo mordomo, e o mordomo pelo duque, zombavam de Sancho; mas este a tudo fazia frente, apesar de ser tolo, bronco e roliço, e disse aos que estavam com ele, e ao Doutor Pedro Récio, que, logo que acabou o segredo da carta do duque, tornara a entrar na sala:

— Agora é que verdadeiramente percebo que os juízes e os governadores devem ser de bronze, para aturar as importunidades dos negociantes, que a todas as horas e a todo o tempo querem que os escutem e os despachem atendendo só ao seu negócio, venha lá o que vier; e, se o pobre do juiz não os despacha e escuta, ou porque não pode, ou porque não é ocasião de lhes dar audiência, logo o amaldiçoam e murmuram, e roem-lhe a pele e até lhe deslindam as linhagens. Negociante néscio, negociante mentecapto, não te apresses: espera ocasião e conjuntura para negociar; não venhas nem à hora de jantar nem a horas de dormir, que os juízes são de carne e osso e hão de dar à natureza o que ela lhes pede, a não ser eu, que não dou de comer à minha, graças ao Senhor Doutor Pedro Récio Tirteafora, que presente se acha e pretende matar-me de fome; e afirma que esta morte é vida; assim lha dê Deus, a ele e a

---

[1] A vigilância exercida pelas autoridades, "rondando" a cidade para assegurar a tranquilidade de seus habitantes, era um acontecimento habitual, perfeitamente regulamentado, que começava depois do toque de sinos.

todos os da sua raleia, quero dizer, os maus médicos, que os bons esses merecem palmas e louros.

Todos os que conheciam Sancho Pança se admiravam de ouvi-lo falar tão elegantemente e não sabiam a que haviam de atribuí-lo, senão a que os ofícios graves e cargos ou melhoram ou entorpecem os entendimentos. Finalmente, o Doutor Pedro Récio Agouro de Tirteafora prometeu dar-lhe de cear naquela noite, ainda que exorbitasse de todos os preceitos de Hipócrates. Com isso ficou satisfeito o governador, que esperava com grande ânsia a noite e a hora de cear; e, ainda que o tempo lhe parecesse parado, afinal chegou a ocasião tão desejada, em que lhe deram de cear um salpicão com cebola e umas mãozinhas de vitela, que já não era criança. Saltou nessas iguarias com mais gosto do que se lhe tivessem dado faisões de Roma, vitela de Sorrento, perdizes de Morão ou gansos de Lavajos;[2] e, quando estava a cear, disse, voltando-se para o doutor:

— Ouvi, senhor doutor: daqui por diante escusais de me mandar dar comidas de regalo ou manjares, pois será tirar-me dos eixos o estômago, que está acostumado a cabra, a vaca, a toucinho, a carne-seca, a nabos e cebolas; e, se acaso lhe dão manjares palacianos, recebe-os com melindres e algumas vezes com asco. O que o mestre-sala pode fazer é trazer-me o que chamam *olas podridas*, que, quanto mais pobres são, melhor cheiro têm, e nelas se pode ensacar e encerrar tudo o que se quiser, contanto que seja coisa de comer, que eu lho agradecerei e algum dia lho pagarei; e ninguém zombe de mim, porque, ou bem que somos, ou bem que não somos. Vivamos e comamos em paz e companhia, porque o sol brilha para todos. Eu governarei esta ilha sem fazer alicantinas[3] ou consenti-las; e andem todos de olho aberto e vejam onde mandam o virote, porque lhes faço saber que o Diabo está em Cantilhana,[4] e que, se me derem ensejo para isso, hão de ver maravilhas. Nada, que quem se faz de mel, as moscas o comem.

— Decerto, senhor governador — disse o mestre-sala —, Vossa Mercê tem muita razão em tudo o que disse, e afianço, em nome de

---

[2] Enumeração de pratos muito apreciados na época.

[3] Ardil com que se procura enganar alguém.

[4] "O Diabo está em Cantilhana e o bispo em Brenes" é alusão a uma lenda, segundo a qual os sobrinhos de Brenes armaram desordens, fazendo-se de fantasmas, na vila de Cantilhana. Também se disse do Rei Dom Pedro, enamorado de uma donzela casada, e o esposo vinha vê-la disfarçado de fantasma. A expressão quer dizer desordem, turbação em alguma parte.

todos os insulanos desta ilha, que hão de servir a Vossa Mercê com toda a pontualidade, amor e benevolência; porque o suave modo de governar que Vossa Mercê nestes princípios tem revelado não lhes dá lugar para fazer nem pensar coisa que redunde em desserviço de Vossa Mercê.

— Assim creio — respondeu Sancho —; e seriam uns néscios se outra coisa fizessem ou pensassem; e torno a dizer que tenham conta no meu sustento e no do meu ruço, que é o que mais importa; e, em sendo horas, vamos lá rondar, que é minha intenção limpar esta ilha de todo gênero de imundícies e de gente vagabunda e ociosa; porque deveis saber, meus amigos, que isto de vadios e de mandriões são na república o mesmo que os zangãos nas colmeias, que comem o mel que as abelhas trabalhadoras fabricam. Tenciono favorecer os lavradores, guardar as suas preeminências aos fidalgos, premiar os virtuosos e, sobretudo, honrar os religiosos e respeitar a religião. Que lhes parece, amigos? Digo bem, ou peço para as almas?

— Diz tão bem, senhor governador — acudiu o mestre-sala —, que pasmado estou eu de que um homem tão sem letras como é Vossa Mercê diga tais e tantas coisas, tão cheias de sentenças avisadas, tão fora de tudo que do engenho de Vossa Mercê esperavam os que nos enviaram e os que vimos aqui; cada dia se veem coisas novas no mundo: as mentiras se trocam em verdades, e os burladores são burlados.

Chegou a noite e depois de ter ceado à farta, com licença do Senhor Doutor Récio, o governador saiu com o mordomo, o secretário, o mestre-sala e o cronista incumbido de registrar os seus feitos e tantos aguazis e escrivães que podia formar com eles um verdadeiro esquadrão. Ia Sancho no meio, com a sua vara, que era o mais que se podia ver; e, depois de andarem umas poucas ruas, sentiram ruído de cutiladas. Acudiram e encontraram dois homens que pelejavam, os quais, vendo a Justiça, pararam, e um deles disse:

— Aqui de Deus, e del-rei! Pois há de se consentir que se roube em pleno povoado e que se seja assaltado no meio da rua?

— Sossegai, homem de bem — acudiu Sancho —, e contai-me qual é a causa dessa pendência, que eu sou o governador.

— Senhor governador — disse o outro duelista —, eu direi com toda a brevidade. Saberá Vossa Mercê que esse gentil-homem acaba de ganhar agora nessa casa de jogo, que aqui fica defronte, mais de mil reais, e sabe Deus como; e, achando-me eu presente, sentenciei muitos lances duvidosos em seu favor, contra o que me ditava a consciência;

levantou-se com o ganho e, quando eu esperava que me desse algum escudo, pelo menos, de barato, como é uso e costume dar a homens principais como eu, que assistimos ao jogo para apoiar sem-razões e evitar pendências, embolsou o dinheiro e saiu da casa de jogo; eu, despeitado, vim atrás dele e com boas e corteses palavras lhe disse que me desse ao menos oito reais, pois sabe que sou homem honrado e que não tenho ofício nem benefício, porque meus pais não mo ensinaram nem mo deixaram; e o socarrão, que é mais salteador do que o próprio Caco e mais somítico[5] que Andradilla,[6] queria dar-me apenas quatro reais; ora veja Vossa Mercê, senhor governador, que falta de vergonha e que falta de consciência. Mas, à fé de quem sou, se Vossa Mercê não chegasse, fazia-lhe vomitar o ganho e obrigava-o a dar boa medida.

— Que dizeis vós? — perguntou Sancho.

O outro respondeu que era verdade tudo o que o seu contrário dizia, e que não lhe quisera dar mais de quatro reais porque lhos dava muitas vezes, e os que mendigam devem ser comedidos e receber com rosto alegre o que lhes derem, sem estar a fazer contas com os que ganham, a não saberem com certeza que esses são trapaceiros, e que o seu lucro é mal adquirido e, para mostrar que era homem de bem e não ladrão, como o outro dizia, a maior prova estava em não ter querido lhe dar mais alguma coisa, porque sempre os trapaceiros são tributários dos mirones que os conhecem.

— Isso é verdade — disse o mordomo —, veja Vossa Mercê, senhor governador, o que se há de fazer a esses homens.

— Há de se fazer o seguinte: vós, que ganhastes, ou bem ou mal, ou nem bem nem mal, dai imediatamente a esse vosso acutilador cem reais, e além disso haveis de desembolsar mais trinta para os pobres da cadeia; e vós, que não tendes ofício nem benefício e vadiais por aí, embolsai imediatamente os cem reais e amanhã, sem falta, saí desta ilha, desterrado por dez anos, sob pena, se os quebrantardes, de os irdes cumprir na outra vida, pendurando-vos eu numa picota[7] ou pendurando-vos antes o algoz mandado por mim. E que nenhum replique, se não me quer provar as mãos.

---

[5] Avarento.

[6] Conjectura-se que Andradilla seria algum trapaceiro da época que andaria em anedotas.

[7] Coluna à entrada dos povoados do reino de Castela em que se atava os réus ou ajustiçados para submetê-los à vergonha pública.

Um desembolsou o dinheiro, recebeu-o o outro e saiu da ilha; o primeiro foi para sua casa e o governador ficou dizendo:

— Ou eu pouco hei de poder, ou hei de acabar com essas casas de jogo, que me parece que são muito prejudiciais.

— Com essa, pelo menos, não poderá Vossa Mercê acabar — observou um escrivão —, porque pertence a um alto personagem, e não tem comparação o que ele perde por ano com o que tira dos naipes; contra outras espeluncas de menor tomo poderá Vossa Mercê mostrar o seu poder, que são as que mais dano fazem e as que mais insolências encobrem, que em casa de senhores e de cavalheiros principais não se atrevem os trapaceiros a usar das suas tretas; e, como o vício do jogo se transformou em passatempo vulgar, melhor é que se jogue em casas nobres do que em casa de algum pobre oficial de ofício, onde apanham um desgraçado da meia-noite em diante e o esfolam vivo.

— Bem sei, escrivão — acudiu Sancho —, que a isso há muito que dizer.

Nisso apareceu um aguazil, que trazia um moço agarrado e bem seguro à presença de Sancho Pança.

— Senhor governador — disse ele —, este rapazola vinha direito a nós e, assim que pescou que era a Justiça, voltou as costas e deitou a correr como um gamo, sinal de que é algum delinquente; corri atrás dele, mas, se ele não tropeçasse e caísse, não era eu que o apanhava.

— Por que fugias, homem? — perguntou Sancho.

— Senhor, foi para me livrar de responder às muitas perguntas que as justiças fazem — respondeu o moço.

— Que ofício tens?

— Tecelão.

— E o que teces?

— Ferros de lanças, com licença de Vossa Mercê.

— Engraçadinho! Tomais-me por chocarreiro?[8] Está bom: e aonde íeis agora?

— Ia tomar ar.

— E nesta ilha onde é que se toma ar?

— Onde ele sopra.

---

[8] Aquele que faz chocarrices (gracejo desabusado, insolente).

— Bom! Respondeis muito a propósito e sois discreto; mas fazei de conta que eu sou o ar, que vos sopro pela popa e vos encaminho à cadeia. Olá! Agarrai-o e levai-o, que eu o farei dormir sem ar esta noite.

— Por Deus — tornou o moço —, tão capaz é Vossa Mercê de me fazer dormir esta noite na cadeia como de me fazer rei.

— E por que é que não hei de te fazer dormir na cadeia? Não tenho poder para te prender e soltar, como e quando quiser?

— Por mais poder que Vossa Mercê tenha, não é capaz de me fazer dormir na cadeia — tornou o moço.

— Como não! — replicou Sancho Pança. — Levai-o já aonde veja por seus olhos o desengano; e, se o alcaide quiser usar com ele a sua interessada liberalidade, condene-o desde já a pagar a multa de dois mil ducados.

— Tudo isso é escusado — redarguiu o moço —; nem todos os que hoje estão vivos na terra são capazes de me fazer dormir na cadeia.

— Dize-me, demônio — tornou Sancho —, tens algum anjo que te livre e te tire os grilhões que tenciono mandar-te deitar aos pés?

— Alto, senhor governador — acudiu o moço com bom donaire —, nada de loucuras, e vamos ao caso. Suponha Vossa Mercê que me manda para a cadeia e que lá me põem a ferros e que me metem num calabouço, e se impõem ao alcaide graves penas se me deixar sair, e que ele cumpre o que se lhe manda; com tudo isso, se eu não quiser dormir e estiver acordado toda a noite sem pregar olho, será Vossa Mercê capaz, com todo o seu poder, de me fazer dormir contra vontade?

— Isso decerto que não — observou o secretário.

— De modo — disse Sancho — que não dormes porque não queres dormir, e não para fazer pirraça?

— Pirraça! Nem por pensamentos.

— Pois ide com Deus — disse Sancho —, ide dormir para vossa casa, e Deus vos dê bom sono, que eu não vo-lo quero tirar; mas aconselho-vos que daqui por diante não brinqueis com a Justiça, porque topareis com algum que vos faça pagar cara a brincadeira.

Foi-se embora o moço, e o governador continuou com a sua ronda, e daí a pouco apareceram dois aguazis, que traziam um homem agarrado, e disseram:

— Senhor governador, este que parece homem não o é: é mulher, e nada feia, que anda vestida de homem.

Chegaram-lhe aos olhos duas ou três lanternas e, à sua luz, viram o rosto de uma mulher de dezesseis anos, ou pouco mais: escondidos os cabelos numa coifa de seda verde e ouro, formosa como mil pérolas. Contemplaram-na de cima a baixo e viram que trazia meias de seda encarnada, com ligas de tafetá branco e franjas de ouro e aljôfar; os calções eram verdes, de tela de ouro, e uma capa da mesma fazenda, por baixo da qual vestia um gibão finíssimo de branco e ouro, e os sapatos eram brancos e de homem. Não cingia espada, mas sim uma riquíssima adaga; nos dedos muitos e magníficos anéis. Finalmente, a moça a todos parecia bem e nenhum dos que a viram a conheceu; os naturais da terra disseram que não podiam imaginar quem fosse, e os que mais se admiraram foram os que sabiam das burlas que se haviam de fazer a Sancho, porque aquele sucesso não tinha sido ordenado por eles; e, assim, estavam duvidosos, esperando em que viria o caso afinal a parar. Sancho ficou pasmado da formosura da moça e perguntou-lhe quem era, aonde ia e por que motivo se vestia de homem. Ela, com os olhos no chão, com honestíssima vergonha, respondeu:

— Não posso, senhor, dizer em público o que tanto me importava que fosse secreto; uma coisa, porém, quero que se entenda: é que não sou ladra, nem facínora, mas uma donzela infeliz, a quem a força de uns zelos obrigou a romper o decoro que à honestidade se deve.

Ouvindo isso, disse o mordomo para Sancho:

— Mande afastar todos, senhor governador, para que essa senhora, com menos empacho, possa dizer o que quiser.

Assim ordenou o governador. Apartaram-se todos, menos o mordomo, o secretário e o mestre-sala. Vendo que estavam sós, enfim, a donzela prosseguiu, dizendo:

— Senhores, sou filha de Pedro Pérez Mazorca, arrematante das lãs[9] deste lugar, que muitas vezes costuma ir à casa de meu pai.

— Isso não pode ser, senhora! — acudiu o mordomo. — Pedro Pérez conheço eu perfeitamente e sei que não tem filho algum: nem rapaz nem rapariga; além disso, dizeis que é vosso pai e logo acrescentais que costuma ir muitas vezes a casa de vosso pai!

— Com essa eu já tinha dado — disse Sancho.

— Agora, senhores, estou muito perturbada — respondeu a donzela — e não sei o que digo; mas o que é verdade é que sou filha de Dom Diogo de la Lhana, que Vossas Mercês todos devem conhecer.

---

[9] Aquele que cobra impostos sobre as lãs.

— Isso é possível — observou o mordomo —, que eu conheço muito bem Dom Diogo de la Lhana e sei que é um homem rico e principal, que tem um filho e uma filha e que depois que enviuvou ninguém neste lugar pode dizer que viu a cara da menina, porque a tem tão encerrada que nem o sol pode vê-la; e, com tudo isso, diz a fama que é extremamente formosa.

— É verdade — respondeu a donzela —, e essa filha sou eu; se a fama mente ou não mente a respeito da minha formosura, podereis julgá-lo agora.

E principiou a chorar. Vendo isso, o secretário chegou-se ao ouvido do mestre-sala e disse-lhe muito baixo:

— Sem dúvida, a essa pobre donzela sucedeu alguma coisa grave, pois que anda nesses trajes fora de casa e a estas horas, sendo pessoa tão principal.

— Disso é que não se pode duvidar, tanto mais que essa suspeita confirmaram-na as suas lágrimas.

Sancho consolou-a com as melhores razões que lembrou e pediu-lhe que sem temor algum lhes dissesse o que lhe sucedera, que procurariam remediá-la com todas as veras e de todos os modos possíveis.

— Meu pai — respondeu ela — tem me conservado encerrada há dez anos, porque há dez anos também minha mãe faleceu: diz-se missa em casa num rico oratório, e eu, em todo esse tempo, só vi o sol de dia e a lua e as estrelas à noite, e não sei o que são ruas, praças e templos, nem vi nunca outros homens sem serem meu pai e um irmão meu, e Pedro Pérez, o arrematante, que, por visitar frequentemente a minha casa, me ocorreu dizer que era meu pai, para não declarar o verdadeiro. Esse encerramento e o negar-me o sair de casa, mesmo para ir à igreja, há muitos dias e meses que me trazem muito desconsolada; queria ver o mundo, ou, pelo menos, o povo onde nasci, parecendo-me que esse desejo não era contrário ao bom decoro que as donzelas principais devem guardar a si mesmas. Quando ouvia dizer que se corriam touros e se jogavam canas[10] e se representavam comédias, pedia a meu irmão, que é um ano mais novo do que eu, que me dissesse que coisas eram

---

[10] As corridas de touros eram a cavalo, e corriam com ferrões os cavaleiros; o jogo de canas era uma justa por quadrilhas a cavalo, com lanças preparadas para que se rompessem sem ferir. Normalmente os dois festejos ocorriam juntos.

aquelas, e outras muitas que eu nunca vi. Ele dizia-o do melhor modo que sabia, mas tudo isso contribuía ainda para me acender o desejo de ver. Finalmente, para abreviar o conto da minha perdição, digo que roguei e pedi a meu mano, nunca eu me lembrasse de pedir nem de rogar semelhante coisa!...

E, nisso, renovou-se seu pranto. Disse-lhe o mordomo:

— Prossiga Vossa Mercê, senhora, e acabe de nos dizer o que foi que lhe sucedeu, que estamos todos suspensos das suas palavras e das suas lágrimas.

— Pouco me resta dizer — acudiu a donzela —, mas restam-me muitas lágrimas a chorar, porque os mal colocados desejos não podem trazer consigo outros resultados.

Impressionara profundamente a alma do mestre-sala a beleza da donzela, e chegou outra vez a sua lanterna para vê-la de novo, e pareceu-lhe que não eram lágrimas que chorava, mas sim aljôfares ou rocio dos prados, e ainda mais as encarecia, e lhes chamava pérolas orientais, e estava desejando que a sua desgraça não fosse tanta como davam a entender os indícios do seu pranto e dos seus suspiros. Desesperava-se o bom do governador com a tardança da rapariga em contar a sua história, e disse-lhe que não os tivesse por mais tempo suspensos, que era tarde e faltava muito que percorrer da povoação. Ela, entre interrompidos soluços e malformados suspiros, disse:

— Não é outra a minha desgraça, nem é outro o meu infortúnio, senão o ter pedido a meu irmão que me emprestasse um dos seus fatos, para eu me vestir de homem; e que me levasse uma noite a ver o povo todo, enquanto nosso pai dormia; ele, importunado pelos meus rogos, condescendeu com o meu desejo e, vestindo-me este fato, e vestindo-se ele com outro meu, que lhe fica a matar, porque não tem barba nenhuma e parece uma donzela formosíssima, esta noite, há de haver uma hora, pouco mais ou menos, saímos e, guiados pelo nosso juvenil e disparatado discorrer, rodeamos o povo todo; e, quando queríamos voltar para casa, vimos vir um grande tropel de gente; e disse-me logo meu irmão: "Mana, isso há de ser a ronda: põe asas nos pés e vem correndo atrás de mim, para que não nos conheçam". E, dizendo isso, voltou as costas e começou, não digo a correr, mas a voar; eu, a menos de seis passos, caí com o sobressalto e então chegou o beleguim que me trouxe à presença de Vossas Mercês, onde me vejo envergonhada diante de tanta gente.

— Efetivamente, senhora — tornou Sancho —, não vos sucedeu mais nada? Nem os zelos, como no princípio do vosso conto dissestes, vos tiraram de vossa casa para fora?

— Não me sucedeu mais nada, nem me tiraram zelos para fora de casa, mas tão somente o desejo de ver o mundo, desejo que não ia mais longe do que a ver as ruas deste lugar.

E acabou de confirmar ser verdade o que a donzela dizia o chegarem os aguazis com seu irmão preso, que um deles apanhou quando fugia de ao pé de sua irmã. Não trazia senão uma rica saia e um mantelete de damasco azul, com alamares de ouro fino; a cabeça sem touca e sem outro adorno que não fossem os seus cabelos, que pareciam anéis de ouro, tão loiros e ondeados eram. Apartaram-se com ele o governador, o mordomo e o mestre-sala e, sem que sua irmã os ouvisse, perguntaram-lhe como é que vinha naquele traje; e ele, com igual vergonha e embaraço, contou o mesmo que sua irmã contara, com o que teve gosto o enamorado mestre-sala; mas o governador disse-lhes:

— Não há dúvida, senhores, que isso foi grande rapaziada; mas, para contar uma tolice e uma ousadia dessas, não eram necessárias tantas delongas nem tantas lágrimas e suspiros; que com o dizer: "Somos fulano e fulana, que saímos a passear de casa de nossos pais e fizemos isso só por curiosidade e sem outro desígnio", tinha-se acabado o caso, sem mais gemidos nem lágrimas.

— É verdade — respondeu a donzela —, mas saibam Vossas Mercês que a turbação que eu tive foi tal que não me deixou guardar os termos que devia.

— Não se perdeu nada — respondeu Sancho —; vamos deixar Vossas Mercês em casa de seu pai, que talvez ainda nem desse pela sua falta; e daqui por diante não se mostrem tão crianças nem tão desejosos de ver o mundo, que donzela honrada em casa, de perna quebrada; a mulher e a galinha por andar se perdem cedo; e quem deseja ver também deseja ser visto: não digo nada.

O mancebo agradeceu ao governador a mercê que lhes queria fazer de acompanhá-los a casa, que não era dali muito longe; e, quando lá chegaram, o moço bateu nas grades de uma janela, e desceu logo uma criada que os estava esperando e lhes abriu a porta, e eles entraram, deixando todos admirados, tanto da sua gentileza e formosura como do desejo que tinham de ver o mundo de noite, e sem sair do lugar; mas tudo atribuíam à sua pouca idade. Ficou o mestre-sala com o coração traspassado e tencionou ir logo no outro dia pedi-la em casamento a seu pai, tendo por certo que não lha negaria por ser criado do duque; e até Sancho teve desejos e planos de casar o moço com Sanchica, sua filha, e determinou pô-lo em prática a seu tempo, entendendo que à filha de um governador nenhum marido se podia negar.

Com isso acabou a ronda daquela noite, e dali a dois dias o governo, inutilizando-se assim e apagando-se todos os seus desígnios, como adiante se verá.

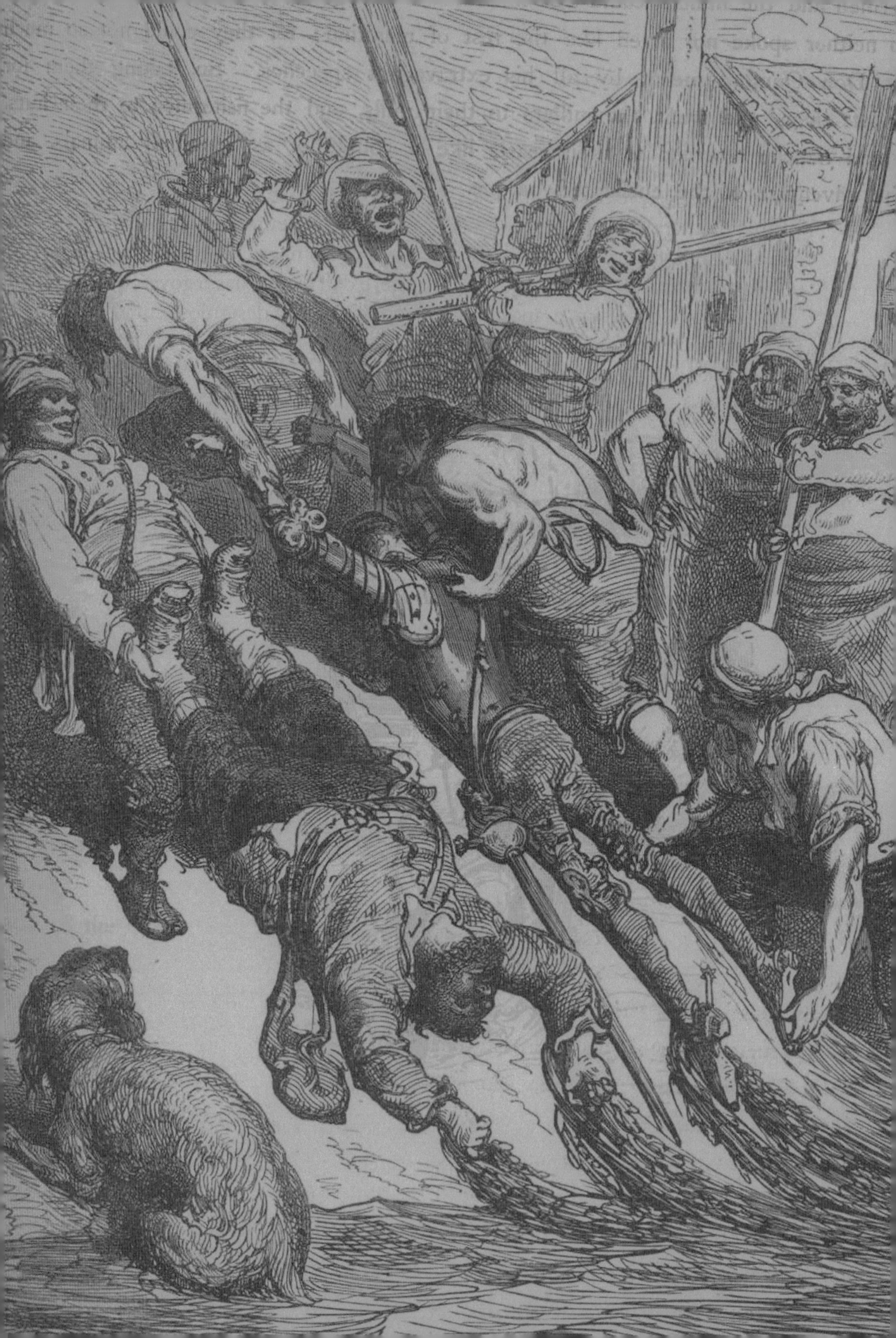

# Capítulo L

## ONDE SE DECLARA QUEM FORAM OS NIGROMANTES E VERDUGOS QUE AÇOITARAM A AMA E BELISCARAM E ARRANHARAM DOM QUIXOTE, COM O SUCESSO QUE TEVE O PAJEM QUE LEVOU A CARTA A TERESA SANCHA,[1] MULHER DE SANCHO PANÇA

DIZ CIDE HAMETE, pontualíssimo esquadrinhador dos átomos desta verdadeira história, que, assim que Dona Rodríguez saiu do seu aposento para ir ao quarto de Dom Quixote, outra ama que ali dormia acordou e, como todas as amas são amigas de saber, de entender e de meter o nariz onde não são chamadas, foi atrás dela com tanto silêncio que a boa da Rodríguez não a sentiu; assim que a ama a viu entrar no quarto de Dom Quixote, para que não se perdesse nela o costume geral que têm as aias de ser chocalheiras, foi logo pôr no bico de sua senhora, a duquesa, que Dona Rodríguez fora para o aposento de Dom Quixote. A duquesa disse-o ao duque e pediu-lhe licença para ir com Altisidora ver o que Dona Rodríguez queria de Dom Quixote. Consentiu o duque, e ambas, com grande cautela, chegaram até a porta do aposento, de modo que puderam ouvir tudo o que lá dentro se dizia; e quando a duquesa ouviu que Dona Rodríguez tinha jogado na rua o Aranjuez[2] de suas fontes não pôde suportar, e Altisidora ainda menos; e, cheias de cólera e desejosas de vingança, entraram de golpe no aposento e beliscaram Dom Quixote e açoitaram a aia, do modo que fica narrado porque as

---

[1] Era frequente nos povoados chamar a mulher acrescentando-lhe o nome do marido em forma feminina para diferenciá-la de outras com o mesmo nome.

[2] Cervantes joga com o vocábulo "fontes" em duplo sentido: as de Aranjuez, célebres por sua beleza, e as chagas que refaziam na perna para expelir humores, que tinha a duquesa.

afrontas que ferem diretamente a formosura e presunção das mulheres despertam nelas grande cólera e acendem o desejo da vingança. Contou a duquesa ao duque o que tinha se passado, o que muito o divertiu; e a duquesa, prosseguindo no intento de se entreter com Dom Quixote, despachou o pajem que fizera o papel de Dulcineia na história do seu desencantamento, já esquecida por Sancho Pança com as ocupações do seu governo, a Teresa Pança, com a carta de seu marido, e com outra sua, e um colar de riquíssimos corais, de presente.

 Diz, pois, a história que o pajem era muito agudo e discreto e, com desejo de servir a seus amos, partiu de boa vontade para a terra de Sancho; e, antes de entrar na povoação, viu num regato estarem a lavar uma grande quantidade de mulheres, a quem perguntou se lhe saberiam dizer se naquela terra vivia uma mulher chamada Teresa Pança, casada com um certo Sancho Pança, escudeiro de um cavaleiro chamado Dom Quixote de la Mancha; e, ouvindo a pergunta, pôs-se em pé uma rapariguita que estava lavando e disse:

 — Essa Teresa Pança é minha mãe e esse tal Sancho é meu pai, e o cavaleiro de quem falais é nosso amo.

 — Pois vinde, donzela — disse o pajem —, e levai-me à casa de vossa mãe, porque lhe trago uma carta e um presente de vosso pai.

 — Isso farei eu de muito boa vontade, meu senhor — respondeu a moça, que mostrava ter catorze anos de idade, pouco mais ou menos.

 E, deixando a roupa que lavava à outra companheira, sem se pentear nem se calçar, que estava de pé descalço e desgrenhada, saltou adiante da cavalgadura do pajem e disse:

 — Venha Vossa Mercê, que à entrada do povo fica a nossa casa, e ali está minha mãe com muita pena de não saber há imenso tempo de meu pai.

 — Pois eu trago-lhe notícias tão boas — disse o pajem — que tem que dar por elas muitas graças a Deus.

 Finalmente, correndo, saltando e brincando, chegou a rapariga à povoação e, antes de entrar em casa, disse da porta a grandes brados:

 — Saia, mãe Teresa, saia, saia, que vem aqui um senhor, que traz carta e outras coisas de meu bom pai.

 A esses brados saiu Teresa, sua mãe, fiando uma maçaroca de estopa, com uma saia parda. Parecia, por ser muito curta, que a haviam cortado em lugar vergonhoso, com um corpete pardo também e uma camisa de peitos.³ Não era velha ainda: mostrava passar dos quarenta; mas forte, tesa e membruda; e, vendo sua filha e o pajem a cavalo, disse:

— Que é isso, rapariga? Que senhor é esse?

— É um servo de Dona Teresa Pança, muito senhora minha — respondeu o pajem.

E, dizendo e fazendo, arrojou-se do cavalo abaixo e foi com muita humildade pôr-se de joelhos diante da Senhora Teresa, dizendo:

— Dê-me Vossa Mercê as suas mãos, Senhora Dona Teresa, como mulher legítima e particular do Senhor Dom Sancho Pança, o próprio governador da ilha denominada Baratária.

— Ai! Senhor meu! Tire-se daí! Não faça isso — respondeu Teresa —, que eu não sou nada palaciana, mas sim uma pobre lavradeira, filha de um cavador de enxada e mulher de um escudeiro andante e não de governador algum.

— Vossa Mercê — respondeu o pajem — é mulher digníssima de um governador arquidigníssimo; e, para prova da verdade, receba Vossa Mercê esta carta e este presente.

E tirou da algibeira o colar de corais com fechos de ouro e deitou--lho ao pescoço; e disse:

— Esta carta é do senhor governador, e outra que trago e estes corais são da minha senhora duquesa, que a Vossa Mercê me envia.

Ficou pasmada Teresa, e sua filha igualmente; e a rapariga disse:

— Que me matem se não anda por aqui nosso amo o Senhor Dom Quixote, que foi naturalmente quem deu ao pai o governo e condado, que tantas vezes lhe tinha prometido.

— Assim é — disse o pajem —, que em respeito ao Senhor Dom Quixote é que é agora o Senhor Sancho governador da Ilha Baratária, como se verá por esta carta.

— Leia-ma Vossa Mercê, senhor gentil-homem — disse Teresa —, porque eu sei fiar, mas não sei ler.

— Nem eu tampouco — acrescentou Sanchica —; mas espere-me aqui, que vou chamar quem a leia, ou o próprio senhor cura, ou o Bacharel Sansão Carrasco, que vêm decerto de muito boa vontade para saber notícia de meu pai.

— Não é preciso chamar ninguém — tornou o pajem —, que eu não sei fiar, mas sei ler.

---

³ Blusa decotada de mulher.

E leu-a toda, não se trasladando a carta para aqui, porque já é conhecida do leitor; e em seguida tirou outra da duquesa, que dizia desta maneira:

Amiga Teresa: As prendas de bondade e de engenho de vosso marido Sancho moveram-me e obrigaram-me a pedir ao duque meu marido que lhe desse o governo de uma ilha, das muitas que possui. Tenho notícia de que governa como uma águia e com isso estou muito satisfeita, e o senhor duque também; e dou graças ao céu por não ter me enganado, escolhendo-o para esse governo, porque há de saber a Senhora Teresa que dificilmente se acha um bom governador no mundo e tal me conceda Deus como Sancho governa.

Aí lhe envio, minha querida, um colar de corais, com fechos de ouro; folgaria que fosse de pérolas orientais; mas quem te dá um osso não quer te ver morta; tempo virá em que nos conheçamos e comuniquemos; e Deus sabe o que está para vir. Recomende-me a Sanchica sua filha e diga-lhe da minha parte que se prepare, que tenho de casá-la altamente, quando ela menos pensar.

Dizem-me que nesse sítio há bolotas graúdas: mande-me uma dúzia, que muito estimarei, por virem da sua mão; e escreva-me com largueza, dando-me novas da sua saúde e do seu bem-estar; e, se precisar de alguma coisa, não tem mais que pedir, que será servida logo. E Deus ma guarde. Deste lugar,

Sua amiga, que bem lhe quer,

A DUQUESA.

— Ai! — disse Teresa, ouvindo a carta. — Que senhora tão chã, tão boa e tão dada! Com essas senhoras me matem, e não com essas fidalgas que se usam cá na terra, que pensam que, por ser fidalgas, nem o vento há de lhes tocar, e vão à igreja de modo que parece que são umas rainhas e que têm por desonra olhar para uma lavradeira; e vede essa boa senhora, que me trata como sua igual, e igual a veja eu do mais alto campanário que há em La Mancha; e, pelo que toca às bolotas, senhor meu, eu mandarei a Sua Senhoria um celamim das mais graúdas que por cá se encontrarem; e agora, Sanchica, trata desse senhor, cuida do seu cavalo e vai buscar verde, e corta um naco de toucinho, e tratemo-lo como um príncipe, porque as boas novas que nos trouxe, e a boa cara que tem, tudo merecem; e, enquanto isso, vou eu dar às vizinhas notícia da nossa satisfação, e ao padre-cura, e a Mestre Nicolau, o barbeiro, que tão amigos são de teu pai.

— Vou tratar disso, mãe — respondeu Sanchica —; mas olhe que há de me dar metade desse colar, que a senhora duquesa não é tão tola que lho mandasse todo a Vossemecê.

— Pois todo é para ti, filha, mas deixa-mo trazer alguns dias, que me alegra a alma.

— Ainda mais hão de se alegrar — disse o pajem — vendo a trouxa que eu aqui trago, e em que vem um fato de pano verde, finíssimo, que o senhor governador só vestiu uma vez para ir à caça, e que manda para a menina Sanchica.

— Viva ele mil anos, e o enviado outro tanto — bradou Sanchica —, e até dois mil, se necessário for!

Nisso, saiu Teresa de casa, com as cartas e o colar ao pescoço, e ia tangendo as cartas, como se fossem um pandeiro; e, encontrando o cura e Sansão Carrasco, principiou a bailar e a dizer:

— Por minha fé, que não há aqui parente pobre: temos um governicho, e que se meta comigo a mais pintada fidalga, que a faço em frangalhos.

— Que é isso, Teresa Pança? Que loucuras são essas e que papéis são esses?

— Não é loucura nenhuma, e isto são cartas de duquesas e de governadores, e o que trago ao pescoço são corais finos, as ave-marias, e os padre-nossos são de ouro de martelo, e eu sou governadora.

— De Deus para baixo não vos entendemos, Teresa, nem sabemos o que dizeis.

— Aí podem ver — respondeu Teresa.

E deu-lhes as cartas.

Leu-as o cura em voz alta, e ele e Sansão olharam um para o outro, admirados do que se tinha lido; e perguntou o bacharel quem é que trouxera as cartas. Respondeu Teresa que a acompanhassem a casa e veriam o mensageiro, que era um mancebo lindo como um alfinete de tocar e que lhe trazia outro presente que valia mais de outro tanto. Tirou-lhe o cura os corais do pescoço; mirou-os e remirou-os; e, certificando-se de que eram finos, de novo pasmou e disse:

— Pelo hábito que visto, não sei que diga nem que pense destas cartas e destes presentes: por uma parte vejo e apalpo a finura destes corais, e por outra leio que uma duquesa manda pedir duas dúzias de bolotas.

— Estranho isso — disse então Carrasco. — Vamos ver o portador da carta e ele nos explicará as dificuldades que se nos oferecem.

Acharam o pajem peneirando uma pouca de cevada para a sua cavalgadura e Sanchica cortando um torresmo, para fazê-lo com ovos e dar de comer ao pajem, cuja presença e donaire satisfez muito os dois curiosos; e, depois de terem se cumprimentado cortesmente, pediu-lhe Sansão que lhe desse notícias tanto de Dom Quixote como de Sancho Pança, que, ainda que tinham lido as cartas de Sancho e da senhora duquesa, estavam confusos e não podiam atinar com o que viria a ser isso do governo de Sancho e ainda menos de uma ilha, sendo todas, ou a maior parte das ilhas espanholas do Mediterrâneo, pertencentes a Sua Majestade. O pajem respondeu:

— De que o Senhor Sancho Pança é governador, ninguém pode duvidar; que seja ilha ou não o que ele governa, lá nisso não me intrometo, mas basta que seja um lugar de mais de mil vizinhos; e, quanto à dúvida das bolotas, digo que a duquesa minha senhora é chã e tão humilde que não se envergonha de mandar pedir bolotas a uma lavradeira, mas às vezes mandava pedir pentes às vizinhas, porque hão de saber Vossas Mercês que as senhoras de Aragão, apesar de serem tão principais, não são de tantas etiquetas e de tantos orgulhos como as senhoras castelhanas: tratam toda a gente com muito mais lhaneza.

Quando estavam com essas práticas, veio Sanchica com uma arregaçada de ovos e perguntou ao pajem:

— Diga-me, senhor: meu senhor pai usa calças atacadas[4] desde que é governador?

— Nunca reparei — respondeu o pajem —, mas é provável que sim.

— Ai, Deus meu! — replicou Sanchica. — Muito gostava eu de ver meu pai de calções! Desde que nasci que tenho esse desejo.

— Com essas coisas e com muitas outras o verá Vossa Mercê, se Deus lhe der vida — tornou o pajem. — Por Deus, ele caminha de modo que vai ficar muito delicado, com só dois meses que lhe dura o governo.

Bem perceberam o cura e o bacharel que o pajem falava ironicamente; mas a finura dos corais e o fato de caça que Sancho enviava

---

[4] Calção ou calça curta que se prende ao gibão com agulhetas, peças com as extremidades metálicas para passar cordões com facilidade. O uso das calças atacadas, por seu custo, era restrito à classe alta e média.

desfaziam todas as suposições; riram do desejo de Sanchica e ainda mais quando Teresa disse:

— Senhor cura, deite pregão, a ver se há por aí alguém que vá a Madri ou a Toledo, para que me compre uma saia redonda e benfeita, e à moda das melhores saias que houver; porque, na verdade, tenho de honrar o governo de meu marido, tanto quanto possa; e, se me zango, vou a essa corte deitar coche como todas; quem tem marido governador pode muito bem ter coche e sustentá-lo.

— Ó mãe — disse Sanchica —, prouvera a Deus que antes fosse hoje do que amanhã pela manhã, ainda que os que me vissem sentada num coche ao lado de minha senhora mãe dissessem: "Olhem para aquela tola, filha de um comilão de alhos, como vai sentada e estendida naquele coche, como se fosse uma papisa!". Mas elas que se danem, e ande eu no meu coche, com os pés levantados do chão. Mau ano e mau mês para quantos murmuradores há no mundo; ande eu quente e ria-se a gente. Não é verdade, minha mãe?

— Se é verdade, filha! — respondeu Teresa. — E todas essas venturas, e maiores ainda, as profetizara o meu bom Sancho; verás tu, filha, como não paras sem ser condessa, que tudo está no principiar em ser venturoso; e, como tenho ouvido dizer muitas vezes de teu bom pai (que, assim como é teu pai, é pai e mãe dos rifões), quando te derem a vaca, vem logo com a corda; quando te derem um governo, apanha-o; quando te derem um condado, agarra-o; e quando te baterem à porta com alguma boa dádiva, recebe-a ou então deita-te a dormir, e não fales à ventura, que está fazendo truz-truz à porta da tua casa.

— E que me importa — acrescentou Sanchica — que digam: "Viu--se o Diabo com botas, correu a cidade toda"?

Ouvindo isso, disse o cura:

— Na verdade, creio que essa linhagem dos Panças nasceu toda com um costal de rifões metidos no corpo, e que os entorna a todas as horas e em todos os lugares.

— É verdade — tornou o pajem —; e, ainda que muitos não vêm a propósito, todavia divertem; e a duquesa minha senhora e o duque apreciam-nos muito.

— Pois ainda afirma, senhor meu — disse o bacharel —, ser verdade isso do governo de Sancho e de haver uma duquesa no mundo que mande presentes e escreva à sua mulher? Porque nós outros, apesar de termos lido as cartas, não acreditamos ainda e supomos que isso é mais uma das patranhas de Dom Quixote, nosso patrício, que pensa que tudo sucede por encantamento; e, assim, parece-me que ainda apalpo Vossa Mercê, para ver se é fantástico embaixador ou homem de carne e osso.

— Senhor — respondeu o pajem —, só sei que sou embaixador verdadeiro e que o Senhor Sancho Pança é governador efetivo, e que o duque e a duquesa, muito senhores meus, puderam lhe dar, e lhe deram, o tal governo, e que ouvi dizer que nesse governo se porta com galhardão o tal Sancho Pança; se nisso há encantamento ou não, Vossas Mercês o discutam lá entre si, que eu nada mais sei, pelo juramento que faço, que é pela vida de meus pais, que tenho vivos e a quem muito quero.

— Pode muito bem ser assim — replicou o bacharel —, mas *dubitat Augustinus*.[5]

— Duvide quem quiser — respondeu o pajem—; a verdade é o que eu disse, que há de sobrenadar sempre na mentira, como o azeite na água; e, senão, *operibus credite et non verbis*,[6] venha algum de Vossas Mercês comigo e verá com os olhos o que não acredita com os ouvidos.

— A mim é que me compete ir — observou Sanchica —; leve-me Vossa Mercê na garupa do seu cavalo, que irei de muito boa vontade ver meu senhor pai.

— As filhas dos governadores não podem andar sozinhas por essas estradas, mas sim com liteiras e carruagens e grande número de servos.

— Por Deus! — respondeu Sancha. — Ia tão bem a cavalo numa eguazita como metida num coche; eu cá não sou melindrosa.

— Cala-te, rapariga — acudiu Teresa —, que não sabes o que dizes; e esse senhor tem razão, que a todo tempo é tempo, e quando Sancho era só Sancho, eras tu Sancha, mas quando Sancho é governador, és tu senhora.

— Diz bem a Senhora Teresa — disse o pajem —; e deem-me de comer e despachem-me já, porque tenciono partir essa mesma tarde.

— Quer Vossa Mercê fazer penitência[7] comigo? — disse o cura. — A Senhora Teresa tem mais boa vontade do que alfaias, para servir a tão honrado hóspede.

---

[5] "Mas até Santo Agostinho duvida"; frase proverbial entre teólogos.

[6] "Crê nas obras, e não nas palavras"; a expressão, procedente do Evangelho de São João, já aparecera no capítulo XXV.

[7] "Comer comigo"; fórmula cortês de convite.

Recusou o pajem a princípio; mas, afinal, teve de aceder por sua conveniência e o cura levou-o consigo com muito gosto, para poder interrogá-lo devagar a respeito de Dom Quixote e das suas façanhas.

O bacharel ofereceu-se para escrever a Teresa as respostas às cartas, mas Teresa não quis que o bacharel se metesse nos seus negócios, porque o tinha por zombador; e deu um bolo e dois ovos a um menino de coro,[8] que sabia escrever e que lhe fez duas cartas, uma para seu marido e outra para a duquesa, notadas pelo próprio bestunto dela, que não são das piores que nesta história figuram, como adiante se verá.

---

[8] Coroinha.

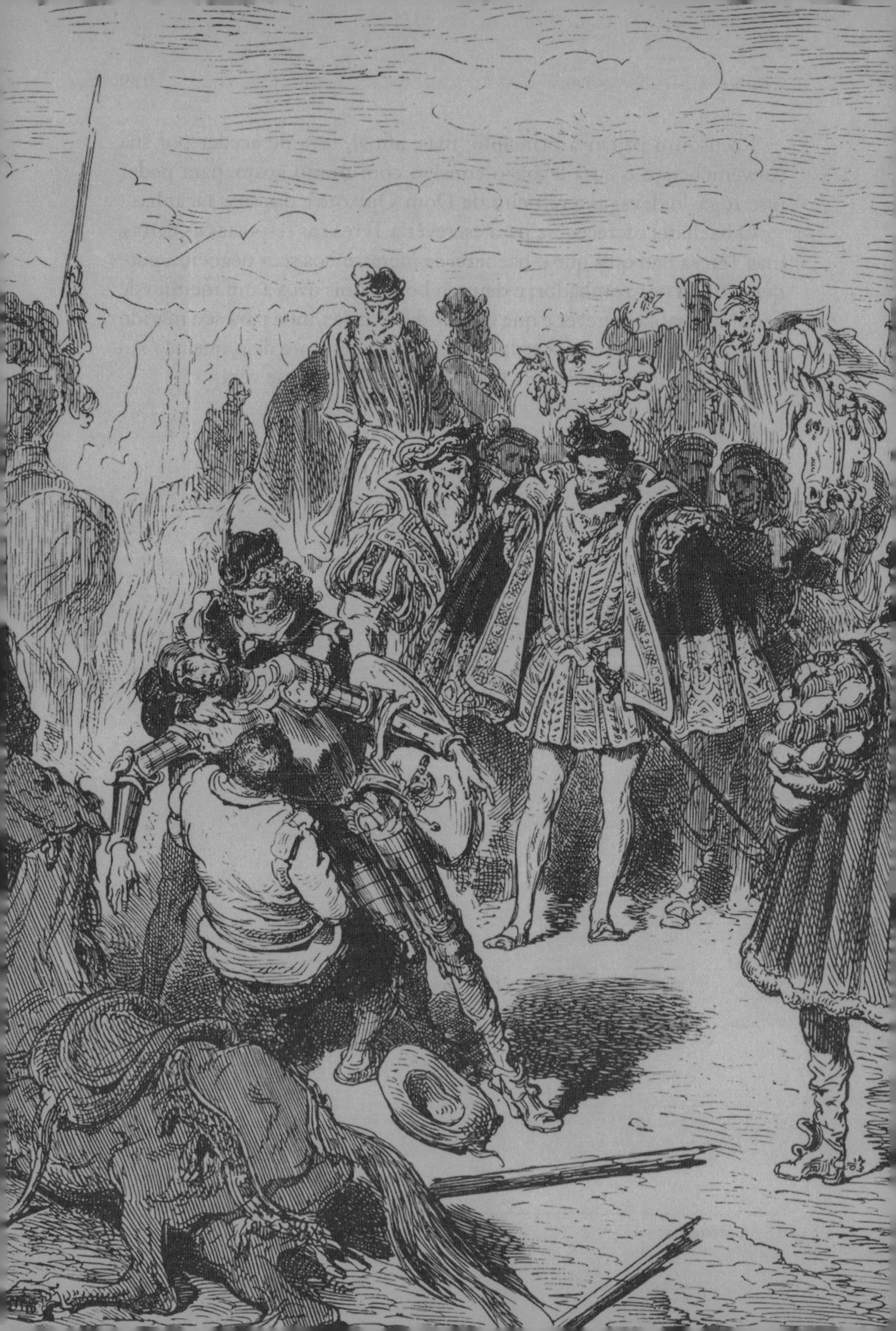

## Capítulo LI
## DO DESENROLAR DO GOVERNO DE SANCHO PANÇA, COM OUTROS SUCESSOS IGUALMENTE COMO BONS

O RESTO DA NOITE da ronda do governador passou-a o mestre-sala sem dormir, com o pensamento embebido no rosto, donaire e beleza da disfarçada donzela, enquanto o mordomo a empregava em escrever a seu amo o que Sancho Pança fazia e dizia, tão admirável nos seus feitos como nos seus ditos, porque andavam mescladas as suas palavras e as suas ações com acertos e tolices. Amanheceu, enfim; levantou-se o senhor governador e, por ordem do Doutor Pedro Récio, lhe deram para almoçar uma pouca de conserva e quatro goles de água fria,[1] almoço que Sancho trocaria por um pedaço de pão e um cacho de uvas. Enfim, vendo que não tinha remédio senão se sujeitar, resignou-se com amarga dor da sua alma e fadiga do seu estômago, fazendo-lhe acreditar Pedro Récio que os manjares, poucos e delicados, avivavam o engenho e eram os que mais convinham às pessoas constituídas em comandos e ofícios graves, em que hão de se aproveitar não tanto das forças corporais como das do entendimento. Com esses sofismas, Sancho passava fome, e tal que, em segredo, amaldiçoava o governo e até quem lho dera. Mas, com a fome e com a conserva no estômago, se pôs a julgar naquele dia; e a primeira coisa que se apresentou foi uma pergunta que um forasteiro lhe fez, estando a tudo presente o mordomo e outros acólitos, pergunta que foi a seguinte:

---

[1] Pedaços de fruta ou outros vegetais cozidos em calda de açúcar e depois postos para secar, cristalizando-se. O desjejum mais popular dos espanhóis consistia em tragos de aguardente e bocados de conserva. Pedro Récio substitui o primeiro por água fria, resfriada com neve, que era moda e luxo entre as pessoas de prestígio, e inclusive se dizia que possuía virtudes medicinais.

— Senhor: um rio caudaloso dividia dois campos de um mesmo senhorio (atenda-me Vossa Mercê, porque o caso é de importância e bastante dificultoso). Nesse rio havia uma ponte, ao cabo da qual ficava uma porta e uma espécie de tribunal em que estavam habitualmente quatro juízes que julgavam segundo a lei imposta pelo dono do rio, da ponte e das terras, que era da seguinte forma: "Se alguém passar por esta ponte, de uma parte para a outra, há de dizer primeiro, debaixo de juramento, onde é que vai e, se jurar a verdade, deixem-no passar, e, se disser mentira, morra por elo de morte natural, na forca que ali se ostenta, sem remissão alguma". Sabida essa lei, e a sua rigorosa condição, passaram muitos, e logo, no que juravam, se mostrava que diziam a verdade, e os juízes, então, deixavam-nos passar livremente. Sucedeu pois que, tomando juramento a um homem, este jurou e disse que fazia o juramento só para morrer na forca que ali estava, e não para outra coisa. Repontaram os juízes com o caso e disseram: "Se deixarmos passar esse homem livremente, ele mentiu no seu juramento e, portanto, deve morrer; e, se o enforcamos, ele jurou que ia morrer naquela forca, e, tendo jurado a verdade, pela mesma lei deve ficar livre". Pergunta-se a Vossa Mercê, senhor governador: que hão de fazer os juízes a esse homem, acerca do qual estão ainda até agora duvidosos e suspensos? Tendo tido notícia do agudo e elevado entendimento de Vossa Mercê, mandaram-me a suplicar-lhe que desse o seu parecer, em caso tão duvidoso e intrincado.

— Decerto — respondeu Sancho — esses senhores juízes, que a mim vos enviam, podiam tê-lo escusado, porque sou um homem que nada tenho de agudo; mas, com tudo isso, repeti-me outra vez o negócio, de modo que o entenda; pode ser que eu desse no vinte.[2]

Outra e outra vez repetiu o perguntante o que primeiro dissera, e Sancho respondeu:

— Esse negócio, no meu entender, em duas palavras se declara, e vem a ser o seguinte: o homem jura que vai morrer na forca, e, se morre, jurou a verdade, e pela tal lei deve ser livre, e pode passar a ponte; e, se não o enforcarem, mentiu, e pela mesma lei deve ser enforcado; é isso?

— É isso mesmo — disse o mensageiro —, e não pode estar mais inteirado do caso nem conhecê-lo melhor.

---

[2] "Acertasse com a verdade."

— Digo eu agora, pois — tornou Sancho —, que deixem passar a metade desse homem que jurou a verdade, e que enforquem a outra que jurou mentira; e, desse modo, se cumprirá ao pé da letra a condição da passagem.

— Mas, então, senhor governador — tornou o interrogante —, há de ser necessário que o transgressor se parta ao meio, e, se se parte ao meio, por força morre; e assim não se consegue coisa alguma do que a lei pede, e é de absoluta necessidade que a lei se cumpra.

— Vinde cá, bom homem — tornou Sancho —; ou eu sou um tolo, ou esse passageiro que dizeis tanta razão tem para morrer como para viver e passar a ponte; porque, se a verdade o salva, a mentira igualmente o condena; e, sendo assim, sou do parecer de que digais a esses senhores, que a mim vos enviaram, que, visto que se contrabalançam as razões de condená-lo e as de absolvê-lo, deixem-no passar livremente, pois é sempre mais louvado fazer o bem que fazer o mal; e isso eu daria assinado com o meu nome, porque me acudiu à memória um preceito, entre outros muitos que o Senhor Dom Quixote me deu, na noite antecedente ao dia em que entrei neste governo, que foi que, quando estivesse em dúvida, me acolhesse à misericórdia; e quis Deus que me lembrasse agora, por vir como de molde para este caso.

— Assim é — respondeu o mordomo —; e tenho para mim que o próprio Licurgo, que deu leis aos lacedemônios,[3] não podia proferir melhor sentença do que a que pronunciou o grande Pança; e acabe-se com isso a audiência desta manhã, e darei ordem para que o senhor governador coma muito a seu gosto.

— Isso é que é, e não quero mais nada — tornou Sancho —; deem-me de comer e chovam casos e dúvidas sobre mim, que tudo mato no ar.

Cumpriu a sua palavra o mordomo, parecendo-lhe que era encargo de consciência matar de fome tão discreto governador, tanto mais que tencionava acabar-lhe com o governo naquela noite, fazendo-lhe a última caçoada que se lhe recomendara que fizesse.

Pois sucedeu que, tendo jantado naquele dia contra as regras do Doutor Tirteafora, ao levantar da toalha entrou um correio, com uma carta de Dom Quixote para o governador. Mandou Sancho ao secretário que a lesse para si e que, se ela não trouxesse nada de segredo, a lesse em voz alta. Assim fez o secretário; e, passando-a pelos olhos, disse:

---

[3] Licurgo foi muito celebrado como legislador nessa época.

— Pode-se ler perfeitamente em voz alta; o que o Senhor Dom Quixote escreve a Vossa Mercê merece ser estampado e escrito em letras de ouro; e diz assim:

## CARTA DE DOM QUIXOTE DE LA MANCHA A SANCHO PANÇA, GOVERNADOR DA ILHA BARATÁRIA

Quando esperava ouvir novas de teus descuidos e impertinências, Sancho amigo, ouvi-as das tuas discrições, e por isso dei graças particulares ao céu, que sabe levantar os pobres do monturo e fazer discretos dos tolos. Dizem-me que governas como se fosses homem, e que és homem como se fosses bruto, pela humildade com que te tratas; adverte, Sancho, que muitas vezes convém, por autoridade do ofício, ir contra o que pede a singeleza do coração, porque o bom adorno da pessoa que está em altos cargos deve ser conforme ao que eles pedem, e não à medida daquilo a que a sua humilde condição o inclina. Veste-te bem, que um pau enfeitado já não parece um pau; não digo que tragas dixes nem galas, nem que, sendo juiz, te vistas como soldado, mas que te adornes com o fato que o teu ofício requer, contanto que seja limpo e bem-composto. Para ganhar as vontades do povo que governas, entre outras coisas, duas hás de fazer: a primeira ser bem-criado com todos, e isso já to recomendei; a outra, procurar que haja abundância de mantimentos, porque não há coisa que mais fatigue o coração dos pobres do que a fome e a carestia.

Não faças muitas pragmáticas, e, se as fizeres, procura que sejam boas, e sobretudo que se guardem e se cumpram; que as pragmáticas que não se guardam é o mesmo que se não existissem; antes mostram que o príncipe que teve discrição e autoridade para promulgá-las não teve valor para fazer com que se cumprissem, e as leis que atemorizam e não se escutam vêm a ser como o cepo, esse rei das rãs, que ao princípio as espantou e depois o menosprezaram e treparam para cima dele.

Sê pai das virtudes e padrasto dos vícios. Não te mostres sempre rigoroso nem sempre brando, e escolhe o meio-termo entre esses dois extremos, que aí é que bate o ponto da discrição. Visita os cárceres, os açougues e as praças, que a presença do governador em tais lugares é de muita importância; consola os presos que esperam brevidade no seu despacho; assusta os carniceiros, que por essa ocasião não roubam no peso, e da mesma forma serve de espantalho às regateiras das praças. Não te mostres cobiçoso (ainda que porventura o sejas, o que não creio), nem mulherengo, nem glutão, porque se o povo souber o teu fraco, por aí te hão de bombardear, até te derribarem nas profundas da perdição. Mira e remira, vê e revê os conselhos que te dei por escrito antes que daqui partisses para o teu governo, e verás que achas neles, se os guardares, uma ajuda de custo que te alivie os trabalhos e dificuldades que a cada passo sobrevêm aos governadores. Escreve a teus senhores e mostra-te agradecido, que a ingratidão é filha da soberba e um dos maiores pecados que se conhecem; e a pessoa que é agradecida aos que lhe fizeram bem dá indícios de que também o será a Deus, que tantos bens lhe fez e de contínuo lhe está fazendo.

A senhora duquesa despachou um próprio, com o teu fato e outro presente, à tua mulher Teresa Pança; esperamos a cada instante a resposta. Tenho passado mal, por causa de certas arranhaduras que me não deixaram em bom estado o nariz; mas não foi nada, que, se há nigromantes que me perseguem e me maltratam, também os há que me defendem.

Dize-me se o mordomo que te acompanha teve alguma coisa que ver nas ações da Trifaldi, como tu suspeitaste; e de tudo o que te suceder irás me dando notícia, já que é tão perto; tanto mais que tenciono deixar em breve esta vida ociosa, pois não nasci para ela. Apresentou-se-me um negócio que pode fazer-me perder as boas graças desses senhores; mas, ainda que isso me aflija, não hesito em tratá-lo, porque, enfim, tenho de satisfazer antes a minha profissão do que o gosto deles, conforme o que se costuma dizer: *Amicus Plato, sed magis amica veritas*.[4] Digo-te este latim porque suponho que, desde que és governador, talvez o aprendesses.

Deus te guarde de quem te queira magoar.

Teu amigo,

Dom Quixote de la Mancha.

Escutou Sancho a carta com profunda atenção, sendo celebrada e considerada muito discreta pelos que a ouviram; logo Sancho se levantou da mesa e, sem mais dilações, quis responder a seu amo Dom Quixote, e disse ao secretário que, sem tirar nem acrescentar coisa alguma, fosse

---

[4] "Platão é amigo, mas mais amiga é a verdade"; adágio clássico usado quando se devia dizer ou fazer algo que podia resultar danoso a alguém a quem se estava subordinado por respeito ou hierarquia.

escrevendo o que ele lhe dissesse; e assim se fez. E a resposta foi do teor seguinte:

## CARTA DE SANCHO PANÇA A DOM QUIXOTE DE LA MANCHA

A ocupação dos meus negócios é tão grande que não tenho lugar nem para coçar a cabeça nem para cortar as unhas, de forma que as trago tão crescidas que só Deus lhes pode dar remédio. Digo isso, senhor meu da minha alma, para que Vossa Mercê se não espante de eu até agora não ter dado aviso se estou bem ou mal neste governo, em que tenho mais fome do que quando andávamos pelas selvas e despovoados.

Escreveu-me o duque meu senhor, no outro dia, dando-me aviso de que tinham entrado nesta ilha certos espias para me matar; e, até agora, ainda não descobri outro, senão um certo doutor, que está neste sítio, assalariado para dar cabo de quantos governadores aqui vierem: chama-se o doutor Pedro Récio, e é natural de Tirteafora, e veja Vossa Mercê se, com esse nome, não hei de recear morrer às suas mãos. Esse tal doutor diz de si próprio que não cura as enfermidades quando as há, mas que as previne para que não venham; e os remédios que usa são dieta e mais dieta, até pôr uma pessoa em pele e osso como se não fosse maior mal a fraqueza do que a febre. Finalmente, ele vai me matando de fome, e eu vou morrendo de despeito, pois, quando imaginei vir para este governo comer quente e beber frio e regalar o corpo em lençóis de holanda, sobre colchões de plumas, vim fazer penitência, como se fosse ermitão; e, não a fazendo por vontade, parece-me que, afinal de contas, ainda me há de levar o Diabo.

Até agora ainda não vi a cor do dinheiro cá da terra e não posso saber o motivo por que aqui me disseram que os governadores que a esta ilha costumam vir, antes de fazer a sua entrada já a gente da povoação lhes dá ou lhes empresta muito dinheiro, e que isso é usança ordinária dos que vão também para outros governos.

Esta noite, andando de ronda, topei com uma formosíssima donzela vestida de homem e um irmão seu vestido de mulher; da moça se enamorou o meu mestre-sala e escolheu-a na sua imaginação para sua consorte, e eu escolhi o moço para meu genro: hoje poremos ambos em prática os nossos pensamentos, falando com o pai, que é um tal Diogo de la Lhana, fidalgo e cristão-velho.

Visito as praças como Vossa Mercê me aconselha e ontem achei uma regateira que misturara com meia fanega de avelãs novas outra de avelãs velhas, chocas e podres: apliquei-as todas para os meninos da doutrina,[5] que saberiam bem distingui-las, e sentenciei-a a que não entrasse na praça durante quinze dias; disseram-me que o fiz valorosamente; o que sei dizer a Vossa Mercê é que é fama neste povo que não há gente pior que as regateiras, porque todas são desavergonhadas, desalmadas e atrevidas, e eu assim o creio, pelo que vi noutros povos.

Estou muito satisfeito por saber que a duquesa minha senhora escreveu a minha mulher Teresa Pança e lhe enviou o presente que Vossa Mercê diz, e procurarei mostrar-me agradecido a seu tempo: beije-lhe Vossa Mercê as mãos pela minha parte, dizendo que digo eu que não o deitou em saco roto, como verá.

Não quereria que Vossa Mercê, senhor meu, tivesse dares e tomares com esses senhores; porque, se Vossa Mercê se zanga com eles, claro está que há de redundar tudo em meu prejuízo, e não será bem que, dando-me de conselho o ser agradecido, não o seja Vossa Mercê com quem tantas mercês lhe tem feito, e com tantos regalos o tratou no seu castelo.

Isso de arranhaduras não entendo; mas imagino que deve ser alguma das malfeitorias que com Vossa Mercê costumam praticar os nigromantes; saberei quando nos virmos.

Quereria mandar a Vossa Mercê alguma coisa, mas não sei o que lhe mande, a não ser uns canudos com bexigas, que aqui se fazem muito bem,[6] ainda que, se me durar o ofício, verei se posso mandar coisa de mais valia.

Se minha mulher Teresa Pança me escrever, pague Vossa Mercê o porte e mande-me a carta, que tenho grandíssimo desejo de saber o estado de minha casa, de minha mulher e de meus filhos. E, com isto, Deus livre a Vossa Mercê de mal-intencionados nigromantes, e a mim me tire com bem e em paz deste governo, do que duvido, porque me parece que tenho de deixá-lo com a vida, pelo modo como me trata o tal Doutor Pedro Récio.

Criado de Vossa Mercê,

SANCHO PANÇA, O GOVERNADOR.

---

[5] Meninos pobres, como já se disse, protegidos e doutrinados pela beneficência.
[6] Parece referir-se aos tubos e odres das gaitas de fole.

Fechou a carta o secretário e despachou logo o correio; e, juntando-se os burladores de Sancho, combinaram entre si o modo como haviam de pô-lo fora do governo; e essa tarde passou-a Sancho a fazer algumas ordenações, tocantes à boa administração da terra que ele tomava por ilha; e ordenou que não houvesse vendedores de comestíveis a retalho[7] e que se pudesse mandar vir vinho donde se quisesse, e com obrigação de se declarar o lugar, para se lhe pôr o preço, segundo a sua avaliação, a sua bondade e a sua fama; e quem lhe deitasse água ou lhe mudasse o nome morreria por ele; moderou o preço de todo calçado, principalmente dos sapatos, por lhe parecer que corria com exorbitância; pôs taxa nos salários dos criados, que seguiam à rédea solta pelo caminho do interesse; pôs gravíssimas penas aos que cantassem cantigas lascivas ou descompostas, quer de noite quer de dia; ordenou que nenhum cego cantasse milagres em coplas, a não trazer testemunhos autênticos de serem verdadeiros, por lhe parecer que a maior parte do que os cegos cantam é fingida e prejudicam os outros. Criou um aguazil de pobres, não para persegui-los, mas para examinar se o eram, porque à sombra de aleijão, fingido ou de chaga falsa, andam ladrões os braços e bêbeda a saúde.[8] Enfim, ordenou coisas tão boas que ainda hoje se guardam naquele lugar e se chamam "As constituições do grande Governador Sancho Pança".

---

[7] No varejo. Trata-se de especuladores, revendedores de artigos de primeira necessidade que compravam de produtores e vendedores no atacado e subiam seu preço. A luta legal contra eles foi uma constante desde a Idade Média.

[8] A situação dos desvalidos e a necessidade de atender aos verdadeiros necessitados, separando-os de pícaros fingidos ou ladrões ocultos, constitui uma preocupação social que aparece tanto na literatura como nos tratados ou leis desde o princípio da Idade Moderna.

## Capítulo LII

### ONDE SE CONTA A AVENTURA DA SEGUNDA DONA DOLORIDA, OU ANGUSTIADA, CHAMADA POR OUTRO NOME DONA RODRÍGUEZ

CONTA CIDE HAMETE que, estando já Dom Quixote curado das suas arranhaduras, lhe pareceu que a vida que passava naquele castelo era absolutamente contrária à ordem da cavalaria que professava; e, assim, resolveu pedir licença aos duques para partir para Saragoça, porque vinham próximas as festas daquela cidade, onde ele tencionava ganhar o arnês que ali se conquista.

E, estando um dia à mesa com os duques e começando a pôr em obra a sua intenção, e a pedir licença, eis que entram pelas portas da sala duas mulheres, todas cobertas de luto; e uma delas, chegando-se a Dom Quixote, deitou-se-lhe aos pés, estirada no chão, e, cosendo-lhe a boca aos sapatos, dava uns gemidos tão tristes, tão profundos e tão dolorosos que pôs em confusão todos os que a ouviam e contemplavam; e, ainda que os duques pensaram que seria alguma caçoada que os seus criados quisessem fazer a Dom Quixote, todavia, vendo o afinco com que a mulher gemia, chorava e suspirava, ficaram duvidosos, até que Dom Quixote, compassivo, a levantou do chão e fez com que se descobrisse e tirasse o manto de cima da face chorosa. Ela obedeceu e mostrou ser o que nunca se poderia imaginar: a própria Dona Rodríguez; e a outra enlutada era sua filha, a vítima das seduções do filho do rico lavrador. Admiraram-se todos que a conheciam, e mais do que todos eles os duques, que, ainda que a tivessem por tola, nunca imaginaram que chegaria a fazer semelhantes loucuras. Finalmente, Dona Rodríguez, voltando-se para seus amos, lhes disse:

— Deem-me Vossas Excelências licença para que eu incomode um pouco este cavaleiro, porque assim é necessário, para ver se posso me sair bem do negócio em que me meteu um vilão mal-intencionado.

Deu-lhe o duque a licença pedida, para dizer a Dom Quixote tudo o que quisesse. Ela, erguendo a voz e o rosto para Dom Quixote, disse:

— Há dias, valoroso cavaleiro, que vos dei conta da sem-razão e aleivosia com que um rico lavrador tratou a minha muito querida e amada filha, que é esta desditosa que aqui está presente, e prometestes-me velar por ela, desfazendo o agravo que ele lhe fez; tive agora notícia de que quereis partir deste castelo, em busca das boas venturas que Deus vos depare; e, assim, queria que, antes que saísseis por esses caminhos desafiásseis esse rústico indômito e o obrigásseis a casar com minha filha, em cumprimento da palavra que lhe deu, de ser seu esposo, antes de folgar com ela; porque lá pensar que o duque meu senhor me há de fazer justiça é escusado, pelos motivos que já a Vossa Mercê muito à puridade[1] declarei; e, com isso, Nosso Senhor dê a Vossa Mercê muita saúde, e a nós não nos desampare.

A essas razões respondeu, com muita gravidade e prosopopeia:

— Boa dona: temperai as vossas lágrimas, ou, para melhor dizer, enxugai-as e forrai os vossos suspiros, que eu me encarrego do remédio de vossa filha, a quem fora melhor não ter sido tão fácil acreditar em promessas de namorados, que, pela mor parte, são ligeiras de prometer e muito pesadas de cumprir; e assim, com licença do duque meu senhor, partirei imediatamente em busca desse desalmado mancebo, e encontrá--lo-ei, e desafiá-lo-ei, se ele se escusar de cumprir a sua palavra: que o principal assunto da minha profissão é perdoar os humildes e castigar os soberbos; quero dizer, socorrer os tímidos e destruir os rigorosos.

— Não é mister — respondeu o duque — dar-se Vossa Mercê ao trabalho de procurar o rústico de quem essa boa dona se queixa, nem é necessário que Vossa Mercê me peça licença para provocá-lo, que eu já o dou por desafiado, e tomo a meu cargo comunicar-lhe este repto e fazê-lo aceitar, e obrigá-lo a vir responder por si a este castelo, onde a ambos darei campo seguro, estabelecendo todas as condições que em tais atos se costumam e se devem estabelecer, guardando igualmente a sua justiça a cada um, como são obrigados a guardá-la todos os príncipes que dão campo franco aos que se batem nos termos dos seus senhorios.

---

[1] Em segredo.

— Pois com essa fiança e com a benévola licença de Vossa Grandeza — replicou Dom Quixote —, desde já declaro que por esta vez renuncio à minha fidalguia e me nivelo com a baixeza de quem praticou dano, fazendo-me igual a ele, para que possa vir combater comigo; e assim, ainda que ausente, o desafio e repto, por ter procedido mal, defraudando esta que foi donzela e que já não é por culpa dele, e para cumprir a palavra que lhe deu de ser seu legítimo esposo, ou de morrer na demanda.

E, descalçando uma luva, arrojou-a ao meio da sala, e o duque levantou-a, dizendo que aceitava o tal desafio em nome do seu vassalo, e marcou o prazo daí a seis dias, e o campo o terreiro daquele castelo, e as armas as costumadas, lança e escudo, e arnês trançado,[2] com todas as outras peças, sem engano, burla ou superstição[3] alguma, examinadas e vistas pelos juízes do campo; mas que, antes de tudo, era necessário que essa boa dona e essa má donzela pusessem o direito de sua justiça nas mãos do Senhor Dom Quixote, sem o que não se faria nada, nem chegaria a devida execução o tal desafio.

— Eu ponho — respondeu a dona.

— E eu também — acrescentou a filha, toda chorosa e toda vergonhosa, e de má vontade.

Tendo, pois, o duque imaginado maduramente o que havia de fazer em tal caso, foram-se as lutuosas, e ordenou a duquesa que, dali por diante, não as tratassem como a suas criadas, mas como a senhoras aventureiras, que vinham pedir justiça à sua casa; e, assim, deram-lhes quarto à parte e serviram-nas como a forasteiras, não sem espanto das outras criadas, que não sabiam aonde iria parar a sandice e desenvoltura de Dona Rodríguez e de sua andante filha. Estando nisso, para acabar de alegrar a festa e dar bom fim ao jantar, eis que entra na sala o pajem que levara as cartas e presentes a Teresa Pança, mulher do Governador Sancho Pança, e com essa chegada tiveram grande contentamento os duques, desejosos de saber o que lhe sucedera na sua viagem; e, perguntando-lho, respondeu o pajem que não o podia dizer tanto em público nem resumi-lo em breves palavras: que fossem Suas Excelências servidos de reservar isso para quando estivessem a sós, e que, no entanto, se

---

[2] Armadura composta de diversas peças, para mover-se com mais facilidade. De "trançado", que é a vestimenta interior da malha.

[3] "Sem relíquia, amuleto ou talismã" que possa favorecê-lo no combate, pois se usavam entre os cavaleiros os conjuros, amuletos e sortilégios para vencer desafios.

entretivessem com as suas cartas; e, tirando duas, pô-las nas mãos da duquesa; uma dizia no sobrescrito: "Carta para a minha senhora a duquesa de tal, não sei onde", e a outra: "Carta para meu marido Sancho Pança, governador da Ilha Baratária, que Deus prospere mais anos que a mim". Não descansou a duquesa enquanto não percorreu a carta; e, abrindo-a, leu-a para si e, vendo que podia repeti-la em voz alta, para que o duque e os outros circunstantes a ouvissem, leu desta maneira:

## CARTA DE TERESA PANÇA À DUQUESA

Muita satisfação me deu, senhora minha, a carta que Vossa Graça me escreveu, que, na verdade, bastante a desejava. O colar de corais é muito bom, e o fato de caça de meu marido não lhe fica atrás. Muito gostou este povo todo de saber que Vossa Senhoria tinha feito governador a Sancho meu consorte, ainda que não há quem o creia, e menos ainda o cura, e Mestre Nicolau, o barbeiro, e Sansão Carrasco, o bacharel; mas a mim é que não me importa que, sendo isso assim como é, diga lá cada um o que quiser, ainda que, a dizer a verdade, se não viessem os corais e o fato, eu também não acreditava, porque, nesta terra, todos têm meu marido por um tolo, que, em o tirando de governar um rebanho de cabras, não se imagina para que governo ele possa ser bom; enfim, Deus o encaminhe, como vê que seus filhos precisam.

Eu, senhora da minha alma, estou resolvida, com licença de Vossa Mercê, a ir até a corte, para andar de coche e quebrar os olhos aos mil invejosos que já tenho; e, assim, peço a Vossa Excelência que mande dizer a meu marido que me envie algum dinheirinho, e que não seja pouco, porque, na corte, as despesas são grandes, que o pão está a real e a carne a trinta maravedis o arrátel, o que é um juízo, e, se ele não quiser que eu vá, que me avise a tempo, porque já me está pulando o pé para me pôr a caminho; e dizem-me as minhas amigas e as minhas vizinhas que, se eu e a minha filha andarmos pomposas na corte, mais conhecido virá a ser meu marido por mim do que eu por ele, perguntando muitos, por força: "Quem são as senhoras que vão naquele coche?". E um criado meu responderá: "São a mulher e a filha de Sancho Pança, governador da Ilha Baratária". E, desse modo, será conhecido meu marido, e eu serei estimada.

Pesa-me, o mais que me pesar pode, não ter havido, este ano, bolotas neste povo; contudo, mando a Vossa Alteza meio celamim,[4] que fui colher uma a uma e escolher ao monte, e não as achei mais; maiores quereria que fossem, como ovos de avestruz.

Não se esqueça Vossa Pomposidade de me escrever, que eu cuidarei de mandar logo a resposta, dando novas da minha saúde e de tudo o de que neste lugar houver que dar notícia, e aqui fico rogando a Nosso Senhor que guarde Vossa Grandeza e que a mim não esqueça. Sancha, minha filha, e meu filho beijam as mãos de Vossa Mercê.

A que tem mais desejo de ver a Vossa Senhoria do que de lhe escrever. Sua criada,

TERESA PANÇA.

Todos se divertiram muito ouvindo a carta de Teresa Pança, principalmente os duques; e a duquesa perguntou a Dom Quixote se se poderia abrir a carta que vinha para o governador, que devia ser excelente, e Dom Quixote disse que a abriria ele, para lhes dar gosto; e assim o fez, e viu que dizia desta maneira:

## CARTA DE TERESA PANÇA A SANCHO PANÇA, SEU MARIDO

Recebi a tua carta, meu Sancho da minha alma, e juro-te, como católica, que não faltaram dois dedos para eu ficar louca de contentamento. Olha, mano, quando ouvi dizer que estás sendo governador, por pouco não caí morta de puro gozo; que tu bem sabes que dizem que tanto mata a súbita alegria como a grande aflição. A Sanchica, de puro contentamento, pôs-se num charco sem se sentir. Eu tinha diante de mim o fato que me mandaste, e os corais que a senhora duquesa me enviou ao pescoço, e as cartas nas mãos, e o portador ali presente, e ainda me parecia, com tudo isso, que era sonho o que eu via e tocava; porque, também, quem é que podia pensar que um pastor de cabras ainda havia de ser governador de ilhas? Bem sabes, amigo, que dizia minha mãe que para ver muito era

---

[4] Medida de capacidade para secos que equivalia à 16ª parte de um alqueire, vale dizer, 2,2668 litros.

necessário viver muito; digo isso porque espero ainda ver mais se mais viver, e cuido que ainda hás de vir a ser recebedor de sisas ou cobrador de alcavalas, que, ainda que são ofícios que em se usando mal deles leva o Diabo quem os usa, enfim, enfim, sempre mexem em dinheiros. A duquesa minha senhora te dirá o desejo que tenho de ir à corte; pensa nisso e dize-me o que queres que eu faça; que procurarei honrar-te na cidade, andando sempre de coche.

O cura, o barbeiro, o bacharel e até o sacristão não querem acreditar que sejas governador e dizem que tudo são embelecos ou coisas de encantamento, como todas as de Dom Quixote teu amo; e afirma Sansão que há de ir te buscar e tirar-te o governo da cabeça, e a Dom Quixote a loucura da cabeça: eu então não faço senão me rir a olhar para o rosário e a pensar no vestido que tenho a fazer do teu fato, para a nossa Sanchica.

Enviei umas bolotas à senhora duquesa e bem quisera que fossem de ouro. Manda-me alguns fios de pérola, se nessa ilha se usam.

Cá as notícias do lugar são que a Berrueca casou a filha com um troca--tintas[5] que chegou a este povo para pintar o que aparecesse. Mandou-lhe a Câmara pintar as armas de Sua Majestade, nas portas dos Paços do Conselho: pediu dois ducados, deram-lhos adiantados; esteve oito dias a trabalhar e no fim dos oito dias não tinha pintado coisa nenhuma; e disse que não acertava com tantas bugigangas; teve de restituir o dinheiro e, com tudo isso, casou a título de bom oficial de pintor; é verdade que já deixou o pincel e pegou na rabiça do arado, e vai ao campo como um gentil-homem. O filho de Pedro de Lobo ordenou-se com graus e coroa,[6] com tenção de se fazer clérigo; soube-o a Minguilha, a neta de Mingo Apito, e armou-lhe demanda, dizendo que ele lhe deu palavra de casamento; e as más línguas querem dizer que ela anda grávida dele, o que ele nega de pés juntos.

Este ano nem há azeitonas, nem se encontra uma gota de vinagre em todo este povo. Por aqui passou uma companhia de soldados; levaram de caminho três raparigas do sítio: não quero te dizer quem são; talvez voltem, e não faltará quem case com elas sem fazer reparo nas nódoas.

A Sanchica faz renda e ganha todos os dias oito maravedis, livres de despesas, que vai deitando num mealheiro, para ajuda do enxoval:

---

[5] Pintor que pinta mal; indivíduo que faz trapalhadas; trapalhão.

[6] Tonsura e quatro primeiros graus; são as primeiras ordens, que o bacharel Sansão Carrasco possuía.

mas, agora que tu estás governador, tu lhe darás dote sem ela se matar. O chafariz da praça secou; caiu um raio na picota e ali caíam todos.

Espero resposta desta, e a resolução da minha ida à corte; e, com isso, Deus te guarde mais anos do que a mim, ou tantos quantos, que eu não quero deixar-te sozinho neste mundo. Tua mulher,

Teresa Pança.

As cartas foram motivo de muito aplauso e de muito riso, muito estimadas e muito admiradas; e, para pôr o remate ao dia, chegou o correio que trazia a que Sancho enviava a Dom Quixote, que também a leu publicamente, ficando com essa carta muito duvidosa a sandice do governador. Retirou-se a duquesa, para saber do pajem o que lhe sucedera na terra de Sancho, o que ele lhe referiu muito por extenso, sem esquecer uma circunstância só; deu-lhe as bolotas e mais um queijo, que Teresa mandava por ser tão bom que ainda se avantajava aos de Tronchão;[7] recebeu-o a duquesa com grandíssimo gosto, e com ele a deixaremos, para contar o fim que teve o governo do grande Sancho Pança, flor e espelho de todos os governadores insulanos.

---

[7] Povoado do Baixo Aragão, na província de Teruel; produz queijos de ovelha, prensados em pano, de excepcional qualidade.

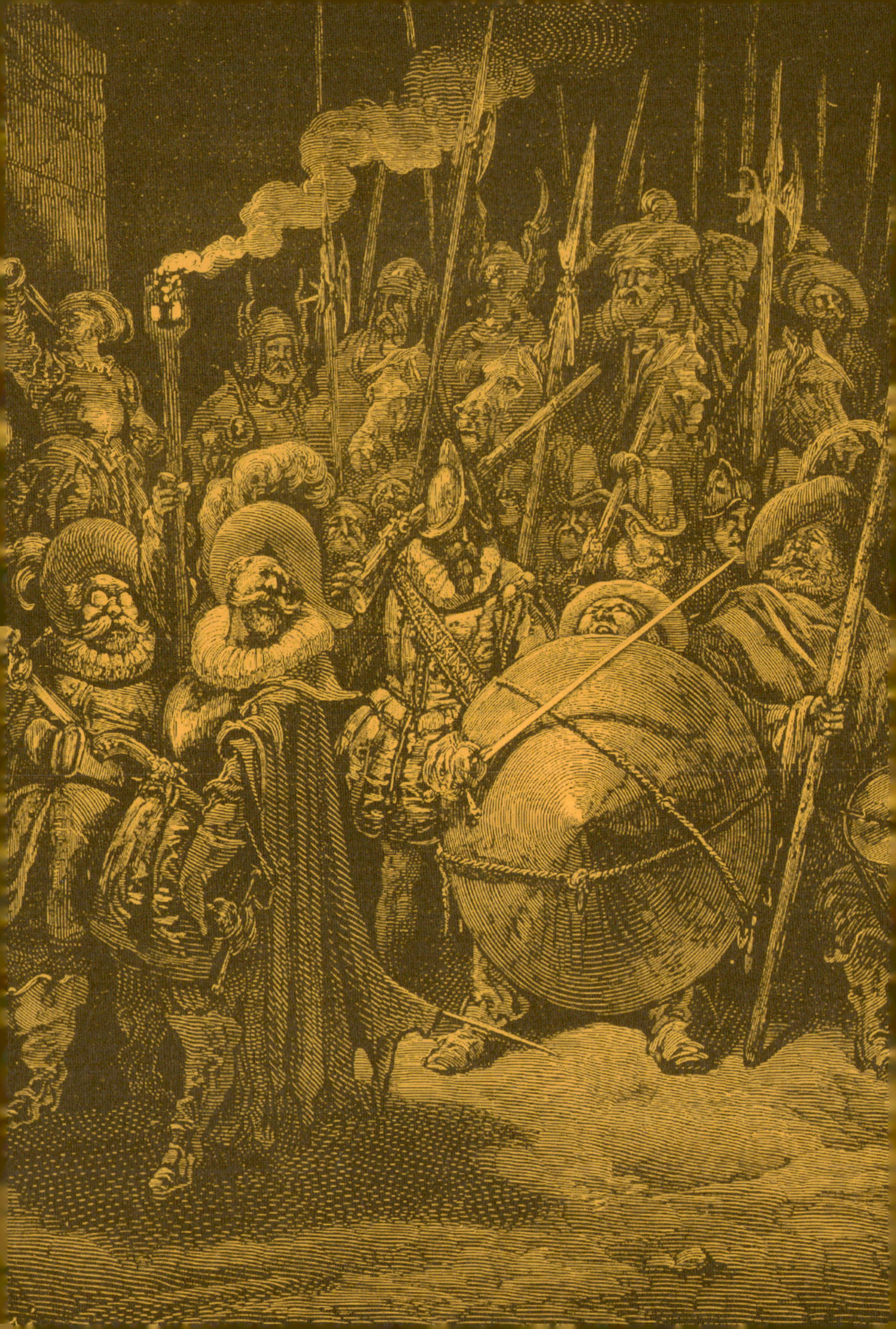

## Capítulo LIII
### DO CANSADO TERMO E REMATE QUE TEVE O GOVERNO DE SANCHO PANÇA

"PENSAR QUE AS COISAS desta vida hão de sempre durar é escusado; antes parece que anda tudo à roda. À primavera segue-se o verão, ao verão o outono, ao outono o inverno, e ao inverno a primavera, e assim gira e regira o tempo nessa volta contínua. Só a vida humana corre para o seu fim, ligeira, mais do que o tempo, sem esperar o renovar-se, a não ser na outra, que não tem termos que a limitem." Di-lo Cide Hamete, filósofo maometano; porque isso da ligeireza e instabilidade da vida presente, e duração da eterna, que se espera, muitos o entenderam sem luz de fé, só com a luz natural; mas aqui o nosso autor se refere à presteza com que se acabou, se consumiu, se desfez e se dissipou, como em sombra e em fumo, o governo de Sancho.

Estando ele na cama, na sétima noite da sua grandeza, mais farto de julgar e de dar sentenças, de fazer estatutos e pragmáticas do que de pão e de vinho, quando apesar da fome lhe começava o sono a cerrar as pálpebras, ouviu tamanho ruído de sinos e de vozes que não parecia senão que a ilha toda ia ao fundo. Sentou-se na cama e esteve escutando atento, para ver se percebia a causa de tamanho alvoroço; porém, não só não o soube, mas, acrescentando-se ao ruído de vozes e de sinos o barulho de infinitas trombetas e tambores, ficou mais confuso e cheio de medo e de espanto, e, saltando ao chão, calçou umas chinelas, por causa da umidade, e, sem vestir nada por cima da camisa, correu à porta do seu aposento, a tempo que vinham por uns corredores mais de vinte pessoas, com archotes acesos nas mãos e com espadas desembainhadas, gritando todas em grandes brados:

— Às armas, às armas, senhor governador; às armas, que entraram infinitos inimigos na ilha, e estamos perdidos, se a vossa indústria e o vosso valor não nos socorrem.

Com esse ruído, e fúria, e alvoroço, chegaram aonde estava Sancho, atônito e pasmado do que via e ouvia; e disse-lhe uma delas:

— Arme-se depressa Vossa Senhoria, se não quer perder-se, e se não quer que esta ilha toda se perca.

— Para que hei de me armar? — tornou Sancho. — E que sei eu lá de armas ou de socorros? Essas coisas, melhor será deixá-las para meu amo Dom Quixote, que, em duas palhetadas, as despacha e as arranja; que eu, pecador de mim, não entendo nada de semelhantes pressas.

— Ah! Senhor governador — disse outro —, que frouxidão é essa? Arme-se Vossa Mercê, que ali lhe trazemos armas ofensivas e defensivas, e saia a essa praça, e seja nosso guia e nosso capitão, cargo que de direito lhe compete, como nosso governador.

— Armem-me, embora — replicou Sancho.

E logo lhe trouxeram dois escudos de que vinham providos, e puseram-lhe em cima da camisa, sem o deixar vestir coisa alguma, um escudo adiante e outro atrás, e, por uns buracos que traziam feitos, lhe tiraram os braços e o amarraram muito bem com uns cordéis, de modo que ficou emparedado e entalado, direito como um fuso, sem poder dobrar os joelhos nem dar uma passada. Meteram-lhe nas mãos uma lança, a que se arrimou, para poder se suster em pé, e, quando assim o apanharam, disseram-lhe que os guiasse e os animasse a todos; que, sendo ele a sua lanterna, o seu norte e o seu luzeiro, teriam bom fim os seus negócios.

— Como é que eu hei de caminhar, desventurado de mim, se não posso jogar os engonços[1] dos joelhos, porque mo impedem estas talas que tão cosidas tenho com as minhas carnes? O que hão de fazer é levar-me em braços e pôr-me atravessado ou em pé nalgum postigo, que o guardarei com esta lança ou com o meu corpo.

— Ande, senhor governador — acudiu outro —, que o medo, e não as talas, o atrapalha; acabe com isso e mexa-se, que é tarde, e os inimigos recrescem, e os brados aumentam, e o perigo carrega.

Com essas persuasões e vitupérios, quis ver o pobre governador se se movia e baqueou no chão, dando tamanha pancada que imaginou que

---

[1] Dobradiças.

se fizera em pedaços. Ficou parecendo mesmo uma tartaruga metida na concha, ou como um pedaço de toucinho entre duas masseiras ou um barco virado na areia; e nem o vê-lo caído inspirou a mínima compaixão àquelas gentes zombeteiras; antes, apagando os archotes, tornaram a reforçar os gritos e a reiterar o alarme, com tanta pressa, passando por cima do pobre Sancho, dando-lhe infinitas cutiladas que, se ele não se recolhe e encolhe, sumindo a cabeça entre os escudos, passava grandes trabalhos o pobre do governador, que, metido naquela estreiteza, suava e tressuava, e de todo o coração se encomendava a Deus, para que o livrasse daquele perigo. Uns tropeçavam nele, outros caíam, e houve tal que esteve em cima das suas costas um bom pedaço; e dali, como de atalaia, governava os exércitos e, com grandes brados, dizia:

— Aqui, gente nossa! Que, por este lado, carregam mais os inimigos; guarde-se bem aquela poterna,[2] feche-se aquela porta, trunquem-se aquelas escadas, venham alcanzias, pez e resina em caldeiras de azeite a ferver, entrincheirem-se as ruas com colchões!

Enfim, nomeava, com o maior afinco, todos os petrechos e instrumentos de guerra com que se costuma defender uma cidade de um assalto; e o moído Sancho, que o escutava e sofria tudo, dizia entre si:

— Ah, se Deus Nosso Senhor permitisse que se acabasse já de perder esta ilha, e eu me visse ou morto ou livre de tamanha angústia!

Ouviu o céu a sua petição, e, quando menos esperava, sentiu vozes que diziam:

— Vitória! Vitória! Os inimigos vão de vencida. Eia! Senhor governador, levante-se Vossa Mercê e venha gozar da vitória, e repartir os despojos que se tomaram dos inimigos, graças ao valor desse invencível braço.

— Levantem-me — disse com voz plangente o dorido Sancho.

Ajudaram-no a levantar-se, e, posto em pé, murmurou:

— O inimigo que eu venci, podem pregar-mo na testa; não quero repartir despojos de inimigos, mas pedir e suplicar a algum amigo, se é que o tenho, que me dê um gole de vinho, que estou mesmo seco das goelas, e me enxugue este suor, que me desfaço em água.

Limparam-no, trouxeram-lhe o vinho, desataram-lhe os escudos, sentou-se no leito e desmaiou de temor, de sobressalto e de fadiga.

---

[2] Túnel ou porta disfarçada que permite sair secretamente de uma fortificação; porta falsa.

Já os da burla estavam pesarosos de lha terem feito tão pesada; mas, quando Sancho tornou a si, atenuou-se-lhes a pena que lhes causara o seu desmaio. Perguntou ele que horas eram; responderam-lhe que já ia amanhecer. Calou-se e, sem dizer mais nada, começou a vestir-se, sepultado em silêncio, e todos olhavam para ele e esperavam em que viria a parar tanta pressa. Acabou, enfim, de se vestir, e, pouco a pouco, porque estava moído e não podia andar muito rapidamente, foi à cavalariça, seguindo-o todos os que ali se achavam, e, chegando-se ao ruço, abraçou-o e deu-lhe na testa um ósculo[3] de paz, e, com as lágrimas nos olhos, disse-lhe:

— Vinde cá, meu companheiro e meu amigo, que tendes suportado uma parte dos meus trabalhos e misérias; quando eu andava convosco, e não pensava senão em remendar os vossos aparelhos e em sustentar o vosso corpinho, ditosas horas, ditosos dias e ditosos anos eram os meus; mas, desde que vos deixei e trepei às torres da ambição e da soberba, entraram-me, pela alma adentro, mil misérias, mil trabalhos e quatro mil desassossegos.

E, enquanto essas razões ia dizendo, ia também albardando o burro, sem que ninguém lhe dissesse coisa alguma. Albardado, pois, o ruço, com grande pena e pesar montou em cima dele e, dirigindo-se ao mordomo, ao secretário, ao mestre-sala e ao Doutor Pedro Récio, e a muitos outros que ali estavam presentes, disse:

— Abri caminho, senhores meus, e deixai-me voltar à minha antiga liberdade; deixai-me ir buscar a vida passada, para que me ressuscite desta morte presente. Eu não nasci para ser governador nem para defender ilhas nem cidades dos inimigos que quiserem acometê-las. Entendo mais de lavrar, de cavar, de podar e de pôr bacelos nas vinhas do que de dar leis ou defender províncias ou reinos. Bem está São Pedro em Roma; quero dizer: bem está cada um usando do ofício para que foi nascido. Melhor me fica uma foice na mão do que um cetro de governador; antes quero comer à farta feijões do que estar sujeito à miséria de um médico impertinente, que me mate de fome; e antes quero recostar-me de verão à sombra de um carvalho e enrouparme de inverno com um capotão, na minha liberdade, do que me deitar, com a sujeição do governo, entre lençóis de holanda e vestir-me de martas cevolinas.

---

[3] Ósculo de paz: o beijo que se dá na missa para mostrar a amizade, como filhos do mesmo Deus.

Fiquem Vossas Mercês com Deus e digam ao duque meu senhor que nasci nu, nu agora estou e não perco nem ganho; quero dizer: que sem mealha entrei neste governo, e sem mealha saio, muito ao invés do modo como costumam sair os governadores de outras ilhas; e apartem-se, deixem-me, que me vou curar, pois suponho que tenho arrombadas as costelas todas, graças aos inimigos que esta noite passearam por cima do meu corpo.

— Não há de ser assim, senhor governador — disse o Doutor Récio —, que eu darei a Vossa Mercê uma bebida contra quedas e moedeiras, que logo lhe restituirá a sua antiga inteireza e o seu prístino valor; e, quanto à comida, prometo a Vossa Mercê emendar-me, deixando-o comer abundantemente tudo o que quiser.

— *Tarde piache*[4] — respondeu Sancho —; era mais fácil fazer-me turco do que deixar de me ir embora. Isso não são brincadeiras para duas vezes; com esse governo fico e não torno a aceitar mais nenhum, nem que mo ofereçam numa bandeja, que eu não sou dos que querem voar ao céu sem asas. Sou da linhagem dos Panças, que sempre foram cabeçudos, e que, dizendo uma vez nunes, nunes hão de ser, ainda que sejam pares, apesar de todo o mundo. Fiquem nesta cavalariça as asas de formiga, que me levantaram aos ares para me comerem os pássaros,[5] e tornemos a andar pelo chão com pé rasteiro, que, se não o adornarem sapatos picados[6] de cordovão, não lhe hão de faltar alpargatas toscas de corda; lé com lé e cré com cré; ninguém estenda as pernas para fora do lençol, e deixem-me passar, que se faz tarde.

— Senhor governador — disse o mordomo —, de muito boa vontade deixaríamos Vossa Mercê ir-se embora, ainda que muito nos pese perdê-lo, que o seu engenho e o seu proceder cristão obrigam a desejá-lo; mas é sabido que todo o governador deve, antes de se ausentar, prestar conta; preste-a Vossa Mercê dos dez dias em que governou, e vá na paz de Deus.

— Ninguém ma pode pedir — respondeu Sancho —, senão quem tiver essa incumbência da parte do duque meu senhor; vou vê-lo, agora, e ali a darei; tanto mais que, saindo eu como saio, não é necessário mais sinal para se saber que governei como um anjinho.

---

[4] "Você falou tarde!"; frase galega (*piache* é forma de *piar*) com que terminam vários contos populares; logo se tornou proverbial.

[5] Alusão ao provérbio: "Deus dá asas à formiga para que morra mais depressa".

[6] Sapatos usados pelas pessoas mais importantes, trabalhados com cortes finos.

— Por Deus, tem o grande Sancho razão — disse o Doutor Récio —; e sou do parecer de que não teimemos, porque o duque há de gostar imenso de vê-lo.

Todos acordaram nisso e deixaram-no ir, oferecendo-lhe primeiro companhia e tudo o que quisesse para regalo da sua pessoa e comodidade da sua viagem. Sancho disse que não queria senão uma pouca de cevada para o ruço e meio queijo e meio pão para si; que, visto ser tão curto o caminho, não era mister maior nem menor viático. Abraçaram-no todos, e ele, chorando, a todos abraçou, e deixou-os admirados das suas razões e da sua determinação, tão resoluta e discreta.

## Capítulo LIV

### QUE TRATA DE COISAS TOCANTES A ESTA HISTÓRIA, E A NENHUMA OUTRA

RESOLVERAM O DUQUE E A DUQUESA que fosse por diante o desafio que Dom Quixote fez ao seu vassalo, pela causa já referida; e, ainda que o moço estivesse em Flandres, para onde fugira com medo de ter por sogra a Dona Rodríguez, determinaram pôr em seu lugar um lacaio gascão,[1] que se chamava Tosilos, ensinando-lhe primeiro muito bem o que havia de fazer.

Daí a dois dias disse o duque a Dom Quixote que dali a quatro viria o seu contrário e se apresentaria no campo, armado como cavaleiro, e sustentaria que a donzela mentia pela gorja[2] se afirmava que ele lhe dera palavra de casamento. Dom Quixote recebeu com muito gosto tais notícias; prometeu a si mesmo fazer maravilhas no caso e teve por grande ventura haver-se-lhe oferecido ensejo daqueles senhores poderem ver até onde se estendia o valor do seu poderoso braço; e assim, com alvoroço e contentamento, esperava que passassem os quatro dias, que lhe pareciam já quatrocentos séculos.

Deixemo-los nós passar, como deixamos passar outras coisas, e vamos acompanhar Sancho, que, entre alegre e triste, vinha caminhando montado no ruço, a procurar seu amo, cuja companhia lhe agradava mais do que ser governador de todas as ilhas do mundo. Sucedeu pois que, não tendo se afastado da ilha do seu governo (que ele nunca averiguou se

---

[1] Da Gasconha, região do sudeste da França. Eram muitos os franceses que vinham à Espanha para exercer ofícios mecânicos; entre eles, não era raro aquele que acabasse entrando para o serviço de algum senhor.

[2] Garganta, goela.

fora ilha, cidade, vila ou lugar que governara), encontrou seis peregrinos com os seus bordões, desses estrangeiros que pedem esmola cantando,[3] os quais, quando chegaram a ele, formaram-se em alas e, levantando as vozes todos juntos, principiaram a cantar na sua língua, e Sancho só pôde entender uma palavra, que dizia claramente: "esmola"; por onde percebeu que mendigavam; e, como ele, segundo diz Cide Hamete, era muito caritativo, tirou dos seus alforjes o meio pão e o meio queijo que trouxera e deu-lhos, dizendo-lhes, por sinais, que não tinha mais nada que lhes dar. Receberam-no com muito boa vontade e disseram:

— *Guelte! Guelte!*[4]

— Não entendo o que me pedis, boa gente — respondeu Sancho.

Então um deles tirou uma bolsa do seio e mostrou-a a Sancho, por onde percebeu que lhe pediam dinheiro; e ele, pondo o polegar na garganta e estendendo a mão para cima, fez-lhes perceber que não tinha nem mealha e, picando o ruço, seguiu para diante; e, quando passava, um deles mirou-o com muita atenção e depois deitou-lhe os braços à cintura, dizendo-lhe em voz alta, e muito castelhana:

— Valha-me Deus! Que estou vendo? É possível que eu tenha nos braços o meu caro amigo, o meu bom vizinho Sancho Pança? Isso tenho, sem dúvida, porque nem durmo nem estou bêbedo agora.

Admirou-se Sancho de se ouvir chamar pelo seu nome, e, depois de ter estado a olhar para o peregrino muito atento, sem dizer palavra, não pôde reconhecê-lo, mas o outro, vendo a sua suspensão, disse-lhe:

— Pois é possível, Sancho Pança, mano, que não conheças o teu vizinho Ricote, o mourisco,[5] tendeiro do teu lugar?

---

[3] O traje de peregrino, neste caso os bordões, era sinal de vagabundagem, de falsa mendicância ou, inclusive, de espionagem. O canto em coro para pedir esmola era característico dos mendigos alemães.

[4] "Dinheiro!", do alemão ou holandês *geld*.

[5] No início do século XVI, os mouriscos, ou seja, os descendentes dos muçulmanos que permaneceram na Espanha, haviam sido forçados a abraçar o cristianismo, mesmo no caso de que a conversão fosse apenas aparente. A maioria exercia a agricultura, o artesanato e o pequeno comércio. Submetidos a limitações cada vez maiores em sua forma de vida tradicional, eles se defenderam com insurreições, a mais importante das quais, a rebelião de 1568-1570 nas Alpujarras, teve como consequência a expulsão de milhares de mouriscos de Granada. A impossibilidade de assimilá-los ao catolicismo, as antipatias que despertavam por sua frugalidade e o temor de que se convertessem em uma quinta coluna de turcos culminaram na decisão de expulsá-los da Espanha mediante uma série de decretos que se estendem de 1609 a 1613; o acordo de expulsão foi votado por unanimidade pelo Conselho de Estado em 30 de janeiro de 1608 e, embora em um primeiro momento só tenha se aplicado aos valencianos, em 4 de abril de 1609 se estendeu a toda a Espanha, invocando a razão de Estado, ou seja, a "conveniência" e a segurança da nação; foram expulsos, aproximadamente, 300 mil mouriscos.

Então Sancho mirou-o com mais atenção, tornou a encará-lo e afinal reconheceu-o perfeitamente; e, sem se apear do jumento, deitou-lhe os braços ao pescoço e disse-lhe:

— Quem diabo havia de te reconhecer, Ricote, com esse fato de mamarracho[6] que trazes? Como tens tu atrevimento de voltar à Espanha, onde, se te apanham e te conhecem, terás decerto má ventura?

— Se não me descobres, Sancho — respondeu o peregrino —, estou seguro que, com este traje, não haverá ninguém que me conheça; e apartemo-nos do caminho para aquela alameda que ali aparece, onde querem jantar e descansar os meus companheiros, e jantarás com eles, que são gente muito aprazível; ali terei lugar de te contar o que me sucedeu depois de sair da nossa terra, para obedecer ao decreto de Sua Majestade, que com tanto rigor ameaçava os desgraçados da minha nação, como tu soubeste.

Fez Sancho o que lhe disse Ricote, e, falando este com os outros peregrinos, apartaram-se para a alameda, muito desviada da estrada real. Deitaram para o lado os bordões, despiram as esclavinas,[7] e Sancho viu que todos eram moços e mui gentis-homens, exceto Ricote, já entrado em anos. Todos traziam alforjes bem fornecidos, pelo menos de coisas que chamam a sede a duas léguas de distância. Estenderam-se no chão e, fazendo toalha da relva, puseram-lhe em cima pão, sal, facas, nozes, fatias de queijo e ossos de presunto, que, se não se deixavam trincar, não se eximiam de ser chupados. Puseram também um manjar negro, que dizem que se chama "caviar" e é feito de ovas de peixe, grande despertador da sede; não faltavam azeitonas, ainda que secas e sem tempero algum, mas saborosas e bem conservadas; porém, o que mais campeou naquele banquete foram seis garrafas de vinho, que tirou cada um a sua do seu alforje: até o bom Ricote, que se transformara de mourisco em alemão ou tudesco, tirou também a sua, que, em grandeza, podia competir com as outras cinco.

Principiaram a comer com muito gosto e muito devagar, saboreando cada bocado que tiravam com a ponta da faca, e logo, todos a uma, levantaram os braços e as garrafas, e, pondo à boca os gargalos, com os olhos cravados no céu, não parecia senão que era para lá que apontavam; e, desse modo, meneando a cabeça para um lado e para outro, sinais

---

[6] O que é malfeito, feio ou de mau gosto.
[7] Variedade de murça que romeiros usavam sobre a túnica.

que mostravam bem o gosto que lhes dava o beber, estiveram um bom pedaço transvazando para os seus estômagos as entranhas das vasilhas. Para tudo olhava Sancho, e nenhuma coisa o molestava; antes, para cumprir o rifão que ele muito bem sabia, de que, quando a Roma fores, faze o que vires, pediu a Ricote a sua garrafa e fez pontaria como os outros, e não com menos gosto.

Quatro vezes empinaram as garrafas, mas, à quinta vez, não puderam, porque estavam mais secas e mais enxutas que um esparto, o que atenuou a alegria que até ali tinham mostrado. De quando em quando, punha algum deles a sua mão direita na mão de Sancho e dizia:

— *Espanoli y tudesqui tuto uno: bon compaño.*

E Sancho respondia:

— *Bon compaño, jura Di!* — E dava uma risada que durava uma hora, sem se lembrar de nada do que lhe sucedera no seu governo, porque sobre o tempo em que se bebe pouca jurisdição têm os cuidados. Finalmente, o acabar-se-lhes o vinho foi princípio de um sono que a todos acometeu, ficando adormecidos em cima da mesa e da toalha: só Ricote e Sancho permaneceram alerta, porque tinham comido mais e bebido menos; e, chamando Ricote a Sancho de parte, sentaram-se ao pé de uma faia, deixando os peregrinos sepultados em doce sono; e Ricote, sem tropeçar nada na sua língua mourisca, em puro castelhano lhe contou o seguinte:

— Bem sabes, ó Sancho Pança, vizinho e amigo meu, como o pregão e decreto que Sua Majestade mandou publicar contra os da minha nação pôs terror e espanto em todos nós; pelo menos a mim tal susto me infundiu que me parece que, ainda antes do prazo que se nos concedia para nos ausentarmos de Espanha, já eu tinha executado o rigor da minha pena na minha pessoa e na dos meus filhos. Tratei, pois, e, no meu entender, como prudente (da mesma forma que uma pessoa que sabe que daí a tempos hão de lhe tirar a casa em que vive e arranja outra para onde se mude), tratei, digo, de sair eu sozinho sem a minha família, do meu povo, e de ir procurar sítio para onde a levasse comodamente, e sem a pressa com que os outros saíram, porque bem vi, e viram todos os nossos anciãos, que aqueles pregões não eram só ameaças, como alguns diziam, mas leis verdadeiras, que tinham de se pôr em execução a seu tempo; e forçaram-me a acreditar nessa verdade os ruins e disparatados intentos dos nossos, tais que me parece que foi inspiração divina que moveu Sua Majestade a pôr em prática tão galharda resolução, não porque todos fôssemos culpados, que alguns havia cristãos firmes e verdadeiros; mas eram tão poucos que não se podiam opor aos que não o eram, e seria imprudente aquecer a serpe no seio, tendo os inimigos dentro de casa. Finalmente, com justa razão fomos castigados com a pena de desterro, branda e suave, no entender de alguns, mas, no nosso, a mais terrível que se nos podia dar. Onde quer que estamos, choramos pela Espanha, porque, enfim, aqui nascemos e é a nossa pátria natural; em parte nenhuma achamos o acolhimento que a nossa desventura deseja; e na Berbéria,[8] e em todas as partes da África, onde esperávamos ser recebidos, acolhidos e regalados, é onde mais nos ofendem e maltratam.[9] Não conhecemos o bem enquanto não o perdemos; e é tamanho o desejo que alimentam, quase todos, de voltar à Espanha que a maior parte daqueles, e são muitos, que sabem a língua como eu a sei,[10] voltam e deixam suas mulheres e seus filhos desamparados, tanto é o amor que lhes têm; e agora conheço e experimento o que costuma dizer-se: que é doce o amor da pátria. Saí, como digo, da nossa terra, entrei em França, onde nos faziam bom acolhimento,[11] e quis ver tudo. Passei à Itália, cheguei à Alemanha e ali me pareceu que se podia viver com mais liberdade, porque os seus habitantes não olham a muitas delicadezas; cada um vive como quer, porque a maior parte deles tem liberdade de consciência. Arranjei casa num lugar junto de Augsburgo, liguei-me a esses peregrinos, que têm por costume vir todos os anos visitar os santuários de Espanha, que consideram as suas Índias, de granjeio

---

[8] Zona do Magreb controlada pelos turcos; corresponde às atuais Líbia, Argélia e Túnis.

[9] O Marrocos era o único estado norte-africano mais ou menos independente, pois Argélia e Túnis pertenciam ao Império Turco; apesar de tudo, os mouriscos foram bem acolhidos em Túnis pelo rei turco Utman, que compreendeu que seriam um aportamento precioso para seu país. No Marrocos se instalaram muitos deles — os mais ricos ou afortunados —, mas tampouco ali foram bem recebidos, pois sua fé muçulmana era merecedora de tão pouca confiança que lhes chamavam "os cristãos de Castela"; vestiam-se à moda espanhola e falavam castelhano, etc. As notícias sobre as vexações que recebiam outros muitos mouriscos desembarcados na Berbéria (especialmente nas costas de Argel e Orã) levaram alguns grupos a resistir desesperada e inutilmente ao desterro; o movimento se constituiu em alguns povoados do interior montanhoso da Valência limítrofe com Castela. A realidade de tais ofensas e maus-tratos está amplamente documentada.

[10] Das palavras de Ricote se depreende que só podiam regressar os que falassem espanhol, pelo que ficavam excluídos a maioria de valencianos, muitos aragoneses e granadinos, que falavam pouco e mal as línguas latinas.

[11] Na França, os mouriscos foram muito bem recebidos no princípio, inclusive foram autorizados a ficar, e alguns permaneceram; outros se dirigiram ao Marrocos; outros, enfim, seguiram a rota europeia. Dos mais de 30 mil mouriscos que entraram na França, lá permaneceram cerca de mil deles.

certíssimo e conhecido lucro. Percorreram-na quase toda e não há povo donde não saiam comidos e bebidos, como se costuma dizer, e com um real, pelo menos, em dinheiro; e, ao cabo de sua viagem, vão-se embora, com mais de cem escudos de sobras, que, trocados em ouro, ou metidos nos bordões, ou nos remendos das esclavinas, ou com a indústria que podem, tiram do reino e passam para as suas terras, apesar das guardas dos portos e postos em que se registram. Agora é meu intento, Sancho, levar o tesouro que enterrei,[12] o que poderei fazer sem perigo, por estar fora do povoado, e escrever de Valência à minha filha e minha mulher, que sei que estão em Argel, e ver como hei de levá-las a algum porto de França, e dali à Alemanha, onde esperaremos o que Deus de nós outros quiser fazer; que enfim, Sancho, eu sei com certeza que Ricota minha filha e Francisca Ricota minha mulher são católicas cristãs; e, ainda que eu não o serei tanto, sempre sou mais cristão que mouro, e rogo todos os dias a Deus que me abra os olhos do entendimento e me faça conhecer como devo servi-lo; e o que me admira é não saber por que foram minha mulher e minha filha para a Berbéria, em vez para a França, onde podiam viver como católicas.

E Sancho respondeu:

— Olha, Ricote: isso não esteve, decerto, na sua mão, porque as levou João Tiopieio, irmão de tua mulher; e, como ele há de ser fino mouro, foi logo ao mais bem-parado; e, outra coisa sei te dizer: é que me parece que vais debalde procurar o que enterraste, porque tivemos notícias de que tiraram de teu cunhado e de tua mulher muitas pérolas e muito dinheiro em ouro, que levavam sem tê-lo registrado.[13]

— Pode isso muito bem ser — replicou Ricote —; mas sei, Sancho, que não tocaram no que eu tinha escondido, porque não lhes disse onde estava, receoso de algum desmando; e assim, Sancho, se queres vir comigo e ajudar-me a desenterrá-lo, dou-te duzentos escudos, com que poderás remediar as tuas necessidades, que bem sei que não tens poucas.

---

[12] Embora o decreto de Valência (de 22 de setembro de 1609) permitisse aos mouriscos levar consigo todos os bens móveis, passando em poder dos senhores "fazendas, raízes e móveis que não podem levar consigo", quando se publicam os decretos para Castela (entre janeiro e julho de 1610) se introduz a proibição de levar moeda.

[13] Os mouriscos expulsos não podiam carregar com eles mais do que aquilo que pudessem levar em mãos. Sofreram muitos roubos e assaltos; às vezes inclusive tinham proteção oficial para se defender dos ataques.

— Não sou nada cobiçoso — respondeu Sancho —; se o fosse, não largaria esta manhã das mãos um ofício com o qual podia ter feito de ouro as paredes da minha casa e comer, antes de seis meses, em pratos de prata; e, por isso, e por me parecer que faria traição ao meu rei, favorecendo os seus inimigos, não iria contigo nem que me desses aqui, de contado, quatrocentos escudos, em vez de me prometeres duzentos.

— E que ofício foi esse que deixaste, Sancho? — perguntou Ricote.

— Deixei de ser governador de uma ilha — tornou Sancho —, mas de uma ilha, entendes? Como não há outra.

— E onde fica essa ilha?

— Onde? A duas léguas daqui, e chama-se a Ilha Baratária.

— Não digas tolices, Sancho — tornou Ricote —; as ilhas estão dentro do mar, e não há ilhas na terra firme.

— Como não há? — replicou Sancho. — Digo-te, Ricote amigo, que esta manhã de lá parti, e ontem estive eu nela governando à minha vontade, como um sagitário;[14] mas, com tudo isso, deixei-a, por me parecer que era ofício perigoso esse dos governadores.

— E que ganhaste tu no governo? — perguntou Ricote.

— Ganhei — respondeu Sancho — conhecer que não sirvo para governar, a não ser um rebanho de gado, e que as riquezas que se ganham nos tais governos se alcançam à custa de perder o descanso e o sono, e até o sustento, porque, nas ilhas, os governadores devem comer pouco, principalmente se têm médico que vigie pela sua saúde.

— Não te entendo, Sancho — observou Ricote —; e parece-me que tudo quanto dizes é um disparate; quem havia de te dar ilhas para governares? Pois faltavam no mundo homens mais hábeis do que tu para governadores? Cala-te, Sancho, e volta a ti, e vê se queres vir comigo ajudar-me a desenterrar o tesouro escondido, que o dinheiro é tanto que bem se pode chamar tesouro, e eu te darei meios para viver como te disse.

— Já te disse que não quero, Ricote — respondeu Sancho —; contenta-te com saberes que não sou capaz de te entregar; segue o teu caminho em boa hora e deixa-me seguir o meu, que bem sei que o que bem se ganhou perde-se facilmente; mas o que mal se ganhou perde-se ele e perde-se o seu dono.

---

[14] Como aquele nascido sob o signo zodiacal de Sagitário, porque se identificava Sagitário com o centauro Quíron, mestre de Aquiles, e, por extensão, "mestre de príncipes". A astrologia tinha chegado às crenças do povo, vulgarizando-se.

— Não quero teimar, Sancho — tornou Ricote —, mas dize-me: estavas na nossa terra, quando de lá partiram minha mulher, minha filha e meu cunhado?

— Estava, sim — respondeu Sancho —, e o que sei te dizer é que a tua filha ia tão formosa que saíram a vê-la quantas pessoas estavam na povoação; e todos diziam que era a mais bela criatura do mundo. Ia chorando e abraçava todas as suas amigas e conhecidas, e todos quantos se chegavam para vê-la, e a todos pedia que a encomendassem a Deus, e a Nossa Senhora sua mãe; e isso com tanto sentimento que me fez chorar a mim, que não costumo ser muito chorão; e à fé que muitos tiveram desejo de escondê-la e de sair a raptá-la no caminho, mas o medo de ir contra o mandado do rei os deteve; quem principalmente se mostrou mais apaixonado foi Dom Pedro Gregório, aquele moço e rico morgado que tu conheces, que dizem que a queria muito; e, depois que ela partiu, nunca mais apareceu no nosso lugar, e todos pensamos que foi atrás dela para roubá-la; mas até agora nada se soube.

— Sempre tive desconfianças — disse Ricote — de que esse sujeito namorava a minha filha; mas, fiado no valor da Ricota, nem me afligiu saber que ele a queria bem; pois terás ouvido dizer, Sancho, que as mouriscas poucas vezes ou nenhuma se mesclaram por amores com cristãos velhos; e minha filha, que, como creio, mais pensava em ser cristã que em ser enamorada, pouco se importaria com as solicitudes do senhor morgado.

— Deus queira! — replicou Sancho. — Que a ambos ficaria mal; e deixa-me ir embora daqui, Ricote amigo, que ainda quero chegar esta noite ao sítio onde está meu amo Dom Quixote.

— Vai com Deus, Sancho mano, que também os meus companheiros já se mexem, e são horas de prosseguirmos o nosso caminho.

Abraçaram-se ambos, Sancho montou no ruço, Ricote arrimou-se ao bordão, e apartaram-se.

## Capítulo LV
## DE COISAS SUCEDIDAS A SANCHO NO CAMINHO E OUTRAS QUE NÃO HÁ MAIS QUE DIZER

A DEMORA QUE SANCHO TEVE no caminho não lhe deu lugar a que nesse dia chegasse ao castelo do duque; e, quando estava a meia légua de distância, apanhou-o a noite, um pouco cerrada e escura; mas, como era de verão, não se afligiu e desviou-se com tenção de esperar que rompesse a manhã; e quis a sua pouca ventura que, andando à busca de sítio onde melhor se acomodasse, caíram ele e o ruço numa funda e escuríssima cova, que estava entre uns edifícios muito antigos, e, quando caiu, encomendou-se a Deus de todo o coração, pensando que iria parar às profundas dos abismos; não foi assim, porque, a pouco mais de quatro toesas,[1] deu fundo o ruço e Sancho ficou montado nele, sem lesão nem dano algum. Apalpou o corpo todo e respirou com força, para ver se estava são ou escalavrado nalgum sítio; e, sentindo-se bem, inteiro e católico de saúde, não se fartava de dar graças a Deus Nosso Senhor pela mercê que lhe fizera, porque, primeiro, supôs que ficara em mil pedaços. Apalpou também, com as mãos, as paredes da cova, para ver se seria possível sair dela sem ajuda de ninguém, mas achou-as todas lisas e sem relevo algum, e com isso muito se afligiu, principalmente ouvindo o ruço queixar-se terna e dolorosamente; e não se queixava o burro por vício, que, na verdade, não estava muito bem-parado.

— Ai! — disse então Sancho Pança. — Que sucessos não pensados costumam acontecer, a cada passo, aos que vivem neste miserável mun-

---
[1] Antiga medida francesa de comprimento equivalente a seis pés, ou seja, cerca de dois metros.

do! Quem diria que aquele que ontem se viu entronizado governador de uma ilha, mandando em seus servos e em seus vassalos, hoje havia de se ver sepultado numa cova, sem haver quem o remedeie, nem criado, nem vassalo, que acuda em seu socorro! Aqui teremos de morrer de fome eu e o meu jumento, se não morrermos antes, ele de moído e quebrantado, e eu de pesaroso; pelo menos, não serei tão feliz como foi o meu amo Dom Quixote de la Mancha, quando desceu à caverna daquele encantado Montesinos, onde achou quem o regalasse melhor do que em sua casa, que não parece senão que esteve lá de cama e mesa. Ali viu ele visões formosas e aprazíveis, e aqui verei, creio eu, sapos e cobras. Desditoso de mim: em que vieram a parar as minhas loucuras e fantasias; daqui tirarão os meus ossos, quando o céu for servido que me descubram, descarnados, brancos e empedernidos, e com eles os do meu bom ruço, por onde talvez conhecerão quem nós somos, pelo menos os que tiverem notícia de que nunca Sancho Pança se apartou do seu jumento, nem o ruço de Sancho Pança. Outra vez digo: míseros de nós outros, que não quis a nossa triste sorte que morrêssemos na nossa pátria e entre os nossos, onde, ainda que não encontrasse remédio a nossa desgraça, não faltaria quem dela se doesse e, na hora última do nosso passamento, nos cerrasse os olhos! Ó companheiro e amigo meu, que mau pagamento te dei dos teus bons serviços! Perdoa-me e pede à fortuna, do melhor modo que souberes, que nos tire deste mísero trabalho em que ambos estamos metidos, que eu prometo pôr-te um laurel na cabeça, que não pareças senão um poeta laureado, e dar-te as rações dobradas.

Desse modo se lamentava Sancho Pança, e o seu jumento ouvia-o sem lhe responder palavra — tais eram o seu aperto e a sua angústia. Finalmente, tendo passado aquela noite toda em míseras queixas e lamentações, rompeu o dia, e, com a sua claridade e resplendor, viu Sancho que era completamente impossível sair daquele pouso sem o ajudarem, e principiou a lamentar-se e a dar brados, para ver se alguém o ouvia; mas tudo era clamar no deserto, porque, em todos aqueles contornos, não havia pessoa que pudesse ouvi-lo; e então acabou de se dar por morto. Estava o ruço de focinho levantado e Sancho Pança conseguiu pô-lo em pé; mas ele mal se podia suster: e Sancho, tirando dos alforjes, que também tinham caído, um pedaço de pão, deu-o ao seu jumento e parece que lhe não soube mal; e disse-lhe Sancho, como se ele o entendesse:

— Lágrimas com pão, passageiras são.

Nisso, descobriu a um lado da cova uma abertura, por onde cabia uma pessoa, se se encolhesse muito. Correu para lá Sancho Pança e agachando-se, entrou e viu que por dentro era espaçosa e larga, e pôde vê-la bem porque, pelo sítio que se podia chamar teto, entrava um raio de sol, que a descobria toda. Viu também que se dilatava e alargava por outra concavidade espaçosa, e então voltou ao sítio onde estava o jumento e, com uma pedra, principiou a desmoronar a terra da abertura, de modo que, em pouco tempo, abriu espaço por onde o jumento pôde entrar com toda a facilidade, e, agarrando-lhe pelo cabresto, principiou a caminhar por aquela gruta adiante, para ver se achava, por outro lado, alguma saída; e umas vezes ia às escuras, outra vez com luz, mas nunca sem medo.

"Valha-me Deus todo-poderoso!", dizia entre si, "isto, que para mim é desventura, melhor fora aventura para meu amo Dom Quixote. Ele sim, que tomaria estas profundidades e masmorras por jardins vistosos e palácios de Galiana,[2] e esperaria sair desta escuridão e estreiteza para algum florido prado; mas eu, sem ventura, falto de conselho e menoscabado de ânimo, a cada passo imagino que, debaixo dos pés, se me há de abrir de improviso outra cova mais profunda que a primeira, que acaba de me tragar, porque um mal nunca vem só". Desse modo, e com esses pensamentos, lhe pareceu que teria caminhado pouco mais de meia légua, ao cabo da qual descobriu uma confusa claridade, que supôs ser já a do dia, e que entrava por algum lado, o que dava indício de ter saída e fim aquele caminho, que se diria ser o da outra vida.

Aqui o deixa Cide Hamete Benengeli e volta a tratar de Dom Quixote, que, alvoroçado e contente, esperava que chegasse o dia da batalha que havia de travar com o sedutor da filha da Dona Rodríguez, a quem tencionava desfazer o agravo que maldosamente lhe tinham feito. Sucedeu, pois, que, saindo uma manhã a ensaiar o que havia de fazer nesse lance, dando um repelão ou arremetida a Rocinante, chegou este a pôr os pés tanto à beira duma cova que, se Dom Quixote não puxasse fortemente as rédeas, ser-lhe-ia impossível não cair dentro. Enfim, susteve-se e não caiu; e, chegando-se um pouco mais ao pé, sem

---

[2] Frase para nomear a casa mais luxuosa imaginável. Os palácios de Galiana se situam, tradicionalmente, nas cercanias de Toledo, às margens do Tejo; e Galiana, em uma lenda de origem espanhola, era uma princesa moura pela qual se apaixonou Carlos Magno.

se apear, mirou aquela profundeza, e, quando a estava mirando, ouviu grandes brados lá dentro, e, escutando atentamente, pôde perceber as seguintes palavras:

— Olá de riba! Há aí algum cristão que me escuta? Ou algum cavaleiro caritativo que se compadeça de um pecador enterrado em vida? De um desditoso governador desgovernado?

Pareceu a Dom Quixote que aquela voz era a de Sancho Pança e ficou assombrado e suspenso; e, levantando a voz o mais que pôde, disse:

— Quem está aí embaixo? Quem se queixa?

— Quem há de estar aqui, e quem se há de queixar — responderam —, senão o asno de Sancho Pança, governador, por seus pecados e por sua má fortuna, da Ilha Baratária; escudeiro, que foi, do famoso cavaleiro Dom Quixote de la Mancha?

Ouvindo isso, duplicou a admiração de Dom Quixote e acrescentou-se-lhe o pasmo, acudindo-lhe o pensamento de que Sancho Pança devia ter morrido e que era a sua alma que estava ali penando; e, levado por essa imaginação, disse:

— Esconjuro-te por tudo quanto posso esconjurar-te como cristão católico, para que me digas quem és; e, se fores alma penada, dize-me o que queres que por ti faça, que a minha profissão é favorecer e socorrer os necessitados deste mundo, e também os do outro que não podem ajudar-se a si próprios.

— De maneira — responderam — que Vossa Mercê, que me fala, deve ser meu amo Dom Quixote de la Mancha, e a mesma voz o está dizendo.

— Dom Quixote sou — replicou Dom Quixote —, que tenho por profissão socorrer e ajudar os necessitados vivos ou mortos: por isso, dize-me quem és, que me tens atônito; porque, se és o meu escudeiro Sancho Pança e morreste, logo que não te levassem os diabos, e estejas, por misericórdia de Deus, no purgatório, sufrágios bastantes tem a nossa Madre Igreja Católica Romana para te tirar das penas que padeces, e eu, pela minha parte, com ela o solicitarei, até onde eu puder arcar; por isso, acaba de te declarar e dize quem és.

— Voto a tal — responderam — e juro, pelo nascimento de quem Vossa Mercê quiser, Senhor Dom Quixote de la Mancha, que sou o seu escudeiro Sancho Pança e que nunca morri nos dias da minha vida; mas, tendo deixado o meu governo, por coisas e lousas que só com mais vagar se podem dizer, caí esta noite na cova onde estou jazendo, e o ruço comigo, que não me deixará mentir, porque, por sinal, está aqui ao pé de mim.

E, o que é melhor, é que parece que o jumento entendeu o que Sancho disse, porque logo principiou a zurrar com tanta força que toda a cova retumbava.

— Famosa testemunha — disse Dom Quixote —; conheço o zurrar como se eu o tivesse dado à luz, e ouço a tua voz, meu Sancho; espera-me, que eu vou ao castelo do duque, que é daqui muito perto, e trago quem te tire dessa cova, onde, sem dúvida, os teus pecados te meteram.

— Vá Vossa Mercê — disse Sancho — e volte depressa, por amor de Deus, que já não posso suportar ver-me aqui enterrado em vida e estou morrendo de medo.

Deixou-o Dom Quixote e foi ao castelo contar aos duques o que sucedera a Sancho Pança, de que não pouco se maravilharam, ainda que bem perceberam que devia ter caído pela outra abertura da gruta, que ali estava feita desde tempos imemoriais; mas não podiam imaginar como ele deixara o governo, sem serem avisados da sua vinda. Finalmente, levaram cordas e maromas, e, com muita gente e muito trabalho, tiraram o ruço e Sancho Pança daquelas trevas para a luz do sol. Viu-o um estudante e disse:

— Desse modo haviam de sair dos seus governos todos os governadores, como sai esse pecador das profundas dos abismos, morto de fome, descorado e sem mealha, segundo me parece.

Ouviu-o Sancho e disse:

— Há oito dias ou dez, irmão murmurador, que entrei a governar a ilha que me deram, onde não tive uma só hora em que estivesse farto de pão: durante esse tempo, médicos me perseguiram e inimigos me amolgaram os ossos: não cobrei nem mealha; e, sendo assim, parece-me que não merecia sair deste modo; mas o homem põe e Deus dispõe, e o que Deus faz é sempre pelo melhor e quando venta molha a vela; e ninguém diga: "Desta água não beberei"; e muitos vão buscar lã e vêm tosquiados; e Deus me entende e basta; e não digo mais, ainda que pudesse.

— Não te zangues, Sancho, nem te aflijas com o que ouvires, que seria um não acabar nunca; vem tu com a consciência segura, e deixa falar o mundo; querer amarrar as línguas aos maldizentes é o mesmo que querer pôr portas ao campo. Se o governador sai rico do seu governo, dizem que foi ladrão, e, se sai pobre, dizem que foi tolo.

— Com certeza — respondeu Sancho — que, desta vez, hão de ter-me antes por tolo que por ladrão.

Nessas práticas chegaram, rodeados de rapazes e de muitas outra gentes, ao castelo, onde já estavam nuns corredores o duque e a duquesa esperando Dom Quixote e Sancho, e este não quis subir a ir ver o duque sem meter primeiro o ruço na cavalariça, alegando que ele passara muito má noite na sua pousada; e depois subiu e, ajoelhando diante dos seus senhores, disse:

— Senhores: porque assim o quis a Vossa Grandeza, sem nenhum merecimento fui governar a vossa Ilha Baratária, onde entrei nu, e nu de lá saio, e não perco nem ganho. Se governei bem ou mal, testemunhas tive de tudo, que dirão o que quiserem. Aclarei dúvidas, sentenciei pleitos e morri sempre de fome, por assim o ter querido o Doutor Pedro Récio, natural de Tirteafora, médico insulano e governadoresco. Acometeram-nos inimigos de noite, e, tendo-nos posto em grande aperto, afirmam os da ilha que ficaram livres e vitoriosos, graças ao valor do meu braço: que tanta saúde lhes dê Deus como a verdade que eles dizem. Enfim, nesse tempo todo, pude tentar os encargos e as obrigações que o governo traz consigo e entendi que os meus ombros não podiam com a carga, nem eram peso para as minhas costelas nem flechas para a minha aljava; e assim, antes que o governo desse em terra comigo, dei eu com o governo em terra, e ontem pela manhã deixei a ilha como a encontrei, com as mesmas ruas, casas e telhados que tinha à minha chegada. Não pedi dinheiro emprestado a ninguém nem me meti em negócios rendosos; e, ainda que tencionava fazer algumas ordenanças proveitosas, não fiz nenhuma, receoso de que não se guardassem que, para isso, tanto monta fazê-las como não as fazer. Saí, como digo, da ilha, sem mais acompanhamento que o do meu ruço; caí numa cova; vim por ela adiante, até que esta manhã, com a luz do sol, vi a saída, mas tão difícil que, a não me deparar o céu com o Senhor Dom Quixote, ali ficaria até ao fim do mundo. Assim, portanto, duque e duquesa meus senhores, aqui está o vosso Governador Sancho Pança, que, nestes dez dias de governo, só lucrou o ficar sabendo que não serve de nada ser governador de uma ilha, nem governador do mundo inteiro; e com isso não os enfado mais e, beijando os pés de Vossas Mercês, dou um pulo do governo abaixo e passo para o serviço de meu amo Dom Quixote, que enfim, com ele, ainda que coma o pão com sobressalto, ao menos sempre me farto; e eu cá, em me fartando, pouco me importa que seja com feijões ou que seja com perdizes.

Com isso deu fim Sancho Pança à sua larga prática, temendo sempre Dom Quixote que ele dissesse milhares de disparates; e, quando o viu acabar com tão poucos, deu do fundo do coração graças aos céus; e o duque abraçou Sancho e disse-lhe que lhe pesava no íntimo da alma ter ele deixado o governo tão depressa; mas que veria se lhe podia dar, no seu Estado, outro ofício de menos encargo e de mais proveito. Abraçou-o a duquesa também e deu ordem de que o regalassem, porque dava sinais de vir muito moído e em muito maus lençóis.

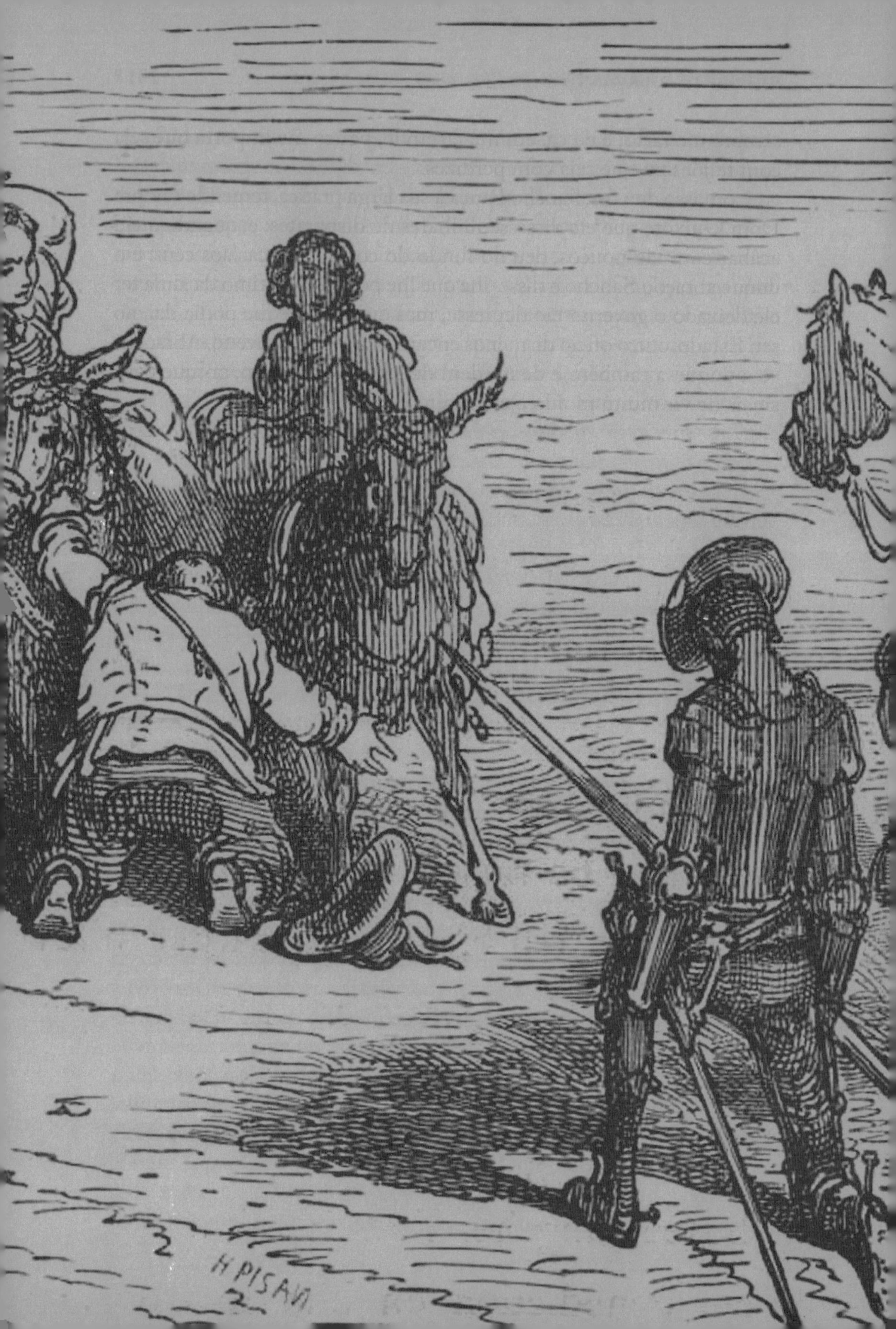
H PISAN

# Capítulo LVI

## DA DESCOMUNAL E NUNCA VISTA BATALHA QUE HOUVE ENTRE DOM QUIXOTE DE LA MANCHA E O LACAIO TOSILOS, EM DEFESA DA FILHA DA AMA DONA RODRÍGUEZ

NÃO FICARAM ARREPENDIDOS os duques da burla feita a Sancho Pança, com o governo que lhe deram; tanto mais que, naquele mesmo dia, chegou o mordomo e lhes contou, ponto por ponto, quase todas as palavras e ações que Sancho dissera e fizera, e finalmente encareceu-lhes o assalto da ilha, e o medo de Sancho, e a sua saída, com o que muito se divertiram.

Depois disso, conta a história que chegou o dia da batalha aprazada; e, tendo o duque uma e muitas vezes ensinado ao seu lacaio Tosilos como havia de se haver com Dom Quixote para vencê-lo, sem feri-lo nem matá-lo, ordenou que se tirassem os ferros das lanças, dizendo a Dom Quixote que não permitiam os sentimentos cristãos, de que se prezava, que aquela batalha fosse com tanto risco e perigo das vidas, e que se contentasse com o dar-lhe ele campo franco em suas terras, apesar de ir contra o decreto do santo concílio,[1] que proíbe tais desafios, e que não quisesse levar com todo rigor aquele transe tão forte. Dom Quixote disse que dispusesse Sua Excelência esse negócio como preferisse, que ele lhe obedeceria em tudo. Chegado, pois, o temeroso dia, e tendo o duque ordenado que diante do terreiro do castelo se armasse um espaçoso palanque, onde estivessem os juízes do campo e as aias, mãe e filha, queixosas, acudiu de todos os lugares e aldeias circunvizinhas infinita gente, a ver a novidade daquela batalha, que nunca tinham visto

---

[1] Embora vedados formalmente antes, é o Concílio de Trento que os proíbe com uma extensa norma de excomunhão e perda de poder. O cânon 19 do concílio vetava desafios e torneios.

nem ouvido falar de outra assim naquela terra, nem os que viviam nem os que já tinham morrido.

    O primeiro que entrou na estacada[2] foi o mestre de cerimônias, que examinou o campo e passeou por ele todo, para que não houvesse engano algum nem coisa encoberta em que se tropeçasse e caísse; logo entraram as aias e sentaram-se nos seus lugares, cobertas com os mantos até os olhos, ou antes até os peitos, com mostras de não pequeno sentimento, estando já Dom Quixote presente na estacada. Daí a pouco, acompanhado por muitas trombetas, apareceu por um lado da praça, montado num poderoso cavalo, o lacaio Tosilos, alto e forte, de viseira fechada e todo revestido de uma rija e luzente armadura. O cavalo mostrava ser frisão,[3] era grande e baio, e a cada patada, fazia tremer a terra. O duque, seu amo, ordenara ao valoroso cavaleiro que, para não matar Dom Quixote, evitasse o primeiro encontro, porque era certa a morte do pobre fidalgo, se ele o topasse em cheio. Percorreu a arena e, ao chegar ao sítio onde estavam as aias, pôs-se a mirar aquela que o pedia por esposo; o mestre do campo chamou Dom Quixote e, junto com Tosilos, falou às aias, perguntando-lhes se consentiam que pugnasse pelo seu direito Dom Quixote de la Mancha. Disseram-lhe que sim e que tudo quanto fizesse, naquele caso, o davam por bem feito e por firme e valioso. Já no campo estavam o duque e a duquesa, sentados numa galeria que deitava para a estacada, e onde se apinhava imensa gente, que vinha ver o rigoroso transe nunca visto. Foi condição do combate que, se Dom Quixote vencesse, o seu contrário havia de casar com a filha de Dona Rodríguez, e, se fosse vencido, ficava livre o seu contendor da palavra que se lhe pedia, sem dar mais satisfação alguma.

    Repartiu-lhes o sol[4] o mestre de cerimônias e pôs cada um dos dois no posto em que havia de estar. Soaram os tambores, encheu os ares o clangor das trombetas, tremia a terra debaixo dos pés, estavam suspensos os corações da turba espectadora, receando uns e esperando outros o bom ou mau sucesso daquele caso. Finalmente Dom Quixote, encomendando-se de todo o coração a Deus Nosso Senhor e à sua dama Dulcineia del Toboso, estava aguardando que se lhe desse o sinal de arremetida, enquanto o nosso lacaio pensava no que se segue.

---

[2] Espaço reservado para combater.

[3] Cavalo da Frísia, nos Países Baixos; são grandes, altos, muito fortes e de trote lento. Têm patas grandes e cobertas de largas crinas. São animais de carga, não de montaria ou torneio.

[4] "Repartir o sol": dividir o campo de modo que o sol não moleste mais a um que a outro.

Parece que, quando esteve contemplando a sua inimiga, achou que era ela a mais formosa mulher que vira em toda a sua vida; e o cego deus travesso, que por essas ruas chamam habitualmente de Amor, não quis perder a ocasião que se lhe ofereceu, de triunfar sobre uma alma lacaiesca e de a pôr na lista dos seus troféus; e assim, chegando-se a ele sem que ninguém o visse, despejou no pobre lacaio, pelo lado esquerdo, uma seta de duas varas e traspassou-lhe o coração de parte a parte; e pôde fazê-lo são e salvo, porque o Amor é invisível; entra e sai por onde quer, sem que ninguém lhe peça conta das suas ações. Digo pois que, quando deram o sinal da arremetida, estava o nosso lacaio transportado, pensando na formosura daquela que já fizera senhora da sua liberdade; e, assim, não atendeu ao som da trombeta, como fez Dom Quixote, que, apenas o ouviu, arremeteu logo, correndo com toda a velocidade que Rocinante podia dar; e, vendo-o partir Sancho, disse com grandes brados:

— Deus te guie, flor e nata dos cavaleiros andantes! Deus te dê a vitória, pois levas a razão pela tua parte!

Mas Tosilos, apesar de ver vir contra si Dom Quixote, não se arredou um passo do seu posto; antes, com grandes brados, chamou o mestre do campo; e, vindo este ver o que ele queria, disse-lhe:

— Senhor, esta batalha não é para eu casar ou não casar com aquela senhora?

— É, sim — responderam-lhe.

— Pois eu — tornou o lacaio — tenho medo da minha consciência, e pesava-me muito se fosse por diante; e, assim, digo que me dou por vencido e que quero casar, já, já, com a queixosa.

Pasmou o mestre do campo com o arrazoado de Tosilos, e, como era um dos que estavam no segredo daquela máquina, não soube o que havia de responder. Parou Dom Quixote, vendo que o seu inimigo não o acometia. O duque não percebia por que é que se interrompera a batalha; mas o mestre do campo foi lhe declarar o que Tosilos queria, com o que ficou suspenso e extremamente colérico. Enquanto isso se passava, Tosilos chegou ao sítio onde estava Dona Rodríguez e disse em grandes brados:

— Eu, senhora, desejo casar com vossa filha e não quero alcançar, por pleitos e contendas, o que posso alcançar em boa paz e sem perigo de vida.

Ouviu isso o valoroso Dom Quixote e disse:

— Pois, se assim é, fico livre e solto da minha promessa; casem-se em boa hora, e, visto que Deus lha deu, São Pedro a abençoe.

O duque descera ao terreiro do castelo e, chegando-se a Tosilos, disse-lhe:

— É verdade, cavaleiro, que vos dais por vencido e que, instigado pela vossa medrosa consciência, quereis casar com esta menina?

— É, sim, senhor — respondeu Tosilos.

— E faz muito bem — acudiu Sancho —; o que hás de dar ao rato, dá-o ao gato e tira-te de cuidados.

Ia, entretanto, Tosilos deslaçando a celada, e pedia que o ajudassem depressa, porque já lhe faltava a respiração, e não se podia ver encerrado tanto tempo na estreiteza daquele aposento. Tiraram-lha logo, e ficou descoberto e patente o seu rosto de lacaio. Vendo isso, Dona Rodríguez e sua filha deram grandes brados, dizendo:

— É engano, é engano: puseram Tosilos, lacaio do duque meu senhor, no lugar do meu verdadeiro esposo; justiça de Deus e del-rei contra tal malícia, para não dizer velhacaria!

— Não vos aflijais, senhoras — acudiu Dom Quixote —, que nem é malícia nem velhacaria; e se o é, não foi culpa do duque, mas sim dos maus nigromantes que me perseguem, os quais, invejosos de eu alcançar a glória desta vitória, converteram o rosto do vosso esposo no do homem que dizeis ser lacaio do duque; tomai o meu conselho e, apesar da malícia dos meus inimigos, casai-vos, pois podeis ter a certeza de que é o mesmo que desejais por esposo.

O duque, ao ouvir isso, esteve quase a desfazer toda a sua cólera em riso e disse:

— São tão extraordinárias as coisas que sucedem ao Senhor Dom Quixote que estou em acreditar que este meu lacaio não o é; mas usemos do seguinte ardil e manha: dilatemos o casamento quinze dias, se quiserem, e encerremos este personagem que nos tem duvidosos, e pode ser que durante esses quinze dias recupere a sua antiga cara, que não há de durar tanto tempo o rancor que os nigromantes têm ao Senhor Dom Quixote, principalmente lucrando tão pouco com todos esses embelecos e transformações.

— Ó senhor — observou Sancho —, já é uso e costume desses malandrinos mudar as coisas que tocam a meu amo. Um cavaleiro, a que venceu nestes dias passados, chamado o Cavaleiro dos Espelhos, transformaram-no eles no Bacharel Sansão Carrasco, natural do nosso lugar e grande amigo nosso, e à minha Senhora Dulcineia del Toboso mudaram-na numa rústica lavradeira; e, por isso, imagino que esse lacaio há de morrer e viver lacaio todos os dias da sua vida.

— Seja quem for o homem que me pede como esposa — disse a filha de Dona Rodríguez —, agradeço-lho, que antes quero ser mulher legítima de um lacaio do que amiga e escarnecida de um cavaleiro, posto que não o seja o que me ludibriou.

Em conclusão, todos esses contos e sucessos terminaram em se decidir que Tosilos se recolhesse, até ver em que parava a sua transformação. Aclamaram os circunstantes a vitória de Dom Quixote, e a maior parte dos espectadores ficou triste e melancólica por não ter visto despedaçarem-se os tão esperados combatentes, como ficam tristes as crianças quando não vai a enforcar o condenado que esperam, porque lhe perdoou ou a parte[5] ou a Justiça. Foi-se embora a gente; voltaram o duque e Dom Quixote ao castelo; fecharam Tosilos, e ficaram Dona Rodríguez e sua filha contentíssimas por ver que, de um modo ou de outro, aquele caso havia de vir a parar em matrimônio; e Tosilos também não esperava menos.

---

[5] "As partes, nos pleitos ou negócios, são os interessados e opostos em parte"; diz Covarrubias.

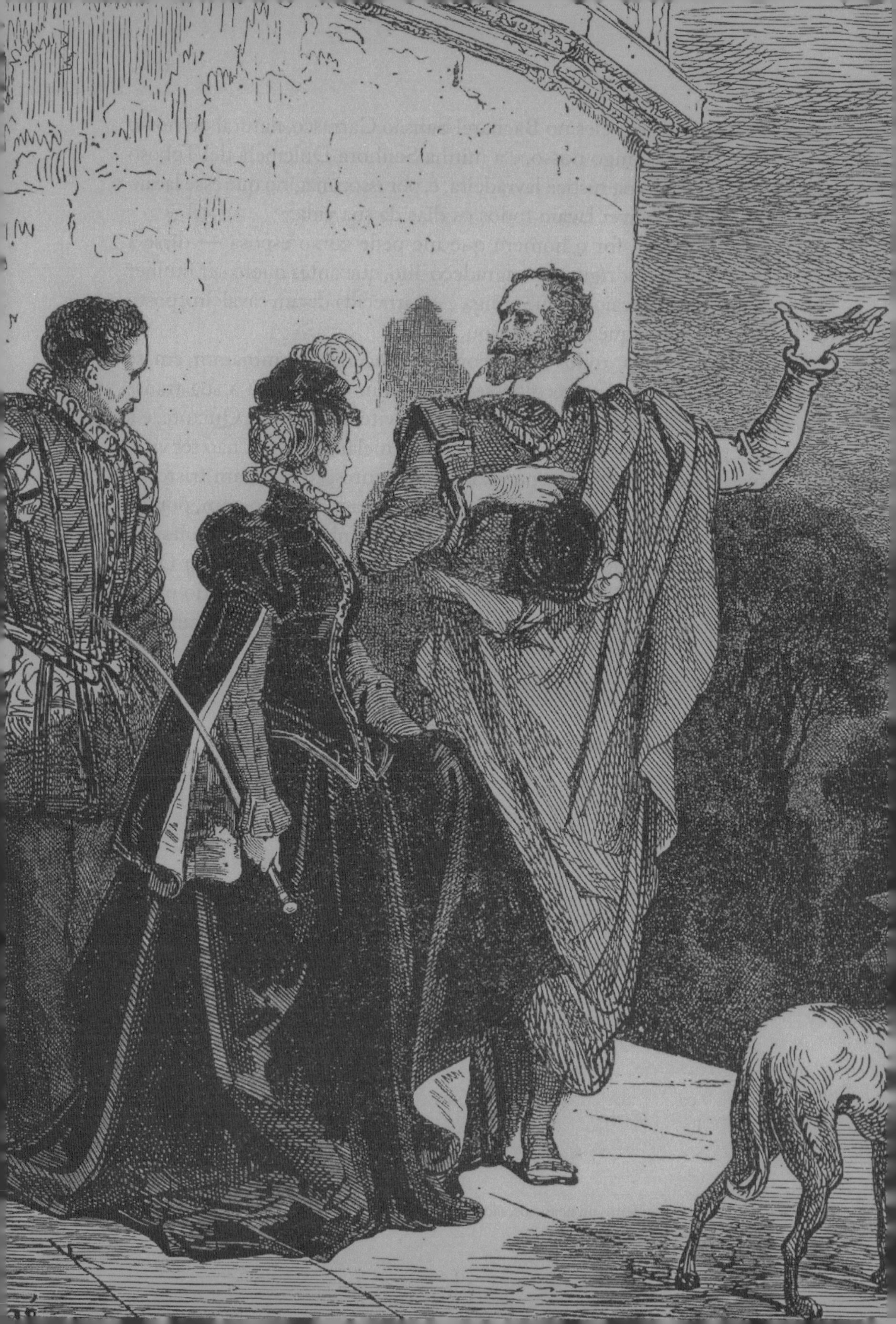

## Capítulo LVII

### QUE TRATA DE COMO DOM QUIXOTE SE DESPEDIU DO DUQUE, E DO QUE LHE SUCEDEU COM A DISCRETA E DESENVOLTA ALTISIDORA, DONZELA DA DUQUESA

PARECEU, ENFIM, a Dom Quixote, necessário sair da ociosidade em que estava naquele castelo, porque imaginava que era grande a falta que fazia enquanto estava encerrado e preguiçoso entre os infinitos regalos e deleites que, como a cavaleiro andante, aqueles senhores lhe prodigalizavam, e parecia-lhe que havia de dar estreitas contas ao céu daquele encerramento; e, assim, pediu um dia licença aos duques para ir embora. Deram-lha, com mostras de que lhes pesava muito que ele os deixasse. Deu a duquesa as cartas de sua mulher a Sancho Pança, que chorou com elas e disse:

— Quem havia de pensar que tamanhas esperanças, como as que geraram no peito de minha mulher Teresa Pança as notícias do meu governo, haviam de parar em voltar eu agora a seguir as arrastadas aventuras de meu amo Dom Quixote de la Mancha? Com tudo isso, estou satisfeito por ver que a minha Teresa correspondeu ao que dela eu esperava, mandando as bolotas à duquesa; que, se não lhas tivesse mandado, ficando eu pesaroso, se mostraria ela desagradecida. O que me consola é que a essa dádiva não se pode dar o nome de "luvas", porque já eu era governador quando ela as mandou, e é costume admitido que, quando se recebe um benefício, sempre se deve mostrar o agradecimento, ainda que seja por meio de ninharias. Efetivamente, nu entrei no governo e nu dele saí; e, assim, posso dizer com segura consciência, o que já é bastante: "Nu nasci e nu me encontro; nem ganho nem perco".

Isso dizia consigo Sancho no dia da partida; e, saindo Dom Quixote, havendo se despedido, na noite anterior, dos duques, apresentou-se armado no terreiro do castelo. Contemplavam-no das varandas os familiares, e os duques também saíram para vê-lo. Estava Sancho montado no ruço, com os seus alforjes e uma maleta, e rosto contentíssimo, porque o mordomo do duque, o mesmo que desempenhara o papel da Trifaldi, lhe dera uma bolsa com duzentos escudos de ouro, para as necessidades do caminho, o que Dom Quixote ainda não sabia. Estando todos a contemplá-lo, como dissemos, de repente, entre as outras aias e donzelas da duquesa, levantou a voz a desenvolta e discreta Altisidora, e, fitando bem o cavaleiro, disse em tom plangente:

> Sopeia um pouco essas rédeas,
> e, escuta, mau cavaleiro;
> não fatigues as ilhargas
> desse teu nobre sendeiro.
>
> Refalsado, tu não foges
> de alguma fera serpente,
> foges de uma cordeirinha
> tenra, cândida, inocente.
>
> Tu escarneceste, ó monstro,
> a donzela menos feia
> que viu Diana em seus montes,
> e em seus bosques Citereia.
>
> *Cruel Vireno, fugitivo Eneias*,[1]
> *Barrabás te acompanhe, lá te avenhas.*
>
> Tu levas, que roubo ímpio,
> nas tuas garras grifanhas,[2]
> de uma terna namorada
> as humílimas entranhas.
> Levas três lenços, e as ligas

---

[1] Vireno, personagem do *Orlando furioso*, abandonou sua esposa Olímpia em uma ilha deserta: os lamentos dela foram tema favorito do romanceiro novo. O par literário Vireno e Eneias (que abandonou Dido) aparece algumas vezes nas obras cervantinas.

[2] De grifa, unha comprida, recurva e pontuda, característica de alguns animais.

de umas pernas torneadas,
que são como o puro mármore,
lisas, duras, jaspeadas.

Levas também mil suspiros,
cujo ardor talvez pudesse
abrasar outras mil Troias,
se outras mil Troias houvesse.

*Cruel Vireno, fugitivo Eneias,*
*Barrabás te acompanhe, lá te avenhas.*

Que do teu Sancho as entranhas
sejam, para teu tormento,
tão duras que Dulcineia
não saia do encantamento.

Que a triste leve o castigo
da tua culpa tamanha,
que justos por pecadores
pagam sempre cá na Espanha.

Que as mais finas aventuras
para ti sejam tristezas,
sonhos os teus passatempos,
olvidos tuas firmezas!

*Cruel Vireno, fugitivo Eneias,*
*Barrabás te acompanhe, lá te avenhas.*

Que sejas tido por falso
de Sevilha a Finisterra,
desde Loja até Granada,
e de Londres a Inglaterra.

Se tu jogares a bisca,
os centos, ou outro jogo,
que os reis, os ases e os setes

fujam de ti logo e logo.
Quando cortares os calos,
que haja sangue e cicatrizes,
quando arrancares os dentes,
que te fiquem as raízes.

*Cruel Vireno, fugitivo Eneias,*
*Barrabás te acompanhe, lá te avenhas.*

Enquanto dessa forma se queixava a triste Altisidora, esteve-a mirando Dom Quixote e, sem responder palavra, virou-se para Sancho e bradou:

— Pelo ciclo dos teus passados, Sancho, peço-te que me digas a verdade: tu levas, porventura, os três lenços e as ligas em que fala essa enamorada donzela?

— Os lenços levo sim, senhor — respondeu Sancho —, mas as ligas, nem por sombras.

Ficou a duquesa admirada da desenvoltura de Altisidora, que, ainda que a tivesse por desembaraçada e graciosa, nunca imaginou que se atrevesse a semelhantes arrojos; e, como não a tinham avisado dessa burla, ainda mais cresceu a sua admiração. Quis o duque reforçar o donaire e disse:

— Não me parece bem, senhor cavaleiro, que, tendo recebido neste meu castelo o bom acolhimento que se vos fez, tenhais tido o atrevimento de levar três lenços da minha donzela, se é que não lhe levais também as ligas; são indícios de más entranhas e sinais que não correspondem à vossa fama: restituí as ligas, senão vos desafio a duelo de morte, sem recear que malandrinos nigromantes me troquem ou mudem o rosto, como fizeram a Tosilos, meu lacaio, que entrou convosco em batalha.

— Não praza a Deus — respondeu Dom Quixote — que eu desembainhe a minha espada contra a vossa ilustríssima pessoa, de que tantas mercês hei recebido: restituirei os lenços, porque Sancho diz que os tem; as ligas é impossível, porque nem eu as recebi, nem ele tampouco; e, se a vossa donzela quiser remirar as suas gavetas, com certeza que as encontra. Eu, senhor duque, nunca fui ladrão, nem espero sê-lo em toda a minha vida, com o amparo de Deus. Essa donzela fala, segundo ela mesma diz, como enamorada, e disso não sou eu culpado nem tenho de pedir perdão, nem a ela, nem a Vossa Excelência, a quem peço que faça melhor conceito de mim e me dê de novo licença para seguir o meu caminho.

— Deus vo-lo dê tão bom — disse a duquesa — que sempre ouçamos boas notícias dos vossos feitos, e andai com Deus, que, quanto mais vos detendes, mais aumentais o fogo nos peitos das donzelas que vos miram, e, à minha, eu a castigarei de modo que daqui por diante não se desmande, nem com a vista nem com as palavras.

— Uma só quero que me ouças, ó valoroso Dom Quixote — disse então Altisidora —; e é que te peço perdão do latrocínio das ligas, porque vejo agora que as tenho postas e estava como o outro que, montado no burro, andava à procura dele.

— Eu não dizia? — acudiu Sancho. — Mesmo eu sou bom para encobrir furtos; se os quisesse fazer de mão-cheia, tinha muita ocasião para isso no meu governo.

Dom Quixote abaixou a cabeça e fez uma reverência aos duques e a todos os circunstantes; e, voltando as rédeas a Rocinante, e seguindo-o Sancho montado no burro, saiu do castelo, dirigindo o seu caminho para Saragoça.

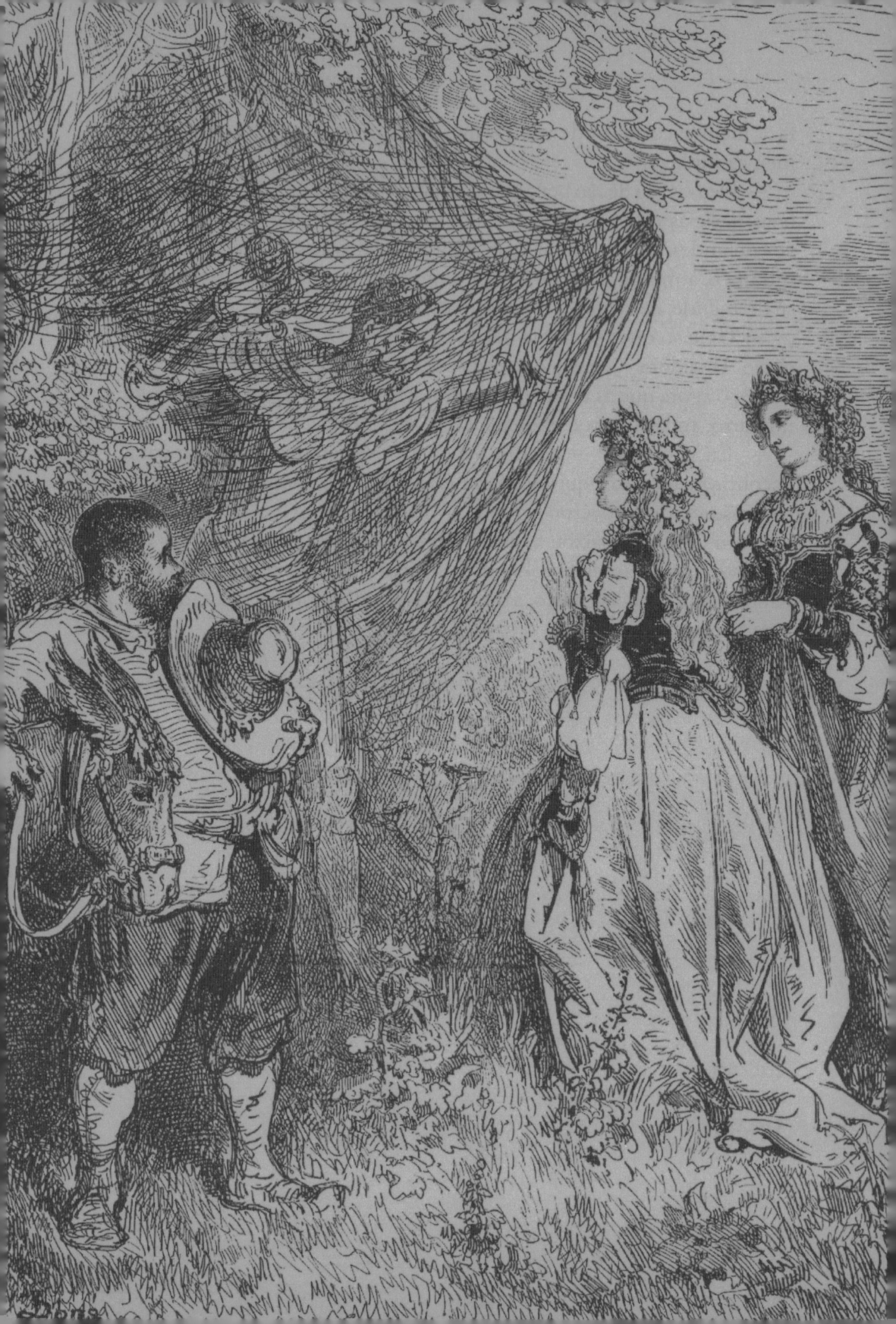

## Capítulo LVIII

### QUE TRATA DE COMO CHOVERAM EM CIMA DE DOM QUIXOTE TANTAS AVENTURAS QUE NÃO TINHA VAGAR PARA TODAS

QUANDO DOM QUIXOTE se viu em campina rasa, livre e desembaraçado dos requebros de Altisidora, pareceu-lhe que estava bem equilibrado e que se lhe renovavam os espíritos para seguir de novo com o assunto das suas cavalarias; e, voltando-se para Sancho, disse-lhe:

— A liberdade, Sancho, é um dos dons mais preciosos que aos homens deram os céus: não se lhe podem igualar os tesouros que há na terra nem os que o mar encobre; pela liberdade, da mesma forma que pela honra, se deve arriscar a vida; e, pelo contrário, o cativeiro é o maior mal que pode acudir aos homens. Digo isto, Sancho, porque bem viste os regalos e a abundância que tivemos nesse castelo que deixamos: pois, no meio daqueles banquetes saborosos e daquelas bebidas nevadas, parecia-me que estava metido entre as estreitezas da fome; porque não os gozava com a liberdade com que os gozaria se fossem meus: que as obrigações das recompensas, dos benefícios e mercês recebidas são ligaduras que não deixam campear o ânimo livre. Venturoso aquele a quem o céu deu um pedaço de pão, sem o obrigar a agradecê-lo a outrem que não seja o mesmo céu!

— Com tudo isso que Vossa Mercê me diz — acudiu Sancho —, não devem ficar sem agradecimento da nossa parte duzentos escudos de ouro que me deu numa bolsa o mordomo do duque; bolsa que levo aqui sobre o coração, como uma píctima[1] e um confortativo contra o

---

[1] Segundo Covarrubias, é "o emplasto de açafrão que se põe sobre o coração para desafogá-lo e alegrá-lo".

que der e vier, que nem sempre havemos de encontrar castelos onde nos regalem, e muitas vezes toparemos com estalagens onde nos desanquem.

Nesses e noutros arrazoados iam o cavaleiro e o escudeiro, quando viram, tendo andado pouco mais de uma légua, uma dúzia de homens vestidos de lavradores, sentados na relva e comendo em cima das suas capas. Junto de si tinham como que umas toalhas brancas, com que cobriam algumas coisas distanciadas umas das outras. Chegou-se Dom Quixote aos homens e, depois de cumprimentá-los cortesmente, perguntou-lhes o que é que aquelas toalhas cobriam. Um deles respondeu-lhe:

— Senhor, debaixo destes panos estão umas imagens de relevo e obra de talha, que hão de servir num retábulo que estamos a fazer para a nossa aldeia; levamo-las cobertas para que não se desflorem, e às costas, para que não se quebrem.

— Se sois servidos — respondeu Dom Quixote —, folgaria de vê--las; porque imagens que com tanto recato se levam devem ser boas, sem dúvida alguma.

— Ora se são boas! — acudiu outro. — Que o diga o preço, que não há aqui nenhuma que esteja em menos de cinquenta ducados; e, para que Vossa Mercê conheça a verdade, espere, que a verá com os seus olhos.

E, levantando-se, deixou de comer e tirou a cobertura da primeira imagem, que era a de São Jorge a cavalo, com uma serpente enroscada aos pés e atravessada pela boca com a lança do santo. A imagem toda parecia um relicário de ouro, como se costuma dizer. Vendo-a, disse Dom Quixote:

— Este cavaleiro foi um dos melhores andantes que teve a milícia divina: chamou-se Dom[2] São Jorge, e foi, além disso, defensor de donzelas. Vejamos estoutra.

Descobriu-a o homem, e apareceu São Martinho a cavalo, repartindo a sua capa com o pobre. Apenas Dom Quixote o viu, disse logo:

— Este cavaleiro também foi dos aventureiros cristãos, mas parece--me que mais liberal do que valente, como podes ver, Sancho, em estar repartindo a capa com o pobre, dando-lhe metade; e por força que então seria inverno, senão ele lha dava toda, tão caritativo era.

---

[2] O tratamento de "dom" que se dá aos santos pode dever-se tanto a uma tradição medieval que mantém o valor de "dom" como "senhor", inclusive para Jesus Cristo, como à consideração de cavaleiros andantes que aqueles merecem de Dom Quixote.

— Não havia de ser isso — acudiu Sancho —, mas é que ele se ateve ao rifão que diz que para dar, e para ter, muito rico é mister ser.

Riu-se Dom Quixote e pediu que se tirasse outro pano, debaixo do qual saiu a imagem do padroeiro das Espanhas, a cavalo, com a espada ensanguentada, atropelando mouros e pisando cabeças; e, ao vê-la, disse Dom Quixote:

— Este sim que é cavaleiro dos esquadrões de Cristo; chama-se Dom São Diogo Mata-Mouros, um dos mais valentes santos e cavaleiros que o mundo teve e tem agora o céu.

Descobriram logo outro pano e viu-se São Paulo a cair do cavalo abaixo, com todas as circunstâncias que costumam pintar-se no retábulo da sua conversão. Quando viu isso tão ao vivo, que parecia que Cristo lhe falava e que Paulo lhe respondia, disse Dom Quixote:

— Este — disse Dom Quixote — foi o maior inimigo que teve a Igreja de Deus Nosso Senhor no seu tempo e o maior defensor que ela há de ter: cavaleiro andante pela sua vida, santo a pé quedo pela sua morte, trabalhador infatigável na vinha do Senhor, doutor das gentes, a quem serviram de escola os céus, e de catedrático e mestre que o ensinasse o próprio Jesus Cristo.

Não havia mais imagens, e mandou Dom Quixote que tornassem a cobri-las, e disse aos que as levavam:

— Tive por bom agouro, irmãos, ter visto o que vi, porque esses santos e cavaleiros professaram o que eu professo, que é o exercício das armas; e a diferença que há entre mim e eles é que eles foram santos e pelejaram ao divino, e eu sou pecador e pelejo ao humano. Eles conquistaram o céu à força de braços, porque para alcançar o céu é mister esforço, e eu, até agora, não sei o que conquisto com a força dos meus trabalhos; mas, se a minha Dulcineia del Toboso saísse dos que padece, melhorando a minha ventura e fecundando-me o juízo, podia ser que dirigisse os meus passos por melhor caminho do que o que levo.

— Deus o ouça, e o pecado seja surdo![3] — acudiu Sancho.

Admiraram-se os homens tanto da figura como do arrazoado de Dom Quixote, sem entender metade do que ele dizia. Acabaram de comer, carregaram com as imagens e, despedindo-se de Dom Quixote, seguiram a sua viagem.

---

[3] "Deus o ouça, e o pecado seja surdo!" quer dizer, segundo o *Dicionário de autoridades*, "o modo de falar vulgar com que se expressa o desejo de que suceda bem alguma coisa que se intenta".

Ficou Sancho de novo como se não conhecesse seu amo, admirado do que ele sabia, parecendo-lhe que não havia história no mundo, nem sucesso algum, que ele não tivesse cifrado na unha ou cravado na memória; e disse-lhe:

— Na verdade, senhor nosso amo, se isso que hoje nos sucedeu se pode chamar aventura, foi das mais suaves e doces que nos têm acontecido em todo o decurso da nossa peregrinação: dela saímos sem pauladas nem sobressalto algum, nem levamos a mão às espadas, nem batemos com os nossos corpos no chão, nem ficamos esfomeados; bendito seja Deus, que semelhante coisa me deixou ver com os meus próprios olhos.

— Dizes bem, Sancho — acudiu Dom Quixote —; mas hás de advertir que nem todos os tempos são os mesmos nem correm de igual forma; e isso que o vulgo costuma chamar de agouros, que não se fundam em razão natural alguma, hão de ser considerados e julgados bons sucessos por quem é discreto. Levanta-se um desses agoureiros pela manhã, encontra-se com um frade da ordem do bem-aventurado São Francisco, e, como se tivesse encontrado um grifo,[4] vira as costas e volta para sua casa. Derrama-se ao outro Mendonça o sal em cima da mesa,[5] e derrama-se-lhe a ele a melancolia no coração, como se fosse obrigada a natureza a dar sinais das porvindouras desgraças, com coisas de tão pouco momento como as referidas. O discreto e cristão não deve andar em pontinhos com o que o céu quer fazer. Chega Cipião[6] à África, tropeça, ao saltar em terra, e têm-no por mau agouro os seus soldados; mas ele, abraçando-se com o chão: "Não me poderás fugir, África, porque te agarrei com os meus braços". De maneira que, Sancho, ter encontrado essas imagens foi para mim felicíssimo acontecimento.

— Assim creio — respondeu Sancho —; e queria que Vossa Mercê me explicasse por que é que dizem os espanhóis, quando vão dar alguma batalha, invocando aquele São Diogo Mata-Mouros: "Santiago e cerra

---

[4] Animal fabuloso, com cabeça de águia, corpo e garras de leão, cauda de serpente e asas de abutre. Segundo a superstição popular, encontrar-se com um frade só traz má sorte, mas se pode neutralizar isso tocando em ferro.

[5] A má sorte se conjura bem desfazendo o sal com vinho — em menor medida, água — ou lançando um pelo ao chão por cima do ombro esquerdo. A crença em agouros por parte dos Mendonça, nobres na Espanha e em Portugal, chegou a ser proverbial, chegando inclusive a se divulgar "mendonça" como nome comum com o valor de "supersticioso".

[6] Públio Cornélio Cipião, o Africano, que derrotou Aníbal na batalha de Zama.

Espanha"?[7] Está por acaso a Espanha aberta, e de modo tal que seja mister cerrá-la? Ou que cerimônia é essa?

— És simplório, Sancho — respondeu Dom Quixote —; e olha que esse grande cavaleiro de cruz vermelha deu-o Deus à Espanha por padroeiro e amparo seu, especialmente nos rigorosos transes que os espanhóis têm tido com os mouros, e assim o invocam e chamam, como a seu defensor, em todas as batalhas que acometem, e muitas vezes o viram nelas claramente derrubando, atropelando, destruindo e matando os esquadrões agarenos; e dessa verdade poderia te dar muitos exemplos, que se contam nas verdadeiras histórias espanholas.

Mudou Sancho de prática e disse a seu amo:

— Estou maravilhado, senhor, da desenvoltura de Altisidora, a donzela da duquesa: muito ferida e muito traspassada deve ela estar pelo Amor, que dizem que é um rapaz ceguinho, que, apesar de remeloso, ou por melhor dizer sem vista, toma por alvo um coração, por pequeno que seja, acerta-o e traspassa-o de parte a parte, com os seus tiros. Ouvi dizer também que na vergonha e recato das donzelas se embotam as amorosas setas; mas nesta Altisidora mais parece que se aguçam.

— Adverte, Sancho — acudiu Dom Quixote —, que o Amor nem atende a respeitos nem guarda limites de razão nos seus discursos, e tem a mesma condição que a morte, a qual tanto acomete os alcáçares dos reis como as humildes choças dos pastores; e, quando toma inteira posse de uma alma, a primeira coisa que faz é tirar-lhe o temor e a vergonha; e assim, sem ela, declarou Altisidora os seus desejos, que geraram no meu peito mais confusão que lástima!

— Notória crueldade! — exclamou Sancho. — Desagradecimento inaudito! Eu de mim sei dizer que a mais insignificante das suas razões me renderia. Ó senhores! Que coração de mármore, que alma de bronze, que entranhas de argamassa! Mas não posso imaginar o que foi que essa donzela viu em Vossa Mercê que assim a rendeu e avassalou! Que brio, que gala, que donaire, que rosto, que coisa dessas ou que conjunto delas a seduziu? Que eu, verdade, verdade, muitas vezes paro a mirar Vossa Mercê desde a ponta dos pés até o último cabelo da cabeça, e vejo mais coisas para espantar do que para enamorar; e, tendo eu ouvido dizer também que a formosura é a primeira e principal prenda que

---

[7] Velho grito de guerra dos espanhóis, como já foi dito, nascido na Batalha de Clavijo, na qual se crê que apareceu São Tiago Apóstolo.

enamora, não tendo Vossa Mercê nenhuma, não sei de que foi que se enamorou a coitada.

— Adverte, Sancho — respondeu Dom Quixote —, que há duas formosuras: uma da alma, outra do corpo; a da alma campeia e mostra-se no entendimento, na honestidade, no bom proceder, na liberalidade, na boa criação, e todas essas partes cabem e podem estar num homem feio; e, quando se põe a mira nessa formosura e não na do corpo, o amor irrompe então com ímpeto e vantagem. Bem vejo, Sancho, que não sou formoso, mas também conheço que não sou disforme; e basta a um homem de bem não ser monstro para ser querido, contanto que tenha os dotes da alma que te disse já.

Nessas práticas, iam entrando por uma selva que estava fora do caminho e, de súbito, sem dar por tal, achou-se Dom Quixote enleado numas redes de fios verdes, que estavam estendidas de umas árvores para outras; e, sem poder imaginar o que aquilo pudesse ser, disse para Sancho:

— Parece-me, Sancho, que isto das redes deve ser uma das aventuras mais novas que se podem imaginar. Que me matem, se os nigromantes que me perseguem não me querem enredar nelas e deter o meu caminho, como em vingança do rigor que tive com Altisidora; pois digo-lhes eu que, ainda que estas redes, assim como são feitas de fio verde, o fossem de duríssimos diamantes, ou mais fortes do que aquela com que o zeloso deus dos ferreiros enliçou Vênus e Marte,[8] tão facilmente as rompera como se fossem de juncos marinhos ou de fios de algodão.

E, querendo passar e romper tudo, de improviso se apresentaram diante dele, saindo do meio de umas árvores, duas formosíssimas pastoras, pelo menos raparigas vestidas de pastoras, ainda que os corpos dos vestidos fossem de fino brocado, e as saias de tafetá de ouro; traziam soltos, nos ombros, os cabelos, que de loiros podiam competir com o próprio sol, e que vinham coroados de grinaldas, entretecidas de verde laurel e de vermelho amaranto; pareciam ter entre quinze e dezoito anos.

Vista foi essa que deixou Sancho admirado e Dom Quixote suspenso; fez parar o sol na sua carreira para vê-las, e a todos os quatro os mergulhou num maravilhoso silêncio. Afinal quem primeiro falou foi uma das duas zagalas,[9] que disse a Dom Quixote:

---

[8] Refere-se à história de Vulcano, que, avisado por Mercúrio do adultério de Vênus, enredou os dois amantes para submetê-los ao castigo dos deuses.

[9] Apascentadora de gado; pastora, pegureira.

— Parai, senhor cavaleiro, e não queirais romper as redes que estão aí estendidas, não para vosso dano, mas para nosso passatempo; e, porque sei que nos haveis de perguntar para que se puseram, e quem somos, vou já dizer-vo-lo em breves palavras. Numa aldeia que fica daqui a duas léguas, onde há muita gente principal, e muitos fidalgos e ricos, entre vários se combinou o virem com os seus filhos e filhas, e mulheres, parentes, vizinhos e amigos, folgar para este sítio, que é um dos mais agradáveis destes contornos, formando nós todos uma nova e pastoril Arcádia,[10] vestindo-se as donzelas de pastores e os mancebos de zagais; trazemos estudadas duas églogas, uma do famoso poeta Garcilaso e outra do sublime Camões, na sua própria língua portuguesa; églogas que até agora ainda não representamos, porque só chegamos aqui ontem: temos, entre estes ramos, armadas algumas tendas de campanha, na margem de um arroio abundante em águas, que a todos estes prados fertiliza; estendemos, na noite passada, as redes destas árvores, para enganar os simples passarinhos, que, afugentados pelo barulho que fazemos, vierem aqui parar. Se vos aprouver ser nosso hóspede, senhor, sereis agasalhado cortês e liberalmente, porque, por agora, não há de entrar neste sítio o negrume da melancolia.

Calou-se, e Dom Quixote respondeu:

— Decerto, formosíssima senhora, que não ficou mais suspenso nem mais admirado Anteu,[11] quando viu, de improviso, banhar-se nas águas Diana, do que eu fiquei atônito ao ver a vossa beleza. Louvo os vossos entretenimentos e agradeço as vossas ofertas; e, se vos posso servir, podeis mandar-me, com a certeza de que sereis obedecidas, porque a minha profissão consiste em mostrar-me grato e benfazejo com toda a gente, especialmente com a principal, de que sois representantes; e, se estas redes, assim como ocupam um pequeno espaço, ocupassem toda a redondeza da Terra, procuraria eu novos mundos, para passar sem rompê-las; e, para que deis algum crédito a esta minha exageração, vede que vo-lo promete Dom Quixote de la Mancha, se aos vossos ouvidos já chegou esse nome.

---

[10] Região do Peloponeso, convertida em localização literária do ideal de vida pastoril, por influência da égloga X de Virgílio e, posteriormente, da obra homônima de Sanazaro.

[11] Não é Anteu, gigante, filho de Netuno e da Terra, vencido por Hércules, mas Acteão, filho de Aristeu e neto de Cadmo, convertido por Diana em cervo, a quem mataram seus próprios cachorros, em castigo por tê-la visto nua no banho. Anteu por "Acteão" é grafia frequente.

— Ai! Amiga da minha alma! — disse então a outra pastora. — Que ventura tamanha nos sucedeu! Vês esse senhor que aqui temos diante de nós? Pois faço-te saber que é o mais valente, o mais enamorado e o mais comedido de todo o mundo, se não mente e nos engana uma história que das suas façanhas anda impressa e que eu li. Aposto que esse bom homem que vem com ele é Sancho Pança, seu escudeiro, cujas graças não têm outras que se lhe igualem.

— É verdade — disse Sancho — que sou esse gracioso e esse escudeiro que Vossa Mercê diz, e esse senhor é meu amo, o próprio Dom Quixote de la Mancha, historiado e referido.

— Ai! — tornou a outra. — Supliquemos-lhe que fique, porque nossos pais e nossos irmãos gostarão imenso de recebê-lo; eu também já ouvi falar no seu valor e na graça do seu escudeiro, e, sobretudo, dizem dele que é o mais firme e o mais leal enamorado que se conhece, e que a sua dama é uma tal Dulcineia del Toboso, a quem dão, em toda a Espanha, a palma da formosura.

— E com justiça lha dão — disse Dom Quixote —, se agora não lha disputa a vossa singular beleza. Não vos canseis, senhoras, em demorar-me, porque as indeclináveis obrigações da minha profissão não me deixam descansar em parte alguma.

Chegou, nisso, ao sítio onde estavam todos quatro conversando um irmão duma das duas pastoras vestido também de zagal, com riqueza e galas correspondentes às delas; contaram-lhe que a pessoa com quem falavam era o valoroso Dom Quixote de la Mancha, e o outro o seu escudeiro Sancho, de quem ele já tinha notícia por lhes ter lido a história. Apresentou-lhes os seus cumprimentos o galhardo pastor e pediu-lhes que o acompanhassem às suas tendas. Teve de ceder Dom Quixote, e assim se fez. Nisso, encheram-se as redes de diversos passarinhos, que, enganados pela cor dos fios, caíram no perigo de que iam fugindo. Juntaram-se naquele sítio mais de trinta pessoas, bizarramente vestidas de pastores e de pastoras, e, num instante, ficaram sabendo quem eram Dom Quixote e seu escudeiro, ficando com isso muito satisfeitos, porque já lhes conheciam a história. Entraram nas tendas, acharam as mesas postas, ricas, abundantes e asseadas; honraram Dom Quixote, dando-lhe o primeiro lugar; miravam-no todos e admiravam-se de vê-lo. Finalmente, levantadas as mesas, ergueu Dom Quixote a voz e disse com grande pausa:

— Entre os pecados que os homens cometem, ainda que afirmam alguns que o maior de todos é a soberba, sustento eu que é a ingratidão, baseando-me no que se costuma dizer, que de mal-agradecidos está o inferno cheio. Sempre procurei evitar esse pecado, tanto quanto me tem sido possível, desde que tive uso de razão, e, se não posso pagar as boas obras que me fazem com outras, ponho em seu lugar o desejo de fazê-las; e, quando isso não basta, publico-as, porque aquele que publica os favores que recebe também os recompensaria com outros, se pudesse; que, pela maior parte, os que recebem são inferiores aos que dão, e assim está Deus sobre todos, porque é sobre todos doador, e não podem corresponder as dádivas do homem às de Deus com igualdade, pela infinita distância, e essa estreiteza de meios, até certo ponto, supre o agradecimento. Eu, pois, agradecido à mercê que aqui se me tem feito, não podendo corresponder igualmente, contendo-me nos estreitos limites do meu poderio, ofereço o que posso e o que tenho; e, assim, digo que sustentarei dois dias, de sol a sol, no meio desta estrada real que vai para Saragoça, que essas senhoras, zagalas fingidas, são as donzelas mais formosas e mais corteses que há no mundo, excetuando só a sem-par Dulcineia del Toboso, única senhora dos meus pensamentos; com paz seja dito de quantos e quantos me escutam.

Ouvindo isso, Sancho, que com grande atenção o estivera escutando, disse, dando um grande brado:

— É possível que haja pessoas neste mundo que se atrevam a dizer e a jurar que meu amo é louco? Digam Vossas Mercês, senhores pastores: há cura de aldeia, por muito discreto e estudioso que seja, que possa dizer o que meu amo disse? Há cavaleiro andante, por maior que seja a sua fama de valente, que possa oferecer o que meu amo ofereceu?

Voltou-se Dom Quixote para Sancho e disse-lhe, com o rosto aceso em cólera:

— É possível, ó Sancho, que haja em todo o orbe alguma pessoa que diga que não és um tolo chapado, com mescla de malícia e de velhacaria? Quem te manda meter onde não és chamado e decidir se sou discreto ou doido? Cala-te e não me repliques e aparelha Rocinante, se não está aparelhado; vamos a pôr por obra o meu oferecimento, que, com a razão que vai pela minha parte, podes dar já por vencidos todos quantos vierem contradizê-la.

E com grande fúria e sinais de cólera se levantou da cadeira, deixando pasmados todos os circunstantes, fazendo-os duvidar se o deviam ter por louco, se por ajuizado. Finalmente, tendo-lhe persuadido que não se metesse em tal demanda, que davam por bem provada a sua gratidão, e que não eram necessárias novas demonstrações para se conhecer o seu ânimo valoroso, pois bastavam as que na história dos seus feitos se referiam, com tudo isso foi por diante Dom Quixote com a sua tenção, e, montado em Rocinante, embraçando o escudo e pegando a lança, pôs-se no meio duma estrada real, que não ficava longe do verde prado. Seguiu-o Sancho, montado no ruço, com toda a gente do rebanho pastoril desejosa de ver em que viria a parar o seu arrogante e nunca visto oferecimento.

Posto, pois, Dom Quixote no meio do caminho, como se disse, feriu os ares com as seguintes palavras:

— Ó vós outros, passageiros e viandantes, cavaleiros, escudeiros, gente de pé e de cavalo, que por este caminho passais ou haveis de passar nestes dois dias seguintes, sabei que Dom Quixote de la Mancha, cavaleiro andante, está aqui para sustentar que a todas as formosuras e cortesias do mundo excedem as que se encerram nas ninfas habitadoras destes prados e destes bosques, pondo de parte a senhora da minha alma Dulcineia del Toboso; por isso, acuda quem for de parecer contrário, que aqui o espero.

Duas vezes repetiu essas mesmas palavras, e duas vezes deixaram de ser ouvidas por qualquer aventureiro; mas a sorte, que ia encaminhando as suas coisas cada vez melhor, ordenou que dali a pouco se descobrisse no caminho uma grande multidão de homens a cavalo, e muitos deles com lanças nas mãos, caminhando todos apinhados, de tropel e com grande pressa. Apenas os viram os que estavam com Dom Quixote, logo, voltando as costas, se afastaram para longe do caminho, porque bem conheceram que, se esperassem, lhes podia suceder algum mal; só Dom Quixote, com intrépido coração, permaneceu quedo, e Sancho se encobriu com a garupa de Rocinante. Chegou o tropel dos lanceiros, e um deles, que vinha mais adiante, começou a dizer com grandes brados para Dom Quixote:

— Afasta-te do caminho, homem do Diabo, que estes touros te despedaçam.

— Eia, canalha! — respondeu Dom Quixote. — Para mim não há touros que valham, ainda que sejam dos mais bravos que Jarama cria nas suas ribeiras.[12] Confessai, malandrinos, assim à carga cerrada, que é verdade o que eu aqui publiquei, senão comigo travareis batalha.

---

[12] A bravura dos touros do Jarama, rio afluente do Tejo, foi muito celebrada na literatura do Século de Ouro, talvez porque eram os que havia em Madri.

Não teve tempo de responder o vaqueiro nem Dom Quixote de se desviar, ainda que o quisesse; e, assim, o tropel dos touros bravos, e o dos mansos cabrestos, com a multidão dos vaqueiros e das outras gentes que os levavam para metê-los no curro, num lugar onde no outro dia haviam de ser corridos, passaram por cima de Dom Quixote, de Sancho, de Rocinante e do ruço, e deram com todos eles em terra, deixando-os a rebolar pelo meio do chão. Ficou moído Sancho, espantado Dom Quixote, desancado o ruço, e Rocinante não muito cristalino; mas, enfim, levantaram-se todos, e Dom Quixote com muita pressa, caindo aqui, tropeçando acolá, principiou a correr atrás da manada, bradando:

— Detende-vos e esperai, canalha malandrina, desafia-vos um só cavaleiro, que não tem a condição nem é do parecer dos que dizem que ao inimigo que foge se deve fazer uma ponte de prata![13]

Mas nem com isso se detiveram os apressados corredores, e fizeram tanto caso das suas ameaças como das nuvens de antanho.[14] Cansou-se Dom Quixote e, mais enojado que vingado, sentou-se à beira da estrada, esperando que chegassem Sancho, Rocinante e o ruço. Chegaram; tornaram a montar a cavalo o amo e o criado; e, sem voltarem a despedir-se da Arcádia fingida, com mais vergonha que gosto seguiram o seu caminho.

---

[13] Fase proverbial: facilitar a retirada.
[14] Ou seja, "de todas as coisas que já se passaram".

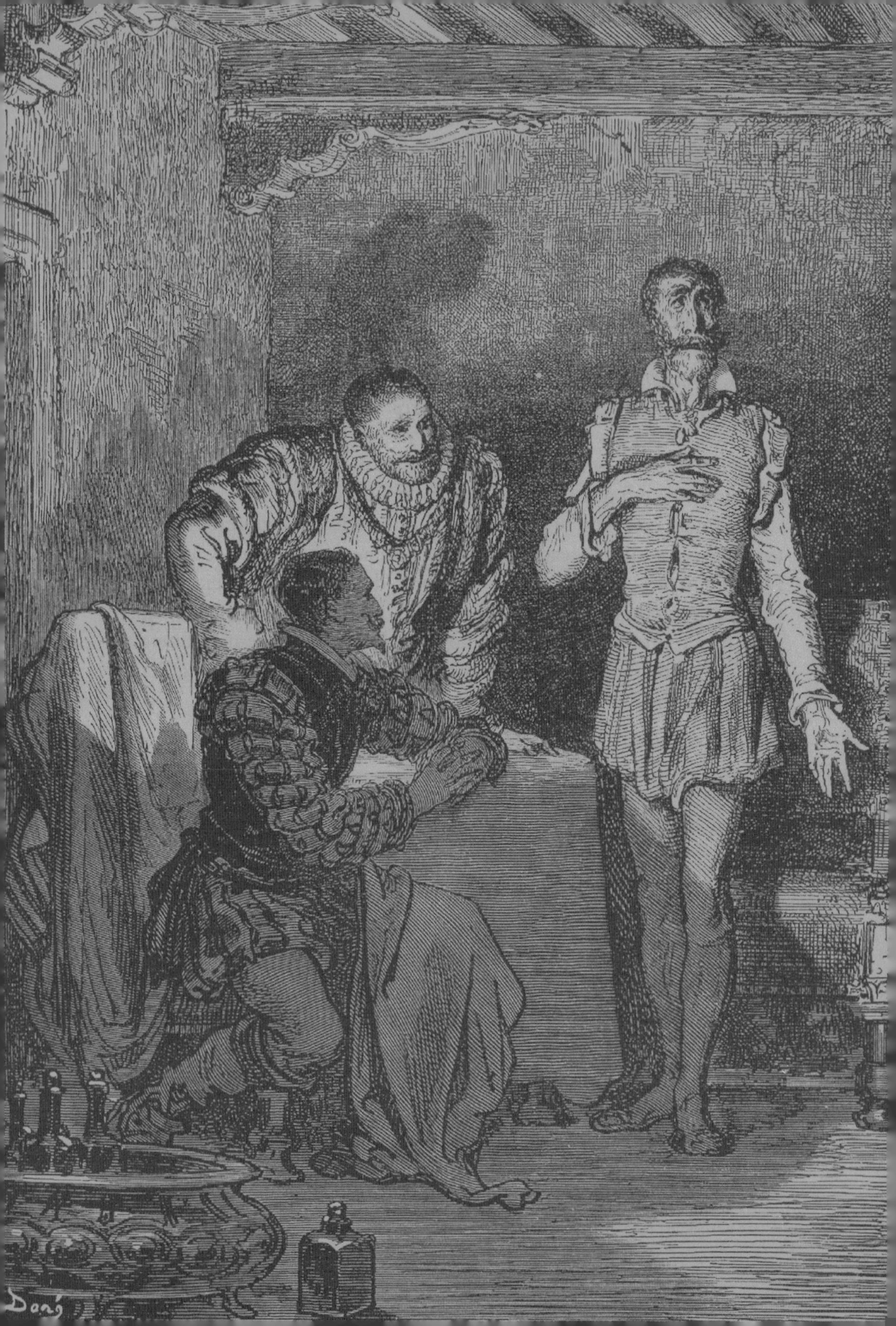
Doré

## Capítulo LIX

### ONDE SE CONTA O EXTRAORDINÁRIO CASO, QUE SE PODE CHAMAR AVENTURA, QUE ACONTECEU A DOM QUIXOTE

À POEIRA E AO CANSAÇO que Dom Quixote e Sancho tiraram do descomedimento dos touros, deu remédio uma fonte clara e límpida, que encontraram entre um fresco arvoredo, e à beira da fonte se sentaram amo e criado, deixando Rocinante e o ruço livres, sem aparelho nem freio. Acudiu Sancho à despensa dos seus alforjes e deles tirou o que costumava chamar as vitualhas; enxaguou Dom Quixote a boca, lavou a cara e, com esse refrigério, recobrou alento o seu desanimado espírito; não comia, contudo, de pesaroso que estava, e Sancho não ousava por cortesia tocar nos manjares que tinha diante de si e esperava que seu amo fizesse a salva; mas, vendo que, levado pelas suas imaginações, não se lembrava de levar o pão à boca, não abriu bico, e, atropelando todo gênero de boa criação, começou a armazenar no estômago o pão e o queijo.

— Come, Sancho amigo — disse Dom Quixote —, sustenta a vida, que te importa mais do que a mim, e deixa-me morrer às mãos dos meus pensamentos e à força das minhas desgraças; eu, Sancho, nasci para viver morrendo, tu para morrer comendo; e, para que vejas que te digo a verdade, considera-me impresso em histórias, famoso nas armas, comedido nas minhas ações, respeitado por príncipes, solicitado de donzelas; e, afinal, quando esperava palmas, triunfos e coroas, granjeadas e merecidas pelas minhas valorosas façanhas, vi-me esta manhã pisado aos pés e moído por animais imundos e soezes. Essa consideração embota-me os queixais, entorpece-me os molares e intumesce-me as mãos, e de todo em todo me tira a vontade de comer: de modo que estou com ideias de me matar da fome, a morte mais cruel de todas.

— Então — disse Sancho, sem deixar de mastigar apressadamente — não aprova Vossa Mercê aquele rifão que diz: "Morra Marta, morra farta". Eu, pelo menos, não tenho ideias de me matar; pelo contrário, tenciono fazer como o sapateiro, que puxa o couro com os dentes até fazer chegá-lo aonde quer; e eu, comendo, puxarei pela minha vida, até chegar ao fim que o céu determinou; e saiba, senhor, que não há maior loucura do que a de querer uma pessoa desesperar-se, como Vossa Mercê; e acredite-me: coma, deite-se a dormir sobre os verdes colchões destas ervas e verá como se acha um pouco mais aliviado quando despertar.

Assim fez Dom Quixote, parecendo-lhe que as razões de Sancho eram mais de filósofo que de mentecapto, e disse-lhe:

— Se tu, ó Sancho, quisesses fazer por mim o que eu vou te dizer, seriam os meus alívios mais certos, e não seriam tamanhas as minhas aflições; e vem a ser que, enquanto durmo, obedecendo aos teus conselhos, tu te desvies um pouco daqui, e com as rédeas de Rocinante, e pondo ao ar as tuas carnes, arrumes em ti mesmo trezentos ou quatrocentos açoites, por conta dos três mil e tantos que tens de apanhar para o desencantamento de Dulcineia, que não é pequena lástima que aquela pobre senhora esteja encantada, por teu descuido e negligência.

— Há muito que dizer a isso — respondeu Sancho —; durmamos agora nós ambos, e depois eu direi o que há de ser. Saiba Vossa Mercê que isso de se açoitar um homem a sangue-frio não é muito agradável, e ainda mais se caem os açoites num corpo mal sustentado; tenha paciência a minha Senhora Dona Dulcineia, que, quando mal se precate, me verá transformado num crivo de açoites, e até o lavar dos cestos é vindima: quero dizer que ainda estou vivo e conservo o desejo de cumprir o que prometi.

Agradecendo-lhe Dom Quixote, comeu alguma coisa, e Sancho comeu muito. Deitaram-se ambos a dormir, deixando entregues ao seu alvedrio, pastando a abundante erva de que estava cheio aquele prado, os seus dois companheiros e amigos, Rocinante e o ruço. Despertaram um pouco tarde; tornaram a montar a cavalo e a seguir o seu caminho, apressando o passo para chegarem a uma estalagem, que se descobria a coisa duma légua de distância; digo que era estalagem porque Dom Quixote assim lhe chamou, fora do uso que tinha de chamar todas as estalagens de castelo.

Chegaram, pois, a essa estalagem e perguntaram ao estalajadeiro se havia pousada; respondeu-lhes que sim, e com toda a comodidade e regalo que em Saragoça podiam encontrar. Apearam-se, e recolheu Sancho a sua despensa num aposento, de que o estalajadeiro lhe deu a chave. Levou os animais para a cavalariça, deitou-lhes as rações, saiu para receber as ordens de Dom Quixote, que estava sentado num poial, e deu graças especiais ao céu por seu amo não ter tomado aquela estalagem por castelo. Chegou a hora da ceia; foram para os seus quartos, e perguntou Sancho ao seu hospedeiro o que tinha para lhes dar de cear, e o estalajadeiro respondeu que sua boca seria medida; que, de pássaros dos ares, aves da terra e peixes do mar estava fornecida a sua estalagem.

— Não é preciso tanto — respondeu Sancho —; com dois frangos que nos assem ficaremos satisfeitos, porque meu amo é delicado e come pouco, e eu não sou nenhum glutão por aí além.

Replicou o estalajadeiro que não havia frangos, porque lhos tinham roubado os milhafres.

— Pois mande o senhor estalajadeiro assar uma franga que seja tenra.

— Franga! Pai do céu! — respondeu o estalajadeiro. — Olhe que mandei ontem à cidade vender mais de cinquenta; mas, a não serem frangas, peça Vossa Mercê o que quiser.

— Então — disse Sancho — já vejo que há de ter vitela ou cabrito.

— Em casa agora não há nem cabrito nem vitela — respondeu o estalajadeiro —, porque se acabaram; mas, para a semana, há de os haver a rodo.

— Lucramos muito com isso! — observou Sancho. — Espero ao menos que todas essas faltas se remedeiem com fartura de toucinho e de ovos.

— Por Deus! Que fraca memória tem o meu hóspede! — tornou o estalajadeiro. — Pois se eu já lhe disse que não tenho nem frangas nem galinhas, como quer que tenha ovos! Discorra por outros manjares delicados, mas não peça criação.

— Acabemos com isto — tornou Sancho —; diga-me, finalmente, o que tem e deixe-se de histórias.

— Senhor hóspede — redarguiu o estalajadeiro —, o que tenho, real e verdadeiramente, são duas unhas de vaca que parecem mãos de vitela, ou duas mãos de vitela que parecem unhas de vaca. Cozeram-se com grão-de-bico, cebolas e toucinho, e agora estão mesmo a dizer: "Comei-me! Comei-me!".

— Já não vão para mais ninguém, senão para nós — disse Sancho —, que as havemos de pagar melhor do que quaisquer outros; porque eu por mim não podia esperar coisa de que mais gostasse, e não se me daria que fossem mãos de vaca, em vez de serem só unhas.

— Ninguém lhes tocará — afirmou o estalajadeiro —, porque outros hóspedes que tenho são tão principais que trazem consigo cozinheiro, despenseiro e mantearia.

— Se falamos em principais — disse Sancho —, ninguém excede meu amo; mas o ofício que ele tem não permite despensas; assim, estendemo-nos no meio dum prado e ali enchemos a barriga com bolotas ou nêsperas.

Essa foi a prática que Sancho teve com o estalajadeiro, sem querer ir mais adiante em responder às perguntas que ele lhe fazia sobre a profissão de seu amo. Chegou, pois, a hora da ceia; recolheu-se ao seu aposento Dom Quixote e, quando veio a olha, sentou-se a cear tranquilamente. Parece que no outro aposento, que estava ao pé de Dom Quixote, dividido só por um delgado tabique, ouviu o nosso herói dizer-se de repente:

— Por vida de Vossa Mercê, Senhor Dom Jerônimo, vamos ler, enquanto não vem a ceia, outro capítulo da segunda parte de *Dom Quixote de la Mancha*.

Apenas Dom Quixote ouviu o seu nome, pôs-se de pé e, com o ouvido alerta, escutou o que diziam dele; e ouviu o tal Dom Jerônimo responder:

— Para que quer Vossa Mercê ler esses disparates, Senhor Dom João, se quem tiver lido a primeira parte da história de *Dom Quixote de la Mancha* não pode encontrar gosto em ler a segunda?[1]

— Apesar disso — tornou Dom João —, sempre se deve ler, porque não há livro tão ruim que não tenha alguma coisa boa. Neste, o que mais me desagrada é pintar Dom Quixote já desenamorado de Dulcineia del Toboso.

Ouvindo isso, Dom Quixote, cheio de ira e de despeito, levantou a voz e disse:

---

[1] Pela primeira vez se menciona explicitamente, no *Quixote*, a continuação de Avellaneda, cujo conhecimento acarretará uma mudança nos planos do fidalgo. Cervantes havia exposto antes sua opinião sobre o valor do apócrifo na dedicatória das *Comédias e entremezes*. Se até este momento eram personagens do livro (como os duques) que marcavam a pauta argumental, agora é uma invenção totalmente alheia (que Dom Quixote não quis ler) que modifica o curso da ação.

— A quem disser que Dom Quixote de la Mancha esqueceu ou pode esquecer Dulcineia del Toboso, eu lhe farei perceber, com armas iguais, que está muito longe da verdade, e que, nem a incomparável Dulcineia del Toboso pode ser olvidada, nem pode caber o olvido no peito de Dom Quixote: o seu brasão é a firmeza, e a sua profissão, guardá-la com suavidade e sem esforço algum.

— Quem é que nos responde? — tornaram do outro aposento.

— Quem há de ser — respondeu Sancho — senão o próprio Dom Quixote de la Mancha, que sustentará tudo o que disse, e ainda o que tiver de dizer, que ao bom pagador não lhe custa dar penhor?

Apenas Sancho disse isso, entraram pela porta do seu aposento dois cavaleiros, e um deles, deitando os braços ao pescoço de Dom Quixote, disse-lhe:

— Nem a nossa presença pode desmentir o vosso nome nem o vosso nome pode desacreditar a vossa presença. Sem dúvida, senhor, sois o verdadeiro Dom Quixote de la Mancha, norte e luz da cavalaria andante, a despeito e apesar de quem quis usurpar o vosso nome e aniquilar as vossas façanhas, como fez o autor deste livro, que aqui vos entrego.

E pôs-lhe um livro nas mãos, livro que o seu companheiro trazia; pegou-o Dom Quixote e, sem responder palavra, principiou a folheá-lo; e dali a pedaço devolveu-lho, dizendo:

— No pouco que vi, achei três coisas nesse autor dignas de repreensão. A primeira são algumas palavras que li no prólogo;[2] a segunda, ser a linguagem aragonesa,[3] porque muitas vezes escreve sem artigos; e a terceira, que mais o confirma por ignorante, é o errar e desviar-se da verdade no mais principal da história, porque diz aqui que a mulher do meu Sancho Pança se chama Maria Gutiérrez, e não se chama tal: chama-se Teresa Pança; e quem erra nessa parte tão importante, bem se poderá recear que erre em todas as outras da história.

— Donoso historiador! — acudiu Sancho. — Muito deve saber dos nossos sucessos, pois chama a Teresa Pança, minha mulher,

---

[2] Provavelmente se refere às que tratam Cervantes de velho, descontente e de ter tentado ofender Avellaneda; é possível que Cervantes quisesse desviar a atenção dos insultos, mais ocultos e mais graves, que se escrevem contra ele no capítulo IV.

[3] Parece fora de questão que o pseudônimo Alonso Fernández de Avellaneda oculta um aragonês, e possivelmente Jerônimo de Pasamonte; mas nem seu estilo permite assegurá-lo, nem é típico dos aragoneses escrever sem artigos, embora esse termo, que hoje resulta pouco claro em seu significado exato, servisse também para denominar as preposições e não só os determinantes.

Maria Gutiérrez! Torne a pegar no livro, senhor meu amo, e veja se eu também por cá ando, e se também me mudou o nome.

— Pelo que vos tenho ouvido dizer — acudiu Dom Jerônimo —, sois, sem dúvida, Sancho Pança, o escudeiro do Senhor Dom Quixote.

— Sou Sancho, sim, senhor, e disso me ufano.

— Pois à fé — tornou o cavaleiro — que não vos trata esse autor moderno com o asseio que na vossa pessoa se mostra; pinta-vos comilão e simples, e nada gracioso, e mui diferente do Sancho que se descreve na primeira parte da história de vosso amo.

— Deus lho perdoe — disse Sancho —; melhor fora que ele me deixasse no meu canto, sem se lembrar de mim, porque quem te manda a ti, sapateiro, tocar rabecão? E bem está São Pedro em Roma.

Os dois cavaleiros pediram a Dom Quixote que fosse cear com eles, que bem sabiam que naquela estalagem não havia manjares próprios da sua pessoa. Dom Quixote, que sempre foi delicado, condescendeu e acompanhou-os; ficou Sancho senhor da olha, com mero e misto império;[4] sentou-se à cabeceira da mesa, e sentou-se com ele o estalajadeiro, que não tinha menos afeição às suas mãos e às suas unhas.

No decurso da ceia perguntou Dom João a Dom Quixote que notícias tinha da Senhora Dulcineia del Toboso: se casara, se estava grávida, ou se, estando ainda donzela, se lembrava, sem deixar de guardar a sua honestidade e decoro, dos amorosos pensamentos do Senhor Dom Quixote.

Ao que ele respondeu:

— Dulcineia está donzela, e os meus pensamentos são mais firmes do que nunca: as correspondências continuam na sua antiga escassez, a sua formosura está transformada na fealdade duma soez lavradeira.

E logo lhes foi contado, ponto por ponto, o encantamento da Senhora Dulcineia e o que lhe sucedera na cova de Montesinos, com a ordem que o sábio Merlim lhe dera para desencantá-la, que foi a dos açoites de Sancho. Foi sumo o contentamento que os dois cavaleiros tiveram, ouvindo Dom Quixote contar os estranhos sucessos da sua história; e ficaram tão admirados dos seus disparates como do modo elegante por que os expunha. Umas vezes consideravam-no discreto e outras vezes supunham-no mentecapto, sem saber determinar que grau lhe dariam entre a discrição e a loucura.

---

[4] São termos jurídicos: o mero império era ter a faculdade de impor uma pena aos malfeitores; o misto império, faculdade de julgar as causas.

Acabou Sancho de cear e, deixando feito xis[5] o estalajadeiro, passou para o quarto onde estava seu amo e disse ao entrar:

— Que me matem, senhores, se o autor desse livro, que Vossas Mercês aí têm, quer que comamos umas migas juntos: ao menos, já que me chama comilão, desejaria que não me chamasse borracho.

— Chama, sim — disse Dom Jerônimo —; não me lembro de que maneira, mas lembro-me de que são malsoantes as suas razões e, de mais a mais, mentirosas, como se deixa ver na fisionomia do bom Sancho, que está presente.

— Creiam-me Vossas Mercês — disse Sancho — que o Sancho e o Dom Quixote dessa história hão de ser outros diversos dos que andam na que compôs Cide Hamete Benengeli, e que esses últimos somos nós: meu amo, valente, discreto e enamorado; e eu, simples gracioso e nem comilão nem borracho.

— Assim o creio — disse Dom João —; e, se fosse possível, havia de se mandar que ninguém tivesse o atrevimento de tratar das coisas do grande Dom Quixote, a não ser Cide Hamete, seu primeiro historiador, como Alexandre mandou que ninguém tivesse a ousadia de retratá-lo senão Apeles.[6]

— Retrate-me quem quiser — disse Dom Quixote —, mas não me maltrate, que, muitas vezes, vai abaixo a paciência, quando a carregam de insultos.

— Nenhum se pode fazer ao Senhor Dom Quixote de que ele não se vingue — tornou Dom João —, se não o aparar no escudo da sua paciência, que me parece que é forte e grande.

Nessas e noutras práticas se passou grande parte da noite; e, ainda que Dom João desejasse que Dom Quixote lesse mais do livro, para ver o que bramava, não puderam conseguir que ele o fizesse, dizendo que o dava por lido e o confirmava por néscio, e que não queria, se por acaso chegasse ao conhecimento do seu autor que o tivera nas mãos, que se alegrasse pensando que o lera, pois das coisas obscenas e torpes devem afastar-se os pensamentos, quanto mais os olhos. Perguntaram-lhe qual era o seu destino. Respondeu que ia a Saragoça, para figurar nas justas do arnês,[7] que naquela cidade se fazem todos os anos. Disse-lhe

---

[5] Bêbado, cambaleante, cruzando as pernas como uma letra xis.
[6] Lenda muito difundida no mundo clássico.
[7] Essas justas se celebravam três vezes por ano.

Dom João que aquela nova história contava que Dom Quixote, ou quem quer que fosse, estivera em Saragoça, num torneio falto de invenção, pobre de letras, pobríssimo de galas e só rico de disparates.

— Pois por isso mesmo — respondeu Dom Quixote — não porei os pés em Saragoça; e, assim, mostrarei a mentira desse historiador moderno: e verão as gentes que não sou o Dom Quixote que ele diz.

— Faz muito bem — disse Dom Jerônimo —; há outras justas em Barcelona, onde o Senhor Dom Quixote pode mostrar o seu valor.[8]

— Isso tenciono fazer — tornou Dom Quixote —; e deem-me Vossas Mercês licença, que já são horas de ir para a cama, e tenham-me na conta dum dos seus amigos e servidores.

— E a mim também — disse Sancho —; pode ser que sirva para alguma coisa.

Com isso se despediram, e Dom Quixote e Sancho retiraram-se para o seu aposento, deixando Dom João e Dom Jerônimo admirados de ver a mescla que ele tinha feito da sua discrição e da sua loucura; e acreditaram que eram esses os verdadeiros Dom Quixote e Sancho, não os que descrevia o seu autor aragonês.

Madrugou Dom Quixote e, batendo com os nós dos dedos nos tabiques do outro aposento, se despediu dos seus novos amigos. Pagou Sancho ao estalajadeiro magnificamente, e aconselhou-lhe que gabasse menos o fornecimento da sua estalagem e a tivesse mais bem fornecida.

---

[8] Se até este momento Dom Quixote se dirigia a Saragoça, para chegar a tempo às festas de São Jorge, agora irá para Barcelona, já que sabe que o Dom Quixote apócrifo foi à capital aragonesa. Por causa dessas mudanças, a estrutura temporal e a cronologia desta Segunda Parte se modificam.

## Capítulo LX
## DO QUE SUCEDEU A DOM QUIXOTE NO CAMINHO DE BARCELONA

ERA FRESCA A MANHÃ, e dava mostras de sê-lo também o dia em que Dom Quixote saiu da estalagem, informando-se primeiro de qual era o caminho mais direito para ir para Barcelona sem tocar em Saragoça: tal era o desejo que tinha de pôr por mentiroso aquele novo autor, que tanto diziam que o vituperava. Não lhe aconteceu coisa digna de escrever em mais de seis dias, ao cabo dos quais, indo fora do caminho ou carreira, apanhou-o a noite num espesso carvalhal ou sobreiral. Apearam-se das suas cavalgaduras amo e criado, e, encostando-se aos troncos das árvores, Sancho, que naquele dia merendara, entrou logo a dormir; mas Dom Quixote, a quem conservavam desperto ainda muito mais as suas imaginações do que a fome, não podia pregar olho, antes ia e vinha com o pensamento por mil gêneros de lugares. Ora lhe parecia achar-se na cova de Montesinos; ora ver brincar e montar na sua burrica a Dulcineia, convertida em lavradeira; ora lhe soavam aos ouvidos as palavras do sábio Merlim, referindo-lhe as condições e diligências com que se conseguiria o desencantamento de Dulcineia. Desesperava-se ao ver a frouxidão e a falta de caridade de Sancho; porque lhe parecia que apenas dera cinco açoites em si próprio, número desproporcionado e pequeno para os infinitos que lhe faltavam; e com isso se afligiu tanto que fez consigo o seguinte discurso:

"Se Alexandre Magno cortou o nó górdio, dizendo: 'Tanto monta cortar como desatar',[1] e por isso não deixou de ser o senhor universal

---

[1] Alexandre Magno, ao não poder desatar o nó que sujeitava o carro bélico real que estava em Górdio, capital da Frígia, cortou-o com sua espada. A frase que pronuncia Dom Quixote é de Quinto Cúrcio (*História de Alexandre Magno*, III) e se tornou proverbial, da mesma forma que a anedota, por tê-la apresentado Nebrija como lema a Fernando, o Católico para sua empresa, adotada depois pelos Reis da Espanha.

de toda a Ásia, nem mais nem menos podia suceder agora com o desencantamento de Dulcineia, se eu açoitasse Sancho contra vontade dele; porque, se a condição desse remédio está em receber Sancho os três mil e tantos açoites, que se me dá que os dê ele ou que lhos dê outro? O essencial é que ele os receba, venham donde vierem!" Pensando nisso, aproximou-se de Sancho, tendo primeiro agarrado as rédeas de Rocinante; e, juntando-as de modo que pudesse açoitá-lo com elas, principiou a tirar-lhe a cinta que dizem que não possuía senão a dianteira, em que se sustentavam os calções, mas, apenas começou a desapertá-la, acordou Sancho e disse:

— Que é isto? quem me toca e me desaperta?

— Sou eu — respondeu Dom Quixote —, que venho suprir as tuas faltas e remediar meus trabalhos; venho-te açoitar, Sancho, e descarregar em parte a dívida a que te obrigaste. Dulcineia perece, tu vives descuidado, eu morro de desejos; e, assim, desataca-te por vontade, que a minha é dar-te nesta solidão pelo menos dois mil açoites.

— Isso não — tornou Sancho —; Vossa Mercê faça favor de estar quieto, não os surdos nos hão de ouvir; os açoites a que me obriguei hão de ser dados voluntariamente, e não à força; agora não tenho vontade de me açoitar; basta que eu dê a minha palavra a Vossa Mercê, que me fustigo e sacudo as moscas do meu corpo assim que me apetecer.

— Não quero deixá-lo à tua cortesia, Sancho — disse Dom Quixote —, porque és duro de coração e, ainda que vilão, tenro de carnes.

E procurava à viva força desapertá-lo. Vendo isso, Sancho levantou-se e, arremetendo a seu amo, abraçou-o à força e, passando-lhe o pé, deu com ele no chão, de cara virada para cima; pôs-lhe um joelho no peito e, segurando-lhe as mãos, não o deixava mexer se nem respirar. Dom Quixote lhe dizia:

— Como, traidor, pois desmandas-te contra teu amo e senhor natural? Atreves-te contra quem te dá o pão?

— Não tiro rei, nem ponho rei[2] — respondeu Sancho —, mas ajudo-me a mim, que sou meu senhor; prometa-me Vossa Mercê que estará quieto e não tratará agora de me açoitar, que eu o deixarei livre e desembaraçado, senão

---

[2] Sancho modifica o ditado, procedente da guerra entre Pedro, o Cruel, e seu irmão Enrique de Trastâmara, e já convertido em frase proverbial: "Não tiro rei, nem ponho rei, mas ajudo ao meu senhor".

Aqui morrerás, traidor,
imigo de Dona Sancha.[3]

Prometeu Dom Quixote e jurou por vida dos seus pensamentos não lhe tocar na roupa e deixá-lo açoitar-se quando quisesse, por sua livre vontade e alvedrio. Ergueu-se Sancho e desviou-se daquele sítio um bom pedaço e, indo arrimar-se a um tronco de árvore, sentiu que lhe tocavam na cabeça e, levantando as mãos, topou com dois pés de gente, com sapatos e calças. Tremeu de medo, procurou outra árvore, e aconteceu-lhe o mesmo; deu brados, chamando Dom Quixote que lhe acudisse. Correu seu amo, e, perguntando-lhe o que é que sucedera e de que é que tinha medo, respondeu-lhe Sancho que todas aquelas árvores estavam cheias de pernas e de pés humanos. Apalpou-os Dom Quixote e logo percebeu o que seria, e disse a Sancho:

— Não tenhas medo, porque esses pés e pernas, que apalpas e não vês, decerto são de alguns foragidos e bandoleiros, enforcados nessas árvores, que por estes sítios os costuma enforcar a Justiça quando os apanha, de vinte a vinte, e de trinta a trinta árvores, e por isso percebo que devo estar ao pé de Barcelona.[4]

E era, efetivamente, assim.

Ao amanhecer, levantaram os olhos e viram os cachos daquelas árvores, que eram corpos de bandoleiros. Já nisso vinha amanhecendo, e, se os mortos os tinham espantado, também os atribularam mais de quarenta bandoleiros vivos, que de improviso os rodearam, dizendo-lhes, em língua catalã, que estivessem quedos e esperassem pelo capitão. Achava-se Dom Quixote a pé, com o cavalo sem freio, com a lança arrimada a uma árvore, e, finalmente, sem defesa alguma; e, assim, não teve remédio senão cruzar as mãos e inclinar a cabeça, guardando-se para melhor ocasião e conjuntura.

Correram os bandoleiros a espoliar o ruço, não deixando coisa alguma do que vinha nos alforjes e na maleta, e por felicidade Sancho

---

[3] Versos finais de um romance da série dos infantes de Lara, que Sancho utiliza mudando o gênero de seu nome de batismo e identificando-se com Mudarra.

[4] O bandoleirismo catalão constituiu um problema social e político nos séculos XVI e XVII. Os bandoleiros assaltavam estradas e povoados e dividiam em facções toda a sociedade do Principado. O bandoleirismo tinha suas raízes em rivalidades pessoais e locais e nos antagonismos entre a cidade e o campo. Quando a justiça prendia os foragidos, os enforcava imediata e expeditivamente.

trazia os escudos do duque, e os que trouxera da terra, metidos numa algibeira do alçapão; mas, ainda assim, aquela boa gente o revistaria e lhe tiraria até o que tivesse escondido por baixo da pele, se não chegasse nesse momento o seu capitão, que mostrava ser homem de trinta e quatro anos, robusto, bem-proporcionado, mais alto que baixo, de olhar grave e de cor morena. Vinha montado num poderoso cavalo, com uma cota de malha de aço e quatro pistolas, a que se chamam na Catalunha *pedreñales*,[5] metidas no cinto. Viu que os seus escudeiros (que assim chamam aos que andam naquele exercício) iam despojar Sancho Pança; ordenou-lhes que não o fizessem, e foi logo obedecido; e, assim, escapou o cinto. Admirou-se de ver uma lança arrimada a uma árvore, um escudo no chão e Dom Quixote armado e pensativo, com a mais triste e melancólica fisionomia que a própria tristeza podia ter. Chegou-se a ele dizendo:

— Não estejais tão triste, bom homem, porque não caístes nas mãos de algum cruel Osíris,[6] mas sim nas de Roque Guinart,[7] que têm mais de compassivas que de rigorosas.

— Não estou triste — respondeu Dom Quixote — por ter caído em teu poder, Roque valoroso, para cuja fama não se encontram limites na terra, mas sim por ter sido tal o meu descuido que me apanharam os teus soldados sem freio no cavalo, sendo eu obrigado, pela regra da cavalaria andante que professo, a viver sempre alerta, sentinela a toda hora de mim mesmo; e quero que saibas, grande Roque, que, se me achasse montado no cavalo, com a minha lança e com o meu escudo, não lhes seria fácil renderem-me, porque sou Dom Quixote de la Mancha, aquele que enche todo o orbe com as suas façanhas.

Logo Roque Guinart conheceu que a enfermidade de Dom Quixote estava mais próxima da loucura que da valentia; e, ainda que algumas vezes o ouvira nomear, nunca julgou verdadeiros os seus feitos, nem se

---

[5] Arcabuz pequeno que se disparava com pedernal; é catalanismo. A arma, a meio caminho entre a pistola e a escopeta, se associava normalmente com o bandoleirismo catalão.

[6] Confusão, dificilmente intencional, com Busíris, lendário rei do Egito, fundador de um templo em cujo altar se sacrificavam os estrangeiros que desembarcavam no território; Hércules o matou quando aquele tentava sacrificá-lo.

[7] Perot Roca Guinarda (ou Rocaguinarda), histórico e famoso bandoleiro catalão. No momento em que se publica o *Quixote* já havia recebido o indulto do rei (30 de julho de 1611), com a condição de sair desterrado por dez anos; portanto, dificilmente pôde encontrar-se com Dom Quixote, cuja viagem a Barcelona transcorre no verão de 1614, três anos depois. Cervantes cita também o bandoleiro no entremez *A cova de Salamanca*.

pôde persuadir de que tivesse semelhantes disposições o coração dum homem; alegrou-se em extremo por tê-lo encontrado, para tocar de perto o que de longe ouvira a respeito dele; e, assim, disse-lhe:

— Valoroso cavaleiro, não vos despeiteis nem considerais como fortuna esquerda esta em que vos encontrais, porque pode ser que nestes tropeços se endireitasse a vossa torcida sorte; que o céu, por estranhos e nunca vistos rodeios, nunca imaginados pelos homens, costuma levantar os caídos e enriquecer os pobres.

Já Dom Quixote ia lhe agradecer, quando sentiu pela retaguarda um ruído semelhante a tropel de cavalos; mas era um só, em que vinha montado, correndo a galope, um moço que parecia ter os seus vinte anos, vestido de damasco verde, com alamares de ouro, bragas, chapéu revirado à valona,[8] botas envernizadas e justas, esporas, adaga e espada dourada, uma pequena escopeta nas mãos e duas pistolas na cinta. Ouvindo o ruído, voltou a cabeça Roque e viu essa gentil figura, que, ao aproximar-se dele, disse-lhe:

— Vinha à tua procura, valoroso Roque, para encontrar em ti, senão remédio, pelo menos alívio na minha desdita; e para que não estejas suspenso, porque vejo que me não conheceste, quero dizer-te quem sou: sou Cláudia Jerônima, filha de Simão Forte, teu amigo particular e inimigo de Claquel Torrellas, que também é inimigo teu, por ser do bando contrário;[9] e sabes que esse Torrellas tem um filho, que se chama Dom Vicente Torrellas, ou que pelo menos assim se chamava ainda há menos de duas horas. Este, pois, para encurtar razões, viu-me, enamorou-se de mim; escutei-o e enamorei-me também, às escondidas de meu pai; que não há mulher, por mais retirada que esteja e por mais recatada que seja, a quem não sobre tempo para pôr em execução e efeito os seus atropelados desejos. Finalmente, prometeu ele ser meu esposo e eu dei-lhe palavra de ser sua, sem que em obra fôssemos adiante. Soube ontem que ele, esquecido do que me devia, ia casar com outra e que esta manhã a desposava, notícia que me turbou os sentidos e me deu cabo da paciência; e, por meu pai não estar no lugar, tive eu de me vestir com

---

[8] "Com uma pluma inclinada que lhe rodeava a copa"; era a forma como os valentões adornavam o chapéu.

[9] Roque Guinart era do partido dos Niarros, ou *Nyerros*, "leitões", mais próximo à nobreza; os Torrellas, portanto, deviam pertencer ao grupo dos *Cadells*, "cachorros". Eram dois bandos armados, com certo matiz político, que se enfrentavam na Catalunha, às vezes confundindo-se com o bandoleirismo, apoiando-o ou apoiando-se nele.

este fato, e, metendo o cavalo a galope, alcancei Dom Vicente daqui a coisa duma légua e, sem começar a fazer queixas nem a ouvir desculpas, disparei sobre ele esta escopeta e mais estas duas pistolas, e parece-me que lhe meti mais de duas balas no corpo, abrindo-lhe portas por onde saísse a minha honra, envolta no seu sangue. Ali o deixei nas mãos de seus criados, que não ousaram nem puderam defendê-lo, e venho rogar-te que me passes para França, onde tenho parentes com que viva, e também pedir-te que defendas meu pai, para que os muitos parentes de Dom Vicente se não atrevam a tirar dele vingança.

Roque, admirado da galhardia, boa figura e aventurosa índole da formosíssima Cláudia, disse-lhe:

— Vinde, senhora; vamos ver se morreu o vosso inimigo e depois veremos o que mais vos convirá.

Dom Quixote, que escutara o que Cláudia dissera e o que Roque respondera, observou:

— Não precisa se incomodar em defender essa senhora, que tomo isso a meu cargo: dê-me o meu cavalo e as minhas armas que eu irei em busca desse cavalheiro, e, morto ou vivo, o obrigarei a cumprir a promessa que fez a tanta formosura.

— Ninguém duvide disso — disse Sancho —, porque meu amo tem muito boa mão para casamenteiro; ainda não há muitos dias que obrigou a casar um, que também faltou à palavra que a outra donzela dera; e, se não fossem os nigromantes terem mudado a verdadeira figura do moço na dum lacaio, já a estas horas a tal donzela não o seria.

Roque Guinart, que mais cuidava no sucesso da formosa Cláudia do que nos discursos do amo e do criado, não os entendeu e, ordenando aos seus escudeiros que restituíssem a Sancho tudo o que tinham tirado do ruço, ordenou-lhes também que se retirassem para o sítio onde tinham estado nessa noite alojados, e logo partiu com Cláudia a toda a brida, à procura do ferido ou morto Dom Vicente. Chegaram ao sítio onde Cláudia o encontrou e não viram ali senão sangue derramado de fresco; mas, percorrendo com a vista aqueles contornos, descobriram por um monte acima alguma gente e perceberam que seria Dom Vicente, que os seus criados levavam, ou morto ou vivo, ou para curá-lo ou para enterrá--lo. Correram a apanhá-los, o que facilmente conseguiram, porque o cortejo ia vagarosamente. Encontraram Dom Vicente nos braços do seus servos, a quem pedia, com voz cansada e débil, que o deixassem ali morrer, porque a dor das feridas não consentia que fosse mais adiante.

Saltaram dos cavalos abaixo, chegaram-se a eles; tremeram os criados com a presença de Roque e turbou-se Cláudia com a de Dom Vicente; e meio enternecida e meio rigorosa, chegou-se a ele, travando-lhe das mãos, e disse-lhe:

— Se tu me desses estas mãos, conforme o que combináramos, não te verias nunca nesse transe.

Abriu o ferido cavalheiro os olhos semicerrados e, conhecendo Cláudia, disse-lhe:

— Bem vejo, formosa e iludida senhora, que foste tu que me mataste, castigo não merecido nem devido a meus desejos, porque nunca, nem com desejos nem com obras, quis te ofender.

— Então, não é verdade — disse Cláudia — que ias esta manhã desposar Leonora, a filha do rico Balvastro?

— Não, decerto — respondeu Dom Vicente. — Foi a minha má fortuna que te levou essa notícia, para que por zelos me tirasses a vida; mas, deixando-a nas tuas mãos e nos teus braços, ainda me considero venturoso; e, para te assegurares desta verdade, aperta-me a mão e recebe-me por esposo, se quiseres, que não tenho maior satisfação a dar-te do agravo que de mim recebeste.

Apertou-lhe a mão Cláudia e apertou-se-lhe o coração de maneira que desmaiou em cima do peito ensanguentado de Dom Vicente, e este foi acometido por um paroxismo mortal. Estava confuso Roque e não sabia o que havia de fazer. Correram os criados a buscar água para a deitarem no rosto de seu amo e trouxeram bastante para banhar o rosto de Vicente e de Cláudia. Acordou esta do seu desmaio, mas não do seu paroxismo Dom Vicente, porque lhe acabou a vida; e, vendo isso Cláudia, e reconhecendo que já o seu doce esposo não vivia, feriu os ares com suspiros e o céu com as suas queixas; maltratou os cabelos, soltando-os ao vento, rasgou a cara com as suas próprias mãos, com todos os sinais de dor e de sentimento que podem indicar a angústia que punge um coração.

— Ó cruel e inconsiderada mulher! — dizia ela. — Com que facilidade puseste em execução tão mau pensamento! Ó raivosa força dos zelos, a que desesperado fim conduziste a que vos deu acolhimento no peito! Ó meu esposo, cuja desditosa sorte, por ser prenda minha, te levou do tálamo à sepultura!

Tais eram os tristes queixumes de Cláudia que arrancaram lágrimas dos olhos de Roque, não acostumados a derramá-las. Choravam os criados, a cada passo desmaiava Cláudia, e todo aquele circuito parecia campo de tristeza e lugar de desgraças. Finalmente, Roque Guinart ordenou aos criados de Dom Vicente que levassem o corpo dele para a aldeia de seu pai, que ficava ali perto, para lhe darem sepultura. Cláudia disse a Roque que queria ir para um mosteiro, de que era abadessa uma tia sua e onde tencionava acabar a vida, acompanhada por outro melhor e mais eterno esposo. Louvou-lhe Roque o seu bom propósito e ofereceu-se para acompanhá-la até onde ela quisesse, e para defender seu pai contra os parentes de Dom Vicente e contra todos os que quisessem molestá-lo. Não aceitou Cláudia a sua companhia e, agradecendo os seus oferecimentos com as melhores palavras, despediu-se dele chorando. Os criados de Dom Vicente levaram-lhe o corpo, e Roque voltou para os seus: e esse fim tiveram os amores de Cláudia Jerônima. Mas que admira, se teceram a trama da sua lamentável história as forças invencíveis e rigorosas dos zelos?

Achou Roque Guinart os seus escudeiros no sítio para onde os mandara, e Dom Quixote com eles, montado em Rocinante, fazendo-lhes uma prática, em que lhes persuadia que deixassem aquele modo de vida, tão perigoso, tanto para a alma como para o corpo; mas, como a maior parte deles era gascã, gente rústica e fera,[10] não lhes entrava bem na cabeça a prática de Dom Quixote. Apenas Roque chegou, perguntou a Sancho se lhe haviam restituído o que tinham lhe tirado do ruço. Respondeu Sancho que sim, mas que só lhe faltavam três lenços, que valiam três cidades.

— Que dizes tu, homem? — acudiu um dos que estavam presentes. — Sou eu que os tenho, e não valem três reais.

— É verdade — disse Dom Quixote —, mas avalia-os o meu escudeiro no que diz, por mos ter dado quem mos deu.

Mandou-os Roque Guinart restituir imediatamente e, mandando pôr os seus em fileira, ordenou que trouxessem para ali fatos, joias, dinheiro, tudo, enfim, quanto fora roubado desde a última repartição, e, fazendo rapidamente a conta, trocando a dinheiro o que não era divisível, repartiu tudo pela companhia, com tanta igualdade e prudência

---

[10] Muitos bandoleiros procediam da Gasconha ou de outras províncias francesas; vários deles eram huguenotes perseguidos em seu país, que, buscando refúgio na Catalunha, acabaram se integrando em algum bando.

que a ninguém favoreceu nem defraudou. Feito isso, e ficando todos satisfeitos, contentes e pagos, disse Roque para Dom Quixote:

— Se não se guardasse pontualidade, não se podia viver com eles.

— Pelo que vejo — disse Sancho —, é tão boa coisa a justiça que é necessária até entre os ladrões.

Ouviu-o um escudeiro e, levantando o arcabuz pelo cano, ia decerto abrir a cabeça de Sancho, se Roque Guinart não lhe bradasse que se detivesse.

Ficou Sancho pasmado e resolveu não tornar a abrir a boca, enquanto estivesse com aquela gente.

Nisso, chegaram uns escudeiros, que estavam de sentinela pelos caminhos para ver a gente que por eles vinha e dar aviso ao seu chefe do que se passava, e estes disseram:

— Senhor, não longe daqui, pela estrada de Barcelona, vem um tropel de gente.

— Viste se são dos que nos buscam ou se são dos que buscamos? — perguntou Roque.

— São dos que buscamos — respondeu o escudeiro.

— Pois saí todos — disse Roque — e trazei-mos, sem que escape um só.

Obedeceram-lhe; e, ficando sozinhos Dom Quixote, Sancho e o capitão, estiveram à espera de ver os que os escudeiros traziam; e nesse ínterim disse Roque para Dom Quixote:

— Há de parecer o nosso modo de vida novo para o Senhor Dom Quixote, assim como lhe hão de parecer novas as nossas aventuras, novos os nossos sucessos e todos perigosos; e não me espanto que assim pareça, realmente confesso que não há modo de vida mais inquieto e mais sobressaltado do que este. A mim trouxeram-me para ele não sei que desejos de vingança que têm força de turbar os mais sossegados corações; eu sou de índole compassiva e bem-intencionada; mas, como disse, querer-me vingar dum agravo que se me fez deu em terra com todas as minhas boas inclinações, de maneira que persevero neste estado, apesar do que entendo; e, como um abismo chama outro abismo e um pecado outro pecado, encadearam-se as vinganças, de modo que me encarrego não só das minhas mas também das alheias; mas, graças a Deus, ainda que me vejo no meio do labirinto das minhas confusões, não perco a esperança de sair dele a salvamento.

Ficou Dom Quixote admirado de ouvir de Roque tão boas e concertadas razões, porque pensava que entre os que tinham estes ofícios de roubar, matar e assaltar não podia haver quem tivesse bom discorrer; e respondeu-lhe:

— Senhor Roque, o conhecimento da enfermidade e o querer tomar o enfermo os remédios que o médico receita são o princípio da saúde: Vossa Mercê está enfermo, conhece a sua doença e o céu, ou Deus, para melhor dizer, que é o nosso médico, lhe aplicará remédios que o sarem, remédios que costumam curar pouco a pouco, e não de repente e por milagre; e, além disso, os pecadores discretos estão mais próximos de emendar-se do que os simples; e, como Vossa Mercê mostrou no seu arrazoado a sua prudência, tenha ânimo e espere, que há de melhorar da enfermidade da sua alma: e, se quiser poupar caminho e entrar com facilidade no da sua salvação, venha comigo, que eu o ensinarei a ser cavaleiro andante, profissão em que se passam tantos trabalhos e desventuras que, tomando-as por penitência, põem-no em duas palhetadas no caminho do céu.

Riu-se Roque do conselho de Dom Quixote, a quem, mudando de conversação, contou o trágico sucesso de Cláudia Jerônima, ficando muito pesaroso Sancho, a quem não tinha parecido mal a beleza, desenvoltura e brio da moça.

Nisso, chegaram os escudeiros do roubo, trazendo consigo dois cavaleiros e dois peregrinos a pé, e um coche de mulheres, com seis criados a pé e a cavalo, que as acompanhavam, e mais dois moços de mulas, que os cavaleiros traziam. Meteram-nos no meio os escudeiros, guardando vencidos e vencedores um grande silêncio, à espera de que falasse o grande Roque Guinart, o qual perguntou aos cavaleiros quem eram, para onde iam e que dinheiro levavam.

Um deles respondeu:

— Senhor, somos dois capitães de infantaria espanhola, temos as nossas companhias em Nápoles e vamos embarcar numas galés, que se diz que estão em Barcelona, com ordem de passar a Sicília; levamos cerca de duzentos ou trezentos escudos, com que, no nosso entender, vamos ricos e satisfeitos, porque as habituais estreitezas dos soldados não permitem maiores tesouros.

Perguntou Roque aos peregrinos o mesmo que aos capitães; responderam-lhe que iam embarcar para passar a Roma, e que ambos levariam sessenta reais. Quis saber quem ia também no coche e o dinheiro que levava; e um dos de cavalo disse:

— Vão no coche minha ama Dona Guiomar de Quiñones, mulher do regedor do vigariado de Nápoles,[11] com uma filha pequena, uma donzela e uma aia; acompanhamo-las seis criados, e o dinheiro eleva-se a seiscentos escudos.

— De modo — disse Roque Guinart — que temos aqui já novecentos escudos e sessenta reais: os meus soldados serão sessenta, pouco mais ou menos: vejam quanto cabe a cada um, que eu sou mau contador.

Ouvindo isso, os salteadores levantaram a voz, bradando:

— Viva Roque Guinart muitos anos, mau grado aos *lladres*[12] que juraram perdê-lo.

Turbaram-se os capitães, afligiu-se a senhora regedora e não ficaram nada satisfeitos os peregrinos, vendo o confisco dos seus bens. Teve-os assim Roque suspensos por um tempo, mas não quis que fosse mais adiante a sua tristeza, que já claramente se revelava, e disse, voltando-se para os capitães:

— Emprestem-me Vossas Mercês, por favor, senhores capitães, sessenta escudos, e a senhora regedora oitenta, para contentar esta minha esquadra, porque o abade janta do que canta; e podem seguir depois o seu caminho, livre e desembaraçadamente, com um salvo-conduto que eu lhes darei, para que, se toparem com alguma outra das minhas esquadras, que tenho divididas por estes contornos, elas não lhe façam dano, que não é minha intenção agravar soldados nem mulher alguma, especialmente as que são principais.

Foram infinitas e bem expressas as razões com que os capitães agradeceram a Roque a sua cortesia e liberalidade, que assim consideraram o deixar-lhes o dinheiro que era deles. A Senhora Dona Guiomar de Quiñones quis se apear do coche para beijar os pés e as mãos do grande Roque, mas ele não consentiu de modo algum, antes lhe pediu perdão do agravo que lhe fizera, por se ver forçado a cumprir as obrigações do seu ofício. Mandou a senhora regedora um dos criados que desse imediatamente os oitenta escudos que lhe tinham distribuído, e já os capitães haviam desembolsado os sessenta. Iam os peregrinos entregar toda a sua mesquinha fazenda, mas Roque disse-lhes que estivessem quedos; e, voltando-se para os seus, disse-lhes:

---

[11] Presidente da Audiência de Nápoles, situada em um edifício conhecido por *Vicaria*. Em maio de 1610, uma dama chamada A. de Quiñones conta em uma carta que, indo a Nápoles, antes de chegar a Barcelona, foi surpreendida por um assalto de bandoleiros.

[12] Ladrões, em catalão; aqui, depreciativamente.

— Destes escudos cabem dois a cada um de vocês, e sobejam vinte; deem dez a esses peregrinos e dez a esse honrado escudeiro, para que possa dizer bem desta aventura.

E, tirando arranjos para escrever, de que sempre andava munido, deu-lhes por escrito um salvo-conduto para os maiorais das suas esquadras e, despedindo-se deles, deixou-os ir livres e admirados da sua nobreza, do seu galhardo porte, do seu estranho proceder, tendo-o mais por Alexandre Magno do que por um ladrão conhecido. Um dos escudeiros disse na sua língua, meio gascã, meio catalã:

— Esse nosso capitão serve mais para frade que para bandoleiro: se daqui por diante quiser mostrar-se liberal, que seja com a sua fazenda e não com a nossa.

Não o disse tão devagar o desventurado que Roque deixasse de ouvi-lo, e logo, lançando mão à espada, lhe abriu a cabeça quase de meio a meio, dizendo-lhe:

— Assim castigo os desbocados e atrevidos.

Pasmaram todos e nenhum se atreveu a dizer uma palavra: tanta era a obediência que lhe tinham.

Afastou-se Roque para o lado e escreveu uma carta a um seu amigo de Barcelona, avisando-o de que estava com ele o famoso Dom Quixote de la Mancha, aquele cavaleiro andante de quem tantas coisas se diziam; e que lhe fazia saber que era o mais engraçado e mais entendido homem do mundo; que daí a quatro dias, dia de São João Batista, iria pôr-se no meio da praça da cidade, armado com todas as armas, montado no seu cavalo Rocinante, acompanhado pelo seu escudeiro Sancho, montado num burro, e que desse notícia disso aos Niarros seus amigos, para que com ele se divertissem; que ele desejaria que não se regalassem também com isso os *Cadells* seus contrários, mas que era impossível evitá-lo, porque as loucuras e discrições de Dom Quixote e os donaires do seu escudeiro Sancho Pança não podiam deixar de servir de passatempo geral a toda a gente. Despachou essa carta por um dos seus escudeiros, que mudando o traje de bandoleiro no de lavrador, partiu para Barcelona, e a deu a quem se dirigia.

## Capítulo LXI
### DO QUE SUCEDEU A DOM QUIXOTE NA ENTRADA DE BARCELONA, COM OUTRAS COISAS QUE TÊM MAIS DE VERDADEIRAS QUE DE DISCRETAS

TRÊS DIAS E TRÊS NOITES esteve Dom Quixote com Roque e, se estivesse trezentos anos, não lhe faltaria que ver e admirar no seu modo de vida. Amanheciam aqui e jantavam acolá; umas vezes fugiam sem saber de quê e outras vezes esperavam, sem saber a quem. Dormiam em pé, interrompendo o sono com o mudar-se de um sítio para outro. Tudo era pôr espias, escutar sentinelas, assoprar os morrões dos arcabuzes, ainda que não tivessem muitos, porque todos se serviam de pistolas. Roque passava as noites apartado dos seus, e de modo que eles não pudessem saber onde ele estava, porque os muitos bandos que o vice-rei[1] de Barcelona deitara para alcançar a sua cabeça traziam-no inquieto e receoso, e não se atrevia a fiar-se em ninguém, temendo que até os seus o entregassem à Justiça — vida decerto miserável e enfadosa.

Enfim, por caminhos desusados, por atalhos e sendas encobertas, partiram Roque, Dom Quixote e Sancho, com mais seis escudeiros, para Barcelona. Chegaram ali na véspera de São João, à noite, e, abraçando Roque a Dom Quixote e a Sancho, a quem deu os dez escudos prometidos, que até então não lhe dera, deixou-os, com mil oferecimentos, que de um e de outro lado se fizeram.

Voltou Roque para trás, ficou Dom Quixote esperando o dia, a cavalo como estava, e não tardou muito que não principiasse a descobrir-se pelos balcões do Oriente o rosto da branca aurora, alegrando as ervas

---
[1] Pessoa que representava o rei em cada um dos reinos em que se organizava a Coroa das Espanhas.

e as flores em vez de alegrar o ouvido. Ao mesmo tempo alegraram também os ouvidos as muitas charamelas e timbales, tambores e pífaros, e vozes de "fora! afastem!", dadas por corredores que pareciam sair da cidade. Deu lugar a aurora ao sol que, com o rosto maior que uma rodela, surgia pouco a pouco do fundo do horizonte.

Estenderam Dom Quixote e Sancho a vista por todos os lados, viram o mar, que até então nunca tinham visto, e pareceu-lhes imenso e espaçosíssimo, muito maior que as lagoas de Ruidera, que havia em La Mancha. Viram as galés varadas na praia, as quais, abatendo as lonas, mostravam-se cheias de flâmulas e galhardetes,[2] que tremulavam ao vento e varriam as águas. Dentro delas soavam clarins, trombetas e charamelas que, ao perto e ao longe, enchiam os ares de suaves e belicosos lamentos. Principiaram a mover-se e a fazer como que umas escaramuças navais nas sossegadas águas, correspondendo-lhes, quase do mesmo modo, infinitos cavaleiros, que saíam da cidade montados em formosos cavalos e com vistosas galas. Os soldados das galés disparavam muitos canhões, a que respondiam os que estavam nas muralhas e fortes da cidade; e grossa artilharia, com temeroso estrondo, rompia os ares, respondendo-lhe os canhões de maior coxia das galeras. O mar alegre, a terra jucunda[3] e o ar límpido, ou apenas turvo com o fumo da pólvora, parece que iam infundindo e gerando súbita alegria em toda a gente. Não podia imaginar Sancho como podiam ter tantos pés aqueles vultos que se moviam no mar.

Nisso, vieram correndo com gritos: "É ele, é ele, é ele", em grande algazarra, os cavaleiros das vistosas galas e, dirigindo-se para o sítio onde estava atônito e suspenso Dom Quixote, um deles, que era o que Roque avisara, disse em alta voz a Dom Quixote:

— Seja bem-vindo à nossa cidade o espelho, o farol, a estrela e o norte de toda a cavalaria andante, o homem em cujo peito mais largamente ela se encerra; bem-vindo seja, repito, o valoroso Dom Quixote de la Mancha, não o falso, não o fictício, não o apócrifo, que em falsas histórias ultimamente nos mostraram, mas sim o verdadeiro, o legal, o fiel, que nos descreveu Cide Hamete Benengeli, flor dos historiadores.

---

[2] Flâmulas: andeiras de extremidades cortadas em forma de chamas; galhardetes: troféus em forma de pequeno farol. Tipos distintos de bandeirolas que se empregavam, com diferentes motivos, na marinha; neste caso eram içadas para celebrar a festa.

[3] Que manifesta alegria; feliz, jovial, vivo.

Não respondeu palavra Dom Quixote, nem os cavaleiros esperaram resposta; mas, girando e regirando com os outros que o seguiram, começaram a galopar, em espiral, em torno de Dom Quixote, que, voltando-se para Sancho, disse:

— Eles logo nos conheceram: aposto que leram a nossa história e também a do aragonês, que foi há pouco impressa.

Voltou outra vez o cavaleiro que falara a Dom Quixote, e disse:

— Venha Vossa Mercê conosco, Senhor Dom Quixote, que somos todos seus servos e grandes amigos de Roque Guinart.

— Se cortesias geram cortesias — respondeu Dom Quixote —, a vossa, senhor cavaleiro, é filha ou parenta muito próxima da do grande Roque. Levem-me para onde quiserem, que eu não terei outra vontade senão a vossa, e ainda mais se a quiserdes empregar em servir-nos.

Com palavras não menos comedidas do que essas lhe respondeu o cavaleiro e, metendo-o todos no meio, ao som das charamelas e dos timbales, encaminharam-se com ele para a cidade, a cuja entrada o mau,[4] que todo o mal ordena, e os gaiatos, que ainda são piores do que ele, tramaram uma partida: dois garotos, travessos e atrevidos, meteram-se no meio de toda a gente e, levantando um deles o rabo do ruço e outro o de Rocinante, ataram-lhes um molho de cardos. Sentiram os pobres animais essas esporas de novo gênero e, apertando as caudas, ainda aumentavam a dor; de modo que, aos escorvos e aos coices, deram com seus donos em terra. Dom Quixote, corrido e afrontado, apressou-se a tirar os cardos do rabo do seu mancarrão, e Sancho os do jumento. Quiseram os que guiavam Dom Quixote castigar o atrevimento dos gaiatos, mas não foi possível porque se meteram no meio de mais de mil que os seguiam.

Tornaram a montar Dom Quixote e Sancho e, com o mesmo aplauso e música, chegaram à casa do seu guia, que era grande e principal, enfim como de cavaleiro rico; e aí os deixaremos por agora, porque assim o quer Cide Hamete.

---

[4] O diabo.

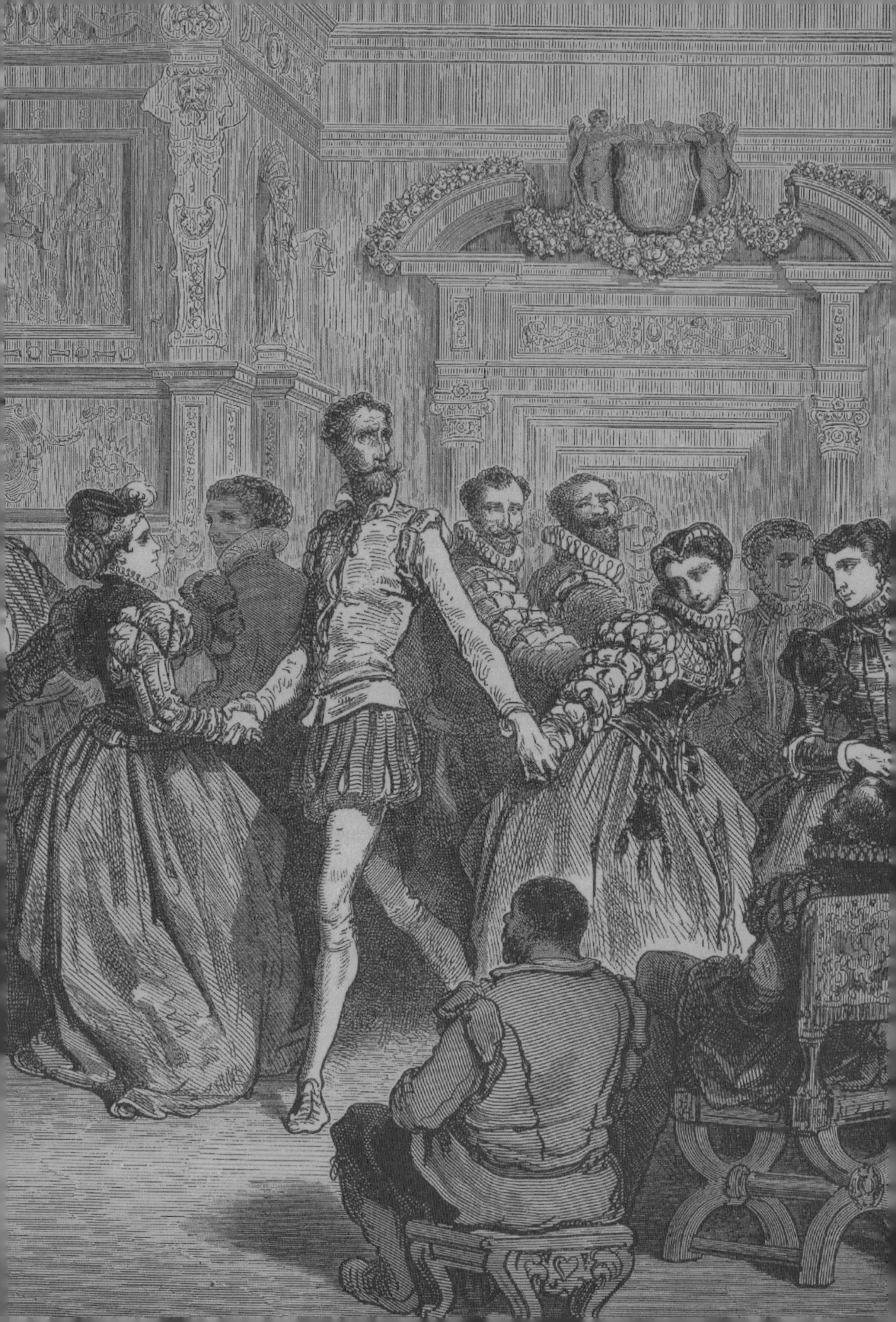

## Capítulo LXII

### QUE TRATA DA AVENTURA DA CABEÇA ENCANTADA, COM OUTRAS NINHARIAS QUE NÃO PODEM DEIXAR DE SE CONTAR

CHAMAVA-SE DOM ANTÔNIO MORENO o hospedeiro de Dom Quixote, cavaleiro rico e discreto e amigo de se divertir honesta e afavelmente: e, vendo em sua casa Dom Quixote, andava procurando modo de trazer a campo as suas loucuras sem lhe fazer dano, porque são más brincadeiras as que doem nem há passatempos que valham, sendo em prejuízo alheio. A primeira coisa que fez foi mandar desarmar Dom Quixote e pôr à vista aquele seu apertado gibão, que já por muitas vezes descrevemos e pintamos, e levá-lo para uma sacada, que deitava para uma das ruas mais principais da cidade, e tendo-o em exposição diante de todos que o miravam, como se ele fosse um animal curioso. Correram de novo por diante os cavaleiros, como se só para ele, e não para alegrar aquele festivo dia, tivessem vestido as suas galas; e Sancho Pança estava contentíssimo, por lhe parecer que se achara, sem saber como nem como não, noutras bodas de Camacho, noutra casa como a de Dom Diego de Miranda e noutro castelo como o do duque.

Jantaram naquele dia com Dom Antônio alguns dos seus amigos, honrando e tratando todos Dom Quixote como cavaleiro andante; e ele, por isso, inchado e pomposo, não cabia em si de contente. As graças de Sancho foram tantas que andavam como que pasmos com sua boca os criados da casa e todos os que o ouviam. Estando à mesa, disse Dom Antônio a Sancho:

— Já por cá temos notícias, bom Sancho, de que gostais tanto de manjar-branco[1] e de almôndegas que, se vos sobejam, guardais tudo no seio para outro dia.

— Não, senhor, não é assim — respondeu Sancho —, porque sou mais asseado que guloso; e meu amo Dom Quixote, que presente se acha, bem sabe que com um punhado de bolotas ou de nozes costumamos passar ambos oito dias; é verdade que, se às vezes sucede darem-me a vaca, vou logo com a corda; quero dizer, como o que me dão; e quando venta molha a vela; e quem tiver dito que sou comilão avantajado e sujo fique sabendo que não acertou; e de outro modo eu diria isso, se não atendesse às barbas honradas dos que estão à mesa.

— É certo — disse Dom Quixote — que a parcimônia e asseio com que Sancho come se podem escrever e gravar em lâminas de bronze, para que fique em memória eterna nos séculos futuros. É verdade que, quando tem fome, parece sôfrego, porque come depressa e a dois carrilhos, mas sempre com grande asseio; e, no tempo em que foi governador, aprendeu a comer com melindre; tanto que até comia com garfo as uvas e os bagos de romã.

— O quê? — disse Dom Antônio. — Sancho foi governador?

— Fui — respondeu Sancho —, de uma ilha chamada Baratária. Dez dias a governei; nesses dias perdi o sossego e aprendi a desprezar todos os governos do mundo; saí, fugindo; caí numa cova, onde me tive por morto e donde me safei vivo, por milagre.

Contou Dom Quixote, por miúdo, todos os sucessos do governo de Sancho, com o que divertiu muito os ouvintes.

Levantada a mesa e tomando Dom Antônio Dom Quixote pela mão, entrou com ele num apartado aposento, onde não havia outro adorno senão uma mesa de um pé só, que parecia toda de jaspe, em cima da qual estava posta uma cabeça, que parecia de bronze, em busto, como a dos imperadores romanos. Passeou Dom Antônio com Dom Quixote pelo aposento, rodeando muitas vezes a mesa; e depois disse:

---

[1] Prato de luxo que se popularizou no Século de Ouro, era uma pasta feita com peito de galinha desfiado e seu caldo, leite, açúcar, sal e sêmola de trigo ou arroz; era servido na rua, em caixas de papel ou fritos como sonho. As almôndegas, de diversas classes, eram vendidas em barracas na rua, com abusos em sua composição, até o ponto de aparecerem listas apontando os complementos que a carne básica necessitava. Dom Antônio Moreno refere-se a um convite que Dom Álvaro Tarfe faz a Dom Quixote e Sancho no capítulo XII da continuação apócrifa de Avellaneda.

— Agora, Senhor Dom Quixote, que sei que ninguém nos escuta e que está fechada a porta, quero contar a Vossa Mercê uma das mais raras aventuras ou, para melhor dizer, das mais raras novidades que se imaginar podem, com a condição de que Vossa Mercê há de encerrar o que eu lhe disser nos mais recônditos recessos do segredo.

— Assim juro — respondeu Dom Quixote —, e ponho-lhe uma pedra em cima, para mais segurança; porque quero que Vossa Mercê saiba, Senhor Dom Antônio, que está falando com quem, apesar de ter ouvidos para ouvir, não tem língua para falar: portanto pode, com segurança, transladar o que tem no seu peito para o meu e fazer de conta que o arrojou aos abismos do silêncio.

— Fiado nessa promessa — respondeu Dom Antônio —, quero que Vossa Mercê se admire do que vai ver e ouvir e que me dê algum alívio da pena que me causa não ter a quem comunicar os meus segredos, que não se podem dizer a todos.

Estava suspenso Dom Quixote, esperando em que iriam parar tantas prevenções. Nisso, Dom Antônio, pegando-lhe na mão, passeou-a pela cabeça de bronze e pela mesa e o pé de jaspe que a sustinha, e disse:

— Esta cabeça, Senhor Dom Quixote, foi feita e fabricada por um dos maiores nigromantes e feiticeiros que teve o mundo, polaco de nação, parece-me, e discípulo do famoso Escotilho,[2] de quem tantas aventuras se contam; esteve aqui em minha casa e, por mil escudos que lhe dei, lavrou esta cabeça, que tem a propriedade e a virtude de responder a quantas coisas se lhe perguntarem ao ouvido. Traçou rumos, pintou caracteres, observou astros, mirou pontos e, finalmente, completou-a com a perfeição que amanhã veremos, porque nas sextas-feiras está muda; e por isso, como hoje é sexta-feira, teremos de esperar até amanhã. Poderá Vossa Mercê prevenir-se com as perguntas que lhe quiser fazer, porque, por experiência, sei que responde a verdade.

Ficou admirado Dom Quixote da virtude e da propriedade da cabeça e esteve quase não acreditando em Dom Antônio; mas, vendo o pouco tempo que faltava para se fazer a experiência, não quis lhe dizer senão que lhe agradecia o ter-lhe descoberto tamanho segredo. Saíram

---

[2] Entre todos os possíveis Escotos, com fama de magos, Cervantes parece tomar o nome de um prestidigitador que atuou em Flandres poucos anos antes e cuja fama chegou à Espanha; possivelmente se chamou assim em lembrança do necromante Miguel Scoto, citado por Dante na *Divina comédia*, "Inferno", XX.

do aposento, fechou Dom Antônio a porta à chave e foram para a sala onde estavam os outros cavalheiros, a quem Sancho contara, entretanto, muitos dos sucessos e aventuras que a seu amo tinham acontecido.

Nessa tarde levaram a passear Dom Quixote, não armado, mas vestido com um balandrau[3] cor de pele de leão, que faria suar naquele tempo o próprio gelo. Ordenaram aos seus criados que entretivessem Sancho, de modo que não o deixassem sair de casa. Ia Dom Quixote montado não em Rocinante, mas num grande macho de andar sereno e muito bem aparelhado. Vestiram-lhe o balandrau e, nas costas, sem que ele visse, coseram-lhe um pergaminho, em que escreveram com letras grandes: "Este é Dom Quixote de la Mancha". No princípio do passeio atraía o rótulo a vista de quantos passavam, que se aproximavam logo e, como liam em voz alta: "Este é Dom Quixote de la Mancha", admirava-se Dom Quixote de ver que todos os que olhavam para ele o nomeavam e conheciam; e, voltando-se para Dom Antônio, que ia ao seu lado, disse-lhe:

— Grandes prerrogativas tem a cavalaria andante, porque torna quem a professa conhecido e famoso em todos os cantos da terra; senão, veja Vossa Mercê, Senhor Dom Antônio, que até os garotos desta cidade, sem nunca me haverem visto, me conhecem.

— É verdade, Senhor Dom Quixote — respondeu Dom Antônio —, que, assim como o fogo não pode estar escondido e encerrado, não pode a virtude deixar de ser conhecida; e a que se alcança pela profissão das armas resplandece e campeia sobre todas as outras.

Aconteceu que, caminhando Dom Quixote com o aplauso que se disse, um castelhano, que leu o rótulo das costas, levantou a voz, dizendo:

— Valha-te o Diabo, Dom Quixote de la Mancha; como vieste aqui parar, escapando com vida às infinitas pauladas que apanhaste? Tu és doido e, se o fosses sozinho e dentro das portas da tua loucura, não seria mau; mas tens a propriedade de tornar doidos e mentecaptos todos os que tratam e, comunicam contigo; senão, vejam esses senhores que te acompanham. Vai para tua casa, mentecapto, e olha pela tua fazenda, por tua mulher e teus filhos, e deixa-te dessas tolices, que te comem o siso e te descoalham o entendimento.

---

[3] Veste com capuz e mangas largas, abotoada na frente. Parece que nessa época já se utilizava apenas dentro de casa.

— Irmão — disse Dom Antônio —, segui o vosso caminho e não deis conselhos a quem vo-los não pede. O Senhor Dom Quixote de la Mancha é mui sensato, e nós outros, que o acompanhamos, não somos néscios: a virtude há de se honrar onde se encontrar; e ide-vos em má hora e não vos metais onde não sois chamado.

— Por Deus, tem Vossa Mercê razão — tornou o castelhano —; dar conselhos a esse bom homem é dar coices no aguilhão; mas, contudo, tenho muita pena de que o bom senso, que dizem que esse mentecapto em tudo mostra, o venha a desaguar pelo canal da sua cavalaria andante; e caia sobre mim e sobre os meus descendentes a hora má que Vossa Mercê diz, se daqui por diante, ainda que eu viva mais anos que Matusalém, der conselhos a quem não mos pedir.

Afastou-se o conselheiro e seguira adiante o passeio; mas os garotos e toda a mais gente se atropelavam de tal modo a ler o rótulo que Dom Antônio teve de tirá-lo, fingindo que lhe tirava outra coisa.

Chegou a noite, voltaram para casa e houve sarau de damas: porque a mulher de Dom Antônio, que era uma senhora principal e alegre, formosa e discreta, convidou outras suas amigas para vir honrar o seu hóspede e saborear as suas nunca vistas loucuras. Apareceram algumas, ceou-se esplendidamente e principiou o sarau quase às dez da noite. Entre as damas, havia duas de gênio alegre e zombeteiro; e, sendo muito honestas, eram, contudo, desenvoltas o bastante para que as suas burlas agradassem sem enfadar. Estas tanto teimaram em tirar Dom Quixote para dançar que lhe moeram não só o corpo, mas a alma também. Era coisa de ver a figura de Dom Quixote, comprido e estirado, magro e amarelo, de fato muito justo, desengonçado e, sobretudo, pouquíssimo ligeiro. Requebravam-no, como que a furto,[4] as donzelas, e ele também, como que a furto, as desdenhava; mas, vendo-se apertado com requebros, levantou a voz e disse:

— *Fugite, partes adversae*:[5] deixai-me no meu sossego, pensamentos importunos; levai para outro lado, senhoras, os vossos desejos, que aquela que dos meus é rainha, a incomparável Dulcineia del Toboso, não consente que nenhuns outros, sem serem os seus, me rendam e avassalem.

E, dizendo isso, sentou-se no chão, no meio da casa, moído e quebrantado com tão bailador exercício. Mandou Dom Antônio que o

---

[4] De modo disfarçado; às furtadelas, às escondidas.

[5] "Fugi, inimigos!"; fórmula que a Igreja emprega nos exorcismos.

levassem em peso para o leito, e o primeiro que lhe deitou a mão foi Sancho, que lhe disse:

— Em má hora, senhor meu amo, muito bailastes! Então pensais que todos os valentes são dançadores e todos os cavaleiros andantes bailarinos? Digo que, se tal pensais, estais enganado. Há homem que mais depressa se atreverá a matar um gigante que a dar uma cabriola; quando houverdes de sapatear, eu suprirei a vossa falta, que sapateio como um gerifalte; mas lá no dançar não dou rego.

Com essas e outras palavras divertiu Sancho os do sarau e meteu seu amo na cama, cobrindo-o de roupa, para que se curasse, suando, do esfriar do baile.

Ao outro dia entendeu Dom Antônio que era tempo de fazer a experiência da cabeça encantada, e com Dom Quixote, Sancho e mais dois amigos, e as duas senhoras que tinham moído Dom Quixote no baile e passado a noite com a mulher de Dom Antônio, fechou-se no quarto onde estava a cabeça. Contou-lhes a propriedade que tinha, pediu-lhes segredo e disse-lhes que era esse o primeiro dia em que se havia de experimentar a virtude da tal cabeça encantada; e, a não serem os dois amigos de Dom Antônio, mais nenhuma pessoa sabia o busílis do encantamento; e, ainda assim, se Dom Antônio não lho tivesse descoberto primeiro, também eles cairiam no pasmo em que os outros caíram: nem outra coisa era possível — com tal arte e tão boa traça estava fabricada.

O primeiro que se chegou ao ouvido da cabeça foi o mesmo Dom Antônio, e disse-lhe em voz submissa, mas não tanto que não o entendessem todos:

— Dize-me, cabeça, pela virtude que em ti se encerra: em que penso agora?

E a cabeça respondeu-lhe, sem mover os lábios, com voz clara e distinta, de modo que foi por todos entendida, o seguinte:

— Não julgo de pensamentos.

Ouvindo isso, ficaram todos atônitos, vendo que não havia em todo o aposento pessoa humana que pudesse responder.

— Quantos estamos aqui? — tornou a perguntar Dom Antônio.

Respondeu-lhe a cabeça, do mesmo teor, e baixinho:

— Estás tu e tua mulher, com dois amigos teus e duas amigas dela, e um famoso cavaleiro chamado Dom Quixote de la Mancha, e um seu escudeiro que tem o nome de Sancho Pança.

Aqui foi o admirarem-se todos de novo; aqui o eriçarem-se os cabelos de todos os presentes, de puro espanto; e, afastando-se Dom Antônio da cabeça, disse:

— Isso me basta para saber que não fui enganado pela pessoa que ma vendeu: cabeça sábia, cabeça faladora, cabeça respondedora e admirável cabeça! Chegue-se outro e pergunte-lhe o que quiser.

E como as mulheres, de ordinário, são curiosas e amigas de saber, a primeira que se chegou foi uma das duas amigas da esposa de Dom Antônio, e perguntou-lhe:

— Dize-me, cabeça: que hei de fazer para ser formosa?

E respondeu-lhe a cabeça:

— Ser honesta.

— Não te pergunto mais nada — disse a perguntadora.

Chegou-se logo a companheira e prosseguiu:

— Dize-me, cabeça, se meu marido me quer bem ou não.

— Vê o que ele te faz — respondeu a cabeça —, e logo saberás.

Afastou-se a casada, dizendo:

— Para receber essa resposta, não valia a pena perguntar nada, porque, efetivamente, pelas obras se revela a vontade de quem as pratica.

Chegou em seguida um dos dois amigos de Dom Antônio e perguntou-lhe:

— Quem sou eu?

— Tu bem o sabes.

— Não te pergunto isso — respondeu o cavalheiro —, mas quero que me digas se me conheces.

— Conheço, sim; és Dom Pedro Noriz.

— Não quero saber mais nada; já vejo, cabeça, que tudo sabes.

E, afastando-se, deu lugar ao outro amigo; que lhe perguntou:

— Dize-me, cabeça: que desejos tem o meu filho morgado?

Tornou ela:

— Não julgo de desejos; mas, com tudo isso, posso dizer que o que teu filho quer é enterrar-te.

— Isso — acudiu o cavaleiro — vejo com os meus olhos e o assinalo com o dedo; e nada mais pergunto.

Chegou-se a mulher de Dom Antônio e disse:

— Não sei, cabeça, o que hei de te perguntar; mas só queria que me dissesses se gozarei muitos anos o meu bom marido.

— Gozarás, sim, porque a sua saúde e a sua temperança prometem largos anos de vida, que muitos costumam encurtar com os seus excessos.

Chegou-se em seguida Dom Quixote e perguntou:

— Dize-me tu, ó ente que respondes: foi verdade, ou foi sonho, o que eu conto que passei na cova de Montesinos? Serão certos os açoites de Sancho, meu escudeiro? Terá efeito o desencantamento de Dulcineia?

— Quanto ao que se passou na cova — respondeu a cabeça —, há muito que se dizer: tem de tudo; os açoites de Sancho hão de ir devagar, e o desencantamento de Dulcineia chegará à devida execução.

— Não quero saber mais nada — tornou Dom Quixote — e, vendo Dulcineia desencantada, farei de conta que vêm de golpe todas as fortunas que posso desejar.

O último perguntador foi Sancho, que perguntou:

— Porventura, cabeça, apanharei outro governo? Sairei da estreiteza de escudeiro? Tornarei a ver minha mulher e meus filhos?

— Governarás na tua casa — disse a cabeça —; se lá tornares, verás tua mulher e teus filhos e, deixando de servir, deixarás de ser escudeiro.

— Boa resposta! — disse Sancho. — Até aí chegava eu e não diria mais o profeta Perogrullo.[6]

— Que queres que te respondam? — disse Dom Quixote. — Não basta que as respostas que essa cabeça dá acertem com o que se lhe pergunta?

— Basta, sim — tornou Sancho —, mas eu ainda queria que ela dissesse mais.

Com isso, acabaram as perguntas e as respostas, mas não acabou a admiração em que todos ficaram, exceto os dois amigos de Dom Antônio, que sabiam do caso. Quis logo Cide Hamete Benengeli declará-lo, para não ficar suspenso o mundo, imaginando que se encerrava na tal cabeça algum mágico e extraordinário mistério; e assim, diz que Dom Antônio Moreno, à imitação de outra cabeça que viu em Madri, fabricada por um estampador, fez essa em sua casa, para se entreter e encher de pasmo os ignorantes; e a fábrica era assim: a mesa era de pau, pintada e envernizada, imitando jaspe, e o pé que a sustinha era de pau também, com quatro garras de águia, que dele saíam para maior firmeza do peso. A cabeça, que parecia medalhão de imperador

---

[6] São atribuídas ao personagem proverbial Perogrullo profecias ou verdades absolutamente evidentes.

romano e de bronze, estava toda oca, e oca era também a mesa, em que a cabeça se encaixava tão perfeitamente que não aparecia nenhum sinal de pintura. O pé da mesa era oco igualmente e correspondia à garganta e ao peito do busto, e tudo a outro aposento que estava por baixo desse quarto. Por toda essa cavidade do pé, mesa, garganta e peito do referido busto corria um canudo de lata muito apertado, que por ninguém podia ser visto. No quarto inferior punha-se a pessoa que havia de responder, com a boca pegada ao canudo, de modo que a voz ia de cima para baixo e vice-versa, como se fosse por uma zarabatana,[7] em palavras articuladas e claras, e desse modo não era possível conhecer o embuste. Um sobrinho de Dom Antônio, estudante agudo e discreto, foi quem respondeu; e, tendo-lhe dito seu tio quem eram as pessoas que haviam de entrar no aposento da cabeça, foi-lhe fácil responder com rapidez e pontualidade à primeira pergunta; às outras respondeu por conjeturas, como discreto e discretamente. E diz Cide Hamete que mais dez ou doze dias durou esta maravilhosa máquina; mas que, divulgando-se na cidade que Dom Antônio tinha em casa uma cabeça encantada, que respondia a tudo o que lhe perguntavam, Dom Antônio, receando que chegasse isso aos ouvidos das vigilantes sentinelas da nossa fé, foi declarar o caso aos senhores inquisidores; mandaram-lhe eles que a desfizesse e que não fosse mais adiante, para que o vulgo ignorante não se escandalizasse. Mas na opinião de Dom Quixote e de Sancho Pança a cabeça continuou a ser tida por encantada e respondona, mais com satisfação de Dom Quixote que de Sancho.

Os cavaleiros da cidade, para comprazer Dom Antônio e para fazer bom acolhimento a Dom Quixote e dar lugar a que expusesse as suas sandices, deliberaram jogar o jogo da argolinha[8] dali a seis dias, coisa que não se realizou, pelo motivo que se dirá depois. Teve Dom Quixote desejo de passear pela cidade a pé e incógnito, temendo que, se fosse a cavalo, haveriam de persegui-lo os rapazes, e assim ele e Sancho, com outros dois criados que Dom Antônio lhes deu, saíram a passear. Sucedeu pois que, indo por uma rua, levantou os olhos Dom Quixote e viu escrito numa porta, em letras muito grandes, "aqui se imprimem livros"; e ficou muito satisfeito, porque nunca vira imprensa alguma e desejava

---

[7] Tubo comprido pelo qual se impelem, com sopro, setas, pedrinhas, grãos etc.
[8] Jogo que consistia em cavalgar com uma lança que se tinha de fazer passar por uma argola preparada para esse fim.

saber como era. Entrou na imprensa com todo o seu acompanhamento e viu num sítio uns homens a fazer a tiragem, noutro as emendas, noutro a comporem e noutro a paginarem, e finalmente aquele maquinismo todo que nas imprensas grandes se mostra. Chegava Dom Quixote a uma caixa e perguntava o que se fazia ali; explicavam-lho os tipógrafos, admirava e passava adiante. Uma boa vez respondeu-lhe um dos tipógrafos:

— Senhor, esse cavalheiro que aqui está — e mostrou-lhe um homem grave, de boa aparência e de bom porte — traduziu um livro toscano na nossa língua castelhana e eu estou compondo-o, para dá-lo à estampa.

— Qual é o título do livro? — perguntou Dom Quixote.

— O livro em toscano chama-se *Le bagatelle* — respondeu o tradutor.

— E que quer dizer *bagatelle*? — perguntou Dom Quixote.

— *Bagatelle* — tornou o tradutor — quer dizer "bagatelas"; e, ainda que o livro seja humilde de nome, contém e encerra em si coisas ótimas e substanciais.

— Eu — disse Dom Quixote — sei alguma coisa de toscano e gabo-me de cantar algumas estâncias de Ariosto. Mas diga-me Vossa Mercê, senhor meu (e não digo isto porque queira examinar o merecimento de Vossa Mercê, mas por curiosidade e nada mais): encontrou alguma vez a palavra *pignata*?

— Decerto, muitas vezes — respondeu o tradutor.

— E como é que Vossa Mercê a traduz?

— Como a havia de traduzir senão por "panela"?

— Corpo de tal — tornou Dom Quixote —, como Vossa Mercê conhece a fundo o idioma toscano! Sou capaz de apostar em como, quando em toscano se diz *piace*, diz Vossa Mercê "praz" ou "agrada", e onde dizem *più* diz "mais", e ao *sù* chama "acima", e ao *giù* chama "abaixo".

— Isso sem dúvida alguma — tornou o tradutor —, porque são esses os seus verdadeiros significados.

— Atrevo-me a jurar — tornou Dom Quixote — que não é Vossa Mercê conhecido neste mundo, inimigo sempre de premiar os floridos engenhos e os louváveis trabalhos. Que talentos aí há perdidos! Que engenhos metidos ao canto! Quantas virtudes menosprezadas! Mas, com tudo isso, parece-me que traduzir duma língua para outra, não sendo das rainhas das línguas, grego e latim, é ver panos de rãs pelo avesso que, ainda que se veem as figuras, veem-se cheias de fios que as escurecem, e não se vê a lisura e cor do direito; e o traduzir de línguas fáceis não prova engenho nem elocução, como não o prova quem traslada ou quem copia um papel de outro papel; e daqui não quero inferir que não seja louvável o exercício das traduções, porque em outras coisas piores, e que menos proveito lhe trouxessem, se podia ocupar o homem. Estão fora dessa conta os nossos dois famosos tradutores, Cristóvão de Figueroa, no seu *Pastor Fido*,[9] e Dom João de Jáuregui, no seu *Aminta*,[10] em que facilmente se fica em dúvida sobre qual é a tradução e qual o original. Mas diga-me Vossa Mercê: esse livro imprime-se por sua conta ou já vendeu o privilégio[11] a algum livreiro?

— Imprimo-o por minha conta — respondeu o tradutor — e conto ganhar mil ducados,[12] pelo menos, com esta primeira edição, que há de ser de dois mil exemplares, e se hão de vender a seis reais cada um, por dá cá aquela palha.

— Muito enganado está Vossa Mercê — respondeu Dom Quixote —, e bem se vê que não conhece as entradas e saídas dos impressores e as correspondências que há de uns com outros. Eu lhe juro que, quando se vir com dois mil exemplares às costas, há de se sentir deveras moído, principalmente se o livro não for picante.

— Pois quê! — disse o tradutor. — Quer Vossa Mercê que eu o vá dar a um livreiro por três maravedis, e que ainda ele pense que me faz favor em mos dar? Eu não imprimo os meus livros para alcançar famas no mundo, que já sou bastante conhecido pelas minhas obras; quero proveito, que, sem ele, nada vale a boa fama.

— Deus lhe dê ventura — respondeu Dom Quixote.

E passou adiante a outras caixas, onde viu que estavam emendando uma folha dum livro que se intitulava *Luz da alma*.[13]

---

[9] Tragicomédia pastoril de Battista Guarini, publicada em 1589; a tradução de Cristóbal Suárez de Figueroa foi publicada primeiro em Nápoles (1602), depois em Valência (1609). Cervantes parece aludir a esta última, que corrige e melhora a primeira.

[10] De Torquato Tasso; a tradução de Juan de Jáuregui foi publicada em Roma, 1607. Juan de Jáuregui, poeta e pintor, é o autor a quem Cervantes atribui o retrato que não pôde colocar nas *Novelas exemplares*.

[11] Autorização assinada pelo rei para que só o autor pudesse publicar o livro durante um período de tempo; o autor podia vendê-lo a um livreiro ou editor, e com frequência fazia isso.

[12] A tiragem é exagerada para a época; e mais ainda a presunção do tradutor, que fala de "primeira impressão", esperando uma segunda.

[13] Pode referir-se ao catecismo *Luz da alma cristã*, de frei Felipe de Meneses. Embora a última edição conhecida seja a de Medina (1582), há notícias indiretas de edições de 1594 e 1598; nunca, pelo que se saiba, foi impressa em Barcelona. O livro de Meneses deve bastante a Erasmo, e mais ainda ao arcebispo Bartolomé de Carranza.

Disse, ao vê-lo:

— Esses livros, por muitos que sejam, sempre se devem imprimir, porque há muitos pecadores e são necessárias infinitas luzes para tantos desalumiados.

Seguiu avante e viu que estavam também corrigindo outro livro, e perguntou o título; responderam-lhe que se chamava a *Segunda parte do engenhoso fidalgo Dom Quixote de la Mancha*, composta por um cidadão vizinho de Tordesilhas.[14]

— Já tenho notícia deste livro e em boa consciência pensei que estava queimado e reduzido a pó, por impertinente; mas há de lhe chegar o seu São Martinho, como aos porcos:[15] as histórias fingidas são boas e deleitosas, quando são verossímeis, e as verdadeiras, quando são exatas.

E, dizendo isso, com sinais de certo despeito, saiu da imprensa e naquele mesmo dia resolveu Dom Antônio levá-lo a ver as galés que estavam fundeadas no porto, e com essa notícia se alegrou Sancho, porque nunca em sua vida vira semelhantes coisas. Avisou Dom Antônio o quatralvo[16] das galés de que naquela tarde levaria a vê-las o seu hóspede, o famoso Dom Quixote de la Mancha, de quem já o quatralvo e todos os habitantes da cidade tinham conhecimento; e o que nelas sucedeu se contará no seguinte capítulo.

---

[14] O *tal*, Alonso Fernández de Avellaneda, se proclama na capa de seu livro "natural da vila de Tordesilhas"; não sabemos se a desnaturalização a que o submete Dom Quixote tem segundas intenções, mas recorde-se que Avellaneda é chamado sempre de "aragonês". Essa segunda edição, tão próxima à primeira de Tarragona, é evidentemente invenção de Cervantes.

[15] "Já chegará seu castigo." Alusão ao ditado "a cada porco chega seu São Martinho".

[16] "Comodoro, comandante de quatro galeras"; o cargo costumava ser dado a pessoas de relevo.

## Capítulo LXIII
### DE COMO SANCHO PANÇA SE DEU MAL COM A VISITA ÀS GALÉS E DA NOVA AVENTURA DA FORMOSA MOURISCA

MUITO DISCORRIA DOM QUIXOTE acerca da resposta da cabeça encantada, sem que desse com o embuste; e em que mais pensava era na promessa, que teve por certa, do desencantamento de Dulcineia. Passeava dum lado para o outro e folgava consigo mesmo, julgando que havia de ver brevemente essa promessa cumprida; e Sancho, ainda que detestasse ser governador, como já se disse, todavia desejava outra vez mandar e ser obedecido: que essa má ventura tem consigo o mando, ainda que seja fingido.

Em conclusão, naquela tarde, Dom Antônio Moreno e os seus dois amigos, com Dom Quixote e Sancho, foram às galés.[1] O quatralvo, que estava prevenido da sua vinda, apenas eles chegaram ao cais, mandou que todas as galés o saudassem com os pavilhões e que tocassem as charamelas; deitaram logo ao mar os escaleres, cobertos com ricas alcatifas e almofadas de veludo carmesim; e, apenas Dom Quixote pôs pé no escaler, salvou a artilharia das galés e, ao subir o cavaleiro pelo portaló de estibordo, fez-lhe continência a companhia, como é uso quando entra na galé uma pessoa principal, bradando-lhe: "Hu! hu! hu!" três vezes. Deu-lhe a mão o quatralvo, que era um fidalgo valenciano,[2] e abraçou-o, dizendo:

---

[1] Barcelona era guardada por quatro galeras, que a protegiam das incursões dos corsários berberes e a aprovisionavam; seus nomes eram *Sant Jordi*, a capitânia, *Sant Maurici*, *Sant Ramon* e *Sant Sebastià*.

[2] O quatralvo era conhecido na Catalunha com o nome de "general de *les galeres de Catalunya*". Reconheceu-se neste personagem Dom Pedro de Vic — que Cervantes cita na novela *As duas donzelas* —, dom Luis Coloma ou Dom Ramón de Oms.

— Este dia há de ser marcado por mim com pedra branca, por ser um dos melhores da minha vida, tendo visto nele o Senhor Dom Quixote de la Mancha, em quem se cifra e encerra todo o valor da cavalaria andante.

Com outras expressões não menos corteses lhe respondeu Dom Quixote, sobremaneira alegre por se ver tão senhorilmente tratado. Dirigiram-se todos para a ré, que estava muito vistosa, e sentaram-se nos bancos da amurada; passou o mestre à coberta e deu sinal com o apito, para que a chusma tirasse a roupa,[3] o que se fez num instante. Sancho, que viu tanta gente em pelo, ficou pasmado, e ainda mais quando viu içar o pavilhão tão depressa, que parecia que todos os diabos andavam ali trabalhando; mas tudo isso foi pão com mel, em comparação com o que vou dizer. Estava Sancho sentado ao pé do primeiro galeote da direita, que, informado do que havia de fazer, se lhe agarrou e, levando-o nos braços, o passou para o seu vizinho e este para o imediato, e assim correu toda a roda, com tanta pressa que o pobre Sancho perdeu a luz dos olhos e, sem dúvida, imaginou que os próprios demônios o levavam; e não pararam enquanto não o puseram outra vez na ré, pelo lado oposto àquele por onde dera começo ao passeio. Ficou o pobre Sancho moído, ofegante e suado, sem poder perceber o que lhe sucedera. Dom Quixote, que viu o voo sem asas de Sancho, perguntou ao quatralvo se aquilo eram cerimônias que se usavam com os que entravam nas galés pela primeira vez; porque, se assim fosse, ele, que não tinha tenção de seguir essa carreira, não queria fazer semelhantes exercícios, e que votava a Deus que, se alguém o agarrasse, arrancar-lhe-ia a alma às estocadas; e, dizendo isso, pôs-se em pé, de espada em punho.[4]

Nesse momento amainaram o pavilhão e, com grandíssimo ruído, deixaram cair as vergas. Pensou Sancho que o céu se desencaixava dos quícios[5] e vinha lhe desabar em cima da cabeça e, tapando-a, cheio de medo, escondeu-a entre as pernas. Também se assustou Dom Quixote, que estremeceu, encolheu os ombros e perdeu a cor do rosto. A chusma

---

[3] Era a ordem que se dava para que os remadores tirassem o colete e se preparassem para remar com força.

[4] Desde que Dom Quixote chega a Barcelona, se depara com um mundo desconhecido. Em primeiro lugar, a cidade com suas pessoas, entre as quais não há herói que deixe de se converter em espetáculo; depois, a cabeça encantada e a imprensa, ou seja, o mundo das técnicas modernas. Não só o mar é novo para ele, homem do interior, mas também as galeras, instrumentos de guerra, mas de uma guerra racionalizada, de eficiência e disciplina, com forças mercenárias que obedecem como autômatos.

[5] Dobradiças.

içou as vergas com a mesma pressa e ruído com que as tinham amainado, e tudo em silêncio, como se não tivesse nem alento nem voz. Fez sinal o mestre que zarpassem o ferro[6] e, saltando para o meio da coberta, com o chicote principiou a fustigar as costas dos remeiros e, pouco a pouco, a galé foi se fazendo ao largo. Quando Sancho viu moverem-se tantos pés pintados (porque supôs que os remos eram pés), disse consigo:

— Isso sim é que são coisas encantadas, e não as que meu amo imagina. Que fizeram esses desgraçados para que assim os açoitem? E como é que esse homem só, que anda por aqui apitando, se atreve a açoitar tanta gente? Agora digo eu que isto é inferno ou, pelo menos, purgatório.

Dom Quixote, que viu a atenção com que Sancho Pança olhava para o que se passava, disse:

— Ah! Sancho amigo, com muita brevidade e a pouco custo podíeis, se quisésseis, despir meio corpo, meter-vos entre esses senhores e levar a cabo o desencantamento de Dulcineia! Pois com a miséria e a pena de tantos não sentiríeis muito a vossa; e até podia ser que o sábio Merlim tomasse cada um desses açoites, por serem dados com boa mão, pelo valor de dez dos vossos.

Queria perguntar o quatralvo que açoites eram aqueles ou que era isso de desencantamento de Dulcineia, quando um marinheiro disse:

— Monjuí[7] faz sinal de que há baixel de remos na costa, para a banda do poente.

Ouvindo isso, saltou o capitão-mor para o banco do quarto e disse:

— Eia, filhos, não nos fuja: esse navio, de que a atalaia nos dá sinal, deve ser algum de corsários de Argel.[8]

Chegaram-se logo as outras três galés à capitânia, a saber o que se lhes ordenava. Mandou o capitão-mor que saíssem duas ao mar, que ele, com a outra, iria terra a terra, porque assim o baixel não lhes escaparia. Apertou a chusma os remos, impelindo a galé com tanta fúria que parecia que voava. As que saíram ao mar a obra de duas milhas descobriram um baixel, que com a vista reconheceram de catorze ou quinze bancos, e assim era; quando ele descobriu as galés pôs-se na caça, com tenção e na

---

[6] Levantar âncora.

[7] Montjuïc, monte ao sul de Barcelona, no qual havia uma atalaia para avisar a respeito de incursões navais.

[8] Nos tempos do *Quixote*, nas costas catalãs foram contínuas as incursões de navios berberes e turcos que procuravam fazer cativos ou saquear as populações do litoral.

esperança de escapar, pela sua ligeireza; mas deu-se mal com isso, porque a galé capitânia era dos baixéis mais ligeiros que no mar navegavam; e, assim, foi entrando com ele, de modo que os do bergantim claramente perceberam que não se podiam escapar, e o arrais queria que deixassem os remos e se entregassem, para não irritar o capitão-mor das galés; mas a sorte, que outra coisa determinara, fez com que, no momento em que chegava a capitânia, tão perto que poderiam os do baixel ouvir as vozes que lhes diziam que se rendessem, dois toraquis,⁹ ou dois turcos bêbedos, que vinham no bergantim com mais doze, disparassem as escopetas e matassem dois soldados que estavam nas gáveas. Vendo isso, o capitão--mor jurou não deixar com vida nem um só de todos os que apanhasse no baixel e, investindo-o com fúria, escapou-lhe ele por debaixo dos remos. Passou a galé adiante um bom pedaço: os do baixel viram-se perdidos; fizeram-se à vela, enquanto a galé voltava, e de novo, à vela e a remo, se puseram em fuga; mas não lhes aproveitou a sua diligência tanto como os prejudicou o seu atrevimento, porque, alcançando-os a galé a pouco mais de meia milha, deitou-lhes os arpéus e apanhou-os todos vivos. Nisso, chegaram as outras duas galés, e todas com a presa voltaram à praia, onde infinita gente as estava esperando, desejosa de ver o que traziam. Deu fundo o capitão-mor perto da terra e percebeu que estava no cais o vice-rei da cidade. Mandou deitar o escaler ao mar, para ir recebê-lo, e mandou amainar a verga grande, para enforcar imediatamente o arrais e os outros turcos que apanhara no baixel e que seriam uns trinta e seis, pouco mais ou menos, todos galhardos, a maior parte deles arcabuzeiros. Perguntou o capitão-mor quem era o arrais do bergantim e respondeu-lhe, em língua castelhana, um dos cativos, que depois se soube que era renegado espanhol:

— Este mancebo que aqui vês, senhor, é o nosso arrais.

E mostrou-lhe um dos mais belos e galhardos moços que pode pintar a imaginação humana. A idade não parecia chegar aos vinte anos. Perguntou-lhe o capitão-mor:

— Dize-me, perro mal-aconselhado: quem te levou a matar os meus soldados, se vias que era impossível escapares-te? É assim que se

---

⁹ Não está claro o que significa a palavra *toraquis*, nem por que Cervantes a traduz como turcos bêbedos. Os turcos eram os muçulmanos, de levante ou renegados, que não eram naturais do país; constituíam a classe privilegiada, que ostentava todos os poderes (e Diego de Haedo dizia que eram "muito dados à embriaguez").

respeitam as capitânias? Não sabes que não é valentia a temeridade? As esperanças duvidosas devem fazer os homens atrevidos, mas não temerários.

Queria o arrais responder, mas não pôde o capitão-mor ouvir então a sua resposta, porque teve de acudir a receber o vice-rei, que já entrava na galé, e, com ele, entraram alguns dos seus criados e algumas pessoas do povo.

— Boa caça, senhor capitão-mor — disse o vice-rei.

— E tão boa — respondeu o capitão-mor — como Vossa Excelência vai ver que não tardo a pendurar-lhe na verga.

— Como assim? — perguntou o vice-rei.

— É porque me mataram — tornou o capitão-mor —, contra toda a razão, contra toda a lei, uso e costume da guerra, dois soldados dos melhores que vinham nestas galés, e jurei enforcar todos os que aprisionasse, principalmente este moço, que é o arrais do bergantim.

E mostrou-lhe o rapaz, que estava já de mãos atadas e corda na garganta, esperando a morte. Olhou o vice-rei para ele e, vendo-o tão formoso, tão galhardo e tão humilde, e compadecendo-se da sua formosura, desejou evitar-lhe a morte, e perguntou-lhe:

— Dize-me, arrais: és turco de nação, mouro ou renegado?

— Nem sou turco de nação, nem mouro, nem renegado — respondeu o arrais.

— Então o que és? — redarguiu o vice-rei.

— Mulher cristã — tornou o mancebo.

— Mulher, e cristã! Com tal traje e em tal situação! É coisa mais para se admirar do que para se acreditar.

— Suspendei, senhores — disse o moço —, a execução da minha morte, que não se perderá muito em se dilatar a vossa vingança, enquanto eu vos conto a minha vida.

Quem haveria de coração tão duro que não se abrandasse com essas palavras ou, pelo menos, que não desejasse ouvir o que o triste mancebo queria dizer? Concedeu-lhe o general que dissesse o que quisesse, mas que não esperasse alcançar perdão da sua conhecida culpa. Com essa licença, principiou o moço a contar desta maneira:

— Pertenço àquela nação, mais desditosa que prudente, sobre a qual choveu, nestes últimos dias, um mar de desgraças; nasci de pais mouriscos. Na corrente da sua desventura, fui levada, por dois tios meus, à Berbéria, sem que me valesse o dizer que era cristã, como sou, efetivamente, e não das fingidas, mas das verdadeiras e católicas. Não me valeu o dizer esta verdade aos que estavam encarregados do nosso mísero destino, nem meus tios quiseram acreditar nela; antes a tiveram por mentira inventada por mim, para ficar na terra onde nascera; e assim, por força, mais que por vontade, me levaram consigo. Tive mãe cristã e pai discreto e cristão também; bebi, com o leite, a fé católica; criei-me com bons costumes e nem neles, nem na língua, parece-me, dei sinal de ser mourisca. A par e passo dessas virtudes, que eu creio que o são, cresceu a minha formosura, se alguma tenho; e o meu grande recato e o meu encerramento não impediram, contudo, que me visse um mancebo chamado Dom Gaspar Gregório, filho morgado dum cavaleiro, que tem junto do nosso lugar outro que lhe pertence. Como me viu, como nos falamos, como se achou perdido por mim, e eu por ele, seria largo de contar, principalmente em ocasião como esta; e, assim, só direi como foi que, no nosso desterro, quis me acompanhar Dom Gregório. Meteu-se de envolta com os mouriscos, que de outros lugares saíram, porque sabia muito bem a nossa língua e, na viagem, fez-se grande amigo de dois tios meus, que me levaram consigo; porque meu pai, prudente e avisado, assim que saiu o primeiro bando do nosso desterro, saiu da povoação e foi procurar alguma terra nos reinos estrangeiros, onde nos acolhêssemos. Deixou encerradas e enterradas, num sítio de que só eu tenho notícia, muitas pérolas e pedras de grande valor, com alguns dinheiros, em cruzados e dobrões de ouro. Mandou-me que não tocasse no tesouro que deixara, se por acaso, antes de ele voltar, nos desterrassem. Assim fiz e, com os meus tios e outros parentes e aliados, passamos à Berbéria, e o lugar onde fizemos assento foi Argel, que é o mesmo que dizermos no próprio inferno. Teve notícia o rei da minha formosura e a fama levou-lhe notícia também das minhas riquezas, o que, em parte, foi ventura para mim. Chamou-me, perguntou-me de que parte da Espanha era e que dinheiro e que joias trazia. Disse-lhe o lugar e que as joias e dinheiro tinham ficado nele enterrados, mas que, com facilidade, se poderiam cobrar, se eu mesma voltasse a procurá-los. Tudo isso eu lhe disse, receosa de que o cegasse a minha formosura e preferindo que o cegasse a cobiça. Estando nessas práticas, foram-lhe dizer que vinha comigo um dos mais galhardos e gentis mancebos que se podiam imaginar. Logo percebi que falavam de Dom Gaspar Gregório, cuja beleza deixa a perder de vista as maiores que se podem encarecer. Turbei-me, considerando o perigo que Dom Gregório corria, porque, entre aqueles bárbaros turcos, mais se estima um rapaz formoso do que uma mulher, ainda que seja lindíssima. Mandou logo o rei que o levassem à sua presença, para vê-lo, e perguntou-me se era verdade o que daquele moço lhe diziam. Eu então, como avisada pelo céu, disse-lhe que sim; mas que não era homem, era mulher como eu, e que lhe suplicava que ma deixasse ir vestir com os seus trajes naturais,[10] para que mostrasse completamente a sua beleza, e com menos embaraço, aparecesse na sua presença. Respondeu-me que fosse e que outro dia falaríamos no modo de eu poder voltar à Espanha desenterrar o tesouro escondido. Falei com Dom Gaspar, contei-lhe o perigo que corria, vesti-o de moura e naquela mesma tarde o levei à presença do rei, o qual, apenas a viu, ficou admirado e projetou guardá-la, para fazer presente dela ao grão-senhor; e, para fugir do perigo, que no serralho das suas mulheres podia correr, mandou-a pôr em casa dumas mouras principais, para que a guardassem e servissem; para ali o levaram logo. O que ambos sentimos (não posso negar quanto lhe quero) deixo-o à consideração dos que se apartam querendo-se bem. Tratou logo o rei de me fazer voltar à Espanha neste bergantim, ordenando que me acompanhassem dois turcos de nação, que foram os que mataram os vossos soldados. Veio também comigo esse renegado espanhol — e apontou para o que primeiro falara —, que sei perfeitamente que é cristão encoberto, e que vem com mais desejo de ficar na Espanha do que de voltar à Berbéria; o resto da chusma da galé são mouros, que não servem senão para remar. Os dois turcos insolentes e cobiçosos, sem respeitar a ordem que traziam, de nos porem em terra, a mim e ao renegado, no primeiro sítio de Espanha com que topássemos, depois de nos vestirmos à moda cristã, com fato de que vínhamos providos, quiseram primeiro varrer esta costa e fazer alguma presa, se pudessem, receando que, se primeiro nos deitassem em terra, em qualquer desastre que nos sucedesse pudéssemos descobrir que ficava o bergantim no mar, e que o aprisionassem, se por acaso houvesse galés por aqui. De noite descobrimos esta praia, sem ter notícias dessas quatro galeras, fomos descobertos e nos sucedeu o que vistes. Finalmente, Dom Gregório permanece em traje de mulher entre mulheres, com manifesto perigo de perder-se, e me vejo de mãos atadas, esperando, e, para melhor dizer,

---

[10] Trajes de mulher.

temendo perder a vida que já me cansa. Este é, senhores, o fim da minha lamentável história, tão verdadeira como desgraçada; o que vos peço é que me deixeis morrer como cristã, porque, como já disse, em nada fui culpada do erro em que os da minha nação caíram.

E logo se calou, com os olhos cheios de ternas lágrimas, chorando também muitos dos que estavam presentes. O vice-rei, terno e compassivo, sem lhe dizer palavra, chegou-se a ela e tirou-lhe, com as suas mãos, a corda que atava as formosas mãos da moura.

Enquanto, pois, a cristã mourisca narrava a sua história, esteve com os olhos cravados nela um velho peregrino, que entrara na galé quando o vice-rei entrou; e, apenas a mourisca terminou, arrojou-se-lhe ele aos pés e, abraçado a eles, com palavras interrompidas por mil soluços e suspiros, disse-lhe:

— Ó Ana Félix, desditosa filha minha: sou teu pai Ricote, que voltava a procurar-te, por não poder viver sem ti, que és a minha alma.

A essas palavras abriu os olhos Sancho e levantou a cabeça, que tinha inclinada, pensando na desgraça do seu passeio; e, olhando para o peregrino, viu que era o mesmo Ricote com que topou no dia em que saiu do seu governo, e reconheceu que era realmente sua filha aquela moça, que, já desamarrada, abraçava seu pai, misturando as suas lágrimas com as dele; e Ricote disse para o vice-rei e para o capitão-mor:

— Esta, senhores, é minha filha, mais desgraçada pelos seus sucessos do que pelo seu nome: chama-se Ana Félix Ricote, tão famosa pela formosura como pela minha riqueza; eu saí da minha pátria a procurar, em reinos estrangeiros, quem nos albergasse e recolhesse e, tendo encontrado na Alemanha o que buscava, voltei, com este hábito de peregrino, em companhia de outros alemães, a procurar a minha filha e a desenterrar muitas riquezas que deixei escondidas. Não encontrei a filha, encontrei o tesouro, que trago comigo: e agora, pelo estranho rodeio que vistes, achei o tesouro que mais me enriquece, que é a minha filha querida; se a nossa pouca culpa e as suas lágrimas e as minhas, pela integridade da vossa justiça, podem abrir porta à misericórdia, usai-a conosco, que nunca tivemos pensamento de ofender-vos nem concordamos, de modo algum, com a intenção dos nossos, que foram com justiça desterrados.

— Bem conheço Ricote — disse então Sancho —, e sei que é verdade o que ele diz, quanto a chamar-se Ana Félix a sua filha; que nas outras baralhadas de ir e vir, ter boa ou má intenção, não me intrometo.

Admirados do estranho caso todos os presentes, disse o capitão-mor:

— As vossas lágrimas não me deixarão cumprir o meu juramento: vivei, Ana Félix, os anos de vida que o céu determinou conceder-vos, e carreguem com a pena da sua culpa os insolentes e atrevidos que a cometeram.

E mandou logo enforcar na verga os dois turcos que tinham matado os seus dois soldados; mas o vice-rei pediu-lhe encarecidamente que não os enforcasse, porque o seu ato ainda fora mais de loucura que de valentia. Fez o capitão-mor o que o vice-rei lhe pedia, porque não se executam bem as vinganças a sangue-frio; procuraram logo ver como tirariam Dom Gaspar Gregório do perigo em que se achava: ofereceu Ricote, para isso, mais de dois mil ducados, que tinha em pérolas e em joias; apresentaram-se muitos alvitres, mas o melhor de todos foi o do renegado espanhol, que se ofereceu para voltar a Argel, num barco pequeno duns seis bancos, tripulado com remeiros cristãos, porque sabia onde, como e quando podia e devia desembarcar, e também sabia a casa onde morava Dom Gaspar Gregório. Hesitaram o capitão-mor e o vice-rei em se fiar no renegado e em lhe entregar cristãos remeiros; Ana Félix afiançou-o, e Ricote seu pai declarou que pagaria ele o resgate dos cristãos, se acaso se perdessem.

Resolvidas as coisas nesse sentido, desembarcou o vice-rei, e Dom Antônio Moreno levou consigo a mourisca e seu pai, encarregando-o o vice-rei de tratá-los o melhor que lhe fosse possível, que, pela sua parte, lhe oferecia tudo o que em sua casa houvesse — tal foi a benevolência e a caridade que a formosura de Ana Félix lhe acendeu no peito.

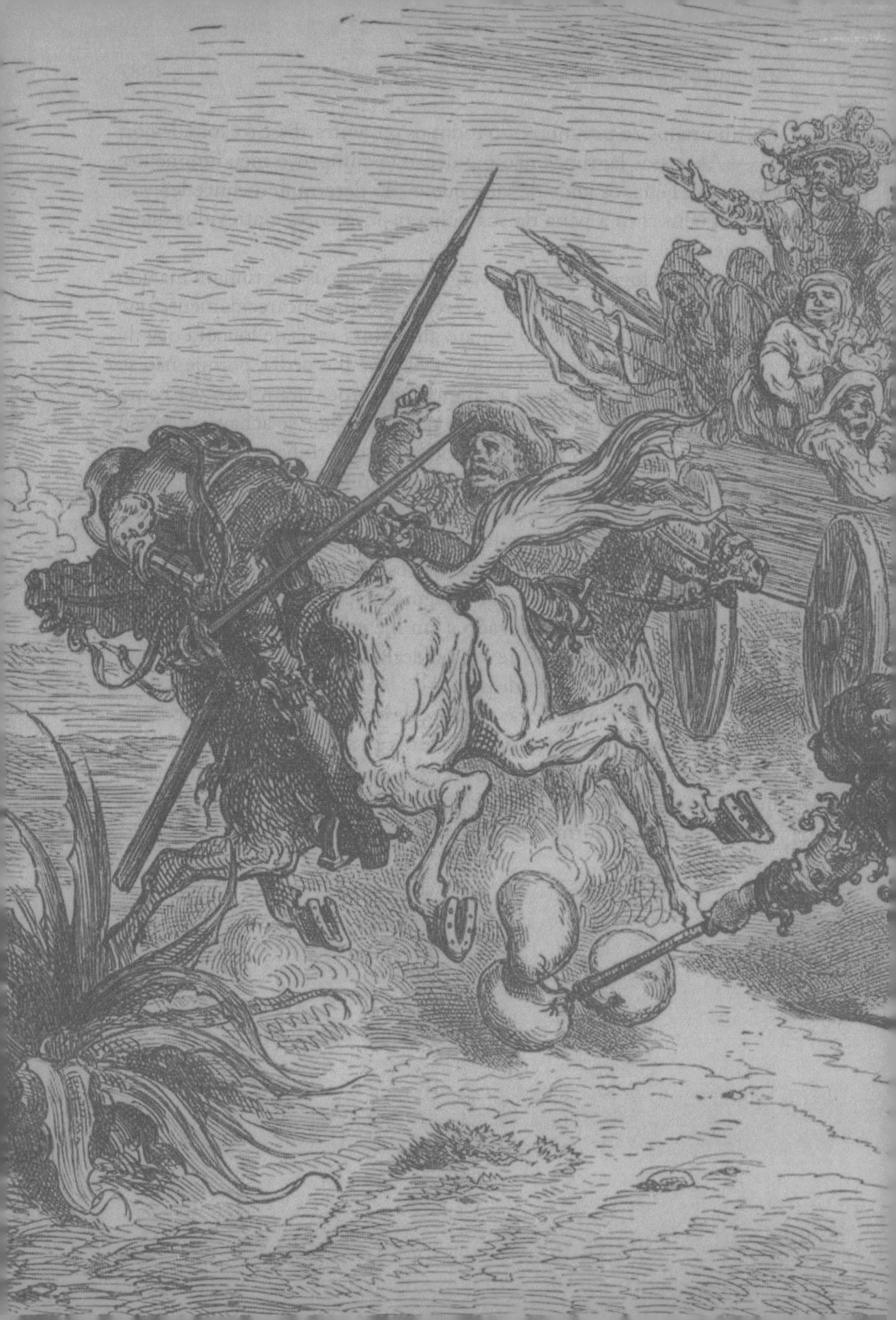

# Capítulo LXIV

## QUE TRATA DA AVENTURA QUE MAIS AFLIGIU DOM QUIXOTE DE TODAS QUANTAS ATÉ ENTÃO LHE TINHAM ACONTECIDO

CONTA A HISTÓRIA QUE ficou muitíssimo satisfeita a mulher de Dom Antônio por ter Ana Félix em sua casa. Recebeu-a com muito agrado, tão namorada da sua beleza como da sua discrição, porque numa e noutra prenda era extremada a mourisca, e toda a gente da cidade vinha vê-la, como se tangesse o sino para chamar o povo.

Disse Dom Quixote a Dom Antônio que a resolução que tinha tomado com relação à liberdade de Dom Gregório não era boa, e que seria melhor que o pusessem na Berbéria, com as suas armas e cavalo, que ele o livraria, apesar de toda a mourisma, como fizera Dom Gaifeiros a sua esposa Melisendra.[1]

— Repare Vossa Mercê — disse Sancho, ouvindo isso — que o Senhor Dom Gaifeiros tirou sua esposa de terra firme e que por terra firme chegou a França; mas aqui, se livramos Dom Gregório, não temos por onde o trazer a Espanha, porque fica o mar no meio.

— Para tudo há remédio, menos para a morte — respondeu Dom Quixote —; porque, chegando o barco ao cais, podíamos embarcar, ainda que todo o mundo o impedisse.

— Muito bem o pinta e facilita Vossa Mercê — disse Sancho —, mas do dizer ao fazer vai grande distância e eu prefiro o sistema do renegado, que me parece homem de boas entranhas.

Dom Antônio disse que, se o renegado se não saísse bem do caso, se tomaria o expediente de se passar o grande Dom Quixote para a Berbéria.

---

[1] Recordação do romance velho que se representava no episódio do retábulo de Mestre Pedro.

Dali a dois dias partiu o renegado num ligeiro barco de seis remos por banda,[2] tripulado por valentíssima chusma, e dali a outros dois partiram as galés para o Levante, pedindo o capitão-mor ao vice-rei que tivesse a bondade de lhe participar o que houvesse com relação à liberdade de Dom Gaspar Gregório e ao caso de Ana Félix. Ficou o vice-rei de fazer o que ele lhe pedia.

E numa manhã, andando Dom Quixote a passear na praia, armado com todas as armas, porque, como dizia muitas vezes, eram as suas galas e o seu descanso o pelejar,[3] e nunca o encontravam sem elas, viu vir para ele um cavaleiro, armado também de ponto em branco,[4] que trazia pintada no escudo uma lua resplandecente; e, chegando à distância donde podia ser ouvido, disse em alta voz, dirigindo-se a Dom Quixote:

— Insigne cavaleiro e nunca assaz louvado Dom Quixote de la Mancha, sou o Cavaleiro da Branca Lua, cujas inauditas façanhas talvez já chegassem ao teu conhecimento; venho contender contigo e experimentar a força dos teus braços, para te fazer conhecer e confessar que a minha dama, seja quem for, é sem comparação mais formosa do que a tua Dulcineia del Toboso; e, se confessares imediatamente essa verdade, evitarás a morte e o trabalho que eu hei de ter em dá-la a ti, e, se pelejarmos e eu te vencer, não quero outra satisfação senão que, deixando as armas e abstendo-te de procurar aventuras, te recolhas e te retires por espaço dum ano para a tua povoação, onde viverás sem pôr mão na espada, em paz tranquila e em proveitoso sossego, porque assim convém ao aumento da tua fazenda e à salvação da tua alma; e, se me venceres, ficará à tua disposição a minha cabeça e serão teus os despojos das minhas armas e do meu cavalo. Vê o que preferes e responde-me já, porque tenho só o dia de hoje para despachar este negócio.

Ficou Dom Quixote suspenso e atônito, tanto pela arrogância do Cavaleiro da Branca Lua como pelo motivo por que o desafiava; e respondeu-lhe com pausa e ademã severo:

— Cavaleiro da Branca Lua, cujas façanhas até agora ainda não chegaram aos meus ouvidos, eu vos farei jurar que nunca vistes a ilustre Dulcineia; se a houvésseis visto, sei que procuraríeis não entrar nesta demanda, porque vos desenganaríeis de que nunca houve nem

---

[2] Com seis remos de cada lado.
[3] Alude ao romance velho de Lancelot com que Dom Quixote havia se definido várias vezes.
[4] Dos pés à cabeça.

pode haver beleza que se possa comparar com a dela; e, assim, não vos dizendo que mentis, mas sim que não acertais na proposta das vossas condições, aceito o vosso desafio, e já, para que não se passe o dia que trazeis determinado: e só excetuo das condições a de passar para mim a fama de vossas façanhas, porque não sei quais foram; com as minhas me contento, tais quais são. Tomai, pois, a parte do campo que quiserdes, que eu farei o mesmo, e entreguemo-nos nas mãos de Deus.

 Haviam descoberto da cidade o Cavaleiro da Branca Lua e tinham ido dizer ao vice-rei que ele estava falando com Dom Quixote de la Mancha. O vice-rei, supondo que seria alguma nova aventura engenhada por Dom Antônio Moreno ou por outro cavaleiro da cidade, saiu logo à praia com Dom Antônio e muitos outros, exatamente quando Dom Quixote voltava as rédeas a Rocinante, para tomar o campo necessário. Vendo, pois, o vice-rei que davam os dois sinal de voltar a encontrar-se, meteu-se no meio, perguntando-lhes qual era a causa que os levava a travar batalha tão de improviso. O Cavaleiro da Branca Lua respondeu que era por uma competência de formosura e rapidamente lhe repetiu o que dissera a Dom Quixote, acrescentando que tinham sido aceitas por ambas as partes as condições do desafio. Chegou-se o vice-rei a Dom Antônio e perguntou-lhe baixinho se conhecia o tal Cavaleiro da Branca Lua ou se era alguma burla que queriam fazer a Dom Quixote. Respondeu Dom Antônio que nem o conhecia nem sabia se era a valer ou a fingir o tal desafio. Essa resposta deixou perplexo o vice-rei, hesitando se consentiria ou não na batalha; mas, não podendo se persuadir de que fosse sério, afastou-se, dizendo:

 — Senhores cavaleiros, se não há aqui outro remédio senão confessar ou morrer, e se o Senhor Dom Quixote embirra nos seus treze[5] e o senhor Cavaleiro da Branca Lua nos seus catorze, nas mãos de Deus se entreguem.

 Agradeceu o da Branca Lua ao vice-rei, com palavras cortesas e discretas, a licença que lhes dava, e o mesmo fez Dom Quixote, que, encomendando-se ao céu de todo o coração e à sua Dulcineia, como tinha por costume ao começar as batalhas que se lhe ofereciam, tornou a tomar mais campo, porque viu que o seu contrário fazia o mesmo, e, sem toques de trombeta nem de outro bélico instrumento que lhes

---

[5] Manter-se em uma mesma opinião.

desse sinal de arremeter, voltaram ambos ao mesmo tempo as rédeas dos cavalos e, como era mais ligeiro o da Branca Lua, esbarrou com Dom Quixote a dois terços da carreira, com tanta força, sem lhe tocar com a lança, e levantando-a até de propósito, que deu em terra com Rocinante e com Dom Quixote. Foi logo sobre este e, pondo-lhe a lança em cima da viseira, disse-lhe:

— Vencido estais, cavaleiro, e podeis dar-vos por morto, se não confessais as condições do nosso desafio.

Dom Quixote, moído e atordoado, sem levantar a viseira e como se falasse de dentro dum túmulo, com voz debilitada e enferma, disse:

— Dulcineia del Toboso é a mais formosa mulher do mundo e eu o mais desditoso cavaleiro da terra, e a minha fraqueza não pode nem deve defraudar esta verdade: carrega, cavaleiro, a lança, e tira-me a vida, já que me tiraste a honra.

— Isso não faço eu — disse o da Branca Lua —; viva na sua inteireza a fama da formosura da Senhora Dulcineia del Toboso, e satisfaço-me retirando-se o grande Dom Quixote para sua terra, por espaço dum ano, ou até o tempo que por mim lhe for ordenado, como combinamos antes de entrar em batalha.

Isso ouviram o vice-rei e Dom Antônio, com outros muitos que ali estavam, e ouviram também Dom Quixote responder que, logo que não lhe pedisse coisa que fosse em prejuízo de Dulcineia, tudo o mais cumpriria, como cavaleiro verdadeiro e pontual. Feita essa confissão, voltou as rédeas o da Branca Lua e, fazendo mesura com a cabeça ao vice-rei, a meio galope voltou para a cidade. Mandou o vice-rei que Dom Antônio fosse atrás dele e que por todos os modos procurasse saber quem era. Levantaram Dom Quixote, descobriram-lhe o rosto e acharam-no pálido e suado. Rocinante não pôde se mover, de derreado que estava. Sancho, todo triste e pesaroso, não sabia o que havia de dizer nem o que havia de fazer. Parecia-lhe tudo aquilo um sonho e coisa de encantamento. Via seu amo rendido e obrigado a não pegar em armas durante um ano; imaginava escurecida a luz da glória das suas façanhas, desfeitas as suas esperanças como se desfaz o fumo com o vento. Receava que estivesse aleijado ou Rocinante ou seu amo. Finalmente, numa cadeirinha, que o vice-rei mandou buscar, levaram Dom Quixote para a cidade e o vice-rei voltou também, com desejo de saber quem seria o Cavaleiro da Branca Lua que em tão mau estado deixara Dom Quixote.

## Capítulo LXV

### EM QUE SE DÁ NOTÍCIA DE QUEM ERA O DA BRANCA LUA, COM A LIBERDADE DE DOM GREGÓRIO E OUTROS SUCESSOS

SEGUIU DOM ANTÔNIO MORENO o Cavaleiro da Branca Lua, e seguiram-no também, ou antes, perseguiram-no muitos garotos, até que entrou numa estalagem da cidade. Entrou atrás dele Dom Antônio, com desejo de conhecê-lo; saiu a recebê-lo e a desarmá-lo um escudeiro; passaram para uma sala baixa, e fez o mesmo Dom Antônio, que não descansava enquanto não soubesse quem ele era. Vendo, pois, o da Branca Lua, que aquele cavaleiro não o largava, disse-lhe:

— Bem sei, senhor, o que aqui vos traz: quereis saber quem sou e, como não tenho motivos para escondê-lo, enquanto este meu criado me desarma eu vo-lo direi, sem faltar em nada à verdade. Sabei, senhor, que me chamo o Bacharel Sansão Carrasco; sou da mesma terra de Dom Quixote de la Mancha, cuja loucura e sandice faz com que tenhamos pena dele todos os que o conhecemos, e um dos que mais se compadeceram fui eu; e, convencido de que a sua salvação há de ser o descanso e o estar na sua terra e na sua casa, procurei modo de conseguir que para lá voltasse; e assim, haverá três meses, saí-lhe ao caminho como cavaleiro andante, chamando-me Cavaleiro dos Espelhos, com tenção de pelejar com ele e vencê-lo, sem lhe fazer mal, pondo, como condição da nossa peleja, que o vencido ficasse à discrição do vencedor; e o que tencionava pedir-lhe, porque já o tinha por vencido, era que tornasse para a sua terra e que não saísse de lá por um ano a fio; e, durante esse tempo, esperava que se curasse; mas a sorte decidiu outra coisa, porque foi ele que me venceu e me derrubou do cavalo; e, assim, não se pôde realizar o que eu queria: seguiu o seu caminho e eu voltei, vencido, corrido e moído da queda, que foi bastante perigosa; mas nem assim perdi a vontade de procurá-lo de novo e vencê-lo, o que hoje fiz. E, como ele é pontual em guardar as ordens da cavalaria andante, sem dúvida alguma guardará a que lhe dei, em cumprimento da sua palavra. Eis, senhor, o que se passa, e nada tenho a acrescentar. Suplico-vos que não me descubrais nem digais a Dom Quixote quem sou, para que tenham efeito os meus bons pensamentos e volte a cobrar a razão um homem que a tem excelente, contanto que o larguem as sandices da cavalaria.

— Ó senhor — disse Dom Antônio —, Deus vos perdoe o agravo que fizestes a todo o mundo, querendo pôr em seu juízo o doido mais engraçado que existe. Não vedes, senhor, que não pode chegar o proveito do siso de Dom Quixote ao gosto que dão os seus desvarios? Mas imagino que toda a indústria do senhor bacharel não será capaz de tornar ajuizado um homem tão rematadamente louco, e, se não fosse contra a caridade, desejaria que nunca sarasse Dom Quixote, porque, com sua saúde, não só lhe perdemos as graças mas também as de Sancho Pança, seu escudeiro, que umas ou outras são capazes de alegrar a própria melancolia. Com tudo isso, ainda me calarei, para ver se com razão desconfio que não terá efeito a diligência feita pelo Senhor Carrasco.

E o bacharel respondeu que era negócio que estava, com efeito, muito bem-parado e de que esperava o mais feliz sucesso; e, depois de se pôr à disposição de Dom Antônio para tudo o que ele desejasse e ter mandado amarrar as suas armas em cima dum macho, montou no seu cavalo, saiu da cidade naquele mesmo dia e voltou para sua pátria, sem lhe suceder coisa que mereça ser contada nesta verdadeira história. Contou Dom Antônio ao vice-rei tudo o que o Carrasco lhe dissera, não ficando o vice-rei muito contente, porque no recolhimento de Dom Quixote se perdia o divertimento de todos os que das suas loucuras tivessem notícia.

Seis dias esteve Dom Quixote de cama, triste, pensativo, aflito e incomodado, não cessando de matutar no desgraçado sucesso de sua derrota. Consolava-o Sancho, e disse-lhe, entre outras coisas:

— Meu senhor, levante Vossa Mercê a cabeça, alegre-se e dê graças ao céu, que, apesar de derrubá-lo, não lhe quebrou nenhuma costela; e como sabe que onde se fazem aí se pagam, e que nem sempre se vende o vinho onde se põe o ramo, faça uma figa ao médico, porque não precisa dele para se curar dessa enfermidade. Voltemos para a nossa casa e deixemo-nos de andar procurando aventuras por terras e lugares que não conhecemos; e, se bem se considera, sou eu quem mais perde nisso, apesar de ser Vossa Mercê o mais maltratado. Eu, que deixei com o governo os desejos de ser governador, não larguei a vontade de ser conde, que nunca terá efeito se Vossa Mercê não chegar a rei, largando o exercício da sua cavalaria; e, assim, lá se vão em fumo as minhas esperanças.

— Cala-te, Sancho: bem sabes que a minha reclusão e retiro não hão de exceder um ano, e que voltarei logo depois aos meus honrados exercícios; e não me faltarão reinos para ganhar e condados para te dar.

— Deus o ouça e o pecado seja surdo, que sempre ouvi dizer que mais vale boa esperança que ruim posse.

Estavam nisso quando entrou Dom Antônio, dizendo, com sinais de grandíssimo contentamento:

— Alvíssaras, Senhor Dom Quixote, que Dom Gregório e o renegado que foi por ele estão na praia! Na praia, digo eu? Estão já em casa do vice-rei e não tardam por aí.

Alegrou-se um pouco Dom Quixote e exclamou:

— Em verdade, estou quase em dizer que gostaria que tudo corresse às avessas, porque isso me obrigaria a passar a Argel, onde, com a força do meu braço, daria liberdade não só a Dom Gregório mas a quantos cativos há na Berbéria. Porém, ai, mísero! Que digo? Não sou eu o vencido? Não sou eu o derrubado? Não sou eu que não posso pegar em armas durante um ano? Então que prometo? De que me gabo, se devo antes usar de cruz que de espada?

— Deixe disso, senhor — respondeu Sancho —; viva a galinha com a sua pevide, e hoje por mim, amanhã por ti; e, nessas coisas de recontros e bordoadas, não vale a pena fazer caso, porque quem hoje cai amanhã se levanta, a não querer ficar na cama, quero dizer, a não desmaiar sem cobrar novos brios para pendências novas; e levante-se Vossa Mercê agora para receber Dom Gregório, que me parece que anda a gente alvoroçada, de modo que ele já deve estar em casa.

E era verdade, porque, logo que Dom Gregório e o renegado deram conta ao vice-rei da sua ida e da sua volta, Dom Gregório, desejoso de ver Ana Félix, foi com o renegado a casa de Dom Antônio; e, ainda que Dom Gregório, quando o tiraram de Argel, viesse vestido de mulher, trocou esse fato, no banco da galé, pelo dum cativo que saiu com ele; mas, de qualquer modo que viesse trajado, todos ainda cobiçariam servi-lo e estimá-lo, porque era extremamente formoso e de idade de dezessete ou dezoito anos, pouco mais ou menos. Ricote e sua filha saíram a recebê-lo, o pai com lágrimas e a filha com honestidade.

Não se abraçaram porque onde há muito amor não costuma haver demasiada desenvoltura. As duas belezas juntas, de Dom Gregório e de Ana Félix, causaram especial admiração a todos os que se achavam presentes. Falou ali o silêncio pelos dois amantes, e foram os olhos as línguas que descobriram os seus alegres e honestos pensamentos.

Contou o renegado a indústria e meio de que se serviu para arrancar Dom Gregório do cativeiro. Contou Dom Gregório, em breves palavras, os perigos e apertos em que se vira, com as mulheres com quem ficara, mostrando ser mais discreto do que os seus anos o permitiam. Finalmente, Ricote pagou e satisfez liberalmente tanto o renegado como aos remeiros, reincorporou-se o renegado à Igreja cristã,[1] e de membro podre se tornou limpo e são, com a penitência e o arrependimento.

Dali a dois dias tratou o vice-rei com Dom Antônio de ver o modo de levantar o desterro a Ana Félix e a seu pai, entendendo que não tinha inconveniente algum que em Espanha ficassem filha tão cristã e pai tão bem-intencionado. Ofereceu-se Dom Antônio para tratar disso na corte, aonde tinha de ir forçosamente para outros negócios, dando a entender que ali, com empenhos e dádivas, muitas coisas difíceis se conseguem.

— Não — disse Ricote, que estava presente a essa prática —, não se deve esperar nada de empenhos nem de dádivas; com o grande Dom Bernardino de Velasco, Conde de Salazar, que Sua Majestade encarregou da nossa expulsão,[2] de nada valem rogos, nem promessas, nem dádivas, nem lástimas; porque, ainda que combina a misericórdia com a justiça, como supõe que todo o corpo da nossa nação está contaminado e perdido, usa, com ele, antes de cautérios abrasadores que de unguentos emolientes; e assim, com prudência, com sagacidade, com diligência e com o medo que infunde, levou energicamente à devida execução essa grande empresa, sem que as nossas indústrias, solicitações, fraudes e estratagemas pudessem ofuscar seus olhos de Argos,[3] que tem

---

[1] Os renegados, ao voltar às terras de cristãos, eram submetidos a um processo inquisitorial que, normalmente e sobretudo se a volta fosse voluntária, se saldava com uma confissão de arrependimento, uma abjuração pública e o levantamento da excomunhão maior, que todo renegado alcançava.

[2] Don Bernardino de Velasco, Conde de Salazar, foi o encarregado de fazer cumprir o decreto real que ordenava a expulsão dos mouriscos nos reinos dependentes de Castela. Ele cumpriu o encargo com zelo extraordinário, e uma das medidas que tomou foi a expulsão dos mouriscos do Vale do Ricote, em Múrcia.

[3] Personagem mitológico com cem olhos, dos quais a metade sempre estava aberta, a quem Juno encarregou a custódia de Io, convertida em vaca; foi enganado por Mercúrio, que o fez dormir e o matou para libertar Io. Juno adornou com seus olhos a cauda do pavão, sua ave emblemática.

de contínuo alerta, para que não fique nem se encubra nenhum dos nossos, que venha depois com o tempo, como raiz maléfica, a brotar e a produzir frutos venenosos na Espanha, já limpa e desembaraçada dos temores que a nossa multidão lhe inspirava. Heroica resolução do grande Filipe III e inaudita prudência em ter confiado a sua execução a Dom Bernardino de Velasco!

— Eu farei todas as diligências — replicou Dom Antônio —, e o céu que ordene o que mais lhe for servido: Dom Gregório irá comigo, para mitigar a pena que seus pais devem ter com a sua ausência; Ana Félix ficará, ou em minha casa com minha mulher, ou num mosteiro, e sei que o senhor vice-rei gostará de que fique em sua casa Ricote, até ver o resultado das minhas diligências.

O vice-rei consentiu em tudo o que se propôs; mas Dom Gregório, sabendo do que se tratava, declarou que de nenhum modo podia nem devia deixar Dona Ana Félix; mas, formando tenção de ver seus pais e de voltar logo a ter com ela, concordou com o que se resolvera. Ficou Ana Félix com a mulher de Dom Antônio, e Ricote em casa do vice-rei.

Chegou o dia da partida de Dom Antônio e, dois dias depois, o da partida de Dom Quixote e de Sancho, porque a queda não lhes permitiu partir mais cedo. Houve lágrimas, suspiros, desmaios e soluços, quando Ana Félix e Dom Gregório se despediram. Ofereceu Ricote a Dom Gregório mil escudos, mas ele só quis aceitar cinco, que Dom Antônio lhe emprestou, ficando de lhos pagar na corte. Com isso partiram ambos e, como se disse, Dom Quixote e Sancho dois dias depois: Dom Quixote, desarmado e a caminho, e Sancho a pé, porque o ruço ia carregado com as armas.

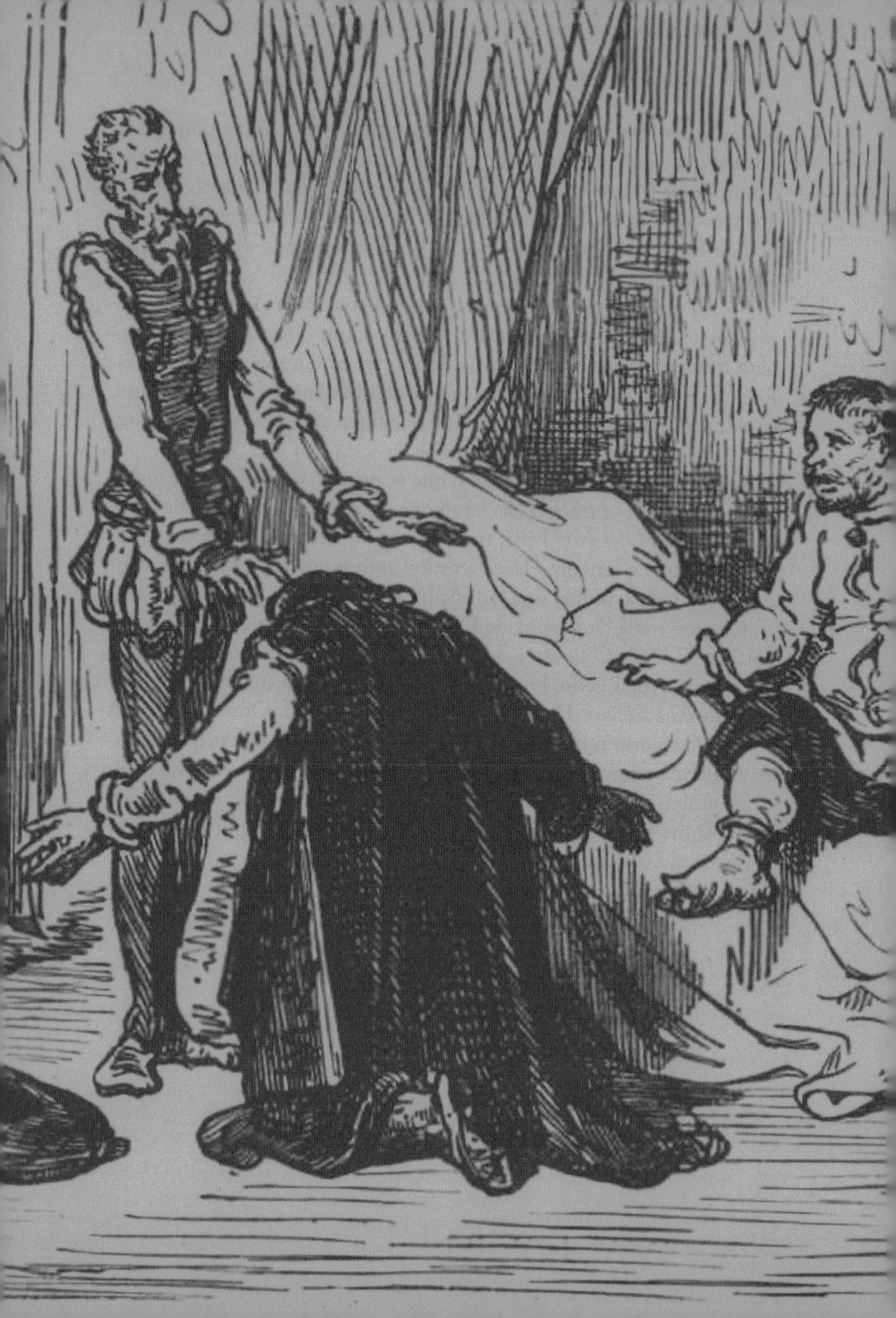

## Capítulo LXVI
### QUE TRATAVA DO QUE VERÁ QUEM O LER OU DO QUE OUVIRÁ QUEM O OUVIR LER[1]

AO SAIR DE BARCELONA, voltou Dom Quixote os olhos para o sítio onde caíra e disse:

— Aqui foi Troia; aqui a minha desgraça, e não a minha covardia, me tirou as glórias que eu alcançara; aqui usou a fortuna comigo das suas voltas; aqui se escureceram as minhas façanhas; aqui, enfim, caiu a minha ventura, para nunca mais se levantar.

Ouvindo isso, disse Sancho:

— É tanto de valentes corações o serem sofridos nas desgraças como alegres na prosperidade, meu senhor; e isso julgo eu por mim porque, se estava alegre no tempo em que era governador, agora, que sou escudeiro a pé, não estou triste, que tenho ouvido dizer que essa a que por aí chamam Fortuna é uma mulher bêbada e caprichosa e, sobretudo, cega, e por isso não vê o que faz, nem sabe quem derruba nem quem levanta.

— Estás um filósofo, Sancho — respondeu Dom Quixote —; falas mui discretamente; não sei quem to ensina. O que posso te dizer é que não há fortuna no mundo, nem as coisas que sucedem, boas ou más, sucedem por acaso, mas sim por especial providência dos céus; e por isso se costuma dizer que cada um é artífice da sua ventura, e eu o fui da minha, mas não com a prudência necessária, que assim subiram ao galarim[2] as minhas presunções, pois devia ter pensado que à grandeza

---

[1] As leituras coletivas em voz alta eram prática comum e difundida no Século de Ouro, como se pode ver pela novela do *Curioso impertinente* na estalagem de Palomeque.

[2] "Resultaram mal."

e à força do cavalo do da Branca Lua não podia resistir a fraqueza de Rocinante. Atrevi-me, enfim, fiz o que pude, derrubaram-me e, ainda que perdi a honra, não perdi nem posso perder a virtude de cumprir a minha palavra. Quando era cavaleiro andante, atrevido e valente, com as minhas obras e as minhas mãos honrava os meus feitos; e agora, que sou escudeiro pedestre, honrarei a minha palavra, cumprirei a minha promessa. Caminha, pois, amigo Sancho, e vamos ter na nossa aldeia o ano de noviciado e, terminado ele, voltaremos com virtude nova ao nunca olvidado exercício das armas.

— Senhor — respondeu Sancho —, não é tão agradável caminhar a pé que me incite e mova a fazer grandes jornadas. Deixemos estas armas penduradas nalguma árvore em lugar de um enforcado e, saltando eu para as costas do ruço, levantando os pés do chão, faremos as jornadas como Vossa Mercê as pedir e medir: que pensar que hei de ir a pé, a fazer jornadas grandes, é escusado.

— Disseste bem, Sancho; pendurem-se as minhas armas em troféu e em torno delas gravaremos em duas árvores o que estava escrito no troféu das armas de Roldão:

> Ninguém as mova
> que estar não possa
> com Roldão à prova.[3]

— Excelente ideia! — respondeu Sancho —; e, se não fosse a falta que nos faria Rocinante, também me parecia bom pendurá-lo.

— Pois não quero nem pendurá-lo nem pendurar as armas — replicou Dom Quixote —, para que não se possa dizer que teve mau pagamento o bom serviço.

— Diz muito bem Vossa Mercê — respondeu Sancho —; segundo a opinião de alguns discretos, não há de pagar a albarda as culpas do burro; e, como desse sucesso é Vossa Mercê que tem a culpa, castigue-se a si mesmo e não rebentem as suas iras pelas suas rotas e sanguinolentas armas, nem pelas mansidões de Rocinante, nem pelo tenro dos meus pés, querendo que eles andem mais do que é justo.

Nessas práticas e arrazoados passaram todo aquele dia e ainda mais quatro, sem lhes suceder coisa que lhes estorvasse o caminho; e ao quinto

---

[3] Versos do *Orlando furioso*, XXIV, já citados no capítulo XIII do primeiro volume.

dia, à entrada de uma aldeia, encontraram à porta de uma estalagem muita gente que, por ser dia de festa, estava ali se divertindo. Quando o nosso Dom Quixote de la Mancha se aproximava, ergueu a voz um lavrador, dizendo:

— Algum desses dois senhores, que aqui vêm, e que não conhecem as partes, dirão como se há de resolver a nossa aposta.

— Digo, decerto — respondeu Dom Quixote —, com toda a retidão, se conseguir entender o caso.

— O caso é o seguinte — disse o lavrador —: um vizinho deste lugar, tão gordo que pesa onze arrobas, desafiou a correr outro seu vizinho, que só pesa cinco. A condição ajustada foi que haviam de correr cem passos com pesos iguais; e, tendo perguntado ao desafiante como se havia de igualar o peso, disse ele que se pusessem às costas do desafiado seis arrobas de ferro, igualando-se assim as cinco arrobas do magro com as onze do gordo.

— Isso não — interrompeu Sancho, antes de Dom Quixote responder —; a mim, que há poucos dias saí de ser governador e juiz, como toda a gente sabe, é que toca averiguar essas dúvidas e dar parecer em qualquer pleito.

— Responde, responde, Sancho amigo — disse Dom Quixote —, que eu não estou nem para dar migas a um gato,[4] tão transtornado e alvoroçado trago o juízo.

Com essa licença, disse Sancho aos lavradores, que se apinhavam em torno dele de boca aberta, esperando a sua sentença:

— Irmãos, o que o gordo pede não tem caminho nem sombra de justiça; pois, se é verdade o que se diz, que o desafiado pode escolher as armas, não deve escolhê-las tais que o impeçam e o estorvem de sair vencedor; e entendo que ao gordo desafiador se cortem, se arranquem, se tirem seis arrobas de qualquer lado do corpo, do sítio que ele preferir, e, desse modo, ficando em cinco arrobas de peso, se igualará com o seu contrário e poderão correr sem diferença.[5]

— Voto a tal! — disse um lavrador que escutara a sentença de Sancho. — Esse senhor falou como um abençoado e sentenciou como um

---

[4] "Não tenho forças para nada."

[5] A historieta tem uma origem culta (Alciato, *De singulari certamine*, 1544), mas deve ter sido folclorizada muito cedo, como comprova sua presença na *Floresta espanhola*, VIII, IV, de Melchor de Santa Cruz.

cônego; mas, com certeza, o gordo não quer tirar nem uma onça da carne, quanto mais seis arrobas.

— O melhor é que não corram — respondeu outro —, para que o magro não se moa com o peso nem o gordo perca as suas carnes. Troque-se metade da aposta em vinho e levemos esses senhores à taverna do caro, e eu fico por tudo.

— Agradeço-vos muito, meus senhores — disse Dom Quixote —, mas não posso demorar-me, porque pensamentos e sucessos tristes me fazem parecer descortês e caminhar depressa.

E, picando as esporas a Rocinante, seguiu, deixando-os verdadeiramente admirados da sua estranha figura e também da discrição de Sancho Pança; e outro lavrador disse:

— Se o criado é tão esperto, que tal será o amo! Aposto que, se fossem estudar em Salamanca, num abrir e fechar de olhos estavam com toda a certeza alcaides da corte; que o que vale neste mundo é estudar e mais estudar, e ter proteção e ventura e, quando mal se precata, acha-se um homem com uma vara de juiz na mão ou de mitra na cabeça.

Passaram aquela noite amo e criado no meio do campo ao sereno e, ao outro dia, seguindo o seu caminho, viram que vinha para eles um homem a pé, com uns alforjes no cachaço e uma escuma ou um chuço na mão, semelhante a um correio a pé, e, quando se aproximou de Dom Quixote de la Mancha, apressou o passo e, meio correndo, chegou-se a ele e, abraçando-o pela coxa direita, porque não chegava mais acima, exclamou, com mostras de muita alegria:

— Ó Senhor Dom Quixote de la Mancha, que grande contentamento que há de ter meu amo, o senhor duque, sabendo que Vossa Mercê volta ao castelo, onde ele ainda está com a senhora duquesa!

— Não vos conheço, amigo, nem sei quem sois, se não mo dizeis.

— Eu, Senhor Dom Quixote — respondeu o correio —, sou Tosilos, o lacaio do duque meu amo, aquele que não quis pelejar com Vossa Mercê na pendência do casamento com a filha de Dona Rodríguez.

— Valha-me Deus! — disse Dom Quixote. — É possível que sejais vós aquele que os nigromantes meus inimigos transformaram nesse lacaio que dizeis, para me defraudar da honra daquela batalha?

— Não diga isso, meu bom senhor — tornou o correio —, não houve encantamento nem mudança de rosto; lacaio Tosilos entrei na estacada e lacaio Tosilos saí dela. Quis casar sem pelejar porque me pareceu bonita a moça, mas saiu-me tudo às avessas do que eu pensava, porque, apenas

Vossa Mercê se ausentou do castelo, o duque meu amo mandou-me dar cem bastonadas, por não ter cumprido as suas ordens, e a rapariga meteu-se freira e Dona Rodríguez voltou para Castela, e eu vou agora a Barcelona levar um maço de cartas ao vice-rei, que lhe envia meu amo. Se Vossa Mercê quer uma pinga, quente, é verdade, mas pura, levo aqui uma cabaça cheia de vinho do melhor, com umas fatias de queijo de Tronchão, que servirão de chamariz e de despertador à sede.

— Aceito eu o convite — acudiu Sancho —; e venha de lá o vinho do bom Tosilos, apesar de quantos nigromantes houver nas Índias.

— Enfim — disse Dom Quixote —, tu sempre hás de ser, Sancho, o maior glutão e o maior ignorante da terra, pois não te persuades de que este correio é encantado e este Tosilos, fingido; fica-te com ele e farta-te, que eu vou andando devagar, à espera de que venhas.

Riu-se o lacaio, tirou a cabaça, sacou dos alforjes as fatias de queijo e um pão pequeno, e ele e Sancho sentaram-se na verde relva, e em boa paz e companhia deram cabo de tudo o que vinha nos alforjes, com tanta gana que até lamberam o maço das cartas, só porque cheirava a queijo.

— Sem dúvida alguma este teu bom amo, Sancho amigo, deve ser louco.

— Como deve? — respondeu Sancho. — Não deve nada a ninguém, principalmente se a moeda for loucura; isso vejo eu e digo-lho; mas de que serve, principalmente agora, que vai louco rematado, porque o venceu o Cavaleiro da Branca Lua?

Rogou-lhe Tosilos que lhe contasse o que sucedera; mas Sancho respondeu-lhe que era descortesia deixar seu amo a esperar e que noutro dia lhe contaria tudo, se se encontrassem e tivessem ocasião; e, levantando-se, depois de ter sacudido o saio e as migalhas das barbas, enxotou o ruço adiante de si e, dizendo adeus a Tosilos, deixou-o e foi apanhar seu amo, que o estava esperando à sombra de uma árvore.

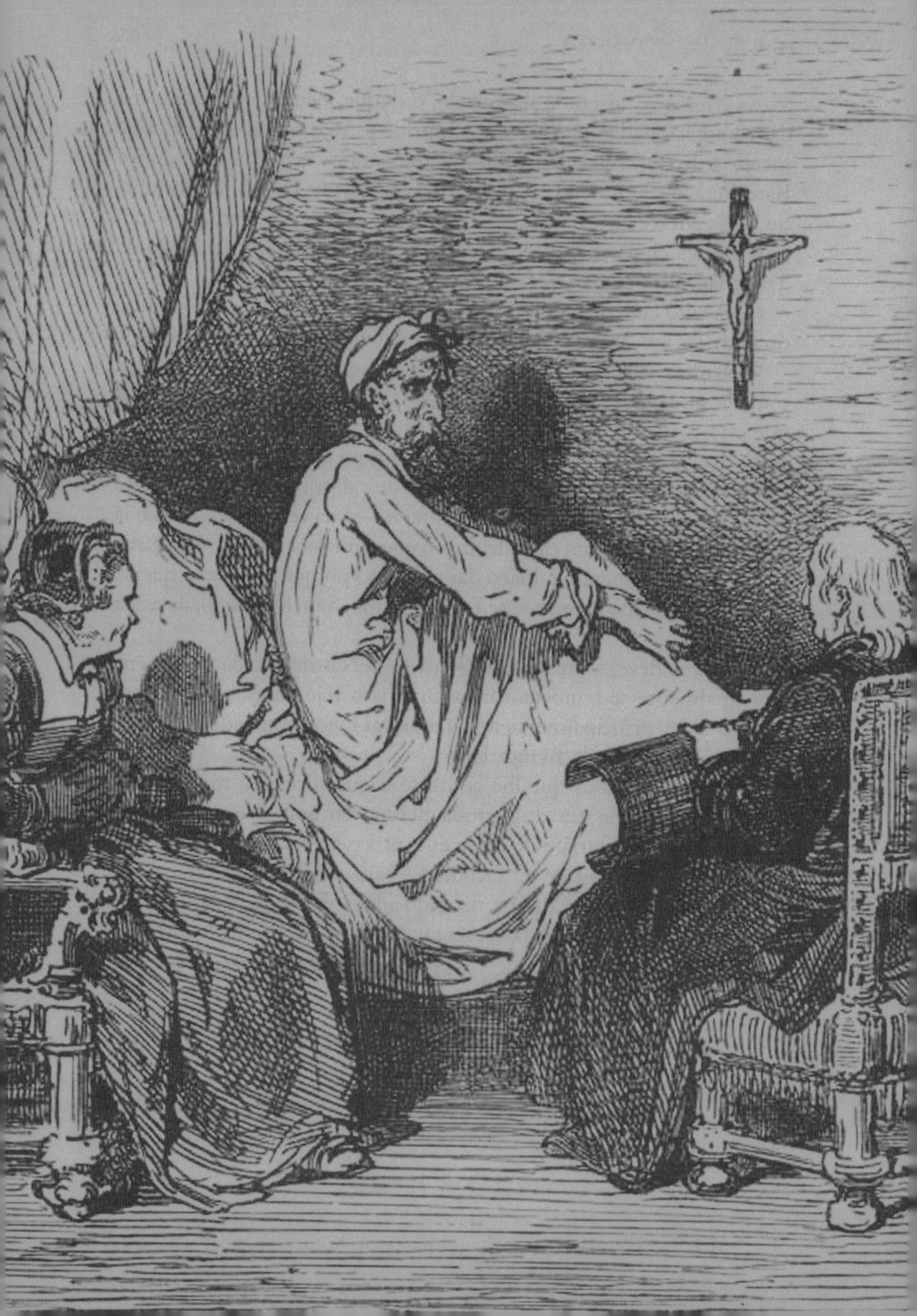

## Capítulo LXVII

### DA RESOLUÇÃO QUE TOMOU DOM QUIXOTE DE SE FAZER PASTOR E SEGUIR A VIDA DO CAMPO, ENQUANTO SE PASSAVA O ANO DA SUA PROMESSA, COM OUTROS SUCESSOS, NA VERDADE GOSTOSOS E BONS

SE MUITOS PENSAMENTOS fatigavam Dom Quixote antes de ser derrubado, muitos mais o pungiam depois de caído. Estava à sombra de uma árvore, como se disse, e ali lhe acudiam a picá-lo os pensamentos, como as moscas ao mel. Uns eram tocantes ao desencantamento de Dulcineia, e outros à vida que havia de passar no seu forçado retiro. Chegou Sancho e louvou-lhe a liberalidade do lacaio Tosilos.

— É possível — disse Dom Quixote — que ainda penses que aquele homem seja um verdadeiro lacaio? Parece que se te varreu da memória o teres visto Dulcineia convertida e transformada em lavradeira e o Cavaleiro dos Espelhos no Bacharel Carrasco, tudo obra dos nigromantes que me perseguem! Mas dize-me agora: perguntaste a esse Tosilos, como o chamas, o que fez Deus a Altisidora? Se ela chorou a minha ausência ou se deixou nas mãos do olvido os enamorados pensamentos que na minha presença a perseguiam?

— Os que eu tinha não me deixavam perguntar por ninharias — tornou Sancho —, corpo de tal! Senhor: está Vossa Mercê agora em termos de inquirir pensamentos alheios, especialmente amorosos?

— Vê, Sancho — disse Dom Quixote —, muita diferença há entre as obras que se fazem por amor e as que se fazem por agradecimento. Um cavaleiro pode ser desamorável, mas, realmente, nunca pode ser desagradecido. Quis-me bem, ao que parecia, Altisidora; deu-me os três lenços que sabes; chorou na minha partida e amaldiçoou-me, vituperou-me, queixou-se publicamente, a despeito da vergonha: tudo sinais de que me adorava; que as iras dos amantes costumam desabafar em maldições. Eu não lhe dei esperanças nem lhe ofereci tesouros, porque as minhas esperanças entreguei-as a Dulcineia, e os tesouros dos cavaleiros andantes são como os dos duendes, aparentes e falsos, e só lhe posso dar estas recordações, que dela tenho, sem prejuízo, contudo, das que conservo de Dulcineia, que tu agravas com a remissão que mostras em te açoitar e em castigar essas carnes, que eu veja comidas de lobos, porque antes se querem guardar para os bichos da terra que para remédio daquela pobre senhora.

— Senhor — respondeu Sancho —, se quer que lhe diga a verdade, não posso me persuadir de que os açoites dados nas minhas pousadeiras tenham algo que ver com os desencantamentos dos encantados; e é como se disséssemos: "Quando vos doer a cabeça, fomentai os joelhos"; pelo menos, vou jurar que em nenhuma das histórias que Vossa Mercê tem lido, e que tratam de cavalaria andante, aparece alguém desencantado por açoites; mas, pelo sim, pelo não, eu cá irei me açoitando quando me apetecer e tiver comodidade para me fustigar.

— Deus queira! — respondeu Dom Quixote. — E o céu te inspire o desejo de cumprires a obrigação que tens de auxiliar a minha senhora, que é senhora tua também, logo que tu és meu servo.

Nessas práticas iam seguindo o seu caminho, quando chegaram ao mesmo sítio em que foram atropelados pelos touros. Reconheceu-o Dom Quixote e disse a Sancho:

— É este o prado em que topamos as belas pastoras e galhardos pastores, que aqui queriam imitar e renovar a pastoril Arcádia, pensamento novo e discreto, a cuja imitação, se isso te agrada, quereria eu, Sancho, que nos convertêssemos em pastores, pelo menos durante o tempo em que eu tiver de estar recolhido. Comprarei algumas ovelhas e tudo o mais que é necessário para o exercício pastoril; e, chamando-me eu o pastor Quixotiz, e tu o pastor Pancino, andaremos por montes, selvas e prados, cantando ali, recitando endechas acolá, bebendo os límpidos cristais, ou das fontes, ou dos regatos, ou dos rios caudalosos. Dar-nos-ão, com mão abundantíssima, o seu dulcíssimo fruto as altas carvalheiras, assento os troncos dos duríssimos sobreiros, os salgueiros sombras, aroma as rosas, alfombra matizada de mil cores os extensos prados, o ar puro e claro, bafejo, luz as estrelas e a lua, rompendo a escuridade da noite, suave prazer o canto, alegria o choro, versos Apolo, e o Amor conceitos, com que poderemos eternizar a nossa fama, não só nos presentes mas também nos porvindouros séculos.

— Por Deus! — disse Sancho — quadra-me esse gênero de vida, tanto mais que nunca se lembraram disso nem o Bacharel Sansão Carrasco nem o barbeiro Mestre Nicolau, e talvez a queiram seguir e fazer-se pastores conosco; e praza a Deus que o cura não tenha vontade de entrar no aprisco, já que tanto gosta de se divertir.

— Disseste muito bem — respondeu Dom Quixote —; e o Bacharel Sansão Carrasco, se entrar no grêmio pastoril, poderá chamar-se o pastor Sansonino ou o pastor Carrascão; o barbeiro Nicolau chamar-se-á Nicoloso, como o antigo Boscão se chamou Nemoroso; ao cura é que não sei que nome lhe havemos de pôr, a não ser algum que derive de "cura": por exemplo, o pastor Curiambro. Às pastoras, nossas enamoradas, é fácil escolher os nomes; e, como o da minha dama tanto quadra a uma princesa como a uma zagala, não preciso me cansar a procurar outro que melhor lhe caiba: tu, Sancho, lá porás à tua o que quiseres.

— Não tenciono — respondeu Sancho — pôr-lhe nome diferente do de Teresona, que fica bem à sua gordura e ao nome próprio que tem, pois se chama Teresa; tanto mais que, celebrando-a eu nos meus versos, revelo os meus castos desejos, porque não ando a meter a foice em seara alheia. O cura é que não deve ter pastora, para dar bom exemplo; e, se o bacharel quiser tê-la, sua alma, sua palma.

— Valha-me Deus! — disse Dom Quixote. — Que vida que nós vamos passar, Sancho amigo! Que charamelas ressoarão aos nossos ouvidos! Que gaitas de Zamora, que tamboris, que rabecas e que violas! E, se entre esses diversos instrumentos se ouvirem também os albogues, juntar-se-ão quase todos os instrumentos bucólicos!

— Que são albogues? — perguntou Sancho. — Nunca os vi nem nunca ouvi falar neles.

— Albogues são — respondeu Dom Quixote — umas placas que, batendo uma na outra, dão um som, não muito harmonioso talvez, mas que não desagrada e se casa bem com a rusticidade da gaita e do tamboril; e este nome albogue é mourisco, como todos aqueles que na nossa língua castelhana começam por "al", a saber: *almohaza, almorzar, alhombra, alguacil, alhucema, almacén, alcancía,* e outros semelhantes, que poucos mais devem de ser; e alguns são mouriscos também, mas acabam em "i", e são: *borceguí, zaquizamí* e *maravedí. Alhelí* e *alfaquí*, tanto pelo "al" do começo como pelo "i" em que acabam, são conhecidos por árabes. Digo-te isso, por mo ter trazido à memória o nome de "albogues"; e há de nos ajudar muito a usar com perfeição desse exercício pastoril o ser eu algum tanto poeta, como sabes, e sê-lo também em extremo o Bacharel Sansão Carrasco. Do cura nada digo; mas vou apostar que também faz versos; e não duvido que os componha o Mestre Nicolau, porque os barbeiros são todos mais ou menos guitarristas e fazedores de coplas. Eu lamentarei a ausência da minha dama; tu gabar-te-ás de fino enamorado; o pastor Carrascão se queixará dos desdéns da sua bela, e o Cura Curiambro do que quiser; e assim andará tudo admiravelmente.

— Sou tão desgraçado, senhor — respondeu Sancho —, que receio que não chegue o dia em que me veja em tal exercício. Oh, que polidas colheres eu hei de fazer quando for pastor! Que migas, que natas, que grinaldas e que pastoris cajados que, ainda que não me granjeiem fama de discreto, não deixarão de ma granjear de engenhoso! A minha filha Sanchica nos levará comida ao aprisco. Mas esperem lá; a pequena não é nenhuma peste e há pastores que são mais manhosos do que parecem; e não queria que ela fosse buscar lã e viesse tosquiada, porque, tanto nos campos como nas cidades, andam amores de companhia com os maus desejos; e nas choças dos pegureiros acontece o mesmo que nos palácios dos reis; e, tirada a causa, tira-se o efeito; e os olhos que não veem, coração que não suspira; e mais vale salteador que sai à estrada que namorado que ajoelha.

— Basta de rifões, Sancho — acudiu Dom Quixote —; um só dos que disseste é suficiente para nos fazer entender o teu pensamento; e muitas vezes tenho te aconselhado que não sejas tão pródigo de provérbios; mas parece-me que é pregar no deserto. Minha mãe a castigar-me e eu com o pião às voltas.

— Parece-me — respondeu Sancho — que Vossa Mercê é como o sujo falando do mal lavado. Está-me a repreender e a aconselhar que não diga rifões e enfia-os Vossa Mercê aos pares.

— Nota, Sancho — disse Dom Quixote —, que eu trago os rifões a propósito e ajeitam-se ao que digo, como os anéis aos dedos; mas tu tanto os puxas pelos cabelos que os arrastas, em vez de guiá-los; e, se bem me lembro, já de outra vez te disse que os rifões são sentenças breves, tiradas da experiência e das especulações dos nossos antigos sábios; e o rifão que não vem de molde é mais disparate que sentença. Mas deixemo-nos disto e, como a noite já vem próxima, retiremo-nos da estrada real um pedaço e procuremos sítio onde passar a noite; Deus sabe o que amanhã sucederá.

Retiraram-se, cearam tarde e mal, bem contra a vontade de Sancho, a quem desagradavam os jejuns da cavalaria andante, principalmente comparados com as abundâncias da casa de Dom Diego de Miranda, das bodas do opulento Camacho e da habitação de Dom Antônio Moreno. Mas considerava que não era possível ser sempre dia; e, assim, passou essa noite dormindo, e seu amo velando.

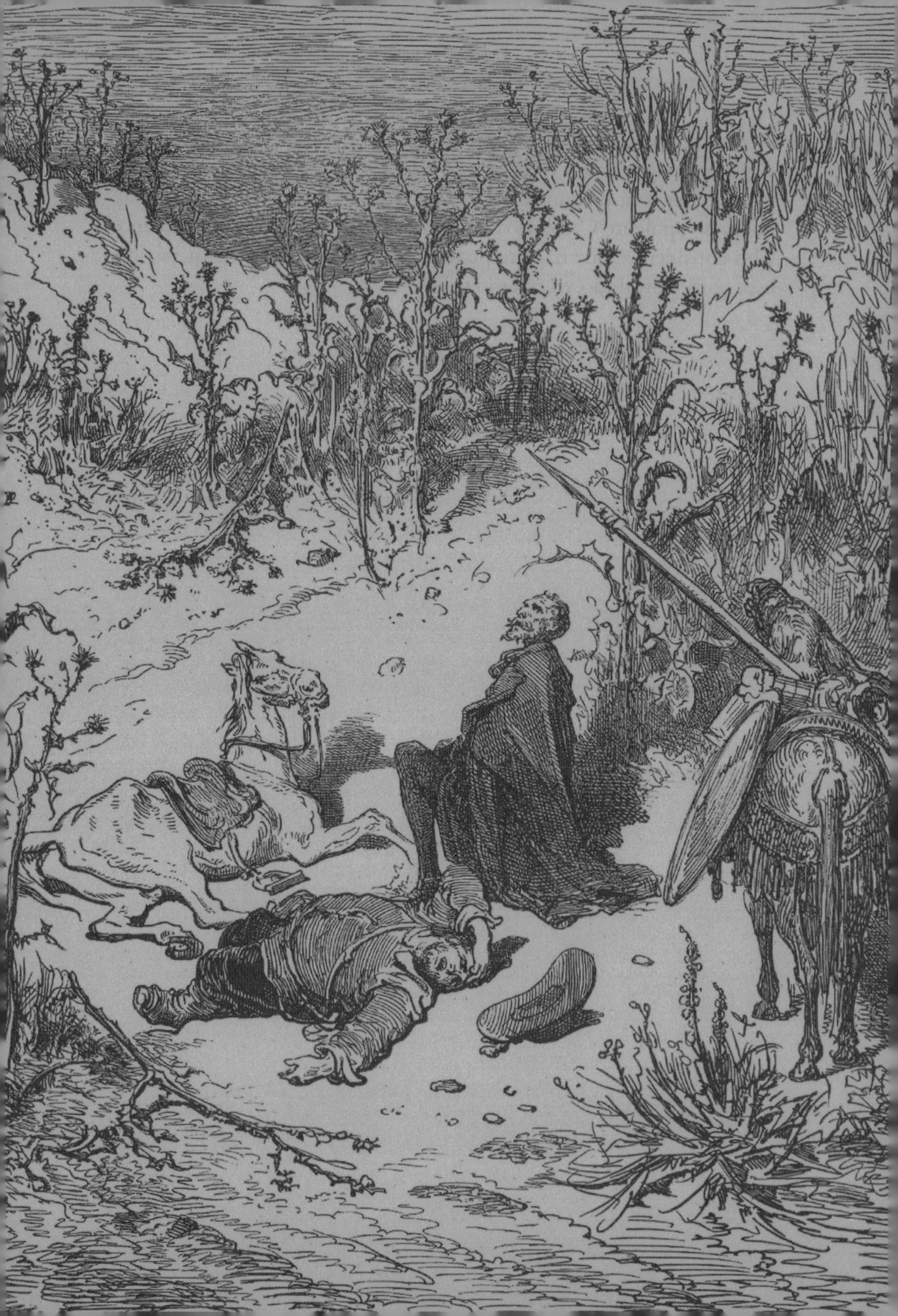

## Capítulo LXVIII
### DA SUÍNA AVENTURA QUE ACONTECEU A DOM QUIXOTE

ERA A NOITE UM POUCO ESCURA, apesar de estar a lua no céu, mas não em sítio em que pudesse ser vista, que às vezes a Senhora Diana vai passear para os antípodas e deixa os montes negros e os vales escuros. Satisfez Dom Quixote as reclamações da natureza, dormindo o primeiro sono sem dar lugar ao segundo, bem às avessas de Sancho, que nunca teve segundo sono, porque dormia desde o cair da noite até o romper da manhã, fato em que se mostravam a sua boa compleição e poucos cuidados. Os de Dom Quixote desvelaram-no tanto que acordou Sancho e disse-lhe:

— Estou maravilhado, Sancho, da liberdade da tua condição. Imagino que és feito de mármore ou de duro bronze, coisas que não têm movimento nem sentimento algum. Velo quando tu dormes, choro quando cantas, desmaio de fraqueza quando estás farto. É próprio de bons criados ajudar seus amos a sofrer as suas mágoas e sentir o que eles sentirem, ao menos para não parecer mal. Vê a serenidade desta noite, a solidão em que estamos, que nos convidam a intercalar no nosso sono alguma vigília. Levanta-te, por vida tua, afasta-te daqui um pedaço e, com ânimo e denodo, dá em ti mesmo duzentos ou trezentos açoites, por conta dos do desencantamento de Dulcineia, e isto te peço rogado, que não quero travar luta contigo, como da outra vez, porque sei que tens a mão pesada. Depois de te haveres açoitado, passaremos o resto da noite cantando eu a minha ausência e tu a tua firmeza, dando desde já princípio ao exercício pastoril que seguiremos na nossa aldeia.

— Senhor: eu não sou religioso para me levantar no meio do meu sono e açoitar-me, nem também me parece que do extremo do rigor dos açoites se possa passar para o outro extremo da música. Deixe-me Vossa Mercê dormir e não me apoquente com a história dos açoites, que me obriga a fazer o juramento de nunca tocar nem no pelo do meu saio, quanto mais nas minhas carnes.

— Ó alma endurecida! Ó despiedoso escudeiro! Ó pão mal-empregado! Ó mercês mal consideradas essas que te fiz e as que tenciono fazer-te! Por mim te viste governador e por mim te vês com esperanças propínquas de ser conde, ou de ter outro título equivalente, e não tardará o cumprimento dessas esperanças mais de um ano; *post tenebras spero lucem*.[1]

— Não entendo lá isso — replicou Sancho —; o que entendo é que, quando estou a dormir, nem tenho temor nem esperança, nem pena nem glória;[2] e bem haja quem inventou o sono, capa que encobre todos os pensamentos humanos, manjar que tira a fome, água que afugenta a sede, fogo que alenta o frio, frio que mitiga o ardor e, finalmente, moeda geral com que tudo se compra, balança e peso que iguala o pastor ao rei e o simples ao discreto. Só uma coisa má tem o sono, segundo tenho ouvido dizer: é parecer-se com a morte, porque, de um adormecido a um morto, pouca diferença vai.

— Nunca te ouvi falar tão elegantemente como agora, Sancho — disse Dom Quixote —; por onde venho a conhecer a verdade do rifão que tu algumas vezes costumas citar: "Dize-me com quem andas, dir-te-ei as manhas que tens".

— Então, senhor meu amo — redarguiu Sancho —, quem é que enfia rifões agora? Sou eu ou Vossa Mercê, a quem eles caem da boca aos pares, ainda melhor que a mim? Entre os seus e os meus há só uma diferença: os de Vossa Mercê virão a tempo, e os meus a desoras; mas, afinal de contas, ainda são rifões.

Estavam nisso quando sentiram um surdo estrondo e um áspero ruído, que por todos aqueles vales se estendia. Pôs-se de pé Dom Quixote e levou a mão à espada, e Sancho acachapou-se debaixo do muro, pondo

---

[1] Frase do livro de Jó, é também lema do falcão encapuzado que Juan de la Cuesta estampava nas duas partes do *Dom Quixote*. "Depois das trevas espero a luz."

[2] Os elementos enunciados correspondem, aproximadamente, às quatro paixões (*temor, esperança, alegria* e *dor*) de que o homem deve purgar-se para, conforme os estoicos, alcançar a virtude.

de cada lado o feixe das armas e a albarda do seu jumento, com medo igual ao alvoroço de Dom Quixote. Cada vez ia crescendo mais o ruído e aproximando-se dos dois medrosos, pelo menos de um, porque do outro já conhecemos a valentia. A bulha provinha de mais de seiscentos porcos que uns homens levavam para vender em uma feira; e era tal o barulho dos seus passos, o grunhir e o bufar, que ensurdeceram Dom Quixote e Sancho, os quais nem imaginaram o que podia ser. Chegou de tropel o extenso e grunhidor batalhão e, sem respeitar a autorizada presença de Dom Quixote e de Sancho, desfez as trincheiras que este último erguera e derrubou não só Dom Quixote mas atirou também de pernas ao ar Rocinante. O tropear, o grunhir, a rapidez com que chegaram os animais imundos puseram em confusão, no meio da relva, a albarda, as armas, o ruço, Rocinante, Sancho e Dom Quixote. Levantou-se Sancho o melhor que pôde e pediu a seu amo a espada, dizendo que queria matar meia dúzia daqueles senhores e descomedidos porcos, que já conhecera que o eram. Dom Quixote disse-lhe:

— Deixa-os ir, amigo; essa afronta é pena do meu pecado e justo castigo do céu, que a um cavaleiro vencido o comam as raposas, o piquem as vespas e o pisem nos pés os porcos.

— Também será castigo do céu — respondeu Sancho — picarem as moscas, devorarem os piolhos e a fome saltear os escudeiros dos cavaleiros andantes? Se os escudeiros fossem filhos dos cavaleiros que servem, ou seus próximos parentes, não seria muito que também me chegasse, até a quarta geração, o castigo das suas culpas; mas que têm que ver os Panças com os Quixotes? Agora, bem, tornemos a acomodar-nos e durmamos o pouco que ainda resta da noite.

— Dorme tu, Sancho — respondeu Dom Quixote —, dorme tu, que nasceste para dormir, que eu nasci para te velar; darei largas aos meus pensamentos e desafogá-los-ei num madrigalzito que, sem tu saberes, compus de memória.

— Parece-me que os cuidados que permitem que se façam coplas não devem ser muitos; verseje Vossa Mercê o que quiser, que eu dormirei o que puder.

E, virando-se para outro lado, adormeceu a sono solto. Dom Quixote, encostado ao tronco de uma faia ou de um sobreiro (que Cide Hamete Benengeli não diz que árvore era), ao som dos seus suspiros cantou da seguinte maneira:

> Amor, eu quando penso
> no mal que tu me dás, terrível, forte,
> alegre corro à morte,
> para assim acabar meu mal imenso.
>
> Mas quando chego ao passo,
> que é meu porto no mar desta agonia,
> sinto tal alegria
> que a vida se revolta e não o passo.
>
> Assim o viver me mata,
> pois que a morte me torna a dar a vida!
> condição nunca ouvida,
> a quem comigo vida e morte trata![3]

Cada verso era acompanhado com muitos suspiros e muitas lágrimas, como quem tinha o coração traspassado pela dor da derrota e pela ausência de Dulcineia.

Rompeu, enfim, o dia, bateu o sol com os seus raios nos olhos de Sancho, que despertou e espreguiçou-se, sacudindo-se e estirando os membros. Olhou para o destroço que os porcos tinham feito na sua despensa e amaldiçoou-os com todas as veras da sua alma. Tornaram ambos à interrompida viagem e, ao declinar da tarde, viram que para eles vinham uns dez homens a cavalo e quatro ou cinco a pé. Sobressaltou-se o coração de Dom Quixote e desfaleceu o de Sancho, porque a gente que se dirigia para eles trazia lanças e adagas e vinha como que em som de guerra.

Voltou-se Dom Quixote para Sancho e disse-lhe:

— Se eu pudesse, Sancho, exercitar as armas e não estivesse com as mãos atadas pela minha promessa, esta máquina que vem sobre nós seria para mim pão com mel; mas pode ser que saia coisa diferente do que receamos.

Chegaram nisso os cavaleiros e, enristando as lanças, sem dizer palavra, rodearam Dom Quixote e apontaram-lhe às costas e ao peito, ameaçando-o de morte. Um dos homens a pé, com um dedo na boca, em sinal de que se calasse, agarrou no freio de Rocinante e tirou-o

---

[3] Tradução de um madrigal do poeta Pierro Bembo.

para fora da estrada, e os outros peões, levando adiante de si Sancho e o ruço, e guardando todos maravilhoso silêncio, seguiram os passos do que conduzia Dom Quixote, que por duas ou três vezes quis perguntar para onde é que o levavam, ou o que queriam dele, mas, apenas principiava a mexer os lábios, lhos fechavam logo com os ferros das lanças; e a Sancho acontecia o mesmo, porque apenas dava sinais de falar logo um dos peões com um aguilhão o picava, e ao ruço também, como se o ruço também quisesse falar. Cerrou-se a noite, apressaram o passo, cresceu o medo nos dois presos, e ainda mais quando ouviram que, de quando em quando, lhes diziam:

— Caminhai, trogloditas!
— Calai-vos, bárbaros!
— Sofrei, antropófagos!
— Não vos queixeis, citas; nem abrais os olhos. Polifemos[4] matadores, leões carniceiros!

E com esses e outros nomes semelhantes atormentavam os ouvidos dos míseros amo e criado. Dizia Sancho entre si: "Nós chitas? Nós barbeiros e trôpegos? Não gosto nada desses nomes; não é bom o vento que sopra; todos os males vêm juntos sobre nós, como as chibatas sobre os cães, e oxalá que não se realize o que ameaça esta tão desventurada aventura!".

Ia Dom Quixote pasmado, sem poder atinar, por mais que discorresse, por que lhe punham aqueles nomes cheios de vitupérios, dos quais só deduzia que não podia esperar bem nenhum, e tinha que temer muito mal. Chegaram, quase à uma hora da noite, a um castelo, que Dom Quixote bem conheceu que era do duque, onde havia pouco tempo tinham estado.

— Valha-me Deus! — disse ele, apenas reconheceu a casa. — Que será isto? Pois nesta casa não é tudo cortesia e comedimento? Mas para os vencidos muda-se o bem em mal e o mal em pior.

Entraram no pátio principal do castelo e viram-no arranjado e adornado de modo que ainda mais pasmados ficaram, como se poderá ver no seguinte capítulo.

---

[4] Ciclope que devora os companheiros de Ulisses na *Odisseia* de Homero.

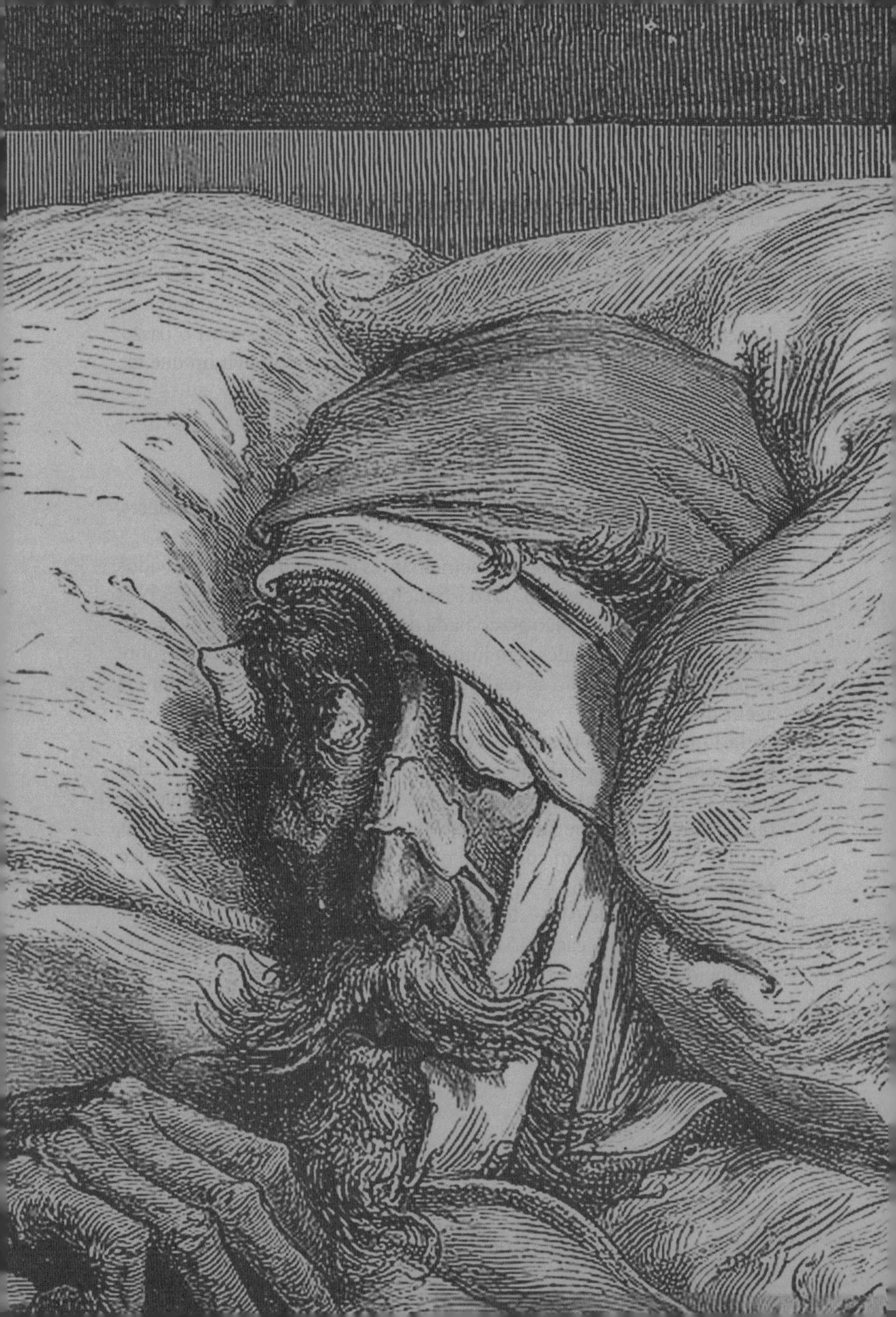

## Capítulo LXIX
### DO MAIS RARO E MAIS NOVO SUCESSO QUE EM TODO O DECURSO DESTA GRANDE HISTÓRIA ACONTECEU A DOM QUIXOTE

APEARAM-SE OS CAVALEIROS e, junto com os peões, tomando em peso e arrebatadamente Sancho e Dom Quixote, meteram-nos no pátio, em torno do qual ardiam quase uns cem brandões e mais de quinhentas luminárias, de modo que, apesar da noite que se mostrava um pouco escura, não se sentia a falta da claridade do sol. No meio do pátio, a duas varas do chão, levantava-se um túmulo, todo coberto com um grandíssimo dossel de veludo negro, cercado de velas de cera branca acesas em mais de cem candelabros de prata, e em cima do túmulo via-se o cadáver de uma tão linda donzela que parecia, com a sua formosura, tornar formosa a própria morte. Recostava a cabeça numa almofada de brocado, coroava-a uma grinalda tecida de diversas e odoríferas flores, tinha as mãos cruzadas no peito e nelas um ramo de amarela e triunfal palma.[1]

A um dos lados do pátio estava um tablado, e em duas cadeiras sentados dois personagens que, por terem coroas na cabeça e cetros nas mãos, pareciam ser reis, ou verdadeiros ou fingidos. Ao pé desse tablado, para onde se subia por alguns degraus, viam-se outras cadeiras, nas quais os que trouxeram os presos sentaram Dom Quixote e Sancho — tudo isso em silêncio e indicando-lhes, com sinais, que se calassem também: mas não era necessário sinal, porque o pasmo do que viam lhes atara a

---

[1] Enterrar com palma uma mulher é, como diz o léxico da Academia, "enterrá-la em estado de virgindade. O antigo costume de pôr uma palma entre as mãos das donzelas mortas chegou até nossos dias".

língua. Subiram então ao tablado, com muito acompanhamento, dois principais personagens; logo Dom Quixote reconheceu que eram o duque e a duquesa, seus hospedeiros, que se sentaram em duas riquíssimas cadeiras, junto aos dois que pareciam reis. Quem não se havia de admirar com isso, juntando-se-lhe ter conhecido Dom Quixote que o cadáver que estava no túmulo era o da formosa Altisidora? Ao subirem ao tablado o duque e a duquesa, levantaram-se Dom Quixote e Sancho e fizeram-lhe um profundo cumprimento, a que os duques corresponderam com uma ligeira inclinação da cabeça.

Saiu nisso um beleguim[2] e, chegando-se a Sancho, deitou-lhe aos ombros uma roupa de bocaxim negro, toda pintada de labaredas; e, tirando-lhe a carapuça, pôs-lhe na cabeça uma mitra, à moda das que levam os penitenciados dos autos de fé, e disse-lhe ao ouvido que não abrisse o bico, porque lhe poriam uma mordaça, ou lhe tirariam a vida. Olhava Sancho para si dos pés à cabeça; via-se ardendo em chamas, mas, como não o queimavam, não fazia caso delas. Tirou a mitra, viu-a pintada de diabos e tornou a pô-la, dizendo entre si: "Ainda bem que nem elas me abrasam nem eles me levam".

Mirava-o também Dom Quixote e, ainda que o temor lhe suspendesse os sentidos, não deixou de se rir ao ver a figura de Sancho. Começou nisso a sair, parecia que de debaixo do túmulo, um som brando e suave de flautas que, por não ser interrompido por voz humana, porque naquele sítio o silêncio parecia ainda mais silêncio, mais brando e amoroso se mostrava. Logo apareceu, de improviso, junto à almofada do que parecia cadáver, um gentil mancebo vestido à romana, que, ao som de uma harpa, que ele mesmo tocava, cantou, com voz dulcíssima e clara, estas duas estâncias:

> Enquanto não ressurge Altisidora,
> de Dom Quixote a vítima discreta,
> e as damas na corte encantadora
> enverguem cada qual sua roupeta,
> a duquesa gentil, minha senhora,
> manda as donas vestir-se de baeta,
> cantarei a beldade que morreu
> com melhor plectro do que o próprio Orfeu.

---

[2] Oficial inferior de diligências que secundava o alcaide, fazendo as prisões.

> E parece-me até que me não toca
> um tal dever unicamente em vida,
> mas com a língua morta em fria boca
> hei de soltar a voz que te é devida.
> Livre a minha alma da apertada roca,
> e pelo estígio[3] lago conduzida,
> celebrando-te irá, e ao seu lamento
> hão de as águas parar de esquecimento.

— Basta — disse um dos dois que pareciam reis —; não acabarias nunca se quisesses representar-nos agora a morte e as graças da incomparável Altisidora, não falecida, como pensa o mundo ignorante, mas viva, nas línguas da fama e no castigo que, para restitui-la à luz perdida, há de sofrer Sancho Pança, que presente se acha; e assim, tu, Radamanto,[4] que és julgador comigo nas lôbregas cavernas de Dite,[5] já que sabes tudo o que está resolvido, nos imperscrutáveis fados, a respeito da ressurreição dessa donzela, dize-o e declara-o imediatamente, para que não se dilate a posse do bem que esperamos do seu regresso à vida.

Apenas disse isso Minos, juiz e companheiro de Radamanto, logo este, pondo-se em pé, exclamou:

— Eia, ministros desta casa, altos e baixos, grandes e pequenos: acudi uns atrás dos outros e arrumai no rosto de Sancho vinte e quatro tabefes, e nos seus braços e lombos doze beliscões e seis picadas de alfinetes, que nesta cerimônia consiste a salvação de Altisidora.

Ouvindo isso, Sancho Pança rompeu o silêncio, bradando:

— Voto a tal: eu hei de consentir tanto que me esbofeteiem a cara e me belisquem os braços como tenciono fazer-me mouro. Com a breca! Que têm a minha cara e o meu lombo com a ressurreição dessa donzela? O comer e o coçar está no principiar: encantam Dulcineia e para ela se desencantar querem-me dar açoites; morre Altisidora da doença que Deus lhe deu e, para ressuscitá-la, querem dar-me vinte e quatro bofetadas e crivar-me o corpo de picadas de alfinetes e arroxear-me os braços com beliscões. Vão fazer essas burlas a um tolo, que eu sou rata pelada e comigo não se brinca.

---

[3] O rio Estiges que as almas deviam cruzar para chegar ao Inferno.
[4] Um dos juízes do inferno, junto com Minos — que é quem fala — e Eaco.
[5] Outro nome de Plutão, deus do Inferno.

— Morrerás — disse em alta voz Radamanto —; abranda-te, tigre; humilha-te, Nemrod[6] soberbo, e sofre e cala-te, que ninguém te pede impossíveis; e não te metas a averiguar as dificuldades deste negócio; hás de ser esbofeteado, hás de te ver espicaçado e beliscado hás de gemer. Eia, ministros, repito: cumpri as minhas ordens, senão, palavra de homem de bem, que haveis de saber para que nascestes.

Nisso, apareceram no pátio seis donas em procissão, uma atrás da outra: quatro com óculos, e todas de mãos erguidas, com quatro dedos de bonecas para fora, para fazer as mãos maiores, como se usa agora.[7] Apenas Sancho as viu, logo berrando como um touro disse:

— Eu deixo-me beliscar, seja por quem for, mas não consinto que donas me toquem. Arranhem-me na cara, como fizeram a meu amo neste mesmo castelo; traspassem-me o corpo com pontas de adagas buídas; atormentem-me os braços com tenazes de fogo, que eu tudo suportarei com paciência; mas que me toquem donas não consinto, nem que me leve o Diabo.

Rompeu também o silêncio Dom Quixote, dizendo a Sancho:

— Tem paciência, filho, e dá gosto a esses senhores e muitas graças ao céu por ter posto na tua pessoa tal virtude, que, com o teu martírio, desencantes encantados e ressuscites mortos.

Já as aias estavam perto de Sancho, quando ele, mais abrandado e mais persuadido, sentando-se bem na sua cadeira, entregou o rosto e a barba à primeira, que lhe assentou uma boa bofetada e lhe fez uma grande mesura.

— Menos cortesia e menos lavagens, senhora aia — disse Sancho, que as suas mãos cheiram a vinagrilho.

Finalmente, as donas todas o esbofetearam e muitas outras pessoas da casa lhe deram beliscões; mas o que ele não pôde suportar foram as picadas dos alfinetes e, por isso, levantou-se da cadeira furioso e, agarrando num facho aceso, que estava ao pé dele, correu atrás das donas e dos seus outros verdugos, dizendo:

— Fora daqui, ministros infernais, que não sou de bronze, para não sentir tão extraordinários martírios.

---

[6] O gigantesco filho de Cuch, fundador mítico do império assírio (Gênesis X, 8-9), aparece como altivo e cruel em mais de uma tradição.

[7] A moda incitava a encurtar a manga, para fazer com que as mãos parecessem mais largas e afiladas.

Nisso, Altisidora, que naturalmente estava cansada por ter estado tanto tempo supina,[8] virou-se para um lado; e, vendo isso os circunstantes, disseram todos a uma voz:

— É viva Altisidora, Altisidora vive.

Disse Radamanto a Sancho que depusesse a ira, porque já se tinha alcançado o que se procurava.

Assim que Dom Quixote viu bulir Altisidora, foi-se pôr de joelhos diante de Sancho, dizendo-lhe:

— Agora é que é ocasião, filho das minhas entranhas, mais do que escudeiro meu, de que arrumes em ti alguns dos açoites a que estás obrigado, para o desencantamento de Dulcineia. Agora é que é ocasião, porque estás com a virtude sazonada e com a eficácia necessária para obrar o que de ti se espera.

— Isso parece-me agraço sobre agraço e não mel sobre mel: tinha que ver se, depois das bofetadas, das alfinetadas e dos beliscões, viessem os açoites; era melhor pegar numa pedra, atar-ma ao pescoço e atirar comigo a uma cisterna, o que não me pesaria muito, se estou destinado a vaca da boda,[9] para curar os males de toda gente. E deixem-me, senão vai aqui pancada de três em pipa.

Já a esse tempo Altisidora se sentara no seu túmulo e no mesmo instante soaram as charamelas, acompanhadas pelas flautas e pelas vozes de todos, que bradavam:

— Viva Altisidora, viva Altisidora!

Levantaram-se os duques e os reis Minos e Radamanto; e todos juntos, com Dom Quixote e Sancho, foram receber Altisidora e ajudá-la a descer do túmulo; e ela inclinou-se para os duques e para os reis e, olhando de revés para Dom Quixote, disse-lhe:

— Deus te perdoe, desamorável cavaleiro, que, pela tua crueldade, estive no outro mundo mais de mil anos, segundo me pareceu; e a ti, ó escudeiro, o mais compassivo de todos os que o mundo encerra, agradeço-te a vida que possuo. Dispõe, desde já, de seis camisas minhas, que vou te mandar,[10] as quais, se estão rotas algumas, ao menos sujas não são.

---

[8] De boca para cima.

[9] A fazer rir a todos. "O palhaço das bofetadas", "o que pague o pato"; a expressão procede da vaquinha que corria cruelmente nas bodas, para diversão dos convidados.

[10] "Que te prometo."

Beijou-lhe as mãos Sancho, de mitra em punho e joelhos no chão. Mandou o duque que lha tirassem e lhe restituíssem a carapuça, assim como que lhe tirassem a roupa das chamas e lhe dessem o saio outra vez. Suplicou Sancho ao duque que lhe deixasse levar para a terra a mitra e a roupeta, como sinal e memória daquele nunca visto sucesso. A duquesa respondeu que sim, e que ele bem sabia que ela era muito sua amiga. Mandou o duque despejar o pátio, que todos se recolhessem aos seus aposentos e que levassem Dom Quixote e Sancho para o que eles já conheciam.

## Capítulo LXX

### QUE SE SEGUE AO SESSENTA E NOVE E TRATA DE COISAS QUE NÃO SÃO ESCUSADAS PARA A CLAREZA DESTA HISTÓRIA

DORMIU SANCHO AQUELA NOITE numa carriola,[1] no mesmo quarto que Dom Quixote, coisa que ele desejaria evitar, se pudesse, porque seu amo não havia de deixá-lo dormir com perguntas e respostas, e ele não se achava em disposição de falar muito, que ainda sentia as dores dos passados martírios e não lhe deixavam a língua livre, de maneira que lhe fazia mais conta dormir sozinho numa choça do que acompanhado num palácio. Saiu tão verdadeiro o seu temor e tão certa a sua suspeita que, apenas seu amo se meteu na cama, logo lhe disse:

— Que te pareceram, Sancho, os sucessos desta noite? Muito grande e muito poderosa é a força do amoroso desdém, pois com os teus próprios olhos viste morta Altisidora, não de seta, nem de espada, nem de outro bélico instrumento, nem de venenos mortais, mas só pela consideração do rigor e do desdém com que a tratei sempre.

— Morresse ela em muito boa hora, quando quisesse e como quisesse — respondeu Sancho —, e deixasse-me na minha casa, porque eu é que nunca a namorei nem desdenhei na minha vida. Não sei nem posso imaginar que a saúde de Altisidora, donzela mais caprichosa que discreta, tenha que ver, como já disse, com os martírios de Sancho Pança. Agora é que chego a conhecer, clara e distintamente, que há nigromantes e encantamentos no mundo, nigromantes de que peço a Deus que me livre, porque eu não sei me livrar; com tudo isso,

---

[1] Cama baixa, com rodas, que costuma se esconder sob outra mais alta.

peço a Vossa Mercê que me deixe dormir e que não me pergunte mais nada, se não quer que me deite daquela janela abaixo.

— Dorme, Sancho amigo — respondeu Dom Quixote —, se to permitem as bofetadas, os beliscões e as picadas de alfinetes.

— Nenhuma dor chegou à afronta das bofetadas, e não foi por outra coisa, senão por me serem dadas por mãos de aias, que sumidas sejam elas nas profundezas dos infernos; e torno a suplicar a Vossa Mercê que me deixe dormir, porque o sono é alívio das misérias daqueles que as têm quando estão acordados.

— Seja assim — disse Dom Quixote —, e Deus te acompanhe!

Adormeceram ambos, e Cide Hamete aproveita a ocasião para contar o que foi que levou os duques a levantar o edifício da referida máquina, e diz que, não tendo se esquecido o Bacharel Sansão Carrasco da derrota do Cavaleiro dos Espelhos, derrubado por Dom Quixote, derrota e queda que apagou e desfez todos os seus desígnios, quis outra vez provar a mão, esperando êxito melhor; e assim, sabendo do pajem, que levou a carta e o presente a Teresa Pança, mulher de Sancho, onde Dom Quixote ficava, procurou novas armas e novo cavalo, e pôs no escudo a branca lua, levando tudo em cima de um macho, guiado por um lavrador, e não por Tomé Cecial, para que nem Sancho nem Dom Quixote o conhecesse. Chegou, pois, ao castelo do duque, que o informou do caminho e da derrota que Dom Quixote levava, com intento de se achar nas justas de Saragoça. Disse-lhe também das burlas que lhe fizera, com a traça do desencantamento de Dulcineia, que havia de ser à custa das pousadeiras de Sancho. Enfim, contou-lhe a peta que Sancho pregara a seu amo, fazendo-o acreditar que Dulcineia estava encantada e transformada em lavradeira, e como a duquesa sua mulher fizera crer a Sancho que era ele quem se enganava, porque Dulcineia estava encantada verdadeiramente; e não pouco se riu e admirou o bacharel da agudeza e simplicidade de Sancho e da extrema loucura de Dom Quixote. Pediu-lhe o duque que, se o encontrasse, quer o vencesse, quer não, voltasse por ali a dar-lhe conta do sucedido. Assim fez o bacharel; partiu em sua procura, não o encontrou em Saragoça, passou adiante e sucedeu-lhe o que fica referido. Tornou pelo castelo do duque e tudo contou, sem esquecer as condições da batalha, e que Dom Quixote voltava a cumprir, como bom cavaleiro andante, a palavra de se retirar por um ano para a sua aldeia: e nesse tempo podia ser, disse o bacharel, que sarasse da sua loucura, que era essa a intenção que o movera a fazer aquelas transformações, por ser coisa de lástima que um fidalgo de tão bom entendimento como Dom Quixote estivesse doido. Com isso se despediu do duque e tornou para a sua terra, para ir esperar Dom Quixote que vinha atrás dele. Aproveitou a ocasião o duque para lhe fazer aquele nova caçoada, tanto o divertiam Dom Quixote e Sancho; e mandou tomar os caminhos, por todos os lados por onde imaginou que poderia voltar Dom Quixote, com muitos criados seus, a pé e a cavalo, para que, por força ou por vontade, o levassem ao castelo, se o encontrassem; encontraram-no, avisaram o duque, que, já prevenido de tudo o que havia de fazer, assim que teve notícia da chegada do cavaleiro, mandou acender os fachos e as luminárias do pátio e pôr Altisidora sobre o túmulo, com todos os aparatos que se contaram, tanto ao vivo e tão bem feitos que entre eles e a verdade havia bem pouca diferença; e diz ainda Cide Hamete que tão doidos lhe parecem os burladores como os burlados, e que não estavam os duques muito longe de parecer patetas, pois tanto afinco mostravam em zombar de dois lunáticos, a um dos quais, dormindo a sono solto, e ao outro, velando com desconexos pensamentos, os surpreendeu o dia e a vontade de se levantar; que, vencido ou vencedor, nunca ociosa pluma deu gosto a Dom Quixote.

Altisidora, que, na opinião de Dom Quixote, ressuscitara, conformando-se com os caprichos dos seus amos, coroada com a mesma grinalda que tinha no túmulo e vestindo uma túnica de tafetá branco, semeada de flores de ouro e com os cabelos soltos pelas espáduas, arrimada a um báculo de negro e finíssimo ébano, entrou pelo quarto de Dom Quixote; e este, vendo-a, turbado e confuso, se encolheu e tapou todo com os lençóis e colchas da cama, e ficou de língua muda, sem que acertasse a fazer-lhe cortesia nenhuma. Sentou-se Altisidora à sua cabeceira e, com voz terna e débil, lhe disse:

— Quando as mulheres principais e donzelas recatadas atropelam a honra e dão licença à língua que rompa por todos os inconvenientes, dando notícia, em público, dos segredos que o seu coração encerra, em grande aperto se acham. Eu, Senhor Dom Quixote de la Mancha, sou uma dessas, vencida e enamorada; mas, com tudo isso, sofrida e honesta; tanto assim que, por sê-lo tanto, me rebentou a alma com o silêncio e perdi a vida. Há dois dias que, em consideração do rigor com que me trataste,

Ó cavaleiro empedernido, mais duro do que o mármore,[2]

estive morta, ou, pelo menos, por morta me tiveram os que me viram; e, se o amor, condoendo-se de mim, não pusesse o meu remédio nos martírios deste bom escudeiro, lá ficaria eu no outro mundo.

— O amor podia perfeitamente — disse Sancho — depositá-lo nos do meu burro, que eu lho agradeceria muito. Mas diga-me, senhora, e queira o céu conceder-lhe mais brando enamorado que meu amo: que é que viu no outro mundo? Que há no inferno? Porque, a esse paradeiro há de ir ter, por força, quem morre desesperado.

— Quer que lhe diga a verdade? — respondeu Altisidora. — Parece-me que não morri de todo, porque não cheguei a entrar no inferno; e, se lá entrasse, decerto que não poderia sair. A verdade é que cheguei à porta, onde estavam jogando a pela cerca de uma dúzia de diabos,[3] todos de calças e gibão e capas à valona, guarnecidas de rendas flamengas e com voltas de rendas também, que lhes serviam de punhos, com quatro dedos do braço de fora, para parecerem maiores as mãos, em que tinham umas pás de fogo; e o que mais me admirou foi estarem jogando a pela com livros que pareciam cheios de vento e de borra, coisa maravilhosa e nova; mas ainda me admirou mais ver que, sendo próprio dos jogadores alegrar-se os que ganham e entristecer-se os que perdem, naquele jogo todos grunhiam, todos arreganhavam os dentes e todos se maldiziam.

— Isso não admira — respondeu Sancho —; quer joguem, quer não joguem, quer ganhem, quer não ganhem, nunca podem estar contentes.

— Assim deve ser — respondeu Altisidora —; mas há outra coisa, que também me admira, quero dizer, que também me admirou então, e foi que ao primeiro boléu não ficava nem uma pela inteira ou que se pudesse ainda aproveitar; e, assim, gastavam livros novos e velhos, que era mesmo uma maravilha. A um deles, novo, flamante e bem encadernado, deram uns piparotes que lhe arrancaram as tripas e lhe espalharam as folhas. Disse um diabo para outro: "Vede que livro é esse"; e o diabo respondeu-lhe: "Esta é a *Segunda parte da história de Dom Quixote de*

---

[2] Altisidora modifica a intervenção de Salício na égloga I, v. 57, de Garcilaso, trazendo à memória do leitor a requisitória de amor que aquele dedica a Galateia. Paródia de um verso de Garcilaso, égloga I.

[3] Segundo uma tradição que remonta à Idade Média, os diabos jogam bola com as almas dos condenados; aqui, com os livros.

*la Mancha*, não composta por Cide Hamete, seu primeiro autor, mas por um aragonês, que diz ser natural de Tordesilhas". "Tirai-mo daí", respondeu o outro diabo, "e metei-o nos mais profundos abismos do inferno, para que não o vejam mais os meus olhos." "Tão mau é ele?", redarguiu o outro. "Tão mau", replicou o primeiro, "que, se eu de propósito me metesse a fazê-lo pior, não o conseguiria." Continuaram a jogar a pela com outro livro; e, por ter ouvido pronunciar o nome de Dom Quixote, a quem tanto amo e quero, é que procurei que me ficasse na memória essa visão.

— Visão havia de ser, sem dúvida — observou Dom Quixote —, porque não há outro eu no mundo, e por cá já esse anda de mão em mão; mas em nenhuma para, porque todos lhe dão com o pé. Não me alterei, ouvindo dizer que ando como corpo fantástico pelas trevas do abismo e pela claridade da terra, porque não sou esse de quem no livro se trata. Se for bom, fiel e verdadeiro, terá séculos de vida; mas, se for mau, do seu nascimento à sepultura irá breve espaço.

Ia Altisidora prosseguir nas suas queixas de Dom Quixote, quando este lhe disse:

— Muitas vezes vos tenho dito, senhora, que me pesa de terdes colocado em mim os vossos pensamentos, porque, pelos meus, só podem ser agradecidos e não remediados. Nasci para ser de Dulcineia del Toboso, e os fados, se os houvera, a ela me teriam dedicado; e pensar que outra formosura possa ocupar na minha alma o lugar que ela ocupa é impossível.

Ouvindo isso Altisidora, fingindo alterar-se e enfadar-se, disse-lhe:

— Viva o senhor dom bacalhau, alma de almofariz, casca de tâmara, mais teimoso e duro que um vilão, quando leva a sua ferrada; tomai tento que, se vos arremeto deveras, sou capaz de vos tirar os olhos. Pensais, porventura, dom vencido e dom desancado, que morri por vossa causa? Tudo o que esta noite vistes foi fingido; nem eu sou mulher que, por semelhantes camelos, queira ter uma dor numa unha, quanto mais morrer.

— Lá essa creio eu — disse Sancho —; que isso de morrerem os enamorados é coisa de riso: podem-no eles dizer, mas fazer, Judas que o acredite.

Quando estavam nessas práticas, entrou o músico poeta que cantara as duas estâncias já referidas e, fazendo um grande cumprimento a Dom Quixote, disse:

— Conte-me Vossa Mercê, senhor cavaleiro, no número dos seus maiores servidores, porque há muitos dias que lhe sou afeiçoado, tanto pela sua fama como pelas suas façanhas.

— Diga-me Vossa Mercê quem é — respondeu Dom Quixote —, para que a minha cortesia corresponda aos seus merecimentos.

Tornou o moço que era o músico e o panegirista da noite anterior.

— É certo — respondeu Dom Quixote — que Vossa Mercê tem uma voz excelente; mas o que cantou é que me parece que não foi muito a propósito; porque nada têm que ver as estâncias de Garcilaso com a morte dessa senhora.

— Não se maravilhe disso Vossa Mercê — respondeu o músico —, que já se usa, entre os intonsos[4] poetas do nosso tempo, escrever cada qual como quer e furtar a quem lhe parece, venha ou não venha o pelo; e não há necedade que escrevam ou cantem que não se atribua a licença poética.

Queria responder Dom Quixote; mas estorvaram-no o duque e a duquesa, que vieram vê-lo; e houve entre eles larga e agradável prática em que Sancho disse tais graças e malícias que ficaram de novo admirados os duques, tanto da sua simplicidade como da sua agudeza. Dom Quixote pediu-lhes que dessem licença para partir nesse mesmo dia porque, aos vencidos cavaleiros como ele, mais convinha habitar numa toca do que em palácios reais. Deram-lha com muito boa vontade e a duquesa perguntou-lhe se Altisidora lhe caíra em graça.

— Senhora — respondeu ele —, saiba Vossa Senhoria que todo o mal dessa donzela nasce da sua ociosidade, cujo remédio é a ocupação contínua e honesta. Disse-me agora que se usam rendas no inferno; e, como ela deve saber fazê-las, não as largue da mão, que, ocupada em voltear os bilros, não voltearão na sua fantasia as imagens daquilo que muito bem quer: esta é a verdade, este o meu parecer, este o meu conselho.

— E o meu também — respondeu Sancho —, porque nunca vi, na minha vida, rendeira que se matasse por amor; que as donzelas que trabalham não pensam nos seus amores, pensam nas suas tarefas. Por mim o digo, pois, enquanto estou cavando, até me esqueço da minha patroa, quero dizer, da minha Teresa Pança, a quem quero mais que as pestanas dos meus olhos.

---

[4] Pouco favorecido pelas musas.

— Dizeis muito bem, Sancho — tornou a duquesa —, e eu farei com que a minha Altisidora se entretenha daqui por diante a trabalhar em roupa branca, trabalho que ela faz muitíssimo bem.

— Não é necessário usar desse remédio, senhora duquesa — acudiu Altisidora —, porque a consideração da crueldade com que me tratou esse malandrino mostrengo há de mo apagar da memória, sem mais sacrifício algum, e, com licença de Vossa Grandeza, vou-me embora daqui, para não ver mais, diante dos meus olhos, já não digo a sua triste figura, mas a sua catadura, feia e abominável.

— Costuma-se dizer a isso — observou o duque — que

> Aquele que diz injúrias,
> perto está de perdoar.[5]

Fingiu Altisidora limpar as lágrimas com um lenço e, fazendo uma mesura a seus amos, saiu do aposento.

— Má ventura tiveste, pobre donzela — disse Sancho —, porque deste com uma alma de esparto e um coração de carvalho que, se desses comigo, outro galo te cantara.

Acabou-se a prática, vestiu-se Dom Quixote, jantou com os duques e partiu nessa tarde.

---

[5] Estribilho de um romance novo da série de Reduán, que começa com "Diamante falso e fingido". Os mesmos versos se encontram no *Valente Céspedes*, de Lope, e em uma loa de Quiñones de Benavente.

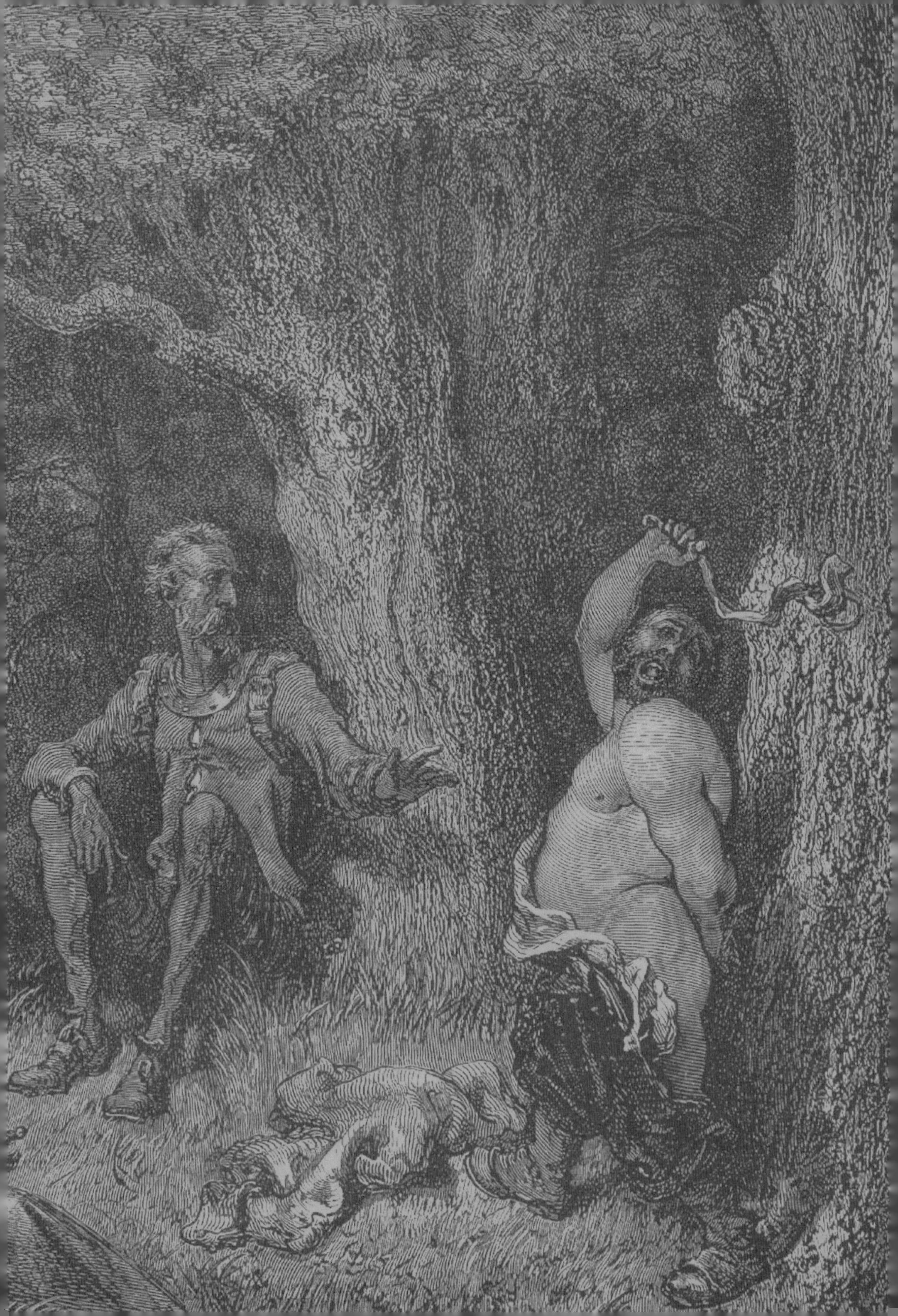

## Capítulo LXXI

### DO QUE SUCEDEU A DOM QUIXOTE COM O SEU ESCUDEIRO SANCHO, QUANDO IAM PARA A SUA ALDEIA

IA O VENCIDO DOM QUIXOTE muito pensativo, por um lado, e muito alegre por outro. Causava a sua tristeza a derrota e a alegria o considerar a virtude de Sancho, virtude que se manifestara na ressurreição de Altisidora, ainda que desconfiava um pouco de que a enamorada donzela estivesse morta deveras. Não ia nada alegre Sancho, por ver que Altisidora não cumprira a promessa de lhe dar as camisas; e, cismando nisso, disse a seu amo:

— Na verdade, senhor, eu sou o médico mais desgraçado deste mundo, onde há físicos que, apesar de matar o doente de que tratam, querem ser pagos do seu trabalho, o qual não vai senão a assinar uma receita de alguns remédios, que não são feitos por eles, mas sim pelo boticário, e depois lhes assobiem às botas; e a mim, a quem a saúde alheia custa gotas de sangue, beliscões, bofetadas e picadas de alfinetes, não me dão nem um chavo; pois juro que, se me cai nas mãos outro enfermo, hão de mas untar antes que eu o cure, que o abade janta do que canta, e não quero crer que me desse o céu a virtude que tenho, para comunicá-la aos outros de graça.

— Tens razão, Sancho amigo — observou Dom Quixote —, e procedeu muito mal Altisidora não te dando as prometidas camisas; e, ainda que a tua virtude é *gratis data*,[1] porque não te custou estudo algum, é mais que estudo receber uma pessoa martírios no seu corpo; eu de mim

---
[1] "Dada pela graça (de Deus)"; a frase procede da doutrina cristã.

sei dizer que, se quisesses paga pelo desencantamento de Dulcineia, já ta haveria dado; mas não sei se a paga fará mal à cura e impedirá o efeito do remédio. Parece-me, enfim, que não custa nada experimentar; vê quanto queres, Sancho, e começa imediatamente a açoitar-te, e paga-te de contado e por tua própria mão, pois tens dinheiros meus.

Ouvindo esses oferecimentos, abriu Sancho muito os olhos e os ouvidos; consentiu *in mente* e de boa vontade em se açoitar e disse para seu amo:

— Bem, senhor; quero-me dispor a ser-lhe agradável no que seja, com proveito meu: que o amor de meus filhos e de minha mulher é que me faz interesseiro. Diga-me Vossa Mercê quanto me dá por açoite.

— Se eu te fosse pagar conforme a grandeza e a qualidade do remédio — respondeu Dom Quixote —, não chegariam nem o tesouro de Veneza nem as minas de Potosi;[2] calcula o que tenho de meu e vê por aí o que hás de pedir.

— Os açoites — respondeu Sancho — serão três mil trezentos e tantos; cinco já eu apanhei e restam os que ficam; façamos de conta que os tais tantos são cinco e vamos lá aos três mil e trezentos; a quarto cada um (que não vai por menos, nem que o mundo todo mo ordene), fazem três mil e trezentos quartos; que são os três mil, mil e quinhentos meios-reais que fazem setecentos e cinquenta reais e os trezentos fazem cento e cinquenta meios-reais, que vêm a ser setenta e cinco reais, que juntos com os setecentos e cinquenta fazem oitocentos e vinte e cinco reais. Tiro estes dos que tenho de Vossa Mercê em meu poder, e entro em minha casa rico e contente, apesar de açoitado, porque não se apanham trutas... e não digo mais.

— Ó Sancho abençoado! Ó Sancho amável! — respondeu Dom Quixote. — E como havemos de ficar obrigados, eu e Dulcineia, a servir-te todos os dias de vida que o céu te outorgar! Se ela torna ao perdido ser (não é possível senão que volte), a sua desdita terá sido dita e o meu vencimento felicíssimo triunfo; e vê, Sancho, quando queres principiar a disciplinar-te, que, para que o abrevies, te acrescento já cem reais.

— Quando? — replicou Sancho. — Esta noite sem falta; faça Vossa Mercê com que a passemos no campo ao sereno, que eu cortarei as carnes.

---

[2] O maior tesouro do mundo; junto com o Potosi e o dinheiro dos Fúcares, era símbolo da riqueza.

Chegou a noite, esperada por Dom Quixote com a maior ânsia deste mundo, parecendo-lhe que tinham se quebrado as rodas do carro de Apolo e que o dia se alargava mais do que o costumado, como acontece aos enamorados, que nunca chegam a ajustar a conta dos seus desejos. Entraram, finalmente, num ameno arvoredo, que estava pouco desviado do caminho e onde se apearam e se estenderam na verde relva, e cearam da despensa de Sancho; este, fazendo do cabresto e da reata do ruço um forte e flexível chicote, retirou-se para entre umas faias, a uns vinte passos de seu amo. Dom Quixote, que o viu com denodo e brio, disse-lhe:

— Olha lá, amigo, não te despedaces; deixa que uns açoites esperem pelos outros; não queiras apressar-te tanto na carreira que ao meio dela te falte o alento; não te fustigues com tanta força que te fuja a vida antes de chegares ao número desejado; e, para que não percas por carta de mais nem por carta de menos, eu estarei de parte, contando, por este meu rosário, os açoites que em ti deres. Favoreça-te o céu, como merece a tua boa intenção.

— Ao bom pagador não custa dar penhor — respondeu Sancho —; tenciono açoitar-me de modo que me doa e não me mate; que é nisso que deve consistir a substância deste milagre. Despiu-se logo de meio corpo para cima e, sacudindo o cordel, começou a açoitar-se, e Dom Quixote a contar os açoites. Talvez Sancho já tivesse dado em si próprio seis ou oito, quando lhe pareceu que era pesada a brincadeira e baratíssimo o preço; e, demorando-se um pouco, disse a seu amo que tinha se enganado e que cada açoite daqueles merecia um real, e não um quarto.

— Prossegue, Sancho amigo, e não desmaies — disse Dom Quixote —, que eu dobro a parada do preço.[3]

— Desse modo — disse Sancho —, à mão de Deus e chovam os açoites!

Mas o socarrão deixou de arrumá-los nos seus ombros e dava-os nas árvores, com uns suspiros de quando em quando, que parecia que cada um deles lhe arrancava a alma. Dom Quixote, movido pelo seu bom coração e receoso de que a imprudência de Sancho lhe pusesse termo à vida e não lhe fizesse conseguir o seu desejo, disse-lhe:

---

[3] O combinado anteriormente.

— Por tua vida, Sancho, fique o negócio por aqui; o remédio parece-me aspérrimo e será bom dar tempo, que nem Roma nem Pavia se fizeram num dia. Já deste, se contei bem, mais de mil açoites; bastam por agora, que, como dizem os rústicos, o asno atura a carga, mas não a sobrecarga.

— Não senhor, não — tornou Sancho —, não se há de dizer de mim: "Merenda feita, companhia desfeita"; aparte-se Vossa Mercê mais um pedaço e deixe-me dar mais uns mil açoites, pelo menos, que assim, com mais duas vazas destas, se acaba a partida e ainda ficamos com pano para mangas.

— Pois se te achas em tão boa disposição, o céu te ajude, e continua, que eu cá me aparto.

Voltou Sancho à sua tarefa com tanto denodo que, pelo rigor com que se açoitava, já tirara a cortiça a umas poucas de árvores; e, levantando de uma das vezes a voz e dando um desaforado açoite numa faia, bradou:

— Morra Sansão e todos quantos aqui estão.

Acudiu logo Dom Quixote ao som da voz plangente e do rigoroso golpe e, agarrando no retorcido cabresto, que servia a Sancho de chicote, disse:

— Não permita a sorte, Sancho amigo, que, para me dares gosto, percas a vida, que há de servir para sustentar tua mulher e teus filhos; espere Dulcineia melhor conjuntura e eu me contentarei dentro dos limites da propínqua esperança e esperarei que cobres forças novas para esse negócio se concluir a aprazimento de todos.

— Já que Vossa Mercê assim quer, meu senhor — respondeu Sancho —, seja em boa hora; e deite-me a sua capa aos ombros, que estou suando e não me queria constipar, porque os penitentes novatos correm esse perigo.

Assim fez Dom Quixote, e Sancho adormeceu, até que o sol o despertou, e tornaram logo a seguir o seu caminho, indo parar a um sítio que ficava dali a três léguas. Apearam-se numa estalagem, que Dom Quixote reconheceu como tal, não a tomando por castelo de fosso profundo, torres e ponte levadiça, porque, depois de ter sido vencido, discorria com mais juízo em todas as coisas, como agora se dirá. Alojaram-no numa sala baixa, a que serviam de guadamecins umas sarjas[4] velhas,

---

[4] Guadamecins: couros finos colorados, com os quais se faziam tapeçarias de luxo para cobrir as paredes e substituir os tapetes de pano quando chegava o calor; *sarjas*: tecidos ou tapetes de pano sobre os quais se bordam ou pintam histórias; com elas se cobriam as paredes nas casas humildes.

pintadas, como se usam nas aldeias. Numa delas estava pessimamente representado o rapto de Helena, quando o atrevido hóspede a roubou de Menelau,[5] e noutra a história de Dido e de Eneias:[6] ela, numa alta torre, acenando para Eneias, que fugia pelo mar afora numa fragata ou bergantim. Notou nas duas histórias que Helena não ia de muito má vontade, porque se ria à socapa; mas Dido, essa parecia que vertia dos olhos lágrimas do tamanho de nozes.

Vendo isso, disse Dom Quixote:

— Foram desgraçadíssimas essas duas senhoras, por não terem nascido neste século, e eu, sobre todos, desventuroso, por não ter nascido no seu; porque, se eu encontrasse aquelas senhoras, nem Troia seria abrasada nem Cartago destruída, pois logo que eu matasse Páris se evitavam todas as desgraças.

— Aposto — disse Sancho — que dentro em pouco tempo não haverá taverna, estalagem nem loja de barbeiro em que não esteja pintada a história das nossas façanhas; mas desejaria que a pintassem mãos de melhor pintor do que era quem pintou essas.

— Tens razão, Sancho — disse Dom Quixote —, porque este é como Orbaneja, um pintor que estava em Úbeda,[7] que, quando lhe perguntavam o que pintava, respondia: "O que sair"; e, se porventura pintava um galo, escrevia por baixo: "Isto é um galo", para não pensarem que era uma zorra. Assim me parece, Sancho, que o pintor ou escritor que deu à luz a história desse novo Dom Quixote aparecido agora foi pintar ou escrever o que saísse; ou seria como um poeta, que andava estes anos passados na corte, chamado Mauleão,[8] que respondia de repente a tudo o que lhe perguntavam e, perguntando-lhe um sujeito o que queria dizer *Deum de Deo*, respondeu: "Dê onde der". Mas, deixando isso, dize-me, Sancho, se tencionas pregar em ti mesmo outra tunda esta noite, e se queres que seja debaixo da telha ou ao ar livre.

— Eu lhe digo, senhor — respondeu Sancho —, a sova que tenciono pregar em mim próprio, tanto me importa que seja em casa como

---

[5] Páris roubou Helena de Menelau, seu esposo. A consequência do rapto foi a Guerra de Troia.

[6] Eneias, fugitivo de Troia, se refugiou em Cartago, cuja rainha era Elisa Dido, a quem abandonou para ir para a Itália, provocando o suicídio dela.

[7] A anedota já foi contada no capítulo III.

[8] Certamente é um personagem real, famoso por suas improvisações. Cervantes fala dele, pela boca de Berganza, na novela *O casamento enganoso*, onde relata a mesma anedota.

no campo, mas, com tudo isso, desejaria antes entre arvoredos; parece que me acompanham e me ajudam a levar o meu trabalho maravilhosamente.

— Pois não há de ser assim, Sancho amigo — respondeu Dom Quixote —; como é necessário que tomes forças, guardemos isso para a nossa aldeia, aonde chegaremos, o mais tardar, depois de amanhã.

Sancho respondeu que fizesse o que dissesse, mas que ele, por si, preferia concluir aquele negócio com a maior brevidade possível, porque tudo está no principiar; e não guardes para amanhã o que podes fazer hoje; e Deus ajuda a quem madruga; e mais vale um "toma" que dois "te darei", e um pássaro na mão que dois a voar.

— Basta de rifões, Sancho, em nome de Deus verdadeiro — disse Dom Quixote —, que parece que voltas ao *sicut erat*;[9] fala claro e liso, e chão, como fazes muitas vezes, e verás que assim hás de medrar.

— Isto em mim é uma desgraça — tornou Sancho —; parece que não sei alinhavar um arrazoado sem lhe meter um rifão. Mas eu me emendarei, se puder.

E, com isso, cessou a sua prática.

---

[9] Ao princípio.

## Capítulo LXXII

### DE COMO DOM QUIXOTE E SANCHO CHEGARAM À SUA ALDEIA

ESTIVERAM ALI TODO O DIA, esperando que caísse a noite, Dom Quixote e Sancho: um para concluir, em campina rasa, a tunda principiada, e o outro para ver o fim dela, em que estava também o fim do seu desejo. Chegou nesse meio-tempo à estalagem um caminhante a cavalo, com três ou quatro criados, um dos quais disse para seu amo:

— Aqui pode Vossa Mercê, Senhor Dom Álvaro Tarfe,[1] passar hoje a sesta; a pousada parece limpa e fresca.

Ouvindo isso, disse Dom Quixote para Sancho:

— Olha lá, Sancho, quando folheei aquele livro da segunda parte da minha história, parece-me que topei ali de passagem com esse nome de Dom Álvaro Tarfe.

— Pode muito bem ser — respondeu Sancho —; deixemo-lo apear, e depois lho perguntaremos.

O cavaleiro apeou-se e a estalajadeira deu-lhe uma sala baixa, que ficava defronte do quarto de Dom Quixote, e adornada também com sarjas pintadas. Pôs-se à fresca o recém-vindo cavaleiro e, descendo ao pátio da estalagem, que era espaçoso e fresco, e vendo Dom Quixote a passear, perguntou-lhe:

— Para onde vai Vossa Mercê, senhor gentil-homem?

— Para uma aldeia próxima daqui — respondeu Dom Quixote —, donde sou natural; e Vossa Mercê, para onde vai?

---

[1] Personagem importante, espécie de *deus ex machina* do *Quixote* de Avellaneda, que Cervantes incorpora precisamente para que testemunhe contra aquele autor e demonstre sua impostura.

— Vou para Granada, que é a minha terra, senhor cavaleiro.

— E boa terra — replicou Dom Quixote —; mas queira Vossa Mercê ter a bondade de me dizer o seu nome, porque me parece que há de importar muito sabê-lo.

— O meu nome é Dom Álvaro Tarfe — respondeu o hóspede.

— Sem dúvida é Vossa Mercê aquele Dom Álvaro Tarfe que figura na segunda parte da história de Dom Quixote recentemente impressa e dada à luz do mundo por um autor moderno.

— Sou esse mesmo — respondeu o cavaleiro —; e o Dom Quixote, assunto principal de tal história, foi meu grande amigo; fui eu que o tirei da sua terra, ou pelo menos que o movi a que fosse a umas justas que se faziam em Saragoça, para onde eu ia; e é bem verdade que lhe fiz muitos obséquios e o livrei de lhe fustigar as costas o verdugo, por ser muito atrevido.[2]

— E diga-me, Senhor Dom Álvaro: pareço-me alguma coisa com esse Dom Quixote que Vossa Mercê diz?

— Não, decerto — redarguiu o hóspede.

— E esse Dom Quixote — tornou o nosso herói — trazia consigo um escudeiro chamado Sancho Pança?

— Trazia, sim — respondeu Dom Álvaro —; e, apesar de ter fama de gracioso, nunca o ouvi dizer coisa que tivesse graça.

— Nisso creio eu — acudiu Sancho —, porque isso de dizer graças não é para todos; e esse Sancho que Vossa Mercê diz, senhor gentil-homem, deve ser algum grandíssimo velhaco e ladrão, porque o verdadeiro Sancho Pança sou eu, que tenho graça por aí além; e, senão, faça Vossa Mercê a experiência; ande um ano atrás de mim e verá que os chistes caem-me a cada passo, tais e tantos que, sem saber a maior parte das vezes o que digo, faço rir todos os que me escutam: e o verdadeiro Dom Quixote de la Mancha, o famoso, o valente e o discreto, o enamorado, o desfazedor de agravos, o tutor de pupilos e órfãos, o amparo das viúvas, o matador das donzelas,[3] e que tem por única dama a Dulcineia del Toboso, é este senhor que está presente, e que é meu amo; e todo e qualquer outro Dom Quixote e todo e qualquer outro Sancho Pança são burla e sonho.

---

[2] No capítulo VIII da continuação apócrifa, Dom Quixote é preso por querer libertar um ladrão que a justiça leva para ser açoitado; no IX, Dom Álvaro consegue a liberdade de Dom Quixote.

[3] Refere-se à morte fingida de Altisidora, que Dom Álvaro não pode conhecer.

— Assim o creio, por Deus — respondeu Dom Álvaro —, porque mais graças dissestes, amigo, em quatro palavras que aí proferistes do que em quantas ouvi do outro Sancho Pança, que foram muitas. Tinha mais de comilão que de falador e mais de tolo que de gracioso; e, sem dúvida, os nigromantes que perseguem Dom Quixote, o bom, quiseram me perseguir com Dom Quixote, o mau. Mas estou perplexo, porque ouso jurar que o deixei metido, para que o curem, na casa do Núncio em Toledo,[4] e, no fim de contas, aqui me aparece agora outro Dom Quixote, ainda que realmente muito diferente do meu.

— Não sei dizer se eu é que sou o bom; mas posso afirmar que não sou o mau; para prova disso, quero que Vossa Mercê saiba, Senhor Dom Álvaro Tarfe, que nunca estive, em dias de minha vida, em Saragoça; antes, por terem me dito e asseverado que esse Dom Quixote fantástico se achara nas justas dessa cidade, não quis eu lá pôr o pé, para mostrar às barbas do mundo a sua mentira; e por isso fui direto a Barcelona, arquivo da cortesia, albergue dos estrangeiros, hospital dos pobres, pátria dos valentes, vingança dos ofendidos e grata correspondência de firmes amizades, única em situação e formosura.[5] E ainda que as coisas que lá me sucederam não foram de muito gosto, mas sim de muita aflição, suporto-as sem mágoa, só por tê-la visto. Finalmente, Senhor Dom Álvaro Tarfe, sou Dom Quixote de la Mancha, de que a fama se ocupa, e não esse desventurado que quis ocupar o meu nome e honrar-se com os meus pensamentos. Suplico a Vossa Mercê, pelos seus deveres de cavaleiro, que seja servido de fazer uma declaração perante o alcaide deste lugar de como Vossa Mercê nunca me viu em todos os dias de sua vida, senão agora, e de como não sou eu o Dom Quixote impresso na segunda parte, nem este Sancho Pança, meu escudeiro, é aquele que Vossa Mercê conheceu.

— Isso prometo fazer de muito boa vontade — respondeu Dom Álvaro Tarfe —, ainda que me cause grande admiração ver ao mesmo tempo dois Dom Quixotes e dois Sanchos, tão conformes nos nomes como diferentes nas ações; e torno a dizer e afirmo a Vossa Mercê,

---

[4] O manicômio de Toledo, assim chamado por tê-lo fundado, em 1480, Francisco Ortiz, núncio apostólico de Sexto VI e cônego da catedral de Toledo. O fato é contado no capítulo XXVI do *Quixote* de Avellaneda. É onde no final se interna o Quixote de Avellaneda.

[5] É o conhecidíssimo elogio de Barcelona feito por Cervantes. Este não é o único. Givanel recordou o de *As duas donzelas* e Rodríguez Marin citou o conceito parecido em *Persiles e Segismunda*.

senhor cavaleiro, que nem vi o que vi nem se passou comigo o que se passou.

— Sem dúvida alguma — disse Sancho Pança —, Vossa Mercê, Senhor Dom Álvaro, deve estar encantado como a minha senhora Dulcineia del Toboso, e prouvera a Deus que o desencantamento de Vossa Mercê dependesse de eu dar em mim três mil e tantos açoites, ou mais que fossem, como os que por ela apanho, que não tinha dúvida em arrumá-los na minha carne, com todo o entusiasmo e sem interesse de espécie alguma.

— Não entendo, bom Sancho, o que vem a ser isso de açoites — acudiu Dom Álvaro Tarfe.

E Sancho respondeu-lhe que eram contos largos; mas que lhe referiria tudo, se por acaso seguissem o mesmo caminho. Nisso chegou a hora de jantar e jantaram juntos Dom Quixote e Dom Álvaro.

Entrou, por acaso, o alcaide do povo na estalagem com um escrivão, e perante esse alcaide fez o nosso Dom Quixote um requerimento, dizendo que ao seu direito convinha que Dom Álvaro Tarfe, esse cavaleiro que estava presente, esclarecesse diante de Sua Mercê que não conhecia o famoso Dom Quixote de la Mancha, que também presente se achava, e que não era ele que figurava numa história, impressa com o título de *Segunda parte de Dom Quixote de la Mancha*, composta por um tal de Avellaneda, natural de Tordesilhas. Enfim, o alcaide proveu juridicamente e fez-se a declaração com todas as formas que em tais casos se deviam fazer; com isso ficaram Dom Quixote e Sancho muito alegres, como se fosse de grande importância para eles tal declaração e não mostrassem claramente a diferença dos dois Quixotes e dos dois Sanchos as suas obras e as suas palavras. Muitas cortesias e oferecimentos se trocaram entre Dom Quixote e Dom Álvaro, mostrando sempre o manchego a sua discrição, de modo que desenganou Dom Álvaro Tarfe do erro em que laborava fazendo-lhe supor que estava encantado, por isso que tocava com a mão em dois tão contrários Dom Quixotes.

Chegou a tarde, partiram-se daquele lugar e, a obra de meia légua, tomaram dois caminhos diferentes: um que ia ter à aldeia de Dom Quixote, e o outro por onde havia de seguir Dom Álvaro. Nesse pouco espaço lhe contou Dom Quixote a desgraça da sua derrota e o encantamento e remédio de Dulcineia, causando tudo nova admiração a Dom Álvaro, o qual, abraçando Dom Quixote e Sancho, seguiu o seu caminho, e Dom Quixote continuou no seu, indo passar essa noite a outro arvoredo, para dar lugar a Sancho que cumprisse a sua penitência, o que ele fez do mesmo modo que na noite anterior, à custa da cortiça das faias muito mais que das costas, que as guardou tanto que os açoites nem uma mosca poderiam lhe sacudir. Não errou na conta nem um só golpe o enganado Dom Quixote, e viu que com os da noite passada já subiam a três mil e vinte e nove. Parece que o sol madrugara, para ver o sacrifício de Sancho Pança, e, à sua luz, continuaram a caminhar, falando largamente entre si no engano de Dom Álvaro e na boa lembrança que tinham tido de lhe tomar a declaração perante a Justiça e tão autenticamente.

Naquele dia e naquela noite caminharam sem lhes suceder coisa digna de se contar, a não ser o ter acabado Sancho a sua tarefa, com o que ficou Dom Quixote contentíssimo, e esperava que rompesse o dia, para ver se topava pelo caminho com Dulcineia, sua dama já desencantada; e não encontrava mulher nenhuma, que não fosse ver se era Dulcineia del Toboso, tendo por infalível não poderem mentir as promessas de Merlim. Com esses pensamentos e desejos, subiram por uma encosta arriba, donde descobriram a sua aldeia, e, vendo-a Sancho, pôs o joelho em terra e disse:

— Abre os olhos, desejada pátria, e vê que a ti volve Sancho Pança, teu filho, não muito rico, mas muito bem açoitado. Abre os braços e recebe também teu filho Dom Quixote, que, se vem vencido pelos braços alheios, vem vencedor de si mesmo, o que, segundo ele tem me dito, é a melhor vitória que se pode desejar. Trago dinheiro porque, se bons açoites me davam, muito bem montado eu ia.

— Deixa-te dessas sandices — acudiu Dom Quixote —; vamos entrar no nosso lugar com o pé direito e lá daremos largas à nossa imaginação e pensaremos no modo como havemos de exercitar a nossa vida pastoril.

Com isso, desceram a encosta e foram para a sua povoação.

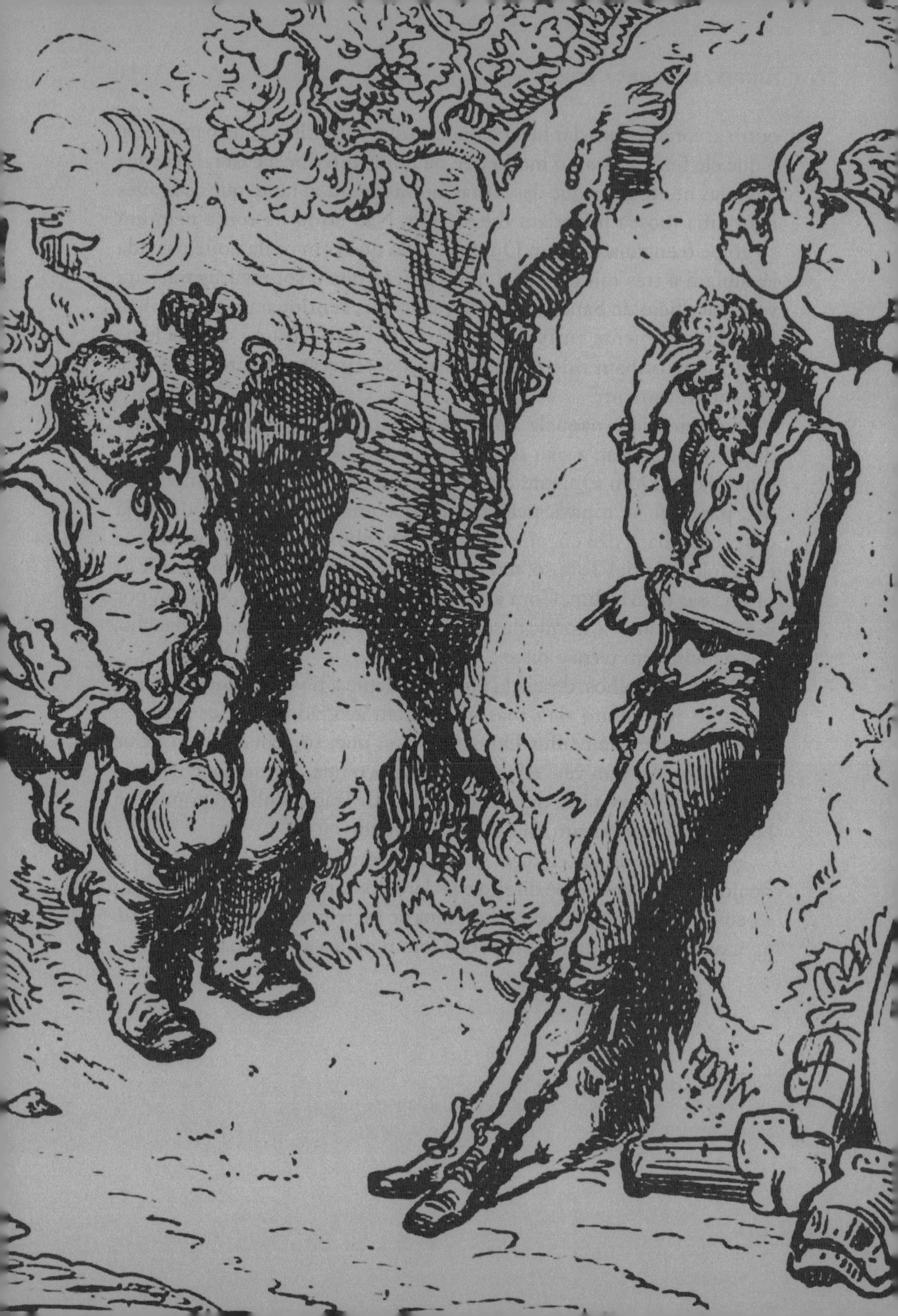

## Capítulo LXXIII

### DOS AGOUROS QUE TEVE DOM QUIXOTE AO ENTRAR NA SUA ALDEIA, COM OUTROS SUCESSOS QUE SÃO ADORNO E CRÉDITO DESTA GRANDE HISTÓRIA

À ENTRADA DA QUAL,[1] contou Cide Hamete que viu Dom Quixote dois pequenos, renhindo um com o outro; e disse um deles:

— Não te canses, Periquilho,[2] que nunca hás de vê-la nos dias da tua vida.

Ouviu-o Dom Quixote e disse para Sancho:

— Não reparas, amigo, que disse aquele pequeno: "Nunca hás de vê-la nos dias da tua vida"?

— Mas que importa — respondeu Sancho — que o rapaz disse isso?

— Que importa? — tornou Dom Quixote. — Pois não vês que, aplicando aquela palavra à minha intenção, quer significar que não tenho de ver nunca mais a minha Dulcineia?

Ia Sancho para lhe responder, quando viu que vinha fugindo pela campina afora uma lebre, seguida por muitos galgos e caçadores, que veio acolher-se, receosa, e acachapar-se debaixo dos pés do ruço. Apanhou-a Sancho sem dificuldade e apresentou-a a Dom Quixote, que estava dizendo:

— *Malum signum, malum signum*:[3] lebre foge, galgos a seguem, Dulcineia não aparece.

---

[1] Refere-se à povoação, citada na última linha do parágrafo anterior.

[2] Diminutivo de Pedro e Perico. Dom Quixote pode ter pensado que as palavras eram dirigidas a ele, e eram um agouro, tanto por serem as primeiras que ouviu à entrada do povoado como pelo fato de crianças dizerem-nas ou por ele identificar-se, nesse momento, com o pobre desgraçado e enganado que o nome Pedro conota no folclore.

[3] Mau augúrio, mau sinal. *Malum signum* é expressão médica para designar sintomas graves.

— Vossa Mercê é esquisito — disse Sancho —; suponhamos que essa lebre é Dulcineia del Toboso, e esses galgos, que a perseguem, são os malandrinos nigromantes que a transformaram na lavradeira: ela foge, eu apanho-a e entrego-a a Vossa Mercê, que a tem nos seus braços, e a regala e amima: que mau sinal é esse, ou que mau agouro se pode tirar daqui?

Chegaram-se os dois rapazes da pendência para ver a lebre, e perguntou Sancho a um deles por que é que renhiam. Respondeu-lhe o que disse as palavras que tinham sobressaltado Dom Quixote, que tirara ao outro rapaz uma gaiola de grilos, e que não tencionava devolver-lha nos dias de sua vida. Tirou Sancho quatro quartos da algibeira e comprou a gaiola do rapaz, para dá-la a Dom Quixote, dizendo:

— Aqui estão, senhor, rotos e desbaratados esses agouros, que têm tanto que ver com os nossos sucessos (pelo menos assim mo diz o meu bestunto de tolo) como com as nuvens do ano passado;[4] e, se bem me recordo, ouvi dizer o cura da nossa terra que não é de pessoas cristãs e discretas atender a essas criancices; e até Vossa Mercê mo disse também há tempos, dando-me a entender que eram tolos todos os cristãos que faziam caso de agouros; mas não vale a pena fazer finca-pé nessas coisas, se não entrarmos na nossa aldeia.

Chegaram os caçadores, pediram a sua lebre, deu-lha Dom Quixote; e, seguindo para diante este e Sancho Pança, toparam à entrada do povo, rezando num campo, o cura e o Bacharel Sansão Carrasco. E é de saber que Sancho Pança deitara para cima do burro e do feixe das armas, para servir de reposteiro, a túnica de bocaxim pintada com chamas que lhe vestiram no castelo do duque, na noite em que Altisidora tornou a si. Pôs-lhe também a mitra na cabeça, que foi a mais nova transformação e adorno com que já se viu um jumento neste mundo.

Foram logo conhecidos ambos pelo cura e pelo bacharel, que vieram para eles de braços abertos.

Apeou-se Dom Quixote e abraçou-os estreitamente; e os rapazes, que são uns linces nessas coisas, deram logo com a mitra do jumento e acudiram a vê-lo; e diziam uns para os outros:

— Vinde ver, rapazes, o burro de Sancho Pança, mais galã do que Mingo, e a cavalgadura de Dom Quixote, mais magra hoje que no primeiro dia.

---

[4] "As nuvens do ano passado": coisas já passadas.

Finalmente, rodeados de rapazes e acompanhados pelo cura e pelo bacharel, entraram no povo e dirigiram-se à casa de Dom Quixote, a cuja porta encontraram a ama e a sobrinha, que já sabiam da sua vinda. Tinham dado também essa notícia a Teresa Pança, mulher de Sancho, que, desgrenhada e seminua, levando pela mão sua filha Sanchica, veio ver seu marido; e, não o encontrando tão ataviado como imaginava ela que devia vir um governador, disse-lhe:

— Como é que vindes assim, marido meu, que parece que vindes a pé e despeado,[5] e trazeis cara mais de desgovernado que de governador?

— Cala-te, Teresa — respondeu Sancho —, que muitas vezes numa banda se põe o ramo e noutra se vende o vinho; e vamos para nossa casa, que lá ouvirás maravilhas. Trago dinheiros, que é o que mais importa, ganhos por minha indústria e sem prejuízo de ninguém.

— Traze tu dinheiro, marido meu — disse Teresa —, e fosse ele ganho lá como fosse, que, de qualquer forma que o ganhasses, não seria nada de novo.

Abraçou Sanchica seu pai e perguntou se lhe trazia alguma coisa, que o estava esperando como a água de maio; e, agarrando-lhe por um lado do cinto, e sua mulher pela mão, puxando Sanchica o ruço, foram para sua casa, deixando Dom Quixote na sua, em poder da ama e da sobrinha, e em companhia dos seus amigos, o cura e o Bacharel Sansão Carrasco.

Dom Quixote, sem aguardar hora nem tempo, imediatamente chamou de parte o bacharel e o cura, e em breves razões lhes contou a sua derrota e a obrigação que contraíra de não sair da sua aldeia durante um ano — obrigação que tencionava guardar ao pé da letra, sem transgredi-la nem num átomo só que fosse, como cavaleiro andante, obrigado pelo rigor da sua ordem; e que pensara em fazer-se pastor durante esse ano e entreter-se na soledade dos campos, onde, a rédea solta, podia dar largas aos seus amorosos pensamentos, exercitando-se no pastoral e virtuoso exercício; e que lhes suplicava, se não tinham muito que fazer e não estavam impedidos por negócios mais importantes, que fossem seus companheiros, que ele compraria ovelhas e mais gado suficiente para poderem tomar o nome de pastores; e que lhes fazia saber que o mais principal daquele negócio estava feito, porque já lhes arranjara nomes, que lhes haviam de cair mesmo de molde.

---

[5] Aquele que tem os pés machucados, por andar descalço.

Pediu-lhe o cura que os dissesse. Respondeu-lhe Dom Quixote que ele havia de chamar-se o pastor Quixotiz; o bacharel, o pastor Carrascão; o cura, o pastor Curiambro, e Sancho, o pastor Pancino. Pasmaram todos de ver a nova loucura de Dom Quixote; mas, para que não se lhes fosse outra vez do povo para as suas cavalarias, e esperando que naquele ano pudesse se curar, concordaram com a sua boa intenção e aprovaram como discreta a sua loucura, oferecendo-se-lhe para companheiros no seu exercício.

— De mais a mais — disse Sansão Carrasco —, eu, como todos sabem, sou celebérrimo poeta e farei a cada instante versos pastoris ou cortesãos, ou como melhor me quadrar, para nos entretermos nas nossas passeatas; e o que mais necessário é, meus senhores, é que escolha cada um a pastora que tenciona celebrar nos seus versos, e que não deixemos árvore, por mais dura que seja, em que não gravemos o seu nome, como é uso e costume de pastores enamorados.

— Isso vem mesmo de molde para mim — respondeu Dom Quixote —, porque eu não preciso procurar nome de pastora fingida, pois aí está a incomparável Dulcineia del Toboso, glória destas ribeiras, adorno destes prados, sustento da formosura, nata dos donaires e, finalmente, pessoa em quem assenta bem todo o louvor, por hiperbólico que seja.

— Assim é — disse o cura —; mas nós outros procuraremos por aí umas pastoritas que nos convenham.

— E, se faltarem — acudiu Sansão Carrasco —, dar-lhes-emos os nomes das impressas, de que está cheio o mundo: Fílis, Amarílis, Dianas, Fléridas, Galateias e Belisardas, que, visto que se vendem nas praças, podemos perfeitamente comprá-las nós e considerá-las nossas. Se a minha dama ou, para melhor dizer, a minha pastora, porventura se chamar Ana, celebrá-la-ei debaixo do nome de Anarda e, se for Francisca, chamo-lhe Francênia, e, se for Luzia, Lucinda; e Sancho Pança, se tem de entrar nesta confraria, poderá celebrar sua mulher Teresa Pança com o nome de Teresaina.

Riu-se Dom Quixote da aplicação do nome, e o cura louvou-lhe imenso a sua honesta e honrada resolução, e ofereceu-se de novo para acompanhá-lo todo o tempo que lhe deixasse vago o atender às suas forçosas obrigações. Com isso se despediram dele e lhe rogaram e aconselharam que tomasse conta da sua saúde e regalasse com o que fosse bom.

Quis a sorte que a sobrinha e a ama ouvissem a prática dos três, e, apenas os dois foram embora, entraram ambas com Dom Quixote às voltas. E disse-lhe a sobrinha:

— Que é isso, senhor tio? agora que nós outros pensávamos que Vossa Mercê vinha se meter em sua casa e passar nela vida quieta e honrada, quer-se meter em novos labirintos, fazendo-se

>  Pastorzinho, tu que vens;
>  pastorzinho, tu que vais?[6]

Pois olhe que Vossa Mercê já não está para essas folias.

E a ama acrescentou:

— E Vossa Mercê pode, por acaso, passar no campo as sestas do verão, as noitadas do inverno e arriscar-se aos lobos? Não, decerto, que tudo isso é ofício de homens robustos, curtidos e criados para tal mister, desde as faixas e mantilhas, a bem dizer; mal por mal, era melhor ser cavaleiro andante que pastor. E olhe, senhor, tome o meu conselho, que é conselho de mulher de cinquenta anos, que está em jejum natural, no seu perfeito juízo: fique na sua casa, trate de sua fazenda, confesse-se amiúde, favoreça os pobres e caia sobre mim o mal que daí lhe vier.

— Calai-vos, filhas — respondeu Dom Quixote —, eu bem sei o que me cumpre fazer: levai-me para a cama, que parece que não me sinto lá muito bem; e tende por certo que, embora eu seja cavaleiro andante ou pastor, nunca deixarei de acudir àquilo de que precisardes, como podereis ver daqui por diante.

E as duas boas filhas (que assim realmente se lhes podia chamar) levaram-no para a cama, onde lhe deram de comer e o animaram o mais possível.

---

[6] É o vilancico: "Pastorzinho, tu que vens;/ Pastorzinho, tu que vais;/ Onde minha senhora está,/ Diz, que novas há por lá?".

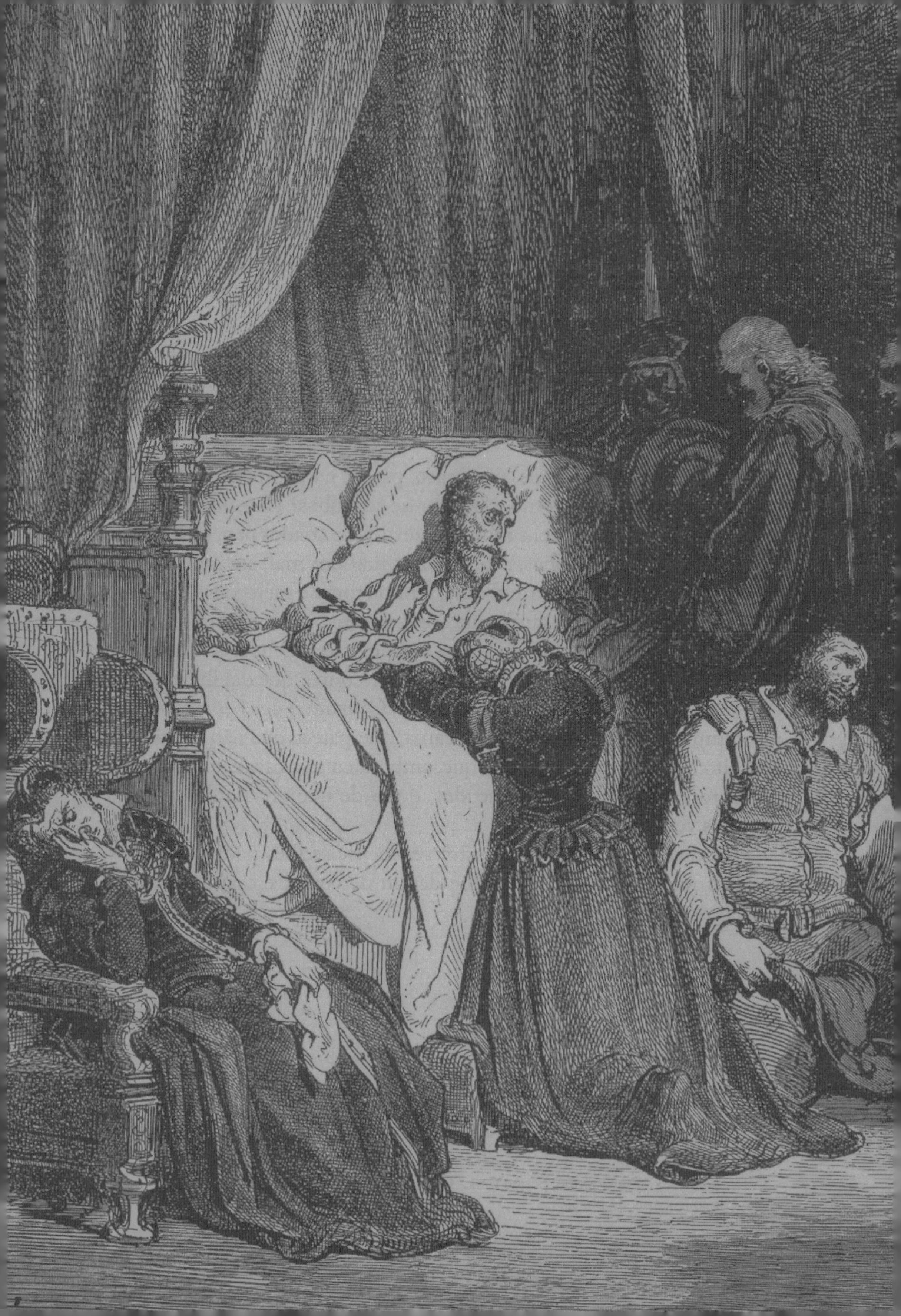

## Capítulo LXXIV
### DE COMO DOM QUIXOTE ADOECEU, E DO TESTAMENTO QUE FEZ, E SUA MORTE

COMO AS COISAS HUMANAS não são eternas e vão sempre em declinação desde o princípio até ao seu último fim, especialmente a vida dos homens; e como a de Dom Quixote não tivesse privilégio do céu para deixar de seguir o seu termo e acabamento, quando ele menos o esperava, porque, ou fosse pela melancolia que lhe causara o ver-se vencido ou pela disposição do céu, que assim o ordenava, veio-lhe uma febre que o teve seis dias de cama, sendo visitado muitas vezes pelo cura, pelo bacharel e pelo barbeiro, seus amigos, sem se lhe tirar da cabeceira o seu bom escudeiro Sancho Pança. Estes, julgando que o desgosto de se ver vencido e descumprido o seu desejo de liberdade e desencantamento de Dulcineia é que o tinham adoentado, de todos os modos possíveis procuraram alegrá-lo, dizendo-lhe o bacharel que se animasse e se levantasse, a fim de darem princípio ao seu exercício pastoril, para o qual já compusera uma égloga, que havia de desbancar todas as que Sanazaro[1] compusera; que já comprara, com os seus próprios dinheiros, dois famosos cães para guardar o gado: um chamado Barcino e outro Butrão, que lhe vendera um pastor de Quintanar. Mas Dom Quixote continuava a estar triste.

Chamaram os seus amigos o médico, tomou-lhe este o pulso e disse--lhe que, pelo sim, pelo não, cuidasse da salvação da sua alma, porque a

---

[1] Além das églogas incluídas na *Arcádia*, sua obra mais conhecida e modelo constante para a novela pastoril, a ele (1458-1530) se deve uma série de églogas muito apreciadas entre os humanistas.

do corpo corria perigo. Ouviu-o Dom Quixote com ânimo sossegado, mas não o ouviram da mesma forma a ama, a sobrinha e o escudeiro, que principiaram a chorar ternamente, como se já o tivessem morto diante de si. O médico foi do parecer de que o que dava cabo dele eram melancolias e desabrimentos. Pediu Dom Quixote que o deixassem só, porque queria dormir um pouco. Obedeceram-lhe, e dormiu de uma assentada mais de seis horas, tanto que a ama e a sobrinha pensaram que não tornaria a acordar. Despertou ao cabo do tempo já referido e, dando um grande brado, exclamou:

— Bendito seja o poderoso Deus, que tanto bem me fez. Enfim, as suas misericórdias não têm limite e não as abreviam nem as impedem os pecados dos homens.

Esteve a sobrinha a ouvir atenta as razões do tio e pareceram-lhe mais concertadas do que as que costumava expender, pelo menos nessa enfermidade, e perguntou-lhe:

— Que diz Vossa Mercê, senhor? Temos alguma coisa de novo? Que misericórdias são essas, e que pecados dos homens?

— As misericórdias, sobrinha — respondeu Dom Quixote —, são as que neste momento Deus teve comigo, sem as impedirem, como disse, os meus pecados. Tenho o juízo já livre e claro, sem as sombras caliginosas da ignorância com que o ofuscou a minha amarga e contínua leitura dos detestáveis livros das cavalarias. Já conheço os seus disparates e os seus embelecos e só me pesa ter chegado tão tarde este desengano, que não me desse tempo para me emendar, lendo outros que fossem luz da alma. Sinto-me, sobrinha, à hora da morte; quereria passá-la de modo que mostrasse não ter sido tão má a minha vida que deixasse renome de louco, pois, apesar de o ter sido, não quereria confirmar essa verdade expirando. Chama-me os meus bons amigos, o cura, o Bacharel Sansão Carrasco, e Mestre Nicolau, o barbeiro, que quero me confessar e fazer o meu testamento.

Mas a entrada dos três dispensou a sobrinha de ter esse trabalho. Apenas Dom Quixote os viu, disse logo:

— Dai-me alvíssaras, bons senhores, que já não sou Dom Quixote de la Mancha, mas sim Alonso Quijano,[2] que adquiri pelos meus costumes

---

[2] O cavaleiro, nesse momento decisivo, enfrenta sua personalidade literária e sua personalidade real. É esta a primeira vez que se diz o nome de batismo de Dom Quixote, e também a primeira que seu sobrenome se apresenta na forma *Quijano*.

o apelido de "Bom". Já sou inimigo de Amadis de Gaula e da infinita caterva da sua linhagem; já me são odiosas todas as histórias profanas de cavalaria andante; já conheço minha necedade e o perigo em que me pôs o tê-las lido; já por misericórdia de Deus, e bem escarmentado, as abomino.

Quando os três o ouviram dizer isso, julgaram que alguma loucura nova o salteara. E Sansão disse-lhe:

— Agora, Senhor Dom Quixote, que temos notícia de que está desencantada a Senhora Dulcineia, sai-se Vossa Mercê com essa! E agora, que estamos tão a pique de ser pastores, para passar a vida cantando como uns príncipes, quer Vossa Mercê fazer-se ermitão? Cale-se, por vida sua, torne a si e deixe-se de contos.

— Os contos, que até agora têm sido verdadeiros só em meu prejuízo — respondeu Dom Quixote —, espero que a minha morte os mude, com o auxílio do céu, em meu proveito. Sinto, senhores, que a morte vem correndo; deixem-se de burlas e tragam-me um padre a quem eu me confesse e um tabelião que faça o meu testamento, que em transes como este não há de um homem brincar com a sua alma; e, assim, peço que, enquanto o senhor cura me atende, vão depressa buscar-me um notário.

Olhavam uns para os outros, admirados das razões de Dom Quixote, e quiseram acreditar nele, apesar de ainda estarem em dúvida; e um dos sinais por onde conjecturaram que ele morria foi por ele ter se mudado com tanta facilidade de doido em assisado, porque às razões já mencionadas acrescentou outras, tão bem ditas, tão cristãs e de tanto acerto que de todo lhes tirou as dúvidas e lhes os crer que estava bom.

Mandou o cura sair toda a gente, ficou sozinho com ele e confessou-o. O bacharel foi procurar o tabelião e dali a pouco voltou trazendo-o e a Sancho Pança também; e este, que já sabia pelo bacharel o estado em que seu amo se achava, topando com a ama e a sobrinha chorosas, começou igualmente a soluçar e a derramar lágrimas. Acabou-se a confissão, e saiu o cura dizendo:

— Deveras morre, e está deveras com siso Alonso Quijano, o Bom; e podemos entrar, para ele ditar o seu testamento.

Essas novas fizeram rebentar de novo as lágrimas dos olhos, e mil profundos suspiros dos peitos da ama, da sobrinha e de Sancho Pança, seu bom escudeiro; porque, realmente, como já se disse, Dom Quixote, ou enquanto se chamou a seco Alonso Quijano, ou enquanto usou o nome de Dom Quixote de la Mancha, sempre se mostrou homem de aprazível condição e de agradável trato; e, por isso, não só era muito querido dos da sua casa mas de todos quantos o conheciam. Veio o tabelião com os outros, e depois de ter feito o cabeçalho do testamento, e depois de Dom Quixote haver tratado da sua alma, com todas as circunstâncias cristãs que se requerem, quando chegou às deixas disse:

— Item, é minha vontade, que de certos dinheiros que tem em seu poder Sancho Pança, a quem na minha loucura fiz meu escudeiro, não se lhe faça cargo nem se lhe peçam contas; mas que, se sobrar algum, depois de ele se ter pago do que lhe devo, com ele fique; bem pouco será, mas que faça bom proveito; e se, assim como, estando eu louco, fui parte que se lhe desse o governo de uma ilha, pudesse agora, que estou em meu juízo, dar-lhe o de um reino, dar-lho-ia, porque a singeleza da sua condição e a fidelidade do seu trato assim o merecem.

E, voltando-se para Sancho, disse-lhe:

— Perdoa-me, amigo, o haver dado ocasião de pareceres doido como eu, fazendo-te cair no erro em que eu caí, de pensar que houve e há cavaleiros andantes no mundo.

— Ai! — respondeu Sancho Pança, chorando. — Não morra Vossa Mercê, senhor meu amo, mas tome o meu conselho e viva muitos anos, porque a maior loucura que pode fazer um homem nesta vida é deixar-se morrer sem mais nem mais, sem ninguém nos matar nem darem cabo de nós outras mãos que não sejam as da melancolia. Olhe, não me seja Vossa Mercê preguiçoso, levante-se dessa cama e vamos para o campo vestidos de pastores, como combinamos. Talvez em alguma mata encontremos a Senhora Dona Dulcineia desencantada, que não haja aí mais que ver. Se morre de pesar de se ver vencido, deite-me as culpas a mim, dizendo que por eu ter apertado mal as cilhas de Rocinante é que o derrubaram; tanto mais que Vossa Mercê há de ter visto nos seus livros de cavalarias ser coisa ordinária derrubarem-se os cavaleiros uns aos outros, e o que é hoje vencido ser vencedor amanhã.

— Assim é — disse Sansão —, e o bom Sancho Pança está muito ao fato desses casos.

— Senhores — acudiu Dom Quixote —, deixemo-nos dessas coisas; o que foi já não é: fui louco e estou hoje em meu juízo; fui Dom Quixote de la Mancha e sou agora, como disse, Alonso Quijano, o Bom; possam o meu arrependimento e a minha verdade restituir-me a estima em que Vossas Mercês me tinham, e prossiga para diante o senhor tabelião. Item, deixo toda a minha fazenda, de portas adentro, a Antônia Quijana,³ minha sobrinha, que está presente, tirando-se primeiro, do mais bem-parado dessa fazenda, o que for mister para cumprir os legados que deixo; e o primeiro pagamento que quero que se faça será satisfazer o salário que devo à minha ama do tempo que me tem servido, e mais vinte ducados para um vestido. Instituo meus testamenteiros o senhor cura e o Senhor Bacharel Sansão Carrasco, que estão presentes. Item, é minha vontade que, se Antônia Quijana, minha sobrinha, quiser casar-se, case com um homem de quem primeiro se tirem informações, e se verifique que não sabe o que vêm a ser livros de cavalarias; e, no caso de se averiguar que o sabe, e minha sobrinha, apesar disso, persistir em casar com ele, perca tudo que lhe deixo, que os meus testamenteiros poderão distribuir em obras pias à sua vontade. Item, suplico aos ditos senhores meus testamenteiros que, se a boa sorte lhes fizer conhecer o autor que dizem que compôs uma história, que por aí corre, com o título de *Segunda parte das façanhas de Dom Quixote de la Mancha*, lhe peçam da minha parte, o mais encarecidamente que puderem, que me perdoe a ocasião que sem querer lhe dei para escrever tantos e tamanhos disparates, porque saio desta vida com o escrúpulo de lhe ter dado motivo para que os escrevesse.

Cerrou com isso o testamento e, dando-lhe um desmaio, estendeu-se na cama. Alvoroçaram-se todos e acudiram a socorrê-lo; e, nos três dias que viveu depois desse em que fez o testamento, desmaiava muito amiúde. Andava a casa alvoroçada; mas, com tudo isso, a sobrinha ia comendo, a ama bebendo e Sancho Pança folgando, que herdar algo dissipa ou modera no herdeiro a lembrança da pena que é razão que deixe o morto. Chegou, afinal, a última hora de Dom Quixote, depois de recebidos todos os sacramentos e de ter arrenegado, com muitas e eficazes razões, dos livros de cavalarias. Estava presente o tabelião, que disse que nunca lera em nenhum livro de cavalarias que algum cavaleiro andante houvesse morrido no seu leito, tão sossegada e cristãmente como Dom Quixote, que, entre os suspiros e lágrimas dos que ali estavam, deu a alma a Deus: quero dizer, morreu.

Vendo isso o cura, pediu ao tabelião que lhe passasse um atestado de como Alonso Quijano, o Bom, chamado vulgarmente Dom Quixote de

---

³ Filha de uma irmã de Dom Quixote. Não era raro na época que algum filho adotasse o sobrenome da mãe ou do avô, nem que um sobrenome tomasse terminação feminina ou masculina, de acordo com quem o levasse.

la Mancha, fora levado desta vida presente e morrera de morte natural; e que pedia esse atestado para evitar que qualquer outro autor que não fosse Cide Hamete Benengeli o ressuscitasse falsamente e fizesse intermináveis histórias das suas façanhas. Assim acabou o engenhoso fidalgo de la Mancha, cuja terra Cide Hamete não quis dizer claramente, para deixar que todas as vilas e lugares da Mancha contendessem entre si, disputando a glória de tê-lo por seu filho, como contenderam por Homero as sete cidades da Grécia.[4]

Não trasladamos para aqui nem os prantos de Sancho, da sobrinha e da ama de Dom Quixote nem os novos epitáfios da sua sepultura, ainda que Sansão Carrasco lhe fez o seguinte:

> Aqui jaz quem teve a sorte
> de ser tão valente e forte,
> que o seu cantor alegou
> que a Morte não triunfou
> da sua vida co"a sua morte.
> Foi grande a sua bravura,
> teve todo o mundo em pouco,
> e na final conjuntura
> morreu: vejam que ventura,
> com siso vivendo louco!

E diz o prudentíssimo Cide Hamete: "Aqui ficarás pendurada nesta espeteira,[5] ó pena minha, que não sei se foste bem ou mal aparada, e aqui longos séculos viverás, se historiadores presunçosos e malandrinos não te despendurarem para te profanar. Mas, antes que a ti cheguem, adverte-os e dize-lhe do melhor modo que puderes:

> Alto, alto, vis traidores,
> por ninguém seja eu tocada,
> porque, bom rei, esta empresa
> para mim 'stava guardada.[6]

---

[4] Sobre serem a pátria de Homero contendiam: Cumas, Esmirna, Quios, Colofão, Pilos, Argos e Atenas.

[5] Suporte em que se pendura o espeto ou assador e outros utensílios de cozinha; "espeto" é também nome depreciativo para a espada.

[6] Os dois últimos versos são adequação dos de um romance do cerco de Granada.

"Só para mim nasceu Dom Quixote, e eu para ele: ele para praticar as ações e eu para escrevê-las.

"Somos um só, a despeito e apesar do escritor fingido e tordesilhesco que se atreveu, ou há de se atrever, a contar com pena de avestruz, grosseira e mal aparada, as façanhas do meu valoroso cavaleiro, porque não é carga para os seus ombros nem assunto para o seu frio engenho; e a esse advertirás, se acaso chegares a conhecê-lo, que deixe descansar na sepultura os cansados e já apodrecidos ossos de Dom Quixote, e não queira levá-lo, contra os foros da morte, para Castela, a Velha,[7] obrigando-o a sair da cova, onde real e verdadeiramente jaz muito bem estendido, impossibilitado de empreender terceira jornada e nova saída, que, para zombar de todas as que fizeram tantos cavaleiros andantes, bastam as duas que ele levou a cabo, com tanto agrado e beneplácito das gentes a cuja notícia chegaram, tanto nestes reinos como nos estranhos; e com isso cumprirás a tua profissão cristã, aconselhando bem a quem te quer mal, e eu ficarei satisfeito e ufano de ter sido o primeiro que gozou inteiramente o fruto dos seus escritos, como desejava, pois não foi outro meu intento, senão o de tornar aborrecidas dos homens as fingidas e disparatadas histórias dos livros de cavalarias, que já vão tropeçando com as do meu verdadeiro Dom Quixote, e ainda hão de cair de todo, sem dúvida". Vale.[8]

---

[7] Avellaneda aludia a uma possível continuação das aventuras do herói em Castela, a Velha.
[8] Saudação clássica de despedida.

# APÊNDICE

APPENDICE

# LEITOR E LEITURAS DE DOM QUIXOTE NO BRASIL

Maria Augusta da Costa Vieira[*]

✵

*el que lee mucho y anda mucho,
vee mucho y sabe mucho*

*DQ*, II, 25

É BEM PROVÁVEL que o leitor se lembre de um episódio bastante divertido que ocorre na segunda parte da obra: o do encontro entre Dom Quixote e Sancho Pança com Mestre Pedro, aquele que percorre as hospedagens espalhadas pelos caminhos levando consigo um macaco adivinhador, capaz de desvendar acontecimentos passados e presentes relativos a determinadas pessoas e, ao mesmo tempo, apresentando um teatro de títeres que narra a história de Melisendra e Dom Gaifeiros (capítulos 25-27). No momento desse encontro, Dom Quixote fica algo apreensivo com esse novo personagem que parece ter poderes divinatórios e, por meio de uma conversa amistosa, o cavaleiro enuncia o aforismo: "*el que lee mucho y anda mucho, vee mucho y sabe mucho*". Sem dúvida, Dom Quixote é um desses: leu muito e sabe muito e, como cavaleiro andante, andou muito e viu muito.

O episódio do encontro com Mestre Pedro é extremamente interessante e traz novos conteúdos às andanças do cavaleiro e seu escudeiro, no entanto, neste momento a recorrência a esse episódio justifica-se unicamente para ilustrar o poder que o próprio Cervantes atribuía à leitura, ao lado de outras atividades humanas similares, como o ato de ver e de andar muito, que resultavam todas elas em conhecimento sobre a vida e sobre a existência. Se Dom Quixote tornou-se louco em

---

[*] Professora associada da Universidade de São Paulo (USP). Livre docente na área de Literatura Espanhola. Dedica-se especialmente à literatura dos séculos XVI e XVII e, em particular, à obra de Miguel de Cervantes. Tem dois livros publicados, ambos pela Edusp: *O dito pelo não dito: paradoxos de Dom Quixote* e *Dom Quixote: a letra e os caminhos*.

decorrência das muitas leituras que fez, de modo que já não lhe era possível discernir a ficção da própria experiência da vida, nem todos os leitores deveriam padecer do mesmo problema. O próprio narrador do *Quixote*, identificado muitas vezes como sendo a voz de Cervantes, confessa sua intensa atividade de leitura ao dizer: "*yo soy aficionado a leer, aunque sean los papeles rotos de las calles*" (I, 9).

Sem dúvida, além de grande escritor, Cervantes foi um grande leitor, que refletiu profundamente sobre os mais variados gêneros, sobre as possíveis formas que o texto literário abrigava, a posição do leitor, as muitas perspectivas que poderia assumir o narrador, os matizes que deveria atribuir a uma galeria notável de personagens e a multiplicidade de conteúdos que a prosa literária poderia explorar. Tendo em conta que se tratava de um autor extremamente crítico, tanto no que diz respeito ao que lia quanto no sentido de refletir profundamente sobre o próprio texto que ia compondo, Cervantes também provavelmente pôde prever que sua obra, o *Quixote*, seria algo que permaneceria por muito tempo e atravessaria terras e mares. Não é raro encontrar em sua obra referência aos *siglos venideros* como se o próprio autor projetasse uma dimensão temporal para sua composição que abarcaria um futuro amplo, algo que poucos narradores poderiam ambicionar para seus textos. Ao que tudo indica, no limiar do século XVII, Cervantes delineou para sua letra uma trajetória ampla e duradoura que a conduziria por vários caminhos, convencido de que a leitura era um instrumento importante de conhecimento para a vida humana.

Rastrear a influência do *Quixote* na literatura universal seria uma tarefa praticamente destinada ao fracasso, tendo em conta que a obra de Cervantes, além de narrar a interessantíssima história de Dom Quixote e Sancho, semeou os fundamentos do gênero romance e, desse modo, em alguma medida, todos os romances posteriores lhe devem algum tributo. É impossível ignorar a presença da obra em Fielding, Sterne, Walter Scott, Balzac, Stendhal, Flaubert, Galdós, Dostoiévski, Machado de Assis, Unamuno, Kafka, Thomas Mann, Borges, García Márquez, Luis Martín-Santos, para citar nada mais do que alguns romancistas. Além do mais, devido a sua pronunciada força imaginativa, a obra de Cervantes conta com múltiplas reinterpretações em outras linguagens artísticas, isto é, na pintura, escultura, música, teatro e cinema.

No entanto, é curioso observar que, apesar de ser uma obra de referência, o número efetivo de seus leitores acaba sendo inferior ao que era de se esperar. De certo modo, ocorre com o *Quixote* algo excepcional, ou seja, em lugar do mito se transformar em obra literária, a obra literária se transformou num mito e, sendo assim, cavaleiro e escudeiro acabam sendo mais "conhecidos" do que propriamente lidos. É muito provável que, mesmo sem ter lido a obra, as pessoas no geral possam reconhecer a imagem do cavaleiro, acompanhado por seu escudeiro, em guerra declarada contra os moinhos de vento. Ou mesmo, parece ser inconfundível a imagem de um cavaleiro esquálido, montado num cavalo que parece estar vivenciando seus últimos dias, ao lado de um escudeiro gordinho, inseparável de seu burrico. Assim, nos aproximamos da ideia do mito como se o personagem ocupasse no nosso imaginário um lugar que se traduz pela ambiguidade entre a ausência de uma identidade propriamente histórica e, ao mesmo tempo, a ausência de um caráter essencialmente ficcional. Ao mesmo tempo que as andanças de Dom Quixote parecem ser a narração mais disparatada que já se pôde imaginar, parecem ser também a encarnação mais verdadeira e mais humana dos desejos e inquietações que palpitam pelas veias de seus leitores ao longo de tantos séculos. Ao que tudo indica, o mito de Dom Quixote nasce dessa ideia um tanto ambígua que ronda a sua identidade e que faz confundir o estatuto de personagem com o de pessoa de carne e osso, como se o cavaleiro e seu escudeiro ficassem enredados nas malhas da história e, ao mesmo tempo, nas da ficção, de modo que seus leitores os situassem em realidades imaginárias e, simultaneamente, em espaços reais.

O mais curioso é que esses dois personagens, tão próprios de seu contexto histórico, isto é, o da Espanha do final do século XVI e início do XVII, se comunicam perfeitamente com os nossos tempos e são capazes de se integrar nos mais diferentes contextos culturais, tanto do Ocidente quanto do Oriente, fazendo com que a obra disponha de traduções para múltiplos idiomas.

Com relação à recepção do *Quixote* no contexto brasileiro, é possível afirmar que ela se manifesta em vários momentos e por meio de diversas linguagens. Já no século XVIII, o dramaturgo luso-brasileiro Antônio José da Silva, conhecido como "O Judeu", escreve e representa em 1733, no Teatro do Bairro Alto, em Lisboa, sua *Vida do Grande D. Quixote de la Mancha e do Gordo Sancho Pança*, um tipo de ópera cômica. No século XIX, o jovem poeta romântico Álvares de Azevedo também se deixa influenciar por imagens cervantinas e compõe um poema intitulado

"Namoro a cavalo" no qual cria uma cena pseudoamorosa e ao mesmo tempo patética baseada em imagens quixotescas. Já nas últimas décadas do século XIX, o artista gráfico Angelo Agostini cria uma revista no Rio de Janeiro intitulada *Revista Dom Quixote*, na qual os dois personagens cervantinas passam a ser os guardiões dos princípios humanitários em meio a um país repleto de falcatruas políticas e sociais.

É importante destacar que as datas em que são comemorados os aniversários das obras, assim como as datas do nascimento e morte do autor, sempre constituíram momentos especiais de leitura e releitura dos textos. As comemorações realizadas em 1905, na cidade do Rio de Janeiro, mais especificamente no "Real Gabinete Português de Leitura" em conjunto com a Biblioteca Nacional, em torno do terceiro centenário da publicação da primeira parte do *Quixote*, não apenas constituiu um momento especial de maior difusão da obra como também uma grande festa cervantina. A expressiva exposição de edições da obra nos mais diversos idiomas foi organizada por Antônio Jansen do Paço, funcionário da Biblioteca Nacional, e também foi proferida uma conferência arrebatadora por Olavo Bilac intitulada "Dom Quixote".[1]

Não seria possível enumerar aqui todas as recorrências à obra ocorridas ao longo de todo o século XX, pois, inevitavelmente, correríamos o risco de apresentar uma listagem incompleta. Sendo assim, opto por enunciar alguns textos em prosa narrativa que ainda aguardam estudos mais significativos no âmbito da recepção da obra de Miguel de Cervantes no contexto brasileiro.

Bastante familiar ao universo do cavaleiro Dom Quixote é Policarpo Quaresma, personagem central de *Triste fim de Policarpo Quaresma*, de Lima Barreto.[2] O personagem concentra-se num projeto de caráter épico que propõe alternativas para redirecionar os tortuosos caminhos da nação. Patriota empedernido, busca o ressurgimento das raízes brasileiras no momento em que as referências estrangeiras, especialmente os modelos da vida urbana parisiense, vão se impondo na vida nacional.

---

[1] Para maiores detalhes e informações bibliográficas, ver *A narrativa engenhosa de Miguel de Cervantes*, de minha autoria (São Paulo, Edusp/Fapesp, 2012).

[2] O romance foi publicado em 1911 sob a forma de folhetim e em 1915 sob a forma de livro. A respeito desse tema, ver: *Dimensões da loucura das obras de Miguel de Cervantes e Lima Barreto: Don Quijote de la Mancha e Triste fim de Policarpo Quaresma* de Ana Aparecida Teixeira da Cruz (trata-se de uma dissertação de mestrado acessível em http://www.teses.usp.br/teses/disponiveis/8/8145/tde-02022010-170141/pt-br.php).

O romance surge em tempos de profundas contradições sociais e políticas. A ideologia do êxito econômico e da ascensão social ganham espaço no momento em que ainda predominam valores e estruturas tradicionais. Como Dom Quixote, Policarpo é um leitor empedernido, mas um tipo tímido que não dispõe da grandiloquência quixotesca. Deixa a impressão de ter passado a vida dialogando com os livros, submerso no seu silêncio. Como o cavaleiro, por volta dos cinquenta anos, torna público seu projeto que trata de uma extremada reforma linguística no sentido de adotar o tupi como língua oficial do Brasil, resgatando assim a nossa brasilidade. Em meio ao riso que provocam as loucuras de Policarpo, desponta o cerne do personagem o que se caracteriza por um idealismo social e patriótico incongruente, combinado com uma ferrenha fidelidade aos seus princípios. Sua trajetória, semelhante à do cavaleiro, parece estruturar-se sobre um projeto essencialmente grandioso e ingênuo que teve que se deslocar do âmbito épico para o mundo circunscrito da individualidade.

Com destino diferente e com marcas quixotescas mais discretas, o Coronel Vitorino Carneiro da Cunha, personagem de *Fogo morto* (1943), de José Lins do Rego, constitui outra retomada dos passos do cavaleiro. Na linha do romance social que se desenvolve por volta dos anos de 1930 e 1940, junto com Gilberto Freyre e outros José Lins cria o Movimento Regionalista, com o intuito de assegurar tradições e valores nordestinos e com a preocupação de aprofundar a visão crítica da sociedade por intermédio da criação de personagens com maior consistência social e psicológica.

Coronel Vitorino Carneiro da Cunha se distingue dos demais personagens do romance por possuir uma perspectiva quixotesca no tratamento dos conflitos existentes no seu mundo social, convertendo-se num defensor da justiça e daqueles que são marginalizados da vida social. No entanto, sua intervenção é, na maioria das vezes, improdutiva, pois seus critérios já não correspondem à realidade histórica que vivencia. Tanto em *Policarpo Quaresma* quanto em *Fogo morto*, o mito quixotesco se amolda às personagens. As alusões à obra são implícitas e deixam entrever, por intermédio de Policarpo e do Coronel Vitorino, uma leitura idealista da ação quixotesca transposta a variadas representações da vida brasileira, seja no contexto urbano, seja no rural.

Uma relação diferente com a obra de Cervantes se estabelece quando a zona de contato se dá por outros caminhos, isto é, pelo viés da escritura cervantina. Em lugar de enfocar a presença do cavaleiro carregado de simbolismos, o foco se volta particularmente para questões relacionadas com a composição da obra entendidas num sentido amplo e, nesse caso, o mito quixotesco cede lugar para os processos de enunciação, próprios de certas escrituras. Essa relação constitui, em certa medida, uma exceção à regra quando se tem em conta os ecos do *Quixote* em diferentes literaturas e em diferentes tempos.

No caso do Brasil, Machado de Assis parece ter sido aquele que ultrapassou os lados mais sedutores do mito criado em torno do cavaleiro impregnado de idealismos e melancolias e abarcou a complexidade literária cervantina. Certamente a questão é intricada e exige um estudo rigoroso da obra machadiana. De todo modo, é possível afirmar que nas narrativas de Machado de Assis as alusões ao *Quixote* são várias, algumas mais explícitas, outras menos. Não é necessário percorrer toda sua obra para constatar, por exemplo, a presença do humor e da ironia, de jogos do narrador, de diálogos com o leitor, de personagens vítimas de uma ideia fixa e da recorrência ao tema da loucura imbricada com a razão, algo que se encontra no núcleo da própria identidade de Dom Quixote, definido com perplexidade por alguns personagens como "*un entreverado loco, lleno de lúcidos intervalos*" (*DQ*, II, 18).

Segundo Carlos Fuentes, Machado de Assis foi o único romancista ibero-americano do século XIX que trilhou as sendas de Cervantes, inscrevendo-se dentro do que convencionou designar como "tradição de la Mancha".[3] No entanto, é importante acrescentar que Cervantes, assim como Machado, inscreve-se numa orientação literária mais ampla, que nasce na Antiguidade, como se observa na obra de Luciano de Samósata, e que privilegia o riso, a sátira, a paródia das formas consagradas, a subversão do equilíbrio entre os gêneros puros da tradição clássica, a composição de um texto autorreflexivo em que o narrador descreve sua própria condição, e, para enumerar nada mais do que alguns dos traços dessa tradição, a opção por imitar discursos e não a vida. Nesse caso, ao lado de Erasmo, Rabelais, Shakespeare, Diderot, Sterne e outros, encontram-se Cervantes e Machado de Assis, que, entre outras coisas, exploram a perspectiva irônica do narrador e estabelecem uma relação tensa e ao mesmo tempo amigável com o leitor, atentos sempre aos seus movimentos. Nesse caso, vale a pena retomar *Memórias póstumas de Brás*

---

[3] Carlos Fuentes, *Machado de la Mancha*, México, Fondo de Cultura Económica, 2001.

*Cubas*, *Quincas Borba*, *O Alienista*, e o conto "Teoria do medalhão", entre outros textos de Machado de Assis, para se perceber a familiaridade entre as escrituras dos dois autores.

Em certa medida, é possível considerar que a obra de Cervantes gerou ao menos dois tipos de recepção, tendo em conta os romances mencionados: por um lado, criações pautadas pelas marcas cervantinas da escritura que convidam o leitor para a análise e a reflexão sobre o que vai lendo, sobre as formas e os artifícios literários criados; por outro, as obras orientadas pelo mito quixotesco que apelam para os afetos e provocam no leitor o sentimento desconcertante e, de ter em mãos a imagem de um herói tão bem-intencionado e, ao mesmo tempo, inevitavelmente derrotado e incompreendido.

Além dessas breves indicações relativas ao romance brasileiro, caberia destacar, entre outros, o sugestivo "Grupo Quixote", criado em Porto Alegre, em meados do século XX, os poemas de Carlos Drummond de Andrade que acompanham os desenhos de Portinari[4] e a expressiva presença das andanças do cavaleiro em histórias infantis iniciadas por Monteiro Lobato com o seu *Dom Quixote das crianças* (1936). No entanto, essa é uma outra história que fica para uma outra vez...

---

[4] Ver, de Célia Navarro Flores, *Dois quixotes brasileiros na tradição das interpretações do Quixote de Cervantes* (dissertação de mestrado apresentada à FFLCH/USP, 2002).

# DOM QUIXOTE: A LIBERDADE COMO BEM BÁSICO DO CIDADÃO

Ricardo Vélez Rodrígues*

✥

DOM QUIXOTE, herói libertário. Nesta assertiva centrarei a minha exposição, que visa a destacar os aspectos culturais, sociais e antropológicos que Miguel de Cervantes Saavedra (1547 - 1616) desenvolve na sua magnífica obra. Concluirei ressaltando a feição moderna da heroicidade quixotesca.

## I – DOM QUIXOTE, HERÓI LIBERTÁRIO

Cervantes encarnou o *liberalismo telúrico* ibérico, que aflora em outras figuras dessa cultura. Após os estudos de Alexandre Herculano (1810-1877), Américo Castro (1885-1971), Francisco Martínez Marina (1754-1833), José María Ots Capdequí (1893-1975), Fidelino de Figueiredo (1889-1967), Sampaio Bruno (1857-1915), Francisco Clementino de San Tiago Dantas (1911-1964), etc., ficou claro que a tradição liberal é, na Península Ibérica, mais antiga que a vertente patrimonialista, que veio a se inserir na história dos povos espanhol e português como realidade adventícia, posterior a essa inicial aspiração a um individualismo estoico e libertário.

A tradição contratualista visigótica deu expressão a essa velha tendência independentista, belamente expressa nos *Fueros Aragoneses*,[1]

---

* Doutor em Filosofia pela Universidade Gama Filho do Rio de Janeiro. Pesquisa de Pós-Doutorado realizada no Centre de Recherches Politiques Raymond Aron, Paris. Professor Associado da Universidade Federal de Juiz de Fora (Departamento de Filosofia).

[1] No ato de coroação do rei, segundo os *Fueros Aragoneses*, o Justiça-mor pronunciava a seguinte fórmula: "Nós, que valemos tanto quanto vós e que, juntos, valemos mais do que vós, vos coroamos rei para que zeleis pela nossa vida, liberdade e posses. Ou se não, não". Cf., de minha autoria: *Liberalismo y conservatismo en América Latina*. Bogotá: Tercer Mundo / Universidades de Medellín, Libre de Pereira y Simón Bolívar, 1978.

e foi o ponto central das dores de cabeça de conquistadores alienígenas, como Napoleão Bonaparte (1769 - 1821). O Imperador dos Franceses começou o seu rápido declínio quando decidiu invadir os confins da ilha europeia, a Península Ibérica e a Rússia. Defrontou-se com a tremenda capacidade de sobrevivência e o patriotismo do povo russo e com a particular heroicidade da sociedade espanhola, capaz de lutar até o último homem em prol da defesa da sua independência e da liberdade. O quadro de Francisco de Goya (1746 - 1828) que retrata os fuzilamentos de 1812 dá prova dessa capacidade de luta heroica dos ibéricos contra o invasor estrangeiro.

Se há um traço que marca a personalidade de Dom Quixote é o da defesa incondicional que o herói cervantino faz da liberdade. O ponto essencial do seu programa cavaleiresco é a ética da honra,[2] que se centra na defesa da liberdade individual. Liberdade de ir e vir, liberdade de não ser importunado pelos burocratas do rei, liberdade de amar e de folgar com os amigos, liberdade para os cativos, liberdade das amarras contrarreformistas expressas no direito filipino e nos preconceitos inquisitoriais.

A defesa incondicional da liberdade, tal é o *leitmotiv* do belo discurso que Cervantes põe em boca de Dom Quixote, no capítulo LVIII do segundo volume da obra. Eis as palavras do herói cervantino quando deixa o palácio dos duques, após ser tratado por estes com todas as delicadezas e afagos da alta nobreza: "A liberdade, Sancho, é um dos dons mais preciosos que aos homens deram os céus; não se lhe podem igualar os tesouros que há na terra, nem os que o mar encobre; pela liberdade, da mesma forma que pela honra, se deve arriscar a vida, e, pelo contrário, o cativeiro é o maior mal que pode acudir aos homens. Digo isto, Sancho, porque bem viste os regalos e a abundância que tivemos neste castelo que deixamos; pois no meio daqueles banquetes saborosos (...) parecia-me que estava metido entre as estreitezas da fome; porque os não gozava com a liberdade com que os gozaria, se fossem meus (...)".

Comentando o discurso de Dom Quixote, escreveu Mario Vargas Llosa: "Recordemos que o Quixote pronuncia esta louvação exaltada

---

[2] A "ética da honra" ou "da convicção" foi caracterizada por Max Weber como aquela norma de comportamento que se reporta unicamente à consciência moral, sem levar em consideração os resultados da ação. É a ética do "sim, sim, não, não" da pregação evangélica. Cf. WEBER, Max. *Ciência e política, duas vocações*. (Prefácio de Manoel T. Berlinck; trad. de L. Hegenberg e O. Silveira da Mota). São Paulo: Cultrix, 1972.

da liberdade ao partir dos domínios dos anônimos duques, onde foi tratado a corpo de rei por esse exuberante senhor do castelo, a encarnação mesma do poder. Mas, nos afagos e mimos de que foi objeto, o Engenhoso Fidalgo percebeu um invisível espartilho que ameaçava e rebaixava a sua liberdade, *porque os não gozava com a liberdade com que os gozaria, se fossem meus*. O pressuposto dessa afirmação é que o fundamento da liberdade é a propriedade privada (...). Não pode ser mais claro: a liberdade é individual e exige um mínimo de prosperidade para ser real. Porque quem é pobre e depende da dádiva ou da caridade nunca é totalmente livre".[3]

A liberdade apregoada e defendida por Dom Quixote é a que hodiernamente chamamos de *liberdade negativa*. Trata-se de uma liberdade não adjetivada, liberdade primária de ir e vir, liberdade que estimulou as revoltas espanholas, portuguesas e ibero-americanas, nas denominadas "conjurações", seja dos *comunheiros* espanhóis do século XVI, seja dos nossos conjurados neogranadinos ou mineiros de fins do século XVIII. Ora, a liberdade primária defendida pelos conjurados latino-americanos é a de pensar e agir, a de não serem taxados os cidadãos sem prévia negociação com a Coroa.

Essa liberdade negativa é também defendida por Sancho Pança. Em face das complicadas tarefas de governador da Ilha Baratária, o fiel escudeiro prefere a vida simples de quem se contenta com o trabalho manual e o alimento na hora certa; prefere essa vidinha aos luxos da corte e à complicada ritualística da governança, que lhe exige, entre outras coisas, entrar em combate com incômoda armadura, que lhe impossibilita os movimentos, levar uma surra monumental dos inimigos fictícios e se submeter à famélica dieta prescrita pelos médicos, a fim de manter as aparências do palco da política.

Eis o discurso com o qual Sancho dispõe-se a justificar a sua saída do poder, para desfrutar a simples liberdade dos filhos de Deus: "Abri caminho, senhores meus, e deixai-me voltar à minha antiga liberdade; deixai-me ir buscar a vida passada, para que me ressuscite desta morte presente. Eu não nasci para ser governador, nem para defender ilhas

---

[3] VARGAS Llosa, Mario. "Una novela para el siglo XXI". In: CERVANTES, Miguel de, *Don Quijote de la Mancha*. (Edição do IV Centenário. (Estudos introdutórios de Mario Vargas Llosa, Francisco Ayala e outros). Madrid: Alfaguara / Real Academia Española / Asociación de Academias de la Lengua Española, 2004, p. XIX.

nem cidades dos inimigos que as quiserem acometer. Entendo mais de lavrar, de cavar, de podar e de pôr bacelos nas vinhas do que de dar leis ou defender províncias ou reinos. Bem está São Pedro em Roma; quero dizer: bem está cada um, usando do ofício para que foi nascido. Melhor me fica a mim uma foice na mão do que um cetro de governador; antes quero comer à farta feijões do que estar sujeito à miséria de um médico impertinente, que me mate de fome; e antes quero recostar-me no verão à sombra de um carvalho, e enroupar-me no inverno com um capotão, na minha liberdade, do que deitar-me, com a sujeição do governo, entre lençóis de holanda (...)".

Dom Quixote, herói libertário. Mas, também, cavaleiro andante que luta em prol da justiça. Encontramos, na escala axiológica do herói cervantino, o culto insofismável a esses dois valores: liberdade, mas também justiça (que hoje denominaríamos *democracia*, no sentido de igualdade perante a lei e ausência de privilégios). Dom Quixote, como fará Alexis de Tocqueville (1805-1859) três séculos mais tarde, bate-se por um liberalismo que concilia defesa da liberdade e defesa da justiça/igualdade.[4] O liberalismo telúrico quixotesco é, como o de Tocqueville, um liberalismo social.

O *Cavaleiro da Triste Figura*, embora reconheça a legitimidade dos poderes constituídos, desconfia dos seus excessos. Numa Espanha presidida pelo Estado patrimonial dos Áustrias, Dom Quixote fica com um pé atrás em face da autoridade. Esta, como nos subúrbios das grandes cidades brasileiras ou no nosso sertão, somente se fazia presente, na Espanha cervantina, para tornar mais difícil a vida do desprotegido cidadão. Quando os poderosos extrapolam os seus privilégios, utilizando uma legislação que, como a filipina, privilegiava quem tivesse recursos contra os que não tinham nada, o herói cervantino não duvida em favor de quem vai empunhar as suas armas: em defesa dos fracos.

Dom Quixote desconfia da autoridade, mas quer, ao mesmo tempo, o mundo em ordem. Ora, a paz social deveria ser obra dos indivíduos chamados por uma vocação especial — os cavaleiros andantes — a pôr ordem nas coisas humanas, sem que fosse necessário atribuir essa tarefa aos burocratas d'El-Rei, que certamente vão utilizar a parcela de poder que receberam para escravizar os seus semelhantes. Cervantes, como

---

[4] Cf. TOCQUEVILLE, Alexis de. *A democracia na América*. Tradução, introdução e notas de Neil Ribeiro da Silva. Belo Horizonte: Itatiaia; São Paulo: Edusp, 1977, p. 329.

Tocqueville, apela para uma aristocracia da ordem, que se contraponha ao exercício da autoridade régia.

## II – CONCLUSÃO: DOM QUIXOTE, MODELO DE HERÓI MODERNO

Dom Quixote é o modelo do herói moderno. Cervantes é o precursor da heroicidade na literatura moderna, assim como Descartes (1596 - 1650) foi o precursor da filosofia moderna com o seu *Discurso do método*. A essência da modernidade pode, certamente, ser condensada na seguinte ideia: o homem descobre a perspectiva antropocêntrica e faz, de si próprio, o centro do cosmo. Ora, nesse antropocentrismo prometeico e iconoclasta, o homem ousa representar Deus à sua imagem e semelhança.

Pois bem: Cervantes apropria-se dessa perspectiva antropocêntrica e ergue um ideal ético para o homem moderno: o da pessoa-amor, que ama incondicionalmente e que, ao redor desse amor-doação, constrói o seu mundo, ou melhor, faz evanescer o mundo real na névoa da metáfora continuada da loucura quixotesca.

A fonte (neoplatônica e judaica) que inspira essa perspectiva heroica é indubitável, e é o próprio autor quem a identifica no prólogo do *Quixote*, no qual Cervantes escreve: "Se vos meterdes em negócios de amores, com uma casca de alhos que saibais da língua toscana topareis em Leão Hebreu, que vos encherá as medidas".[5] O filósofo judeu-espanhol, falecido na Itália em 1535, foi, com a sua clássica obra *Diálogos de Amor*, a voz inspiradora da loucura amorosa de Dom Quixote. Um pouco mais adiante, o mesmo pensador inspiraria outro gênio do século XVII, o filósofo luso-holandês Baruch Espinosa (1632-1677).

Intuiu com propriedade o genial Miguel de Unamuno (1864-1936) essa reviravolta ontológica, quando, na sua *Vida de Don Quijote y Sancho*, escreveu: "Dom Quixote amou a Dulcineia com amor acabado e perfeito, com amor que não corre atrás do deleite egoísta e próprio; entregou-se a ela sem pretender que ela se entregasse a ele. Lançou-se

---

[5] Os *diálogos de Amor* de Leão Hebreu, inicialmente publicados na Itália, eram bem conhecidos na época de Cervantes.

ao mundo a conquistar glória e louros, para ir logo depositá-los aos pés da sua amada".[6]

Em boa hora a editora Martin Claret entrega ao público brasileiro uma edição completa da imortal obra de Cervantes. Porque é justamente a lição de desprendimento heroico e de idealismo do bravo manchego o exemplo de que mais precisamos, nós brasileiros, após terem sido submergidas as nossas instituições nas baixas e putrefatas águas da corrupção generalizada e do clientelismo rasteiro, nesta hodierna etapa da cultura patrimonialista, que tudo coloca a serviço de interesses clânicos e mesquinhos. Hoje, como ontem, o *Quixote* representa — repitamos aqui as palavras de Ivan Turguêniev (1818 - 1883) — "ante todo a fé; a fé em algo eterno, imutável, na verdade, naquela verdade que reside fora do eu, que se não entrega facilmente, que quer ser cortejada e à qual nos sacrificamos, mas que acaba por se render à constância do serviço e à energia do sacrifício".[7]

---

[6] UNAMUNO, Miguel de. *Vida de Don Quijote y Sancho*. Madrid: Alianza Editorial, 2004, p. 94.

[7] TOURGUENEFF, apud Luis Astrana Marín, "Cervantes y El Quijote", in: CERVANTES, Miguel de. *El Ingenioso Hidalgo Don Quijote de La Mancha*. (Edição do IV Centenário, com gravuras de Gustave Doré, comentário de Diego Clemencín, estudo crítico de Luis Astrana Marín e síntese acerca dos comentadores do Quixote, a cargo de Justo García Morales). Madrid: Editorial Castilla, s/d (1947), pg. LXXVII.

© C*opyright* desta edição: Editora Martin Claret Ltda., 2016.
Título original: *El ingenioso hidalgo Don Quijote de la Mancha* (1605, volume I e 1615, volume II).
Tradução: Conde de Azevedo (Francisco Lopes de Azevedo Velho de Fonseca Barbosa Pinheiro Pereira e Sá Coelho, 1809 – 1876) e Visconde de Castilho (Antônio Feliciano de Castilho, 1800 – 1875)

Direção
MARTIN CLARET

Produção editorial
CAROLINA MARANI LIMA / MAYARA ZUCHELI

Direção de arte e capa
JOSÉ DUARTE T. DE CASTRO

Diagramação
GIOVANA GATTI QUADROTTI

Ilustração de capa
GUSTAVE DORÉ

Ilustração de miolo
GUSTAVE DORÉ

Revisão técnica e notas
SÍLVIA MASSIMINI

Revisão
ALEXANDER BARUTTI SIQUEIRA

Impressão e Acabamento
GEOGRÁFICA EDITORA

A ortografia deste livro segue o Acordo Ortográfico da Língua Portuguesa de 1990, que passou a vigorar em 2009.

Dados Internacionais de Catalogação na Publicação (CIP)
(Câmara Brasileira do Livro, SP, Brasil)

Cervantes Saavedra, Miguel de, 1547-1616.
O engenhoso fidalgo: Dom Quixote de la Mancha / Miguel de Cervantes; [traduzido por Viscondes de Castilho e Azevedo].
— São Paulo: Martin Claret, 2016. — Edição especial

Título original: *Dom Quijote de la Mancha*
ISBN: 978-85-440-0125-7

1. Romance espanhol I. Título. II. Série.

16-03769                           CDD-863.64

Índices para catálogo sistemático:
1. Romances: Literatura espanhola    863.64

EDITORA MARTIN CLARET LTDA.
Rua Alegrete, 62 — Bairro Sumaré — CEP: 01254-010 — São Paulo — SP
Tel.: (11) 3672-8144
www.martinclaret.com.br
10ª reimpressão - 2025